신곡
La Divina Commedia

지은이 단테 알리기에리Dante Alighieri(1265~1321)

이탈리아의 위대한 애국시인이자 르네상스의 선구자. 저서로 《향연》, 《속어 수사학》, 《제정론》을 비롯하여 죽기 직전에 완성한 《신곡》이 있다.

옮긴이 한형곤韓炯坤

한국외국어대학교 명예교수. 한국외국어대학교와 동 대학원, 그리고 이탈리아 로마대학교에서 이탈리아 문학을 전공하였다. 1972년부터 한국외국어대학교 이탈리아어과 교수로 봉직하면서 동 대학교의 기획조정처장, 서양학대학장, 부총장을 역임하였으며, 로마대학교와 미국 델라웨어대학교에서 객원교수를 지낸 바 있다.

한국 펜클럽(PEN CLUB) 문학상, 이탈리아 자유작가연맹 문학상, 이탈리아 라벤나시와 단테 학회(Societa' Dante Alighieri)에서 주는 단테문학상(Lauro Dantesco)과 금메달(Medaglia d' Oro)을 수상하였고 이탈리아 정부로부터 문화훈장 기사장, 대한민국 정부로부터 녹조근정훈장을 서훈받았다. 저서로는 《이탈리아 문학의 이해》, 《풀어쓴 단테의 신곡》, 《로마-똘레랑스의 제국》 《이탈리아 문학의 연구》 등과 시집 《바람결의 물결소리》가 있으며, 역서로는 《몬탈레 선집》, 《데카메론》, 《명상록》, 《잃어버린 관계》, 《오징어 뼈》 등이 있다.

중세를 넘어 근세를 열어젖힌 불후의 고전
완역 신곡

초판　1쇄 발행 2005년 5월 20일
초판 11쇄 발행 2025년 4월 20일

　　　　　　지은이　　단테 알리기에리
　　　　　　옮긴이　　한형곤
　　　　　　펴낸이　　이영선

　　　　　　편집　　　이일규 김선정 김문정 김종훈 이민재 이현정
　　　　　　디자인　　김회량 위수연
　　　　　　독자본부　김일신 손미경 정혜영 김연수 김민수 박정래 김인환

펴낸곳 서해문집 | 출판등록 1989년 3월 16일(제406-2005-000047호)
주소 경기도 파주시 광인사길 217(파주출판도시)
전화 (031)955-7470 | 팩스 (031)955-7469
홈페이지 www.booksea.co.kr | 이메일 shmj21@hanmail.net

ⓒ한형곤, 2005
ISBN 978-89-7483-250-6 03880

이 도서의 국립중앙도서관 출판예정도서목록(CIP)은 서지정보유통지원시스템 홈페이지(http://seoji.nl.go.kr)와 국가자료공동목록시스템(http://www.nl.go.kr/kolisnet)에서 이용하실 수 있습니다.(CIP제어번호: CIP2005000900)

단테 알리기에리의 초상 르네상스의 여명을 밝힌 선구자이며, 이탈리아의 위대한 애국시인인 단테의 일생은 그의 영원한 연인 베아트리체에 대한 열정과 분열된 조국 이탈리아의 정치적 혼란에 대한 안타까움으로 점철된 것이었다. 그리하여 그의 정치적 망명 생활 중에 씌어진 신곡을 비롯한 여러 작품들은 이탈리아 통일을 위한 정신적 자양이 되었고, 나아가서 유럽 문화의 귀중한 자산이 되었다.(보티첼리 작)

어두운 숲 속의 단테
1300년 35세의 단테는 길을
잃고 홀로 어두운 숲 속에 서
있다. 두려움에 떨고 있는 단
테를 찾아온 이는 그가 존경
하는 시인 베르길리우스다.
그는 단테가 자신과 함께 지
옥과 연옥을 여행한 후, 베아
트리체의 안내로 천국을 여
행하게 될 거라고 이야기해
준다.(구스타프 도레 작)

미노스 미노스는 제2원의 입구에서 망령들의 죄를 심판하여
제 꼬리를 감는 횟수로 지옥의 몇 번째 원으로 보낼 것인지 결정한다.(구투쓰 작)

다리 여섯 달린 뱀이 아뇰로를 휘감다
지옥의 제8원에서 벌받고 있는 도둑 아뇰로를 다리가 여섯 개 달린 뱀이 휘감고 있다. 이윽고 두 몸이 엉키더니 이전의 모습은 온데간데없고 아뇰로는 뱀으로, 뱀은 인간으로 변하였다.(윌리엄 블레이크 작)

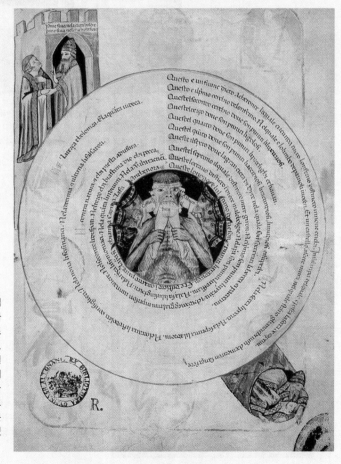

지옥의 마왕 루시페르
그림의 위쪽에 지옥의 입구가 아래쪽에 출구가, 가운데에는 루시페르의 공포스런 모습이 그려져 있다. 그의 머리에는 세 개의 얼굴이 있는데 각각의 입에 그리스도를 팔아먹은 유다와 카이사르를 암살한 브루투스와 카시우스를 문채 이빨로 짓이기고 있다.(피사 필사본)

연옥문 루치아의 도움으로 연옥문에 도착한 단테와 베르길리우스. 천사가 칼끝으로 단테의 이마에 일곱 개의 P자를 새기고 열쇠 두 개(금과 은)를 꺼내 연옥문을 열어 준다. 단테는 희고 검고 붉은 세 개의 계단을 올라 연옥에 들어선다. 천사는 단테더러 문 안으로 들어간 후 뒤를 돌아보면 다시 밖으로 되돌아 나오게 된다고 충고한다.(윌리엄 블레이크 작)

교만의 죄인들 연옥의 제1권역에서 교만의 죄를 씻고 있는 죄인들. 단테는 연옥을 돌면서 자신이 가장 경계해야 할 죄로 교만을 꼽았다.(구스타프 도레 작)

베아트리체가 나타나다 베아트리체와 단테가 레테 강을 사이에 두고 재회하고 있다. 천국에서 내려온 수레를 탄 베아트리체는 강 건너편에, 베르길리우스와 스타티우스와 함께 있는 단테는 이쪽에 있다. 천국에서 내려오는 대열의 맨 앞쪽에 일곱 개의 금 촛대가 있고 그 빛으로 하늘에는 무지개가 걸려 있다. 촛대를 따라 24명의 노인들이 줄을 지어 대열을 이루고 있으며 그립스가 수레를 끌고 있다.(윌리엄 블레이크 작)

태양천 단테와 베아트리체의 주위로 스물네 영혼이 두 개의 원을 이루어, 노래를 부르고 춤을 추면서 빙글빙글 돌고 있다. 여기에는 그가 존경하던 토마스 아퀴나스, 솔로몬, 보나벤투라, 아우구스틴의 영혼이 있다. 단테는 이 모습을 "영원무궁한 장미들의 두 줄기 화환"이라고 노래한다.(이탈리아 필사본)

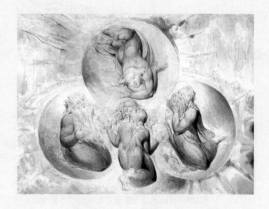

요한 단테에게 질문하다 천국을 여행하던 단테는 성 요한의 너무나 밝은 빛 때문에 눈을 먼다. 그러나 그와 사랑에 대해 그리고 하나님을 사랑해야 할 이유에 대해 이야기하고 나니, 천상의 영혼들이 노래로 화답하고 단테는 시력을 회복한다.(윌리엄 블레이크 작)

천국의 장미　가장 높은 하늘인 엠피레오에 오른 단테가 본 천국의 장미. 성모 마리아와 베아트리체, 베네딕투스, 프란체스코 등 지복자들로 가득하다.

하느님의 빛　성 베르나르와 하느님의 빛을 바라보는 단테는 형언할 수 없는 기쁨을 느낀다.(구스타프 도레 작)

지옥의 구조

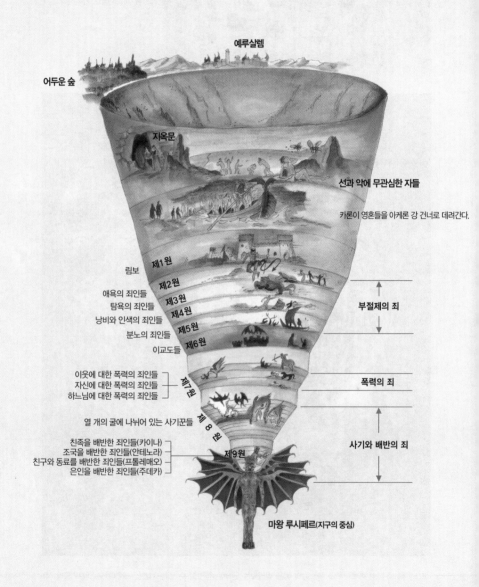

예루살렘

어두운 숲

지옥문

선과 악에 무관심한 자들

카론이 영혼들을 아케론 강 건너로 데려간다.

림보 — 제1원
애욕의 죄인들 — 제2원
탐욕의 죄인들 — 제3원
낭비와 인색의 죄인들 — 제4원
분노의 죄인들 — 제5원
이교도들 — 제6원

부절제의 죄

이웃에 대한 폭력의 죄인들
자신에 대한 폭력의 죄인들
하느님에 대한 폭력의 죄인들 — 제7원

폭력의 죄

열 개의 굴에 나뉘어 있는 사기꾼들 — 제8원

사기와 배반의 죄

친족을 배반한 죄인들(카이나)
조국을 배반한 죄인들(안테노라)
친구와 동료를 배반한 죄인들(프톨레매오)
은인을 배반한 죄인들(주데카) — 제9원

마왕 루시페르(지구의 중심)

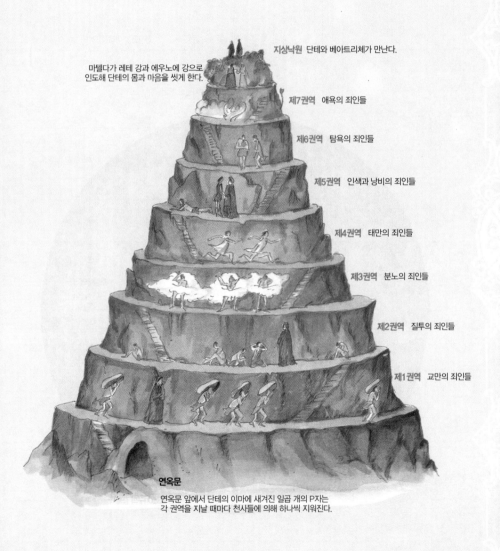

지상낙원 단테와 베아트리체가 만난다.

마텔다가 레테 강과 에우노에 강으로
인도해 단테의 몸과 마음을 씻게 한다.

제7권역 애욕의 죄인들

제6권역 탐욕의 죄인들

제5권역 인색과 낭비의 죄인들

제4권역 태만의 죄인들

제3권역 분노의 죄인들

제2권역 질투의 죄인들

제1권역 교만의 죄인들

연옥문
연옥문 앞에서 단테의 이마에 새겨진 일곱 개의 P자는
각 권역을 지날 때마다 천사들에 의해 하나씩 지워진다.

천국의 구조

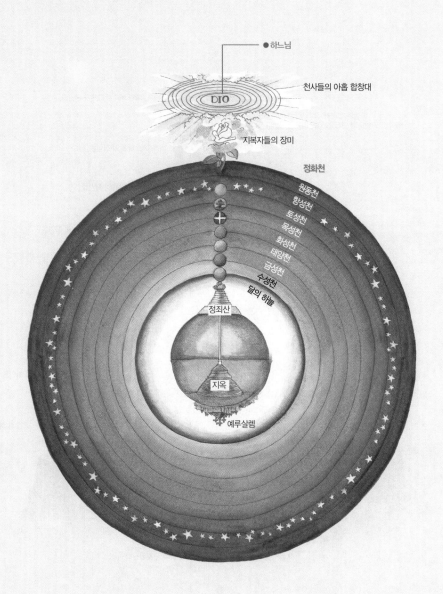

- 하느님
- 천사들의 아홉 합창대
- 지복자들의 장미
- 정화천
- 원동천
- 항성천
- 토성천
- 목성천
- 화성천
- 태양천
- 금성천
- 수성천
- 달의 하늘
- 정죄산
- 지옥
- 예루살렘

DIO

La Divina Commedia 신곡

단테 알리기에리 지음 | 한형곤 옮김

서해문집

일러두기

1. 이 책의 번역에 사용한 이탈리아어 원서와 참고도서는 다음과 같다.
   - 번역에 사용한 기본 텍스트는 세 권이다.
     - 『La Divina Commedia』, a cura di Sapegno, La Nuova Italia, Firenze, 1955~1995.
     - 『La Divina Commedia』, con commento di Casini, a cura di Barbi, Sansoni, Firenze, 1940.
     - 『Le opere di Dante』, testo critico della Società dantesca fiorentina, Firenze, 1959.
   - 주석을 붙일 때 문제되는 점을 해결하거나 각 곡마다 붙인 해설을 작성할 때 기본 텍스트 외에 아래 두 권을 참고했다.
     - 『La Divina Commedia』, a cura di Lanza, De Rubeis, Roma, 1996.
     - 『Tutte le opere di Dante』, a cura di Chiappelli, Mursia, Milano, 1965.
   - 해석의 정확도를 위해서 참고한 한국어판과 영어판은 각각 다음과 같다.
     - 『신곡』, 최민순 역, 을유문화사, 1960.
     - 『The Divine Comedy』, tr. by Huse, Reinhart and Winston, N.Y., 1954.
     - 『The Divine Comedy』, tr. by Sayers and Reynolds, Penguin, Edinburgh, 1968.
   - 단테를 이해하는 데에는 아래 사전들이 많은 도움을 주었다.
     - Siebzehner-Vivanti, 『Dizionario della Divina Commedia』, a cura di Messina, Feltrinelli, Milano, 1965.
     - Toynbee, 『A Dictionary of Proper Names and Notable Matters in the Works of Dante』, revised by Singleton, Oxford Univ., 1968.
2. 이 책은 3연체로 쓰인 『신곡』의 특성을 살려 번역하였다.
3. 외래어 표기는 다음과 같은 기준을 따랐다.
   - 모든 인명과 지명의 표기는 국립국어연구원 외래어 표기법을 따랐다.
   - 신화 속 인명과 지명은 독자에게 익숙한 그리스식으로 표기하였다. 다만, 신의 이름은 이 책이 이탈리아어로 쓰인 점을 감안하여 로마식 표기를 따랐으며, 로마식 표기가 익숙지 않은 독자를 위해 찾아보기에는 그리스식을 병기하였다.
   - 성서에 등장하는 인명은 공동번역성서 표기를 따랐다.
4. 이 책에 인용된 성서 구절은 모두 공동번역성서를 옮겼다.
5. 주석은 단어나 짧은 구절의 경우에는 표제어를 밝혀 주었고, 여러 행에 걸친 문구의 경우에는 처음 시작하는 어절 뒤에 '~'를 붙여 그 시작을 밝혀 주었다. 다만, 한 행에 대한 주석은 표제어를 표기하지 않았다.
6. 책은 겹낫표(『 』)로, 책 안의 권은 낫표(「 」)로 표시하였다.
7. 각 곡의 앞에 있는 해설은 독자의 이해를 돕기 위해 역자가 그 내용을 정리한 것이다.

Contents

단테 알리기에리(Dante Alighieri)는 이탈리아가 낳은 최고의 시인이다. 엘리엇(Eliot)을 비롯한 수많은 비평가들은 단테가 이탈리아인임과 동시에 유럽인이었다는 사실에 주목하고 있다. 그렇다. 그는 세르반테스, 셰익스피어, 괴테와는 달리 유럽 전체에 영향을 미칠 수 있는 '보편성'을 지닌 유럽인이었다. 혹자는 그 이유를 중세의 공용어라 할 수 있는 라틴어에 가장 가까웠던 단테의 언어가 갖는 위력 때문이라고 한다. 게다가 유럽의 정신적 지주인 그리스도교의 이념이 끈적끈적할 정도로 농후한 단테의 작품들에서 전 유럽인은 동질성을 느낄 수 있었을 것이다. 그럼에도 그의 작품들이 무한한 난해성을 지닌 얼굴로 유럽인들에게 나타나고 있는 게 사실임을 인정할 때, 전혀 다른 문화를 가진 우리에겐 오죽할까? 따라서 그의 대표작이라 할 『신곡』을 접하기 전에 그와 관련하여 가능한 한 많은 것을 알아 두는 것이 좋을 듯하다.

1. 단테의 생애

단테 알리기에리는 혼란 속에 허덕이는 시대의 빛을 받고 세상에 태어났다. 정확한 날짜는 알 수 없지만, 1265년 5월 하순경 피렌체에서 출생했다고 기록은 전하고 있다. 당시 피렌체는 베네치아와 더불어 유럽의 경제권을 쥔 도시로 금융과 통계술에 힘입어 커다란 부를 향유하고 있었다. 그러나 이 같은 풍요로움 속에서 인간성은 도탄의 길로 치닫고 있었으니, 이러한 시대적 상황이 단테의 생애와 예술에 어떠한 영향을 끼쳤는가에 초점을 맞추어 그의 삶을 더듬어 볼까 한다.

우리는 단테의 삶을 말함에 있어 곧 난관에 봉착한다. 그의 작품을 통해서 유추할 수 있는 것 외에 자서전 같은 기록이 없기 때문이다. 어렵사리 찾는다 해도 고작해야 보카치오(Boccaccio)의 『단테의 삶(Vita di Dante)』과 빌라니(Villani)와 콤파니(Compagni)의 『연대기(Cronica)』 정도다.

보카치오는 최초의 단테 학자다. 그러나 그가 단테에 대해 연구한 시점은 그가 죽은 후 반세기나 지난 터라 그 동안에 단테는 정치적인 이유로 거의 잊혀져 있었다. 때문에 『단테의 삶』에 있는 기록은 극히 간접적인 정보에 의한 것이다. 또한 『연대기』에선 단테 개인에 대한 직접적인 조명이 아니라 당시 피렌체 사회에 투영된 단테의 모습이 약간 보일 뿐이다. 결국 단테의 작품인 『신생』과 『향연』, 『신곡』을 의지해 그의 생애를 얘기할 수밖에 없다.

단테의 집안은 귀족의 혈통이지만 이미 몰락해 있었다. 그의 아버지는 알리기에로 디 벨린치오네(Alighiero di Bellincione)이고 어머니는 벨라(Bella)라고만 알려졌을 뿐 그 이상은 알 수가 없다. 단테의 유아 시절에 대한 기록은 매우 드물다. 아주 어렸을 때 어머니를 여의고 라파 치알루피(Lapa Cialuffi)라는 계모 슬하에서 자랐다는 기록뿐이다.

그는 가정에서 라틴어 교육을 조금 받은 것 같다. 그러다 나중에 산타 크로체 수도원에서 3학과(문법·논리학·수사학)와 4학예(산술학·음악·기하학·천문학)를 배웠다. 그중에서 수사학은 그가 특별한 관심을 기울였던 과목이다. 『신곡』에 의하면, 그에게 수사학을 가르쳐 준 이는 브루네토 라티니(Brunetto Latini)였는데, 그는 수사학뿐만 아니라 다른 분야까지도 단테에게 영향을 준 것이 분명하다. 일설에 의하면 단테가 볼로냐의 대학에서 수사학을 공부했다고 하나 정규 과정을 이수했던 것은 아닌 듯하다.

단테는 라틴어 외에 프랑스어와 프로방스어에도 정통했으며 음악·춤·노래·그림·법률 등에도 조예가 깊었는데 대부분 독학으로 습득했을 것이다. 그는 18세(1283) 무렵 귀토네 디 아레초(Guittone di Arezzo)의 영향을 받아 처음으로 시를 썼으며, 끊임없이 고전 연구를 계속했다. 특히 베르길리우스는 그에게 최고의 시인이었다. 구이도 귀니첼리(Guido Guinizelli)의 새로운 시작법도 당시 그의 관심사였다.

그의 삶 가운데 가장 두드러진 관심을 불러일으키는 것은 베아트리체를 향한 순수한 사랑과 정치적인 이유에 의해 강요된 유랑 생활이었다. 특히 전자는 더욱 깊은 의미를 갖고 있다. 1289년 단테는 아레초의 기벨린 당과 캄팔디노에서 혈전을 벌인 후 또 피사의 기벨린 당과의 전투에 참전한다. 그러다 그녀가 죽었다는 소식을 접하고는 깊은 고뇌에 빠진다. 그러나 곧 아리스토텔레스, 키케로, 보이티우스, 토마스 아퀴나스 등을 깊이 연구하기 시작했고 구이도 카발칸티와 우의를 다지면서 자신의 고뇌를 극복해 나갔다. 그 뒤 또다시 사회는 윤리적인 쇠퇴에 휩싸이게 됐지만 단테는 자신을 잘 지켰다. 그리하여 1285년경에 젬마 도나티(Gemma Donati)와 결혼하여 세 아이(넷이라고 전하기도 한다)를 얻게 되었으며, 그 중 둘째인 피에트로는 아버지의 문학을 깊이 연구하여 학자가 되었다.

단테는 결혼 후 곧이어 정치 활동에 나섰다. 당시에는 중산층을 옹호하는 구엘프 당과 상류층을 대변하는 기벨린 당의 피비린내 나는 당쟁이 벌어지고 있었다. 두 당파의 평화를 위한 지아노 델라 벨라(Giano della Bella)의 노력은 무위로 돌아갔으나, 곧 단테가 속한 구엘프 당이 득세했다. 그는 철학적인 지식이 풍부한 인물이었기에 정계에서 지도자적인 역할을 담당했다. 그리하여 당시 토스카나 지방을 교황청에 예속시키려던 교황 보니파키우스 8세의 간섭에서 벗어나기 위한 노력의 일환으로,

1300년 단테는 산 지미니아노에 사절로 파견되었다.

같은 해 단테는 피렌체를 다스리던 6인 행정 위원 가운데 하나가 되었으나, 피렌체는 다시 당쟁의 소용돌이 속으로 빨려 들어갔다. 구엘프 당이 네리(Neri) 파와 비앙키(Bianchi) 파로 갈라졌기 때문이다. 비앙키 파는 교황청과 단지오 왕가의 간섭으로부터 벗어나 피렌체의 독립을 지켜 나가자고 했고, 네리 파는 기회주의에 편승하여 당시 세력이 강했던 교황을 지지하고 나섰던 것이다. 이리하여 두 파벌은 피비린내 나는 싸움을 전개했다. 단테는 비앙키 파에 속해 있었다. 그 즈음 단테는 사절단의 일원으로 로마로 떠나야 했다. 그런데 그가 피렌체에 도착하기 전 시에나에 이르렀을 무렵 비앙키 파는 네리 파에 의해 축출되었다. 단테도 교황의 분노를 샀기에 궐석 재판을 받았다. 선고 내용은 벌금 납부, 2년간의 귀양살이, 공민권 박탈이었다. 단테는 이에 응하지 않았다. 그러자 이번에는 무기한의 추방령과 재산 압수령이 내려졌다. 그의 끝없는 유랑 생활이 시작된 것이다.

단테는 동료들과 더불어 유랑 생활을 하는 도중에 무력을 써서라도 다시 고국에 돌아가려고 시도했으나 성공을 거두지 못하고 말았다. 절망에 빠진 그는 홀로 베로나에 가서(1304) 바르톨로메오 델라 스칼라(Bartolomeo della Scala)의 비호 아래 있게 된다. 그 뒤 트레비소, 파도바, 루카, 파리 등지를 배회하며 처참한 삶을 영위했다. 그동안 그의 눈에 비친 세상은 지극히 비정했고 탐욕과 악으로 가득 찬 것이었다. 1310년 하인리히(Heinrich) 7세가 로마제국의 권위를 재건하기 위하여 이탈리아에 내려왔을 때 단테는 포를리에 있었다. 그는 이 기회를 틈타 독일계 황제인 하인리히에게 등을 돌리고 있던 피렌체를 비난하면서 황제에게 탄원서를 제출했다.

단테는 이 탄원서에서 하인리히를 평화의 사도이며 자유의 수호자로 칭송하며 토스카나 지방을 공략하라고 진언했다. 단테는 하인리히를 제국을 다시 부흥시킬 적격자로 보았던 것이다. 이 일 때문에 단테는 피렌체가 1311년 추방당한 비앙키 파들에게 일대 사면권을 줄 때 제외되었다. 덧없이 2년이 흘러갔다. 하인리히는 로마에 와 황제의 자리에 올랐으나 끝내 피렌체를 제 휘하에 넣지 못하고 1313년 갑자기 사망했다. 이로써 단테의 꿈은 완전히 수포로 돌아갔다. 그는 얼마 동안 카센티노에 가 바티폴레(Battifole) 백작 집안에 기거하다가 베로나에 돌아가 몇 년 동안 칸그란데 델라 스칼라(Cangrande della Scala)의 보호를 받게 되었다.

1315년에 피렌체는 또 한 차례 사면령을 내려 유랑자들을 불러들였다. 단테도 자기의 죄를 인정한다고 공식적으로 선언하면 돌아갈 수 있었으나, 명예롭지 못하다 여겨 수락하지 않고 오히려 비난을 퍼부었다. 피렌체의 네리 파는 이에 분노를 품고 그에게 사형을 선고하는 궐석 재판을 단행했다. 단테는 라벤나에 돌아가 구이도 노벨로(Guido Novello)의 비호를 받으며 『신곡』의 마지막 부분을 완성하는 데 전념했다. 단테는 이 『신곡』이 출판되는 것이야말로 자신이 영예롭게 피렌체에 귀환하는 것에 갈음하는 일이라고 믿었다.

어쩌면 그는 이 작품의 명예에 힘입어 금의환향할 수 있기를 기대했는지 모른다. 그러나 꿈을 이루지 못하고 라벤나에서 1321년 9월 14일 56세의 나이로 한 많은 생을 마쳤다.

지금까지 단테의 삶을 대강 살펴봤다. 앞에서도 지적한 것처럼 그의 삶을 정확하게 알 길은 예나 지금이나 어려운 일이다. 오직 라벤나의 성 프란체스코 수도원의 성당 한 모퉁이에 외롭게 자리 잡고 있는 그의 무덤만이 그의 힘겨운 삶을 말해 주고 있다. 피렌체엔 소위 '단테의 집'이란 것이 있지만 그의 필적이 담긴 종이 한 장조차 없으니 초라할 수밖에 없다. 그래서 피렌체는 라벤나 측에 단테의 무덤을 돌려줄 것을 요구했으나, 라벤나는 "너희는 단테를 싫다고 쫓아냈던 게 아닌가? 단테는 실로 라벤나의 시인이다!"라고 거절했다.

2. 『신생』과 『향연』에 대하여

『신생』은 『향연』과 더불어 『신곡』을 이해하는 데 필수적으로 거론되는 책이다. 흔히 이 세 작품을 3부작이라고 한다. 그만큼 이 작품들이 서로 깊은 유대 관계를 지니고 있기 때문이다. 그러므로 『신곡』에 대해 언급하기 이전에 이 작품들을 논의하는 것은 지극히 당연한 일이다.

『신생(La vita nuova)』은 단테를 베아트리체에게 얽어맸던 사랑을 이상화하고 신비화한 시와 산문으로 된 이야기로서 시인이 그의 친구 구이도 칸발칸티에게 헌정한 작품이다. 이는 초기의 단테를 이야기해 주는 결정적인 작품인데, 42장으로 구성되어 있다. 이 작품은 1283~1292년 사이에 창작한 것으로 추정된다. 따라서 여기 실린 서정시들은 각각 다른 시기나 상황에서 씌어진 것인데 나중에 다시 정리한 듯하다.

단테는 아홉 살 되던 해 베아트리체를 처음 만나고 그로부터 9년이 지나서 다시 그녀를 만난다. 이때 그녀는 단테에게 가벼운 인사를 건넨다. 그녀의 이 인사는 많은 의미를 내포하고 있다. 단테는 그녀에 대한 사랑에 사로잡히게 되지만 사람들의 비방거리가 되지나 않을까 하여 다른 여자들에 대한 시를 읊기 시작한다. 그러나 베아트리체는 이를 진실로 이해하고 분노한다. 단테는 깊은 고뇌에 빠진다. 그는 다른 여인들에 대한 찬미를 멈추고 베아트리체, 오직 그녀만을 칭송하여 신성한 상징으로 끌어올린다. 단테는 심한 병고에 시달리다 혼수상태에서 환영을 본다. 어떤 여인이 천사들의 합창 속에서 하느님께로 의기양양하게 승천하는 환영이다. 그녀가 곧 베아트리체의 변모된 모습일지 모른다. 아니, 확실히 그럴 것이다. 그녀는 단테를 위로 이끌며 신비로운 모습을 보여 준다.

『신생』은 사페뇨(Sapegno)가 지적하듯이 "베아트리체를 향한 단테의 사랑이 이상화된 이야기"다. 즉, 시인의 경험에서 비롯된 것이지만 전기 이상의 어떤 상징성을 내포한다. 주지하다시피 이 작품은 초기에 이루어진 것으로 미숙한 점이 많다. 하지만 『신곡』을 이해하는 데 있어 다른 어떤 해설서보다 더 훌륭한 자료를 제공한다.

한편 『향연(Convivio)』은 『신생』의 연장선상에 있는 작품으로 단테가 시인으로서 완숙기에 접어든 시기(1304~1307)의 산물이다. 숭고한 마음과 일치되는 사랑을 주로 다룬 『신생』에서 한 걸음 더 나아가 철학적인 문제를 논의하고 있지만 본질적으로는 같은 내용을 우리에게 들려준다. 단테는 원래 『향연』을 서문과 14권으로 구성하려 했으나 다 완성하지 못한 채 그만두었다. 현재 남아 있는 것은 서문을 포함한 앞부분 네 권과 세 편의 시뿐이다. 이 책은 철학도가 참조할 수 있도록 백과사전적인 형식을 취하고 있다.

'Convivio'는 '정신적인 연회'를 의미한다. 이 작품 속에 실린 시들은 음료이며 산문은 음식을 가리킨다. 단테는 이 향연의 즐거움을 가능한 한 대중들도 맛볼 수 있도록 어렵고 딱딱한 라틴어가 아니라 쉬운 이탈리아어로 썼다. 이 작품은 단테가 아리스토텔레스의 철학을 아우구스티누스, 토마스 아퀴나스, 알베르토 마뇨의 이론을 근거로 하여 전파하는 내용을 담고 있다. 그러나 그들의 이론을 무조건 수용하는 입장은 아니고 선각자들의 학설을 토대로 하여 자신의 윤리, 철학, 자연과학 그리고 예술에 대한 이론을 전개하고 있다.

단테는 『신생』에서 시도한 방언으로 쓴 고양된 산문체를 『향연』에 이르러 완성한다. 단테를 가리켜 중세의 마지막이자 새 시대를 연 문학자라고 한다. 이것은 그가 중세의 뿌리에서 영양을 취하여 새 시대의 잎사귀를 싹트게 했기 때문이다. 이는 『신생』과 『향연』의 산문체 하나만 보아도 알 수 있을 것이다.

3. 『신곡』에 대하여

『신곡』은 원래 제목은 희극(Commedia, 혹은 희곡)이었다. 이것은 비극

(Tragedia)에 상응하는 말이다. 그런데 단테는 왜 이 제목을 붙였는가? 그가 칸그란데 델라 스칼라에게 보낸 서간문에는 '슬픈 시작'에 이어 '행복한 결말'에 이르기 때문이라고 쓰여 있다. 아무튼 이 희극(Commedia)에 형용사 '신적인(Divina)'을 첨가한 자는 보카치오다. 이 작품이 취급하는 시재(詩材)의 숭고함과 고귀한 시형에 매료되어 이것이야말로 단순한 희극(Commedia)이 아니라 신적인 희극(Divina Commedia)이라고 여겼던 것이다. 그 후로 이 작품은 오늘날과 같이 불리게 되었다.

단테에게 유랑 생활이 없었다면 『신곡』이 나올 수 있었을까? 내가 이와 같이 어리석은 이야기를 한다고 탓하지는 말 일이다. 왜냐하면 단테에게 당시의 시대상은 너무나 중요한 의미로 다가오기 때문이다. 괴로움에 시달리고 분노에 몸을 떨면서 역경을 헤쳐 나가야 했던 시인 단테가 마침내는 하느님의 섭리를 소망하며 윤리적·종교적·정치적인 문제에 관심을 갖고 깊은 연구에 몰입하게 되었으니, 단테에게 『신곡』을 쓰는 일이란 다분히 교훈적인 의미를 띠고 있다. 인류를 죄의식에서 해방시키고 영혼의 평화를 위해 노력하게 하려는 심오한 의도가 깔려 있기 때문이다. 단테는 인간들이 지옥에서 받고 있는 벌의 모든 양상과 연옥에서 죄를 정화하고 천국에 오르는 섭리를 깨닫게 하는 시적 귀결을 마련했다.

단테는 『신곡』을 오래 전부터 구상한 것으로 보인다. 첫 일곱 곡은 피렌체에서 쓰고 유랑 생활을 하면서 다시 고쳐 쓴 것으로 추정된다. 단테는 "인생길 반 고비에"라고 지옥편의 첫 구절을 장식하는데, 이는 1300년을 의미한다. 그러나 학자들은 이 작품이 착수된 것이 『향연』의 집필을 멈춘 1307년쯤이라고 주장한다. 그리하여 「지옥편」과 「연옥편」은 1314년 이전에 탈고했고 「천국편」은 1321년, 즉 그가 죽기 직전에 끝마친 것으로 알려졌다.

『신곡』은 세 편으로 나뉘어 있는데, 모두 33곡으로 이루어진 각 편은 서로 깊은 유대 관계를 지니고 있다. 다만 「지옥편」은 작품 전체에 대한 서곡이 있어 34곡이다. 모두 합하면 100곡이다. 또한 모두가 삼연체에 11음절로 구성되어 있으니 참으로 묘한 설계 아래 창작되었다고 볼 수 있다. 각 곡의 길이는 일정치 않으나 대개 140행 안팎이다. 작품 전체는 1만 4,233행으로 구성되어 있다. 『신곡』은 3이라는 숫자를 매우 중요시한다. 이는 단테가 『신생』에서 밝힌 바와 같이 삼위일체 정신에 입각한 것이다. 단테는 또한 10이나 그의 배수를 의미 있게 여기는데 이것은 '완전'을 뜻한다.

그뿐이 아니다. 「지옥편」에서 벌받고 있는 영혼들은 아리스토텔레스의 『윤리학』에 기반을 둔 이론에 따라 부절제, 폭력, 사기의 세 가지 순서에 따라 등장하고, 연옥편의 정죄하는 영혼들은 선과 악의 개념에 바탕을 둔 채 세 단계로 나뉘어져 있으며, 천국편의 영혼들은 불완전한 영혼들·활동적인 영혼들·명상적인 영혼들로 나뉘어져 있다. 또 지옥의 원(Cerchi)들은 3의 배수인 아홉 개로 되어 있고 연옥의 권역(비탈을 포함하여)도, 천국의 하늘들도 역시 아홉 개로 되어 있다. 다만 지옥 입구와 지상천국 그리고 정화천을 생각하면 각각 열 개로 되어 있는 셈이다. 또 지옥의 문지기들도 아홉 명, 연옥의 천사들도 아홉 명, 천국에 있는 천사들의 등급도 아홉 가지이며, 지옥 입구에서 단테를 가로막는 짐승들은 세 마리, 단테를 인도하는 시인들도 베르길리우스, 소르델로, 스타티우스 세 사람이다. 3과 9 그리고 10과 100의 숫자가 끝없이 작용한다. 이는 시인의 치밀한 계획에 의한 것이다.

단테가 『신곡』에 적용하고 있는 천문학과 신학은 철저히 중세적인 것이다. 지구는 우주 복판에 부동의 상태로 있고 그 주위에 천체가 움직이고 있다는 것이다. 현대인들에겐 너무나 생소한 것이기에 여기 그 요지를 밝혀 둔다. 지구를 가운데 두고 도는 것들은 공기의 권들, 불의 권 그리고 아홉 개의 하늘들이다. 이 하늘들은 정화천인 엠피레오에 가까이 있는 하늘은 빨리, 멀리 있는 하늘은 느리게 지구 위를 맴돈다. 적도는 지구를 두 개의 반구로 나눈다. 북반구 복판에 예루살렘이 있고 남반구

복판에 연옥의 정죄산이 있으며, 예루살렘의 반구 밑에 지옥이 있다. 그리하여 그 밑으로 깊이 들어가면 루시페르가 곤두박질해 있는 땅의 한복판이 있다. 그러나 원래는 그렇지 않았다 한다. 다시 말해서 루시페르가 반기를 들고 하늘로부터 쫓겨나기 전에는 육지가 남반구에 있었는데 나중에 가서 루시페르와 거리를 두기 위해 가운데 연옥의 산이 형성됐다는 것이다.

『신곡』 전체의 시간은 일주일이다. 1300년 7일부터 14일까지로 부활주일 금요일부터 다음 목요일 사이에 벌어진 이야기다. 지옥에서 3일, 연옥에서 3일, 천국에서 하루의 시간이 소요된다.

「지옥편」의 구조

지옥은 어둠과 증오와 영원한 저주의 세계다. 여기 있는 영혼들은 죽을 때까지 악과 이웃하고 있었다. 본격적인 지옥에 이르기 전에 지옥의 안뜰이라 하는 컴컴한 들녘이 있는데, 여기 태만한 자들이 놓여 있다. 그들은 세상에서 선과 악을 떠나 오로지 자신들을 위하는 일에만 몰두했던 자들로서 지금은 왕파리와 벌 떼에 시달리고 있다. 이어 카론이 사공으로서 지키고 있는 아케론 강이 나타난다. 이 강은 지옥문을 지나 바로 펼쳐지는 지옥 안뜰과 본 지옥을 구분하고 있다. 지옥엔 아홉 개의 원이 있고 그중 첫 번째, 제1원은 림보라 하는 것인데 이곳은 다른 원들과 조금 다른 성격을 띠고 있다. 지옥에 있으면서도 고통과 괴로움이 없는 이 림보에는 두 종류의 영혼들이 있다. 하나는 그리스도의 세례를 받지 못한 채 죽은 어린이들의 영혼이고 또 하나는 그리스도 이전의 위대한 시인, 철인으로서 선행을 행한 자들의 영혼이다. 베르길리우스도 림보에 있다. 이곳에 있는 영혼들은 하느님을 알고자 갈망하지만, 이 갈망은 영원히 실현될 수 없는 것이다.

본 지옥은 제2원의 문턱에 있는 미노스가 나타나면서 시작된다. 이 제2원에는 애욕의 죄를 범한 영혼들이 쉬지 않고 불에 타는 지옥의 폭풍에 시달리고 있다. 파올로와 프란체스카가 있는 곳도 바로 여기다. 가엾은 이 두 인물들의 운명에 대해서 단테는 연민의 정을 쏟아 얘기하고 있다. 제3원엔 탐욕가들이 케르베로스에게 고통을 당하고, 제4원에는 낭비가와 인색한 자들이, 제5원에는 분노한 자들이 스틱스 강의 흙탕물에 잠겨 벌받고 있다. 여기까지가 부절제한 영혼들이 벌 받고 있는 모습이다.

단테와 베르길리우스는 플레기아스의 인도로 세 명의 푸리아이가 지키고 있는 제6원에 이른다. 여기가 곧 디스의 시다. 중세의 성벽에 둘러싸인 커다란 성이 거대한 모습을 하고 있다. 여기엔 이교도들이 불타는 무덤에 누워 있다. 이곳은 스틱스와 플레제톤 강 사이에 있는 완충 지대다. 아리스토텔레스의 『윤리학』에 의한 죄의 제1부류와 제2부류 사이에 있는 일종의 림보와 같은 지역이다. 제7원은 폭력을 사용해 죄를 지은 영혼들이 미노타우로스에 의해 감시를 받으며 벌받고 있다. 이 원은 폭력의 세 가지 형태를 구분하고 있다. 즉, 이웃에 대한 폭력과 자신에 대한 폭력 그리고 하느님에 대한 폭력이다.

사기와 배반을 범한 영혼들은 지옥의 가장 낮은 곳에서 두 부류로 나뉘어 벌받고 있다. 제8원에는 자신을 신뢰하지 않는 자를 사기한 죄인들이, 제9원에는 자신을 신뢰하는 자를 사기한 배반자들이 있다. 제8원은 커다란 노천극장 같은 형상을 하고 있는데 그곳엔 열 개의 굴속에 유혹자, 아첨꾼, 고성죄인, 점성술사와 마술사들, 도박꾼들, 위선자들, 도둑들, 사기꾼 집정관들, 불화와 분열의 씨를 뿌리는 자들, 화폐위조가와 연금술사들이 그들의 분수에 맞는 벌을 받고 있다.

제9원에는 배반자들이 있다. 그들은 코치토스의 얼음 속에 파묻혀 있다. 이 코치토스는 네 개의 영역으로 나뉜다. 즉, 친족을 배반한 영혼들, 조국과 자기 당파를 배반한 자들, 친구와 동료를 배반한 영혼들, 은인을 배반한 영혼들로 나뉜다. 땅 한복판(지구의 중심)에는 지옥의 마왕인 루시페르가 있는데, 그는 세 개의 얼굴에 세 개의 입을 갖고 있다. 이것들은 각각 증오, 무력, 무지를 상징한다. 이 입들에는 유다, 브루투스, 카시우스가 물려 있다. 그런데 이를 좀더 깊이 음미해 보면, 증오는 사랑에 대치되고 무력은 권능에, 무지는 지혜에 대치된다. 사랑과 권능과 지혜는 곧 삼위일체가 표상하는 것들이다. 단테는 이들을 마지막으로 본 다음 루시페르의 몸에 의지해 연옥의 해변에 이른다.

「연옥편」의 구조

연옥은 정죄와 희망의 왕국이다. 단테는 베르길리우스를 따라서 어느 섬의 해변에 이른다. 공기는 아주 맑다. 하늘엔 별들이 총총 박혀 감미로운 빛으로 빛나고 있다. 여명이 점점 밝아 온다. 그곳엔 하늘을 찌를 듯 솟은 산이 있다. 뱃사공 천사의 조각배를 타고 테베레 강 어귀를 떠나 여기에 이른 영혼들은 모두가 이 산을 오르며 죄의 허물을 벗으려는 욕망에 사로잡혀 있다.

정죄산을 지키고 있는 영혼은 카토다. 그는 카이사르에게 항복하지 않고 공화국의 자유가 종말에 이르는 것을 지켜보며 자결함으로써 치욕을 모면했던 인물로 중세에 이르도록 자유의 규범으로 여겨졌다. 때문에 그가 비록 신앙을 갖고 있진 않았으나 자살로서 스토아 학파의 윤리에 대한 의무를 수행했기 때문에 림보나 자살자들의 고통스런 숲에 있지 않고 여기에 와 있는 것이다. 정죄산은 세 부분으로 구분된다. 즉, 연옥 입구, 연옥, 지상낙원이다. 연옥 입구에는 악 속에서 살다가 죽을 무렵에 가서야 회개하고 구원받은 영혼들이 있다. 이 지역은 두 개의 비탈로 구분되어 있다. 첫째 비탈에는 파문당했다가 죽기 전에 뉘우친 자들이 연옥에 들어가기에 앞서 파문 후 삶의 삼십 배 시간을 정죄하고 있고, 둘째 비탈엔 회개에 태만했던 영혼들이 있다. 이들은 자기네 인생의 기간만큼 이곳에 있어야 한다.

단테는 정화천(엠피레오)에서 내려온 성 루치아에 의해 연옥 문턱으로 날아서 오른다. 천사가 그 문을 지키고 있는데, 그는 단테의 이마에 칼끝으로 일곱 개의 P자를 새겨 준다. 이 P자는 연옥의 일곱 권역에서 정죄해야 하는 주요한 죄를 상징한다. 즉 오만, 질투, 분노, 태만, 인색과 낭비, 탐욕, 애욕의 죄인데, 구역을 차례로 지나면서 이 죄들과 함께 단테의 이마에 새겨진 P자도 하나씩 씻긴다. 이 모든 죄를 씻어 구원받은 영혼들이 지상낙원으로 오르게 되는 것이다. 그런데 연옥에서 정죄하는 죄들이 지옥에서 벌받고 있는 것들과 비슷한 것을 보고 당혹감을 느끼는 독자도 있을 것이다. 지옥의 죄들은 뉘우치지 못한 자들의 죄이고, 연옥의 죄들은 죽기 이전에 회개한 자들의 죄다. 그러므로 지옥의 죄들은 정죄할 수 없어 영원히 벌받아야 하고, 연옥의 죄는 정죄하여 구원을 받는 것이다. 이곳에서 구원받은 영혼들은 천국에 올라간다.

지상낙원은 지상의 완전한 행복을 상징한다. 엠피레오에 올라가기 전에 그들은 지상의 죄를 망각하게 하는 레테 강에 몸을 씻고 선행의 기억을 새롭게 하는 에우노에 강물을 맛보며 정화된다. 이제 마지막에 이르러 베르길리우스와 스타티우스의 안내를 벗어나 베아트리체의 안내를 받아 천국으로 오른다. 「연옥편」은 가장 철학적인 부분이다. 따라서 난해함이 다른 편보다 크다. 그러나 16~21곡에 이르는 인간의 자유의지에 관한 부분은 비교적 쉬운 논조로 독자의 심장을 뿌듯하게 적셔 줄 요소를 품고 있다. 나는 이 부분이 「연옥편」의 핵심이라 생각한다.

「천국편」의 구조

나는 앞에서 '지옥은 어둠과 증오와 영원한 저주의 세계'라고 말했다. 천국은 이와 정반대되는 성격을 지니고 있다. 천국은 빛과 춤과 노래와 완전한 환희와 완전한 덕이 있는 왕국이다. 천국의 축복받은 영혼들은 본래 모두 정화천에 있지만, 단테가 도착하자 그에게 축복의 여러 계층을 알려 주기 위하여 각각 그들에게 적합한 지역으로 내려와 그를 맞이한다. 우리는 천국의 여러 하늘들에 있는 지복자들을 접하면서 그들이 받는 축복이 다르다고 생각할 수 있는데 천국의 지복자들은 똑같은 축복을 받고 있다.

아홉 개의 하늘이 지구를 축으로 하여 돌고 있는데, 이 하늘들엔 천사들이 좌정하고 있다. 위로부터 아래로 등급에 따라, 세라피니, 케루비니, 트로니, 도미나치오니, 비르투디, 포데스타디, 프린치파티, 아르칸젤리, 안젤리가 있다. 가장 느리게 돌고 있는 하늘인 달의 하늘, 월천에는 하느님께 행한 서원을 이루지 못한 영혼들이 반사된 영상처럼 나타나 있다. 그들은 불완전한 영혼들이다. 그런데 활동적인 영혼들은 불완전한 영혼들처럼 하나의 하늘에만 있는 것이 아니라 둘째에서 여섯째 하늘에 널리 퍼져 있다. 둘째와 셋째 하늘엔 절제, 넷째 하늘엔 지혜, 다섯째 하늘엔 힘, 여섯째 하늘엔 정의를 뜻하는 천사들이 있다. 명상적인 영혼들은 일곱째 하늘에 있다.

둘째 하늘인 수성천에는 자신의 명성을 남기기 위해서 선을 행했던 영혼들이 있는데, 그들은 환희에 겨워 노래하고 춤추는 빛살의 형체를 하고 있다. 영혼들이 찬란한 빛을 내는 것은 셋째 하늘 이후부터다. 천국의 영혼들은 정화천에 이르러서야 인간의 모습을 다시금 취하고 그 전에는 빛 속에 가려져 있다. 셋째 하늘인 금성천에는 나중에 하느님께 향하게 될 인간적인 사랑을 강렬히 느꼈던 영혼들이 축복받고 있다. 그들은 이제 조금 빠른 속도로 움직이면서 노래를 부르는 빛들의 모습을 하고 있다. 그들은 또 하느님을 인식할수록 더더욱 사랑의 열기에 싸이고 신비로운 환희를 갖는다. 넷째 하늘인 태양천에서는 지혜로운 영혼들이 단테와 베아트리체 주위에 두 개의 원을 이루고서 노래하고 춤을 춘다. 그 뒤에 이어지는 화성, 목성, 토성의 하늘들에 있는 영혼들은 상징적인 형상을 띠고 있다. 화성천에는 신앙을 위해 전투하는 영혼들이 거대한 십자가 모양을 만들고 있는데, 그 안에 그리스도께서 나타나셨다 사라지곤 한다. 목성천에는 의로운 영혼들이 노래를 부르며 정의와 제국의 상징인 독수리 모양을 만들고 있으며 토성천에는 명상적인 영혼들이 금으로 된 계단을 조용히 오르내린다. 이 계단은 끝이 보이지 않을 정도로 높다. 여덟째 하늘인 항성천에서 단테는 그리스도의 사도들로부터 신학적인 질문을 받는다. 즉 믿음, 소망, 사랑 등에 관해 시험을 치르는 것이다. 그 후 그는 그리스도의 승리가 승천하는 것을 본다. 원동천인 아홉째 하늘에서 단테는 아득히 멀리 자리 잡고 있는 한 점을 보는데, 그 점은 곧 하느님을 상징한다. 바로 이 점에 하늘과 모든 자연이 예속되어 있으며 그 주위에는 하늘을 움직이는 천사들의 아홉 합창대가 하느님의 의지에 따라 돌고 있다.

단테는 활동적 삶과 명상적 삶의 모든 것을 두루 살펴본 후 최고의 하늘이라 할 정화천, 즉 엠피레오에 이른다. 이것은 모든 지복자들의 진정한 보금자리다. 여기서 시인은 하얀 장미꽃 모양을 만들고 있는 지복자들을 보며 삼위일체의 신비를 깨닫고 '해와 별들을 움직이시는 사랑'이신 하느님을 관상하게 된다. 그리하여 가장 완전한 평화를 발견한다.

「천국편」은 신학의 해설 같은 느낌을 준다. 하느님의 의지를 완전하게 인지하면 평화를 얻을 수 있다는 그의 말을 가장 실감나게 해 준다.

흔히 『신곡』의 세 편을 두고 말할 때, 그 각각을 독립적으로 분리하며 지옥편이 우수하다느니 천국편이 우수하다느니 하고 말하는 경우가 있다. 각 편이 지니는 어렵고 쉬운 점을 말할 수는 있으나 각 편의 질을 따진다는 것은 무리한 주장이다. 왜냐하면 이 세 편은 통합체로 보아야 하기 때문이다. 또 그렇게 볼 때 우리는 『신곡』 전체의 내용을 보다 깊이 파악할 수 있을 것이다. 『신곡』은 인간이 소유하는 감정의 깊이와 높이를 완전하게 담은 조화 있는 건축물이다. 「지옥편」은 조각 같고, 「연옥편」은 회화 같으며 「천국편」은 음악 같으니 이 모두를 통합체로 볼 때 조화 있는 건축이라는 말이다. 그러므로 우리는 『신곡』을 읽을 때 글 뜻에만 국한하지 말고 글 너머의 깊은 의미를 포착하라고 한 단테의 말을 되씹어 볼 필요가 있다.

『신곡』을 이해하는 키워드, 베아트리체와 베르길리우스

『신곡』에 등장하는 수많은 인물들 중에 가장 중요한 존재는 베아트리체와 베르길리우스다. 특히 베아트리체는 『신곡』뿐 아니라 단테의 여러 작품에 중요한 존재로 등장한다. 이들을 이해하는 일이야 말로 『신곡』을 이해하는 중요한 바탕이라 하겠다.

베아트리체는 시인 단테의 영원한 여성이다. 그저 막막한 여인이라거나 혹은 시적 영감을 주는 시신의 위치를 고수하는 여인이라기보다는 시인의 정신세계를 지배하는 선의 대변자이자 그 집합체로 보아야 할 것이다. 극히 불명확한 단테의 생애에 얽힌 일화에 얽매여 그녀와 시인의 관계를 단순히 세속적인 관점에서 해석하거나 분석하는 것은 쓸데없는 노력일 것이다.

일단 초기의 단테 학자였던 보카치오의 『단테의 삶』에 있는 베아트리체에 관한 부분을 간추려 옮겨 보자.

오월 초하루, 아름다운 꽃들이 화사하게 덮인 피렌체. 귀족인 포르티나리 가문은 축제를 베풀어 명망 있는 인사들을 초청한다. 그들은 가족들끼리 데려와 행복한 시간을 같이 나눈다. 알리기에로도 아들 단테를 데리고 간다. 단테는 여기서 포르티나리의 귀엽고 예쁜 딸 비체(Bice, 베아트리체의 애칭)를 보게 된다. 그들은 아홉 살쯤 됐다. 어린 단테의 눈에 비친 비체의 모습은 천사 같았다. 축제의 호스트인 포르티나리의 딸인

데다가 워낙 아름다웠기 때문에 모든 사람들이 그녀를 칭송한다. 단테는 이 천사 같은 비체를 사모한다. 그로부터 단테에겐 비체를 보는 것이야말로 기쁨이요 위안이요 행복이다. 그러나 비체는 다른 사람과 결혼한다. 단테는 마음으로만 그녀를 동경해 왔고, 이것은 시인의 가슴에서 분출하여 많은 시에 뿌리박는다. 비체를 처음 만난 후 9년이 지난 다음에야 단테는 그녀를 우연히 길에서 만난다. 마음의 여성인 그녀를 만난 단테는 커다란 기쁨에 사로잡힌다. 비체가 단테에게 다소곳하게 인사한다. 이 인사에 단테는 희열을 느낀다. 방황하던 자에게 광명이 나타난 것 같다. 그로부터 6년이 지났을 때 비체가 세상을 떠난다. 단테는 그녀의 죽음을 깊이 애도한다. 찢어질 듯한 마음의 고통이 시작된다.

_ 보카치오의 『단테의 삶』 24절

  이것이 곧 시인이 그녀와 갖는 직접적인 관계다. 그것뿐이다. 두 번 만났다는 사실, 그게 얼마나 대단하단 말인가? 그러나 두 번째의 만남에서 그녀가 던지는 인사는 시인에게 선과 행복 그리고 구원의 개념을 터득하게 하는 원천이 되었다. 그러므로 베아트리체가 '미, 덕, 지혜의 상징이고 영원한 여성의 이미지를 갖고 있는 아름답고 새로운 천사이자 아직 인간화되지 않은 신성을 지녔으며 실현되지 않은 이성'이라고 한 데 상티스(De Sanctis)의 평이 옳다 하겠다.
  단테는 베아트리체를 가리켜, '나보다 뛰어난 하나의 신(Ecce deus fortior me)'이라고 말한다. 이것은 시인이 베아트리체를 두 번째 만났을 때, 그녀가 던진 인사를 받고 난 뒤에, 하느님의 축복과 구원의 의미를 느꼈기 때문이다. 따라서 그리스도교 정신에 입각해 삶을 영위하는 시인에게 그녀의 인사는 구원이요 선의 결정체를 터득하는 것이니, 그녀는 단테에게 구원자이며 그리스도의 의미를 지니게 된다. 그러므로 베아트리체를 흠모하는 것이 단테에겐 생의 참뜻이라 하겠다. 베아트리체가 구원자적 존재로 나타나는 것은 『신곡』에서 보다 노골적이다. 그녀는 작품에 나오는 수많은 인물들 중에서 베르길리우스와 더불어 상대적인 중요성을 띤 인물이다. 후자는 지옥과 연옥을 편력하는 단테의 길잡이인 반면에 전자는 하느님의 은총이 가득하며 영원한 행복과 평화가 깃드는 천국의 안내자다.

『신곡』 서두에 나오는 '인생길 반 고비' 란 인생의 기간을 칠십으로 볼 때, 서른다섯 살을 뜻한다. 죄와 악의 구렁텅이에서 하느님의 뜻과는 너무나 동떨어진 삶을 살아온 것으로 자신을 평가하는 시인은 정치적 · 도의적 부패의 터전인 피렌체의 혼란 속에서 방황하다가 이제 명상에 잠겨 선의 길을 모색하고자 한다. '어두운 숲' 은 따라서 죄 많은 삶과 타락한 피렌체를 상징하는 이중의 비유를 지니고 있다.

사실 피렌체의 부패는 정치적인 음모와 혼란에 의해 야기되었고 그 속에서 단테는 종교 · 윤리적인 죄의식을 강렬히 느꼈다. 더군다나 휘몰아치는 당쟁의 소용돌이 속에 말려들어 원치 않는 유랑 생활을 하게 된 것이다. 단테는 이러한 시기에 고전과 철학 · 신학 등을 깊이 연구하며 구상하던 『신곡』을 정리했다. 그러니까 인류가 낳은 최대의 걸작이라 평가되는 이 『신곡』은 고통 · 분노 · 희망 속에서 우러나, 종교적 · 윤리적 · 정치적 관심과 주의 깊은 연구를 통해서 얻어진 예언자적 정신에 입각하여 쓰어진 작품이다. 이 작품은 시인이 적절한 시기에 회상하고 회개하지 않았다면 햇볕을 보지 못했을지도 모른다. 그만큼 시인 단테는 시대의 부패와 부정 그리고 인간의 죄에 대해 민감한 반응을 보였고, 인간이 악에서 벗어나 영혼의 평화와 안식을 누릴 수 있도록 가치 있게 선도하는 것이 곧 자신의 사명이라고 믿었다. 그래서 환상적 여행기 형식을 통해 고통스럽게 벌받고 있는 지옥의 모습과 생전의 죄를 뉘우치고 난 다음 죽어 천국에 오르기 전에 그 죄를 완전히 씻어 버리기 위해 정죄하고 있는 연옥의 모습, 또 하느님의 의지 안에서 살았던 영혼들이 하느님의 품속에서 평화와 사랑을 구가하고 있는 천국의 모습을 보여 준다.

비록 환상 여행이긴 하여도 단테는 하나의 초라한 인간에 지나지 않기 때문에 죽음 이후의 세계를 편력하는 데에 안내자가 필요한 것은 당연하다. 여기서 안내자로 등장하는 인물이 바로 베르길리우스다. 그는 라틴의 시인이자, 시인의 정신적 지주다.

　단테는 『향연』에서 아리스토텔레스를 제일의 철인이라고 한다. 그의 우주관 · 자연관 · 윤리관 · 예술관 등은 단테에게 커다란 영향을 끼쳤다. 그런데 단테는 지옥과 연옥을 편력하는 데에 있어 어째서 아리스토텔레스를 택하지 않고 베르길리우스를 택했을까? 더구나 그들은 똑같이 림보에 있는 영혼들이 아닌가! 독일의 비평가 아우에르바흐(Auerbach)에 따르면 베르길리우스가 모든 시인들은 말할 것도 없고 모든 사람들이 흠모하던 위대한 시인이었으며 그의 서사시 『아에네이스』가 차지하는 문학적 가치가 아주 높았기 때문이라고 한다. 따라서 단테도 그의 문학적 후광을 입어 자신의 작품은 물론 자신의 명성을 드높이려는 세속적인 욕망에서 베르길리우스를 안내자로 택했다는 것이다. 그가 누구이건 안내자는 단테에게 있어서 인간 지성의 최고이자 이성이다.

　성모의 뜻에 따라 베아트리체가 성 루치아를 움직여 베르길리우스로 하여금 '어두운 숲'에서 방황하는 단테를 구하게 한다. 그러니까 단테가 비록 베르길리우스의 안내를 받아 순례를 하지만, 그것은 어디까지나 하느님의 사랑의 힘에 의한 것이라는 말이다. 즉, 회개와 속죄를 통해서 단테를 구원하기 위해서다. 이런 의미에서 베르길리우스가 이스라엘 백성을 하느님께로 인도한 모세의 역할을 하고 있다고 보는 아우에르바흐의 의견은 참으로 훌륭하다. 베르길리우스는 지옥과 연옥에서 깊은 지식과 고귀한 통찰력을 발휘해 시인을 인도하고 또 그가 갈망하는 바를 풀어 준다. 이 라틴의 시인은 아리스토텔레스의 철학이나 윤리학 등에도 통달했기에 단테의 의문을 넉넉히 풀어 줄 수 있다. 한 마디로 표현해서, 어둠 속에서 방황하는 초라한 영혼을 인도할 만한 자질을 충분히 갖고 있다.

베르길리우스는 단지 안내만 해 주는 것에 그치지 않고 단테에게 죽음 이후의 세계에 대해서 자세하고 정확한 설명을 해 준다. 그러나 인간의 지성과 이성은 한계를 갖는다. 그가 연옥에 와서 당황하는 것도 바로 이 한계 때문이다. 아무래도 인간의 능력은 신성을 지닐 수 없는 법, 연옥엔 하느님과 마주 통하는 지상낙원이 있기에 지옥의 영혼인 그가 당황하는 것은 당연하다 하겠다. 다시 말해 연옥은 천국에 올라갈 자격이 있는 망령들이 때를 기다리며 속죄하고 기도하는 곳이기에 영원히 지옥에 머물러야 하는 베르길리우스에겐 한없이 힘겨운 안내일 수밖에 없다. 따라서 연옥의 지상낙원에 이르면 단테의 안내는 베르길리우스보다 뛰어난 분이자 가치 있는 영혼인 베아트리체가 맡게 된다. 이제 라틴의 시인은 사라져 버렸다.

베아트리체! 단테가 그토록 동경하던 거룩하고 온화한 여성! 그녀가 오랜 갈증에 시달린 단테 앞에 나타났다. 그녀는 단테를 하느님의 사랑과 완전한 평화로 인도하기 위하여 온 것이다. 그녀는 「천국편」 마지막에 이르러 성 베르나르가 나타날 때까지 시인을 인도하는 영원한 안내자다.

천국에 이른 단테가 어린애 같은 기분에 사로잡혀 당황하는 건 당연한 일이다. 그러나 베아트리체는 그를 호되게 나무란다. 그녀의 이러한 질책에서 우리는 오히려 그녀의 사랑을 느끼게 된다. 지상낙원을 거쳐 천국에 올라가면 올라갈수록 신비스러워지는 베아트리체의 모습을 인간의 이성으로는 납득하기 어렵다. 이것은 또한 천국이 지니는 일반적인 성격이기도 하다. 신비로 가득 찬 여인이며 천국이니 우리가 쉽게 이해할 수 없는 것은 지극히 당연하다. 그렇지만 그녀가 매우 자상하고도 인자하게 시인을 안내해 주니 단테가 지옥과 연옥에서 베르길리우스에게서 위안을 찾았던 것처럼 이제는 그녀의 보호 속에서 평안을 느낀다. 특히 의심과 두려움이 앞설 때는 더욱 그렇다.

영원한 여성, 고귀하고 거룩한 베아트리체, 그녀는 단테에게 구원이며 평안이며 위안이 되니 성모의 변신인 것만 같다. 수많은 별들로 이루어진 빛의 세계인 천국에서 하느님이 계시는 엠피레오의 장미꽃 너머로 올라가면 올라갈수록 그녀는 숭엄하고 성스런 성품을 나타낸다.

일찍이 19세기 이탈리아의 비평가 데 상티스는 베아트리체를 가리켜 신성의 상징이라고 했다. 내가 앞에서 밝힌 바와 같이 베르길리우스를 인간의 이성이며 최고의 지성이라고 하는 의견에는 퍼거슨(Fergusson) 등 반대하는 학자가 있으나, 베아트리체를 하느님의 사랑의 의미이며 심지어 그리스도의 모습이나 그와 유사한 존재로 보는 데에는 이견이 없다. 단테를 구원한 사실만으로 주장하는 게 아니라, 적어도 사랑의 의인화 혹은 그리스도나 성모 마리아의 변신으로 여기기 때문이다.

어떤 학자들은 이 점을 염두에 두고 단테의 문학에 있어서 베아트리체를 순수한 허구의 산물로 보느냐 아니면 실재적인 인물로 보느냐의 문제를 제기하고 나선다. 그러나 그녀는 시인의 상상력에 의해 탄생한 산물에 가깝다. 설령 그녀가 시인이 어렸을 때 만났던 비체라는 여성의 승화된 인간상을 지녔다 하여도 『신곡』에서 받는 인상은 엄청난 차이가 있을 뿐 아니라 환상의 비유가 아니고서는 하나의 평범한 인간이 단테의 상상력 속에 그토록 강렬한 역할을 할 수 없기 때문이다.

그러나 이러한 생각을 받아들이지 않는 사람도 있다. 그들은 그리스도나 베르길리우스가 실재적인 인물이었듯 베아트리체도 실재의 인물이었으며 또 그렇다고 생각할 때 그녀의 진면모가 살아난다는 것이다. 나의 생각은 그렇지 않다. 문학적 상상력에 의거한다 해서 그녀가 지닌 가치가 저하될 이유는 없다. 다시 말해, 베아트리체가 신성함을 지니도록 승화되었다 해서 그녀가 반드시 그리스도처럼 실재성을 인정받아야 하는 것은 아니다. 단테가 일생에 그녀를 만난 것은 겨우 두 차례뿐이고, 구원으로 상징되는 인사, 이것만이 시인과의 직접적인 관계다. 그 외는 모두가 상상력의 산물인 것이다. 비록 시인 단테가 어렸을 때 만났던 여인이 『신곡』에 나타나는 베아트리체로 발전·승화되었다 하더라도 그것은 시인이 자신의 사상을 표현하기 위해 형상화한 인물이라고 풀이할 수 있다.

따라서 『신곡』을 종교적인 성경이 아니라 하나의 문학작품으로 보는 데에 이견이 없다면 적어도 베아트리체는 문학적인 관점의 대상물이어 야 한다. 『신곡』이 성경적 길을 가고자 해도 그것은 어디까지나 문학이 며, 작품에 부각된 그녀가 신성을 지닌 거룩한 여인, 나아가서는 천사나 그리스도로 승화되었다 해도 그건 문학의 테두리 안의 문제다.

단테는 『신곡』의 하반부에서 이 작품의 매듭을 푸는 데 열쇠 역할을 한 이 신비하고 영원한 여성에 대해서 결정적인 칭송의 시구를 읊조린다.

> "오, 여인이시여. 그대 안에 내 희망이 힘을 얻고
> 그대 나의 구원을 위해 저 지옥 속에
> 발자취를 남기시는 괴로움을 겪으셨습니다.
>
> 내 보아 왔던 그 많고도 많은 것들을
> 그대의 힘이며 그대의 선에서 온
> 은혜와 덕으로 나 이제 받아들입니다.
>
> 그 모든 길과 그 모든 방법으로써
> 나를 속박에서 자유에로 이끄신 그대,
> 모든 것을 이루시는 힘을 지니셨습니다.
>
> 그대의 너그러움을 내 안에 간직하시어
> 그대가 건강히 치유해 준 나의 영혼이 그대의
> 뜻을 따라 육체에서 풀려나게 하소서."

_ 「천국편」 제31곡 79~90행

그렇다. 단테는 그녀를 통해서 하느님을 볼 수 있는 희망을 간직하는 것이다. 그러기 위해서 시인이 지옥의 어두운 숲을 방황하고 있을 때, 그를 구원하려고 지옥까지 내려갔던 것이다. 단테는 그녀의 은혜와 덕을 입어 죽음 이후의 세계에서 수만 가지 사건들과 사람들을 본 것이다. 그리하여 병들고 썩어빠진 영혼을 구원자적인 사랑의 힘으로 말끔히 치유해 주었으니, 단테는 이제 세상에 돌아가서 보내게 될 남은 생애 동안 올바른 길을 따라 영위해 나갈 수 있는 고귀한 빛을 베아트리체로부터 받은 것이다.

지옥편
Inferno

| 제1곡 |

 1300년의 봄, 어느 날 단테는 올바른 길을 잃고 어둡고 거친 숲 속에 처하게 된다. 그는 가슴을 죄며 한 발자국도 움직이지 못하고 있다. 그러나 태양빛이 비치자 그는 순간적으로 희망에 사로잡혀 언덕 위로 오르려 한다. 하지만 곧 무서운 세 마리의 짐승을 만나게 되고 그는 걷잡을 수 없는 비탄 속에 빠진다. 그 세 마리의 짐승은 표범·사자·늑대인데, 이들은 단테의 발길을 가로막으며 공포에 질리게 하여 도망가려는 마음조차 갖지 못하게 한다. 바로 그때 로마 시대의 시인 베르길리우스가 나타난다. 그는 아름다운 문체의 창시자이며 높은 지성을 지니고 있는 시인이어서 단테가 스승, 아버지, 시인 중의 시인이라고 일컫는 사람이다. 단테는 『아이네이스』라는 작품을 탐독하여 베르길리우스를 알게 되었다. 그의 영혼은 단테를 더욱 길고 복잡한 다른 길로 안내하여 벌의 세계인 지옥과 회개하고 죄를 씻는 세계인 연옥을 거쳐 환희의 산으로 안내하겠다고 약속한다. 환희의 산은 지금 길을 막고 있는 늑대를 사냥할 사냥개가 필요 없는 천국의 산이다. 베르길리우스는 자신이 영세를 받지 못한 사람이기에 그리스도교의 교리에 따르면 천국에 오를 수 없는지라, 거기에 이르면 자기보다 뛰어난 영혼이며 영원한 선의 상징이라 할 베아트리체가 안내할 것이라고 말한다. 단테는 초자연적인 구원의 약속을 흔쾌히 받아, 라틴 시인의 안내를 따르기로 결심한다.

제1곡은 『신곡』 전체의 서곡의 구실을 하는 만큼 그 안에 품고 있는 상징적인 은유가 풍부하다. 그 가운데서 특히 중요한 것이 2원적인 구원(redenzione)이라는 주제다. 즉, 그것은 구원을 바라는 마음으로 자신의 죄를 묵상하여 받는 인간 단테 자신의 구원과 하느님의 섭리로 인해 정화되는 모든 인류의 구원을 의미한다고 볼 수 있다.

'어두운 숲'은 지성적·윤리적 탈선의 상태를 상징하며, 일반적으로는 그리스도교 사회의 복음에 대한 무지와 부패의 상태를 나타낸다. 반대로 '언덕'은 인간을 행복으로 이르게 하는 곳이며, 하느님의 자비를 나타내는 태양에 의해 밝게 빛나는 덕스런 삶을 의미한다. 그럼 세 짐승은 무얼 상징한단 말인가? 그것은 정치적·윤리적 기본을 어지럽히며 개개인의 가치관을 파멸시키는 부절제·폭력·기만을 나타내며, 사냥개는 일종의 개혁자로서 종교적·시민적 질서를 개선하여 인간 속에 종교적 풍습의 순수성과 정의 및 평화를 재건하는 것을 상징한다고 볼 수 있다.

단테는 『신곡』의 특징을 바로 이 서곡에 잘 나타내고 있다. 자신의 서사시가 지향하는 기본 정신, 서술 방법의 제시, 극적인 효과를 주는 기술 등이 그 주요한 특징이다. 그러나 구성에 있어서는 불명료한 요소가 삽입되어 있는데, 이는 윤리 정신의 힘과 극적 장엄함을 나타내려는 데 주요한 목적이 있다.

우리네 인생길 반 고비[1]에
올바른 길[2]을 잃고서, 나는

3   어두운 숲[3] 속에 있었다.
아, 거칠고 사납던 이 숲이
어떠했노라 말하기가 너무 힘겨워

6   생각만 하여도 몸서리쳐진다!
죽음 못지않게 씁쓸했기에
나 거기서 깨달은 선을 말하기 위하여

9   거기서 본 다른 것들에 대해 이야기하리라.
나 어찌 거기 들어섰는지 말할 수 없지만
올바른 길 버릴 바로 그때

12   무던히도 잠에 취했던[4] 탓이다.
그러나 어느 언덕 기슭[5]에 다다랐을 무렵
내 마음을 공포로 쥐어짜던

15   계곡[6]이 끝나는 바로 그곳에서
사람들을 온갖 오솔길로 인도하는
유성[7]의 빛이 휘감긴 산기슭들을

18   나는 눈을 들어 쳐다보았다.
무던히도 괴롭게 보냈던 밤
내 마음의 호수에 지속되던 무서움이

---

[1] **인생길 반 고비** 단테는 철학 논문 「향연(Convivio)」 4권 23장 6~10절에서 인생은 70까지라고 했다. 따라서 그가 1265년에 출생했으니 35세에 이르는 어느 봄날(4월 7일과 8일)이라고 짐작할 수 있다. 인생이 70년이란 설은 「성서」의 「시편」 90편 10절에 있는 '인생은 기껏해야 칠십 년'에서 유래했다고 본다.
[2] **올바른 길** 윤리적인 은유로 해석되어야 한다.
[3] **어두운 숲** 무지와 인간성 결여 및 부패의 상징이다.
[4] **잠에 취했던** 영혼의 잠, 즉 악과 선을 구별하지 못하는 상태.
[5] **언덕 기슭** 어두운 숲과 대치되는 것이다.
[6] **계곡** 어두운 숲을 죄스런 곳이라고 할 때 "계곡"은 낮은 곳, 즉 악이 깃든 지역, '언덕'은 높은 곳 즉 행복이 있는 천국을 상징한다.
[7] **유성** 태양을 말한다. 당시엔 태양도 유성으로 간주되었다.

21   그제야 조금 잠잠해졌다.

      마치 가쁜 숨을 몰아 쉬며

      빠져 죽을 듯한 바다에서 해안으로 나온 사람들이

24   무시무시한 물을 뚫어져라 쳐다보듯이,

      아직 도망치듯 머뭇거리던 내 마음도

      산 사람을 아직까지 살려 보낸 일이 없는[8]

27   그 저승길을 되살피려 몸을 돌렸다.

      그리하여 지친 몸을 잠시 쉬게 하고

      쓸쓸한 비탈길을 다시 걸으니

30   뒷다리[9]가 내내 더욱 힘이 들었다.

      자, 오르막길에 막 들어서자,

      몹시 날렵하고 민첩한 표범[10] 한 마리가

33   점박이 가죽을 뒤집어쓰고서

      나의 면전에서 떠나지 않고

      오히려 나의 갈 길을 무던히도 막고 나서니

36   나는 몇 차례나 되돌아가려 돌아섰다.

      그때는 곧 아침[11]이 시작될 무렵이었다.

      태초에 하느님의 사랑이 아름다운

39   저 별들을 움직였을 때

      해님이 별들과 더불어 솟아오르니,

      점박이 사나운 짐승과 맞서 볼

42   알맞은 때와 달콤한 계절을

---

[8] 지옥이든 연옥이든 또 천국이든 그곳은 죽음 이후의 곳이니 살아서는 갈 수 없다는 의미다.

[9] **뒷다리** 원문에는 '얕은 다리'라 되어 있다. 산을 오를 때 밑에서 몸을 지탱해 주는 다리, 즉 언덕을 오를 때 낮은 쪽을 딛고 있는 다리를 말한다.

[10] **표범** 편의상 표범으로 번역했으나 정확하지 않다. 표범과 비슷한 짐승인데 어떤 것인지 정확히 알 수 없다는 게 정설이다. 부절제를 상징한다.

[11] **아침** 1300년 4월 7일 성 목요일에 여행을 시작했으니 아침은 그 다음 날을 말한다.

나는 간절히 소망하고 있었다.

그러나 내 앞에 나타난 사자[12] 한 마리를 보니

45 나는 무서움을 느끼지 않을 수 없었다.

머리를 쳐들고 미친 듯이, 허기진 채

대기가 부들부들 떨도록

48 이놈이 내게 덮쳐 오는 것 같았다.

또 비쩍 말라빠진 몰골에 온통

굶주린 듯 보이는 암늑대[13] 한 마리

51 벌써 많은 사람을 산 채로 잡아먹었으련만……

이놈을 보니 무서움이 솟아나

나는 너무나도 고통스러워

54 꼭대기[14]로 향한 희망을 잃었다.

마치 기뻐 날뛰듯 재물을 긁어모으던 자

그것을 잃어버릴 때가 이르자

57 온통 그 생각만 하며 울고 괴로워하듯,

그 맹수도 안절부절 못하며 내게 그리하였다.

그놈은 내게 다가오며 차츰차츰

60 해님이 들지 않는 곳[15]으로 날 밀어 넣었다.

내가 낮은 곳으로 서둘러 들어가는 동안

오랜 침묵으로 목이 가라앉은 듯한

63 사람이 내 눈앞에 나타났다.

몹시 황량한 곳에서 나는 그를 보고

외쳤다. "그대[16] 그림자인가 참 사람인가!

[12] **사자** 폭력을 상징한다.
[13] **암늑대** 사기 혹은 악의를 상징한다.
[14] **꼭대기** 선이 있는 곳이다.
[15] **해님이 들지 않는 곳** 원전엔 '태양이 침묵을 지키는 곳'이라고 되어 있으며, 어두운 숲을 상징한다.

66   누구든 날 살려 주시오!"

        "사람은 아니나 옛날엔 사람이었다.

        나의 어버이는 롬바르디아[17] 사람이었고

69   그분들은 다 고향이 만토바[18]였다.

        나는 뒤늦게나마 율리우스 카이사르 시대[19]에 태어나

        그릇되고 거짓투성이인 제신[20]들의 시대에

72   착하신 아우구스투스[21] 치하의 로마에서 살았다.

        나는 시인이었고 오만스런 일리온[22]이 타 버린 뒤

        트로이에서 온 앙키세스[23]의 저 정의로운

75   아들에 대해 노래했다.

        그런데 너는 어인 일로 대단한 고통 속으로 왔느냐?

        온갖 기쁨의 시작이요 바탕이 될 환희의

78   산[24]에 왜 오르지 않았느냐?"

        "옳아, 그대는 저 널따란 강물처럼

        말을 퍼부으시던 베르길리우스이신가요?"[25]

81   나는 겸손한 낯으로 대답하였다.

        "오, 다른 시인들의 영광이며 빛이신 그대여.

        내 그대의 책[26]을 거듭거듭 읽도록 하고

---

[16] **그대** 베르길리우스(Vergilius)를 가리킨다. 로마의 건국을 노래한 『아이네이스(Aeneis)』의 저자로 단테가 흠모
하던 대서사 시인이다.

[17] **롬바르디아(Lombardia)** 이탈리아 북부 지방의 지명이다.

[18] **만토바(Mantova)** 역시 이탈리아 북부 지방의 도시 이름이다.

[19] **율리우스 카이사르(Julius Caesar) 시대** 율리우스 카이사르가 통치하던 때를 이른다.

[20] **제신** 예수가 태어나기 전이니 제신들이 숭앙을 받았다.

[21] **아우구스투스(Augustus)** 가이우스 옥타비아누스를 가리킨다. 그 밑에서 베르길리우스가 활약했다.

[22] **일리온** 트로이 시의 신전이다.

[23] **앙키세스(Anchises)** 아이네아스(Aeneas)의 아버지로, 어머니는 베누스다. 트로이의 명장이기도 하다.

[24] **온갖~** 천국을 가리킨다.

[25] 훌륭한 시를 쓰던 라틴 시인을 의미한다.

[26] **그대의 책** 『아이네이스』를 가리킨다.

84   오랫동안 연구하게 한 크신 사랑이 내게 값집니다.[27]

     그대는 나의 스승이요, 나의 시조라오.

     내게 영예[28]를 안겨 준 아름다운 문체를

87   나는 오직 그대에게서 끌어냈다오.

     날 돌이키게 했던 짐승을 보시오.

     오, 이름 높은 성현이여. 내게 도움을 주시오.

90   저놈이 나의 동맥과 핏줄을 부르르 떨게 합니다."

     그가 눈물 흘리는 나를 보고 대답하여,

     "네가 이 숲을 벗어나고 싶거든

93   다른 길[29]을 택해야 마땅할 것이다.

     너를 울부짖게 하는 이 짐승이란 놈은

     죽어도 다른 사람을 지나게 하지 않을 뿐 아니라

96   놈을 방해하면 죽이기까지 하느니라.

     그 본성이 사악하고 해로운 것이어서

     탐욕스런 욕망은 다 채워지지 않아

99   먹이를 취하고 난 뒤에 그 전보다 더 원하니까.

     그놈과 엇비슷한 짐승들[30]이 무척 많아

     사냥개[31]가 나타나 사납게 죽일 때까지

102 그놈들은 더더욱 많아질 것이다.

     이 사냥개는 흙과 쇠가 아니라

     지혜와 사랑과 덕을 먹고 살 것이며[32]

---

[27] 단테는 그 책을 오랫동안 연구하며 시작법을 배웠다.

[28] **영예** 「신곡」 이전에 발표한 작품들로 인해 얻은 명성이다.

[29] **다른 길** 악이 득실거리는 지옥이 아니라 천국으로 이끄는 환희의 길.

[30] **짐승들** 사기의 상징인 늑대와 같은 무리들. 즉, 단테의 정적들을 암시한다.

[31] **사냥개** 사냥개가 의미하는 것에 대한 학설은 분분하다. 교황 베네딕투스 11세(1303~1304 재위), 파지올라의 우구이치오네, 칸그란데 델라 스칼라, 룩셈부르크의 하인리히 7세, 심지어는 예수와 동일시하는 학자도 있다. 역자의 의견으로는 어떤 초인적인 힘을 가진 상징적인 자가 아닌가 싶다.

[32] 무력이 아니라 그 반대라는 뜻.

105　그의 고향은 펠트로와 펠트로 사이[33]에 있다.

　　　새색시 카밀라[34]와 에우리알로스와, 투르누스,

　　　또 니소스로 하여금 상처 입고 죽어가게 했던

108　저 가련한 이탈리아의 구원이 될 그로다.

　　　이 사냥개는 모든 지방으로 늑대를 사냥 다니어

　　　드디어 그걸 잡아 지옥에 처넣으리니

111　이자로부터 마귀의 첫 질투[35]가 그를 떼어 놓은 것이다.

　　　그리하여 나 너를 위해 생각하고

　　　네 안내[36]가 되기로 작정했으니, 너는 나를 따르라.

114　나 여기로부터 영원한 곳으로 너를 이끌 테니

　　　넌 거기서 절규를 들을 것이며

　　　두 번째 죽음[37]을 슬피 울부짖으며

117　괴로워하는 오래된 망령들을 보고

　　　또 불속에서나마 언젠가 복 받은

　　　사람들 곁에 가리라는 희망을 안고 있기에

120　만족해하는 영혼들을 보게 될 것이다.

　　　너 축복받은 영혼들의 나라에 오르고 싶다면,

　　　나보다 가치 있고 훌륭한 영혼[38]이 이끄실 것이니

123　널 그분과 함께 놓아두고 난 떠나리라.

　　　축복받은 영혼들을 다스리는 황제께서

---

[33] **펠트로와 펠트로 사이** 아직까지 규명되지 않았다. 옛날에는 '하늘과 하늘 사이'로 풀이했으나, 오늘날엔 상징성을 벗어나 지리학적인 풀이를 시도하고 있다. 베네치아 부근의 펠트레를 의식하기 때문이다.

[34] **카밀라(Camilla)** 카밀라는 『아이네이스』의 여주인공으로, 투르누스와 함께 아이네아스에 대항하여 싸우다 전사한 인물이다. 디아나가 그를 위해 복수했다. 단테는 그녀가 이탈리아를 위해 죽었다고 말하고 있다.

[35] **질투** 지옥의 루시페르가 하는 질투, 즉 선량한 인간을 질투하는 지옥의 왕 루시페르의 마음.

[36] **네 안내** 지옥과 연옥을 여행함에 있어 베르길리우스가 안내해 준다.

[37] **두 번째 죽음** 죽고 나서 받는 벌.

[38] **나보다 가치 있고 훌륭한 영혼** 베아트리체. 단테를 천국으로 안내한다.

내가 그의 율법에 거슬렸다 하여[39]

126 그곳에 두는 것을 바라지 않기 때문이로다.

그가 명령을 내리며 다스리는 모든 지역은

곧 그의 나라이며 그의 높으신 옥좌에 속하니

129 오, 거기에 뽑혀 간 자들은 행복하니라."

나[40] 그에게 말하길, "시인이여, 당신이 모르셨던

하느님의 이름으로 간청하나이다.

132 이 얽매임과 그에 따른 벌을 면하게 해 주시고

당신이 방금 말씀하신 곳으로 날 인도하셔서

성 베드로의 문[41]을 볼 수 있게 해 주고

135 거기에서 슬피 운다고 하신 자들을 보게 해 주소서."

그러자 그는 움직였고 난 그를 뒤따랐다.

---

[39] **율법에 거슬렸다 하여** 영세를 받지 못한 것을 가리킨다.
[40] **나** 베르길리우스는 예수 이전에 태어났으므로 하느님을 모른다.
[41] **성 베드로의 문** 천국에 이르기 위한 연옥의 문. 이 문은 천사가 지킨다고 한다. 「연옥편」 제9곡 127~130행 참고.

| 제2곡 |

 해 질 무렵이다. 다소 희망에 부풀어 있던 단테의 마음은 다시 의혹에 휘말린다.

일찍이 아이네아스와 성 바울로에게만 허용되었던 죽음 이후 세계로의 편력이 단테에게도 허락된 셈이다. 그러나 아이네아스는 제국의 핵심이자 훗날 교황청이 자리 잡는 로마의 창건자이며, 성 바울로는 그리스도의 믿음을 전파했고 또 그에 대한 신앙을 전파한 장본인이었기에 죽음 이후의 세계를 가 볼 수 있었다. 그런데 어떻게 하여 그들과 같은 업적을 쌓지도 못한 한낱 인간에게 그토록 엄청난 자비의 선물이 안겨졌단 말인가? 단테가 마음을 어지럽히는 악과 싸워 이기고 또 그 악을 털어 버리도록 하기 위해, 하늘나라의 심장부에 있는 동정녀 마리아, 성 루치아, 베아트리체 세 여인의 마음에서 비롯한 사랑의 힘이 베르길리우스를 움직여 그로 하여금 단테를 찾아 나서게 만들었다. 그리하여 단테는 그의 안내로 저승을 순례할 수 있는 행운을 얻었다. 다시 말해서 베아트리체가 낙망에 빠져 있는 단테를 구원하기 위해서 성모 마리아의 뜻을 받들어 림보(Limbo)에 내려와 베르길리우스에게 단테와 함께 순례하도록 권했다는 것이다. 58행 이하 베아트리체가 베르길리우스에게 부탁하는 장면은 참으로 아름답다. 이 이야기를 로마의 대시인인 베르길리우스로부터 들은 단테는 희망을 얻어 마치 새벽에 떠오르는 태양처럼, 또 화사한 꽃처럼 밝아진다. 그는 솔직 담백하고 정열 어린 마음으로 베르길리우스를 따라 지옥과 연옥의 세계를 향해 발길을 옮긴다.

순례자 단테는 때때로 주저주저하며 이성이 깃든 반항을 하고, 베르길리우스는 웅변적인 말투로 대답한다. 이것은 단테가 자기 사명과 결부된 시의 특성을 『신곡』의 첫머리에 나타낸 것이다. 여기서 분명히 밝혀 두어야 할 일이 있다. 즉, 단테의 저승 여행은 하늘의 뜻에 의해 이루어진 것이며, 그의 사명도 아이네아스나 성 바울로의 그것과 마찬가지로 인간 개인의 한계를 넘어 전 인류의 운명을 가늠하는 목적의식에서 정당성을 찾는다는 말이다.

자비하신 여인이 나타나 칠흑 같은 지옥을 비춰 주는 데서 이야기는 정점을 맞는다. 그것은 이슬 머금은 현란한 눈빛으로 포근한 위안의 말을 해 주는 데까지 지속된다. 『신곡』의 서곡적인 저서였던 『신생(Vita Nuova)』을 쓰도록 영감을 준 신비스런 이 여인의 출현은 곧 사랑의 빛에 의하여 장엄하고 숭고한 극적 감동을 준다.

사랑의 여성이자 천상의 지혜를 상징하는 베아트리체라는 인물을 통해 단테는 시인으로서의 창작 정신을 자극받는다. 아울러 종교적 · 윤리적으로 수준 높은 사상에 바탕을 두어 자신의 내면세계를 풍요롭게 하려는 사명감에 사로잡힌다.

제2곡은 지옥편의 서문이라 하겠다.

날이 저물고[1] 불그레한 하늘빛이

지상에 있는 생명들을 고달픈

3 일로부터 떼어 놓았는데, 오직 나 혼자만이

나그네 길과 고통의 전쟁[2]을 고수하려고

마음의 채비를 하고 있었으니,

6 실수를 범하지 않을 내 기억은 이를 적어 두리라.

오, 시신[3]이시여. 오, 지체 높은 지성이시여.

이제 나를 도우소서! 내 거기서 본 바를 적어 둘

9 기억이여, 그대의 존귀함이 여기 나타나리오.

내가 말을 꺼내, "날 인도하시는 시인이여,

이 힘든 발길을 내게 맡기기 전에

12 나의 힘이 충분한지 가늠해 보소서.

실비우스의 아버지[4]는 아직 썩을 수 있는 몸[5]이었지만

영원한 세계에 가서 생생한

15 몸이 되었다고 그대는 말씀하셨습니다.

그러나 죄악의 원수이신 하느님께서 그의

높은 공덕과 또 그에게서 누가

18 태어났는가를 생각하여 베푸신 친절은

지성 있는 사람에겐 부당히 여겨지지 않으니

---

[1] **날이 저물고** 1300년 4월 8일 성 금요일의 밤이 되었다.
[2] **고통의 전쟁** 베르길리우스에겐 고통스럽지 않으나 단테에겐 그러하기에 전쟁으로 비유한 것이다.
[3] **시신** 그리스 신화에서 유래한 뮤즈(Muses)를 말한다. 여기서부터 「지옥편」의 본론이 시작된다고 말할 수 있다. 이 거대한 작업을 함에 있어 시인은 겸허한 마음으로 자기의 능력을 낮추며 오직 시신의 도움이 있어야 한다고 말한다. 이와 같이 「연옥편」과 「천국편」에서도 뮤즈를 부르게 된다. 시를 씀에 있어서 시신을 부르는 것은 그 당시 유행하는 하나의 통념이었다. 단테는 베르길리우스로부터 이 수법을 배웠다.
[4] **실비우스(Silvius)의 아버지** 아이네아스를 말한다. 실비우스는 아이네아스와 라비니아 사이에 태어났다. 그는 죽은 사람들의 세계를 여행한 일이 있는데, 이 이야기는 「아이네이스」 제6권에 기록되어 있다.
[5] **썩을 수 있는 몸** 즉, 살아 있는 몸.

그것은 그가 가장 높은 천상⁶에서 고국인 로마와

21 제국⁷의 선택된 아버지였기 때문입니다.

사실을 말하면, 로마든 제국이든

위대한 베드로의 후계자가 자리 잡은

24 성스런 곳⁸을 위해 세워졌습니다.

그는 당신이 찬양했던 곳으로 가는 동안

그를 승리로 이끌어 교황의 법의를 입게 할

27 여러 가지 사건들을 알게 됐습니다.

그 뒤 그곳에 선택된 그릇⁹이 간 것은

구원의 길이 시작되는 믿음의

30 확신을 가져오기 위함이었습니다.

그런데 내 어찌 거길 가며 누가 그걸 허락했던가요?

나는 아이네아스도, 바울로도 아닙니다. 내가 그럴

33 가치가 있다고는 나도 다른 사람도 다 믿지 않으리다.

그 때문에 내 감히 간다 해도

철없고 죄스런 일이 아닐지 두려워하오니

36 성현이신 그대여, 무분별한 나를 잘 이해하소서."

원했던 것을 더 이상 원치 않고

새로운 생각이 떠올라 뜻을 바꾸어

39 처음부터 모든 것을 뜯어고치는 사람같이

캄캄한 산기슭에서 나도 그리하였으니

시작할 때엔 그토록 서둘렀던 그 일을

---

⁶ **가장 높은 천상** 불꽃으로 빛나는 열 번째의 하늘. 단테의 천문학관에 의하면 이 하늘을 중심으로 하여 다른 모든 하늘이 움직인다고 볼 수 있다.

⁷ **로마와 제국** 로마는 지리적인 의미고, 제국은 정치적인 의미다.

⁸ **성스런 곳** 교황청이 있는 곳.

⁹ **선택된 그릇** 성 바울로를 가리킨다. 『성서』의 「사도행전」 9장 15절의 "주께서는 그에게 다시 이렇게 말씀하셨다. 그래도 가야 한다. 그 사람은 내가 뽑은 인재로서 내 이름을 이방인들과 제왕들과 이스라엘 백성들에게 널리 전파할 사람이다"에서 빌려온 표현이다.

42　더 이상 생각하지 않았다.

　　"내가 너의 말을 잘 알아들었으니,"

　　마음 대담한 그림자[10]가 대답하길

45　"네 영혼은 겁에 질려 연약하게 되었구나.

　　그 겁 때문에 인간이 자주 박해당하여

　　마치 그림자를 잘못 보고 당황하는 짐승처럼

48　하고자 했던 일을 되돌려 버리는 것과 같구나.

　　이 무서움으로부터 네가 풀려 나오도록,

　　내 어찌 왔으며 측은한 너에 대해 처음 듣고

51　괴로워하던 바를 말하여 주겠노라.

　　나는 붙잡혀 있던 사람들[11] 틈에 있었는데

　　축복받은 아름다운 여인[12]이 나를 부르기에

54　그분의 명을 기다렸지.

　　그녀의 눈은 별보다도 더 반짝거렸지.

　　그녀는 나에게 천사 같은 음성으로

57　부드럽고도 잔잔하게 말씀하기 시작했지.

　　'그대의 명성은 아직도 세상에 지속되고

　　또한 세상이 지속되는 만큼 존속할[13]

60　오, 만토바의 다정한 영혼[14]이여.

　　나의 벗[15]이되 행운이 없기에

　　황량한 산허리에서 헤매다 길이 막혀

63　두려운 나머지 바른길에서 벗어난 자가 있다오.

---

10 **그림자**　베르길리우스.

11 **붙잡혀 있던 사람들**　지옥의 상층 부분인 림보(Limbo)에 갇혀 있는 사람들, 즉 영세를 받지 못하고 죽은 천진난만한 어린이들의 영혼과 예수 이전에 살았던 사람들 가운데 선한 일을 행했던 사람들의 영혼을 가리킨다.

12 **축복받은 아름다운 여인**　베아트리체를 말한다.

13 **그대의~**　『아이네이스』로 얻은 명성 때문에 존경을 받은 베르길리우스는 죽고 나서도 그 명성을 누리고 있다.

14 **만토바의 다정한 영혼**　베르길리우스.

15 **나의 벗**　단테.

내 그에 대해 천상에서 들으니

그가 이미 길을 잃고 헤매고 있다는데

66   그를 구하고자 달려왔으나 늦었을까 두려운 마음이오.

이제 어서 가시어 그대의 귀한 말씀과

그이를 구원할 모든 수단을 쓰시어

69   나에게 위안을 베풀어 주소서.

그대를 보내 드리는 나는 베아트리체[16],

그대가 돌아가고자 열망하는 곳에서 왔습니다.

72   사랑[17]이 날 움직여 이 말씀을 드리게 한다오.

내가 나의 주님 앞에 가게 될 때

그대에 대하여 자주 칭찬을 올리리다.'

75   그런 후에 그녀가 침묵을 지키자, 나는 입을 열어

'오, 덕망 높은 여인[18]이시여. 그대를 통해서만

인간은 가장 작은 테두리에 속한

78   모든 것들을 초월할 수 있습니다.

벌써 복종했어도 늦은 것만 같은

그대의 명령이 무척이나 이 맘에 드니

81   그대의 마음을 내게 더 열어젖힐 필요는 없습니다.

그대 어인 일로 돌아가고자 열망하는

그 넓은 지역에서 이 무서운 곳으로 내려오셨는지

84   그 이유를 내게 말씀해 주시오.'

---

16 **베아트리체(Beatrice)** 단테가 마음속으로 기리는 여성으로, 그의 시 『신생(Vita Nuova)』에서 극구 찬양한 시인의
연인이다. 베아트리체는 베르길리우스와 대칭이 되는 의미를 지니고 있다. 즉, 그녀는 신성을 상징하며 구원을
의미하기도 한다. 지옥과 연옥을 베르길리우스(인간의 지성)가 안내하는 것이 적절하듯이 하느님의 나라인 천국
은 하느님의 사랑을 상징하는 영원한 여성인 베아트리체가 안내하는 것이 당연하다 할 수 있다.

17 **사랑** 여기서의 사랑은 2원적인 의미를 갖는다. 하나는 단테의 베아트리체에 대한 사랑이고, 또 하나는 절대적
인 가치로 평가될 수 있는 하느님 자체로 볼 수 있다.

18 **덕망 높은 여인** 베아트리체를 가리킨다. 이 여인은 신학을 우의적으로 나타낸다고 볼 수 있다. 그녀는 천국편
에서 자세하게 설명되고 있다.

여인이 내게 대답하길, '그대 이처럼 깊이

알고자 하신다면, 내가 어째서 여기 오는 것을

87   두려워하지 않았는지 그대에게 간단히 말씀 드리리다.

남에게 나쁜 일을 하는 힘을 가진

자들에 대해서만 두려움을 가질 뿐

90   다른 것들에 대해선 두려워할 까닭이 없나이다.

나는 하느님의 자비로 태어난 자,

그대들의 애처로움은 나를 건드리지 못하며

93   이 타오르는 불길[19]도 나를 사르지 못한다오.

하늘에 계시는 성스런 여인[20]께서 내 그대를

보내는 곳에 있는 장애물 때문에 눈물 흘리시어

96   하늘의 준엄한 율법을 거역하고 있다오.

여인께서 루치아[21]를 불러 말씀하시길

— 너를 믿고 따르는 자가 너를 찾으니

99   나 이제 너에게 그를 맡기리라 —

모든 악과 원수지간인 루치아께서

일어나시어 옛날 라헬[22]과 함께

102   앉아 있던 곳에 오시어 말씀하시길,

하느님께서 진실로 칭찬하시는 베아트리체여,[23]

그대를 무척 사랑하는 이자[24]가 그대를 통해

---

[19] **불길** 지옥의 불길.

[20] **성스런 여인** 성모 마리아를 의미하나 본질적으로는 신의 자비를 나타내고 있다. 이 여인과 베아트리체와 루치아는 각각 다른 뜻을 내포한다. 즉, 성모는 자비, 베아트리체는 희망, 루치아는 신앙을 나타내고 있다.

[21] **루치아(Lucia)** 시라쿠사 출신의 성녀로서 순교했다. 단테는 이 성녀를 지극히 흠모한 듯하다. 여기서 그녀가 지니는 특별한 의미는 신앙에 의한 은혜의 상징이라 할 수 있다.

[22] **라헬** 야곱의 아내. 중세적인 상징주의에 의하면 그녀의 자매인 레아가 행동적인 인물인 것과는 대조적으로 그녀는 극히 명상적인 삶의 표본이다. 「창세기」 29장 28절 참고.

[23] 단테는 베아트리체를 칭찬하는 데 최고의 표현을 아끼지 않고 있다.

[24] **이자가** 단테가

105 천한 무리[25]들로부터 나올 수 있도록 도와주소서.
    이자의 울음 섞인 고통 소리가 들리지 않으시나요?
    바다가 감당 못할 강물[26] 위에서

108 그를 후려치는 죽음을 그대 보지 못하시나요?
    세상에서 아무리 이익을 취하는 것과
    해를 피하는 것에 재빠른 사람이라 하여도

111 나처럼 이런 말이 떨어지자마자
    그대를 영광스럽게 하고 그 말을 들은 자를 복되게 하는
    그대의 고귀한 말씀을 굳게 믿으며

114 복된 자리에서 이리로 내려온 자는 없습니다.'
    이런 이야기를 내게 털어놓은 다음에
    그녀는 눈물에 젖어 반짝이는 눈을 돌려

117 내가 더욱 빨리 가도록 했으니
    그녀가 바란 바와 같이 나는 네게 와서
    아름다운 산의 지름길을 너로부터 빼앗아 간

120 저 맹수[27] 앞에서 너를 구했노라.
    그런데 어인 일로, 왜, 멈추게 됐느냐?
    어째서 마음속에 겁을 지니게 됐느냐?

123 어찌하여 너는 열정과 담대함을 지니지 못하였느냐?
    축복받은 저 세 여인들이 하늘에서
    그대 편을 들어 마음을 쓰고 있으며

126 내 말이 너에게 무한한 행복을 약속하지 않았느냐!"
    마치 밤 추위에 머릴 숙이고 오므라진 꽃들이
    아침에 해님이 그들을 비출 적에

---

[25] **천한 무리** 지옥에서 신음하는 영혼의 무리.
[26] **강물** 죄의 상징. 「시편」 93편 3~4절 참고.
[27] **저 맹수** 늑대.

129   줄기 위로 활짝 피어 곧게 서듯이
       나도 피로에 지친 힘을 돌이켜 보니
       좋은 용기가 내 마음에 줄달음질쳐 오기에

132   저 해방된 사람[28]처럼 말을 시작했다.
       "오, 나를 구원하신 그는 자비롭군요!
       그녀가 그대에게 하신 진정한 말씀에

135   이내 곧 순종하신 그대는 친절하십니다!
       그대는 이토록 내 가고 싶은 욕망을
       그대의 말씀으로 내 맘에 가다듬게 하시어

138   내가 그 여인의 뜻으로 돌아가게 했나이다.
       이제 가소서, 둘의 뜻은 하나가 되었습니다.
       그대 안내자여, 주인이시여, 그대 스승이시여."[29]

141   이렇게 그에게 말하니, 그는 발을 움직이셨고
       나는 열정적이고도 험난한 길로 들어섰다.

[28] **해방된 사람** 베르길리우스.
[29] 단테는 베르길리우스를 안내자라는 뜻으로 'duca', 그의 말에 절대 복종한다는 의미로 'signore(주인)', 또 스승이라는 뜻으로 'maestro'라 부른다. 그 외에도 여러 가지 다른 호칭이 있다.

| 제3곡 |

 단테는 베르길리우스의 안내를 받아 지옥을 차례로 돌아 볼 여행길에 들어선다. 그들이 지옥의 입구에 이르자 커다 란 문이 하나 있다. 그 문의 꼭대기에 무시무시한 말이 적 혀 있는 것을 본 단테는 섬뜩해한다. 이 문은 곧 지옥문이다. 영원히 벌 받는 무리들이 고통 속에서 신음하는 곳, 즉 지옥으로 들어가는 문이다. 이 문을 지나 지옥의 안뜰에 이르니 그곳은 아주 컴컴하다. 여기서 신음 하는 영혼들은 희망이라곤 하나도 갖지 못한 채로 불길과 싸울 뿐이다. 칠흑같이 어두운 이 지옥에서 들리는 성난 소리, 통곡하는 소리, 또 고통 속에서 신음하는 영혼들의 무리를 보고 나그네 단테는 공포에 휩싸인다. 이 지옥의 안뜰에서 무기력한 상태로 있는 태만한 자들의 영혼은 악을 이겨 낼 만한 선 같은 것에 관심을 두지 않는다. 흉물스러운 벌레들에 시 달리며 피눈물을 흘린다. 그들은 하느님의 노여움과 악마들의 채찍으로 인해 괴로워하고 있다. 나그네는 그들을 보고 경멸감을 나타낸다.

이곳은 지옥의 안도 아니고 밖도 아니다. 이곳에서 고통을 당하는 사 람들은 부끄러울 것도 없고 칭찬받을 것도 없는 사람들이다. 또한 하느 님에게 항거하지도 않았고 복종하지도 않았다. 단지 자기 자신만을 위하 던 사람들이다. 따라서 이들은 선을 행하지 않았으니 천국에 갈 수도 없고 그렇다고 악을 행한 것도 아니니 지옥에 들어가지도 못한다.

　단테는 그들 사이에서 누구라고 정확히 지명하지는 않으나 '비겁하게도 커다란 거절을 했던 자'를 알아본다. 이자는 교황권을 거부한 코엘레스티누스 5세나 아니면 예수를 구하는 것이나 벌하는 것, 둘 중 하나로 결정을 내리지 못한 본디오 빌라도로 해석된다.

　또한 아케론 강의 슬픈 언덕에서 지옥으로 실려 갈 때를 기다리고 있는 망령들을 만난다. 그들은 한결같이 울부짖으며 자기들의 슬픈 운명을 저주한다. 그러나 하느님의 뜻에 따라 그들은 서둘러 가야 한다. 아니 그들의 의지에 의해 간다기보다는 아케론 강의 뱃사공인 카론의 무지막지한 안내를 받아 강을 건너게 된다. 단테가 그들 사이에 나타나자 사공은 그를 거부한다. 신의 섭리를 모르는 카론으로서는 어쩔 수 없는 일이다. 그러자 땅이 진동하고 증기가 일어나며 번갯불이 요란하게 비쳐 단테는 이내 실신하고야 만다. 단테가 어떻게 강을 건넜는지 알 수가 없다. 깨어났을 때 그는 이미 강을 건너와 있었으니까.

　제3곡에는 특히 장엄한 음조로 표현된 구절이 많은데 이는 망령들의 죄와 벌이 무섭다는 느낌을 주어 한결 더 극적인 맛을 풍기기 위함이라 볼 수 있다. 물론 이러한 표현법은 단테가 베르길리우스에게 배운 것이라고 하겠다. 그러나 단테는 더욱 생동감 있고 강렬히 묘사하여 그의 서술적 능력을 과시하고 있다.

　　　나[1]를 거쳐서 고통스런 마을[2]로 가고
　　　나를 거쳐서 영원한 고통[3] 속으로 가며

[1] **나** 지옥의 입구에 있는 문.
[2] **고통스런 마을** 고통으로 가득 찬 지옥.
[3] **영원한 고통** 지옥에 가면 빠져나올 수 없기에 그 고통은 영원하다.

3 　　나를 거쳐서 저주받은 무리 속으로 간다.

　　정의는 지존이신 나의 창조주를 움직이시어

　　성스런 힘[4], 최고의 지혜와

6 　　태초의 사랑으로 하여금 나를 이루셨도다.

　　나보다 먼저 창조된 것이란 영원한 것[5] 이외엔

　　없으니, 나는 영원토록 남아 있으리라.

9 　　여기 들어오는 너희는 온갖 희망을 버릴지어다.[6]

　　어두운 빛깔로 적힌 이 말들을

　　어느 문의 꼭대기에서 보았을 때

12 　　나는 말했다. "스승이여, 저 뜻이 내겐 무섭습니다."[7]

　　그는 알아차린[8] 사람처럼 내게 말하길,

　　"여기선 온갖 의심[9]을 버려야 하고

15 　　온갖 주저함[10]은 죽어 마땅하다.

　　너에게 일러 주었던 곳에 우리가 왔구나.

　　너는 지성의 선[11]을 잃어버린

18 　　고통스런 무리들을 보게 될 것이다."

　　그러고 나서 반가운 낯으로 내 손 위에

　　그의 손을 얹어 놓기에 안도감을 얻어

21 　　비밀스런 것들 속으로 들어갔다.

　　여기 한숨과 울부짖음과 드높은 통곡이

---

[4] **성스런 힘** 하느님의 힘.

[5] **영원한 것** 천사들. 시간을 초월해 언제까지 존재한다는 의미로 원문은 'le cose eterne' 이다.

[6] 지옥에 들어간 영혼은 다른 곳으로 빠져나갈 수 없기에 그들은 희망을 가질 수 없다.

[7] **저 뜻이 내겐 무섭습니다** 'duro' 라는 형용사는 어렵다는 뜻이 아니라 무섭고 겁을 먹는다는 뜻이어서 이렇게 번역했다.

[8] **알아차린** 단테의 심정을 알아차렸다는 의미다.

[9] **의심**　[10] **주저함** 두 단어가 같은 의미로 '겁난다' 는 뜻이다.

[11] **지성의 선** '지성의 행복' 이라고 번역할 수도 있다. 아리스토텔레스의 『윤리학』 5권과 단테의 『향연』 2권 13장 6절에 나타난 대로 해석한다면 이것은 참된 것, 곧 진리를 말한다. 그런데 이 진리는 최고의 진리요, 그 진리는 다름 아닌 하느님을 뜻한다.

별 없는 하늘에 울려 퍼지기에

24 　나는 눈물을 흘리기 시작했다.

각자 다른 언어와 무시무시한 이야기,[12]

고통스러운 소리와 성내어 지르는 소리,

27 　높은 소리, 목쉰 소리, 손바닥 치는 소리들이

대혼란을 이루어 밤낮 구별 없이

먹칠한 하늘에 떠돌고 있는 것이

30 　마치 회오리바람 불 때의 모래알 같았다.

나는 공포로 머리를 쥐어짠 채

말했다. "스승이여, 제가 듣는 게 무엇이며

33 　고통 속에 사로잡힌 무리들은 누구인지요!"

그는 내게, "이 한스러운 꼬락서니는

한뉘 부끄러울 것도 칭찬받을 것도 없는 사람들의

36 　고통스런 영혼을 붙잡고 있단다.

하느님께 항거하지도 않고 복종하지도 않고

단지 자기 자신만을 위하던 천사들의

39 　저 나쁜 무리 속에 그 영혼들은 섞여 있단다.[13]

하늘은 더 이상 추하게 되지 않으려

저들을 쫓아냈고 깊은 지옥도 그들을 받아 주지 않으니[14]

42 　그들 스스로 어떤 영광을 가지려 했음이라."

그래서 나는 "스승이여, 저들에게 얼마나 죄가

있기에 저토록 거세게 통곡한단 말인가요?"

45 　그는 대답하길, "너에게 아주 간단히 일러 주련다.

---

[12] 죽음 이후의 세계엔 온갖 나라 사람의 영혼이 있으니 그 쓰는 말도 각기 다르다.
[13] **한뉘~** 선을 행하지도 악을 행하지도 않은 영혼들이 있는 곳으로, 본격적인 지옥 밖의 피상층 즉 가장자리를 의미한다.
[14] **하늘은~** 그들은 선을 행하지 않았으니 천국에 갈 수 없고 그렇다고 악을 행한 것도 아니니 지옥에 들어갈 수도 없다.

이들은 죽음¹⁵의 희망을 갖지 못하고

그들의 눈먼 생활¹⁶은 무던히도 비천해

48   다른 어떤 운명에도¹⁷ 질투를 느낀단다.

세상 사람은 그들의 명성이 지속됨을 견디지 못하고

자비와 정의¹⁸가 그들을 분노로 대하니

51   우리는 저들을 고려하지 말고 보고 지나치자."

자세히 보니, 깃발¹⁹이 하나 눈에 들어왔다.

그것은 펄럭이며 하도 빨리 지나갔기에

54   모든 위세도 내겐 가치 없게 보였다.

사람들이 깃발을 따라 기다랗게 줄지어

왔어도, 죽음이 이다지도 많은 목숨을 앗아간 것을

57   나는 믿고 싶은 마음이 없었다.

그중에서 내가 몇 명을 알아보고 난 다음,

비겁하게도 커다란 거절을 했던 자²⁰의

60   그림자를 나는 보고 알았다.

이는 하느님에게나 그의 원수에게도 미움을 산

나쁜 자들의 무리였다는 것을

63   곧바로 알아냈으며 이를 확신할 수 있었다.

---

¹⁵ **죽음** 제2의 죽음. 즉, 영혼의 소멸을 의미한다.

¹⁶ **눈먼 생활** 어두운 생활.

¹⁷ **어떤 운명에도** 천국으로 가는 운명과 지옥으로 가는 운명을 의미한다.

¹⁸ **자비와 정의** 천국과 지옥.

¹⁹ **깃발** 원전에는 'insegna'라고 되어 있다. 고대 로마의 군기를 의미하는 단어인데 여기서는 쉴 사이 없이 펄럭인다는 속뜻과 아울러 펄럭이는 깃발처럼 그것을 따르는 이의 마음도 이리 흔들 저리 흔들 변하기 쉽다는 비유를 안고 있다. 따라서 단테는 여기서 특정한 깃발을 내세우는 것이 아니다. 그저 막연한 깃발이다.

²⁰ **비겁하게도 커다란 거절을 했던 자** 보카치오나 부티 같은 학자들은 반대하지만, 단테의 아들이었으며 그의 작품에 관한 탁월한 연구 업적을 남긴 피에트로 디 단테와 밤발리올리 같은 사람들은 이 사람을 첼레스티누스 5세를 가리킨다고 풀이한다. 첼레스티누스 5세는(본명은 피에트로 다 모로네) 1294년에 교황에 선출되었으나 불과 5개월 뒤에 자신은 교회 행정을 이끌어 나갈 자질을 갖고 있지 않다고 판단하여 그 성스런 임무를 포기했다. 그러자 보니파키우스 8세가 반란적인 선거 방식으로 교황이 되었다. 단테는 이 보니파키우스 8세를 지독히 증오했는데, 그 이유인즉 이자 때문에 피렌체가 멸망했고 또 자신도 파멸했다고 보기 때문이다. 첼레스티누스 5세는 진실로 어질고 정숙한 성품을 가진 인물이었다고 한다.

한 번도 살아 본 일이 없는[21] 이 비열한 자들은

벌거벗은 채 거기 있던 왕파리와

66 벌 떼에 의하여 심하게 찔리고 있었다.

그 벌레들은 저들의 얼굴에 피를 흘리게 했는데,

그 피는 눈물에 뒤섞이어 귀찮기만 한

69 그놈의 벌레들의 다리에 엉켜 있었다.[22]

그러고 나서 더 멀리 바라보려고 몸을 내미니

커다란 어느 강가[23] 언덕에 있는 무리가 눈에 띄어

72 나는 말했다. "스승이여, 저자들이 누구이며

어떤 율법이 있기에, 저 희미한 불을 통해

내 눈에 보이듯이 저리도 서둘러서

75 건너려 하는지 지금 알게 해 주시옵소서."

그가 나에게 말하길, "그것들은 우리가 아케론의

슬픈 강가[24]에 우리의 걸음을 멈추게 할 때

78 너에게 밝혀질 것이로다."

그러자 나는 부끄러운 눈길을 아래로 깔고

혹시나 나의 말이 그를 괴롭게 할까 두려워

81 강가에 이를 때까지 말을 보류했다.

그때 머리칼이 하얗게 된 노인[25]이

우리를 향해 배를 타고 오면서 외치지 않았던가!

---

[21] **한 번도 살아 본 일이 없는** 한 번도 사는 것같이 살아 본 일이 없다는 의미다. 다시 말해서 무의미하게 살았다는 것을 암시한다.

[22] **왕파리와~** 비겁하고 태만한 자들은 살았을 때 선을 위해 행한 일이 없었기에 이제 육체적으로 고통을 당하고 심지어는 벌레들의 먹이가 되어 피와 눈물을 흘리도록 강요받고 있다.

[23] **커다란 어느 강가** 아케론 강으로 지옥 초입새에 있다.

[24] **아케론의 슬픈 강가** 아케론 강은 슬픔과 근심과 죽음의 강이다.

[25] **노인** 그리스 로마 신화에서 유래된 카론. 에레부스와 닉스 사이에서 태어난 그는 지옥으로 가는 아케론 강의 뱃사공 일을 맡았다. 중세의 교회에서는 고대 신화의 신들이나 악마들을 인간화된 형상이나 아니면 보편적인 성격을 띤 물체로 보기도 하는데 이는 신화의 인물들을 마귀라는 범주 속에 집어넣기 위해서였다. 단테는 『향연』 2권 4장에서 유노는 힘의 신, 미네르바는 지혜의 신, 불카누스는 불의 신 등으로 구별하고 있다.

84 　"이 저주받을 망령들아, 비통할지어다!

　　네 놈들은 하늘을 보겠다 바라지 마라.[26]

　　나는 너희를 다른 강둑으로 끌고 가려 왔노라.

87 　불덩이 같고 얼음덩이 같은 영원한 어둠 속으로![27]

　　그런데 너 거기 있는 산 사람[28]이여,

　　저 죽은 자들로부터 떠나가거라."

90 　그러나 내가 떠나지 않음을 보고 나서

　　그는 말하길, "다른 길[29]을 통해, 다른 항구[30]를 거쳐

　　너는 언덕에 갈 것이니, 여기가 아니로다.

93 　널 데려가려면 보다 더 가뿐한 배[31]가 있어야 하도다."

　　그러자 안내자가 그에게, "카론이여, 성내지 마오.

　　뜻하시는 대로 이룰 수 있는 저 높은 곳[32]에서

96 　이렇게 원하였으니 더 이상 묻지 말아 주오."

　　이리하여 눈가에 벌건 테가 둘러진

　　검은 납빛 늪의 뱃사공의

99 　털북숭이 얼굴이 잠잠해졌다.

　　그러나 그 망령들은 피로에 지치고 벌거벗은 채

　　그의 무자비한 말을 듣자마자

102 　얼굴빛이 변하여 이를 부득부득 갈면서

　　하느님과 그들의 어버이, 또 전 인류와

　　그리고 저들을 씨 뿌려 태어나게 한

---

[26] 지옥에 온 망령들은 하늘을 볼 수 없다.

[27] 원문엔 'in caldo e in gelo'라 했는데, 그 뜻은 '더위 속과 얼음 속'이라 '불덩이 같고 얼음덩이 같은'으로 옮겼다. 이 말은 지옥의 상황을 비유적으로 나타낸다.

[28] **산 사람** 단테.

[29] **다른 길** [30] **다른 항구** [31] **가뿐한 배** 지옥에는 '다른 길'도 '다른 항구'도 없고 더군다나 '가뿐한 배'도 없다. 카론이 그 사실을 알면서도 이렇게 말한 것에 대해 산 사람에 대한 분노와 조소를 나타내기 위함이라고 하는 설(프라티첼리)과 '보다 더 가뿐한 배'란 구제를 받아 연옥으로 갈 영혼들이 타고 갈 천사들의 배라고 해석하는 설이 있다.

105　　장소와 시간 또 씨알을 저주하고 있었다.[33]
　　　　그 뒤 그들 모두는 더불어 억세게 울면서
　　　　하느님을 두려워하지 않은 모든 사람들이

108　　기다리던 저주스런 언덕에 물러섰다.
　　　　카론은 이글거리는 눈으로
　　　　그들을 가리키며 모두를 모아 놓고는

111　　늑장 부리는 놈을 노로 후려쳤다.
　　　　마치 가을의 나뭇잎들이 하나씩 하나씩
　　　　떨어져 끝내는 나뭇가지가 땅 위에서

114　　제 벗은 잎사귀를 모조리 보듯이
　　　　아담의 저주받은 후손들도 그와 같이
　　　　마치 눈짓으로 부름을 받은 새처럼

117　　하나씩 하나씩 강둑에서 물로 뛰어들었으니
　　　　어스레한 물결 위를 지나쳐 가서
　　　　강 저쪽에 내리기도 전에

120　　이쪽엔 또 다른 무리들이 모였다.
　　　　친절하신 스승이 말씀하시길, "여보게,
　　　　하느님의 분노 속에 죽은 사람들은

123　　모조리 온갖 장소에서 이곳으로 모여드니,
　　　　저들이 강을 건널 준비를 한 것은
　　　　성스런 정의가 그들을 윽박질러

126　　두려움이 곧 갈망으로[34] 변했기 때문이리라.
　　　　선한 영혼은 결코 여기를 지나지 않는 법,

---

[32] **저 높은 곳** 하늘, 즉 하느님이 계신 곳.
[33] **씨 뿌려~** 조상과 부모 또 후손을 가리킨다. 「욥기」 3장 3절 참고.
[34] **두려움이 곧 갈망으로** 두려움이 극단적으로 커지면 차라리 빨리 끝났으면 하는 열망이 생긴다는 뜻이다. 마치 사형장으로 가는 이의 마음과 같다.

　　　　　그러니 카론이 너에 대해 불평하더라도

129　　　그의 말이 무엇을 의미하는지 너는 이제 잘 알리라."

　　　　　스승의 이 말이 끝나자, 어두운 들녘은

　　　　　억세게 요동을 떨었으니 그 놀라움은

132　　　아직도 이 내 마음을 땀으로 적신다.

　　　　　눈물 젖은 땅은 바람을 일으켜

　　　　　붉은 빛³⁵ 한 줄기가 번쩍 빛나

135　　　나의 온갖 감정을 사로잡았기에

　　　　　나는 잠에 취한 사람처럼 쓰러졌다.

---

³⁵ **붉은 빛** 번개를 의미한다.

단테는 이제 정신을 차리고, 아케론 강을 이미 건너와 있
음을 안다. 어떻게 건넜는지 모르는 일이다. 어리둥절하고
있는 그에게 베르길리우스가 위안의 말을 간략하게 해 준
다. 베르길리우스도 약간 놀라고 당황하니 단테는 더욱 놀랄 수밖에 없
다. 안내자마저 이토록 놀란다는 것은 앞으로 닥칠 이야기가 참으로 애
처로울 것을 암시하는 것이다. 두 시인은 림보라 일컫는 제1원의 세계에
와 있다. 이것은 지옥의 가장 높은 지역에 위치하는, 고통도 기쁨도 없는
곳이다. 단테가 생각하는 지옥의 위치는 지구 중심의 밑바닥이 되는 북
반구 밑에 놓여 있는 큰 묘지 모양의 둥근 동굴인데, 이 동굴의 큰 골짜
기 주위를 일련의 봉우리가 두르고 있다. 단테는 이들을 각각 원(Cerchio)
이라 부르는데 이 원은 모두 아홉 개로 각 원은 다시 여러 가지 명칭으로
구분된다. 따라서 죄를 구별 지어 그 죄에 해당되는 망령들을 거두고 있
다. 림보는 그 첫 번째 원이다.

　이 림보에는 그리스도 이전에 살았던 사람들로서 선한 일을 했던 성
현·군주·시인·철인들과 천진난만한 어린이들의 혼이 있다. 다시 말
해서 매우 덕 있고 가치 있는 사람들이 있다는 것이다. 이들은 아름다운
성의 일곱 개의 성벽 안에 꽃이 만발한 푸른 들녘에서, 고귀한 자세와 위

엄 있는 몸짓을 하고 우아하고 고귀한 음성으로 말한다. 그 성곽에서 고대 문학의 선구자라 할 문인들이 두 시인 앞에 나타난다. 그들은 그리스의 대서사시인 호메로스, 라틴 시대의 풍자가 호라티우스, 시인 오비디우스와 루카누스인데 단테는 그들로부터 따뜻한 환대를 받는다. 단테는 이들 네 명의 시인과 베르길리우스를 잇는 여섯 번째 시인이라고 자신을 평하고 있다. 이들을 여기에 등장시킨 것은 믿음을 통한 구원의 철리를 주장하던 스콜라 학파의 전통을 따른 것으로 볼 수 있겠다.

그는 베르길리우스의 안내를 받으며 시인들을 따라 일곱 개의 문을 지나서 경건한 모습을 하고 있는 망령들이 있는 푸른 들녘에 이른다. 시인들은 높이 솟아 있는 빛나는 장소에 가서 '지체 높은' 영혼들을 만난다. 이들은 고대 이교도의 거장들의 영혼이다. 이슬람교의 성현을 비롯한 소크라테스, 플라톤, 아리스토텔레스, 탈레스, 데모크리토스, 디오게네스, 헤라클레이토스, 제논, 키케로, 세네카, 에우클레이데스, 카이사르 등의 영혼도 여기에 있다.

그들을 보고 나서 여섯 명의 시인들은 다시 두 그룹으로 나뉜다. 즉 호메로스, 호라티우스, 오비디우스, 루카누스는 림보에 그냥 남고 베르길리우스와 단테는 성곽에서 나와 빛 한 줄기 없이 어둡기만 한 곳에 도달한다.

　　　무시무시한 천둥소리[1]가 내 머리의 깊은 잠을
　　　깨뜨려, 나는 강제로[2] 일깨워진
　3　　사람처럼 깜짝 놀라 일어났다.

---

[1] **천둥소리** 제3곡의 마지막에 번쩍 하고 빛났던 번개에 따르는 소리라 볼 수도 있고, 죄인들의 울부짖는 소리가 하도 커서 천둥소리처럼 난다고 볼 수도 있다.
[2] **강제로** 마지못해 하게 한다는 뜻이다.

잠에 취한 눈³을 사방으로 빙그르 굴리며

내가 있는 자리가 어드메인가 알고자

6   똑바로 일어나 뚫어지게 쳐다보았다.

나는 끝없는 통곡의 우뢰를 모아 둔

고통스런 심연의 골짜기⁴,

9   그 골짜기의 끄트머리 위에 있었다.

어둡고 깊숙하며 안개가 자욱하여

깊숙이 시선을 꽂아 보아도

12   나는 거기서 아무것도 구별할 수 없었다.

"이제 이 아래 눈먼 세계⁵로 내려가 보자."

시인은 파리하게 질린 채 말을 시작하길,

15   "내가 첫째로 앞서니 네가 둘째로 따르라."

그러자 나는 그의 안색을 알아차리고

말하길, "내가 의심할 때 위안을 주시던

18   스승이 무서워하시는데 어찌 갈 수 있겠습니까?"⁶

그는 내게, "이 아래 있는 사람들의 근심이

나의 얼굴에 네가 무서움을 느끼게 하는

21   연민의 정을 색칠하고 있단다.

길고 긴 길이 재촉하니 어서 가 보자."

---

³ **잠에 취한 눈** 정신을 잃었다 깨어날 때의 눈.
⁴ **심연의 골짜기** 지옥의 깊은 곳을 의미한다.
⁵ **눈먼 세계** 어둠의 세계.
⁶ **내가~** 단테는 그의 안내자인 시인을 무서움이 없는 자로 알고 있다.
⁷ **제1원** 림보를 말한다. 지옥은 아홉 개의 원으로 나누어 있는데 이것을 'Cerchio'라 한다. 이것은 일종의 원형을 이루고 있어 나는 '원'이라 번역하지만, '권'이라 옮기는 자도 있고 '환'이라 옮기는 자도 있다. '권'은 접미사적인 의미에 자주 쓰이는 것이고, '환'은 일본어적인 표현법인 것 같아 본래의 단어 'Cerchio'에 가장 적절한 '원'을 택했다. 아무튼 이 림보의 세계엔 고통도 없고 환희도 없다. 스콜라 학파에선 예수 이전에 태어났다가 죽은 자들 가운데서 덕망 있던 사람들의 영혼이 있는 'limbus patrum(아버지들의 림보)'과 천진난만한 어린이들로서 미처 영세를 받기 전에 죽은 자들의 영혼이 있는 'limbus puerorum(혹은 limbus infantum, 아이들의 림보)'으로 구분된다고 주장한다. 여기에 있는 영혼들의 고통은 순전히 정신적인 것이지 육체적인 것은 없다. 이들은 이루어질 가망도 없는 하느님을 알현할 꿈만 먹고 산다.

이렇게 말하고 어둠이 감싸져 있는

24   제1원[7] 속으로 나를 들어서게 하였다.

이곳에서 들리는 것은 오직

영겁의 하늘을 부들부들 떨게 하는

27   통곡이 아닌 한숨뿐이었다.

이는 어린아이들, 여인들, 사내들의

엄청나게 많은 무리들이 지니고 있는

30   신체적 고통이 아닌 괴로움에서 연유했다.

선량하신 스승은 내게, "너에게 보이는

이자들이 누구냐고 왜 묻지를 않느냐?

33   더 나아가기 전에 네가 알았으면 한다.

그들은 죄를 짓지 않았고 가치[8]는 지니고 있어도,

네가 믿는 신앙의 한 부분인

36   영세를 받지 못했으니, 충분할 수가 없구나.

저들은 그리스도교 이전에 있었으니

하느님을 경건히 공경하지 않았다.

39   나도 그들과 마찬가지인 사람이다.

다른 죄 때문이 아니라 바로 그런 결함 때문에[9]

우리는 저주를 받고, 오직 그 벌 때문에

42   희망이 없는 열망[10] 속에서 살고 있단다."

내 그 말을 듣자 가슴에 커다란 고통이 짓눌려 왔으니

그것은 곧 놀라운 가치를 지닌 사람들이

45   그 림보에 붙잡혀 있음을 알게 되었기 때문이다.

"나의 스승이시여, 말씀해 주시오. 내 주여, 말씀해

---

[8] **가치** 구원을 받을 만한 가치를 지닌 훌륭한 사람들이라는 뜻이다.
[9] **림보**의 주인공들은 죄를 지은 영혼들이 아니라 단지 영세를 받지 못한 결함 때문에 지옥에 와 있다는 의미다.
[10] **희망이 없는 열망** 하느님을 뵐 열망, 그러나 실현 불가능하기에 단지 바랄 뿐이다.

주소서." 나는 모든 오류를 극복하는 저 믿음에 대해

48   확신하고 싶은 마음이 들어 말을 시작하였다.

      "자신의 공으로든 남의 가치로든

      여기를 벗어나서 은혜 받은 자가 있었는지요?"

51   그는 나의 비유적인 말을 알아차리고

      대답하길, "내가 이 땅에 있은 지 얼마 안 되어[11]

      승리의 화관을 둘러쓰고 여기에

54   권능 있는 분[12]이 오시는 것을 보았다.

      그는 최초의 아버지 아담의 영혼과

      그의 아들 아벨[13] 또한 노아[14]의 영혼이며

57   율법자이면서도 순종하던 모세[15]의 그림자와

      족장 아브라함[16]과 다윗 왕[17]과

      이스라엘[18], 아울러 그 선조와 자손들

60   또한 그가 정성을 쏟은 라헬[19],

      또 그 외 많은 영혼들을 끌어내어 축복하였지.

      그들 이전에 구원을 받은 인간의 영혼은

63   하나도 없었다는 걸 네가 알았으면 한다."

---

[11] **얼마 안 되어** 베르길리우스가 예수가 세상에 오기 얼마 전인 BC 19년에 죽었으니, 그해와 예수께서 가신 AD 33년 사이를 가리킨다.

[12] **권능 있는 분** 예수를 가리킨다. 지옥에서는 성모의 이름과 함께 예수의 이름을 직접 부르지 못한다.

[13] **아벨** 아담의 둘째 아들. 「창세기」 4장 참고.

[14] **노아** 하느님의 명을 충실히 지켜 대홍수를 면한 이스라엘의 아버지. 「창세기」 5장 참고.

[15] **모세** 율법자이며, 자기 종족의 어버이다. 신의 의지에 언제나 순종했으며 심지어는 율법을 세우는 데에도 신에게 복종했다. 「출애굽기」 2장 참고.

[16] **아브라함** 「성서」에 나오는 이스라엘 민족의 조상. 「창세기」 11장 26절 이하 참고.

[17] **다윗** 이스라엘의 왕. 「시편」을 쓴 시인이기도 하다. 골리앗을 죽여 민족을 구원했고, BC 1030년에서 970년까지 재위했다. 그는 「시편」에서 신의 섭리에 대한 사랑의 고양된 감정과 심상을 구사하여 고대에 있어서 타의 추종을 불허하는 시인의 자질을 나타냈다.

[18] **이스라엘** 아브라함의 자손인 야곱. '일이 이쯤 되자 그분이 야곱에게 물었다. '네 이름이 무엇이냐?' '제 이름은 야곱입니다.' '너는 하느님과 겨루어 냈고 사람과도 겨루어 이긴 사람이다. 그러니 다시는 너를 야곱이라 하지 말고 이스라엘이라 하여라.'" 「창세기」 32장 26~29절 참고.

[19] **정성을 쏟은 라헬** 온갖 힘을 기울여 맞은 이스라엘의 아내. 「창세기」 29장 9절 이하 참고.

그가 말한 대로 우리는 걸음을 포기하지 않고

아무튼 어떤 숲, 말하자면

66 영혼이 빽빽이 들어선 숲을 지났다.

암흑의 반구[20]를 후려치던 불을 내가

보았을 때, 우리의 길은 내가 정신을 잃었던

69 그 꼭대기에서 여기까지 그다지 멀지 않았다.

그 불에서 우리는 얼마쯤 떨어져 있었으나

그곳에 고귀한 사람들이 있음을

72 차근차근 구별해 낼 수 없을 정도는 아니었다.

"오, 이론[21]과 기예[22]를 빛내신 그대여. 다른 영혼들과

매무새로 구별할 수 있을 만큼 그리도

75 지속적인 명예를 누리고 있는 이들은 누군지요?"

그는 나에게, "하늘에서 은총을 받아

그 영예로운 이름이 돋보이게 두드러진

78 사람들에 관한 이야기가 너의 삶에는 많구나."

그러는 동안 어떤 소리[23]가 내게 들려와,

"가장 높으신 시인을 찬미하라.

81 떠나가신 그의 영혼이 돌아오는 도다."

그러고 나서 그 소리는 멎고 조용해지니,

네 명의 위대한 영혼이 내게 오는 것이 보였는데

84 그들은 슬프지도 즐겁지도 않은 표정을 하고 있었다.

착하신 스승은 말씀을 시작하시어,

"저 손에 칼을 쥐고[24] 있는 자를 보라.

---

[20] **암흑의 반구** 이교도적 지식을 상징. 제1원의 반을 비치고 있다.

[21] **이론** 미학(시의 주제).

[22] **기예** 시를 짓는 기술(수사학).

[23] **어떤 소리** 아마도 호메로스가 지르는 소리일 것이다.

87   셋 앞에 왕자처럼 오고 있는 그이를!

그이는 최고의 시인 호메로스[25],

그 다음 오는 이가 풍자가 호라티우스[26],

90   세 번째는 오비디우스[27], 마지막은 루카누스[28]로다.

그들은 모두 나와 같이 한 마디 소리로

불리는 같은 이름(시인)으로 흡족하니 그들이

93   나를 찬미하고, 또 그렇게 함은 잘한 일이다."

다른 사람들 위를 나는 독수리같이

높고 고귀한 노래의 주인 호메로스의

96   그 아름다운 무리가 모이는 것을 나는 보았다.

그들이 잠깐 동안 같이 이야기한 다음에

나를 향하여 인사하듯 손짓을 하니

99   나의 스승은 그에 미소를 띠셨다.

그뿐인가, 그들은 나에게 아주 큰 영광을 베풀어

그들의 무리에 내가 속하도록 했으니

102   나는 그 성현의 무리에 여섯 번째가 되었다.

전에 말하는 것이 좋았던 것과 같이

이제는 침묵을 지키는 것이 더 바람직할 것들에 대해

105   이야기하면서 불이 있는 곳까지 갔다.

우리는 어느 고귀한 성곽[29] 밑에 왔다.

---

[24] **손에 칼을 쥐고** 호메로스는 『일리아스(Ilias)』와 『오디세이아(Odysseia)』 등의 호전적인 서사시를 썼으므로 단테는 그를 상징하기 위하여 칼을 쥐게 했다.

[25] **호메로스(Homeros)** 단테는 그의 작품 중 라틴어로 번역된 것만 읽었을 뿐이나 그를 대단히 존경했다. 「연옥편」 제22곡 101~102행 참고.

[26] **호라티우스(Horatius)** 라틴의 유명한 풍자시인(BC 65~8).

[27] **오비디우스(Ovidius)** 라틴시인(BC 43~17). 그의 시 『변신이야기(Metamorphoses)』는 단테가 탐독했던 작품이다.

[28] **루카누스(Lucanus)** 라틴의 유명한 시인(39~65). 폭군 네로를 쫓아내기 위한 음모에 가담했다가 사형을 당했다. 카이사르와 폼페이우스와의 전쟁을 서술한 미완성의 대서사시 『파르살리아(Parsalia)』로 유명하다.

[29] **고귀한 성곽** 성현들과 고귀한 숙녀들이 있는 곳.

높다란 성벽이 일곱 번 휘감긴[30] 채

108 아름다운 냇물이 주위에 빙그르 둘려 있었다.

탄탄한 땅처럼 이 냇물을 밟고 지나

성현들과 더불어 일곱 개의 문[31]으로 들어가

111 신선한 잔디밭에 도달했다.

거기 무게 있고도 느릿느릿 움직이는

용모에 위엄이 가득한 사람들이 있었는데,

114 그들은 감미로운 음성으로 드문드문 말하였다.

거기 있는 모든 것을 속속들이 볼 수 있도록

탁 틔어 빛나고 높은 곳으로 올라

117 한 모서리를 통해서 우리는 나왔다.

거기 푸른 에나멜[32] 위에 똑바로 서서

내 눈에 들어온 위대한 영혼들을

120 보고 나는 높이 솟은 기분이었다.

나는 많은 동료들과 더불어 있는 엘렉트라[33]를 보았고

그들 중에 헥토르[34]와 아이네아스, 그리고

123 독수리 같은 눈매를 지닌 카이사르[35]를 알아봤노라.

카밀라[36]와 펜테실레이아[37]가 보였고

다른 편엔 딸 라비니아[38]와 앉아 있는

[30] **일곱 번 휘감긴** 성벽은 사덕(四德)과 삼지(三知)를 나타낸다고 볼 수도 있다. 사덕은 사려, 공의, 강의, 절제이고, 삼지는 총명, 지식, 지혜다.

[31] **일곱 개의 문** 일설에 의하면 중세의 일곱 가지 자유 학문을 가리킨다고 하나 정확하지 않다. 또 일설에 의하면 막연히 7이란 숫자의 좋은 개념 때문에 썼다고도 하는데 이것도 증명할 수 없다. 중세의 일곱 가지 자유 학문은 다시 3학과(문법, 논리학, 수사학)와 4학예(산술학, 기하학, 천문학, 음악)로 나뉜다.

[32] **푸른 에나멜** 잔디밭을 가리킨다. 원문에는 'smalto', 즉 에나멜이라 되어 있다.

[33] **엘렉트라(Electra)** 땅의 신 아틀라스의 딸로서 유피테르와의 사이에 트로이를 건설한 다르다누스를 낳았다.

[34] **헥토르(Hector)** 트로이의 왕.

[35] **카이사르** 단테의 가치관에 의하면 율리우스 카이사르가 로마의 초대 황제다(BC 100~44).

[36] **카밀라** 제1곡 각주 34 참고.

[37] **펜테실레아(Penthesilea)** 마르스의 딸. 아마존의 여왕이었으나 아킬레우스에 의해 망했다.

[38] **라비니아(Lavinia)** 아이네아스의 아내.

126 라티누스[39] 왕을 보았다.

   타르퀴니우스[40]를 쫓아낸 저 브루투스와 루크레티아[41],

   율리아[42], 마르키아[43], 또 코르넬리아[44]를 보았고

129 한쪽 구석에 홀로 떨어진 살라딘[45]도 보았다.

   나는 눈썹을 다소곳이 치켜 올리고 나서

   성현들의 스승[46]께서 철학자들 사이에

132 앉아 계심을 보았노라.

   모두가 그분을 우러러 영광을 돌리었도다.

   거기서 나는 누구보다 더 가까운 곳에서

135 훌륭하신 소크라테스[47]와 플라톤[48]을 보았고

   세상을 우연한 것으로 이해하던

   데모크리토스[49], 디오게네스[50], 아낙사고라스[51]와 탈레스[52]

138 또 엠페도클레스[53], 헤라클레이토스[54], 그리고 제논[55]

---

[39] **라티누스(Latinus)** 라티움의 왕이자 라비니아의 아버지. 이들은 모두 베르길리우스가 『아이네이스』에 등장시킨 인물들이다. 『아이네이스』 제1권 490행 참고.

[40] **타르퀴니우스(Tarquinius)** 로마 최후의 왕. 브루투스에 의해 추방되었다. 그 후 브루투스는 공화국을 일으켰다.

[41] **루크레티아(Lucretia)** 브루투스와 함께 공화국을 세우나 남편 콜라티누스의 친척에게 겁탈당하고 자결했다.

[42] **율리아(Julia)** 카이사르의 딸로 폼페이우스의 아내가 되었다.

[43] **마르키아(Marcia)** 필립의 딸인데 카토의 아내가 되었다.

[44] **코르넬리아(Cornelia)** 스키피오의 딸이자 그라쿠스 형제의 어머니다.

[45] **살라딘(Saladin)** 이집트와 시리아를 지배하던 터키의 왕(1137?~1193).

[46] **성현들의 스승** 단테가 제1의 철인으로 여기는 아리스토텔레스(Aristoteles, BC 384~322).

[47] **소크라테스(Socrates)** 그리스의 대철인. 윤리적 철학관의 선구자(BC 470?~399).

[48] **플라톤(Platon)** 소크라테스의 제자이며 아리스토텔레스의 스승. 이념적 철학관의 선구자(BC 427?~347?).

[49] **데모크리토스(Democritos)** 세계는 원자의 우연한 결합으로 되어 있다고 주장한 그리스의 철인(BC 460?~370?).

[50] **디오게네스(diogenes)** 견유학파 학자. 소아시아에서 출생하여 그리스로 옮겨갔다.

[51] **아낙사고라스(Anaxagoras)** 세계의 변화는 결합과 분리뿐이요, 운동의 원인은 정신이라고 주장한 그리스의 철인(BC 500?~428?).

[52] **탈레스(Thales)** 만물의 근원이 물이라는 학설을 제시한 철학자.

[53] **엠페도클레스(Empedocles)** 그리스의 철인(BC 493?~430?).

[54] **헤라클레이토스(Heraclitos)** 만물유전설의 주창자로서 불로써 우주의 근본 원리를 삼은 그리스의 철인(BC 540?~480?).

[55] **제논(Zenon)** 스토아 학파의 시조(BC 340~265). 변증법의 창시자로 알려진 엘리아의 제논(BC 490~430)과 잘못 혼동되기도 한다.

또한 (식물의) 특성을 잘 수집했던 사람

그러니까 디오스코리데스[56], 그리고 오르페우스[57]

141 키케로[58]와 리노스[59]며 도덕가 세네카[60]와

기하학자 에우클레이데스[61]와 프톨레마이오스[62],

히포크라테스[63], 아비세나[64]와 갈레노스[65],

144 (철인에 관한) 위대한 해설을 한 아베로에즈[66]도 보았다.

나는 이에 대해 속속들이 모두 그릴 수 없다.

길고 긴 주제가 이렇듯 이어지니

147 몇 차례고 사실보다 짧게 말하게 되었다.

여섯 시인의 무리는 둘로 줄어들어[67]

지혜 많은 안내자는 나를 다른 길로 이끌어

150 잔잔한 곳을 벗어나 부들부들 떠는 하늘[68]로 안내하니

나는 빛이 한 점도 없는 곳으로 왔다.

---

[56] **디오스코리데스(Dioscorides)** 1세기 중엽 그리스의 명의(40?~90?). 약학에 관한 저술을 많이 남겼다.

[57] **오르페우스(Orpheus)** 그리스 신화에 나오는 시인이며 음악가.

[58] **키케로(Cicero)** 로마의 철인 · 웅변가(BC 106~43).

[59] **리노스(Linos)** 그리스 신화에 나오는 신비적인 시인이며 가수.

[60] **세네카(Seneca)** 로마의 철인. 네로의 스승이었다. '도덕가'라는 말은 그의 부친(문인文人)과 구별하기 위한 표현이다(BC 4~AD 65).

[61] **에우클레이데스(Eucleides)** 영어식 이름은 유클리드. 2세기경의 알렉산드리아 사람으로 『기하학 원본(Editio princepes)』등 13권의 저서를 남긴 기하학의 선조.

[62] **프톨레마이오스(Ptolemaios)** 알렉산드리아의 천문학자. 단테의 천문학관은 전부 이 사람으로부터 유래한다고 해도 과언이 아니다.

[63] **히포크라테스(Hippocrates)** 그리스의 명의. 과학적 치료법의 창시자로서 BC 4세기경의 인물이다.

[64] **아비세나(Avicenna)** 아라비아의 철인 · 의사. 페르시아식 이름은 이븐 시나.

[65] **갈레노스(Galenos)** 그리스의 명의.

[66] **아베로에즈(Averroes)** 아라비아의 명의이며 대철인으로서 아리스토텔레스의 작품에 탁월한 주석을 달던 사람이다.

[67] **둘로 줄어들어** 두 무리로 줄어들었다는 뜻이다. 즉, 네 사람은 남고 베르길리우스와 단테만 따로 떠났다는 의미다.

[68] **부들부들 떠는 하늘** 제2원으로 볼 수 있다.

이제 지옥의 제2원이다. 이 영역에 드는 입구를 미노스라는 크레타의 전설적인 인물이 지키고 있다. 죄를 지은 망령들이 있는 지옥이 이제부터 시작되는 것이다. 단테는 이 전설적인 인물을 고전에서 고스란히 따다가 중세적 환상을 가미하여 악마의 형태로 바꾸어 강렬하고도 대중적인 맛을 풍기고 있다. 물론 베르길리우스가 먼저 『아이네이스』에서 미노스를 소개한 것은 틀림없는 사실이다. 단테는 그로 하여금 지옥의 심판관의 사명을 지니게 한다. 따라서 지옥에 들어오는 모든 영혼들은 먼저 그에게로 가서 자기들의 죄를 고백하고 심판을 받게 되는데 미노스는 나름대로 판단을 내려 망령들의 죄과에 따라 지옥의 적재적소에 보낸다.

제2원에 배치된 영혼들은 사랑 때문에 결국엔 죄를 범하고 죽은 영혼들이다. 일종의 연애 상사병자들이 득실거려 측은함을 느끼게 한다. 클레오파트라, 트로이의 헬레네, 파리스, 트리스탄 등을 비롯하여 프란체스카와 파올로도 나온다.

특히 프란체스카와 파올로의 이야기에 이르러 단테는 감상주의적 연민의 정에 사로잡혀 달콤한 필치를 선보인다. 이 두 연인이 사뿐한 걸음걸이로 비둘기처럼 단테의 시야에 들어올 때, 시인은 그들과 더불어 이야기를 나누고자 하나 베르길리우스가 말려 그들이 좀더 가까이 오기를 기다린다. 단테는 그들의 애처로운 모습을 보면서, 죄의 개념을 잃을 뻔하나 곧 정신을 차린다.

프란체스카는 애인의 이름으로, 또 자신의 이름으로 자기들에게 연민의 정을 나타내 준 데 감사하면서 아주 부드러운 말씨로 자기들의 슬픈 운명을 이야기한다. 한마디로 그들은 사랑 때문에 그토록 고생하고 있다는 것이다.

"상냥한 마음엔 재빨리 타오르는 사랑이……
사랑하는 누구에게도 사랑을 허용치 않던 사랑이……
사랑은 우리를 똑같은 죽음으로 이끌었더이다."

이렇게 프란체스카는 그들이 간음을 범하게 된 동기를 서서히 이야기한다. 그녀는 속임수에 빠져 결혼을 했다. 신랑으로 알았던 그리고 결혼식에 분명히 자기 신랑으로 와 있던 파올로, 그는 자기의 반려가 아니라 진짜 신랑의 동생이었다. 진짜 신랑이 꼽추에다 추한 기형이기에 위장된 결혼을 하게 되었는데, 결혼식에 나타났던 신랑과 신부, 즉 형수와 시동생은 실제 서로 사랑하게 되었다. 이 사실을 안 형이 동생과 아내를 죽였다는 것이다. 프란체스카는 이 슬픈 이야기를 시작할 때 약간 주저하며 너무나 멋진 말을 했다.

"처참할 때
행복했던 시절을 회상하는 것보다
더 큰 고통은 없다오."

프란체스카는 베아트리체와 대비되는 인물로 연구되는 대상이다. 나는 앞에서 베아트리체는 평범한 여인이 아니고 신비와 숭엄함을 지닌 여성이라고 했다. 그렇다! 베아트리체는 여인 그 이상이지 결코 일반적인 여인 자체는 아니며 고귀한 여인이다. 반면 프란체스카는 평범하고도 지극히 인간적인 여인이다.

이렇듯 제1원을 벗어나 제2원[1]으로 내려오니

그곳은 훨씬 더 좁은 지역이나

3 눈물을 짜낼 만한 고통이 훨씬 더하였다.

거기 무섭게 서 있는 미노스[2], 이를 갈며

들어오는 입구에서 죄과를 조사하여

6 판단을 내리고 제 꼬리가 감기는 대로 보내더라.

말하자면 죄스럽게 태어난 영혼이

그 앞에 와 온통 고백을 하면

9 죄를 판단하는 그 재판관은

지옥의 어느 자리가 그에 맞는가 보아

그가 내려 보내고 싶은 지역에 따라

12 그 원의 숫자만큼 꼬리를 휘감더라.

그 앞엔 언제나 많은 영혼이 서서

저마다 각각 심판을 받으며

15 말하고[3] 듣다가[4] 아래로 향하더라.

미노스는 나를 보았을 때, 자기의 맡은 바

해야 할 일을 팽개치고서 말하였다.

18 "고통스런 이 피난처[5]로 오는, 오! 그대여.

어떻게 들어왔으며 누구에게 의지하려는지!

입구가 넓다고 속지 말지어다!" 그러자

[1] 제2원 상사병자들이 처벌받고 있는 곳이다. 이제부터 점차적으로 본격적인 지옥의 형태가 드러나고 있다. 지옥은 커다란 그러나 지극히 불균형한 뿔처럼 생긴 계곡으로서 밑으로 갈수록 더욱 좁아진다.

[2] 미노스(Minos) 크레타의 전설적인 왕으로 유피테르와 에우로페 사이에 태어난 아들이다. 그는 베르길리우스의 『아이네이스』 제6권 432행에 소개된 것과 같이 지옥의 심판관 노릇을 하고 있다. 단테는 환상의 날개를 한없이 펼쳐 이 인물을 중세적인 인물로 변형하여, 그로 하여금 지옥의 영혼들이 자신들의 죄를 고백하도록 하고 그에 맞는 심판을 내리도록 하고 있다.

[3] 말하고 그들의 죄과를 고백하고

[4] 듣다가 심판을 듣다가

[5] 고통스런 이 피난처 지옥을 의미한다.

21 　나의 안내자는 그에게, "왜 그리 소리 지르나?

　　　천명[6]에 의해 가는 그를 방해하지 마라.

　　　뜻하시는 대로 이룰 수 있는 저 높은 곳[7]에서

24 　그렇게 원하셨으니 더 이상 묻지 마라."

　　　이어 구슬픈 가락[8]이 내게 들려오기

　　　시작하니, 이제 나는 드높은 통곡이

27 　내 귀를 갈기갈기 찢는 곳에 왔구나.

　　　나는 모든 빛이 침묵을 지키는[9] 곳,

　　　맞바람에 의해 시달림 받을 때

30 　폭풍에 겨운 바다가 그렇듯 울부짖는 곳에 왔더라.

　　　죽어도 쉬지 않는 지옥의 태풍이

　　　영혼들을 억세게 몰아세우고

33 　회오리치며 후려쳐 그들을 괴롭게 하는구나.

　　　그들이 허물어진 벼랑에 이르렀을 때

　　　비명과 한탄, 통곡으로

36 　하느님의 권능을 저주하고 있더라.[10]

　　　나는 알았노라. 그러한 고통은

　　　이성을 욕망에 사로잡히게 한[11] 간음 죄인들이

39 　그렇게 벌받도록 되어 있는 것을.

　　　추운 계절에 마치 찌르레기들이

　　　폭넓게 가득가득 무리 지어 날아가듯이

42 　저 바람이 사악한 영혼들을 이리저리

---

[6] **천명** 원전에 숙명적인(Fatale)이라 되어 있으나 그 뜻은 하느님의 섭리에 의해 정해진 명령이라고 볼 수 있다.

[7] **저 높은 곳** 천국. 「지옥편」 제3곡 95행 참고.

[8] **구슬픈 가락** 구슬픈 소리라는 뜻이다. 'le dolenti note' 이므로 '가락' 이라고 옮겼다.

[9] **모든 빛이 침묵을 지키는** 아주 캄캄한.

[10] "하느님의 이름을 저주하였습니다." 「요한의 묵시록」 16장 9절 참고.

[11] **이성을 욕망에 사로잡히게 한** 육욕 앞에 이성을 잃었던.

아래서 위로 그렇게 몰아쳐 가니

휴식은 고사하고 벌을 덜어 주어

45 그들을 위안할 희망이 하나도 없구나.

마치 슬픈 노래를 부르며 기다란 선을

하늘에 그리며 날아가는 학들처럼

48 울음을 내지르며 저 폭풍에

실려 혼들이 오는 것을, 나는 보았다.

그래 나는 말하길, "스승이여. 저기, 저

51 검은 공기가 저리도 벌을 주는 자들이 누군지요?"

그러자 그가 대답하여, "네가 알고자 하는

이야기의 주인공들 중 첫 번째 사람,

54 그녀는 여러 백성¹²의 황후¹³였다.

애욕의 죄 때문에 저리 망하였으니

자기가 걸려든 악명을 없애고자

57 자기의 율법에 음탕함을 정당하게 했다.

책에서 읽은 바¹⁴, 그녀는 세미라미스,

니노스의 뒤를 계승했다. 그녀는 그의 아내였고

60 지금 술탄¹⁵이 다스리고 있는 나라를 지배했다.

다른 하나는 상사병이 나 자결한 자인데

---

12 **여러 백성** 원어로는 'di molte favelle' 이다. '많은 언어의 백성', '많은 이야기의 백성' 이라는 뜻으로, 즉 여러 나라를 다스렸다는 의미다.

13 **황후** BC14~13세기의 아시리아 황녀로 추정되는 세미라미스(Semiramis). 아시리아식 이름은 삼부 라마트다. 니노스 왕의 부인으로 그가 죽자 권력을 잡고 수년 동안 나라를 다스렸으며 바빌론을 건설하고 페르시아와 아프리카 정복에 나섰다. 단테뿐만 아니라 유명한 역사가들이 묘사한 그녀는 참으로 잔인하고 요사스러운 여자였다.

14 **책에서 읽은 바** 원전에는 '책'이란 말이 없고 단지 'di cui si lege(읽혀지고 있다)' 라고 되어 있다. 유명한 역사가 콤파니는 이 여자를 들어서 'Fu la più crudele e dissoluta Femmina del mondo(세상에서 가장 잔인하고 음탕한 계집이었다)' 라고 기록하고 있다.

15 **술탄(Sultan)** 당시 세미라미스가 다스리던 이집트와 바빌로니아를 포함한 이슬람 지역을 다스리는 군주를 이르는 말이다.

그녀는 시카이오스의 시체를 배신했다.[16]

63 그 뒤에 음란한 클레오파트라[17]가 있도다.
보라, 헬레네[18]를! 그녀 때문에 지긋지긋한
시절이 지났도다. 보라, 저 위대한 아킬레우스[19]를!

66 그는 사랑 때문에 죽을 때까지 싸웠다.
보라, 파리스[20]를, 트리스탄[21]을!" 그는 수많은
망령들을 내게 보이며 손가락질하여 이름을 외쳤다.

69 사랑이 그들의 생명을 앗아 갔던 그 영혼들
옛적의 여인들과 기사들의 이름을 부르는
나의 스승의 말씀을 듣고 나니

72 측은한 마음이 들어 어찌할 바를 몰랐다.
나는 말을 꺼내어, "시인이여, 바라옵건대
바람결에 날리듯 저리도 가볍게

75 나란히 가는 두 영혼[22]과 얘기했으면 하옵니다."
그이가 나에게, "저들이 우리에게 더 바싹
다가올 때 보리라. 너는 그때 그들을 이끈

78 저 사랑의 이름[23]으로 간청하라. 그들이 오리라."

---

[16] 아프리카 북쪽 해안에 있는 카르타고의 여왕 디도. 이 여인도 또한 음탕한 여자로 여겨지고 있다. 그의 남편 시카이오스가 죽고 나서 그곳에 표류해 온 아이네아스를 사랑하게 된다. 그러나 그가 떠나자 실망한 나머지 자결했다. 『아이네이스』 제3권, 제4권 참고.

[17] **클레오파트라(Cleopatra)** 이집트의 왕 프톨레마이오스 아우레테스의 딸. 아버지가 죽고 나자 그녀의 오빠 프톨레마이오스의 부인이 됨과 동시에 정치에 참여한다. 그러다 카이사르가 쳐들어오자 그와 눈이 맞아 아들을 하나 낳았고, 그가 망하자 안토니우스의 정부가 되었다. 후에 옥타비아누스가 집권하자 그로부터 치욕적인 수치를 당하리라 예견하고 독사를 풀어 자결했다(BC 69~30).

[18] **헬레네(Helene)** 스파르타의 왕녀. 파리스에게 유혹되어 트로이에 가게 되니, 그 때문에 트로이 전쟁이 일어났다.

[19] **아킬레우스(Achilleus)** 중세에 트로이의 전설을 집대성해 놓은 책에 의하면 프리아모스의 딸 폴릭세네를 열렬히 사랑하여 그 때문에 피살당한 그리스 제일의 용장.

[20] **파리스(Paris)** 헬레네를 납치해 간 자.

[21] **트리스탄(Tristan)** 아르투리아의 유명한 인물. 숙모인 코르노발리아를 사랑했다가 숙부 마르크에게 살해당했다.

[22] **두 영혼** 파올로(Paolo)와 프란체스카(Francesca). 제5곡 해설 참고.

[23] **저 사랑의 이름** 하느님의 사랑 혹은 프란체스카를 이 지경으로 만든 그들의 사랑이라 해석할 수도 있다. 이탈리아인들은 하느님의 이름을 걸고 혹은 하느님의 사랑을 빌어 간청하는 버릇이 있다.

바람이 그들을 우리에게 밀치자마자

나는 목청을 돋우어, "오, 괴로운 영혼들이여.

81 신께서 거절하지 않으면 우리에게 와 얘기하여라!"

간절히 부름 받은 비둘기²⁴들이 마치

나래를 움츠렸다 펴고서 아늑한 보금자리로

84 마음껏 날아서 하늘을 지나오는 것처럼

저들도 디도²⁵가 있는 무리로부터 나와

저주받은 하늘²⁶을 지나 우리에게 오고 있으니

87 정답게 외쳤던 게 이리도 강렬했던 것이다.

"세상을 피로 물들인 우리²⁷를 찾아서

어두운 하늘을 지나오신 그대,

90 오, 자비롭고 덕스러운 살아 있는 사람²⁸이여.

만일 우주의 왕²⁹께서 우리 죄인에게 호의를 가지신다면

그대 우리의 사악한 죄를 불쌍히 여긴다면

93 그대의 평안을 위해 우리 그분께 기구하리오.

그대 듣고 싶어 하고 말하고 싶어 하는 것에 대해,

바람이 지금처럼 잔잔한 동안에

96 우리 그대에게 말하니 들으시오.

내가 태어났던 도시는 포 강³⁰이 평안을 얻고자

그 지류들과 더불어 흘러내리는

99 강가에 자리 잡고 있다오.

---

²⁴ **비둘기** 베르길리우스의 시에도 나온다. 그러나 거기에서는 단지 우아한 모습을 지닌 비둘기 그 자체를 나타내
나 여기에서는 거의 인간의 의지를 지닌 생명력 있는 비둘기가 된다.

²⁵ **디도(Dido)** 티로스 왕 벨로스의 딸. 그녀의 오빠 피그말리온은 동생의 남편인 시카이오스의 재산을 노려 디도
에게 그를 죽이도록 강요했다. 그녀는 아프리카로 도망가 카르타고를 세우고 왕이 되었다.

²⁶ **저주받은 하늘** 지옥의 하늘.

²⁷ **세상을 피로 물들인 우리** 사랑 때문에 살인하거나 자살하고 전쟁을 일으켜 세계를 피로 점철시킨 영혼들.

²⁸ **살아 있는 사람** 단테를 가리킨다.

²⁹ **우주의 왕** 하느님

³⁰ **포 강** 이탈리아 북부를 흐르는 가장 긴 강.

상냥한 마음엔 재빨리 타오르는 사랑이,

아름다운 내 육체로 그를 사로잡았으니

102 난 몸을 앗겼고 아직도 그 일[31]이 날 괴롭히오.

사랑하는 누구에게도 사랑을 허용치 않던 사랑이

그 아름다움으로 그리도 강렬히 날 사로잡았으니

105 나 아직 그대 보시듯이 그걸 포기 못하고 있소.

사랑은 우리를 똑같은 죽음[32]으로 이끌더이다.[33]

우리의 생명을 앗아간 그자를 카인[34]이 기다리오[35]."

108 저들로부터 이 말이 전해져 왔으니,

나는 괴로움에 지친 그 영혼들의 말을 듣고

머리를 숙인 채 한참이나 그대로 있었다.

111 마침내 시인이 내게 물으시길, "뭘 생각하느냐?"

나는 대답할 제, "아! 얼마나 달콤하던 상념,

아, 얼마나 컸던 열망이기에 그들을 이다지도

114 고통스러운 길로 이끌었을까!" 라고 시작했다.

그러고 나서 그들을 향하여 말을 꺼내어,

---

[31] **그 일** 사랑한 일, 혹은 자기 몸을 앗긴 순간의 행위 등 해석이 구구하다.

[32] **똑같은 죽음** 한 번에 죽음을 당했기에.

[33] **상냥한~** 이 3연체는 사랑(Amore)이라는 말로 시작된다. 단테는 사랑을 상냥한 마음으로 보고 있기에 시에서 "L'amore e il cuor gentil sono una cosa(사랑과 상냥한 마음은 똑같은 것)"이라고 하고 있다. 이 3연체는 아주 유명한 구절이니 여기에 원문을 소개한다.
Amor, ch'al cor gentil ratto s'apprende,
prese costui della bella persona
che mi fu tolta; e'l modo ancor m'offende.
Amor, ch'a nullo amato amar perdona,
mi prese del costui piacer sì forte,
che, come vedi, ancor non m'abbandona.
Amor condusse noi ad una morte:

[34] **카인** 아담의 아들. 제 아우 아벨을 죽여 최초의 살인자가 되었다. 이 이름에서 '카이나'란 명칭이 유래한다. 카이나에 관해서는 「지옥편」 제32곡 주석 12 참고.

[35] **기다리오** 근친 살인자는 지옥에서 카인이 기다린다. 즉, 지옥으로 떨어진다는 의미이다. 이 말은 현재형으로 씌어 있는데 단테가 이 글을 쓸 당시 파올로의 형 잔치오토는 아직 살아 있었기 때문이다.

"프란체스카여, 그대 마음의 괴로움이
117 슬픔과 연민을 낳아 눈물짓게 하는구려.
아무튼 내게 말해 주오. 달콤히 속삭이던 그때에
무엇에 또 어찌하여 연인의 불같은 욕망을
120 알았기에 사랑을 허용했단 말인가?"
그러자 그녀 나에게, "처참할 때
행복했던 시절을 회상하는 것보다
123 더 큰 고통은 없다오. 그건 그대의 스승도 알고 있소.[36]
그러나 그대 그다지도 간절히, 우리 사랑의
첫 뿌리를 알고자 갈망하신다면,
126 울면서 말하는 저이[37]처럼 말해 드리리다.
어느 날 우리는 재미로 란첼로토[38]에 대해,
사랑이 그를 어떻게 옭아매었는지 읽고 있었소.
129 단지 우리뿐이었으니 거리낄 건 하나도 없었소.
여러 차례나 우리의 눈을 마주치게 했던
그 책을 읽고 얼굴을 붉혔소.
132 그러나 우리를 사로잡은 한 대목이 있었다오.
우리가 그녀의 갈구하는 듯한 입술이
그 연인에 의해 입 맞춰지는 부분을 읽었을 때
135 이 사람은 나로부터 조금도 떨어져 있지 않고서
온통 부들부들 떨면서 나의 입술에 입 맞추었소.
갈레오토[39]가 그 책이요 또한 그걸 쓴 사람,

---

[36] **그러자~** 이 글도 또한 유명하니 원문을 여기에 소개한다.
"…… Nessun maggior dolore che ricordarsi del tempo felice nella miseria;……"
[37] **저이** 파올로.
[38] **란첼로토(Lancellotto)** 「아서 대왕」에 나오는 기사인데 지네브라 왕녀를 사랑했다. 프랑스의 전설에서 유래한 이야기다. 단테는 프랑스 문학과 프로방스 문학에도 정통했다. 프랑스어로는 랑셀로이다.
[39] **갈레오토(Galeotto)** 란첼로토와 지네브라의 불미스런 사랑의 이야기를 쓴 작가.

138   우리는 그날 그것을 더 이상 읽어 나가지 못했소."

        하나의 영혼[40]이 이걸 말하고 있는 동안

        다른 자[41]는 울고 있으니, 나는 가여워서

141   마치 죽는 사람처럼 정신을 잃어

        죽은 몸체가 넘어지듯이 쓰러졌다.

---

[40] **하나의 영혼** 프란체스카.
[41] **다른 자** 파올로.

제2원의 세계에서 처절한 모습으로 울고 있는 형수와 시동생 간인 프란체스카와 파올로를 보고 나서, 충격을 받아 단테는 정신을 잃었다. 잠시 후 눈을 떴을 때 제2원에서와는 다른 고통을 겪고 있는 무리들을 만나게 된다. 차갑고 저주스러우며 억수 같은 비가 영원히 쏟아지고 우박과 눈이 내리는 진흙투성이의 지역에 도달한 것이다. 이곳이 바로 제3원이다. 땅에서 악취가 요란히 풍기는 이 제3원의 세계는 케르베로스가 지키고 있다. 그는 머리가 세 개나 있어 먹이를 먹는 목구멍도 세 개며, 벌레 같은 눈매를 지녔고, 때꼽재기가 철철 흐르는 수염, 커다란 배, 기다란 손톱을 갖고 있는 괴물이다. 그는 여기에 들어온 죄인들을 할퀴고 물어뜯고 있다. 위안이라곤 조금도 받지 못하는 영혼들은 개처럼 울부짖고 있다. 그들은 비 때문에 너무나도 큰 고통을 당하고 있다.

베르길리우스를 따라 단테가 벌받고 있는 자들 위로 지날 때 이 도깨비들, 즉 영혼들은 마치 살아 있는 사람들과 같은 모습을 하고 그를 대한다. 그 가운데 하나가 불쑥 일어나 앉으며 단테에게 세 가지 질문을 던진다. 그 사람은 단테가 스물한 살 때 죽은 피렌체의 치아코(Ciacco)인데 고통 때문에 험상궂은 몰골을 하고 있어서 단테는 그를 알아보지 못한다.

아무튼 이 치아코가 구체적으로 누굴 가리키는지는 모르는 일이다. 속된 표현으로 치아코란 돼지를 의미하므로 단테의 정적 중 하나임은 분명하다. 단테는 그에게 역사상의 인물들인 파리나타 델리 우베르티, 아리고 등에 대해 묻는다. 치아코가 그들도 또한 지옥에서 쓸쓸한 고통을 감당하고 있다고 대답하고서 망령들 속으로 떨어지자 베르길리우스는 단테에게 그자는 최후의 심판이 내릴 때까지 일어나지 못할 것이라고 한다. 또 심판이 내리는 날, 모든 망령들은 들춰져 일어나 영원한 벌의 선고를 또다시 듣게 될 것임을 알려 준다.

두 시인은 앞날에 대해서 약간 이야기를 하며 진흙투성이에서 허덕이는 영혼의 무리를 지나 더 나아가게 된다. 그때 단테는 길잡이에게 질문을 던진다. 최후의 심판이 있고 나면 지옥에서 벌받고 있는 영혼들의 고통이 더욱 심할 것인가, 아니면 조금 경감될 것인가, 그렇지 않으면 아무런 변화 없이 지속될 것인가라고. 그러자 베르길리우스는 단테가 잘 알고 있는 아리스토텔레스의 이론에 따라서 설명해 준다. 모든 것은 완전하면 할수록 그만큼 더 고통과 기쁨을 갖는 것이라고. 저주받은 자들은 결코 진정한 완전을 갖지 못할 것이지만, 그들의 영혼이 육체와 다시 부합되는 최후 심판 이후에 더 큰 완전성을 갖게 될 것이니 그들의 고통도 더욱 심해진다는 것이다. 이와 같이 이야기하면서 제3원의 세계를 빙그르 돌아 제4원으로 내려가는 지점에 도달할 때 인간의 원수인 플루톤을 만나게 된다.

그들[1] 형수, 시동생의 고통스런 통곡 앞에

꽉 닫혀져 온통 슬픔으로[2] 짓눌리던

3   내 정신이 다시 돌아와서

움직이니, 몸을 돌리거나 주시하는 때마다

다른 고통들이며 고통을 당하는 사람들이

6   내 주위에 나타나는 것이었다.

저주받고, 차가우며 혹심한 영겁의

비가 내리는 제3원에 나는 와 있는데

9   그 비의 법칙[3]과 본질은 결코 새롭지 않구나.

굵은 우박, 더러운 물, 또 눈이

어두운 하늘에 휘몰아쳐 오니,

12   이를 받는 땅은 고약한 냄새를 피운다.

잔인하고 유별난 짐승인 케르베로스[4]가

세 개의 목구멍으로 개처럼,

15   예서 허덕이는 사람들에게 짖어대는구나.

그자는 불그레한 눈, 무수한 검정 수염,

널따란 배와 손톱을 기른 손을 가졌는데

18   영혼들을 할퀴고 뜯어 갈기갈기 찢는다.

비는 그들을 개처럼 울부짖게 하니

옆구리와 옆구리를 서로 막아 주어

21   가련한 죄인들[5]은 이따금 몸을 돌린다.

---

[1] **그들** 파올로와 프란체스카.
[2] **슬픔으로** 시동생과 형수의 애처로운 이야기로 인한 슬픔.
[3] **그 비의 법칙** 한결같이 똑같은 리듬과 똑같은 양으로 내린다는 뜻이다.
[4] **케르베로스 (Cerberos)** 티폰(Typhon)과 에키드나(Echidna)의 아들로서 3개의 머리를 가진 개의 형상을 하고 있다. 그리스의 신화에 의하면 이 케르베로스라는 괴물은 지옥 전체의 문지기 임무를 맡고 있다. 단테는 그를 제3원, 즉 탐욕자들의 세계의 감시인으로 설정하고 있다.
[5] **가련한 죄인들** 탐욕으로 인해 죄 지은 자들을 의미한다. "그들의 최후는 멸망뿐입니다. 그들은 자기네 뱃속을 하느님으로 삼고 자기네 수치를 오히려 자랑으로 생각하며 세상 일에만 마음을 쓰는 자들입니다." 「필립비인들에게 보낸 편지」 3장 19절 참고.

케르베로스[6], 그 커다란 벌레가 우리를 알아보고는

입들을 벌리고[7] 덧니를 드러내며

24 사지를 부르르 떨었다.

그러자 나의 길잡이께서 손바닥을 펴

흙을 두 주먹에 가득히 집어

27 삼킬 듯한 주둥이들에 냅다 던졌다.[8]

마치 굶주려 짖어 대던 개가

먹이를 물고 나서 그걸 홀랑 삼켜 버릴 속셈으로

30 잠잠해지듯 그놈의 악당

케르베로스의 표독스런 얼굴들도

잠잠하여졌으니 망령들이 귀머거리가

33 되었으면 하듯 그들에게 호통을 쳤다.

우리는 모질게 내리는 비에 시달리는

망령들 위로 지나며, 발바닥으로

36 사람인 듯 보이는 그 허수아비[9] 위를 디뎠다.

그들은 하나같이 모두가 땅에 뒹굴었는데

그중 하나[10]가 벌떡 일어나 앉으며

39 우리가 앞으로 지나가는 것을 보았더라.

그가 내게 말하길, "이 지옥에 안내되어 온

그대여, 나를 아는지 식별해 보오!

42 내가 죽기 전에 그대는 태어났으니."[11]

---

[6] **케르베로스** 앞에서는 짐승이라 했으나 여기서는 벌레라고 했다. 결국 비유적인 표현일 뿐, 같은 뜻이고 원문에도 그렇게 되어 있다.

[7] **입들을 벌리고** 머리가 세 개라 복수로 표현했다.

[8] 욕심이 많다는 것을 암시한다.

[9] **사람인 듯 보이는 그 허수아비** 모습은 보이되 실재적인 요소나 본질은 없는 도깨비를 의미한다. 단테가 지옥에서 만나는 인물들은 실상을 지니지 않은 도깨비들이다. 그러나 「지옥편」 제32곡에서 등장하는 보카라는 죄인만은 예외다.

[10] **그중 하나** 치아코. 그는 대식가, 탐욕가의 상징적인 인물이다. 치아코란 돼지를 뜻하는데, 그것은 곧 이 인물의 본성을 나타내기 위해 붙여진 별명에 지나지 않는다고 볼 수 있다. 그의 본명은 밝혀지지 않고 있다.

나는 그에게, "그대가 치르고 있는 고통이

그대를 나의 기억에서 아마 들어내 버린 듯

45 내가 그대를 결코 보지 못한 것 같지만,

그대 누구인지 또 어인 일로 이 고통스런

곳에 와 벌받고 있는지 말해 다오. 그대의 벌은

48 다른 것이 더 클지는 모르나 어느 것보다 괴롭다오."

그러자 그가 내게, "넘쳐 버린 자루처럼

시기로 가득 차 있는 그대의 도시[12]가

51 나를 고요한 삶[13]으로 이끌었지.

목구멍의 해로운 죄 때문에,

그대 보다시피 비에 시달리고 있는 나를,

54 그대의 동향인들은 치아코라 불렀지.

슬픈 영혼이 나 하나뿐이 아니라오!

이 모든 혼들이 비슷한 죄로 인해서 이렇게

57 벌받고 있으니까." 그리곤 더 말하지 않았다.

나는 그에게 대답하길, "치아코, 그대의 고통은

날 무던히도 짓눌러 눈물을 재촉한다오.

60 그러나 그대 안다면 내게 일러 주오.

분단된 도시[14]의 시민들이 어찌 될 것인지.

거기 의로운 자가 있다면 무슨 까닭으로

63 그 도시를 불화가 휩쓸었는지 말해 다오."

---

[11] 치아코는 단테가 21세 때, 즉 1286년에 죽었다는 것을 상기하자.

[12] **그대의 도시** 피렌체. 그 당시는 도시국가였으므로 도시란 곧 나라 혹은 조국을 의미한다.

[13] **고요한 삶** 비앙키(Bianci)와 네리(Neri) 양 파의 투쟁은 곧 세력에 대한 시기에서 생겼는데, 치아코는 비교적 평온한 시기에 살았다.

[14] **분단된 도시** 피렌체는 그 당시 당파의 치열한 싸움 때문에 항상 분단된 상태에 있었다. 초기에 구엘프(Guelf)와 기벨린(Ghibelline) 두 당으로 나뉘었다가, 세기말에 이르러 구엘프 당이 집권했다. 그러나 곧 그 당은 비앙키 파와 네리 파로 나뉘어 권력 다툼을 했다.

그가 내게, "기나긴 시비[15]가 있은 다음

그들은 피를 흘릴 것인데, 거친 편이

66 다른 편을 공격하여 쫓아내리라.

그러고 나서 3년 안으로 이 편이 넘어지고

다른 편이 돋아나 이 편의 힘을

69 갖고서 다스리게 될 것이야.

이는 다른 편을 무겁게 짓누르고서

이마를 오래도록 쳐들고 있으리라,

72 그 편이 아무리 울어대고 발버둥칠지라도.[16]

의로운 자가 둘이지만[17] 서로 이해하지 못하고

오만과 시기와 인색함이 마음에

75 불을 붙여 준 세 불꽃이다."

여기서 그가 눈물 자아내는 슬픈 말을 그치기에

내 그에게, "내게 더 가르쳐 주었으면,

78 또 내게 선물하는 셈 치고 더 말해 주길 바라오.

명성을 떨쳤던 파리나타와 테기아이오,

야코포 루스티쿠치, 아르리고와 모스카,[18]

81 또 재주를 부리던 다른 사람들이 지금

어디 있는지 말해 주어, 나 그들을 만나게 해 주오.

하늘이 그들을 달갑게 해 주는지, 혹은 지옥이

84 쓰겁게 해 주는지 알고 싶은 욕망이 무던히도 크다오."

---

[15] **기나긴 시비** 경쟁으로 일어난 아귀다툼이 길었다는 것을 말한다.

[16] **그들은~** 비앙키 파의 우두머리인 체르키(Cerchi)는 발 디 시에베의 산림 지방에서 나와 도나티(Donati)가 이끄는 네리 파를 격파하여 피렌체 밖으로 쫓아냈다(1301년). 그러나 '3년 안으로'라는 표현대로 1년 후인 1302년 비앙키 파는 추방되었다. 이때 교황 보니파키우스 8세가 네리 파를 후원했다.

[17] **의로운 자가 둘이지만** 정확히 누구를 가리키는지 알 수 없다.

[18] **명성을~** 피렌체의 명사들로, 이들은 모두 「지옥편」에 등장한다. 파리나타는 제10곡 주석 9, 테기아이오는 제16곡 주석 10, 야코포 루스티쿠치는 제16곡 주석 12의 설명을 참고하라. 아르리고(Arrigo)는 피판티(Fifanti) 가문의 인물이다. 마지막으로 모스카는 제28곡의 주석 32를 참고하라.

그러자 그는 "저들은 아주 까만 혼들과 있도다.

온갖 죄과가 저들을 깊은 곳에 처박았으니

87 한참 내려가면 너 거기 그들을 볼 수 있느니라.

그러나 그대 감미로운 세계에 가거든

다른 사람들의 기억[19]에서 날 일깨워 주기 바란다.

90 내 더 이상 말하지도 않을 테고 대꾸도 않으리."

곧은 눈초리를 이제 비뚤어지게 돌리고

잠시 나를 보더니 이내 머리를 숙이고

93 그대로 다른 장님들[20]과 같이 쓰러졌다.

안내자께서 내게 말하길, "저자는 천사의 나팔 소리[21]

울려 퍼지며 저자의 원수인 심판[22]이 내릴 때까지

96 여기서 정신 차리지 못할 것이야.

누구나 자기의 슬픈 무덤을 다시 찾고

자신의 살과 자신의 몰골을 다시 갖고[23]

99 언제까지나 울려 퍼질 소리를 들으리라."

망령들과 비가 뒤섞여 더러운 곳을 지나

느릿느릿한 걸음으로 이렇듯 가면서

102 다소곳이 닥쳐 올 삶에 대해 이야기하니

나는 말하길, "스승이여, 이곳의 고통이란

저 위대한 선고가 있고 나면 더 커질 건가요,

---

[19] **다른 사람들의 기억** 지옥에 있는 도깨비들은 다른 사람들이 기억하여 주는 것만으로 큰 위안을 삼고 있다. 제 27곡 참고.

[20] **장님들** 진흙탕 위에 엎드려 자빠져 있으므로 볼 수 없게 된 탐욕가들을 상징한다.

[21] **천사의 나팔 소리** 최후의 심판 때 천사들의 나팔 소리가 들려올 것이라는 「마태오의 복음서」 24장 31절 "그리고 사람의 아들은 울려 퍼지는 나팔 소리와 함께 천사들을 보내어 그가 뽑은 사람들을 하늘 이 끝에서 저 끝까지 사방에서 불러 모을 것이다"라는 구절을 참고하라.

[22] **원수인 심판** 원문엔 '원수의 권능(podesta)'이라 되어 있다. 하여간 이것은 지옥의 망령들에게는 원수 같은 최후의 심판을 의미한다고 봐야 한다.

[23] 최후의 심판이 닥치면 지옥의 영혼들은 제 모습을 고스란히 지니고 여호사밧 골짜기에 다시 가서 육체를 지니고 영원히 지속될 벌을 받게 된다. 「지옥편」 제10곡 12행과 「요엘」 4장을 참고할 것.

105   작아질 건가요, 아니면 줄곧 이대로일까요."

그러자 그이는 내게, "이제 너의 이론[24]으로 돌아가라.

일이 완전하면 그만큼 행복을 더 느낄 것이요,

108   또 그만큼 고통도 그러하리라.

저주받은 무리들이 진정한 완전[25] 속으로

절대로 가지는 못할 것이다.

111   그때는[26] 지금보다 더 완전을 기대할 수 없으니."

우리는 그 길을 한 바퀴 돌아가면서

거듭 말하지 않던 것에 대해 많은 이야기를 하고

114   내리막으로 이르는 지점에 이르렀다.

여기서 대원수 플루톤[27]을 보았다.

---

[24] **너의 이론** 단테의 철학적·종교적 지식을 말한다. 즉, 이것은 아리스토텔레스의 철학에서 배운 이론, 즉 더욱 완전한 육체 안에 있는 영혼은 더욱 잘 인식된다는 이론이다. 성 아우구스티누스도 이 때문에 더욱 잘 인식된다고 한다. 성 아우구스티누스는 다음과 같이 갈파한다. "Cum fiet resurectio carnis, et bonorum gaudia et tormenta malorum majora erunt(육신의 부활이 있을 때 선한 사람들의 행복도 악한 자들의 벌도 더해지리라)."

[25] **진정한 완전** 천국.

[26] **그때는** 최후의 심판이 오고 난 때에는. 최후의 심판이 있고 나면, 영과 육이 결합되어 완전하게 되는 것이나 죄인들의 영혼은 그 자체가 불완전하므로 육체와 영합되어도 완전하게 될 수는 없다. 오로지 영혼이 육체를 떠나 있을 때에 비하여 보다 완전함에 가깝다고 볼 수 있으므로 최후의 심판이 있고 나면 그들의 고통은 더욱 고조된다고 볼 수 있다.

[27] **대원수 플루톤(Pluton)** 그는 부의 신이다. 재산에 대한 탐욕은 인간을 평화롭게 살지 못하므로 많은 죄과와 고통의 원인이 되기 때문에 대원수라 한다.

두 시인이 제4원의 문턱에 다다르니 거기 괴물 플루톤이 서 있다. 그는 '저주받은 늑대' 로서 인간의 행복과 사회 질서의 가장 큰 원수인 탐욕, 즉 금전에 대한 탐욕의 상징 이다. 그는 지옥에 예견치 못한 순례자가 와 있음을 알고서 놀란 나머지 경악을 금치 못하고 고통에 찬 심정을 쓰겁게 표현한다. 아울러 순례자 인 두 시인을 막기 위해서 사탄을 불러 중재해 줄 것을 간청하지만, 단테 의 순례는 저 높은 곳에 계시는 권능자, 곧 하느님의 뜻인지라 앞서 카론 이나 미노스가 어쩔 수 없었던 것과 같이 그도 또한 별 수 없을 거라고 호통을 치는 베르길리우스의 말에 그만 누그러진다.

시인들은 순례를 계속한다. 이 원은 두 부분으로 갈라져 있다. 인색한 수전노들과 낭비벽이 있는 작자들의 영혼이 각각 오른쪽과 왼쪽에 있는 데, 그 영혼들은 '닻의 힘 때문에' 무거운 짐이 누르는 듯한 위압감에 못 이겨 괴로워하고 있다. 이들이 받고 있는 벌은 시시포스(Sisyphos)의 신화 에서 유래했는지도 모르는데, 죄인들이 살아 있었을 때 재물에 눈이 어 두워 온갖 일을 했다는 것을 상징적으로 나타내 주는 것이라고 볼 수 있 다. 그들은 서로가 죽기 전에 알지 못하는 사이였던 것과 같이 지금 이 죽음 이후의 세계에서도 서로 알아보지 못하고 있으며 아직도 아무런 분별력이나 따뜻한 마음을 지니지 못하고 있다. 이들 가운데에는 교황, 추기경을 지냈던 성직자들도 끼어 있는데 그들 또한 탐욕에 사로잡혀서 벌을 받고 있다. 물론 이들을 이곳에 두는 데 있어서 단테가 지극히 논쟁적이며 가혹한 태도를 취하며 사용하는 언어도 다분히 풍자적인 색채를 띠고 있음을 여기저기에서 볼 수 있다.

여기에서 단테는 중세에 가장 잘 다뤄진 문학 주제 중의 하나인 운명에 대한 개념을 장중한 필치로 갈파하는데, 단테는 이 운명을 하느님의 뜻에 복종하는 지배자로 보고 있다. 이 지배자가 바로 세상의 재물을 다스리고 분배하고 있으며 엄격한 기준에 따라서 이 사람에서 저 사람으로 또 한 족속에서 다른 족속, 즉 부여된 임무를 성실히 실행하는 족속에게 이동한다는 것이다. 이 운명은 앞으로 「천국편」에서 보게 되는 원동천(primo mobile)의 지성들처럼 위력을 발휘하여 모든 것을 장악하게 된다.

제4원을 지나 두 시인은 스틱스의 강둑에 이르게 된다. 거기에서는 흙탕물 속에서 성낸 얼굴을 하고 있는 분노의 영혼들을 보게 된다. 이 분노의 영혼, 즉 화를 못 견디는 영혼들이 벌받고 있는 것을 보고 나서 시인들은 흙탕물로 뒤범벅된 늪을 완전히 통과하여 디스의 세계에 다다르게 된다. 이 성난 영혼들은 말을 하면서도 때때로 긴 한숨을 몰아쉰다. 그들은 다음과 같이 회상한다.

"햇빛 즐거이 비치는 달콤한 하늘에서
마음속에 괴로운 연기를 가졌기에 슬펐는데,
이제 우리 시커먼 수렁 속에서 고통당하고 있구나."

분노란 죄를 낳는 가장 기본적인 요소 가운데 하나임을 분명히 깨닫게 해 준다.

"Papè Satàn papè Satàn aleppe!"[1]

쉰 목소리로 플루톤[2]이 말을 시작하니

3   모든 일을 아시는 고귀한 성현[3]께서

나를 위안코자 말씀하셨다. "겁에 질려서

너를 해하지 말지어다. 저놈이 힘이 있다 한들

6   이 바위로 우리가 내려가는 것을 막지 못할 것이다."

그러고는 노기에 찬 그놈의 얼굴에 대고

말했다. "저주받은 늑대[4] 놈아, 아가릴 닥쳐!

9   그 분노에 찬 채 불타 죽어라!

우리가 깊은 곳으로 가는 것은 까닭 없는 일이 아니라

저 높은 곳[5] 미가엘[6]이 오만스런 폭력[7]에게

12   복수한 곳에서 바라는 바로다."

돛대 기둥이 부러져, 마치 돛폭이

부풀어 오르고 휘말려 떨어지듯이

15   잔인한 그 맹수가 땅에 떨어지더라.

이리하여 우리는 네 번째 구렁[8]으로 내려가며

온 우주의 죄악을 포용한 한스러운

18   언덕을 더욱더 밟아 갔다.

아, 하느님의 정의시여! 내가 보았던

그토록 많은 고통과 벌들을 누가 마련했나이까!

---

[1] **Papè Satàn……!** (파페 사탄, 파페 사탄 알렙페) 이 말의 정확한 뜻은 학자들 간에도 아직 의견이 분분하다. 사탄
을 부르기 위한 소리라고도 하고, 성난 플루톤의 의미 없는 울부짖음이라고도 한다.
[2] **플루톤** 로마 신화에 등장하는 부의 신이다. 단테는 그를 대원수라고 부른다. 이유인즉 부, 즉 돈이란 인간의 고
뇌를 야기하는 원천이기 때문이다.
[3] **고귀한 성현** 베르길리우스를 가리킨다.
[4] **저주받은 늑대** 늑대는 사기의 상징으로 자주 나온다.
[5] **저 높은 곳** 하늘. 즉, 천국의 주인. 「요한의 묵시록」 12장 7~9절 참고.
[6] **미가엘** 대천사. 대사전에는 미카엘로 표기되어 있으나 「성서」의 표기에 따라 '미가엘'로 통일한다.
[7] **오만스런 폭력** 사탄.
[8] **네 번째 구렁** 제4원의 지옥.

21   또 왜 우리의 죄악이 우리를 이리도 망치는지요?

      한데 어울려 부서지는 물결과 더불어

      저기 카릿디[9] 위의 물결과 같이

24   사람들이 여기서 춤추면서 부서지리라.

      나는 여기서 다른 곳보다 많은 떼를 보았으니

      그들은 이쪽저쪽에서 큰 소리로 울부짖으며[10]

27   가슴의 힘으로 무거운 짐을 밀치고 있더라.

      그들은 저희끼리 엎치락뒤치락하더니

      하나같이 서로를 바라보면서 외쳤다.

30   "왜 인색하게 돈을 쥐고만 있느냐?" 또 "왜 낭비하느냐?"[11]

      이렇게 그들은 모욕적인 말을 되풀이하며

      양쪽으로부터 맞은편을 향해

33   캄캄한 원을 빙빙 돌았다.

      이윽고 원 한가운데에 이르렀을 때

      저들은 모두가 맞은편을 마주보게 되었다.

36   나는 거의 뒤집히는 듯한 마음으로

      말했다. "나의 스승이시여, 이제 가르쳐 주소서!

      이자들이 누구이며 또 우리 왼편에 있는

39   빡빡머리를 한 자들은 모두가 성직자들인지요?"

      그러자 나에게, "이들은 모두가

      첫 번째 삶[12]에서 마음씨가 하도 비뚤어져

42   소비하는 데 있어 한도를 지키지 못했다.

---

[9] **카릿디** 이탈리아 남부 시칠리아와 메시나 사이에 좁은 해협이 있는데 그곳에서 가끔 일어나는 소용돌이를 가리킨다. 이오니아와 티레노(티레니아) 바다가 맞부딪쳐 생긴다. 여기에서는 사나운 물결을 상징한다.

[10] 낭비가들과 인색한 사람들은 서로에게 욕지거리를 한다. 단테는 이들을 지옥의 네 번째 둘레인 제4원에 배치하고 있다.

[11] 두 시인의 양편에 있는 그들은 무거운 짐을 굴리며 원의 반쪽을 왕래하면서 만날 때마다 서로 욕설을 퍼붓는다.

[12] **첫 번째 삶** 죽기 이전의 삶.

각기 반대되는 죄가 저들을 갈라놓은 원의

두 지점에 저들이 도달할 때면

45 제법 뚜렷한 음성으로 짖어대듯 말하였다.

이들이 곧 머리에 머리카락이 없는

성직자들[13], 교황들과 추기경들인데

48 이들은 탐욕이 지나친 자들이다."

나는 또, "스승이시여, 저자들 속에서

그런 죄로 더럽혀진 몇 개의 망령을

51 제가 분명코 알아낼 수 있습니다."

그러나 그가 "너 허튼 생각을 하는구나,

저들을 더럽힌 분별없는 생활이

54 저들을 아무도 알아보지 못하게[14] 했구나.

저들은 영원히 중앙의 두 돌기에 와 부딪치려니

이놈들은 손을 꼬옥 쥐고 저놈들은

57 풀어헤친 머리[15]로 무덤에서 일어나리라.

잘못 주고 잘못 간직하여 저들은 좋은 세상[16]을

앗기었고 이와 같은 싸움터에 와 있으니

60 그게 어떠한지 꾸밈없이 내 말하겠노라.

여보게, '운명'[17]에 맡겨진 재화,

그 때문에 인류가 아귀다툼하는데

63 재화의 순간적인 헛됨을 이제 알 수 있으리라.

지금 달 아래 있고 또 벌써 있었던

---

[13] **성직자들** 단순한 성직자뿐만 아니라 교황 등 고위층까지도 거기에 있다.

[14] **아무도 알아보지 못하게** 재산에 눈이 어두우면 아무도, 아무것도 보이지 않는다는 의미다.

[15] **풀어헤친 머리** 낭비자의 모양을 나타낸 표현이다. 속담에 "머리카락까지 털어먹었다(dissipato fino a capelli)"는 것이 있다.

[16] **좋은 세상** 천국.

[17] **운명** 원서에는 'Fortuna'로 쓰여 있는데, 행운의 뜻으로 생각할 수 있다. 단테는 운명에 관한 이론을 보이티우스의 『철학의 위안(Consolation filosofiae)』이라는 책에서 많이 배웠다.

모든 황금도 이 피로에 지친 영혼들을

66 하나도 편안하게 하지 못하기 때문이다."

나는 그에게, "스승이여. 자, 더 말씀해 주소서,

제게 언급하신 이 '운명'이라는 것이 무엇이며,

69 또 어찌 세상의 재화를 손아귀에 넣고 있나요?"

그는 내게 "요, 바보 같은 인간들이여!

너희들을 해치는 무지가 대단하구나!

72 그대 내 하는 말을 이제 받들었으면 하노라.

그 지식이 온갖 것을 초월하는 분이[18]

하늘들을 만드셨고 이끄는 자들을 그들에게 주셨으니[19]

75 빛을 골고루 나누어 주면서 저 하늘의 모든 부분으로

이 하늘의 모든 부분을 빛나게 하듯이

세상의 영화도 그와 같이 되게끔

78 다스리고 안내할 자를 세워 놓아 그자가

그 헛된 재화[20]를 때때로 이 국민에게서

저 국민에게로, 이 핏줄에서 저 핏줄로

81 인간의 힘으로는 막을 수 없도록 옮겨 주었도다.

숲 속의 뱀처럼 숨은 그의

판단에 따라, 한 민족이 지배하면

84 다른 한 민족은 시들어지게 된단다.

너희의 지식은 이와 맞설 수 없으니[21]

다른 신들[22]이 그러하듯

---

[18] 하느님은 전지전능하시다.

[19] 「창세기」 1~2장 참고.

[20] 헛된 재화 가톨릭 교리에 의하면 모든 게 헛되다. 하물며 신에 의해 결정되는 행운 같은 것이야 정말 헛된 것이 아니고 무엇이겠는가!

[21] 인간의 지식은 운명이 지닌 그것에 견줄 수 없다는 의미. 다시 말해 인간의 지식은 운명의 불가항력에 맞설 수 없다는 의미다.

87	이자가 예견하고 판단하며 자기 고장을 다스린다.
	그의 바꿈질은 그칠 새 없으니
	필요성이 그를 재빠르게 재촉하여
90	자주 바꾸게 되는 도다.
	그에게 칭송을 드려야 할 저들이
	욕지거리와 나쁜 소문을 내면서
93	십자가에 저주를 퍼부었다.
	그러나 복 받으신 그이는 이를 듣지 않고
	다른 첫 피조물과 더불어, 기쁘게
96	그의 세계를 지배하며 복을 즐기는구나.
	자, 이제 보다 큰 고통이 있는 곳으로 내려가자.
	내 떠났을 때 솟았던 모든 별들이[23]
99	이미 다 졌으니 지나치게 머물 수 없단다."
	우리는 원을 가로질러 다른 언덕 위의
	어느 냇가로 나왔더니, 그 냇물은 부글부글 끓으며
102	그 냇물에서 연유된 구덩이에서 역류했다.
	그 물은 검다기보다는 거무스름했으며
	우리는 희미한 물결을 따라서
105	더 어두운 길로 내려왔다.
	이 슬픈 냇물은 죄악스럽고
	회끄무레한 냇가 언덕 발치에 내려와서는
108	스틱스[24]라는 이름을 가진 늪을 이룬다.
	내가 자세히 쳐다보던 중에

---

[22] **다른 신들** 운명, 즉 행운을 다스리는 천사 이외의 다른 천사들을 말한다. 즉, 천구의 운행을 맡은 아홉 천사의
운명을 의미한다. 「천국편」 제28곡 주석 45 참고.
[23] **별들이** 새벽이 되었다는 의미다. 즉, 이틀째 접어든 날이다.
[24] **스틱스(Styx)** 디스(Dis)의 성벽을 둘러싸고 있는 늪의 이름.

그 늪 한가운데 진흙투성이의 인간들이[25]

111   발가벗은 채 성난 듯한 얼굴을 하고 있음을 보았다.
       이들은 손뿐 아니라 머리로써
       또 가슴과 발로써 치거니 받거니 했는데

114   이빨로 서로서로 갈기작 갈기작 물어뜯었다.
       어진 스승이 말씀하시길, "애야. 자, 보아라.
       분노가 집어삼킨 자들의 영혼을!

117   그리고 너 확실히 믿기 바라는 것은
       어디를 보아도 네 눈이 네게 말해 주듯이[26]
       물 밑에 한숨짓는 사람들이 있어

120   물 위에 부글부글 물거품이 일고 있다는 것.
       진흙 속에 얽매인 채 저들은 말하길,
       '햇빛 즐거이 비치는 달콤한 하늘에서

123   마음속에 괴로운 연기를 가졌기에 슬펐는데,
       이제 우리 시커먼 수렁 속에서 고통당하고 있구나.'
       이들은 분명한 말로 말할 수 없으니

126   이 노래도 그들의 목구멍 속에서 그렁거린다."
       이리하여 우리는 진흙을 삼키는 자들에게 향했던
       눈으로, 마른 언덕과 축축한 곳 사이

129   더러운 물 주위의 커다란 아치를 보며 돌았으니
       드디어 어느 탑[27]의 발치에 와 있었다.

---

[25] **진흙투성이의 인간들이** 분노로 인해 죄를 지은 망령들.
[26] 어디를 보아도 알 수 있듯이
[27] **어느 탑** 디스의 성벽에 있는 탑을 가리킨다.

제8곡

 이 곡은 초조한 상황을 나타내는 몇 개의 3연체로 시작된다. 스틱스 강가를 향하여 걸어가면서 두 명의 시인은 멀리 보이는 높은 탑을 발견한다. 꼭대기에서 갑자기 두 개의 불꽃이 피어나더니 이어 세 번째의 불꽃이 먼 곳에 — 가까스로 알아볼 수 있을 만큼 먼 곳에 — 나타난다. 신비스러운 불꽃이다. 사실 탑에서 탑으로 전달되는 불꽃 표지, 즉 봉화는 단테 시대의 군대에서 사용하는 관습에 속한다. 그런데 왜 여기에 그와 같은 것을 나타냈을까? 일상생활의 경험을 통해서 얻은 것이기에 단순히 막연한 상황을 묘사하는 데 그치지 아니하고 보다 사실적으로 형상화하려는 의도라고 할 수 있다. 위험에 직면한 병사들의 모습과 행동을 디스의 성벽 속에서 신음하는 무리들과 대비시키기 위한 것이다. 따라서 이 부분의 서술법은 더욱더 감동적이고 생동감을 주고 있다. 이 곡 전체와 다음에 오는 곡은 극한적인 긴장감을 잘 살린 곡들이다.

한 척의 배가 시인들을 향해 오고 있는데 그 배는 화살보다도 더 빠르다. 그 배 위에 사공이 하나 있다. 그가 곧 플레기아스다. 자기가 처리할 망령이 또 오고 있다고 생각해 고래고래 성난 목소리로 위협하듯 외친다. 그러자 베르길리우스가 소리 높여 대꾸한다. 단테는 베르길리우스를 따라 그 배에 오른다.

단테와 베르길리우스가 흙탕물을 헤치며 나아가는데 저주받은 하나의 망령이 격노한 모습으로 단테에게 뛰어온다. 진흙을 온통 뒤집어쓴 그 영혼은 단테에게 누구인지, 또 왜 살아 있는 몸으로 죽은 자들의 왕국을 가고 있는지 묻는다. 그가 곧 피렌체 출신 필립포 아르젠티임을 알아차린 단테는 분노에 찬 음성으로 대답한다. 그 영혼이 두 손을 펼쳐 배를 붙잡으려 하고, 그 광경을 지켜보고 있던 베르길리우스가 그놈을 진흙 속으로 떠민다. 그러면서 단테를 포옹하며 입 맞춘다. 그는 단테의 당연한 분노를 칭찬하며 그놈에 대한 자세한 설명을 계속한다. 세상에 있을 때 교만하고 화내기를 즐겼기에 또 좋은 일이라곤 하나도 한 적이 없었기에 지금 스틱스의 늪에서 벌받고 있다는 것이다.

그러는 동안에 단테의 귀에 들려오는 무시무시한 고통 소리. 그것이 안내자의 설명에 의하면 저주받은 영혼들과 악마들이 득실거린다는 '디스'라는 이름을 가진 마을에 가까이 왔음을 알려 준다. 불 속에서 금방 나온 듯한 느낌을 주는 붉게 물든 성벽이 보인다. 영원히 타오르는 불길에 휩싸인 성벽이다. 두 시인은 드디어 디스를 감싸는 깊은 웅덩이에 이른다. 웅덩이를 오랫동안 돌아 디스의 입구에 도달한다. 문에 들어서자 수없이 많은 악마들이 나타나 살아 있는 몸으로 어떻게 그곳을 가고 있냐고 끈질기게 질문한다.

> 나는 이어서[1] 말하리. 높다란 탑의 발치에
> 도달하기 오래 전에 우리의 눈은
> 3   그 탑의 꼭대기를 향하고 있었는데

---

[1] **이어서** 지난 곡의 후반부에 이어서 말한다는 뜻이다. 보카치오의 해설에 따르면 새로운 테마에 대하여 말을 꺼내기에 앞서 논리성과 정당성을 나타내고 당혹감을 느끼지 않도록 단테가 즐겨 쓰던 수법이라고 한다.

이는 거기 놓인 두 개의 불꽃[2] 때문이었다.

또 하나의 불길[3]이 우리의 눈에 아득하게

6 멀리서 반짝반짝 신호를 보내고 있었다.

나는 지혜의 바다[4]를 향해 말했다.

"이 불은 무엇을 의미하며 저것은

9 무엇이며 누가 그들을 만들었는지요?"

그가 내게, "늪의 연기가 너를 가리지 않으면

저 흙탕 물결 위로 다가올 것을

12 너는 너끈히 알아차릴 수 있을 것이로다."

시위를 떠난 화살이 제아무리

빠르게 공중으로 달려간다 하여도

15 내 거기서 본 작은 배[5]처럼 빠르진 못했다.

한 사람의 사공에 이끌리는 배가

물을 헤치고 우리 쪽으로 오는데

18 그 사공이 소리쳤다. "아, 네가 왔구나. 못된 영혼아!"

"플레기아스[6], 플레기아스, 넌 쓸모없이 소리 지르고 있구나.

네가 우리에게 할 수 있는 일이라곤, 우리가

21 진흙을 건너는 것을 지켜 주는 것뿐." 스승의 말이었다.

마치 커다란 속임수가 자기에게 행해진 것을

듣고 나서 이를 못마땅하게 여기는 사람처럼

24 플레기아스도 화를 잔뜩 부리고 있었다.

나의 길잡이께서 작은 배에 내려

---

[2] **불꽃** 두 명의 순례자가 왔음을 알리는 불길이다. 해설에서 밝혔듯 이 불꽃은 일종의 봉화로, 단테 시대에 병영 에서는 이와 같은 식으로 서로 통신했다고 한다.

[3] **또 하나의 불길** 두 개의 불꽃이 신호하자 이에 응답하는 불길.

[4] **지혜의 바다** 지혜가 바다처럼 많은 베르길리우스를 말한다. 이와 같은 비유는 종종 나온다.

[5] **작은 배** 플레기아스가 타고 있는 배.

[6] **플레기아스 (Phlegyas)** 불의 신 마르스와 크리세 사이에서 태어났다. 자기 딸 코로니스를 능욕한 아폴로에 대항 하기 위하여 델포이 신전을 불살랐다. 그로 인하여 아폴로에게 사살되어 지옥에 떨어져 있다.

　　　　나더러 뒤따라 들어오라 하시니

27　　내 그 안을 들어갔고 그제서야 가득 찬 것 같았다.[7]
　　　　스승과 내가 나무배에 올라서자마자
　　　　낡은 뱃머리는 다른 망령들을 실었을 때보다

30　　더욱 세차게 물을 헤쳐 나갔으니
　　　　우리가 죽은 물결[8]을 치달리는 동안
　　　　진흙을 가득 쓴 한 개의 그림자[9]가 앞에서

33　　소리 질렀다. "때 이르게 오는[10] 너 누구인가?"
　　　　나 그에게, "가긴 해도 머물지는 않으리오.
　　　　그런데 그댄 누구며 어이 그리도 험상궂은지?"

36　　그가 대답하여, "그대가 보듯 나는 울고 있노라."
　　　　나 그에게, "눈물과 슬픔을 머금고
　　　　너 저주받은 영혼은 여기 남아 있어라.

39　　아무리 더러운 모습이어도 널 알아볼 수 있구나."
　　　　그때 그는 두 손을 배 위에 올려놓았다.
　　　　그놈의 속셈을 안 스승이 그를 밀치며

42　　말씀하시길, "다른 개들[11]과 함께 사라져라!"
　　　　그리곤 그는 팔로 나의 목을 휘감고
　　　　얼굴에 입 맞추며 "(악에) 분노할 줄 아는 자여,

45　　너를 낳아 준 여인은 축복받을 것이다!
　　　　저자는 세상에서 거만한 사람이었는데,
　　　　그의 기억을 꾸며 줄 덕행이 없었으니

[7] 단테는 아직 육신을 이끌고 있는 산 사람이기 때문이다.
[8] **죽은 물결** 지옥의 황톳물.
[9] **진흙을 가득 쓴 한 개의 그림자** 필립포 아르젠티를 가리킨다. 보카치오는 그에 대해 피렌체의 귀족 출신으로 '분노하기 쉬운 자'라고 해설했다.
[10] **때 이르게 오는** 죽지도 않고 오는.
[11] **개들** 분노하기 쉬운 자들.

48 여기서 그의 망령이 저토록 사납게 구는 것이다.

지금 저 위에서 스스로 위대한 자라 여겨도

여기서 진흙 속의 돼지처럼 스스로 무시무시한

51 오욕을 남기고 머무를 자 얼마나 많은가."

나는, "스승님, 우리가 이 호수를 나가기 전에,

이 진흙탕 속으로 그놈이 잠기는 것을

54 보고 싶은 마음이 간절하나이다."

그러자 그가, "저 언덕이 내게 보이기 전에

네가 그 소원을 풀 수 있으리니

57 그 갈망을 즐기는 것도 마땅하느니라."

그 뒤 얼마 안 되어 흙투성이 무리들에게

그놈이 갈기갈기 찢기는 걸 보았으니, 나는

60 그 일로 지금도 하느님을 찬미하고 감사한다.

"필립포 아르젠티[12]에게로!"라고 모두가 외치자

분노하는 그 피렌체의 망령이

63 이빨로 제 스스로의 몸을 물어뜯더라.[13]

그를 여기 버려두었으니 나 얘길 더 않겠다.

통곡 소리가 내 귓전을 후려치는지라

66 눈 들어 앞을 주의 깊게 쳐다보았다.

어지신 스승께서, "여보게[14], 이제 가까워지는구나.

무거운 죄를 지은 시민들, 그 망령 떼거리들을

69 거느리고 있는 '디스'[15]란 이름의 도시가.

---

[12] **필립포 아르젠티**(Filippo Argenti) 앞의 주석 9 참고.

[13] 스스로의 분노를 이기지 못하는 행위다.

[14] **여보게** 베르길리우스는 단테를 부를 때 'figliolo' 즉, '아들'이라 부르기도 한다. 그러나 이 단어는 아들이란 직접적인 의미보다는 친근한 어조로 부를 때 쓰이기도 하기에 이렇게 옮겼다.

[15] **디스** 지옥의 마왕 '루시페르'의 이름이다. 영어로는 '루시퍼'라 한다. 반역 천사들의 우두머리로서 지옥의 가장 낮은 지역의 중심부에 처박혀 있다. 그로부터 디스의 고을, 즉 제6원에서 제9원까지의 세계를 명명하는 이름이 생겼다.

나는 "스승이여, 저기 저 골짜기에

마치 불 속에서 나온 듯 시뻘건 이슬람 사원[16]을

72   저는 똑똑히 볼 수 있습니다."

그러자 그분이 내게 이르시길, "저들을 휘감는

영원한 불길은 보다시피 저 아래 낮은

75   지옥에까지 저들을 붉게 비춰 주고 있다."

드디어 우리는 버림받은 땅을 둘러싼

깊은 웅덩이에 다다랐는데, 그 웅덩이의 벽이

78   나에게 쇠로 된 듯 보였다.

우리는 크게 한 바퀴 돌고 나서 사공이

큰 소리로 "여기서 나가라! 여긴 입구다!"

81   라고 외치는 곳에 도달했다.

나는 문 위에 있는 하늘에서 쫓겨 나온[17]

천 명도 넘을 천사들을 보았는데, 그들은 노기 어린

84   소리로 "죽지도 않고[18] 죽은 자의 왕국을

가고 있는 저놈이 대체 누구란 말인가?"라고 외쳤다.

그러자 나의 지혜로우신 스승이 그들과

87   은밀히 말하고 싶다고 내색하셨다.

그때 그들은 잠시 커다란 분노를 거두고

말하길, "그대 홀로 오라. 이 왕국에

90   겁도 없이 들어온 저놈은 가거라.

무시무시한 길을 따라 혼자서 가거라.

길을 아는가 어디 보자. 이 어둔 길로

93   그를 안내한 그대는 여기 머물러야 한다."

---

[16] **이슬람 사원(moschea)** 디스의 성루를 이렇게 부른다.
[17] 루시페르와 함께 반역하다 하늘에서 쫓겨난 천사들.
[18] **죽지도 않고** 단테는 살아 있는 상태.

독자여, 생각해 보라. 내가 이곳에 되돌아 올 수 없다고
생각했기에, 그의 저주스런 말소리에

96 얼마나 서러워했을지를!
"오, 친애하는 길잡이여. 당신은 저를
일곱 번도 더[19] 안전하게 지켜 주셨으며

99 제게 닥친 큰 위험에서 구해 주셨으니
이리 녹초된 저를 버리지 마시옵고
앞으로 더 나아갈 수 없다면, 어서 우리

102 오던 길로 돌아갑시다"라고 말했더니,
여기까지 나를 이끌어 오신 그분이
나에게, "두려워 마라. 그분께서[20] 마련했으니

105 우리의 갈 길은 조금도 방해받지 않으리.
그러나 여기서 날 기다리라. 초췌한 영혼을
위안하고 희망을 머금고 있으라.

108 내 너를 이 낮은 세상에 버려두지 않을 테니."
상냥한 아버지[21]가 이렇게 말하고 나를 남겨 놓고
가시는지라, 나는 두려움 가운데 남았으니

111 내 머리 속엔 '네'와 '아니오'[22]가 다툼질하였다.
우리의 적들과 뭐라 하셨는지 내 못 들었으나
저들이 제각기 다투어 돌아가 버렸기에

114 그들과 함께 거기 더 있지 않으셨다.
그놈의 적들이 내 구원자의 가슴 앞에
성문을 닫아 버리니 그는 성문 밖에 남았다가

[19] **일곱 번도 더** 여러 차례라는 뜻. 부정수를 나타내기 위한 표현으로 『성서』에도 자주 나온다.
[20] **그분께서** 하느님께서.
[21] **아버지** 앞의 주석 14 참고.
[22] **'네'와 '아니오'** 베르길리우스가 '돌아온다'와 '돌아오지 못한다'.

117　　느린 걸음으로 나를 향해 오시었다.

　　　땅을 향한 눈, 그러나 용맹이 가득한 눈썹으로

　　　그분은 한숨 쉬며 말했다.

120　　"그 누가 이 고통의 집[23]을 내게 금한단 말인가!"

　　　그리고 내게 말하길, "내 성을 내어도

　　　너는 놀라지 마라. 어떠한 장애가 회오리쳐도

123　　이 싸움을 이겨낼 터이니까.

　　　그들의 이러한 불손은 새로운 것이 아니로다.

　　　지금은 빗장도 걸리지 않은[24]

126　　덜 비밀스런[25] 문에서 저들은 그런 적이 있었다.

　　　그 성문 위에 죽은 듯 박힌 글씨를 내 보았는데

　　　그곳에서 이곳으로 길잡이 없이 여러 원을 거쳐

129　　이 끄트머리에 내려오는 자가 있었으니

　　　그분의 힘에 의해 이 도시가 열리게 되리라."

[23] **고통의 집** 디스의 도시.
[24] **빗장도 걸리지 않은** 예수께서 지옥의 림보에 있는 성현들을 구하러 가실 때 악마들은 지옥문을 잠그고 항거했다. 그러나 예수께서 손으로 그 문을 부순 뒤 그대로 남겨 두었기에 아직도 열려 있는 상태라는 전설이 있다.
[25] **덜 비밀스런** 빗장이 없으니 비밀스러운 것이 없다.

| 제9곡 |

 제6원의 입구, 디스 시의 성벽이다. 이교도들이 불에 그슬 린 묘에서 허덕이는 벌을 받는다. 즉, 그들이 살아 있을 때 그릇된 빛을 받으며 과오 속에서 살았기에 거기에 상응하 는 벌이라 하겠다. 실제로 중세에 이교도들에게 그와 같은 실형을 내렸 다는 것도 흥미 있는 이야기다.

근심스런 표정을 하며 돌아온 안내자를 보자 단테는 파리해진다. 베 르길리우스는 그의 놀람을 가라앉히려고 태연한 체한다. 그가 하늘의 사 자가 도래할 것에 대해 약간 모호한 언급을 하는지라 이에 단테는 그가 혹시나 길을 잃은 것이 아닐까 하고 걱정하는데, 베르길리우스는 전에 또 한 번 다녀간 일이 있으니 걱정 말라고 한다.

단테가 베르길리우스의 말을 듣고 있는 동안, 그의 시선은 허물어진 탑 꼭대기를 향한다. 거기에 피로 물든 세 명의 푸리아이(Furiae)가 나타 난다. 그들은 여인의 몸체에 뱀의 머리를 하고 있는데, 베르길리우스의 설명에 의하면 에리니에스로서 메가이라, 알렉토, 티시포네다. 그들은 손톱으로 가슴팍을 파면서 단테를 돌멩이로 둔갑시켜 달라고 메두사에 게 간청한다. 베르길리우스는 단테를 위로하면서 뒤돌아보지 말라고 하 는데, 이유인즉 고르곤의 머리를 보면 지옥에서 빠져나갈 수 없다는 전설 때문이다. 그러고는 그 자신도 손으로 눈을 가린다. 단테는 이때 독자들에게 은유로 감춰진 속뜻을 알아 달라고 한다.

그때 스틱스 강의 더러운 물결이 부닥치는 소리가 나고 먼지가 구름을 이루어 목동과 동물을 피신시키고 나무뿌리를 흔들어 놓는다. 베르길리우스는 단테의 눈을 가리고 있던 손을 떼며 강물 위 자욱한 연기를 보라고 한다. 독사 앞에 선 개구리들같이 수많은 망령들이 맨발로 허겁지겁 강물을 건너면서 얼굴 앞의 연기를 손으로 헤쳐 내는 것을 본다. 하늘의 사자가 나타난 것이다. 그가 디스의 문에 도달하여 회초리로 후려쳐 그 문을 여니 이에 반항할 망령은 하나도 없다. 하늘이 보낸 그 사람은 망령들의 무모함을 나무라며 케르베로스의 예를 들어 훈계한다. 그는 두 시인에게는 아무 말도 하지 않았으나, 시인들은 그가 망령들에게 하는 말을 위안 삼고 디스 시로 들어간다.

그들이 디스에 들어가는 데에 장애가 될 것은 이제 하나도 없다. 아울러 이제까지 지녔던 긴장감도 완전히 풀리고 그들의 눈앞에 전개되는 새로운 광경에 진한 호기심을 나타내게 된다. 로다노 강이 흐르는 아를리 마을의 묘지에서와 마찬가지로 묘로 가득 찬 평원을 발견한다. 그러나 그 묘들 사이에 무서운 전경이 펼쳐진다. 묘의 뚜껑이 열려 있고 이글이글 타오르는 불꽃들이 날름거리며, 깊은 한숨 섞인 통곡 소리가 여기저기에서 끊임없이 쏟아져 나오기 때문이다. 이교의 우두머리들과 그들의 추종자들이 이교에 대한 신앙심 정도에 따라 불에 그슬린 채 신음하고 있다. 두 시인은 그 무덤을 지나쳐 계속 나아가 마침내 디스의 높은 성벽을 지나게 된다.

나의 안내되는 분이 돌아오심을 보았을 때[1]
겁으로 질려 버린 내 살갗의 빛깔이 곧

3   그분의 새로운 안색을 속으로 억제하게 하였다.[2]
그분은 귀담아 듣는 사람같이 멈춰 섰는데,
이는 검은 하늘과 빽빽한 안개로 인하여

6   눈을 앞으로 멀리 보낼 수 없었기 때문이다.
그가 말을 꺼내, "어쨌든 싸움은 이기는 게 좋아.
그렇지 못하면…… 그분[3]의 도움이 있지 않나.

9   아, 그런데 여기 오실 분이 왜 이다지 더디신가!"
다음에 오는 말로 처음 시작했던 말을
그분이 잘 뒤덮음을 내 그리도 잘 보았는데

12 이는 처음의 말과 뒤틀렸기 때문이다.
하여간 그의 말씀은 무서움을 주었으니
이는 아마도 잘려진 말을 그가 의도한 것보다

15 더욱 나쁘게 끌어낸 때문일 것이로다.
"이 쓰라린 웅덩이의 깊은 곳에
희망을 못 갖는 것이 유일한 벌[4]이 되는

18 저 첫째 번 단계[5]로부터 그 누가 내려온단 말인가요?"
내 이렇게 물으니, 그이 나에게 대답하길,
"우리 중 그 누가 내가 가고 있는 길을 따라

21 걸어갈까. 그것은 쉽게 생기지 않을 일이로다.[6]

---

[1] 지난 곡에서 단테를 두고 떠났던 베르길리우스가 돌아왔다.
[2] **내 살갗을~** 단테의 두려움을 없애 주고자 스스로의 노기를 억제한다.
[3] **그분** 베아트리체를 가리킨다.
[4] **희망을 못 갖는 것이 유일한 벌** 림보의 세계에서는 천국에 올라갈 희망이 없다. 그리고 고통도 없다. 「지옥편」
제4곡 참고.
[5] **첫째 번 단계** 제1원, 즉 림보의 세계.
[6] **우리 중~** 베르길리우스는 베아트리체의 간청에 따라 성모의 중계로 하느님으로부터 허락받아 이 길을 가고
있다.

내 이미 여기에 한 번 와 본 것이 사실이거늘

그것은 저 잔인한 에리톤[7]이 망령들을

24 그들의 육체에 다시 불어넣은 마술 때문이었다.

나로부터 살이 없어진 지 얼마 안 되어

그녀는 유다의 원[8]에서 한 영혼을 빼내려고

27 나를 저 담벽[9] 안으로 들어가게 했다.

그 원은 가장 낮고 가장 어두운 곳이며

모든 것을 돌리는[10] 하늘에서 가장 먼 곳이니

30 내 그 길을 잘 아는지라 너는 마음 편히 하라.

지독히 고약한 내음을 뿜어대는 이 늪이

고통스런 이 도시 주위를 휘감고 있어

33 분노 없이 우리가 들어갈 수 없는 곳이라."

다른 말씀도 하였지만 내 기억할 수 없구나.

내 눈이 나를 온통 이끌어 그 높은 탑의

36 붉게 타오르는 꼭대기로 향하게 했기 때문이다.

그곳에 갑자기 피로 물든 지옥의 세 푸리아이[11]가

곧바로 쭈뼛 솟아 있었으니, 그들은

39 여인의 몸체와 몸짓을 하고 있으면서

푸른 물뱀의 띠를 두르고 있었는데

새끼 뱀과 뿔난 배암은 머리털을 갖고서

42 무서운 관자놀이를 칭칭 휘감고 있었다.

---

7 **에리톤(Erithon)** 테살리아의 무녀.
8 **유다의 원** 제9원의 넷째 지역으로 '주데카'다. 유다 같은 배반자들이 벌받는 곳이다. 「지옥편」 제34곡 참고.
9 **저 담벽** 디스의 성벽.
10 **돌리는** 근원 지워 주는.
11 **세 푸리아이(tre furiae)** 세 명의 에리니스(Erinys, 복수는 Erinyes)를 가리킨다. 즉, 아케론과 닉스(밤)의 딸들로서 불화와 고통의 씨를 뿌리는 자들이다. 이들은 메가이라(질투), 티시포네(살해의 복수자), 알렉토(멈추지 않는 분노)다.

영원히 통곡하는 왕녀[12]의 노예들[13]을

잘 알고 있던 그분께서 나에게 말씀하시길

45 "저 표독스러운 에리니에스[14]를 바라보라.

왼쪽의 이것이 메가이라이며,

오른쪽에 울고 있는 저게 알렉토이고

48 티시포네가 가운데 있다." 그러고 나서 잠잠하셨다.

저마다 손톱으로 가슴팍을 저미고

손바닥으로 제 몸을 후려치면서 무던히도

51 크게 외치는지라 나는 무서워 시인께 달라붙었다.

"메두사[15]는 오라. 우리 그놈을 돌로 변화시키리니."

저들은 모두가 아래를 굽어보며 말하였다.

54 "테세우스[16]의 습격에 복수 못한 게 분하도다."

"뒤로 돌아서 눈을 감고 있어라.

고르곤[17]이 나타날 제 너 그를 본다면

57 저 위로[18] 돌아가기 영영 틀릴 테니까."

스승이 이렇게 말씀하시고 당신께서 손수

돌리시어 내 손을 믿지 아니하고

60 당신의 손으로 나의 눈을 덮어 주셨다.

오, 건전한 지성을 가진 그대 독자들이여.[19]

---

[12] **통곡하는 왕녀** 마왕 플루톤의 아내 페르세포네.
[13] **노예들** 시녀들, 즉 세 명의 푸리아이를 가리킨다.
[14] **에리니에스**(Erinyes) 푸리아이의 그리스 이름.
[15] **메두사**(Medusa) 머리털이 있을 곳에 새끼 뱀을 갖고 있는 신화적 인물. 페르세우스에 의해 죽음을 당했다. 그 녀의 뱀 머리는 그걸 보는 자를 돌로 변화시키는 위력을 가졌다. 은유적으로는 세상의 재화를 가리킨다.
[16] **테세우스**(Theseus) 그리스 전설의 영웅이다. 「아이네이스」 제6권 393행에 따르면, 페르세포네를 납치하기 위 하여 아베르노를 겁탈하려다 실패하여 포로가 됐다가 헤라클레스에게 구출되었다 한다.
[17] **고르곤**(Gorgon) 메두사의 머리.
[18] **저 위로** 하늘나라로
[19] 메두사의 비유에 대해서 단테가 독자들의 주의를 환기시키고 있다.

저 이상한 시의 너울 밑에

63 감추어진 의미를 알아보라.

어느덧 더러운 물결을 헤쳐 가며

공포에 휩싸인 무서운 폭음이 오는지라

66 양쪽 기슭이 부르르 떨렸다.

이는 열을 뿜어대는 격렬하기 그지없는

바람 소리와 같은 것인데,

69 숲을 후려치고 아무런 거리낌 없이

가지를 뽑아 때리며 멀리 실어 나르고

먼지를 일으키고 거침없이 지나가며

72 짐승과 목동들을 달아나게 하더라.

스승은 내 눈을 풀어 주며 말씀하시길,

"이제 오래 된 거품 너머 저 안개가

75 더욱 자욱한 데로 네 시선을 곧바로 하라."

원수인 독사 앞에 나타난 개구리들처럼

모두가 물 속으로 사라졌다가

78 마침내 저마다 뭍으로 떼 지어 오르더라.

나는 천도 더 되는 저주받은 영혼들이

보송보송한 발바닥으로 스틱스 강을 건너는

81 사람²⁰에게서 도망가는 것을 보았노라.

그는 왼손을 가끔 앞으로 내저으면서

얼굴에서 빽빽한 공기²¹를 헤쳐 냈는데,

84 단지 그리 하는 짓이 괴로워 지친 듯하였다.

그가 곧 하늘이 보낸 자임을 알아차리고

---

²⁰ **스틱스 강을 건너는 사람** 천사를 말한다. 두 시인을 디스의 문 안으로 들어가게 하려고 하늘이 보낸 천사.
²¹ **빽빽한 공기** 수증기.

나 스승을 향했더니, 그분은 내가

87 조용히 그에게 절하도록 눈짓하셨다.

아, 그는 얼마나 분노에 가득 찬 듯 보였던가!

그는 문에 이르러 한 개의 회초리로

90 문을 여니 아무런 거침이 없었다.

"오, 하늘에서 쫓겨나온 볼품없는 무리들아."

그는 무시무시한 문턱 위에서 말을 꺼내더니,

93 "너희 안에 있는 이 거만함이 어디서 온 것이냐?

저 의지[22]에 너희 왜 발길질을 하느냐?

그게 목적하는 바를 전혀 움직일 수 없고

96 몇 곱절 더 너희에게 고통을 더하고 있지 않느냐?

천명에 대항한들 무슨 쓸모가 있겠느냐?[23]

너희가 잘 기억하듯 너희의 케르베로스[24]

99 턱주가리와 목덜미에 아직도 털이 없구나."

그런 뒤 그는 더러운 길을 따라 돌아와

우리에게 한 마디 말도 않으니

102 자기 앞에 있는 일보다도 다른 일[25]에 더

푹 빠져 있는 듯 보였다.

우리는 거룩한 말을 위안 삼고서

105 땅을 향하여 발을 옮겨 나갔다.

우리는 아무런 다툼 없이 그 안에 들었는데,

---

[22] **저 의지** 하느님의 뜻.

[23] 단테의 운명론을 보여 준다.

[24] **케르베로스** 티폰과 에키드나의 아들로서 세 개의 머리를 가진 개의 형체를 하고 있다. 그리스 로마 신화에 의하면 그가 곧 지옥 전체의 수문장이었다고 하나, 단테는 그를 제3원의 수문장으로 하고 있다. 헤라클레스가 지옥에 내려갔을 때 케르베로스가 반항하니까 그의 목에 쇠사슬을 매어 지옥문 밖으로 쫓아냈는데, 그 자국이 남긴 상처에는 털이 없다.

[25] **다른 일** 하늘에 오르려는 마음.

그 요새가 둘러싸고 있는 상황의

108 갖가지 벌을 간절히 보고 싶었던 내가

안으로 들어서 눈을 사방으로 내쏘았을 때

양편의 넓은 벌판이 고통과

111 괴로움으로 가득 차 있음을 보았다.

로다노[26]가 잠겨 있는 아를리[27]

이탈리아를 막고 그 국경을 씻어 내는

114 쿠아르나로[28]에 바싹 붙어 있는 폴라[29]에

무덤들이 온 나라를 변화시킨 것같이

오직 이 무덤들이 더욱 혐오스럽다는 것뿐

117 이곳의 어느 부분도 다 그와 같았다.

불꽃으로 인해 무덤들이 뜨겁게 되었지만

무덤들 사이에 그 불꽃이 퍼져 있었기에

120 어떠한 재주라도 쇠를 이어서 더 달구진 못하리.

뚜껑들은 온통 들춰져 있는 채

슬픈 통곡 소리가 밖으로 솟아났으니

123 그것은 분명코 벌받는 불쌍한 자들의 것 같더라.

그래서 나도, "스승님이여, 저들이 누구이기에

저 아치관[30] 속에 묻히어,

126 고통스런 한숨 소리를 저리도 들려오게 하는지요?"

그러자 그이 나에게, "여기에 이교의 두목들이

모든 종파의 추종자들과 함께 있는데

---

[26] **로다노(Rodano)** 프랑스 남부에 있는 론(Rhone) 강.
[27] **아를리(Arli)** 프랑스 남부 론 강변에 있는 마을. 이 마을 주변에 많은 묘지가 있다.
[28] **쿠아르나로(Quarnaro)** 아드리아 바다의 일부.
[29] **폴라(Pola)** 이스트리아 시.
[30] **아치관** 무덤을 아치형으로 했다.

129   무덤들은 네 생각보다 더 무거운 짐[31]을 싣고 있다.

        여기 비슷한 자끼리 묻혔는데도

        더 뜨겁고 덜 뜨거운 무덤이 있단다."

132   그러고는 그가 오른편으로 돌아선 다음

        우리는 무덤들과 높은 성벽[32] 사이를 지났다.

[31] **더 무거운 짐** 이교도들은 한곳에 여럿씩 묻혔다.
[32] **높은 성벽** 디스를 둘러싸고 있는 성벽.

제10곡

이교도들의 원에서 단테는 영혼 불멸설을 부정하는 에피쿠로스 학파의 영혼들을 만난다. 이들 중에서 시인은 두 명의 피렌체 출신 영혼을 만나는데 그들은 곧 파리나타와 카발칸티다. 전자는 기벨린 당의 우두머리로서 두 번이나 전투에서 패하여 단테 자신이 속해 있는 구엘프 당에게 손을 들었다. 파리나타는 무덤의 뚜껑을 열고 일어난 상태인데 단테가 그에게 접근했을 때, 분노 어린 음성으로 조상이 누구냐고 따져 묻는다. 자기의 정적의 자손임을 알아차린 그는 단테에게 지난날의 이야기를 해 주는데, 단테 또한 지지 않으려는 듯 거세게 대답한다. 후자는 시인이자 철학자이며 단테가 제일의 친구로 생각하는 구이도(Guido)의 아버지 카발칸티다. 그도 또한 다른 무덤에서 무릎을 꿇고 일어나 단테에게 왜 구이도와 같이 있지 않느냐고 묻는다. 단테는 순례하게 된 이유를 설명하면서 암시적으로 구이도가 이미 세상을 떠났음을 알린다. 카발칸티는 놀라 무덤 속으로 쓰러진다.

단테가 카발칸티와 이야기하고 있는 동안에 파리나타는 가만히 단테가 한 말을 되새기고 있다. 즉, 단테는 그에게 기벨린들은 한 번 추방당했다가 조국으로 다시 돌아올 기술을 잘 터득하지 못했다고 했는데, 이에 대하여 파리나타는 예언과도 같은 선언을 한다. 머지않아 단테도 그들과 같이 조국에 돌아갈 수 없게 되리라는 것이다. 그것은 단테의 유랑 생활을 예견하는 듯하다. 그런 후에 단테에게 도대체 왜 피렌체인들이 자기 후손들에게 잔인한 법을 행사하는 것인지 말해 달라고 간청한다. 그에 대한 단테의 대답은 명료하다. 몬타페르티에서 구엘프 당이 너무나 피비린내 나게 싸움을 했기 때문이라는 것이다. 그러자 파리나타는 피렌체를 쳐부수자는 당의 모임에서 자신은 단독으로 부정론을 폈다고 말한다.

구이도의 아버지 카발칸티에게 잘못 말한 것이 후회스러운 단테는 파리나타에게 부탁한다. 구이도는 아직 살아 있으며 전에 그렇게 이야기한 것은 의심 속에 허덕이다 보니 그렇게 되었다는 것을 말해 달라고.

그때 베르길리우스가 단테를 부른다. 단테는 서둘러 파리나타에게 함께 있는 자들이 어떤 사람들인가 묻는다. 그는 자기와 함께 불길 속에서 고통 받고 있는 많은 영혼들 중에서 황제 페데리코 2세와 추기경이었던 옥타비아누스 우발디니도 있다고 대답한다. 그가 무덤 속으로 떨어지자 단테는 그의 예언적인 선언에 자극을 받아 어리둥절하다. 이때 베르길리우스는 베아트리체의 인도가 있을 테니 염려 말라고 위안한다. 두 시인은 디스 시의 성벽을 떠나 왼쪽으로 돌아 이 원을 지나간다.

이 곡을 이교도들의 곡, 혹은 파리나타의 곡이라고 부른다. 시인은 이교에 대해 언제나 가혹할 정도로 냉엄한 반응을 보이고 있다. 여기 나타나는 이교도들이 피렌체 출신들뿐이니 조국에서 추방당한 단테에게는 이 또한 재미난 현상으로 이해된다.

이제 으슥한[1] 오솔길을 따라, 내 스승이

이 도시의 성벽과 괴로움 사이로 가시니[2]

3   나는 그의 어깨 뒤로[3] 따라간다.

"텅 빈 지옥의 원들을 거쳐 돌아 나가게 하는

오, 최상의 덕성 베르길리우스[4]여!

6   그대 원하시거든 내게 말하고 욕망을 채워 주오.

무덤 속에 누워 있는 사람들을

그대는 보실 수 있는지? 이들은 벌써 뚜껑을

9   모두 열어 젖혔는데, 아무도 감시하지 않습니다."

그가 나에게, "이들이 저 위에 버려 둔

몸체를 지니고 여호사밧[5]에서 이곳으로 돌아올 때

12   이것들은 모두 닫힐 것이다.

이쪽에는 에피쿠로스[6]와 함께

그 추종자들이 무덤 속에 있는데,

15   이들은 육신과 함께 영혼이 죽는다고 믿는다.

그러니 너 나에게 하는 질문이나 또

내게 밝히지는 않지만 네가 비밀히 갖고 있는 욕망[7]도

18   이 안에서 이제 곧 채워지리라."

나는, "좋으신 길잡이여, 단지 말을 적게 하려는 것이지

그대에게 내 마음을 숨기는 것은 아닙니다.

---

[1] **으슥한** 외롭고 고달픈
[2] **디스를** 에워싸고 있는 성벽과 그 안에서 고통당하는 망령들의 괴로움을 보고 지나간다는 뜻이다.
[3] **어깨 뒤로** 그의 뒤로
[4] **최상의 덕성 베르길리우스** 인간의 덕성을 가리킨다.
[5] **여호사밧(Jehoshaphat)** 예루살렘 가까이 위치한 골짜기. 이곳에서 최후의 심판이 내려지고 영혼은 다시 육신을 갖게 된다고 하는 전설이 있다. 「요엘」 4장 2절 참고.
[6] **에피쿠로스(Epikuros)** 그리스의 철학자(BC 341~270). 쾌락주의자로서 영혼불멸설을 부정했다. 진리의 근본적 기준이란 사물이 수시로 나타내는 감정에 의해 소유된 확실성이라고 했다. 그러므로 그것만이 지식의 근본을 형성하고 가치를 지니게 된다는 것이다.
[7] **욕망** 단테의 고향인 피렌체 사람을 보고 싶어 하는 욕망.

21   지금뿐이 아니오. 그대가 나를 지목하셨던 게."

"오, 토스카나[8] 사람, 불의 도시[9]를 거쳐

산 채로 가면서 의젓하게 말하는 그대여,

24   바라옵건대 이곳에 머물러 주오.

그대의 어투가 나를 너무나도 괴롭게 하니

저 고귀한 그대의 조국이 어딘지를

27   밝혀 주고 있다오."

하나의 무덤에서 돌연히 이 소리가

나와서, 나는 부들부들 떨면서 조금 더 가까이

30   내 길잡이에게 다가섰다.

그러자 그는 내게, "살펴보라. 무얼 하느냐?

저기 꼿꼿이 서 있는 파리나타[10]를 보아라.

33   허리춤으로부터 윗부분 모두를 보아라."

나의 시선은 벌써 그의 얼굴에 박혔는데

그는 마치 지옥을 아주 경멸하는 듯

36   가슴팍과 머리를 바로 쳐들고 있었다.

길잡이의 힘세고 준비된 손이

날 밀어 무덤 사이로 나아가게 하며

39   말했다. "내 말을 잘 가늠하여라."

내가 그의 무덤 발치에 다다르자

잠시 날 보더니 거의 분개한 표정으로

42   내게 물었다. "네 조상들은 누구였지?"

---

[8] **토스카나(Toscana)** 피렌체를 포함하는 이탈리아의 중부 지방 이름.

[9] **불의 도시** 지옥.

[10] **파리나타(Farinata)** 본명은 마넨테. 그런데 별명인 파리나타로 더 널리 알려져 있다. 야코포 델리 우베르티 가문 출신으로 피렌체 정계에서 큰 역할을 하던 거목으로서 1239년 기벨린 당의 우두머리가 되어 1248년 구엘프 당을 무찌르고 피렌체에 진군한 적이 있다. 그 뒤 1258년 다시 만프레디 왕의 도움을 받아 피렌체를 공격하여 1260년 몬타페르티에서 구엘프 당을 완전 격파했다. 그가 1264년에 사망하자 그의 추종자들은 구엘프 당에 의해 피렌체에서 추방당했다.

그의 말을 듣고 싶은 마음 가득했던 내가

그걸 숨기지 않고 온통 밝혀 주었더니

45　　그는 눈썹을 약간 추켜 올린 후에

말하길, "그들은 나와 내 선조들과

또 나의 파벌에 무던히도 반항했기에

48　　내 두 번이나[11] 그들을 흩뜨렸노라."

나는 그에게 대답하여, "그들이 쫓겨나긴 했어도

그때마다 사방에서 돌아올 수 있었건만

51　　그대의 선조들은 그 기술[12]을 잘 익히지 못했다."

그때 열려진 뚜껑으로 일어났던 그림자

하나가 파리나타 옆으로 턱까지 내밀었다.

54　　내 알기에 그가 무릎을 꿇고 일어난 것이다.

그는[13] 나와 함께 누가 있는지 알고자

갈망하는 듯 내 주위를 둘러보고 나서

57　　의심이 완전히 사라진 다음에야

울면서 말하길, "높은 지성으로 인해

그대 이 눈먼 감옥을 가고 있다면

60　　내 아들[14]은 어디 있나? 또 왜 함께 있지 않나?"

나 그에게, "내 스스로 오는 것이 아니라

저곳에서 기다리는 분이 날 이곳으로 인도하셨는데,

63　　아마 당신의 구이도가 그를 소홀히 여겼던[15] 때문일 것이오."

그의 말이나 벌받는 모습이 나에게

그의 이름을 밝혀 주었으니

66 　나의 대답이 그리도 명백했더라.

그는 당장에 쭈뼛하여 서서 외치기를,

"뭐랬지? 여겼던? 그는 살아 있지 않은가?

69 　달콤한 빛이 그의 눈에 부딪치지 않는단 말이야?"[16]

내가 대답하기 전에 잠시 동안 머뭇거리는 것[17]을

그가 보더니 거꾸러져

72 　다시는 밖으로 나타나지 않았다.

도량이 넓은 자가 다시 나타나 청하길래

발길을 멈추었는데, 그는 안색을 변치 않고

75 　머리도 움직이지 않으며 몸체도 구부리지 않았다.

그는 계속하여 말하길,

"불행히도 저들이 그 기술을 터득했더라면

78 　그것이 이 자리보다 더 나를 괴롭히리.

그러나 여기를 다스리는 여인[18]의

얼굴이 쉰 번 불타기 이전에[19]

81 　너는 그 기술이 얼마나 힘든 것인지 알리라.

그대가 감미로운 세계[20]로 돌아갈 수 있다면

내게 말해 다오. 그 족속들이 율법을 다룰 때마다

84 　어찌 그리도 나의 혈족에게 잔인한 것인지?"

그리하여 나 그에게, "저 아르비아[21]를 붉게 물들인

---

[16] 태양빛을 못 받고 있다는 뜻, 즉 죽었다는 의미다.
[17] **머뭇거리는 것** 거짓말을 하려니 머뭇거릴 수밖에 없다.
[18] **여인** 마왕 플루톤의 아내, 페르세포네로서 달의 신 디아나와 동일시된다.
[19] **쉰 번 불타기 이전에** 달이 50번 뜨고 지는 것, 즉 50개월이 지나기 전에 단테도 추방된다는 의미다.
[20] **감미로운 세계** 세상, 즉 죽음의 세계를 벗어난 현실 세계.
[21] **아르비아(Arbia)** 토스카나 지방에 있는 냇물. 1260년 기벨린 당이 쳐들어왔을 때 격전을 하던 곳이다.

학살과 대전투가 이러한 기도[22]를

87 우리의 성전에 이루어지게 한 것이라오."

그는 한숨을 몰아 쉬며 머리를 흔들고 나서

"거기엔[23] 나 홀로 있었던 게 아니고,

90 또 까닭 없이 다른 사람들과 어울린 게 아니었다.

모두가 피렌체를 파멸시키고자 했을 때

오직 나 혼자서만 얼굴을 맞대고

93 피렌체를 지키고자 했던 것이다."

나 그에게 청하길, "오, 그대의 후손도

언젠가 평안을 찾게 되리니 그대 여기 내 마음에

96 맺혀져 있는 매듭을 풀어 주오.

내 바르게 알아들었다면, 때가 되어야

일어날 일을 너희가 미리 볼 수 있는 것인데

99 지금은 상황이 그렇지 않은 것 같다오."

그가 말하길, "우리들[24]은 근시안이 하는 식으로

멀리 있는 것들을 보고 있는데

102 지존하신 분께서도 그렇게 멀리서 우리를 비추신다.

가깝게 오거나 같이 있거나 우리의 지성은

모두가 헛된 것, 다른 사람이 알려 주지 않으면

105 우리는 그대들 인간사에 대해 하나도 모른다오.

미래의 문이 닫히는 그 순간부터

우리의 앎이란 완전히 죽는다는 것을

---

[22] **기도** 구엘프 당이 다시 피렌체의 정권을 장악하게 되자 몬타페르티에서 살육 전쟁을 야기한 기벨린 당을 때려잡기 위하여 여러 가지 율법을 만들었다. 그런데 이 율법은 그 당시의 관습에 따라 교회에서 만들었기에 여기서 법률 대신 율법이라고 한 것이다. 구엘프 당이 이 율법을 통해 적을 무찌를 수 있게 해 달라고 기도한다는 상징적인 의미가 있다.

[23] **거기엔** 아르비아 시냇물 가에 있는 언덕인 몬타페르티. 그곳에서 구엘프 당과 기벨린 당이 전쟁을 벌였다.

[24] **우리들** 지옥에서 허덕이는 망령들.

108   그대는 똑똑히 알 수 있으리라."[25]

그때 나는 스스로의 실수가 맘에 걸려

말했노라. "지금 넘어진 저자[26]에게 말해 주오.

111   그의 아들은 아직 산 사람들과 섞여 있으며

앞서 내가 그의 질문에 침묵을 지킨 것은

의구심에 빠져, 그대가 말끔히 풀어 주었지만,

114   나의 생각이 어쩔 줄 몰랐기 때문이라고 그에게 일러 주오."

벌써 나의 스승이 불러서

나는 더욱 다급히 그 혼에게

117   그와 함께 있는 이가 누군지 말해 달라 청했더니

내게 말하길, "난 여기 수많은 자와 함께 누워 있다.

이 안에 페데리코 2세[27]와 또 그 추기경[28]도

120   있다. 다른 자들에 대해선 입을 다무노라."

그 뒤 그는 숨고, 나는 옛 시인에게

발길을 돌리며 내게 원수같이 여겨지는

123   말들을 돌이켜 생각했다.

그는 몸을 움직이더니 그대로 가면서

내게 이르길, "너 어찌 그리도 당황하는지?"

126   그리고 내가 그의 물음에 만족한 답을 주자

그 성현은 "너에 대항한 것에 대해

들은 바를 마음속에 간직하라"고 나에게 명하고

129   "자, 이제 잘 듣거라" 하며 손가락을 세우셨다.

---

[25] **미래의~** 미래의 문이란 최후의 심판이 오는 날 닫히는 문이다. 이것이 닫히면 영겁의 문이 열린다. 그러면 미래가 없어지게 되니 미래에만 매달려 있는 죄인들의 지식은 완전히 없어진다.

[26] **지금 넘어진 저자** 구이도의 아버지 카발칸테.

[27] **페데리코(Federico) 2세** 로마 황제. 에피쿠로스 학파의 한 사람.

[28] **추기경** 옥타비아누스 우발디니 추기경. 그도 역시 쾌락주의자였다.

"고운 눈으로 모든 것을 볼 수 있는

그녀[29]의 부드러운 눈앞에 네가 설 때

132 그녀로부터 네 삶의 길을 알게 되리라."

그러고 나서 그가 발길을 왼쪽으로 돌려

우리는 골짜기 속으로 가는 오솔길을 따라

135 성벽을 뒤로 하고 한가운데로 갔더니

독한 냄새가 위까지 올라와 언짢게 하더라.

[29] **그녀** 베아트리체.

제11곡

 두 시인이 커다란 돌덩이를 쌓아 이룬 높은 강둑 끄트머리에 도달한다. 제7원의 세계다. 강둑에서 나는 독한 냄새를 참을 수 없어 어느 커다란 무덤 뒤로 피신하는데 그 무덤 위에 '교황 아나스타시우스'라 씌어 있는지라 베르길리우스는 독한 냄새에 익숙해지기 위하여 거기 잠시 동안 머물자고 말한다.

그때 단테는 시간을 유용하게 보내기 위해 가르침을 내려 달라고 간청한다. 그러자 베르길리우스는 하부 지옥의 윤리에 대해 설명한다. 둥근 강둑 아래 세 개의 원이 있는데 그것들은 앞의 것들보다는 조금 작고 그것들과 마찬가지로 내려가면서 조금씩 좁아지게 되며 죄인들로 가득 차 있다는 것이다. 모든 악한 행위의 목적은 힘이나 기만과 결부되는 부정인 경우가 많으므로 신의 노여움을 산다. 그러므로 그것을 범한 자의 영혼들은 가장 낮은 지역에 있는 제8원과 제9원에서 벌받고 있으며 제7원에서는 폭력을 쓴 자들이 벌받고 있다. 제7원은 세 개의 둘레로 구분되어 있는데, 첫째 둘레에는 이웃에게 폭력을 쓴 사람들이 있고 둘째 둘레에는 자기 자신에게 포악한 자들, 즉 자살자들이 있으며 셋째 둘레에는 하느님께 포악했던 자의 영혼들이 벌받고 있다. 제8원에는 신뢰감을 깨뜨린 자들의 영혼이 있다. 즉, 사랑의 사슬을 기만으로 쳐 없앤 자들,

이를테면 위선자, 간음자, 마술사, 위조하는 사람, 도둑, 고성죄를 범한 자, 포주 등등이다. 제9원은 지구의 중심부이자 지옥의 마왕 루시페르가 있는 곳에 있는데, 이곳은 자신에 대한 신뢰를 배신한 자들이 벌받고 있는 곳으로 가장 깊숙한 원이다.

이 곡은 아리스토텔레스의 사상에 의거하고 있다. 단테가 스승에게 어인 일로 부절제의 죄인들(화내는 자, 호색가, 탐욕가, 낭비한 자, 수전노)이 디스 시에서 벌받고 있지 않느냐고 묻는다. 베르길리우스는 아리스토텔레스의 『윤리학』에 입각하여 설명하길, 하늘로부터 벌받는 인간의 세 개의 악덕은 부절제, 사기 혹은 기만 그리고 폭력이며 부절제는 그중에서 가장 적게 하느님을 배반하는 것이며 인간으로부터 질책을 덜 받고 있다는 것이다. 단테는 아리스토텔레스의 윤리를 잘 생각하고서 왜 부절제로 인해 죄를 범한 자들이 디스 밖에 유리되어 있는가를 깨닫는다.

단테는 고리대금업자들이 왜 성덕을 모독하느냐고 또 묻는다. 스승은 아리스토텔레스의 『물리학』에 의거해 설명한다. 자연이란 신의 지성과 작업에 근원을 두고 인간의 재주란 자연이 허락하는 한도 내에서 따라다닌다고. 아울러 「창세기」의 시작 부분을 들어 설명해 준다. 인간들이란 자연과 예술로부터 자신들을 유지시키고 발전시키는 수단과 방법을 끌어내는 게 필요한데 고리대금업자들은 이와 상반된 상태에서 돈을 번다는 것이다. 그러므로 그들은 자연, 예술을 모독하고 나아가서는 하느님을 욕되게 한다는 것이다.

깨어진 큰 돌덩이들이 빙그르 둘러싸여 있는
어느 높은 강둑 끄트머리 위로
3   매우 처참한 무리 사이를 지나 우리는 도착했다.
여기 무시무시하고 독한 냄새가

깊은 골짜기에 퍼지고 있었기에

6   우리는 어느 커다란 무덤 뒤로

피신했는데, 나 거기 새겨진 글을 보았다.

그 글은, "포티누스[1]가 바른 길[2]에서 끌어내린

9   교황 아나스타시우스[3]를 내가 지키도다"라 쓰여 있다.

"우선 이 처참한 냄새에 약간 익숙해져서

우리가 그 냄새에 개의치 않으려면

12   더디게 내려가는 것이 마땅하리라."

스승이 이렇게 말하니 나는 그에게, "시간을

헛되이 보내지 않도록 다른 것을 찾으소서."[4]

15   그러니 그가, "보라, 나도 그걸 생각하노라."

그리곤 말씀하길, "나의 아들아,[5]

저 돌덩이 아래 세 개의 작은 원들[6]이 층층이

18   있는데, 그것들은 네가 떠나온[7] 것들과 같단다.

모두 저주받은 영혼들이기에,

보기만 해도 어떻게 또 왜 저들이

21   묶여 있는지 알기에 충분할 것이로다.

하늘의 증오를 사는 모든 악덕은

불의가 그 목적인데, 그러한 목적이란

---

[1] **포티누스(Photinus)** 테살로니카의 부제.

[2] **바른 길** 그리스도교적인 길.

[3] **아나스타시우스(Anastasius)** 496년부터 498년까지 재위한 교황. 그가 아카치오의 이교를 추종하던 테살로니카의 부제 포티누스와 깊은 관계를 맺고 있었다고 한다. 그런데 최근의 학자들은 종래의 학설은 근거가 없다며 다른 의견을 내놓고 있다. 즉, 아카치오 이교의 추종자는 교황인 그가 아니라 그와 같은 이름을 가졌던 비잔틴의 황제였는데 단테가 이들을 혼동했을 것이라는 주장이다.

[4] **시간을~** 시간을 보내면서 무슨 이야기를 해 달라는 부탁.

[5] **나의 아들아** 친근하게 부르는 말. 단테도 베르길리우스를 아버지라 부르니 단순히 '여보게'라는 뜻보다는 영적인 아버지, 영적인 아들을 의미한다.

[6] **세 개의 작은 원들** 제7, 8, 9원을 말한다. 이것들은 앞의 것에 비해 원의 크기가 작다는 뜻이다.

[7] **네가 떠나온** 단테가 거쳐 온, 또 남겨 두고 온 지옥의 원들이다.

24   폭력이나 기만[8]으로써 다른 사람을 해친다.

        기만이란 사람만이 갖는 악이기 때문에

        하느님을 더욱 불쾌하게 하고 그렇기에

27   사기꾼들은 낮은 곳에 있으며 더욱 고통에 휩싸인다.

        그 첫 번째 원[9]은 온통 폭력배들의 것인데

        폭력은 삼위일체신[10]에 대해 행하는 셈이기에

30   그것은 세 개의 둘레로 나뉘어 구성되었노라.

        하느님과 자신 또 이웃에게 폭력을 쓰는 것을

        네가 듣고 똑똑히 이해하도록

33   내 그들과 그들의 소유물을 들어 말하겠다.

        폭력으로 죽음과 쓰라린 상처를

        이웃에게 입히고 또 이웃의 재산을

36   파괴하고 불사르며 해를 끼쳐 약탈을 행한다.

        그로 인해 살인자와 중상모략자 또

        불한당과 날도둑들이 이 첫째 둘레에서

39   각기 여러 무리로 나뉘어 벌받고 있느니라.

        인간이란 제 손으로 제 몸을 해칠 수 있고[11]

        자기의 재물에도 화를 입힐 수 있으니[12]

42   둘째 둘레에서 쓸모없이 뉘우치고 있는 자들은

        너희의 세계에서 제 몸을 스스로 멸하거나[13]

        노름을 하여 살림살이를 없앴던 자들이며[14]

[8] **기만** 사기란 뜻도 된다. 단테는 인간은 이성적 동물이므로 사람만이 이 악덕을 갖고 있다고 했다.
[9] **그 첫 번째 원** 제7원
[10] **삼위일체신** 'Tre persone' 즉, 하느님을 의미한다.
[11] **제 손으로 제 몸을 해칠 수 있고** 자살한다는 의미다.
[12] 낭비가를 의미한다. 혹은 노름꾼을 뜻하기도 한다.
[13] 주석 11 참고.
[14] 주석 12 참고.

45   즐기며 지내야 할 거기서[15] 슬피 울고 있다.

      마음속으로 부정하고 겉으로 욕지거리하면서

      하느님의 본성과 덕성을 업신여기고

48   하느님께 폭력을 부릴 수도 있는 저들이니라.

      그리하여 가장 작은 둘레는 소돔[16]과 카오르사[17]

      또 하느님을 마음속으로 깔보며 말하는

51   사람을 화인(火印)을 찍어[18] 표시하느니라.

      인간의 양심을 상하게 하는 기만[19]은

      자기를 믿는 사람에게나 조금도

54   믿지 않는 사람에게나 사용할 수 있느니라.

      후자의 경우는 자연이 마련하는

      사랑의 매듭조차 죽이는 듯한데,

57   바로 그렇게 둘째 원[20]에는

      위선, 사탕발림 말, 또 홀리게 하는 짓,

      허위, 도둑질과 성물을 팔아 없애는 짓,

60   포주, 사기 등의 추잡함이 웅크리고 있다.

      다른 폭력은 자연이 만드신 사랑과

      아울러 이에 덧붙여 저절로 생겨난

---

[15] **거기서** 지상에서. 재산이란 행복에 이르는 수단으로 선용해야 하는데 이를 악용함으로써 오히려 슬픔 속으로 빠지고 만다는 것이다.

[16] **소돔(Sodom)** 「창세기」에 나오는 소돔을 뜻한다. 그곳에는 자연의 순리를 거역하고 호색의 죄를 범한 죄인들이 가득했다. 「창세기」 18~19장.

[17] **카오르사(Caorsa)** 중세에 고리대금업에 종사하는 사람들이 모여들었다는 프랑스의 도시다. 소돔은 음란한 죄인들을 가리키고 카오르사는 고리대금업자, 돈놀이꾼을 뜻한다.

[18] **화인을 찍어** 봉인했다는 의미에서 유래되었다. "나는 또 한 천사가 끝없이 깊은 구렁의 열쇠와 큰 사슬을 손에 들고 하늘로부터 내려오는 것을 보았습니다. 그는 늙은 뱀이며 악마이며 사탄인 그 용을 잡아 천 년 동안 결박하여 끝없이 깊은 구렁에 던져 가둔 다음 봉인을 하여 천 년이 끝나기까지는 나라들을 현혹하지 못하게 했습니다. 사탄은 그 뒤에 잠시 동안 풀려 나오게 되어 있습니다." 「요한의 묵시록」 20장 1~3절 참고.

[19] **기만** 속임수의 일종. 이것으로써 부당한 이득을 얻고 다른 사람에게 해를 입힌다. 기만 속엔 어느 때나 이성의 투쟁이 전개되고 악의 의식도 있다. 그러기에 양심은 언제나 상하게 된다.

[20] **둘째 원** 제8원

---

63   특별한 믿음마저 망각하고 있으니,

제일 작은 원, 디스[21]가 그 위에 얹혀진

우주의 한가운데 지점인 그곳에서

66   모든 반역자들이 끝없이 고통당하고 있느니라."

나는 "스승님께서 하시는 말씀은 아주 분명히

이어지기에, 이 심연과 여기 갇혀진

69   사람들을 잘 분간하고 있나이다.

내게 말씀해 주오. 바람이 쓸어 간 자들[22],

비가 후려친 자들[23], 또 끈적끈적한 늪 속의 그들[24]과

72   저리도 사나운 말씨로 서로 다툼질하는 혼들[25],

저들에게 하느님께서 노여움을 품었다면

어찌하여 시뻘건 이 도시 안에서 벌받지 않습니까?

75   또 노여움이 없다면 왜 이런 모습으로 고통 받나요?"

그는 나에게 말하시길, "너의 마음이

어인 일로 평소보다 더 어지러우냐?

78   아니면 네 마음이 다른 곳을 향하고 있느냐?

너의 윤리학[26]이 널리 밝혀내는 저 말씀들,

즉 하늘이 원치 아니하는 세 가지 성향이 있으니

81   부절제, 악덕, 미친 듯한 수심(獸心)이

그러하다는 것을 기억하지 못하느냐?

또 어찌해서 부절제가 하느님을 덜

---

[21] **디스** 지옥의 마왕 루시페르.

[22] **바람이 쓸어 간 자들** 제5곡에서 보았던 바, 음탕한 자들을 바람이 쓸어갔다.

[23] **비가 후려친 자들** 탐욕가들을 나타낸다.

[24] **끈적끈적한 늪 속의 그들** 스틱스 강에 있는 분노의 죄인들이다.

[25] **사나운 말씨로 서로 다툼질하는 혼들** 낭비가들과 인색한 자들이 서로 싸우던 일을 상기하기 바란다.

[26] **윤리학** 아리스토텔레스는 『윤리학(Ethica)』 제7권에서 도덕상으로 피해야 할 일 세 가지가 있다 했다. 이는 부절제, 악덕, 수심(獸心)이다. 즉, "Circa more sfugiendorum tres sunt species:malitia, incontinentia et bestialitas."

84   배반하고 그의 질책을 덜 불러일으키는지도?

네가 만일 저 가르침을 잘 생각하고

이 마을[27] 밖에서 벌을 받고 있는 자들이

87   누구인지를 마음속에 돌이켜 보면

너는 잘 알 것이로다. 왜 저들이 이 나쁜 자들로부터

멀리 떨어진 곳에 있으며 또 저들에게 망치질하는

90   하느님의 복수가 덜 불타고 있는지를."

"오, 모든 흐릿한 시선을 고쳐 주는 해님이여.

저의 의심을 풀어 주실 땐 매우 기쁘고 만족스러우니

93   차라리 아는 것보다 의심하는 것이 더 기쁩니다.

그대 다시 한 번 잠시 뒤로 돌아가

고리대금업이 성덕을 더럽힌다고

96   하신 말을 풀어 설명하여 주소서."

그는 내게 말씀하길, "철학이란 그걸 깨우치는

사람에게 성스런 지성[28]과 그 재주로부터

99   자연이 제 길을 따라가듯[29]

오직 한 곳만 가르치는 것이 아니다.

또한 네가 물리학[30]을 잘 관찰한다면,

102   몇 장 아니 가서 너희 재주가

자연을 따르는 것이 마치 제자가 스승을

따르는 것과 같은지라 너희의 재주가 곧 하느님의

105   손녀와 같다 함을 너는 알게 될 것이라.

너 창세기를 처음부터 잘 새겨 보면 알리니

---

[27] **이 마을** 디스.

[28] **성스런 지성** 하느님.

[29] 자연은 신의 마음과 행위로부터 진행되기에 그것은 신의 재주라 말할 수도 있다.

[30] **물리학** 아리스토텔레스의 「물리학(Physica)」 제2권. "예술은 자연을 모방한다."

이 두 가지[31]로부터 인간은 스스로의

108   삶을 취하고 진보해 나가야 할 것이다.

그런데 돈놀이꾼은 다른 길을 택하기에

자연 그 자체이든 그 추종자이든

111   멸시하고 다른 것에 희망을 걸고 있느니라.

자, 이제 날 따르라. 가고 싶구나.

물고기자리는 지평선 위에 깜박거리고[32]

114   북두칠성은 코로[33]에 자리 잡고 있는데

내려갈 절벽은 저 너머 아득히 멀구나."

제12곡

 지옥의 제7원, 여기엔 이웃에게 포악했던 영혼들이 벌받고 있다. 이웃에게 폭력을 행한 자들은 두 가지 종류로 나뉜다. 즉, 인간에게 포악한 폭군, 살인자 등과 사물에 포악성을 나타낸 파괴자, 약탈자 등이다. 그들은 죄 지은 정도에 따라 플레제톤의 끓는 피 속에 잠겨 켄타우로스의 화살을 맞는다.

두 명의 시인들이 제7원으로 내려오자 거기 무시무시하게 생긴 크레타의 괴물 미노타우로스가 나타난다. 이 괴물은 시인들을 보자 분노를 못 이겨 입술을 깨문다. 베르길리우스는 풍자적으로 아리아드네의 도움을 받아 그 괴물에게 죽음을 내린 테세우스에 대해 이야기한다. 괴물은 단테를 자기를 죽인 자로 착각하고 있다. 그러나 베르길리우스가 그에게 단테가 온 것은 단지 죄의 참상을 구경하기 위함임을 설명해 준다. 두 시인은 괴물이 황소처럼 미쳐 날뛰는 동안에 내려간다.

베르길리우스는 단테에게 플레제톤 ─ 끓는 피의 강물 ─ 을 가리킨다. 그곳엔 이미 말한 것과 같이 이웃에게 포악했던 자들이 잠겨 있다. 커다랗고 둥근 웅덩이가 제7원을 온통 에워싸고 있는데 바로 그 강의 기슭과 웅덩이 사이에 켄타우로스들이 활로 무장한 채 달리고 있다. 그들 중 셋이 시인들에게 화살을 겨눈다. 그들은 곧 데이아네이라의 사랑 때문에 죽은 네소스, 아킬레우스의 가정교사인 케이론, 또 포악성으로 유명한 폴로스다. 그들은 웅덩이 가까이 달려와 웅덩이에서 달아나려 하는 망령들에게 화살을 꽂는다. 한편 두 시인이 켄타우로스에게 접근한다. 케이론이 등 뒤에서 화살을 꺼낸 다음 그걸 입에 갖다 대며 동료들에게 단테가 살아 있음을 알린다. 그러자 베르길리우스는 그에게 단테가 살아 있다는 것과 베아트리체의 뜻에 따라 지옥을 순례하는 그를 안내하고 있다는 것을 설명한다. 그러자 케이론은 네소스에게 두 시인이 안전하게 갈 수 있도록 안내하라고 명령한다.

두 시인은 플레제톤의 강둑을 따라 나아간다. 폭력을 행한 자들이 소리 높여 외친다. 단테는 눈썹까지 피에 잠긴 망령들을 본다. 네소스에 의하여 그들이 곧 알렉산드로스 대제, 시라쿠사의 디오니시우스, 로마의 아촐리노 3세이며, 머리가 금발인 오피초 2세라는 것과 목까지 잠겨 있는 것은 살인자들이며, 가슴까지 잠겨 있는 것은 남에게 상처를 입히거나 약탈한 영혼들이라는 것이 밝혀진다. 이렇게 영혼들이 그들의 죄의 정도에 따라 벌을 받고 있다. 네소스는 시인들이 출발한 지점부터 강은 점차적으로 낮아지고 건너편은 점점 더 깊어진다고 하며, 그곳에 폭군들이 있다는 것을 설명한다. 거기에 또 아틸라, 에피루스의 왕 피로스 등 파괴자들이 벌받고 있으며, 노상강도인 리니에르도 있다. 이곳을 이야기하는 문체는 지극히 사실주의적이다. 치장적인 미사여구도 없고 예술적인 표현법도 없다. 오로지 장중한 느낌을 주는 리듬만 있다.

우리가 강둑을 내려가고자 온 길은

매우 험난하였다. 거기 외로이 떨어져 있는 것[1]

3 때문에 누구든 눈을 피할 것이리라.

지진 때문인지 혹은 받침대가 없어서인지

아디제[2]가 마치 트렌토[3] 옆구리를

6 후려쳐 산이 허물어지듯이

산꼭대기에서 허물어진 바위덩어리[4]가

흔들리어 바닥으로 떨어지게 되어

9 거기 오르려는 자에게 길을 놓아 준 것같이

저 낭떠러지 내리막 길도 그러하였으니

허물어진 벽의 가장자리[5] 위에

12 가짜 암소[6]의 뱃속에 잉태되었던

크레타의 치욕이 펼쳐져 있었는데,

그놈이 우리를 보았을 때 분노가 안에서

15 불타올라 자신을 물어뜯는 것 같았다.

나의 성현은 그를 향해 외치거늘,

"네놈은 세상에서 네게 죽음을 안겨 준

18 아테네의 공작[7]이 여기 있는 것으로 여기느냐?

---

[1] **외로이 떨어져 있는 것** 미노타우로스의 넋.

[2] **아디제** 이탈리아의 북부 지방에 있는 강.

[3] **트렌토** 이탈리아 북부의 도시 이름.

[4] **허물어진 바위덩어리** 883년경에 트렌토와 베로나 사이에 자리 잡은 로베레토 가까운 곳에서 산사태가 일어나 아디제 강 물 밑 지형의 굴곡이 험해지게 되었다. 단테는 유랑 생활 중에 이를 직접 목격했다 한다.

[5] **허물어진 벽의 가장자리** 제6원의 끝 부분.

[6] **가짜 암소** 오비디우스의 시에 나오는 반인반우(半人半牛)의 괴물(Semibovemque virum, semivirumque bovem). 크레타 섬의 미노스의 아내 파시파에는 바다의 신 넵투누스가 미노스에게 준 황소를 연모하여 명장 다이달로스 가 모조한 나무 암소 안에 들어가 마침내 미노타우로스를 낳았다는 전설이 있다.

[7] **아테네의 공작** 테세우스를 말한다. 미노타우로스가 치욕스럽게 태어나자 분개한 나머지 미노스는 미노타우로 스를 미궁(labirinto)에 가두고 해마다 젊은 남녀 일곱 명을 먹었다. 이에 분개한 테세우스는 크레타 섬으로 건너 가 먼저 미노스의 딸 아리아드네의 환심을 산다. 그는 그녀의 가르침을 따라 돌아올 때 길을 잃지 않도록 실을 몸에 감고 들어가 미궁 속의 미노타우로스를 죽였다.

이 짐승아, 멀리 가라! 이자는 네 누이[8]의

가르침을 따라 여기 온 것이 아니라

21 네놈들의 고통을 보기 위하여 지나고 있도다."

치명적인 타격을 받아 위협을 느낀 순간에

고삐가 풀려 도망갈 줄 모르고 이리저리

24 날뛰는 황소처럼

미노타우로스가 날뛰는 것을 내 보았다.

눈치 빠른 그분이 외쳤다. "길을 따라 달음질쳐라.

27 저놈이 날뛰는 동안 너는 내려가는 게 좋겠다."

이리하여 우리는 돌무더기를 따라

길로 내려가기 시작했는데, 돌무더기들은 가끔

30 익숙하지 않은[9] 짐 때문에 내 발밑에서 움직였다.

내가 생각에 잠겨 있으니 그가 말하길,

"넌 방금 전 내가 누그러뜨린 야수 같은 분노에 의해

33 지켜지는 이 폐허를 생각하는가 보구나.

네가 이제 깨달았으면 한다. 지난번에

내 여기 이 아래 낮은 지옥으로 내려왔을 때

36 이 바위는 아직 떨어지지 않았었다.

그런데 내 판단이 옳다면, 저 왼쪽 원에서

많은 무리를 디스로부터 빼앗아 버린

39 그분께서 오시던 바로 그때에,[10]

더럽고도 깊은 계곡이 양쪽에서 이리도

---

8 **네 누이** 아리아드네.

9 **익숙하지 않은** 낯선

10 예수께서 지옥 제1원에 내려와서 아담과 그 외 많은 영혼들을 지옥의 왕 루시페르로부터 빼앗아 가셨다. 「지옥편」 제4곡 참고. '바로 그때'는 예수께서 십자가에 못 박혀 죽으신 그때란 뜻인데, 이때 지옥의 암석이 허물어졌다고 한다. 「마태오의 복음서」 27장 51절 참고.

부들부들 요동하기에 나는 우주가 사랑을 느꼈노라[11]

42 생각했다. 사랑 때문에 세상이 여러 차례

혼돈 속에 잠겼다고 믿는 자가 있었다.

계곡이 요동치는 순간에 오래 된 바위가

45 여기저기로 굴러 떨어진 것이다.

네 눈을 계곡으로 돌려 보아라

피의 강물[12]이 가까이 오리니, 그 속에서

48 폭력으로 남을 해친 자가 삶아질 것이니."

오, 눈먼 탐욕이여, 바보 같은 분노여.

짧은 인생 동안 우릴 휘둘러 놓고

51 그 뒤 영겁 속에서 그리도 고통스럽게 덮치는구나.

나는 활처럼 둥근 큰 구렁을 보았는데

그것은 마치 벌판을 온통 감싸고 있는 듯하여

54 나를 안내하는 분이 말씀하신[13] 대로였다.

언덕의 발치와 그 구렁 사이에 무리 지은

켄타우로스[14]들이 화살을 챙겨 메고서 달리는 것이

57 마치 세상에서 사냥 나가는 것과 같았다.

저들은 우리가 내려가는 것을 보고 모두가 멈칫거렸는데,

그 무리에서 셋이 활과 화살을

60 골라 들고 앞으로 나왔다.

그중 하나가 멀리서 외치기를, "너희 언덕을

---

[11] **우주가 사랑을 느꼈노라** 엠페도클레스의 학설을 비유한 것이다. 이것은 또한 아리스토텔레스의 『형이상학 (Metaphysica)』에서도 논의되고 있다. 즉, 세상의 질서와 사물의 존재는 두 요소의 불화에 의해 혼란을 초래한다는 것이다. 우주란 사랑과 미움 두 요소의 화합에 의하여 평형을 유지하고 그중 어느 한쪽이 우월하면 혼돈이 생긴다는 학설이다.

[12] **피의 강물** 플레제톤 강. 지옥에 있는 강. 자살자의 숲에서 나와 제7원 세 번째 둘레의 뜨거운 모래를 뚫고 절벽으로 떨어지는, 행방도 모르는 채 들끓는 피의 강물을 말한다.

[13] **말씀하신** 제11곡 37~39행 참고.

[14] **켄타우로스(Centauros)** 반인반마의 괴물. 포악을 상징한다.

내려오는 자들아, 무슨 벌로 여길 오느냐?

63　멈추어 서서 말하라. 그렇지 않으면 활을 당기리라."

나의 스승이 말씀하시길, "대답이야

우리가 가까이 가서 케이론[15]에게 하리라.

66　사뭇 조급한 너의 욕망은 악한 것이로다."

그리곤 나를 건드리시며 말씀하시길, "저게 네소스[16]로다.

아름다운 데이아네이라 때문에 죽음을 당했고

69　바로 자신이 제 원수를 갚았던 자로다.

그리고 한가운데서 마음을 들여다보는 이가

엄청난 케이론인데 아킬레우스를 교육하던 놈이고

72　또 다른 놈은 저리도 분노 가득한 폴로스[17]다.

저들은 수천 명씩 그 구렁 주위를 맴돌며

허용하는 한도를 벗어나 더 많이

75　핏물에서 벗어나는 망령들에게 화살을 쏜다."

우리는 그 날렵한 짐승들에게 가까이 갔는데

케이론이 화살을 움켜잡고 화살통으로

78　자신의 턱 위의 수염을 뒤로 젖히더라.

그는 커다란 입을 크게 벌리고

제 떼거리에게 말하길, "너희는 알았는가,

---

[15] **케이론(Cheiron)** 사투르누스와 필리라 사이에 태어난 아들. 켄타우로스의 하나. 사투르누스는 그의 처 옵스의 질투가 두려워 말로 변신하여 필리라와 관계를 맺어 반인반마의 케이론을 낳았다. 케이론은 만물에 능통해 아킬레우스와 헤라클레스 및 그밖의 많은 사람들을 가르쳤다.

[16] **네소스(Nessos)** 켄타우로스의 하나. 헤라클레스의 아내 데이아네이라를 등에 업고 에베노 강을 건너도록 명을 받은 네소스는 헤라클레스를 먼저 건네게 한 다음 그녀를 납치하여 도망치려다 이드라디 레르나의 피가 묻은 독화살을 맞고 죽는다. 그런데 네소스는 죽는 순간 자기의 피 묻은 옷을 그녀에게 주며 헤라클레스가 다른 사람과 사랑을 하거든 그에게 입히라 한다. 남편이 이올레와 눈이 맞자 데이아네이라는 네소스의 충고를 따라 그의 옷을 남편에게 입혔다. 그러자 헤라클레스는 처절하게 고통 받으며 죽었다. 오비디우스의 「변신이야기」 제9권 참고.

[17] **폴로스(Pholos)** 켄타우로스의 하나로, 그를 방문한 헤라클레스와 켄타우로스 사이에 포도주를 둘러싼 싸움이 벌어져 그 와중에 우연히 죽음을 맞았다.

81 저 뒤에 있는 놈이 건드리는 것이 움직이는 것을?
죽은 놈들의 발은 저렇게 하지 못한다."
두 형체[18]가 한데 어울리는 곳인 그의

84 가슴 앞에 벌써 서 있는 어지신 내 길잡이
대답하길, "그는 진정 살아서 홀로 있기에
내 그에게 어두운 계곡을 보여 줘야 한다.

87 그를 데려온 건 필요성 때문이지 즐거워서가 아니로다.
할렐루야, 영창(咏唱)에서 떠나온 여인[19]이
이 새로운 임무를 내게 부과했으니

90 그는 강도가 아니요, 나도 도둑의 혼이 아니로다.
그러니 이토록 험한 길을 따라 발길을 움직이는
고귀한 덕성[20]을 두고 청하노니,

93 너희 중에 하나가 우리 곁에 서서
길잡이 되어 우리에게 골짜기를 보여 주고
등에 그를 업고 가게 하라.

96 그는 공중을 날 수 있는 혼령이 아니기 때문이니."
케이론이 그의 오른편으로 돌아서며
네소스에게 말했다. "돌아가 저들을 안내하라.

99 다른 떼거리를 만나거든 저들로부터 비켜서게 하라."
이제 우리는 믿음직한 호위와 더불어
붉게 들끓는 강을 따라 삶아지는 무리들이

102 높이 소리치는 언덕으로 걸어 나갔다.
나는 눈썹까지 잠긴 무리를 보았는데
그때 커다란 켄타우로스가 말하길, "저들은 폭군들,

[18] **두 형체** 말과 사람의 형체.
[19] **여인** 베아트리체.
[20] **고귀한 덕성** 하느님의 힘, 덕.

143

105 남에게 피를 흘리게 하고 재산을 앗아 갔던 놈들이다.

여기서 저놈들은 무자비한 벌을 받으며 우노라.

알렉산드로스[21]가 여기 있고 시칠리아를

108 고통스런 세월 속에 허덕이게 한 표독한 디오니시우스[22],

여기 새까만 머리카락을 가진 이마빼기

아촐리노[23] 금발의 저 다른 놈은

111 에스티의 오피초[24]인데 그놈이 바로

세상에 있을 때 의붓자식한테 죽은 놈이니라."

그때 내가 시인에게 향하니 시인이 말하길,

114 "지금은 이자가 너의 첫째 길잡이이고 내가 둘째가 되지."

조금 더 저쪽으로 옮겨 켄타우로스가 한 무리[25] 위에

머물렀는데 그들은 시뻘건 강물 위로 나와

117 목까지 내밀고 있는 듯 보였다.

그는 한 모퉁이에 홀로 서 있는 그림자를[26] 우리에게

보여 주며 말하길, "저놈은 템스 강 위에서

120 피흘리던 심장을 신의 품[27] 안에서 떼어냈다."

나는 그 강물 밖으로 머리와

가슴을 온통 드러낸 무리를 보았는데

[21] **알렉산드로스(Alexandros)** 이 인물은 마케도니아의 대왕이란 설과 페레의 폭군이라는 설이 있다. 아무튼 이들은 폭력으로 많은 사람을 죽게 했다.

[22] **디오니시우스(Dionysius)** 시칠리아의 시라쿠사를 다스리던 통치자(BC 405~367). 그는 폭군이었다.

[23] **아촐리노(Azzolino)** 아촐리노 3세로, 로마의 에첼리노라고도 한다. 유명한 폭군으로서 기벨린 당의 우두머리다. 1259년에 감옥에서 죽었다.

[24] **에스티의 오피초(Opizzo)** 1293년에 죽은 페라라 지방의 영주로 포악했다. 의붓아들에게 살해되었다 하나, 이것은 단테가 죄상을 더욱 뚜렷하게 나타내기 위한 의도로 보인다. 사실은 그의 아들인 아초가 그를 죽이고 영주가 되었다 한다.

[25] **한 무리** 살인자들.

[26] **홀로 서 있는 그림자를** 영국의 왕 헨리 3세의 동생인 리차드의 아들 헨리를 말한다. 헨리의 형 에드워드 1세가 시몬 몬포르테를 살해하자 그의 아들 구이도 디 몬포르테가 아버지의 원수를 갚기 위해 헨리를 비테르보 성당에서 살해하여 그의 심장을 떼어다 템스 강의 다리에 바쳤다는 전설이 있다.

[27] **신의 품** 성당.

123   그들 중 많은 자를 알아볼 수 있었다.
          그처럼 그 피의 강물은 점차 얕아져
          단지 발목만을 뜨겁게 할 정도였는데

126   여기가 구렁을 건너가는 우리의 길이었다.
          켄타우로스가 말하길, "이쪽에서 점차
          얕아지는 끓는 피가 네가 보는 것처럼

129   저쪽에선 점점 더 깊어져
          폭군의 악이 고통 받기 좋은 곳으로
          떠내려갈 때까지

132   가라앉아 있기를 네가 바라고 있구나.
          저쪽에서 신의 정의는 땅에서
          채찍을 휘두르던 아틸라[28]와

135   피로스[29]와 섹스투스[30]를 괴롭히고 있으며
          길에서 싸움을 무던히도 많이 하던
          코르네토의 리니에르[31]와 리니에르 파초[32]를

138   끓여 놓아 영원토록 눈물 흘리게 한다."
          그런 뒤 그는 돌아서서 강을 다시 건너갔다.

[28] **아틸라(Attila)** 신의 채찍이라 불리는 흉노족의 두목. 434년에 이탈리아를 공략했다.
[29] **피로스(Pyrrhos)** 그리스 에피루스의 왕(BC 318~272). 이탈리아를 정복하려 했지만 다 이루지 못했다. 아킬레우스의 아들 네옵톨레모스를 가리킨다고도 한다.
[30] **섹스투스(Sextus)** 폼페이우스의 아들. 이탈리아 해안을 약탈하던 해적인데 BC 35년에 붙잡혀 처형되었다.
[31] **리니에르** 리니에르 다 코르네토(Rinier da Corneto). 로마 부근을 약탈하던 해적.
[32] **리니에르 파초(Rinier Pazzo)** 13세기 아레초 부근을 도둑질하던 인물. 실벤세 주교를 살해하여 1268년 교황으로부터 파문당했다.

│ 제13곡 │

 제7원의 둘째 둘레다. 이곳에서는 스스로에게 포악했던 영혼들이 벌받고 있다.

네소스가 피의 강을 다시 건너는 동안 두 시인은 오솔길 없는 어느 숲으로 들어가는데, 이 숲의 나무에는 푸른 잎이 아니라 불길 같은 색채의 잎이 매달려 있다. 게다가 가지들은 구부러져 있고 온통 매듭 투성이다. 거기 열매는 없고 독성이 있는 가시들만 있다. 비옥한 지역을 벗어난 코스카나 지방 마렘마의 야수들도 거칠고 드센 나뭇가지 사이에 그들의 보금자리를 만들 수 없는데 여기가 곧 그와 같은 상태다. 그런데 이러한 숲 속에 스트로파데스 섬에서 트로이 사람들을 몰아냈던 하르피이아가 기거하고 있다. 그들은 이상한 몰골을 하고 괴상한 통곡 소리를 지르고 있다. 두 시인은 이제 둘째 둘레에 와 있다.

단테는 통곡하는 소리를 듣지만, 그 소리의 주인공들을 볼 수 없어 어리둥절해하며 멈춘다. 그러자 길잡이가 그 소리들은 나무 뒤에 숨겨진 사람들이 내는 것이라고 설명하며 나뭇가지 하나를 꺾으라고 이른다. 그러자 가시투성이에다 피로 물든 그 나무에서 단테의 잔인성을 탓하는 소리가 들린다. 이 영혼들은 자살한 자들의 것인데 이들은 최후의 심판이 오더라도 그곳에 남아 있을 저주스러운 망령들이다. 시인은 그중에서 페데리코 2세의 대리인이자 시인인 피에르 델라 비냐를 알아본다. 이자는 감옥살이의 혹독한 고통을 견딜 수 없는 데다 그의 황제 페데리코 2세가 부당하게 의심하자 자결했다. 그는 단테에게 자기는 한 번도 황제를 모독한 일이 없다는 것을 맹세하며 단테가 세상에 돌아가거든 자기가 의로 웠다는 것을 알려 달라고 간청한다. 그러자 베르길리우스는 자살했던 자들의 영혼이 어찌하여 매듭 투성이 나무 기둥에 매달려 있는지, 또 누구든 나무로부터 떨어져 나갈 수 있는지 여부를 묻는다. 그러자 피에르 델라 비냐가 대답한다. 만일 어떤 놈의 영혼이 자신의 육신에게 포악했다면 미노스가 그놈을 제7원의 세계에 보내고, 이곳에서 그놈은 기회가 닿으면 싹이 돋아서 실가지처럼 자라 무성한 숲을 이룬다. 그러면 하르피이아는 그걸 먹고 산다고 했다. 최후의 심판일이 오면 자살자의 영혼들은 육신을 가지러 가지만 육신을 다시 취하지 못한다. 이는 인간이 폭력으로 스스로의 몸을 해치는 것이 옳지 않기 때문이다.

마지막으로 단테는 안내자의 손에 이끌려 '피 흘리는 상처 때문에 쓸모없이 울고 있던 덤불 속으로' 간다. 거기서 로토 델리 알리를 만난다. 그는 피렌체의 시민이었다. 우리는 여기서 피렌체가 이교 시대의 수호신이었던 불의 신인 마르스 대신 세례 요한을 수호성인으로 삼은 것을 알게 된다.

네소스가 아직 저쪽에 도달하기 전에
우리는 어느 숲 속으로 들어갔는데
3   그 숲엔 오솔길 하나 없었다.
숲은 푸르다기보다 붉은 색이었으며
가지들은 곧지 못하고 매듭을 졌거나 꼬불꼬불했다.
6   열매는 없고 독성이 가득한 가시가 있었다.

체치나와 코르네토[1] 사이의 황량한 고장을

증오하는 저 사나운 야생 동물들이라도

9   이렇게 거칠고 칙칙한 숲에 살지는 않았으리라.

여기에 몰골사나운 하르피아아[2]가 보금자리를 이루니

이놈은 앞날의 불행을 알리는 슬픈 소식으로써

12   트로이 사람들을 스트로파데스에서 몰아낸 놈이라.

저 이상한 나무 위에서 통곡하는 놈들은

목과 얼굴은 사람이거늘 쫙 펴진 날개에다

15   발에는 발톱, 커다란 배에는 털이 가득하여라.

어지신 스승이 내게 말씀을 시작하시길,

"더 들어가기 전에, 네가 지금 둘째 둘레에

18   들어와 있음을 알아라. 너는 앞으로

무시무시한 모래밭[3]에 갈 때까지 여기 있으리니

잘 살펴보아라. 그러면 나에게서

21   믿음을 빼앗아 가는 것들을 보게 되리라."

사방에서 터지는 통곡 소리를 들었지만

그 소리를 내지르는 사람은 도무지 보이지 않아

24   나는 몹시 어리둥절하여 머물렀다.

우리 때문에 숨어 버린 사람들이

나무줄기 뒤에서 터뜨리는 소리인 것으로

---

[1] **체치나와 코르네토(Cecina, Corneto)** 체치나는 토스카나 지방의 강인데 이탈리아의 서쪽 바다, 즉 티레네 해로 흐른다. 코르네토는 그 해안에 연하고 있는 작은 마을이다. 그 사이란 마렘마 소택지의 남부 일대의 황야로서 경지가 매우 적은 곳이다.

[2] **하르피아아(Harpyia)** 타우마스와 엘렉트라의 딸들이다. 여인의 얼굴에 새의 몸뚱이를 하고 있다. 베르길리우스의 『아이네이스』 제3권 209행 이하에 이들의 이야기가 나온다. 아이네아스가 동료들과 함께 스트로파데스 섬에 이를 때 이 하르피아아들에 의해서 방해를 받았다. 아이네아스 일행이 암소들과 산양 떼를 잡아 잔치를 열었는데, 하르피아아들이 날아와 음식을 더럽히니 아이네아스와 그의 동료들이 무기로 대적했다. 그때 하르피아아 중의 하나인 예언자 첼레노가 바위 위에 앉아 "훗날 모진 기갈이 네놈들을 사로잡으리라"고 말했다.

[3] **무시무시한 모래밭** 제7원의 셋째 둘레를 형성하는 모래사장을 가리킨다. 「지옥편」 제14곡 참고.

27 내가 생각했다고 그분은 믿었으리라.

스승님께서 말씀하시길, "네가 이 나무의

가지를 하나 꺾어 보면 네가 갖고 있는

30 생각도 모두 꺾어지게 되리라."

내가 손을 앞으로 내밀어

어느 커다란 나무줄기의 실가지 하나를 꺾었더니

33 그 줄기가 소리쳤다. "왜 날 꺾는가?"라고.

곧이어 검붉은 피가 철철 흐르게 되자

그것은 다시 말을 시작하여, "왜 나를 해치느냐?

36 네놈은 자비심이라고는 하나도 없구나?

우리들은 사람이었으나 지금은 숲이 되었다.

우리가 뱀의 영혼이라 하더라도

39 네놈의 손은 그보다 자비로워야 했으련만."

마치 한쪽 끝이 불타는 푸른 나뭇가지가

다른 한쪽 끝은 진물을 뿜으며, 때마침 부는

42 바람 때문에 피직피직 소리 내는 것과 같이

부러진 나무로부터 말소리와 피가 한데 어울려

터져 나와 나는 그 실가지를

45 떨어뜨리고는 질겁한 사람처럼 멍하니 있었다.

나의 성현께서 응답하시길, "상처 입은 영혼아,

그가 내 시에서 읽은 것[4]을

48 미리 믿을 수 있었던들, 그는

그대를 해치려 손을 쳐들지 않으련만

---

[4] **내 시에서 읽은 것** 아이네아스가 제신에게 제사 드리려고 하얀 암소를 바칠 때 제단을 가리기 위해 언덕에 있는 나무를 꺾으니 그 나무에서 시뻘건 피가 흘러 땅을 물들였다. 아이네아스가 이와 같은 일을 세 차례 했을 때 언덕 아래로부터 "불행한 자를 왜 못 살게 구는가?"라는 슬픈 소리가 들려왔다. 『아이네이스』 제3권 19행 이하 참고.

믿지 못할 일이기에 그에게 그 일을

51   저지르게 하였으니 나 자신도 괴롭구나.
     아무튼 그대가 누구였는지 그에게 말해 주오.
     그 대신 그대의 명예는 그가 돌아갈

54   저 위의 세상에서 새로워질 수 있으리라."
     그 나무줄기가, "그리도 달콤한 말씨로 그대가
     날 꾀고 있으니 나는 입을 다물 수 없구려.

57   내가 마음 내키는 대로 말하려니 너그럽게 생각하오.
     나는[5] 페데리코의 마음의 두 가지(긍정과 부정) 열쇠를
     다 가졌던 사람, 그것들을 돌려서

60   아주 의젓하게 잠갔다 열었다 하였기에
     나 그의 비밀로부터 모든 이를 떼어 놨더이다.
     나는 영예로운 그 임무에 충실하였으니

63   그로 인해 잠도 힘도 잃었더이다.[6]
     카이사르의 궁정에서 불의의 눈길을
     거둔 적이 없고 만인의 죽음이며

66   궁정의 악덕이 되는 질투는
     나를 거슬려 모든 마음을 불태웠으니
     불탄 그 마음들은 다시 아우구스투스[7]를 태웠기에

69   영광이었던 영예가 슬픈 통곡으로 되었다오.
     나의 영혼은 경멸스러운 입맛으로 인해
     죽음으로써 그 경멸을 피하리라 믿고

---

[5] **나는** 피에르 델라 비냐(Pier della Vigna). 페데리코 2세 황제의 대신으로 황제의 총애를 받았다. 그러나 채 1년도 못 되어 반역죄로 몰려 투옥되어(1248년) 눈이 멀었으며 그 다음 해에 자살했다. 카푸아나 태생의 인물로서 그는 시를 쓰기도 했다.
[6] **잠도 힘도 잃었더이다** 밤에 잠을 못 자니 피로하여 낮에 힘을 잃게 된다는 의미다.
[7] **아우구스투스(Augustus)** 옥타비아누스 이래 로마 황제의 공식 칭호이기도 했다. 여기서는 페데리코 2세를 지칭한다.

72 의로운 나를 불의하게 만들었습니다.
　나 저 나무의 신기한 뿌리에 두고
　그대들에게 맹세하노라. 영예로운

75 나의 황제께 한 번도 신의를 깨지 않았음을.
　그대들 중에 누가 세상에 돌아가거든
　질투가 준 타격으로 인해

78 잠든 나의 기억을 위로하여 다오."
　시인은 잠시 기다린 후 나에게 말씀하길,
　"그가 입 다물고 있는 이 시간을 놓치지 마라.

81 더 원하거든 그에게 물어보아라."
　그리하여 나 그에게, "절 만족시킬 성싶은
　것을 아실 테니 제 대신 계속해서 물어 주소서.

84 저는 너무 가엾은 마음에 묻지 못하겠습니다!"
　그러자 그가 말하길, "갇힌 영혼이여,
　그대가 간청하는 말을 이자가 그대를 위해

87 기꺼이 할 것이니 그대도 말해 주오.
　어찌하여 영혼이 이 가지에 얽혀 있는지,
　또 어느 누가 그 가지에서 달아났는지,

90 그대 할 수 있다면 말해 주오."
　그때 그 나무가 세찬 바람을 일으켰는데
　조금 있다가 바람은 이런 소리로 변했다.

93 "그대들에게 아주 짤막하게 대답하리라.
　사납던 영혼이 육신으로부터
　스스로가 떨어져 나왔을 때

96 미노스[8]가 그를 일곱째 구렁[9]으로 보냈다오.
　이자는 숲으로 떨어지는데 어느 부분을 택하지 않고
　운명이 그를 몰아붙이는 곳에서

99   호밀의 씨앗처럼 싹을 틔웠지요.

        그리고 실가지로 피어올라 야생초가 되었는데

        하르피이아가 그 잎새를 뜯어먹으면서

102   고통을 주니 그 아픔에 틈새[10]를 냈다오.

        남들처럼 우리 영혼도 육신을 찾아갈 것이지만

        다시는 아무도 육신을 입을 수 없으니

105   이는 버렸던 것을 다시 갖는 게 옳지 못한 때문이오.

        우리는 그것을 여기에 끌어 왔으니,

        그 육신은 너 나 없이 슬픈 숲이 되어

108   원수 같은 제 혼의 가지에 걸려 있으리라."

        다른 나무줄기가 무언가 이야기할까 기대하며

        우리가 그 나무 곁에 있을 때

111   시끄러운 소리 때문에 소스라쳤는데

        그것은 마치 어떤 사람이 돼지와

        사냥개가 제 자신에게 다가오는 것을 느끼며

114   야수들과 나뭇가지가 스치는 소리를 듣는 것과 같더라.

        그런데 두 놈이 왼쪽에서 벌거벗고

        할퀸 채로 어찌나 억세게 쫓고 쫓기는지

117   숲 속의 온갖 가지들을 부러뜨렸다.

        앞장선 놈[11]이, "자, 어서 오라. 죽음이여!"

        그러니 무척 뒤처진 듯 보이는 다른 놈이

120   외쳤다. "라노[12]여, 토포에서 겨룰 때도

---

[8] **미노스(Minos)** '미노세' 혹은 '모노이'라고도 한다. 유피테르와 에우로페 사이에 태어난 아들로, 크레타의 전설적인 왕이다.

[9] **일곱째 구렁** 제7원

[10] **틈새** 본문엔 창문(fenestra)이라고 했다. 한숨 소리가 빠져나갈 수 있는 틈새를 말한다.

[11] **앞장선 놈** 쟈코모 산토 안드레아. 그는 파도바의 거부였는데 지독한 낭비로 유명했다. 이 사람에 관한 고사는 여러 가지로 전해 내려오나 확실한 것은 찾기 힘들다.

그대의 다리는 이토록 재빠르지 못했지."

그러고 나서 아마도 숨이 더욱 가빴는지

123   덤불 속에 쓰러져 한 덩어리가 되었다.

그들 뒤엔 까만 강아지들이 가득한

숲이 있었는데, 그놈의 개들은 마치

126   사슬에서 풀려난 듯 허기진 채 치달렸다.

그놈들은 몸을 피하고 있는 자에게

이빨을 들이대 갈기갈기 물어뜯고 나서

129   고통스러워하는 그 몸을 가져갔다.

그러자 내 안내자가 나의 손을 붙잡고

피 흘리는 상처 때문에 쓸모없이 울고 있던

132   덤불 속으로 이끌어 가니 거기서 들려오길,

"오, 산토 안드레아의 쟈코모[13]여. 나를 방패로 삼아

그대에게 좋은 것이 무엇인지? 그리고

135   죄 많은 그대 인생에 내가 무슨 잘못이 있는지?"

내 스승이 그 숲에 곧바로 서서

말씀하시길, "그댄 누구였기에 많은 가지 끝으로

138   고통스런 이야기를 피와 더불어 쏟아내느냐?"

그가 우리에게, "나에게서

곁가지를 꺾어 내는 이 무자비한

141   행위를 보려고 온 영혼들이여,

그 가지들을 이 가없은 나무 발치에 모아 주오.

---

[12] **라노** 'Lano'인데 어쩌면 'Ercolano'를 줄여서 표기한 애칭인 듯하다. 시에나 지방의 인물로 피에베 델 토포 전투에서 죽었다. 이 전투에서 시에나 지방은 아레초인들에게 패배당했다.

[13] **쟈코모**(Giacomo da Santo Andrea) 페데리코 2세가 사망하고 나서 2년 후에 파살당한 인물이다. 그는 괴상한 성격의 소유자였는데, 보트 놀이를 하는 동안 시간을 보내기 위해 지갑에서 동전을 꺼내 하나씩 물에 던지거나 거센 불길이 보고 싶어 자기 집을 불사르기도 했다.

나는 첫 수호신[14]을 세례자[15]로 바꿨던

144   도시의 사람이었는데, 바로 그 일로 인해

그 수호신은 술수를 써 도시를 슬프게 했으리라.

만일 아르노 강의 다리 위에 그의 어떤 영상이[16]

147   아직까지 남아 있지 않았다면,

아틸라[17]가 남긴 잿더미 위에 그 도시를

다시금 이룩했던 시민들이

150   헛된 수고만 하였을 뻔했으리라.

나는 내 집을 나의 교수대[18]로 삼았다."

---

[14] **첫 수호신** 피렌체가 제신을 섬기고 있을 때 수호신으로 삼던 '불의 신'인 마르스.

[15] **세례자** 세례 요한, 후에 피렌체의 수호성인이 되었다.

[16] 마르스의 신전이 세례 요한 성당으로 바뀌자 피렌체인들은 마르스의 상(본문엔 '어떤 영상'이라 했다)을 아르노 (Arno) 강가의 어느 탑에 집어넣었다. 542년 고토 족장 토틸라가 쳐들어와서 이것을 강물에 던져 가라앉게 했으나, 나중에 샤를마뉴(카알 대제)가 와 피렌체가 다시 일어나게 되자 이 상을 건져 아르노 강의 다리, 즉 베키오 다리(Ponte Vecchio) 입구에 놓았다. 지금도 이것은 첼리니의 석상이 있는 이 다리 위에 있다.

[17] **아틸라** 역사적으로 보면 아틸라가 아니라 토틸라(Totila)인데 단테가 아틸라라고 한 것은 일반 전설에 의한 것인 듯하다. 그는 피렌체를 불태워 잿더미로 만들었다고 한다.

[18] **교수대** 집안에서 목매달아 죽었다는 의미이다.

제7원 셋째 둘레다. 때는 4월 9일 새벽녘이다.

고향에 대한 애틋한 정에 이끌려 단테는 흩어진 나뭇잎들을 주워 모아 더 이상 말을 하지 않는 숲에 남겨 두고 베르길리우스와 더불어 셋째 둘레에 들어가는데 이 둘레는 식물이 자랄 수 없는 모래사장으로 되어 있다. 그런데 이 모래사장은 플레제톤에 의해 둘러싸인 자살한 자들의 숲이 빙 둘러싸고 있다. 여기에는 수많은 영혼들이 벌거벗은 채 울부짖고 있는데 바람 없는 산 위에 쏟아지는 눈송이처럼 불꽃들이 떨어지고 있기에 그것들을 손으로 떼어 내느라 잠시도 쉴 수 없다. 그 영혼들 중엔 누워 있는 자도, 앉아 있는 자도 또 계속해서 달리는 자도 있다. 그런데 누워 있는 놈들은 하느님께 포악했던 자들이다. 그들 중에서 단테는 쏟아지는 불꽃을 조금도 개의치 않는 자를 발견한다. 단테의 요청으로 베르길리우스가 그에게 질문하니 이 저주받은 망령은 피하는 기색도 없이 서둘러 대답한다. 그가 곧 테베를 침략했던 일곱 명의 임금 중 하나인 카파네우스다. 그는 세상에 있을 때도 그랬지만 죽어서도 하느님을 모독하고 있기에 그가 받는 벌은 가증스러울 정도로 혹독하다. 베르길리우스는 단테에게 정신을 바싹 차려 불에 달구어진 듯한 모래사장에 발을 들여놓지 않도록 주의하면서 숲 가장자리를 끼고 자기를 따르라고 말한다.

  두 시인이 모래사장을 지나 불리카메라 부르는 샘에서 흘러나오는 강이 강렬히 분출하는 곳에 도달한다. 강물은 죄인들을 갈라놓는다. 그런데 이 강에는 바위로 된 언덕과 바닥이 있어서 이 셋째 둘레를 빠져나갈 수 있는 길이 있다. 베르길리우스는 단테에게 그들이 지옥에 들어온 후로 이 피의 강보다 더 무시무시한 곳이 없었다고 설명한다. 그러자 단테는 왜냐고 묻는다. 베르길리우스가 계속 설명한다. 그는 크레타 섬의 이다 산에서 사투르누스의 처 키벨레가 그들의 아들 유피테르를 숨겨 기른 이야기를 들려준다. 이 산엔 또 커다란 상이 하나 있는데 머리는 금, 팔과 가슴은 은, 배는 놋쇠, 정강이까지는 철, 다리는 흙으로 되어 있다. 머리를 제외하고 모든 부분이 부서져 갈라진 상태인데 그 갈라진 틈새로 눈물이 흐른다. 이 눈물이 쌓이고 쌓여 지옥의 여러 강들을 형성한다는 것이다.

  그러자 단테는 왜 지금 보고 있는 강이 속세에서 연유하며 또 그것은 왜 이곳에만 있고 상층 원들에는 없냐고 묻는다. 베르길리우스는 지옥의 형태를 들어 설명하면서 놀라지 말라고 한다. 지옥은 원처럼 둥근 형태인데 그들이 아직은 다 돌아보지 않은 상태라 비록 한 원에 있는 것이 다른 원에 없다고 하더라도 이상하게 생각할 필요가 없다는 것이다. 스승은 시인을 이끌어 자살자들의 숲을 떠나 불길이 닿지 않는 숲을 따라 나아간다.

                 내 고향¹에 대한 연민의 정이 나를
                 휘감기에 나는 흩어진 가지들을 모아
         3   이미 말로 목이 잠긴 그에게 돌려주었다.
                 그곳으로부터 우리는 둘째 둘레가 셋째 둘레에서

떨어져 나오는 가장자리에 도달했는데

6　거기 정의가 지닌 무시무시한 솜씨가 보인다.

일찍이 보지 못했던 것들을 분명히 밝히자면,

바닥에서 나무란 나무가 모조리 뽑혀나간

9　어느 벌판²에 우리가 도달했다는 말이다.

슬픔에 잠긴 숲은 둘레에 화환을 둘러

마치 슬픈 늪이 에워싼 것 같았으니

12　우리는 그 숲의 가장자리에 멈춰 섰다.

땅은 바싹 마른 모래만이 빽빽한데

그 형체가 옛날에 카톤³의 발에 짓눌리던

15　모래와 하나도 다를 바 없었다.

오, 하느님의 앙갚음이여. 방금 나의 눈에

보여 주셨던 바로 그것을 읽는 그 누구에게나

18　그대는 얼마나 두려움의 대상이어야 하는가!

헐벗은 영혼들의 하고많은 떼거리들이

모두가 서러워 슬피 우는 것을 보았는데

21　그들의 자세가 저마다 다른 듯했다.⁴

어느 무리는 땅바닥에 벌렁 누워 있고

어느 무리는 웅크려 앉아 있고

24　또 어느 무리는 줄곧 서성거리고 있다.

주위를 맴도는 무리가 더욱 많았고

---

¹ **내 고향** 피렌체. 앞에서 본 자살자의 영혼은 피렌체 출신으로 단테와 동향인이다.

² **벌판** 셋째 둘레.

³ **카톤(Caton)** 그는 BC 47년에 폼페이우스의 군대를 이끌고 아프리카의 리비아 사막을 건너 진군했다.(BC 95~46)

⁴ 신을 모독하던 자들은 경멸스런 눈을 하늘로 향한 채 누워 있고, 얼굴에 땀을 적시며 앉아 있는 이들은 고리대 금업자들이다. 또 정욕에 사로잡혀 방황하던 자들, 곧 호색한들은 줄곧 서성거리고 있다. 그들이 제일 많고 고리 대금업자들이 다음으로 많고 하느님을 모독한 자들이 제일 적다. 그러나 이 마지막 영혼들의 죄가 제일 큰 것이 기에 벌이 더 무겁다. 그리하여 이들은 다른 영혼들보다 더 큰 소리로 통곡한다.

고통스럽게 누워 있는 무리는 적었지만

27 너무 괴로워 가장 섧게 울었다.

온 모래사장 위엔 바람 없는 알프스 산에

눈송이 퍼붓듯 거대한 불꽃비가 천천히

30 떨어지고 있었다.

알렉산드로스[5]가 인도의 더운 지역에서

제 군대 위에 불꽃이 떨어져

33 땅에 그대로 엉기어 있음을 보고

불이 아직 한 가닥만 있는 동안에

끄는 것이 더 좋다 하여 자기 군사로 하여금

36 땅을 짓밟으라고 명령했지만

영원한 열기는 고통을 배가시키려고

내려왔으니 그로 인하여 모래가 불붙어

39 마치 부싯돌 아래의 불심지와 같았다.

한시도 쉴 사이 없이 춤추는 손목들

이곳저곳 휘두르며 타오르는

42 새 불꽃을 제 몸에서 떼어 냈다.

나는 말을 꺼내, "스승이여. 그대,

이 도시의 입구에서 우리에게 거칠게 대들던 무서운

45 악마들을 제외하고 모든 것을 이긴 분이여.

불길을 피하지 않고 깔보며 눈 흘기며 자빠진 채

불꽃비에도 타지 않는 양 보이는

48 저 커다란 놈[6]이 누구인지요?"

---

[5] **알렉산드로스** 중세의 저술가 알베르토 마뇨(Alberto Magno)의 『기상학De Meteoris』에 근거를 둔 이야기인 듯하다. 알렉산드로스는 인도에서 얻은 경이적인 에피소드를 아리스토텔레스에게 서간문 형식으로 썼는데 이에 따르면 인도에 눈이 굉장히 내려 그가 군졸들을 시켜 그 눈을 밟게 했는데 곧이어 불비가 주룩주룩 내리니 군졸들이 옷을 집어던지며 피했다 한다. 학자들의 의견에 의하면 알베르토 마뇨가 이 두 가지 사실을 혼동했는데 단테는 이를 그대로 받아들여 표현했다 한다.

내가 자기에 대해서 나의 길잡이에게

질문하는 것을 눈치 챈 놈이

51   외쳤다. "내가 살았을 때와 같이 죽어서도 그렇소.

유피테르께서 제 대장장이를 지치게 만들었는데,[7]

그에게서 화가 나 날카로운 번개를 휘둘러

54   마지막 날에 나를 때려눕히거나

아니면 플레그라[8]의 싸움과 마찬가지로

'착한 불카누스여, 도와주오 도와주오' 하고 외치며

57   몬지벨로[9]의 새까만 풀무간에서 차례로

나머지 대장장이들[10]을 지쳐 떨어지게 하고

또 있는 힘을 다하여 내게 화살을 당긴다 해도

60   그는 마음 뿌듯할 정도로 앙갚음 못 하리오."

그러자 나의 길잡이는 내가 들어 보지

못한 아주 강렬한 목소리로 말했다.

63   "오, 카파네우스[11]여. 그대의 오만함이

수그러지지 않는 한 그대는 더욱더 벌을 받을지니

그대 분노로 인하여 받을 벌은

66   그대의 분노 외에는 없으리라."

그는 고요해진 안색으로 나를 향해

말하길, "저놈은 테베[12]를 공략하던

---

[6] **커다란 놈** 카파네우스. 테베를 공략하던 일곱 왕 중 하나로, 그는 유피테르를 모독하여 노여움을 사 벼락을 맞아 죽었다. 그는 힙포노오스와 라오디체 사이에 태어난 아들인데 폴리네이케스와 더불어 테베를 습격했다. 앞서 나온 파리나타와 견줄 수 있는 인물이다.

[7] 대장장이란 불카누스, 즉 화산을 말한다. 불카누스는 로마 신화에 의하면 무서운 힘을 가진 제왕인데, 여기의 불카누스(Vulcanus)는 시칠리아에 있는 에트나 화산을 가리킨다.

[8] **플레그라(Phlegra)** 유피테르가 대부대를 이끌고 거인 군대를 공격한 테살리아의 골짜기.

[9] **몬지벨로(Mongibello)** 에트나 화산의 옛 이름.

[10] **나머지 대장장이들** 그리스 신화에 나오는 외눈박이 거인들, 즉 키클롭스들이다.

[11] **카파네우스(Capaneus)** 앞의 주석 6 참고.

[12] **테베(Thebe)** 그리스의 도시. 아티카의 서쪽에 있는 지역으로서 보이오티아의 수도에 해당한다.

69   일곱 임금[13] 중 하나로서 과거에도 또 지금도

      하느님을 경멸하고 섬기지 않는다.

      내가 그에게 말했던 것과 같이

72   그의 경멸은 제 가슴에 아주 알맞은 장식이로다.

      이제 나를 따라와 아직도 타오르는 모래밭에

      발을 들여놓지 않도록 조심하여

75   한사코 발을 수풀 쪽에 바싹 붙여라."

      우리가 말없이 자그마한 개천[14]이 숲 밖으로 흐르는

      곳에 도착했을 때 보았던

78   그 핏빛에 아직도 새롭게 소스라치고 있노라.

      불리카메[15]로부터 흘러나오는 냇물이

      후에 죄지은 여인들을 갈라놓는 것[16]처럼

81   그 모래를 지나 냇물이 내려가는 듯하더라.

      냇물의 바닥과 양쪽 언덕이며 폭이 넓은

      가장자리가 모두 돌로 되어 있었기에

84   나는 거기에 길[17]이 있음을 알아차렸다.

      "내 너에게 보여 준 모든 것들 중에

      입구가 누구에게도 거부되지 않았던

87   문[18]을 통하여 우리가 들어온 이후에

      바로 이 냇물만큼 네 눈앞에 뚜렷이

---

[13] **일곱 임금** 카파네우스, 아드라스토스, 티데우스, 히포메돈, 암피아라오스, 파르테노파이오스, 폴리네이케스를 말한다. 테베의 왕 오이디푸스의 두 아들 에테오클레스와 폴리네이케스는 부왕이 돌아가시면 교대로 테베의 통치자가 되기로 약속했다. 그러나 에테오클레스가 약속을 지키지 않자 폴리네이케스가 여러 나라의 왕들과 제휴하여 그를 공격했다.

[14] **자그마한 개천** 플레제톤을 말한다. 피로 물든 이 냇물은 자살자의 숲을 지나 이곳으로 흘러 내려온다.

[15] **불리카메(Bulicame)** 로마에서 가까운 비테르보 지방에 있는 유황 온천을 말한다.

[16] **후에 죄지은 여인들을 갈라놓는 것** 일종의 탕녀들인데 그들은 다른 부인들과 섞여 목욕하지 못하고 다른 곳에서 물을 길어 목욕했다는 이야기가 있다.

[17] **길** 제8원으로 들어가는 길.

[18] **문** 지옥문. 「지옥편」 제3곡을 참고.

나타난 것이라곤 없었으니, 이 냇물은

90 온갖 불꽃들을 제 위에 집어삼켰다."

이 말씀은 나의 길잡이가 하신 것이었다.

그분이 내 입맛을 돋우기에

93 나 그분께 음식을 주시기를 부탁했다.[19]

그랬더니 그분이, "바다[20] 한가운데에

크레타[21]라 이르는 멸망한 나라가 있으니

96 일찍이 그 임금[22] 아래 세상은 평온했다.

거기 이다[23]라 부르던 어느 산 하나가 있어

옛날엔 샘과 푸른 숲이 우거져 있었지만

99 지금은 낡아 빠진 물건처럼 황폐하도다.

옵스가 옛적에 이를 제 아들의 안전한

요람으로 선택했는데, 그 아이가 울 때면

102 그 애를 더욱더 잘 감추려고 고함을 지르게 했더라.[24]

산 한가운데 커다란 늙은이[25]가 우뚝 서서

다미아타[26]를 향해 어깨를 돌리고

---

[19] **그분이~** 알고자 하는 욕망과 스승으로부터 얻은 설명을 비유한 말이다.

[20] **바다** 지중해.

[21] **크레타(Creta)** 베르길리우스의 『아이네이스』에 의하면 크레타 섬은 트로이인과 로마인의 기원지라 한다.

[22] **그 임금** 크레타의 최초의 임금 사투르누스를 말한다. 이 임금의 통치 시대는 평온했다.

[23] **이다(Ida)** 크레타 섬에 있는 산.

[24] **옵스가~** 로마 신화에 나오는 여신인 옵스는 우라누스와 텔루스 사이에 태어나 사투르누스와 혼인했다. 이들 사이에 유피테르와 제신들이 생겼다. 사투르누스는 자식에게 왕위를 빼앗긴다는 예언 때문에 태어나는 자식마다 잡아먹었다. 그런데 유피테르가 태어나자 어머니 옵스는 그를 산에 숨기고, 그 아이가 울 때면 소음을 내게 하여 울음 소리가 들리지 않도록 했다. 결국 유피테르는 아버지를 몰아내고 왕이 되었다.

[25] **커다란 늙은이** 이것은 느브갓네살 왕의 꿈에 나타난 형상이다. 「다니엘」 2장 31~33절을 보면, "임금님께서 보신 환상은 이런 것이었습니다. 매우 크고 눈부시게 번쩍이는 것이 사람의 모양을 하고 임금님 앞에 우뚝 서 있었습니다. 머리는 순금이요, 가슴과 두 팔은 은이요, 배와 넓적다리는 놋쇠요, 정강이는 쇠요, 발은 쇠와 흙으로 되어 있었습니다"라고 쓰여 있다. 사실 이 거인에 대한 해석은 구구하다. 어쩌면 『신곡』 전체에 나오는 상징적 형상 중에서 가장 이상한 기분을 준다. 대강 추려 보면 인류의 역사(밤바리올리와 대개의 주석가들의 해석), 인류의 성격(부스넬리 등), 제국의 군주(프라티첼리) 등으로 상징화하는 해석들이 있다. 그러나 첫 번째 해석이 가장 널리 받아 들여지고 있다.

[26] **다미아타(Damiata)** 이집트의 옛 도시. 파라오 시대를 상징한다.

105   거울을 보듯 로마[27]를 보고 있더라.

        그의 머리는 순금으로 되어 있고

        팔과 가슴은 진짜 은으로 되어 있으며

108   가랑이까지는 놋쇠로 되어 있었다.

        그로부터 아래쪽으로는 온통 무쇠고

        단지 오른발[28]은 진흙으로 되어 있는데

111   다른 발보다 이 발로 버티고 서 있었다.

        순금 이외는 어느 부분이고 모두 부서졌는데

        그 갈라진 틈새로 눈물이 방울져

114   한데 모여 저 바위를 꿰뚫고 있더라.

        그 물줄기는 바위를 돌고 돌아 이 계곡에 와

        아케론, 스틱스 또 플레제톤 강[29]을

117   이루고서 이 좁은 물길을 따라 내려가다

        마지막으로 더 내려갈 수 없는 곳에서

        코치토스[30]를 이루는데 그것은 마치 늪과 같구나.

120   네가 그걸 보리니 여기서는 거론하지 않으리라."

        내가 그에게, "이 냇물이 만일에

        우리의 세상으로부터 이렇게 연유한다면,

123   무슨 이유로 이 언저리[31]에서만 우리에게 나타나는지요?"

        그러자 그는 내게, "너 여기가 동굴인 줄 아는구나.

        네가 왼쪽으로 돌아서 내려와

126   오랫동안 걸어왔다 할지라도 너는 아직도

        둘레를 온통 한 바퀴 돌아오지 않았으니

---

[27] **로마(Roma)** 그리스도교 시대를 상징한다.
[28] **오른발** 교회. 왼발은 국가를 상징한다.
[29] **아케론, 스틱스 또 플레제톤 강** 지옥에 있는 강들이다.
[30] **코치토스(Cocitos)** 지옥 맨 밑바닥에 있는 얼어붙은 강물. 「지옥편」 제31곡 주석 26 참고.
[31] **언저리** 셋째 둘레의 언저리를 말한다.

새로운 것이 나타난다 하여도

129 네 얼굴에 놀라움을 나타내서는 안 되니라."

나는 계속해서, "스승님, 플레제톤[32]과

레테[33]는 어디 있습니까? 후자에 대해 말씀이 없고

132 전자는 비로 되었다 하셨습니다."

그가 대답하길, "네가 하는 모든 질문이

내 맘에 드는구나. 붉은 물이 끓는 것은

135 네가 묻는 한 가지 질문에 대해 해답을 주는구나.

너는 이 웅덩이 밖에서 레테를 보리라.[34]

회개한 죄과가 씻기는 날에

138 영혼들이 몸을 씻으러 가는 바로 그곳을."

다음에 또 말했다. "바야흐로 이 숲을

벗어날 때다. 내 뒤를 따라오렴.

141 타지 않은 가장자리가 길을 이루고 있는데

그 위에서 온갖 불꽃이 꺼지게 될 것이다."

[32] **플레제톤(Flegeton)** 끓는 물이 비 오듯 하는 강.
[33] **레테(Lethe)** 베르길리우스는 아직 이것에 대해서 설명을 하지 않는다. 연옥의 정좌산에 있는 강으로 망각의 강 이라고도 한다.
[34] 연옥은 웅덩이, 즉 지옥 밖에 있다.

제15곡

 제7원의 셋째 둘레를 두 시인이 가는데 여기에선 하느님께 폭력을 썼던 망령들이 벌받고 있다. 때는 4월 9일 성 토요일 새벽이다.

플레제톤의 강둑을 따라 걸음을 옮기던 단테와 안내자는 거창한 증기가 일어나고 불꽃이 물과 강둑을 휘덮는 것을 본다. 그들이 숲으로부터 멀리 떨어져 나와 도저히 되돌아갈 수 없는 지점에 이르렀을 때 한 무리의 영혼들이 강둑을 따라 걸어가는 모습이 눈에 띈다. 시인들은 희미한 초승달 아래에서처럼 주의 깊은 눈초리로 그들을 바라본다. 단테는 그 영혼들 속에서 브루네토 라티니(Brunetto Latini)를 알아본다. 그러고는 그의 옷자락을 붙들며 소리친다. "그대 왜 여기 계시죠, 브루네토 님?" 그는 잠시 머물면서 단테와 이야기를 나누고 싶으나 엄한 규율 때문에 그러지 못하고 바싹 붙어 걸어가며 대화한다. 그는 어떤 운명에 의해 산 채로 지옥을 순례하느냐고 묻는다. 단테는 불꽃이 두려워 고개를 숙이고서 자신이 왜 여기를 오게 됐는지 설명한다. 이때 그는 단테의 미래를 예언한다. 머지않아 유배될 것이라고. 여기서 우리는 당시의 피렌체가 곤혹스럽게 겪던 당쟁의 참상을 짐작할 수 있다. 단테가 가담한 비앙키 파가 네리 파에 의해 구축(驅逐)되는 역사적인 사실을 예언의 성격을 부여해 여기서 갈파하고 있다. 따라서 이곳의 이야기는 시인 단테의 자전적인 요소를 가장 많이 나타내고 있기에 「천국편」 제15곡과 더불어 자주 거론되고 있다.

브루네토는 단테 시대의 시인이요 웅변가이자 공증인이었으며, 『연대기』의 저자 빌라니는 "피렌체인들을 교육시키고 정치 이론에 따라 피렌체 공화국을 떠받들도록 한 스승"이었다고 했다. 그는 웅변술과 수사학의 스승이기도 했는데 단테도 그의 가르침을 많이 받았다. 또한 이들 사이엔 젊은이와 어른 간의 존경심과 이미 유명한 문인과 문인 지망생인 젊은이와의 우정이 따뜻하게 흐르고 있었다.

아무리 그와 맺고 있는 관계가 보통 이상의 것이라 해도 시인이 그를 배치해 두고 있는 곳이 지옥인 이상, 이곳의 분위기는 지옥의 다른 곳과 마찬가지다. 다시 말해서 지옥의 분위기로부터 이 국면의 페이소스를 격리시킬 수 없으며 또 그래서도 안 되기 때문이다. 사실상 고통의 사상이 저주받은 영혼의 말과 시인의 비탄 속에 한사코 나타나지 않은가! 단테가 보이는 따뜻하고도 존경심 가득한 마음과 브루네토의 처절한 모습, 즉 '불에 탄 모습'은 극심한 대조를 이루어 우리로 하여금 보다 강한 리얼리티를 느끼게 하고 있다. 윤리적인 이성이 그들이 처한 처절한 상황을 더욱 깊이 느끼게 한다. 단테가 그토록 존경해마지 않는 브루네토이지만 하느님을 믿지 않기 때문에 지금 지옥의 비참한 현실을 겪어야 한다는 의미다.

브루네토는 자기와 함께 있는 자들 중 가장 유명한 인물들을 소개하는데 그들은 성직자, 학자 출신으로서 모두가 자연을 거스르는 죄를 범했다.

단단한 둑 하나가 이제 우릴 인도해 가니

개울의 김¹은 모락모락 피어올라 그늘을 이루는데

3 　마치 물과 언덕을 불에서 구해 내는 것 같더라.

구이찬테와 브루지아² 사이의 피암밍가 사람들이

그들을 향해 사납게 접근하는 파도가 두려워

6 　바다로부터 피신하고자 둑을 쌓듯이, 또

브렌타³ 강줄기에 자리 잡은 파도바 사람들이

키아렌타나⁴가 뜨거워지기 전에

9 　그들의 고을과 성곽을 보호하기 위해 한 것과 같이

비록 그다지 높거나 두텁지는 않을지라도

그 언덕들도 그와 같은 모양인데

12 　누구인지는 모르지만 어느 스승이 그들을 만들었다.

내 뒤를 돌아본다 해도

왔던 곳을 보지 못할 정도로 멀리

15 　그 숲으로부터 떨어져 왔을 때,

우리는 한 무리의 망령들을 보았다.

그들은 강둑을 따라 걸어오면서 하나같이

18 　마치 초승달 아래서 타인을 쳐다보듯

우리들을 바라보고 있었는데 우리를 향해

늙은 재봉사가 바늘귀를 꿰는 양

21 　속눈썹을 지그시 감고 있었다.

이렇게 그 무리가 면밀히 쳐다보는 가운데

---

¹ **김** 끓는 피로부터 피어오르는 김. 마치 안개와 같다.
² **구이찬테와 브루지아(Guizzante, Bruggia)** 구이찬테는 그 당시 영국의 중요한 항구 도시고, 브루지아는 상업 도시로서 이탈리아인들이 장악했다. 이 두 도시는 피암밍가(Fiamminga) 해안에 위치해 있다.
³ **브렌타(Brenta)** 알프스 산맥에서 파도바 부근을 돌아 흐르는 강줄기.
⁴ **키아렌타나(Chiarentana)** 일리아 지방의 산. 이곳의 눈이 녹아 여름이 되면 브렌타 강이 넘치고 그 연안에 있는 파도바 지방민들은 이 때문에 고난을 겪는다.

나를 알아보는 이가 있었으니, 그자는

24 　내 옷자락을 붙잡으며 외치기를, "놀랄 일이어라!"

그가 내게 팔을 벌릴 때, 나는 그의

불에 탄 얼굴을 눈여겨 바라보았는데,

27 　얼굴이야 그슬렸다 해도 나의 지성은

그 사람을 알아볼 수 있었으니,

나는 그의 얼굴을 향해 머리를 숙이고

30 　대답했다. "그대 왜 여기 계시죠, 브루네토⁵ 님?"

그러자 그가, "오, 나의 아들아⁶, 나 브루네토가

잠시 동안 너와 함께 뒤에 처져서

33 　무리들을 먼저 보낸다 해도 꺼려하지 마라."

내가 대답해, "할 수 있다면 그러길 바라나이다.

당신이 나와 함께 앉길 원하고 또 나와 같이 가는

36 　저분의 뜻에 합당하다면, 나 그렇게 하겠습니다."

그가 말하길, "아들아, 이 무리 가운데 누구든

잠시 머물게 되면, 그 후로부터 백 년 동안

39 　불길이 후려쳐도 피하지 못하고 누워 있어야 한단다.

그러나 앞장 서 가라. 나 너를 바싹 따를 것이니

저마다 영겁의 벌 때문에 울고 갈

42 　나의 무리들은 나중에 만날 것이다."

나는 그와 나란히 걷기 위해 길에서

감히 내려설 생각은 못했지만

45 　경건하게 걷는 사람처럼 머리를 숙였다.

---

⁵ **브루네토(Brunetto Latini)** 단테가 스승으로 여기던 피렌체 사람(1210?~1294)이다. 철학자이자 수사학자, 또 법률에도 정통했던 학자였는데 한때 정치에도 가담해 구엘프 당에 속했다. 나중에 추방당하여 프랑스로 도망갔다. 그가 남긴 작품 중 『테소로(Tesoro)』가 당시에 탐독되었다고 전한다.

⁶ **오, 나의 아들아** 친절을 품고 부르는 말로 결코 부자 관계는 아니다.

그가 말을 꺼내어, "어떤 운명이, 아니 어떤 천명이

죽기도 전에 너를 이 아래로 데려왔느냐?

48   길을 가르쳐 주고 있는 이는 누구냐?"

나 그에게 대답하길, "저 위 고요한 세상[7]에서

아직 나의 나이가 차기 전에[8] 나는

51   어느 계곡에서 길을 잃었습니다.

그곳을 등진 것이 바로 어제 아침[9]인데,

나 돌아가려 할 때 이분[10]이 내게 나타나

54   이 언덕을 거쳐 날 집으로[11] 인도합니다."

그가 나에게, "아름다운 삶[12]에서 내가 제대로 들었다면

네가 너의 별[13]을 따라가는 한, 영광스런 항구에

57   실패 없이 도달할 수 있으리라.

또 내 이리 일찍 죽지 않았던들

자비스러운 하늘을 보면서

60   너의 일에 위안을 베풀어 주었으련만.

그러나 옛날에 피에솔레에서 내려와

아직도 산과 바위에 웅크리고 있는

63   저 비열하고 악독스런 백성이

네 선행 때문에 네 원수가 되리라.

쓰겁고 떫은 나무들 사이에 달콤한

---

[7] **저 위 고요한 세상** 이승을 말한다.
[8] **나의 나이가 차기 전에** '35세에 이르기 전에「지옥편」제1곡 주석 1 참고.
[9] **어제 아침** 4월 8일 아침.
[10] **이분** 베르길리우스.
[11] **집으로** 올바른 길로
[12] **아름다운 삶** 세상에서 살았을 때.
[13] **너의 별** 그 당시엔 사람이 태어나면 별에 의해 운명이 좌우된다고 믿었다. 그래서 사람이 태어나면 그 시기에 유별난 별을 그 사람의 것으로 여겼다. 때문에 단테가 태어난 것이 쌍둥이자리가 있던 때라 그가 언제 태어났다고 하는 직접적인 기술이 없어도 대개 5월쯤에 태어났다고 보는 것이다. 그러나 여기서의 '별'은 천부의 재능으로 해석된다.

66 　무화과가 열림은 어울리지 않으리라.

　　세상에 오래된 격언이 저들을 눈멀었다 이르니[14]

　　인색하고 질투 많고 교만한 무리들이다.

69 　너는 저들의 행위에서 벗어나 깨끗이 해라.

　　너의 운명이 그러한 영예를 간직하기에

　　양편[15]이 다 너를 갈구해 소유하려 할 테지만

72 　풀은 산양에게서 멀리 있어야 하리라.

　　피에솔레의 짐승들이 제 자신들을 짚 덤불 삼고

　　그걸 거름 삼아 어느 나무가 또 생겨나거든

75 　건드리지 말도록 둬야 하리라.[16]

　　그 속에 저 로마인들의 거룩한 씨앗[17]이

　　되살아나리라. 그들은 악의 보금자리가

78 　깃든 뒤에도 그곳에 남아 있었다."

　　내 그에게 대답해, "나의 소망이 가득히

　　채워졌다면, 그대는 아직까지 인간의 자연에서

81 　쫓겨나지는 않았을 것을……

　　내 마음에 틀어박혀 지금도 나의 심장을

　　못 견디게 괴롭히는 그대의 사랑스럽고

84 　어지신 모습이었습니다. 세상에서 어느 때나

　　그대는 인간이 영생하는 법을 가르쳤고,

　　내 그걸 얼마나 기껍게 여겼는지는

87 　내가 사는 동안 내 언어에서 가려질 것입니다.

---

[14] 토틸라 족이 피렌체를 쳐들어갈 때 감언이설로 피렌체인들을 꾀어내니 성문을 열어 주고 환영했다. 그래서 피렌체인들을 눈멀었다 하고 있다.

[15] **양편** 구엘프 당의 네리 파와 비앙키 파. 이 두 파가 다 단테를 집어삼키려 했다. 그는 추방당한 뒤 어느 쪽에도 가담하지 않았다.

[16] **피에솔레의~** 단테는 피렌체의 참화를 피에솔레의 후예들 때문인 것으로 생각하고 로마인 영웅이 나와 피렌체를 소생시키기를 갈망했다.

[17] **로마인들의 거룩한 씨앗** 영웅.

내 인생길에 대해 그대가 말한 것을 기록해

다른 이야기와 더불어 반드시 간직하리니,

90   내 여인[18] 곁에 다다르면 그녀가 알고 밝혀 줄 것입니다.

내 오로지 그대에게 밝히고 싶은 것은

나의 양심이 날 꾸짖지 아니하는 한

93   운명의 뜻대로 나 준비되어 있다오.

그러한 경고[19]는 내 귀에 새롭지 않으니

운명이 원한다면 제 바퀴를 빙빙 돌리도록 하고

96   악당이 원한다면 제 쇠사슬을 휘두르도록 하지요."

그때 나의 스승은 오른편에서 뒤쪽으로

몸을 돌리고서 나를 보고 말하길,

99   "잘 듣는 사람만 마음속에 새기느니라."

그럼에도 나는 세르 브루네토와 같이 가며

말했는데, 가장 유명하고 위대한

102   동행자들이 누구인가를 물었다.

그가 나에게, "몇몇에 대해 아는 것이 좋으리.

다른 사람들에 대해선 입 다무는 게 바람직한데

105   이는 길게 이야기하기엔 시간이 너무 짧기 때문이다.

간단히 알아라. 모두가 성직자들이었거나

위대한 문인[20]들로 명성을 떨쳤으나

108   세상에 살았을 때 똑같은 죄를 범했다.

프리쉬아누스[21]와 프란체스코 다코르소[22]도 저 저주받은

영혼들과 함께 가는데, 너 그러한

---

[18] **내 여인** 베아트리체를 말한다.
[19] **경고** 단테의 운명에 대한 것.
[20] **위대한 문인** 위대한 학자들을 말한다. 본문에 'litteratigrandi' 라 했기에 이렇게 번역했다.
[21] **프리쉬아누스**(Priscianus) 6세기 초의 라틴 문법 학자.
[22] **프란체스코 다코르소**(Francesco d' Accorso) 13세기의 피렌체 법률 학자.

111   무리들을 간절히 보고 싶어 했다면
       노예들의 노예에 의해 아르노에서 바킬리오네[23]로
       옮겨져 그곳에 이르러서는 악으로 인해

114   힘줄이 늘어져 있는 자를 볼 수 있었다.
       난 더 말하고 싶으나 저기 저곳에
       새로운 모래김이 솟아나는 것을 보니

117   더 갈 수도 또 더 길게 이야기할 수도 없구나.
       내가 함께 있을 수 없는 무리들이 오는구나.
       나는 너에게 나의 『테소로』[24]를 추천하노라.

120   난 아직도 그 안에 살고 있다. 다른 부탁은 없노라."
       그는 몸을 돌렸는데 마치 푸른
       잎사귀[25]를 따려고 베로나의 들녘으로

123   달음박질치는 사람 같았고 또 그들 중에서도
       패배한 자[26]가 아니라 승리한 자처럼 보였다.

---

[23] **바킬리오네(Bacchiglione)** 비첸사 시를 가로지르는 강의 이름이며 도시를 말한다.

[24] **『테소로』** 브루네토 라티니가 프랑스어로 쓴 백과사전적인 작품이다. 3부작으로 되어 있는데, 제1부는 역사·우주의 기원·천문학·지리·박물학, 제2부는 덕과 죄에 대하여, 제3부는 수사학과 정치를 기술했다. 프랑스어 문체의 표본으로 유명하다.

[25] **푸른 잎사귀** 중세에는 사순절 첫째 일요일에 베로나 교외에서 도보 경주를 열어 승리자에게 푸른색의 옷을 주었다.

[26] **패배한 자** 최후의 패배자는 수탉을 받았다 한다.

때는 4월 9일 새벽. 시인들은 제7원의 셋째 둘레에 와 있다. 여기에도 역시 하느님에게 포악했던 무리들이 제15곡에서와 같이 벌받고 있다.

두 시인은 강둑을 따라 가던 중 플레제톤 강에서 벌 떼가 윙윙거리는 듯한 소리를 듣는다. 제15곡에서 본 상황이 여기에서도 계속된다. 그때 불비를 맞으며 세 영혼이 무리로부터 벗어나 시인들을 향해 오면서 단테에게 소리친다. 그들은 단테가 입은 옷을 보고 그가 피렌체 사람인 것을 알아 같이 이야기하자고 한다. 그러자 베르길리우스는 단테에게 그들이 훌륭한 인물들이니 정중하게 대하라고 한다. 그들은 시인들 가까이에 이른 후 걸음을 멈추면 벌을 받기 때문에 제자리에서 빙글빙글 돌면서 단테와 말하고자 한다.

그들이 있는 곳과 그들의 모습이 무시무시하다. 그들 가운데 하나가 단테에게 세상에서 누렸던 명성의 힘을 빌어 단테가 도대체 누구이고 또 어떻게 산 채로 지옥을 지날 수 있느냐고 묻는다. 후에 동료들의 이름을 밝힌다. 그들은 살았을 때 용맹을 떨치던 구이도 구에르라(그는 라비냐니의 구알드라다의 손자다)와 테기아이오 알도브란디. 그의 충고를 따랐다면 피렌체인들이 몬타페르티 전투에서 참패하지 않았을 것이다. 다른 한

명은 야코포 루스티쿠치다.

단테는 위대한 인사들을 소개받자 곧 달려가 그들을 부둥켜안으려다 불길의 고통 때문에 멈추고 정중하게 응대한다. 그는 그들의 처참한 모습을 보고 경멸감이 아니라 아픔을 느낀다. 단테는 자기가 피렌체인이며 또 야코포가 말하는 것을 정중하게 들었고 또 자신이 여행하는 것은 구원을 얻기 위해서라고 말한다. 그러자 야코포는 단테의 행운을 빌면서 피렌체엔 아직도 옛날처럼 예의와 친절함이 흐르고 있는가를 묻는다. 야코포가 이렇게 묻는 것은 얼마 전에 이곳에 온 굴리엘모 보르시에레로부터 피렌체의 소식을 조금이나마 들었기 때문이다. 이에 단테는 고개를 쳐들고 피렌체를 통렬히 비난한다. 시민들은 갑자기 얻은 부 때문에 걷잡을 수 없을 정도로 썩어 빠진 정신 상태를 지니고 있으며, 선의 참된 길을 망각하고 날마다 악을 행하는 무리가 되어 간다는 것이다. 단테는 기회가 있을 때마다 피렌체인들의 부패성을 힐난한다. 이러한 질책은 「지옥편」에 국한하는 것이 아니고 연옥과 천국을 순례하면서도 계속된다. 그러나 엄격히 구분할 것은 단테가 미워한 것은 피렌체 자체가 아니고 피렌체인들이라는 점이다. 단테의 이야기를 듣던 세 인물은 놀라 떠나간다.

두 시인은 계속해서 걸어간다. 제8원으로 향하는 것이다. 제7원 끄트머리에 이르러 베르길리우스가 절벽 밑으로 끈을 던지니 제8원을 지키고 있는 괴물 게리온(Geryon)이 떠오른다. 게리온은 곧 사기와 기만의 상징적인 존재다.

나는 어느덧 다음 둘레[1]로 떨어지는 물소리가

벌 떼들이 윙윙거리는 것과 같이 들리는

3 　장소에 다다르게 되었는데, 바로 그 무렵

세 그림자가 한데 얼려 달려와

지긋지긋하게 고통스런 비를 맞으며

6 　제 무리들[2]로부터 떨어져 나왔다.

그들은 우리를 향해 오며 각자가 외치는데

"멈춰라! 너의 입은 옷으로 보아서

9 　저주스러운 우리 조국[3]에서 온 놈이구나."

아! 불에 타 오래 된 상처와 새로운 상처들을

저들의 몸뚱이에서 보지 않았던가!

12 　내 그것들을 생각만 해도 사뭇 괴롭구나.

내 안내자는 그들의 절규에 발을 멈추고

얼굴을 내 쪽으로 돌리며, "이제 기다려라.

15 　저들에겐 예의 바르게 해야 한다"고 말했다.

"이곳의 본성에 의해 떨어지는 불이

없었더라면 저들보다는 네가 서두르는 것이

18 　더 좋을 것이라고 말하고 싶노라."[4]

우리가 머무르고 있는 동안 저들은

옛 노래[5]를 부르기 시작했고 우리에게 이르러서는

21 　셋이 둥그렇게 원을 이루었다.[6]

---

[1] **다음 둘레** 지옥의 제8원. 이곳에서는 플레제톤 강물이 절벽 밑으로 폭포수처럼 떨어진다.

[2] **제 무리들** 남색을 범하여 벌받는 죄인들.

[3] **우리 조국** 피렌체.

[4] **이곳의~** 그곳의 관습에 의한 해석이 따라야 한다. 불비가 내리지 않을 때(현세)에는 그들이 오기 전에 단테가 뛰어가 맞이해야 할 만큼 지체가 높은 귀족들이니까.

[5] **옛 노래** 오래 전부터 질러 온 습관적인 비탄의 소리.

[6] **둥그렇게 원을 이루었다** 그들은 잠시도 멈출 수 없기 때문에 제 자리에서 손을 잡고 빙글빙글 돌고 있다.

마치 벌거벗은 몸에 기름을 바른 투사들이

자기들끼리 때리고 찌르기 전에

24 상대를 공격할 적절한 순간을 노리는 것처럼,

그들도 빙글빙글 맴돌며 제각기 눈망울을

내게로 곤두세우고 있기에 목은 목대로

27 다리는 다리대로 계속 따로 따로 움직였다.

그중 하나가 말을 꺼내, "이 허물어지기 쉬운

땅의 비참함과 검게 타고 일그러진 몰골이

30 우리와 우리의 소원을 값없이 만든다 해도

우리의 명성은 너의 영혼을 움직일 것이니

너 어찌해 그토록 의젓하게 살아 있는 발로[7]

33 지옥을 지나갈 수 있는지 말하여라.

보다시피 내가 밟고 가는 발자국의 주인공은

온통 벌거벗고 털이 빠진 채 가고 있지만

36 네가 믿지 못할 만큼 지체 높은 자였다.

그는 어지신 구알드라다의 손자[8]였고

이름은 구이도 구에르라요, 살았을 적엔

39 머리와 칼로[9] 많은 것을 했노라.

네 뒤의 모래를 밟고 가는 다른 사람은

테기아이오 알도브란디[10]인데 그의 음성은

42 저 세상에서 명성을 떨쳐야 마땅하리라.

---

[7] **살아 있는 발로** 산 채로.

[8] **구알드라다의 손자** 구알드라다의 손자이자 도바돌라(Dovadola)의 백작 마르코발도의 아들인 구이도 구에르라를 말한다. 구알드라다는 벨린치오네 베르티의 딸인데, 그 당시에 덕성의 상징이었다.

[9] **머리와 칼로** 지성과 무력으로

[10] **테기아이오 알도브란디(Tegghiaio Aldobrandi)** 피렌체의 귀족 아디마리가 출신으로 유명한 무인이다. 1266년에 죽었다.

그리고 저들과 더불어 십자가에 매달린[11] 나는

야코포 루스티쿠치[12], 나를 정녕 괴롭혔던 자는

45 억척스럽게 사나운 여편네였다."

내 불길을 막을 수 있었더라면

나 역시 그들 속으로 뛰어 내려갔을 터이고

48 나의 스승도 그런 나의 의향을 이해했으리라.

그러나 나 불에 타서 구워질 것이기에

저들을 와락 껴안고 싶은 뜻은

51 무서움에 그만 사로잡히고 말았다.

내가 말하길, "그대들의 처지가 나의 마음속에

불러일으키는 건 경멸이 아니라 아픔인데

54 그것은 재빨리 나로부터 달아나지 못하리라.

나의 어른이 내게 말씀을

하시자마자 그대들과 같은 무리가

57 올 것을 생각하고 있었노라.

나는 그대들과 동향인[13]이요 언제든지

감동적으로 그대들의 영예로운 행실과

60 명성을 이야기했으며 듣기도 했다오.

나는 죄의 씁쓸함을 버리고 믿음직한

길잡이가 약속했던 달디단 과일을 찾아 가려니

63 우선 한가운데까지는 내려가야 합니다."

그가 또 대답해, "그대의 영혼이 그대의 몸을

오래오래 이끌어 나가게 하고

---

[11] **십자가에 매달린** 고통을 당하고 있다는 의미다.
[12] **야코포 루스티쿠치**(Iacopo Rusticucci) 단테와 동시대인인 것으로 알려졌다. 그는 아내와 헤어진 다음 여성 혐오자가 되었다.
[13] **동향인** 피렌체인.

66   그대의 명성이 그대 뒤에도 빛나게 하소서!

        말을 해 다오. 우리 조국엔 그 옛날처럼

        예절과 위풍이 아직도 남아 있는지

69   아니면 온통 끊어지고 말았는지.[14]

        우리와 함께 요즘 고통을 당하고

        저기 제 무리와 가고 있는 굴리엘모 보르시에레[15]

72   그가 그런 말로 마음을 쿡 쑤셔 놓았다.”

        “풋내기 무리와 벼락부자들[16]이

        거만함과 부덕을 네 안에 싹 틔웠으니

75   피렌체여, 네가 운 지도 이미 오래로구나!”[17]

        내가 얼굴을 쳐들고 그렇게 소리 지르니

        그게 대답인 줄 알아차린 셋은 진실을 털어놓을 때

78   하듯이 서로서로 마주 쳐다보고 있었다.

        셋 모두가 대답하여, “다른 때에도 그처럼

        다른 사람들을 만족시키는 데에 힘 안 들이고

81   마음껏 말할 수 있는 그대는 행운아다!

        그러므로 이 어두운 곳을 벗어나서

        아름다운 별들을 보러 돌아가거든

84   ‘옛날에……’[18]라며 의기양양하게 말할 때

        우리에 대해 사람들에게 이야기해 주오.”

---

[14] **말을~** 피렌체의 정국에 대한 이야기다. 피렌체는 구엘프 당과 기벨린 당의 격렬한 대립 속에서 허덕이다 마침내 구엘프 당에 의해 장악되었다. 그러나 곧 구엘프 당이 네리 파와 비앙키 파로 양분되어 파쟁하는 바람에 다시 수난을 겪었다.

[15] **굴리엘모 보르시에레(Guglielmo Borsiere)** 피렌체의 궁정 기사. 예절 바르고 이야기를 잘하던 사람이다. 보카치오의 『데카메론』 첫째 날 여덟째 이야기 참고.

[16] **풋내기 무리와 벼락부자들** 13세기 말 인근에서 피렌체로 이주했던 벼락부자들. 그들은 피렌체를 조국으로 여기지 않았으므로 피렌체에 대한 사랑이나 충성심이 빈약했다.

[17] 위의 이유로 빈부의 차가 심해 끝내는 내란이 야기되었다.

[18] **‘옛날에……’** 본문엔 'I' fui'라고 되어 있다. 즉, 이 말은 “내가 지옥에 있었노라”의 의미다. 단테가 지옥을 여행하고 세상에 돌아가 사람들에게 여행담을 말할 때를 염두에 두고 하는 말이다.

그들은 동그라미를 풀고 도망치듯 가는데

87 　재빠른 다리들이 마치 날개와 흡사했다.

"아멘."[19] 한 번 외울 겨를도 없이 그들이

곧이어 사라졌는데, 이리하여 나의

90 　스승께서도 떠나는 것을 좋게 여기셨다.

내 그분을 따른 지 얼마 되지 않아

물소리가 우리에게 가까이 들려

93 　우리의 말소리를 들을 수 없을 지경이었다.

마치 몬테 베소[20]로부터 동편을 향해

아펜니노[21] 산맥의 왼쪽 기슭에서 비롯해

96 　제 길을 흘러 내려가는 그 강물[22],

그것은 저 아래 낮은 바닥[23]으로 흐르기 전

저 위에선 악콰퀘타라 불렸지만

99 　포를리에선 그 이름이 없어지게 되는데,

실로 천 명을 담을 수 있을 알프스의

성 베네딕투스 수도원[24] 저 위에서

102 　한꺼번에 떨어지며 소리쳐 울려오듯

바로 그렇게 험준한 벼랑 아래로

떨어지는 핏빛 물이 소리 내는 것을 들었으니

105 　이윽고 귀가 찢어지는 것 같았다.

---

[19] **아멘** 토스카나 지방의 대중들이 즐겨 쓰는 표현으로 순간을 의미한다. 그러나 「천국편」 제14곡 62행에선 종교적 의미를 지닌다. 이는 헤브라이어에서 나온 "그렇게 해 주옵소서(Cosi sia)"를 뜻한다.

[20] **몬테 베소(Monte Veso)** 포(Po) 강의 수원인 코티안 알프스의 멋진 산.

[21] **아펜니노(Apennino)** 이탈리아 반도를 세로로 가르는 산맥.

[22] **그 강물** 북부의 몬토네 강. 악콰퀘타(Acquaqueta), 즉 조용한 물이라 불렸다. 사실 이것은 몬토네 강을 이루는 세 물줄기 중의 하나일 뿐이다.

[23] **낮은 바닥** 로마 지방의 평원.

[24] **성 베네딕투스 수도원** 아펜니노 산맥 중앙에 있는데 몬토네 강이 이 부근에 이르러 절벽을 이룬다.

나는 노끈[25]으로 허리를 동여매고

그것으로 가죽에 얼룩무늬가 있는 표범을

108   잡아 볼까 한 번 생각했다.

나의 안내자의 명령에 따라

나는 그것을 내 몸에서 풀어내

111   뚤뚤 말아 그에게 건네줬다.

그러자 그는 오른편으로 몸을 돌려

강둑으로부터 다소 떨어진 곳으로 가서

114   그것을 냅다 깊은 골짜기에 던졌다.

나는 혼잣말을 했다. "스승께서 나를 보며

새로운 신호를 보내는 것을 보니, 분명코

117   이상한 것이 일어날 것이 틀림없으리라."

아, 우리의 행동뿐만 아니라

생각을 꿰뚫어 보는 사람들과

120   가까이 있을 때에는 경계해야 한다!

그가 나에게, "내 기대하는 것이 곧 나타나며

네 생각이 그리는 것이 너의 눈앞에

123   이제 곧 떠오르게 될 것이다."

언제나 거짓의 허울을 쓴 진실 앞에

사람은 될 수 있는 한 입을 다물어야 하는데······

126   잘못이 없이도 치욕을 느낄 수 있기 때문이다.

나는 그러나 침묵을 지킬 수 없으니, 독자여!

---

[25] **노끈** 이것은 매우 은유적인 뜻을 지니고 있다. 한편으로는 부절제를 상징하는 표범을 잡으려는 절제의 노력, 다른 한편으로는 게리온과 같은 기만에 대한 절제의 노력을 상징한다. 단테는 부절제로 인해, 또 기만이나 사기로 인해 죄를 지어 벌받고 있는 무리들을 지나쳤으므로 더 이상 절제의 노끈이 필요 없다. 옛 주석가들은 이 것을 기만 혹은 위선으로 간주했다.

이 희극[26]의 시구가 오래오래 호감을 받도록

129   시구의 이름으로 그대에게 맹세하노라.

       무겁고 어두침침한 창공을 통해

       여하한 강심장이라도 놀랄 형체가

132   헤엄쳐 위로 거슬러 올라오는 것[27]을 보았는데

       그것은 마치 바위나 혹은 바다 속에

       숨겨진 무엇에 얽힌 닻을 풀려고

135   이따금씩 물속에 잠기는 사람이

       팔을 벌리고 다리를 웅크리는 모습과 같았다.

---

[26] **희극** 희극이라고도 하나 엄격한 의미에선 잘못이다. 'Commedia(희극)'는 'Tragedia(비극)'에 상반되는 말이다. 아무튼 이것은 「신곡」으로 통칭된다. 원래 「신곡」은 'Commedia'라고만 했으나, 보카치오가 후에 그 앞에 신적(神的)이란 뜻의 형용사 'Divina'를 붙였다고 한다.

[27] **위로 거슬러 올라오는 것** 괴물 게리온.

제17곡

 4월 9일 새벽. 아직도 제7원의 셋째 둘레에 머물러 있다. 괴물 게리온이 나타나자 베르길리우스가 소리 지르는 것으로부터 이 곡은 시작된다. "보라, 뾰족한 꼬리를 지닌 저 짐승을……." 플레제톤 강가의 바위 난간에 도착했을 때 베르길리우스는 그 짐승에게 절벽 가까이 오라고 신호를 보낸다. 그러자 게리온은 꼬리를 감추고 상체를 내민다. 그놈은 얼굴은 인간, 몸뚱이는 뱀의 살갗을 하고 다리엔 털이 복슬복슬 나 있는 괴물이다.

그 짐승 곁에 도달했을 때 단테는 조금 떨어진 곳에서 고리대금업자들의 영혼을 발견한다. 단테는 베르길리우스로부터 그들과 잠시 동안 대화하도록 허락받는다. 한편 베르길리우스는 게리온에게 자기들을 다른 원으로 데려가 줄 것을 당부한다. 단테는 혼자서 고통스러워 통곡하며 불비와 모래의 열기로부터 자신을 방어하기 위해 손을 휘젓는 망령들 곁으로 간다. 망령들은 마치 개들이 여름에 파리나 벼룩에 물려 코와 발을 흔드는 것과 흡사한 고통을 당하고 있다. 단테는 그들의 얼굴에 시선을 두지만 아무도 알아볼 수 없다. 대신 그들이 목에 주머니를 매달고 있는 것을 본다. 노랗고 빨갛고 하얀 주머니들을. 그중에서 하얀 주머니를 단 돼지 같은 자가 단테에게 "이 구렁 속에서 무얼 하느냐?"고 질문한 후에 곧이어 비탈리아노가 단테 왼편으로 올 것이라고 말해 준다. 그의 말에 의하면, "이 피렌체인들 가운데 나만 파도바 사람인데 가끔 그들은 내 고막을 찢을 듯 소리친다. 주둥이 셋 있는 주머니를 가져 올 뛰어난 기사여, 오시라!" 이 기사는 기만하는 무리들의 왕자인 지오반니 부이아몬테다. 단테는 길잡이가 서두르라고 말했기에 이를 거역할까 두려워 서둘러 그에게 돌아간다.

어느덧 베르길리우스는 게리온의 잔등이에 올라 단테로 하여금 자기 앞에 올라타도록 한다. 단테는 부들부들 떨고 있다. 베르길리우스는 게리온에게 살아 있는 사람이 탔으니 느릿느릿 조심스럽게 움직이라고 말한다.

베르길리우스의 명령으로 게리온은 날개를 조심스레 흔들며 내려간다. 스치는 공기로 보아 천천히 내려가는 것을 알지만 두려운 생각이 단테의 뇌리에 자꾸 떠오른다. 드디어 게리온은 두 시인을 바닥에 내려놓는다. 플레제톤 강물 소리를 들으며, 낭떠러지의 불꽃을 보고 애달프게 신음하는 소리를 들으며 오싹오싹 놀라는 단테. 그는 안내자를 따라 점차 제8원의 세계로 향하고 있다.

이 곡은 수사학적 기교가 넘쳐흐르는 대비가 어느 곡에서보다 풍부하다. 이 대비는 치장에 그치지 않고 오히려 깊은 의미를 지니고 있다.

> "보라, 독 있는 꼬리를 지닌 짐승[1]을,
> 그놈은 산을 넘고 성벽과 무기를 부순다.
> 3   보라, 온 세상에 고얀 냄새를 풍기는 저놈을!"

---

[1] **짐승** 게리온(Geryon)을 말한다. 단테는 얼굴은 사람, 발은 사자, 나머지 부분은 뱀의 모양을 한 괴물이며, 독 있는 꼬리를 가지고 있고 두 날개로 하늘을 날아다니는 기만의 상징으로 보았다. 그리스 신화에 나오는 인물로 헤라클레스에 의해 피살당했다.

나의 길잡이께서 이처럼 내게 말한 후

그놈에게 눈짓해 대리석 강둑² 끄트머리에

6   위치한 언덕배기로 그놈을 오라 했다.

그러자 저 더러운 기만의 모습이 와서

머리와 가슴패기를 언덕 위에 걸쳤으나

9   꼬리는 끌어당기지 않았다.

그의 얼굴은 틀림없는 사람의 얼굴이었는데

겉은 의젓한 사람의 살갗이지만

12   잔등이는 온통 뱀의 그것을 지녔다.

앞발 두 개는 겨드랑이까지 털이 돋친 채

등과 가슴과 양쪽 옆구리엔

15   매듭과 작은 동그라미³가 그려져 있었는데,

타타르 사람과 터키 사람⁴들이 짜는 베도

그만한 색채가 없고 그만큼 올이 곱지 못하며

18   아라크네⁵도 그런 베를 짜내지 못했으리라.

마치 때때로 나룻배들이 강가를 따라서

일부는 물속에 더러는 뭍에 있는 것처럼

21   또 마치 저쪽의 먹성 좋은 독일인⁶ 가운데

물개가 싸우려고 앉아 있는 것처럼

그 나쁜 짐승도 모래가 쌓인

24   바위 강둑 가장자리에 서 있었다.

---

² **강둑** 시인들이 있는 플레제톤 강의 둑을 말한다.

³ **매듭과 작은 동그라미** 아마도 사기꾼이 제 목적을 달성하는 데 사용하는 도구인 듯하다.

⁴ **타타르(Tatar) 사람과 터키(Turkey) 사람** 중세 유럽에 비단을 수출하여 명성을 날렸던 두 나라 사람들.

⁵ **아라크네(Arachne)** 리디아의 처녀로, 길쌈을 잘하며 미네르바 여신과 재주를 겨루다 죽어 거미가 되었다는 신화 속 인물이다.

⁶ **먹성 좋은 독일인** 여기서 독일인이라 하면 게르만 족과 켈트 족, 즉 북유럽 사람을 가리킨다. 독일인은 잘 마시고 잘 먹는다는 속담에서 나온 말이다.

그놈은 전갈의 꼬리처럼 해로운 작살로

무장한 그 꼬리를 허공에

27 날름거리며 비틀어 댔다.[7]

길잡이가 말하길, "이제 우리가 가는

방향을 바꿔 저 나쁜 짐승이

30 자빠져 있는 데까지 가는 것이 좋겠다."

그러므로 우리는 오른쪽[8]으로 내려와서

모래와 불꽃을 피하기 위해

33 길가로 열 발자국 걸어갔다.

그 무서운 괴물에게 우리가 다다랐을 때

저 모래 위 너머 텅 빈 구렁

36 가까이에 사람들[9]이 앉아 있는 것이 보였다.

이에 나의 스승은, "이 둘레에서 얻은

경험을 완전히 네 몸에 지니고 가려거든

39 너는 가서 그들의 상황을 살펴보아라.

그곳에서 너의 이야기는 짧아야 하니

네가 돌아올 동안 난 이놈과 같이 얘기해

42 이놈의 강인한 어깨를 빌리도록 하리라."

그리하여 나는 홀로 일곱 번째 원의

끄트머리 가장자리를 더 걸어갔는데

45 그곳에 고통당하는 사람들이 앉아 있었다.

그들의 고통은 눈물 되어 솟아나고

때로는 수증기를, 때로는 뜨거운 흙을 피해

---

[7] **물개가~** 물개와 전갈, 둘 다 사나운 짐승(게리온)을 비유한 표현이다. 특히 전갈의 비유는 「요한의 묵시록」, 9장 10절에서 볼 수 있다. "그것들은 전갈의 꼬리와 같은 꼬리를 가졌으며, 그 꼬리에는 가시가 돋쳐 있습니다."

[8] **오른쪽** 본문에는 'a la destra mammella'(오른쪽 젖통 쪽으로)라 되어 있다. 「지옥편」 제12곡 97행 참고.

[9] **사람들** 돈놀이꾼들. 그들은 앉아서 금리를 받아먹으므로 죽어서 지옥에 떨어져서도 언제나 앉아 있다.

48 손을 내저으며 여기저기로 피하더라.

그것은 마치 여름날에 개들이 주둥이와

발목을 벼룩이나 파리나 빈대에게

51 물릴 때와 조금도 다름이 없었다.

그러고 나서 고통스런 불길이 저들 위에 떨어지는데

나 눈을 주어 그들 몇을 바라보았지만

54 아무도 알아보지 못했다. 그러나 나는

누구의 목에나 주머니[10]가 매달려 있고

각기 색깔과 형체가 분명한 것을 보았는데

57 그로 해서 마치 그들의 눈이 힘을 얻은 듯하였다.

내 그들 사이로 돌아보며 갈 적에

노랑 주머니[11] 위에 하늘빛

60 사자 한 마리의 몰골과 형체를 보았다.

그러고 나서 나의 눈길을 돌려

피처럼 붉은 또 다른 놈을 보았는데

63 그놈은 버터보다도 더 하얀 거위[12]의 모습이었다.

또 하얀 주머니에 파랗고 살찐

암퇘지[13]의 모습을 새긴 놈 하나가 내게 말하길,

66 "너는 이 구렁에서 무얼 하고 있느냐?

이제 그만 가렸다. 너 아직 살아 있으니

나의 이웃 비탈리아노[14]가 여기 내 왼편에[15]

---

[10] **주머니** 문장을 새긴 돈주머니를 말한다. 고리대금업자들이 살았을 때 주머니를 갖고 있던 것과 마찬가지로 지옥에서도 그렇게 하고 있다.

[11] **노랑 주머니** 구엘프 당의 잔필리아치 집안의 문장.

[12] **하얀 거위** 기벨린 당의 오브리아키 집안의 문장. 잔필리아치 집안과 오브리아키 집안은 서로 반목하고 지냈다고 한다.

[13] **암퇘지** 파도바 지방의 스크로베니 집안의 문장.

[14] **비탈리아노(Vitaliano del Dente)** 옛 주석가들은 이를 파도바의 부자이며 대신이었던 '비탈리아노 델 덴테'라 해석했으나, 현대에 와선 사나운 마음을 가진 고리대금업자 '비탈리아노 야코포'라고 보고 있다.

69   앉게 되리라는 걸 알아둘지어다.
      나는 이 피렌체인들과 함께 있는 파도바인,
      저들은 가끔 나의 고막이 터지도록

72   소리 지른다. '주둥이 셋 달린 주머니를
      가져올 지엄하신 기사여,[16] 오십시오' 라고."
      그는 여기서 입을 삐죽거리며 코를 핥는

75   황소처럼 혓바닥을 밖으로 내밀었다.
      나는 오래 머물러 있는 것이
      나를 타이른 스승께 근심을 끼칠까 두려워

78   지쳐 쓰러진 영혼들을 뒤로 하고 돌아섰다.
      나는 스승이 벌써 사나운 짐승[17]의 등에
      올라탄 모습을 보았는데, 그는 나에게

81   말하길, "이제 굳세고 대담하라.
      우리는 이런 사닥다리를 타고 내려가야 하니,[18]
      앞에 타거라. 내 가운데에 있는 것은

84   꼬리가 너를 해치지 못하게 할 의도다."
      마치 오싹한 학질에 걸린 사람이
      손톱이 시퍼렇게 멍들 정도가 되면

87   그늘만 보아도 오들오들 떠는 것처럼
      그 말씀에 나도 그렇게 떨었지만,
      어진 주인 앞에서 강해지는 하인처럼

---

[15] **왼편에** 왼편에 있다는 것은 죄가 더 무거움을 말한다. 서양에서는 왼쪽을 싫어하는 경향이 있다. 그래서 왼쪽을 'sinistro' 라고 한다.

[16] **지엄하신 기사여** 지엄하다는 말은 비꼬기 위한 일종의 반어법이다. 이 기사는 지오반니 부이아몬테인데 그는 피렌체의 유명한 고리대금업자였다. 그의 문장은 세 개의 독수리 부리였다고 전한다.

[17] **사나운 짐승** 괴물 게리온을 말한다.

[18] 지금부터는 이상하고 무서운 방법으로 내려간다는 의미다. 제8원에서 제9원으로 내려갈 때는 거인 안타이오스에 의해서, 코치토스의 표면에서 지옥 심연으로는 갈 때에는 루시페르의 털투성이 몸체에 의지해 내려간다는 말이다.

90   그분의 말씀에 나 부끄러워 더욱 용감해졌다.

나는 그 괴물의 어깨에 올라탔다.

내 믿었던 대로 스승께, "날 껴안아 주오"라고

93   말하고 싶었으나 소리가 나오지 않았다.

그러자 다른 때에도 공포에서 구해 주셨던

그분이 내가 올라타자마자 두 팔로

96   나를 껴안아 지탱해 주며 말하길,

"게리온아. 자, 이제 바퀴는 느슨하게,

내리막은 천천히 움직여라.

99   네가 지고 있는 짐이 유별난 짐[19]임을 생각하라."

마치 나룻배가 자리를 나와 뒤로 뒤로

가는 것처럼 게리온이 그곳에서 떠났는데

102 그놈이 제멋대로 움직일 수 있을 즈음

가슴이 있던 곳으로 꼬리를 돌려서

뱀장어처럼 이것을 쭉 펴고 흔들며

105 앞발로 공기를 움켜 모았다.

하늘이 지금 보이는 것처럼 무너지도록

파에톤[20]이 고삐를 내동댕이쳤을 때나

108 가엾은 이카로스[21]가 녹는 초로 인해

날개가 겨드랑이에서 뚝 떨어져 나가니

그의 아비가 "너 못된 길을 택했다!"라고

111 고함치는 것을 들었던 때라 해도,

[19] **유별난 짐** 'nova'란 새롭다는 뜻과 다르다는 뜻을 지닌 형용사인데, 여기서는 후자의 뜻이다. 살아 있는 짐이
므로 다른, 즉 유별난 짐이라는 뜻이다.
[20] **파에톤(Phaeton)** 태양신 솔의 아들. 하루는 태양신을 대신하여 태양의 화차를 몰았다. 말이 제 궤도를 벗어나
지구로 내달리는 위기에 처하자 이를 본 유피테르가 번개를 쳐 그를 죽였다.
[21] **이카로스(ikaros)** 다이달로스의 아들. 다이달로스가 만든 날개를 붙이고 크레타 섬을 떠나던 이카로스는 아버
지의 명을 어기고 너무 높이 날다가 뜨거운 태양열에 의해 날개를 붙인 초가 녹아 바다에 빠져 죽었다.

내가 사방의 허공에 홀로 있으며

그 짐승만 제외하곤 모든 것이 사라지던 때

114 내가 본 것보다 더 큰 두려움은 아니었을 것이다.

그놈은 느릿느릿 헤엄치며 갔는데

빙그르르 돌면서 내려가니 내 얼굴에 스치는

117 밑에서 불어오는 바람만을 느낄 수 있었다.

벌써 우리 아래의 오른쪽에서 늪이

무시무시하게 흐르는 소리가 들렸기에

120 눈을 아래로 뜨고 머리를 내밀었다.

그때 불꽃을 보고 고통 소리를 들었기에

나는 부들부들 떨면서 움츠러들 만큼

123 떨어질까 무서워했다.

사방에서 커다란 고통들이 가까이

다가오는데 나는 이전에 보지 못했던

126 내리막과 소용돌이를 그때에야 보았다.

무척이나 오랫동안 날개를 펴고 있던 매가

주인이 부르는 신호도 못 보고, 새 한 마리도 못 본 채

129 주인으로 하여금 "아! 내리는구나"라고 소리치게 하며

잽싸게 떠났던 그 자리를 백 번쯤 돌고서

지친 채로 내려와서는 분하고 울화가 치밀어

132 주인으로부터 멀리멀리 떠나 버리는 것처럼

게리온도 우리를 뾰족뾰족한 바위 밑의

바닥에 내동댕이쳤다.

135 그리고는 우리들의 몸체를 내려놓은 후

시위를 떠난 화살처럼 쏜살같이 달아났다.

제18곡

 4월 9일 새벽, 두 시인은 말레볼제(Malebolge)라 일컫는 제8원의 세계에 들어간다. 이곳은 온통 돌로 되어 있으며 녹슨 쇠처럼 누르스름한 색채를 띠고 있다. 복판에는 넓고 깊은 웅덩이가 있고 그 주위를 둘러싼 바위로 된 벽과 웅덩이 사이에는 주머니처럼 생긴 열 개의 굴이 있다. 이것들은 마치 중세에 적을 방어하기 위해 성벽 주위에 파 놓은 웅덩이와 비슷하다.

게리온의 등에서 내린 두 시인은 왼편을 향해 걸으며 첫째 굴속에 있는 죄인들을 본다. 그들은 발가벗은 채 두 무리로 나뉘어 서로 반대 방향으로 걸어가고 있다. 이들의 모습은 마치 성년에 순례자들이 밀어닥쳐 로마의 '성천사의 다리'에서 베드로 대성당을 향해 가는 사람과 나오는 사람이 서로 마주 보고 걷는 것과 비슷하다. 첫째 무리는 타인 즉 포주들 때문에 죄를 범한 유혹자들인데 굴을 도는 동안 미친 마귀들로부터 어깨에 가혹한 고통을 받는다.

이들 속에서 단테는 전에 본 듯한 사람을 발견한다. 그는 고개를 숙이며 숨으려 하지만 소용없는 일이다. 그는 베네디코 카치아네미코다. 자기의 정체가 드러난 것을 알고, 그는 자신이 오피초 다 에스티 후작의 욕망을 채워 주기 위해 기솔라벨라를 유혹했던 장본인임을 고백한다. 또한 자기만 이런 죄를 지은 것은 아니라는 것을 강조하려는 듯 그곳엔 볼로냐인들(심지어는 그때 그곳에 살지 않은 사람들도)이 가득 차 있다는 걸 덧붙인다. 한편 그가 이렇게 말하고 있는 동안 마귀 하나가 그를 후려치며 노발대발한다. 시인들은 다시 걸음을 재촉한다. 몇 발자국 지난 후에 또 한 무리의 유혹자들을 보게 된다. 베르길리우스는 마귀들에게 시달리는 영혼들 틈에서 아주 큰 망령을 지적한다. 그는 곧 렘노스(Lemnos) 왕의 딸 힙시필레를 유혹한 정복자 이아손이다.

단테와 베르길리우스는 첫째 다리가 끝나고 둘째 다리가 시작되는 지점에 다다랐는데 그곳에서 둘째 굴의 저주받은 영혼들이 괴로워하는 모습을 본다. 이 굴의 가장자리에서 어찌나 독한 냄새가 솟구치는지 그들은 시력과 후각을 잃을 정도가 된다. 그곳에서 단테는 세상에서 아첨하다 죄지은 영혼들을 만나게 된다. 이들 중에서 알레시오 인테르미네이를 알아본다. 그리고 타이데라는 창부가 소개된다.

이곳 제8원의 세계는 열 개의 굴로 나뉘어져 있는데 첫째 굴에는 유혹자들의 영혼이 마귀들의 질책을 받으며 벌거벗은 채 달리도록 강요받고 있으며, 둘째 굴에는 아첨꾼들의 영혼이 배설물 속에 잠겨 있다. 유혹자들은 살았을 때 치욕적인 죄를 범했기 때문에 지금 이처럼 치욕을 느끼게 되어 있고, 아첨자들은 정신적으로 큰 죄를 지었기 때문에 지금은 이처럼 더러운 배설물 속에서 괴로워하고 있다. 이 곡에도 역시 그리스 로마 신화에서 유래된 인물들이 많이 소개된다.

지옥에 말레볼제[1] 라 부르는

곳이 있는데, 구렁을 빙그르 둘러싼 것처럼

3 무쇠 빛의 바위로 온통 둘려 있다.

사악한 벌판 바로 한가운데

아주 넓고 깊은 웅덩이[2] 하나가 요동친다.

6 나 그 모양새에 대해선 제자리[3]에서 말하리.

웅덩이와 높고 험한 벼랑 사이에

남겨진 저 테두리는 둥그런데

9 바닥엔 열 개의 고랑을 지니고 있다.[4]

성벽을 보호하기 위해 하고많은

못(池)들이 성을 둘러싸고 있는 것처럼

12 내가 서 있는 곳 또한

그러한 모양새를 지니고 있구나.

또한 그러한 요새에는 성문 입구에서부터

15 바깥 언덕까지 작은 다리들이 놓여 있듯

바위 밑바닥에서 돌다리들[5]이 뻗어 나가

언덕과 못을 건너 웅덩이에 이르러서야

18 끊어져서 한 곳에 모이었다.

바로 이곳에 이르러 우리는 게리온의 등에서

떨려 내려졌다. 시인께서

21 왼쪽으로 갔기에 나는 뒤따라 움직였다.

---

[1] **말레볼제** 'male' 와 'bolgia' 를 결합하여 만든 말이다. 'male' 는 '나쁘다', '사악하다' 라는 뜻이고 'bolgia' 는 '주머니', '부대' 란 뜻이다. 나는 'bolgia' (bolge는 복수 형태)를 굴로 번역했다. 이것은 제8원의 세계를 가리키는데, 제8원은 열 개의 둥그런 굴로 되어 있다. 여기에는 사기꾼 혹은 기만으로 인해 죄를 지은 자들이 벌받고 있다.

[2] **아주 넓고 깊은 웅덩이** 제9원의 세계를 가리킨다.

[3] **제 자리** 제9원에 대해 얘기할 장소.

[4] 제7원과 제8원 사이의 둥그런 테두리를 이루는 절벽으로서, 거기엔 열 개의 주머니 같은 굴이 있다.

[5] **돌다리돌** 암층이 절벽에서 솟아 나와 열 개의 골짜기를 이어 주는 다리 구실을 한다. 그리하여 시인은 이 다리들을 건너가게 된다. 또 수많은 다리들이 중앙(제9원)으로 연결되어 있어 마치 차바퀴 같다.

오른쪽 굴에서 나는 색다른 연민, 유별난 고통,

그리고 낯선 무리의 낙담자들을 보았는데,

24   첫 번째 굴[6]은 그들로 가득 차 있었다.

밑바닥에는 벌거벗은 죄인들이 있는데,

한복판에서 이쪽으로는 우리를 향해 오는 놈들이고

27   저쪽에는 우리와 같은 방향으로 잽싸게 가는 놈들이었다.

이것은 마치 성년[7]에 군중이 너무 많아

로마 사람들이 그들을 다리 위로

30   지나가도록 배려했기에

한쪽에는 모두가 이마를 성[8] 쪽으로

돌려 성 베드로 성당[9]으로 가고

33   다른 쪽에는 산[10] 쪽으로 가는 것과 같았다.

이쪽저쪽의 무쇠 빛 바위 위에

커다란 채찍을 든 뿔난 마귀[11]를 보았는데

---

[6] **첫 번째 굴** 첫 번째 주머니, 즉 볼지아(bolgia)를 말한다. 사페뇨 교수에 의하면 이 볼지아란 '부대' 또는 '주머니'라는 뜻이다. 그러나 벼랑에 있는 것이니까 아무래도 '굴'이라고 번역하는 것이 타당할 것 같다. 단테 연구의 최고 업적을 쌓은 바르비(Barbi)의 해설에서는 이 'bolgia'에 처해 있는 죄인들을 구별 지어 놓았다. 첫째 굴-유혹자들, 둘째 굴-아첨자들, 셋째 굴-고성죄를 범한 자, 혹은 성직이나 성물을 팔아넘긴 자들, 넷째-점장이들, 다섯째-도박꾼들, 여섯째-위선자들, 일곱째-도둑들, 여덟째-사악한 집결관들, 아홉째-스캔들을 뿌리는 자들, 열 번째-위조 지폐업자와 연금술사들.

[7] **성년** 'Jubilaeum' 환희라는 말에서 유래되었다. 인류를 구원하고 하느님의 성덕을 기리기 위해 대사면을 내리는 거룩한 해(Annus Sanctus)다. 1300년 보니파키우스 8세가 맨 처음 법적으로 이를 제정했는데 백 년마다 '성년'을 두기로 했다. 당시에는 전 유럽의 사람들, 심지어는 아시아의 여러 나라에서도 은총을 입으려 로마에 집결했다고 한다. 그 뒤 50년에 한 번씩, 오늘날에는 25년에 한 번씩 성년을 기념하고 있다. 다음 성년은 2025년이다. 이 성년의 종교적 · 사회적 · 역사적 의의는 지대한데, 유럽 여러 나라들 간의 불목을 신앙의 힘으로 해소시키는 데에도 공헌했다.

[8] **성** 'Castel Sant' Angelo(성聖 천사의 성城)'. 아드리아노 황가(皇家)의 무덤으로 지었다. 그레고리우스 교황(508~614) 시대에 로마에 전염병이 유행했다. 교황이 그 퇴치를 위해 기도드리다 잠이 들었는데 칼을 든 천사장 미가엘이 꿈에 나타났다. 그래서 십자가 대신 칼을 들고 있는 천사의 상을 만들었다는 고사가 있다. 오늘날에는 병기 박물관으로 사용되고 있으나 한때는 감옥으로도 이용했다. 푸치니의 오페라 「토스카」의 무대이기도 하다.

[9] **성 베드로 성당**(Basilica di San Pietro) 가톨릭교의 총 본산지이며 바티칸 교황청 안에 있다.

[10] **산** 천사의 다리에서 보아 오른편에 성 천사의 성이 있고 왼편엔 몬테지오르다노라는 작은 산이 있다. 그 사이에 성 베드로 성당이 있다.

36   그는 저들을 뒤에서 사납게 후려갈겼다.

        아! 첫 번째 매질에 저들은 얼마나 많이

        발바닥을 추켜올렸던가! 이미 누구 하나

39   두 번째나 세 번째의 매질을 기다릴 수 없었으니.

        내가 가는 도중 눈길이 어느 한 놈과

        부딪치자 나는 곧 말을 꺼내,

42   "이놈은 낯익은 모습이구나."

        내 그를 눈여겨보고자 발을 멈추었는데

        다정하신 길잡이도 나와 더불어 멈추고

45   조금 뒤처지는 것을 양해하셨다.

        그러자 매 맞은 놈이 얼굴을 숙이며

        자신을 감추려 했으나 그다지 소용없었으니

48   나는 말했다. "오, 땅바닥만 쏘아보고 있는 놈아,

        네가 지닌 몰골이 거짓이 아니라면

        네놈은 베네디코 카치아네미코[12]이니

51   무엇이 네놈을 이리도 괴로운 고통[13]으로 이끌었느냐?"

        그가 나에게, "마지못해 그걸 얘기하지만

        그대의 명료한 말투를 들으니

54   옛 세상 일이 솟구쳐 떠오르는구려.

        이 조잡한 이야기가 어떻게 들릴지 모르나

---

[11] **뿔난 마귀** 지금까지 많은 마귀들을 보았다. 그들은 모두 고대 신화에서 유래한 것들이었으나, 이제부터는 간간이 지옥 고유의 마귀가 나타나 죄인들에게 채찍을 가한다.

[12] **베네디코 카치아네미코(Benedico Caccianemico)** 1260년부터 1297년까지 볼로냐의 구엘프 당의 총수였다. 그는 아주 잔인하여 제 숙부를 죽일 정도였다. 단테는 여기부터 애정이 깃든 표현이나 존경하는 마음을 지옥의 망령들에게 나타내지 않는다.

[13] **이리도 괴로운 고통** 원본에는 "a sì pungenti salse"라 되어 있다. 'Salse'란 단테학자 바르비의 해설을 따르면 비유적 표현이다. 볼로냐에서 조금 떨어진 곳에 'Salse'란 계곡이 있는데, 그곳은 중죄인의 시체를 운반해 오고 또 경범죄인들에게 태형을 내리던 곳이다. 단테는 두 가지 효과를 노리고 이 말을 사용했다. 시인들은 사르트르가 그의 회고적 인터뷰에서 말한 것처럼 한 단어 속에 여러 의미를 담는다. 은유법을 즐기는 단테는 모든 단어들이 거의 다 그런 기능을 갖도록 했다는 평을 듣고 있다.

나는 기솔라벨라[14]를 유인해

57 　후작의 뜻을 들어 주게 한 자라오.

여기 울고 있는 사람 중 나 혼자만이 아니라

볼로냐인들로 가득가득 차 있는데,

60 　사베나와 레노 사이에 시파[15]를 배우는

혀도 이처럼 많지는 못할 정도라오.

이에 대한 믿음과 증거를 그대 원하거든

63 　우리의 인색한 가슴팍을 마음에 새겨 보시라."

이렇게 말하는 동안 마귀 하나가 회초리로

그를 후려치며 말했다. "꺼져라! 이놈의 뚜장이야!

66 　돈줄 당길 계집은 여기 없으니!"

나는 나의 보호자에게 다가섰는데,

몇 걸음 지난 후 우리가 이른 곳에

69 　언덕으로부터 돌다리 하나가 쑥 나와 있다.

우리는 손쉽게 돌다리에 올라

깔린 자갈 위를 돌아

72 　그 영겁의 원으로부터 떠났다.

매 맞은 자들이 지나갈 수 있게

다리가 열려진 곳에 우리가 다다랐을 때

75 　길잡이께서 말하길, "잠깐만 멈추고서

이 불행을 타고난 다른 놈들의 얼굴을

네게 돌리게 하라. 저들이 우리와 같은 방향으로 가기에

78 　저들의 몰골을 너 아직 보지 못했구나."

유서 깊은 다리에서 한 무리의 군중을 보았는데

---

[14] **기솔라벨라(Ghisolabella)** 베네디코의 누이.

[15] **사베나와 레노의 사이에 시파** 볼로냐의 동서를 흐르는 강을 말한다. 'Sipa'란 볼로냐의 사투리에서 'essere (이다)'란 동사의 3인칭 단수 현재다. 따라서 여기서의 뜻은 볼로냐 사투리 전체를 의미한다.

그들은 다른 편에서 우릴 향해 오면서

81 방금 전과 같이 회초리에 쫓기고 있었다.

나의 좋은 스승께선 내가 묻지도 않았는데

내게 이르길, "오고 있는 저 큰 놈을 보라.

84 아파도 눈물은 흘리지 않는구나.

그는 아직도 왕자의 모습을 지니고 있구나!

그자가 곧 용기와 지혜로써 콜키스인들의

87 황금 양가죽을 바닥나게 한 이아손이다.[16]

잔인함에 불타오른 여인들이 자기

사내들을 모조리 죽게 한 뒤에

90 저놈은 렘노스 섬으로 건너갔다.[17]

그곳에서 교태와 감언이설로 전에 다른 모든

여인들을 꾀어냈던 새악시

93 힙시필레[18]를 속였다.

또 아기 밴 그녀를 홀로 그곳에 버려두었는데

그 죄로 인해 저놈에게 벌을 내렸고

96 그로써 메데이아[19]의 원수도 갚았다.

무릇 이렇게 여자들을 꾀어낸 놈이 나와 같이 가기에

첫 계곡과 그 아가리에 물린 자들에 대해

99 그 정도 알았으면 충분할 것이다."

---

[16] **콜키스인들의~** 이아손(테살리아의 왕 이아손의 아들)이 황금 양가죽을 얻으려고 아르고나우테스 원정대를 조직하여 콜키스라는 흑해 동쪽으로 갔다는 고사를 참고.

[17] **잔인함에~** 베누스 여신이 렘노스 섬의 여자들이 자기를 숭앙하지 않자 화가 치밀어 모든 남자들로 하여금 그섬의 여인들을 멀리하도록 하니 여인들이 화가 나 모든 남자들을 죽였다. 그러나 왕은 그들의 살인 대상에서제외되었다.

[18] **힙시필레(Hypsipyle)** 렘노스의 토아스 왕의 딸. 이아손은 원정에서 돌아와 그녀를 아내로 삼겠다고 꾀어 그녀로 하여금 수태하도록 했다. 그러나 그는 결국 돌아오지 않았다. 그녀는 쌍둥이를 낳았다. 「연옥편」 제26곡 참고.

[19] **메데이아(Medeia)** 콜키스의 왕 아이에테스의 딸. 마술을 이용하여 이아손을 도와 황금 양가죽을 가질 수 있도록 해 주었으나 그로부터 버림받았다.

우리는 벌써 비좁은 길과 둘째

언덕이 서로서로 만나고, 거기에서 또 다른

102 아치문의 옆구리가 되는 자리로 왔다.

우리는 거기 다른 굴속에서

괴로워하며 코를 훌쩍거리는 무리들이

105 제 손바닥으로 제 몸을 치는 소리를 들었다.

밑에서 피어오르는 독기가 벼랑을 감싸고

곰팡이는 더덕더덕 싹터 올라서

108 눈과 코를 한사코 괴롭게 만들었다.

바닥이 어찌나 깊은지 다리가 솟아 있는

아치문의 꼭대기에 오르지 않고선

111 그것을 바라볼 수 없었다.

여기에 우리가 와서 저 아래 깊은 곳의

사람들을 내려다보니, 그들은 인간의 변소에서

114 가져온 똥물 속에 휘감겨 있었다.

그곳에서 저 아래로 눈을 뜨고 찾아보는 동안

속인인지 성직자인지 알 수 없는

117 사람 하나가 머리에 똥을 뒤집어쓴 것을 보았다.

그가 내게 소리 질러, "너 어찌하여

다른 더러운 놈들보다 나를 더 지켜보느냐?"

120 나 그에게, "내 기억이 옳다면,

바싹 마른 머리털을 가진 널 본 적이 있기 때문이다.

그렇다. 너는 루카의 알레시오 인테르미네이[20],

123 그래서 다른 모든 놈들보다 너를 더 보고 있다."

---

[20] **루카의 알레시오 인테르미네이** 루카(Lucca)는 이탈리아 중부 도시고, 알레시오 인테르미네이(Alessio Interminei)는 그 지방의 귀족이다.

이때 그는 제 머리통을 후려치면서 말했다.

"혓바닥이 지친 적이 없을 만큼 알랑거렸기에

126 나 여기 이 아래에 처박혀 있게 되었다."

곧이어 나의 길잡이는 내게 말했다.

"눈길을 더 앞으로 주라. 얼굴을 내밀어라.

129 저 지저분하게 머리칼 풀어헤친 채

똥 묻은 손톱으로 몸을 긁적거리다

일순간에 웅크렸다 섰다 하는

132 저 계집의 꼬락서니를 봐라.

저것이 곧 타이데[21], 제 연인이

'내 그대의 마음에 무척 드나요?' 라 물을 때

135 '들다 뿐인가요? 기가 막히네요' 라고 대답한 창녀란다.

이제 우리의 눈을 이것으로 충족시키자꾸나."

---

[21] **타이데(Taide)** 테렌티우스의 「환관(Eunuchus)」에 나오는 타이스라는 인물. 이 희극의 제3막 제1장에 트라소네 가 냐토네를 시켜 노예 하나를 자기 정부에게 보내고서 정부가 감사하는 마음을 어떻게 표하더냐고 물었더니 그녀가 매우 감사하고 있다고 전했다는 이야기를 키케로의 「우정론」에서 인용한 것으로 추정된다.

| 제19곡 |

4월 9일 성 토요일, 아침 6시경이다. 두 시인은 제8원의 셋째 굴에 와 있다. 이곳엔 성직이나 성물을 매매한 자들이 벌받고 있다. 단테는 마술사 시몬과 그의 추종자들이 성물을 매매한 데 대해 심한 질책을 한다. 굴의 옆과 바닥엔 한결같이 똑같은 크기의 둥근 구멍들이 가득한데 이것들은 피렌체의 성 요한 성당(바티스테로)에 있는 작은 샘들과 비슷하다. 바티스테로의 샘에 영세 받을 아기들이 담기는데 언젠가 단테는 그곳에 빠져 죽을 뻔한 어린이를 구해 준 일이 있다.

이곳에 있는 구멍 속엔 발을 밖으로 내놓은 채 거꾸로 처박힌 망령이 있는데 그의 발바닥은 불에 그슬려 있다.

단테는 그 가운데에서 유독 한 놈이 발로 유난히 요동치는 것을 보고 베르길리우스에게 그놈이 누구냐고 묻는다. 그러자 스승은 그에게 직접 이야기하라며 좀 더 아래로 내려가 볼 것을 제안한다. 그들은 넷째 언덕으로 간다. 베르길리우스는 단테를 부축하며 왼쪽으로 돌아 그 굴의 바닥까지 내려가 그놈이 처박힌 구멍에 이른다. 단테는 그에게 누구냐고 묻는다. 그는 단테가 자기 자리를 차지하러 온 보니파키우스 8세인 줄 알고, 왜 그가 벌써 죽었는지 의아해한다. 그가 보니파키우스가 교회에 대해 사악한 일을 한 점과 탐욕을 비난하자 시인은 자신은 그가 아니라고 밝힌다. 그러자 그자는 발을 비비 꼬면서 한숨을 내뱉은 후 자기는 살았을 때 조카들을 위해 돈을 긁어모았기에 지금은 지옥의 구렁 속에 있는 니콜라우스 3세라고 밝힌다. 그는 덧붙이길 자기 밑에 고성죄를 지은 교황들이 있는데 후에 보니파키우스 8세가 도착하면 자기도 아래로 떨어지며 또 시간이 흘러 인간의 율법과 신의 법을 모조리 파괴한 클레멘스 5세가 오면 보니파키우스도 자리를 비켜 주게 될 것이라고 말한다. 그는 다른 또 하나의 야손이 될 것이고 그와 더불어 프랑스의 왕 필리프가 있으리라고 한다.

니콜라우스 3세의 말을 듣고 분노를 참지 못한 단테는 고성죄를 범한 교황들을 신랄히 비난하면서 예수께서 베드로에게 천국의 열쇠를 줄 때 돈을 요구하지 않았으며, 단지 자신을 따르라고만 했던 사실과 유다 대신에 마티아가 선출될 적에 베드로나 그의 다른 제자들이 아무것도 그에게 요구하지 않은 것을 회상한다. 그리고 「요한의 묵시록」에 계시된 요한의 말씀을 들면서 교황들의 탐욕이 세상의 인정을 파멸로 이끈 때가 많았다고 생각한다.

단테의 말을 들으면서 니콜라우스는 분통이 터질 듯해 시인들에게 강력히 대든다. 그러나 베르길리우스는 단테를 편안히 이끌어 넷째 굴로 들어간다. 이 곡은 종교적 · 윤리적 감정을 짙게 드러내고 있다.

오, 마술사 시몬[1]이여. 오, 측은한 추종자들이여.
마땅히 덕성의 반려자가 되어야 할

---

[1] **마술사 시몬(Simon)** 사마리아의 마술사로서, 그는 예수의 제자들이 성신의 힘으로 기적 같은 일을 하는 것을 보고 그 능력을 돈으로 사려 했다. 이로부터 성직이나 성물을 매매하여 죄를 짓는 것을 가리켜 '시모니아(Simonia)' 즉 '고성죄'라 이른다. 「사도행전」 8장 9절 이하 참고.

3   하느님의 물건들을 금과 은 때문에

       네놈들이 더럽히고 말았으니

       셋째 굴에 이르게 된 네놈들을 향하여

6   이제 나팔 소리[2] 울려 마땅한 일이로다.

       우리는 벌써 구렁 한복판에

       솟아 있는 돌다리에 올라

9   다음의 무덤에 이르렀다.

       오, 높으신 지혜여.[3] 하늘과 땅에, 사악한 세상에

       나타내시는 그 재주야말로 얼마나 크고

12   그대의 힘을 얼마나 정당하게 베푸시는지!

       가장자리와 바닥에 모두가 한결같은 크기의

       어느 것이나 구멍이 뚫려 있는

15   회검은 돌덩이가 가득한 것을 보았다.

       이것들은 나의 아름다운 성 요한 성당[4]에

       영세 받는 이들을 위한 장소로 만든

18   것들보다 크지도 않고 작지도 않게 보였다.

       몇 해 전 그 속에 빠졌던 어린아이를 건지려

       내가 구멍 하나를 부순 일이 있다.

21   나의 이 말을 모두가 명심했으면 한다.[5]

       구멍마다 주둥아리 밖으로 어느 한 죄인의

       발과 정강이 그리고 넓적다리가 솟아나 있고

[2] **나팔 소리** 중세 법정에서는 재판관의 판결을 나팔로 알렸다고 한다.

[3] **높으신 지혜여** 하느님.

[4] **나의 아름다운 성 요한 성당** 피렌체에 있는 성 요한 성당. 여기에 있는 영세를 받는 제단이 유명하다. 당시에는 요한의 축일인 6월 14일에 많은 어린이들이 영세를 받았다. 오늘날 피렌체 대성당 바로 앞에 있는 이곳을 찾는 관광객이 많은데, 이는 성당 자체의 종교성·예술성도 있지만 성당의 문, 즉 천국의 문(기베르티 작)에 새겨진 조각 때문일 것이다. 단테 자신도 이 성당에서 영세를 받았다. 그가 살던 집은 이곳에서 걸어서 5분 거리에 있다.

[5] 단테가 어린이를 구했다는 사실을 오래도록 사람들이 기억해 주기를 바라는 표현이다. 비록 성물을 파괴했으나 다른 욕망 때문이 아니라 의로운 일을 위해서였다는 것으로, 일종의 자기변명이다.

24　다른 부분은 그 안에 있었다.

그놈들의 발바닥은 온통 불이 붙어

오금을 저리도 맹렬히 요동치니

27　노끈이나 밧줄을 끊을 수 있을 만했다.

마치 기름기 있는 물건이 불에 탈 때 내는 불꽃이

항상 밖으로 또 위로 펄럭거리듯

30　그곳의 발꿈치부터 발끝까지 그러했다.

내 말을 꺼내, "스승이여, 저기 저자는 누구길래

자기의 다른 동료들보다 더 펄럭이며

33　아파하고 훨씬 시뻘건 불꽃에 빨려드는지요?"

그러자 그가 내게, "내 너를 데리고서

보다 낮은 저 언덕을 따라 내려간다면

36　너는 그에게서 그의 이름과 허물을 알리라."

나는, "그대가 좋으시다면 저는 기꺼이 따르지요.

그대는 저의 주인이시고 제가 말하지 않은 것도

39　꿰뚫고 계시니 저는 그대의 뜻에서 벗어나지 않으렵니다."

바로 그 무렵 우리는 넷째 언덕 위에 다다랐는데,

왼편으로 돌아 작은 구멍이 많은

42　비좁은 바닥 안으로 내려온 것이다.

어지신 스승은 다리를 흔들며 울고 있는

자의 구멍에 이르도록 나를

45　그의 허리에서 놓아 주지 않았다.

나는 말을 꺼내어, "오, 말뚝처럼 박혀

곤두박질하고 있는 네가 누구인지,

48　슬픈 영혼아, 말을 해 보아라."

나는 마치 저 사악한 살인자가

구렁에 처박힌 이후에도 죽음을 늦추고자

51 제 죄를 고백하기 위해 불러 세운 사제처럼 서 있었다.

그는 소리 높여, "너 벌써 거기 와 서 있느냐?

보니파키우스⁶야, 너 벌써 거기 와 서 있느냐?

54 기록이 나를 몇 해 속이고 말았구나.⁷

너는 그리도 빨리 재물 소유에 신물이 났는가?

그 때문에 너는 예쁜 아가씨를 속여 빼앗고

57 탑⁸을 무서워 않고 나중에는 푸대접했지?"

나는 그의 말대답을 알아차리지 못하고

비웃음을 받아도 대꾸할 줄 모르는 듯

60 거의 혼이 나간 사람처럼 서 있었다.

그때 베르길리우스가 말하시길, "빨리 저놈에게

'나는 네가 넘겨짚은 자가 아니다' 라고 일러라."

63 나는 그분의 말대로 그에게 대답했다.

그 영혼은 두 발을 온통 비틀어 대며

한숨 쉬며 울음 섞인 목소리로 나에게 말했다.

66 "그러면 그대 내게 무엇을 요구하는가?

내가 누구인 것이 그대에게 그토록 관심거리여서

제방을 따라 달려온 것이라면

69 내 커다란 망토⁹를 입던 자였음을 알아 다오.

---

⁶ **보니파키우스(Bonifatius)** 보니파키우스 8세는 1294년부터 1303년까지 재위했던 교황. 카에타 집안 출신으로, 야망이 크고 학식과 경험이 많은 법률가이자 정치가였다. 교권의 안전과 신장을 위하여 강한 의지를 보여 그를 비난하는 적들을 많이 갖게 되었다. 그는 시칠리아의 페데리코 3세의 궁정 일에도 깊이 간여했고 피렌체의 정치에도 그러했다. 피렌체의 구엘프 당이 비앙키 파·네리 파로 나뉘어 서로 치열하게 싸우자 이를 조정하기 위하여 악과스팔타와 샤를 드 블르와를 연이어 보냈으나 조정은커녕 오히려 악화 상태로 몰고 갔다. 이로 인해 피해를 본 것은 비앙키 파였다. 단테도 이에 속했던지라 자신을 비참한 운명에 이르게 한 자가 곧 보니파키우스 8세라 보는 것이다.

⁷ 미래를 예언한 기록. 보니파키우스는 그 당시로부터 3년 후에 죽었기에, 잘못 본 것임을 나중에 알게 된다.

⁸ **예쁜~** 예쁜 아가씨와 탑은 모두 교회를 말한다. 전자는 교황이나 성직자는 교회와 결혼한다는 일반적인 표현에서 나온 말이다.

⁹ **커다란 망토** 교황의 법의.

또 나는 진정 암곰의 아들[10]이었으며

새끼 곰들의 번영을 위해 저 위 세상에선

72   재물을, 여기에선 나 자신을 포대 속에 처박았음을.

내 머리 밑 저 아래에 다른 놈들이

나보다 앞서 고성죄를 범해

75   바위 틈바구니에 깔려 있다.

내 아까 갑작스런 질문을 하여

네가 그인 줄 알았던 놈이 올 때엔

78   나도 저 아래로 떨어질 것이다.

내 발이 이미 불에 타고 이렇게 거꾸로

곤두박질하고 있는 시간은 그놈이

81   벌건 발로 서 있을 시간보다 더 오래일 텐데

이는 그놈 다음에 서방으로부터

법도 모르고[11] 행실이 나쁜 것이 그놈과 나를

84   합치고도 남을 목자 하나가 오기 때문이다.

그는 마카베오에서 읽을 수 있는 또 하나

다른 야손[12]이려니, 그에게 왕께서 자상하신 것처럼

87   프랑스를 다스리는 자도 그러할 것이다."

내 여기서 그에게 아래와 같이 대답한 것이

---

10 **진정 암곰의 아들** 니콜라우스 3세를 말한다. 그는 오르시니 집안 출신인데 그의 가문의 문장은 암곰(Orsa)이 었다. 그가 교황에 재위하고 있을 무렵(1277~1280), 나폴리 왕국 단지오 왕가의 카를로 1세가 그의 권력을 전 이탈리아 반도에 미치려 했는데 이때 과감히 맞서 교권권의 독립을 쟁취하는 데 공헌했다. 그는 훌륭한 일을 많이 했으므로, 단테가 그를 지옥에 넣은 것은 편견이 개입한 것이라고 볼 수 있다. 왜냐하면 그는 고성죄를 범하기엔 너무나 고귀한 인품과 덕성을 지니고 있었으니까. 단테는 그가 족벌주의에 떨어진 사실과 1252년에 피렌체의 구엘프 당과 기벨린 당의 화해 조정 작업에 실패했다는 이유 때문에 그를 지옥에 넣은 것 같다.

11 **법도 모르고** 교황 클레멘스 5세(1305~1314 재위)는 교황청을 로마에서 아비뇽으로 옮겼다. 이리하여 가톨릭 역사의 슬픈 첫 장이 열리게 되었다. 교황청은 베드로 사도가 초대 교황으로 즉위하면서 로마에 자리 잡았다. 때문에 클레멘스의 행위는 전통적으로 내려오는 교회의 법을 어긴 것이나 마찬가지다.

12 **야손(Jason)** 유대의 대제사장 오니아스의 아우. 그는 시리아의 왕 안티오코스에게 제사장 직을 돈으로 샀다. 「마카베오하」 4장 참고. 단테는 클레멘스가 프랑스의 필리프 4세로부터 여섯 가지 시모니아를 약속하고 교황이 되었다는 이야기를 근거로, 야손에 비유하여 클레멘스를 비꼰다. 그러나 이 이야기는 사실 입증이 어렵다.

지나치게 어리석었는지 나는 모르겠다.

90   "아, 내게 지금 말하라. 우리 하느님께서

성 베드로의 손에 열쇠를 넘겨줄 때

얼마나 많은 보물을 요구하셨는가를

93   '나를 따르라' 이외에 요구한 것이 아무것도 없었고,[13]

죄받을 영혼[14]을 잃어버린 그 자리에

마티아[15]가 대치되었을 때 그에게서 베드로나

96   다른 제자들도 금이나 은을 갈취하지 않았다.

그러니 너는 마땅히 벌받고 있는 그대로 있어라.

그리고 카를로[16]를 거슬려 네가 감행했던

99   불의로써 얻은 그 사악한 돈[17]이나 잘 간직해라.

즐거웠던 세상에서 네가 쥐고 있었던

가장 고귀한 열쇠에 대한 존경심이

102   나를 막지 않는다면

나는 더욱 가혹한 말을 할 것이려니,

이는 그대들의 인색함이 세상 사람을 슬프게 하며

105   선인을 짓밟고 악인은 올려 세웠기 때문이다.

세례 요한이 그대들 목자들을 마음에 두셨을 때

모든 물 위에 앉아 있던 여인[18]이

108   왕들과 간음했음을 사람들에게 보였는데

그녀는 일곱 개의 머리[19]를 들고 태어나

---

[13] **아, 내게~** 나는 너에게 하늘나라의 열쇠를 주겠다. 「마태오의 복음서」 16장 19절 참고.

[14] **죄받을 영혼** 유다.

[15] **마티아(Matthia)** 가리옷 유다를 대신한 예수의 제자. 「사도행전」 1장 21~26절 참고.

[16] **카를로(Carlo)** 나폴리와 시칠리아의 왕. 나폴리의 전통적 왕가인 단지오 가의 카를로 1세.

[17] **불의로써 얻은 그 사악한 돈** 전설에서 유래한 말이다. 1280년에 비잔틴 황제가 카를로를 치기 위해 지오반니 다 프로치다를 통해 니콜라우스 3세에게 자금을 주었다는 것이다. 빌라니(Vilani)의 「연대기(Cronica)」 제7권 54행과 57행 참고.

[18] **물 위에 앉아 있던 여인** 물은 민족, 여인은 대도시 로마를 가리킨다. 「요한의 묵시록」 17장의 비유 참고.

[19] **일곱 개의 머리** 일곱 개의 언덕을 말한다. 로마엔 일곱 개의 언덕이 있다.

제 남편의 뜻에 어울릴 때까지

111   열 개의 뿔[20]로부터 힘을 얻어 냈다.

너희는 금과 은으로 하느님을 삼았으니

우상숭배자들과 너희가 무엇이 다르겠는가?

114   그들이 하나를 섬긴다면[21] 너희는 백을 숭배[22]한 것이 아니냐?

아, 콘스탄티누스여. 그대의 개종이 아니라

처음 부유해진 교황이 그대로부터

117   받은 봉물이 얼마나 큰 악의 어미가 되었던가!"[23]

내 이러한 가락을 그에게 노래하는 동안

그를 찌르는 것이 분노였는지 양심이었는지 모르지만

120   그는 두 발바닥을 사납게 흔들고 있었다.

내가 표명한 진정한 말을 듣고

한사코 만족스런 얼굴빛을 띠었으니

123   나의 안내자는 마음이 기뻤으리라 생각된다.

그는 두 팔로 나를 붙잡고

나를 자기의 가슴에 온통 품은 다음에

126   내려왔던 길을 따라 다시 올랐다.

나를 와락 껴안고도 피로해하지 않고

넷째 가장자리에서 다섯째 굴에 걸쳐 있는

129   활 모양의 다리 꼭대기까지 데리고 갔다.

여기서는 산양들에게도 힘겨울

---

[20] **열 개의 뿔** 로마를 다스리던 열 명의 왕을 가리킨다.
[21] **그들이 하나를 섬긴다면** 이스라엘 민족은 황금으로 송아지를 만들어 숭배했다.
[22] **너희는 백을 숭배** 너희들은 금은보화를 섬긴다.
[23] **콘스탄티누스여~** 콘스탄티누스 대제(280?~337)가 나병에 걸려 있을 때 교황 실베스테르(Sylvester)의 자비로 인해 완치되었다. 그리하여 콘스탄티누스가 교황에게 로마의 지배권도 주고 자신도 개종했다고 전한다. 15세기의 발라(Valla)에 의해 콘스탄티누스의 증여가 거짓인 것이 밝혀지기 전까지는 그것을 사실로 믿었다. 그러니까 6세기 초에 교황 심마쿠스(Symmachus)가 꾸며 낸 전설을 단테가 그대로 믿고 탄식하는 것이다. 콘스탄티누스 대제가 막대한 보물을 실베스테르에게 주었기 때문에 그는 최초로 거부가 된 교황이 되었고 이로 인하여 그 뒤 교황들이 부패하는 일이 생겼다.

험준하고 험준한 돌다리를 사뿐히 지나

132   그는 부드럽게 나를 내려놓았다.

그곳에서 또 다른 굴이 내게 드러났다.

| 제20곡 |

4월 9일 성 토요일 오전 6시가 조금 지난 시간, 단테는 제8
원의 넷째 굴에 들어와 있다.

다리 꼭대기로부터 단테는 넷째 굴의 바닥을 주의 깊게 내
려다보다가 조용히 흐느끼는 망령들이 천천히 앞으로 나아가는 것을 발
견한다. 시선을 더욱 낮추고 보니 그들은 머리가 뒤쪽을 향하고 있어 앞
을 보지 못하고 걷고 있다. 마치 중풍에 걸린 사람들과 같다. 이 망령들
은 하느님으로부터 저주받은 점쟁이들이다. 단테는 이렇게 이상하게 생
긴 인간의 모습을 보면서 죄인들에 대한 연민의 정으로 바위에 기대 눈
물을 흘린다.

베르길리우스는 단테에게 몇 명의 점쟁이들을 지적한다. 먼저 암피아
라오스, 그는 너무나도 많이 미래를 예견하고자 했으므로 지금은 얼굴을
뒤로 한 채 뒷걸음치고 있다. 테이레시아스, 그는 테베의 유명한 점장이
인데, 두 마리의 뱀이 교미하고 있는 것을 보고 회초리질을 하여 떼어놓
자 자신이 여성으로 둔갑되었다. 그러다 7년이 지난 다음 또다시 그 뱀
들과 마주쳤고 회초리질을 했더니 이번에는 남성으로 되었다. 아론타는
루니지아나의 산 위 동굴을 거처로 삼고 별들과 바다를 자유로이 보며
점을 쳤다. 만토의 흐트러진 머리칼은 가슴까지 치렁거린다. 테베로부터

아버지의 소식을 듣고 도망가서 여러 지방을 돌아다닌 끝에 오늘날 만토바가 자리 잡고 있는 곳에 거처를 잡았다.

만토를 지적하자 베르길리우스는 자신의 고향 만토바의 연원에 대한 전설에 대해 의아스러운 생각을 갖게 된다.

페스키에라 근처의 가르다 호수로부터 멘치오라는 강이 연유하는데, 그것은 베로나의 들녘을 지나 고베르노에서 포 강과 합류한다. 그런데 그 호수를 따라 내려가면 낮은 지역이 나타나는데, 강물이 그쪽으로 흘러 퍼진다. 그리고 늪지를 형성해 여름엔 말라리아 때문에 위험하다. 만토는 이곳을 지나며 늪지 중앙에서 황폐한 지역을 발견해 그곳에서 죽을 때까지 그의 하인들과 더불어 요술을 연마했다. 인근 지역의 주민들이 조금씩 그 지역에 모여들어 도시를 세웠다. 그리하여 그의 이름을 따서 만토바라 불렀다는 것이다. 그 도시는 한때 주민이 무척 많았는데 카살로디가 보나콜시에 의해 성을 강탈당하고 나서는 황폐해졌다. 이것이 그 도시의 근원이라고 베르길리우스는 마무리 짓는다.

그리고 나서 베르길리우스는 단테에게 다른 점쟁이들을 보여 준다. 에우리필로스는, 그리스인들이 트로이 전쟁에 대해서 잘 알듯이 단테도 그에 관해서 『아이네이스』를 통해 잘 알고 있다. 그 외 스코토, 보나티, 아스덴테 등에 대해서도 언급한다.

3
또 다른 벌에 대해서 시구를 만들어
첫째 노래[1]의 스무 번째 곡의 소재로 삼으리니
이는 거기 잠겨 있는 자들에 관한 것이다.
나는 벌써 고통의 눈물로 먹 감고 있는 저

---

[1] **첫째 노래** 사실은 'prima cantica'를 말하는 것이니 「지옥편」을 뜻한다.

열려진 바닥을 한눈에 바라볼 수 있는

6 바로 그 자리에 와 있다.

그러고서 둥그런 계곡을 스쳐 묵묵히

눈물을 흘리며 마치 세상에서 기도 올리며 지나가는[2]

9 사람들과 같은 발걸음으로 오고 있는 자들을 보았다.

보다 더 나지막하게 나의 시선이 그들에게

내려가니, 놀랄 일이어라. 저들은 모두가

12 턱에서부터 앞가슴까지 뒤틀린 듯이 보였는데,

이는 저들의 얼굴이 등 쪽을 향하고 있어

앞을 바라볼 수 없게 돼

15 뒤쪽으로 걸어가고 있음이다.

어쩌면 누군가 중풍 때문에

그토록 온전히 뒤틀렸을 수도 있겠지만

18 내 보기엔 그렇지 않았고 그럴 성싶지도 않구나.

독자여, 하느님께서 그대로 하여금 이걸 읽음으로써

열매를 거두게 하소서. 그대는 이제 자신에 대해

21 생각해 보라. 우리와 같은 형상을 지닌 자가

그토록 뒤틀려 있으면서 괴로운 눈물이

등골을 타고 엉덩이를 적시고 있음을 가까이 보고서

24 내 어떻게 눈물 흘리지 않을 수 있겠는가![3]

나는 분명히 투박한 돌다리의 바위에 기댄 채

슬피 울고 있었는데 이를 본 안내자께서

27 내게 말하였다. "너는 아직도 저 멍청이들과 같은 거냐?

---

[2] **기도 올리며 지나가는** 여기 걸어가는 죄인들은 점쟁이, 요술가, 점성술사 들이다. 그들은 인간에게 허락되지 않은 것들을 알려 했으므로, 그 행위를 죄를 짓는 행위로 이해했다. 때문에 세상을 등진 오늘에 와서는 침묵을 지켜야 하고 뒤를 돌아보며 느릿느릿 걸어야 한다.

[3] 단테는 세속적인 연민의 정에 사로잡힌다. 그러나 그것은 금지된 일이어서 후에 스승의 꾸지람을 듣는다. 즉, 하느님의 심판에 인정을 느껴서는 안 되기 때문이다.

여기선 자비[4]가 완전히 죽었을 때 그게 곧 사는 것이다.

하느님의 심판에 인정을 느끼는 자보다

30 더더욱 죄를 많이 지은 자가 누구겠는가?

머리를 쳐들라, 쳐들고 테베인을 보라. 저놈의 눈앞에

땅은 활짝 열렸으니 이에 모든 사람들이 외쳤다.

33 '암피아라오스[5]여, 그대는 어디서 떨어졌느냐?

그리고 어찌 싸움을 그만두었는지?' 라고.

그는 모두를 잡아들이는 미노스[6]에게까지

36 밑으로 밑으로 곤두박질해 떨어졌다.

그가 어떻게 어깨를 가슴으로 삼고 있는지 보라.

너무나 앞을 내다보고 싶어 했기에

39 뒤쪽을 쳐다보며 뒷걸음질하고 있구나.

보라 테이레시아스[7]를, 그는 남성에서 여성으로 될 때

온 사지를 완전히 탈바꿈해

42 자기의 용모를 변형시켰다.

그 후 나중에 다시금 남성의 외모를 지니려고

이전의 긴 장대로 엉키어 있던

45 두 마리의 뱀을 또다시 후려쳐야 했다.

---

[4] **자비** 의인들은 하느님의 의지를 따르지 않으면 안 되는 존재이기에 지옥에서 자비를 갖는다는 것은 용납되지 않는다.

[5] **암피아라오스(Amphiaraos)** 그리스의 점쟁이이자 명장이며 테베를 공략하던 일곱 왕의 하나다. 전설에 따르면 그는 테베를 공략할 때 자신의 죽음을 예견하고 피신해 있었으나 아내의 집요한 유혹으로 결국 공략에 참여했다. 결국 유피테르가 번개를 쳐 땅을 갈라서 그를 지옥으로 떨어지게 했다고 한다. 「지옥편」제14곡 67~72행 참고.

[6] **미노스(Minos)** 지옥을 지키는 마왕.

[7] **테이레시아스(Teiresias)** 테베의 유명한 점쟁이로서, 그는 테베와 그리스의 전쟁 중에 그리스 군대 내에서 재주를 부려 점을 쳤다. 오비디우스는 「변신이야기」제3권 325~351행에서 아래와 같이 기록하고 있다. "어느 땐가 그는 사랑스럽게 휘감겨 있는 두 마리의 뱀을 회초리로 때려 갈라놨다. 그러자 그는 곧 여성으로 변했다. 그로부터 7년, 그는 또다시 그 뱀들이 사랑하고 있는 것을 보고 이전과 같이 또 때렸다. 그러자 이번에는 곧 남성으로 변했다."

배에다 자기의 등을 댄 자가 아론타[8]인데

루니[9]의 산골 속, 그 아래 살고 있는

48   카라라[10] 사람들이 숲을 파괴하던 그 산 속에

흰 대리석 사이로 벌어진 공간을 거처로 하고

그로부터 그는 거침없이

51   별들과 바다를 바라볼 수 있었다.

그리고 네가 못 보았던, 젖가슴을

헝클어진 머리칼로 뒤덮고 털이 북슬북슬

54   나 있는 살갗을 저쪽으로 돌리고 있는 이가

만토[11]인데, 그녀는 여러 지방을 떠돌다가

내가 태어났던 곳[12]까지 와 머물렀다.

57   그래, 그녀에 대해 내 얘길 들어 보아라.

그녀의 아비가 돌아가시고

바쿠스의 도시[13]가 노예가 되자마자

60   그녀는 오랫동안 세상을 떠돌았다.

저 위[14] 아름다운 이탈리아 북쪽의 티랄리[15]에

알레마냐[16]를 에워싸는 알프스 산기슭에

63   베나코[17]라 불리는 호수가 자리 잡고 있다.

---

8 **아론타(Aronta)** 이탈리아(에트루리아)의 점쟁이로 '아룬타'라고도 한다. 그는 카이사르와 폼페이우스의 전쟁을
예견했고, 예언을 통해 카이사르의 승리를 점쳤다.

9 **루니(Luni)** 이탈리아의 옛 도시. 마그라 호반에 위치했던 도시로 단테가 살아 있을 때 벌써 허물어졌다.

10 **카라라** 피사 북쪽에 위치한, 대리석으로 유명한 산이 있는 도시.

11 **만토(Manto)** 테이레시아스의 딸. 그녀는 아버지가 죽자 크레온테의 폭정을 피하려고 테베를 떠나 오늘날 만토
바가 솟아 있는 곳에 와 정착했다. 그녀는 아버지로부터 유산을 많이 물려받았다.

12 **내가 태어났던 곳** 베르길리우스의 고향 만토바.

13 **바쿠스(Bacchus)의 도시** 테베의 수호신은 바쿠스라는 술의 신이다. 따라서 이 도시를 그렇게 부른다.

14 **저 위** 지옥에서 지상을 가리키는 표현.

15 **티랄리(Tiralli)** 가르다 호수의 북쪽에 있는 독일의 성.

16 **알레마냐(Allemagna)** 독일.

17 **베나코(Benaco)** 가르다 호수의 옛 이름.

가르다와 발 카모니카[18] 골짜기 사이에 있는

천 곳도 넘을 시냇물이 아펜니노[19]를 적시고

66 이 호수에 들어와 출렁인단다.

호수 한복판에 한 장소[20]가 있는데 트렌토와

브레쉬아 그리고 베로나의 주교들이

69 그 길목을 지날 때마다 축복을 내렸으리라.

아름답고 막강한 요새 페스키에라[21]는

브레쉬아인과 베르가모인과 맞붙고자

72 호수 연안의 제일 낮은 곳에 있다.

베나코의 가슴 속에 머물지 않는 물줄기는

한결같이 거기에 떨어지기 마련이어서

75 강을 이루며 푸른 목장을 통해 아래로 흐른다.

물이 흐르기 시작하자마자 그것은

이제 베나코라 이르지 않고 고베르노까지

78 멘치오라 하는데, 이것은 포 강에 떨어진다.

물은 오래 달리지 않아 평지를 발견하는데

그 속에 번져서 늪을 이루지만 여름엔

81 때때로 마르게 된단다.

거길 지나면서 잔인한 아가씨[22]는

늪 한가운데 경작되지 않고

---

[18] **발 카모니카(Val Camonica)** 가르다 호수의 서북쪽에 있는 골짜기.

[19] **아펜니노(Apennino)** 학자들 간에 논란이 많은 대목이다. 아펜니노가 이탈리아를 남북으로 가르는 산맥이 될 수 없다는 이유 때문이다. 그래서 혹자는 아예 '펜니로'라고만 하기도 한다. 학자 발델리는 아펜니노란 중세에 알프스 산맥을 가리키는 지명이고, 단테도 그런 뜻에서 그렇게 사용한 지명이라고 했다.

[20] **한 장소** 호수 한복판에 있는 레게 섬에 있는 산타 마르게리타 성당을 말한다. 이 성당은 트렌토와 브레쉬아, 베로나의 공동소유다. 일반적으로 주교들은 자기 교구 안에 있는 주민을 위해서 강복을 내리나, 여기서는 교구에 구애 받지 않아도 되었다.

[21] **페스키에라(Peschiera)** 가르다 호수의 서남단에 있는 베로나의 요새. 브레쉬아와 베르가모의 공격을 막기 위해 베로나의 영주 스칼리제리 가문이 구축했다.

[22] **잔인한 아가씨** 만토.

84 사람 하나 살지 않는 땅을 보았다.

그곳에서 그녀는 모든 대인 관계를 피하고

제 종들과 더불어 남아서 점을 치며

87 살다가 그곳에 자기의 헛된 육신을 남겼다.

그 뒤에 주위에 흩어졌던 사람들이

사방에 둘러싸여 있는 늪으로 탄탄히

90 보호된 그 지역으로 모여들었다.

그들은 죽은 그녀의 유골 위에 도시를 세웠고

맨 먼저 이곳을 선택한 그녀를 위해

93 다른 이름을 생각하지 않고[23] 만투아[24]라 이름 불렀다.

카살로디[25]의 어리석음이

피나몬테에 속아 넘어가기 훨씬 전에

96 그 안엔 사람들이 가득했다.

그러기에 내 고장이 그와 달리 연유했음이라.

너 만일 듣거든 어느 거짓으로라도

99 진실을 속이지 말기를 충고한다.[26]

그래 나는, "선생님, 당신 말씀이

하도 지당하여 제게 믿음을 주기 때문에

102 다른 이야기는 제게 꺼져 버린 석탄 같습니다.

그러나 앞질러 가는 사람들 중에서

당신이 만일 지적할 만한 자를 보시거든 일러 주세요.

---

[23] **다른 이름을 생각하지 않고** 옛날 도시에 이름을 붙일 때는 점쟁이들이 와서 이름을 택하며 찬사를 늘어놓았다. 그리고 곧 잔치가 벌어졌다.

[24] **만투아** 만토바(Mantova). 라틴어 발음에서 연유한 표기다.

[25] **카살로디(Casalodi)** 1272년에 만토바의 영주는 카살로디 집안의 알베르토였다. 그는 피나몬테의 계략에 홀려 많은 귀족들을 축출했는데 나중에는 자신도 그 계략의 희생자가 되었다. 그리고 피나몬테가 마침내 영주가 되었다.

[26] **그러기에~** 만토바의 연원에 대해 다르게 설명하고 있다. 즉, 자기가 주장한 것과 다른 이설도 엄급한다. 이는 『아이네이스』의 이야기를 모방하여 오크누스와 이시도르 디 시빌리아 등이 남긴 기록이다.

105   제 맘은 그것에만 사로잡혀 있으니까요."

그러자 내게 말하길, "뺨에서 어깨 위로

구릿빛 수염을 드리운 자는

108   그리스에 사내들이 텅텅 비어 요람을

도무지 채울 수 없었을 때[27]의 점쟁이였는데,

그는 칼카스[28]와 더불어 아울리스[29]에서

111   첫 번째 닻줄이 끊어질 지점을 점쳤다.

그는 에우리필로스라는 이름, 나는 장엄한 비극[30]의

어느 부분에서 그를 노래하였으니

114   모든 것을 다 아는 너 그것도 잘 알겠지.

옆구리가 저토록 삐죽 말라빠진 저놈은

미켈레 스코토[31]인데 그는 진정

117   마법으로 사람을 기만하는 술책을 알고 있었다.

구이도 보나티[32]를 보라. 또 아스덴테[33]를 보라.

그는 가죽과 실에 열중했더라면 좋았으리라고 후회하지만

120   이제 깨달아도 돌이키기엔 너무 늦었구나.

바늘, 북, 물레를 버리고 점쟁이가 된

저 슬픈 여인들을 보라.

123   저들은 풀잎과 도깨비로 요술을 부렸다.[34]

---

[27] **그리스에~** 남자들이 모두 다 트로이 전쟁에 나갔기에 아기를 낳아 줄 사내가 없어서 요람을 채울 아기들이 없었다.

[28] **칼카스(Kalchas)** 그리스 군의 점쟁이.

[29] **아울리스(Aulis)** 아가멤논이 그리스 군을 소집하여 트로이로 떠나던 항구.

[30] **장엄한 비극** 『아이네이스』를 의미한다. "내 고백하노니, 죽음에 이르러 날 쥐어짜듯 밤에 진흙탕 늪의 돛들이 풀어지도록 끈을 끊었고……" 『아이네이스』 제2권 134~136행.

[31] **미켈레 스코토(Michele Scotto)** 스코틀랜드 사람. 철학자·천문학자이며 마술사였다. 1290년경 사망했다.

[32] **구이도 보나티(Guido Bonatti)** 13세기 후반 이탈리아 포를리에서 활동한 점성술사.

[33] **아스덴테(Asdente)** 파르마의 갓바치 즉 가죽공이었다.

[34] **저 슬픈~** 메데이아는 풀잎에서 즙을 내 제 아비를 젊게 하려고 했다. 그녀는 또 초로 도깨비를 만들어 불에 태우거나 바늘로 찔러서 원수를 죽이거나 괴롭히는 마술을 부렸다.

어느덧 카인과 그의 가시[35]가 남쪽에 걸려

세빌리아[36] 아래 물결에 부딪치니

126   이제는 오려무나.

지난밤에 달이 이미 동그란 모양이었으니 언젠가

칙칙한 숲에서 헤매고 있었을 때

129   너 그에 대해 잘 기억해 두라."

그가 내게 이렇게 말했고 우린 계속 걸어갔다.

---

[35] **카인과 그의 가시** 달을 상징한다. 즉, 아벨을 죽인 카인이 가시를 지니고 있는 모습을 달의 반점에 비유한 것이다. 동양의 계수나무와 토끼와는 거리가 먼 비유다.

[36] **세빌리아(Sevilla)** 에스파냐 남쪽에 있는 도시.

| 제21곡 |

 별자리들의 움직임으로 추정하여 성 토요일인 4월 9일 오전 7시경. 단테가 베르길리우스를 따라 다섯째 굴로 건너는 다리 꼭대기에 이르러 그 굴을 쳐다보니 아주 캄캄하다. 베네치아의 부둣가에서 겨울에 부서진 배를 수선하느라 역청을 끓이는 것과 마찬가지로 이 다섯째 굴에선 성령의 힘에 의해 진한 역청이 부글부글 끓어 가장자리를 시꺼멓게 만든다. 여기에 탐관오리들의 망령이 잠겨 있다.

단테가 역청이 부글부글 끓고 부풀어 올라 다시 제 무게에 의해 떨어지는 것을 보고 있을 때 베르길리우스는 단테를 흔들며 한 곳을 쳐다보라고 소리친다.

단테가 다리 위에서 보니, 말레브란케(Malebranche)라는 고약한 마귀가 발톱에 한 놈을 움켜쥐고 나타난다. 마귀는 루카에서 그놈을 데려왔다고 하며 아직도 그곳엔 이런 놈들이 수두룩하다고 한다. 마귀는 곧 그 놈을 펄펄 끓는 역청 속에 내동댕이친다. 그놈은 허우적거리며 역청 위로 떠오르려 하는데 주위에 있는 마귀들이 작살로 다시 밀어 넣는다. 이곳엔 자기의 직권을 남용해 사리를 꾀한 탐관오리들이 벌받고 있다.

베르길리우스는 단테에게 바위 뒤로 몸을 숨기라고 이르고 자기는 마귀들과 이야기한다. 그는 이전에도 비슷한 상황을 경험했으므로 저들의 행동거지를 잘 알고 있다. 따라서 저들의 반항에 대한 두려움 없이 다리를 건넌다. 그가 다섯째와 여섯째 굴을 연결하는 입구에 이르렀을 때 마귀들이 위협적인 모습으로 다가온다. 베르길리우스는 소리 높여 저들을 꾸짖고, 말라코다에게 여행의 목적을 일러 준다. 한편 풀이 죽은 말라코다는 동료들에게 나쁜 짓을 하지 말라면서 작살을 땅에 떨어뜨린다. 그때에야 베르길리우스는 단테를 부른다. 마귀들이 단테에게 작살을 들고 위협하듯 달려들지만 말라코다가 제지한다.

이어서 말라코다는 친절하고 겸손하게 두 시인을 향해 여섯째 굴에 이르는 다리는 1266년 전에 무너졌다고 말한다. 그러면서 시인들이 바위 굴속으로 가면 돌다리 하나가 있을 테니 그곳을 건너라고 한다. 아울러 알리키노, 칼카브리나, 카냐초 등의 마귀들에게 시인들을 안내하라고 한다. 그러나 단테는 마귀들이 이를 악물고 달려들 것 같아 스승과 단 둘이서 건너기를 희망한다.

　　　　이리하여 우리는 다리와 다리를 건너오면서
　　　　나의 희극[1]에 노래하고 싶지 않은 다른 것들에
　　3　　대해 말했다. 이어 다음의 활꼴 문 꼭대기에
　　　　이르렀으니, 그곳에서 우린 말레볼제의 다른 틈새를 보고
　　　　다른 놈들이 괴로워하는 것을 들으려 멈췄는데
　　6　　지긋지긋한 어둠만 깔려 있었다.
　　　　마치 겨울에 베네치아의 선창[2]에서, 선원들이

---

[1] **희극(Commedia)** 이 책, 즉 『신곡』을 말한다.
[2] **베네치아의 선창** 베네치아(Venezia) 동쪽 끝에 있는 부두로 1104년에 건설되었다고 전한다.

온전치 못한 자기들의 배에 칠하려고

9 역청을 끓이는 것과 같았다.

선원들이 배를 탈 수 없게 되었기에, 몇 명은

새로운 배를 만들고, 누구는 여러 번의 항해로

12 낡아 터진 뱃전을 때우고 누구는 고물을

누구는 뱃머리를 못질했다. 또 어떤 이는

상앗대를 타고 또 어떤 사람은 닻줄을 꼬며

15 또 어떤 사람은 앞뒤 쪽 돛을 깁고 있었다.

마치 이처럼 불이 아니라 하느님의 힘으로써

진한 역청이 저 아래에서 부글부글 끓어올라

18 굴 양편의 둑을 새까맣게 칠해 놓는 것이었다.

나는 그걸 보았다. 그러나 그 속에서

본 것은 끓어오르는 거품뿐

21 그것은 온통 부풀어 오르다가 이내 사그라졌다.

내 그 밑을 뚫어져라 내려다보고 있는데

나의 스승께서는 "쳐다봐라, 쳐다봐!"[3] 하며

24 내 섰던 자리에서 나를 자신에게 끌어당겼다.

그래서 마치 누군가가 피해야

할 것을 몹시 보고 싶어 하던 중

27 갑자기 무서움에 기가 꺾여 살금살금

도망치듯 나도 그처럼 몸을 돌이켜

우리 뒤에 하나의 시꺼먼 마귀가

30 돌다리 위로 달려오는 것을 보고 도망쳤다.

아, 그의 몰골이 얼마나 사나웠던가!

나래를 활짝 펴고 가뿐한 발을 딛고

---

[3] **"쳐다봐라, 쳐다봐!"** 단지 쳐다보도록 하는 것이 아니라 놀라움을 표시하기 위한 의도적인 표현이다.

33   아, 그놈의 행동은 어찌 그리 거칠었던가!

　　　한 죄인의 허리가, 날카롭고 무시무시한

　　　그 마귀의 어깨에 걸쳐져 있었는데

36   그의 발은 힘줄이 도드라져 보였다.

　　　우리네 다리에서 그가 말하길, "오, 말레브란케⁵여!

　　　성 치타⁶를 다스리던 자⁷가 여기 있으니,

39   놈을 처박아라. 난 저런 놈을

　　　가득히 모아 둔 그 고을로 돌아가리니,

　　　본투로⁸ 이외엔 그 고을에선 모두가 도둑놈들인데

42   '아니오'가 돈으로 하여 '예'로 바뀐단다."

　　　그놈을 밑으로 던지고는 굳건한 돌다리로

　　　향했는데, 이는 풀어 놓은 개라도

45   도둑을 쫓는 데 이보다는 민첩하지 못하리라.

　　　그놈이 물에 풍덩 잠겼다 다시 올라섰으나

　　　다리에 숨어 있던 마귀들이 외쳤다.

48   "여기엔 거룩한 얼굴⁹도 없고

　　　또 여기는 세르키오¹⁰에서처럼 헤엄칠 수 없다!

　　　그러니 우리들의 작살에 찍히지 않으려면

51   역청 위로 떠오르지 마라."

---

⁴ **말레브란케**(Malebranche) 말레볼제처럼 단테가 만든 말로 이 굴에 있는 마귀들을 의미한다.

⁶ **성 치타**(Santa Zita) 이탈리아 중부 도시의 하나인 루카(Lucca)에서 1218년에 태어난 수녀로 고향에서 동정녀의 일생을 성스럽게 보냈다. 이에 대한 정확한 기록은 없고 단지 루카 사람들이 그녀가 죽고 나서(1272년) 그녀의 선행을 숭앙하기 위하여 프레디아노 성당에 모셨다는 일화만 전해 오고 있다. 따라서 성 치타는 루카 마을의 수호 성녀로서 여기서는 루카 마을을 의미한다.

⁷ **다스리던 자** 루카를 지배하던 10명의 행정관들.

⁸ **본투로**(Bonturo Dati) 루카 민중들의 우두머리. 그는 14세기 초에 관직을 매수, 조종하던 자로 유명하다. 단테는 반어적인 의미로 이 인물을 내세우고 있다.

⁹ **거룩한 얼굴**(Santo Volto) 루카의 대성당에 있는 니코데모의 작품으로 알려진 목재 십자가 상으로 예수의 얼굴을 가리킨다. 하늘의 은혜를 받고자 기도할 때 루카 시민들은 이 이름을 부르곤 했다고 한다. 다리 밑에 있는 악마들은 죄인들의 망령이 머리를 내밀려는 것을 보고 이처럼 조롱하며 놀린다.

¹⁰ **세르키오**(Serchio) 루카 근처를 흐르는 시냇물.

그러고 나서 백 개도 넘는 작살로 그를 찌르며

말하길, "여기서는 춤도 숨어서 추어야 하니

54 할 수 있거든 몰래몰래 엿보시오."

그것은 요리사가 고기가

떠오르지 않도록 삼지창으로 가마솥

57 한복판에 잠기게 하는 것과 다름없었다.

나의 선량하신 스승이, "너 여기 있는 것이

드러나지 않도록 밑에 웅크리고

60 바위를 방패삼아 그 뒤에 숨어 있어라.

그리고 나에게 어떤 공격이 일어나도

넌 무서워 마라. 이전에도 같은 일을 겪어

63 나는 이런 일에 대해선 잘 알고 있으니까."

다리 입구에서 저쪽으로 지나가서

여섯 번째 언덕에 도달하자마자

66 그는 이맛살을 찌푸려야만 했는데

멈춘 곳에서 느닷없이 무엇을 갈구하는

가난한 거지에게 달려드는 개처럼

69 저들이 그런 격노와 포악성을 지니고

조그마한 다리 밑에서 뛰어나와

그를 향해 작살을 곤두세웠기 때문이다.

72 이에 그가 소리쳐, "누구도 내게 나쁜 짓을 못한다!

네놈들의 작살을 내게 찌르기 전에

네놈 중에 한 놈이 앞으로 나와 내 말을 듣고 난

75 이후에 나를 찌를 것에 대해 의논하라!"

모두가 외치기를, "말라코다[11]야, 가거라!"

---

[11] **말라코다(Malacoda)** 사악한 꼬리라는 의미다. 다섯째 굴에 있는 마귀 두목을 가리킨다.

그러자 다른 놈들은 꼼짝 않고 한 놈만이 몸을 움직여

78 그에게 나오며 말하길, "내게 말한들 무슨 소용이 있겠느냐?"

나의 스승이 말하길, "말라코다야,

이미 너희들이 모두가 방해하는 것이 분명한데

81 하느님의 뜻과 섭리의 선의 없이

내 여기에 와 있는 걸 볼 수 있으리라고 믿느냐?

저 사람에게 이 숲길을 가르쳐 주기를

84 하늘에서 바랐으니 가게끔 하려무나."[12]

그러자 그의 교만이 땅에 떨어져서

발 곁에 작살을 떨어뜨리고 다른 놈들에게 이르길

87 "그럼 쳐서는 안 되겠다."

그때 길잡이가 나에게, "오, 다리 아래 바위 뒤에

은밀히 웅크리고 있는 너, 이제

90 마음 놓고 나에게로 나오너라."

그리하여 내가 재빨리 움직여 그에게 가니

뭇 마귀들이 하나같이 앞으로 나왔는데

93 이에 나는 저들이 약속을 어기지 않을까 걱정되었으니

이는 약속을 맺고 카프로나[13]에서 나온

병사들이 그들의 원수들과 마주치게 되어

96 질겁하던 것을 내가 일찍이[14] 보았기 때문이다.

나는 온 몸뚱아리를 나의 길잡이에게

밀착시키고 좋지 않은 그들의 태도를

99 눈여겨 바라보고 있었다.

---

[12] **하느님의~** 베르길리우스는 단테를 안내하면서 방해자가 있을 때마다 이와 같이, 즉 단테의 여행은 하늘에서
의도한 것이라고 설명한다.

[13] **카프로나(Caprona)** 피사의 성을 말한다. 1289년 8월 구엘프 당이 침략하여 이 성을 함락했을 때 단테도 이에
가담하여 싸웠다.

[14] **일찍이** 단테가 24살 때.

그들은 작살을 내리고 서로서로

"저놈의 잔등이에 이걸 대 볼까?"하니

102   "그래, 저놈이 한 대 맞게끔 하자"라 대답했다.

그러나 나의 길잡이와 약속했던 마귀가

재빨리 몸을 돌리며 말했다.

105   "내려봐라, 내려봐! 스카르밀리오네![15]"

그리곤 우리에게, "여섯째 아치가 바닥이

무너졌으니 이 다리 위로

108   그대들은 더 나아갈 수 없다오.

그러나 그대들이 그래도 나아가길 원한다면

이 굴을 지나서 위로 올라가시오.

111   근처에 길이 될 수 있는 돌다리가 있을 것이오.

어제, 이맘때보다 다섯 시간 후가

이 길이 무너진 이후 일천 이백

114   하고도 육십육 년이 가득 찬 해[16]였다오.

내 그쪽에 이들 몇을 보내

누가 없는가 보도록 하리니

117   그대들은 같이 가시오. 해치지는 않을 테니."

그는 또 계속해서, "알리키노[17]야, 칼카브리나야,

앞으로 나오너라. 그리고 카냐초[18]도

120   바르바리치아[19]는 한 열 놈쯤 거느려라.

---

[15] **스카르밀리오네(Scarmiglione)** 다섯째 굴에 있는 마귀 중의 하나.

[16] **가득 찬 해** 예수께서 못 박힌 날 지옥에선 바위가 무너졌다(「지옥편」 제12곡 37행 이하 참고). 예수께서는 34세에 돌아가셨다고 단테는 생각했다(「향연」 4권 23장 10~11절). 그래서 이 34년에 1266년을 합하면 1300년이 된다. 이는 곧 「신곡」을 처음 쓴(내용상으로) 해를 암시해 준다.

[17] **알리키노(Alichino)** 악마의 이름으로 부러진 날개를 의미한다. 아래에 나오는 것들도 다 악마의 이름인데 독특한 뜻을 각각 갖고 있다.

[18] **카냐초(Cagnazzo)** 나쁜 개라는 뜻.

[19] **바르바리치아(Barbariccia)** 고수머리의 뜻. 별다른 의미는 지니고 있지 않다.

리비콕코와 드라기냐초, 또 어금니 난
치리아토와 그라피아카네, 또 파르파렐로,
123 그리고 미친놈 루비칸테야, 앞으로 나가라.
들들 끓는 저 둘레를 살펴 가라.
이 굴들을 가로지르도록 놓여 있는
126 돌다리까지 이들을 무사히 데려가거라."
"아, 스승이여. 저기 보이는 것이 무엇인지요?"
나는 말을 꺼내어, "길을 아신다면 안내 없이
129 우리끼리 가지요. 저로서는 그 어떤 인솔자도 원치 않습니다.
아, 스승께서 평소처럼 총명하시다면,
놈들이 부득부득 이를 갈며 우리에게
132 괴로움으로 위협하는 걸 보고 계시겠죠?"
스승은 나에게, "놀라지 말기 바란다.
제멋대로 이를 갈게 내버려 두어라.
135 역청에 잠겨 괴로워하는 놈들 때문이니까."
저들은 왼쪽 언덕배기로 돌아서
걸어가다가 제각기 저들의 두목을 향해
138 눈짓을 하며 이빨로 혀를 악무니,
말라코다는 엉덩이로 나팔을 불었다.

| 제22곡 |

4월 9일 오전 8시. 제8원의 다섯째 굴에 와 있다. 두 시인은 역청이 끓는 호숫가를 따라 걷는다. 단테는 열 명의 마귀들을 따라가며 역청의 호수를 눈여겨 살펴본다. 그곳엔 죄인들이 고통을 참고 견뎌 내기 위해 물개처럼 몸뚱아리를 밖으로 내밀거나 때로는 물가에 있는 개구리들처럼 얼굴만 내밀고 있다. 그러다가 바르바리치아가 나타나면 그들은 금방 역청 속으로 잠긴다.

　머리를 밖으로 내밀고 있는 죄인 중의 하나가 그라피아카네에게 머리채를 잡힌다. 한편 마귀들은 루비칸테에게 잡힌 놈을 손톱으로 할퀴라고 종용한다. 이때 베르길리우스는 그에게 접근해 누구인가 물으니 나바르 왕국에서 태어났으며 테오발도의 신하로 있으면서 사기 쳤던 나바르의 치암폴로라고 말한다. 그때 치리아토가 이빨로 그를 물어뜯는다. "자, 말하라. 저 역청 밑에 있는 자들 중에서 라틴 사람으로 누가 있는지?"라는 베르길리우스의 질문에, 치암폴로가 서서 대답하려 들자 곧 리비콕코가 작살로 그의 팔에서 살점을 찍어 내고 드라기냐초가 다리를 후려친다. 그때 바르바리치아가 그들을 진정시키니 치암폴로가 말을 계속해 라틴 사람으로서 역청 밑에 잠겨 있는 자는 주인의 원수들을 풀어 준 갈루라의 고미타 수사라고 시인에게 알려 준다.

치암폴로는 성급한 마귀들이 저를 공략하려는 걸 보고 속임수를 생각해 낸다. 만일에 마귀들이 자신에게서 조금 떨어지면 휘파람을 불어 다른 죄인들을 역청에서 나오게 할 수 있다고 한다. 이때 카냐초는 그의 속임수를 눈치 채고 입을 삐쭉거리지만 알리키노가 그가 역청 속에 잠기지 않을 것이라고 생각해 동료들을 조금 물러서게 한다. 그러자 치암폴로는 때를 포착해 역청 속으로 뛰어든다.

속임수에 넘어간 알리키노는 누구보다도 더 분개해 그놈의 뒤를 쫓아갔으나 헛수고다. 그는 벌써 매가 접근하는 것을 알아차리고 급히 물속에 잠기는 들오리처럼 역청 속으로 들어갔다. 칼카브리나는 알리키노에게 화가 치밀어 발톱으로 쥐어 할퀴니 그도 역시 대적한다. 두 놈은 얽히고설켜 부글거리는 역청 속으로 떨어져 들러붙은 날개 때문에 일어나지 못한다. 단테와 베르길리우스는 이렇게 뒤범벅된 그들을 두고 이내 자기들의 길을 계속해 걸어간다.

　　　　내 일찍이 기사들이 행군하며[1]
　　　　공격을 개시하다가 제 위용을 나타내고
　　3　그리고 때로는 후퇴해 가는 것을 보았다.
　　　　오, 아레초[2]인들이여. 나 그대들의 지방에서
　　　　기병들을 보았고, 또 말 탄 척후병이 돌진해
　　6　서로 대적하면서 겨루어 치닫는 것을 보았다.

---

[1] **행군하며** 원문엔 'muover campo(싸움터를 옮기며)'라고 되어 있다. 이는 전쟁이 일어났다는 의미다. 즉, 1289년 여름에 피렌체의 구엘프 당이 아레초의 기벨린 당을 캄팔디노의 전투에서 격파한 것을 말하는데, 단테도 이 전투에 참전했다.
[2] **아레초(Arezzo)** 피렌체에서 동남쪽에 있는 도시.

때로는 나팔 소리에 때로는 종소리[3]에

혹은 북소리에 혹은 성에서 보내는 신호[4]에

9 　우리 신호와 남의 신호에 맞추어 치닫는 것을.

그러나 사실은 이토록 야릇한 피리 소리[5]에

어느 기병도 보병도, 그뿐인가, 육지와 별의

12 　신호를 좇는 어느 배도 움직이는 것을 못 보았다.

우리는 열 놈의 마귀들과 함께 걸어갔으니

아, 무시무시한 동행이었다! 그러나 성당에는

15 　성인과, 식당에는 식성 좋은 자들과 간다지 않던가!

나는 역청에 주의를 바싹 기울여

그 굴의 모습과 그 속에서

18 　불에 타고 있는 무리들의 양상을 보고 싶었다.

마치 돌고래들이 등허리를 구부려 활 모양으로 헤엄치며[6]

뱃사공들에게 신호를 보내 그들로

21 　배를 구할 채비를 갖추게 하는 것처럼,

고통을 덜기 위해

죄인 중 몇몇이 등을 보이자마자,

24 　번갯불 번쩍이는 것 못지않게 재빨리 감추었다.

또한 웅덩이 물가에 개구리 떼들이

---

[3] **종소리** 전차나 탑에서 울리는 종소리를 말한다. 그런데 학자에 따라서는 마리아 성당의 문 위에 달려 있는 '마르티넬라' 라는 종이라고도 한다. 피렌체에서는 이 종을 울려 전쟁을 알리고, 나중에는 이 종을 전차에 매달아 전쟁터에서 병사들의 사기를 북돋기 위해 울렸다고 한다. 결과적으로 같은 해석이라고 볼 수 있다. 빌라니의 『연대기』 6권 75행 참고.

[4] **신호** 깃발이나 봉화.

[5] **야릇한 피리 소리** 방귀 소리.

[6] **등허리를 구부려 활 모양으로 헤엄치며** 사공들은 돌고래들이 나타나면 폭풍이 몰아칠 것으로 예견했다고 한다. 이는 브루네토 라티니의 「테소로」 4장을 비롯하여 팟사반티도의 『진정한 회개의 거울(Specchio di vera penitenza)』에서도 밝히고 있는데 여기에 원문을 옮긴다. "Quando vengono notando sopra lʼacqua del mare, appressandosi allenavi, significano che tosto dee venire tempesta(그들이 배에 접근하며 바닷물 위로 헤엄쳐 오면 곧 폭풍이 온다는 것을 뜻한다)."

코끝만 밖으로 내놓고 발목과 몸뚱아리는

27 감추고 있는 것과 마찬가지로

죄인들도 그와 같이 여기저기에 있었다.

그러나 바르바리치아[7]가 가까이 접근하니

30 그놈들은 부글부글 끓는 역청 밑으로 숨었다.

나는 다른 놈이 뛰어드는 동안 혼자

남은 개구리와 같이 기다리고 서 있는

33 죄인을 하나 보았는데, 아직도 내 마음이 부들거린다.

제일 가까이 있던, 그라피아카네가

역청에 찌든 그의 머리칼을 움켜쥐어

36 끌어내니, 마치 물개와 같았다.

나는 벌써 그들의 이름을 모두 알고 있는데, 이는

곧 저들이 말라코다에게 선택될 때[8] 눈여겨보았으며 나중에

39 마귀들이 서로 부르는 소리를 귀담아 들었기 때문이다.

"오, 루비칸테[9]야, 손톱을 저놈의 등허리에 찔러

저놈의 껍데기를 벗기렴!" 하고

42 저주받은 자들이 한데 어울려 소리치고 있었다.

그러자 나는, "스승님이여, 할 수 있다면,

원수들의 손에 떨어진 불쌍한 저자가

45 누구인지 알아 두는 것이 좋겠습니다."

나의 길잡이가 그에게 가까이 가서

어디서 왔는지 물으니 그가 대답하길,

---

7 **바르바리치아(Barbariccia)** 「지옥편」 제21곡에 설명된 것과 같이 다섯째 굴에 있는 마귀 중의 하나.
8 **말라코다에게 선택될 때** 말라코다에 의하여 선택되었던 때를 가리키는 말이다. 「지옥편」 제21곡 118행 이하 참고.
9 **루비칸테(Rubicante)** 다섯째 굴에 있는 마귀의 하나.

48   "나는 나바르 왕국에서 태어났소.[10]

나를 낳아 준 어머니는 자신과 자신의 재물을

파괴한[11] 도둑이었는데, 그분은 나를

51   어느 주인의 하인으로 보냈지요.

그 뒤 나는 어지신 테오발도[12] 왕의 신하가 되어

사기질에 전념했기에

54   지금 이 뜨거운 곳에서 지내는 것이라오."

돼지처럼 입 양쪽에서 어금니가

쑥 삐져나온 치리아토가 그 이빨

57   하나가 얼마나 날카로운지 느끼게 하였다.

사악한 고양이들 속으로 생쥐가 들어온 셈이었는데,

바르바리치아는 그를 제 팔에 껴안고

60   말했다. "내 이놈을 잡고 있는 동안 너희는 게 섰거라."

그리곤 나의 스승에게 얼굴을 돌리고 말했다.

"그대 아직도 더 그로부터 알아 볼 일 있다면

63   다른 놈들이 그를 해치기 전에 그에게 물어보시오."

그러자 나의 스승이, "자, 말하라. 저 역청 밑에

있는 자들 중에서 그대가 알고 있는 라틴 사람[13]이

66   있는지." 그러니 그가, "그곳 가까이[14]에 있던

사람에게서 떠나온 지 얼마 안 되오만

만일 지금까지 그와 더불어 숨어 있었다면,

---

[10] **나는 나바르 왕국에서 태어났소** 치암폴로(Ciampolo)의 이야기다. 나바르(Navarre)는 이베리아 반도의 북동쪽 산악 지방에 위치했던 자그마한 왕국인데 이는 단테 때에도 테오발도 1세·2세를 비롯해 헨리 1세 등이 다스 렸던 친 프랑스적인 왕국이다. 단테는 「천국편」 제19곡 144행에서도 "축복받을 나바르여"라고 표현한다.

[11] **자신과 자신의 재물을 파괴한** 치암폴로의 어머니가 자살하여 육신과 재물을 잃었다는 뜻이다.

[12] **테오발도(Teobaldo)** 여기선 테오발도 2세를 가리키는데 그는 1253년에 나바르 왕국의 왕이 되었다. 그는 루이 9세를 따라 십자군 전쟁에 참전하고 돌아오는 길에 1270년에 시칠리아에서 객사했다.

[13] **라틴 사람** 이탈리아 반도 사람을 두고 하는 말이다.

[14] **그곳 가까이** 이탈리아 반도 가까이에 있는 사르데냐 섬을 가리킨다.

69 난 발톱도 작살도 두렵지 않을 것이오."
    리비콕코[15]가 "우리는 너무나도 참았다"라고
    외치며 작살로 그의 팔을 찍어 당겨

72 그의 살점을 뜯어서 가져갔다.
    드라기냐초도 그에게 난데없이 와락 달려들어
    다리의 정강이를 붙들어 꼼짝 못하게 하니

75 그 괴수는 짓궂은 몰골로 사방을 빙 둘러보았다.
    그 마귀들이 다소 가라앉으려 할 때,
    자신의 상처를 자꾸만 들여다보는 그에게

78 나의 길잡이께서 거리낌 없이 물었다.
    "너 불행히도 그로부터 떠나온 자, 누구냐?
    무엇을 했기에 이 언덕에 왔느냐?"

81 그가 대답했다. "고미타[16]라는 수도사인데
    그는 갈루라[17]인으로 온갖 기만의 그릇이었고
    또한 제 손아귀에 제 주인의 원수들을 넣고

84 그들로 하여금 모두가 자기를 받들어 모시게 했다오.
    그는 돈을 갈취하고 저들을 놓아 주었는데,
    이는 그가 말해 준 것이라오. 또 다른 일거리에서도

87 조무래기가 아니라 엄청난 탐관오리였다오.
    그와 더불어 로고도로의 미켈 찬케[18]를

---

[15] **리비콕코(Libicocco)** 「지옥편」 제21곡 121행 참고.

[16] **고미타(Gomita)** 사르데냐에 있던 수도사. 갈루라의 영주 밑에서 서기 노릇을 하며 영주 비스콘티의 신임을 얻었으나 뇌물을 먹고 포로들을 방면한 죄로 교살당했다.

[17] **갈루라(Gallura)** 1117년 피사 사람들이 사르데냐를 정복하여 이를 4개 지역으로 나누었는데 갈루라는 이 중 동북쪽 지역이다.

[18] **로고도로의 미켈 찬케** 로고도로는 갈루라와 마찬가지로 4개 지역 중 하나. 서북쪽 지역으로 거기에도 고미타와 같은 이가 있었다. 그가 곧 미켈 찬케다. 그는 페데리코 2세의 서자인데 로고도로 영주 엔초가 볼로냐에 잡혀 갔을 때 정무를 대신 맡아서 했다. 그는 엔초가 죽자 그 부인 아달라시아를 겁탈하고 그 지역의 영주가 되었으나 호색과 간계로 인해 브란카 도리아에게 피살당했다.

사귀었는데, 사르데냐[19]에 대해 말하는 데
90 그들의 혓바닥은 지칠 줄을 몰랐다오.
아이구나, 저 이를 부득부득 가는 놈을 보시오.
나 더 말했으면 좋겠지만, 저놈이 나의
93 헌 곳을 긁고자 벼를까 무섭다오."
그 거대한 두목은 상처를 내 주려는 듯
눈망울을 번뜩거리던 파르파렐로를 향해
96 말했다. "저리 비켜라. 빌어먹을 날짐승아."
그러자 공포에 질려 있던 자가 말을 시작했다.
"너희들이 토스카나인들이나 롬바르디아인들을
99 보거나 듣기를 원하면 그들을 오게 하겠다.
하지만 그들이 앙갚음을 무서워할까 모르니
말레브란케들을 잠시 물러가게 하라.
102 내가 이 자리에 앉아서
휘파람을 불면[20], 나 혼자가 아니라
일곱 명[21]이 나오는데 이는 우리들이
105 역청 위로 나올 때 누구나 하는 버릇이라오."
카냐초는 그와 같은 말에 주둥이를 내밀고
머리를 휘저으며 말하길, "들어라!
108 그놈이 곤두박질하려고 생각해 낸 그 나쁜 짓을!"
그러자 술수를 속속들이 갖고 있는 그자[22]가
대답하길, "내 족속들에게 커다란 슬픔을
111 마련해 준다면 나야말로 너무나 나쁜 놈이지."

---

[19] **사르데냐(Sardegna)** 지중해에 있는 이탈리아의 섬.
[20] **휘파람을 불면** 마귀가 없다는 것을 친구에게 알려 주는 신호.
[21] **일곱 명** 정확한 숫자가 아니라 다수를 의미하는 숫자다.
[22] **그자** 치암폴로를 두고 하는 말이다.

알리키노는 유혹을 견디지 못해 다른 놈들에게

반박하며 그에게, "너 몸을 던지기만 하면

114   내 너의 뒤를 쫓아가지 않고

역청 위로 나래를 퍼덕퍼덕할 것이다.

꼭대기²³를 떠나 언덕으로 하여금 방패가 되게 하여

117   너 혼자 우리를 잘 당해 내는지 보리라."

오, 이 글을 읽는 독자여. 별난 이 장난을 들어 보오.²⁴

저들은 모두 다른 편으로 눈길을 돌렸는데,

120   그중에서 가장 잔인한 놈(카냐초)이 제일 먼저 그랬다오.

나바르 사람은 제 때를 잘 포착해²⁵

발바닥을 땅에 굳건히 디뎠다가 눈 깜짝할 새에

123   펄쩍 뛰어 그들의 두목에게서 떨어져 나왔다.

마귀들이 모조리 죄를 뉘우치는데

실수의 원인이 되었던 자가 가장 심했다. 그(알리키노)는

126   몸을 움직이더니 "네가 왔구나!"²⁶ 하고 외쳤다.

그러나 소용없었다. 마귀의 날개는 두려움을

앞지를 수 없었으니, 저놈(치암폴로)은 아래로 도망치고

129   이놈(알리키노)은 가슴을 위로 하고 뒤쫓아 날아갔기 때문이다.

매가 가까이 왔을 때, 들오리가 재빨리

물속으로 들어가 시무룩해진

132   매가 골이 나 맥없이 돌아가는 것과 같았다.

그 장난에 화가 치밀어 오른 칼카브리나는

그가 도망가 버린 것을 기뻐하며

²³ **꼭대기** 다섯째와 여섯째 사이에 있는 바위 꼭대기. 거기서 내려가는 언덕에 몸을 의지했다는 의미다.
²⁴ 단테는 종종 독자의 관심을 끌어당긴다. 이는 여러 가지 목적이 있다. 하나는 독자의 관심을 불러일으키려는
  것과 또 하나는 시의 운율을 맞추기 위한 고의적인 의도에서다.
²⁵ **제 때를 잘 포착해** 기회를 제대로 포착한다는 뜻이다.
²⁶ **"네가 왔구나!"** 네 놈을 잡았구나! "Tu sei giunto!"

135 그놈(알리키노)과 싸움을 걸고자 뒤쫓아 날아갔는데,

그 탐관오리가 떠나갔으므로, 그놈은

제 동무(알리키노)에게 발톱을 내밀어 그자와

138 더불어 구렁텅이 위에서 얽혀 싸웠다.

그러나 알리키노도 역시 매서운 매였기에

그놈(칼카브리나)을 발톱으로 할퀴었으니 두 놈이 다

142 끓어오르는 못 한가운데에 떨어졌다.

두 놈은 뜨거워서 당장에 서로 떨어졌으나

저들의 날개가 역청에 들러붙어서

145 아무도 다시 일어날 수 없었다.

바르바리치아는 다른 놈들과 더불어 괴로워하며

그중 네 놈에게 작살을 주어 모두가

147 건너편으로 날아가게 했으니, 이리하여

놈들은 아주 날쌔게 여기저기로 내려가

이미 역청에 붙어 껍데기 속까지 익어 버린

150 놈들을 구출하기 위해 작살을 치켜들었다.

우리는 그렇게 얽혀 있는 저들을 두고 떠났다.

제23곡

 성 토요일인 4월 9일 아침 9시경이다. 시인들이 와 있는 곳은 제8원의 여섯째 굴인데 위선자들이 벌받고 있다.

단테와 베르길리우스는 마귀들과 동행하지 않고 여섯째 굴에 조용히 이른다. 단테는 묵묵히 안내자를 따르며 마음으로는 아직도 지나쳐 온 곳의 마귀들을 의식한다. 그는 칼카브리나와 알리키노의 바보 같은 행동을 이솝의 우화로 비유한다. 단테는 이를 이솝의 우화로 착각하고 있는데, 사실 작자 미상인 이 우화의 내용은 개구리와 생쥐에 관한 것으로 본문에 소개되어 있다. 단테는 분노에 찬 마귀들이 자신과 베르길리우스에게 화풀이를 하지 않을까 두려운 생각을 갖는다. 그래서 베르길리우스에게 보호해 줄 것을 요청하는데, 단테의 공포를 이미 알고 있는 베르길리우스는 다음 굴에 이르면 공포 따위는 말끔히 사라질 것이라고 타이른다. 한편 단테가 걱정했던 것과 마찬가지로 마귀들이 두 순례자를 공격하려고 오는지라, 베르길리우스는 마치 불길로부터 보호하기 위해 아들을 가슴에 끌어안는 것처럼 단테를 붙잡아 보호해 준다. 이어서 그들은 빠른 속도로 여섯째 굴로 내려간다. 곧 마귀들이 나타나지만 더 이상 공포를 주지 못한다. 신의 섭리 덕분이다.

여섯째 굴에는 위선자들이 있다. 그들은 울부짖으며 느린 걸음으로 걷고 있는데 피로하고 고달픈 표정이다. 그들은 또한 눈을 거의 가리는 망토를 걸치고 있다. 그들이 착용하고 있는 이 망토는 외관상으로 금빛 찬란하지만, 속은 납덩어리라 매우 무겁다. 단테와 베르길리우스도 위선자들과 같은 방향으로 걷고 있으나 그들의 걸음이 너무 늦어 시인들은 한 걸음씩 뗄 때마다 새로운 얼굴을 보게 된다.

단테가 그들 중에서 누구든지 한 사람 알고 싶다는 것을 베르길리우스에게 말하니, 벌을 받고 있던 위선자 하나가 단테의 언어를 알아듣고 그에게 걸음을 늦추라고 간청한다. 단테는 베르길리우스의 충고를 들었기 때문에 그 위선자가 말을 걸어오는 동안 걸음을 멈춘다. 수많은 망령들이 그를 주의 깊게 바라보더니 생명체임을 알고 놀라 누구냐고 묻는다. 그러자 단테는 자기가 피렌체 출신이며 산 채로 지옥을 순례하고 있다고 대답한 후 통곡하는 저들은 누구이고 왜 통곡하느냐고 묻는다. 그 중 하나가 대답한다. 자기들의 통곡은 무거운 망토 때문이며 또 자기들은 수사였던 볼로냐인 카탈라노와 로데링고인데 평화를 보전키 위한 사도로서 피렌체에 불려갔으나 오히려 평화에 반대되는 일만 했다고 한다. 이어서 카탈라노의 이야기가 소개된다. 베르길리우스는 이 카탈라노에게 앞으로 가게 될 일곱째 굴에 대해 듣는다.

말없이 외로이[1], 동무도 없이

하나는 앞에서 또 하나는 뒤에서

3   마치 작은 수사[2]들이 길을 가듯 우린 걸었다.

[1] **외로이** 단테와 베르길리우스 단 둘이.
[2] **수사** 즉 'Frati'. 본문엔 'frati minori'라고 되어 있다. 작은 수사들을 의미한다. 이들은 앗시시(Assisi)의 성 프란체스코수도회의 수도사들로서 그들이 길을 걸을 때는 어른을 앞에 모시고 일렬로 서서 간다. 이러한 예법은 프란체스코 성인께서 제자들로 하여금 질서 정연하게 걸으면서 기도하고 명상에 잠기라는 가르침에 의거한 것이다.

내 앞에 벌어졌던 싸움 때문에 나의 생각은

이솝의 우화[3]를 떠올렸는데,

6   개구리와 생쥐에 대한 이야기였다.

마음을 가다듬어 처음과 끝을 맞추어

본다 해도 지금과 이제[4]가 뜻이 비슷하더라도

9   마귀들이 서로 비슷한 것에는 당치 못하리라.

또 하나의 생각이 다른 생각에서 나오듯[5]

저 생각에서 또 다른 생각이 생겨났으니

12   처음에 받은 무서움보다 갑절은 더 무서워졌다.

나는 이렇게 생각했다. '이 자들이 우리 때문에

조롱과 해를 입었는데, 내 믿기로

15   그들은 스스로가 불쾌하게 한 줄로 알고 있다.

행여나 저 나쁜 마음 위에 화가 덮치면,

그들은 토끼를 물어뜯는 개보다 더 험상궂게

18   우리 뒤를 쫓아올 것이다.'

나는 무서워서 모든 머리털이 벌써

쭈뻣쭈뻣 일어나는 걸 느꼈기에, 정신없이 뒤돌아 본 후

21   말하길, "스승님, 당신과 저를

당장에 숨기지 않는다면, 저는 말레브란케가

---

[3] **이솝의 우화** 사실은 이솝의 우화가 아닌데 단테가 당시 문헌의 기록만 믿고 적은 것이다. 실제 누가 쓴 우화인지는 알 수 없으나, 아무튼 이 우화는 개구리와 생쥐에 관한 것으로, 그 내용은 사페뇨의 주석에 의하면 다음과 같다. 생쥐가 시골길을 걸어가다 개울을 하나 만났다. 거기엔 개구리들이 많이 살고 있었다. 생쥐는 개울가에 이르러 건너지 못해 애석해하는데 개구리가 그놈을 물에 빠뜨려 죽일 속셈으로 그에게 도와줄 것을 제의했다. "네 발을 내 발에 묶자. 그럼 안 빠질 거야." 생쥐는 철석같이 믿고 개구리의 어깨에 올라탔다. 그들이 물 한가운데에 이르러 개구리는 생쥐를 물에 빠뜨리려 했으나 생쥐가 죽자 사자 붙들고 늘어졌다. 때마침 지나가던 소리개가 생쥐를 보고 내려와 움켜쥐고 날아갔다. 개구리도 함께 잡혀졌다.

[4] **지금과 이제** 이 부분은 옮기기 힘들다. 그러나 뜻은 너무나 간단하다. 즉, 원문엔 'mo e issa'라 되어 있는데 둘 다 지금(adesso ora)의 뜻이다. 'mo'는 라틴어의 'modo'에서 유래했고 'issa'는 라틴어의 'ipsa' 즉 'hora'에서 나왔다. 단테는 전자를 더 많이 사용한다.

[5] 이탈리아엔 이와 같은 표현이 많다. 그 대표적인 예는 "일은 일에서 나온다(La cosa nasce dalla cosa)"이다.

두려워 떨 것입니다. 우리 뒤에 놈들이 벌써 왔으니

24 　상상만 해도 벌써 놈들과 맞닿는 것 같습니다."

그러자 그가, "내 만일 납으로 된 거울[6]이라면

너의 겉모습을 비추는 것보다

27 　너의 속을 비추는[7] 것이 훨씬 빠르리라.

이제 너의 생각들이 꼭 같은 양상[8]과

꼭 같은 방법으로 나의 생각 안에 들어왔으니

30 　우리의 두 생각에서 한 가지 꾀를 끌어냈다.

오른쪽 언덕이 비스듬히 기울어 있으니

우리가 그곳을 통해 다음 굴로 내려가게 되면

33 　예상되는 추격을 벗어나게 될 것이다."

그가 이러한 충고를 마치자마자

나는 그다지 멀지 않은 곳에서 날개를 펴고

36 　우리를 붙잡으러 오는 마귀들을 보았다.

나의 안내인이 갑자기 나를 붙드셨는데,

이는 마치 시끄러운 소리에 놀라 깬

39 　어머니가 가까이 활활 타오르는 불꽃을 보고 속옷 바람으로

자신의 몸보다 자기 아들을 더욱

걱정해 이를 껴안고 멈추지 않고

42 　달아나는 것과 마찬가지였다.

그리하여 견고한 언덕의 가장자리 밑으로

기울어진 바위에 몸을 엎드려 기었다.

45 　바위는 다음 굴 한쪽을 막고 있었다.

---

[6] **납으로 된 거울** 「향연」 3권 9장 8절과 「천국편」 제2곡 89~90행 참고. "내 만일 거울이라면, 너의 바깥 영상 보다는 훨씬 더 빨리 너의 속 영상, 즉 너의 생각과 느낌을 비추고 싶구나."

[7] **비추는(impetrare)** '소유하다', '모으다' 라는 뜻을 갖고 있다.

[8] **양상(atto)** 행위라는 뜻이 담겨 있다.

땅에 있는 물레방아[9]의 바퀴를 돌리려고
물이 홈통을 따라 바퀴살에 접근할 때라도

48 나의 스승이 나를 동반자가 아니라
자신의 자식인 듯 가슴에 끌어안고
그 가장자리를 뛰어넘어 가는 것보다는

51 더 이상 빠르지 못하리라.[10]
그의 발이 밑바닥에 이르자마자
놈들은 우리를 저 고개 위에서 덮쳐 왔으나,

54 그곳에 두려움은 없었으니 이는
그들로 하여금 다섯째 굴만의 파수병이
되게 한 지존하신 섭리가 그곳으로부터

57 빠져나올 힘을 모조리 빼앗아 버린 탓이었다.
우리는 저 아래서 물들인 사람[11]들이
아주 느린 걸음으로 맴도는 걸 보았는데

60 그들은 울고 있었으며 얼굴은 피로에 지쳐 있었다.
그들은 클루뉘이[12]에서 수도사들이 하는 식으로
말아 입은 망토에 눈앞까지 내려오는

63 나지막한 카푸치오[13]를 걸치고 있었다.
겉은 눈부시도록 찬란한 금빛 망토였으나
속은 한결같이 납인지라 무게가 대단해

66 페데리코가 입히던[14] 것은 차라리 지푸라기처럼 가벼웠다.

---

[9] **땅에 있는 물레방아** 보통 물레방아는 물속에 두나 단테 시절엔 강물을 빠르게 받게끔 하려고 자그마한 바퀴를 하나 별도로 달아서 돌게 하고 뭍에 두었던 물레방아도 있었다.

[10] **땅에 있는~** 베르길리우스가 단테를 끌어안고 빨리 달려갔다는 것을 비유적으로 표현했다.

[11] **물들인 사람** 금빛 망토를 두른 사람.

[12] **클루뉘이(Clugni)** 오늘날은 콜로냐(Cologna)라고 한다. 독일의 쾰른을 말한다. 여기에 부유한 수도원이 하나 있었는데 수도사들이 결의하여 자신들도 추기경들이 입는 진홍색 법의를 입기로 하고 교황의 윤허를 신청했다. 이에 분노한 교황이 그들로 하여금 나쁜 옷과 커다란 모자를 쓰도록 했다고 한다.

[13] **카푸치오(Cappuccio)** 외투에 달린 모자.

오, 영원토록 고달픈 망토!

처절한 통곡에 정신을 잃은 저들과 더불어

69 우리는 더욱더 왼쪽으로 향했다.

그러나 무게 때문에 피로한 그 무리는

너무나 천천히 왔기에 우리가 허리를

72 움직일 때마다 그들이 낯설었다.

이에 나는 스승에게, "그 행실과 이름으로

알 만한 자를 찾아, 그냥 거닐면서

75 눈을 사방으로 돌려 보십시오."

그러자 토스카나 방언을 알아들은 자

하나가 우리 뒤에서 소리 지르길, "발을 멈추어라.

78 어두운 하늘[15]을 그토록 달리는[16] 자들아!

너희가 찾고자 하는 것을 아마 나로부터 얻으리라!"

그러자 스승이 몸을 돌려 말하길, "기다려라.

81 그리고 저놈과 발을 맞춰 나아가라."

나는 우뚝 멈춰 서서 두 놈이 나와 같이

있고 싶은 열망을 얼굴에 띠고 서두르는 걸

84 보았으나 짐도 있고 길도 좁아 오는 속도가 더디었다.

저들이 내게 도달했을 땐 아무 말 없이

눈을 흘기며 나를 주시하더니,

87 이어 서로 바라보며 말을 건넸다.

---

14 **페데리코가 입히던** 황제 페데리코 2세가 반역죄를 저지른 죄인들을 처벌하는 데 사용하던 납옷도 이 옷에 비하면 지푸라기만큼 가벼웠다는 비유적인 표현이다. 이해를 돕기 위해 페데리코 황제의 고사를 들면, 황제는 반역 죄인을 발가벗겨 두터운 납옷을 입힌 다음 솥에 넣고 불을 피웠다. 그럼 납이 녹아 죄인은 처참하게 죽음을 당했다. 단테는 위선자들을 페데리코의 반역죄인들과 비유했다.

15 **어두운 하늘** 지옥.

16 **달리는** 위선자들은 납옷의 무게 때문에 천천히 걸을 수밖에 없다. 덕분에 보통 걸음으로 걸어가는 시인들이 저들이 보기엔 달리는 것과 같다.

"이놈이 목을 움직이다니[17], 살아 있나 보구나.

죽은 자들이라면, 도대체 무슨 특권으로

90 무거운 외투를 입지 않고 간단 말인가?"

그러곤 나에게 말하길, "슬픈 위선자들의

무리 속으로 온 토스카나 사람이여,

93 그대 누구인지 말하는 걸 언짢게 여기지 마오."

나는 그들에게, "내가 태어나 자란 곳은

아름다운 아르노 강가에서 가장 위대한 지역[18]이었는데

96 나 그곳서 갖던 육신을 지금도 갖고 있다오.[19]

그런데 그대들은 누구인가? 보자니

그대들의 볼에 고통이 흘러내리지 않은가?

99 그대들을 이토록 빛나게[20] 하는 벌은 무엇인가?"

그러자 한 놈이 내게 대답하길, "귤빛 망토는

납으로 되었는데, 하도 두터워 무게를 달면

102 저울이 삐걱삐걱할 정도라오.

우리들은 볼로냐 태생으로 놀아나던 수도사들.[21]

나는 카탈라노[22]요, 이 사람은 로데링고[23]이거늘

---

[17] **목을 움직이다니** 지옥의 망령들은 숨을 못 쉰다. 그러나 단테는 생명체이므로 호흡한다.

[18] **가장 위대한 지역** 원문엔 'villa'라 되어 있는데 이는 저택이란 뜻이다. 아무튼 이것은 피렌체를 가리킨다.

[19] 아직 살아 있다는 뜻.

[20] **이토록 빛나게** 귤빛 외투를 입었으니.

[21] **놀아나던 수도사들** 1261년 볼로냐에서 창설됐던 수도회의 수사들인데, 원래는 '동정녀 마리아의 기사단'이라 불렸다. 이 기사단은 교황 우르바노 4세가 볼로냐에 있던 당파 간, 가문 간의 알력을 없애고 화평을 조성키 위하여, 또 약한 자들을 보호할 목적으로 창단했는데 나중에 기강이 흐트러져 제멋대로 놀아났다고 한다.

[22] **카탈라노(Catalano)** 1210년 볼로냐에서 구엘프 당의 말라볼티 가문에서 출생했다. '동정녀 마리아 기사단'의 창설 회원, 로데링고와 힘을 합해 볼로냐와 피렌체의 정권을 장악했다가 1285년 론차노에서 사망했다.

[23] **로데링고(Loderingo)** 1210년경 볼로냐에서 출생한 기벨린 당의 안달로 가문 출신. 카탈라노와 비슷한 운명이었다. 이들 둘은 '동정녀 마리아 기사단'의 회원이었다. 1266년 구엘프 당이 베네벤토(Benevento)에서 기벨린 당을 완파하고 피렌체의 권력을 장악했다. 그러나 양당의 당파 싸움을 줄이려고 볼로냐에서 이들 두 사람을 피렌체로 불러 장관으로 임명했다. 그런데 이들은 사리사욕에 눈이 어두워 교황 클레멘스 4세의 뜻을 받들어 결국엔 구엘프 당에게 유리한 일만 했다.

105   둘 다 그대의 고국[24]에서 불려왔으니,

       그곳의 평화를 지키기 위해선 으레 한 사람만

       부르면 족하였을 것을. 아직도

108   가르딩고[25] 부근에선 우리가 다 그런 자들로 보이리라."

       나는 말을 꺼내, "오, 수사들이여. 그대들의 죄는……"

       하지만 더 이상 말하지 않았는데, 이는 곧

111   말뚝 세 개로 땅바닥에 처형된[26] 자가 나타난 탓이었다.

       그는 나를 보자 수염 속에서 한숨[27]을 푹푹 쉬며

       온통 몸을 비비 꼬았는데,

114   이것을 알아차린 카탈라노 수사가

       나에게 말하길, "그대의 눈에 띄는 저 처형된 자는

       바리새인들에게 국민을 위해 한 사람을

117   순교시켜야 마땅하다고 권했던 자라오.[28]

       그대 보다시피 놈은 발가벗고 길에

       가로질러 누워 있으니, 누구든 딛고 지나치는 자가

120   얼마나 무거운지를 그가 깨닫게 될 것이오.

       이와 같은 모양으로 그의 장인과 유대인들에게

       사악한 씨앗이었던 민회의 다른 놈들도

123   이 구렁 속에서 힘겹게 지내고 있다오."

       그때 나는 베르길리우스가 그리도 혹독하게

---

[24] **고국** 볼로냐

[25] **가르딩고(Gardingo)** 피렌체 시의 일부. 구엘프 당의 총수 우베르티(Uberti) 가문의 본거지가 이곳에 있었는데, 카탈라노 일파에 의해 그의 집이 방화되었다 한다.

[26] **말뚝 세 개로 땅바닥에 처형된** 가야파라는 유대인의 제사장. 그도 역시 예수처럼 처형됐으나 땅 위에 못 박힌 것이 아니라 말뚝에 매였다 한다.

[27] **한숨** 'sospiri' 한숨 혹은 탄식의 뜻이 들어 있다. 그러나 'respiro' 호흡은 아니다. 지옥의 무리들은 호흡을 할 수 없다.

[28] **그대의~** 「요한의 복음서」 18장 12절을 참고하는 것이 좋겠다. "그때 군인들과 그 사령관과 유대의 경비병들이 예수를 붙잡아 결박하여 먼저 안나스에게 끌고 갔다. 안나스는 그 해의 대사제 가야파의 장인이었는데 그는 일찍이 유대인들에게 '한 사람이 온 백성을 대신해서 죽는 편이 더 낫다'는 의견을 냈던 자다."

십자가에 못 박혀 누워서 영원한 유형에 처해진

126 그자를 보고 놀라는 모습[29]을 보았다.

이윽고 스승이 그 수사에게 이와 같이 말했다.

"나쁘게 생각 마라. 할 수 있거들랑,

129 오른편에 어떤 구멍이 있는지 말해라.

그곳을 향해 우리가 빠져나갈 수 있다면

우리를 떠내 보내려고 검은 천사들을

132 이 바닥에 오도록 할 필요가 없느니라."

이에 그가 대답하길, "그대가 바라는 것보다

훨씬 더 가까운 곳에 바위가 있어, 커다란 둘레에서

135 움직여 나와 모든 무서운 골짜기 위에 걸쳐 있는데

다만 여기에선 바위가 깨진 다리를 잇지 못하니

그대들은 비탈에 뒹굴며 바닥에 쌓이는

138 무너진 곳을 밟고 오를 수 있을 것이오."

스승은 머릴 숙이고 잠시 서 있다가

이내 말하길, "저기서 작살로

141 죄인들을 찌르던 자[30]가 사태를 잘못 가늠했구나."

그러자 수사가, "일찍이 악독한 마귀에 대한 이야기를

볼로냐에서 들었는데 그중에서도 그놈은

144 거짓말쟁이, 또 거짓의 아비라고 들었소."

이 말을 듣고 스승은 얼굴에 다소

노기[31]를 띤 후 잽싼 걸음으로 나아가니

147 이내 나도 무거운 짐을 진 놈들과 헤어져

사랑스런 발자취를 뒤따라갔다.

---

[29] **놀라는 모습** 베르길리우스가 지옥에 내려왔을 때는 예수가 죽기 이전이었기에 그가 미처 알지 못했으므로 놀란다.

[30] **찌르던 자** 말라코다.

[31] **노기** 말라코다의 속임수와 수사의 조롱 때문에.

| 제24곡 |

이제 도둑들이 벌받고 있는 일곱째 굴에 시인들이 와 있
다. 단테는 베르길리우스가 얼굴에 괴로운 빛을 띠는 걸
보자 금방 공포에 휩싸인다. 그러나 잠시 후 마음을 가다
듬는다. 스승인 베르길리우스가 다시 마음을 바로잡는 걸 보았기 때문이
다. 그들이 허물어진 다리에 이르렀을 때 스승은 단테에게 「지옥편」 제1
곡에서 보여 주었던 것과 같은 아늑한 인상을 풍겨 단테는 한없이 큰 위
안을 얻게 된다. 스승은 그를 포옹하고 조금씩 밀어 올린다. 다소 나지막
한 언덕을 찾아 꼭대기까지 오른다. 지쳐 주저앉은 단테에게 스승은 타
이른다. 연약하면 명예를 못 얻고 세상에 흔적을 남길 수 없을 것이며 명
예 없는 삶이란 공기 중의 연기나 물속의 거품과 마찬가지라고. 그러므
로 힘을 다해 피로를 극복해 모든 장애물을 헤쳐 나갈 의지를 가지라고
한다. 단테는 이 말을 듣고 정신을 가다듬는다. 그들은 이전의 다리들보
다 더 험준한 다리에 이른다. 이것은 일곱째 굴로 향한다. 단테는 자신이
피로하지 않다는 것을 베르길리우스에게 보여 주기 위해 말을 하는데 바
닥에서 도저히 알아들을 수 없는 이상한 목소리가 들려온다. 단테는 그
쪽을 쳐다보나 어둠 때문에 아무것도 분별하지 못한다.

　이어 여덟째와 일곱째 굴을 갈라놓는 가장자리에 이르게 된다. 그곳

에서 단테는 떼 지어 가는 무시무시한 뱀들을 보는데 이 뱀들은 생김새도 야릇하고 악취가 나며 독하기도 하여 리비아, 이디오피아 심지어는 아라비아의 사막에서도 그와 같이 흉측한 것들은 없을 것이라는 느낌을 받는다. 이 뱀 떼거리 속에 벌거벗은 채 질겁한 몰골의 도둑들의 영혼이 있는데, 이들은 뱀들에 의해 핍박받고 있다.

이들 속에서 단테는 한 놈을 알아본다. 그놈은 베르길리우스의 요청에 따라 자기를 소개한다. 그는 피스토이아의 반니 푸치인데 죽은 지 얼마 안 되는 인물이다. 한편 단테가 그 죄인이 살았을 때 포악한 사람인 걸 알았노라고 선언하자 그 죄인은 자기의 정체가 드러났음을 깨닫고서 걷잡을 수 없는 수치감을 느낀다. 그는 자기가 피스토이아의 대성당에서 성물을 훔쳤던 죗값으로 지금 도둑들 속에 있는 것이라고 고백할 수밖에 없다. 그러고 나서 마치 단테에게 앙갚음을 하려는 듯 무시무시한 예언을 들려준다. 그의 예언에 의하면, 피스토이아에서는 네리 파가 쫓겨나고 비앙키 파가 득세할 것이며 피렌체에서는 그와 반대로 네리 파가 세도를 장악할 것이고 마지막으로 마르스가 피스토이아의 네리 파를 도와주기 위해 모로엘로 말라스피나를 보낼 것인데 그는 피체노에서 비앙키 파를 섬멸할 것이라 한다. 그는 이어 최후의 일격을 단테에게 퍼붓는다. "네게 고통이 있도록 내 그걸 말했도다!"라고. 이 곡은 다음의 제25곡과 더불어 도둑에 관해 다루고 있으며 「지옥편」에서 가장 환상적이며 격렬한 곡에 속한다.

한 해가 이제 막 시작할 무렵에,[1]

태양이 물병자리 아래의 빛살을 따뜻하게 하고[2]

3 밤[3]은 이미 남쪽으로 돌아가는데.

서리가 땅 위에 제 흰 누이의 영상[4]을

그려 넣으려 하나 붓질이 그다지

6 오래 가지 못할 무렵,

양 먹이가 바닥 난 시골 농부가 일어나

빙 둘러보고 들녘이 온통 허옇게 되어 있으니

9 자신의 허리를 두드리고는

집으로 돌아와서 무얼 할지 모르는 불행한

사람처럼 이 구석 저 구석 돌아다니다

12 또다시 문지방에 나갔는데, 짧은 시간에

세상이 온통 안색을 달리해서[5]

희망이 솟구쳐 올라 지팡이를 움켜쥐고

15 양 새끼들을 밖으로 몰고 나가는 것과 마찬가지로,

스승은 내게 그의 괴로운 이마를

보여 주어 나를 놀라게 했고

18 그처럼 빨리 아픈 데다 약을 발라 주셨다.

이는 우리가 허물어진 다리에 왔을 때 스승께서

내가 산기슭[6]에서 맨 처음 보았던 그 상냥한

21 모습으로 나를 쳐다봤기 때문이다.

---

[1] 원문엔 'giovanotto anno' 라고 쓰여 있다. 이것은 젊은 해라는 의미인데 해年가 바뀐 지 얼마 되지 않았다는
뜻이다.
[2] 1월 20일경부터 2월 20일경까지를 말한다.
[3] **밤** 춘분이 가까워짐에 따라 태양은 북쪽으로 밤은 남쪽으로 향한다.
[4] **흰 누이의 영상** 눈.
[5] **안색을 달리해서** 서리가 빨리 녹아서.
[6] **산기슭** 「지옥편」 제1곡에서 보았던 기슭. 베르길리우스가 처음으로 단테에게 나타났던 때를 상기하라.
[7] **털 속에서나~** 베개 따위에 파묻혀서는, 즉 게을러서는.

244

그는 먼저 폐허를 자세히 살피고

스스로 좋은 묘책을 세운 다음에,

24 　두 팔을 벌려 나를 붙들어 주셨다.

일하면서 신중히 생각하며 앞일을 언제나

미리 살피는 사람과 마찬가지로

27 　그는 바위 꼭대기를 향해 나를 밀어 올리면서

또 하나의 바위를 가늠하며 말했다.

"저 위로 올라가라. 그렇지만

30 　먼저 그 바위가 너를 지탱할 수 있을 것인지 보거라."

그것은 납으로 된 망토를 입은 자들의 길이 아니었다.

아무튼 우리는 ― 그는 가뿐히, 나는 매달려 ―

33 　바위에서 바위로 힘겹게 올랐다.

그런데 그 등성이의 벼랑이 다른 쪽의

벼랑보다 더 짧지 않았더라면, 그에겐 몰라도

36 　나는 너끈히 녹초가 되었을 것이다.

말레볼제는 매우 낮은 샘의

어귀 쪽으로 온통 기울어져 있고

39 　어느 골짜기(굴)든

한쪽은 돋아나고 한쪽은 내려앉았는데

우리가 드디어 도달한 곳은 마지막 바위가

42 　깨어져 나간 지점이었다.

내가 꼭대기에 다다랐을 때 나의 허파가

숨이 가빠 헐떡거렸기에 더는 가지 못하고

45 　가기는커녕 당장에 주저앉고야 말았다.

스승이 말하길, "이제야말로 너 태만을

벗어 버려야겠다. 털 속에서나 이불

48 　밑에 누워서[7] 명성을 얻을 수는 없으니.

그 명성 없이 삶을 소모하는 사람은

공중의 연기나 물의 거품과 같은

51   흔적만을 세상에 남길 따름이다.

그러니 너 육신이 나른해 약해지지

않았다면 일어나서 모든 고투를 이겨 내는

54   그 용기로써 헐떡이는 고통을 극복해라.

우리가 올라야 할 계단[8]은 아직도 더 남았으니

그들로부터 멀어졌다 해서 맘 놓을 일이 아니다.

57   내 말을 알았다면, 이제 그것을 이용하여라."

나는 몸을 일으켜, 실제 내가

느꼈던 것보다 훨씬 더 호흡이 나아진 듯

60   꾸며 말하길, "저는 힘차고 용감하니, 계속 가시죠."

돌다리 위를 지나서 우리가 걸을 길은

자갈투성이에 비좁고 험난했으며

63   이전의 그것보다 훨씬 더 힘들었다.

숨 가쁜 모습을 보이지 않으려고 내가 말을 하며

걸어갈 때 다음 굴[9]에서 한 소리가 들렸는데

66   이는 말을 이루기엔 적합지 못했다.[10]

나는 그곳에 걸려 있는 활꼴 문[11] 뒤에 있었는데,

그게 무슨 뜻인지 몰랐으나

69   아무튼 말하는 자는 분통이 터진 듯했다.

나는 아래로 숙여 바라보았다. 그러나 살아 있는

내 눈[12]이 어둠 때문에 바닥에 이르지 못했기에

---

[8] **올라야 할 계단** 연옥의 계단. 여기서 계단이라 함은 산을 말한다.
[9] **다음 굴** 일곱째 굴.
[10] 무슨 뜻인지 알아들을 수 없었다는 뜻이다.
[11] **활꼴 문** 홍예문(아치 모양 문)을 말한다.
[12] **살아 있는 내 눈** 단테는 살아서 지옥을 여행하고 있으니.

72   "스승님이여, 다음 둘레[13]로

가소서. 그리고 벼랑을 내려갑시다.

여기서는 듣기는 해도 이해하지 못하고,

75   보기는 해도 아무것도 구별하지 못하겠습니다"라고 말했다.

그가 말하길, "실행하는 것 외에

어떤 대답도 너에게 줄 수 없구나.

78   올바른 요청이면 말 없는 행실이 뒤따라야 하니까."

여덟째 언덕으로 이어지는 다리의

머리[14]에서 우리가 내려왔을 때에야

81   굴이 나에게 제 모습을 나타냈다.

나 그 안에서 무시무시한 뱀 떼[15]를

보았는데, 그 꼴이 하도 치가 떨려

84   지금도 그걸 생각하면 피가 뒤집힌다.

리비아 사막[16]이 그 모래를 더 자랑하지 못할 것이다.

무자치, 흙 파는 뱀, 그리고

87   쌍머리 뱀에 점박이 독사가 거기 난다 해도,

이디오피아와 홍해 언저리[17]에 있는

그 모든 나쁜 놈들을 모조리 합쳐 놓아도

90   역질과 흉악한 것을 이보다 더 보여 주지 못할 것이다.

이 잔인하고 고약한 떼거리[18] 속으로

벌거벗은 족속들이 겁에 질린 채 숨을

---

93   구멍이나 요술 보석[19]을 바라지 않고 달려갔다.

그들의 손은 뒤로 젖혀진 채 뱀들로 묶였고

허리에 뱀들의 꼬리와 머리가 삐져나왔는데,

96   그놈의 뱀들은 이마가 서로서로 얽혀 있었다.

그런데 우리가 지나온 언덕 쪽에 있던 자에게

뱀 한 마리가 튀어 왔는데 그놈은

99   목에서 어깨로 이어지는 부분을 물어뜯었다.

O자와 I자를 아무리 빨리 쓴다 해도

저놈이 타서 마침내 고스란히

102   재가 되어 떨어지는 것만큼 빠르진 못할 것이다.

그리고 나서 그 재가 땅에 부스러졌다가

또다시 스스로 모여

105   짧은 순간에 원래의 모습으로 되돌아갔는데,

이는 마치 현자들[20]로부터 듣는 바와 같으니

불사조란 죽었다가 다시 오백 년이

108   되면 태어나지만

평생 곡식이나 풀은 먹지 않고

오로지 향과 아모모[21]의 방울만 먹고 살다가

111   죽을 때는 향초와 몰약만 걸친다.

악마의 힘으로 땅바닥에 끌렸거나

사람을 사로잡는 다른 장애물 때문에

114   넘어진 사람이 어찌된 영문인지 모르고

다시 일어났을 때, 그가 겪은 커다란

[19] **요술 보석(elitropia)** 붉은 반점이 박힌 푸른 보석인데, 그 당시에는 이 보석을 지니면 자기의 모습이 사람의 눈에 띄지 않고 뱀의 독기도 지워 없앤다고 믿었다.

[20] **현자들** 오비디우스의 『변신이야기』에 의거하여 푸리니오 클라우디아노와 브루네토 라티니를 들 수 있고 아울러 오비디우스도 단테에겐 현자로 간주된다.

[21] **아모모(amomo)** 향료로 쓰이는 열매가 있는 나무.

고통 때문에 주위를 빙그르 둘러보며

117 탄식의 숨을 몰아쉬는 것과 같이

넘어졌다가 일어난 그 죄인도 그러했다.

복수를 위해 그러한 벌을 주시는

120 오, 하느님의 힘이여. 얼마나 근엄하신가!

이어서 안내자가 누구냐고 물으니

그가 대답하길, "나 토스카나에서

123 이 험상궂은 목구멍에 떨어진 지 얼마 안 되노라.

나 어차피 후레자식 노새²²였으니 사람보다는

짐승의 삶을 더 좋아하던 반니 푸치²³라는 짐승.

126 그러기에 피스토이아가 내겐 알맞은 굴이었다."

이에 난 스승에게, "도망치지 말라 이르시고

무슨 죄가 저놈을 이 아래로 처박았는지 물으소서.

129 저놈을 봤을 때 피와 분노의 몰골이었기 때문입니다."

그 죄인 놈은 내 말을 알아듣고 부정은 못하고

나를 향해 얼굴을 들고 눈여겨보더니

132 한심스럽고 부끄러운 얼굴로

말하는데, "너 보다시피 이 비참 속에서

너를 만나게 된 것이 내 저 세상에서

135 생명을 빼앗긴 것보다 더욱 괴롭구나.

내가 찬란한 성물을 두는 제의실의

도둑이었기에 이렇듯 이 아래 빠져 있으니

138 네가 묻는 것을 나는 아니라고 못하겠다.

---

²² **후레자식 노새** 원문엔 'si come a mul ch'i fui'라고 되어 있다. 'mul'의 뜻은 후레자식이다.

²³ **반니 푸치(Vanni Fucci)** 피스토이아의 귀족 라차리 집안의 사생아. 그는 1291년 두 공모자와 더불어 성 세노네 성당에 있는 성 야코포 제의실의 보고에 들어가서 보석, 성모의 상 등을 훔쳐 아는 사람의 집에 숨겼는데, 라누 치오가 억울한 누명을 쓰고 처형당한 것을 알고 가책을 느껴 자수하여 형을 받았다.

그런데 그 죄는 남에게 잘못 씌워졌다.

너 이 어두운 곳들을 벗어나거든

141 이곳에서 본 것들에 대해 좋아만 하지 않도록

내 전하는 말에 귀를 열고 들어 보아라.

먼저 피스토이아는 네리 파를 내쫓고

144 그들은 피렌체의 백성과 풍속을 새롭게 하리라.

시꺼먼 구름으로 덮어 씌워진 발 디 마그라에서

마르스²⁴는 수증기를 몰아

147 매섭고 모진 폭풍우로써

피체노²⁵ 벌판 위에서 싸울 것이라.

마르스가 곧 그 안개를 찢어 버려

150 온갖 비앙키 파가 그 때문에 상처 입으리라.

네게 고통이 있도록 내 그걸 말했도다."

---

²⁴ **마르스(Mars)** 불의 신으로 전쟁을 상징한다.
²⁵ **피체노(Piceno)** 이 지방에 대한 정확한 설명은 불가능하다. 아마도 단테가 잘못 알았던 것으로 보인다.

| 제25곡 |

4월 9일 정오가 되기 조금 전, 단테는 도둑들이 벌받고 있는 제8원의 일곱째 굴속에 와 있다. 앞의 곡의 뒷부분에서 보았듯이, 일장 연설을 끝낸 반니 푸치는 하느님을 모독하면서 불경한 손가락질을 하는데, 한 마리의 뱀이 그의 목을 칭칭 감고 또한 마리는 그가 꼼짝하지도 못하도록 그의 팔을 휘감는다. 단테는 바로이 장면을 보고 당쟁이 많은 도시 피스토이아를 저주한다. 지옥에서도그와 같은 놈들을 찾아볼 수 없을 만큼 사악하고 교만한 자들을 낳는 그도시가 재가 되길 기원한다. 한편 반니 푸치는 더 이상 말을 못하고 도망간다.

그때 켄타우로스가 다가와서 그 무시무시한 죄인은 어디에 있느냐고고래고래 소리 지르며 노기를 품고 그를 쫓아간다. 그의 등허리는 뱀들로 덮어 씌워졌고 양 어깨와 뒷목덜미에는 두 날개를 활짝 펼친 용 한 마리가 앉아 그에게 다가오는 자에게 불을 내뿜는다. 베르길리우스는 단테에게 그 켄타우로스가 아벤티누스 산의 동굴 속에 살고 있는 악명 높은도둑 카쿠스로서 헤라클레스의 가축을 훔쳐 헤라클레스에 의해 살해당했다는 것을 설명한다. 베르길리우스가 이야기를 하고 있는 사이에 세명의 죄인이 시인들이 있는 강둑 아래로 다가온다. 그들은 아뇰로, 부오소, 쉬안카토다. 그들 중 하나가 큰 도둑 치안파를 찾는다. 이때 단테는 무시무시하고 처참한 광경을 목격한다. 발이 여섯 달린 뱀 형상을 한 치안파 도나티가 아뇰로에게 달려들어 온몸을 휘감고 달라붙는다. 그들은 얽히고설켜 기이한 색채와 형상을 나타낸다.

곧이어 삼복더위에 번갯불처럼 재빠르게 길을 건너는 도마뱀과 같이 생긴 새끼뱀 한 마리가 나타나는데 그는 곧 프란체스코 데이 카발칸티다. 그는 부오소 도나티의 배꼽을 찌르고 그의 앞에 자빠진다. 부오소는 상처에서, 뱀은 입에서 연기를 내뿜는다. 이와 같은 변신은 루카누스가 이야기한 사벨로와 나시디오의 것이나 오비디우스가 이야기한 카드모스와 아레투사의 것보다 훨씬 더 놀라운 것이다. 그 뱀과 사람은 연기가 부딪치는 순간 서로서로 본체를 바꾼다. 뱀은 두 갈래로 나뉘고 사람은 양 다리가 꼬인다. 이어서 연기가 새로운 빛깔로 서로를 가리고 뱀은 털이 자라나며 사람이 되고 사람은 뱀이 되어 서로 쳐다본다. 뱀은 두 발로 일어서고 사람은 땅에 넘어진다. 사람이 된 뱀은 관자놀이와 귓불에 귀, 코, 입의 형태를 갖고, 뱀으로 변한 사람은 코를 길게 뽑고 두 갈래로 나뉜 혀를 갖게 된다. 여기서 우리는 변신을 보게 된다. 이로써 도둑들이 남의 재산을 훔쳐 제 것으로 바꾸었으니 죽어서 그에 대한 보속으로 몸뚱이를 끝없이 도둑맞는다는 것을 알 수 있다.

도둑은 제 이야기 끄트머리에
손을 높이 들어 더러운 손가락질[1]을 하며 외쳤다.
3   "하느님아, 이거나 먹어라. 네게 이걸 주노라."

---

[1] **더러운 손가락질** 엄지손가락을 둘째와 셋째 손가락 사이에 집어넣어 여성의 성기 모양을 나타내 성행위를 암시하는 손짓을 말한다.

이때부터 여기 뱀들이 나에겐 친구였으니

한 놈은 "네놈이 더 이상 말하는 게 싫다"라고 하듯

6 그의 모가지를 칭칭 휘감았으며

또 한 놈이 팔을 칭칭 감아서

앞으로 꽁꽁 묶었기 때문에

9 그놈은 꼼짝도 할 수 없었다.

아, 피스토이아², 피스토이아. 너는 어이하여

죄를 지음에 있어 너의 조상³을 앞지르건만

12 더 지속되지 않게 재가 되어 쓰러지지 않는가?

컴컴한 지옥의 둘레⁴를 모조리 둘러봤어도

하느님께 그토록 거만한 망령을 못 보았다.

15 테베의 성벽에서 떨어졌던 자도 이만큼은 못하였다.⁵

놈은 더 이상 말 못하고 뺑소니쳤는데 분통이

터진 켄타우로스가 "어디냐? 어디에

18 무시무시한 죄인이 있느냐?"고 외치며 오는 것을 보았다.

마렘마⁶에도 사람의 형체가 시작하는 엉덩이 위에

그놈이 싣고 있던 독사보다도 더 많은

21 독사들이 있을 것이라고 믿을 수 없다.

그놈의 양 어깨 위와 목 뒤에

날개를 펼친 용⁷ 한 마리가 도사리고 앉아

² **피스토이아(pistoia)** 이탈리아 중부에 있는 도시. 이 도시엔 피사와 같이 기벨린 당이 근거를 두고 있었다. 단테는 많은 당쟁이 있는 이 도시를 증오했다.
³ **너의 조상** 전설에 의하면 로마를 거역했던 카틸리나(Catilina) 군대의 잔당들이 피스토이아를 세웠다고 한다.
⁴ **지옥의 둘레** 지옥에 있는 원들을 가리킨다.
⁵ 카틸리나를 두고 한 말이다.
⁶ **마렘마(Maremma)** 토스카나 지방의 해안 지역으로 늪이 많아 버려진 땅이다. 단테가 살던 시절부터 오늘에 이르기까지 그 지역엔 뱀이 많다고 한다.
⁷ **용(drago, draco)** 동양의 용과 비슷한 서양의 상징적인 동물.

24   어느 놈이고 닥치는 대로 불을 뿜었다.

         나의 스승이 말하길, "이놈은 카쿠스[8]란다.

         아벤티누스 산의 바위 밑에서 그놈은

27   여러 차례 피의 호수[9]를 만들었는데

         그가 곧 제 형제들과 같은 길을 가지 않은 것[10]은

         그자가 자기 이웃에 있던 수많은 가축 떼를

30   사기 쳐서 도둑질했기 때문이란다.

         헤라클레스의 몽둥이를 맞고서

         그놈의 나쁜 버릇이 고쳐지기는 했다 해도, 백 번쯤

33   후려쳤으련만 그놈이 느낀 것은 열도 안 되었다."[11]

         그가 말하는 동안 켄타우로스는 달아나고

         세 명의 망령[12]이 우리 밑으로 다가왔건만

36   나도 또 나의 스승도 놈들이 "너흰 누구냐?"

         하고 외치기까지 이를 알아차리지 못했다.

         이리해 우리들의 이야기는 중단되었고

39   오로지 놈들에게만 주의를 기울였다.

         난 그놈들을 알지 못했으나 다른 경우와

         마찬가지로 그들 중 하나가 다른 자의 이름을

42   부르면서 말하는 것을 보았다.

         "치안파[13]야, 넌 어디 있었느냐?"라고.

---

[8] **카쿠스(Cacus)** 불카누스의 아들. 그는 아벤티누스 산의 동굴에 살았는데 헤라클레스의 소를 훔쳤다가 나중에 발각되어 피살되었다. 단테는 그를 켄타우로스로 만들었다.

[9] **피의 호수** 카쿠스가 헤라클레스의 소를 훔쳐 잡아먹었기에 그 소들이 흘린 피가 많았음을 표현한 것이다.

[10] **제 형제들과 같은 길을 가지 않은 것** 모든 켄타우로스들은 제7원에 있으나 카쿠스는 도둑이었으므로 제8원에서 벌받고 있다.

[11] **백 번쯤~** 카쿠스는 수없이 맞았으련만 겨우 열 대쯤 맞고 죽었다. 그러나 베르길리우스에 의하면 교살되었다 한다.

[12] **세 명의 망령** 뒤이어 나오게 될 아뇰로(Agnolo), 부오소(Buoso), 푸치오(Puccio)를 가리킨다.

[13] **치안파(Cianfa)** 피렌체의 귀족 도나티(Donatti) 가문 출신의 큰 도둑이다. 그는 구엘프 당의 일원이기도 하다.

그러자 나는 안내자가 정신을 차리도록
45　　부르면서 그가 말하는 것을 보았다.
　　　독자여,[14] 그대 내 말하는 바가 더디게
　　　믿어진다 해도 놀라울 것 없는 일이다.
48　　그들을 본 나로서도 수긍하기 힘드니까.
　　　내가 저들을 향해 눈썹을 치켜뜨고 있을 무렵
　　　발 여섯 달린 뱀[15] 한 마리가 한 놈 앞으로
51　　덤벼들어 통째로 그놈을 휘감았다.
　　　가운데 발로는 그놈의 배를 휘감고
　　　앞발로는 두 팔을 붙잡더니, 이어서
54　　두 뺨을 이리저리 깨물었다.
　　　뒷발로는 허벅다리를 짓누르고
　　　꼬리를 사타구니 사이에 집어넣어
57　　허리를 휘감아 뒤로 내뻗쳤다.
　　　그 무시무시한 짐승이 자신의 몸뚱아리로
　　　다른 놈의 사지를 휘감은 것은, 정녕코
60　　나무를 얽어매는 담쟁이보다도 더 강한 듯했다.
　　　이어서 저들은 마치 뜨거운 초와 같이
　　　서로 엉키더니 자신들의 색깔을 뒤섞으니
63　　두 놈이 모두 이전의 모습은 없어졌는데
　　　이는 꼭 불꽃이 붙은 종이가 처음에는
　　　누르스름한 빛을 띠다가 미처 시꺼멓게
66　　되기도 전에 하얀 바탕이 스러지는 것과 같았다.

---

[14] **독자여** 단테는 간혹 독자의 주의를 환기시키려 독자를 향해 직접 말한다. 때로는 시의 운율을 맞추기 위한 경우도 있다.
[15] **뱀** 치안파는 어느새 뱀으로 변신했다. 이와 같은 변신은 오비디우스의 『변신이야기』에 의한 것이다.

다른 두 놈이 그를 바라보더니 저마다

소리쳤다. "아이고, 아뇰로[16]야, 너 변하는구나!

69 너는 이미 하나도 아니요, 둘도 아니로구나!"

두 개의 대가리는 벌써 하나가 되었으니

이때 두 개의 몰골이 섞이어 하나의 얼굴로

72 되었기에 둘 다 없어진 것이나 마찬가지였다.

두 개의 팔은 네 개의 가지로 되어 있고[17]

다리가 달린 허벅지, 배, 그리고 가슴은

75 일찍이 보지 못했던 사지가 되었다.

이전의 모든 용모는 말끔히 씻겨졌다.

뒤바뀐 형상은 둘로 보이기도 하고, 또 아무것도 아니게도

78 보였는데 느린 걸음으로 떠나갔다.

삼복더위의 찌는 듯한 불볕[18] 아래에서

도마뱀이 울타리를 옮겨 가고자 재빠르게 길을 건너는 모습이

81 번갯불처럼 보이는 것과 마찬가지로

납빛에 후추씨처럼 검은 새끼뱀

한 마리가 골을 잔뜩 내고 다른

84 두 놈의 배를 향해서 오고 있었다.

그러고는 둘 가운데 하나의

우리가 처음에 영양을 취하던 부분[19]을 꿰뚫고는

87 그놈 앞에 나자빠져 쭉 뻗어 버렸다.

배꼽을 뚫린 자는 그를 보고도 아무 말 없이

오히려 굳은 다리로 선 채 하품만 하였으니

---

[16] **아뇰로(Agnolo)** 피렌체의 명문 브루넬레스키(Brunelleschi) 출신으로 권세를 이용하여 공금을 훔쳤다.

[17] 용의 두 앞발과 사람의 양팔이 합쳐져서 이상한 모습이 되었다.

[18] **불볕** 원래의 뜻은 채찍이지만 관용적으로 태양의 뜨거운 볕으로 쓰인다.

[19] **처음에 영양을 취하던 부분** 배꼽.

90   마치 열병에 걸리거나 잠에 취한 듯했다.

그놈은 뱀을, 또 뱀은 그놈을 마주보는데

전자는 상처에서 후자는 아가리에서 힘차게

93   연기를 뿜었으며 연기는 서로 맞부딪쳤다.

루카누스[20]여, 가엾은 사벨로[21]와 나시디오[22]에 대해

이야기할 지점에서 입을 다물고,

96   이제 곧 말하는 바에 정신을 차려라.

오비디우스는 카드모스[23]와 아레투사[24]에 대해 말하지 마라.

그가 사내는 뱀으로, 또 계집은 샘으로

99   바꾸어 시를 지었어도 나 그걸 시기하지 않노라.

이는 곧 그가 저들의 형체는

바꿀 수 있었지만 두 개의 본성은

102   완전히 바꾸어 놓지 못한 까닭이었다.

뱀의 꼬리를 잘라 꼬챙이를 만들고

다친 자는 두 다리를 한데 겹치게 해

105   그들은 서로서로 응수하고 있었다.

두 다리와 두 허벅지는 제풀에 절로

착 달라붙어서 이어진 곳이 보이지 않을 정도로

108   금방 아무런 흔적이 없게 되었다.

---

[20] **루카누스(Lucanus)** 39년에 코르도바에서 태어났다. 처음엔 네로 황제와 친했으나 나중엔 사이가 나빠져 사형 당했다. 그는 『파르살리아(Farsaglia)』라는 서사시를 남겼다. 여기에 인용된 것은 이 작품 제9권 761행 이하의 이야기다. 즉, "카토의 부하인 사벨로가 리비아 사막에서 세프스란 뱀에게 물려 그 독에서 생긴 체내의 고열로 재가 되어 죽고, 나시디오는 프레스텔이란 뱀에 물려 온몸이 부어올라 갑옷이 터져 죽었다"고 기술되어 있다(최민순의 역주 참고).

[21] **사벨로(Sabello)** 리비아에 주둔하던 카토 군대의 일원이었던 로마 군인. 뱀에 물려 그의 몸이 재가 되어 죽었다고 한다.

[22] **나시디오(Nassidio)** 역시 카토 군대의 일원으로 뱀에 물려 죽었다.

[23] **카드모스(Kadmos)** 테베의 왕자였는데 뱀으로 변신되었다.

[24] **아레투사(Arethusa)** 달의 여신을 섬기던 여신 중의 하나. 알페이오스(Alpheios)의 사랑을 받았으나 그의 사랑을 피하기 위해 달의 여신에게 간청해 샘으로 변했다.

갈라진 꼬리는 없어진 다른 놈의 형체를
지녔는데 제 살결은 부드럽고

111   다른 놈의 살갗은 딱딱하게 굳어졌다.
겨드랑이 속으로 그놈의 양팔이 들어가는 것을
나는 보았는데 그것들이 점점 들어갈수록

114   짤막하던 짐승의 두 앞다리가 늘어났다.
그러더니 그놈의 뒷다리는 서로서로 얽혀
사내가 감추는 가운데 다리[25]가 되었고

117   그 불쌍한 놈의 그것은 두 다리를 이루었다.
연기가 둘을 하나하나 뒤덮으니
그게 한 놈에겐 털이 나게 하고

120   다른 놈에게서는 털을 뽑아냈다.
한편 하나는 일어서고 다른 하나는 떨어졌으나
둘 다 죄인들의 시선을 피하지 않고

123   그 아래서 저마다의 몰골을 바꾸었다.
서 있던 놈이 관자놀이께로 몰골을 끌어당기니
그쪽으로 밀린 살점에서 귀가 튀어 나와

126   반반하던 볼 위에 오뚝하게 자리 잡았다.
뒤로 밀리지 않고 살점 밑에 남아 있던
살은 그 얼굴에 코가 되었고

129   입술을 다소 두툼하게 하였다.
자빠져 있던 놈이 코를 앞으로 내밀고
대가리 속으로 눈을 끌어당기는 것은

132   마치 달팽이가 뿔을 집어넣는 것과 같았다.
전에는 갈라지지 않아 말을 할 수 있던

---

[25] **가운데 다리** 남성의 성기를 일컫는다.

그의 혓바닥은 갈라졌고, 다른 놈의 찢어진

135 혀는 다시 겹쳐지니 이내 연기가 그쳤다.

짐승이 된 망령이

쌕쌕거리며 계곡으로 도망쳐 가고

138 다른 놈은 침을 뱉고 중얼거리며 그 뒤를 쫓아갔다.

곧이어 그놈은 새로운 어깨를 돌려서

다른 놈에게 말하길, "내가 한 것과 같이

141 부오소²⁶란 놈도 이 샛길로 뛰어가면 좋겠구나.

이리하여 나는 일곱째 모래바닥이 바뀌고

또 바뀌는 것을 보았는데, 내 여기서

144 나의 붓질이 그릇되었다 하더라도 용서하시라.

비록 나의 눈이 다소 흐려졌고 마음마저

어수선하긴 해도, 저 두 놈이

147 꼭꼭 숨어서 달아나지는 못했으니,

나는 곧 그게 바로 푸치오 쉬안카토²⁷임을

알았다. 먼저 왔던 세 놈의 패거리 중에

150 오로지 그놈만이 변신하지 않았다.

또 하나는, 가빌레²⁸ 네가 울고 있는 것은 그놈 때문이다.

---

²⁶ **부오소(Buoso)** 이 인물에 대해선 두 가지 학설이 따른다. 아무튼 단테학자 바르비가 말하는 것과 같은 탁월한 도둑이었다.

²⁷ **푸치오 쉬안카토(Puccio Sciancato)** 피렌체의 갈리가이 가문 출신의 도둑.

²⁸ **가빌레(Gaville)** 필리네 발다르노(Filine Valdarno) 지역의 촌락인데, 이곳에서 프란체스코 데이 카발칸티가 살해 당했다.

| 제26곡 |

 4월 9일 정오쯤, 제8원의 여덟째 굴. 도둑들의 소굴에 피렌체인이 다섯이나 있음을 보고 단테는 피렌체를 신랄하게 비판한다. 피렌체야말로 이제는 크기도 하거니와 그의 명성도 지옥에까지 알려져 있기 때문에 즐거워할 일이라고 역설적으로 훈계한다. 단테의 심정은 조국을 걱정하는 나머지 괴롭기 그지없다.

단테와 베르길리우스는 다시 걸음을 옮겨 그들이 내려왔던 험준한 바위투성이 길을 올라간다. 여덟째 굴엔 사기를 일삼던 집정관들이 벌을 받고 있다. 단테는 자기의 눈앞에 전개되었던 광경을 되새기며 그가 항상 어떤 힘에 의해 인도되었는데 이제는 자신의 과오로 인해 그것이 결핍되어 있음을 느낀다. 이제 별들과 신의 자비에 의해 자유스러워졌기에 평소보다 더 자신의 재능을 억제하게 되었다. 그는 굴 밑바닥에서 헤아릴 수 없이 많은 불꽃이 나풀거리고 있음을 보는데 이는 마치 시골뜨기가 여름밤에 언덕에서 보는 반딧불이처럼 많았다. 그 불꽃들은 마치 불수레에 끌려 하늘로 올라간 선지자 엘리야를 엘리사가 끝까지 볼 수 없었던 것과 같다.

단테가 다리에서 몸을 내미니, 그 불꽃 가운데 하나가 다른 불꽃들과 달리 에테오클레스와 그의 형제 폴리네이케스가 타 죽을 때 일어나는 불꽃처럼 두 갈래로 보였다. 그는 베르길리우스에게 그 안에서 벌받고 있는 자가 누구인지를 묻는다. 스승 베르길리우스는 단테에게 그곳에는 오디세우스와 디오메데스가 있는데 이들은 트로이를 약탈한 목마 계략과, 상인으로 가장해 아킬레우스에게서 연인 데이다메이아를 가로채고 그를 트로이 전쟁에 출전시킨 일과, 트로이인들의 구세주격인 팔라디움을 납치한 일에 대하여 신의 보복과 진노를 겪고 있다고 대답한다. 단테는 오디세우스와 디오메데스에게 이야기하고 싶은 마음이 간절해 스승의 허락을 기다리나 스승은 그들이 다른 문명권인 그리스인들이기에 단테와의 대화를 언짢게 여길지 모른다며 자신이 말해 보겠노라고 말한다.

베르길리우스는 불꽃이 더욱 가까이 오기 전에 그 속에 갇혀 있는 두 영혼에게 자기가 『아이네이스』에 적었던 문구를 들어 움직이지 말라고 한 다음 오디세우스에게 그가 마지막 겪은 항해 이야기와 죽음에 관한 이야기를 해 달라고 한다. 이에 오디세우스는 거침없이 이야기한다.

이 곡은 오디세우스에 관한 단테의 독자적인 견해를 밝혀 주는 내용을 담고 있어 많이 거론되고 있으며 또 작품을 통틀어 가장 이상적으로 고양된 주제를 다룬 곡들 가운데 하나로 평가받고 있다. 숨 막힐 것만 같은 장중한 분위기를 처음부터 끝까지 느끼게 한다. 오디세우스는 고전 문학의 독보적인 주인공이었는데, 단테 또한 그를 여기서 자기 나름대로 다루어 시의 장중함을 살리려 했다.

기뻐하라, 피렌체여[1], 그대 그토록 위대하여

바다와 대륙을 넘어 홰를 치고

3   지옥에까지 그대 이름이 퍼져 나갔으니!

도둑들 중에서 그대의 시민들을

다섯이나[2] 보았으니 부끄럽기 그지없다오.

6   그래, 그대는 그리도 크게 뽐낼 것 없다오.

그러나 새벽녘에 진실이 꿈속에 나타났다면[3]

다른 사람은 그만두고라도 바로 프라토[4]가

9   그대에게 바라는 것이 무엇인지 그댄 알리라.

비록 벌써 그렇게 됐다 해도 이른 것은 아니리라.

마땅히 있어야 할 일이라면 차라리 그리 되는 게 낫지.

12   늙을수록 내겐 더욱 부담스러울 테니까.[5]

우린 거기서 떠났는데, 이전에 우리가

내려왔던 돌계단으로 나의 길잡이는 또다시

15   오르며 나를 끌어올리셨다.

그리하여 다리의 바위와 돌을 딛고서

외롭기 그지없는 길을 따라가는데

18   손 없이 발만으로는 나아갈 수 없었다.[6]

그때 나는 슬펐는데, 내 보았던 것을

---

[1] **기뻐하라, 피렌체여** 반어적으로 풀이해야 한다. 이는 곧 자기의 조국 피렌체가 부패했음을 통렬히 슬퍼한다는 뜻이다.

[2] **다섯이나** 다섯 명의 도둑. 즉, 앞의 곡에 나왔던 피렌체 귀족 출신 도둑들을 가리킨다.

[3] 전설에 의하면 새벽에 꾸는 꿈은 진실을 말하여 주는 참된 꿈이라고 한다. 특히 오비디우스와 호라티우스의 저서에 새벽에 꾸는 꿈이 진실로 되는 예가 많이 보인다. 「지옥편」 제33곡의 우골리노 백작의 꿈이나 「연옥편」 제9곡의 단테의 꿈 등도 마찬가지의 의미를 갖고 있다.

[4] **프라토(Prato)** 피렌체 북서쪽 19킬로미터 지점에 있는 자그마한 도시로, 오랫동안 피렌체에 속해 있었다. 이곳 주민들이 피렌체의 통치에 불만을 품고 피렌체의 통치를 저주했다는 것을 암시하기 위해 단테가 이 도시를 소개하는 것 같다.

[5] 늙어서 고국의 재앙을 본다는 것은 더욱 괴로운 일이므로.

[6] 험난했다는 것을 나타낸다.

262

이제 다시 생각해 보니 더욱 괴롭구나.

21   그래 나는 평소보다 더욱 마음을 가다듬었는데,

        재주가 거침없이 날 이끌어 가도록 하기 위함이었다.

        그리하여 친절하신 별님[7]이나 더 좋은 무엇[8]이

24   내게 이바지한다면 나 또한 그 은혜 시기 않으리.

        온 세상을 비추는 것이 자기의 얼굴을

        우리에게 덜 가리고 있을 시간에[9]

27   또 파리가 모기에게 밀려나는 때[10]

        언덕 위에서 휴식을 취하고 있는 농부가

        저 아래 계곡, 어쩌면 그가 수확을 거두고

30   쟁기질하던 그 계곡에서 반딧불이들을 보듯

        많은 불꽃들이 여덟째 굴을 샅샅이

        비추어 주었는데, 이는 곧 내가 바닥을 볼 수 있는

33   곳에 이르렀을 때 목격한 것이었다.

        그리고 곰 떼거리로 복수하던 엘리사[11]가

        말들이 하늘로 곧게 뛰어오를 때에

36   엘리야의 마차가 떠나가는 것을 보았고

        눈으로도 그걸 바싹 쫓아갈 수 없었기에

        높이 치솟는 한 가닥 구름과 같은

39   불꽃 자체 이외에는 어느 것도 보이지 않았던 것처럼

---

[7] **친절하신 별님** 운 좋은 별이란 말로 행운을 의미한다.
[8] **더 좋은 무엇** 아마 신의 은총을 의미하는 듯하다.
[9] **온 세상을~** 여름철을 뜻한다.
[10] 밤이 되었을 무렵을 이른다.
[11] **곰 떼거리로 복수하던 엘리사** 「열왕기하」 2장 23~24절을 보라. "엘리사가 그곳을 떠나 베델로 올라갔다. 그가 베델로 가는 도중에 아이들이 성에서 나와 '대머리야 꺼져라. 대머리야 꺼져라' 하며 놀려 대었다. 엘리사는 돌아서서 아이들을 보며 야훼의 이름으로 저주했다. 그러자 암곰 두 마리가 숲에서 나와 아이들 사십이 명을 찢어 죽였다." 이어 '엘리야의 마차'에 대해서는 「열왕기하」 2장 11절을 보라.

모든 불꽃이 굴의 목구멍[12]을

거쳐 갔는데, 아무것도 도둑질을 드러내지 않으니

42 가닥가닥 불꽃마다 하나씩 죄인을 감추었다.[13]

나는 다리 위에 서서 내려다보고 있었는데

바위 하나를 붙들지 않았다면,

45 무게를 가누지 못하고 아래로 떨어졌을 것이다.

그러자 나의 안내자는 정신을 바싹 차리고 있는 나를

보고 말하길, "저 불꽃 속엔 망령들이 있는데

48 모두가 하나같이 저를 태우는 것에 휘말려 있단다."

내 대답하여, "나의 스승이시여, 당신의 말씀을 들으니

나 더욱 안심되지만, 그리 된 줄 벌써

51 알았기에 진작 당신에게 묻고 싶었습니다.

에테오클레스[14]가 제 형제와 더불어 놓여 있던

섶에서 타오르던 것처럼 위가 그렇게 분리된

54 저 불꽃 속에 있는 자가 누구인지요?"

그가 나에게 대답하길, "저 속엔 오디세우스와

디오메데스[15]가 고통을 겪고 있으니 그들은

57 함께 분노했듯이 벌도 함께 받는단다.

또 저 안의 불꽃에서 로마의 지체 높은

조상이 나갈 문을 만들어 주었던[16]

---

[12] **목구멍** 밑바닥

[13] 불꽃이 죄인을 감싸고 있다는 뜻이다. 「야고보의 편지」 3장 6절 참고.

[14] **에테오클레스 (Eteocles)** 테베의 왕 오이디푸스의 아들. 아버지가 장님이 된 채 유배되자, 그의 형제 폴리네이케스와 함께 교대로 정권을 잡기로 약속했다. 그러나 자기의 집정 기간이 끝났음에도 불구하고 권력을 양도하지 않는다. 그리하여 폴리네이케스는 자기의 장인인 아드라스토스 왕과 다른 여섯 명의 왕과 더불어 테베를 공략했다. 끝내 둘 다 파살되었는데 이들을 한데 놓고 불을 지르니 불꽃마저 두 갈래로 갈라졌다고 한다. 스타티우스의 「테바이데」 7권 참고.

[15] **오디세우스와 디오메데스 (Odysseus, Diomedes)** 둘 다 호메로스 서사시의 영웅인데 그들은 트로이인을 증오했다. 그래서 지옥 속에서도 같은 벌을 받고 있다.

[16] **로마의~** 트로이가 함락되자 이탈리아로 건너가 로마인의 조상이 되었던 아이네아스.

60   목마의 복병[17]을 한탄하고 있단다.

그 속에서 저들은 아킬레우스를 울리는 데이다메이아[18]를

죽게끔 한 술수를 아직도 통곡하면서

63   팔라디움[19]의 벌을 받고 있는 것이란다."

"저 불꽃 속에서도 저들이 말할 수 있다면,

스승님이시여, 그대에게 원하고 또 원하여

66   천 번이고 거듭거듭 원하니 뿔 돋친 불꽃이

여기에 닿기까지 제가 기다리는 것을

부디 물리치지 마소서. 이 소원 때문에

69   내 그쪽으로 기울어져 있음을 보십시오"라고 내 말했다.

그분은 나에게, "너의 간청은 칭찬을 함빡

받을 만하니 그래 나 그걸 들어주겠다.

72   그러니 너는 너의 혀를 잠자코 있게 하라.

너 원하는 바를 내 알았으니 말하는 것은

나에게 맡겨 두어라. 그들은 그리스인들이었으니

75   아마도 너의 말을 꺼려할지 모른다."[20]

---

[17] **목마의 복병** 오디세우스가 트로이와 전쟁을 하는데 10년이 걸려도 끝이 나지 않으니 꾀를 내 만든 것이 목마다. 그는 그 안에 군사들을 넣어서 트로이인들에게 미네르바에게 공헌할 제물이라며 바쳤다. 그리고 군사들을 해상으로 철수시키기 시작했다. 그러자 적군은 자기들이 전쟁을 승리로 끝냈다고 믿으며 그날 밤 잔치를 벌였다. 모든 군사들은 술에 취해 곤히 잠들자 목마 속에 있던 오디세우스의 복병들이 나와서 성문을 열고 그리스 군을 맞아들여 트로이를 함락했다.

[18] **데이다메이아(Deidameia)** 스키로스의 왕 리코메데스(Lycomedes)의 딸. 단테는 그녀를 림보에 있게 했다. 아킬레우스의 어머니는 아들이 트로이 전쟁에 나가는 것이 싫어 여장을 시켜 리코메데스 왕에게 맡겼다. 그런데 공주는 그를 곧 사랑하게 되었다. 이 모든 것을 익히 알고 있던 오디세우스가 상인으로 변장하여 디오메데스와 함께 스키로스 섬에 와 아킬레우스를 찾아내고 그를 설득하여 전쟁에 가담시켰다. 그러자 아킬레우스의 아들까지 갖게 되었던 데이다메이아는 이별이 슬퍼 자결했다.

[19] **팔라디움(Palladium)** 트로이 성에 있는 미네르바 상. 이 상이 성 안에 있는 한 트로이는 안전하다고 하는 전설이 있다. 오디세우스와 디오메데스는 걸인으로 변장하여 이 상을 훔쳐 내는 데 성공했다.

[20] 이에 대한 해설은 구구하다. 사페뇨의 주석을 요약하겠다. 그리스인들은 원래부터 오만했는데, 중세에는 더욱 심해졌다고 한다. 그래서 심지어 제노바의 어떤 인물은 "그리스인들은 거의 모두가 오만하다"라고 말한 바 있다. 그러나 단테가 말하고자 하는 것이 무엇인지는 정확히 알 수 없다. 그가 문명국인 그리스에 관해 아는 바는 고작해야 간접적인 것뿐이므로 이야기할 자질이 없다는 것인지 아니면 오만한 그리스인들이 타국인을 야만시한다는 말인지 등을 추측할 뿐이다.

이어 불꽃이 나의 안내자를 향해 적절한 지점에

이르렀을 때에, 안내자께서

78 이와 같이 말하는 것을 들었다.

"한 불 속에 둘이 있는 너희,

내 살았을 적에 너희들에게 도움이 되었고

81 세상에다 고귀한 문체[21]의 시를 썼을 때

다소나마 너희에게 도움이 되었다면

너희는 꼼짝 말아라. 그리고 너희 중 누군가가

84 어디에서 헤매다 죽었는지 말해 주려무나."

오래된 불꽃의 엄청난 뿔은 중얼거리면서

펄럭거리기 시작했는데, 이는 마치

87 바람을 지치게 하는 불꽃인 듯했다.

그리해 끄트머리를 이리저리 내저으며

마치 말하는 입인 듯 꼭 그와 같이

90 소리를 내 말하였다.

"아이네아스가 그를 가리켜 가에타[22]라 이르기

전에 거기서 1년도 더 나를

93 감춰 주었던 치르체[23]를 내가 떠났을 때에,

자식[24]에 대한 사랑도 늙은 아버지[25]에 대한

효성도 또 아내 페넬로페를 틀림없이 기쁘게

96 해 주었을 마땅하고 어엿한 사랑도

세상과 인간의 악덕과 그 가치에 대해

---

[21] **고귀한 문체** 「아이네이스」를 가리킨다.
[22] **가에타(Gaeta)** 이탈리아 남부 지방의 고을 이름으로 아이네아스가 이곳에 상륙해 죽은 자기의 유모 가에타를 묻은 전설에 의해 명명되었다.
[23] **치르체(Circe)** 태양의 신인 솔의 딸인 요녀. 오디세우스의 일행을 돼지로 바꾸었다.
[24] **자식** 오디세우스의 외아들 텔레마코스
[25] **늙은 아버지** 오디세우스의 아버지 라에르테스

알고 싶어 내 속에 품고 있었던

99　열정을 이겨 낼 수가 없었다.

그리하여 나는 깊고 광활한 바다를 향해

오로지 한 척의 배를 타고서 떨어지지

102　않은 적은 무리와 더불어 나아갔다.

멀리 에스파냐와 모로코에 이르기까지

이편저편의 언덕이며 사르데냐의 섬

105　그리고 이 바다가 씻겨 주는 섬들을 두루 보았다.

나와 길벗들은 늙고 더디었는데, 그 무렵

우리는 그 누구도 넘어 날지 못하도록

108　헤라클레스가 제 표지를 꽂아 놓은

저 비좁은 목으로 왔을 때에,

나는 오른쪽으로 세빌리아를 두고 떠났고

111　그 반대편으로는 이미 세타²⁶를 떠나왔다.

나는 말을 꺼내, '천만의 위험을 무릅쓰고

서녘에 이른 형제들이여.²⁷

114　아직은 남아 있는 우리네의 감각들²⁸이

이토록 조금 남아 있다고 하여

해님의 뒤를 좇아서 사람 없는 세계를

117　찾아가려는 마음을 거역하진 말아다오.

그대들이 타고난 본성을 가늠하시오.

식물인간으로 살고자 태어나지 않았고

120　오히려 덕과 지혜를 따르기 위함이라오.'

---

²⁶ **세타(Setta)** '체우타'라고도 하는 아프리카 해안의 도시.
²⁷ **형제들이여** 사랑스럽게 부르는 일종의 호격.
²⁸ **감각들** 살아 있다는 뜻.

내 그러한 짧은 이야기를 들려주었더니

나의 길벗들은 무던히도 가고 싶은 욕망에 불타

123   나중엔 그들을 멈추게 할 수 없는 지경이었다.

우리들의 선미를 아침으로 돌리고[29]

미친 듯 퍼덕거리는 날개처럼 노를 저어

126   한사코 왼쪽으로 왼쪽으로 향했다.

나는 그날 밤 다른 극[30]의 모든 별들을

보았는데 우리가 있던 극은 더욱더 낮아져

129   별들이 바다 밑으로부터 솟아나오지 못했다.

달 아래의 빛이 다섯 차례[31] 커졌다가

이내 또 그만큼 꺼져 가고, 이어서

132   우리가 깊은 고장으로 들어간 다음에

하나의 산[32]이 거리 탓인지 희미하게

나타났는데, 그것이 어찌나 높이 솟았는지

135   내 일찍이 그런 산은 본 적이 없었다.

우리는 기뻐했지만 금방 통곡으로

변했는데, 낯선 땅으로부터 회오리바람이

138   일어나 뱃머리를 냅다 들이쳤기 때문이다.

물로써 세 차례나 온통 덮어씌우더니

네 번째에는 그분[33]께서 좋으실 대로 선미를

141   추켜올렸다가 뱃머리를 푹 빠지게 하여

마침내 바다가 우리 위를 덮치고 말았다."[34]

---

[29] **선미를 아침으로 돌리고** 동쪽에 있는 지브롤터 해협을 나와 항로를 서남쪽으로 향해 나아가서 예루살렘의 정반대 지점인 정좌산에 이른다.

[30] **다른 극** 남극.

[31] **다섯 차례** 5개월.

[32] **산** 정좌산.

[33] **그분** 하느님.

[34] 단테는 오디세우스의 죽음을 이렇게 묘사하고 있다.

| 제27곡 |

오디세우스의 영혼을 품고 있는 불꽃이 말을 끝내자 사라
진다. 또 다른 불꽃이 팔라디움의 황소의 울음을 연상하게
하는 희미한 소리를 내면서 다가온다. 이 불꽃 속에는 사
형수들이 갇혀 있다. 그런데 지금 나타난 불꽃의 주인공은 구이도 다 몬
테펠트로의 영혼인데, 그는 롬바르디아에 대해 말하는 것을 듣고 베르길
리우스를 향해 거기에 온 지 얼마 안 되는 망령이 하나 있다고 말한다.
이어서 자기는 우르비노와 코로나로 산 사이의 몬테펠트로에서 태어났
으며 로마냐인들이 전쟁을 하고 있는지 아니면 평화롭게 지내고 있는지
말해 달라고 간청한다. 단테는 그 망령들에게 로마냐 지방은 언제나 전
쟁을 겪어 왔는데 현재는 전쟁이 없다고 알려 준다. 라벤나와 체르비아
는 폴렌타의 영주들에 의해 지배당하고 있으며 포를리는 옛날에 수많은
프랑스인들을 학살했으나, 지금은 오르델라피의 지배 하에 있고 리미니
지방은 말라테스타 부자에 의해 파괴됐으며 파엔차와 이몰라는 마기나
르도 파가니가 다스리고 산과 평야 사이에 있는 체세나는 폭정과 자유
사이를 드나들며 지내고 있다는 것을 덧붙인다. 단테는 그 망령에게 도
대체 누구냐고 묻는다. 그놈은 단테 역시 세상으로 돌아가지 못할 망령
이라 믿고, 자기의 악명을 이야기한다 해도 그것이 세상의 살아 있는 사

람들에게 알려지지 않으리라 생각하여 만족스러운 답을 준다. 그는 전쟁을 저지른 자로 자기의 죄과를 씻기 위해 성 프란체스코회의 작은 수사가 되었는데 보니파키우스 8세가 죄를 범하도록 다시 몰아넣지 않았다면 죄를 씻었을 것이다.

보니파키우스 8세는 콜론네 시와 전쟁을 하고 있던 중 교황으로서의 자신의 권위를 생각하지 않고, 구이도가 속한 종파의 강령을 무시하고 페네스트리노를 쳐부수기 위해 무슨 좋은 방도가 있지 않을까 해서 구이도로부터 충고를 듣고자 했다. 그러나 구이도는 침묵만을 지켰다. 보니파키우스 8세가 감언이설로 구이도를 설득하자 그의 보복이 두려워 적을 물리치는 묘법을 암시했다. 구이도가 죽었을 때 성 프란체스코가 그의 영혼을 데려가려 했는데 느닷없이 마귀가 나타나 그의 행적을 소상히 밝히며 자기가 그를 데려간다고 했다는 것이다. 그리하여 구이도의 영혼은 지옥으로 옮겨졌다. 지옥의 수문장인 미노스가 그를 보자, 그의 꼬리로 8번 휘감았다. 이는 곧 구이도가 제8원의 세계에서 벌받아야 하는 것을 암시하는 것이다.

불꽃은 더 말할 것 없었기에 쭈뼛 솟아
올랐다가 이내 잠잠해지더니, 자애로운
3   시인의 허락을 받고 우리로부터 멀어져 갔다.
그를 뒤따라오던 다른 불꽃 하나가
한 가닥 뒤숭숭한 소리를 밖으로 내며
6   우리의 눈을 제 뿔로 돌리게 하였다.
시칠리아의 황소¹가 제 몸을 줄로 다듬어 준
사람의 통곡과 더불어 처음으로 울었던 것처럼
9   고통스런 음성으로 울부짖고 있었는데

이는 마치 온통 놋쇠로 된 듯하던

황소의 울음이 정녕 고통으로 찢긴 듯했으니

12   마땅한 일이었을 것이다.

한 많은 소리들은 그처럼 처음에 불 속에서

헤어날 길도, 나갈 구멍도 찾지 못하니

15   마치 불꽃 소리로만 들릴 뿐이었다.

그러나 그 소리들이 불꽃 꼭대기에 이르는

과정에 혓바닥이 만들어 준 흔들림에서

18   분명한 말소리로 나오는 것을

우리는 들었다. "내 말을 듣는 그대여,

그대는 지금 롬바르디아² 내 고향 말로 말하였지.

21   '자, 가거라. 다시는 널 귀찮게 굴지 않으리라' 라고.

내 다소 늦게 도착하였다 하여

나와 같이 이야기하려 머무는 것을 꺼려 말고,

24   꺼려 말 뿐 아니라 내 불타고 있음을 보라.

너 만일 내가 온갖 죄악을 범하던 곳

저 아름다운 라틴 땅³으로부터 이 어두운

27   세계로 이제 곧 떨어진 것이라면

로마냐인들이 평화로운지, 싸움을 하는지

내게 일러 주어라. 나는 저 우르비노와

30   테베레 강이 흐르는 준령 사이의 산중 사람⁴이니까."

---

¹ **황소** 시칠리아 섬의 폭군 팔라리데를 위해서 아테네의 조각가인 페릴루스(Perillus)가 동으로 만든 암소의 상. 폭
군이 죄인들을 죽일 때, 이 속에 넣고 불태웠는데 그들의 신음 소리가 암소의 울음처럼 들렸다 한다. 폭군은 첫
번째의 시험 대상을 곧 이 암소상의 제작자로 삼았다. 단테는 이와 같은 종류의 고사를 제8원의 망령들에게 적
용하고 있는데, 이는 곧 제8원에 있는 죄인들은 스스로 꾸며 낸 계략에 자신들이 걸려든다는 것을 비유적으로
말하고 있는 것이다.

² **롬바르디아** 베르길리우스의 고향.

³ **아름다운 라틴 땅** 이탈리아를 두고 하는 말이다.

⁴ **산중 사람** 구이도 다 몬테펠트로. 그는 이탈리아 동북부의 로마냐 지방을 다스리던 기벨린 당의 총수였다.

나 아직 고갤 숙인 채 정신을 가다듬고 있었는데

그때 나의 안내자는 옆구리를 슬쩍 찌르며

33 말했다. "이자는 라틴 사람이다. 네가 말하라."

이에 나는 대답을 미리 마련했기에

거리낌 없이 말하기 시작했다.

36 "오, 저 아래 깊은 곳에 숨어 있는 넋이여.

너의 로마냐는 지금도 또 그 옛날에도

폭군들의 마음속에 전쟁이 없는 날이 없었지만

39 내 그곳을 떠날 땐[5] 드러난 싸움은 없었다.

라벤나[6]는 오랫동안 내려온 그대로이고

폴렌타의 독수리[7]가 그를 풀어 주었기에

42 체르비아[8]는 제 날개로 그를 감싸 주고 있구나.

이미 오랜 시련을 겪었고 프랑스인들의

핏더미가 되었던 땅[9]은 또다시

45 푸른 발톱[10] 아래 놓이게 되었다.

몬타냐[11]를 사악하게 다스리던 베루키오의

나이 든 마스틴과 나이 어린 마스틴[12]은 역시

---

[5] 내 그곳을 떠날 땐 약 1300년경으로 보아야 할 것이다.

[6] 라벤나(Ravenna) 단테가 유랑 생활을 하다 그의 마지막 삶을 보낸 곳이다. 이곳에 단테의 무덤이 있다. 단테가 살았을 당시엔 라벤나를 폴렌타 집안이 다스리고 있었으며(1270~1441), 1300년경엔 단테에게 은혜를 많이 베푼 구이도 다 폴렌타가 라벤나의 영주였다. 그는 「지옥편」 제5곡에서 본 바와 마찬가지로 프란체스카의 아버지였다.

[7] 독수리 폴렌타 집안의 문장. 반은 청색 바탕에 희게, 반은 황금 바탕에 빨갛게 그려진 독수리.

[8] 체르비아(Cervia) 당시 이곳은 폴렌타의 지배 아래 있었다.

[9] 핏더미가 되었던 땅 포를리(Forlì)를 가리킨다. 이곳은 당시 기벨린 당이 다스렸는데, 교황 마리티누스 4세에 의해 침공을 받았다. 교황은 로마냐 지방의 기벨린 당을 소탕하기 위해 프랑스의 조반비다피아의 지휘 하에 프랑스와 이탈리아 연합군을 편성해 이 도시를 공략했다. 그러나 계략이 풍부한 구이도 다 몬테펠트로는 교묘히 적군을 교란해 적군 속으로 들어가 대학살을 감행했다.

[10] 푸른 발톱 문장에 새겨진 독수리의 발톱. 푸른색으로 칠해져 있다.

[11] 몬타냐(Montagna) 리미니 지방의 기벨린 당 수령. 1295년에 말라테스타 부자의 간계에 속아 옥사했다. 그리하여 리미니 지방은 그들의 손아귀로 넘어갔다.

[12] 베루키오의 나이 든 마스틴과 나이 어린 마스틴 파올로와 잔치오토의 아버지 말라테스타 다 베루키오(Malatesta da Verruchio), 그리고 그의 장남 말라테스티노를 가리킨다.

48   같은 자리에서 이로 송곳질을 하고 있다오.

      라모네와 산테르노의 도시들[13]은

      여름부터 겨울에 이르기까지 당파를 바꾸어 놓은

51   하얀 보금자리의 새끼 사자[14]가 이끌고 있으며

      사비오 강이 그 옆구리를 적셔 주는 도시[15]는

      들녘과 산 사이에 자리 잡고 앉아 있는 것과 같이

54   폭정과 자유의 나라 사이에 살고 있다오.

      이제 청하오니, 그대 누구인지 일러 주오.

      그대의 이름을 세상에 떨쳐야 하겠다면

57   남들보다 더 매정하게 하지 마오.”

      불은 한동안 제 버릇대로 펄럭거리며

      날카로운 끄트머리를 이리저리

60   날름거리더니 이어 한숨짓는 듯하며,

      “나의 대답을 들은 사람, 그가 언제인가

      세상에 돌아갈 것임을 내 믿었더라면

63   이 불꽃은 더 이상 나풀거리지 않으련만

      그러나 이 깊은 바닥에서 아무도 산 채로

      돌아간 자가 없었으니 내 진실을 듣겠다면

66   불명예를 두려워하지 않고 그대에게 대답하겠소.

      나는 군인이었고 이어 수도자가 되었는데

      허리 묶인 몸[16]으로 속죄되기를 믿었다오.

69   그리하여 나의 믿음은 내 뜻대로 되었다오.

---

[13] **도시들** 라모네 강줄기에 있는 파엔차(Faenza)와 산테르노 호반의 이몰라(Imola)를 가리킨다.

[14] **새끼 사자** 로마냐의 기벨린 당에 속했던 마기나르도 파가니. 그의 가문의 문장이 흰 바탕에 푸른 사자의 모습이기 때문에 이와 같이 표현했다. 그는 간신배적인 기질을 갖고 있어서 구엘프 당과 기벨린 당을 오락가락했다.

[15] **사비오(Savio) 강이 그 옆구리를 적셔 주는 도시** 체세나(Cesena)라는 작은 도시.

[16] **허리 묶인 몸(Cordigliero)** 성 프란체스코 파의 수도자들이 새끼줄로 허리를 감고 다녔기 때문에 이렇게 묘사했다.

나를 옛 죄악으로 다시 밀어 넣었던 저 거대한

사제[17] — 그자여, 벼락 맞아라 — 가 없었다면,

72 내 어찌 죄를 지을 수 있었겠소?

어머니께서 나에게 주셨던 뼈와 살의

형체를 내 지니고 있을 동안, 나의 행실들은

75 사자의 것이라기보다는 여우의 것이었소.[18]

온갖 꾀와 술수를 모조리 알고

너무나 재주를 잘 부렸기 때문에

78 내 소문이 땅 끝까지 퍼져 나갔는데,

마침내 나의 나이가 누구나 돛 내리고

닻을 감아야 할 그 지경에 이르렀음을

81 깨닫게 되었을 바로 그때에

내게 즐겁던 것은 이미 싫어서

나는 뉘우치고 고해했다오.[19]

84 아! 허물도 한스럽구나! 구원될 수 있었으련만,

새로운 바리새인들의 왕자[20]가

라테라노[21] 가까이서 싸움을 일으켰는데

87 이는 사라센인이나 유대인과의 전쟁이 아니니

그의 원수란 모두가 그리스도교인들로[22]

누구 하나 아크리[23]를 쳐 이기러 가는 것도 아니고

90 솔다노 지방의 장사꾼도 아니면서[24]

---

[17] **저 거대한 사제** 교황 보니파키우스 8세.

[18] 구이도는 살아 있는 동안 용맹스럽지 못하고 여우처럼 간교했다고 한다.

[19] **마침내~** 구이도는 1297년 성 프란체스코 파 수도회에 들어갔다가 1298년(72세)에 죽었다.

[20] **새로운 바리새인들의 왕자** 교황 보니파키우스 8세를 비유적으로 이르는 말이다.

[21] **라테라노(Laterano)** 단테 시절 교황이 기거하던 궁전.

[22] **이는~** 보니파키우스 8세는 사라센이나 유대인들과 싸운 것이 아니라 그리스도교인들과 싸웠다.

[23] **아크리(Acri)** 시리아의 소도시로, 그리스도교인들이 점령했던 최후의 거점이었다. 1291년 사라센 족이 맹공격해 함락시켜 십자군 전쟁이 종말을 맞게 되었디.

최상의 직분도 거룩한 계급도 스스로 돌아보지

않고 말라깽이가 되어 버린 몸을

93   졸라매기 마련인 나의 새끼줄[25]을 보는 듯 마는 듯했다.

그러나 콘스탄티누스[26]가 문둥병을 고치려고

시라티 산속의 실베스테르를 찾아가듯

96   그 사람은 나를 의사인 양 찾아와서

자신의 교만의 열병[27]을 고치고자 했다오.

그는 나의 충고를 청하였지만 그의 말씨가

99   거나하게 보였던지라 나는 입을 다물었다오.

이어 그는 내게 또다시 '의심하지 마라.

이제 널 풀어 주려니 페네스트리노[28]를 어떻게

102   땅에 내동댕이칠 것인지 내게 가르쳐 주라.

너 알다시피, 나는 하늘을 열었다 닫았다

할 수 있다. 열쇠[29]는 두 개이건만

105   나의 선임자[30]는 그걸 갖고 있지 못했다.'

그때 권위 있는 논리[31]는 나를

이끌고 침묵은 최악의 상황으로 밀치니

---

[25] 나의 새끼줄 금욕과 단식으로 몸이 마르게 되는 성 프란체스코 수도회의 상징은 새끼줄이다.

[26] 콘스탄티누스(Constantinus) 그는 로마의 황제였는데 그리스도교인들을 박해하다가 나병에 걸렸다. 의사의 권유로 어린 아이들의 피로 목욕을 하려 했으나, 그 아이들의 어머니들이 애절하게 울부짖는 것을 차마 보지 못해 그냥 자기가 죽기로 결심했다. 이때 베드로와 바울로가 그에게 나타나 시라티 산의 실베스테르를 찾아가도록 계시했다. 그는 박해를 피해 그 산에 은신하고 있었는데 콘스탄티누스 대제가 그를 찾아왔을 때 그에게 영세를 주었다. 그리하여 그의 나병이 씻은 듯이 나았다. 이에 보답하고자 대제는 제물을 교회에 바치고 그리스도교를 인정하게 되었다. 「지옥편」 제19곡 115~117행 참고.

[27] 교만의 열병 콜론나 가문을 없애고 자기가 홀로 권세를 장악하고 싶은 교만한 욕망.

[28] 페네스트리노(Penestrino) 로마에서 조금 떨어진 곳에 있는 콜론나 가문의 요새.

[29] 열쇠 천국의 열쇠.

[30] 나의 선임자 교황권을 사퇴했던 첼레스티누스 5세.

[31] 권위 있는 논리 권위를 가진 자, 즉 교황의 논리. 그러나 교황의 논리는 궤변이었다.

108   나는 말을 꺼냈다오. '아버지시여, 제가 금방 떨어질 뻔한
             곳에서 그 죄악을 씻어 주시니
             약속은 길게 그 지킴은 짧게 하셔서[32]

111   지고한 보좌에서 승리를 거둘 것이옵니다.'
             내가 죽음을 당하자, 프란체스코가 저를 위해 오셨건만
             새까만 케루비니 한 놈이 그분께 이르길,

114   '데려가지 마시오. 내 그를 놓치게 하지 마소서.
             저놈은 기만적인 충언을 하였기 때문에
             내 졸개들 속으로 내려와야 마땅한지라

117   내 저놈의 머리채를 움켜쥘 마음이라오.
             뉘우치지 않는 자는 죄를 씻지 못하고
             회개는 방종과는 서로 일치할 수 없는

120   모순이기에 함께 있지 못하옵니다.'
             오, 괴로워라 이 몸이여! 그놈이 나를 움키고
             '어쩜 네 놈은 내가 논리정연하리라는 생각을

123   미처 못 했으리라' 라고 했을 때 어찌나 떨었던가!
             그는 나를 미노스에게 끌고 갔다오. 이에 미노스는
             딱딱한 등에다 꼬리를 여덟 번 휘감고 나서는

126   노발대발 날뛰더니 그것을 물어뜯으며
             '이놈은 필시 도적들의 불꽃 족속일 것이다' 라 했으니,
             그대 보다시피 나 여기에 떨어지게 되어

---

[32] 발론나 가는 중세에 반교황적 기벨린 당을 자처하던 명가로서 구엘프 당, 특히 오르시니 가와 원수지간이었다. 1297년에 콜론나 가의 교황 보니파키우스 8세의 선거를 무효로 공언할 때 교황은 거듭 파문을 선언했다. 드디어 기벨린 당은 구엘프 당의 무력행사에 대응해 1297년 9월 그들의 최후의 거점인 페네스트리노를 완전히 분쇄했다. 단테는 여기 빌라니의 말을 되풀이해 페네스트리노의 승리가 몬테펠트로의 "약속은 길게" 했다가 이를 지키지 않으면 그만이라는 말에 의해 이뤄진 것이라 하나 후세의 사가들은 철저한 기벨린 당이었던 구이도 다 몬테펠트로가 그럴 리 없었다고 반증한다(최민순 역주 참고).

129   이런 옷³³을 입고 고통 속에 지낸다오."
       그가 제 말을 이와 같이 마쳤을 적에
       불꽃은 뾰족한 뿔을 비비 꼬며
132   펄럭거리면서 이내 떠나가 버렸다.
       나와 나의 길잡이도 돌다리 위를 지나
       마침내 또 다른 활꼴 문 위에 이르렀는데
135   그것은 굴을 덮고 있었고, 그 굴속엔
       이간질³⁴ 때문에 짐을 진 자들이 죗값을 치르고 있었다.

³³ **이런 옷** 불의 옷.
³⁴ **이간질** 사람들 사이에 불화와 반목의 씨를 뿌려 죄지은 자들이 이곳에서 벌받고 있다.

| 제28곡 |

 때는 1300년 4월 9일 오후 1시경. 제8원 아홉째 굴.

단테는 여기서 피투성이의 광경을 보고 인간의 언어란 무
시무시한 것을 묘사하기엔 많은 어려움이 있다고 말한다.
단테는 또 2차 포에니 전쟁 등 역사적 사건이 일어났던 이탈리아의 남부
지방이라 하더라도 지금 아홉째 굴속에 나타나는 것과 같은 무시무시한
광경을 이루지는 못할 것이라고 말한다.

　단테는 망령들 사이에서 턱주가리로부터 배까지 쫙 벌려진 자를 하나
발견한다. 이자는 자신의 가슴을 손으로 받치고서 자기가 곧 마호메트라
고 하며 대가리가 갈라진 자기의 사위 알리를 가리킨다. 그는 덧붙이길,
그곳 아홉째 굴에 벌받고 있는 망령들은 정치적, 종교적 불화를 야기한
놈들이라고 한다. 그는 이어서 시인에게 도대체 누구냐고 묻는다. 그러
자 베르길리우스는 단테의 여행에 관해 자세히 설명한다. 즉, 단테는 죽
지도 않았으며 벌을 받고 있는 것도 아니고 자신의 안내를 받으며 지옥
에 떨어져 있는 죄인들의 참상을 알아보기 위해 여행하고 있다는 것을.
이에 마호메트는 망령들 속에서, 돌친 수사로 하여금 만일이라도 빨리
지옥의 구렁 속에 떨어지고 싶지 않거들랑 노바라 시를 이기는 데에 필
요한 식량을 충분히 마련해야 한다는 것을 전해 달라고 시인에게 부탁

한다.

단테는 다른 망령 하나를 본다. 그는 목구멍이 움푹 패고 코는 잘렸으며 귀는 한쪽만 갖고 있는데, 베르길리우스에게 일찍이 라틴에서 본 적이 있다고 말한다. 그는 곧 피에르 다 메디치나다. 그는 카이사르로 하여금 루비콘 강을 건너도록 충언했던 쿠리오에 대해서 말하는데 그는 혀가 잘린 망령이다. 이어 또 하나의 저주받은 망령이 나타난다. 그는 모스카 데이 람베르티로 팔이 잘린 채 피를 줄줄 흘리고 있는 모습이다. 그는 단테에게 자기가 바로 부온델몬테를 죽게 한 장본인이라고 말한다. 그는 토스카나 지방을 불화와 전쟁 속에 허덕이게 했던 자다.

단테의 시야에 또 너무나도 무시무시한 것이 들어온다. 그것은 끊어진 대가리의 머리채를 쥐고 초롱인 양 손에 쳐들고 있는 괴이한 형상이다. 그것은 두 시인이 있는 다리 가까이에 이르러 팔을 높이 쳐들고 그들에게 말을 건다. 그는 보르니오의 베르트람인데, 프랑스의 페리고르(그당시에는 영국에 속했다)의 귀족 출신 시인이었다. 영국의 왕 헨리 2세(1133~1189)의 맏아들 헨리를 꾀어 아비를 모반케 했는데 1183년 아들 헨리가 죽은 후 헨리 2세가 그를 잡았으나 곧 사면했다. 그 후 이자는 수도사가 되었다.

　방금 내가 목격한 피와 상처를 들어
　쉽게 풀어 말하고[1] 여러 차례 되풀이해도
3　그 누가 그걸 얘기할 수 있을 것인가?
　확실히 어느 언어라도 모자랄 것이니,
　우리네 말이나 정신은 그토록 엄청난 것을

---

[1] **쉽게 풀어 말하고** 시작법이나 운율법의 구속을 벗어난 산문체로 하는 말이다.

6   받아들이기에 너무나도 작은 것이구나.

       일찍이 저 복받은 땅 풀리아[2]에서

       트로이인들[3]을 위해서, 그리고 또한

9   그르치지 않는 리비우스[4]가 쓴 바와 같이

       그 숱한 가락지를 노획한 저 끈질긴

       전쟁[5] 때문에 흘린 피를 서러워하는

12   사람들을 모조리 모은다 해도,

       또 루베르토 구이스카르도[6]와 대적했기에

       고통스런 타격을 받은 사람들과,

15   풀리아인들이 모두 배신해

       늙은 알라르도[7]가 맨손으로 쳐 이긴

       체페란[8]과 탈리아코초[9]에 아직도

18   그 뼈를 겹치고 있는 사람들을 다 합쳐

       어느 놈은 찔리고 또 더러는 동강난

       몸체를 벌려 놓는다 할지라도

21   징그러운 저 아홉째 굴에 비길 수는 없을 것이다.

---

[2] **풀리아(Puglia)** 이탈리아의 남부 지방. 가장 풍요한 곳이라 곳곳에서 욕심을 냈다. 따라서 싸움도 많이 벌어졌다. 그러므로 이곳을 '복 받은 땅'이라 하는 것은 역설적인 의미도 포함하고 있다고 볼 수 있다. 단테는 「연옥편」 제7곡 126행에서도 풀리아를 나폴리 왕국으로 가리켜 말하고 있다.

[3] **트로이인들** 여기선 아이네아스와 그 동료들의 후예로 간주되는 로마인들을 말한다.

[4] **리비우스(Livius, Titus)** 로마의 역사가(BC 59∼AD 17).

[5] **가락지를 노획한 저 끈질긴 전쟁** 16년 동안 계속되었던 2차 포에니 전쟁 때의 가락지 사건을 리비우스가 소개한 데서 연유한 표현으로, 칸네 전투가 끝날 무렵 카르타고 군사들이 로마의 군사들로부터 노획한 가락지가 헤아릴 수 없을 정도로 많았다고 한다.

[6] **루베르토 구이스카르도(Ruberto Guiscardo)** 노르망디의 용장이며 풀리아와 칼라브리아의 영주. 그는 11세기 후반에 그리스인과 사라센들의 공격을 받았으나 모두 격퇴했다.

[7] **알라르도(Alardo di Valeri)** 샤를 1세의 참모를 맡았던 프랑스의 노장. 만프레디가 죽자 샤를 1세를 도와 코라디노를 파멸시켰다.

[8] **체페란(Ceperan)** 리리(Liri) 부근의 지방. 거기엔 다리가 하나 있는데 중세에 전략상 아주 중요한 것이었다. 그 다리를 통해 나폴리 왕국으로 갈 수 있었는데 그것을 지키고 있던 자들은 풀리아인들로 만프레디 왕을 배반하고 앙주 왕가의 샤를 1세로 하여금 그 다리를 통과하도록 했다. 이로 인해 저 유명한 베네벤토 전투가 야기되었다.

[9] **탈리아코초(Tagliacozzo)** 아브루조 지방의 도시. 그 부근에서 1268년에 앙주 가의 샤를에 의해 코라디노가 패배당했다.

나는 턱주가리에서 방귀 뀌는 곳까지 찢긴

자를 하나 보았는데, 허리나 밑바닥이

24   헐린 통일지라도 그처럼 들창이 나진 못할 것이다.

두 다리 사이에 창자가 매달려 있고

내장이 나타났고, 삼킨 것을 똥으로

27   만들어 내는 처량한 주머니[10]도 나타났다.

내가 그를 뚫어지도록 바라보고 있는 동안,

그는 나를 쳐다보며 두 손으로 가슴팍을 열고서

30   말했다. "내 찢어 여노니, 이제 보아라.

마호메트[11]가 어떻게 찢어졌는지 보려무나!

내 앞에 울며 걸어가고 있는 자, 그는 알리[12],

33   얼굴은 턱부터 이마의 털까지 찢어졌다.

또 네가 여기서 보는 모든 놈들은

살았을 적에 물의와 분열을 씨 뿌린 자들이기에

36   이렇게 찢어진 것이다.

여기 바로 우리 뒤에 악마가 하나 있어

우리가 괴로운 거리를 빙 돌게 되면

39   이 무리의 하나하나를 또다시 무자비하게도

칼로 갈기작 갈기작 찢어 놓고 만다.

그것은 곧 우리가 다시 그놈 앞을 지나가기

42   전에 상처가 다 아물기 때문이다.

아무튼 돌다리 위에서 느긋하게 바라보는 너는 누구냐?

아마도 네 고백[13] 때문에 심판을 받게 된

---

[10] **주머니** 위.

[11] **마호메트(Mahomet)** 이슬람교의 창시자(560~633). 그는 중세에 서방에서 이교자로 취급당했다.

[12] **알리(Ali)** 마호메트의 종형제로서 그의 사위가 되었는데 이자는 이슬람교 최초의 분파를 만들었다.

[13] **고백** 「지옥편」 제5곡에서 본 것처럼 지옥에 떨어지면 미노스에게 자기의 죄를 고백한다.

45   그 벌을 받으러 가기가 망설여지는 것이 아니냐?"

내 스승이 대답하길, "아직 죽음이 그에게

이른 것도 아니고 죄가 그를 괴롭게 하지도 않았지만,

48   그에게 가득한 체험을 주기 위해

이미 죽은 내가 그를 이끌어서 지옥의

둘레[14]에서 둘레로 이리 내려옴이 마땅했으니,

51   이것이야말로 내 네게 말하는 것처럼 진실 된 것이다."

그 말을 듣고 백 명도 넘을 망령들이

굴속에서 꼼짝 않고 나를 바라보았는데

54   놀라움 때문에 저들은 고통을 잊고 있었다.

"그럼 얼마 안 가서 어쩌면 태양을 보게 될 그대여,

돌친 수사[15]에게 말을 전해 다오.

57   만일 여기 나를 곧 뒤쫓아 오기 싫거들랑

다른 방법으로 얻기 어려운 승리를,

눈 더미가 쌓여 노바라인들이 쟁취하기 이전에

60   곡식일랑 다분히 마련해 두라고."

걸어가려고 한쪽 발을 쳐들고 나서

마호메트는 이 말을 나에게 하고,

63   드디어 떠나려고 그것을 땅에 내려놓았다.

목구멍이 움푹 패고 코는 눈썹에 이르도록

잘린 데다 귀는 단 한 개만 지니고

---

14 **둘레** 원(Cerchio)을 말한다.

15 **돌친 수사(Dolcino Tornielli)** 노바라 지방에서 사도적 수도회(Apostoli O Fratelli apostolici)를 창설했던 파르마의 세가벨리의 제자다. 1296년 그의 스승이 이단자로 처형되자 돌친 수사는 자기가 곧 예수의 참 사도이며 예언 자라 공포하고 천민을 선동해 재산과 아내를 공동으로 소유하자고 주장했다. 그는 또 트렌토의 돈 많고 어여쁜 여자 마르게리타를 자기의 첩으로 삼고 가톨릭에 광신적으로 반기를 들었다. 그리하여 1306년경엔 자신의 추 종자 5천여 명을 이끌고 제벨로(Zebello) 산으로 들어가 교황 클레멘스 5세가 보낸 십자군과 접전 끝에 1307년 3월 식량의 결핍과 눈으로 인해 항복했으며 자기의 처와 더불어 화형당했다.

66   있는 또 다른 하나의 망령이,

        다른 여러 놈들과 더불어 놀란 듯이

        지켜보며 서 있더니, 거죽이 온통 시뻘건

69   목구멍을 열어 다른 놈보다 먼저

        말하길, "오, 죄과가 벌을 내리지 않는 그대

        너무나도 비슷해 내 속고 있지 않다면,

72   그대를 내가 저 위 라틴 땅에서 보았겠구나.

        그대, 만일 돌아가 베르첼리[16]에서

        마르카보[17]에 이르는 아름다운 평원[18]을 보거든

75   피에르 다 메디치나[19]를 기억해 다오.

        그리고 파노[20]의 선량한 두 사람

        구이도와 안지올렐로[21]에게 알려 주기 바라오.

78   만일에 우리가 앞을 내다봄이 헛되지 않다면,

        그들은 자기네 배에서 내던져져

        어느 흉악한 폭군을 배반했기 때문에

81   카톨리카[22] 부근에 잠길 것이라는 사실을.

        넵투누스도 키프로스[23]와 마요르카[24] 섬 사이[25]에서

---

[16] **베르첼리(Vercelli)** 피에몬테 지방의 소도시.

[17] **마르카보(Marcabo)** 포 강 어귀에 있는 요새.

[18] **아름다운 평원** 알프스 산맥에서 아드리아 해안으로 펼쳐지는 평야.

[19] **피에르 다 메디치나(Pier da Medicina)** 볼로냐의 아몰리에 있는 메디치나 지방 출신의 피에르. 그는 로마냐의 각 지방을 돌아다니며 영주들 사이를 이간질했다. 다른 학설에 의하면 단테가 카타니 집안의 그를 방문한 일이 있었다고 한다.

[20] **파노(Fano)** 리미니 동쪽에 위치한 작은 마을.

[21] **구이도와 안지올렐로(Guido, Angiolello)** 파노 지방의 귀족들. 1312년에 리미니의 영주인 말라테스타의 청을 받아 회담을 갖기 위해 카톨리카로 가던 도중 그의 간계에 속아 둘 다 익사했다.

[22] **카톨리카(Cattolica)** 단테는 정관사를 붙여 라 카톨리카(La Cattolica)라 했다. 아드리아 해 연안의 도시.

[23] **키프로스(Kypros)** 지중해 동쪽 끝.

[24] **마요르카(Mallorca)** 지중해 서쪽 끝.

[25] **사이** 키프로스는 지중해 동쪽 끝에, 마요르카는 서쪽 끝에 있으므로 지중해 전체를 의미한다.

해적들이나 아르고스 백성들[26]로부터도

84   이토록 어마어마한 죄악은 일찍이 보지 못했다오.

여기 나와 함께 있는 자에게는 차라리 보이지 않았어야

할 그 땅을 다스리고 있는

87   저 애꾸눈[27]의 배신자는

자기와 함께 꿍꿍이 회담을 갖자고 오게 해 놓고

이어서 포카라[28]의 바람 앞에 그들이 맹세하거나

90   기도하는 일이 소용없게 할 것이리라."

그리하여 나는 그에게, "그대에 관한 이야기를

저 위 세상의 누구에게 전해 주었으면 하는지

93   또 보기만 해도 씁쓸한 그가 누군지 밝혀 주오."

그러자 그는 제 동료의 턱에다 손을

대고서 그자의 입을 벌리고 외쳤다.

96   "이놈이 그놈인데, 말을 못하고 있다오.[29]

쫓겨난 이 작자는 카이사르에게, 준비가 됐음에도

기다리는 것은 해를 당하게 될 것이라고

99   거듭거듭 강조해 그의 주저함을 그치게 했다오."

오, 말하는 데 그다지도 용맹스러웠던[30]

쿠리오! 그는 목구멍의 혀가 잘린 채

102   내 보기에 얼마나 치를 떨고 있었던가!

이 손 저 손이 다 잘린 다른 한 놈은

---

26 **아르고스 백성들** 그리스인들. 고대에는 지중해를 횡행하는 해적으로 여겼다.

27 **애꾸눈** 말라테스타는 태어날 때부터 애꾸눈이었다.

28 **포카라(Focara)** 파노와 카톨리카 사이에 위치한 곳인데 이곳은 항해가 어렵다고 한다. 여기서 사공들은 무사 항해를 위해 신에게 기도한다. 구이도 일행은 여기에 도달하기 전에 살해당했으므로 기도할 수 없었다.

29 **쿠리오(Curio)**를 가리킨다. 로마의 민정관인 그는 카이사르로 하여금 루비콘 강을 건너도록, 즉 공화국에 침입 하도록 권유했다.

30 **용맹스러웠던** 원문엔 'ardito'이다. 이는 '열정적'이란 뜻인데 여기선 대담하고 용맹스러움을 가리킨다.

짤막한 팔을 어두운 하늘에 쳐들고

105 　얼굴이 피투성이가 된 채 고함쳤다.

"그대는 '이룬 일은 해체될 수 없다'[31]라고 한

모스카[32]를 또한 기억하리오! 아아!

108 　그의 말은 토스카나인들에겐 불행의 씨였다오."

나는 덧붙여 "그대의 족속들의 죽음도 그렇다오."[33]

라고 했더니 그는 괴로움에 괴로움이 겹쌓여

111 　서럽고 미친 사람과 같이 되어 가 버렸다.

그러나 나는 그 무리를 바라보려고 머물렀는데

나의 눈에 들어오는 것이 하나 있었다.

114 　순후하게 스스로 느끼는 갑옷 아래에서

인간을 솔직 담백하게 하는 좋은 친구

양심이란 게 나를 받들어 주지 않는 한

117 　더 많은 증거 없이 그것에 관해 말하기 두려웠으리라.

나는 분명코 보았다. 또 아직도 보는 것 같다.

머리가 없는 영혼 하나가 슬픈 무리 중에 섞여

120 　다른 놈들처럼 가고 있는 그 모습을.

그놈은 끊어진 대가리의 머리채를 쥐고

초롱불인 양 손으로 받쳐 들었는데 그것은

123 　우리를 쳐다보며 "아아, 내 팔자!"라고 말했다.

---

[31] **'이룬 일은 해체될 수 없다'** 원문은 'Capo ha cosa fatta'. 델 룽고(Del Lungo)라는 학자의 설에 의하면 'Cosa fatta non può disfarsi', 즉 '이룬 일은 해체할 수 없다'는 뜻으로 풀이된다. 이 말은 이미 끝난 일은 어쩔 수 없다는 뜻이다.

[32] **모스카(Mosca dei Lamberti)** 피렌체에 구슬픈 이름을 날렸다. 피렌체의 명문 부온델몬테 집안의 청년이 아미데이 집안의 처녀와 약혼을 했다가 파혼을 선언하고 다른 여자와 결혼한 일이 있었다. 이 때문에 아미데이 집안에선 복수를 목적으로 가문 회의를 열었다. 그때 모스카는 앞에 말한 "이미 정해진 일은 단행될 일만 남았다"라는 단호한 발언을 했다. 즉, 그 청년을 죽여야 한다는 것이다. 처녀의 집안에서 그를 죽이자 청년 집안의 보복이 뒤따랐다. 복수는 꼬리를 물고 일어나 결국 전 도시가 구엘프 당과 기벨린 당으로 나뉘어 분쟁이 계속되었다.

[33] **"그대의 족속들의 죽음도 그렇다오"** 람베르티 가문도 1258년 피렌체에서 추방당했다.

제 몸으로 스스로의 등불이 되었으니

하나 속에 둘이요 둘 속에 하나였는데

126 어찌 그럴 수 있는지 그를 벌한 자만 알고 있으리.

그것은 다리의 발치에 이르렀을 때

대가리를 들고 있는 팔을 높이 쳐들어

129 자신의 말소리를 우리에게 들려주려 했는데

그 말은, "이제 나의 흉악한 벌을 보시라.

그대 숨 쉬며 죽은 자들을 찾아다니는 자여,

132 이보다 더 끔찍스러운 것을 본 일이 있던가.

그대는 나에 관한 이야기를 전할 터이니

나는 보르니오의 베르트람[34], 젊은 왕에게

135 사악한 암시를 주었던 바로 그자임을 알아 두시오.

나는 아비와 아들을 서로 반목케 했으니

아히도벨[35]이 압살롬이나 다윗에게

138 사악한 교사를 했던 것도 이보다 더할 수 없으리오.

그리도 결합된 자들을 내가 갈라놓았으니

이 몸체 안의 근본으로부터 나의 머리를

141 떼어서, '아아 고달픈지고!' 하며 들고 다닌다오.

응보는 내 안에 이와 같이 나타난 것이라오."

---

³⁴ **보르니오의 베르트람**(Bertram del Bornio) 프랑스의 페리고르(당시는 영국령)의 귀족 출신 시인. 그는 영국의 왕 헨리 2세(1133~1189)의 장남 헨리를 꾀어 아버지를 모반케 했는데 1183년 아들 헨리가 죽자 헨리 2세는 그를 잡았다가 사면해 주었다. 그 후 그는 수도사가 되었다.
³⁵ **아히도벨** 다윗 왕의 의관(議官). 왕자 압살롬으로 하여금 왕을 모반케 했다. 「사무엘하」 15장 12절 이하 참고.

| 제29곡 |

4월 9일 오후 1시 30분경. 아홉째와 열째 굴. 단테는 수많은 망령들을 보고서 야릇한 감정을 느끼며 아홉째 굴속에 시선을 고정하고 있다. 베르길리우스는 아직도 볼 것이 많은 데다 이미 오후 1시가 지나 시간이 촉박하다며 단테에게 서두르라고 한다. 단테는 발걸음을 다시 옮기며 망령들 사이에서 자기의 친척을 발견하고 쳐다보고 있었다고 한다. 그러나 단테가 베르트람과 이야기를 하고 있는 동안 그에게 손가락을 위협적으로 휘두르는 망령을 보았던 베르길리우스는 단테에게 그 망령일랑 보지 말라고 타이른다. 그 망령은 호전적인 성격을 가졌던 단테의 숙부 제리 델 벨로다.

두 시인은 마지막 열째 굴로 이르는 다리 위에 도달한다. 단테는 그곳에서 가혹한 고통 소리를 듣는데, 너무나 괴로워 듣지 않으려고 손으로 귀를 막는다. 이 굴속에서 겪는 고통은 마치 여름에 발디키아나, 마렘마, 사르데냐 섬을 강타하는 전염병들이 한곳에 모인 것과 마찬가지다. 그곳에서는 썩어가는 시체에서 나오는 것과 같은 악취가 풍겼다. 두 시인은 더욱 잘 보기 위해 말레볼제의 가장자리의 다리 끝에 내려온다. 그곳에서 그들은 신의 정의에 의해 벌받는 위조범들을 보게 되는데 그들의 참상이야말로 너무나 가증스럽다. 망령들은 떼를 이루고 있는데 더러는 배를 땅에 대고 있는 자, 다른 사람의 어깨 위에 있는 자, 네 발로 기는 자 등이다.

두 시인은 가장자리를 천천히 말없이 거닐며 서로 어깨를 맞대고 앉아 있는 두 망령을 본다. 그들은 더러운 가죽으로 덧씌워진 채 괴로움을 덜기 위해 격렬하게 자신을 할퀴고 있다. 베르길리우스는 그중 하나에게 그곳에 혹시 라틴 사람이 있느냐고 묻는다. 그들은 대답하길, 자기들이 바로 라틴 사람이라고 하며 그에게 도대체 누구냐고 묻는다. 그러고는 단테가 살아 있는 데다 베르길리우스의 안내로 지옥을 순례하고 있음을 알고서 경악을 금치 못한 채 단테를 쳐다본다. 이에 단테는 그들에게 누구냐고 묻는다. 그중 하나가 대답하길, 자기는 시에나의 알베로 때문에 화형당한 아레초의 그리폴리노라고 한다. 그의 일화를 듣고 난 뒤에 단테는 시에나 사람들은 가장 헛된 백성이라고 한다. 그리고 또 하나의 망령 ― 그도 역시 라틴 출신이다 ― 이 개입한다. 그는 유명한 위조가였던 시에나의 카포키오다.

위조범들이 지옥에서 참혹한 벌을 받는 광경은 참으로 끔찍한 느낌을 준다. 그들은 속세에서 온갖 수단으로 진실을 왜곡한 인물이다. 그러므로 이에 보상하는 뜻에서 그들은 이곳으로 떨어져 문둥병자처럼 일그러진 육신을 갖게 되는 것이다. 단테는 이들을 묘사하는 데 있어 가벼운 느낌이 들게 하면서도 차츰차츰 클라이맥스에 이르게 하여 긴장된 흥미를 유발시키고 있다.

> 많은 사람[1]과 여러 가지[2]의 상처를
> 나의 눈은 취한 듯[3] 흐릿하게 지켜봤는데
> 3   눈물을 흘리고 싶은 마음이 간절했다.
> 그러나 베르길리우스가 내게 말하길, "무얼 보느냐?

왜 너의 시선을 저 아래

6   잘린 채 슬퍼하는 그림자 속에 틀어박고 있느냐?

너 다른 볼지아(굴)에서 그렇게 하지 않았지.

저것들을 가늠해 보고 싶거든

9   계곡의 둘레가 이십이 마일이 됨을 알아 두어라.

또 달님⁴이 벌써 우리네 발치에 있으니

허락된 시간⁵일랑 이제 조금뿐이지만

12   너 보지 못했으나 보아야 할 다른 것이 있단다."

나는 금방 대답하길, "내가 왜 그렇게 바라보고 있었는지

그 이유를 그대가 알아차렸다면

15   아마 좀 더 서 있도록 허락하셨을 겁니다."

안내인은 걸어 나갔다. 난 그의 뒤를 따라갔는데

아까 했던 대답에 이내

18   덧붙여 말하길, "저 동굴⁶ 속, 말하자면

나의 눈이 그리도 뚫어지도록 응시하던 그곳에

내 혈육의 한 망령이 저 아래 세상에서

21   그리도 비싼 죄과로 슬피 우는 것 같습니다."

그러자 스승은 말하시길, "지금부터는

저놈을 생각하느라 괴로워하지 마라.

24   다른 놈을 지켜보고 그놈은 그곳에 버려두어라.

내 저놈을 다리 발치에서 보았을 때

그놈은 손가락을 네게 보이며 강력히 위협했는데

---

¹ **많은 사람** 「지옥편」제28곡 7~12행 참고.
² **여러 가지** 원문은 'diverse'. 구체적인 뜻은 "이상하고 무시무시해 볼 수 없을 정도"이다.
³ **취한 듯** 원문은 'inebriate'. 성서적 언어다. 「이사야」6장 9절 참고.
⁴ **달님** 달은 현재 연옥의 중천에 떠 있어 지옥은 오후 1시 30분경이다. 지옥의 시간은 해가 아니라 달이 중심이다. 단테가 여행을 시작한 지 대략 18시간이 흘렀다. 제20곡 124행 이하 참고.
⁵ **허락된 시간** 단테는 지옥에 약 하루를 머문다. 따라서 앞으로 남은 시간은 약 5, 6시간뿐이다.
⁶ **저 동굴** 아홉째 굴.

27 놈이 제리 델 벨로[7]라 불리는 것을 들었다.

그때 너는 일찍이 알타포르테를 장악했던

그 작자[8]에게 온통 정신이 팔려 있었기에

30 저쪽을 보지 못했기에 이내 그놈은 떠나갔다."

나는 말하길, "오, 나의 안내자시여.

그의 잔혹한 죽음은 자신의 치욕을 함께 나눌[9]

33 친척들에 의해 아직껏 앙갚음하지 않았기에

그로 인해 그는 원한을 품고 또 아무 말 없이

나로부터 멀어져 간 것으로 판단되는 바,

36 바로 그 때문에 나는 더욱 슬픈 마음입니다."

우리는 이렇게 말을 건네며 바위로 된 다리

위에서 다른 계곡이 보이는 곳에 이르렀는데

39 그곳에 빛이 더 있었더라면 속까지 훤히 보았을 것이다.

우리는 말레볼제의 마지막 수도원[10] 위에

있었으니, 수도자들이 그 무렵에

42 우리 눈앞에 나타났는데

저들이 화살촉을 연민에 절여서 여러 가지

애달픈 화살을 나에게 쏘았기 때문에

45 나는 그만 손으로 귀를 막았다.

7월과 9월에 걸쳐서 발디키아나와

마렘마 그리고 사르데냐의

48 전염병이 온통 하나의 구렁에 뒤범벅되면[11]

---

[7] **제리 델 벨로(Geri del Bello)** 단테의 숙부. 그는 호전적인 성질의 소유자였는데 피렌체의 사케티 집안에 의해 살해되었다. 그가 죽은 뒤 30년이 되었을 때 그의 생질들이 그 복수를 했다. 그리하여 양 가문은 복수에 복수를 거듭해 어지러운 원한 관계를 맺었다.

[8] **그 작자** 보르니오의 베르트람.

[9] **자신의 치욕을 함께 나눌** 그 당시는 살해당한 자의 유족은 복수를 하는 것이 의무였다.

[10] **마지막 수도원** 굴의 벽이 마치 수도원의 벽과 같이 되어 있기에 단테는 그렇게 비유했다. '마지막'이란 맨 마지막 굴을 의미한다. 여기엔 위조자·연금술사·위증자 등이 벌받고 있다.

그곳에서 받는 고통은 바로 여기에 있는 것과

같은 것인즉 여기서 풍기는 악취야말로

51 썩어 들어가는 육체에서 나오는 것과 같았다.

우리는 한사코 왼쪽으로 돌아

기다란 돌다리의 마지막 언덕으로 내려왔는데

54 바로 그 무렵 나의 시야는 저 아래

바닥까지 볼 수 있었다. 그곳에는

하느님의 사도, 속지 않는 정의가

57 여기에 적혀 있는 위조자들을 벌주고 있었다.

아이기나[12]의 모든 백성이 병에 걸리고

대기는 독기가 가득가득 찼기에

60 작은 벌레에 이르기까지 모든 짐승들이

한결같이 쓰러지고 또 시인들이 강력하게

주장한 바와 같이 옛날의 백성들이

63 개미 떼의 씨로부터 다시 소생했다고 하건만

저 어두운 계곡을 통해 망령들이

무리 무리 떼 지어 괴로워하는 것을 보는 것보다

66 슬픔이 더 크지는 못할 것이다.

더러는 배를 깔고 더러는 이놈과 저놈이

서로의 어깨 위에 누워 있고 또 더러는

69 슬픈 오솔길을 엉금엉금 기어갔다.

우리는 말없이 천천히 천천히 걸으며

---

[11] **발디키아나와~** 이 세 곳은 여름에 강물이 머물러 있는 늪지이기에 질병이 많이 일어나는 곳이다.

[12] **아이기나(Aigina)** 그리스의 작은 섬. 여신 아이기나로 인해 이처럼 명명되었다. 여신 유노는 남편 유피테르가 아이기나와 놀아나는 것을 분하게 여겨 이 섬에 질병을 창궐케 해 사람들과 가축 떼를 죽게 하고 마침내 아이기나와 자기 남편 사이에서 태어난 아들 아이아코스만을 남겨 두었다. 그런데 아이아코스가 많은 개미들이 떡 갈나무 위로 오르는 것을 보고 외로움이 깊어져 제 아비에게 많은 백성을 내려 달라고 기도했더니, 그 개미들이 사람으로 둔갑해 아이기나 섬을 가득 메웠다는 신화가 있다.

병자들을 보고 또 그들의 신음을 들었는데

72 그들은 자신들의 몸을 일으키지 못했다.

나는 맞붙어 앉아 있는 두 놈을 보았는데

그들은 머리에서 발끝까지 더럽게 딱지 긴 채

75 서로 맞붙어 끓는 냄비와 냄비 같았다.

미칠 듯 못 견디게 간지러워

어느 놈이고 다른 방도가 없이 손톱으로 제 몸을

78 미친 듯이 할퀴고 있었다.

내 일찍이 제 주인이 기다리기에, 마지못해

깨어 있어야 하는 말꾼 소년에게서도

81 이처럼 호되게 빗질하는 것을 보지 못했다.

또 마치 잉어나 그보다 큰 물고기의

비늘을 벗기는 식칼과 같이

84 손톱은 상처의 딱지를 긁어 떼어 놓았다.

"오, 손가락으로 자기 몸의 갑옷을 조각조각

떼어 내며, 또 때때로 손가락으로 집게를 만드는 자여."

87 나의 스승께서는 저들 중 하나에게 말을 걸었다.

"여기에 있는 너희들 가운데 라틴[13] 사람이 있는지

또 손톱일랑 너희에겐 영원토록

90 그따위 일을 하는 데만 쓰이는 것인지 말하라."

한 놈이 울면서 대답하길, "그대가 보고 있는

상처투성이의 우린 둘 다 라틴 사람이라오.

93 그런데 당신은 누구이기에 우리에게 묻고 있나요?"

이에 안내자는 말하길, "나는 이 살아 있는 자와

암벽에서 암벽을 지나 이 아래에 내려와

96 그에게 지옥을 보여 주는 자다."

그러자 그들 상호간의 받침이 무너지더니

　　　　그들은 하나같이 그의 말을 넌지시 들은

99　　다른 무리와 더불어 부들부들 떨면서 내게 향했다.

　　　　나의 훌륭한 스승은 나에게 바짝 다가서며

　　　　말하길, "너 원하는 바를 저들에게 말하라."

102　　그래서 나는 그가 원하는 대로 말을 시작했다.

　　　　"첫 세상[14] 사람들의 마음에서 그대에 대한

　　　　기억이 사라지지 않고, 오히려

105　　여러 해[15] 아래 살아 있길 원하거든

　　　　그대들이 누군지 또 어느 족속인지 말해다오.

　　　　그리고 그대들의 추하고 괴로운 죄과를

108　　털어놓고 나에게 말하는 것을 두려워 마라."

　　　　그들 중 하나가 대답하길, "나는 아레초의 사람[16]이고

　　　　시에나의 알베로[17]가 나를 불 속에 처넣었지만

111　　나를 죽게 한 그 일이 나를 이리 끌어온 건 아니오.

　　　　실은 내가 그에게 농담으로, '나는 공중을 날 줄

　　　　안다오' 라고 하였더니 그자는 칭찬하고 나서

114　　소견머리 없이 내가 자기에게 그 비기(秘技)를

　　　　보여 주기를 바랐던 것이오.

　　　　그러나 내 그를 다이달로스[18]로 만들지 못했다는 이유로

117　　그는 자식처럼 여기는 자[19]를 시켜 날 불태웠다오.

　　　　그러나 속임수를 허락하지 않는 미노스가 나를

　　　　열 개 중 맨 나중 것 속에서 벌받게 한 것은

---

[13] **라틴** 이탈리아를 말한다.
[14] **첫 세상** 지상의 세계.
[15] **여러 해** 여러 해年란 뜻이다.
[16] **아레초의 사람** 그리폴리노(Griffolino).
[17] **알베로(Albero)** 그리폴리노를 화형시킨 시에나의 알베로.
[18] **다이달로스(Daidalos)** 「지옥편」 제17곡 주석 21 참고.
[19] **자식처럼 여기는 자** 시에나의 주교.

120   내가 세상에서 행사한 연금술 때문이라오."

　　　　나는 시인께 말하길, "시에나 사람들처럼

　　　　헛된[20] 자들이 또 있었던가요?

123   분명 프랑스인들도 그보다는 못할 것을!"

　　　　이에 내 이야기를 신중히 듣던 다른 문둥이[21]가

　　　　나의 말을 되받았다. "분수를 지키며 쓸 줄 알던

126   스트리카[22]일랑 제외시켜 주시오.

　　　　정향나무 씨앗이 뿌리를 박은 꽃밭에서

　　　　값비싼 그 나무나 풍속을 처음으로

129   발견했던 니콜로도 제외시켜 주시오.[23]

　　　　포도원과 커다란 숲을 낭비한 카치아 다쉬안과

　　　　또 자신의 기지를 나타내 주었던 압발리아토가

132   들어 있는 무리[24]도 제쳐 놓아 주시기 바라오.[25]

　　　　그러나 시에나인과 대적해 그대 뜻을 지지해 주는

　　　　자가 누군지 알기 위해서는 나를 향해 시선을

135   날카롭게 하시오. 내 얼굴이 그대에게 잘 답할 것이오.

　　　　나는 연금술로써 금속을 위조했던 카포키오[26]의

　　　　망령임을 그대는 알게 될 것이오.

138   내 그대를 정확하게 보았다면

　　　　나는 참으로 타고난 원숭이[27]였음을 그댄 기억하리라."

---

[20] **헛된** 원문엔 'vana'이다. 쓸데없는, 허황된, 헛된의 뜻을 지녔다.

[21] **다른 문둥이** 카포키오.

[22] **스트리카(Stricca)** 부호인 아버지로부터 막대한 재산을 물려받았던 시에나인인데 그는 절제력이 강했다. 그러나 이 인물에 대해선 정확한 고증이 아직껏 없다.

[23] **정향나무~** 니콜로는 정향나무의 향료를 요리에 가미하는 법을 발견한 시에나인이다.

[24] **무리(brigata)** 스펜데레치아의 떼거리, 즉 남용하여 소비하던 무리들이다. 그들은 부호의 아들로 12명이었는데 낮잠으로 소일했다. 위에 나오는 인물들은 모두가 그 무리에 속한다.

[25] **제쳐 놓아 주시기 바라오** 원문의 'Tra' mene'. 역설적인 의미로 해석해야 한다.

[26] **카포키오(Capocchio)** 1292년 시에나에서 연금술 때문에 화형당한 인물이다.

[27] **원숭이** 흉내를 잘 내는 위조자.

| 제30곡 |

성 토요일 4월 9일 오후 2~3시경. 단테와 베르길리우스는
열째 굴에 와 있다.

우리는 앞에서 연금술사들, 즉 금속을 위조한 망령들이 상
처를 입거나 문둥병에 걸려 벌받고 있는 것을 보았다. 이 곡에서도 위조
했던 자들의 망령들이 있는데, 사람으로 변장한 자들은 격노한 채 울부
짖으며 서로 물어뜯으며 달리고 있으며, 돈을 위조했던 자들과 말로써
남을 속인 자들은 열병에 걸려 시달리고 있다.

　이야기를 더욱 세분하여 자세히 살펴보자. 위장하고서 간음한 자들이
미친 듯 다른 놈을 물어뜯으며 달음박질하는 벌을 받는다. 유노의 원수
를 갚기 위해 미치광이가 된 테베의 왕 아타마스가 자기의 부인 이노를
몰아붙인 이야기를 상기시킨다. 아타마스는 두 명의 아들 레아르코스와
멜리케르테스를 품안에 안고 있는 부인에게 폭력을 가했다. 그가 맏아이
를 빼앗아 바위에 던졌다. 불쌍한 어머니는 다른 아이와 더불어 바닷가
에 몸을 던졌다. 또 한 가지의 에피소드는 트로이가 패망하자 헤카베는
딸 폴릭세네가 살해당하고 아들 폴리도로스의 시체를 바닷가에서 발견
하자 고통을 견디지 못해 개처럼 울부짖었다는 것이다. 단테는 일찍이
푸리아이들도 그 굴에서 본 두 명의 영혼보다 더 잔악한 모습을 보지 못

했다고 한다. 그들은 발가벗은 채 다른 망령들을 물어뜯으며 달리고 있는데 이는 마치 돼지우리에서 질주해 나가는 돼지와 같다. 한 영혼은 카포키오의 목을 물어뜯으며 땅에다 배를 깔고 기고 있는데 그가 곧 쟌니 스키키다. 그녀는 당대 피렌체에서 가장 아름다웠다는 부오소 도나티의 몰골을 하고 있으며 또 하나는 미라인데 그녀는 아버지에게 사랑을 느껴 그의 사랑을 받고자 다른 여인으로 변장했다.

단테는 그들을 보고 나서 자신들의 몸을 무시무시하게 변형하며 수종으로 괴로워하는 화폐 위조범들을 쳐다보려고 몸을 돌린다. 그들 중 한 놈은 두 시인의 주의를 환기시켜 자기가 처해 있는 상황을 보도록 한다. 그는 곧 마에스트로 아다모로 생전에 갈망했던 만큼 소유했으나, 지금은 불행에 떨며 물 한 방울을 애타게 갈망하고 있다.

단테는 열병에 시달리고 있는 두 명의 죄인들, 즉 서로 붙은 상태로 누워 있는 자들이 누군지 아다모에게 묻는다. 그들은 곧 보디발의 아내, 그리고 트로이인들을 설득해 목마를 그들의 성내에 들어가게 한 그리스인 시논이다.

시논은 아다모가 자기의 이름을 밝힌 것에 화가 치밀었는지 아다모의 배를 주먹으로 내갈긴다. 그러자 아다모도 그의 얼굴을 갈긴다. 이어 그들은 설욕전을 벌인다. 단테는 정신없이 듣고 있다가 스승에게 야단을 맞는다.

<blockquote>
유노가 이따금씩 반복해서 화를 내는 버릇대로

세멜레로 인해 테베의 혈족에게

3   분노를 머금었던 바로 그 시절에,

아타마스는 너무나도 광기에 사로잡혀

제 아내가 양팔에 두 아이를 안고
</blockquote>

6   가는 것을 보자 소리 높이 외쳤다.[1]

"내 암사자[2]와 새끼 사자들[3]을 길목에서

잡게끔, 그물을 치자꾸나."

9   그러더니 무자비한 이빨을 쑥 내밀어

레아르코스라 불리는 무력한 한 아이를 움키더니

빙빙 돌리다가 바위에 내동댕이쳤다.

12   그러자 그의 아내는 다른 아이와 함께 물에 잠겼다.

또 운명이 기울고 어느 것에나 대드는 트로이인의

거만함마저 꺾이게 되어

15   왕[4]이 제 왕국과 더불어 패망했을 때,

슬프고 측은한 노예가 된 헤카베[5]는

폴릭세네가 죽은 것을 보고 또 그의

18   아들 폴리도로스[6]가 바닷가에 죽어 있는 것을 보고 나자,

찢어질 듯이 괴로운 심정이 되어

개처럼 울부짖는데, 고통이 얼마나 컸던지

21   마음을 가다듬을 수 없었다.

테베나 트로이인의 격노라 할지라도

우리에서 풀려나오는 돼지가 하듯

---

[1] **유노가~** 미칠 듯이 격노한 사건으로 인해 야기된 두 가지 예증을 들면 이 구절을 이해할 것이다. 그런데 이 것은 오비디우스의 신화에 뿌리를 둔 이야기임을 알아야 한다. 유노는 자기 남편 유피테르가 테베의 첫 왕 카드 모스의 딸 세멜레를 사랑하는 것을 알고 테베인들에게 복수한 일은 앞에서 설명한 바 있다. 카드모스의 딸이며 세멜레의 자매인 이노의 남편, 아타마스는 나중에 테베의 왕이 되었다. 그는 이노와의 사이에 아들 둘을 낳았다. 그러나 이노가 세멜레의 아들 바쿠스를 양육했기 때문에 유노의 분노를 사게 되어 두 사람 모두 미쳐 버렸다.

[2] **암사자** 이노를 가리킨다.

[3] **새끼 사자들** 이노의 아들 레아르코스와 멜리케르테스.

[4] **왕** 프리아모스. 그는 파리스의 아버지다. 트로이 전쟁 때 트로이의 왕이었는데 전쟁에 지고 살해되었다.

[5] **헤카베(Hekabe)** 프리아모스의 아내. 전쟁에 지자 딸 폴릭세네와 함께 오디세우스의 노예가 되었다. 폴릭세네는 아킬레우스의 영전에 바쳐졌다.

[6] **폴리도로스(Polydoros)** 프리아모스와 헤카베의 막내아들. 그의 아버지 프리아모스는 전쟁에 패배하자 그를 살 려 낼 목적으로 보물을 트라키아 왕에게 보냈는데 왕은 그를 죽이고 보물을 압수했다. 그의 어머니 헤카베가 폴 릭세네의 시체를 씻으러 해변에 갔을 때 폴리도로스가 시체가 되어 이곳에 밀려와 있음을 보았다(단테학자 바르 비의 주).

24   물어뜯으며 달리던

        두 말라깽이 망령들보다

        잔혹한 상태로 나타나지 않았고

27   또한 사람의 몸을 모질게 대하지 않았다.

        하나가 카포키오에게 이르러 그자의

        목덜미를 이빨로 물어뜯으니

30   그자의 배는 딱딱한 바닥에 끌리고 할퀴었다.

        부들부들 떨면서 남아 있던 아레초 놈이

        내게 말했다. "저 미친놈은 잔니 스키키[7],

33   저리도 남을 괴롭히며 미쳐 날뛰고 있다오."

        나 그에게, "오! 다른 놈이 너의 등을 이빨로

        물어뜯지 않게 그놈이 여기에서

36   사라지기 전에 그놈이 누군지 말하길 꺼려 마시오."

        그러자 그가 내게, "그것은 죄스러운 미라[8]의

        오래된 영혼인데, 그녀는 제 아버지의

39   올바른 사랑을 벗어난 연인이 되었다오.

        그녀가 다른 사람의 형태로 변장해

        그 작자와 이렇게 죄를 지은 것은,

42   저기 가는 바로 그 작자가 짐승 떼의

        암컷을 얻기 위해 부오소 도나티로

        모습을 변장해 유서를 쓰고 또

---

[7] **잔니 스키키**(Gianni Schicchi dei Cavalcanti) 목소리와 행실을 바꾸어 모든 사람들을 속일 줄 알았던 사기꾼. 부
오소 도나티(Buoso Donati)가 죽었을 때 그의 아들 시모네가 잔니를 꾀어 부오소 도나티로 분장케 한 다음 자기
에게 유리한 유언장을 만들게 했다. 즉, 공증인을 불러 부오소가 아직 살아 있는 것처럼 하고 거짓 유언장을 만
들었다. 스키키는 이 기회를 노려 자기에게도 몇 가지 유산이 돌아오도록 했는데 그중 대표적인 유산은 그 당시
피렌체에서 제일 유명했던 노새 한 마리였다.

[8] **미라**(Myrrha) 자기의 아버지 키니라스를 속여 근친상간한 여자. 그녀는 욕정에 사로잡혀 변장하고 아버지의 침
실에 들어가서 동침했다. 그러나 사실을 알고 난 왕이 그를 죽이려 하자 그녀는 달아나 '도금양'이라는 이름의
나무로 변했다. 오비디우스의 『변신이야기』 제10권 298행 이하 참고.

45 　그 유언에 합법성을 준 것과 똑같다오."
　　내가 눈을 들어 쳐다보았던 두 놈의
　　미치광이들이 지나가고 난 다음에

48 　나는 벌받은 다른 놈들을 보려고 눈길을 돌렸다가
　　류트 악기 모양으로 생겨먹은 한 놈을
　　보았는데, 가랑이 아래의

51 　다리가 몸체로부터 몽땅 잘려 나간 채였다.
　　심한 수종이 흉물스럽게 빨아들인
　　물기로 인해 그의 사지가 이토록 이상하게 변했으니

54 　그의 얼굴은 배에 너무나도 안 어울렸고
　　그를 입을 벌린 채로 버려두어
　　마치 갈증 때문에 입술 하나는 턱을 향하고

57 　다른 하나는 위로 쳐드는 것과 같았다.
　　그는 우리에게 말했다. "오, 이 흉측한 세계[9]에서,
　　왠지 모르겠지만, 아무런 벌을 받지 않고

60 　있는 그대들이여. 가엾은 마에스트로 아다모[10]의
　　측은함을 보고서 염두에 두길 바라오.
　　나는 살았을 때 원하는 것을 흡족히 가졌지만,

63 　안타깝도다! 이제 한 방울 물을 갈망하다니!
　　카센티노의 푸른 언덕에서 아르노 강에
　　흘러내리는 작은 개천들은

66 　서늘하고도 잔잔한 운하들을 이루면서
　　항상 내 앞에 까닭 없이 있는 게 아니니,

---

[9] **이 흉측한 세계** 지옥.

[10] **마에스트로 아다모(Maestro Adamo)** 브레쉬아 출신. 로메나의 구이도 백작의 명을 받아 피렌체의 돈을 주조할 때 24캐럿 순금을 21캐럿으로 만들었다. 구이도가 훔친 금이 너무나 많아 피렌체의 재정이 흔들렸다고 한다. 나중에 발각되어 피렌체 사람들에 의해 아다모는 화형당했다.

　　　　　내 그걸 머리에 떠올리기만 해도 내 얼굴 살을

69　　　떼어 낸 그 병보다도 더욱 날 목 태운다오.

　　　　　나를 괴롭히는 저 무자비한 정의란 것이

　　　　　내 죄지었던 그 자리에서 꼬투리를 잡아

72　　　나의 한숨을 더욱 심하게 하는구려.

　　　　　거기는 로메나, 내가 세례자[11]를 찍어

　　　　　돈을 위조했던 곳이라오. 난 그로 인해

75　　　화형당한 내 몸을 저 위에 버려두었다오.

　　　　　그러나 만일 여기서 구이도나

　　　　　알레산드로 혹은 그 형제들[12]의 슬픈 영혼을

78　　　본다면, 브란다 샘[13]인들 거들떠보지 않을 것이오.

　　　　　빙빙 돌아다니는 미친 영혼들의 말이 옳다면,

　　　　　이 안에는 이미 그 하나[14]가 있긴 하오만

81　　　내 다리가 묶여 있으니 내게 무슨 힘이 있겠소?

　　　　　백 년에 한 치씩만이라도 갈 수 있을 정도로

　　　　　내 훨씬 더 기민해진다면,

84　　　설사 둘레가 십일 마일에

　　　　　반 마일의 너비일망정

　　　　　나는 일찍이 이 슬픈 무리들 속으로

87　　　그를 찾아 오솔길을 따라 갔을 것이오.

　　　　　나는 그들 때문에 이런 족속들과 어울려

　　　　　있는데 그들은 나로 하여금 찌꺼기 쇠

---

[11] **세례자** 세례 요한은 피렌체의 수호성인이다. 그래서 그 도시의 금화에 세례 요한의 상이 새겨져 있었다. 뒷면 엔 도시의 상징인 백합꽃이 박혀 있다.

[12] **형제들** 아다모를 꾀어 21캐럿의 금화를 주조하게 했던 로메나의 백작.

[13] **브란다(Branda) 샘** 카센티노 지방의 로메나에 있는 샘.

[14] **그 하나** 구이도는 1300년 이전에 죽었으므로 그곳에 있다. 그러나 어떤 주석에 의하면 이를 아지놀포라고도 한다.

90   삼 캐럿짜리 피오리노[15]를 녹여 짓게 꾀었다오."
      그래 나는 그에게, "너의 오른편에 바싹 달라붙어
      누워 있으면서 겨울날 축축이 젖은 손처럼

93   연기를 피우고 있는 그 기구한 두 놈은 누구냐?"
      그가 대답했다. "내가 이 벼랑으로 몰아쳐
      왔을 때 그들을 여기서 보았더니, 저들은 꼼짝도

96   안 했는데 이후로도 언제까지나 움직이지 않을 것이오.
      한 년은 요셉을 모함하던 거짓말쟁이,[16]
      다른 놈은 트로이의 거짓말쟁이 그리스인 시논![17]

99   그들은 호된 열병으로 독한 내를 뿜고 있다오."
      그러자 그중 하나가 아마 이처럼 나쁘게
      이름이 밝혀진 것이 분통이 터졌는지

102   주먹으로 뺑뺑해진 그의 배를 후려쳤다.
      그것은 북이나 진배없는 소리를 냈는데,
      마에스트로 아다모는 그에 못지않게

105   뻣뻣한 제 팔로 그의 얼굴을 갈기며
      그에게 말했다. "내 몸은 무거워서
      움직이는 것을 앗겨 버렸지만

108   이 따위 일을 하는 데 쓰일 팔은 갖고 있다."
      그러자 그가 대꾸하길, "네가 불로 들어갈 적엔
      그리 날랜 팔을 안 갖고 있었지만,

111   위조 화폐를 만들 땐 그보다 날래지 않았던가!"
      수종병자가, "네놈이 이에 대해선 진실을 말한다.
      그러나 트로이에서 진실을 말하도록 청을 받았을 땐

---

[15] **피오리노(Fiorino)** 피렌체의 금화.
[16] 「창세기」 39장 6~23절 참고.
[17] **시논(Sinon)** 목마를 도시의 성 안으로 들이도록 트로이 사람들을 설득했던 그리스인.

114 그다지 진실 된 증언을 하지 않았다."
    "내 거짓을 말했다면, 네놈은 돈을 위조했다."
    시논이 말했다. "난 한 마디 말로 여기 있다만,

117 네놈은 다른 어떤 악마보다도 더한 놈이다!"
    "헛맹세를 한 놈아," 퉁퉁 부은 배를 가진 놈이
    대답하기를, "망아지를 기억하렴! 그리고

120 온 세상이 알고 있는 그 일을 쓰겁게 여겨라!"
    그리스인이 말하길, "네놈의 혓바닥을 쪼개는
    그 갈증이나 쓰겁게 여겨라. 또 내 눈앞까지

123 배때기를 퉁퉁 부어오르게 한 썩은 물도!"
    이에 위조자가, "너의 아가리가 아직도
    보통 때처럼 욕을 하려고 그렇게 벌려 있다만,

126 내가 목이 타고 물이 찬 배가 퉁퉁 불어 있다면,
    네놈은 불에 타서 머리통이 들쑤시며 아파하리라.
    나르키소스의 거울[18]을 핥기 위해서는

129 네놈이 여러 말을 청할 필요도 없으리라."
    내 그들의 말을 듣고자 곧바로 서 있을 때,
    나의 스승이 나에게, "줄곧 쳐다보렴!

132 그러나 너에게 화를 내지 않을 정도로!"
    그가 성이 나 내게 말하는 것을 들었을 때,
    나는 부끄러운 낯으로 그를 향해 돌이켰는데

135 지금 그걸 생각만 해도 몸이 빙빙 도는구나.
    불길한 꿈을 꾸는 사람이, 꿈을 꾸면서
    그것이 꿈이길 갈망하는 것과 마찬가지로

---

[18] **나르키소스(Narcissus)의 거울** 샘물을 말한다. 나르키소스가 에코의 사랑을 거절해 벌을 받고 샘물에 비친 자
신의 모습에 반해 그를 사모하다가 빠져 죽어 이내 수선화로 변했다는 신화의 이야기를 상기하라.

138 있는 것이 없었던 것처럼 되길 바라듯
나도 그리 하였다. 나는 사과하고 싶었지만
차마 말을 할 수 없었기에, 사과는 한다 해도
141 정말로 사과한 것 같지는 않았다.
"보다 적은 부끄러움이," 스승이 말했다.
"네가 저질렀던 것보다 더 큰 잘못을 씻어 주리니,
144 이제 너는 모든 슬픔을 털어 버리렴.
사람들이 그와 비슷한 말다툼을 벌이는 곳에
운명이 널 몰아넣는 일이 네게 생긴다면,
147 내 언제나 네 곁에 있으리라는 걸 잊지 마라.
그런 것을 엿들으려 함은 천박한 바람이니까."

| 제31곡 |

4월 9일 오후 3~4시. 거인들의 웅덩이가 나타난다. 앞의 곡 끝부분에서 베르길리우스가 단테를 꾸짖더니 이제는 부드러운 말씨로 위로한다. 이는 마치 아킬레우스의 창과 같다. 아킬레우스는 펠레우스로부터 창을 물려받았다. 그런데 이 창은 첫 번째 찌를 때는 상처를 입히지만 두 번째는 그 상처를 낮게 한다. 두 시인은 제8원과 제9원을 구분 짓는 가장자리를 말없이 지나고 있다. 이 곳은 어스레하기 그지없어 석양녘의 느낌이 든다. 따라서 단테는 먼 곳을 바라볼 수가 없어 귀가 쭈뼛해짐을 느낀다. 그때 뿔나팔 소리가 크게 들려오자 그 소리가 나는 쪽을 향해 눈길을 돌린다.

그러자 여러 개의 탑이 보여 스승에게 저 땅이 도대체 어떤 고장이냐고 묻는다. 스승은 탑이 아니라 거인들이라고 대답한다. 너무 멀리 떨어져 있기에 그렇게 보인다는 것이다. 안개 속에 묻혀 있으면 사물을 잘 구별하지 못하지만 안개가 걷히면 형체를 똑똑히 구별할 수 있듯, 거리가 조금씩 좁혀지자 단테도 그것들이 탑이 아니라 거인들임을 알아차린다. 단테는 무서움이 더욱 커짐을 느낀다.

가까이 도착하자 그들 가운데서 한 거인의 얼굴과 몸체를 식별할 수 있게 된다. 그는 로마의 성 베드로 성당에 있는 솔방울과 같이 기다랗고 또 통통한 얼굴을 지니고 있다. 그 거인은 알아들을 수 없는 말로 시인들에게 말을 건다. 성난 목소리다. 베르길리우스는 그에게 나팔을 열심히 불며 분노를 가라앉히도록 하면서 단테에게 그자가 곧 저 바벨탑을 연상시키는 니므롯이라고 설명해 준다.

두 시인은 왼쪽으로 더 나아가면서 다른 거인을 보는데 그는 더 사납고 더 크며 팔과 상체는 쇠사슬에 묶여 있다. 그 거인은 유피테르의 뜻을 거역하고 사다리를 놓아 하늘에 오르려 했던 자인데 그 때문에 지금 마비된 팔을 갖고 있다고 베르길리우스는 설명한다. 단테는 브리아레오스를 보기 원하지만 스승은 너무나 크고 에피알테스보다 더 무시무시하니 그를 볼 생각일랑 갖지 말고 대신 안타이오스를 만나자고 한다. 한편 쇠사슬에 묶여 있는 에피알테스는 자기보다 더 무시무시한 거인이 있다는 말을 듣더니 분노에 사로잡혀 무섭게 요동친다. 시인들은 계속해서 나아간다. 그리하여 안타이오스가 있는 곳에 이른다. 일찍이 사자 천 마리를 잡아갔다는 고사의 주인공 안타이오스, 한니발이 그 군졸들과 함께 등을 보였을 때 스키피오로 하여금 영광의 상속자가 되게 한 운명의 골짜기에서 온 그에게 베르길리우스는 시인들을 혹한에 사로잡혀 있는 코치토스가 있는 곳으로 데려가 달라고 말한다. 그리하여 안타이오스는 두 시인을 루시페르가 유다를 물고 있는 맨 밑바닥에 데려다 놓고 사라진다.

루시페르는 지옥의 마왕이다. 그리스어로는 포스포로스, 즉 빛을 가져오는 자라는 뜻이다. 그러나 중세의 교부들은 루시페르를 사탄이 타락하기 전의 이름으로 추측했다. 단테는 루시페르를 하느님께 배반했다가 천국에서 쫓겨난 천사들의 우두머리로 보고 있다. 지옥의 맨 밑바닥에 있는 배반자들의 원에 틀어박힌 루시페르는 모든 혐오의 극치이며 하느님과 상반된 의미를 지닌다. 그는 걷잡을 수 없는 자만심 때문에 하느님을 배반하고 지옥의 영원한 포로로 남게 된 것이다. 단테는 그를 지옥의 상징으로 보고 있다.

바로 그 혀[1]가 먼저 나를 찔러 처음에

나의 한쪽 또 다른 한쪽 볼을 물들이더니[2]

3   다음에는 나에게 약[3]을 제공해 주었던 것과 같이

아킬레우스와 그 아버지의 창도

먼저 고통을 주고 그리고 나중에 좋은

6   치료의 은혜가 된다는 것을 들었다.[4]

우리는 처참한 계곡에 등을 대고

한 마디 말도 없이 걸어서

9   그 계곡을 감싸고 있는 언덕 위로 나섰다.

여긴 밤도 아니고 또 낮도 아니었기에

나의 시선은 앞을 거의 내다볼 수 없었으나

12   드높은 뿔나팔 소리가 울려왔다.

그것은 온갖 천둥소리를 사그라지게 할 만하여

나는 그 소리가 거쳐 온 길을 따라

15   나의 두 눈이 쏠려 한 곳을 바라보았다.

샤를마뉴[5]가 거룩한 군대[6]를 잃었을 때

그 씁쓸한 패전이 있고 난 다음의

18   오를란도도 그보다 더 무섭게 소리 내진 못하였다.

내 그쪽으로 고개를 돌이킨 뒤 얼마 안 되어 높다란

---

[1] **혀** 베르길리우스의 말을 의미한다.

[2] 얼굴을 붉히게 했다는 뜻이다.

[3] **약** 위안의 말. 앞의 곡 끝 부분을 두고 하는 말이다.

[4] **아킬레우스와~** 아킬레우스는 그의 아버지 펠레우스에게서 창을 물려받았는데, 그 창은 마력을 지니고 있었다. 그 창에 찔려 입은 상처는 반드시 그 창에 다시 찔려야 나았다고 전한다. 이 고사는 오비디우스의 『변신이야기』 제13권 171~172행에서 인용되었는데 중세의 수사학적 표현으로 자주 쓰였다.

[5] **샤를마뉴(Charlemagne)** 프랑스의 왕(742~814). 그는 처음에 형 샤를만노와 함께 왕국을 다스렸고 후에 독자적으로 통치했다. 샤를만노가 에스파냐의 사라센인들을 공략할 때 오를란도가 적군의 맹습을 받아 곤경에 빠진 일이 있었다. 그리하여 구원을 요청하기 위하여 먼 곳에 있던 샤를마뉴를 향해서 뿔나팔을 불었다고 한다. 이에 관한 이야기는 프랑스의 무훈 서사시 『롤랑의 노래(La Chanson de Roland)』에 나타나 있다. 이탈리아에서는 샤를마뉴를 '카를로 마뇨(Carlo Magno)'라 한다.

[6] **거룩한 군대** 십자군.

탑들이 많이 내 앞에 나타나는 것 같기에 나는,

21 "스승이여, 여기가 어떤 고장인지 말해 주시오"

하고 말했더니 그분이, "네가 어둠을 통해

너무나도 멀리서 바라보고 있기 때문에

24 너의 상상력이 흐릿해지는 일이 일어난 거다.

네 만일 저곳에 이르게 되면, 의식이란

멀리에선 얼마나 속임질을 잘 당하는가 알리라.

27 그러므로 조금만 더 빨리 움직이려무나."

그러고는 상냥하게 내 손을 잡아 주며 그가

말하길, "우리가 더 나아가기 전에

30 너에게 덜 야릇하게 보이도록

그것들은 탑이 아니라 거인들임을 알아 두어라.

그들 모두 배꼽 아래 부분은

33 언덕의 둘레에 있는 웅덩이 속에 있단다."

마치 안개가 걷힐 무렵에 시선이

수증기가 자욱이 공기를 흐려 감춰 둔

36 것을 조금씩 제 모습으로 보여 주듯

검고 빽빽한 대기를 뚫고 언덕을

향해 점점 더 접근해 갈 때,

39 그릇됨[7]은 내게서 달아나고 무서움이 커져 갔다.

또한 몬테레지온[8]이 둥그런 성벽 위에

탑들을 꼭대기에 두르고 있는 것과 같이

42 무시무시한 거인들은 웅덩이를 에워싼

---

[7] **그릇됨** 거인을 탑으로 본 일. 거인들은 지옥 제9원 밑바닥에 있는 얼음 지옥을 딛고 있으나 상반신은 지옥 위까지 올라올 정도로 키가 크다.

[8] **몬테레지온(Montereggion)** 시에나 북쪽 근교에 있는 성으로 1213년에 건축되었다. 원형으로 된 높은 성벽에 14개의 망루용 탑이 있다.

언덕 위에 망루처럼 상반신이 우뚝한데

우루루 천둥이 울릴 때마다

45 유피테르[9]는 하늘에서 그들을 위협하고 있었다.

그리하여 나는 이미 어느 놈의 얼굴과

어깨 또 가슴과 배의 대부분 그리고

48 그 옆에 드리워진 양팔을 보았다.

분명코 자연이 이러한 생물들을 만드는

재주를 버렸을 때, 마르스에게서

51 그러한 기능[10]을 빼앗은 것은 잘한 일이었다.

자연이 코끼리와 고래로 인하여

후회되는 일이 없다해도, 잘 관찰하는 자라면 누구나

54 그 자연을 더욱 옳고 더욱 슬기롭다고 여기리라.

이는 곧 지성의 힘이 나쁜 의지와

사악한 권력과 만나게 되면

57 아무도 이를 능히 막지 못하기 때문이다.

그의 얼굴은 로마에 있는 성 베드로의

솔방울[11]처럼 나에겐 길고 크게 보였는데

60 다른 뼈들도 이와 어울리게 생겼다.

그리하여 그의 몸 아래 절반이 앞치마가

되었던 언덕이 위쪽으로 드높이 나타났으므로

63 세 놈의 프리지아인[12]들이라도 그의 머리털까지

닿는다고 무모한 허풍을 떨지는 못하리라.

그러나 외투를 여미는 곳부터

---

[9] **유피테르** 「지옥편」제14곡 55~60행 참고.

[10] **그러한 기능** 전쟁을 의미한다.

[11] **성 베드로의 솔방울** 청동으로 만든 거대한 솔방울. 원래 아드리아노 황제의 무덤을 장식하기 위해 만든 것인데, 후에 성 베드로 성당에 옮겼다. 지금은 바티칸 궁전의 정원에 있다. 높이가 4미터를 넘는다.

[12] **프리지아인(Frisian)** 네덜란드 북쪽에 있는 프리지아. 그곳 사람들은 키가 컸다고 한다.

66   그 아래는 서른 뼘이 너끈함을 난 보았다.

        "Raphèl maí amèche zabí almi"[13]라고

        그 모진 주둥이는 소리치기 시작했는데

69   그보다 더 아름다운 찬가는 그에게 맞지 않으리라.

        나의 안내자는 그를 향해, "멍청한 망령아,

        노기나 혹은 다른 어떤 감정이 너에게 일어나거든

72   뿔나팔을 손에 쥐고 그걸로 풀어 버려라!

        목을 더듬어 옭아매고 있는 줄을 찾아

        보아라. 오, 얼빠진 망령아! 그리고

75   커다란 가슴을 감고 있는 뿔나팔을 보아라!"

        그러고 나서 그는 나에게, "놈은 제 풀에 고백한다.

        이자는 니므롯[14]인데 그의 못된 생각 때문에

78   그의 말은 한 마디도 세상에 쓰이지 않는다.[15]

        그놈은 버려두고 쓸데없는 얘길 말자.

        그의 말이 어떤 사람에게도 통하지 않듯이

81   그에겐 어떠한 말도 통하지 않는단다."

        그리하여 우리는 더 멀리 걸어가

        왼쪽으로 돌았는데, 화살이 닿을 지점[16]에서

84   더 사납고 크나큰 놈을 발견했다.

        그놈을 동여매고 있던 장본인이 누구인지

---

[13] **"Raphèl maí amèche zabí almi"** 아무런 뜻이 없다. 학자에 따라 왜 단테가 무의미한 말을 늘어놓았는지에 대해 의견이 분분하다. 사페뇨는 단테학자 바르비의 주를 인용해 다음과 같이 설명한다. "성서적 의미가 있다. 즉, 바벨탑을 건축한 결과, 인류의 언어가 혼란스러워졌다. 그래서 시인은 그것을 상기시키고자 무의미한 말을 적어 넣었다."

[14] **니므롯** 「창세기」 10장 8절에 나오는 족속. 그러나 『성서』엔 그들이 거인이라고 하지도 않았으며, 바벨탑에 관련된 자들이라고 적혀 있지도 않다.

[15] 세상의 언어는 태초에 하나밖에 없었는데, 바벨탑 사건이 있고 난 다음 하느님의 노여움으로 언어의 혼란이 생겼다고 한다.

[16] **화살이 닿을 지점** 가까운 거리란 뜻이다.

내 말할 수 없으나, 그놈은 쇠사슬에

87 왼팔은 앞으로 오른팔은 뒤로 하고서

묶여 있었는데, 목덜미로부터 그 아래를

졸라매어서 밖에 들추어진 곳이

90 다섯 번이나 휘감겼다.

나의 스승이 말씀하신다. "이 교만스런 놈은

지존한 유피테르에 대항해 제 힘을

93 실험하고자 했기에 저런 벌을 받고 있다.

그놈의 이름은 에피알테스.[17] 거인들이 신들에게

무서움을 주었을 적에 놀라운 위력을 내며

96 휘두르던 팔이 이젠 꼼짝 않고 있구나."

내가 그에게, "가능한 일이라면, 저 측량할 길 없는

브리아레오스[18]를 나의 눈들로

99 경험 삼아 보았으면 합니다"라고 말했다.

이에 그의 대답은 "너는 안타이오스[19]를 보리라.

그는 예서 가까운 곳에서 말도 하고 또 묶여 있지도

102 않은데[20], 우리를 온갖 죄악의 밑바닥[21]에 둘 것이다.

네가 보고 싶어 하는 자는 더욱 멀리 있는데

그놈은 묶인 채 이놈처럼 되어 있지만

105 오로지 몰골이 더욱더 사나울 뿐이란다."

---

[17] **에피알테스(Ephialtes)** 유피테르에게 대항했던 바다의 신 넵투누스의 아들.

[18] **브리아레오스(Briareos)** 거인. 「아이네이스」에 나타난 괴물과는 다르다. 즉, 「아이네이스」 제10권 565행 이하에 의하면 그는 50개의 창과 방패를 마음대로 휘두르던 괴물로 50개나 되는 입과 가슴으로부터 불을 뿜어냈다고 한다.

[19] **안타이오스(Antaios)** 넵투누스가 땅과 결합해 낳은 거인 아들. 그가 지상에 내려갔을 때 땅은 그에게 힘을 제공했다. 그가 유피테르에게 대항한 일은 없다. 그리하여 단테는 그를 제9원의 세계에 자유롭게 있게 했다. 안타이오스는 땅에서 떨어지면 힘을 쓰지 못하기 때문에 헤라클레스는 그를 공중에 치켜들어 죽였다고 한다.

[20] **묶여 있지도 않은데** 자유롭다는 의미다.

[21] **밑바닥** 지옥의 맨 밑바닥에 있는 제9원.

그때 갑자기 에피알테스가 몸부림을 쳤는데,

지진이 제아무리 세차기로 이와 같이

108 견고한 탑을 흔들어 놓을 수는 없을 지경이었다.

그때 나는 어느 때보다도 죽음이 두려웠는데

그를 동여맨 쇠사슬을 보지 않았으면

111 겁에 질려 죽고 말았을 것이다.

우리는 더더욱 앞으로 나아가서

안타이오스에게 이르렀는데, 그는 머리 말고도

114 다섯 알라[22]나 동굴 밖으로 내밀고 있었다.

"한니발이 제 부하들과 함께 어깨를 돌렸을 때

스키피오로 하여금 영광스런 상속자가 되게 한

117 운명의 골짜기에서 온 너,

또 일찍이 사자[23] 천 마리를 잡아갔고

네 형제들의 커다란 싸움[24]에 개입했더라면

120 땅의 아들들[25]이 이겼으리라고

많은 사람들이 아직도 그토록 믿고 있는 너,

추위가 코치토스[26]를 감금하고 있는 곳으로

123 싫다 말고 우리를 내려 보내다오.

티티오스나 티폰[27]에게 우리를 가게 하지 마라.

이분은 여기서 갈망하는 바를 줄 수 있으니

126 너는 고개를 숙이고 얼굴을 찌푸리지 마라.

그는 살아 있고 또 성총이 때에 앞서 그를

---

[22] **알라(Ala)** 고대 피렌체의 거리의 척도로서 두 팔 반의 길이다.

[23] **사자** 안타이오스는 주로 사자를 먹고 살았다고 한다.

[24] **커다란 싸움** 신들에 대한 거인들의 반역 전쟁.

[25] **아들들** 거인들.

[26] **코치토스** 얼음으로 뒤덮인 늪. 이 얼음은 「지옥편」 제14곡 103행에 나오는 커다란 늙은이가 흘린 눈물인데 이곳까지 흘러와 얼어붙은 것이다. 이 얼음은 배신자들의 냉혹한 정신을 상징한다.

[27] **티티오스나 티폰(Tityos, Typhon)** 다른 거인들.

부르지 않는 한 오래오래 장수하리라 기대되니

129 너의 이름을 세상에 자자하게 할 수 있으리라."

나의 스승이 그렇게 말하니, 일찍이 헤라클레스의

손을 그토록 호되게 뒤흔들어 잡던

132 그놈은 손을 내밀어 나의 안내자를 붙잡았다.

베르길리우스는 자신이 붙잡힌 것을 알자

나에게 말하길, "내 널 붙잡을 테니 이리 오너라."

135 그리하여 그와 나는 한 덩어리가 되었다.

한 가닥 구름이 가리센다 탑[28] 위를 지날 때

밑에서 올려다보면

138 탑이 구부러져 구름을 마주치는 듯 보이는 것처럼

내 눈여겨 본 안타이오스도 굽은 모양이

그와 비슷했다. 따라서 그때 나는

141 다른 길을 가고 싶었다.

그러나 그놈은 루시페르[29]를 유다와 함께

삼켜 버린 밑바닥에 우리를 사뿐히 내려놓고

144 구부린 채 오래 머무르지 않고

마치 배의 돛대인 양 일어났다.

---

[28] **가리센다(Garisenda) 탑** 볼로냐에 있는 쌍둥이 탑. 오늘날은 '카리센다(Carisenda)' 라고 한다.

[29] **루시페르(Lucifer)** 지옥의 마왕. 그리스어로는 포스포로스(Phosphoros), '빛을 가져오는 자' 라는 뜻이다. 그러나 중세 교부들은 루시페르를 사탄의 타락하기 전 이름으로 추측했다. 단테는 하느님께 배반했다가 천국에서 쫓겨났던 천사들의 우두머리로 본다. 그는 원래 아주 아름다운 용모의 소유자였으나(「천국편」 제19곡 46~48행 참고) 쫓겨난 후에는 힘상궂은 용모를 갖게 되었다. 지옥의 맨 밑바닥에 있는 배반자들의 원에 틀어박힌 그는 모든 혐오의 극치이며 하느님과 상반된 의미를 지닌다. 다시 말해서 그 역시 3가지 요소를 지니고 있는데 이것은 삼위일체와 상반된다는 말이다. 즉, 하느님의 권능이신 성부에 대해서 무력을, 최고의 지혜이신 성자에 대해서 무지, 최고의 사랑이신 성령에 대해서 증오를 나타내는 3개의 얼굴을 지니고 있다. 얼굴 밑에 돋아 있는 여섯 개의 날개엔 털이 없고 박쥐의 살갗처럼 되어 있다. 루시페르는 걷잡을 수 없는 자만심 때문에 하느님께 배반했기에 지옥의 영원한 포로가 된 것이다. 때문에 그는 날아다닐 수 없다. 단테는 그를 지옥 전체의 상징으로 보고 있다.

| 제32곡 |

4월 9일 오후 4~6시 사이. 제9원의 지옥. 거인들이 지키고 있다. 이곳에는 카인을 효시로 친족을 배반한 자들의 영혼과 조국이나 정당을 배반한 영혼들이 벌받고 있다. 후자는 안테노라가 대변하고 있다.

이 제9원은 맨 마지막 원이 되는데 단테는 이곳을 기술하는 것에 또다시 공포에 사로잡힌다. 따라서 제2곡에서와 마찬가지로 시신 뮤즈의 도움을 간청한다.

단테가 웅덩이 바닥에서 자기가 내려온 높다란 벽을 주의 깊게 바라보고 있는 동안 살아 있을 당시 자기의 동포였던 망령들의 머리를 짓밟지 말라는 소리가 들려온다. 시인은 자신이 얼음장 위에 서 있음을 깨닫는데 그 얼음장은 겨울의 다뉴브 강이나 돈 강보다 더 두껍게 얼어 있다. 그는 지금 코치토스의 첫째 지역에 와 있다. 이곳은 소위 '카이나'라고 불린다. 그곳의 망령들은 머리까지 얼음 속에 파묻고 얼굴을 밑으로 떨군 채 추워서 이를 부득부득 갈고 있는데 그 모양이 마치 황새가 입놀림을 하는 것과 같다. 시인은 잠시 동안 주위를 살피고 나서 머리칼이 얼키설키 엉겨 있는 두 망령이 자신의 발치에 붙어 있는 것을 알게 된다. 그들은 곧 알베르토의 아들 알레산드로와 나폴레오네 형제로서 서로가 죽음을 맞게 했던 놈들이다. 카이나에 있는 모든 망령들보다 얼음에 처박혀 벌받기에 알맞은 망령이란 그들 외엔 없을 것이다.

단테는 계속해서 걸어 이내 코치토스의 둘째 지역에 이른다. 이곳은 '안테노라'라 불리는데 조국을 배반한 영혼들이 머리까지 얼음 속에 파묻힌 채 고개를 평소처럼 들고 있다. 그는 망령들의 머리 사이로 지나치면서 발길로 냅다 한 놈을 걷어찬다. 그러자 그놈은 몬타페르티의 복수를 하러 온 것이 아니라면, 자신을 짓밟지 말라고 소리 지른다. 그때 시인은 안내자의 허락을 받아 그에게 접근해 머리채를 흔들며 이름을 밝히도록 강요한다. 이때 다른 영혼이 개입한다. 그는 자기의 동료가 고통스런 소리를 내지르자 그의 이름을 부른 것이다. 이에 단테는 그가 곧 몬타페르티 전투에서 구엘프 당을 배반했던 보카 델리 아바티임을 알게 된다. 한편 보카는 제 동료의 이름을 밝히는데, 그는 샤를 앙주로부터 받은 돈에 매수돼 만프레디를 배신한 부오소 다 두에라다. 이어서 다른 동료들의 이름도 밝힌다. 단테는 보카 델리 아바티를 남겨 두고 가던 중 어느 웅덩이에서 두 명의 죄인을 발견하는데, 그중 하나는 다른 하나의 머리 위에 제 머리를 놓고는 마치 티데우스가 숙적 멜라니포스에게 미친 듯이 했던 것처럼 사납게 물어뜯는다. 시인은 왜 동료를 그토록 증오스럽게 다루는지 묻고, 만일 타당한 이유라면 세상에 남아 있는 그의 오명을 씻어 주겠다고 그에게 약속한다.

다른 모든 바위들이 짓누르고 있는
저 슬픈 웅덩이에 척척 들어맞을
3   드세고 거친 시구를 내가 만일에 지녔다면,[1]
내 생각의 진국을 가득가득
짜내련만……. 그러나 그걸 지니지 못해

6   두려워하지 않고 말할 수가 없구나.

이유인즉, 온 누리의 바닥[2]을 묘사한다는 것은

조롱조로 희롱하는 것도 아니고

9   아기의 옹알거림도 아닐 테니까.

그러나 암피온[3]을 도와 테베를 닫아 버린

저 여인들[4]이여, 나의 시구를 도와

12   내 말이 사실과 어김없이 되도록 해 다오.

오, 말하는 게 힘겨운 이 자리에 있는 족속이여.

그대는 다른 모든 것보다 더 가엾게 태어났으니

15   차라리 세상에서 양이나 염소였더라면 좋았을 것을!

거인의 발치에서 벗어나 더 아래로

어둡기 그지없는 웅덩이에 우리가 내려왔을 때,

18   나는 또다시 드높은 성벽을 쳐다보았는데

"네가 어떻게 걷는지 주의하라. 너는 고달픈 네 형제들의

머리를 발바닥으로 밟지 말고

21   가려무나" 하는 소리를 들었다.

그리고 나서 나는 몸을 돌이켜 내 앞 발치에

얼어붙어 물이 아니라 유리 같아 보이는

24   어느 호수[5] 하나를 보았다.

---

[1] 제9원은 지심(地心)으로 모든 바위들이 이곳으로 쏠리고 있다. 이 원은 네 개의 지역으로 구분되어 있는데 첫째 지역은 친족을 배반한 카인이, 둘째 지역은 조국을 팔아먹은 안테노르가 있는 곳이며, 셋째 지역은 친구를 팔아 먹은 프톨레매오, 넷째 지역은 은인을 팔아먹은 유다가 벌받고 있는 곳이다.

[2] **온 누리의 바닥** 프톨레마이오스의 천문학에 의하면 지구가 우주의 중심이다. 그런데 이 제9원은 지구의 중심 이니 전우주의 중심이며 그 밑바닥이란 뜻이다.

[3] **암피온(Amphion)** 유피테르와 안티오페의 아들로서 음악에 조예가 깊었다. 나중에 테베의 왕이 되었다.

[4] **여인들** 시신 뮤즈를 일컫는다. 「지옥편」 제2곡 7행 참고. 암피온이 테베의 성벽을 쌓으려고 시신으로부터 받은 성금(聖琴)을 켜니 그 신기한 소리의 마력이 키타이론 산의 바위를 움직여 성벽이 되게 했다. 호라티우스의 「시 론(Ars Poetica)」 394행 이하 참고.

[5] **호수** 호수가 얼어서 유리처럼 보인다는 비유. 코치토스를 이르는 말. 그리스의 크레타 출신 거인이 지옥으로 눈물을 흘려 내려 보내니 여러 개의 시내를 이루었다. 그런데 지옥의 복판에 와서 추위로 인해 꽁꽁 얼게 되었 다. 얼음이 배신자의 독한 정신을 의미한다는 주장이 있다.

오스트리아의 다뉴브 강이나 돈 강도

겨울의 차가운 하늘 아래, 제 물길에

27   그토록 두터운 너울을 만들지 못했다.

탐베르니키[6]나 피에트라피아나[7] 산이

그 위에 떨어진다 해도 결코

30   그 가장자리에서 찍 하는 소리조차 나지 않았을 것이다.

시골 농부 아낙네가 가끔 이삭 줍는 꿈을 꿀 때

물 위로 코를 내민 개구리가

33   개골개골 울고 있는 것과 마찬가지로

얼음 속에서 처절하게 울고 있는 영혼들은

수줍음이 드러나는 그 자리까지 납빛이 되어[8]

36   황새의 입놀림[9]처럼 이를 쩍쩍 벌렸다.

모두가 얼굴을 푹 수그리고 있었는데

입에서는 추위가 눈에서는 슬픈 마음이

39   저들의 표정을 나타내고 있었다.

내 잠시 주위를 돌아본 후

발치를 내려다보니 두 놈이 붙어 있는데

42   머리칼이 그들의 머리 위에 얼키설키 엉겨 있었다.

"이토록 가슴을 맞대고 있는 너희는 누구냐?"

라고 내가 말했더니, 그들은 고개를 돌려

45   얼굴을 내 쪽으로 똑바로 세웠다.

처음에는 안에서만 축축이 젖었던 눈물이

눈꺼풀 위로 삐져나왔는데, 이어서

---

[6] **탐베르니키(Tambernicchi)** 산의 이름인 듯하지만 정확한 소재는 알 길이 없다.
[7] **피에트라피아나(Pietrapiana)** 토스카나 지역에 있는 산 이름이다.
[8] 부끄러울 땐 얼굴이 붉어지므로 '그 자리'란 얼굴을 의미한다.
[9] **황새의 입놀림** 추워서 이를 부득부득 가는 모습을 비유했다.

48 추위가 그들의 눈물을 얼려 다시 뒤덮었다.
거멀장도 나무에다 나무를 이토록 강하게
맞추진 못했으리. 그런데 그들은 두 마리 염소처럼

51 맞붙어 싸우기 때문에 분노가 그들을 이긴 셈이었다.
이어 추위 때문에 양쪽 귀를 잃어버린
다른 한 놈이 얼굴을 수그린 채 말했다.

54 "왜 너는 거울을 보듯 우릴 보느냐?
이 두 놈이 누군지 네가 알고자 한다면
비센치오[10]가 비스듬히 흘러내리는 골짜기가

57 저들의 아버지 알베르토[11]와 저들의 것이었다.
저들은 한 몸에서 나왔지만 카이나[12]를
온통 찾아보아도 얼음에 처박히는 데

60 저들보다 더 적합한 망령을 발견하진 못하리라.
아서가 손을 한 번 휘두르자
가슴팍과 그림자를 열어젖힌 그놈이나[13]

63 포카치아[14]도, 제 머리로 나를 막고 있어
나로 하여금 앞을 내다보지 못하게 하는 이놈도,
네가 토스카나인이라면 누구인지 잘 알겠지.

---

[10] **비센치오(Bisenzio)** 토스카나 지방의 냇물.
[11] **알베르토(Alberto degli Alberti)** 비센치오와 시에베 골짜기에 수많은 성을 가졌던 집안의 주인이었는데, 그의 슬하엔 나폴레오네와 알레산드로라는 아들이 있었다. 그런데 이들 형제는 정치적인 이유로 혹은 유산 문제로 원수가 되어 끝내 둘 다 함께 죽었다고 한다. 전자는 기벨린 당이었고 후자는 구엘프 당이었다고 한다.
[12] **카이나(Caina)** 「창세기」의 카인을 연상해 보라. 그는 형제를 죽였다. 「성서」에 의하면 인류 역사상 최초의 살인자다. 그를 상징하는 뜻으로 지옥의 가장 깊은 제9원 중에서 첫째 지역에 그의 이름을 붙였다.
[13] **아서가~** 그는 모우드리드라는 아들을 갖고 있었는데, 이들은 갈레오토의 소설에 나오는 인물들이다. 일설에 의하면 아서왕의 조카라고도 한다. 그는 아서왕을 배반하여 죽이고 그의 영토를 소유하려 했으나 왕은 미리 알고 그를 창으로 찔러 죽였다. 그런데 전설에 의하면 창이 관통한 부분을 햇볕이 비추니 땅 위에 드리운 그림자까지 찢어진 모습으로 비쳤다고 한다.
[14] **포카치아(Focaccia)** 피스토이아의 비앙키 파인데 그는 큰아버지(더러는 친아버지라고도 한다)를 살해했다. 그의 실제 이름은 반니(Vanni)다.

66 　　이놈은 사솔 마스케로니[15]인데 이놈도 그 정도는 아니었다.

　　그러니 넌 이제 더 이상 내게 말 시키지 말고

　　내가 카미치온 데 파치[16]였으며 카를린[17]이

69 　　나를 죄 없이 만들어 주기를 고대하고 있다고만 알아라."

　　그 뒤 나는 추워서 강아지처럼 된

　　천 개의 얼굴을 보았다. 그 얼어붙은 눈에

72 　　소름이 끼쳤는데 그 모습을 보면 항상 그럴 것이다.

　　온갖 중력이 모이는 그곳

　　중심을 향해 우리가 나아가면서

75 　　내가 영원히 지속될 것 같은 응달에서 부들거리고 있는 동안

　　천명인지 아니면 운명인지 모르겠으나,

　　머리들 사이로 걸어가던 중

78 　　어느 놈의 대가리가 내 발길에 거세게 채였다.

　　그는 울부짖으며 내게 소리쳤다. "왜 날 짓밟느냐?

　　네 이놈, 만일에 몬타페르티에서의 복수를

81 　　하러 온 것이 아니라면 왜 나를 괴롭히느냐?"

　　그래서 나는 말했다. "스승이시여, 내 저놈에 대한

　　의심에서 벗어나게 이곳에서 기다려 주십시오.

84 　　그 다음엔 뜻대로 날 재촉하십시오."

　　안내인이 멈췄다. 나는 아직도 사납게

　　욕지거리를 하는 그자에게 말했다.

---

[15] **사솔 마스케로니**(Sassol Mascheroni) 피렌체의 토스키 집안 출신이었는데, 그는 숙부가 늙자 숙부의 유일한 혈육인 아들을 죽여 그의 재산을 차지했다. 그 일이 나중에 탄로 나 못 박힌 통 속에서 피렌체 시가를 돌았다. 이 이야기는 토스카나 지방에 널리 알려져 심지어는 "당신이 토스카나 출신이라면 그 이야기를 아시죠?"라는 말이 나돌았다고 한다.

[16] **카미치온 데 파치**(Camicion de' Pazzi) 알베르토 카미치오네인데, 친척인 우베르티노를 죽였던 자다.

[17] **카를린**(Carlin) 카미치온과 마찬가지로 파치디 발다르노 출신이다. 네리 파에 매수되어 비앙키 파의 피안트라비네 성을 넘겨주었다. 그러자 비앙키 파의 많은 사람이 방랑을 떠나거나 혹은 죽고 혹은 포로가 되었다. 그들 중에는 카를린의 숙부도 있었다.

87 "이다지도 남을 괴롭히는 네놈이 누구냐?"

그가 대답하길, "네놈은 누구이기에 안테노라[18]를

거들먹거리며 가고 있는 것이냐?

90 살아 있는 놈이라도 지나치지 않으냐?"

나는 대답하길, "나는 살아 있다. 너, 만일 명성을

원한다면, 너의 이름 또한 나의 기억 속에 적어

93 넣어 두는 것이 너에겐 좋은 일이 되겠구나."

그는 나에게, "나의 소원은 그와 어긋나는 일,

어서 여기서 꺼져 나를 괴롭히지 마라.

96 이 빙판에선 속임수가 나쁜 줄 모르느냐?"

나는 그놈의 목덜미를 움켜쥐고

말했다. "네 이름을 밝히는 게 좋으리라.

99 그렇지 않으면 네 대가리 위에 남는 것이 없으리라."

이에 그놈은 나에게, "왜 너는 내 머릴 뽑느냐?

너 비록 천 번 내 머릴 곤두박질친대도

102 네게 나 누구인지 밝히지 않을 것이다."[19]

나는 벌써 그놈의 머리채를 움켜쥐고서

한 움큼도 넘게 뽑았기 때문에

105 그놈이 눈을 아래로 깔고 울부짖었다.

그때 다른 한 놈이 소리치길, "보카[20]야, 웬일이냐?

짖어 대지 마라. 턱으로 소리 내는 것이면 족하지 않느냐?

108 어느 악마가 널 건드리는 것이냐?"

---

[18] **안테노라(Antenora)** 제9원의 둘째 지역. 트로이의 장군 이름 안테노르에서 연유되었다. 그는 트로이 전쟁 때, 조국을 배반해 등불을 신호로 보내서 적군으로 하여금 목마를 열고 나오게 한 매국노다.
[19] 매국노들은 다른 죄인들과는 달리 자신의 이름이 세상에 알려지는 것을 몹시 꺼린다.
[20] **보카(Bocca degli Abati)** 피렌체인. 몬타페르티 전투 때 그는 구엘프 당을 위해 싸웠으나 실제로는 구엘프 당에게 치명적인 해를 입혔다. 깃발을 들고 가던 야코보의 손을 쳐서 기를 떨어뜨리니 구엘프 당은 패전한 줄 알고 낙담해 전의를 상실했다.

내가 말하길, "아, 이 사악한 반역자야,

네놈이 지껄이는 걸 바라지 않겠다. 네놈의

111   참된 소식을 전하여 네 이름을 수치스럽게 할 것이야."

그가 대답했다. "가거라. 그리고 뜻대로 말하라.

그러나 너 이곳을 벗어나거든 방금

114   혀놀림이 재빨랐던 놈에 대해서도 침묵하지 마라.

그는 여기서 프랑스인들의 은전 때문에 울고 있다.[21]

너는 말하리라. '죄인들이 얼어붙은 곳에서

117   두에라 출신의 그놈을 내 보았지'라고.

'또 누가 거기 있던가'라고 누가 질문하거든

그 곁에 베케리아의 그놈[22]이 있구나.

120   그놈은 피렌체에 의해 목이 잘렸지.

저기 가넬로네[23]와 테발델로[24]와 함께 있는

놈은 쟌니 데이 솔다니에르[25]인 줄로 믿는데,

123   그놈은 잠자는 틈에 파엔차를 열었다."

내가 어느 구멍에서 얼어붙은 두 놈을 보았을 때

우리는 벌써 그놈으로부터 떠나 있었는데,

126   두 놈 중 하나의 대가리는 다른 놈의 갓이 되었고

---

[21] **울고 있다** 원문엔 'piange'라 되어 있으므로 그 뜻을 살리기 위해 이렇게 번역했으나, 사실상의 뜻은 'sconto la pena(죄과를 지불한다)'이다. 이는 곧 아래에 나오는 크레모나의 부오소 다 두에라라는 롬바르디아 의 기벨린 당 수뇌가 1265년 앙주 왕가의 샤를이 나폴리의 왕 만프레디를 침공했을 때 프랑스인으로부터 뇌물 을 받고 이적 행위를 한 고사에 연유하는 이야기다.

[22] **베케리아의 그놈(Tesauro dei Becceria)** 파비아 출신. 발롬브로사의 수도원장이었고, 코스카나에서는 교황 알 레산드로 4세의 사절 노릇을 했다. 1258년에 기벨린 당이 추방당하자 피렌체인들에 의해 투옥되었다.

[23] **가넬로네(Ganellone)** 순수한 이탈리아어로는 'Gano di Maganza'라 하는데 그는 카롤링고의 시에 나오는 전 형적인 배반자다. 「롤랑의 노래」를 비롯해 중세의 무용담에서 콘치스발레 잠복군의 주요한 인물로 형상화됐다.

[24] **테발델로(Tebaldello)** 파엔차의 잠브라시 가문. 볼로냐의 기벨린 당 람베르타치 가 출신들이 추방되어 파엔차 에 망명해 왔다. 그는 그들에게 사적 원한을 갖고 있었기에 구엘프 당 제레메이들을 도와 1280년 11월 13일 새 벽에 망명객들을 괴롭혔다.

[25] **쟌니 데이 솔다니에르(Gianni dei Soldanier)** 피렌체의 기벨린 가문의 일원. 1266년에 제 당파를 배반하고 적을 이롭게 해 사적 욕망을 만족시키려 했다.

배가 고파서 빵을 씹고 있을 적에

위에 있는 놈의 목덜미에 다른 놈의 골통이

129   맞닿는 곳을 깨무는 것과 같았다.

대갈통이나 그 외 부분을 물어뜯는

꼬락서니는 티데우스[26]가 핏대를 세워 멜라니포스의

132   관자놀이를 깨무는 것과 영락없이 똑같았다.

나는 말을 꺼내, "너 이렇게 짐승 같은 시늉으로

씹어 먹는 그놈에게 증오감을 나타내며

135   그 따위 말을 하고 있는 그 이유가 무엇이냐?

너는 그놈 때문에 울고 있는 이유가 있으려니

너희가 누구이며 저놈의 죄가 무엇인지

138   알기 위해 말하고 있는 나의 이 혀가 마르지 않는 한

저 위 세상에서 내 너를 위해 갚아 줄 것이다."

---

[26] **티데우스(Tydeus)** 테베를 포위했던 일곱 왕 가운데 하나. 스타티우스의 주장에 의하면, 그는 테베의 멜라니포스에 의해 치명상을 당하지만 나중에 그를 죽여서 복수했다. 그런데 티데우스는 그를 단순히 죽이는 것으로 만족하지 않고 부하들에게 그자의 두개골을 깨게 하고 사납게 물어뜯었다고 한다.

| 제33곡 |

 때는 성 토요일 오후 6시경. 아홉째 원의 둘째 지역인 안테노라.

앞의 곡 마지막 부분에서 단테에게 몸을 돌렸던 망령이 굶주린 듯한 입을 벌리더니 말을 시작한다. 이자가 곧 저 유명한 게라르데스카의 우골리노 백작이며 그 옆에 우발디니의 루지에리 주교가 있다. 우골리노는 이 사람의 배반으로 기벨린 당에 붙잡혀 죽음을 당했다. 그는 몇 달 동안 구알란디의 탑에 포로로 수감되어 있다가, 자신의 운명을 계시하는 꿈을 꾸었다. 피사의 기벨린 가문에 속한 사냥꾼들을 이끌고 루지에리가 그에게 나타났다. 그는 이어 잘 길들여진 사냥개를 데리고 산 줄리아노(San Giuliano) 산을 향해 늑대와 그 새끼들을 사냥하러 나갔는데 늑대들이 피로에 지쳐 그만 사냥개에 걸렸다. 우골리노는 잠을 깨었다. 먼동이 트기 전이었다. 그때였다. 자신의 아들들이 자기와 함께 탑 속에 갇혀 잠을 자면서도 울부짖으며 빵을 찾지 않는가! 아들들도 마찬가지의 꿈을 꾸었다. 그는 무슨 일이 일어날 것이라고 예감했는데 탑의 문에 못이 박히는 소리를 들었다. 그는 겁에 질려 자식들의 얼굴을 쳐다봤다. 날이 밝자마자 자식들이 고통스런 얼굴로 굶주림에 괴로워하는 모습이 겹쳐서 눈에 선하게 들어오는지라 이내 절망에 빠져 자신의 손을 물어뜯었다. 그러나 자식들은 그가 손을 뜯어먹으려는 것으로 착각하고 그의 시장기를 해소하려 자신들의 몸을 바치려고 했다. 그러자 그는 만류하며 자식들을 진정시켰으나 그 뒤로 사흘 동안 아무도 한 마디도 하지 않았다. 나흘째 되던 날 맏아들인 갓도가 아비의 발치에 쓰러졌다. 살려 달라 애원하건만, 쓸데없는 일이다. 그 뒤로 차근차근 다른 아들들이 쓰러졌다. 게다가 그는 굶주려서 끝내 장님이 된 채 자식들의 시체를 부둥켜안고 그들의 이름을 애처롭게 부르면서 이틀 후에 죽었다고 한다.

우골리노는 자신의 과거 얘기를 이상과 같이 말하고 미친 듯이 원수의 머리를 이빨로 물어뜯는다. 단테는 그의 이야기를 듣고서 피사를 비난하고픈 강렬한 욕구를 느낀다. 단테는 베르길리우스와 함께 걸음을 계속해 '톨로메아'라 부르는 코치토스의 셋째 지역에 이르는데, 여기엔 친구들이나 동료들을 배반한 자들이 엎드려 얼굴을 하늘로 향하고 벌받고 있다. 눈물이 눈에 괴지만 이내 얼음이 되어 울 수도 없다. 단테는 왜 그들이 이런 벌을 받고 있는지 알고자 스승에게 묻는데 그는 대답을 보류한다. 바로 이때 죄인 중 하나가 자기 눈에서 얼음을 거둬 달라고 간청한다. 그는 만프레디의 알베리고인데, 그의 영혼은 그곳에 있으나 육체는 아직 지상에서 괴로움을 겪고 있다고 한다. 거기엔 또 세르 브란카 도리아가 있는데 자신의 장인인 미켈 찬케를 죽인 자다.

그 죄인은 무시무시한 먹이로부터
입을 떼고 뒤통수가 헝클어진
3   머리채로 자신의 입을 문질렀다.
이어 말을 꺼내, "내 얘기를 하기 전에
생각만 해도 가슴을 짓누르는 절망적인
6   고통을 내가 새롭게 하기를 너는 바라는구나.

그러나 나의 말이 씨앗이 되어 내가

물어뜯고 있는 반역자에게 치욕의 열매를 맺게 한다면

9   너는 눈물을 흘리며 말하는 나를 볼 것이다.

난 네가 누구인지 또 어떠한 이유로

이곳으로 왔는지 모르겠으나, 너의 말을

12   들으니 피오렌티노[1]로 여겨지는구나.

내가 우골리노 백작[2]이었음을 넌 알아야 한다.

또 이놈은 루지에리[3] 대주교다.

15   내가 왜 이놈과 이렇게 가까이 있는지 이제 네게 이르리라.

이놈의 사악한 꿍꿍이속으로 인해

내 이놈을 믿었다가 이내 사로잡혀

18   죽음을 당한 사실을 말하는 것은 필요치 않구나.

그러니 너 들어 보지 못했던 바, 말하자면

나의 죽음이 얼마나 참혹했는지를

21   들으면 내가 왜 이놈을 원망스럽게 여기는지 알리라.

나로 인해 '굶주림'이라는 이름을 갖게 되었고

---

[1] **피오렌티노(Fiorentino)** 피렌체인.

[2] **우골리노 백작(Ugolino della Gherardesca)** 피사의 귀족으로 구엘프 당원. 원래는 롬바르디아 출신인 기벨린 가문의 자손이었다. 그는 장인인 비스콘티와 합의해 피사의 기벨린 정권을 구엘프 당으로 대치하는 데 성공했으나 후에 투옥당하고 이내 추방되었다. 그 뒤 1276년에 토스카나의 구엘프 당을 도와 다시 진격해 들어올 수가 있었다. 1284년에 피사와 제노바인들 사이에 벌어진 멜로리아 전투에서 그는 함대 사령관이 되었는데, 우골리노는 비참할 정도로 크게 참패를 당했다. 루카, 피렌체 그리고 제노바는 피사에 대해 손해배상을 청구하게 되었는데, 우골리노는 피사의 통령의 자리에 있었기 때문에 중립성과 평화를 찾기 위해 그 나라들에게 몇 개의 성을 양도할 수밖에 없었다. 그러는 가운데 그는 피사에서 확고한 위치를 구축해 1285년엔 조카인 우골리노 비스콘티와 힘을 합해 피사의 정권을 장악하게 되었다. 그러나 1288년 멜로리아 전투에서 전쟁 포로가 되었던 무리들이 되돌아왔고 그들은 하나같이 우골리노의 권력에 반감을 가졌다. 난처한 입장이 된 우골리노는 다시 기벨린에 어깨를 기대고 반격하려고 했지만, 대주교인 루지에리에 의해 다스려지던 기벨린에 의해 권력을 앗기고 투옥됐다. 죄상은 그가 피사의 성들을 양도함으로써 조국을 배반했다는 것이다. 그는 자식들과 더불어 구알란디 가문의 탑에 유폐되어 굶어 죽었다.

[3] **루지에리(Luggieri degli Ubaldini)** 그는 1278년 피사의 대주교가 되었다. 앞서 지적했듯 우골리노와 깊은 관계를 가졌던 인물로, 기벨린 당의 수령으로서 구엘프 당에게 매우 가혹한 행동을 했다. 교황 니콜라우스 4세는 이에 분개해 그를 종신형에 처했으나 교황이 승하한 후에 사면 받았다. 1295년 로마 근처의 작은 도시 비테르보에서 죽었다.

그 속에 다른 사람들을 아직도 가두고 있는

24 탑⁴ 안 조그만 틈바귀로

이미 많은 달⁵이 나에게 나타나 보였을 때

내 앞날의 너울을 벗겨 주는

27 흉측한 꿈을 꾸었다.

이놈은 피사인들이 루카를 볼 수 없게

늑대와 그 새끼들⁶을 산⁷에서 사냥해 가는데

30 나에게는 우두머리로 보였다.

바짝 마르고 날래며 길들여진 암캐⁸와 함께

이놈은 구알란디와 시스몬디와 란프란키⁹를

33 맨 앞에 내세웠다.

조금 나아가다가 아버지와 자식들이 피곤한 듯

나에게 보였고 뾰족한 이빨로 그들의

36 옆구리가 찢기는 것처럼 보였다.

새벽에 내가 잠이 깨었을 무렵,

나와 함께 있던 자식들¹⁰이 잠결에 울부짖으며

39 빵을 달라고 하는 것을 들었다.

내 마음을 짓누르는 이 일을 생각할 때,

네가 정녕코 괴로워하지 않는다면 매정한 일, 또

42 울지 않는다면 대체 눈물은 무엇에 쓰이는가?

그들은 이미 깨어 있었는데, 음식이 차려질

---

⁴ **탑** 피사의 귀족 구알란디 가문의 탑인데 그 당시는 피사 시가 소유하고 있었다. 우골리노와 그의 자식, 손자가
그 속에서 굶어 죽자 그 탑을 가리켜 '아사의 탑'이라 불렀다.
⁵ **많은 달** 여러 달. 즉, 1288년 7월부터 이듬해 3월까지를 의미한다.
⁶ **늑대와 그 새끼들** 우골리노와 그의 자식들.
⁷ **산** 줄리아노 산. 이 산은 루카와 피사 사이에 있다.
⁸ **암캐** 기벨린 당의 수령인 대주교 루지에리의 일파.
⁹ **구알란디와 시스몬디와 란프란키**(Gualandi, Sismondi, Lanfranchi) 피사의 귀족으로 루지에리 대주교의 친척들이다.
¹⁰ **자식들** 갓도와 우구치오네는 우골리노 백작의 아들이고 브리가타와 안셀무치오는 그의 손자들이다.

시간이 가까이 왔음에도 불구하고

45 하나같이 꿈 때문에 의아해하고 있었다.

이윽고 나는 저 무시무시한 탑 아래의

문에 못질하는 소리를 들었는데, 이에 그만

48 나는 자식들의 얼굴을 우두커니 쳐다보았다.

나는 울지 않았으니 속으로 그토록 굳건했다.

그들은 울부짖고 있었는데, 사랑하는 안셀무치오가

51 내게 물었다. '할아버지, 무슨 일이기에 그리 쳐다보시지요?'

그러나 나는 울지도 않았으며 그날은 밤과 낮

하루 종일 아무 말 없이 있었는데,

54 끝내 태양은 다시 세상에 솟아나왔다.

한 줄기 빛이 고통스러운 감옥에

스며들어, 내가 네 아이의 얼굴을 통해

57 내 자신의 표정을 깨달았을 무렵

괴로운 나머지 두 손을 물어뜯었더니

그들은 내가 먹고 싶어서 그런 줄 알고

60 당장에 일어나 말하는 것이었다.

'아버지, 저희를 잡수시는 것이 우리에겐

덜 고통스럽겠습니다. 당신이 이 측은한

63 살을 입혀 주셨으니 당신이 그걸 벗겨 주옵소서.'[11]

나는 그들을 더 슬프게 하지 않으려고

고정하고서 그날도 다음날도 말없이 있었는데

66 아아 단단한 땅[12]이여, 왜 열리지 않았던가?

---

[11] 아버지께서 생명을 주고 또한 피와 살을 주었으니 이제 그 살을 뜯어먹길 바란다는 효심으로 볼 수 있다.

[12] **단단한 땅(la terra dura)** 단테의 시에 있어서 'duro(dura는 여성형)'라는 형용사는 여러 가지 뜻을 갖고 있다. 「지옥편」의 제1곡이나 제3곡의 첫 부분에 나오는 경우는 '무섭다'는 뜻으로 쓰이고, 다른 경우엔 '힘들다'는 말도 되며, 여기서는 '단단하다' 혹은 '매정하다'는 의미다. 다시 말해서 탑의 감옥 속에서 고통과 절망에 허덕이느니 땅속에 묻히고 싶지만 땅이 너무 단단해 어쩔 수 없어 탄식하는 말이다.

그러고 나서 나흘째[13]에 접어들게 되었을 때

갓도가 내 발치에 넓죽이 뻗어 자빠지며

69　　말했다. '아버지, 날 좀 도와주세요.'

그는 이내 죽었다. 네가 나를 보는 바와 같이

나는 대엿새 되는 도중에 세 자식을 하나씩

72　　잃었는데, 이미 눈이 멀게 된

나는 하나하나 그들을 더듬으며

그들이 죽고 난 뒤 이틀 동안 그들을 불렀다.

75　　고통보다 배고픔이 더욱 괴로웠다."

그는 이걸 이야기하고는 부릅뜬 눈으로

억센 개 이빨 같은 이로써

78　　처량한 머리통을 물어뜯었다.

아아, 피사여. Si 소리 울려 퍼지는 그곳

아름다운 나라의 백성들의 수치여.[14]

81　　너에게 벌주기에 이웃들이 더디기 때문에

카프라이아와 고르고나[15] 섬들이 움직여

아르노 강 어귀에 강둑을 이뤄서

84　　모두를 네 안에 잠기게 하려무나.

비록 우골리노 백작이 성을 팔았다는 소문[16]을

---

[13] **나흘째** 감옥의 문에 못질하던 날부터.

[14] **아아, 피사여~** 아름다운 나라는 이탈리아를 가리킨다. 이탈리아어의 'Si'는 '예'라는 긍정적 대답의 뜻을 갖고 있다. 따라서 'Si 소리 울려 퍼지는 그곳'은 이탈리아를 가리킨다. 그러나 전후 관계로 보아, 보다 구체적인 장소는 피사다. 그러기에 81행에서 '이웃들', 즉 루카와 피렌체를 연이어 언급하고 있다.

[15] **카프라이아와 고르고나(Capraia, Gorgona)** 아르노 강 서남쪽에 위치한 섬들. 이 두 섬이 무너져 아르노 강의 물길을 막는 둑이 된다면 아르노 강물이 도심을 가로지르는 피사도 물에 잠기게 될 것이며 그 시민들은 자연히 물속에 잠길 것이다. 우골리노가 피사를 이와 같이 저주할 만하므로 단테도 그를 측은하게 여기고 그의 자식들이 무죄임에도 불구하고 그와 같이 죽어 간 것을 못마땅하게 여겼다.

[16] **성을 팔았다는 소문** 앞의 주석 2에서 말한 바와 같이 우골리노는 피사의 안전을 위해 피사의 몇 개의 성을 루카와 피렌체에 넘겨준 일이 있다. 그것은 멜로리아 전투에서 참패를 당한 뒤의 일이었는데, 이 일이 있은 후에 그의 반대 당에선 그를 매국노라고 공박했다.

지니고는 있다 하지만, 너는 그의 자식들마저

87 　저런 십자가에 매달아서는 안 되었다.

새로운 테베여, 우구치오네와 브리가타

또 위의 노래에서 부른 다른 두 아이는

90 　나이가 어려서 아무런 죄가 없다.

우리는 다른 한 무리가 가혹하게 얼음에

이겨진 채 엎드려 있다기보다는 온통

93 　뒤집혀 있는 곳을 지나쳐 갔다.

그곳엔 울음 자체가 그들을 울도록[17] 그냥 두지 않아

눈앞을 가로막는 고통스런 눈물이 되어

96 　안으로 안으로 번져 고통을 키워 나갔으니

따라서 그 눈물은 딱딱한 응어리를 이뤄

마치 수정으로 된 눈꺼풀인 양

99 　눈썹 아래 움푹 팬 곳을 온통 채우고 있었다.

지독한 추위 때문에, 내 얼굴로부터

온갖 감각이 마치 못이 박힌 듯

102 　마비되었다 할지라도, 이내 한 가닥

바람이 살랑거림[18]을 느꼈기에, 나는 말을 꺼내,

"스승님이시여, 그 누가 이것을 일으킵니까?

105 　여기 아래엔 온갖 김이 벌써 꺼졌지 않은가요?"

그는 내게, "곧이어 너는 네 눈으로

---

[17] **울음 자체가 그들을 울도록** 참으로 쉬운 뜻이나 번역하기에는 무리가 있다. '울음'은 'pianto'로 이 낱말의 본뜻은 울음, 통곡, 절규인데 또 '울도록'이라니? 이는 곧 고통이 너무나 거센 통곡을 하고 나서, 아니면 고통이 너무 지나쳐서 울 수도 없었다는 의미인 듯하다. 아니면 이때의 상황을 고려해 더욱 간단히 다음과 같이 해석할 수도 있을 것이다. 처음에 울고 나니 눈물이 괴어 얼음으로 변해 다시는 눈물을 흘릴 수 없었다.

[18] **바람이 살랑거림** 단테는 햇빛이 미치지 못하는 지옥 밑바닥에 바람이 일어날 수 없다고 믿는다. 아리스토텔레스의 『기상학』 2장 4에 의하면 태양열이 일종의 김(Vapore)을 발생시켜 이것이 건조하면 바람을 일으키고 습기가 차면 비가 된다는 것이다. 따라서 단테는 이를 이상히 여길 수밖에 없어 스승인 베르길리우스에게 묻고 있다.

그 바람의 원인[19]을 볼 수 있는 곳에 이르리니

108   그때 너에게 대답해 줄 것이다."

그러자 차가운 얼음을 뒤집어 쓴 비참한 자들 중

하나가 우리에게 소리 질렀다. "오, 최후의 장소[20]가

111   주어질 정도로 잔혹한 망령들이여.

나의 눈에서 이 두꺼운 너울을 거두어

내 눈물이 다시 얼어붙기 전에 마음을 억누르는

114   고통을 다소나마 가라앉게 해 다오."[21]

그리하여 나는 그에게, "내 도움을 그대 원하거든,

그대 누군지 내게 일러다오. 그래도 그댈 풀어 주지

117   못한다면, 난 저 아래 얼음 밑으로 가 버리리니!"

그러자 그가 대답했다. "나는 수도자 알베리고[22],

죄스런 동산의 열매[23] 때문에 이곳에서

120   무화과 대신 대추를 따고 있다오."[24]

"오," 나는 그에게, "그대 벌써 죽었단 말인가?"

그가 나에게, "저 위 세상에선 나의 육신이

123   어찌 됐는지 난 모른다오.

프톨레매오[25]는 이러한 특권을 갖고 있어

[19] **바람의 원인** 다음의 제34곡에서 밝혀진다. 이는 곧 마왕 루시페르가 날개를 후려치기 때문이다.
[20] **최후의 장소** 주데카를 의미한다. 이 망령은 단테가 이 주데카에서 벌받는 망령이라고 착각하고 있다.
[21] **나의 눈에서~** 고통이든 우울이든 그것이 심하면 맘껏 울어야 풀린다. 그런데 이곳에 있는 망령들은 울려야 울 수 없다. 눈물이 얼어버린 얼음이 눈을 뒤덮고 있기 때문이다.
[22] **수도자 알베리고(Alberigo)** 파엔차의 'Alberigo de Manfredi'인데, 그는 1267년부터 그 지방의 구엘프 당 총수 역할도 했다. 1285년 자신의 형제와 세력 다툼 끝에 알베리고는 형제들을 연회에 초대해 자객으로 하여금 그들을 살해하도록 했다.
[23] **죄스런 동산의 열매** 알베리고는 연회 석상에서 과일을 가져오라는 신호를 보내 자객으로 하여금 형제인 만프레디와 그의 아들을 죽이게 했다. 따라서 죄스런 동산의 열매라 했다.
[24] 받을 벌을 마땅히 받는다는 뜻이다. 토스카나 지방에선 무화과가 제일 싼 과일이며 대추가 가장 비싼 과일이라고 한다.
[25] **프톨레매오** 유대의 예리고의 수장의 이름. 그는 실부이며 사제장인 시몬 마카베오와 그의 두 아들을 성안으로 초대해 술을 먹인 후 살해했다. 제9원의 셋째 지역, 손님의 신의를 배반한 자가 벌받는 곳의 명칭인 톨로메아 (Tolomea)가 이 이름에서 유래한다. 「마카베오상」 16장 11~16절 참고.

아트로포스²⁶가 죽음의 여신들을 움직이기 전에

126 영혼이 이리로 떨어지는 것은 흔한 일이라오.

그리고 그대가 보다 더 듬직하게

내 얼굴에서 얼어붙은 눈물을 거둘 수 있게

129 알아 두어야 할 일, 내가 그랬듯이 영혼이란 것이

제 육신을 떠날 때 그 육신은 마귀가

앗아다가 나중에 시간이 온통 몰아쳐 가는 동안

132 내내 다스리게 된다오.

영혼은 이렇게 생긴 물구덩이에 떨어져 있으나

여기 내 뒤에서 겨울을 나는 육신은

135 어쩌면 저 위 세상에 아직 그 모습을 보이고 있을 거요.

그대 방금 여기 내려왔으니 그를 알리라.

그는 세르 브란카 도리아²⁷인데 그가 이렇게

138 갇히고 나서 여러 해가 이미 흘러갔다오."

"내 믿기로 그댄 나를 속이고 있구려.

브란카 도리아는 죽지도 않았으며

141 먹고 자고 옷을 입고 있다오." 나는 그에게 말했다.

그가 말하길, "저 위 말레브란케²⁸의 구덩이

끈적끈적한 역청이 끓고 있는 그곳에

144 미켈 찬케가 미처 다다르기 이전에

이자는 마귀를 제 육신 안에 밀어 넣고

그와 더불어 배반했던

147 제 친척 하나도 그렇게 했다오.

---

²⁶ **아트로포스(Atropos)** 운명의 세 여신 가운데 하나. 그녀는 생명의 실을 끊는 여신이다.

²⁷ **세르 브란카 도리아(Ser Branca d'Oria)** 제노바의 귀족으로 미켈 찬케의 사위다. 그는 로고도로의 영주인 장인으로부터 정권을 빼앗을 목적으로 그를 연회에 초대해 살해했다. 이 사건이 1290년(혹은 1275년)에 발생했을 것이라는 주장이 있다.

²⁸ **말레브란케의 구덩이** 제8원의 다섯째 굴로 탐관오리의 골짜기.

아무튼 이제 손길을 펴서

내 눈을 풀어 주오." 그러나 나는 풀어 주지 않았다.

150 　그에겐 무자비함이 오히려 예의였으니까.

아아, 제노바인들, 모든 미풍양속을 버리고

온갖 악덕만 가득 찬 사람들이여.

153 　왜 그대들은 세상에서 사라지지 않는가?

그대들 가운데 하나의 영혼이 로마냐의

나쁜 영혼과 더불어 저지른 죄 때문에

156 　코치토스에서 이미 멱을 감고 있음을 보았건만

그자의 육신은 아직도 이 땅에 살아 있는 듯했다.

| 제34곡 |

 지옥의 가장 깊은 곳이다. 소위 '주데카'라고 일컫는 이곳
에는 은인을 배반한 자들이 벌받고 있다.

두 시인이 코치토스의 넷째 지역에 들어왔다. 베르길리우
스가 시구를 읊조리며 단테에게 지옥의 마왕인 루시페르를 가리킨다. 어
둠 속에서 흐릿하게 보이는 풍차를 발견하는데, 그것은 움직이면서 차가
운 바람을 일으킨다. 단테는 바람을 피해 스승의 어깨 뒤로 숨는다. 그때
얼음 속에 파묻혀 누워 있거나 서 있거나 거꾸로 있거나 혹은 구부리고
있는 배반자들이 그의 눈에 보인다. 루시페르에게 가까이 이르러 베르길
리우스가 단테에게 용기를 가지라고 하지만 단테는 너무나 무서워 사지
가 얼어붙는 기분을 느끼며 자신이 살아 있는지 죽었는지조차 구별할 수
없다. 지옥의 고통스런 왕국을 지배하는 황제라 할 루시페르가 얼음의
호수로부터 가슴팍을 드러냈다. 그가 천사로 있을 때는 아름다웠으련만
지금은 추하기 이를 데 없다. 그는 노랗고, 붉고, 검은 세 개의 얼굴을 지
니고 있는데 각각의 얼굴 밑에는 두 개의 커다란 날개가 나 있어 그것들
을 흔들어 나오는 바람으로 코치토스 전체를 얼리고 있다. 아울러 세 얼
굴의 입 속에서는 죄인들이 물어뜯기고 있다. 가운데 입엔 예수를 배반
한 유다가 물려 있는데, 그의 몰골은 비참하기 이를 데 없다. 등은 사납

게 할퀴어져 있으며 다리는 입 밖으로 내놓고 머리는 안에 처박혀 있다. 왼쪽 입에는 브루투스 그리고 오른쪽에는 카시우스가 있는데 그들은 유다와는 대조적인 자세를 취하고 있다.

베르길리우스가 단테에게 거의 모든 것을 보았기에 지옥을 벗어날 때에 이르렀다고 말한다. 단테는 그의 말을 따르며 그의 목에 매달린다. 베르길리우스는 루시페르의 털투성이 옆구리에 매달린다. 이어 두 시인이 루시페르의 몸이 처박혀 있는 지점, 즉 지구의 한복판에 이르렀을 무렵 베르길리우스는 갑자기 루시페르의 털을 붙잡고서 몸을 뒤집어 오르기 시작한다. 단테는 다시 지옥으로 돌아가는 줄 안다. 그때 스승이 자그마한 통로를 지나 단테를 가장자리에 올려놓고 자기도 조심스럽게 오른다. 단테는 저 위를 쳐다본다. 루시페르가 곤두박질한 채 거기 있음을 알고 깜짝 놀란다. 어두컴컴한 굴속을 지나며 단테는 스승에게 세 가지 의문점을 묻는다. 보이지 않는 코치토스의 얼음이 어디 있는지, 어인 일로 루시페르는 곤두박질하고 있는지, 어떻게 이리도 빨리 저녁에서 아침으로 바뀌었는지. 베르길리우스는 이에 대해 대답해 주며 그들이 지구의 중심부를 지났다는 것을 설명한다.

베르길리우스는 주데카와 지심에 대해 설명하는 가운데 지옥과 연옥의 근원을 은연중에 밝힌다. 이로써 「지옥편」은 막을 내린다.

"지옥의 왕의 날개가 우리 향해 앞으로
접근해 오니,[1] 너 그것을 식별할 수 있을지
3   앞을 내다보아라"라고 나의 스승이 말하였다.
마치 안개가 빽빽이 끼거나,

---

[1] **지옥의~** 'Vexilla regis prodeunt inferni' 원래의 뜻은 '지옥의 왕의 깃발이 우리 앞에 펼쳐진다'인데, 이것은 파티에의 포르투나토 주교가 지은 시의 한 구절이다. 단테는 이 말을 약간 변화시켜 사용했다.

우리의 반구가 어둠에 잠길 때,

6 　바람이 돌리는 풍차가 저 멀리 나타나듯

그렇게 생긴 집이 내 눈앞에 아련히 나타나는 듯했다.

그런데 바람이 더 거칠게 불어, 난 달리 피할 곳 없어

9 　스승 뒤로 몸을 움츠려 피했다.

나는 어느덧 온갖 망령들이 얼음으로 온통 덮씌워져

유리 속의 볏짚같이 보이는 곳[2]에 이르렀는데,

12 　내 그 모습을 시구에 적으려니 떨리는구나.

그중 어떤 무리는 누워 있고, 어떤 무리는

머리나 발을 쳐들고 있는가 하면,

15 　어떤 무리는 얼굴을 발목까지 활처럼 구부리고 있다.[3]

우리가 한참 앞으로 나아갔을 무렵

일찍이 아름다운 용모를 지녔던 자[4]를

18 　보여 주는 게 즐거웠던지

안내자는 내 앞을 헤치고 나를 멈추게 하더니

말하길, "여기는 디스[5]. 네가 마음을

21 　굳세게 먹어야 할 곳이다."

이때, 내 얼마나 얼어붙고 녹초가 되었는지.

독자여[6], 물어보지 말아다오. 내 여기에 적지 않음은

24 　온갖 말을 해도 충분치 못하기 때문이니.

나는 죽은 것도, 살아 있는 것도 아니었으니

---

[2] **곳** 주데카.

[3] **그중~** 여기서 우리는 네 종류의 죄인을 보게 된다. 누워 있는 놈은 자기와 같은 지위의 있는 자를 배반한 놈이고 서 있는 놈은 자기보다 지위가 낮은 자를, 곤두박질한 놈은 자기보다 높은 자를, 구부리고 있는 놈은 은인을 배반한 놈들이다.

[4] **일찍이 아름다운 용모를 지녔던 자** 루시페르는 비록 지옥의 마왕이지만 하늘에서 쫓겨나기 전 천사였을 때 용모가 뛰어났다.

[5] **디스(Dis)** 루시페르가 있는 곳을 의미한다.

[6] **독자여** 단테는 간혹 독자의 주의를 환기시킨다.

그대 재능이 조금이라도 있다면 내 어떻게 느꼈는지

27 　그대 마음속으로 생각해 보시길.

처절한 왕국[7]의 황제가 가슴부터 제 몸의

상반신을 얼음 밖으로 내놓고 있었는데,

30 　거인들을 그의 팔뚝에 비교하는 것보다

오히려 나를 거인과 견주어 보는 것이 더 마땅할 것이다.

그의 몸 한 부분이 그렇게 컸으니

33 　온몸은 얼마나 클 것인가 그대 생각해 보라.

그는 지금의 추한 몰골[8]만큼이나 예전엔 아름다웠는데,

그를 창조한 분에게 눈썹을 치켜떴기에

36 　그분으로부터 온갖 고통이 연유되었으리라.

아! 내 그의 머리에서 세 개의 몰골[9]을 보았을 때

나는 얼마나 커다란 놀라움에 사로잡혔던가!

39 　앞쪽에 있는 몰골, 그건 진빨강색[10]이고

다른 두 개는 어깨의 한가운데 위에서

이것과 맞붙어 머리단이 있는 정수리

42 　자리에서 서로서로 어울려 있었는데,

오른쪽은 하얀색과 노란색 사이의 빛깔로 보였고

왼쪽은 나일 강이 흐르는 고장에서

45 　온 사람들[11]을 보는 것과 같았다.

어느 놈의 몰골 아래든 두 개의 커다란 날개가

거창한 새에게 어울릴 정도로 뻗어 나왔는데,

---

7 **처절한 왕국** 지옥. 원문엔 'dolcroso regno' 라 되어 있다. 고통스럽다는 뜻이 포함돼 있다.

8 **지금의 추한 몰골** 루시페르는 천사 시절에 출중한 용모를 가졌으나 배반한 뒤 추한 몰골을 갖게 됐다고 한다.

9 **세 개의 몰골** 하느님의 삼위일체는 능(能)·지(智)·애(愛)이다. 이에 반해 루시페르의 삼위일체는 무력·무지·
증오이다.

10 **진빨강색** 노랑색은 무력, 검정색은 무지, 그리고 빨강색은 증오를 상징한다.

11 **사람들** 이디오피아의 흑인들, 즉 검정색을 의미한다.

48   나는 바다의 돛도 그만 한 걸 본 일이 없었다.

       날개들은 깃이 없어, 그 모양이

       박쥐의 날개였는데, 한 번 퍼덕이면

51   그로부터 세 가닥 바람이 일었다.

       그리하여 코치토스 구석구석이 온통 얼어붙었다.

       그는 여섯 개의 눈으로 눈물 흘리고 세 개의 턱 위에

54   눈물과 피맺힌 침이 고드름이 되어 걸려 있었다.

       모든 아가리에선 이빨로 한 죄인을

       가닥가닥 발기는 게 마치 삼(麻)을 찢는 듯하여,

57   세 놈은 이로 해서 괴로워 못 견디는 것이었다.

       앞의 놈에겐 물어뜯기는 것이야 할퀴는 것에

       비하면 아무것도 아니었지만 때때로

60   등 껍데기가 홀랑 벗겨진 채 남아 있었다.

       스승이 말하길, "저기 저 위 가장 큰 벌을

       받는 망령이 가리옷 사람 유다[12]이니

63   그의 대가리는 안으로 다리는 밖으로 나와 있었다.

       머리통을 아래로 처박고 있는 두 놈 가운데

       시꺼먼 머리채에 매달려 있는 놈은 브루투스[13]인데,

---

[12] **유다** 열두 제자 가운데 예수를 배반해 은전 30냥을 받고 스승을 팔아먹은 자. 그는 나중에 후회해 목을 매 죽었다. 「마태오의 복음서」 26~27장 참고.

[13] **브루투스(Brutus)** 카이사르를 암살했다. 여기까지 유다와 브루투스의 얘기가 다 나왔는데, 이것을 보다 잘 이해하기 위해서는 단테의 『제정론(De Monarchia)』에 나타난 정치사상을 소개하는 것이 좋을 것이다. 단테의 정치사상을 들어 최민순이 그의 「신곡」 번역판(을유문화사 간행) 주석에 설명한 것이 명료하고 간단해 여기에 옮긴다. "단테의 사상에 의하면 세계는 2대 제도, 즉 로마 교회와 로마 제국에 의해서 통치해야 한다. 후자는 현세 속계에 관한 것을, 전자는 내세 영계의 일을 맡는다. 그리고 양자의 주인인 교황과 제왕은 각각 그 범위 내에서 절대의 권력을 보유하고 각각 신에게서 받은 사명을 다하며 서로 이끌고 서로 나란히 나감으로써 비로소 인류의 행복은 빛을 발해 하나는 천상의 낙원을 이루고, 하나는 지상의 낙원을 만들기에 이른다. 예수는 교황의 교황이니 이를 배반한 유다는 다만 은인을 판 죄인이 될 뿐만 아니라 또한 신의 섭리를 거슬러 칼을 들었으니 그 죄 가장 중하고, 카이사르는 황제의 황제이니 이를 거스른 브루투스 등은 은인을 판 죄인일 뿐만 아니라 신의에 의해서 지상의 낙원을 완성할 국가 중요 기관을 향해 반기를 들었으니 유다 다음 가는 죄인이라 할 만하다."

66 　보아라, 저놈은 몸을 비비 꼬며 말이 없구나.
　또 저처럼 몸체가 더 크게 보이는 녀석이 카시우스[14]다.
　그러나 밤이 다시금 접어드니, 자, 이제

69 　떠나야 할 시간이다. 온갖 것을 우리 다 보았으니."
　스승이 원하시는 대로 나 그의 목을 휘감았더니,
　그분은 시간과 장소를 가늠한 후 마침

72 　루시페르의 날개가 알맞게 퍼져 있을 때
　털이 무성한 겨드랑에 착 달라붙어
　주루루 긴 털을 타고 아래쪽으로

75 　얼음장과 털 사이를 내려왔다.
　옆구리가 볼록하니 나온 그 위 지점,
　허벅다리가 구부러지는 데까지 우리가

78 　이르렀을 때 안내자는 헐떡거리며
　다리를 버티고 있던 그 자리로 머리를 숙이고
　올라가려는 사람처럼 털을 움켜쥐었는데

81 　꼭 지옥으로 되돌아가는 것으로 여겨졌다.
　스승은 피로에 지친 사람처럼 헐떡이며
　말하길, "꽉 붙들라. 우리는 이 사닥다리로

84 　무시무시한 악에서 빠져나가야만 할 테니."
　그러고는 바위 틈 사이로 나가서
　나를 맨 가장자리에 내려 앉히고

87 　이내 나에게로 잽싼 걸음걸이를 옮겼다.
　나는 눈을 치떴다. 그리고 내가 이전에
　떠나왔을 때의 모습으로 루시페르가 있으리라 여겼는데

90 　그는 다리를 추켜올리고 있었다.

---

[14] **카시우스(Caius, Cassius Longinus)** 로마의 정치가. 카이사르의 암살자.(BC ?~42)

그리하여 내 만일에 얼떨떨해진 것이라면

내가 지나쳐 온 지점이 어느 곳이었는지를

93 알지 못하는 우둔한 사람들로 하여금 상상케 하리라.

내 스승이 말하길, "발로 딛고 일어나라.

갈 길은 아득하고 행로는 험난한데

96 해는 벌써 석 점의 반[15]에 이르렀구나."

우리가 있었던 그곳은 대궐의 널따란

뜰이 아니라, 바닥이 울퉁불퉁하고

99 빛은 희미한 천연의 동굴이었다.

나는 곧바로 일어서 말을 꺼내,

"스승님이여, 이 심연[16]에서 벗어나기 이전에

102 제가 그릇됨에서 벗어나게끔 말씀해 주옵소서.

얼음[17]은 어디 있으며 이놈은 어찌하여

이처럼 거꾸로 틀어박혀 있는지요? 해는 어떻게 하여

105 삽시간에 저녁에서 아침으로 바뀌었는지요?"

그는 나에게, "너는 아직도 세계를 꿰뚫는

흉측한 벌레[18]의 터럭을 내가 붙잡고 있던

108 지심 저쪽에 있는 것으로 짐작하는구나.

내가 거기에 내려오는 동안 너는 거기 있었는데,

내 몸을 돌이켰을 때, 너는 벌써 무거운 것을

111 사방에서 끌어당기는 지점[19]을 지나친 것이다.

---

[15] **석 점의 반** 오전 7시 30분경. 그 당시 교회의 성무일과(Officium)에 의한 시간 구분에 의하면, 낮 12시간을 4 등분해 'prima', 'terza', 'sesta', 'nona'라 하여 제1시, 제3시, 제6시, 제9시라 했다. 제1시는 일출시이고 제3시는 일출 후의 3시간을 가리킨다. 그러므로 일출을 오전 6시로 본다면 석 점의 반은 7시 반쯤 되는 시간이다.
[16] **심연** 지옥.
[17] **얼음** 코치토스의 얼음을 뜻한다.
[18] **흉측한 벌레** 루시페르를 상징.
[19] **지점** 지심(地心). 즉, 지구의 중심.

그리고 이제는 광활하고 메마른 땅으로 뒤덮인[20],

죄 없이 태어나서 죄 없이 살다가

114 　그 정상에서 돌아가신 분[21]이 계시는 반구의

맞은편 반구 밑으로 와 있으며,

주데카[22]의 등마루가 되어 있는

117 　좁디좁은 둘레에 너는 발을 딛고 있으니,

그곳이 저녁이면 여기는 아침이란다.

또 터럭으로 우리에게 사닥다리를 놓아 준

120 　이놈은 지금도 그때나 마찬가지란다.

그는 하늘에서 이곳으로 떨어졌는데,

이전에 볼록하니 솟아 있던 땅은

123 　이놈이 무서워 바다의 너울을 쓰고서

우리들의 반구로 왔다. 그리고 어쩌면

여기 볼록 내민 땅도 그를 피하고자 빈 곳을

126 　이곳에 남겨 두고 솟구쳐 도망친 것이리라."[23]

그의 무덤이 떨어져 있는 것만큼이나

베엘제불[24]에게서 아득히 먼 곳에 한 장소가 있는데

129 　그건 보이지는 않지만 그 안에 흐르는

시냇물의 여울 소리로 알 수 있는데 그 물줄기는

---

[20] **메마른 땅으로 뒤덮인** 북반구의 육지는 메마르고 남반구는 바다로 되어 있는데, 그곳의 육지는 오로지 정죄산 뿐이라고 한다.

[21] **돌아가신 분** 예수.

[22] **주데카(Judecca)** 지옥에서 가장 깊은 곳. 유다의 이름 유다스 아스카리오테스에서 연유했다. 반구를 덮고 있던 땅은 공포에 휩싸인 나머지 바다 속으로 숨어 북반구에 들어갔다. 또 정죄산은 루시페르가 지옥으로 내려갈 때 이에 맞닿을 것을 두려워하며 땅 밑을 떠나 남반구에 나타났기에 여기에 공터가 생겼다 한다.

[23] **그는 하늘에서~** 루시페르가 하늘에서 추방당할 때 남반구에 떨어졌는데, 이때 남반구를 덮고 있던 땅은 무서운 나머지 바다 속으로 숨어 북반구에 들어갔다. 또 정죄산은 루시페르가 지옥으로 내려갈 때 이에 맞닿을 것을 두려워하며 땅 밑을 떠나 남반구에 나타나 이곳에 공지를 이루었다.

[24] **베엘제불** 루시페르의 별명이다. 그는 마귀의 두목 베엘제불의 힘을 빌어 마귀를 쫓아내고 있는 것이다. 「마태오의 복음서」 12장 24절 참고.

굽이쳐서 그다지 거세지 못한 채 스스로 휩싼

132 　바위의 구멍을 거쳐 이쪽으로 내려왔다.

안내자와 나는 그 감춰진 길을 지나

밝은 세계로 되돌아가기 위해 들어갔는데

135 　휴식이란 조금도 가질 수 없었다.

동그란 구멍으로 하늘이 옮겨 가는

아름다운 것들을 볼 때까지,

138 　그가 먼저 나는 다음에 올라갔는데,

그곳에서 우리는 별들²⁵을 다시 보러 나왔다.

---

²⁵ **별들** 『신곡』의 세 편 모두 끝마디가 별들(Stelle)이란 말로 끝나고 있다.

연옥편

Purgatorio

시인 단테는 지옥을 두루 살피고 난 다음 연옥에 도달한다. 이 곳에는 지은 죄를 용서받기는 했으나 천국에 오르기 전에 그 죄를 깨끗이 씻어내야 하는 영혼들이 있다. 그러므로 연옥 (purgatorio)은 벌의 세계가 아니라 정죄의 세계다.

단테는 이 둘째 세계에 대한 편력을 노래하기에 앞서 지옥에서 그랬듯 시신을 부른다. 특히 서사시의 시신인 칼리오페를 간절히 부른다. 칼리오페는 노래를 잘 부르는 시신이기에 단테의 마음을 어떤 시신들보다 잘 달래 줄 수 있다. 단테는 정죄의 세계로 들어가기 바로 전에 다시금 시심을 정리하려고 시신을 부른 것이다.

지옥의 어두운 하늘에서 벗어나자, 단테는 눈앞에 펼쳐지는 고요한 광경을 보고 기쁨에 사로잡힌다. 하늘은 저 지평선에 이르도록 푸르른 빛이 곱게 물들어 있다. 금성은 옹위하고 있는 물고기자리를 덮어 방긋이 웃음 짓게 한다. 아담과 하와만이 보았던 네 개의 별들이 보인다.

큰곰자리가 사라진 극을 향해 시선을 돌렸을 때, 시인은 갑자기 자기 바로 곁에 나타난 노인을 보았는데 그는 수염을 가슴까지 드리우고 얼굴 엔 별빛을 가득히 받고 있다. 마치 태양빛을 받는 느낌이었다. 그 노인은 우티카의 카토로서 연옥을 지키는 자다. 그는 베르길리우스와 단테가 지옥으로부터 탈출한 망령인 줄 착각한다. 그는 그들이 누구이며, 그들을 인도하는 자가 누군지 또 하느님의 율법을 어긴 것인지 아니면 새로운 율법이 있어 죄인들이 연옥에 오를 수 있도록 허용되었는지를 묻는다.

베르길리우스는 단테로 하여금 무릎을 꿇고 그에게 경의를 표하게 한 후 자기와 단테의 입장을 설명한다. 아울러 자기는 하늘의 여인으로부터 단테를 구원하라는 명을 받아 지옥을 두루 안내하고 연옥을 보여 주러 왔다고 한다. 또한 단테를 통해 모든 사람들이 좋아하는 도덕적 자유를 얻게 하려는 의도를 갖고 있다고 말한다. 베르길리우스는 카토에게 림보에서 아직도 남편에게 사랑을 보내고 있는 카토의 아내 마르치아의 이름으로 연옥에 들어가는 것을 허용해 달라고 한다.

카토는 사랑하는 아내에 대한 애정에 끌리기도 하고 더 나아가서 천상의 여인의 뜻에 따라 그들이 연옥을 순례하겠다고 하기 때문에 그들의 행로를 막을 수 없다. 카토는 연옥으로 들어가는 데 필요한 자세를 설명한다.

이어 카토가 사라진다. 단테는 일어나서 해변을 따라 스승의 뒤를 좇는다. 이윽고 아침을 맞아 햇볕 가득한 곳으로 나오니, 시원한 한 가닥 바람이 일어 단테의 얼굴을 스친다.

　　　한결 더 좋은 물을 치달리기 위해[1]
　　　이제 저 참혹한 바다[2]를 뒤로 남겨둔 채
　3　　내 재주의 작은 조각배가 돛대를 올리는구나.

[1] 수사학상 주제 의식을 살리기 위해 첫 구절을 이렇게 장식했다. 다시 말해 지옥의 참상과 달리 연옥의 세계에서는 보다 정화된 것을 볼 수 있다는 사실을 암시하려는 의도다.
[2] **참혹한 바다** 지옥.

나는 바로 이 두 번째 왕국[3], 인간의

영혼이 깨끗이 씻겨 하늘에 오르기에 마땅한

6 이곳에 대해 노래를 읊을 것이다.

오, 시신들이여. 나 그대들의 것이니

이제 여기서 나의 죽은 시[4]에 생명을 주시고

9 또 칼리오페[5]는 잠시나마 여기 일어나 주소서.

그리하여 저 불쌍한 피에리데스[6]가 호된 타격을

못 이겨 용서받기를 포기했다는

12 그 가락으로 나의 노래를 뒤따라 주소서.

나의 눈과 가슴을 괴롭게 하던

저 죽은 대기[7]에서 벗어나자마자

15 첫째 둘레[8]의 저 끝 지평선에 이르도록

맑디맑은 하늘의 얼굴 속에 엉기어 있던

동방의 푸른 수정의 감미로운 색채가

18 다시금 나의 눈을 기쁘게 하였다.

사랑을 재촉하던 아름다운 유성[9]은

그걸 에워싸고 있는 물고기자리를 덮어

---

[3] **두 번째 왕국** 지옥을 첫 번째 왕국으로 했을 때 연옥은 두 번째 왕국이다. 사실 연옥의 위치에 대한 단테의 견해는 신학자들과 다르다. 그들은 연옥이 지하에 있는 것으로 보았으나 단테는 에덴에서 가장 높은 산허리에 있으며 일곱 권역으로 나뉘어져 있다고 보았다. 이것은 곧 일곱 가지 악덕을 의미하는 듯하다.

[4] **죽은 시** 지금까지의 시는 죽은 망령들의 사건을, 또 영적으로 죽은 자들을 다뤘으므로 죽은 시다.

[5] **칼리오페(Calliope)** 서사시의 시신이며 모든 시신 중의 우두머리(오비디우스의 『변신이야기』 제5권 662행 참고). 단테가 중세의 어휘집에서 찾아낸 바에 의하면, '아름다운 목소리'라는 뜻을 가졌다고 한다. 베르길리우스의 『아이네이스』 제9권 525행에는, "Vos o Calliope, precor, adspirate canenti(그대, 오! 칼리오페여, 바라노니, 내 노래에 영감을 불어넣어다오!)"라고 적혀 있다.

[6] **피에리데스(Pierides)** 테살리아의 왕 피에로스의 아홉 명의 딸들. 그들이 시신들과 겨루고자 하니 칼리오페가 나서 그들과 싸워 이겼다. 그러나 이들이 패배를 인정하지 않자 칼리오페는 이들을 까마귀로 변형시켰다. 오비디우스의 『변신이야기』 제5권 294~678행 참고.

[7] **죽은 대기** 지옥의 어두운 공기.

[8] **첫째 둘레** 원동천, 즉 최고천. 이로부터 내려온 덕성에 힘입어 사랑의 불길이 타오른다.

[9] **아름다운 유성** 사랑을 상징하는 금성.

21   동방의 온 천지를 웃음 짓게 하였다.

      나는 오른편으로 몸을 돌리고

      다른 극[10]을 향해 정신을 가다듬어 첫 번째 인간들[11]

24   이외에 아무도 보지 못한 네 개의 별[12]을 보았다.

      하늘은 그 별빛을 만끽하는 것 같았으니,

      오! 홀아비가 된 북녘의 땅이여

27   저 별들을 너는 쳐다볼 수 없구나.

      내가 그 별들로부터 눈을 떼어

      잠시 동안 다른 극을 향해 눈을 돌리니,

30   북두칠성은 이미 그곳에서 사라진 후였다.

      난 곁에서 어느 외로운 노인[13]을 하나 보았으니

      그의 모습은 무한한 존경심을 불러일으켰는데,

33   어느 아들이 아버지에게 그런 존경심을 가지겠는가?

      가느다랗게 드리운 그의 수염은 희끗희끗하고

      두 가닥으로 가슴팍까지 늘어뜨린

36   자신의 머리카락과 비슷했다.

      네 가닥 거룩한 빛[14]의 줄기가

      마치 해님이 그의 얼굴에서 빛나고 있는 것처럼

39   그를 빛으로 단장해 주었다.

      의젓한 수염을 움직이며 그가 말하길,

---

[10] **다른 극** 남극.

[11] **첫 번째 인간들** 아담과 하와. 당시 사람들은 그들이 낙원에서 쫓겨난 뒤로는 남반구가 '사람 없는 세계'라고 믿었다.

[12] **네 개의 별** 네 가지 기본 도덕. 즉, 정의, 신중, 절제, 강인성.

[13] **외로운 노인** BC 46년에 우티카에서 자살한 카토(Marcus Porcius Cato)다. 그는 카이사르의 손에 생포되는 것과 공화국(로마)에서 자유가 사라지는 것을 참을 수 없어 자결했다. 그는 스토아학파의 대가로서 자유를 부르짖은 로마의 철학자였다. 자살한 자는 지옥에 있어야 하지만, 그 당시 사회와 교회에서 그를 드높이 받들었고 자유를 위해 생명을 아끼지 않은 점 때문에 단테도 그를 흠모해 연옥을 지키게 한 것이다.

[14] **네 가닥 거룩한 빛** 네 개의 별.

"컴컴한 강을 거슬러 영원한 감옥에서

42 도망친 너희들은 누구란 말이냐?

너희를 인도하는 자 누구이며, 지옥의

계곡을 언제나 새까맣게 하는 깊은 밤에서

45 나올 때 너희를 밝혀 준 것은 무엇이냐?

심연의 율법이 깨진 것이냐?

아니면 너희 죄인들이 나의 동굴로 올 수 있다는

48 새로운 법칙이 하늘에서 이뤄졌느냐?"

그러자 안내자는 나를 쳐다보더니,

말씀과 손짓으로 눈치를 주어 나로 하여금

51 무릎을 꿇고 눈썹을 내리고 절하도록 하셨다.

이어서 그가 대답했다. "내 스스로 오지 않았소.

여인[15]이 하늘에서 내려와 그분의 청으로

54 이 사람을 데리고 여기에 왔는데

진실 그대로의 우리네 사정에 대해

더욱 자상한 설명을 듣는 게 그대의 바람이려니,

57 나의 의지는 그대를 물리칠 수가 없구려.

이 사람은 자신의 마지막 밤을 보지 않았으나,[16]

바보스럽게 지은 죄 때문에 그에 너무나 접하여서

60 돌이킬 시간은 아주 조금뿐이었소.

내가 말씀드렸듯이, 이 사람을 구하기 위해서

제가 보내진 것이었지요. 제 자신이 지금

63 들어서 있는 이 길 이외에 다른 길은 없었소.

내 이자에게 죄스런 온갖 무리를 보여 주었는데,

---

[15] **여인** 베아트리체.
[16] **마지막 밤을 보지 않았으나** 죽지 않았다는 뜻이다.

이제 그대의 권위 아래서 자신을

66   정화하는 영혼들을 보여 주고 싶소.

내가 어떻게 그를 데려왔는지 말하자면 길 텐데,

저 높은 데서 나를 도우시는 덕성이 내려와

69   그로 하여금 그댈 보고 듣도록 인도하게 도우셨소.

이제 그대는 그의 방문을 즐겁게 맞이하시오.

그는 자유를 위해 생명을 버리는 자만이 아는

72   그토록 고귀한 자유를 찾아가고 있다오.[17]

거룩한 날[18]에 그토록 밝게 빛날 그대 육신의

겉옷을 남겨 두었던 우티카[19]에선

75   죽음이 그대에게 쓰겁지 않으리니 두고 보시오.

이 사람은 살아 있고 또 미노스[20]가 날 묶지 않았으니

영원한 율법은 우리로 인해 깨지지 않았소.

78   나는 그대의 마르치아[21]의 순결한 눈이 있는

둘레에서 왔는데, 오! 성스러운 가슴[22]이여!

그대의 여인으로 받아달라고 애걸하는

81   그녀, 그 사랑을 봐서 우리에게 너그러이

그대의 일곱 왕국[23]을 지나게 해 다오.

그리고 저 아래[24]서 그대에 대해 말하는 게 괜찮다면,

---

[17] 그는 자유를~ 카토가 치욕스럽게 포로가 되는 대신 죽음을 택했다는 사실을 상기하면 뜻이 명백해진다.

[18] 거룩한 날 최후의 심판이 내려지는 날.

[19] 겉옷을 남겨 두었던 우티카 우티카는 카토가 자살한 곳.

[20] 미노스(Minos) 지옥의 법관. 「지옥편」 제5곡 4행 참고.

[21] 마르치아(Marzia) 카토의 아내. 그녀는 지옥 제1원인 림보에 있다. 카토는 이 여인으로부터 세 아들을 얻고 난 다음 친구 호르텐시우스(Hortensius)에게 여인을 보냈는데, 마르치아는 호르텐시우스가 죽자 카토에게 다시 돌아왔다. 혹자는 단테가 이를 고귀한 영혼이 하느님에게 다시 돌아가는 상징으로 보았다고 해석하기도 한다.

[22] 성스러운 가슴 카토의 가슴. 마르치아를 받아들인다는 의미다.

[23] 일곱 왕국 연옥은 일곱권역으로 되어 있다.

[24] 저 아래 지옥.

84   내 그대의 자비로움을 그녀에게 이르리오."

        "내가 거기 있을 동안에 마르치아는 나의 눈을

        매우 즐겁게 해 주어서 나는 그녀가 원하던

87   온갖 호의를 베풀었지"라고 그가 말했다.

        그는 이어, "지금 그녀는 악의 시냇물²⁵ 건너편에 있고,

        내 그곳에서 떠나올 때 정해진 법칙도 있어

90   나를 감동시킬 수는 없다오.

        만일 하늘의 여인이 그댈 움직이고 다스리시면,

        그대 말마따나, 아첨일랑 쓸모없는 짓이고

93   그녀를 통해 나에게 간청하면 그만이지요.

        그럼 가시오. 이 사람을 미끈한 갈대²⁶로

        띠를 매어 주고 그의 얼굴을 씻어

96   모든 때²⁷가 말끔히 씻기도록 하시오.

        어떠한 안개로든 어두워진 눈으로

        천국에 있는 사도 가운데 첫 번째 사도²⁸를

99   만나는 것은 마땅하지 않을 테니까.

        이 자그마한 섬 둘레에 낮고 낮은 가장자리

        물결이 부딪치는 저 아랫녘에선

102   부드러운 흙 위에 갈대가 자라고 있다오.

        그 외 어떤 나무도 거기선 생명을 지탱하지 못하니,

        이는 잎새를 피우며 단단하게 자라 버려서

105   파도에 굽히지 못하기 때문이라오.

        이후로는 이곳에 되돌아오지 마시오.

---

²⁵ **악의 시냇물** 아케론 강. 「지옥편」 제3곡 70행 이하 참고.
²⁶ **갈대** 죄를 씻는 데 있어 가장 중요한 덕인 겸손의 상징.
²⁷ **모든 때** 지옥에서 묻은 때.
²⁸ **첫 번째 사도** 연옥의 문을 지키는 천사. 「연옥편」 제9곡 67행 이하 참고.

지금 솟고 있는 해님이 산으로 오르는

108 가장 쉬운 길을 그대들에게 보여 줄 것이오."

그리고 그는 사라졌고 나는 아무 말 없이

일어서서 나의 안내자에게 가까이 갔는데

111 나의 눈들은 그에게 박혀 있었다.

안내자가 말을 꺼냈다. "여보게, 내 뒤를 따르게.

이 벌판은 여기서부터 기울어져

114 저 아래로 내려가니 우리는 뒤로[29] 돌아가야 한다."

먼동은 먼저 달아나는 새벽어둠을

물리쳤으니 저 머얼리 바다가

117 한들한들 살랑대는 것 같았다.

잃어버렸던 길을 찾는 사람들이

그곳에 이를 때까지는 헛된 걸음을 걷는 것처럼

120 우리는 허허로운 벌판을 걸어갔다.

응달진 곳에 있어 이슬이 태양과 겨뤄도

스러지지 않는 곳으로

123 우리들이 이르렀을 즈음

나의 스승이 펼쳐진 풀밭 위에

두 손을 살포시 내려놓기에

126 나 그분의 뜻을 깨닫고 눈물 젖은

얼굴을 그를 향해 돌렸더니, 그는 내 얼굴 위에

지옥의 연기가 가리고 있던

129 그 빛깔을 말끔히 회복시켜 주었다.

이어 우리들은 황량한 해안에 이르렀는데,

---

[29] **뒤로** 단테는 산의 북방을 지나 동쪽에서 서쪽으로 올라간다.

귀환하는 데 출중한 능력을 가진 사람도

132   결코 항해해 가 보지 못한 해안이었다.

다른 사람[30]의 바람대로 그가 나를 띠로 붙들었다.[31]

아! 놀라워라! 그가 초라한 식물을 꺾자마자

135   그것은 바로 그 순간에 꺾여 버린 그 자리에서

예전과 마찬가지로 거듭났다.

---

[30] **다른 사람** 카토를 가리킨다.
[31] **띠로 붙들었다** 지옥에서는 정결의 상징인 끈을 두르지만(「지옥편」 제16곡 106행), 연옥에서는 겸손의 상징인 갈대를 두른다.

제2곡

4월 10일 오전 6시경으로 추산된다. 태양은 예루살렘의 지평선 위로 기울어 연옥의 지평선 위로 떠오르는데, 태양과 반대로 돌고 있는 밤은 예루살렘의 지평선을 넘어 나타난다. 두 시인은 바닷가에 서서 어느 길로 가야 할지 결정을 내리지 못하고 있다. 갑자기 파도 위에 뱃사공이 나타난다. 베르길리우스는 단테에게 하느님의 사도가 나타났음을 알리며 무릎을 꿇게 한다. 이 천사는 돛이나 닻 없이 오로지 날개의 힘으로 항해한다. 천사는 현란한 빛을 내며 물 위에 방금 떠오른 날렵한 배를 타고 바닷가에 도착한다. 선미에 올라탄 천사는 얼굴에 복스런 빛을 띠고 있다. 배 위에서 수많은 망령들이 합창하며 「시편」의 한 구절을 읊는다. 그 천사가 십자가를 보이자 그들은 모조리 해안으로 뛰어내린다.

천사는 올 때처럼 빠르게 떠나간다. 해안에 다다른 망령들은 주위를 돌아다보며 어느 길을 취해야 할지 몰라 방황한다. 수평선 위로 높이 솟은 태양은 염소자리를 남쪽으로 쫓아낸다. 망령들은 시인들에게 산으로 오르는 길을 가르쳐 달라고 한다. 그러나 베르길리우스는 이제까지 너무나 험난한 길을 걸어온 탓에 자신도 잘 모르겠다고 대답한다. 그러는 동안 단테가 아직 살아 있음을 알게 된 망령들은 경악을 금치 못하고 정죄하러 가는 것조차 잊는다.

망령들 중 하나가 제 무리에서 벗어나 단테를 껴안으려 하고 단테 또한 그렇게 하려 하지만, 실체가 없는 망령은 안을 수도 없고 안길 수도 없다. 망령이 단테에게 그만두라고 거룩한 음성으로 요청하니 단테는 그가 곧 카셀라임을 깨닫는다. 카셀라가 죽고 난 이후에도 단테는 변함없이 그와 따뜻한 우정을 나눈다. 그는 단테에게 어인 일로 그토록 신기한 여행을 하게 되었느냐고 묻는다. 시인은 연옥에 들어가기 위해 여행한다고 답하면서 카셀라에게 오래 전에 죽었는데 왜 지금에서야 연옥에 이르렀는지 묻는다. 이에 카셀라가 대답하기를, 뱃사공 천사가 하느님의 뜻과 일치하는 의지에 따라 테베르 강 어귀에 모인 영혼들을 선별해 연옥으로 실어 나르는데 자기는 아무런 잘못도 없이 여러 번 거부당했으며 세 달 전 성년이 선포되었을 때에야 다른 사람들과 함께 은사를 입어 이곳에 실려 올 수 있었다고 대답한다. 단테는 그에게 재주를 발휘해 자기를 위안해 줄 노래를 불러 줄 수 있는지 묻는다. 카셀라가 『향연』의 시구 "내 마음속에 속삭이는 사랑"을 감미롭게 읊기 시작하니 모두가 그의 노래를 듣고 황홀함에 취한다.

시인들과 모든 영혼들이 카셀라의 노래를 듣고 있는 동안 카토가 나타나 그들의 게으름을 질책하며 죄의 허물을 벗으려면 산으로 달려가라고 타이른다.

> 이미 태양은 지평선에 다다르니,
> 그 자오선의 둘레는 제일 높은 꼭대기로
> 3   예루살렘을 내리덮고 있었다.[1]
> 태양과 마주보며 돌고 있는 밤[2]은
> 낮을 압도했을 때, 제 손에서 떨어뜨리는[3]

6   천칭과 더불어 갠지스 강으로부터 나왔다.

     그리하여 내가 있었던 그 자리에 아름다운

     여명의 하얗고 불그레한 뺨은

9   점점 나이 들어 주황빛[4]으로 되어 갔다.

     우리는 마음속으로 제 갈 길을 가지만

     몸뚱이는 머물러 있는 사람과 같이

12   아직도 바닷가에 남아 있었다.

     자, 보라! 마치 아침이 가까이 접근할 때,

     화성[5]이 자욱한 안개를 뚫고 붉은빛을

15   태양 위 서쪽에 나직이 비추는 것처럼,

     다시 한 번 보았으면 하는 한 줄기 빛[6]이

     내 앞에 나타났는데, 바다를 거쳐 빠르게 오는 모습이

18   날아다니는 그 어떤 것이라 해도 그에 비할 수 없었다.

     안내자에게 질문을 하기 위해

     눈을 그로부터 거둬들이는 바로 그 순간

21   그것은 더더욱 찬란해 보였다.

     이어서 그 양쪽에 무어라 말할 수 없는

     하얗고 하얀 것이 하나 나타났는데,

---

[1] **이미~** 단테가 살던 시절의 지리에 대한 학설을 알아 둘 필요가 있겠다. 그 당시 지구는 에브로 강과 갠지스 강 어귀에 솟아 있는 경도 180도의 북반구에 위치하고 있고 양극의 중심에 예루살렘이 있다고 믿었다. 정죄산은 예루살렘과 정반대쪽에 있으므로 그 지평선은 곧 예루살렘의 지평선과 일치한다. 시간은 대략 별들의 움직임에 따라 측정되는데, 이때는 4월 10일 오전 6시경으로 추산된다. 따라서 정죄산은 아침, 예루살렘은 해질 무렵, 에스파냐는 정오, 인도는 자정을 가리키는 시간이다.

[2] **밤** 해는 지금 양자리에 있으므로 밤은 반대쪽인 천칭자리에 있다.

[3] **제 손에서 떨어뜨리는** 추분에 이르면 밤이 차츰 길어지고 해는 천칭자리로 들어가며 밤은 천칭자리를 떠난다. 4월은 봄이니 밤은 천칭자리에 있다.

[4] **주황빛** 여명. 차츰 떠오르는 햇빛을 받아 이렇게 변한다는 뜻이다.

[5] **화성** 아침이 되면 화성은 빽빽한 수증기에 감싸여 붉은 빛을 띠고 동쪽에서 나타난다. 『향연』 2권 13장 21절에 설명되어 있다.

[6] **한 줄기 빛** 천사가 나타남을 말한다.

24   그와 더불어 또 다른 것이 아래로부터 차차 나왔다.
     처음 하얀 것이 날개로 나타날 때까지
     나의 스승께서는 아무 말도 없다가

27   그 뱃사공을 알아보게 되자 이내
     소리를 높였다. "무릎을 꿇어라, 꿇어!
     하느님의 천사시다. 손을 모으려무나.

30   지금부터 너는 참된 사자들을 볼 것이다.
     보라, 그는 인간의 재주를 혐오해서
     이토록 멀고 먼 두 언덕 사이에서 날개 외에

33   노나 돛대에는 미련을 두지 않는구나.
     보라, 그가 날개를 하늘 높이 세우며
     짐승의 터럭[7]처럼 변하지 않을

36   영원한 깃털로 바람을 끌어당기고 있음을!"
     그런 다음에 그 성스런 새[8]가 우리를 향해
     가까이 올수록 더욱 빛나 보였기에

39   가까이서는 눈이 견딜 수 없어
     나는 시선을 아래로 떨구었다. 날렵하고 가뿐한
     배를 타고 그가 해안에 이르니,

42   어떠한 물도 그를 집어삼키지 못했다.
     고물에 하늘나라의 그 뱃사공이 서 있었는데
     제 몸체에 축복이 새겨진 듯 보였고

45   백이 넘는 영혼들이 그 안에 앉아 있었다.
     그들이 '이스라엘이 이집트에서 나올 때'[9]를

---

[7] **짐승의 터럭** 원서엔 'mortal pelo'라 되어 있다. 'mortale'는 '죽게 되는'이란 뜻의 형용사로 '살아 있는 생명체'를 나타낸다.
[8] **성스런 새** 천사를 비유한다.

그 시편의 다음 구절[10]과 더불어

48 　모두가 한 소리로 노래 불렀다.

그들을 향해 그가 성스런 성호를 그으니

그들 모두가 물가로 뛰어내렸는데,

51 　이에 그는 올 때와 같이 빠른 걸음으로 가 버렸다.

거기 남았던 무리는 그 자리에 낯설게

서 있었는데 새로운 광경을 보는 사람처럼

54 　주위를 두루두루 살펴보고 있었다.

빗나감 없는 화살로 마갈[11]을 하늘

복판으로부터 쫓아낸 태양이

57 　구석구석에 햇볕을 내쏘고 있을 무렵,

새로운 무리가 우릴 향해 이마를

쳐들고 말하길, "그대들이 안다면

60 　산으로 오르는 길을 가르쳐 주오."

그러자 베르길리우스가 대답하길, "너희가 믿기로

우리가 이 장소를 잘 아는 듯 보이나

63 　우리도 너희들과 같은 나그네들이다.

다만 너희들보다 조금 먼저 다른 길[12]을 거쳐

왔을 뿐, 거칠고 사납던[13] 그 길에 비하면

66 　이제부터의 오르막은 장난과 다름없다."

내가 숨쉬는 것을 보고 아직 살아 있음을

9 　'이스라엘이 이집트에서 나올 때' "In exitu Israel de Aegypto" 「시편」 113편에 나와 있는 말이다. 이 말은 라틴어판 성서에 나와 있다. 역자가 참고한 성서는 마드리드의 Biblioteca de Autores Cristianos 출판사에서 1965년 펴낸 「성서(Biblia Sacra)」이다.

10 　**그 시편의 다음 구절** 위의 글 다음이라 함은 「시편」 113편 전체를 가리킨다.

11 　**마갈** 양자리가 지평선상에 있을 때 마갈, 즉 염소자리는 하늘 한복판에 있다. 양자리의 해가 차차 솟아오르는 중이니 염소자리는 중천을 벗어나 서쪽으로 내려간다.

12 　**다른 길** 시인들은 지옥을 거쳐 연옥에 왔다.

13 　**거칠고 사납던** 원문에서 'aspra e forte'. 「지옥편」 제1곡 4행 참고.

355

눈치 챈 그 영혼들은 소스라치게

69 　놀라서 새파랗게 질려 있었다.

마치 올리브 나무를 갖고 있는 사자 주위에

새 소식을 듣고파 모여드는 사람들이

72 　짓밟히는 것을 꺼리지 않듯

운수 좋은 이 영혼들은 모두가 하나같이

예뻐지러[14] 가는 것을 잊고

75 　나의 얼굴을 뚫어지게 쳐다보고 있었다.

그들 가운데 하나가 앞으로 나와

지극한 정을 쏟아 나를 껴안으려 함을 보았는데

78 　나도 그와 같이 하려고 움직였다.

오, 겉모습을 제외하곤 헛된 그림자여!

나는 그 뒤로 내 손을 세 차례나 감았으나

81 　그때마다 내 손은 가슴으로 되돌아왔다.[15]

나는 놀라움으로 얼굴이 홍당무가 되었다.

이에 그 그림자는 웃음을 띠며 뒤로 물러섰고

84 　나는 그를 따라 앞으로 몸을 내밀었다.

그는 나더러 멈추라고 상냥하게 일렀는데,

그때 그가 누군지 알았기에 나는 간청해

87 　잠시나마 머물러 함께 얘기하자 했다.

그가 대답했다. "내 살았던 몸으로[16] 그댈

사랑했던 것처럼, 흐트러져서도[17] 그댈 사랑하오.

90 　그래 나는 멈추건만 그댄 왜 가는가요?"

---

[14] **예뻐지러** 정죄하러, 즉 죄를 씻으러 간다는 의미다.
[15] 영혼들은 육체를 갖고 있지 않으므로 껴안을 수 없다.
[16] **살았던 몸으로** 'mortal corpo'인데 '살아 있는 생명체'를 말한다.
[17] **흐트러져서도** 해체됐다는, 즉 육신으로부터 해체되었다는 뜻이다.

내가 말하길, "나의 카셀라[18]여! 나는 지금 있는 곳에

다시금 돌아오기 위해[19] 이 여행을 하고 있는데

93　　그대는 긴긴 세월을 어찌 잃어버렸나요!"

그는 나에게, "언제나 제 마음에 드는 것을

취하는 그[20]가 여러 차례 나의 이 길을 가로 막았으나

96　　잘못한 것은 아무것도 없다오.

그는 올바른 뜻을 자신의 뜻으로 삼기 때문에

세 달 동안[21]은 들어오고 싶어 하는 자를

99　　아주 쉽게 받아들였던 것이지요.

그러기에 테베레[22]의 강물이 짭짤해지는

바닷가로 향하고 있던 그 무렵, 나도

102　　그에 의해 자애롭게 거둬졌다오.

그가 강 어귀에 날개를 펼치는 이유는

아케론으로 내려가지 않는 자는 누구든지

105　　언제나 거기 모이기 때문이라오."

이에 나는, "나의 모든 소망을 잠잠하게 하던

사랑스런 노래에 대한 기억과 습성을

108　　새로운 율법[23]이 그대에게서 거둬들이지 않았다면,

몸뚱이와 더불어 여기 오느라고 이토록

괴로워진 내 영혼을 다소나마

---

18 **카셀라(Casella)** 단테의 친구로 음악가였다. 피렌체 출신이나 그 외에 자세한 기록은 없다.
19 **다시금 돌아오기 위해** 영계를 돌아보고 다시 세상에 나갔다 돌아온다는 뜻이다.
20 **그** 천사.
21 **세 달 동안** 교황 보니파키우스 8세가 선포한 대사(大赦), 즉 대사면의 첫날인 1299년 성탄절부터 1300년 4월 10일까지 약 세 달간의 시간을 말한다. 대사면이 있기 전에는 테베레 강 어귀에 모인 영혼들은 천사의 선택을 기다리나, 대사면이 선포되면 천사는 망령들의 덕행을 저울질하지 않고 한꺼번에 정죄산으로 실어 나른다.
22 **테베레(Tevere)** 로마 중심을 흐르는 강. 구원은 교회를 통해서만 이뤄진다는 뜻으로 바티칸이 있는 로마의 테베르 강을 암시적으로 나타낸 것으로 해석하는 주석가들이 있다.
23 **새로운 율법** 연옥의 율법.

111   위로해 주는 것을 즐겁게 여겨 주길 바라오!"
       "내 마음속에 속삭여 주는 사랑"²⁴ 하고
       그가 곧이어 달콤하게 노래를 시작했는데

114   그 감미로움이 아직껏 내 속에 울리고 있다.
       내 스승과 나 그리고 다른 사람들은
       그와 함께 있는 게 그토록 만족스러웠으니,

117   그 외 어느 것도 우리의 마음을 스치지 못하는 듯
       우리는 모두 우두커니 그 노래에 정신을 팔고
       있었다. 보라, 점잖으신 한 노인²⁵이

120   소리 높여, "이 무슨 일이냐? 게으른 영혼들아!
       이 무슨 게으름이며, 어인 일로 서 있느냐?
       너희들에게 하느님께서 나타나시는 것을 막는

123   허물²⁶을 벗으러 산으로 달려 올라가라."
       비둘기 떼가 제 모이를 찾아 모일 때
       곡식이나 껍질을 주워 모으면서

126   버릇된 거만을 보이지 않고 잠잠하다가
       그들을 무섭게 하는 어떤 것이 나타나면
       갑자기 큰 근심에 사로잡혀

129   모이를 버리고 가는 것처럼
       새로 온 저 무리들이 노래를 그치고
       어디로 가는지 모르는 사람처럼

132   절벽을 향해 가는 것을 나 보았는데
       우리도 그에 못지않게 빨리 떠났다.

---

²⁴ **"내 마음속에 속삭여 주는 사랑"** 원문은 'Amor che ne la mente mi ragiona'. 단테의 『향연』 3권 서두에
  있는 칸초네. 이 시에 카셀라가 곡을 붙였다고 한다.
²⁵ **노인** 카토.
²⁶ **허물** 죄의 허물.

제3곡

4월 10일 오전 6시 30분경. 연옥 입구의 첫째 비탈이다. 베르길리우스가 걸음을 늦추는 동안 카셀라와 카토를 생각하고 있던 단테는 자신의 순례길을 마음에 되새기고는 연옥의 산을 향해 눈길을 돌린다. 그는 태양이 산기슭에 불타오르자 자신의 그림자를 본다. 베르길리우스의 그림자가 눈에 보이지 않자 단테는 자신이 버림받지 않았는가 하고 의아해한다. 베르길리우스는 자신은 육신이 이미 아우구스투스의 명에 의해 나폴리에 묻힌 망령이므로 그림자가 없는 것이 당연한 일이라고 알려 준다. 이어서 베르길리우스는 단테가 부정적인 태도를 보이자 성덕으로 말미암아 영혼들도 육신과 마찬가지로 고통을 당할 수 있다는 것을 일깨워 주고, 아울러 인간이란 앎에 있어서 제약을 받고 있다고 말한다. 또 만일 그렇지 않다면 그리스도의 강림은 없었을 것이라고 말한다.

두 시인은 절벽이나 다름없을 만큼 가파른 산기슭에 이른다. 베르길리우스가 길을 찾는 동안 단테는 바위 주위를 둘러보다 왼쪽에서 천천히 걸음을 옮기는 영혼들의 무리를 발견한다. 단테는 안내자에게 그들을 가리키며 그들이 걸어가는 길이 어떤 곳인가 묻기로 마음먹는다.

단테와 베르길리우스가 수없이 많은 걸음을 옮겨 영혼들에게서 조금 떨어진 곳에 이르렀을 때, 영혼들은 바위에 바싹 붙어 멈추었다. 마치 의심에 사로잡힌 듯하다. 베르길리우스가 그들에게 오르막길이 어디 있느냐고 상냥하게 묻는다. 우리에서 나오는 양 떼 같은 그 무리를 이끌고 있는 첫째 줄의 영혼들이 시인들을 향해 앞으로 나오다 단테가 살아 있음을 알고 멈춘다. 베르길리우스가 이전과 같이 단테가 이곳에 온 이유를 설명하자 그 영혼들은 되돌아가겠다고 말한다.

망령 중의 하나가 단테를 쳐다보며 자기가 누군지 아느냐고 묻는다. 그는 금발에 용모가 훤칠하며 한쪽 눈썹에 상처가 하나 있다. 단테는 자세히 그를 쳐다보고는 모르겠다고 대답한다. 그러자 그는 가슴 위에 있는 또 다른 상처를 가리키며 자신이 만프레디라고 말한다. 단테는 그와 더불어 여러 가지 이야기를 주고받는다. 만프레디는 세상에 돌아가면 자신의 죽음에 관한 사실을 아라곤의 왕인 쟈코모 2세의 아내가 된 누이와 시칠리아의 페데리코 2세에게 전해 달라고 부탁한다. 그는 또 자신이 베네벤토 전장에서 치명적인 부상을 당한 뒤 하느님을 믿으며 복음서를 잘 따랐다고 말한다. 그는 또 자기의 딸이 자신의 구원을 위해 기도할 수 있도록 해 줄 것을 부탁한다.

느닷없이 도망친 그들이 들녘에
흩어져 버리고 이성이 우리를
3   이끄는¹ 산을 향해 돌이켰을 무렵
나는 믿음직한 길벗²에게 바싹 의지했으니
내 어찌 그 없이 달릴 수 있으며,

---

¹ **이성이 우리를 이끄는** 하느님의 정의가 정죄계에 있는 무리들의 죄를 씻어 주는 산으로 단테를 이끈다.
² **믿음직한 길벗** 베르길리우스를 가리킨다.

6   누가 나를 산으로 이끌어 줄 것인가?

       그는 스스로[3] 가책하여 언짢은 듯 보였다.

       오, 위엄 가득하며 깨끗한 양심이여.

9   하찮은 허물이라도 그대에겐 얼마나 부끄러운가!

       온갖 행위에 있어 위엄을 깎아 내리는

       성급함을 그의 발이 내동댕이쳤을 때,

12   처음에 바싹 조이던 나의 마음이

       바라는 바대로 열망에서 풀려나 느긋해지자

       바다로부터 하늘을 향해 드높이 솟은

15   산으로 시선을 날려 보냈다.

       우리 뒤에서 붉게 타오르는 태양빛이

       내 앞에 으스러지는데, 이는 곧

18   나의 형체로 인해 빛살이 가려졌기 때문이다.[4]

       나는, 앞에 오로지 나로 인한 어두운 땅을 보았을 때,

       행여 버림받을까[5] 두려운 나머지

21   몸을 옆으로 비켜 세웠는데,

       나의 위안[6]이신 그분께서 몸을 홱 돌려

       내게 말하기 시작했다. "왜 아직도 못 믿느냐?

24   내 너와 함께 있으며, 내가 널 안내하지 않느냐?

       내가 그림자를 드리우던 그 몸체가

       묻힌 그곳은 이미 석양[7] 속에 잠겼는데,

---

[3] **스스로** 자신의 양심에 의한 것이지 망령들에게 행하는 카토의 질책 때문은 아니다. 또한 카토의 질책은 두 시인을 향한 것이 아니다.

[4] 주지했던 바와 같이 단테는 살아 있으므로 그림자를 드리울 수 있다.

[5] **버림받을까** 베르길리우스는 영체이므로 그림자가 나타나지 않는다. 단테가 잠시 착각해 이렇게 생각한 듯하다.

[6] **나의 위안** 험난한 길을 순례하며 베르길리우스는 단테에게 항상 위안을 주었다.

[7] **석양** 베르길리우스의 무덤은 나폴리의 아우렐리오 언덕에 있는 포추올리 가에 있다. 여기서 '석양'으로 옮긴 단어는 'Vespero'로 이것은 엄밀히 말해 오후 전체를 가리키지만 춘분 전후에는 오후 3시부터 6시 사이를 가리킨다. 그런데 단테의 계산에 의하면 연옥의 오전 6시는 정반대 지점인 예루살렘의 오후 6시이므로 이탈리아는 예루살렘과 에스파냐 사이 한가운데에 있으니 오후 3시가 된다.

27   브린디시[8]에서 그 그림자를 가져다 나폴리가 지닌다.

지금은 내 앞에 아무런 그림자가 없지만,

너는 서로서로 빛살을 어둡게 하지 않는

30   하늘들[9]에 대해 더 이상 놀라워하지 마라.

뜨겁고 차가운[10] 고통들을 알게 하려고

덕성[11]은 그러한 몸들을 마련하셨는데

33   어찌 하는지 그건 우리에게 드러내지 않으실 것이다.

삼위 안에 하나의 본성을 지니신[12]

끝없는 그 길을 우리들의 이성이

36   거쳐 갈 수 있으리라 기대하는 자는 미치광이다.

인간들아, 그대들은 Quia[13]에 만족하렴다.

그대들이 모든 것을 볼 수 있었다면,

39   마리아께선 아기를 낳을 필요도 없었다.

그리고 소망이 채워졌어야 할 그들에게

있어서도 그 소망은 열매를 맺지 못하고

42   영원히 슬픔 속에 남아 있음을 보았으니[14]

---

[8] **브린디시(Brindisi)** 이탈리아 동남쪽 말단에 자리한 항구도시. 베르길리우스는 그리스 여행에서 돌아오는 길에 이 항구에서 병사했다(BC 19년 9월 21일). 그런데 시인은 나폴리에 묻히길 원했기에 아우구스투스의 호의로 그의 유해는 그곳으로 옮겨졌다.

[9] **하늘들** 원문에 'cieli'라 하여 복수로 명기된 것은 당시의 사람들이 하늘이 하나가 아니라 아홉 개였다고 믿었기 때문이다. 「천국편」을 보면 더욱 명료해진다.

[10] **뜨겁고 차가운** 'Caldi e geli'. 불과 얼음을 가리킨다.

[11] **덕성** 하느님의 힘, 즉 전능을 의미한다.

[12] 지옥에 있는 망령들은 베르길리우스가 그러하듯 육신을 갖고 있지 않다. 그러면서도 불처럼 뜨겁고(caldi) 얼음처럼 차가운(geli) 상태에서 고통을 당하는 것은 모순된 논리같이 여겨지지만, 이것은 삼위일체의 신비처럼 오로지 신의 의지로만 풀이될 수 있는 신비성을 갖고 있다.

[13] **Quia** 지브체너-비반티(Siebzehner-Vivanti)가 펴낸 「신곡사전」에 의하면 방법과 이유를 알려 하지 않고 사물과 결과에 만족한다는 뜻이고, 바르비의 주에 의하면 인류는 신에 대해서 있는 그대로 알아야 하며 다른 것은 그것에 바탕을 두고 감성적인 것에서 유추하되 그 이상은 재촉하지 말아야 한다는 뜻이라고 했다. 한편 최민순은 아리스토텔레스의 철리를 예로 들며 다음과 같이 주석한다. "아리스토텔레스는 지식을 'scire quia', 즉 사물이 있는 그대로의 지식과 'scire propter quid', 사물의 존재 이유에 관한 지식의 둘로 나누었다. 여기서는 이러한 신비로운 본체의 존재를 사실로서 받아들일 뿐 그 이유를 물을 것도 없다는 뜻이다." 그런데 사폐뇨는 벤베누토의 이론으로 설명하고 있다. 즉, "Sufficiat vobis credere quia sic est, et non quaerere propter quid est……." 대저 있는 그대로 믿으면 족하니, 무엇 때문에 있는지는 묻지 말라는 것을 말한다.

이는 곧 아리스토텔레스와 플라톤 그리고

다른 많은 자들을 두고 하는 말이다."

45 그는 고개를 숙이고 괴로운 모습으로 말이 없었다.

우리는 그러는 동안 산기슭에 다다랐는데

거기서 본 바위가 어찌나 험준한지,

48 날렵한 다리도 쓸모없을 지경이었다.

레리치와 투르비아[15] 사이의 더 없이 한적하고

허물어진 길이라도 그것에 비하면

51 수월하고 확 트인 사다리와 같으리라.

나의 스승이 걸음을 멈추며 말했다.

"날개 없는 자도 이 벼랑을 오를 수 있게끔

54 어느 쪽으로 기울어졌는지 아는 자 없으리라."

이어 그분이 얼굴을 아래로 숙이고

마음속으로 갈 길을 헤아리고 있는 동안에

57 나는 눈을 들어 바위 주위를 쳐다보았는데,

왼쪽 편에서 한 무리의 망령이 나타났다.

망령들은 우리를 향해 발길을 옮겼건만

60 움직이는 듯 보이지 않게 느릿느릿 다가왔다.

나는 말하길, "스승님, 눈을 뜨시지요.

당신께서는 몸소 못 하신다 하더라도

63 여기 가르침을 줄 자들이 있습니다."

그러자 그분은 눈살을 펴고 쳐다보며

대답하길, "저들이 천천히 오니, 우리가 그리로 가자.

66 사랑하는 아들아, 희망을 굳게 가지려무나."

---

[14] 지옥의 림보에 머물러 있는 영혼들을 가리킨다. 베르길리우스도 여기에 있다. 「지옥편」 제4곡 참고.

[15] **레리치와 투르비아(Lerici, Turbia)** 레리치는 라 스페치아(La Spezia) 연안에 있는 옛 성이며 투르비아는 모나코 위에 있는 도시다. 이곳은 산의 벼랑이 험준하고, 오르는 길이 없었다고 한다.

우리가 천 걸음을 옮긴 뒤에도

그 무리가 팔매질 잘하는 자가 손으로 던져서

69   미칠 수 있을 만한 거리에 아직 있을 때,

그들은 모두가 높은 벼랑의 딱딱한 바위에

붙어 굳은 채 웅크리고 있으니

72   마치 길 가는 사람이 의심에 싸여 살피는 것 같았다.

베르길리우스가 말하길 "오, 끝을 잘 맺은

자들[16]이여. 오, 이미 선택된 영혼들이여. 내 믿기로

75   그대들 모두가 기대하는 저 평화의 이름으로,

시간을 허비함이 현자에겐 더욱 언짢은 것이니,

위로 올라갈 수 있도록 어디로 산이

78   기울어져 있는지 우리에게 일러다오."

마치 양 떼들이 우리로부터 한 마리씩,

두 마리씩, 세 마리씩 나오고 남은 놈들이

81   얼떨떨해 눈과 코를 땅에 대고 있듯이,

또 먼저 나온 양이 하는 짓을 다른 놈들도 따라 하며

그놈이 멈추면 유순하고 온화한 저놈들은

84   까닭도 모르고서 그놈의 등에 기대듯이,

그 무렵 저 행복한 무리의 우두머리가

상냥한 얼굴, 점잖은 걸음걸이로

87   앞으로 나오는 것을 나는 보았다.

앞에 있던 자들이 나의 오른쪽 땅바닥에

빛이 부서지는 것을 보고 또 내가 드리운

90   그림자가 둑 위에 떨어지는 것을 보고

멈칫하며, 조금 뒤로 주춤거리자

---

[16] **끝을 잘 맺은 자들** 죽을 때 하느님 품안에서 죽은 자들.

그들을 뒤쫓아 오던 놈들은 까닭도 모르면서

93   그들과 마찬가지로 주춤거렸다.

        "그대들이 묻지 않아도 내 고백하는데

        이것은 그대들이 보다시피 인간의 육신이다.

96   그로 인해 태양빛이 땅 위에 갈라지고[17] 있는 것이다.

        놀라워할 것 없으니 하늘에서 내려오는

        힘[18]이 없이 이 장벽을 넘으려

99   하지 않는다는 것을 믿으려무나."

        스승이 이렇게 이르니 저 꼿꼿이 선

        무리가 손등을 굽히는 표시를 하며 말했다.

102   "돌아가서 줄곧 앞으로 들어가시오."

        또 그들 가운데 하나가 말을 시작했다.

        "이 길을 가고 있는 네가 누구이든 눈길을 돌려

105   생각해 보아라. 어디에서 나를 보았는지를."

        나는 얼굴을 돌려 그를 응시했다.

        그는 금발에 아리땁고 고귀한 모습이었고,

108   한쪽 눈썹이 상처를 입어 갈라져 있다.

        내가 겸손하게 그를 이전에 본 적

        없노라고 했더니 그가 말하길, "이제 보아라"

111   하면서 가슴 위의 상처를 내게 보였다.

        그러고 나서 미소를 머금고 말하길, "나는 만프레디[19],

---

[17] **땅 위에 갈라지고** 그림자가 드리워진다는 뜻이다.

[18] **힘** 하느님의 뜻에 의한.

[19] **만프레디(Manfredi)** 시칠리아의 황제 페데리코 2세의 서자로, 하인리히 6세의 아내 코스탄차 황녀의 손자이기도 하다. 그는 1232년에 태어났는데, 1250년 그의 부친이 죽고 형이 독일에 억류돼 있는 동안 나폴리와 시칠리아 왕국의 정권을 장악했다. 그러다 그의 형 쿠라도가 죽자 교황 인노켄티우스 4세는 쿠라도의 아들을 자신의 비호 아래 왕으로 세우고 만프레디를 파문했다. 그러나 만프레디는 나중에 팔레르모에서 왕으로 추대되었다. 그는 교황청과 계속해서 대립했는데, 특히 교황 우바르누스 4세는 프랑스의 루이의 동생 샤를 앙주를 시칠리아의 왕으로 봉했고, 그의 뒤를 이은 교황 클레멘스 4세는 샤를 앙주로 하여금 1266년 만프레디를 타도하게 했다. 결국 만프레디는 베네벤토에서 전사했다.

황후 코스탄차[20]의 손자다.

114 그러기에 내 너에게 간청하는 바이니

네가 돌아가거든, 시칠리아와 아라곤의 명예를

낳아 준 나의 어여쁜 딸[21]을 찾아가, 다른 소문이

117 행여 나돌거든 그녀에게 사실[22]을 말해다오.

나는 두 번의 치명적인 칼질[23]을 받고

몸이 으스러진 다음, 기꺼이 용서해 주시는

120 그분께 울면서 항복하고야 말았다.

내가 지은 죄는 어마어마한 것이었으나,

가없는 선이 매우 넓은

123 팔을 가졌기에 그분께 향하는 모든 것을 맞으신다.

나를 사로잡기 위해 클레멘스가 보낸

코센차의 목자[24]가 그때 하느님

126 안에서 이러한 얼굴을 읽었다면,[25]

내 육신의 뼈는 베네벤토 근처에 있는

다리 끄트머리 육중한 바위 밑에

129 아직도 깔려 있을 것이련만…….

그러나 이제는 불 꺼진 등을 들고 그자가

옮겨 놓은 왕국 밖, 베르데[26] 강변에서

---

20 **코스탄차(Costanza)** 황제 페데리코 2세의 어머니.

21 **나의 어여쁜 딸** 1262년 아라곤의 왕 피에트로 3세의 비가 되어 세 아들인 알폰소, 쟈코모, 페데리코를 낳았다. 알폰소는 아라곤의 왕, 쟈코모는 시칠리아의 왕이 되었는데, 1291년 알폰소가 죽자 쟈코모가 아라곤 왕이 되고 동생 페데리코는 시칠리아의 왕이 되었다.

22 **사실** 교회로부터 파문을 당한 자는 지옥에 가는 것으로 여기는 일반의 생각과 달리 만프레디가 연옥에 있다는 사실을 말한 것이다.

23 **두 번의 치명적인 칼질** 눈썹 위 이마와 가슴의 상처.

24 **코센차의 목자** 코센차(Cosenza)의 대주교. 그는 클레멘스 4세의 명을 받고 만프레디의 유해를 베네벤토 근처의 냇가에 버렸다.

25 **하느님~** 「성서」의 구절을 의미한다. 「요한의 복음서」 6장 37절 참고.

26 **베르데(Verde)** 나폴리 왕국과 바티칸 왕국 사이 국경에 있는 리리(Liri) 혹은 가릴리아노(Garigliano)라는 주장과(벤베누토의 학설) 트론토(Tronto)의 지류라고 하는 주장이 있다(부티와 피에트로 단테의 학설).

132   비에 흠뻑 젖고 바람에 흔들리고 있다.

      희망이 한 가닥이나마 푸르름을 지니고 있는 이상,

      저들이 저주[27]해도 죽으란 법은 없으니

135   영원한 사랑이 그 때문에 돌아올 수 없지는 않으리라.

      성스런 교회를 거역하여 '파문당해'

      죽은 자는 종국에 가서 회개하더라도,

138   성스런 기도로 이 율법이 훨씬 더

      단축되지 않는다면 제가 안하무인으로

      살았던 시간의 삼십 배를 이 언덕 밖에

141   머물러 있어야 한다는 것[28]은 사실이다.

      그러므로 네가 본 나의 처지와 아직껏 금지하고 있는

      이 율법을 나의 착한 콘스탄차에게 일러줌으로써

144   나를 기쁘게 할 수 있을지 헤아려 보기 바란다.

      여기선 세상에 남아 있는 자들에게서 얻는 게 많단다." [29]

---

[27] **저주** 파문시키는 일.
[28] **살았던~** 이것은 단테의 독창적인 얘기지 교리와는 관계없다.
[29] 세상에 있는 선인들이 그들을 위해 기도하면 연옥에 있는 영혼들의 정죄 기간이 단축된다.

부활절 일요일, 4월 10일 오전 9시에서 12시 사이의 일이
다. 단테는 연옥의 입구 중에서 둘째 비탈에 이르렀다. 이
곳에는 태만했던 자들이 있는데 그들은 덕을 행함에 있어
서 게으렀던 자들이다. 우리네 영혼이란 기쁨이나 슬픔의 감정에 사로잡
히면 그걸 주도하는 어느 한 가지에 몰두하기 때문에 다른 기능에는 주
의를 기울일 수 없는 법이다. 단테는 만프레디와 이야기하는 데 정신이
팔려 시간이 흐르는 것을 의식하지 못하고 있다. 스승은 앞서고 단테는
뒤따르며 비좁은 오솔길을 헤쳐 간다. 이 길은 산레오에 이르는 길이나
놀리 근처의 산에서 내려가는 길, 혹은 비스만토바에 오르는 길보다 더
가파르다. 그러기에 단테는 팔과 다리만으로 그곳을 오를 수 없다. 격려
와 사랑을 아끼지 않고 안내해 주는 스승을 뒤따르며 순례를 계속하려는
욕망의 날개에 의지할 필요를 느낀다. 단테는 높다란 벼랑 위에 있는 산
마루에 이르자 스승에게 어느 길로 나아가야 하느냐고 묻는다. 그는 좌
우를 돌아보지 말고 계속해서 오르라고 대답한다.

단테는 비탈에 이르러 태양이 왼쪽에서 솟아올라 자기를 비추고 있음
을 보고 놀란다. 베르길리우스가 그의 놀람을 가라앉히려는 듯 그러한
현상에 대해 설명해 준다. 그의 설명에 의하면 예루살렘에서는 태양이

오른쪽에 있는데 연옥에서는 왼쪽에 있기 때문에 오른쪽에서 왼쪽으로 달려간다는 것이다.

그들이 다시 걸음을 옮길 무렵, 단테는 정상을 볼 수 없을 정도로 산이 높은 것을 보고 얼마나 더 올라가야 하느냐고 묻는다. 베르길리우스는 산의 본성은 오르면 오를수록 더 쉽다고 하면서 오르는 일이 마냥 즐거워질 때에 정상에 이르러 쉴 수 있다고 한다. 베르길리우스가 말을 마치자마자 가까이서 소리가 들려온다. "아마도 너는 먼저 서둘러 주저앉게 될 것이다"라고. 시인들이 고개를 돌리니 왼편에 커다란 바위가 하나 있고 그 뒤 그늘 속에 몇 영혼들이 서 있다.

그들 중 하나는 피곤한 듯 보였는데 앉아서 무릎을 깍지 끼고 얼굴을 그 사이에 파묻으면서 단테의 주목을 끈다. 그러자 단테는 목소리로 그가 피렌체 사람 벨락콰임을 알아차린다. 그는 살아 있을 때 악기 제조일에 종사하면서 영적 일에나 세상사에나 게을렀던 인물이다.

> 기쁨이나 혹은 슬픔으로 인해서 우리의
> 어떤 감각 기관의 힘이 붙들려 있을 때면
> 3 영혼이란 그것에만 집중되기에
> 다른 어떤 기능에는 기울어질 수 없어 보인다.
> 이는 곧 우리 안의 한 영혼이 다른 영혼 위에
> 6 덧씌워진다고 믿는 그릇된 생각과는 상치된다.[1]

[1] **기쁨이나~** 단테는 『향연』 3권 2장 11절에서 "영혼은 근본적으로 세 가지 힘, 즉 살고, 느끼고, 생각하는 힘"을 가졌으며, 그 외 다른 모든 힘이란 이들 세 가지에 의존하는 것으로 이 힘들은 영혼의 근본에 일치되어 통하고 있다고 했다. 어느 한 가지에 몰두하면 자연히 다른 쪽으로 마음이 쏠릴 수 없다는 것이다. 그런데 플라톤 학파의 이론과 마니케오의 2원론은 인간에겐 식물적 영혼(肝臟), 감각적 영혼(心臟), 지적 영혼(頭腦)이 있으며, 이 세 가지 영혼은 독립적으로 기능을 발휘한다고 한다. 하지만 단테는 이를 받아들이지 않는다. 단테는 이에 관해 오히려 아퀴나스의 이론을 존중한다. 즉, 기쁨이나 슬픔의 강한 자극을 받았을 때 영혼의 능력이란 어느 한 가지에 몰리게 되어 다른 능력은 정지하므로 영혼은 곧 하나라는 의미다(토마스 아퀴나스, 『신학대전』 1권 76장 3절).

그러므로 영혼을 힘주어 끌어당기는

어떤 것을 보거나 듣게 될 때

9 사람은 시간이 지나도 그걸 깨닫지 못한다.

보고 듣는 감각 능력과 또 영혼을

장악하고 있는 능력이란 다른 것이기 때문에 후자는

12 매듭지어진 것 같고 전자는 풀어진 것 같다.

나는 그 영혼을 바라보고 그의 말을 들으면서

그에 대한 진상을 터득하였다.

15 태양이 오십 도[2]나 치솟아 올랐건만

내가 알아차리지 못했으니까. 그때 영혼들이

한데 어울려, "예가 너희가 찾는 곳이다"라고

18 우리에게 외치기에 그곳으로 갔다.

포도가 까맣게 익어 갈 무렵, 시골 사람이

하나의 자그마한 쇠스랑으로

21 여러 차례 막은 울타리의 구멍도

무리가 우리로부터 떠난 뒤

나의 길잡이와 뒤따르는 내가 외로이

24 올라온 오솔길보다 작지 않을 것이다.

산레오[3]로 가거나 놀리[4]로 내려가거나

혹은 비스만토바[5]의 꼭대기에 올라가는 데는

27 발만으로 족하지만 여기서는 날아가야 한다.

다시 말해서 나에게 빛과 희망을 주었던

저 안내자를 따라 거대한 욕망의

---

[2] **오십 도** 태양은 하루에 360도를 회전하니 1시간에 15도씩 돈다. 50도를 돌았으니 해가 뜬 후 3시간 25분이 지난 9시 20분을 의미한다.

[3] **산레오(Sanleo)** 우르비노 근처 험준한 산 위에 있는 작은 마을.

[4] **놀리(Noli)** 리비에라 해안의 사보나와 아르뎅가 사이에 있는 절벽 밑의 작은 어촌.

[5] **비스만토바(Bismantova)** 에밀리아 주 레지오 지방의 험준한 산.

30 　　잽싼 날개와 깃으로 날아야 한다는 뜻이다.

　　우리는 허물어진 바위 속으로 올라갔는데,

　　험준한 벼랑 양편의 서슬이 우리를 죄었고

33 　　아래쪽의 땅바닥은 발과 손[6]을 원했다.

　　높디높은 벼랑 끄트머리 질펀하게

　　트인 산마루에 닿았을 때 나는 말하길,

36 　　"스승이시여 우리 어느 길로 갈 것인지요?"

　　그가 나에게, "한 발자국도 물러서지 마라.

　　현명하신 옹호자가 나타나실 때까지

39 　　내 뒤에 착 붙어 산으로 오르기만 하라."

　　꼭대기는 너무 높아 시야가 닿지 못했고

　　비탈은 상한의 중앙에서 중심에

42 　　이르는 선보다 훨씬 더 가팔랐다.[7]

　　나는 지친 몸으로 말을 꺼내,

　　"오, 자상한 아버지시여. 돌이켜 보시지요.

45 　　당신이 서지 않으신데 제 어찌 홀로 남아 있을지를."

　　"나의 아들아, 여기까지만 네 몸을 끌어올려라."

　　라고 말하며 산 저쪽을 빙 두른

48 　　조금 위쪽에 있는 비탈[8]을 내게 가리켰다.

　　그의 말씀이 나를 격려했기에

　　나는 힘을 내 그분 뒤에서 기어올랐으니

51 　　어느새 오솔길을 내 발 아래 두게 되었다.

　　우리 둘은 그곳에 주저앉아 올라왔던

　　곳을 바라보았는데,

---

[6] **발과 손** 기어가야 했다는 의미다.

[7] **상한의~** 이곳의 경사가 45도보다 더 급하다는 의미다.

[8] **비탈** 산을 빙 둘러 수평으로 감는 비탈(Balzo). 후에 'cinghio'라 이르기도 한다.

54 되돌아보는 게 기쁨을 주었기 때문이다.

처음엔 낮은 물가로 눈길을 주다가

나중엔 태양을 향해 치떴고, 또 왼쪽에서

57 우리에게 비치는 것을 보고 어리둥절하였다.[9]

우리와 북쪽 사이로 스며들어 오는 빛의

수레[10]에 내가 당황해하는 것을

60 시인은 충분히 알아차리셨다.

그는 나에게, "만일에 카스토르와

폴리데우케스[11]가 위와 아래로 제 빛을 이끄는

63 그 거울[12]을 동반하고 있었더라면,

루비 빛깔을 띤 황도대[13]가 옛 길에서

벗어나지 않는 한 보다 가까이

66 북두에 돌아가는 것을 너는 볼 수 있으리라.

이것이 왜 있는지 생각하길 원하거든

속을 가다듬고 생각해 보아라.

69 시온[14]이 이 산과 더불어 땅 위에 있어도

둘이 다 오로지 하나인 지평선을 갖고 있으며

반구만은 서로가 달리하고 있다는 것을.

72 또 너의 총명한 지성이 이를 잘 관찰한다면,

---

[9] **어리둥절하였다** 단테가 동쪽을 향해 돌아섰을 때 왼쪽에서 해가 비치는 것을 보고 이상히 여기는데, 이는 북회귀선 지역에서 동쪽을 향하면 해가 오른쪽에 있기 때문이다. 단테는 지금 유럽의 대칭 지역에 있으며 그곳은 해가 도는 방향이 유럽과는 반대다. 시인은 이 사실을 잠깐 망각했다.

[10] **수레** 태양을 의미한다.

[11] **카스토르와 폴리데우케스(Castor, Polydeuces)** 쌍둥이자리. 유피테르가 백조로 변신해 레다를 쫓아가 알을 두 개 낳게 했는데, 그 하나에서 미녀 헬레나가 나오고 다른 하나에서 카스토르와 폴리데우케스 쌍둥이가 태어났다. 이들이 죽었을 때 유피테르는 하늘에 이들을 보내 쌍둥이자리를 만들었다. 이 유성은 양자리보다 더 북쪽에 있다. 이 쌍둥이 형제에 관한 로마의 신화에 의하면 이들이 로마가 라틴 족에 대항해 싸웠을 때 그 승전보를 제일 먼저 전해 주었다 한다.

[12] **거울** 태양은 그 빛이 너무 밝기에 거울로 비유됐다.

[13] **루비 빛깔을 띤 황도대** 태양이 이 황도대 안에 있기에 그 일부가 햇빛에 젖은 것이다.

[14] **시온(Zion)** 시온과 정죄산은 지구 정반대편에 있기에 지평선이 같다.

저 망측스럽게도 나쁜 짓 할 줄 모르는 파에톤[15]의

길이 어찌하여 이 산의 이편과 저 산의

75   저편을 지나쳐야 하는지 알 수 있으리라."

나는 말하길, "나의 스승님이여, 분명코

저의 재주가 모자람을 지금처럼

78   분명하게 분별할 때가 없었으니,

어느 학설에선 적도라 불리는

천체의 운행에 있어서 가운데 둘레는

81   언제나 태양과 겨울 사이에 남아 있는데

당신이 말씀하신 바와 같이 그것이 여기서

북쪽으로 멀리 떨어져 있어 헤브라이 사람들에겐

84   무더운 고장으로 뻗어나간 듯 보입니다.

어떻든 당신이 좋으시다면, 얼마나 더

가야 하는지 알았으면 합니다. 이 언덕은

87   제 눈이 이를 수 없을 정도로 높으니까요."

그러자 그가 나에게, "이 산은 아래에서

시작할 때는 험악하지만 위쪽으로

90   오르면 오를수록 편안해진다.[16]

그러므로 그것이 너에게 즐겁게 여겨지며

오르는 일이 마치 배가 냇물을 따라

93   흘러내려가는 것만큼이나 수월해질 때

너는 이 오솔길의 끝에 이르게 되어

거기에서 너의 고달픔은 휴식을 기대할 수 있을 것이다.

96   내 더 이상 대답할 것이 없구나. 이것이 진실이니."

---

[15] **파에톤** 「지옥편」 제17곡 주석 20 참고.
[16] **이 산은~** 정죄산을 가리킨다. 회개하는 일은 산을 오르는 것과 같이 처음에 시작할 때가 어렵다는 의미다.

그가 말씀을 마치자 가까이에서

한 소리가 울렸다. "아마도 너는

99   먼저 서둘러 주저앉고야 말게 될 것이다"라고.

그 소리를 듣고 우리는 각자 몸을

돌이켜, 아까는 그도 나도 알지 못했던

102   커다란 바위 하나를 왼쪽에서 보았다.

우리가 그곳에 다가서니, 바위 뒤의

그늘 속에 영혼들이 서 있었는데,

105   그들은 게으름 때문에 할 일 없이 서 있었다.

그들 중 하나는 피곤한 듯 보였는데,

무릎을 깍지 끼고 앉아

108   얼굴을 그 사이에 파묻고 있었다.

내가 말하길, "오, 자상하신 나의 어른이시여.

아무리 게으름이 제 누이이기로 저리도

111   나태한 모습으로 있는 놈을 눈여겨보시오."

그러자 그놈은 우릴 향해 돌아보고 정신을 차리고

허벅지에서 얼굴을 들어 올리면서 말하길,

114   "자, 이제 그대 올라가시오. 그댄 힘이 세구려!"

난 그제서야 그가 누군지 알았으니

조금 전까지 나를 숨 가쁘게 짓누르던 고통도

117   내 그에게 가는 걸 막지 못했다.

나 그에게 이르자, 그는 가까스로

고갤 쳐들고 말했다. "그대의 왼쪽 어깨 위로

120   해님이 수레를 어떻게 이끌어 가는지 잘 보셨나요?"

게으른 그의 행동과 짧은 말씨는

내 입술을 움직여 웃음을 자아냈다.

123   나는 입을 열어, "벨락콰[17]여, 그대에 대해

다시는 괴로워하지 않으리니 내게 말해다오.

왜 여기에 앉아 있는지를. 길잡이를

126 기다리나 아니면 아직도 옛 버릇을 되풀이하는 것인가."

그러자 그가, "오, 형제여. 올라가면 무슨 소용인가?

문 위에 앉아 있는 하느님의 천사가

129 나를 정죄하도록 허락하지 않을 텐데.

내가 마지막까지 나의 선한 한숨[18]을 미루었기에

살아서 했던 그만큼 문 밖에서

132 맴돌아야 할 것을 하늘이 내게 마련하였으니

성총 안에 사는 마음에서 일어나는 기도[19]들이

먼저 나를 도와주지 않는다면 천국에서

135 들어주지 않는 다른 기도가 무슨 소용 있겠소?"

시인은 벌써 오르면서 나에게

말하길, "이제 그만 오너라. 보아라,

138 태양은 자오선에 이르렀고[20] 강가[21]에는

벌써 밤이 모로코[22]를 발로 감싸고 있구나."

---

[17] **벨락콰(Belacqua)** 단테가 알고 지내던 음악인. 그가 알고 있던 음악인으로 카셀라도 있다. 벨락콰는 악기를 제조했는데 생전에 영적 일에나 세상일에나 태만했다.

[18] **선한 한숨** 회개하는 가운데 쉬는 한숨.

[19] **기도** 해설에 밝힌 바와 같이 연옥에 있는 영혼들은 지상에 있는 인간들의 기도를 필요로 한다. 그런데 벨락콰는 그런 기도가 소용없다고 믿고 있다.

[20] **태양은 자오선에 이르렀고** 지금은 정오니 해는 자오선에 닿아 있다.

[21] **강가** 「연옥편」 제2곡 4행의 갠지스 강.

[22] **모로코(Morocco)** 아프리카 서북단에 있다. 단테는 이 나라의 위치를 예루살렘의 서쪽 90도로 본다. 따라서 연옥의 정오는 예루살렘의 자정이며, 모로코의 저녁이다.

| 제5곡 |

연옥의 입구, 둘째 비탈을 계속 지나고 있다. 이곳은 죽기 직전에 회개한 영혼들이 있는 곳이다. 베르길리우스의 뒤를 따라 계속 오르던 중 어느 한 영혼이 단테의 육신이 그림자를 드리우고 있는 것을 보고 놀라움을 금치 못한다. 단테는 그 영혼이 말하는 소리에 걸음을 늦추고 베르길리우스는 이를 질책한다.

한편 산비탈을 따라 시인들이 올라가는 방향의 맞은편에서 다른 망령들이 나타나 『성서』「시편」 51편의 '통회성시(Misere)'를 구절구절 읊는다. 단테가 살아 있는 것에 놀라 두 망령이 시인들에게 와 누구냐고 묻는다. 베르길리우스는 단테는 살아 있으며 또 그가 세상에 돌아가면 그들을 위해 기도할 수 있을 것이라고 대답한다. 베르길리우스는 단테에게 그들은 도움을 청하기 위해 오는 것이니 그냥 들으면서 걸음을 계속해야 한다고 이른다. 영혼들은 시인들이 잠시 머물러서 자기들 가운데 아는 자가 있는지 살펴보도록 간청하더니, 이어 자기들은 죽을 무렵에 회개했는데 다행히 성총의 은혜를 입어 하느님께서 그들을 받아 주셨다고 말한다. 단테는 그들 가운데 아는 자가 하나도 없음을 알게 되지만, 자신이 안내자이신 베르길리우스 뒤를 좇아 갈구하는 영원한 평화의 이름으로 그들의 간청을 들어줄 것을 약속한다.

그들 영혼들 가운데 하나인 야코포 델 카세로가 그때 단테에게 간청
하길, 만일에 앙코나의 마르카를 다시 보거든, 그가 연옥에 될 수 있는
한 빨리 들어올 수 있도록 그에게 도움을 주라고 한다. 이어서 그는 파도
바 근처에서 맞은 자신의 비극적인 죽음에 대해 자세히 이야기한다. 또
다른 영혼 본콘테 다 몬테펠트로는 자기 역시 단테의 도움이 필요하다고
한다. 그의 아내 지오반나와 친지들이 자기를 위해 기도하지 않고 있으
니 그들에게 자신의 이야기를 전해 달라고 한다. 그는 캄팔디노에서 전
사했는데 그의 시체는 그곳에 없다. 그는 목에 치명적인 상처를 입고 아
르키아노 냇물이 아르노 강에 이르는 곳까지 피신했는데, 거기서 의식을
잃은 채 성모를 갈구하며 죽었다. 그러자 기도 소리를 듣고 천사가 나타
나 그의 영혼을 거두어 하늘로 가져가니 악마가 이를 보고 그의 육신을
갈기갈기 찢었다고 한다. 악령은 그의 지혜로 오로지 악을 갈구하기에
폭풍우를 불러 냇물과 강물을 범람시켰다. 그 때문에 본콘테의 시체는
아르노 강으로 사라졌다고 한다. 세 번째 망령은 시에나의 피아다. 그녀
는 단테에게 저 세상에 돌아가거든 자기를 기억해 달라고 부탁한다.

나는 그 망령들[1]로부터 떠나
내 길잡이의 발자국을 따라가고 있었는데
3   그때 내 뒤에서 손가락을 곤두세우며
한 망령이 소리쳤다. "보라!
저 아래 있는 자의 왼편엔 햇빛이 들지 않으니[2],

[1] **그 망령들** 벨락콰를 포함한 태만한 영혼들.
[2] **왼편엔 햇빛이 들지 않으니** 그림자가 드리워져 있다는 의미다. 단테는 육신을 가진 생명체이기에 그림자를 갖
는다. 연옥은 지옥과 달리 햇빛이 비치는데 이는 빛과 어둠의 대조적인 의미를 일깨운다. 융(Jung)의 심층 심리
학의 이론에 입각한 잠재의식적인 표현으로 볼 수도 있다. 어두운 지옥은 우울과 악 그리고 혼돈을, 떠오르는
태양은 환희와 재생을 뜻하는 것으로, 이제까지 보아 온 단테의 문학 세계와 절묘한 일치점을 찾을 수 있다.

6   그는 마치 살아 있는 듯 행동한다!"
    나는 이 말을 듣고 눈을 그곳으로 돌리니,
    나만을, 오로지 나만을, 그리고 부서진 빛을

9   보고 놀라워하는 망령들[3]이 보였다.
    내 스승이 말하길, "어인 일로 네 영혼이
    그리도 어지러워 걸음을 늦추느냐?

12 여기 재잘대는 소리, 네게 무슨 상관이냐?
    내 뒤를 따르라. 그리고 저들이 지껄이게 버려두고
    바람이 불어도 꼭대기가 단 한 번도

15 까닥하지 않는 탑과 같이 굳건하여라.
    사람이란 생각 위에 생각을 겹치다 보면
    표적에서 스스로 빗나가게 되니[4]

18 이는 힘이 서로서로를 약화시킨 탓이다."
    "갑니다"라는 말 말고 내 무슨 말을 할 수 있던가?
    나는 그렇게 말하고 사과하는 사람에게나

21 적절한 얼굴빛을 띠고 있었다.
    그 무렵 산허리를 감돌아서 우리에게
    조금 앞으로 다가오는 무리가 있었는데

24 그들은 "Misere"[5] 기도문을 구절구절 읊조리고 있었다.
    저들은 빛살이 내 몸을 거쳐 통하지
    못하는 것을 알고, 그들의 노래를

27 길고도 굵직한 "오오"로 바꾸고 말았는데,
    그들 중 둘이 심부름꾼처럼 우릴 향해
    앞으로 나오더니 물었다.

---

[3] **망령들** 죽을 무렵에야 회개한 넋들.
[4] **사람이란~** 앞의 곡에서 말한 바와 같이 인간은 여러 가지를 한꺼번에 생각할 수 없다는 것을 뜻한다.
[5] **"Misere"** '자비를 베푸소서'란 라틴어로, 이탈리아어로는 'Abbipietà'이다.

30 "그대들의 입장을 우리로 하여금 알게 하라."

그러자 나의 스승이, "너희들은 물러가서

너희를 보낸 자들에게 일러 주려무나.

33 저자의 몸은 진정 살이라고.

만일 내가 생각하는 것처럼 그의 그림자를 보았기에

저들이 머물렀다면 이것으로 대답은 충분하리니,

36 이제 그에게 존경을 바치는 것이 그들에게 좋으리라."⁶

고요한 밤이나 해가 질 무렵 8월의

구름을 찢는 불타는 수증기⁷라 하더라도

39 이토록 날랜 것을 나는 일찍이 보지 못했으니,

그렇듯 그들은 눈 깜짝할 새에 올라갔다.

그곳에 이르렀다가 이내 다른 놈들과 더불어

42 고삐 없이 달리는 말떼처럼 우리에게 왔다.

시인이 말하길, "우리에게 떼 지어 오는

저 많은 무리는 너에게 청하는 것이 있으니,

45 그냥 계속 가면서 들어 보아라."

그들은 외치면서 왔다. "타고난 몸체를

그대로 간직하고 흥겹게 걸어가고 있는

48 영혼이여, 잠시 걸음을 조용히 하라.

일찍이 우리 가운데 누군가를 본 일이 있어

그의 소식을 저 세상에 전할 만한 자가 있는지

51 살펴라. 아, 어찌 가느냐? 아, 왜 좀 머물지 않느냐?

우리 모두는 이미 폭력에 의해 죽었고

또 최후의 시간까지 죄인들이었는데,

---

⁶ 연옥에 있는 망령들은 세상에 남아 있는 가족이나 친지들의 기도를 필요로 한다. 그런데 단테는 머잖아 세상에
돌아갈 인물이니 그에게 존경을 나타내야 친지들에게 자신의 소식을 전할 수 있다.

⁷ **불타는 수증기** 중세에는 유성이나 여름밤의 번갯불을 '불타는 수증기'라 했다.

54   그때 하늘의 빛이 그걸 깨우치게 해[8]

스스로 뉘우치고 용서해 주며[9] 당신을

보고 싶은 소망으로 우리를 애태우게 하신

57   하느님과 화해한 몸들로 세상을 나왔다."

그래서 나는, "그대들의 얼굴을 주시하지만

누구 하나 알아볼 수 없구나. 오, 잘도 태어난[10]

60   영혼들이여. 내 그대들을 위해 뭐든 할 수 있다면

말해다오. 내 해 줄 것이로다. 이 길잡이의

발자국을 뒤따라 세상에서 세상으로 이렇듯

63   찾아 나서도록 한 저 평화[11]의 이름으로 말이다."

그러자 하나[12]가 말을 꺼내어, "무력함이

의지를 꺾지 않는 한 맹세할 것 없이

66   그대의 선한 그 뜻을 우리 모두가 믿는다.

그러기에 다른 자들보다 먼저 내가 말하여

그대에게 간청하노니, 그대 만일에

69   로마냐 사이에 있는 지방과 카를로의 지방을 보거든

그대 간청하여 파노에서 나를 위한 기도가

나의 무거운 죄과를 씻어 낼 수 있게

72   계속될 수 있도록 해 주오.

거기서 나는 태어났으며 가장

---

8 **폭력에~** 전사한 무리들인데, 임종할 무렵에야 회개하고 하느님의 품에 안겼다. 즉, 하느님의 은총을 받았다는 뜻이다.

9 **용서해 주며** 주기도문에 나와 있는 "우리에게 죄지은 자를 용서하듯이……"를 기억하라. 또 「마태오의 복음서」 6장 14~15절 참고. "너희가 남의 잘못을 용서하면 하늘에 계신 아버지께서도 너희를 용서하실 것이다. 그러나 너희가 남의 잘못을 용서하지 않으면 너희 아버지께서도 너희의 잘못을 용서하지 않으실 것이다."

10 **잘도 태어난** 천국의 기쁨을 얻도록 태어났다는 의미다.

11 **평화** 천상에서 누리는 행복.

12 **하나** 야코포 델 카세로(Iacopo del Cassero). 파노 지역의 유력한 구엘프 당원. 1296~1297년에 볼로냐의 통령이었는데 페라라의 후작 에스테 집안의 원한을 샀다. 1298년 밀라노의 통령이 되어 그곳으로 가던 도중 에스테 가문의 아초(Azzo) 8세의 하수인에 의해 암살되었다.

안전하다고 생각했던 안테노라의 저 밑바닥에서,

75 나의 피와 생명을 흘리게[13] 했던

깊은 상처들이 나에게 주어졌다.

에스테의 그 사람[14]은 정의가 원하는 것보다

78 훨씬 더 큰 분노를 품고 그렇게 했다.

그러나 오리아고[15]에서 내가 기습을 당했을 때,

미라[16]를 향해 도망갔으면

81 아직도 숨쉴 수 있는 저곳에 있었으련만,

나는 늪으로 달아났다. 억새와 진흙이

나를 휘감았기에 넘어졌는데, 그리하여

84 내 피로써 땅에 호수를 이룸을 보았다."

이어서 다른 놈이 말하길, "아, 저 높은

산으로 그대를 이끌어 가는 저 소원[17]이

87 이뤄진다면 어진 자비로 내 소원을 도와주오!

나는 몬테펠트로 사람이었던 본콘테[18]라오.

지오반나[19]도 그리고 다른 사람들도 날 돌보지 않아

90 저들과 더불어 머리를 숙이고 가고 있소."

내가 그에게, "그 무슨 힘이, 그 무슨 운명이

그대를 캄팔디노[20] 저 밖으로 이끌었기에

93 그대가 묻힌 곳을 알 수 없게 되었는가?"

---

[13] **피와 생명을 흘리게** 피와 생명을 동일시했다. 즉, 피를 흘리면 죽음이 온다는 것.

[14] **에스테의 그 사람** 아초 8세.

[15] **오리아고(Oriago)** 파도바와 베네치아 사이에 있는 곳으로 여기서 카세로가 암살당한다.

[16] **미라(Mira)** 오리아고 부근에 있다. 브렌타 강으로 통하는 운하의 제방 근처 지방.

[17] **소원** 천국의 행복, 즉 평화를 얻고자 하는 소망.

[18] **본콘테(Buonconte)** 「지옥편」 제27곡에 나오는 구이도 다 몬테펠트로의 아들. 기벨린 당의 지도자로 아레초의 구엘프 당을 축출하려고 전장에 여러 번 나갔으나 1289년 6월 캄팔디노에서 전사했다.

[19] **지오반나(Giovanna)** 본콘테의 아내.

[20] **캄팔디노(Campaldino)** 아르노 강 계곡의 하나로 카센티노에 있다. 이곳에서 1289년 아레초와 피렌체가 싸웠는데 이때 본콘테 다 몬테펠트로가 피살되었다.

그가 대답하길, "에르모 위쪽의 아펜니노에서

생겨난 아르키아노라 이르는 시냇물이

96   카센티노의 발치를 스쳐 지나고 있다오.[21] 아!

나는 그 이름이 헛되어지는 자리[22]에

목이 뚫린 채 맨발로 도망쳐 땅바닥에

99   피를 뿌리면서 이르게 되었다.

거기서 나의 시선은 흐릿해졌고 말은

마리아의 이름[23]을 부르며 그쳤으니, 그 자리에

102   넘어졌고 나의 육신만이 남았다오.

내 진실을 말하리니 그댄 산 사람들에게 일러다오.

하느님의 천사가 날 거두어 갔고 이어 지옥의 악마가

105   외쳤다오. '오, 천상에서 온 자여. 왜 훔치는가?

한 방울의 눈물 때문에 그를 내게서 앗아

그가 지닌 영원한 부분[24]을 그대가 가져가는가!

108   그러나 나는 다른 부분[25]을 장악할 것이다!'

저 축축한 증기가 공중에 모여 있다가

추위가 이를 뒤섞어 놓은 자리에 오르자마자

111   이내 물로 되돌아가는 것을 그댄 잘 아오.

오로지 악만을 요구하는 저놈의 뜻은

계략을 모아서 타고난 힘을 구사해

114   시꺼먼 연기와 바람을 일으키고야 말았다오.[26]

---

[21] **그가 대답하길~** 아펜니노에 성 로무알도가 수도원을 세우고 아르키아노라 했는데 그 위로 두 줄기 물이 흐르는데 그 중 하나를 아르키아노라 부른다.

[22] **그 이름이 헛되어지는 자리** 아르키아노가 흘러 아르노 강으로 합류되는 자리를 의미한다.

[23] **마리아의 이름** 죽을 때 성모 마리아를 부른다.

[24] **영원한 부분** 영혼.

[25] **다른 부분** 육신.

[26] **타고난~** 아퀴나스의 『신학대전』 1권 112장 2절에 의하면 "선한 천사나 악한 천사나 제 몸으로써…… 구름을 비로 엉기게 하고……" 벤베누토도 이와 같이 말하고 있다.

이리하여 날이 저물자 그는 프라토마뇨[27]에서
저 웅장한 산줄기에 이르는 계곡을 안개로
117   뒤덮어 저 위 하늘을 어둡게 했으니,
비에 푹 젖은 대기는 물로 변했다오.
비가 내렸고 땅이 감당 못하는

120   나머지 비는 실개천으로 내려갔는데,
커다란 물줄기로 변해 가더니만
마침내 크나큰 강[28]에 다급하게

123   모아졌으니 아무것도 이를 막지 못했다오.
노기 가득 찬 아르키아노는 싸늘한 내 몸을
강 어귀에서 보고는 아르노 강에 밀어 넣으니

126   고통이 나를 사로잡을 때 내 스스로
가슴에 그린 십자가[29]를 풀어 헤쳤다오.
아르노 강은 나를 강둑과 물 밑으로 굴리더니

129   나중엔 제 찌꺼기로 나를 덮치고 휘감았다오."
둘째에 이어서 셋째 영혼이 계속해 말하길,
"그대가 세상으로 돌아가게 되어

132   길고 긴 나그네 길에 지친 몸을 쉴 때에
나 피아[30]를 기억해 주오. 시에나가 날 만들었고
마렘마가 날 그르쳐 놓았는데, 이는 혼약할 때

135   보석으로써 먼저 나에게 가락지를
끼워 주었던 그분께서 알고 계십니다."

---

[27] **프라토마뇨(Pratomagno)** 지금의 프라토 베키오.
[28] **크나큰 강** 아르노 강.
[29] **십자가** 가슴 위에 팔을 꼬아 십자가 모양을 만들어 놓은 것.
[30] **피아(Pia)** 톨로메이(Tolomei) 가문의 부인. 그녀는 시에나에서 출생해 마렘마에서 죽었다. 그녀는 마렘마의 넬로와 결혼했는데 넬로가 그녀를 살해했다고 혹은 자살했다고 전한다. 그녀의 죽음에 관한 자세한 고증은 불가능하다.

| 제6곡 |

부활주일 일요일인 4월 10일 오후 3시경. 연옥의 입구 둘째 비탈을 지나고 있다.

단테는 세상에 돌아가거든 자기들을 위해 기도해 달라고 부탁하는 영혼들에 둘러싸여 있다. 그들은 폭력에 의해 죽음을 당한 무리들이다. 단테는 자신을 차라(Zara)라는 노름판에서 이긴 사람과 견준다. 단테는 영혼들의 부탁을 들어 주겠다고 약속하며 그들로부터 빠져나오다 기노 디 타코에 의해 살해된 아레초의 베닌카사 다 라테리나, 적들에게 쫓겨 아르노 강에 빠져 죽은 구치오 데이 타를라티, 그 외 여러 영혼들을 만난다.

시인은 그 모든 영혼들로부터 벗어나 베르길리우스에게 궁금한 점을 말한다. 『아에네이스』에서 아무리 기도해 봤자 신의 심판을 바꿀 수 없다고 했으니 그들의 기도는 헛된 것이냐고. 그러자 베르길리우스는 그 말과 저 영혼들이 갈구하는 바가 결코 상치되지 않는다고 대답한다. 그 이유는 살아 있는 자들의 기도가 정죄하고 있는 자들의 정죄 기간을 단축시킨다 해서 하느님의 심판이 달라지지 않기 때문이다. 또 그가 『아에네이스』를 썼을 때는 기도하는 자가 하느님의 은총을 입지 않은 자였기에 — 그리스도 강림 이전의 일이므로 — 기도가 하느님의 심판을 변화시킬 수 없었다는 것이다. 그리고 더 자세한 이야기와 설명은 훗날 베아트리체가 해 줄 것이라고 한다. 단테는 연옥 꼭대기에 있다는 베아트리체의 이름을 듣고 걸음을 재촉하고픈 욕망을 느낀다. 베르길리우스는 단테에게 앞으로 연옥의 산꼭대기에 오르기 전에 여러 차례 태양이 다시 솟아오르는 것을 볼 것이라고 말한다.

　그리고 단테에게 한 영혼을 가리키는데 그는 다른 무리로부터 떨어져서 분노를 머금은 눈초리로 시인들의 고향이 어디며 또 어떤 사람들이냐고 묻는다. 베르길리우스가 고향이 만토바라고 하자 그를 포옹하며 자기는 소르델로라고 한다. 이 두 동향인들의 감격적인 모습을 본 단테는 당시 이탈리아를 갈기갈기 찢어 놓던 불화에 대해 생각하고 심한 욕설을 퍼붓는다. 이탈리아는 모든 악의 노예이자 온상이며 폭풍우에 갈팡질팡하는 배라고. 사실 그 당시 이탈리아는 지역감정에 너무 사로잡혀 국가의식이 전혀 없었다. 단테는 이러한 사실을 가슴 아파했다. 그는 이러한 자기의 조국을 위해 하느님의 은총이 있기를 기도한다. 오늘날에는 이러한 감정이 다소 완화되긴 했으나 아직도 이탈리아인들의 뇌리에서 말끔히 지워지진 않은 성싶다. 단테는 마지막 부분에서 피렌체를 칭찬하지만 이는 역설적인 의미를 내포하고 있다.

　　차라[1]라는 노름판이 끝이 났을 때,
　　잃은 사람은 뒤에 남아 그가 던진
3　　주사위의 불운을 생각하며 혼자 슬피 익히고 있는데[2]
　　사람들은 딴 자와 더불어 떠나간다.

[1] **차라(zara)** 단테의 시대에 유행하던 노름의 일종. 세 개의 주사위로 한다.
[2] **익히고 있는데** 잃은 사람이 서운해하며 자꾸 되풀이해 연습하는 것을 의미한다.

앞서 가는 사람, 뒤에서 붙드는 사람,

6 옆에서 그의 주의를 끄는 사람이 있지만,

그가 머물지 않은 채 이 사람 저 사람에게

귀를 기울이며 손을 내밀었다 다시 붙들리지 않고

9 별스런 소란 없이 제 몸을 빼낼 수 있듯이

나 또한 빽빽한 저 무리들에 둘러싸여

여기저기에 얼굴을 돌리고

12 약속[3]을 해 주며 그들로부터 벗어났다.

여기엔 기노 디 타코[4]의 사나운 팔에

죽음을 당한 아레초 사람[5], 그리고

15 쫓겨 도망치다 물에 잠긴 자[6]가 있었으며

또 페데리고 노벨로[7]가 손을

펴 벌리고 있었으며 마음씨 고운 마르추코[8]로

18 하여금 힘세게 보이게 한 피사인[9]도 있었다.

나는 오르소[10] 백작과 또 그의 말처럼

저지른 죄과 때문이 아니라 원한과 시기 때문에

21 영혼이 육체에서 떨어져 나갔다는

피에르 드 라 브로스[11]도 보았다. 그러니
브라반테의 여인이여, 여기 있는 동안에

24 저 나쁜 무리[12] 속에 끼지 않으려면 삼가라.
그들 또한 어서어서 신성한 사람이 되고자
사람들이 빌어 주기를 오로지 갈구하는 바

27 저 모든 영혼들로부터 내가 떨어져 나왔을 때,
나는 말을 꺼냈다. "오오, 나의 빛이시여.
그대의 시[13] 어느 대목에서 분명히 기도가

30 하늘의 율법을 꺾는다는 걸 부정한 듯합니다.
하지만 이 무리들은 계속해서 그짓을 원하는군요.
그럼 저들의 희망은 쓸데없는 망상이 아닐까요?

33 아니면 그대의 말씀을 제가 잘못 이해했을까요?"
그랬더니 그분이 내게, "내가 쓴 글은 분명하다.
또 저들의 희망도 헛된 것이 아니다.

36 편견 없는 마음으로 잘 보기만 한다면 말이다.
여기에 들어 있는 자가 해야 할 것을
사랑의 불이 한 순간에 채워준다 해도

39 심판의 권위는 낮아지지 않기 때문이다.
내가 거기서 그러한 생각을 다그쳐 놓은 것은

---

[11] **피에르 드 라 브로스(Pier de la Brose)** 비천한 가문 출신이었으나 루이 9세와 필리프 3세 등 프랑스 왕들로부터 신임을 얻었다. 브로스는 의사로서 명성을 얻었다. 그런데 1276년에 루이가 의문에 싸인 죽음을 당하자 브로스는 필리프의 둘째 부인인 마리아 디 브라반테가 제 아들에게 왕위가 계승되게 하려고 의붓아들을 죽였다고 고발했는데, 이 고발은 끝내 왕녀와 그의 추종자들의 증오만 얻었다. 그리하여 그는 죽음을 당하게 되었는데, 일설에 의하면 마리아가 자기를 유혹했다고 그를 모함했다 한다. 그러나 단테는 그의 죽음을 억울하게 여긴다. 그는 무죄였다는 것이다. 궁정의 시기와 질투 그리고 증오의 희생자였다고 믿는다. 이제껏 나오는 인물들은 시적으로 중요성을 지니지는 못하나 그렇다고 그냥 지나칠 수도 없다. 많은 인물들이 폭력에 의해 무참히 죽었는데, 이를 통해 단테는 궁정 내부의 암투를 설명한다.
[12] **나쁜 무리** 지옥으로 간 망령들. 무죄한 사람들을 죽게 한 죄를 지닌 영혼들이 지옥 제8원 열째 굴에서 벌받고 있음을 염두에 두면서 그 당시 살아 있던 마리아에게 경고하는 의미로 말하고 있다.
[13] **그대의 시** 『아이네이스』를 가리킨다.

기도가 하느님과 떼어져 있다면 기도를 통해서도

42 허물이 지워지지 않는다는 뜻에서였다.

진실로 진리와 지성 가운데의 빛이어야

하는 그 여인[14]께서 네게 말하지 않으시는 한

45 이처럼 드높은 의심 속에서 머물지 마라.

내 말을 알아들었는지 모르지만 나는

베아트리체를 두고 하는 말이다. 그녀가

48 이 산의 꼭대기에서 웃으며 축복 속에 있음을 보리라."

나는, "어른이시여, 더더욱 서둘러 갑시다.

저는 이미 전과 같이 피로하지 않고

51 또 보다시피 산이 이제 그림자를 드리우니까요."

그분이 대답해, "우리는 오늘 중으로

우리가 갈 수 있는 데까지 계속 갈 것이다.

54 그러나 사실은 네 생각과는 다르구나.

네가 저 위에 이르기 전에 태양이 되돌아오는 모습을

볼 것인데, 그것은 이미 비탈에 가려져 있기에

57 네가 그 빛살을 없애지는 못할 것이다.[15]

그러나 보거라. 저기 영혼 하나가 홀로

외롭게 앉아서 우릴 쳐다보고 있구나.

60 그자가 우리에게 지름길을 가르쳐 줄 것이다."

우리는 그에게 갔다. 오, 롬바르디아의 영혼이여.

너는 왜 이다지도 도도하며 뽐내는지,

63 또 눈망울을 굴리는 데 있어 어찌 느릿느릿 당당한가!

그는 한 마디 말도 하지 않고

---

[14] **그 여인** 베아트리체. 단테에게 있어서 베아트리체는 신성(神聖), 신성(神性), 신지(神智)다. 천계(天啓)를 뜻하니 그
녀에게 의지해야 함은 지극히 당연한 일이다.
[15] 해가 이미 져서 그림자가 보이지 않는다는 뜻이다.

우리를 그냥 가게 버려두고 사자처럼

66   쳐다보기만 할 뿐 그대로 앉아 있었다.

      베르길리우스가 그에게 접근해

      가장 좋은 오름길이 어느 것인지 가르쳐 달라

69   부탁했지만 그는 대꾸하지 않았다.

      그러곤 우리의 고향과 삶에 대해 물었는데

      친절한 나의 안내자께서 "만토바……"

72   라고 말을 꺼내자, 온통 제 상념에 묻혀 있던

      그 영혼은 이전에 있던 자리에서 그를 향해

      일어나면서 말했다. "오, 만토바 사람이여.

75   나는 그대의 동향인 소르델로[16]라오." 그들은 껴안았다.

      아아, 노예인 이탈리아, 고통의 여인숙이여.

      커다란 폭풍우 속의 사공 없는 배[17]여,

78   지방과 지방의 여주인이 아닌 사창굴이여![18]

      저 고귀한 영혼은 오로지 자기 고향의

      감미로운 이름만을 듣고서 제 동향인에게

81   이다지도 재빨리 환영하는데,

      지금 그대 안에서 살고 있는 자들은 전쟁만을

      일삼고 있으며, 하나의 성벽이나 장벽으로

84   둘러싸인 사람들이 서로서로 물어뜯는구려.

---

[16] **소르델로(Sordello)** 만토바의 고이토에서 태어난 가난한 귀족이었다. 그는 미남이며 시를 잘 지었다. 그의 시 중 오늘날 전해지고 있는 것은 「고귀한 블라카소를 애도함(Compianto pe ril nobile Blacasso)」이다. 베로나의 영 주인 리카르도 디 산 보니파키우스의 궁정에서 청춘을 보냈다. 그러나 스트라소의 오타와 비밀스런 결혼을 하 고 마르카 트레비자나를 떠나 프로방스로 갔다. 나중에 샤를 앙주가 이탈리아로 진군할 때 그를 따라 되돌아왔 다 한다.

[17] **사공 없는 배** 황제 없는 이탈리아.

[18] **아아~** 소르델로와 베르길리우스가 동향인이라고 해서 껴안고 법석을 피우는 것을 보고서 단테는 잠시 고국 의 현실을 냉철히 바라본다. 시인은 조국을 냉정한 눈으로 평가한다. 다시 말해서 낭만적이고 감상적인 애국심 에 휩싸여 조국을 늘 감미롭게만 볼 수는 없다. 이것은 진정한 조국애가 아니다. 단테 이래 페트라르카, 레오파 르디 등의 시인들도 다 이와 같은 관점에서 조국인 이탈리아를 소재로 시를 썼다.

가엾은 것이여, 그대 안에서 평화를 즐기는

지역이 있는지 그대의 바닷가 언저리를

87 찾아보고 또 그대의 가슴 속을 주시해 보라.

안장이 텅 비어 있다면[19], 유스티니아누스[20]가

고삐를 뜯어고친다 하여 무슨 쓸모가 있겠는가?

90 그거나마 없었다면 망신살이나마 덜 뻗쳤을 것이런만.

하느님께서 그대에게 지적하심을 잘 깨쳤다면[21]

카이사르를 안장에 앉아 있도록 버려두고

93 경건하게 있어야 했을 것을. 아아, 백성이여.

보시라. 그대들이 고삐에 손을 얹어 놓은 다음부터

이 야수[22]는 박차로 다스려질 수 없었기에

96 얼마나 사납게 되어 버렸는가를!

다스려지지 않고 야생으로 된 그를

내동댕이친 독일인 알베르트[23]여,

99 그대는 그의 안장 위에 앉아 있어야 했다오.

그대의 선혈 위에 별들의 당당한 심판이 내려져

그대의 후계자[24]가 이를 두려워하게끔

102 전례 없이 새로우며 명료하게 해 주려무나!

이는 곧 그대와 고생 많은 그대 부친이

탐욕으로 인해 그곳으로[25] 끌려갔기에

---

[19] **안장이 텅 비어 있다면** 역시 다스릴 황제가 없음을 두고 한 말이다.

[20] **유스티니아누스(Justinianus)** 법전을 개혁한 비잔틴 제국의 황제.

[21] "카이사르의 것은 카이사르에게 하느님의 것은 하느님께"라는 「마태오의 복음서」 22장 21절을 참고하라. 성직에 있는 사람들은 교회의 일에나 정신을 쏟을 것이지 정치를 해서는 안 된다는 뜻이다.

[22] **야수** 성직자들 손에서 놀아나다 드디어는 야수가 된 이탈리아.

[23] **독일인 알베르트(Albert)** 합스부르크의 알베르트로 1298년부터 1308년까지 재위에 있었다. 신성로마제국의 황제였던 그의 아버지 루돌프 1세의 뒤를 이어받았으나 대관하러 로마에 가지 않았다. 1308년에 생질에 의해 피살되었다.

[24] **후계자** 룩셈부르크의 하인리히 7세로서 1311년 로마에 가서 대관식을 올렸다. 「천국편」 제30곡 136~138행 참고.

105   제국의 정원이 황량하게 되었기 때문이라오.
       지각없는 인간이여, 그대 몬테키와 캅펠레티[26]
       그리고 모날디와 필립페스키[27]를 보러 오라.

108   저들은 이미 슬퍼하고 의심에 싸여 있다오.
       오라, 잔인한 자여. 와서 그대의 양반님들의
       억압을 보고 또 그들의 죄과를 살펴라.

111   그럼 그대는 산타피오르[28]가 어찌 우울한지 알리라.
       홀어미 되어 홀로 울면서 밤낮없이
       "오, 나의 카이사르여. 어찌 나를 데려가지 않는지?"

114   라고 부르짖고 있는 그대의 로마를 와서 보시라.
       또 그 백성들이 얼마나 서로 사랑하나[29] 와서 보시라.
       그러고도 그대 우리를 가엾게 여기지 않는다면

117   그대의 명성을 그대가 부끄럽게 여기리라.
       오, 지존하신 유피테르[30]여. 내 이리 말해도 괜찮을지.
       그댄 우릴 위해 땅에서 십자가에 못 박히셨거늘

120   그대의 의로운 눈길을 다른 어느 곳으로 돌리셨나요?
       아니면 우리의 깨달음으로부터 완전히
       감춰 둔 선을 행하시기 위해 당신 섭리의

123   깊은 곳에 마련해 두신 것이옵니까?
       이탈리아의 모든 도시는 폭군들로 온통
       가득가득 차 있고 무리 지어서 지내는

---

[25] **그곳으로** 독일로

[26] **몬테키와 캅펠레티(Montecchi, Cappelletti)** 베로나에 전설처럼 내려오는 「로미오와 줄리엣」의 이야기에 나오는 주인공들의 집안. 두 집안은 모두 기벨린 당이었다. 셰익스피어는 이 이야기를 희곡화했다.

[27] **모날디와 필립페스키(Monaldi, Filippeschi)** 오르비에토에 살던 숙적의 두 가문. 단테는 동족끼리의 싸움을 예로 들어 이탈리아 전국의 파벌 싸움을 통렬히 비난하고 있다.

[28] **산타피오르(Santafior)** 시에나 지역에 있는 알도브란데스코 가문의 영지.

[29] **서로 사랑하나** 서로 싸운다는 것을 역설적으로 표현했다.

[30] **유피테르** 유피테르 신. 그러나 여기서는 그리스도를 가리킨다.

126 온갖 망나니들이 마르켈루스[31]같이 되기 때문입니다.

나의 피렌체여, 이렇게 벗어난 길이 네게는 상관없으련만

사리분별을 할 줄 아는 네 백성들 덕분에

129 너는 잘도 만족할 수 있겠구나.

많이들 마음속에 정의[32]를 지니긴 하나

분별없이 활을 잡으려 하지 않기에 시위를 당기는 일엔

132 더디지만, 네 백성들은 입 끝으로만 그러는구나.

많이들 공동의 책무[33]를 마다하지만,

네 백성들은 부름을 받지 않아도 서둘러 대답해

135 소리 높여 외친다. "내 그 책무를 지겠다"라고.

이제 너는 기뻐하라. 기뻐할 이유 마땅하다.

너 부유하고, 평화로우며 슬기롭구나!

138 내 말이 진실이라면 결과를 감출 수 없으리라.

고대의 법을 창제하고 그토록 개화되었던

아테네와 라케다이몬[34]도 너에게 비하면

141 자그마한 표식에 불과한 행복을 지녔을 뿐이다.

네가 이뤄 놓은 제도는 너무나도 간들간들해

상달에 길쌈해 둔 실이 동짓달

144 중순도 넘기지 못하는 것과 같구나.[35]

네가 기억하고 있는 그 동안에 몇 번이나

법률, 동전, 벼슬자리 그리고 관습들을

147 네가 뜯어고쳤으며 너의 시민들을 바꿨느냐?

---

[31] **마르켈루스** 로마의 집정관이었던 마르쿠스 클라우디우스 마르켈루스(Marcus Claudius, Marcellus). 그가 카이사르에 대적했던 것처럼 군주들도 전쟁을 일으켜 로마제국을 망쳤다는 것이다.

[32] **정의** 이탈리아인들은 정의를 마음에 지니고 있으면서도 그것을 표현하지는 않으나, 피렌체인들은 정의를 가슴에 지니고 있지도 않으면서도 입으로 표현한다는 뜻이다.

[33] **공동의 책무** 'commune'란 '공동'의 뜻 외에 '공공'이라는 뜻도 지니고 있다.

[34] **라케다이몬(Lacedaemon)** 스파르타.

[35] **네가~** 권력이 자주 바뀐다는 의미다.

네가 이것을 염두에 두고 빚을 본다면
침대 위에서도 휴식을 취하지 못하고
뒤척거리며 그 아픔을 덜기 위해 애쓰는
병든 여인네와 네 자신이 흡사함을 알게 되리라.

150

| 제7곡 |

소르델로는 여러 차례 자기의 동향인을 포옹하고 나서 대체 누구냐고 묻는다. 베르길리우스는 자기의 처지를 설명한다. 즉, 진정한 종교를 알지 못했기에 천국에 갈 수 없었다고 한다. 그러자 베르길리우스의 이름을 들은 소르델로는 깜짝 놀라며 경의를 표해 그의 무릎을 껴안고 머릴 숙인다. 이어 찬탄의 말을 하고 지옥에서 오는 길이냐고 묻는다. 베르길리우스는 성령의 힘을 통해 지옥을 지나왔다는 것과 영세를 받기 전에 죽은 아이들의 영혼이 있는 림보의 세계에 있었다는 것을 말한다. 림보엔 그와 같은 어린이들뿐 아니라 그리스도 이전 옛 성현들이 있다는 것은 「지옥편」 제4곡에서 본 일이 있다. 베르길리우스는 그에게 연옥에 이르는 진정한 지름길을 가르쳐 달라고 부탁한다.

소르델로는 자기가 갈 수 있는 데까지 안내하겠다고 대답한다. 그러나 해가 진 데다 그곳에서는 어두워지면 오를 수 없으니 다른 영혼들이 있는 가까운 곳에서 밤을 지새우라고 한다. 오를 수 없다는 말에 놀란 베르길리우스는 그 까닭이 무어냐고 묻는다. 소르델로는 땅 위에 선을 긋고 해가 지면 어둠이 가로막기에 그 선을 넘을 수 없고 오로지 뒤로 돌아가거나 산 주위를 맴돌 수밖에 없다고 한다. 베르길리우스는 밤을 보낼 수 있는 곳으로 이끌어 달라고 부탁한다.

　세 시인은 꼬불꼬불하고 울퉁불퉁한 샛길을 따라 자그마한 계곡에 이른다. 이 계곡은 형형색색의 꽃들로 뒤덮여 야릇한 향기를 품고 있다. 푸른 초원에는 어귀에서 보이지 않는 영혼들이 앉아 「살베 레지나(Salve Regina)」를 노래하고 있다. 소르델로는 저 아래 계곡이 잘 보이는 비탈 위에서 합스부르크의 루돌프 황제와 보헤미아의 왕 오토카르를 가리킨다.

　루돌프는 이탈리아의 상처를 고칠 수 있는 인물이었지만 실천하지 못했다. 지금은 다소 높은 곳에 앉아 있으며 게으른 탓으로 다른 사람들과 자리를 함께 하지 못하고 있다. 오토카르는 어렸을 때부터 힘이 세기로 유명했다. 그는 지금 제 아들에게 큰 힘이 되고 있다. 소르델로는 프랑스의 왕 필리프 3세, 헨리 3세 등 다른 인물도 언급한다. 그들은 모두가 군주다. 이 곡은 세상의 일에 너무 정신을 쏟다가 자신과 친지들을 향한 의무를 소홀히 한 게으름뱅이들이 정죄하는 것을 다루고 있다.

　단테는 이탈리아의 부패를 통렬히 비난하고 다시 서사시적 음조를 되찾는다. 소르델로의 모습과 꽃 핀 계곡을 묘사하고, 그곳에 있는 영혼들에 관한 이야기에서 음조를 느낄 수 있다.

> 　상냥하면서 마음 뿌듯한 환영의 인사를
> 　서너 차례[1]씩이나 표하고 난 다음에
> 3　소르델로는 떨어져서, "그대, 누구신가?"라고 물었다.
> 　"하느님에게 올라갈 가치를 지닌 영혼들이
> 　이 산으로 향해 오기 훨씬 이전에

---

[1] **서너 차례** 원문엔 'tre e quattro volte'라 했는데 이를 "세 번 그리고 네 번" 즉 일곱 번이라고 보기도 하나, 'tre o quattro volte' 즉 "대략 세 번 혹은 네 번", "서너 번"으로 간주하는 것이 좋을 것이다.

6   나의 육신은 옥타비아누스²에 의해 묻혔다오.

        나는 베르길리우스인데, 죄지은 것 없었으나

        신앙이 없었던 탓으로³ 내 천국을 잃었다오."

9   나의 안내자는 이렇게 대답했다.

        갑작스럽게 제 앞의 무엇인가를 본 사람이

        깜짝 놀라 "그것은……이다, ……이 아니다."

12   라고 말하면서 믿는 듯 말 듯 하는 것처럼

        그자도 그렇게 보였는데, 눈썹을 아래로 깔더니

        그를 향해 겸손하게 되돌아와서

15   아랫사람이 예를 표할 때 붙잡는 곳⁴을 껴안았다.

        그가 말하길, "오, 라틴의 영광이여. 그대로 해서

        우리의 언어⁵가 시로 표현할 수 있는 바를 보여 주었으니,

18   오, 내가 살았던 고장의 영원한 덕성이여.

        어떤 공적과 은총이 있어 그대 내게 나타나신 것인가?

        내 그대 말씀을 들을 만한 가치가 있다면 말씀해 주오.

21   그대 지옥에서 오는지, 어느 수도원⁶에서 오시는지."

        그가 대답해, "고통스런 왕국⁷의 모든 원들을

        지나서 이곳으로 왔으며 하늘의

24   힘이 나를 움직여 그와 함께 가고 있소.

        죄를 지은 것은 아니고 믿지 않아서 나는

        그대가 그토록 보기를 갈망하는 태양을 잃었고

27   또 그걸 너무 늦게 알았다오.

---

² **옥타비아누스(Octavianus Augustus)** 옥타비아누스 아우구스투스를 말한다. 「연옥편」, 제3곡 주석 8 참고.

³ **신앙이 없었던 탓으로** 예수 이전의 인물이므로 신앙을 가질 수 없었다.

⁴ **붙잡는 곳** 무릎 아래쪽.

⁵ **우리의 언어** 라틴어.

⁶ **수도원** 지옥의 원(Cerchi)을 의미한다. 「지옥편」 제29곡 40~42행 참고.

⁷ **고통스런 왕국** 지옥.

고통보다는 어두움 때문에 슬픈 고장[8]이

저 아래에 있는데, 그곳에선 통곡 소리가

30   고통이 아닌 한숨 소리로 들린다오.

나는 거기에 죄 없이 순결한 어린이들과

함께 있는데, 그들은 인간이 죄로부터

33   벗어나기 이전에 죽음의 이빨로 씹혔다오.

또 나는 세 가지 성덕[9]을 입지는 않았으나

악덕이 없이 다른 덕들을 알고 그리고

36   그 덕들을 모두 따를 줄 알았던 자들과 같이 있다오.

그대가 알고 또 할 수 있다면, 우리가

연옥이 곧장 시작하는 곳에 더 빨리

39   다다를 수 있게 우리에게 가르쳐 주오."

그가 대답하길, "우리에겐 정해진 자리가 없지요.

위나 둘레 어디든 다닐 수 있으니

42   할 수 있는 한 그대 곁에서 인도하겠소.

그러나 보다시피 날이 이미 기울었고,

밤엔 올라갈 수 없는 일이기에,

45   즐겁게 묵었다 갈 생각을 하는 게 좋으리오.

여기서 오른쪽으로 머얼리 한 무리의 영혼들이 있으니

그대 응하신다면 그들에게 안내하리다.

48   그들을 아는 것이 즐거움이 아닐 수 없으리오."

스승이 답하여, "그게 어인 일이오? 누군가 밤에

올라가려 했다면 방해를 받아서 그런 것이지

51   그럴 수 없었기에 그런 것은 아니겠지요?

그러자 착한 소르델로는 손가락으로 땅 위에

금을 긋고, "해가 지고 나면

54 이 금마저도 넘어설 수 없음을 알게 될 것이오.

의지를 연약하게 만드는

밤의 어둠을 제외하고는 아무것도

57 위로 올라가는 것을 가로막지 않는다오.

그렇지만 아래로는 갈 수 있으며

또 지평선이 낮을 가두고 있는 동안[10]에도

60 산허리를 이리저리 돌아다닐 수는 있다오."

그러자 나의 사부[11]께서 거의 놀라운 기색으로

말씀하셨다. "그렇다면 그대가 말한 대로 즐겁게

63 쉴 수 있는 곳으로 우리를 인도해 주오."

그곳에서 그리 멀지 않은 곳에 우리가 왔을 때,

계곡들의 움푹 패인 모양과 같이

66 산이 푹 패인 것을 나는 보았다.

소르델로가 말하길, "언덕이 저절로 품을

만들어 주는 곳으로 가 그곳에서

69 우리 함께 새로운 날이 되길 기다립시다."

비탈과 평지 사이에 굽은 오솔길이 하나 있어

골짜기 복판으로 우리를 이끌었는데

72 그곳 변두리는 절반도 더 묻혀 있었다.[12]

황금, 순은, 주홍의 낱알과 백연도

그리고 인도의 나무[13]도 번들번들 말갛게 빛나고 있는데,

---

[10] **낮을 가두고 있는 동안** 밤.

[11] **사부** 'signore' 혹은 'maestro'를 이렇게 옮겨 본다.

[12] **묻혀 있었다** 원문엔 'muoce' 즉 '죽어 있다'고 되어 있다.

[13] **인도의 나무** 원문엔 'indico legno'라 되어 있다. 그러나 'indico'의 뜻이 정확하게 파악되지 않고 있다. 사페뇨의 주석을 참고해 이와 같이 옮긴다.

75   이제 방금 부서진 싱싱한 에메랄드라 해도
     색에 있어 약한 것이 진한 것에게 지는 것처럼
     저 우묵한 곳에 피어나는 꽃과 풀잎의

78   빛깔에 그 어느 것도 지고 말 것이다.
     또한 자연은 이곳을 색색으로 물들였을 뿐 아니라
     천만 가지 향기로 그윽하게 감쌌기에

81   전혀 새롭고 또 알 수 없는 것으로 만들었다.
     잔디와 꽃밭 위에 앉아 '살베 레지나'[14]를
     노래 부르는 많은 영혼들을 보았는데, 밖에서는

84   움푹 패인 골 때문에 그 모습이 나타나지 않았다.
     우리를 이끌어 왔던 저 만토바 사람이 말을 꺼내
     "조금 남은 해가 보금자리로 들어가기 전에

87   저들 속으로 그대들을 안내하라 하지 마오.
     저 아래 구렁에서 저들 속에 휩싸이는 것보다
     이 언덕에서 그들 모두의 행동과 얼굴을

90   그대들은 더 잘 알아낼 수 있을 것이오.
     보다 우뚝 앉아 있으며 제가 해야 했던
     바를 게을리 한 것[15]으로 보이는 데다

93   다른 사람들의 노랫소리에 입조차 놀리지 않는 자가
     루돌프[16] 황제였는데, 그는 이탈리아를 파멸시켰던
     상처를 치유할 수 있었으나

96   다른 사람들이 치유하기엔 너무 늦었으리.
     보기에 그를 위로하고 있는 듯한 자는

---

[14] **'살베 레지나'**(Salve Regina) 가톨릭 성무 일과의 저녁 기도 끝에 성모 마리아께 바치는 노래. "하례하나이다.
모후시여." 그중 "에바의 자손이……눈물의 골짜기에서……당신을 우러러……" 하는 기도문이 연옥 영혼들에
게 잘 어울린다.
[15] **게을리 한 것** 신성로마제국의 황제가 됐으나 로마에 와서 대관식을 미쳐 올리지 못한 것을 말한다.
[16] **루돌프**(Rudolph of Hapsburg) 합스부르크의 루돌프 1세. 앞 곡의 주석 23 참고.

몰다우를 엘베에, 또 엘베를 바다에 운반하는[17]

99 물줄기가 태어난 곳의 나라를 다스린 자로,

그 이름은 오토카르[18]였는데, 기저귀 차고 있을 때도

사치와 게으름만 일삼던 그의 아들 수염쟁이

102 벤체슬라우스[19] 보다 훨씬 더 나았다오.[20]

그리고 상냥스런 용모를 지닌 자[21]와 더불어

은밀히 상담하는 듯 보이는 저 납작코[22]는

105 도망치다 백합꽃을 흩날리며 죽었다오.[23]

저기를 보시오. 가슴팍을 두드리고 있구려![24]

또 한숨지으며 손바닥으로 턱을 괴어

108 베개 삼고 있는 다른 사람[25]도 보시기를.

저들은 프랑스의 불행[26]의 아버지와 장인이며

또 저들은 그의 악덕과 썩어 빠진 삶을 알고

111 있기에 저리 괴로운 고통 속에 있는 것이오.

그토록 건장하게 보이며[27], 사내다운 코를

---

[17] 보헤미아의 엘베 강의 지류인 몰다우와 냇물의 수원.

[18] **오토카르(Ottokar)** 루돌프와 숙적이었던 보헤미아의 왕 오토카르 2세(1253~1278 재위). 루돌프와 싸우다 비엔나에서 전사했다. 그들은 피에트로 다라고나와 샤를 앙주가 지상에서 그들을 분열시켰던 증오심을 망각하고 지내는 것처럼 구원을 잊은 채 지내고 있다.

[19] **벤체슬라우스(Wenceslaus)** 오토카르 2세의 아들. 그의 뒤를 이어 왕이 되었다. 그는 루돌프와 화해하고 그의 딸을 아내로 삼았다. 그는 어린 나이로 왕이 되었다.

[20] **훨씬 더 나았다오** 나이 어린 오토카르가 장년의 벤체슬라우스보다 훨씬 뛰어난 왕이었다는 뜻이다.

[21] **상냥스런 용모를 지닌 자** 나바르의 왕 테발도 2세의 동생 헨리 3세로 1270년에 왕이 되었다. 그의 딸 지오반나는 프랑스의 불행의 상징 필리프 4세의 아내가 되었다.

[22] **납작코** 1270~1285년 동안 재위한 프랑스의 왕 필리프 3세. 시칠리아에 대한 안지오이니 가문의 권리를 보호해 주기 위해 아라곤의 피에트로 3세와 싸우다 전사했다.

[23] **백합꽃을 흩날리며 죽었다오** 이는 프랑스 왕가의 깃발인 백합꽃을 땅에 떨어뜨렸다는 의미다. 필리프 3세가 피에트로 3세와 싸우다 지게 되자 퇴각해 프랑스 남쪽 끝 페르피냥에서 죽었는데, 그래서 코가 납작해졌다는 것이다.

[24] 필리프 3세

[25] **다른 사람** 헨리 3세

[26] **프랑스의 불행** 필리프 4세. 그의 아버지는 필리프 3세이고 그의 장인은 헨리 3세다.

[27] **건장하게 보이며** 아라곤의 피에트로 3세. 그는 필리프 3세의 코를 납작하게 만들었다.

가진 자[28]와 함께 가락 맞춰 노래 부르는 자는

114 　온갖 가치를 두른 허리띠를 차고 있소.

그의 뒤에 앉은 젊은이[29]가 그의 다음

왕이 되어 남아 있었다면 그 값어치가

117 　그릇에서 그릇으로[30] 잘 옮겨 갔을 것이런만.

이는 다른 후예들에게는 해당되지 않으니

쟈코모와 페데리코[31]가 왕국들을 차지했으나

120 　아무도 그보다 나은 유업은 소유하지 못했다오.

인간의 선이란 아비에서 아들에게

전해지는 게 극히 드문 일인데, 이는 곧 그걸

123 　주시는 신께서 당신께 기도하도록 하셨기 때문이오.

내 말은 그 코 큰 자에게나 또 그와 함께

노래 부르는 피에트로에게나 마찬가지로 적용되는데,

126 　풀리아와 프로엔차[32]가 벌써 슬퍼한 것도 그 때문이오.

나무가 그 씨앗보다는 낫지 못한 것과 같이

코스탄차는 베아트리체와 마르게리타보다

129 　훨씬 더 제 남편을 자랑스럽게 여긴다오.[33]

소박한 생활을 한 영국의 헨리[34] 왕이

저기 홀로 앉아 있음을 그대들은 보시오.

[28] **사내다운 코를 가진 자** 샤를 앙주 1세(1226~1285). 프랑스의 왕 루이 9세의 동생인데, 그는 나폴리와 시칠리아를 정복하고 다스렸다.
[29] **젊은이** 피에트로 3세의 아들 알폰소 3세, 1291년 31세로 죽었다.
[30] **그릇에서 그릇으로** 아버지의 뒤를 이어받아 아들이······.
[31] **쟈코모와 페데리코(Giacomo, Federico)** 전자는 피에트로의 둘째 아들. 그는 시칠리아의 왕이었는데 형 알폰소가 죽자 아라곤의 왕이 되었다. 페데리코는 그의 동생으로 쟈코모의 뒤를 이어 시칠리아의 왕이 되었다. 그들은 모두 피에트로의 유업을 이어받지는 못했다.
[32] **풀리아와 프로엔차(Pulia, Proenza)** 샤를 앙주 1세의 뒤를 이어 그의 아들 2세가 이 지방을 다스렸다. 그는 아버지만 못해 백성들을 도탄에 빠지게 했다. 프로엔차는 샤를 앙주 1세가 베아트리체와 결혼했을 때 얻었다.
[33] **코스탄차는~** 코스탄차는 피에트로 3세의 아내이고 베아트리체는 샤를 앙주 1세의 아내, 마르게리타는 베아트리체가 죽자 샤를 앙주 1세와 결혼한 여자다. 즉, 샤를 앙주 1세보다 피에트로 3세가 더 훌륭했다는 의미다.
[34] **헨리(Henry)** 헨리 3세(1216~1272)

132   그는 제 가지[35]에 보다 나은 것을 내놓고 있다오.

        그들 가운데 제일 낮은 곳에서 위를 올려 보고

        있는 자가 곧 굴리엘모[36] 후작인데,

135   바로 그이로 해서 알렉산드리아와 또 그와 벌인 전쟁이

        몬페르라토와 카나베세를 울게 한다오."

---

[35] **제 가지** 헨리 3세의 아들 에드워드 1세.

[36] **굴리엘모(Guglielmo)** 이탈리아 몬페르라토와 카나베세의 후작, 굴리엘모 7세. 기벨린 당의 수령. 1290년 피에
몬테인들이 알렉산드리아를 교사해 굴리엘모를 모반하자 그는 이 반란을 진압하러 그곳으로 갔다가 생포당해
죽었다. 뒤에 아들이 원수를 갚고자 알레산드리아와 싸우니 그의 영지는 초토화되고 백성들은 오랜 환란 때문
에 시달렸다.

| 제8곡 |

 부활주일의 일요일, 4월 10일 오후 7시경이다. 세상사에 정신이 팔려 자신과 또 친지들에 대한 의무를 게을리 한 망령들이 꽃이 만발한 계곡에 있다. 오후 7시경이니, 곧 뱃사람들이 고향으로 돌아가고 싶은 욕망을 불태우는 시각이다. 계곡에 모여 있는 영혼들 가운데 하나가 다른 영혼들의 주목을 끌며 손을 모아 동쪽을 향해 시선을 고정시키고 만종 기도를 올린다. 다른 영혼들도 그와 함께 하늘을 향해 기도를 올린다. 바로 이 부분에서 시인이 독자의 관심을 이끌며 비유적으로 하는 말의 숨은 뜻을 헤아려 볼 필요가 있다.

영혼들이 만종 기도를 끝내고 정중한 자세로 하늘을 쳐다보니 천사 둘이 내려오고 있다. 그 천사들 중 하나가 시인들이 있는 곳에 내려앉고 다른 하나는 계곡의 건너편 숲에서 날개를 접으니 영혼들이 그들 사이에 운집한 셈이다. 단테는 천사들의 금발머리를 본다. 그러나 그들의 얼굴이 찬란히 빛나고 있으므로 감히 눈을 들어 쳐다볼 수가 없다. 소르델로가 그 천사들은 곧이어 오게 될 뱀으로부터 계곡의 영혼들을 보호하기 위해 동정녀께서 계시는 천상에서 내려왔다고 한다. 이 말을 듣고 나자 단테는 넋 나간 듯이 주위를 둘러보더니 깜짝 놀라 베르길리우스에게 바싹 다가선다. 그러나 소르델로는 단테의 겁에 질린 행동을 보지 않고 시인들을 계곡 안으로 내려가도록 한다.

단테는 겨우 세 발자국을 떼었을 때, 자신을 뚫어지게 쳐다보는 영혼을 만난다. 검붉은 석양이 깔려 있지만, 그가 곧 자기의 친구이자 사르데냐 섬의 갈루라의 법관 니노 비스콘티임을 알게 된다. 니노는 딸에게 자기를 위해 기도해 줄 것을 말해 달라고 한다. 이어서 자기의 부인인 베아트리체 데스테가 자기에 대한 사랑을 버리고 갈레아초 비스콘티와 결혼한 것을 슬퍼한다. 그는 밀라노의 비스콘티 가문의 문장인 독사는 곧 그녀의 무덤 위에 놓일 터이지만, 피사의 비스콘티 가문의 문장인 수탉만큼 영광스러운 것이 못 되리라고 덧붙인다.

한편 소르델로가 앞으로 다가오는 뱀을 가리킨다. 그것은 풀과 꽃들 사이를 스쳐 지나 계곡으로 다가온다. 천사들이 뱀을 향해 빨리 나아가니, 천사들의 퍼덕이는 날개 소리를 듣고 뱀이 달아난다. 천사들은 하늘로 올라간다. 이 곡은 제7곡의 연속이라 할 수 있는데, 멜랑콜리한 느낌을 불러일으키는 점에 있어서 「연옥편」 중 가장 높이 평가되는 곡이기도 하다. 여기 나타난 멜랑콜리는 지극히 긍정적인 의미를 간직하고 있다. 그 감정은 시인이 갖고 있는 지상의 조국과 천상의 조국의 엇갈림 속에 처해 있는 기분을 적절히 표현한 것이라 볼 수 있다.

       지금은 항해하는 사람들에게 집을 향한 욕망이 일고
       정다운 친구들에게 작별을 고하며
3   마음이 애틋해지는 시간이다.
       또 죽어 가는 날을 슬퍼해 울고 있는 양
       저 멀리서 종소리[1] 울리는 걸 들으며
6   초행길 순례자가 사랑 때문에 괴로워하는 때다.
       내가 더 이상, 들으려 하지 않을 때

뭇 영혼들 가운데 하나가 일어서더니

9 　　제 말을 들으라고 손짓하는 걸 보았다.

그가 두 손을 모아 높이 쳐들고

동편을 향해[2] 시선을 고정시키는 것이

12 　　"다른 것엔 무관심합니다"라고 신께 말하는 듯했다.

"Te lucis ante"[3]가 그의 입에서 아주 경건하고

또 달콤한 곡조와 더불어 흘러나오기에

15 　　나 넋을 잃을 정도였다.

그리고 다른 영혼들은 천상의 바퀴들을

쳐다보며 그 노래 전부를 부드럽고

18 　　경건한 자세로 따라서 부르고 있었다.

독자여, 진리를 향해 여기 똑똑히 바라보라.

이제 장막[4]이 너무너무 얄팍한지라

21 　　안을 들여다보기 분명 쉬운 일일 터이니.

저 고귀한 무리[5]가 조용히 위를 쳐다보면서

마치 무엇인가를 기다리고 있는 듯, 파랗게 질린 채[6]

24 　　겸손한 모습[7]을 하고 있는 것을 나는 보았다.

또한 끄트머리가 뭉그러지고 잘려 나간

불에 달군 칼 두 자루[8]를 들고 두 천사가

---

[1] **종소리** 만종.
[2] **동편을 향해** 옛날엔 그리스도교인들이 기도할 때, 동쪽을 향했다.
[3] **"Te lucis ante"** "빛이 다하기 전에"라는 뜻으로 만종 때 하는 기도문의 첫 구절이다. 즉, 어둠이 내리면 죄악
의 유혹으로부터 벗어나게 해 달라고 하는 기도다. 여기선 앞으로 있을 밤, 즉 사탄의 유혹을 물리칠 수 있도록
해달라는 의미의 기도다. 밤이 갖는 신화적인 의미는 죄악과 절망이라고 심리학자 융(Jung)이 밝힌 바 있으며
이 책의 앞에서도 지적했다.
[4] **장막** 우의(allegoria).
[5] **고귀한 무리** 여기 있는 영혼들은 생전에 군주들이었으므로 고귀한 신분이라는 뜻이다.
[6] **파랗게 질린 채** 유혹을 두려워하는 마음.
[7] **겸손한 모습** 기도하는 모습.
[8] **끄트머리가~** 끄트머리가 뭉그러지고 잘려 나간 칼은 싸우기 위한 것이 아니라 방어하기 위한 것이다.

27   높은 데서 나와 아래로 내려오는 것을 보았다.

      이제 방금 싹이 튼 풀잎같이 푸르스름하게⁹

      옷을 두르고 또 푸른 깃을 달고 그것을

30   뒤로 젖혀 바람을 일으켰다.

      하나가 우리들 약간 위에 와 서 있고

      또 하나가 건너편 언덕에 내려앉으니

33   무리들은 그 가운데에 자리 잡게 되었다.

      그들의 머리엔 금발이 두드러지게 보였으나

      내가 보기에 그 얼굴은 감각이

36   지나친 나머지 어지러워진 모습이었다.

      소르델로가 말하길, "저들은 둘이 다 곧이어

      오게 될 뱀¹⁰으로부터 계곡을 지키기 위해

39   마리아의 슬하¹¹에서 온 것이라오."

      그리하여 나는 어느 길을 택할지 몰라서

      두리번거리다 온몸이 싸늘해져

42   믿음직한 어깨¹²에게로 가까이 갔다.

      그러자 소르델로가 다시, "자, 이제는 저 커다란

      망령들이 있는 계곡으로 들어가 그들에게

45   이야기합시다. 그대들을 보는 일이 그들에겐 즐거울 테니."

      겨우 세 발자국 떼었을 때

      나는 아래에 이르렀는데 거기 나를 알고자 하는 듯

48   쳐다보고 있는 영혼 하나를 보았다.

      벌써 하늘은 어슴푸레했지만

---

⁹ **푸른색**, 즉 녹색은 연옥을 가리키는 색이다. 지옥은 붉은색, 천국은 흰색이다. 융의 이론에 의하면, 붉은색은
피 · 희생 · 난폭함 · 혼란을 가리키고, 녹색은 성장 · 희망을, 흰색은 평화를 상징한다.

¹⁰ **뱀** 사탄을 상징한다. 유혹의 대명사다.

¹¹ **마리아의 슬하** 마리아가 계시는 최고의 하늘, 즉 정화천(Empireo).

¹² **믿음직한 어깨** 단테가 철석같이 믿는 베르길리우스의 어깨.

그의 눈과 내 눈 사이에 있는 공간은

51 처음에 감춘 것을 가늠 못할 정도는 아니었다.

그는 나에게 또 나는 그에게 가까이 했으니

점잖으신 법관 니노[13]여, 내 그대를 죄인들 틈에서

54 보지 못했을 제 얼마나 좋아했던가!

다정한 인사가 우리 사이에 없을 수 없었다.

그는 이어 묻기를, "멀고 먼 물을 건너[14]

57 그대 산기슭에 이른 지 얼마나 되었는가?"

그에게 대답해, "오! 슬픈 고을[15] 지나

내 오늘 아침에 왔는데, 이렇게 가면서

60 다른 삶[16]을 얻으려 하지만 아직 첫 삶에 있다오."[17]

나의 대답을 듣던 중에

소르델로와 그 뒤에 있던 자는 얼빠진

63 사람과 같이 금방 움츠러들었다.

하나는 베르길리우스에게, 다른 하나는 거기 가까이

앉은 자에게 고갤 돌리고 외쳤다. "자, 쿠르라도![18]

66 어서 와서 하느님의 자비로 뜻하셨던 것[19]을 보러 오라!"

이어 나를 향해, "그대가 널따란 물 건너편에

다다를 무렵, 건널 만한 여울이 없어도,

69 맨 처음에 뜻하셨던 바를 감추고 계시는 하느님께

---

13 **니노(Nino Visconti)** 피사의 구엘프 당 수령. 지오반니 비스콘티와 우골리노 백작의 딸 사이에 태어난 아들로서 조부 우골리노와 여러 번 싸웠다. 뒤에 조부와 함께 피사를 통치했으나 불화가 계속돼 1288년 피사를 떠나 사르데냐에 갔다가 1296년에 죽었다.

14 **멀고 먼 물을 건너** 니노는 연옥의 망령들이 테베레 강을 건너 연옥에 이르는 것으로 알고 있다. 단테도 그렇게 착각하고 있다.

15 **슬픈 고을** 지옥.

16 **다른 삶** 영원한 삶.

17 **아직 첫 삶에 있다오** 죽지 않고 살아 있다는 의미다.

18 **쿠르라도(Currado)** 발 디 마그라에 있는 빌라프랑카의 후작 페데리코 1세의 아들.

19 **자비로 뜻하셨던 것** 살아 있는 몸으로 영의 세계를 편력하도록 한 자비스러운 뜻.

그대가 입은 저 특별한 은총으로 비노니

죄 없는 자들의 간구가 들리는 곳에서

72 나를 위해 빌어 달라고 나의 지오반나[20]에게 말해 주오.

측은하여라. 그녀의 어머니[21]는 또다시 갈망한

하얀 너울[22]을 버린 연후이니

75 내 생각에 그녀는 나를 더 이상 좋아하지 않을 것이오.

눈길과 감촉이 자주자주 불붙지 않으면

계집[23]에겐 사랑의 불이 지속되지 못한다 함을

78 그 여자를 통해서 쉽사리 알 수 있다오.

밀라노인들을 싸움터로 몰아넣은 독사도

갈루라의 수탉이 하는 만큼

81 그녀의 무덤을 아름답게 하지는 못할 것이라오."[24]

가슴 속에 알맞게 타오르는

저 곧은 정열의 도장을 제 얼굴에

84 찍은 채, 그는 이처럼 말했다.

열망 어린 나의 눈은 이내 하늘을 향해 가서

축에 아주 가까이 접해 있는 바퀴처럼

87 별들이 아주 느린 그곳을 쳐다보았다.

이에 내 안내자가, "아들아, 저 위 무엇을 보느냐?"

---

[20] **지오반나(Giovanna)** 니노의 외동딸. 아버지가 죽자 재산을 모조리 잃고 어머니 베아트리체를 따라 페라라에 갔다. 어머니가 1300년 — 지오반나가 아홉 살 때 — 밀라노의 갈레아초와 결혼하자 더욱 외로워졌다. 나중에 리자르도 다 카미노와 결혼했으나 겨우 열한 살에 과부가 되었다.

[21] **그녀의 어머니** 베아트리체. 1296년에 남편 니노가 죽자 1300년 재혼했다.

[22] **하얀 너울** 그 당시 여인들은 너울을 쓰고 다녔는데 하얀 너울은 과부를 상징했다.

[23] **계집** 원문에 'femmina'라 했다. 이는 곧 의도적으로 여성을 나쁘게 표현한 것이다. 여성은 일반적으로 'donna'가 쓰인다. 이것은 여자는 배반하기 쉽다는 뜻을 내포한 것으로, 중세 문학이 자주 다루는 주제다.

[24] **밀라노~** 독사는 밀라노의 비스콘티 가문의 문장이고, 수탉은 피사의 비스콘티 가문의 문장이다. 밀라노의 비스콘티 가문은 니노의 아내를 재혼시켜 데려갔으니 곧 권력을 잃고 밀라노에서 쫓겨났고, 피사의 비스콘티 가문은 아직도 명예를 누리고 있다 해서 하는 말이다.

내가 그에게, "이쪽의 극을 모조리

90   불사르는 저 세 개의 횃불[25]을 봅니다."

그러자 그가 나에게, "오늘 아침에 네가 보았던

네 개의 밝은 별들은 저 아래에 있고

93   이것들은 그 별들이 있던 곳에 올라섰다."

그분께서 말하자 소르델로가 스승을

끌어당기며 말하기를, "저기 우리 원수를 보시오"

96   라며 손가락을 세웠다.

막힌 데가 없는 자그마한 골짜기에

뱀[26] 한 마리가 있었는데, 아마 그놈이

99   하와에게 씁쓸한 음식을 주었으리라.

매끈매끈한 몸을 가누는 짐승,

흉측한 줄이 꽃과 풀 사이로 머리와 등을

102   이리저리 꿈틀꿈틀 날름거리며 오고 있었다.

하늘의 매[27]들이 처음에 어떻게 움직였는지

내 보지 못해서 말할 수는 없지만

105   잘 보니 둘이 다 움직이고 있었다.

푸른 날개에 대기가 갈라지자

뱀은 달아났고 천사들은 등을 돌리고

108   있던 자리로 함께 높이 날아갔다.

법관이 부를 때 그에게 가까이 갔던

망령[28]은 그 싸움이 지속되는 동안

111   나로부터 시선을 조금도 떼지 않았다.

---

[25] **세 개의 횃불** 「연옥편」 제1곡 25~27행의 별빛을 상기하라. 이 횃불은 신학상의 삼신덕을 일컫는 것으로 모든 주석가들은 보고 있다. 삼신덕은 믿음, 소망, 사랑을 가리킨다.

[26] **뱀** 사탄을 말한다.

[27] **하늘의 매** 천사. 「성서」에서는 매가 지혜와 용맹을 지닌 동물로 묘사된다.

[28] **망령** 쿠르라도 말라스피나. 그의 할아버지도 같은 이름이었다. 이 곡의 119행 참고.

그는 말을 꺼냈다. "그대를 높은 데로 이끄는

등불이 저 현란한 꼭대기[29]에 이를 수 있을

114   그만큼의 연료를 그대의 자유의지 안에 지닐 것이오.

발 디 마그라[30]나 그 이웃 지방의 소식을

그대가 진정 안다면 나에게 말해다오.

117   내가 거기에서 세도 당당했던 사람이었으니.

나는 쿠르라도 말라스피나라 불렸지만,

늙은이가 아니라 그의 후예였는데,

120   이곳을 정화하는 사랑을 내 친지들께 가져왔다오."

나는 그에게, "오오! 내 그대의 나라에

가 본 일은 없다오. 그러나 온 유럽 땅에

123   사는 자가 그것을 모를 수는 없을 것이오.

그대의 가문이 떨치는 명성은 영주들을

칭송하고 나라를 명예롭게 하고 있으니

126   아직 거기 가 보지 못한 자도 알 수 있다오.

내 저 위로 올라가길 원하여 그대에게

맹세하노니, 그대의 훌륭한 종족은 재물과

129   칼[31]의 영예를 더럽히지 않고 있소.

습관과 본성이 훤칠하게 탁월했으므로

죄지은 머리[32]가 세상을 비틀어도 홀로

132   곧바로 걸어 악한 길을 질책한다오."

그러자 그가, "이제 가시오. 몬토네[33]가

네 개의 발로 뒤덮고 걸터앉은

---

[29] **현란한 꼭대기** 연옥의 맨 높은 곳. 이곳은 언제나 아름다운 지상낙원이다.
[30] **발 디 마그라(Val di Magra)** 루니지아나와 그 이웃 지방의 계곡.
[31] **재물과 칼** 자선과 용기의 힘.
[32] **죄지은 머리** 전쟁에 가담했던 보니파키우스 8세를 가리키는 것으로 간주된다.
[33] **몬토네(Montone)** 양자리.

135   침상에 해님이 일곱 번[34] 쉬러 오기 전에

       심판의 길[35]이 멈추지 않는다면

       다른 누구의 말보다도 더 큰 못으로

138   그 공손하고 자상한 의견이 그대의

       머리 속에 박히게 될 것이오."

[34] **일곱 번** 7년.
[35] **심판의 길** 하느님의 섭리.

제9곡

 4월 10일 저녁 9시에서 그 다음날 오전 8시 사이. 시인들 은 꽃피어 있는 계곡의 연옥문에 이르렀다.

지상의 이탈리아에서는 동쪽에 여명이 비쳐 올 시간, 연옥 에서는 아직 밤 3시에 가까운 시각이다. 단테는 잠에 취해 베르길리우 스, 소르델로, 니노 비스콘티, 쿠르라도 말라스피나 등과 더불어 계곡의 잔디 위에서 자고 있다. 아침이 되어 제비들이 구슬픈 노래를 부르기 시 작할 무렵 단테는 꿈속에서 금빛 깃을 단 독수리가 땅 위에 내려앉는 것 을 본다. 또 자신은 이다(Ida) 산 위에 있는 것처럼 여겨진다. 이어서 독 수리가 몇 바퀴 선회하더니 쏜살같이 단테를 움켜쥐고 불꽃 위로 날아가 고 마침내 그는 그 불에 타게 된다. 단테는 겁에 질려 잠에서 깬다. 그때 베르길리우스는 그를 위로하면서 이제 연옥의 입구에 이르렀다고 일러 준다. 먼동이 틀 무렵 그가 계곡에서 자고 있는 동안 루치아가 내려와 데 려간 것이다. 단테는 안도의 숨을 몰아쉬며 연옥 주위를 감도는 비탈을 향해 스승을 따라간다.

단테는 베르길리우스와 더불어 연옥의 문 앞에 이른다. 이 문은 성 베 드로의 문으로서 각각 다른 색채의 계단이 세 개 있는데, 맨 꼭대기엔 수 문장 노릇을 하는 천사가 하나 있다. 그의 얼굴이 환히 빛나고 손에는 번쩍이는 칼이 들려 있다. 그 천사는 문에 가까이 오라고 한다. 시인들이 세 개의 계단을 오른다. 첫째 계단은 하얀 대리석으로 되어 있다. 속죄의 첫째 단계로서 죄를 뉘우치는 것, 즉 참회를 상징한다. 둘째는 검고 약간 거친 돌로 되어 있으며 자기의 죄를 사제에게 고백하는 것, 즉 고해를 상징한다. 셋째는 피처럼 붉은 반암으로 되어 있으며 만족을 상징한다. 단테는 무릎을 꿇고 자비를 빌며 가슴을 세 번 두드린다. 천사는 칼 끄트머리로 단테의 이마 위에 일곱 개의 P자를 그어 주며 "안에 들어가거든 이 상처를 씻어 버리라"고 한다. 그리고 금과 은으로 된 열쇠 두 개를 꺼내어 문을 열며 뒤를 돌아보지 말라고 이른다. 이어서 문이 쾅 하는 소리가 들리며 주를 찬미하는 은은한 노랫소리가 흘러나온다.

단테는 이 문을 타르페이아 언덕의 문에 비유한다. 이 언덕은 로마가 보물을 감추어 두었던 곳인데 카이사르가 침공해 그 문을 지키던 메델로스의 저항을 무너뜨리고 보물을 훔쳐 갔다. 그때 그가 열었던 문처럼 소리가 요란했다. 이때 시인은 "그대 하느님을 우리는 찬미합니다"라는 소리를 듣는다.

옛 사람 티토노스의 정부가 달콤한

제 애인의 품을 벗어나 동방의

3   드높은 언덕에 허옇게 모습을 나타냈다.[1]

그녀의 이마는 꼬리로 사람을 후려치는

냉정한 짐승의 형상을 한

---

[1] **옛 사람~** 티토노스(Tithonos)의 정부는 트로이의 왕과 그의 정부 아우로라를 말한다. 이들은 신화적 인물이다. 이와 같이 신화에 나타나는 수많은 인물들을 여기서 등장시킨 것은 「지옥편」 제24곡에서와 마찬가지로 시의 내용을 보다 흥미진진하게 만들려는 의도다. 이러한 시도의 직접적인 뜻은 지극히 암시적이기 때문에 논란의 대상이 되고 있다. 아무튼 겉에 나타난 뜻은 시간의 표시다. 즉, 지상(이탈리아)의 시간은 저녁 9시경이다.

6   보석들²로 번쩍번쩍 빛나고 있었다.

       밤은 우리가 있던 자리로 두 발쯤³

       올라 서 있었고 날개를 벌써 아래로

9   숙이고 셋째 걸음으로 접어들 즈음

       아담의 어떤 것⁴을 몸에 지니고 있던 나는

       잠에 떨어져 풀밭 위에 쓰러졌는데

12   그곳은 우리 다섯⁵ 모두가 앉아 있던 곳이었다.

       아침이 가까워지자 제비가 옛날의

       아픔을 기억하는지

15   구슬픈 노래⁶를 부르기 시작하고

       또 우리네 마음이 육신에 사로잡히고

       생각에 붙들리지 않은 채 방랑하고

18   제 스스로의 환상 속에 성스러워질 무렵,

       하늘에 금빛 깃을 지닌 독수리 한 마리가

       떠 있어 꿈⁷ 속에 나타난 듯 보였는데

21   날개를 쭉 펴고 아래로 내려오려는 듯했다.

       그리고 가니메데스⁸가 지체 높은 회합에 끌려갔을 때,

       사람들⁹이 버리고 갔던

24   바로 그곳에 내가 있었던 것 같았다.

---

² **냉정한~** 전갈을 상징하는 별이 새벽 하늘에 나타나 빛나고 있다는 의미다.

³ **두 발쯤** 두 시간쯤.

⁴ **아담의 어떤 것** 아담으로부터 물려받은 육신.

⁵ **우리 다섯** 단테를 포함해 앞의 곡에서 본 소르델로, 니노 비스콘티, 쿠르라도 말라스피나 그리고 베르길리우스.

⁶ **구슬픈 노래** 이는 오비디우스의 『변신이야기』 제6권 412행 이하에 나오는 제비로 변신한 필로멜라의 이야기에 근거한다. 여명이 밝으면 제비가 슬픈 노래를 부르는데, 사람들은 그 노랫소리에 옛 일을 회상하게 된다고 한다. 『연옥편』 제17곡 19~20행에도 같은 이야기가 나온다. 이야기를 자세히 소개하면 다음과 같다. 필로멜라는 형부인 트라키아의 왕 테레우스에게 겁탈당한다. 이 비밀을 감추려는 잔악한 테레우스 왕은 그녀의 혀를 자른다. 그녀는 언니 프로크네의 도움을 받아 그의 아들을 죽여 그 고기를 형부에게 먹여 복수한다. 그리고 필로멜라는 제비가 되고, 제 자식을 죽여 남편에게 먹인 프로크네는 꾀꼬리가 된다.

⁷ **꿈** 단테는 연옥에서 새벽을 맞을 때마다 꿈을 꾼다. 이 꿈은 심층심리학적으로 분석할 만한 가치를 지니고 있다. 단테 시절엔 새벽의 꿈이 참된 꿈이라 했다. 그래서 꿈속에 나타난 일이 다음날 그대로 일어난다.

나는 속으로 생각하길, '이 새는

의례히 여기서만 날개를 칠 뿐,

27 다른 데서는 발로 무엇을 집어 올리기를 싫어하는군.'

이어서 그것은 잠시 동안 선회하더니

번갯불처럼 무시무시하게 내려박혀 나를

30 움켜쥐고 불꽃[10]에까지 오르는 것만 같았다.

그 새와 내가 불에 타는 것 같았고

꿈에 보인 불길이 너무나 뜨거웠기에

33 드디어 잠에서 깨게 되었다.

그 어머니[11]가 제 품안에 아킬레우스를 잠재우며

케이론으로부터, 나중에 그리스인들[12]이 그를

36 데리고 간 스키로스까지 도망쳐 갔을 때

그가 잠이 깬 눈으로 두리번거리며

있는 곳이 어딘지 몰라 소스라치게

39 놀라던 것과 같이 나도 그처럼 얼굴에서

잠이 달아났을 무렵, 몸을 부들부들 떨면서

마치 겁이 나 꽁꽁 얼어붙은 사람처럼

42 새파랗게 질려 있었다.

나의 위안[13]이신 그분만이 내 곁에 계셨을 뿐,

---

[8] **가니메데스(Ganymedes)** 트로이의 왕 트로스의 아들인데, 그는 세상에서 가장 아름다운 소년이었다고 한다. 그가 하루는 이다 산으로 사냥 갔다가 독수리로 변신한 유피테르에게 납치되어 올림포스 산에서 유피테르를 섬기게 되었다. 그는 화해를 위한 제신들의 회합에도 끌려가 시중을 들었다. 오비디우스와 베르길리우스도 자신들의 책에서 이 일화를 소개한 바 있다.

[9] **사람들** 가니메데스와 같이 사냥 갔던 동료들.

[10] **불꽃** 그 당시의 천문학에 의하면 대기와 월천 사이에 불로 된 띠가 드리워져 있었다 한다. 이 꿈은 이 곡의 52~63행에 이르러 실현된다.

[11] **그 어머니** 아킬레우스의 어머니 테티스. 그녀는 트로이와의 전쟁의 위험에서 아들을 보호하려고 테살리아에서 자고 있는 그를 납치해 스키로스 섬의 리코메스 궁정에 데려가 여장을 하게 했다. 그러나 아킬레우스는 오디세우스에게 발각돼 트로이 전쟁에 참전했다. 잠에서 깬 아킬레우스의 놀람을 자신의 경우에 비유한 것이다.

[12] **그리스인들** 오디세우스와 디오메데스. 「지옥편」 제26곡 61~63행 참고.

[13] **위안** 베르길리우스.

해는 벌써 두 시간도 더 높이 솟았는데

45   내 얼굴은 바다를 향해 있었다.

나의 어른께서 말하길, "놀라지 말고

마음 놓아라. 우리는 좋은 지점에 있으니

48   해이해지지 말고 너의 모든 힘을 내거라.

너 이제 연옥의 문에 이르렀으니

저기 빙 둘러 막은 비탈을 보아라.

51   거기 벌어진 듯한 들머리를 보아라.

조금 전에 낮보다 앞서 간 새벽에

저 아래를 꾸며 놓은 꽃들 위에서

54   너의 영혼이 네 안에서 잠들고 있는 동안,

귀부인 한 분이 말하길, '나는 루치아[14],

잠들어 있는 이 사람을 데려가게 해다오.

57   나 그의 갈 길을 수월하게 도와줄 것이니.'

소르델로와 다른 귀한 영혼들은 남아 있는데

그녀가 너를 데려가고 밝은 해가 높이 솟아 올랐을 때

60   나는 그녀의 발자국을 따랐다.

너를 거기에 내려놓고 그의 아리따운 눈은

저 훤히 트인 문[15]을 나에게 보여 주었다.

63   그리하여 그녀와 잠은 한데 어우러져 달아났단다."

진실이 밝혀진 다음 스스로

의구심으로부터 확실히 풀려나 두려움이

66   위안으로 바뀌는 사람처럼

---

[14] **루치아** 하느님의 은총을 상징하는 성녀. 베르길리우스에게 베아트리체를 보낸 이도 바로 이 루치아다. 「지옥편」 제2곡 주석 21 참고.
[15] **훤히 트인 문** 본격적인 연옥에 이르는 문. 성 베드로의 문으로 참회를 상징한다.

나도 바뀌었으며 안내자는

내가 걱정하지 않는 것을 보자 비탈을 따라

69 높은 데로 오르니 나도 그 뒤를 따랐다.

독자여, 시재(詩材)를 내 얼마나 고양시키는지

그대는 잘 보리니 한결 더 재주를 부려

72 내 이를 다룰지라도 놀라워하지 말아다오.

우리가 그곳으로 접근해 한 지점에 이르니,

이전에 내가 보던 자리처럼 벽이

75 쩍 벌어진 듯 틈이 있는데, 그곳에

문이 하나 있고, 그 아래엔 문으로

통하는 각각 다른 색의 세 개의 층계[16]와

78 아직껏 한 마디 말도 없는 문지기[17]가 있었다.

내 그쪽으로 눈을 더더욱 크게 떴을 때,

맨 위 계단에 앉아 있는 그를 보았는데

81 그의 얼굴은 감당할 수 없을 만큼 찬란했다.

그는 손에 벗겨진 칼을 한 자루 들고 있었는데[18]

우리를 향해 너무나도 번쩍거렸기에,

84 나는 때때로 눈을 똑바로 뜰 수 없었다.

"그 자리에서 말하라! 너희는 뭘 원하느냐?

안내자는 어디 있느냐? 위로 올라가다가

87 해를 입지 않도록 조심해라"라고 그가 말을 꺼냈다.

나의 스승이 그에게 대답해, "이 일들에

대해서 하늘의 여인[19]께서 알고 계시기에

---

[16] **세 개의 층계** 정죄의 세계에 들어가는 데 있어서 요구되는 비유적인 단계.

[17] **문지기** 연옥문에서 영혼들의 참회 소리를 들어 주는 사제.

[18] 칼을 뽑아 들었다는 의미다.

[19] **하늘의 여인** 루치아.

90   '저리 가라, 거기 문이 있다' 라고 우리에게 이르셨소."

        "그분이 너희의 걸음을 인도할 것이니,

        자, 우리의 층계로 걸어 나오너라"라고

93   그 친절한 문지기가 다시 말을 꺼냈다.

        우리는 그곳으로 갔다. 첫 계단의

        하얀 대리석은 깨끗하게 다듬어져 있어

96   나를 곧이곧대로 그 속에 비치고 있었다.

        둘째 계단은 흑자색보다도 더 어둡게 물들여진,

        까슬까슬하고 불에 그슬린 돌로 되었는데,

99   위 아래로, 또 옆으로 갈라져 있었다.

        자갈 위에 있는 셋째 층계는

        반점이 있는 돌처럼 너무나도 이글이글했기에

102   마치 핏줄에서 용솟음치는 피와 같았다.

        바로 그 위에 하느님의 천사가 양 발바닥을

        디디고 내게는 다이아몬드같이 여겨지는

105   문지방 위에 앉아 계셨다.

        내 길잡이는 기꺼운 마음으로 나를 그

        세 계단 위로 끌어올리며 말하길,

108   "자물쇠를 열어 달라고 겸손하게 여쭈어라."

        나는 거룩한 발[20] 앞에 경건히 엎디어서

        자비로 내게 열어 달라고 간청하였다.

111   이에 앞서 나는 가슴을 세 번 두드렸다.[21]

        그는 일곱 개의 P자[22]를 칼 끄트머리로

---

[20] **거룩한 발** 사제의 발이므로 거룩하다.

[21] **가슴을 세 번 두드렸다** 생각과 말과 행동 세 가지 죄를 뉘우친다는 의미로 "내 탓이오" 하고 가슴을 치는 것을 말한다.

[22] **일곱 개의 P자** 연옥의 제7원에서 벌받고 씻어 내는 일곱 가지 죄(Peccati)의 상징. 단테도 회개하는 영혼을 나타내고 있으므로 이마에 P자를 새김 받는다. 이 글자는 일곱 권역을 돌며 정죄하는 가운데 모두 사라진다.

내 이마에 새기고 "안에 들어가거든

114 이 상처를 씻으라고 말씀하셨다.

재나 혹은 파내어져 말라빠진 흙이

그의 옷과 같은 색채를 띠고 있으련만[23]

117 그는 그 옷 밑에서 두 개의 열쇠를 꺼냈는데,

하나는 금, 또 하나는 은으로 되어 있었다.[24]

그가 먼저 노란 것으로, 다음에는 하얀 것으로

120 문에 갖다 대기에 나는 기분이 좋았다.

"어느 때건 이 열쇠 중 하나가 구멍 안에서

곧바로 돌지 아니하면 이 길은 결코

123 열리지 않는다"라고 그가 우리에게 일렀다.

"전자가 더욱 귀중하지만, 후자는 열기 전에

더욱 비상한 솜씨와 재주가 필요한데,

126 이는 매듭을 이것이 풀어 주기 때문이다.[25]

나는 이것들을 베드로에게서 받았는데, 그가

내게 말하길, '사람들이 내 발치에 엎드린다면,

129 실수해서 열어 줄망정 잠가 놓지 마라'고 했다."

그가 거룩한 문의 출구를 밀어젖히고 나서

말하길, "들어가라. 그러나 뒤를 돌아보는

132 사람은 밖으로 되돌아간다는 걸 명심하라."[26]

저 성스런 문의 무쇠로 된 굴대들이

돌면서 문지도리에서 시끄러운 소리를

---

[23] **재나 혹은~** 시의 운율 관계로 원문이 이렇게 표현되어 있으나 문맥으로 보아 바꿔 적으면 더 좋을 것 같다.
"그의 옷은 재나 혹은 파여져 메마른 흙과 똑같은 색채를 띠고 있었다." 재는 겸손을 나타내는 색을 띠고 있다.
그러므로 사제가 겸손하고도 성실하게 임무를 수행하는 것을 말한다.

[24] 금으로 된 열쇠는 죄를 사하는 하느님의 권한, 은으로 된 열쇠는 사제의 재량권을 나타낸다.

[25] 죄와 참회의 연관성.

[26] **뒤를 돌아보는~** 죄를 또다시 짓게 되는.

135   세차게 냈는데

선량한 메텔로스[27]를 빼앗긴 탓으로, 또 그 때문에

나중에 야위었던 타르페이아[28]라 하더라도

138   그때처럼 울부짖고 오들거리지는 않았을 것이다.

나는 몸을 돌이켜 처음 큰 소리[29]에 정신을 쏟으니,

"To Deum laudamus"[30]가 감미로운 소리와

141   어우러진 목소리로 들리는 것 같았다.

내 귀에 들린 것은 오르간 소리에 맞춰

노래 부를 때 그 가사가 들렸다

144   안 들렸다 하는 것과 같은

느낌을 나에게 주었다.

---

[27] **메텔로스(Metellos)** 로마 시대의 호민관. 그는 카이사르가 사투르누스 신전이 있는 타르페이아라 하는 바위 언덕으로부터 로마의 보물을 훔쳐가려 할 때 이를 막으려 했으나 끝내는 빼앗기로 말았다. 그는 의무를 성실히 수행하는 정신이 대단했기에 단테는 '선량한(buono)'이라고 표현한다.

[28] **나중에 야위었던 타르페이아** 카이사르에게 빼앗겨 텅 비었다는 의미다.

[29] **처음 큰 소리** 연옥문 안으로 들어갈 때 천둥소리같이 큰 소리가 난다. 이 소리는 사실은 노랫소리다.

[30] **"To Deum laudamus"** "그대 하느님을 우리는 찬미합니다"라는 뜻이다.

연옥의 문에 들어선 단테는 문이 닫히는 소리가 뒤에서 들려오지만 천사의 충고를 기억해 뒤돌아보지 않는다. 시인들은 산속에 움푹 팬 오솔길을 오른다. 이 길은 비좁고 구불텅구불텅해서 마치 바닷가의 파도와 비슷한 모양이라 정신을 가다듬고 천천히 나아간다. 아침 10시경에야 그들은 그 오솔길이 끝나는 지점에 이른다. 그곳엔 둥글둥글하고 한적한 벼랑이 있다. 여기에 도착한 단테와 스승 베르길리우스는 어느 길을 택해 나가야 할지 몰라 멈춘다. 단테는 그 벼랑의 외곽 변두리와 내부 절벽 사이가 사람의 키 세 배가 되는 것으로 판단한다.

그 벼랑 위를 오르기 전에, 단테는 내부 절벽이 하얀 대리석으로 되어 있으며, 폴리클리투스의 조각품들은 물론 자연 그 자체마저도 초월할 정도로 완전무결하고 휘황찬란한 작품들이 가득함을 발견한다.

첫 번째 조각은 마리아의 수태에 대한 예고가 아로새겨져 있는데, 천사장 가브리엘이 "Ave!", "기뻐하여라"라고 실제로 외치는 듯, 그리고 동정녀께서 "Ecce Ancilla Dei", 즉 "이 몸은 주님의 종입니다"라고 겸손하게 대꾸하는 듯 여겨진다.

두 번째 조각은 그 오른쪽에 있으며 성스런 궤를 운반하는 모습이다.

7부 합창으로 사람들이 노래하고 다윗이 옷자락을 펄럭이며 마차 앞에서 덩실거리며 춤추고 있고 그 앞에 그의 아내 미갈이 창을 통해서 비웃는 낯으로 바라보고 있다.

세 번째 조각은 마상의 트라야누스 황제가 기사와 병정의 무리에 둘러싸여 있는 모습을 나타내고 있다. 제 아들을 죽인 자를 처벌해 달라고 간청하는 홀어머니가 괴로운 모습으로 그를 가로막으니, 그녀와 더불어 대화를 나눈 황제는 정의감과 자비심에 감동해 자신의 출정을 늦추고 여인의 청을 들어준다.

한편 단테가 이러한 광경을 쳐다보고 있는 동안, 베르길리우스는 왼편에서 아주 느린 걸음으로 나오는 한 무리의 영혼을 보고 가리킨다. 단테는 그들을 바라보고 독자의 주목을 요구하며 하느님께서 당신에게 진 빚을 어떻게 갚아 주기를 희망하는지 들어 보고 독자가 착한 뜻을 갖고 있다면 그 뜻을 버리지 말 것을 당부한다. 이어서 그는 "마음을 고난의 형태에 두지 말고 그 끝을 생각하라. 제아무리 모진 것이어도 최후의 심판을 넘어설 수 없음을 생각하라"고 한다. 그는 밀려오는 영혼의 무리에서 인간의 모습을 찾지 못한다. 스승은 그들의 죄가 너무 무거워 등을 구부리고 오기 때문에 찾지 못한 것이라 설명한다. 잘 보니 그들은 돌덩어리를 얹고서 가슴을 두드리며 나오고 있다. 단테는 이제 교만한 자들의 벌을 되새기면서 교만 때문에 눈이 어두웠던 그리스도인을 타이른다. 그들은 악덕의 길을 걸어가면서도 구원에 이를 수 있다고 믿었던 영혼들이다.

> 그릇된 길을 바른길인 양 보이게 하는 영혼의
> 사악한 사랑'으로 말미암아 잘 열리지 않는
> 3 그 문의 문지방 안에 우리가 이르렀을 때,

나는 그 문이 또다시 닫혔음을 소리로 알았다.

내가 만일 그것으로 눈길을 되돌렸다면,

6   그 실수²에 합당한 핑계를 댈 수 있었겠는가?

한편에서 또 다른 한편으로 밀치락달치락하며

달아났다가 또 가까이 오는 파도와 같이

9   한들거리는 움푹 팬 바위를 타고 우리가 올랐다.

나의 길잡이가 말을 꺼내어, "여기선 재주를

조금 부릴 필요가 있겠다. 여기건 저기건

12   우묵한 쪽에 몸을 바싹 기대고 가려면 말이다."

이로 해서 우리의 걸음은 느릿느릿했는데,

이지러진 달³이 다시 잠들기 위해서

15   제 잠자리에 되돌아오기 훨씬 이전에

우리들은 그 바늘구멍⁴ 밖으로 나왔다.

우리가 산⁵이 뒤로 움츠러든 곳으로 올라와

18   고통을 벗어난 확 트인 곳⁶에 이르렀을 때,

나는 피로에 지쳤으며⁷ 우리 둘은 갈 길을

몰라 사막의 길보다 더 한적하기 그지없는

21   벌판 위에 우두커니 서 있었다.

허공을 가장자리에 두고 있는 벼랑 끝에서부터

---

¹ **사악한 사랑** 단테는 행동을 일으키는 것은 곧 사랑이라고 믿고 있기에 지옥, 연옥, 천국의 전편을 통해 사랑의 중요성을 강조한다. 사랑이 바르게 나가면 선행의 기본이 되고 바르게 나가지 못하면 죄악의 바탕이 된다. 「연옥편」 제17곡 103~105행 참고.

² **그 실수** 앞의 곡에서 본 바와 마찬가지로 만일 뒤돌아보면 연옥에서 쫓겨나게 되니까.

³ **이지러진 달** 보름이 지나 차차 이지러지는 달을 의미한다.

⁴ **바늘구멍** 바위 틈새로 난 길이 협소하므로 그 길을 지나가기가 얼마나 힘들겠는가? 이는 곧 덕에 이르는 길과 마찬가지다. 『성서』의 비유를 보자. "재물이 많은 사람이 하늘나라에 들어가는 것이 얼마나 어려운 일인지 모른다. 부자가 하느님 나라에 들어가는 것보다 낙타가 바늘귀를 빠져나가는 것이 더 쉬울 것이다." 「루가의 복음서」 18장 24~25절 참고.

⁵ **산** 정죄산.

⁶ **확 트인 곳** 정죄산에 마련된 평지, 이곳은 곧 연옥의 제1권역을 가리킨다.

⁷ **지쳤으며** 영혼들은 지치는 법이 없는데 단테는 육신을 지니고 있기에 지치기도 한다.

곧장 치솟는 높은 벼랑의 발치까지는

24 　사람 몸집의 세 배는 될 것이다.

또 나의 눈이 날개를 펼칠 수 있는 데까지

왼쪽에서나 오른쪽에서나 이 추녀[8]는

27 　그와 같이 나에게 보였다.

우리들의 걸음이 아직껏 그 위로 옮겨지기 전

그 벼랑 주위는 너무나 곤두섰기에

30 　올라갈 수 없었음을 나는 깨달았는데

그것은 하얀 대리석으로 되어 있는데다가

폴리클레이토스[9]뿐 아니라 자연[10]마저 무색할 만큼

33 　휘황찬란한 조각으로 꾸며져 있었다.

기나긴 금단에서 하늘을 열고

오랜 세월이 흐르는 동안 눈물로 고대하던

36 　평화의 칙령을 가지고 지상에 왔던 천사[11]가

우리 앞에 새겨져 거기 나타났는데,

그 모양새가 어찌나 거룩하게 보였던지

39 　말 없는 형상으로만 여겨지지 않았다.

지고의 사랑[12]을 열기 위해 열쇠를 돌렸던

성모 마리아가 거기 새겨져 있었기에

42 　천사는 "아베!"[13]를 말했고, 초에 새겨진

형상인 양 "Ecce ancilla Dei"[14]라는 말이

---

[8] **추녀** 'Cornice'라 하는 정화의 권역을 의미한다. 연옥의 권역은 모두 일곱이다.

[9] **폴리클레이토스(Polykleitos)** 그리스의 유명한 조각가로서 단테 이전에 이탈리아에 와 살며 많은 작품을 남겼다.

[10] **자연** 신과 견주어 생각해도 좋다.

[11] **천사** 가브리엘, 그는 성모의 수태를 알려 준 천사다.

[12] **지고의 사랑** 인간에 대한 하느님의 사랑.

[13] **"아베!"** "Ave, o piena di grazia, il Signore è con te(은총을 가득히 받은 이여, 기뻐하라. 주께서 너와 함께 계신다)."「루가의 복음서」1장 28절. '아베'는 천사장 가브리엘이 마리아에게 하례하는 말이다.

[14] **"Ecce ancilla Dei"** 이 말은「루가의 복음서」1장 38절의 일부다. "이 몸은 주님의 종입니다. 지금 말씀대로 저에게 이뤄지기를 바랍니다." 이 말은 마리아의 겸손을 상징한다.

그녀의 모습에 그럴듯하게 박혀 있다고
45   정녕 장담이라도 할 수 있었다.
      상냥하신 스승께서 나를 사람들이 심장을
      지닌 쪽에 있게 하시고 말하길,
48   "마음을 오직 한곳에만 집중하지 마라."
      나는 얼굴을 들어 마리아의 뒤를
      쳐다보았는데, 나를 움직이게 하신
51   그분이 계셨던 바로 그쪽에
      다른 이야기[15]가 바위에 새겨져 있었다.
      그리하여 나는 이를 내 눈앞에 들이대고자
54   베르길리우스를 앞질러서 다가섰다.
      맡겨지지 않은 임무[16]를 두려워하라는 듯
      바로 그 대리석에 거룩한 궤를 끌고 있는
57   수레와 황소들이 새겨져 있었다.
      그 앞에는 7부 성가대로 나뉜 사람들이
      보였는데 나의 두 감각 기관[17]이 하나는
60   "노래한다" 또 하나는 "아니다"라고 말하는 듯했으며,
      역시 거기 새겨져 있던 분향의
      연기에 대해서도 서로가 엇갈린 나의 눈과
63   코가 그렇다느니 아니 그렇다느니 하였다.
      거기 축성한 그릇 앞에 서서
      시편의 겸허한 시인이 춤추며 뛰놀 적에[18]

---

[15] **다른 이야기** 단테를 감동시킨, 즉 겸손의 둘째 이야기.
[16] **맡겨지지 않은 임무** 우짜가 야훼의 궤에 손을 댔다가 벌로 죽음을 당한 일을 상기하라. 「사무엘하」 6장 6∼7절 참고.
[17] **두 감각 기관** 눈과 귀. 조각이 하도 훌륭해서 눈으로 보면 노래하는 것 같으나 귀에 들리지는 않는다.
[18] 「시편」의 저자인 다윗 왕이 그 성스런 궤 앞에서 춤추며 야훼를 찬미한다. 「사무엘하」 6장 12∼14절 참고.

425

66   임금보다 낫게도 못하게도 생각되었다.[19]

맞은편 거대한 궁궐의 창문에 그려진

미갈[20]이 그것을 바라보고 있었는데, 그녀는 마치

69   기분 나빠 언짢은 듯 비웃는 듯한 표정이었다.

미갈의 뒤에 희끄무레하게 비치는

다른 이야기를 바싹대고 보고 싶었기에

72   나는 서 있던 자리에서 발을 옮겼다.

거기엔 로마 군주의 위대한 영광이

새겨져 있었는데, 그의 덕성으로 말미암아

75   그레고리우스[21]가 자신의 위대한 승리[22]를 거두었으니,

이는 트라야누스 황제를 두고 한 말인데,

그의 재갈 옆에 홀어미 하나가 눈물을

78   글썽이며 비통한 꼴을 하고 있었다.

그의 주위에는 기사들이 밟힐 정도로

가득했으며, 그들의 머리 위에 금 독수리[23]들이

81   바람에 펄럭이고 있는 것이 눈에 들어왔다.

이 모든 사람들 사이에서 그 불쌍한 여인은

"폐하, 소생의 죽은 아들의 원수를 갚아 주십시오.

84   그 때문에 가슴이 답답합니다"라 말하는 듯했다.

그가 여인에게, "내 돌아올 동안만 기다려라" 하니,

그녀가 고통스러워 재촉하는 사람인 듯 "폐하시여,

87   돌아오시지 않으신다면?" 하고 말하니, "내 뒤를

---

[19] 임금이 공개적으로 춤을 춘다는 것은 임금의 위엄을 깎는 일이기에 '못하게도' 생각되고, 그것이 겸허한 마음에서 한 것이기 때문에 '낫게도' 생각된다는 의미다.

[20] **미갈(Michal)** 사울의 딸이자 다윗의 아내. 그녀는 남편이 춤추는 것을 보고 비웃었다.

[21] **그레고리우스(Gregorius)** 여기 나오는 이야기는 겸손의 셋째 예라 하겠다. 로마의 황제 트라야누스가 죽자 교황인 그레고리우스 1세는 그의 영혼을 구원하기 위해 기도했다.

[22] **위대한 승리** 지옥에 대한 승리.

[23] **금 독수리** 로마 군대의 깃발. 노랑 바탕에 독수리를 수놓았다.

잇는 자가 원수를 갚아 주리라"고 대답했다.

이어 그녀가, "폐하께서 자신의 선행을 망각한다면

90   다른 사람의 선행인들 폐하께 무슨 소용이 있겠습니까?"

그러자 그가, "그럼 안심해라. 떠나기 전에

나의 본분을 다하는 것이 좋겠구나.

93   정의가 그걸 바라고 자비가 날 붙드는구나."

새로운 것[24]이라곤 결코 본 일이 없는 그이가

이처럼 보일 듯이 분명한 말을 하는지라.

96   여기선 그런 게 없는 탓으로 우리에겐 새로웠다.[25]

이와 같이 엄청나게 겸허한 모습들을 이루신

분[26] 때문에 바라보기에 너무나 소중한

99   것들을 쳐다보면서 내가 좋아하고 있는 동안,

시인께서 혼잣말로, "여기 많은 사람들[27]을

보아라. 그러나 그들의 걸음이 더디구나.

102 그들이 우리를 층계로 인도할 것이다."

신기한 것들을 보고 기쁨에 젖어 있던

나의 눈들은 새로운 것을 보고자 하는 갈망에

105 그들을 돌이켜 보는 데에 더디지 않았다.

독자여, 하느님께서 빚을 어떻게 갚기를

원하고 계신지 들어 보고 그대의 선량한

108 뜻을 버리지 말기를 내 바란다오.[28]

---

[24] **새로운 것** 정의와 자비의 힘이 나타내는 변화를 이렇게 잘 나타냈으니 감히 조각의 극치라 할 수 있기에 이렇게 표현했다. 또 지상에 결핍된 정의와 자비에 대한 비유적인 표현이라 할 수도 있다.

[25] **우리에겐 새로웠다** 하느님에겐 새롭거나 낡은 것이 없다. 왜냐하면 시간을 초월하는 존재이기 때문이다.

[26] **분** 창조주.

[27] **사람들** 오만한 군상들. 오만은 일곱 가지 죄 가운데 가장 무거운 것. 그들은 무거운 돌을 짊어지고 다니므로 걸음이 느리다.

[28] **독자여~** 독자의 주의를 끌며 교훈적인 말을 한다. 정죄자들의 고난이 가혹하므로 세상에서 회개를 게을리하지 말라는 뜻이다.

마음을 고난의 상태로 놔두지 말고

그 끝을 생각하라. 제아무리 모진 것이어도

111 최후의 심판을 넘어설 수 없다는 것을 생각하라.

내가, "스승님, 우릴 향해서

오고 있는 저것들이 사람 같지 않은데

114 내 시야가 이리도 어지러우니 뭔지 모르겠군요."

그가 나에게, "그들의 고통이 하도 무겁기에,

땅으로 몸을 구부리고 있으니

117 처음엔 내 눈도 의심에 휩싸였단다.

그러나 그곳을 자세히 살펴보라. 그리고

저 바위 밑에서 오고 있는 자를 눈여겨보라.[29]

120 저들이 저마다 어떻게 가책을 받는지 알 것이다."

오, 마음의 시야는 병들었어도

물러서는 발걸음 안에 믿음을 지니고 있는

123 오만하고 가엾고 지쳐 있는 그리스도인들이여.

우리는 거침없이 심판으로 날아갈

천사 같은 나비[30]의 모양을 하기 위해

126 태어난 벌레들임을 그대들은 모르겠는가?

형체를 다 갖추지 못한 벌레[31]와 같이

완전하지 못한 벌레 같은 그대들임에도

129 어찌하여 너희의 마음을 그다지 세우느냐?

천장이나 지붕을 떠받치기 위해

때때로 굄목을 대신하는 듯한 상(像)[32]이

---

[29] 세상에서 자기만 내세우던 오만불손한 영혼들이 지금은 바위를 등에 업고 허리를 구부린 채 느릿느릿 걷고 있다.
[30] **나비** 사람의 영혼을 상징한다. 그 당시 나비는 일반적으로 영혼을 상징했다.
[31] **형체를 다 갖추지 못한 벌레** 오만한 자들을 혹독하게 비판하려는 의도에서 가혹한 표현을 한 것 같다.
[32] **상(像)** 건축에서 기둥을 사람의 모습으로 만들어 대들보를 받치게 하는 것을 생각하라.

132   제 무릎을 가슴이 누르고 있어
        이를 보고 있는 사람에게 가짜 괴로움에서
        진짜 괴로움을 일으키게 하는 것과 같이,

135   내 그들을 자세히 보니 그들이 꼭 그러했다.
        사실 저들은 등 위에 많고 적은 짐을 가짐에 따라
        더 구부리기도 덜 구부리기도 했는데

138   참을성을 남달리 많이 갖고 있던 사람도
        "더 못 하겠다" 라고 울면서 말하는 듯했다.

4월 11일 부활주일의 월요일, 오전 11시경. 연옥의 첫째 지역 즉 제1권역이다. 이곳을 지키는 자는 겸손의 천사이고 여기서 정죄하는 영혼들은 10곡에 있는 자들과 마찬가지로 교만한 자들이다. 이 영혼들은 앞의 곡에서와 같이 무거운 짐을 등에 지고 다닌다.

교만한 영혼들은 천천히 걸으면서 주기도문(Pater noster)을 구절구절 풀이하며 읊조린다. 이 기도문은 원문의 뜻을 자세히 풀이한 것으로 대개는 똑같은데 마지막 부분은 연옥의 특성을 암시하고 있다. 즉, "모든 악에서 우리를 구하소서"라는 부분으로, 이것은 연옥의 영혼인 자신들과 세상에 살고 있는 영혼들을 위한 것이다. 단테는 이 광경을 보고 연옥의 영혼들도 지상의 인간을 위해 기도한다는 사실을 알게 된다.

베르길리우스는 그들이 하루 속히 천국에 오르길 기원한 후 제2권역으로 가기 위한 계단에 이르려면 어느 길로 가야 하는지 묻는다. 계단에 이르는 길이 여럿이면, 살아 있는 동행자와 함께 가야 하므로 어느 길이 더 완만하냐고 묻는다. 그들 가운데 하나가 대답하길, 저들과 더불어 오른쪽으로 돌아 나아가면 오름길을 만날 것이라고 한다. 그는 연민의 정을 쏟아 달라고 요청하기 위해 살아 있는 자를 쳐다보았으면 한다고 덧붙인다. 그는 굴리엘모의 아들 옴베르토 알도브란데스코로 자기 가문의 귀족성과 커다란 업적 때문에 오만했으며 다른 사람들을 경멸했다. 그로 인해 시에나 사람들에 의해 캄파냐티코 성에서 피살되었다. 이제는 그의 오만이 자신의 생명뿐 아니라 친지들을 파멸시켰다는 사실을 기억한다. 단테는 그의 말을 들으면서 겸손의 표시로 고개를 숙인다. 다른 영혼 하나가 잔등의 짐 때문에 몸을 비틀면서 그를 쳐다본다. 시인은 그 영혼이 채색화가인 오데리시 굽비오임을 알게 된다. 단테는 그의 예술을 칭찬하지만 겸손하게 칭찬을 사양하며 생전에 감히 엄두도 내지 못했을, 자신이 볼로냐의 프랑코에 의해 압도당했다는 이야기를 하며 사람들에게 충고한다. 인간의 업적에 의한 영광이 헛된 것이며 치마부에는 지오토에 의해, 구이도 귀니첼리는 카발칸티에 의해 초월당했다고.

오데리시는 자신의 말을 확신하려는 듯 그들보다 앞서 가는 영혼을 단테에게 가리킨다. 그의 명성은 옛날에 전 토스카나 지방에 자자했는데 지금은 시에나에 조금 알려져 있을 뿐이라고 한다. 이어 단테는 그가 누구냐고 묻는다. 그는 프로벤찬 살바니로서 시에나의 절대 영주가 될 것을 염원했던 인물이다. 오데리시는 살바니가 샤를 앙주의 감옥에 갇혀 있는 친구를 위해 광장에서 동냥을 얻는 겸손함을 가졌다고 한다.

"오, 하늘에 계신 우리 아버지여.
아무 제한 없이 위로부터 처음 내신
3   것들에게 보다 더한 사랑을 베푼 분이시여.
당신의 감미로우신 기운[1]에 감사드려
마땅하며, 온갖 피조물에 의해

---

[1] **기운** 'vapore' 원뜻은 김, 수증기. 여기서는 '하느님의 힘'을 뜻한다.

6   당신의 이름과 전능이 칭찬받으옵소서.

         당신 왕국의 평화가 저희에게 임하게 하소서.

         그것이 오지 않으면, 저희는 모든

9   재주를 다해도 스스로 그에 이를 수 없나이다.

         당신의 천사들이 호산나를 노래 부르며

         저들의 뜻을 당신께 제물로 바친 것과 같이

12   인간들도 제 것들을 그리 하게 하소서.

         나날의 양식²을 오늘도 저희에게 주소서.

         그것 없이는 이 거친 광야를 나아가고자

15   더욱 괴로워하는 자가 뒷걸음질하나이다.

         또한 저희가 괴로워했던³ 악을 누구에게나

         용서해 줌과 같이 저희를 자비롭게 용서하시고

18   저희의 허물을 너그러이 생각하소서.

         쉽게 쉽게 넘어가는 저희의 본성을

         옛 원수와 더불어 시험치 말게 하시고

21   그로부터 저희를 구해 주사이다.

         사랑하는 주님이시여, 이 마지막 드리는 기도는

         저희를 위함이 아니옵고 — 필요치 않으니 —

24   저희 뒤에 남은 자들을 위함이옵나이다."⁴

         그 영혼들은 이렇게 저들 자신과 우리의

         행운을 위해 빌며 때때로 꾸는 꿈과

27   비슷한 짐을 지고 가는데,⁵

         모두가 다 각기 다른 괴로움⁶에 시달려

---

² **양식** 이스라엘 백성이 광야에서 먹던 만나(manna)를 말한다.

³ **괴로워했던** 괴롭게 겪었던

⁴ **이 마지막~** 연옥의 영혼들도 지상의 친지들을 위해 기도한다. 정죄산에 있는 영혼들은 하느님과 상통하기 때문에 악의 유혹을 받지 않는다. 그러므로 이 기도는 자신들을 위한 것이 아니다.

⁵ **때때로~** 악몽에서 뭔가 커다란 것이 억누르는 듯한 느낌을 생각하면 된다.

지친 채 첫째 둘레를 올라가면서

30　속세의 업을 말끔하게 하고 있었다.

저 건너[7]에서 항상 우리 위해 빌어 주는 자들이 있는데,

여기 좋은 뿌리를 마음에 지닌 자[8]들은

33　그들을 위해 뭘 빌어 주며 뭘 하고 있는가?

우리는 저들을 도와, 여기서 가져간 때를

씻어 내게 해 그들로 하여금 순수하고도

36　밝게 유성의 둘레[9]로 오를 수 있게 해야 한다.

"아, 정의와 자비가 너희의 짐을 빨리 덜고

너희의 날개를 움직이게 해서 너희가

39　바라는 대로 너희를 높이 올려놨으면…….

층계를 향해서 가장 빨리 가려면

어느 쪽으로 가야 할지 가르쳐 달라. 혹시 길이

42　여럿이면 덜 험준한 길을 가르쳐다오.

나와 함께 가는 이 사람은 옷을 입은

아담의 살[10]을 지니고 있기에 제 뜻과 다르게[11]

45　올라가기가 더디기 때문이다."

나를 인도하던 그가 하신 이 말씀에

그들이 대꾸한 말이 누구로부터

48　왔는지 분명하진 않았으나

"우리를 따라 오른쪽 언덕으로

함께 가자. 그러면 살아 있는 사람도

---

[6] **각기 다른 괴로움** 모두가 죄의 정도에 따라 각기 다른 벌을 받는다는 의미다.

[7] **저 건너** 저승. 연옥의 저승은 우리에겐 이승을 말한다.

[8] **좋은 뿌리를 마음에 지닌 자** 선량한 사람.

[9] **유성의 둘레** 별들의 운행궤도, 즉 하늘을 의미한다.

[10] **아담의 살** 육신.

[11] **제 뜻과 다르게** 마음과는 달리, 욕심 같아선 훨훨 오르고 싶지만 육신을 지니고 있어 더디다는 의미다.

51   오르기에 가능한 길을 보게 될 것이다.

        나의 거만한 목덜미¹²를 짓누르고 있는

        — 이 때문에 얼굴을 숙이고 가야 한다 —

54   바윗덩어리에 방해받지 않는다면,

        아직 살아 있는 데다 이름을 밝히지 않는

        이자가 혹시나 아는 사람인지 보고

57   나의 이 짐에 연민의 정을 쏟아 달라 했으련만.

        나는 라틴 사람¹³, 위대한 토스카나인의 아들이었다.

        굴리엘모 알도브란데스코가 내 부친이었는데,

60   일찍이 그의 이름이 너희에게 알려졌나 모르겠구나.

        내 조상의 오랜 혈통과 고귀한 업적들로 하여

        내가 너무나도 거만하게 되었기 때문에

63   공통된 어머니¹⁴를 생각할 수 없었다.

        나는 어떤 사람이나 업신여겼기에

        끝내는 그로 인해 죽었는데, 시에나 사람들과

66   캄파냐티코¹⁵의 모든 아이들도 그걸 알고 있다.

        나는 옴베르토, 교만은 나 하나만을

        해롭게 한 것이 아니라 나의 모든 친지들을

69   나와 함께 재앙 속으로 끌어넣었다.

        따라서 하느님께서 만족해하실 만큼

        내 이 짐을 지고 다님이 마땅한 일이니 산 사람들 속에서

72   하지 않은 것을 여기 죽은 자들 속에서 한다.”¹⁶

---

12 **거만한 목덜미** 오만했던 영혼들이기에 '거만한 목덜미'라 했다.

13 **라틴 사람** 이탈리아 사람. 옴베르토 알도브란데스코. 시에나의 마렘마에 있는 산타피오라의 백작인 기벨린 당원 굴리엘모의 둘째 아들. 시에나에서 구엘프 당과 자주 싸워 그 자객에 의해 캄파냐티코에서 1259년 살해되었다.

14 **공통된 어머니** 하와.

15 **캄파냐티코(Campagnatico)** 옴브로네 계곡을 이루는 한 언덕 위에 있는 성인데, 알도브란데스코가 소유하고 있었다.

나는 그의 말을 들으며 얼굴을 숙이니[17]

그들 가운데 말하지 않던 자 하나가 저를

75 꼼짝 못하게 하는 짐 밑에서 몸을 비틀며

나를 보고 알아차려 부르더니만,

저들과 같이 몸을 완전히 구부리고 가는

78 나에게 힘들여 눈을 주고 있었다.

내 그에게, "오, 그대는 굽비오의 자랑,

파리에서 채색화라 불리는

81 그 예술의 자랑인 오데리시[18]가 아닌지?"

그가 말하길, "형제여, 볼로냐 사람 프랑코[19]가

붓질한 종이들이 더더욱 생생한 색채인 바

84 영예는 온통 그의 것이고 내 것은 그 일부다.[20]

나는 살아 있던 동안에는 뛰어나고 싶은

커다란 욕심에 마음이 쏠려 있었기에

87 그다지 너그럽지 못했다.

오만으로 해서 여기서 벌받고 있지만,

내가 죄지을 수 있는 동안에 하느님께로

90 향하지 아니했던들 여기도 없었을 것이다.[21]

오, 인간 능력의 영광이란 부질없구나!

무디어진 세대[22]에 이르지 않는다 해도

93 딱딱한 봉우리 위에선 푸르름이 왜 그리 단명한지!

---

[16] **산 사람들~** 살았을 때 씻지 않은 죄를 죽어서 씻는다는 의미다.

[17] **얼굴을 숙이니** 교만했던 것을 뉘우쳤으니

[18] **오데리시(Oderisi)** 치마부에(Cimabue) 파에 속하는 굽비오의 채색화가. 채색화란 색채를 써서 책의 장식이나 삽화 등을 그린 것을 의미하는데, 이탈리아어로는 'alluminas', 프랑스어로는 'enluminer' 이다.

[19] **프랑코(Franco)** 볼로냐 출신의 채색화가로, 오데리시의 후배다.

[20] **그 일부다** 오데리시는 프랑코의 선배로서 그에게 물려주었기에 영광의 일부만 누릴 수 있다는 뜻이다.

[21] **내가~** 살아 있는 동안에 회개하지 않았다면 연옥에라도 있을 수 있었겠는가?

[22] **무디어진 세대** 훌륭한 예술가를 능가할 만한 후배 예술가가 나오지 못하는 세대.

그림에 있어 터줏대감이라 믿었던 치마부에마저도

이제는 지오토[23]가 이름을 날리기 시작하자

96 명성이 흐려지게 되었던 것처럼

한 구이도[24]가 다른 구이도[25]에게

언어의 영광을 앗아갔으니 아마도 그들 둘을

99 보금자리에서 쫓아낼 자가 태어났을 것이다.[26]

속세의 소문이란 한 가닥 바람결에 지나지 않아

여기서 몰아왔다 저기서 몰아오고

102 방향을 바꾸면 명성도 바뀌는 것이다.

늙어빠진 육신을 네게서 벗어 버리고

'파포'나 '딘디'[27]를 버리기에 앞서 네가

105 죽기라도 한다면, 천 년이 지난 다음에

얼마나 큰 명성을 누릴 것인가?[28] 그 천 년이란

영원에 비할 때 눈 껌벅이는 것을

108 하늘에서 가장 더디 도는 원[29]과 견주는 것보다 훨씬 짧다.

내 앞에 짧고도 느린 걸음으로 가고 있는 자[30]는

토스카나를 온통 요동치게 했는데,

---

[23] **치마부에마저도~** 치마부에(Cimabue)와 지오토(Giotto)는 13세기 이탈리아의 유명한 화가. 그들은 미술의 모든 영역에 걸쳐 큰 업적을 남겼다.

[24] **한 구이도** 구이도 카발칸티(Guido Cavalcanti). 「지옥편」제10곡 주석 14 참고.

[25] **다른 구이도** 구이도 귀니첼리, 카발칸티와 더불어 이탈리아의 시단에 청신체(Dolce stil nuovo)의 시를 부흥시킨 시인으로 단테의 스승 격이다. 그러나 그는 문학사상 카발칸티에 버금가는 인물은 아니다. 단테는 이를 인정하면서 은연중에 자기가 귀니첼리보다 더 훌륭한 시인이라는 것을 암시하고 있는 느낌이다.

[26] 선배는 훌륭한 후배가 나오면 지니고 있던 명성을 빼앗긴다는 뜻이다.

[27] **'파포'나 '딘디'** 어린이들의 말로 '맘마(밥)'와 '돈'이다. 여기선 어릴 때 쓰는 말을 의미한다.

[28] **천 년이~** 늙어 죽어 명성을 세상에 남긴다 해도 천 년을 못 넘기는 법, 따라서 어려서 죽는 것이나 같다는 뜻이다.

[29] **하늘에서 가장 더디 도는 원** 「천국편」에 나오는 여덟째 하늘인 항성천. 그때의 천문학 이론에 의하면 이 하늘은 한 번 회전하는 데 3만 6천 5백 년이 걸린다.

[30] **가고 있는 자** 프로벤찬 살바니(Provenzan Salvani). 시에나의 기벨린 당의 영수로 토스카나에 세력을 떨쳤다. 1260년에 몬타페르티 전투에서 승리를 거두고, 1261년 몬타프로치아노의 장관이 되었다. 그는 콜레 전투에서 패배하고 포로가 되었다.

111   이제 시에나에는 속삭이는 소리도 없구나.

그때는 오만했으나 지금은 창녀가 된

피렌체[31], 이 도시의 분격이 꺾였을 때

114   그 사람은 시에나의 영주였다.

너희의 명성이란 왔다 가 버리는 풀잎의

색깔과 같은 것, 하느님께서 그걸 땅에서

117   나오게 했지만 그분께서 그것을 탈색시킨단다."

그리하여 나는 그에게, "그대의 좋은 말이

내 가슴에 겸손을 심어 주고 내 커다란 설렘을

120   가라앉히는데 방금은 누구에 대해 말한 것이었는지."

그가 대답하길, "그 사람은 프로벤찬 살바니인데,

그는 시에나를 송두리째 장악할 만큼

123   오만했기 때문에 여기에 있는 것이다.

그는 이처럼 죽은 다음에 쉴 사이 없이

걸어가고 있으니 저승에서 너무 설치던 자는

126   빚을 갚기 위해 이리도 많은 동전을 바친다."

내가 말했다. "회개하기 전에 인생의

종말을 맞이한 저런 영혼은 이 아래[32]에

129   살면서 위로 오르지 못하는데

좋은 기도가 그를 도와주지 않는다면

그가 살았던 만큼의 시간이 지나기도 전에

132   어떻게 해서 여기 오도록 허용되었는지?"

그가 말하길, "그가 아주 영예롭게 살 때에

얼굴에 철판을 두툼히 깔고 시에나의

---

31 **피렌체(Firenze)** 단테는 조국 피렌체가 부정과 부패로 인해 창녀가 되었다고 신랄하게 비판한다. 「지옥편」에서
   여러 차례 이 같은 예를 볼 수 있는데, 이것은 단순한 욕설이라기보다 역설적인 비유를 내포하고 있다.
32 **이 아래** 연옥문 밖.

135   캄포에 자진해서 나가 버티고 섰다.[33]

       그리고 샤를의 감옥에서 겪고 있는

       벌로부터 제 친구를 빼내고자

138   그의 핏줄은 온통 파르르 떨었던 것이야.

       내 알기로도 내 말이 흐릿해 더는 말하지 않겠지만,

       그러나 조금만 지나면 너의 이웃들이

141   네가 그걸 알아차리도록 해 줄 것이다.[34]

       이 일이 그에게서 저 울타리를 거둬 주었다."[35]

---

[33] **그가 말하길~** 프로벤찬은 탈리아코초 전투에서 샤를 앙주의 포로가 된 그의 친구를 구하는 데 돈이 필요하다
       는 이야기를 듣고 시에나의 캄포 광장에서 동냥을 했다. 그는 이와 같은 자기를 비하하는 행동으로 탐욕과 오
       만을 바로잡았다.
[34] **너의 이웃들이~** 이 말은 지극히 암시적이며 예언적이다. 단테는 정쟁의 휘말림 속에서 허둥대다 끝내는 고향
       인 피렌체에서 추방당했으니, 이웃들 즉 동향인들이 그를 쫓아낸 결과가 되었다. 따라서 그는 각지를 배회하며
       이 골목 저 골목에서 구걸하며 살아가는 것과 마찬가지로 동정을 구하여 생활하게 되었다. 바로 그러한 때가
       오면 그의 말을 알아들을 수 있을 것이라는 뜻이다.
[35] **울타리를 거둬 주었다** 연옥문. 친구에 대한 사랑과 또 그로 인해 얻게 된 겸손 때문에 그가 연옥에 들어갈 수
       있었다.

| 제12곡 |

부활주일의 월요일인 4월 11일 정오, 아직도 시인들은 제 1권역에 있다.

단테는 오데리시 곁에서 걸어가는데, 그들은 마치 멍에를 지고 가는 두 마리의 황소 같다. 그러나 베르길리우스는 단테에게 타이르기를 정죄의 지역에선 빨리 가는 게 좋으니 어서 그 오만한 무리를 떠나라고 한다. 그러자 시인은 몸을 곧게 세우고 안내자를 따라간다. 어느 지점에 이르자, 베르길리우스는 단테에게 자기들이 걷고 있는 벼랑을 주시하라고 말한다. 단테는 벼랑 주위에 여러 가지 상이 조각되어 있음을 유심히 쳐다본다.

첫 번째 상은 하늘에서 떨어지는 모습의 루시페르이고 두 번째 상은 유피테르의 번개를 맞고 땅바닥에 자빠진 브리아레오스, 세 번째 상은 유피테르 주위에서 무장한 채 팀브라에우스와 팔라스 그리고 마르스가 지켜보는 가운데 죽음을 당한 거인들의 상이며 네 번째 것은 바벨탑 발치에서 언어를 잃고 혼란해하는 사람들을 멀거니 쳐다보고 있는 니므롯의 상이고, 다섯 번째는 열네 명의 죽은 자식들을 괴로움을 머금고 바라보는 니오베의 상이다. 여섯 번째는 길보아 산에서 제 칼로 죽은 사울의 상이며, 일곱 번째는 미네르바가 찢은 베틀 위의 거미로 둔갑한 아라크네, 여덟 번째 상은 마차 타고 겁에 질린 채 도망가는 르호보암, 아홉 번째는 치명적인 목걸이 때문에 자식에게 죽은 에리필레, 열 번째 것은 사원에서 제 자식들이 죽인 산헤립의 상이며, 열한 번째는 토미리스 왕녀에게 죽은 키로스, 열두 번째 상은 죽은 홀로페르네스를 보고 놀라 도망친 아시리아인들, 마지막 것은 잿더미와 폐허더미의 트로이 상이다. 이 모든 상들이 너무나 분명하게 묘사되어 죽은 자는 정말로 죽은 듯, 산 사람은 산 듯 보였다. 사람들은 교만하게 지나치지 말고 자신들을 이 죄에서 지키기 위해 명상해야 할 것이다.

　두 시인은 벌써 제1권역을 상당히 지났고 해가 뜬 지도 6시간이 지났다. 베르길리우스는 단테에게 그들을 향해 오는 천사를 가리킨다. 천사는 하얀 옷을 입고 얼굴엔 광채가 난다. 그는 팔을 벌려 시인들을 맞이해 그들이 제2권역으로 오를 수 있는 계단을 가르쳐 준다. 이어 날개로 단테의 이마에서 P자 하나를 지운다. 천사가 안내해 준 계단은 피렌체의 크로치 산에 오르는 계단과 비슷하다. 무척 비좁은 길이다. 그들이 나아가니 천사가 성서 구절을 읊조리는 감미로운 노랫소리가 들리고 단테는 반대로 지옥에서 고통스러워하는 소리를 회상한다. 점점 올라가니 단테는 처음보다 더 가뿐한 기분이 든다. P자 하나가 이마에서 없어졌기 때문이다. 단테가 손으로 이마를 만져 보니 P자가 여섯 개만 있다.

　　　　멍에를 지고 가는 황소처럼 나는
　　　　짐을 진 그 영혼[1]과 나란히 걸어 상냥하신
　　3　　교육자[2]가 허락하신 데까지 갔는데

---

[1] **짐을 진 그 영혼** 오데리시.
[2] **교육자** 스승인 베르길리우스.

그때 스승이 말하길, "그들을 버리고 지나쳐라.

여기서는 누구든지 할 수 있는 한 힘을 다해

6 돛을 올리고 노를 저어 제 배를 밀고 나가야 한다."[3]

그때 생각은 움츠러들고 숙여진 채[4]

남아 있을망정, 길 가고자 하는 사람이 하듯

9 나는 다시 몸을 곧바로 세웠다.

나는 몸을 움직여 스승의 발자국을

기꺼운 맘으로 따라갔으니, 우리 두 사람은

12 어느덧 가뿐한 듯[5] 보였다.

스승이 내게 말하길, "저 아래를 보라.

길을 평탄케 하기 위해 네 발바닥이

15 딛고 있는 바닥을 보는 것이 좋을 것이야."

묻힌 사람들 위의 평평한 무덤[6]들엔

그들이 어떤 사람이었는지를 밝혀 주는 형상이 새겨져 있다.

18 그들에 대한 기념이 되게 하려 함인데,

오로지 정이 가득히 든 사람들이

추억의 아픔 때문에

21 눈물을 자꾸 흘리는 것과 마찬가지로,

산에서 쑥 내밀려 길이 된 여기도

그와 같이 새겨졌는데, 비할 바 없는

24 솜씨의 절묘함을 그곳에서 보았다.

다른 어떤 피조물보다 더 고귀하게

---

[3] 비유적으로 풀이해야 할 구절이다. '배'는 은총이고 '노'는 개인의 노력, '돛'은 선인의 기도를 뜻한다.
[4] 마음으로나 몸으로나 온전히 겸손해졌다는 뜻이다. 그러나 길을 가려면 몸을 세워야 하므로 겸손은 어디까지나 심적인 것이다.
[5] **가뿐한 듯** 죄에는 언제나 무거운 짐이 따르는데, 이제 정죄의 길을 가고 있으니 가뿐한 걸음이다.
[6] **평평한 무덤** 땅에 봉분 같은 것을 만들지 않고 평평하게 해 둔 무덤. 그 위에 대리석 판을 세우고 고인의 모습을 새겨 기념한다. 중세에 유행하던 무덤양식이다.

창조된 어떤 사람이 하늘로부터 밑으로

27 번쩍번쩍하며 한쪽에 떨어지는 것을

나는 보았다[7]. 맞은편에 죽음의 싸늘함 속에서

땅 위에 무겁게 누워 있는 브리아레오스[8]가

30 하늘의 화살을 맞고 쓰러져 있는 것을.

나는 보았다. 팀브라에우스[9], 팔라스[10] 그리고 마르스[11]를.

그들은 아비[12] 주위에 무장하고

33 거인들의 잘려 나간 팔다리를 보고 있었다.

나는 보았다. 거대한 작품[13]의 발치에서

거의 얼빠진 듯한 니므롯[14]을. 그는 시날에서

36 그를 자랑스럽게 여기던 백성들을 보고 있었다.

오, 니오베[15]여. 일곱과 일곱의 죽은

네 자식들 틈에서 길바닥에 새겨진 너[16]를

39 얼마나 쓰라린 눈으로 나는 보았던가!

---

[7] **나는 보았다** 이는 번역해서는 제 맛을 잃는 대표적인 구절이다. 시인들이 연옥의 제1권역을 떠날 즈음 그들의 영혼은 겸손해진다. 앞으로 차차 보게 되는 널빤지 위에 새겨진 13개의 형상들을 단테는 의도적인 표현으로 묘사한다. 처음 네 개의 널빤지엔 "나는 보았다(Vedea)"라는 동사로, 다음 넷은 "오(O)"로, 그리고 다른 널빤지에는 "보여 주고 있었다(Mostrava)"라는 동사로 조합되어 있는데, 이들 낱말의 첫 자를 모으면 의미 있는 단어가 된다. 즉, 'VOM'이다. 그런데 라틴어의 V자는 U자와 같은 음가를 지니기에 'UOM', 즉 '사람'이란 뜻이다. 이 교묘한 구조가 나타내는 것은 교만이 인간이 짓는 죄악의 으뜸이며 가장 무거운 것일 뿐 아니라 인간 자체로 해석된다. 오만(여기서는 교만과 같은 뜻으로 쓰인다)의 첫 번째 예로 단테는 지옥의 마왕 루시페르를 꼽는다.

[8] **브리아레오스(Briareos)** 오만의 두 번째 예. 거인들이 신들과 싸울 때 유피테르가 번개불을 쏘아 죽인 거인. 그는 백 개의 관을 지녔다. 「지옥편」 제31곡 97~99행 참고.

[9] **팀브라에우스(Thymbraeus)** 아폴로. 원래는 트로이 지방의 이름인데, 아폴로의 신전이 이곳에 있어 이같이 부른다.

[10] **팔라스(Pallas)** 지혜의 여신 미네르바.

[11] **마르스** 전쟁과 불의 신.

[12] **아비** 유피테르.

[13] **거대한 작품** 바벨탑.

[14] **니므롯** 「창세기」 10장에 나오는 인물. 바벨탑을 하늘 꼭대기까지 쌓으려다 신의 노여움을 샀다. 그래서 언어를 잃고 얼빠진 듯 보이는 것이다.

[15] **니오베(Niobe)** 다섯 번째 예. 탄탈로스의 딸 니오베는 테베의 왕 암피온의 아내. 그들은 7남 7녀를 낳은 것을 뽐내며 라토나 신을 무시했다. 이에 격노한 라토나가 두 자식(아폴로와 디아나)을 보내 그의 자식들을 모두 죽이자 니오베는 슬픔에 못 이겨 바위가 되었다. 오비디우스의 「변신이야기」 제6권 참고.

[16] **너** 니오베

오, 사울[17]이여. 길보아에서 자신의 칼 위에

죽었다가 나중에는 비도 이슬도[18] 느끼지

42   못했는데, 그대 어떻게 여기에 나타났는가!

오, 미친 아라크네[19]여. 널 보자니 벌써

반쯤은 거미가 되어 너 스스로 저지른 잘못으로 인해

45   찢어진 헝겊 위에서 슬퍼하는구나!

오, 르호보암[20]이여. 여기 너의 모습은 위협적으로

보이진 않는다만, 누군가 너를 뒤따르지 아니한데도

48   넌 겁에 질려 마차를 끌고 가는구나!

대리석으로 포장한 도로에는 알크마이온[21]이

그토록 값나는 저 치명적인 장식[22]을

51   제 어미에게 보여 주고 있었다.

신전 안에서 자식들이 산헤립[23] 위에

덮쳤던 모양과 그가 어떻게 여기에

54   죽은 채 버림받았는지 그 도로는 보여 주고 있었다.

키로스[24]에게 "피에 굶주린 놈아, 내 너를 피로

---

[17] **사울(Saul)** 교만한 이스라엘의 초대 왕. 「사무엘상」 31장 1~13절에는 사울이 길보아 산에서 불레셋 군에 패하자 포로가 되는 대신 자결을 택했다고 하고 있다. 다윗은 그의 죽음을 애도해 길보아 산을 저주했다.

[18] **비도 이슬도** 다윗이 사울 임금을 애도하기 위해 부른 노래로, "길보아 산악에는 비도 이슬도 내리지 아니하고, 소나기도 쏟아지지 아니하리라." 「사무엘하」 1장 21절.

[19] **아라크네(Arachne)** 미네르바와 길쌈 경쟁을 벌여 이기니 노한 미네르바가 그의 베를 찢고 거미로 변신시켰다. 「지옥편」 제17곡 16~24행 참고.

[20] **르호보암(Rehoboam)** 이스라엘의 오만한 왕, 솔로몬의 아들. 솔로몬 왕이 서거하자 백성들이 세금을 덜어 달라고 호소했으나 그는 이를 거절했다. 그러자 부역 감독 아도람을 백성들이 돌로 쳐 죽였다. 이에 놀란 나머지 왕은 수레를 타고 예루살렘으로 도망갔다. 「열왕기상」 12장 참고.

[21] **알크마이온(Alkmaion)** 그리스의 왕. 테베 전쟁에 나가면 죽는다는 점술을 믿고 숨었던 암피아라오스는 매수된 그의 부인(에리필레) 때문에 폴리네이케스에게 살해되었다. 그의 아들 알크마이온은 아버지의 원수를 갚으려고 어머니를 죽였다.

[22] **치명적인 장식** 알크마이온의 어머니가 불카누스로부터 받은 목걸이, 그 때문에 그녀가 죽었기에 치명적이라고 표현했다.

[23] **산헤립** 아시리아의 왕. 오만한 그는 신을 모독하고 유다와 예루살렘을 위협했다. 그러나 하느님의 천사에 의해 참패당하고 니느웨로 돌아갔다. 산헤립이 자기의 신 니스록의 신전에서 예배할 때 그의 두 아들이 그를 죽였다. 「열왕기하」 19장 36~37절, 「이사야」 37장 37~38절 참고.

채워 줄 것이다"라고 하면서 토미리스[25]가

57 행한 파괴와 잔인한 살육도 보여 주고 있었다.
또 홀로페르네스[26]가 죽음을 당한 다음에
아시리아인들이 도망친 모습이며

60 아울러 살육당한 자의 유해도 보여 주고 있었다.
나는 재로 되고 파괴된 트로이를 보았다.
오, 일리온[27]이여. 거기 보이는 너의 모습은

63 매우 낮고 비천한 것 같구나.
붓이며 문체의 도사가 누구인지 모르지만
탁월한 재주를 여기서 찬탄이라도 하라는 듯

66 그림자들과 선들을 그려 놓았다.
죽은 자는 죽은 듯, 산 자는 산 듯 보였기에
그 사실을 보았던 자도 이렇듯 푹 숙이고

69 걸어가는 나보다 더 잘 보진 못했을 것이다.
하와의 자손들[28]이여, 이제 얼굴을 드높이
쳐들고 자만심을 가져라. 불행한 길을

72 볼 수 있게 고개를 떨어뜨리지 마라.
헤어나지 못하는 마음은 엄두도 낼 수 없을 정도로
우리는 이미 아주 많이 산을 돌고 돌았는데,

75 해가 제 갈 길을 거의 다 마무리할 무렵에
사뭇 앞만 주시하며 가고 있던 그가
말을 시작했다. "고개를 들어라. 이제는

[24] **키로스(Cyros)** 열한 번째 예인 페르시아 왕.
[25] **토미리스(Tomyris)** 키로스가 자신의 아들을 속여 죽이자 토미리스 여왕은 키로스를 죽이고 목을 베어 가죽 주
머니에 처넣고 이와 같이 외쳤다고 한다.
[26] **홀로페르네스** 아시리아의 대장. 유다의 베툴리아라는 고을을 그가 침입했을 때 과부 유딧은 고을을 지키려고
우리나라의 논개 같은 일을 했다. 「유딧」 11~13장 참고.
[27] **일리온(Ilion)** 트로이의 다른 이름.
[28] **하와의 자손들** 인류. 역설적인 표현이다.

78   생각에 잠겨 걸어갈 시간이 아니다.
     저곳에서 우리를 향해 오려고 준비하고 있는
     천사를 보아라. 여섯째 계집종[29]이 하루의

81   일을 마치고 돌아오는 것을 보라.
     용모와 자세를 경건하게 해서 그가
     우리를 기꺼운 마음으로 끌어올리게 하라.

84   또 이 날이 다시는 새지 않음을 생각하라."
     나는 시간을 허비하지 말라는 그분의
     충고에 충분히 익숙하기에, 이 일에 대한

87   그의 말씀이 애매하지는 않았다.
     하얗게 옷을 입고 새벽별 반짝거리는
     듯한 얼굴 생김새의 아름다운

90   피조물[30]이 우리를 향해 오고 있었다.
     그는 팔을 벌리더니 이내 날개를 펼치고
     말했다. "오라, 이 가까이 계단이 있으니,

93   이제부터는 손쉽게 올라갈 수 있으리라."
     이 알림을 듣고 오는 자는 극히 드무니,[31]
     오, 인간의 종족이여. 저 위로 날아가려 하지만

96   어인 일로 해서 바람만 조금 불어도 넘어지는가?
     그가 바위가 부서진 곳으로 우릴 이끌어
     거기서 날개로 내 이마를 때렸는데[32],

99   이어 마음 놓고 갈 수 있음을 약속했다.
     루바콘테[33] 다리 위로 잘 다스려지는 도시[34]를

---

[29] **여섯째 계집종** 낮의 6시, 즉 정오를 말한다.
[30] **피조물** 천사.
[31] 천사의 충고를 듣고 오는 자가 드문 것은 겸손한 자가 드물었다는 것을 의미한다.
[32] **이마를 때렸는데** P자 하나를 씻어 주는 것이다.
[33] **루바콘테(Rubaconte)** 피렌체 아르노 강의 다리인데 지금은 폰테 알레 그라치에(ponte alle Grazie)라 부른다.

바라보던 교회[35]가 자리 잡고 있는 산으로

102 　 올라가다가 오른쪽 편에

몹시도 부서진 오르막길이 허물어져 층계를

이루고 있는데, 이는 장부나 통판대[36]가

105 　 믿을 만했을 그 시절에 만들어진 것이었으니,

바로 이와 같이 여기서도 다음 권역으로부터

가파른 경사가 완만해지고 있으나

108 　 여기저기 드높은 바위가 사방에서 짓눌렀다.

우리가 몸을 그쪽으로 돌렸을 때, "마음이

가난한 사람은 행복하다"[37]라는 노랫소리가

111 　 이루 말할 수 없을 정도로 부드럽게 들렸다.

아, 그 어귀는 지옥의 그것들과는 얼마나

다른가! 여기서는 노랫소리 들으며 들어가지만

114 　 저 아래에서는 무서운 통곡을 들으며 들어가니까.

어느덧 우리는 거룩한 층층대를 따라 올라갔는데,

내가 이전에 평지에 있을 때보다

117 　 한결 더 가뿐해진 것 같았다.

그러므로 나는, "스승님이여, 말씀하소서.

내게서 무슨 무거운 짐이 걷혔기에 걸으면서도

120 　 아무런 피로를 느끼지 않는지요?"

그가 대답하길, "네 얼굴 위에, 희미하게나마

남아 있는 P자들이, 이미 완전히 사라진

---

[34] **도시** 피렌체.

[35] **교회** 산 미니아토(San Miniato) 성당.

[36] **장부나 통판대** 당시 피렌체의 유명한 2대 사기 사건. 피렌체의 니콜로 아찰리올리란 사람은 자신과 메세르 발도 달리온이란 자의 부정을 은폐하려고 시의 공중기록을 변조한 사건이 있었다. 또 같은 무렵, 소금 출납원인 키아라 몬테시 집안 사람이 시에서 소금을 받을 때는 보통 저울을 사용했으나 시민에게 팔 때는 통판을 사용해 부당이익을 챙긴 사건이 있었다.

[37] **"마음이 가난한 사람은 행복하다"** 「마태오의 복음서」 5장 3절.

123   첫째 번 글자같이 모두가 다 없어질 때
       너의 발들은 좋은 소망으로
       피로를 느끼지 못하게 될 뿐만 아니라

126   위로 오르는 것이 즐거울 것이다."
       그러자 머리에 무언가 이고 가는
       사람들이 타인들의 까닭 없는 윙크와 웃음에

129   뭔가 잘못됐다고 느꼈을 때,
       무언지 알아보기 위해 손으로 더듬어서
       눈으로 볼 수 없는 잘못된 일을

132   깨닫는 것처럼 나도 그렇게 했다.
       그리고 오른쪽 손가락으로 그 열쇠를 가진 자[38]가
       나의 관자놀이에 새겨 두었던

135   글자 가운데 여섯 개만을 찾았는데
       이를 보고 있던 나의 길잡이는 미소를 띠었다.

---

[38] **열쇠를 가진 자** 연옥문을 지키는 천사.

| 제13곡 |

같은 날 정오가 조금 지난 무렵. 두 시인은 첫 번째 것과 같이 생겼으나 직경이 조금 작은 둥근 벼랑인 제2권역을 이루려고 산들이 조여든 곳의 층계 끄트머리에 이른다. 언덕과 절벽엔 조각된 것이 하나도 없으나 둘 다 흐릿한 바윗돌 빛깔을 띠고 있다. 길을 물어볼 만한 영혼들이 보이지 않아 베르길리우스는 오른쪽의 태양을 보며 그 빛살로 길잡이가 되어 달라고 한다.

그곳을 걸어가던 중 두 시인은 자비를 부르짖는 보이지 않는 망령들이 나는 것을 느낀다. 첫 번째 혼이 큰 소리로 "그들은 술을 갖지 않았다"라고 거듭 말한다. 이는 가나의 혼삿날에 행한 동정녀 마리아의 말씀이다. 두 번째 혼은 친구 대신에 죽으려 "내가 오레스테다"라고 필라데스가 한 소리를 외치고, 세 번째 영혼은 "너희에게 악을 끼친 자를 사랑하라"고 외친다. 이는 예수께서 제자들에게 하신 말씀이다. 단테는 그 소리에 주의를 기울이면서 베르길리우스에게 묻는다. 그러자 스승은 말하길 이 제2권역에서는 질투의 죄를 볼 것인데, 그 예로 질투와 반대개념인 자비를 다룰 것이라 한다.

단테는 질투의 영혼들을 발견하는데, 그들은 산의 비탈에 앉아 바위와 같은 색깔의 망토를 입고 노래 부르고 있다. 시인은 더 자세히 보고 눈물을 감출 수 없는 감동을 받는다. 영혼들은 초라한 털옷에 덮여 서로 어깨를 떠받치고 있으며 언덕에 의지하고 있는 것이 축일에 동냥을 얻는 눈먼 거지들이 성당 주위에 있는 것과 똑같다. 단테는 그들 사이를 지나치는 것을 두려워하는데, 스승이 그들과 몇 마디 나누라고 타이른다. 베르길리우스 왼편에 있던 시인은 제 왼편에 그 영혼들을 두고 그들을 쳐다본다. 단테는 그들이 어서 속히 죄를 씻고 하느님을 알현할 수 있기를 바란다고 말하며 그들 중 누가 이탈리아에서 왔느냐고 묻는다. 그러자 누군가가 이제는 모두가 하늘나라 사람들이라고 말하며 자기는 살았을 때 이탈리아인이었다고 한다. 시인은 가까이 접근해 어느 지방 출신이냐고 물으니 그녀는 시에나의 사피아라고 대답한다. 그녀는 살았을 때 자신의 일보다 남이 잘못되는 일에 더 신경을 썼는데 심지어는 시에나가 피렌체와 전쟁할 때 자기 시민들이 패배할 것을 하느님께 빌었다 한다. 그녀는 임종이 가까운 무렵에 회개해 연옥에 들어왔는데 피에르 페티나이오가 위령기도를 외워 주지 않았다면 아직도 연옥문 밖에 있을 것이라고 덧붙인다. 그가 누구냐고 시인이 묻자 그 역시 질투의 죄 때문에 벌받았던 사람이지만, 얼마 안 가서 그걸 벗으리라고 한다. 단테가 자신은 스승의 안내를 받고 왔다며 세상에서 기도해 주기를 바라냐고 그녀에게 묻자 사피아는 토스카나에 다시 돌아가거든 친지들에게 기도해 줄 것을 부탁한다고 전해 달라고 한다.

우리들이 층계의 맨 꼭대기에 이르렀는데,
거기 오르기만 하면 죄를 씻어 주는 산이
3   두 번째로 깎여 있었다.
제1권역에서처럼 여기에도 하나의 권역이
자그마한 산에 둘러싸여 있었는데,

6   그 아치 모양이 조금 더 굽어 있었다.

여기엔 그림자도 없었고 표지도 보이지 않았으며[1]

벼랑과 같이 말끔하게 희끄무레한

9   바윗돌 색깔을 하고 나타났다.

"길을 묻기 위해 여기서 사람들을 기다린다면,

우리네 고르는 일[2]이 너무나 늦지 않나

12   염려되는구나"라고 시인이 말씀하셨다.

그러고 나서는 태양을 뚫어지듯 응시하더니

오른쪽을 중심으로 삼고 움직이면서

15   자신의 왼쪽으로 몸을 돌렸다.

그가 말하길, "오, 감미로운 빛이시여.

내 그대를 믿으므로 그대가 날 이끌어 주는

18   새로운 길로 들어가려는데, 이에 들려면 인도가 필요합니다.

그대는 세상을 따스하게 하며 또 비추시나이다.

다른 까닭[3]이 사뭇 거스르지 않는 한,

21   그대의 빛살은 언제나 길잡이가 되어야 합니다."

여기서는 일 마일쯤은 너끈히 될 터인데,

우리는 준비된 마음이었으므로, 얼마 안 되어

24   벌써 이곳에 이른 것이다.

영혼들이 제 모습을 보이지 않으면서

사랑의 향연에 정중히 초청함[4]을

27   이야기하며 우리를 향해 날아옴을 느꼈다.

---

[1] **표지도 보이지 않았으며** 부조된 조각이 없었다는 의미다.

[2] **고르는 일** 길을 선택한다는 의미다.

[3] **다른 까닭** 죄가 없다면 괜찮을 것이지만 죄가 있으면 방해를 받기 때문에.

[4] **사랑의 향연에 정중히 초청함** 사랑은 질투와 상반되는 것으로 되어 있다. 이곳 제2권역에서는 질투로 인해 죄 지은 영혼들이 죄를 씻는다. 이곳은 바위의 색채와 같은 납빛이다. 사랑의 향연에 정중히 초청한다는 것은 정죄 자들의 마음속에 사랑을 키울 수 있기를 구한다는 뜻이다.

날면서 지나친 첫 번째 음성[5]이 드높이

"Vinum non habent"[6]라고 말하고

30   그 말을 되풀이 되풀이하며 우리 뒤로 갔다.

그 소리가 멀어져서 전혀 들리지 않게

되기 전에 또 하나가, "내가 오레스테스다"[7]라고

33   외치며 지나갔는데 그 소리 아직 안 멎었을 때,

내 이르길, "오, 아버지시여. 이 무슨 소리인지요?"

라고 물으니, 보라 세 번째 소리가

36   말하는구나. "너희에게 악을 끼친 자를 사랑하라."[8]

어진 스승이 "이 권역은 질투의

죄과를 매질한다. 그렇다 하더라도

39   회초리[9]는 한결같이 사랑에서 나온 것이다.

재갈[10]이란 소리와 어긋나야 하는 법,

너 용서의 길목[11]에 다다르기 이전에

42   이를 들을 것으로 나 생각한다.

그럼 하늘 저 위로 눈을 고정시켜라.

우리 앞에 앉아 있는 사람들을 볼 것이니

---

[5] **첫 번째 음성** 마리아의 자비의 말씀을 뜻한다.

[6] **"Vinum non habent"** '그들은 술을 갖지 않았다.' 이는 「요한의 복음서」 2장 1~9절에서 기인한다. 갈릴래아 지방 가나에 혼인 잔치가 있었는데 그 자리에는 예수의 어머니와 예수 그리고 그의 제자들과 함께 와 있었다. 그런데 잔치 도중에 포도주가 다 떨어지자 "예수의 어머니는 예수께 포도주가 떨어졌다고 알렸다." 이에 예수 께서 물을 술로 변화시켰는데, 이로써 자비의 예를 보여 주고 있다.

[7] **"내가 오레스테스(Orestes)다"** 이건 두 번째 자비에 관한 내용을 담고 있는 표현이다. 트로이 전쟁이 터졌을 때, 그리스의 장군 아가멤논의 아들 오레스테스는 스트로피오스 왕의 왕자 필라데스와 친분이 두터웠는데, 아 가멤논을 살해한 요사스런 클리타임네스트라가 오레스테스마저 죽이려 하자 필라데스가 위와 같이 외치며 오 레스테스를 대신해 죽으려 했다.

[8] **"너희에게 악을 끼친 자를 사랑하라"** 자비의 세 번째 본보기다. 이는 예수님의 교훈이다. 즉, 원수를 사랑하라 는 예수님의 가르침이다.

[9] **회초리** 질투를 씻어 주는 덕, 곧 사랑이다.

[10] **재갈** 질투의 죄악으로 인해 물리는 재갈은 곧 회초리와 완전히 다른 소리, 즉 책벌의 소리를 내어 이 죄를 저 지르는 일을 더욱 무섭게 한다. 회초리는 적극적 교훈, 재갈은 소극적 교훈을 나타내는데, 전자는 덕을 예로 들 고 후자는 벌을 예로 든다. 연옥의 각 권역마다 이 같은 두 가지 방법이 있다. 부티의 주 참고.

[11] **길목** 제3권역으로 이르는 계단. 여기에 천사가 서 있어 단테의 이마에 있는 P자 하나를 씻어 준다.

45   그들은 모두가 바위를 따라 앉아 있다."
        나는 이전보다 눈을 더 크게 뜨고
        앞을 바라보았더니 거기 바위의 빛깔과

48   다름없는 망토를 입은 망령들이 보였다.
        이어 우리가 더 앞으로 나갔을 때 들었던 고함은
        "마리아여, 이제 우릴 위해 비소서!" 또 "미가엘이여"

51   그리고 "베드로여" 또 "모든 성인이여"이었다.
        내가 그들에게 매우 가까이 이르렀기에
        그들의 행동이 내게 분명하게 나타났을 때,

54   무거운 고통이 눈에서 쥐어짜진 까닭에
        아직껏 땅을 걷고 있는 사람치고, 그때
        내가 본 것을 보았다면 동정하는 마음 때문에

57   찔리지 않을 정도로 무딘 사람은 없으리라.
        그들은 초라한 털옷[12]으로 덮였는데
        서로서로 어깨를 떠받치고 있으며,

60   모두가 언덕에 의지하고 있었다.
        이처럼 먹을 것이 떨어진 장님들[13]이 그들의
        필요한 것을 구하고자 축일에 성당 앞에 서서

63   머리에 머리를 포개며 모여드는 일이
        말로써 표현하는 것보다는 오히려
        보여 줌으로써 더욱 실감케 해 더 빨리

66   남에게 동정심을 불러일으키는 것과 같았다.
        그리고 장님들에겐 태양이 쓸모없듯,
        내가 언급하고 있는 여기 이 그림자들에게도

---

[12] **초라한 털옷** 중세에 성직자나 신도들이 고행 삼아 입었다는 낙타의 따가운 털로 짠 옷.
[13] **장님들** 성당 앞에서 동냥을 하는 눈먼 거지들. 축일이 되면 이들은 더 많이 몰려든다.

69 하늘의 빛이 보이도록 하길 원치 않았으니,
    말하자면 모두의 눈썹을 한 가닥 철사로
    꿰맸는데[14], 이는 마치 가만히 있지 못하는

72 야생의 매[15]에게 하는 것과 같았다.
    나는 보면서도 보여 주지는 않으며 걸었는데[16]
    이것이야말로 남을 언짢게 하는 것 같아

75 나는 몸을 돌려 나의 현명하신 고문을 쳐다보았다.
    그는 나의 침묵이 뜻하는 바를 알아차리고
    나의 물음일랑 기다리지도 않고서 말하길,

78 "말해라. 그러나 짧고 요령 있게 해라."
    베르길리우스는 아무런 난간이 둘러 있지 않아
    사람이 떨어질 수도 있는 권역의

81 가장자리에서 나에게 왔다.
    또 다른 쪽에는 경건한 망령들이
    있었는데, 지독한 꿰맴으로 해서

84 볼을 적시는 눈물을 흘리고 있었다.
    나는 그들을 쳐다보며 말을 시작했다.
    "그대들이 오로지 소망하는

87 빛[17]을 볼 수 있으리라 확신하는 족속들이여.
    그대들의 양심으로부터 거품[18]을 어서 속히
    은총이 거두어 가시길……, 또 마음의

90 강물이 이를 거쳐 맑게 흐르게 했으면…….

---

[14] **눈썹을 한 가닥 철사로 꿰맸는데** 질투심을 덜어 주기 위해 눈을 철사로 꿰맨다.
[15] **야생의 매** 매를 길들일 때 눈을 꿰맸다.
[16] 단테는 볼 수 있지만 눈을 꿰맨 영혼들은 그를 볼 수 없다.
[17] **빛** 하느님의 빛. 구원과 희망을 뜻한다.
[18] **거품** 땟국물.

너희 가운데 라틴[19]의 영혼이 행여 있는지

내게 일러다오. 내겐 값지고 귀한 일일 터이니까.

93 나 혹시 그를 알게 된다면 그에게도 좋으리라."[20]

"오, 형제여. 여기 있는 모두는 참다운 도시의

시민이긴 하지만, 그대가 말하고자 하는 건

96 이탈리아에서 순례자로 살았던 자겠지."

내가 서 있던 자리로부터 조금 더 앞에서

이것을 대답 삼아 들은 듯했기에,

99 더 듣고 싶어 그쪽으로 더욱 나아갔다.

다른 영혼들 가운데서 한 망령이 기다리는 듯한

모습을 하고 있었는데, 누군가가 "어떻게?"라고 물으면

102 장님처럼 턱을 위로 추켜올렸다고 하리라.

내가 이르길, "오르고자 몸을 가누는 영혼이여,

그대가 나에게 대답한 자라면

105 그대의 고향과 이름을 내게 알려다오."

"나는 시에나 사람이었소"라고 대답하며

"여기 이자들과 더불어 하느님께서 우리에게

108 임하시도록 눈물로 간구하며 죄스런 삶[21]을 씻고 있다오.

나는 사피아[22]라 불렸으면서도 현명하진

않았고[23] 나 자신의 행운보다는

111 남의 잘못됨을 훨씬 더 기뻐했다오.

내가 그대를 속인다고 믿지 않는다면

---

[19] **라틴** 이탈리아.

[20] 단테가 세상에 돌아오는 날이면 그 영혼을 위해 기도해 달라고 그 친지들에게 청할 테니까.

[21] **죄스런 삶** 세상에서의 삶. 또 그때 지은 죄.

[22] **사피아(Sapia)** 시에나의 귀부인. 그녀에 대한 정확한 고증은 불가능하다. 기니발도 디 사라치노와 결혼했다는
것만 알려져 있다.

[23] **현명하진 않았고** 이탈리아어로 현명하다는 뜻은 'savio'이다. 여성 형용사는 'savia' 따라서 그녀의 이름
'Sapia'와 견주어 표현한 일종의 대구(對句)다.

내가 그대에게 이른 대로 내 인생의 아치가

114 내리막[24]에 있으니, 들으시라. 내가 어리석었다오.

내 고장 사람들은 콜레[25] 가까이 벌판에서

그들의 원수[26]들과 마주치게 되었으며,

117 이에 나는 하느님께 뜻대로 되라고 빌었다오.[27]

그들은 거기서 패망해 쓰라린 걸음으로

도망치고 말았으니, 나는 그 추격을 목격하고

120 다른 어떤 것에도 비할 수 없는 기쁨[28]을 느꼈다오.

그리하여 겁에 질린 얼굴을 높이 쳐들고

조금만 날씨가 좋아도 콩새[29]가 그러하듯

123 하느님께 외쳤다오. '이제는 당신이 무섭지 않소' 라고.

내 삶이 종말에 이르러 나는 하느님과

화평하길 원했지만 피에르 페티나이오[30]가 자비심에서

126 나를 불쌍히 여겨 그의 거룩한 기도 속에

나를 기억해 주지 않았던들 나는 회개만으로

내 꼭 갚아야만 할 것을

129 아직까지 덜지 못한 채 있을 것이오.[31]

---

[24] **내리막** 「지옥편」 서두에서 단테는 인생을 70세로 봤을 때 중간은 35세라 했다. 인생의 기간을 아치로 보면 35세가 정점이요, 그 이후는 내리막이 된다.

[25] **콜레(Colle)** 토스카나의 엘사 계곡에 있는 고을. 1296년 시에나의 기벨린 당과 피렌체가 싸웠는데 시에나가 패배했다. 그때 장수였던 프로벤찬 살바니가 그곳에서 포로가 되었다. 「연옥편」 제11곡 121행 참고.

[26] **원수** 피렌체인들.

[27] 사피아는 적군이 이기길 기원했다. 이는 곧 동향인, 특히 동향의 최고 권력자인 프로벤찬 살바니에 대한 질투심에서였다.

[28] **기쁨** 시에나 군이 져서 도망치는 것을 보고 통쾌하게 생각했다.

[29] **콩새(merlo)** 속담에 등장하는 이 새는 추위를 싫어한다. 겨울이 다 갈 무렵 우연히 어느 하루 날씨가 좋아지자, 이 새는 방정맞게 "겨울은 지났다. 주님이시여, 나는 그대가 무섭지 않다" 하고 외쳤다. 후에 겨울이 다 지나지 않았음을 알고 후회했다. 사피아의 심정도 이와 같다. 그녀는 임종에 이르러서야 질투에 대해 회개했다.

[30] **피에르 페티나이오(Pier Pettinaio)** 피에트로 다 캄피. 시에나에 살던 가난한 빗장수. 그로 인해 페티나이오(빗장수)라는 별명을 얻었다. 그는 청렴, 정직, 선량한 인간으로 좋은 일을 많이 했다 한다.

[31] **나는~** 연옥문 밖에 있을 것이라는 의미다.

그러나 그대는 누구기에 우리의 처지를

물으며 가는지, 그리고 내가 생각하는 것처럼

132   꿰매지 않은 눈을 가지고 호흡하며 말하는 것이오?"[32]

내가, "내 눈들도 여기 나로부터 앗기겠지만

그러나 잠시 동안뿐, 이는 곧 질투로 비뚤어져

135   저지른 허물이 크지 않기 때문이오.

내 영혼을 짓누르는 보다 큰 무서움은

여기 이 아래에 있는 고통[33]인데,

138   이 아래의 무거운 짐이 벌써 나를 억압한다오."

그러자 그녀가 내게, "여기 이 위의 우리 사이로

누가 그댈 이끌었으며, 돌아가리라 믿는 것이오?"

141   나는, "나와 함께 계시는 말 없는 그분이시오.

나는 살아 있다오. 선택된 영혼이여, 그대 만일에

아직도 살아 있는 내 다리로 그대를 위해

144   세상으로 가져가길 원하는 것[34]이 있다면 내게 청하시오."

그녀 대답하길, "듣기에 이것이야말로 너무 이상한 일,

그건 곧 하느님께서 그대를 예뻐하시는 큰 표지,

147   언제든지 그대의 기도로 날 이롭게 해 주오.

그리고 그대 그토록 갈망하는 그것[35]으로 바라노니,

행여나 토스카나의 땅에 가시는 날엔

150   내 일가들에게 내 이름을 일깨워 주오.

탈라모네[36]에 희망을 걸고 있는 저 쓸모없는

---

[32] 단테가 살아 있는지 묻는 것이다.

[33] **이 아래에 있는 고통** 오만으로 인해 지고 다니는 짐으로 인한 고통. 단테는 자기에게 이 오만이 질투보다 더 많이 있다는 것을 알고 있다.

[34] **세상으로 가져가길 원하는 것** 사피아의 영혼을 위해 지상에 있는 그녀의 친척들이 기도하는 일.

[35] **갈망하는 그것** 천국에서 누리는 복.

[36] **탈라모네(Talamone)** 토스카나 해안의 작은 항구. 시에나는 이를 군사적 상업적 요새로 만들려고 1302년에 샀는데 재정만 없앴을 뿐 별로 쓸모가 없었다고 한다.

족속들 틈에서 그대 저들을 볼 터인즉, 저들은

153   디아나[37]를 보고자 갈망하는 것보다 더 잃으리오.

그러나 그뿐인가, 제독들[38]도 아울러 잃을 것이라오."

---

[37] **디아나(Diana)** 이 디아나는 시에나 지하를 흐르는 냇물이라고 알려졌다. 시에나는 물이 귀한 지방이어서 시에 나인들은 이 냇물을 찾으려고 온갖 노력을 했으나 실패했다. 지금도 시에나에 가면(특히 여름에) 메마른 기분이 들 정도로 비가 오지 않는다.

[38] **제독들** 일설에 의하면 벤베누토, 라나, 오티모라고 하지만 정설은 아니다.

| 제14곡 |

 부활주일 월요일 오후 2~3시 사이. 질투로 인해 죄를 짓고 그 죄를 씻고 있는 영혼들이 있는 제2권역이다.

서로서로 떠받치고 서 있는 두 영혼이 단테를 보고 그가 살아 있는 것에 놀라 질문을 주고받는다. 그중 하나는 로마냐 출신의 구이도 델 두카로, 단테에게 누구이며 어디서 왔냐고 묻는다. 단테는 아르노 강 계곡에서 왔다고 말하는데, 이는 피렌체를 풀어서 일컫는 말이다. 그리고 그다지 알려지지 않은 인물이기에 이름을 밝힐 필요가 없을 것이라고 겸손하게 대답한다. 다른 한 영혼은 로마냐의 리니에리 다 칼몰리인데 단테의 말을 음미하더니 단테가 고향의 이름을 숨기는 이유를 친구에게 묻는다.

구이데 델 두카가 모른다고 하면서, 이미 그 지방은 옛날과 달리 변모했다고 말한다. 왜냐면 그 도시의 주민들이 성품을 짐승의 것과 마찬가지로 만들었기 때문이다. 사실 아르노 강은 주민이 돼지라 일컫고 있는 카센티노를 지나 아레초의 영토로 들어가는데, 이어 더 흘러서 피렌체에 이르러 물이 불어난다. 이 도시는 이리 떼로 변한 개들이 있는 곳이다. 이 강은 피사에 이르러 끝나는데 이곳엔 기만으로 가득 찬 여우들이 도사리고 있다고 한다.

이 모습을 보고 있던 단테는 그들 두 영혼이 누군지 알고 싶어 한다. 그러자 구이도가 자신을 소개하며 자신은 질투심이 매우 강했다고 말한다. 그러고 나서 리니에리의 이름도 밝힌다. 그에 의하면 리니에리의 후손들이 타락했으며 또 라마냐는 온통 무질서한 지방이 되었다는 것이다. 그는 또 예의범절이 뛰어난 인물들을 열거하면서 그들이 사라졌음을 슬퍼한다.

두 시인은 계속해 걸어갔는데 두 영혼은 시인들이 걸어가는 소리는 의식하지만 아무 말도 하지 않는다. 두 시인만이 남게 되자 천둥소리같이 커다란 소리가 하늘을 에서 들려온다. 그 소리는 형제를 죽인 죄책감 때문에 괴로워하는 카인의 말인 "누구든 나를 만나는 자, 나를 죽이리라"를 외치고 있다. 또 하나의 소리는 메르쿠리우스에 의해서 돌로 변한 아글라우로스의 말, "나는 돌이 된 아글라우로스다"를 외치고 있다. 이 소리에 놀란 단테는 스승에게 바싹 다가선다. 그의 설명에 의하면 이 영혼들은 질투로 인해 벌받았던 본보기들이다. 인간들은 모름지기 질투와 시기 때문에 죄를 짓는 수가 허다하다. 또 그것은 때때로 속세의 헛된 행복으로 인간을 속인다. 악마는 이러한 인간의 속성을 잘 파악해 제 뜻에 따라 인간을 유혹하는 속성을 가진 괴물이다. 악마의 그물에 걸리면 머리 위에 찬란히 빛나는 미를 망각한 채 천국을 소홀히 여기게 된다.

"죽음이 그에게 날아들기도 전에
우리네 산을 돌아다니고 눈을 제 뜻에 따라
3   떴다 감았다 하는 저이가 대체 누굴까?"[1]

---

[1] **죽음이~** 구이도의 말이다. 이 권역에서 정죄하는 영혼들은 철사 줄로 눈을 꿰맨 상태인데, 단테는 살아 있으므로 눈을 뜨고 있다.

"누군지는 모르나 보아하니 혼자가 아니군.

네가 그에게 보다 가까이 있으니 물어보라.

6   또 그를 공손히 맞아 말하게 해라."[2]

이렇듯 두 영혼이 서로서로 기대고

오른쪽에서 나에 관해 얘기하더니

9   이어 나에게 말하고자 얼굴을 들었다.

하나가 말하길, "오, 아직도 몸체에 담겨진 채,

하늘을 향해 가고 있는 영혼이여!

12   자비로써[3] 우리를 위로하고, 그대 어디서

왔으며 또 누구인지 우리에게 일러 주오.

그대는 이제껏 없었던 것을 바라는 만큼,

15   우리를 이처럼 경탄하게 하는구려."

이에 나는, "토스카나 복판을 흘러가는

작은 물줄기[4], 그건 팔테로나에서 생겼는데

18   그 흐름이 백 마일도 채 되지 못한 곳,

그 강물 언저리에서 이 몸을 가져왔는데[5]

나의 이름이 아직 그다지 울려 퍼지지 않았으니

21   누구라 말하는 게 소용없을 것이오.[6]"

"그대가 뜻하는 바를 내 총명으로써

움켜쥔다면, 그대 아르노 강을 말하는군요."

24   하고 먼저 말하던 자가 내게 대답하니,

---

[2] **누군지는~** 구이도의 말에 리니에리가 대답한다.

[3] **자비로써** 단테는 하느님의 은총을 받았기에 산 채로 사후 세계를 편력하고 있다. '그 은총의 자비로써'라는 뜻이다.

[4] **작은 물줄기** 아르노 강. 이 강에 대해 단테가 여러 차례 언급하는 것은 이 강이 곧 피렌체의 중앙을 뚫고 지나며 또 그 시민들이 이 강을 사랑한 탓이다. 아르노 강은 아직도 낭만 가득한 곳으로, 유명한 베키오 다리가 있다.

[5] **피렌체에서 왔다**는 의미이다.

[6] **나의~** 단테는 자신의 이름이 나중에는 울려 퍼지리라 믿고 있었다. 「연옥편」 제11곡에서 청신체 시인들을 거론하며 은연중에 자기가 그들을 압도하리라고 말한 바 있다. 그러나 겸손의 표시로 제 이름이 널리 알려지지 않았다고 한다.

다른 영혼이 그에게 말했다. "인간이 무서운

것들에 대해서 무서운 것으로 대하듯, 이 사람이

27   그 강의 이름을 숨기는 이유가 무엇일까?"

그에 대해 질문을 받았던 영혼이 이렇게

빚을 갚았다.⁷ "모르겠다. 그러나 그러한

30   계곡의 이름⁸은 스러져야 함이 마땅하겠지.

이는 곧 그 원천, 즉 펠로로⁹에서 끝나는

다른 어느 곳보다도 더 풍요한 물을

33   가진 험준하기 그지없는 산맥¹⁰의 근원으로부터,

강들이 그 안에 흐르는 무진장한 물을 얻는

물꼬¹¹에서 하늘이 빨아올린 것을

36   되돌려 주려고 다시 쏟아 놓는 바다에 이르도록

장소가 불길하기 때문인지 아니면

그들을 괴롭히는 나쁜 버릇 때문인지¹²

39   모두가 덕을 뱀처럼 원수로 여겨 쫓아냈지.

따라서 이 처참하기 그지없는 골짜기의

주민들¹³은 그들의 본성을 너무나 바꾸어서

42   치르체¹⁴가 그들을 먹여 살리는 듯싶었지.

사람이 먹는 음식보다는 훨씬 더

---

⁷ **빚을 갚았다** 대답했다.
⁸ **계곡의 이름** 아르노 강의 계곡으로, 이름은 아르노다.
⁹ **펠로로(Peloro)** 옛 시인들(베르길리우스와 루카누스)이 말한 이탈리아 전설에 의하면 옛날 시칠리아 섬은 반도와 연결되어 있는데, 강한 지진으로 반도에서 떨어지게 되었다. 따라서 아펜니노 산맥의 끝은 시칠리아까지 연결되었다 한다. 펠로로는 이 섬의 동북쪽에 위치한다.
¹⁰ **산맥** 아펜니노 산맥.
¹¹ **물꼬** 바다. 즉, 바다에서 수증기가 올라와 비가 되어 아르노 강에 뿌렸다가 다시 그 물이 흘러 바다로 간다는 뜻이다.
¹² **장소가~** 기후나 풍토 혹은 풍속 탓이다.
¹³ **주민들** 카센티노의 주민들.
¹⁴ **치르체** 호메로스의 『오디세이아』에 나오는 요녀인데, 그녀는 사람을 짐승으로 변신시킬 수 있다. 「지옥편」 제26곡 91~93행 참고.

도토리가 제격인 추잡한 돼지[15]들 틈으로

45 냇물이 초라한 제 줄기를 뻗치고 있구려.

이어 흘러내리다가 제 능력보다도 더

짖어 대는 강아지[16]들을 보았는데, 그들에게

48 계곡은 언짢았던지 코끝을 비틀고 있는 거야.[17]

그 저주받고 또 비참한 개천[18]은

흘러서 내려가다가 물이 불어

51 강아지가 늑대[19]로 되는 것을 볼 정도였지.

그 후에 보다 더 구릉진 못들을 지나 내려와

속임수 가득 지닌 여우[20]들을 만나는데,

54 그들은 자기네들을 사로잡는 재주를 무서워하지 않았다.

남[21]이 듣는다 하여 말하는 걸 그만두지 않으리니,

진정한 영감이 나에게 불러일으켜 주는 이 말을

57 이제라도 이자가 생각한다면 좋을 것이야.

내가 자네의 손자[22]를 보니, 그는 거센

강의 둑 위에서 저 늑대들의 사냥꾼이

60 되어 그들 모두를 부들부들 떨게 하는구나.

그는 그들의 고기를 산 채로 팔고

늙은 짐승처럼 그것들을 잡아 죽이니

---

13 **돼지** 치르체에 의해 변신당한 카센티노.

16 **강아지** 아레초 사람. 그들은 줄기차게 피렌체와 싸웠으나 언제나 패배해 그의 예속민이 되었다.

17 **코끝을 비틀고 있는 거야** 아레초에서 아르노 강이 좁혀진다. 그리고 갑자기 꺾여 서쪽으로 흘러내린다.

18 **저주받고 비참한 개천** 그 강 주위에선 언제나 피비린내 나는 싸움이 계속되었으니까.

19 **늑대** 피렌체 사람. 아르노 강은 피렌체에 이르러 그 넓이가 가장 넓다.

20 **여우** 피사 사람.

21 **남** 단테. 그는 아르노 강 연안에서 왔다. 저자인 단테가 아르노 주위를 욕하는 것은 복합적인 뜻을 내포하고 있다. 즉, 아르노 부근의 주민뿐만 아니라 전 이탈리아, 더 나아가서는 그런 상태에 있는 모든 인류를 겨냥한 욕으로 해설될 수 있다는 것이 학자들의 견해다. 그는 또 그리스도교인을 비그리스도교인보다 더 욕하며 그들을 더 많이 지옥에 있게 한다. 이는 그가 그리스도교인을 더 잘 알고 있기 때문이다.

22 **손자** 리니에리의 손자인 풀체리 다 칼볼리. 1202년 피렌체의 행정관이 되었다. 그는 네리 파의 뇌물을 먹고 비앙키 파에 속하는 구엘프 당원을 많이 살해하고 추방시켰다.

63   그는 저들의 목숨을 앗아가며 자신을 더럽힌다네.[23]

슬픈 저 숲[24] 속에서 피투성이 되어 그가 나오니

숲은 천 년이 지나도 이전과 같이

66   우거지지 못한 채로 버려진다네."

뼈아픈 재난의 소식에 그 재앙이

어느 쪽에서 찾아왔든

69   그 소식을 듣는 자의 얼굴이 일그러지는 것같이

들으려고 그를 향하던 다른 영혼[25]이

저에게 한 말을 이해하고 있었던 듯

72   괴롭고 슬픈 빛을 띠었다.

하나의 말과 다른 하나의 용모가

나로 하여금 그들의 이름을 알고 싶게 하기에

75   나는 간청하며 물었더니

내게 먼저 말했던 그 영혼이 다시 말하기 시작했다.

"그대는 그대가 내게 하고 싶지 않은 것을

78   나로 하여금 그대에게 해 주기를 바라고 있구려.[26]

그러나 하느님께서 그대 안에 그토록 많은

자비[27]를 비추고 있으니, 내 인색하지 않으리오.

81   나는 구이도 델 두카[28]였음을 아시겠지요.

나의 피는 질투로 부글부글 끓었기에

행여나 기뻐하는 사람을 보았다 하면

84   원한의 빛에 물들던 내 얼굴을 자넨 보았을 것이오.

---

[23] 리니에리의 손자가 행한 악한 행동.

[24] **슬픈 저 숲** 피렌체. 풀체리에 의해 도탄에 빠진 이 도시기 회복되려면 오랜 세월이 걸려야 된다는 뜻이다.

[25] **영혼** 리니에리.

[26] **그대는~** 단테는 제 이름을 알려 주는 것은 싫어하면서 두 영혼의 이름은 알려고 한다.

[27] **자비** 산 채로 영혼의 세계를 편력할 수 있도록 해 준 일.

[28] **구이도 델 두카**(Guido del Duca) 로마냐의 포를리 가까이 있는 브레티노로의 귀족.

내가 뿌린 씨앗으로부터 열매를 거두니,[29]

아, 인간들이여. 같이 참여하는 일이 금지된

87 선에 어인 일로 마음을 쓰는 것인지?

이 사람이 리니에리, 그는 칼볼리 가문의

자랑이며 영예지만, 그가 지닌 가치는

90 이후 누구에게도 이어질 수 없었다오.

또 그의 혈족은 포 강과 산, 바다와 레노

사이에[30] 진실과 기쁨[31]에 요구되는 바를

93 지니고 있지 못했을 뿐만이 아니라

이는 곧 이들 영역 안에는 독스런 둥지[32]가

가득가득 차 있기에 나중에 이를 경작한다 해도

96 그 뿌리를 없애기엔 너무 늦기 때문이오.

그 어디에 착한 리치오와 아르리고 마나르디,

피에르 트라베르사로, 구이도 디 카르피냐가 있는지?

99 오, 개자식이 되어 버린 로마냐 사람들이여![33]

볼로냐에선 파브로[34]가 언제나 싹틀 것이며

파엔차에선 베르나르딘 디 포스코[35]가 잡풀의

102 빼어나 줄기로 언제 다시 일어나겠는가?

토스카나 사람이여. 구이도 다 프라타를,

우리와 같이 살았던 우골린 다초를,

105 또 페데리고 티뇨소와 그의 족속을,

이 집안도 저 집안도 대가 끊어진

---

[29] 자신이 뿌린 씨앗은 자신이 거둬들인다는 뜻이다.
[30] **포 강과 산, 바다와 레노 사이에** 리니에리의 고향 로마냐의 위치를 가리킨다.
[31] **진실과 기쁨** 정신상·처세상 필요한 문무의 덕과 그 덕을 실천하는 데서 오는 기쁨을 의미한다.
[32] **독스런 둥지** 패륜의 무리들의 소굴.
[33] **그 어디에~** 여기 나오는 인물들은 13세기에 로마냐를 다스리던 명문 출신의 고결한 정신의 신사들이다.
[34] **파브로(Fabbro)** 기벨린 당원. 그는 볼로냐 출신의 고매한 인품의 소유자. 출신 가문은 비천했다.
[35] **베르나르딘 디 포스코(Bernardin di Fosco)** 그 역시 비천한 가문 출신이지만 덕과 지혜로 파엔차를 다스렸다.

트라베르사라 집안과 아나스타지 집안을,

108 귀부인들과 또 기사들을, 그리고 마음이

그토록 사악하게 되어 있던 그곳[36]에서

애정과 의기[37]가 우리에게 북돋아 준 그 고락을,

111 내 기억하며 눈물 흘려도 놀라지 마시라.

오, 브레티노로[38]여. 그대의 집안과 많은 사람들이

죄를 짓지 않으려고 떠나 버렸는데

114 그댄 어이 해서 도망치지 아니하는가?

아들을 다시 안 가질 바냐카발[39]은 좋으리라.

카스트로카로[40]는 나쁘고 코니오[41]는 더 나쁘겠지,

117 그들은 아직도 그런 백작들을 더 낳고 있으니,

마귀가 가문에서 사라지는 날엔, 파가니[42]는

평안하겠지만, 그러나 그게 뚜렷한 흔적을

120 남기게 되거든 한사코 어지러울 것이오.

오, 우골린[43] 데 판톨린이여. 다시는 어지럽히고

흐릿하게 할 만한 후예가 기대되지 않으니

123 그대의 이름은 안전하다오.

토스카나 사람이여, 그대는 이제 가시오.

나 이제 말하는 것보다는 차라리 울고 싶으니

126 이는 곧 그대의 말에 마음이 괴롭기 때문이오.

---

[36] **그곳** 로마냐.

[37] **애정과 의기** 기사도 정신의 대상물에 대한 마음의 반응.

[38] **브레티노로(Brettinoro)** 로마냐의 작은 고을. 구이도 델 두카와 아르리고 마나르디의 고향.

[39] **바냐카발(Bagnacaval)** 이몰라와 라벤나 사이의 고을. 13세기경 이 고을의 영주는 자식이 없었던 말비치니 가문이었다.

[40] **카스트로카로(Castrocaro)** 몬토네 골짜기에 있는 고을.

[41] **코니오(Conio)** 이몰라 근처에 있는 고을. 카스트로카로와 이 고을에는 훌륭한 조상들에 이어 부덕한 자손들이 나타났다고 한다.

[42] **파가니(Pagani)** 파엔차와 이몰라의 귀족.

[43] **우골린(Ugolin)** 파엔차의 유덕했던 귀족. 1282년 상속자 없이 죽어 그의 유덕했던 이름이 깨끗이 남았다.

우리가 떠나는 것을 저 사랑스런 영혼들이

듣고 있는 것을 우린 알았는데, 그 영혼들은

129   우리의 길을 믿음직스럽게 해 주었다.

이어서 우리 둘이 나란히 걸어가는데,

갑자기 하늘을 찢는 번개와 같은

132   소리가 강타하듯 외쳤다.

"누구든 나를 만나는 자, 나를 죽이리라."[44]

그러고는 느닷없이 구름이 갈라지더니,

135   그 소리는 흩어져 퍼지는 천둥처럼 달아났다.

우리가 그걸 듣고 쉬고 있을 무렵

곧이어 계속되는 천둥소리와 비슷한

138   커다란 폭음과 함께 다른 소리가 들렸다.

"나는 돌이 된 아글라우로스[45]다"라고.

그러자 나는 시인에게 더욱 가까이 다가가고자

141   앞으로 가던 것을 멈추고 오른쪽으로 걸음을 옮겼다.

이미 대기는 구석구석마다 고요했는데

그분이 내게 이르시길, "저건 억센 재갈[46],

144   인간을 제 울타리 안에 가두었어야 했다.

옛 원수의 낚싯바늘이 제 곁으로 그대들[47]을

끌어당기게 그대들이 미끼를 물었구나.

147   그러기에 재갈도 부르는 소리도 별로 소용없구나.

하늘이 너희를 부르고 너희 주위를 맴돌며

---

[44] 동생 아벨을 죽인 카인의 말. 카인은 질투의 상징적 존재다.
[45] **아글라우로스(Aglauros)** 아테네 왕 케크롭스의 딸. 그녀는 언니 헤르세가 메르쿠리우스의 사랑을 독차지하자 이를 질투하다가 돌로 변했다. 오비디우스의 『변신이야기』 제2권 708행 이하 참고.
[46] **재갈** 질투에 대한 벌.
[47] **그대들** 세상 사람들을 두고 한 말이다.

영원한 제 아름다움을 너희에게 보여 주는데
150   너희의 눈은 땅만을 바라보고 있구나.
그래서 만물을 가늠하시는 분이 널 때리는구나.[48]"

---

[48] **때리는구나** 벌을 내리는구나.

| 제15곡 |

 같은 날 오후 3~5시 사이. 제2권역과 제3권역의 이야기다. 제2권역엔 자비의 천사가 있다. 그는 단테의 이마에서 두 번째 P자를 지워 주며 "Beati Misercordes(자비로운 자여 복되도다)"라는 노래를 부른다. 제3권역은 평화의 천사가 지키고 있는데 여기엔 분노의 죄를 지은 망령들이 정죄하고 있다.

단테가 서녘을 향해 고갤 들었을 때 갑자기 한 줄기 빛이 태양보다 더 강렬하게 눈을 비추자 손으로 눈을 가린다. 그래도 그 빛은 땅에서 반사되는 듯 여전히 눈 속으로 들어와 시선을 다른 곳으로 돌리려고 한다. 베르길리우스는 천사가 그들을 보다 높은 권역에 데려가기 위해 왔으며 단테가 모든 죄를 씻는 날 그 빛을 거리낌 없이 볼 수 있을 것이라고 덧붙인다. 시인들이 가까이 오자, 천사는 그들에게 이제까지 본 것보다 덜 가파른 계단을 가르쳐 주니 그들이 오르기 시작한다. 이어 어깨 너머로 축복의 노랫소리가 들려온다.

오르막길을 오르며 단테는 베르길리우스에게 묻는다. 구이도 델 두카는 인간들을 욕할 때 무슨 속셈을 갖고 있었느냐고. 이에 스승이 대답하기를 경험을 통해 질투의 결과를 알고 있는 구이도가 속세의 이득에 너무 혈안하지 말기를 충고하고자 했다는 것이다. 그러나 단테는 이 설명에 만족하지 않는다. 그에겐 지극히 역설적으로 들린다. 그러자 스승은 단테가 자기의 설명을 정확히 이해하지 못한 것이라고 하면서 더욱 자세히 말해 준다. 그 설명을 한마디로 요약해 표현하면, 인간은 누구나 다른 사람에게서 자신의 덕성을 비쳐 보는데 이는 곧 거울이 빛을 서로 반사해 주는 것과 같은 이치에서다.

이제 제3권역의 벼랑에 도착해 온화의 본보기들을 만난다. 이 가운데 첫 번째 모습은 성전에서 박사들 틈에 예수가 함께 있는 것을 본 마리아의 것이다. 그녀는 예수를 나무라지 않고 따스한 말로 타이른다. 두 번째 모습은 아테네의 폭군 페이시스트라토스로, 그는 제 딸에게 공공연히 입맞춤 세례를 하려던 젊은이에게 보복하고자 부인이 격노한 태도로 탄원하자 "우릴 사랑하는 자를 벌한다면 우릴 증오하는 자는 어찌 하겠소?" 하고 대답한 자다. 세 번째 모습은 성 스테파노다. 그는 성난 군중이 자기를 돌로 쳐 죽이려 하자 그들을 위해 기도했다. 단테는 환희에서 깨어나자 그가 본 것들은 진실이 아니며 비실재적인 것임을 알게 된다. 베르길리우스가 단테가 본 본보기들은 온화의 모습이라고 일러 준다.

언제나 쉬지 않고 장난치는 어린이처럼[1]

태양권의 낮이 시작해 오고

3   셋째 시각이 끝나가는 그 사이에 나타나는 것처럼,[2]

태양은 벌써 제 갈 길 위에서

저녁을 향하고 있었는데

[1] 태양이 사시사철 뜨고 지는 것을 비유한 표현이다.
[2] 해설에서 밝혔듯 지금 시간은 해지기 세 시간 전이다. 해가 뜨는 시간(오전 6시)부터 셋째 시각인 오전 9시까지 세 시간이 걸린다. 지금부터 일몰시간(오후 6시)까지 3시간이 걸리므로 지금은 해지는 시각의 세 시간 전인 오후 3시쯤이다.

6　　그곳[3]은 저녁, 이곳[4]은 한밤중이었다.

　　　우리에겐 산이 빙그르 도는 듯했기에

　　　이내 서쪽을 향해 줄곧 걸어서 나가니

9　　그 빛살이 우리의 콧잔등 복판에 비추었다.

　　　그 무렵 먼저보다 훨씬 더한 눈부심에

　　　내 이마가 짓눌리는 듯 느껴졌는데

12　　그 이상야릇한 것들이 내겐 경악스러웠다.

　　　그리하여 나는 두 손을 눈썹 끄트머릴 향해

　　　들어 올리고서 너무 많이 보이게

15　　하지 않으려고 내 스스로 손차양을 만들었다.

　　　물이나 거울에 비친 광선이 그와

　　　정반대의 방향으로 튀어나갈 때

18　　위로 오르는 것과 똑같은 모양으로

　　　내려 떨어지고, 또 돌멩이가 떨어지는

　　　선에서 똑같은 거리에 있다 함을

21　　실험이나 학술이 나타내 주는 것과

　　　마찬가지로 여기 내 앞에 반사되는

　　　빛살에 내가 얻어맞은 듯했으니[5]

24　　그 때문에 내 시각은 서둘러 물러났다.

　　　"어지신 아버지여, 저것이 무엇입니까?

　　　몹시 기를 써 시야를 가리려 해도 못하니

27　　이게 곧 우릴 향해 오는 것 같습니다."

　　　"하늘의 가족[6]이 아직도 널 눈부시게 하는 것이니

---

[3] **그곳** 정죄산.
[4] **이곳** 이탈리아. 단테는 지금 죽음 이후의 세계를 돌아보고 이탈리아에 돌아와서 이 글을 쓰고 있다. 이탈리아
는 예루살렘의 45도 선상에 있다. 예루살렘의 정반대편에 연옥이 있으니까 연옥이 오후 3시일 때 이탈리아는
한밤중이다.
[5] **내 앞에~** 빛이 땅에서 반사되어 단테가 가려도 그의 눈에 들어갔다는 뜻이다.
[6] **하늘의 가족** 천사.

놀라워하지 마라. 인간을 오르게 하러 온

30   사자이니까." 그가 내게 대답하며 계속해서,

이것들을 보았다 하여 곧바로 네가

걱정스러워할 것이 아니다. 자연이 너로 하여금

33   느끼도록 마련한 즐거움이 될 것이다."

이어 우리가 축복받은 천사에게 이르렀을 때,

그는 기쁜 음성으로, "너희는 다른 것보다

36   훨씬 가파르지 않은 이 층계를 따라 올라오라."

벌써 그곳을 떠나 우리가 올라갔는데,

"자비로운 자여 복되도다!"[7]와 "기뻐하라,

39   이긴 그대[8]여!"라는 노랫소리가 우리 뒤에서 들렸다.

스승과 나는 단 둘이서 호젓하게

올라갔는데, 나는 가면서 그의 말 속에서

42   유익한 걸 얻으려고 생각에 잠겨

그에게 다가서며 다음과 같이 물었다.

"로마냐의 영혼[9]은 무엇을 말하고자 했던가요?

45   '같이 참여하는'과 '금지된'이란 말[10]을 하면서 말이에요."

그랬더니 그가 내게 "제 자신의 큰 잘못[11]에서

해로움을 알고 있기에, 덜 울도록 하려고

48   나무라는 것이니 이상할 것 없구나.

같이 있기에 각자의 몫이 줄어드는 곳[12]에서

너희의 욕심이 신경을 곤두세우기에

---

7 **"자비로운 자여 복되도다!"** "자비를 베푸는 사람은 행복하다. 그들은 자비를 입을 것이다." 「마태오의 복음서」
  5장 7절. "자비는 질투와 상반된다"라는 아퀴나스의 말을 되새겨 보라.

8 **이긴 그대** 질투를 이긴 그대.

9 **로마냐의 영혼** 구이도 델 두카.

10 **'같이 참여하는'과 '금지된'이란 말** 「연옥편」 제14곡 86~88행 참고. 즉, 'consorte'와 'divieto'의 풀이다.

11 **큰 잘못** 질투.

12 **곳** 지상의 복, 부귀, 명예, 권세 등을 말한다.

51   질투가 풀무[13]를 움직여 한숨을 돋우는 것이다.

        최상의 천체[14]의 사랑이 만일에

        너희의 소망을 위로 들어 올린다면,

54   그러한 두려움은 너희 가슴에 없으련만,

        이는 거기서 '우리 것'이라 말하는 자[15]

        많을수록 각자가 차지하는 복도 많아지며

57   그 수도원[16]에서 타는 자비가 더하기 때문이다.

        내가 말하길, "내 처음에 입을 다물고 있었더라면

        만족하고 더 이상 굶주려 하지 않을 텐데,

60   이제 마음속에 더 많은 의심만 모이는군요.

        하나의 복을 여러 소유자에게 나누는 것이

        소수 몇 사람에 의해 소유되는 것보다

63   더 부유하게 한다 함은 어이 된 일인지요?"

        그가 나에게, "너는 속세의 것에만 마음을

        쏟기 때문에 진정한 광명[17]에서

66   어두움만을 따내고 있는 것이로다.

        저 위에 있는 무한하고 말로 다할 수 없는[18]

        덕이란 것은 마치 햇볕이 번쩍이는

69   물체로 오는 것처럼 사랑을 향해 달려드는데,

        그 사랑이 뜨거우면 뜨거울수록 그만큼 더 자신을 주고[19]

        그리함으로써 폭넓게 펼쳐지는 것이니

---

[13] **풀무** 가슴. 즉, 가슴을 움직여 한숨을 쉬게 한다는 뜻이다.
[14] **최상의 천체** 엠피레오의 하늘, 즉 정화천.
[15] **'우리 것'이라 말하는 자** 복을 누리는 자.
[16] **수도원** 천국.
[17] **진정한 광명** 베르길리우스가 말해 주는 진리. 단테는 이 진리에 관심이 없는 것은 아니나 속세의 일에 온 정신을 쏟고 있다.
[18] **무한하고 말로 다할 수 없는** 진리와 덕이 그렇다는 것이다. 그 뜻을 크게 보면 하느님이라 할 수도 있다.
[19] 하느님은 자기를 사랑하는 만큼 은총을 베푼다. 「천국편」 제14곡 40~42행 참고.

72 그 사랑 위에서 무궁한 힘이 자라난다.
    하늘나라를 사랑하는 마음이 많으면 많을수록
    사랑해야 할 대상이며 서로에 대한 사랑도 커지기에,

75 사랑은 거울처럼 서로서로 주고받는 것이지.
    내 말이 너의 굶주림을 덜지 못한다 해도
    너는 베아트리체를 만나리니, 그분께서

78 이에 대한 또 다른 소망을 모두 풀어 주리라.
    다만 너는 괴로움 때문에 닫힌
    다섯 개의 상처[20]가 앞서의 두 개처럼

81 속히 없어지게 온 힘을 다해라."
    "그대의 말이 날 흡족하게 해요"라고 내가 말하려 할 때,
    다른 권역[21]에 이르렀음을 보고

84 두리번거리는 눈 때문에 나는 입을 다물었다.
    여기서 나는 갑자기 어느
    황홀한 환영 속에 사로잡힌 듯했는데

87 어느 성전에서 많은 사람들을 보는 것 같았다.
    또 문지방 위에 여인[22] 하나가 어머니처럼
    상냥스러운 모습으로 "내 아들아, 너는 왜

90 우리에게 그렇게 했느냐?"[23]고 말했다.
    그리고 "보라, 괴로워하는 네 아비와 함께
    너를 찾았다." 이렇게 말을 멈추시니

93 보였던 것이 사라져 버렸다.

---

[20] **다섯 개의 상처** 천사로부터 받은 P자. 교만과 질투의 P자 두 개는 앞서 지워졌다.
[21] **다른 권역** 제3권역. 여기에서 분노의 죄를 씻는다.
[22] **여인** 마리아.
[23] **"내 아들아~** 열두 살 때 예수는 부모를 따라 예루살렘에 명절을 지내러 갔다. 돌아오던 길에 예수가 어디론가 사라졌음을 안 요셉과 마리아는 괴로워하며 그를 찾아 헤맨다. 그러다 그가 예루살렘의 성전에서 박사들과 교리를 논하는 것을 보자 마리아가 그렇게 말했다. 「루가의 복음서」 2장 41절 이하 참고.

다음은 또 다른 여인이 내게 나타났는데,

그녀는 다른 사람에게 무섭게 성낼 때에

96 　분해서 솟아나는 눈물을 뺨에 흘리며

말하는 것이었다. "그 이름 때문에 신들이

그토록 싸웠고 또 그로 해서 모든 학문이

99 　찬란하던 그 고을의 어른[24]이 그대라면,

오, 페이시스트라토스여. 우리의 딸을 껴안았던

저 무엄한 팔에 당신께서 복수하옵소서."

102 　그러자 인자하고 온화하게 보이는 어른이

점잖게 쳐다보며 그녀에게 답하는 것 같았다.

"우릴 사랑하는 자를 벌한다면,

105 　우릴 증오하는 자는 어찌 하겠소?"

이어 나는 분노의 불길 속에 타는 사람들을

보았는데 "죽여라, 죽여!"라고 소리 높여

108 　악을 쓰며 젊은이[25]를 돌로 쳐 죽이는 것이었다.

그는 벌써 짓누르는 죽음 때문에

머리를 땅으로 푹 수그리고 있었지만,

111 　그러한 싸움 속에서도 하늘의 문으로

눈을 줄곧 쳐들고 지고하신 어른께

애원하는 표정으로 저 박해자들을

114 　용서해 주기를 간구하고 있었다.

나의 영혼이 내부의 본연에서 벗어나

---

[24] **그 고을의 어른** 아테네는 처음 도시의 이름을 지을 때 두 가지 이름을 놓고 격렬한 논쟁이 있었다. 학문과 지혜의 여신인 미네르바와 바다의 왕 넵투누스의 두 이름이 바로 그것이다. 그러나 결국 미네르바가 승리를 거두었다(오비디우스의「변신이야기」제6권 70행 이하 참고). 이 아테네의 왕 페이시스트라토스의 딸이 한 젊은이로부터 입맞춤을 당한 일이 있었다. 어머니가 분개해 그 복수를 왕에게 간청할 때 왕이 한 유명한 말이 곧 본문에 실린 그대로다. 온화의 두 번째 본보기다.

[25] **젊은이** 그리스도교교의 최초의 순교자 스테파노. 자기를 돌로 쳐 죽이는 무리들을 위해 "주님, 이 죄를 저 사람들에게 지우지 말아 주십시오" 하고 기도했다. 그는 온화의 세 번째 예다. 「사도행전」 7장 54절 이하 참고.

외부에 실재하는 것으로 가 버렸을 때, 나는

117   나의 과오가 거짓이 아님을 깨달았다.[26]

잠에서 깨어나는 사람 같은 내 모습을

본 길잡이께서 말하길,

120   "너 무슨 일이 있기에 몸을 가누지 못하느냐?

술이나 혹은 졸음에 비틀거리는 모양으로

눈을 감고 다리를 꼬며 너는 이미

123   반 레가[27]도 더 오지 않았느냐?"

내가 말하길, "오, 상냥하신 내 아버지시여.

내 말을 들어 주신다면 나 당신께 말씀드리겠습니다.

126   내 다리가 이토록 휘청거릴 때 내게 나타난 것을."

이에 그가, "너 네 얼굴 위에 백 개의

탈을 쓰고 있다 하더라도 너 생각하는 바가

129   나타남을 감추지 못할 것이다.

평화의 물을 향해 마음을 열기 위해

핑계를 대지 못하도록 영원무궁한 샘에서

132   쏟아져 나온 그 무엇을 나는 보았다.

영혼을 떠난 몸뚱이가 누워 있을 때

보이지 않는 눈만 가지고 보려는 사람이 하듯이

135   '무슨 일인가?' 하고 물어본 것은 아니고

너의 다리에 힘을 실어 주고자 물었던 것이니,

정신 들 때 깨어 있는 상태를 이용하도록,

138   게으르고 느린 자들은 닦달질을 해야 한다."

해질 무렵 우리는 할 수 있는 한 눈을 멀리

---

[26] **나의 영혼이~** 영혼이 실재로 돌아왔을 때, 이제까지 본 것을 현실로 알았던 것은 잘못이며 그것은 환영에 지나지 않았다고 여겼다. 그러나 이 환영이 진실의 상징이라는 것도 알았다.

[27] **반 레가** 1레가(Lega)는 약 23밀리아의 거리. 1레가는 약 3마일이다.

보내 정신을 가다듬고 번쩍이는 저녁의

141　햇살을 맞으면서 걸어 나갔다.

밤같이 컴컴한 연기[28]가 우리를 향해

조금씩 조금씩 다가왔기에

144　우리가 피해 나갈 틈마저 없었으니

이것이 눈과 맑은 공기를 앗아갔기 때문이다.

---

[28] **컴컴한 연기** 분노의 죄를 씻는 연기를 의미한다. 연기는 이성을 잃게 하고 선과 악의 구별을 막는다.

| 제16곡 |

 같은 날 오후 5시경. 제3권역으로 들어서자 시인들을 휘감는 연기가 너무 자욱하다. 지옥의 암흑과 비슷할 정도로 칠흑 같아 눈을 제대로 뜰 수가 없다. 그래서 베르길리우스는 단테를 어깨에 기대게 한다. 시인들은 걸어가면서 합창으로 찬미하는 노랫소리를 듣는다. 평화와 자비를 갈구하는 노래다. 그 소리는 분노한 망령들이 정죄하며 부르는 노래다. 그중 한 영혼이 단테가 살아 있음을 깨닫고서 누구냐고 묻는다. 단테는 그에게 사실을 알려 주며 그의 이름은 무언지, 또 오르는 데 좋은 길을 말해 줄 수 있는지 묻는다. 그 영혼은 롬바르디아의 마르코다. 그는 좋은 길을 가르쳐 주며 천당에 가거든 자기를 위해 기도해 달라고 부탁한다.

　단테는 그에게 세상이 어째서 부패하는 것인지 그 원인이 무엇이냐고 묻는다. 이것은 구이도 델 두카의 말을 들을 때 하고 싶었던 질문이다. 마르코가 고통의 한숨을 깊이 쉬면서 세상 사람들의 무분별을 비난한 다음 인간들은 자신들 사이에 생기는 모든 것의 원인을 하늘의 영향으로 돌리려 한다고 말한다. 모든 것이 필요에 의해 일어난 것이라고 한다. 만일 그렇다면 인간의 자유의지란 파멸될 것이며 선을 칭찬하고 악을 벌하는 것은 옳지 못할 일이라고 한다. 단테는 마르코의 말을 통해 인간이 갖는 자유의지의 중요성을 강조한다. 따라서 단테의 질문에 대한 대답 또한 명백하다. 세상 사람들의 부패의 원인은 인간 자신 속에 있다.

　인간의 영혼은 신에 의해 창조되자마자 그의 손에서 순후한 상태로 나온다. 또한 최고선이라 할 수 있는 신으로부터 나왔기에 본능적으로 즐거운 것을 향한다. 인간이란 처음에 속세의 재화를 맛보다 속임을 당하고서도 그걸 추구한다. 그에게는 이끌어 주는 안내자도 없고 적당히 제어를 해 주는 재갈이 있는 것도 아니다. 그러므로 정의를 알고 다스리는 황제와 법률이 필요한 것이다. 그런데 법률은 있지만 그걸 적용할 황제는 없다는 것인데, 이유인즉 교황이 타인에게 본보기가 되어야 함에도 불구하고 정신적인 것과 속세적인 것을 구별치 못한다는 것이다. 세상의 부패는 인간들에 의해서 생기는 것이 아니라 인간들을 다스리는 황제들과 교황에 기인한다고 보는데 이는 곧 교황은 그들을 천상의 행복으로, 황제는 지상의 행복으로 이끌어 가야 함에도 불구하고 지금은 모든 권력을 교황이 쥐고 흔들어 혼란시킨다고 한다.

　마르코는 그 예를 롬바르디아의 윤리 상태에서 확인한다. 그곳에선 교회와 황제 페데리코 2세 사이에 전쟁이 있기 전에 예의범절이 꽃피었는데 지금은 늙은이들을 제외하곤 모조리 썩어 빠진 인간들이 군림하고 있다는 것이다. 결론적으로 세상이 썩어 가는 원인은 정신적인 세계의 권력과 속세적인 권력의 혼돈에서 찾아진다고 마르코가 말한다. 단테는 마르코의 말을 빌어 자신의 정치 철학을 갈파하고 있는 것이다.

　　　　지옥의 어두움[1]이라도, 또 나지막한 하늘 밑
　　　　별들을 잃어버린 밤, 시꺼먼 구름이
　　3　　가득가득 뒤덮인 밤의 어두움이라도,
　　　　여기 우리를 와락 덮치는 저 연기처럼

두꺼운 장막을 내 눈앞에 치지는 못하고

6   이다지도 두텁고 거친 느낌을 주진 못하였다.

이 어둠 속에서 눈을 뜬 채 견디어 낼 수 없었기에

나의 현명하고 믿음직하신 호위[2]께서

9   내게 접근해 어깨를 내밀어 주셨다.

마치 장님이 길을 잃지 않으려고, 또 무엇에

부딪쳐 해를 입을까 봐 혹은 죽음을 당할까 봐

12   제 길잡이 뒤를 쫓아가는 것처럼,

나도 씁쓸하고 답답한 공기를 지나가면서

"내게서 떨어져 나가지 않도록 조심하라"고

15   말하는 나의 안내자의 말을 들었다.

많은 소리가 들려 왔다. 그 소리 하나하나가

죄를 씻어 주는 하느님의 양[3]에게

18   평화와 자비를 위해 기도하는 것 같았다.

"천사의 어린양"[4]이 한결같이 그들의 시작[5]이었는데

모두가 같은 말 그리고 같은 가락이었기에

21   그 속에 완전히 화음이 이뤄진 듯했다.

"스승님이시여, 소리 내는 저것들이 영혼인지요?"

라고 말하니, 스승은 나에게, "너 바로 봤구나.

24   저들은 분노의 매듭[6]을 풀며 가고 있다."

"옳아, 그대 누구기에 우리의 연기를 가르며

---

[1] **어두움** 지옥엔 빛이 없기에 항상 어둡다. 칠흑 같은 밤이라는 표현으로도 모자란 짙은 어둠이다.

[2] **호위** 안내자인 베르길리우스.

[3] **하느님의 양** 그리스도를 가리킨다. 요한은 예수께서 자기한테 오시는 것을 보고 이렇게 말했다. "이 세상의 죄를 없애시는 하느님의 어린양이 저기 오신다."「요한의 복음서」1장 29절.

[4] **"천사의 어린양"** 'Agnus Dei' 하느님의 어린양이라는 뜻이다. 인류의 죄 때문에 죄 없이 희생된 예수를 뜻한다. 가톨릭 미사 때 기도문으로 쓰인다.

[5] **시작** 기도할 때 첫 마디가 'Agnus Dei' 였다는 뜻이다.

[6] **분노의 매듭** 분노의 죄.

아직도 달력으로 날짜를 세는[7] 자처럼

27   우리에 대해서 이야기하고 있는 것인가?"

이렇게 한 소리가 말하는 게 들리기에

나의 스승께서 말하길, "대답해라.

30   그리고 여기서 저 위로[8] 오를 수 있나 물어라."

그래서 나는, "그대를 창조하신 그분께로

아름답게 돌아가고자 정죄하는 피조물이여.

33   그대 나를 대동한다면 기막힌 얘기[9]를 들으리라."

그가 대답해, "내게 허용되는 한도 내에서

그대를 따라갈 것이오. 연기가 시야를 막는다면

36   그 대신 듣는 것이 우리와 함께 할 것이오."

그때 나는 말을 꺼내, "죽음이 헤쳐 버리는

육신을 지니고 내 이 위로 와서

39   지옥의 고통을 지나쳐[10] 여기에 온 것이오.

주께선 성총으로 나를 받아들이시고

아직 그 시절에 있지 않던 방법으로

42   내가 그분의 궁정[11]을 볼 수 있도록 하셨으니[12]

그대 죽기 전에 누구였는지를 숨기지 마오.

그리고 지금 갈림길을 잘 들어섰는지 말해 주오.

45   그대의 말은 우리들의 길잡이가 되는구려."

---

[7] **달력으로 날짜를 세는** 살아 있다는 것의 비유다.

[8] **저 위로** 천국으로

[9] **기막힌 얘기** 산 채로 영혼의 세계를 편력한다는 이야기.

[10] **지옥의 고통을 지나쳐** 지옥을 통해서, 즉 지옥을 둘러보고서.

[11] **궁정** 천국. 단테는 천국에 갈 수 있음을 알고 있다.

[12] **그 시절에~** 역시 살아 있는 상태로 영혼의 세계를 순례한다는 뜻을 나타낸다.

[13] **마르코(Marco)** 베네치아의 귀족이며 단테보다 한 세대 앞서 살았던 인물이다. 그의 출생지에 대해선 베네치아 인지, 롬바르디아인지 의견이 분분하다. 옛 주석가들의 의견을 빌리면 마르코는 학식과 경험이 풍부했으며 질 투심이 강했고 분노하기 쉬운 성격인데다 권력층에 아부를 잘했다 한다.

"나는 롬바르디아 사람, 마르코[13]라 불렸소.

나는 세상일을 알았고 또 지금은 아무도

48 경건하게 인사드리지 않는 덕을 사랑했소.

위로 오르려거든 곧바로 가시오." 그는 이렇게

대답하더니 이어 덧붙여, "내 그대에게 청하오니

51 그대 저 위에 가거든 나를 위해 빌어 주오."

내가 그에게, "그대가 내게 부탁하는 것을

내 맹세코 해 줄 것이지만, 깨치지 못하면

54 터질 것만 같은 의문이 하나[14] 있다오.

처음엔[15] 단순했는데 이제 그대의 말을

들어 갑절이 되었으니, 여기서나[16] 또 그곳에서나[17]

57 그대의 말에 내 집착하던 바를 밝혀 주오.

세상은 그대 내게 일러 준 것과 같이

덕이 온통 메말라 황량하기 그지없고

60 사악만으로 무겁게 뒤덮여 있다오.

누구는 연유를 하늘에 두고 누구는 이 아래 두는데

내 그 연유를 깨닫고 또 그것을 남에게 알려 줄 수 있도록

63 그대가 나에게 가르쳐 줄 것을 간청하오."[18]

그는 "아아!" 하고 고통이 짓누르는 깊은 한숨을

밖으로 내보내고 나서 이어 말을 꺼냈다.

66 "형제여, 그대는 눈이 먼 그 세상[19]에서 왔구려.

---

[14] **의문이 하나** 세상이 부패하고 타락하는 원인에 대한 의문.
[15] **처음엔** 구이도 델 두카와 얘기할 때를 가리킨다.
[16] **여기서나** 지금 마르코와 대화 가운데.
[17] **그곳에서나** 구이데 델 두카와의 대화 중에.
[18] **누구는 연유를~** 흔히 전지전능하신 신께서 왜 악을 만들어 놓았느냐고 말한다. 전능한 힘으로 세상을 복되고 아름답게 만들 수 있지 않느냐는 것이다. 그러나 단테는 이 점에 대해서 아퀴나스의 학설을 바탕 삼아 자세히 설명한다. 즉, 신이 인간에게 부여한 자유의지가 있기 때문이라 한다.
[19] **눈이 먼 그 세상** 이 세상에서의 삶을 혹평해서 이르는 말.

살아 있는 그대는 마치 모든 것이

필요에 의해서 생긴 양, 온갖 원인을

69 저 위 하늘로 돌리려 하는군요.

만일 그렇다면 그대에겐 자유의지가

파멸될 터이며, 정의도 없으며 선에 대한 기쁨도

72 악에 대한 슬픔도 없을 것입니다.

하늘이 그대들의 행동을 주관하지만

모두가 그런 것은 아니라오. 내 말한 바 옳다면

75 빛[20]이란 그대들에게 선과 악을 구별토록 함이요,

자유의지란 처음에 하늘과 벌인

싸움[21]에서 혹독하게 시련을 겪었지만

78 잘 거두기만 하면 나중에 모든 것을 이긴다오.

자유로운 그대들도 그대들 안에 마음을 창조하신

보다 큰 힘에나 보다 더 높으신 본성에 예속되어 있으나[22]

81 하늘도 그 마음을 제어하시진 않는다오.

그러므로 세상이 어지럽다면,

그 연유는 그대들 안에 있고[23] 또 찾을 수 있으니

84 내 그에 대한 것을 이제 밝혀 주리오.

영혼은 그것이 생기기도 전에[24] 어여삐

여기시는 그분의 손으로부터 웃고 울며

87 재롱 피우는 어린아이와 같이 나왔다오.

---

[20] **빛** 인간으로 하여금 선과 악을 구별하게 하는 이성 또는 계시의 광명을 가리킨다. 중세에는 이 빛과 자유의지로써 천체의 영향에 역행할 수도 있고 이를 추월할 수도 있다고 보았다.

[21] **싸움** 하늘이 인간에게 미치는 영향력과 자유의지와의 싸움. 결국 인간은 자유의지로써 그 영향력을 이기게 된다.

[22] **자유로운~** 인간은 자유롭지만 하느님께 속해 있다.

[23] **연유는 그대들 안에 있고** 자유의지를 가진 인간이기에 세상의 악은 인간의 책임이다.

[24] **생기기도 전에** 영혼은 창조되기 이전에 하느님께 속해 있다 하겠다.

행복한 창조자에 의해 태어났다는 것 외에

아무것도 아는 바 없는 단순한 영혼은

90   그를 즐겁게 해 주는 것[25]에게 기꺼이 돌아간다오.

처음엔 하찮은 기쁨에 맛을 느끼는데,

길잡이나 재갈이 행여 그 욕망을 비틀지 않으면

93   그만 그에 속아 넘어가 그 뒤를 좇는다오.

그러므로 재갈을 걸어 놓기 위해 법이 필요하며,

적어도 참된 도시의 탑[26]을 분별할 줄 아는

96   왕[27]을 받드는 것이 필요한 것이라오.

법률은 있다지만, 그 누가 그것을 지키게 하는가?

아무도 없소. 앞에서 인도해 가는 목자[28]는

99   되씹을 줄은 알고 있지만, 갈라진 발굽은 못 가졌소.[29]

그러므로 백성은 그들의 길잡이가

탐을 내는 그 재화에만 쏠리며

102   그걸 먹고 사는 것을 보고는 더 이상 묻질 않았다오.

세상을 혼란하게 만드는 원인은

그대 안의 썩어 빠진 본성이 아니라 나쁜

105   통치임을 그대는 잘 알 수 있을 것이오.

좋은 세상을 이루었던 로마는 두 개의

태양[30]을 가졌는데, 하나는 세상의 길을

[25] **즐겁게 해 주는 것** 창조주.
[26] **탑** 정의를 상징한다.
[27] **왕** 황제.
[28] **목자** 교황. 그가 양 떼를 앞에서 이끌어 간다는 것은, 그가 선과 악의 구별 없이 속세의 재화에 눈이 어두워 정권마저 장악한다면 오히려 양 떼들을 악의 구렁으로 몰고 가는 것을 의미한다.
[29] 모세의 율법에 의하면 이스라엘 백성은 되새김질하지 못하며 발굽이 갈라진 짐승(낙타, 토끼, 산쥐, 돼지)은 불결하다 해서 못 먹게 되어 있다. 어떤 학자들의 비유적 해석에 의하면, '갈라진 발굽'을 교권과 속권을 분리할 줄 아는 힘으로 본다. 즉, 교황은 이 힘을 갖지 못했으므로, 종교적 일에는 능통하지만 영원한 행복에만 집중하지 않고 지상의 권력을 장악하여 황제 노릇마저 하려 한다. 단테는 그에게는 제왕을 대신해 정의를 행사할 힘이 없다고 비난한다.
[30] **두 개의 태양** 천상의 행복을 뜻하는 교황과 지상의 정의를 대변해 주는 황제.

108   다른 하나는 하느님의 길을 보이게 했다오.

       두 개의 태양은 서로가 서로를 파멸시켰는데[31],

       목자와 더불어 칼이 도래했으니 전자는 후자와 함께

111   어쩔 수 없이 악으로 갈 수밖에 없었다오.

       그러나 저들은 엉켰다 하면 서로가 무서울 것

       없었다오.[32] 내 말을 못 믿겠거든, 무릇 모든 풀은

114   그 씨앗[33]으로 알 수 있으니, 그 결과를 보시오.

       아디체와 포 강이 흐르는 나라에

       페데리코가 싸움[34]을 하기 이전에는

117   무용(武勇)과 예의범절이 있었으련만,

       지금은 선한 사람과 말을 하거나 그와 가까이 지내는 데

       수치를 느끼고 꺼리던 사람마저

120   여기를 마음 놓고 지날 수 있다오.[35]

       그러나 거기 아직도 세 노인[36]이 있어

       옛 시대로 새 시대를 꾸짖고 하느님께서

123   저들을 보다 좋은 삶에 인도하심이 늦다 하니,

       쿠르라도 다 팔라초[37]와 어지신 게라르도[38]

       그리고 프랑스식으로 단순한 롬바르도라

---

[31] **파멸시켰는데** 교권이 황제의 권력을 빼앗았다. 그러므로 교권을 뜻하는 '목자'가 왕권을 뜻하는 '칼'을 가졌으니 악으로 갈 수밖에 없다는 뜻이다.

[32] **저들은~** 정권과 교권이 합해지면 서로 견제할 필요가 없어지니 두려울 것이 없다.

[33] **씨앗** 두 세력의 결탁이 얼마나 사악한 결과를 가져왔는지 이탈리아를 보고 알 수 있다는 말이다. 선과 악이란 그 열매로 알 수 있다는 성서적 해석을 참고할 필요가 있다. "좋은 나무는 좋은 열매를 맺고 나쁜 나무는 나쁜 열매를 맺게 마련이다." 「마태오의 복음서」7장 17절.

[34] **싸움** 페데리코 2세와 교황 그레고리우스 5세와의 싸움을 말한다. 이때를 기점으로 해 제국이 멸망하고 두 개의 권력이 혼란을 야기하는 통합을 이루었다.

[35] **지금은** 그곳에 선한 사람은 물론 선한 사람에게 가까이 가려는 사람마저 없으니 악인이 마음 놓고 행세한다는 뜻이다.

[36] **세 노인** 오로지 그들만이 착한 인간들이다.

[37] **쿠르라도 다 팔라초**(Currado da Palazzo) 브레쉬아의 귀족. 1276년 샤를 앙주 왕가의 주교, 1277년 구엘프 당의 영수, 1288년 피아첸차의 통령이었다. 그는 고귀한 인물의 소유자였다.

[38] **게라르도**(Gherardo) 카미노 사람, 트레비소의 귀족이다. 관용의 덕을 갖춘 인물로 1306년에 죽었다.

126   이르는 것이 더 좋을 구이도 다 카스텔[39]이 그들이오.

       그대 이제 로마의 교회는 제 안에 두 개의

       권력을 지니고 있으므로 수렁에 빠져

129   제 자신은 물론 제 짐도 더럽히고 있다 여기시오."

       내가 말하길, "오, 마르코여. 그대의 말이 옳소.

       레위의 자손들이 무엇 때문에 유산에서

132   제외되었는지[40] 나 이제 잘 알 수 있소.

       그러나 그대 말하다시피 꺼져 간 세대의

       본보기로 남아서 야만적인 세대를 질책하는

135   그 게라르도는 누굴 두고 하는 말인지?"

       그가 내게 대답하길, "그대 토스카나 말을 하며

       저 어진 게라르도에 대해 들은 바 없다니

138   오, 그대의 말이 날 속이지 않으면 시험하는 것이군요.

       그의 딸 가이아[41]로서 내 그를 아는 것 말고

       다른 별명을 통해 그를 알지 못한다오.

141   나 더는 나아가지 못하니, 주께서 함께 하시길!

       연기를 통해 하얗게 번쩍이는 저 불빛을

       보시오. 천사가 거기 있으니 그에게

144   발각되기 전에[42] 나는 떠나야 합니다."

       이러고는 몸을 돌려 내 말을 더 듣지 않았다.

---

39 **구이도 다 카스텔(Guido da Castel)** 레지오 에밀리아의 로베르티 가문 출신이다. 그 역시 인품이 고귀했다. 단테 생존시의 사람으로 프랑스인들에 의해 롬바르도라는 별명을 얻었다. 그 당시 프랑스인들은 이탈리아를 롬바르도라고 부르기도 했다.

40 **레위(Levi)의~** 모세 율법에서 레위 지파는 현세의 유산에서 제외됐다. "너는 이 백성이 차지할 땅에서 그들과 함께 나누어 받을 유산이 없다. …… 다만 내가 이스라엘 백성 가운데서 네가 차지할 몫이요 유산이다." 「민수기」 18장 20절.

41 **가이아(Gaia)** 게라르도의 딸. 게라르도는 당시 피렌체에 널리 알려진 인물이다. 그는 가이아라는 행실 궂은 딸을 가졌다. 단테는 여기서 인자한 아버지와 나쁜 자식을 대비시키고 있다.

42 **발각되기 전에** 마르코는 아직 죄를 다 씻지 않았기에 천사 앞에 있을 수 없다.

| 제17곡 |

부활주일의 월요일 오후 5시와 6시 사이. 두 시인이 제3권역에서 연기에 감싸여 있는 분노의 영혼들을 떠나간다. 시인들은 빽빽한 안개에 휩싸인 태양이 기울고 있음을 본다. 단테는 벌받은 분노의 몇 가지 모습을 상상력을 통해 본다. 즉, 꾀꼬리로 변한 프로크네, 왕비 에스텔과 의로운 모르드개와 함께 아하스에로스의 명령으로 십자가에 못 박힌 하만, 딸 라비니아로부터 버림받아 자살한 아마타의 모습이다. 빛 한줄기가 눈에 비치면 깜짝 놀라 잠을 깨는 사람처럼 단테는 태양의 강렬한 빛으로 인해 환상에서 정신을 가다듬는다.

단테는 자신이 있는 곳이 어딘지 궁금해 둘러보는 동안, "이리 오른다" 하고 말하는 소리를 듣는다. 베르길리우스는 그것이 천사의 음성이니 밤이 오기 전에 그의 말을 들어 어서 오르자고 한다. 첫째 계단에 이르렀을 때 단테는 자기 얼굴에 바람을 스치게 하는 어떤 날개의 움직임을 본다. 천사는 "화평한 자여, 복되도다"라고 노래를 부른다. 한편 밤이 가까워진다. 마지막 햇빛이 산꼭대기를 비추는 동안 사방에서 별들이 나타난다. 단테는 다리에 맥이 빠지는 것을 느낀다. 두 시인은 제4권역에 이르는 계단의 정상에 이른다. 단테가 무슨 소리를 들으려고 귀를 기울이지만 소용이 없다. 그러다 스승을 쳐다보며 무슨 죄가 이 권역에서 씻기고 있느냐고 묻는다.

베르길리우스는 태만의 죄가 씻어진다고 하면서 연옥의 율법을 설명한다. 창조주는 어떤 피조물에든지 한결같이 사랑을 간직하고 있다. 즉, 본능적이라 할 자연의 사랑, 또 그게 아니면 영혼의 사랑을 가졌다는 말이다. 자연의 사랑은 결코 실수를 하는 일이 없지만, 영혼의 사랑은 그것이 악에 기울어지기에, 또는 무한한 행복 앞에 너무 연약하기에, 또 한정된 재화에 너무 열을 올리기에 실수를 할 수 있다. 그리하여 인간은 하느님을 거스르고 죄에 떨어질 수 있다는 것이다.

따라서 선하고 악한 모든 행위의 원인이 되는 사랑이란 사랑하는 자의 덕 이외의 것에는 주의를 기울이지 않는다. 자신의 악을 사랑하는 자는 아무도 없고 또 어떠한 피조물도 그의 창조주로부터 분리해서 생각되지 못한다. 아무도 하느님의 악을 사랑할 수 없는 것이다. 그리고 사랑의 화근은 이웃의 화근으로 남을 수밖에 없다. 그리고 앞에서 본 바와 같은 교만·질투·분노의 죄에 대해서 다시 한 번 언급하고 태만의 죄가 어떤 것인가 이야기한다. 이 태만의 죄는 제4권역에서 씻긴다. 이어 인색과 낭비, 탐욕 그리고 애욕이 어떤 것인가에 대해 암시적으로 소개한다.

　　　　독자여, 언젠가 산에서 안개가 그대를
　　　　휘감아, 그대 그 안개를 통해 보는 것이
3　　　마치 두더지가 제 껍질을 통해 보는 듯,[1]
　　　　습하고 농후한 증기가 피어나기 시작할 때
　　　　태양의 둘레가 그 속으로 연약하게
6　　　스며 들어갈 수 있겠는지 생각해 보시오.

[1] 옛날에, 특히 단테 시절엔 두더지가 눈을 껍질로 싸고 있어서 완전히 눈먼 것으로 알고 있었다.

그리고 기울어 가는 태양을 처음으로[2]

내가 어떻게 또다시 볼 수 있었는가를

9   그대는 그대의 재빠른 상상력[3]으로 알 수 있을 것이오.

이렇듯 나는 스승의 믿음직스러운 발걸음에

나의 그것을 나란히 맞추며 구름 밖

12   낮은 해안에, 벌써 사그라진 햇볕 아래로 나왔다.

주위에 천 개의 나팔이 울려 퍼졌음에도

그것을 듣지 못할 만큼 때때로 밖의 것을[4]

15   우리로부터 빼앗아 가는, 아! 상상력이여.

감각[5]이 그대를 깨우지 않는다면 누가 그대를

움직이리? 제 자신을 위하거나 저 아래서 그걸

18   깨닫게 하려고 하늘에서 생긴 빛[6]이 그댈 움직이오.

내 상상에는 노래하기를 무엇보다도

좋아해 새[7]로 제 모습을 변화시켰던

21   그 여인[8]의 독살스런 자취가 나타났으니

이에 내 영혼은 그때 밖으로부터 오는

그 무엇도 받아들이지 못할 정도로

24   제 자신 속으로 움츠러들었다.

다음, 원한에 차고 격노에 찬 얼굴을 한

사람이 십자가에 못 박혀 까마득한 환상 속에

27   비 오듯 나타났는데, 그는 그렇게 죽어 갔다.[9]

---

[2] **처음으로** 앞의 곡에서 연기에 휩싸이는 것이 시작되었다. 그 뒤 처음이란 의미다.

[3] **상상력(imaginativa(facoltà)** 즉 상상 기능, 환상이다.

[4] **밖의 것을** 외부의 자극을.

[5] **감각** 감각은 상상력이 움직이는 것이 보통이다. 그렇지 않으면 성령이나 신의 뜻에 의한 것이다.

[6] **빛** 하늘의 힘. 신의 뜻.

[7] **새** 꾀꼬리.

[8] **여인** 프로크네(Procne). 「연옥편」 제9곡 주석 6 참고.

그의 주위엔 거대한 아하스에로스, 그의 부인

에스델, 그리고 언행에 있어서 그다지도

30 완전하던 의로운 모르드개[10]가 있었다.

그리고 이 환상이 마치 물이 줄어들어

그 밑에 있던 거품이 저절로 없어지는

33 모양과 똑같이 저절로 없어질 때,

나의 환상 속에 하나의 계집아이[11]가 엉엉

울면서 말했다. "오, 어머님[12], 어인 일로

36 분노로 해서 없어지고자 하시나이까?

라비니아를 잃지 않으려고 스스로 목숨을 잃었으니

이제 저를 죽이시는 겁니다! 어머님, 타인의 파멸보다

39 당신의 파멸을 슬퍼하는 자가 저랍니다."

감았던 눈에 느닷없이 새로운 빛[13]이 들이칠 때

잠에서 깨어나고 그리하여

42 완전히 죽기 전에 가늘게 뜨는 것처럼

나의 환상은 평소 너무 익숙했던 것보다

더 강렬한 빛[14]이 내 얼굴을 때리자

45 이내 곧 무너져 버렸다.

내가 어디 있는가 알아보려고 돌아다봤을

---

9 **원한에~** 하만을 두고 한 말이다. 그는 페르시아의 왕 아하스에로스의 신하였는데, 온 백성이 그를 우러러보며 절하는데 이스라엘 사람 모르드개가 그렇게 하지 않자 그를 죽이려 했다. 이 같은 사실을 알게 된 왕비 에스델이 왕에게 고하자 왕은 모르드개를 죽이려 하만이 세워 둔 기둥에 하만을 매달아 죽게 했다. 이 아하스에로스는 분노의 두 번째 예다. 첫 번째 예는 프로크네다. 「에스델」 3장 이하 참고.

10 **모르드개** 에스델의 양부. 「에스델」 1장 참고.

11 **계집아이** 라비니아. 아이네아스의 아내. 「지옥편」 제4곡 주석 38, 39 참고.

12 **어머님** 라비니아의 어머니. 아마타 왕녀. 분노의 세 번째 예다. 아이네아스가 라티움을 침공했을 때 라티움의 왕녀 아마타는 자기의 딸 라비니아의 약혼자 투르누스가 죽은 줄 안다. 그리하여 라비니아는 아이네아스의 처가 되는데 그녀는 이를 못 보겠다며 자결했다.

13 **새로운 빛** 햇빛.

14 **더 강렬한 빛** 천사의 빛. 더욱 눈부셨다는 의미다.

바로 그때, 한 소리가 "이리 오른다"라고 말하고

48 나의 다른 생각들을 거두어 가 버렸으며

말하던 자가 누구인지 바라보기 위한

나의 의지를 그다지도 간절하게 만들었기에

51 얼굴을 그것과 맞대지 않고서는 못 견딜 정도였다.

그러나 태양에 우리의 시선이 무거워지고

너무 강한 빛 때문에 그 모습이 가려지듯

54 바로 그렇게 나의 힘도 거기엔 이르지 못했다.

"이것은 성스런 혼으로, 물어보지도 않았는데[15]

우리에게 위로 오르는 길을 가르쳐 주면서

57 자기 자신은 그 빛과 더불어 감추신다.

그분은 사람이 자신을 대하듯 우리를 대하셨는데

이는 아쉬워함을 알고도 청하기를 기다리는 자는

60 야속하게도 거절을 하는 자와 같기 때문이다.

이제 우리는 그러한 부르심에 발을 맞춰

어두워지기 전에[16] 어서 오르자꾸나.

63 나중에 날이 다시 밝기 전에 오를 수 없을 테니."

내 길잡이가 이렇게 말하고 나는 그와 함께

어느 계단[17]으로 발걸음을 옮겼는데

66 이내 내가 첫째 계단에 이르자마자,

내 바로 가까이서 날개[18]가 하나 퍼덕이며

내 얼굴에 바람을 일으키고 말하는 게 들렸다.

---

[15] **물어보지도 않았는데** 천사의 속성을 통해 인간의 속성을 비난하려는 속뜻이 있다. 즉, 천사는 청을 받지도 않았는데 단테라는 인간의 갈망을 미리 알고 일을 해 준다. 반면에 인간은 청을 받아도 거절하는 속성을 지녔다는 것이다.

[16] **어두워지기 전에** 연옥에서는 밤이 되어 어둠이 깔리면 한 발짝도 움직일 수 없다.

[17] **어느 계단** 제3권역과 제4권역 사이를 연결해 주는 계단.

[18] **날개** 이 날개는 단테의 이마에 P자를 지워 준다.

69   "화평한 자여[19], 복되도다. 사악한 분노가 없는 자여![20]"

밤이 뒤따르는 마지막 빛살들이 벌써

우리 위로 높이 솟아올랐기에

72   사방에서 별들이 모습을 나타내고 있었다.

"오, 나의 힘이여. 어찌 이리도 빠지는지?"라고

중얼댔으니, 이는 곧 두 다리의

75   기운이 빠졌음을 느꼈기 때문이다.

층계가 더 이상은 이르지 못하는 곳에

올라가자 마치 나루터에 다다른

78   배와 같이 우리는 꼼짝 않고 있었다.

새로운 둘레[21]에서 무엇인가를 들을 성싶어

잠시 동안 정신을 가다듬고 있다가 이어

81   내가 스승에게 시선을 주며 말했다.

"자애로우신 내 아버지[22]여, 우리가 있는

여기 이 둘레에서는 어떤 죄를 씻고 있는지요?

84   발은 머물렀지만 당신의 가르침은 계속하소서."

그러자 그가 내게, "제 의무를 이행하지 못한[23]

행복에 대한 사랑이 이곳에서 회복되는 것이니

87   늦추어진 노를 이곳에서 다시 젓는 것이다.

그러나 너 아직 더 명확히 알 수 있도록

마음을 나에게 향하라. 그러면 우리의 지체에서

---

[19] **화평한 자여** 「마태오의 복음서」 5장 9절.

[20] **사악한 분노가 없는 자여** 분노엔 두 가지 종류가 있다. 이기적이고 사악한 분노는 죄가 되지만, 마땅한 일, 즉 정의를 위해 분노하는 건 죄가 아니며 오히려 죄를 없애기 위해 필요한 분노다.

[21] **새로운 둘레** 제4권역.

[22] **아버지** 앞에서도 밝힌 것처럼 단테는 베르길리우스를 스승, 안내자, 길잡이, 아버지 등으로 부른다.

[23] **제 의무를 이행하지 못한** 태만함으로 제일의 행복인 하느님을 받드는 일에 소홀한 것을 뱃사공의 노 젓는 일에 비유한다. 제4권역에서는 태만의 죄를 씻는다.

90   어떤 좋은 열매를 너는 얻게 될 것이야.

        아들아, 창조주는 그렇지만 피조물도

        자연적인 사랑[24]이나 혹은 영혼의 사랑[25]을

93   가져 본 일이 있는데, 이는 너도 알고 있다.

        자연의 사랑은 언제나 그릇됨이 없지만,

        다른 사랑은 나쁜 목적으로 인해서 혹은

96   그 힘이 지나치거나 적어서 그릇될 수 있다.

        사랑이 제일의 행복[26]으로 향하게 되고

        세속적인 것들[27] 안에서 자신을 가눈다면

99   그것은 죄스런 쾌락의 원인일 리가 없다.

        그러나 사랑이 악으로 기울거나 혹은

        너무 지나치게 혹은 너무 모자라게 선을 좇는다면,

102   피조물은 창조주를 거스르게 되는 것이다.

        사랑이란 너희 안에 온갖 덕을 심어 주기도

        하고 벌받게 될 모든 행동을 심어 주기

105   마련임을 너는 여기서 이해할 수 있겠지.

        그러므로 사랑이란 제 주체가 되는

        행복으로부터 떨어져 나갈 수 없으므로

108   모든 것은 제 자신을 미워할 수 없으며,

        또 무엇이든 으뜸인 자로부터 갈라져 나와

        저 스스로 존재한다고 여길 수 없으므로

111   그[28]를 미워함으로 모든 감정이 사라진다.

---

[24] **자연적인 사랑** 본능적인 사랑을 뜻한다. 이 사랑은 모든 피조물이 공히 갖고 있는 것이다.

[25] **영혼의 사랑** 인간만이 지닐 수 있는 것으로 이성적인 사랑. 이 사랑은 죄를 지을 수 있는 사랑이다.

[26] **제일의 행복** 하느님. 최고선이기도 하다.

[27] **세속적인 것들** 지상의 행복. 그러니까 사랑이 하느님을 찾으며 지상의 행복을 균형 있게 구한다면 죄가 되지 않는다.

[28] **그** 하느님. 그를 미워하며 행복해질 수는 없다.

나의 분별이 옳은 것이라면 사람이 좋아하는

악이란 이웃에 대한 악일 뿐이니[29], 이 사랑은

114   너희의 진흙바탕에 세 가지[30]로 생겨난다.

제 이웃이 무력하게 됨으로써 제가

높아지길 갈망하며 바로 이 때문에 자신의 위대함보다

117   이웃이 낮은 데로 떨어지길 바라는 자 있고,

남이 높아지게 됨으로써 자기의 권세와

은총과 명예와 이름을 잃을까 두려운 나머지

120   그와 반대되는 일을 좋아할 만큼 비참해진 자들도 있으며,

그리고 불의 때문에 원한을 품게 되어

원수 갚는 데에 정신을 쏟고 있는 자도 있으니

123   그런 자들은 남에게 의례히 해를 입힌다.

이 세 가지 사랑[31]으로 해서 여기 이 아래서

울고 있는데, 이제 부패한 방법으로 행복[32]을 향해

126   달려가는 다른 사람에 대해 알기 바란다.

누구든지 그 안에서 영혼이 쉴 수 있는

행복을 어지럽게나마 포착하길 갈망하는 것이니

129   바로 그것에 이르고자 누구든지 겨루는 것이다.

사랑이 너희를 이끌어 행복을 추구하고 쟁취함에 있어

태만함을 보인다면, 이 둘레는 그 때문에 올바른

132   참회가 있고 난 뒤 너희를 괴롭힌다.

사람을 행복하게 해 주는 듯한 다른 선[33]이 있지만,

---

[29] **사람이~** 사람이란 자기 자신의 악을 사랑할 수 없고 오로지 남의 악을 사랑할 뿐이다.

[30] **세 가지** 교만 · 질투 · 분노를 의미한다. 이들로 인해 그들이 지나온 아래의 세 권역에서 죄를 씻고 있다.

[31] **세 가지 사랑** 교만, 질투, 분노에 대한 사랑을 말한다.

[32] **행복** 하느님.

[33] **다른 선** 지상의 행복. 이것을 너무 지나치게 추구하면 낭비와 인색 · 탐욕 · 애욕이 된다. 이들로 인해 죄를 지은 자들은 다음 권역들에서 정죄하고 있다.

그건 행복이 아니며 온갖 좋은 열매의

135 뿌리라 할 선한 본질도 아니다.

이런 것에 지나치게 자신을 잃은 사랑이

우리 위의 세 개의 권역에서 울고 있지만

138 그들이 셋으로 나뉘게 된 이유는

너 스스로 찾아 낼 수 있도록 내 입을 다물겠다."

부활주일의 월요일과 화요일 사이 즉 자정 무렵. 베르길리우스는 연옥의 윤리적 율법을 설명한 다음 단테를 주의 깊게 바라본다. 단테가 흡족해하지 않자 스승은 이를 알아차리고 그에게 말을 건다. 단테는 이내 용기를 얻어 사랑이 무엇이냐고 스승에게 묻는다. 스승은 단테에게 사랑이 언제나 선의 원인이라고 믿는 자들에겐 과오가 있다고 말한다. 사랑이라는 성향을 간직하고 태어난 인간의 영혼은 자기가 좋아하는 것으로 기울어지는데 이를 자연적인 혹은 본능적인 사랑이라 한다. 그와 반대로 마치 불이 높이 솟아오르려는 것처럼 영혼이 좋아하는 것을 향해 기울어지며 그것을 갈망하는데 이것을 이성적인 사랑이라고 한다. 이러한 사랑은 그 대상을 소유하는 즐거움으로 끝난다. 따라서 쾌락주의자들은 모든 사랑이 상찬받을 수 있다고 믿었기에 그른 것이다.

그러자 단테는 드디어 사랑이 무엇을 의미하는지 깨쳤다고 말하지만, 사랑이 영원한 것으로부터 유래하고 영혼이 오로지 사랑이라는 성향만 지니고 있다면, 영혼이 선과 악의 실천에 있어 칭찬을 받을 것인가 비난을 받을 것인가에 대해선 알 수가 없다고 한다. 그러나 베르길리우스는 자신은 인간의 이성의 영역 안에서만 설명할 수 있을 뿐이고, 일단 그 영역을 벗어나면 베아트리체가 설명할 것이라고 한다. 인간의 정신이란 육체와 구별되지만 그에 연결되어 있고, 행동은 그 결과 안에서만 파악되는 자연적인 성향을 지니고 있는데, 이는 식물의 생명이 오로지 잎을 푸르게 하는 것에서 드러나는 것과 마찬가지라고 한다. 이런 자연적인 성향이 벌 속에 꿀을 만드는 본능이 있듯이 우리 안에 특수한 능력을 지닌다는 것이다. 이 자연적인 성향과 의지의 행위가 일치하는 이상 인간에겐 이성이 생득적인 것이며 이 이성이 의지를 지배한다. 또 그것은 좋고 나쁜 사랑에 따라서 좋은 점과 나쁜 점을 야기시키는 원리인 셈이다. 이 문제를 잘 연구했던 철학자들은 인간의 타고난 자유에 대해 깨달음으로써 세상에 도의적 이론을 발표했던 것이다. 결론적으로 말해서, 모든 사랑이 필요에 의해서 인간에게 생겨난 것이라면 인간은 그걸 취하거나 밀쳐 버릴 기능 또한 항상 지니고 있는 것이다. 이러한 이성의 고귀한 기능을 베아트리체는 자유의지라 부른다. 따라서 단테가 이런 문제를 들어 말하기에 앞서 베아트리체를 거론함은 지극히 온당하다.

　때는 자정 무렵이다. 달이 떠오르자 별들이 그 빛을 잃는다. 베르길리우스는 사랑과 자유의지에 대해서 단테의 의문을 풀어 준다. 잠시 후 단테에게 졸음이 엄습하지만, 태만의 죄를 씻고 있는 망령들을 보고 금세 정신을 가다듬는다.

　　　고명하신 스승께서 당신의 설명을
　　　마무리한 후 내 얼굴을 들여다보시며
　3　　내가 만족한 기색을 띠고 있는지 살피셨다.
　　　그러나 새로운 갈증¹으로 아직도 안달하던
　　　나는 겉으론 잠잠했지만, 속으로 말했다.
　6　　'정녕코 내 지나치게 질문해 그를 괴롭히는구나.'

진실 되신 아버지께서 내가 두려워하기에

내 속을 열어 소원을 밝히지 못함을 아시고

9   내게 말해 보라고 말하셨다.

그래서 나는, "스승이시여, 당신의 빛 속에서

저의 시력이 너무나 생생해지고 있기에

12   당신의 이성이 가져다 묘사해 주는 걸 잘 가늠합니다.

오, 사랑하는 분, 자애로운 아버지시여. 일체의

선행과 또 그에 상반되는 것들에

15   뿌리내리는 사랑²이 무엇인지 가르쳐 주시옵소서."

그가 말하길, "지성의 예리한 빛살을 나를 향해

곧바로 하라. 그럼 스스로 길을 인도해 가는

18   장님들³의 과오가 너에게 밝혀질 것이니,

일찍부터 사랑하기 위해 생겨난 영혼⁴은

기쁨에서 잠이 깨어 행동할 그 순간부터

21   좋아하는 모든 사물에게 움직여 간다.

너희의 인식은 실재로부터 의도하는 것을

끌어내 이를 너희의 악에 펼쳐 놓음으로써

24   정신을 그것으로 향하게 만든다.

그리고 그것으로 정신이 쏠리면,

그 쏠림이 곧 사랑이고 그것이야말로

27   너희를 다시 기쁨으로 데려가는 본능이다.

그 다음에 마치 불이 제 물질 안에서

¹ **새로운 갈증** 하나를 알고 나니 또 다른 것을 알고 싶어 한다.
² **일체의~** 사랑이 선과 악의 근원이라 함은 앞의 곡에서 본 바다.
³ **장님들** 무지한 무리. 즉, 사랑은 그것이 어떤 것이든 상찬을 받을 수 있는 것이라 믿는 마음을 갖고 다른 사람을 오도하는 사람들. 즉, 소경이 소경을 인도하면 둘 다 구렁에 빠진다는 뜻이다.
⁴ **사랑하기 위해 생겨난 영혼** 영혼은 무언가를 사랑하려는 힘을 갖고 있다. 따라서 일단 행복에 눈을 뜨면 이 힘이 작용해 영원한 행복이라고 여겨지는 것을 사랑하려고 한다. 「연옥편」 제16곡 85행 이하 참고.

오래 지속되는 곳⁵에 오르려는

30   속성 때문에 높은 곳으로 치솟듯이,

사로잡힌⁶ 영혼도 그렇게 마음의 움직임인

욕망 속에 들어가 사랑했던 것을

33   만끽할 때까지는 내내 쉬지 못한다.

사랑이 진정 어떠한 것이든 칭찬할 만한

것이라고 주장하는 사람들 앞에 진리가

36   어떻게 숨어 있는지를 이제 깨칠 수 있으리라.

"물체"는 언제나 좋다고 보일 테지만

그리고 밀랍이 한사코 좋은 것이라 해도

39   좋다는 표시마다 다 그런 것은 아니다."

내가 대답하길, "당신의 말씀과 그를 좇는

나의 주의력이 내게 사랑을 일깨웠지만

42   그러나 그것은 의구심을 더욱 돋우었습니다.

사랑이 밖에서 우리 안에 제공되었을 뿐

영혼이 다른 발로 가는 것이 아니라면,

45   바르든 그르든 사람의 탓이 아닙니다."⁷

그가 나에게, "여기서 나는 이성이 보는 만큼만

그대에게 말할 수 있고⁸ 이 너머 저기에선

48   신앙이 요구되니 베아트리체가 그댈 기다린다.

---

⁵ **곳** 지구의 대기권과 달 사이에 있다고 믿은 화염계. 불이 위로 향하는 것은 곧 화염계로 오르려는 속성 때문이라고 한다.

⁶ **사로잡힌** 애욕에 사로잡혔다는 뜻이다. 단테는 참다운 사랑은 영혼과 정신의 결합이며 또 사랑받는 것과의 결합이라고 생각한다.

⁷ **사랑이~** 만일 사랑이 외계의 사물의 자극에 의해서 생기는 것이고 또 혼은 무엇인가를 구하는 그 타고난 특성을 따라 작용하는 것이라면, 그 방향이 바르든 바르지 못하든 시비할 것도 아니며 또한 이로써 선악의 응보를 받는다고 할 수는 없지 않겠는가. 바로 이것이 단테의 의문이다.

⁸ **여기서~** 베르길리우스는 최고의 이성이며 인간 지성의 최고다. 그러나 그는 천국에 오를 수 없는 자이기에 그에겐 엄연한 한계가 있다. 그러나 베아트리체는 신성의 상징이므로 신비로운 신앙의 역사를 다룰 수 있다. 따라서 천국은 그녀가 인도해 준다.

질료와 떨어져 있으나 또 그와 결합된

실체적인 형상[9]은 제 안에

51   특수한 능력을 간직하는 것으로

이는 그 작용 없이는 지각되지 못하고

푸른 잎사귀에서 식물의 생명을 알 수 있듯이

54   오로지 결과로써만 나타나는 것이란다.

그러므로 제일 원리에 대한 지성과

원초적 욕구[10]의 감정이 어디로부터

57   오는지를 사람이 알아차리지 못하고

꿀을 만드는 본능을 꿀벌이 갖고 있듯이

그것들이 너희 안에 있으니 이 본래의

60   의욕은 칭찬이나 비난의 대상이 아니다.

바로 여기에 다른 것들이 모여들기에

너희에겐 타고난 능력[11]이 있어 그것이

63   충고도 하고 허락의 문턱을 지키게 하는 것이다.

좋고 그른 사랑들을 받아들이고 경계함에

따라 너희 안에서 공과의 원인을 포착하게

66   만드는 근본 원리가 바로 이것이란다.

이치를 깨치며 밑바닥까지 갔던 자들이

이 타고난 자유의지를 깨달았던 것이기에

69   저들은 도덕[12]을 세상에 남겼다.

따라서 너희 안에서 불타오르는 모든 사랑이

---

[9] **질료와~** 비록 물질과는 동떨어진 것이지만 영혼은 그와 결합된 것이다. 다시 말해서 영혼은 신체적 형상, 즉 물질에 그 존재의 성질과 모양을 결정짓는 특수한 능력을 지니고 있다.

[10] **원초적 욕구** 무엇을 알고 또 무엇을 욕구하는 마음. 이것은 태어날 때부터 가지고 있는 것이지 자유의지로 얻어지는 것이 아니다. 따라서 죄에 속하지 않는다.

[11] **타고난 능력** 선악을 판단하고 선별할 수 있는 이성의 선천적인 능력을 말한다.

[12] **도덕** 고대 철인들의 사상적 업적을 말한다. 그들은 자유의지와 책임을 명확히 구별했다.

필요에 의해서 일어난다 함을 가정할 때

72 　그걸 붙잡아 둘 능력도 너희 안에 있는 것이다.

이 고귀한 능력[13]을 베아트리체는 자유의지라

알고 있으니 그분이 이를 들어 그대에게

75 　말하거든 주의를 기울여 마음에 간직하여라."

한밤중이 거의 되도록 늑장부리는 달이

새빨갛게 달구어진 양푼처럼 되어

78 　우리에게 보이는 별들을 더욱 드물게 하여

사르데냐와 코르시카 사이에[14] 떨어지는 해를

로마에서 보게 될 때, 그것은 불꽃을 뿜어대는

81 　길을 따라서 하늘을 거슬러[15] 치달렸다.

저 고귀한 영혼, 만토바라는 마을 이름

보다는 피에톨라[16]라는 이름을 떨치게 했던

84 　그는 내가 지고 있던 짐[17]을 내려놓게 하셨다.

이리하여 나의 질문들에 대해 명료하고

평탄한 말씀을 거두어들인 나는 졸면서

87 　배회하는 사람들[18]과 비슷하게 서 있었다.

그러나 이 졸음도 우리의 어깨 뒤까지

우리를 뒤따라온 사람들 때문에

90 　얼마 못 가서 앗기고 말았다.

테베인들이 바쿠스[19]의 도움을 받을 때마다

---

[13] **고귀한 능력** 자유의지를 말한다. 이에 관해서는 「천국편」 제5곡에서 베아트리체가 자세히 설명한다.

[14] **사르데냐와 코르시카 사이에**(Sardinia, Corsica) 전자는 로마 서쪽에 후자는 서남쪽에 있는데, 동지 무렵에 로마에서 본다면 해가 이 두 섬 사이에 진다는 것을 의미한다.

[15] **하늘을 거슬러** 태양과 반대 방향으로.

[16] **피에톨라**(Pietola) 만토바 가까이에 있는 작은 마을. 베르길리우스의 출생지다. 옛 이름은 안데스다.

[17] **짐** 의심.

[18] **배회하는 사람들** 태만의 죄를 씻고 있는 사람들을 가리킨다.

[19] **바쿠스** 술의 신.

그 옛날 이스메누스와 아소푸스[20]의 강둑을 따라

93 밤의 광기와 혼란을 보았던 것과 같이,

그들 또한 내가 본 바로는 좋은 의지와

올바른 사랑에 채찍질 받아 펄쩍 뛰면서

96 이 둘레를 향해 오고 있었다.

그 거대한 무리는 떼 지어 달려왔기 때문에

금방 우리를 따라잡게 되었는데,

99 앞장선 둘이 울먹이며 소리를 높였다.

"마리아께서 잰걸음으로 산으로 달려가시니[21]

카이사르[22]는 일레르다를 항복하게 하고자

102 마르실리아를 찌르고 이어 에스파냐에 달려갔다."

뒤따라 다른 이들이 외쳤다. "사랑이 부족하니,

시간을 허비하지 말고 서둘러라.

105 선을 행하려는 노력이 자비를 새롭게 하도록."

"아, 선을 행함에 있어서 미지근했기 때문에

저지른 게으름과 미루던 버릇을

108 이제야 불꽃같은 열정으로 보상하는 족속이여.

내 너희를 속이지 않음이 분명한데, 이자는

살아 있어 태양이 다시 떠오르기만 하면

111 가려고 하니 가장 가까운 입구가 어디인가?"

이 말은 나의 안내자의 말씀이었다.

---

[20] **이스메누스와 아소푸스(Ismenus, Asopus)** 테베 부근의 강들. 바쿠스를 수호신으로 섬기고 있는 테베의 사람들은 이 강들의 둑을 따라 등불을 들고 다니며 수호신의 수호를 기원했다.

[21] "며칠 뒤에 마리아는 길을 떠나 걸음을 서둘러 유다 산골에 있는 한 동네를 찾아가서……." 「루가의 복음서」 1장 39절 이하 참고.

[22] **카이사르(Caesar)** 시저. 그는 마르실리아를 공략하고 나머지 일은 브루투스에게 맡긴 채 에스파냐로 달려갔다. 그곳에서 일레르다(지금의 레리다) 근처에 있는 폼페이우스의 군대가 주둔한 아프라니오와 베트레이오를 침공했다. 이상의 두 인물이 달려간 모습을 통해 재촉하는 모습을 비유하고 있다. 그러나 마리아는 천사장 가브리엘의 부름을 받아 달려갔고, 카이사르는 로마 제국의 건설을 위해서였다.

저들 영혼 가운데 하나가 말했다.

114   "우리들 뒤로 오시오. 그럼 구멍²³을 만나리오.

우리는 그곳으로 움직여 나가고 싶은 욕망이

가득해 지체할 수 없으니 우리의 행위가

117   못되게 여겨져도 용서²⁴해 주기 바라오.

나는 지금도 밀라노가 애처롭게 이야기하는

그 어지신 바르바로사²⁵ 황제의 통치 밑에서

120   베로나에 있었던 산 제노의 수도원장²⁶이었소.

벌써 발 하나를 묘 구덩이에 넣은 자²⁷가

수도원 때문에 눈물을 흘릴 것이라오.

123   그의 슬픔²⁸은 수도원을 장악한 데서 생겼다오.

이는 곧 전신이 성치 못한 데다 마음은

더더욱 나쁘고 사악하게 태어난 제 자식을

126   참된 목자의 자리에 앉혔기 때문이오."

그가 벌써 우리로부터 저 멀리 스쳐 갔기에

말을 더 했는지 그만 입 다물었는지 모르겠으나

129   아무튼 이것을 듣고 간직함이 즐거웠다.

필요할 때면 내게 도움이 되시던 그분이

---

²³ **구멍(buca)** 111행의 '입구'나 마찬가지다. 바위틈으로 나 있는 험한 통로를 두고 한 말이다.

²⁴ **용서** 그들은 신의 뜻에 따라 쉼 없이 뛰어가야 하기에 머물러 시인들과 함께 이야기하지 못하는 무례함을 용서해 달라는 뜻이다.

²⁵ **바르바로사(Barbarossa)** 페데리코 1세로 프레데릭 바르바로사라고도 한다. 1152년에 등극해 1190년에 죽은 황제. 그는 롬바르디아의 지방들과 또 교황과 벌인 전쟁으로 유명하다. 그는 전 우주의 황제를 꿈꾸었다. 그래서 많은 비난과 공격을 받았다. 그는 1167년 레냐노와의 전쟁에서 져 이탈리아의 통치권을 잃었으나, 후에 자식을 콘스탄차 디알타빌라와 결혼시켜 시칠리아를 다스릴 수 있는 권리를 회복했다. 단테는 그의 통치 이념을 존중했기에 그를 '어지신'이라고 표현한다. 그는 또 「천국편」 제3곡 후반부에서도 그에 관한 이야기를 한다. 그는 1162년에 밀라노를 파괴했다. 그렇기 때문에 밀라노가 애처롭게 이야기한다는 것이다.

²⁶ **수도원장** 페데리코 1세 시대, 베로나에 있는 산 제노의 수도원장은 1187년에 죽은 게라르도 2세였다. 그러나 이 인물이 게라르도 2세인지는 분명치 않다.

²⁷ **넣은 자** 알베르토 델라 스칼라. 베로나의 군주. 그는 몸이 성치 않은 제 아들을 산 제노의 수도원장이 되게 했다.

²⁸ **슬픔** 앞으로 신의 벌을 받게 되니까. 그 당시엔 그가 살아 있었다.

말하길, "이곳으로 몸을 돌려 태만 때문에

132 이를 갈며 오고 있는 둘을 보려무나."

그들 모두의 뒤에서 말하길, "바다가

활짝 길을 열어 준 족속[29]들은 요르단이

135 후손을 보기 이전에 죽었다오.

그리고 앙키세스의 자식[30]과 더불어 끝까지

괴로워하지 않는 사람들도 아무런 보람 없는

138 생애에 제 자신을 바쳤다오."

그 망령들이 우리로부터 너무나 떨어져

나갔기에, 더 이상을 볼 수가 없었는데,

141 내 속에 야릇한 생각이 떠올랐고

또 그로부터 다른 생각들이 생겨났다.

그리하여 나는 이 생각 저 생각에 방황하며

144 갈피를 잡지 못한 채 눈을 감았다.

그러자 생각은 어느덧 꿈으로 변했다.

---

[29] **족속** 홍해를 건너 이집트로부터 도망쳐 온 이스라엘 민족. 그 세대는 모세의 가르침을 어겨 요르단 강이 흐르는 팔레스타인에 이르기 전에 죽었다.

[30] **앙키세스(Anchises)의 자식** 아이네아스의 군졸들. 트로이를 도망쳐 온 사람들은 앙키세스의 아들 아이네아스와 고생을 함께 하지 못하고 시칠리아에 남았다. 『아이네이스』 제5권 700행 이하 참고.

제19곡

화요일 새벽. 전날 내리쬐었던 태양의 열기가 지구 혹은 토성의 냉기에 굴복하고 밤을 미지근하게 하지 못할 무렵, 단테는 꿈속에서 말더듬이 소녀를 만난다. 그녀의 눈은 사팔뜨기이고 발은 뒤틀렸으며 팔이 잘렸고 파리한 안색을 하고 있다. 단테가 그를 보자, 그녀의 혀는 풀리고 다리를 바로 세우며 얼굴에 화색이 돈다. 그녀는 멋지게 노래하며 자신을 아름다운 인어라고 소개한다. 또 덧붙이길 자신이 오디세우스도 꾀어냈다는 것이다. 그녀가 입을 채 다물기도 전에 거룩하고 서두르는 듯 보이는 여인이 나타나 나무라는 듯한 음성으로 베르길리우스의 주의를 끈다. 스승이 그 인어, 세이렌을 와락 붙잡아 앞자락을 젖혀 단테에게 배를 보여 주니 그 배에서 악취가 심하게 풍겨 온다.

바로 이때 스승이 깨워 단테가 일어난다. 해는 벌써 드높이 솟아 연옥을 온통 비춰 주고 있다. 단테는 상층권으로 안내하는 길을 가르쳐 주는 천사의 따뜻한 음성을 듣는다. 그 천사가 시인들을 계단으로 안내하며 단테의 이마에서 P자를 지운다. 그리고 축복의 노래를 부른다.

올라가는 동안에 베르길리우스는 단테에게 왜 고갤 숙이고 있느냐고 묻는다. 단테의 꿈 내용을 들은 베르길리우스는 그 말더듬이 소녀가 상층의 세 개의 권역에서 정죄하는 죄를 상징하고, 거룩한 여인은 인간이 지상 행복의 유혹으로부터 벗어나게 하는 길을 제시하는 인물이라고 말한다. 그러고서는 눈을 들어 하늘의 아름다움을 바라보며 걸음을 재촉하라고 타이른다. 단테는 빠른 걸음으로 계단을 올라 제5권역에 이른다. 그곳에 인색한 영혼들과 낭비벽이 심한 영혼들이 땅에 엎드려 한숨 섞인 소리로 "내 영혼이 땅바닥에 붙었도다"라고 말한다.

스승이 그 영혼들에게 위로 오르는 길을 가르쳐 달라고 하자 그중 하나가 오른쪽으로 가면 될 것이라고 대답한다. 그러자 단테는 스승의 허락을 받고 그에게 누구이며 왜 엎디어 있느냐고 묻는다. 그 영혼은 피에스키 가문 출신의 교황 하드리아누스 5세로서 비록 짧은 기간 동안 교황직을 맡았지만 세상의 행복이란 모두 헛된 것이란 사실을 깨달았다고 한다. 그리고 인색한 자들은 세상에서 하늘을 쳐다볼 겨를 없이 항상 땅만을 보며 움켜쥐고 있었기에 지금 엎드려 있다고 대답한다. 단테가 경의의 표식으로 무릎을 꿇고 인사하자 하드리아누스는 이곳에서는 모든 영혼이 하느님의 종이며 지상의 권위를 누리는 자는 아무도 없으니 일어나라고 말한다. 이어 단테에게 멀리 떨어지라고 하는데, 이는 그와 함께 이야기하고 있으면 정죄가 그만큼 더디기 때문이다.

낮의 열기가 지구 또는
토성에 의해 거꾸러져 달의 냉기를
3   더 이상 미지근하게 하지 못하는 시간[1]에,

[1] **시간** 연옥에서 맞은 셋째 날 동틀 무렵이다. 낮의 태양열에 의해 데워진 공기를 지구의 냉기와 토성이 새벽녘엔 차갑게 한다. 토성은 태양에서 멀리 있으며 브루네토 라티니가 『테소로』에서 지적하듯 냉랭한 본성을 지니고 있어 열을 식힐 수 있다. 그러나 토성의 영향은 그것이 지평선 위에 있을 때에 한한다.

동트기 바로 전 점쟁이들[2]이 아직도

어슴푸레 남아 있는 길을 따라 솟아나는

6   커다란 운수[3]를 동방에서 바라다보고 있을 때,

말더듬이 소녀[4]가 내 꿈에 나타났는데

사팔뜨기 눈에 발은 뒤틀렸으며

9   팔은 잘렸고 안색이 파리했다.

내가 그녀를 바라보니 밤이 얼린

싸늘한 팔다리에 해님이 위안을 주듯이

12   바로 그렇게 나의 시선이 그녀의 혀를

풀어 주었으며, 곧이어 그녀의 온몸을

반듯이 세우고 또 사랑이 원하는 바대로

15   그녀의 얼떨떨한 얼굴에 화색이 돌게 했다.

그녀는 말하는 혀가 풀린 다음

노래 부르기 시작했기 때문에, 그녀로부터

18   나의 주의를 거의 뗄 수 없었다.

"나는, 나는 아리따운 세이렌[5]

내 노랫소리 듣는 자에겐 기쁨이 되기에

21   뱃사공들을 바다 한가운데서 헤매게 한다오.

또 나의 노랫소리로 표량의 길에서

---

[2] **점쟁이들(geomanti)** 모래사장에 점을 찍어 놓고 그 위에 조약돌을 늘어놓아 그 돌을 따라 줄을 그으며 점을 치는 점쟁이들을 말한다.

[3] **커다란 운수** 대길 수의 모양(✱✱✱✱✱)이다. 이런 모양은 물병자리 끝의 별들과 물고기자리 첫 별들과를 연결하면 형성된다. 해는 지금 양자리에 있고 물병자리와 물고기자리는 양자리에 앞서는 것이므로 이 별들이 동녘에 떠오르는 것은 일출 2시간 전이다(최민순의 주석인데 독특해서 여기 옮긴다. 이 주석은 바르비의 것을 차용한 것으로 보인다).

[4] **말더듬이 소녀** 세이렌, 즉 인어를 의미한다. 단테가 새벽녘 꿈에서 본 인물이다. 「지옥편」 제26곡 7~12행에서도 새벽녘의 꿈에 대한 이야기가 나온다.

[5] **세이렌(Seiren)** 전설적인 요녀. 즉, 시칠리아 섬 부근의 무인도에 산다는 인어인데, 그녀는 아름다운 노래로 뱃사람들을 홀렸다. 여기에서 뜻하는 인어는 유혹의 상징이다. 실제는 추한 모습이지만 아름다운 겉모양과 노래로 인간을 유혹한다는 것이다.

오디세우스[6]를 꾀어냈으니, 나와 함께 지내던 자는

24   너무도 취해서 떠나는 일이 극히 드물다오!"[7]

그녀의 입이 아직 닫히지 않았을 때,

한 여인[8]이 거룩하면서도 재빠르게 나타나

27   내 옆에서 그녀를 부끄럽게 만드셨다.

"오, 베르길리우스여, 오, 베르길리우스여. 이게 누군지?"

라고 그 여인이 노기에 차 물으니, 스승은

30   고귀한 여인을 뚫어지듯 쳐다보며 접근했다.

스승이 소녀를 붙들고 앞자락을 젖혀

그녀의 배를 나에게 보여 주셨는데,

33   거기서 나온 악취[9] 때문에 나는 정신을 차렸다.

나는 눈알을 굴려 봤다. 선량하신 스승님께서

말씀하셨다. "적어도 세 번이나 너를 불렀구나!

36   일어나 오라. 네가 들어갈 문[10]을 찾아보자."

몸을 일으키니 거룩한 산의 둘레마다

높다랗게 뜬 햇빛이 벌써 가득 가득했으니

39   우리는 새로 솟아난 해[11]를 등에 지고 갔다.

내가 사색의 짐을 지고 아치 모양의

다리처럼 몸을 구부리고 있는 사람이 하듯

42   이마를 앞세우고 그를 따를 무렵

---

[6] **오디세우스(Odysseus)** 호메로스의 『오디세우스』의 이야기를 상기해야 한다. 그러나 『오디세우스』에선 세이렌의 유혹 대신 치르체의 유혹이 있다. 다만 세이렌의 유혹을 두려워했을 뿐이다. 「지옥편」 제26곡 참고.

[7] **나와 함께~** 세이렌은 육욕의 세 가지 죄에의 유혹을 뜻한다. 한 번 이 육욕의 죄에 빠지면 쉽게 헤어나지 못한다는 뜻이다.

[8] **한 여인** 루치아를 의미한다. 또 일설에 의하면 이성, 양심, 철학, 진리라 한다. 이러한 단어들은 'la ragione', 'la coscienza', 'la filosofia', 'la verità' 등 전부 여성 명사이기에 여인이라고 했는지 모른다.

[9] **악취** 세이렌은 앞에서 말했듯 겉은 아름답지만 속은 더럽다. 육욕도 마찬가지라는 것을 암시하고 있다.

[10] **문** 오름길.

[11] **해** 연옥에서 맞은 셋째 날이 밝아 온다는 뜻이다. 해를 등에 지고 간다는 건 서쪽을 향해 간다는 것이다.

이 필사의 세상[12]에선 들을 수 없을

거룩하고도 자애로운 음성이 "여기 길이

45 있으니 오너라"라고 말하는 소리를 들었다.

우리에게 그렇게 이른 이는 백조의 깃 같은

날개를 펴고 치솟아 단단한 바위의 두 벽

48 사이로 우리들을 올라가게 하였다.

그는 날개를 움직여 우리에게 바람을 내 주며[13]

'애통하는 자들'[14]은 그들의 영혼이 위안을 받을 테니

51 복 받을 것이라고 자신 있게 말했다.

우리 둘이 천사로부터 떠나 조금 오르자

나의 안내자께서 나에게 말을 걸었다.

54 "너는 왜 땅을 향해서만 눈을 뜨느냐?"

이에 내가, "속으로 나를 휘감고 있는

새로운 환상이 의구심을 가득 갖고 가게 하니

57 나는 생각에서 떠날 수가 없습니다."

그가 이르길, "저 늙은 요부[15]를 너는 보았다.

우리 위에서[16] 유혹하고자 울고 있는 그녀로부터

60 사람들이 어떻게 풀려 나왔는지[17] 넌 보았으니,

이제 그만 하고 뒤꿈치로 땅을 박차고

영원무궁한 임금님[18]이 커다란 바퀴[19]를

---

[12] **필사의 세상** 지구를 말한다. 'mortale', 즉 '죽을'을 이렇게 옮겨 보았다.

[13] 단테의 이마에서 네 번째 P자, 즉 태만의 죄를 씻어 준다는 의미다.

[14] **'애통하는 자들'** "슬퍼하는 사람은 행복하다. 그들은 위로를 받을 것이다." 「마태오의 복음서」 5장 4절.

[15] **늙은 요부** 죄란 오래 전부터 있었다는 뜻이다.

[16] **우리 위에서** 이미 지나쳐 온 세 개의 권역을 두고 한 말이다.

[17] **사람들이 어떻게 풀려 나왔는지** 이성의 빛을 받아(혹은 진리의 빛을 받아) 육욕의 진상을 보고 그 유혹을 이겨 낸다는 뜻이다.

[18] **임금님** 하느님.

[19] **커다란 바퀴** 하늘.

63   돌리는 부르심에 시선을 돌이켜라."

        처음에는 발끝만 쳐다보던 매가 나중에는

        고함 소리 쪽으로 몸을 돌려 쭉 뻗고서

66   먹이[20]의 욕심에 끌려 그리로 나아가듯이,

        나도 그렇게 했고, 바위가 오르는 자에게

        길을 주려고 쩍 벌어져 있는 것을 보고, 나는

69   권역[21]이 시작되는 곳에 이를 때까지 걸어갔다.

        제5권역에 이르렀을 때, 나는

        한결같이 땅바닥에 엎드려 울고 있는

72   무리들[22]을 보았다.

        "내 영혼이 땅바닥에 붙었도다."[23]

        한숨 드높이 내쉬며 저들이 말했으나

75   말은 가까스로 들려왔다.

        "오, 하느님에게 뽑혀, 정의와 희망[24]으로

        모진 고통을 덜고 있는 자들이여.

78   저 높은 데로 오르는 길을 우리에게 일러 주오."

        "넘어지지 않고 안전하게 와서

        가장 빠른 길을 찾아보기 원하거든

81   그대들의 오른손을 언제나 밖으로 두어라."

        시인의 청함에 위와 같이 대답한 건

        우리가 조금 앞으로 나왔을 때였다. 그래서

---

[20] **먹이** 하느님의 부르심과 통한다.

[21] **권역** 제5권역.

[22] **무리들** 인색의 죄를 씻는 무리들.

[23] "내 영혼이 먼지 속에 처박혔사오니" 「시편」 119편 25절. 제5권역에선 인색한 자와 낭비한 자들이 죄를 씻는 다. 「지옥편」에서도 벌받고 있는 그들이 소개되었다. 지옥의 죄인들은 용서받지 못한 죄인들이라 천국에 오를 수 없지만 연옥의 죄인들은 일단 회개하고 용서를 받은 바 있어 정죄하여 천국에 오를 수 있다.

[24] **정의와 희망** 하느님의 율법에 의해 정죄하고 또 정죄하면 천국에 오를 수 있다는 희망 때문에 고통을 덜 느낀 다는 뜻이다.

84	나는 거기 숨어 있던 자[25]를 말로써 알았다.
	내가 내 어르신에게 눈을 돌렸더니
	그는 기쁨에 찬 눈짓으로 나의 갈망 어린
87	눈초리가 요구하는 것을 들어주었다.
	내 멋대로[26] 자신을 감당할 수 있게 되었을 때,
	조금 전에 잊지 못할 말을 해 주었던
90	그 사람에게 가까이 가서 나는 말했다.
	"그것[27] 없이는 하느님께 돌아갈 수 없는
	바로 그것을 눈물로써 무르익게 하는 영혼이여.
93	잠시만 나를 위해 그대의 큰일[28]을 멈추시오.
	그대 누구였기에 어찌하여 등을 위로 돌렸는지
	말해다오. 내가 산 채로 떠나온 그곳[29]에서
96	그댈 위해 무엇을 해 주길 원하오?"
	그가 나에게, "하늘이 우리 자신을 등지게 한
	그 이유를 알 것이다. 그러나 먼저 내가
99	베드로의 뒤를 이었던 자[30]였음을 알아라.
	시에스트리와 키아베리[31] 사이로 한 줄기
	아름다운 냇물[32]이 흐르는데 그 이름은
102	내 조상의 칭호[33]를 따서 부르고 있다.

[23] **숨어 있던 자** 베르길리우스에게 대답해 준 영혼. 모든 영혼들이 얼굴을 땅에 묻고 있어 목소리로써만 분별할 수 있다.

[26] **멋대로** 뜻하는 대로, 즉 자유롭게.

[27] **그것** 정죄.

[28] **큰일** 정죄하는 일. 연옥의 영혼들에겐 이 일이 제일 중요하다.

[29] **그곳** 이 세상.

[30] **베드로의 뒤를 이었던 자** 교황. 「지옥편」 제2곡 22~24행에서 언급된 바 있다. 그는 하드리아누스 5세로 제노바 출신의 귀족이었다. 그의 속명은 오토부오노 데 피에스키다. 176년 7월에 교황이 되어 겨우 38일 동안 그 자리에 있었다.

[31] **시에스트리와 키아베리(Siestri, Chiaveri)** 제노바 동쪽 해안의 마을.

[32] **냇물** 라바냐.

[33] **칭호** 라바냐의 이름을 따서 콘티 디 라바냐라 했다.

흙탕물³⁴을 조심하는 자에겐 그 커다란 망토³⁵가

어찌 무거운지 나는 한 달 조금 지나서

105   알았으니, 그 외 다른 짐이야 다 깃과 같았다.

나의 회개는, 맙소사, 늦기는 했지만

로마의 목자가 되었다싶은 순간에

108   인생이 거짓임을 알게 되었던 것이다.

내 거기서 마음의 평정을 알지 못했고

그러한 삶 속에서는 올라갈 수 없을 정도였기에

111   여기 이 사랑³⁶만이 내 안에서 불타올랐다.

그때까지는 하느님으로부터 떨어진

가엾고 또 온통 인색한 영혼³⁷이었기에

114   너 이제 보듯이 여기서 벌받고 있구나.

인색함이 하는 바³⁸는, 여기 회개하는

영혼들의 정죄 속에 밝혀지고 있는데,

117   여기 이 산에서는 그보다 더 쓴 죄가 없다.³⁹

우리의 눈이 속세의 것에 틀어박혀

드높이 들어올릴 수 없었던 것과 같이

120   여기서는 정의가 그것을 땅에 잠기게 했다.

인색이 모든 선에서 우리의 사랑을

망쳐서 그 힘을 쓰지 못하게 함과 같이

123   정의도 우리의 손과 발을 묶어서

바싹 틀어쥐고 있기 때문에 의로우신

---

³⁴ **흙탕물** 교황의 자리를 더럽히는 죄.
³⁵ **커다란 망토** 교황의 법의. 즉, 교황의 직위.
³⁶ **사랑** 교황의 자리에 올랐어도 마음은 항상 욕심에 흔들린다.
³⁷ **인색한 영혼** 그러나 그가 인색했다는 증거가 될 만한 기록이 없다.
³⁸ **인색함이 하는 바** 인색함으로 인해 짓는 죄.
³⁹ 하드리아누스는 인색의 죄가 가장 쓰다는 것이다.

어른께서 갖는 즐거움에 합당하는 만큼

126 우리는 꼼짝 못하고 엎드려 있는 것이다."

나는 무릎을 꿇고 말하려 했지만,

내가 말을 꺼내자마자 나의 첫 울림만 듣고서도

129 나의 속뜻을 알아차린 그가 말했다.

"어떤 연유로 너는 몸을 아래로 굽히느냐"고.

내가 그에게, "당신의 권위 앞에 서면

132 저의 양심이 제 자신을 찌르기 때문이오."

그가 답하길, "형제여, 다리를 펴고 일어서시오!

나는 너와 또 다른 사람들과 함께

135 같은 권능[40] 앞에 있는 것이니, 실수 말아라.

'그들은 결혼하는 일이 없이'[41] 라고 말하는 거룩한

천사의 소리를 혹시 그대가 잘 알았다면,

138 내가 이렇게 이야기하는 이유를 잘 알 수 있으리라.

그럼 가거라. 더 이상 널 붙들고 싶지 않다.

그대가 말하는 바를 나의 눈물이 더 무르익게 하는데

141 그대 머무르니 오히려 방해를 받는구려.

나 거기에 알라지아[42]라 부르는 조카딸을

두었는데, 우리 가문이 그녀에게 나쁜

144 본을 주지 않았으니 천성이 좋을 것[43]이며

또 그곳엔 오로지 그 아이만 남아 있구나."

---

[40] **같은 권능** 죽음 이후의 세계에선 생전의 직위에 상관없이 모두 평등하다는 것이기에.

[41] **'그들은 결혼하는 일이 없이'(Neque nubent)** "너희는 성서도 모르고 하느님의 권능도 모르니까 그런 잘못된 생각을 하는 것이다. 부활한 다음에는 장가드는 일도, 시집가는 일도 없이 하늘에 있는 천사들처럼 된다."「마태오의 복음서」 22장 29~30절.

[42] **알라지아(Alagia)** 니콜로 피에스키의 딸. 모로엘로 말라스피나에게 시집갔다. 말라스피나는 단테의 친구인데 단테는 1306년 유랑하는 도중에 루니지아나에 있는 그를 방문해 그의 보호를 받았으며 또 그의 아내로부터 많은 이야기를 들었다고 한다.

[43] **천성이 좋을 것** 알라지아는 선한 인간이었다 한다.

제20곡

 부활주일의 화요일 4월 12일 오전, 연옥의 제5권역에서의 이야기다.

단테는 교황 하드리아누스 5세의 청을 마지못해 받아들이고 베르길리우스와 함께 걸음을 계속해서 옮겨 간다. 그러나 벼랑엔 온통 인색의 영혼들이 꽉꽉 차 있어 그들은 바위에 바싹 붙어 가야 한다. 단테는 이 죄인들을 보면서 사람들 사이에 있는 악덕 가운데 가장 큰 악덕인 인색함에 대해 저주를 퍼붓는다. 그는 계속 걸어가면서 영혼들이 울부짖는 소리를 듣는다. 그들 중 하나가 빈곤의 예를 상기시킨다. 마구간에서 해산할 정도로 가난한 동정녀 마리아, 또 죄 되는 부유함보다 덕스러운 가난을 좋아하던 파브리키우스, 세 아가씨들의 불명예를 씻어 주기 위해 그들에게 푸짐한 선물을 마련해 주었던 성 니콜라우스 등.

이와 같은 이야기를 해 준 영혼에게 단테는 그가 누구며 왜 그만이 그렇게 좋은 이야기를 해 주느냐고 묻는다. 그는 위그 카페라는 인물이다. 그는 온 그리스도교인들에게 악을 행하던 사악한 종족인 카페 가문의 우두머리였다. 그는 자기의 후손들에게 하나님께서 복수하기를 빈다고 하며 자신이 프랑스를 다스리는 필리프들과 루이들을 낳았고, 자기는 파리의 어느 백정이 낳았다고 한다. 그의 자식 하나는 왕이 되어 프랑스 왕국의 터전을 잡았다. 그의 자손들이 처음부터 악을 행한 것은 아니고, 프로 방스의 베아트리체가 그 지역을 지참금조로 샤를 앙주 왕가에 가져왔을 때부터 폭력과 사기를 구사하며 타락했다. 위그 카페는 계속해서 자기 가문에 대해 자세히 이야기한 후 하느님을 향하여 언제나 그들에 대한 복수를 보여 주겠느냐고 묻는다.

위그 카페는 계속해서 제5권역의 망령들이 낮에는 청빈의 예를, 밤에 는 인색의 예를 되풀이해서 든다고 설명한다. 탐욕 때문에 살인한 피그 말리온, 손대는 것마다 모조리 금으로 변해 굶주려 죽은 미다스, 예리고 의 저주받은 노획물인 금과 은을 땅 속에 감춘 아간, 사도들을 속이려다 죽게 된 삽피라와 아나니아, 예루살렘의 성전에서 약탈하려고 쫓겨났던 헬리오도로스, 폴리도로스를 살해한 폴리메스토르, 황금에 대한 욕심이 많았던 크라수스에 대해서도 얘기한다. 단테는 카페의 얘기를 경청한다. 그가 시인 바로 곁에 있어 그의 말만 들리지만 사실은 모든 영혼들이 위 의 인물들에 대해 높고 낮은 소리로 이야기한다.

카페에게서 떠나 걸음을 계속해 나가던 시인들은 갑자기 연옥의 산을 온통 진동시키는 소리를 듣는다. 이 소리는 예수가 태어나셨을 때 천사 들이 불렀던 노래이기도 하다. 시인들은 노래와 진동이 멈출 때까지 의 구심에 휩싸인 채로 걸음을 계속 옮기고 있다. 영혼들은 노래를 끝내고 보통 때처럼 울고 있다.

의지¹란 그보다 큰 의지에 대항하면 해로운 것,

그를 즐겁게 해 주고자 나 자신의 즐거움을 꺾어서

3   다 차지 않은 해면(海綿)을 물에서 꺼냈다.

내가 움직이자 나의 안내자도 마치 성벽에

붙어서 성 위를 가는 사람처럼 바위를

6   따라서 그곳을 통해 걸어 나갔는데 이는

       온 세상을 점유한 사악을 한 방울씩

       한 방울씩 두 눈에 흘리고 있는² 백성이

9   바깥 가장자리³에 너무 많이 몰려들었기 때문이다.

       늙어빠진 암늑대⁴야, 너 저주를 받아라.

       끝없이 갈구하는 너의 굶주림 때문에 너는

12   다른 어떤 짐승⁵보다도 먹이⁶가 많구나!

       오, 하늘이여. 그대의 움직임 속에 이 아래의

       상황이 변한다고 사람들이 믿고 있는데⁷

15   이것을 몰아낼 자⁸는 언제나 올 것인가?

       우리가 짧고 더딘 걸음으로 나아가다

       영혼들에게 주의를 기울였더니 그들이

18   애처롭게 울며 불평하는 소리가 들렸다.

       느닷없이 "자애로우신 마리아⁹여!" 하고 마치

       해산 중에 있는 여인이 하듯 우리 앞에서

21   울음 섞어 부르짖는 소리와

       또 이어서 "당신의 거룩하신 아기를 눕힌

       그 마구간¹⁰을 통해서 알 수 있듯 당신은

---

¹ **의지** 하드리아누스 5세와 대화를 계속하고 싶은 단테의 의지 혹은 스승의 바람보다 큰 의지, 즉 그가 회개를 서두르려는 뜻에 굴복하는 것이 옳다는 것이다.

² **두 눈에 흘리고 있는** 눈물로써 정죄한다는 의미다.

³ **가장자리** 제4권역에서 떨어지는 절벽.

⁴ **암늑대** 탐욕과 인색의 상징. 「지옥편」 제1곡 49행 이하 참고. 이 늑대가 늙었다 함은 죄가 오래되었다는 뜻이다. 즉, 세상이 시작될 때부터 이 탐욕의 죄가 있었다고 믿는다.

⁵ **다른 어떤 짐승** 다른 언덕들.

⁶ **먹이** 영혼.

⁷ **하늘이여,~** 당시에 하늘의 운행 속에서 세상의 상황이 변하는 이유를 찾는 이론이 있었다.

⁸ **몰아낼 자** 사냥개. 「지옥편」 제1곡 100행 이하 참고.

⁹ **마리아** 청빈과 자애의 상징.

¹⁰ **마구간** 가난의 상징이다. 파피니는 그의 유명한 『예수전』에서 첫 문장을 "예수는 마구간에서 태어났다. 하나의 진짜 마구간에서"라고 쓰고 있는데, 이는 "마음이 가난한 사람은 행복하다. 하늘나라가 그들의 것이다"라는 가르침과 상통한다.

24 　그토록 가난했습니다"라고 하는 말을 들었다.

　　나는 계속해서 들었다. "오, 어진 파브리키우스[11].

　　그댄 악덕과 함께 큰 재산을 누리기보다

27 　차라리 덕과 함께 가난을 원했구려."

　　이 말들이 너무나도 나를 기쁘게 했기에

　　나는 그 말을 한 듯한 그 영혼을 알고자

30 　나의 몸을 앞으로 내밀고 나아갔다.

　　그는 또 니콜라우스[12]가 처녀들에게

　　젊음을 영예롭게 지키라고 주었던

33 　푸짐한 선물에 관해서도 이야기하였다.

　　내가 말하길, "그토록 좋은 이야기를 하는

　　영혼이여. 그댄 누구였기에 그대만이

36 　이 기릴 만한 이야기를 기억하는지 말해 주오.

　　종말로 치달리는 저 세상에서의 삶의

　　짤막한 여행길을 마저 채우려 돌아가게 되면

39 　그대의 말에 분명코 보상이 있을 것이오."[13]

　　그가, "나 그대에게 말하지만, 이는 내가 그곳에서

　　받으리라 기대하는 덕[14]에 의지해서가 아니고

42 　살아 있는 그대에게 은총이 충만하기 때문이오.

---

[11] **파브리키우스(Gaius Fabricius Luscinus)** BC 282년에 로마의 집정관이 되었던 가이우스 파브리키우스 루쉬누
스. 그는 청렴결백했다. 그가 죽자 그의 성품을 기리고자 로마에서 공금으로 장례를 치렀고, 그의 딸들이 혼인
할 때 로마인들이 지참금을 마련해 주었다.

[12] **니콜라우스(Nicolaus)** 미라의 주교의 전설적인 이야기에 기인한다. 그는 그가 사는 마을에 있는 마음씨 고운
가난한 사람을 잘 알고 있었다. 그 사람은 딸 셋을 두고 있었으나 혼수를 마련할 길이 없어 걱정했다. 이 사실
을 안 니콜라우스 주교가 돈주머니를 들고 밤에 나가 그의 집에 몰래 던져 주어 첫 딸을 결혼시키게 한 다음
차례로 둘째, 셋째 딸들을 위해서도 그렇게 했다. 오늘날 우리가 알고 있는 산타클로스는 이 니콜라우스의 이
야기에 바탕을 두고 있다.

[13] **종말로~** 단테가 남은 생을 마치려 다시 이 세상에 돌아올 때 카페의 정죄를 위해 기도하도록 그의 친지들
에게 말하겠다는 의미다.

[14] **덕** 친지들의 기도.

나는 온 그리스도교인의 땅덩어리에 그늘을 드리우는

사악한 식물[15], 좋은 열매를 따기란

45 아주 힘든 그러한 식물의 뿌리였다오.

그러나 두에이, 릴, 겐트, 브뤼지[16]가

힘만 자라면, 곧이어 그에 복수할 터이니

48 나는 모든 것을 판단하는 그분께 청한다오.

나는 그곳에서 위그 카페[17]라 불렸으며

나로부터 태어난 필리프와 루이들[18]이

51 요즈음 프랑스를 다스리고 있다오.

나는 파리의 한 백정의 아들[19]이었는데

옛날의 왕들[20]이 모두 사라져 버리고

54 오로지 잿빛 옷[21]을 걸친 자만이 남았을 때,

나는 내 손아귀에 왕국의 통치권이며,

새로이 거둬들인 거대한 권력, 그리고

57 가득가득한 동지들을 움켜쥔 것을 알았다오.

그리하여 홀어미가 된 면류관에 내 자식[22]의

머리가 등극했기에, 그로부터

60 그들의 축성된 뼈대가 시작되었다오.

---

[15] **사악한 식물** 프랑스의 카페 왕가를 말한다. 카페 왕가는 1300년에 프랑스, 에스파냐, 나폴리 왕국을 지배했다. 카페는 이탈리아어로는 'Ciapetta'라 알려졌고 프랑스어로는 'Chapel'였다

[16] **두에이, 릴, 겐트, 브뤼지** 벨기에의 중요한 도시들. 이 도시들이 지금은 플랑드르 지역에 속해 있다.

[17] **위그 카페(Hugh Capet)** 프랑스의 위그 공의 아들. 루이 5세의 뒤를 이어 왕이 되었다.

[18] **필리프와 루이들(Philips, Louis)** 복수로 표시한 것은 그의 뒤를 이어 나온 군주들, 즉 필리프 1·2·3·4세와 루이 6·7·8·9·10세를 말하기 위해서다.

[19] **백정의 아들** 이는 사실과 다르다. 왜냐하면 카페의 아버지는 프랑스의 샤를(이탈리아어로는 카를로) 왕가가 후손이 없어 그 뒤를 이어야 했는데 그가 이를 사양하여 그의 아들이 왕위를 받았기 때문이다. 이 '백정' 운운한 점이 눈에 거슬린 프랑스의 프랑수아 1세는 「신곡」을 금서로 못 박았다.

[20] **왕들** 샤를 집안의 왕들.

[21] **잿빛 옷** 사제가 된 인물. 그가 누구인지는 잘 모른다. 샤를 왕가의 최후의 왕 루이 5세의 후손이라곤 오로지 그뿐이었다.

[22] **내 자식** 위그 카페의 아들 로베르. 996~1032년에 왕위에 있던 프랑스의 왕.

프로방스[23]의 거대한 지참금이 내 혈족에게서

수치심을 거두어가기 전까지만 해도

63   힘은 없었으나 악한 짓은 하지 않았다오.

그러나 그때부터 폭력과 약탈이 시작되었고

그 다음에는 보상으로 프아티에, 노르망디

66   그리고 또 가스코뉴[24]를 집어삼켰소.

샤를이 이탈리아에 왔는데, 그 대가로

쿠르라디노[25]를 희생시켰으며, 이어서 또

69   그 대가로 토마스[26]를 하늘로 밀쳐 버렸다오.

내가 짐작하는 바로는 앞으로 머잖은 장래에

또 다른 샤를[27]이 프랑스 밖으로 나아가

72   자신과 또 제 족속들을 더 알릴 것이오.

군사도 없이 오로지 유다가 가지고

겨누던 창[28] 하나만 들고 거기서 나와

75   그 끝으로 찔러 피렌체의 창자를 터뜨리오.

그러나 그가 얻을 것은 땅이 아니고

죄악과 부끄러움뿐일 것이니, 그런 손해를

78   가볍게 여기면 그만큼 자신에게 가중될 것이오.

이전에 붙잡혔다가 해안으로 나온 다른 놈[29]은

---

[23] **프로방스(Provence)** 1246년 프랑스의 왕 루이 9세의 형제 샤를 앙주(이탈리아어로는 카를로 단지오)가 프로벤차의 여자 상속인 베아트리체와 결혼해 자연히 이곳은 프랑스와 합병했다.

[24] **프아티에, 노르망디, 그리고 또 가스코뉴(Poitiers, Normandie, Gascogne)** 프랑스에 빼앗긴 영국 영토.

[25] **쿠르라디노(Curradino)** 시칠리아의 페데리코 2세의 손자. 1268년 나폴리 왕국과 시칠리아를 회복시키려다 잡혀 살해되었다.

[26] **토마스** 토마스 아퀴나스(Thomas Aquinas).

[27] **또 다른 샤를(Charle)** 필리프 4세의 아우. 그는 1301년에 피렌체의 평화를 위한 조정자로 보니파키우스 8세에 의해 파견되었으나, 네리 파를 도와 단테가 소속했던 비앙키 파를 추방시키는 등 오히려 더 혼란케 했다. 그 후 시칠리아를 얻으려고 그곳에 갔으나 실패하였다.

[28] **창** 배신을 뜻한다.

[29] **다른 놈** 샤를 2세. 아라곤의 왕 페드로의 장수 로지에로 디로리아와 나폴리 만에서 싸우다 포로가 됐으나 다행히 살해되지 않고 왕위를 이어받았다.

해적들이 남의 딸들을 사고팔듯

81 자기 딸[30]을 팔며 흥정하는 것을 내가 보았소.

오, 인색함이여. 나의 혈족은 너에게 정신 팔려

그 자신의 살붙이들조차 돌보지 않게 됐으니

84 너 그보다도 더 나쁜 짓을 할 수 있겠는가?

보아하니 백합꽃[31]이 알라냐에 난입하여

그리스도가 그 대리자[32]의 몸으로 사로잡혔으니

87 과거와 미래의 죄악을 덜어 주고자 함이었소.

내가 보니 그가 또 다시 조롱당했는데[33]

초와 쓸개즙이 거듭해서 그의 입에 처넣어졌고

90 살아 있는 도둑놈들[34] 틈에서 살육당한 것이었소.

나 또 하나의 빌라도[35]를 보았는데, 어찌나

잔혹하던지 불만에 사로잡혀 법을 무시하고

93 탐욕스런 돛폭을 성전으로 가져갔다오.

오, 주님이시여. 당신의 비밀 속에 감추어진

그 분노를 고소하게 만들 복수를

96 나 언제나 보고서 좋아하게 될 것인지요?

성령의 유일한 신부[36]를 들어 내가

말했고, 또 그 성령은 무슨 설명을 듣고자

---

[30] **자기 딸** 베아트리체. 샤를 2세는 그녀를 페라라의 군주인 에스티 가에 시집보내 막대한 돈을 얻었다.

[31] **백합꽃** 프랑스 왕가의 깃발에 새겨진 무늬.

[32] **대리자** 교황.

[33] **조롱당했는데** 「마태오의 복음서」 27장 34~42절에 나오는 십자가에 못 박힌 예수가 받은 조롱을 의미한다. 그런데 교황 보니파키우스는 예수의 대리인이니 또다시 조롱 받는 셈이다.

[34] **살아 있는 도둑놈들** 예수가 십자가에 못 박힐 때 그와 함께 두 명의 도둑들도 처형당했다. 「마태오의 복음서」 27장 38절 참고. 보니파키우스는 마치 노가레트와 샤를라 두 사람 사이에 십자가에 못 박힌 것이나 다름없다. 이 두 사람은 그를 양쪽에 서서 조롱했다. 보니파키우스는 잡힌 지 3일 만에 로마에 돌아갔으나 1개월 후에 병사했다.

[35] **또 하나의 빌라도** 제2의 빌라도라 할 필립프 4세를 두고 한 말이다. 그는 템플라리 수도원을 해산시키고 그 재산을 가로챘다.

[36] **신부** 성모.

99 그대를 저에게 향하도록 했으니

낮 동안에는 우리의 기도처럼

거듭거듭 외기 마련이어도 어둠이 깔리면

102 그 대신에 정반대되는 소리를 우리가 낸다오.[37]

또, 그때면 황금에 제 소원을 틀어박아

배반하고 도둑질하며 아비를 죽인

105 피그말리온[38]을 우리가 되뇔 것이며

언제나 사람들의 웃음거리 되기 마련인

탐욕스런 욕구만 쫓아다녔던 저 인색한

108 미다스[39]의 측은한 점을 우리가 되풀이한다오.

노획물을 훔쳤기에 여호수아의 분노가 아직도

여기 그를 물어뜯고 있는 듯 보이는

111 어리석기 짝 없는 아간[40]을 모두가 기억한다오.

그러고서 우린 삽피라[41]와 그 남편을 비난하고

헬리오도로스[42]가 채인 말굽을 상찬한다오.

114 폴리도로스[43]를 살해한 폴리메스토르는

치욕 속에서 온 산을 돌아다니는데

---

[37] **낮 동안에는~** 낮에는 청렴하고 인자한 마리아의 이야기를 외우고 밤에는 그와 반대되는 인색의 벌을 외운다.

[38] **피그말리온(Pygmalion)** 페니키아에 있는 티로스의 왕으로 디도의 형제였다. 그는 디도의 남편을 죽이고 그들의 재산을 노획했다. 『아이네이스』 제1권 350행 이하 참고.

[39] **미다스(Midas)** 프리기아의 왕. 바쿠스 신으로부터 그가 손대는 것은 무엇이나 금으로 만드는 능력을 받았으나 음식물마저 금으로 변했기 때문에 굶주려 죽고 말았다.

[40] **아간** 유대인인 그는 예리고의 저주받은 노획물인 금덩이와 은을 땅속에 감추었다. 이에 분개한 여호수아가 사람을 시켜 아간과 그의 일족을 돌로 쳐 죽였다. 『여호수아』 7장 참고.

[41] **삽피라** 삽피라와 그의 남편(아나니아)은 사도들을 속이려다 베드로의 꾸지람을 듣고 둘 다 죽었다. 『사도행전』 5장 참고.

[42] **헬리오도로스** 아시아의 왕 셀류코스의 명을 받고 예루살렘의 성전에 들어가 약탈하려 했는데 무서운 얼굴을 지닌 기사가 말을 타고 나타나 말굽으로 그를 몰아냈다. 『마카베오하』 3장 25절 참고.

[43] **폴리도로스** 트라키아 왕 폴리메스토르는 트로이 왕 프리아모스가 그에게 보호해 달라며 맡긴 그의 아들 폴리도로스를 죽여 그 재산을 빼앗고 시체를 바다에 버렸다. 프리아모스의 아내 헤카베는 그리스 군에 사로잡혀 이곳에 왔다가 바닷가에 떠밀려온 아들들의 시체를 발견하고 분노하여 폴리메스토르의 두 눈을 빼어 죽임으로써 복수했다. 오비디우스의 『변신이야기』 제13권 492행 이하.

드디어 우린 외쳤다오. '크라수스[44]여, 말해다오.

117 황금의 맛이 어떠한지 그대는 알 테니.'

때로는 세차게 때로는 연약하게 우리로 하여금

말하는 것을 가로막는 감정의 박차에 따라

120 하나는 크게 다른 하나는 작게 말한다오.

낮에 여기서 우리가 이야기한 선 앞에

나 혼자 있던 것이 아니니 이 근방의

123 다른 사람은 목청을 돋우지 않았을 뿐이라오."

우리들이 이미 그로부터 떠나와서

우리에게 힘이 허용하는 한도까지

126 길을 걸어 넘어가기 위해 서둘렀는데,

그 무렵 무엇이 쓰러지는 것과 같이

산이 부들부들 떠는 걸 느꼈다. 그리하여

129 죽음에 이르는 사람처럼 나는 얼어붙었다.

하늘의 두 눈알[45]을 해산하기 위해서

레토[46]가 보금자리를 제 안에 만들기 전에

132 델로스[47]도 분명코 그렇게 세차게 떨진 않았으리.

이어서 사방으로부터 고함 소리가 시작되니

나의 스승이 내게로 가까이 와 말씀하셨다.

135 "내가 널 이끌어 주고 있는 동안 두려워 마라."

---

[44] 크라수스(Crassus, Marcus Licinius) 폼페이우스, 카이사르와 함께 로마 삼두정치의 주역 중 한 사람으로 황금에 대한 욕심이 많기로 유명하다(BC 115?~53). 그가 파르티아(Parthia) 원정 중 패전하여 처형될 때, 파르티아의 왕이 그의 목에 황금을 녹여 부었다는 전설이 있다.

[45] 두 눈알 해(아폴로)와 달(디아나).

[46] 레토(Leto) 단테가 두 눈알이라 표현한 아폴로와 디아나의 어머니. 그녀는 유피테르와 사랑하다 그의 아내 유노의 질투를 받아 피신을 하지 않을 수 없었다. 그리하여 아이를 낳을 수 있는 적당한 장소로 델로스 섬을 택했다 한다.

[47] 델로스(Delos) 이 섬은 원래 떠 있는 섬이었으나 레토가 이곳에서 아폴로와 디아나를 낳은 후 고정되었다 한다. 오비디우스의 「변신이야기」 제6권 189행 이하 참고.

521

고함 소리를 들을 수 있을 만큼 가까이 있는

영혼에게서 알아차린 바인데 그들은 모두가

138   '지극히 높은 곳에서는 하느님께 영광'[48]이라 말했다.

그 노래를 맨 처음 들었던 목동들같이

진동이 그치고 또 그게 완전히 멎을 때까지,

141   우리들은 꼼짝 않고 아연하고 있었다.

우리는 거룩한 우리의 길을 다시 걸으며

진작부터 익히 들던 통곡으로 되돌아간

144   망령들이 땅에 엎드려 있음을 보았다.

나의 기억이 그에 대해 그릇됨이 없다면

어떠한 무지도 그때 내가 생각하며

147   가졌던 만큼 그토록 커다란 싸움으로써

알고자 하는 욕망을 갖게 하진 않았으리.

그러나 서두르느라고 묻지 못했고

150   또 나로서도 거기서 아무것도 볼 수가 없었기에

무서워하며 생각에 잠긴 채 갔다.

---

[48] **'지극히 높은 곳에서는 하느님께 영광'** 그리스도가 태어났을 때 천사들이 이렇게 노래 불렀다. 「루가의 복음서」 2장 14절.

| 제21곡 |

4월 12일 화요일 오전. 단테가 지진과 노래의 뜻을 알고 싶어 하는데, 그때 탐욕의 망령들이 들끓고 있는 길을 따라 어서 가라는 스승의 재촉을 받는다. 그러자 마치 그리스도가 엠마오로 가는 길 위에서 두 제자 앞에 나타나신 것과 같이 갑자기 한 영혼이 나타난다. 시인들은 그 영혼이 정중하게 인사할 때야 비로소 그걸 알아차린다. 그는 시인들에게 "나의 형제들이여, 하느님께서 그대들에게 평화를"이라고 말한다. 이에 베르길리우스는 자기는 림보에 있으니 하느님의 은총을 받을 수 없다며 그의 축복 인사를 사양한다. 그 영혼은 이를 이상하게 여기면서 무슨 일로 연옥에 왔느냐고 묻는다.

베르길리우스가 자기의 동료는 천국에 가야 하는데, 지금 그가 살아 있기 때문에 성령의 뜻에 의해 자기가 안내하고 있다고 설명한다. 스승은 또 그에게 조금 전에 무슨 일로 산이 요동을 치고, 모든 영혼들이 왜 영광의 노래를 합창했느냐고 묻는다. 그 영혼의 답에 의하면, 연옥에서 일어나는 모든 현상은 우연이거나 혹은 이상한 것이 아니라 — 지구와는 달리 모든 물리적 변화의 작용을 받지 않고 있으므로 — 하늘에 그 근원을 두고 있다는 것이다. 즉 연옥문을 넘어서면 비 · 우박 · 눈 · 서리 · 구름 · 번개 · 바람 등이 보이지 않으며, 지진이 있더라도 그것은 지구에서

와 같이 기의 작용에 의한 것이 아니라 죄를 씻고 천국으로 오르는 영혼의 움직임 때문이다. 영혼이란 죄를 씻기 이전에도 하늘에 오르기를 갈망하지만 이 갈망은 하느님의 뜻에 의해 물거품이 된다. 누구든 죄의 벌을 감수해야 한다는 것이다. 그는 자기도 5백 년 이상을 정죄하고 있는데 이제야 천국에 오를 수 있는 의지를 깨달았다고 고백한다.

단테는 그의 설명을 듣고, 알고자 했던 것보다 더 큰 것을 안 것 같아 만족한다. 베르길리우스가 누구이기에 탐욕의 혼들 틈에서 그토록 오래 있었느냐고 그에게 묻는다. 그는 티투스가 그리스도의 죽음을 복수하기 위해 예루살렘을 파괴했을 당시에 살았던 유명한 시인 스타티우스다. 그는 시적 영감을 베르길리우스로부터 받아 시를 썼다고 한다. 단테는 자기의 안내자가 곧 베르길리우스이며 또 아까 웃었던 것은 스타티우스가 그 유명한 베르길리우스를 앞에 두고도 몰라보며 그에 관해 이야기하기에 그리했노라고 말한다. 스타티우스는 깜짝 놀라며 베르길리우스의 발을 껴안으려고 한다.

사마리아의 젊은 여자[1]가 은총을
갈구하던 그 물이 아니었다면 결단코

3   풀리지 아니할 자연적인 갈증[2]이
나를 괴롭혔고 내 길잡이 뒤를 좇아
거치적거리는 길을 따라 서둘러 가면서

6   그 의로운 앙갚음[3]에 마음 아파하고 있었다.

---

[1] **사마리아의 젊은 여자** 「요한의 복음서」 4장 7~15절의 이야기를 두고 한 말인데, 원문에 'femminetta'라고 되어 있어 "젊은 여자"라고 번역했다.
[2] **갈증** 지적인 갈증.
[3] **의로운 앙갚음** 연옥의 영혼들이 죄를 씻어내는 일.

그리스도가 부활하여 무덤 밖으로 나와

길 가던 두 사람 앞에 나타나셨던 것을

9   루가가 우리들에게 기록해 둔 것[4]과 같이,

우리에게 한 그림자가 나타나, 발아래

엎드린 무리를 바라보는 동안 우리 뒤로

12   왔으나 그걸 모르고 있었기에, 먼저 그가

"오, 나의 형제들이여. 하느님께서 그대들에게 평화를!"

이라고 인사[5]하니 우리가 금방 알아보았다.

15   베르길리우스가 그와 얼굴을 맞대고 눈짓하며

이어 말을 꺼냈다. "축복받은 회합에 영원한

귀양[6] 속에 나를 보내신 그 진실한 법정[7]이

18   그대를 평화로이 두었으면 하오!"

그가, "하느님께서 위로 올리지 않으실

영혼들이 그대들이라면, 대체 누가 이렇게

21   그의 사다리[8]로 이끌었는지요?" 우리는 급히 갔다.

그러자 스승이, "천사가 새겨 주었던 것으로

그가 갖고 있는 표지[9]를 그대 본다면,

24   성자들과 함께 있어야 할 자임을 알 것이오.[10]

그러나 밤낮으로 길쌈하는 여인[11]이, 또 클로토[12]가

---

[4] **루가가 우리들에게 기록해 둔 것** 「루가의 복음서」 24장 13~16절.

[5] **인사** 중세 수도원에서 수도자들끼리 주고받던 인사인데, 이는 예수께서 부활하신 후 제자들에게 한 말이다. "Pax vobis(너희들에게 평화를!)"라고 인사하면 답례로 "Et cum spiritu tuo(또 당신의 영혼과 함께)"라고 대답했다.

[6] **영원한 귀양** 천국에 영원토록 오르지 못하고 림보의 영역에 있어야 하니까.

[7] **진실한 법정** 하느님의 심판.

[8] **사다리** 천국으로 오르는 사다리에 해당하는 연옥을 뜻한다.

[9] **표지** 단테의 이마에 새겨진 P자. 아직 세 개가 있다.

[10] 단테는 천국으로 올라갈 자격이 있는 자라는 의미다.

[11] **여인** 라케시스(Lachesis). 생명의 실을 짜는 운명의 신 가운데 하나.

[12] **클로토(Klotho)** 운명의 세 여신 가운데 하나로 라케시스가 짠 실을 물레에 감는다. 여기서는 단테의 운명의 실이 아직도 남아 있으므로 살아 있다는 뜻이다.

어떤 사람을 위한 그 실꾸리를

27   아직도 다 짜지 못했기에

그대와 나의 형제인 그 영혼은

올라올 적에 혼자 올 수 없었으니

30   이는 그의 시야가 우리와 같지 않은 탓이라오.

그러기에 내 그를 안내해 주려 지옥의

휑한[13] 목구멍에서 이끌려 나와 내 가르침이

33   그를 이끌어 나갈 수 있는 데[14]까지 안내한다오.

그러나 그대 안다면 말해 주오. 왜 조금 전에

산이 요동을 떨었으며 또 왜 모두 한꺼번에

36   젖은 발치에까지 호통을 치는 듯 보였는지?"

이렇게 물으면서 그는 내 욕망의 바늘귀를

꿰어 주었기에 나의 갈증은 희망을

39   얻어 덜 타오르게 되었다.

그가 말문을 열어, "이 산의 성스런 법규는

무엇이든 질서 없는 것이나 관습에

42   벗어나는 것을 허용하지 않는다오.

여기는 그 어떠한 변화에서도 자유로운데[15],

그리 된 데에는 다만 하늘이 제 안에 원인 지워 주는

45   것 이외에 다른 이유란 있을 수 없다오.

그러므로 비도, 우박도, 눈도, 이슬이나

서리도 세 계단으로 된 짤막한 이 사다리

48   너머로는 떨어지지 아니하니

---

[13] **휑한** 림보는 지옥의 입구에 있는데 지옥의 구조는 위에서 아래로 내려갈수록 좁아진다.
[14] **이끌어 나갈 수 있는 데** 단테의 안내자로서의 베르길리우스에게 신께서 허용한 한도를 말한다.
[15] **어떠한 변화에서도 자유로운데** 연옥의 정죄산에서는 자연적인 원인으로는 결코 땅, 공기의 변화가 생기지 않는다. 오직 죄를 다 씻은 영혼이 천국으로 올라갈 때에만 우레 같은 소리가 일어난다.

짙은 구름, 엷은 구름은 물론 번갯불이며

저 고장에서 때때로 자리를 바꾸는

51   타우마스의 딸[16]도 나타나지 않는다오.

내가 말했던 그 세 계단의 꼭대기,

베드로의 대리자가 발바닥을 대고 있는 거기에서는

54   말라빠진 수증기[17]마저 치솟지 않는다오.

아마 저 아래[18]선 조금 혹은 많이 떨렸어도

여기 이 위에선 땅속에 숨어 있는 바람으로는

57   어찌된 영문인지 요동을 쳐 본 적이 없었다오.

어떤 영혼이 깨끗해졌음을 느끼고 일어서거나

혹은 위로 올라가기 위해 몸짓을 할 때

60   이곳이 떨리고 또 고함 소리가 뒤따른다오.

오로지 의지[19]만이 완전한 정화를 증명해 주는데,

그 의지는 영혼을 일깨워 완전히 자유롭게

63   보금자리와 길벗을 바꾸게 하고[20] 그에게 기쁨을 준다오.

이 영혼은 처음부터 소망을 품지만,

죄를 짓던 때 의지에 거슬렸기에 하느님의

66   정의가 벌을 주던 그 의도를 버리진 못하오.

그리고 5백 년도 더 이 괴로움 속에

누워 있었던 나[21]는 이제야 보다 더 좋은

---

16 **타우마스(Thaumas)의 딸** 타우마스와 엘렉트라의 딸 이리스로서 해의 방향에 따라 자리를 바꾸는 무지개.

17 **말라빠진 수증기** 아리스토텔레스의 『기상학』에 의하면 세 종류의 수증기가 있다. 증기(혹은 地氣)는 눈·비·이슬·서리가 되고, 마른 기는 바람이 되며 마르고 강한 기는 지진이 된다는 것이다.

18 **저 아래** 연옥문 밖.

19 **의지** 천국에 오르고자 하는 소망에서 나온 의지.

20 **보금자리와 길벗을 바꾸게 하고** 연옥을 벗어나 천국으로 간다는 의미다.

21 **나** 스타티우스(Poblius Papinus Statius). 베르길리우스보다 약간 늦게 태어난 로마의 유명한 시인. 그는 죽은 뒤 약 1200년 동안 연옥에 있었을 것이다. 여기 5백 년도 더 있었다는 것은 제5권역에서 보낸 시간이다. 그 이전 4백 년은 제4권역에서 지냈고 나머지 3백 년은 그 밖에서 지냈다는 뜻이다.

69 　　　문지방²²에로의 자유로운 의지를 느꼈다오.

그러므로 산의 요동 소리를 듣고 경건한 영혼들이

이 산에서 주님께 한 찬미를 들었으니

72 　　　나 주께 비옵니다. 저들을 곧 오르게 하소서.”

이렇게 그가 우리에게 말했으니 갈증이

심할수록 물 마시는 즐거움이 큰 것처럼

75 　　　그가 날 얼마나 기쁘게 했는지 말할 수 없구나.

현명한 길잡이가, “이제야 여기 그대들을

그물²³이 옥죄고 또 그게 어떻게 풀려지나²⁴, 어째서

78 　　　여기가 떨리며 또 그대들이 같이 즐기나 알겠소.

그대 누구였는지 기꺼이 내게 알려다오.

그리고 왜 이곳에 여러 세기 동안

81 　　　누워 있는지 그대 말을 통해 알게 해다오.”

“유다에 의해 팔린 피가 흘러나온 상처들을

지존하신 왕의 도움으로 어지신 티투스가

84 　　　복수²⁵했을 때, 나는 가장 훌륭하고

가장 오래 남을 이름을 갖고 저기²⁶에

있었으니 퍽 유명했지만 그때까지만 해도

87 　　　믿음²⁷은 없었다오”라고 그 영혼이 대답했다.

“노래의 얼이 너무나도 달콤했기에

내 비록 툴루즈²⁸인이었지만 로마가 날 끌어서

---

²² **문지방** 천국의 문턱.
²³ **그물** 죄의 올가미.
²⁴ **풀려지나** 죄를 씻나.
²⁵ **복수** 로마의 티투스 황제(79~81 재위)가 예루살렘을 파괴했다(70년).
²⁶ **저기** 이탈리아, 즉 로마.
²⁷ **믿음** 그리스도를 믿는 믿음.
²⁸ **툴루즈(Toulouse)** 프랑스 남쪽에 있는 마을의 이름. 여기 나오는 시인은 나폴리 출신의 스타티우스인데, 단테는 그가 툴루즈 출신의 루치오 스타티우스 우르솔로인 줄 착각한다.

90   그곳에서 관자놀이를 미르토[29]로 장식했다오.

       그곳 사람들은 날 아직도 스타티우스라 부르오.

       난 테베[30]를 노래했고 위대한 아킬레우스를 읊다가

93   두 번째 짐[31]과 더불어 도중에 쓰러졌다오.

       내 열정에 씨앗이 된 것은 천 명도 넘는

       자들에게 불 밝혀 주었고 나를 뜨겁게 달구어 준

96   저 거룩한 불길[32]의 불꽃들이었는데, 이는 곧

       『아에네이스』를 두고 한 말이니 그것이야말로

       나의 어머니였고 내 시의 유모였다오.[33]

99   나 그 없인 한 푼어치의 무게도 못 이뤘다오.

       베르길리우스가 살았을 때 나 거기서 살 수가

       있었다면, 한 해를 더 연옥에서

102   빠져 나가지 못한다 해도 마다하지 않았을 것이오."

       이 말들에 베르길리우스가 나에게 몸을 돌려

       쳐다보며 말했다. "잠자코 있으려무나!"

105   그러나 의지의 힘이 모든 걸 할 수는 없다.

       웃음이나 울음이란 각각 그들을 내뿜는

       열정의 추종자가 되기에, 그에 더욱 성실할수록

108   의지에는 더 적게 따르는 것이다.

       눈짓을 하는 사람처럼 나는 미소 지었는데

       이에 그 영혼이 입을 다문 채, 마음이

111   무엇보다도 잘 나타나는 눈을 쳐다보고

---

[29] **미르토(Mirto)** 상록수의 일종으로 월계수와 비슷한 것이다. 특히 상을 받거나 계관 시인이 될 때 시인의 머리에 올려 준다.

[30] **테베(Thebe)** 스타티우스의 시 『테바이데』. 그는 서사시 『테바이데』 12권과 미완성의 『아킬레이데』 2권을 남겼다.

[31] **두 번째 짐** 아킬레우스를 노래한 『아킬레이데』. 스타티우스는 이걸 쓰다가 죽었다.

[32] **불길** 스타티우스는 베르길리우스의 영향을 많이 받았고 그의 시적 열정은 그에 의해 이글이글 타올랐다.

[33] **이는 곧~** 자기의 시가 베르길리우스의 시에서 연유했다는 의미다.

말하길 "그대의 힘든 일이 잘 끝맺기를!" 하고
외치며, "이제 방금 그대의 얼굴이 웃음을
114 살짝 비친 그 이유를 내게 밝혀 주겠는지요?"
이제 나는 꼼짝없이 진퇴양난의 처지에 놓였는데,
한쪽은 내가 말하도록 성화를 부리고 한쪽은
117 하지 말라고 하시니 한숨만 나왔다. 내 스승이
"두려워 말고 말하라. 그가 그토록 간절히
청하는 것을 일러 주어라" 하시니
120 내가 그에게 깨우쳐 주었다.
그래서 나는, "늙은 영혼이여, 내가 웃었던
것에 대하여 그대 이상히 여기는데,
123 더욱 놀랄 일을 그대에게 알려 주고 싶소.
내 눈을 저 높이로 이끄는 바로 이분이
그대가 인간들과 신들에 대해서 읊조리는
126 덕성을 그대에게 준 베르길리우스요.
내 무슨 딴 이유 있어 웃는 줄 믿었거든
진실이 아니니 버리시길. 그대가 그에
129 대하여 하시던 그 말씀 때문이라오."
그가 내 스승의 발목을 움켜 안으려고 벌써
몸을 굽히니, 스승이 그에게 말씀하셨다.
132 "형제여, 그대나 나나 그림자이니, 하지 마오."
그러자 그가 일어서며, "이제 내 그대에게
품은 사랑의 열정을 그대가 아실 터이오.
135 나는 우리들이 헛된 자임을 잊고서
망령을 단단한 것처럼 다루었구려."

부활주일의 화요일, 4월 12일 오전 11시경. 제5권역과 제6권역의 이야기다.

제5권역의 천사가 두 시인 위에 남아 있다. 그는 단테의 이마에서 또 하나의 P자를 떼어 주며 축복의 노래를 부른다. 단테는 한결 더 홀가분한 기분이 든다. 베르길리우스와 스타티우스를 따라 다음 권역으로 오르는 계단을 가볍게 오른다.

세 시인이 올라가고 있다. 베르길리우스가 스타티우스에게 왜 인색한 영혼들 틈에서 정죄하고 있느냐고 물으니, 스타티우스는 빙그레 웃으며 자기가 그곳에 있던 것은 인색 때문이 아니라 낭비 때문이라고 대답한다. 낭비의 죄나 인색의 죄는 결국 같은 것으로 취급되어 같은 범주에서 벌받고 또 같은 곳에서 죄를 씻고 있다.

스타티우스는 베르길리우스의 작품에서 황금의 사악함에 대한 비난을 읽은 바 있는데, 그걸 죽기 전에 미처 깨닫지 못했다면 틀림없이 지옥의 제4원에서 다른 죄인들과 함께 벌받고 있을 것이라고 말한다. 다시 말해서 낭비가 죄라는 사실을 베르길리우스를 통해서 알고 그는 다른 죄 때문에 회개할 때 이에 대해서도 뉘우쳤다는 것이다. 사실 이 낭비가 죄가 되는 줄 몰라 수많은 사람들이 벌받는 결과를 초래한다고 스타티우스는 말한다.

스타티우스는『테바이데』를 썼을 때만 해도 이교도였으나 베르길리우스의 시에서 구원자의 도래가 예언되어 있음을 읽고 신앙심이 생겼는데, 때마침 예수의 사도들이 전파하는 참된 신앙이 온 세상에 퍼지자 베르길리우스의 예언이 실현되는 것으로 판단해 사도들의 가르침을 따르는 신자가 되었다. 그리하여『테바이데』를 끝내기 전에 그는 영세를 받았으나 박해가 두려워 여러 해 동안 자신이 그리스도교에 귀의한 사실을 숨겼다. 이 때문에 그는 태만의 죄를 범하고야 말았기에 4백 년도 더 태만의 영혼들 틈에 있어야 했다. 스타티우스는 이런 사실을 베르길리우스에게 밝힌 다음 테렌티우스, 채칠리우스, 플라우투스, 바로 등의 시인들이 어디에 있느냐고 물으니, 베르길리우스는 그들은 자기와 마찬가지로 림보에 있다고 대답한다.

해가 뜨고 다섯 시간이 지났을 무렵 시인들은 제6권역의 벼랑에 이르는데, 그들은 길을 찾느라 잠시 대화를 중단한다. 그때 베르길리우스는 보통 때와 마찬가지로 오른쪽으로 돌아야 한다고 말한다. 단테가 뒤에 서고 두 시인이 앞장서서 걸어가고 있다. 바로 그 무렵 길 한복판에 향긋하고 좋은 열매가 주렁주렁 달린 나무가 나타난다. 시인들이 그 나무에 접근해 보니 무성한 잎사귀에서 "너희는 이 양식으로 부족하리라"라고 외치는 소리가 들려온다. 이 소리는 마리아, 로마의 여인들, 다니엘, 세례 요한 등의 이야기를 들어 절제의 표본에 대해 말한다.

  어느덧 천사는 우리 뒤에 남았는데
  그 천사는 우리를 제6권역으로 이끌며
3 내 얼굴에 새겨진 죄[1]를 하나 지워 주었다.
  그리고 정의를 갈망하는 자들이 우리에게

축복의 말을 하고 다른 말은 없이

6 　　 "Sitiunt"[2]라는 소리로 끝을 맺었다.

다른 어귀들[3]보다 더욱 가뿐하게

나는 갔기에, 그 재빠른 영혼들을

9 　　 따라 오르는 데 별로 힘들지 않았다.

그때 베르길리우스가 말했다. "덕으로

불붙는 사랑[4]은 그 불꽃이 밖으로 나타나면

12 　　 언제나 또 다른 것을 불태우는 것이니,

따라서 유베날리스[5]가 지옥 림보 안으로

우리들 사이에 내려와 너의 애정을

15 　　 나에게 명백히 밝혀 준 그 시각부터,

그대에 대한 나의 애정이 가뜩이나 커서

본 일 없는 사람과는 그보다 더 밀착될 수 없을

18 　　 정도였는데, 이제 이 사다리들이 짧게 보인다오.

그러나 과분한 친분이 내 고삐를 늦춘다 해도[6],

나를 친구처럼 용서할 수 있으며 또 친구처럼

21 　　 이제 나와 함께 대화를 나눌 수 있는지 말하오.

---

[1] **죄** 단테의 이마 위에 찍혀 있는 다섯 번째의 P자.

[2] **"Sitiunt"** 목마르다. 「마태오의 복음서」 5장 6절에 "Beati qui esuriunt et sitiunt justitiam(옳은 일에 주리고 목마른 사람은 행복하다)"라고 되어 있는데, 여기서는 '목마르다'라는 말만 가져왔다. '주리다'는 생략되어 있는데 그 이유는 제6권역에서 사용하기 위해서인 듯하다. 「지옥편」 제24곡 151행 이하를 보면 "Beati cui alluma tanto di grazia(성총에 굶주린 자는 복되도다)"라 되어 있다.

[3] **다른 어귀들** 이전에 지나쳐 온 다른 권역들. 이제 P자를 다섯 개나 떼어 냈으니 몸이 홀가분해졌다는 뜻을 갖고 있다.

[4] **사랑** 덕스런 사랑이란 언제나 사랑을 불러일으키고 사랑 받는 자로 하여금 다시 사랑하게 한다. 이는 「지옥편」 제5곡 100~107행 사이에 나오는 "Amor, ch'a nullo amato amar perdona"와 상반되는 의미다. 그러나 「지옥편」에서의 사랑은 '어떠한 사랑에도 사랑을 허용하지 않는 사랑', 즉 육체적인 사랑인 것이다. 다시 말해서 육체적인 사랑이란 육체적인 것 이외에는 불태우지 못하지만 덕스런 사랑은 항상 사람을 감동시킨다는 말이다.

[5] **유베날리스(Decimus Junius Juvenalis)** 로마의 풍자 시인(47~130). 스타티우스와 동시대인으로 그의 「테바이데」를 확신을 갖고 찬탄했던 사람이다. 단테는 그를 다른 작품에서도 간혹 소개하고 있다.

[6] **내 고삐를 늦춘다 해도** 예의를 잃을 정도로 자제력을 상실한다 해도.

그대가 힘을 들여 가득가득 채운 그대의

커다란 예지 속이런만, 어찌하여 탐욕이

24 　그대의 가슴에 자리 잡을 수 있었는지요?"

이 말들에 스타티우스가 충동을 받아

다소 웃음을 짓더니 이어 대답하였다.

27 　"그대의 모든 말씀, 내겐 귀한 사랑의 표지라오.

진실한 이유가 감춰져 있기 때문에

거짓된 일들에 대해 의구심을 불러일으키는

30 　것들이 진실로 여러 차례 나타나게 된다오.

그대의 질문은 내가 전에 있던 그 권역

때문에 아마 전생에 탐욕스러웠다고

33 　그대가 믿고 있다는 걸 내게 밝히는 셈이오.

탐욕(인색)은 나로부터 너무나 떨어져

있었던 바이니, 오히려 수천의 달[7]이

36 　그 부절제를 벌했다는 것을 이제 아시오.

만일에 그대가 인간의 본성을 꾸짖는 듯

'오, 황금의 신성한 배고픔[8]이여. 너 어이해

39 　인간들의 욕심을 다스리지 못하느냐' 고 외친

그 대목[9]을 깨우칠 때 내가 혹시

---

[7] **수천의 달** 5백 년이란 세월 동안에 뜨고 진 달.

[8] **황금의 신성한 배고픔** 인색도 낭비도 다 황금 때문에 생기는 죄다. '신성한 배고픔'이라는 말은 '절도를 지키는 배고픔'이란 뜻이다. 다시 말해서 황금에 대한 욕망은 중용을 취하고 분수를 지키며 성스러워야 하는 것이다. 이 구절에 대해 역설적으로 해석하는 경향도 있다. 다음 주석을 보라.

[9] **대목** 베르길리우스의 『아이네이스』제3권 56~57행. "Quid non mortalia pectora cogis Auri sacra fames(신성한 배고픔으로 인간의 마음을 어째서 제어하지 못하는지)" 주석 8에서 역설적인 의미가 있기도 하다고 한 이유에 대한 근거로 오네스티가 한 번역문을 여기 옮긴다. "A che cosa non forzi i cuori degli uomini, o maledetta fame dell'oro(황금에 대한 저주받은 배고픔이여, 인간들의 마음을 어이해 장악하는지)" 이것은 '저주 받은 굶주림'이란 뜻이다. 그러나 역자는 바르비와 사페뇨의 의견을 존중하여 38행의 주석과 같이 해석하되 '성스럽다'는 말에 역설적인 의미를 첨가할 수도 있다는 점을 덧붙이고 싶다. 메시나(Michele Messina)의 『신곡사전』에는 이에 대한 풀이가 없다.

정신을 똑바로 차리지 않았더라면 커다란

42 짐을 돌리며 절규를 듣고 있을 터이오.[10]

그 무렵 나는 내 손들이 활개를 치고

낭비하는 데 치우쳐 있었음을 깨닫고

45 다른 죄들과 같이 이 죄를 뉘우쳤다오.

살아서나 죽어서나 무지로 인해

이 죄악을 회개할 줄 몰랐다가

48 머리카락[11]을 잃고 환생하는 자 얼마나 많을지!

그리고 어느 죄악[12]에 정반대로 부딪치는

죄악[13]도 그 죄와 더불어 여기 이곳에서

51 그 푸르름이 말라비틀어진다는 것을 알아다오.[14]

죄를 씻기 위해 탐욕의 죄를 통곡하는

저 무리들 틈바귀에 내가 있었던 것은

54 그 반대되는 것 때문이라오."

목가[15]를 읊었던 시인께서 말씀하시길,

"그대가 이오카스테의 슬픈 쌍둥이[16]의

57 잔악무도한 전쟁을 노래 불렀을 때는,

거기 그대와 함께 클레이오[17]가 어울렸으니

선행을 하는 데 없어서는 안 될 신앙이

---

[10] **커다란~** 지옥의 제4원에서 벌받고 있을 것이라는 말.

[11] **머리카락** 낭비자들은 최후의 심판 때 머리카락을 잃고 무덤에서 나온다고 한다. 「지옥편」 제7곡 55~57행 참고.

[12] **어느 죄악** 낭비의 죄.

[13] **죄악** 인색의 죄.

[14] 여기에서 참회로 인해 죄를 씻는다는 뜻이다.

[15] **목가** 베르길리우스는 「목가」도 지었다.

[16] **이오카스테(lokaste)의 슬픈 쌍둥이** 그녀는 테베의 왕 오이디푸스의 아내. 그들은 에테오클레스와 폴리네이케스라는 두 아들을 두었는데, 부왕이 승하하자 둘이 정권 다툼을 벌이다 둘 다 죽었다. 이 때문에 이오카스테는 익사했다. 이 이야기는 스타티우스의 「테바이데」에 들어 있다.

[17] **클레이오(Kleio)** 시신 중의 하나. 스타티우스가 「테바이데」에서 영감을 얻기 위해 기원한 뮤즈. 단테는 뮤즈를 부르는 것으로 보아 그가 이교도였다고 말하는데, 사실은 단테도 「신곡」에서 시신을 부르고 있다.

60   아직도 그대를 믿는 사람으로 만들진 못한 것 같았소.

        만일 그렇다면, 어떤 태양[18], 아니면 어떤 촛불[19]이

        그대에게 어둠을 거두어 나중에 그대로 하여

63   돛을 세워 어부[20]의 뒤를 따르게 했는지요?"

        그가 스승에게, "그대가 맨 처음 저를

        파르나소스[21]로 보내 그 웅덩이에서 마시게 했으며,

66   저를 비추어서 하느님에게로 눈뜨게 했소.

        그대는 등불을 뒤로 들어 당신껜 소용없으나

        훗날 다른 사람들을 슬기롭게 하는

69   밤길 나그네와 같이 하셨는데, 그때 그대

        말씀하시길, '세기가 새로워지는구려.[22]

        정의가 돌아오고 인류의 시초가 오는구려.

72   후에 새로운 겨레가 하늘에서 내리는구려."

        그대 때문에 난 시인이 되었고 또 그리스도교인이

        되었다오.[23] 그대가 내 그리는 바를 잘 보도록

75   나 손을 펼쳐 색을 칠해[24] 드리지요.

        영원무궁한 왕국의 사자들[25]이 뿌린

        참다운 믿음[26]으로 온 세상이

78   벌써 가득가득 차 있었다오.

---

[18] **태양** 하늘의 계시.

[19] **촛불** 사람의 가르침.

[20] **어부** 성 베드로는 어부였다. 즉, 어떻게 하여 그리스도교인이 되었느냐는 뜻이다.

[21] **파르나소스(Parnassos)** 그리스의 파르나소스 산 높은 곳에 있는 샘. 이곳에 아폴로와 뮤즈들이 살며 시적 영감을 불러일으켜 준다고 한다.

[22] **세기가 새로워지는구려** 베르길리우스의 「목가」 4권 5~7에서 연유한다. 베르길리우스는 그리스도의 강림을 예언한 것으로 알려지고 있다. 이는 그리스도(신동으로 되어 있음)가 온 이후부터 새로운 세기가 시작된다는 뜻이다.

[23] **그대 때문에~** 베르길리우스의 시를 통해서 예수가 구세주임을 알고 이를 믿었다는 뜻이다. 그러나 비냐미는 스타티우스가 그리스도교인이 된 것은 확실히 증명할 수 없으므로 단테의 허구적인 이야기일 것이라 한다.

[24] **색을 칠해** 더욱 명료하게 보이도록.

[25] **사자들** 그리스도의 제자들.

[26] **참다운 믿음** 거짓된 이교의 신앙이 아니라 참다운 그리스도교의 신앙이란 의미다.

저 위에서 하셨던 그대의 말씀이

새로운 전도자들과 어울려 소리 났기에

81 나 그로부터 그들을 찾는 버릇을 가졌다오.

후에 그들은 나에게 대단한 성자들로 보였기에

도미티아누스[27]가 그들을 박해할 때에

84 그들이 아파할 때마다 나는 눈물을 흘렸다오.

저기[28]서 내가 살고 있는 동안 나는 그들을

돌봐 주었고 그들의 올바른 습성으로 하여

87 나는 다른 모든 종파를 깔보게 되었다오.

그리고 내가 시 속에서 그리스인들을 테베의

강으로 끌고 가기 전에[29] 나 영세를 받았으나,

90 무서운 나머지 은둔의 그리스도교인[30]이 되었다오.

그리하여 오랫동안 이교도인 체했다오.

이 미지근함으로 인해 나는 4백 년도 더

93 제4권역에서 방황하게 되었다오.

그럼 내가 말하고 있는 선을 내 속에

감춰 두었던 그 뚜껑을 열게 하신 그대여.

96 아직 우리 올라가야 할 길이 있으니

우리의 옛 테렌티우스[31], 채칠리우스[32] 그리고

플라우투스[33]와 바로[34]가

99 벌받고 있는지 그렇다면 어디선지 말해 주오."

---

[27] **도미티아누스**(Titus Flavius Domitianus Augustus) 로마 황제 베스피아누스의 아들로 형 티투스의 뒤를 이었던 황제(81~96 재위)였는데, 그는 그리스도교를 참혹하게 박해했다.

[28] **저기** 로마.

[29] **내가 시~** 스타티우스의 『테바이데』에 나오는 이야기.

[30] **은둔의 그리스도교인** 태만을 낳은 사실. 이로 인해 그는 오랫동안 태만의 죄를 씻는 제4권역에 있었다.

[31] **테렌티우스**(Publius Terentius) 라틴의 희극 시인 스타티우스보다 2세기 전 사람이다(BC 195?~159).

[32] **채칠리우스**(Caecilius Statius) 라틴의 희극 시인(BC 219?~166).

[33] **플라우투스**(Titus Maccius Plautus) 라틴의 희극 시인. 20개의 희극이 남아 있다(BC 254~184).

나의 길잡이가, "그들과 또 페르시우스[35] 또 나와

많은 시인들이 다른 누구보다 뮤즈의 아홉 신이

102   소중해하던 그리스의 그[36]와 함께 눈먼

감옥의 첫 번째 원[37] 안에 있으니,

우리들은 자주자주 우리 자신들의 유모들[38]을

105   언제나 제 안에 지니고 있는 산[39]을 이야기하오.

거기 우리와 함께 에우리피데스와 안티폰,

시모니데스와 아가톤[40] 그리고 그 옛날 이마를

108   월계수로 치장하던 많은 그리스인들이 있다오.

또 그대의 사람들[41]인 안티고네[42], 데이필레[43]

그리고 아르게이아[44] 또 옛날같이 슬퍼하는

111   이스메네[45]도 거기서 볼 수 있다오.

란지아[46]를 가르쳐 준 여인도 거기 보이고

테이레시아스의 딸[47]과 테티스[48], 그리고 데이다메이아[49]도

---

[34] **바로(Varro, Marcus Terentius)** 이 사람(BC 116~27)과 서사시와 비극시를 썼던 라틴 시인과 5백여 권의 책을 써서 아우구스투스 황제의 찬탄을 받았다는 바로(Varro, Publius Terentius, BC 82~37)를 혼동한다. 텍스트에 따라 'Varro'라 하기도 하고 'Vario'라 하기도 하는데, 샤페뇨와 바르비의 텍스트에 'Varro'라 돼 있어 역자는 그걸 취했다. 비냐미의 텍스트엔 'Vario'로 되어 있다. 란차(Lanza) 교수의 1980년 판에도 'Vario'로 되어 있다.

[35] **페르시우스(Aulus Persius Flaccus)** 라틴의 풍자 시인(34~62). 부패를 풍자한 시가 유명하다.

[36] **그리스의 그** 호메로스.

[37] **감옥의 첫 번째 원** 지옥의 림보.

[38] **유모들** 아홉 명의 시신들.

[39] **산** 파르나소스.

[40] **에우리피데스와 안티폰, 시모니데스와 아가톤** 그리스 시대의 시인들.

[41] **그대의 사람들** 스타티우스의 작품에 나오는 인물들.

[42] **안티고네** 오이디푸스와 이오카스테 사이에 태어난 딸.

[43] **데이필레(Deipyle)** 아드라스토스의 딸이며 티데우스의 아내. 디오메데스의 어머니.

[44] **아르게이아(Argeia)** 데이필레의 자매로 폴리네이케스와 결혼했다.

[45] **이스메네(Ismene)** 안티고네의 여동생.

[46] **란지아(Langia)** 힙시펠레가 해적에게 잡혀가 메네아 왕에게 팔려 노예가 되었을 때, 테베를 침공하는 적군들에게 가르쳐 준 샘. 『테바이데』 4권 참고.

[47] **테이레시아스(Teiresias)의 딸** 만토(Manto). 단테는 그녀를 요녀로 여겨, 지옥의 제8원 네 번째 굴에서 벌받고 있게 한다. 그런데도 그녀가 림보에 있다고 한 것은 모순이다.

[48] **테티스(Thetis)** 아킬레우스의 어머니. 바다의 여신.

[49] **데이다메이아(Deidameia)** 아킬레우스의 연인.

114   제 자매들과 더불어 거기 있다오."

        벼랑으로부터 떨어져 올라가지 않아도 될

        두 시인은 그들 주위를 다시금 주의 깊게

117   쳐다보면서 이내 아무 말이 없었다.

        낮의 계집종[50] 넷은 벌써 뒤로 물러났고

        다섯째[51]가 타오르는 뿔을 바싹 치켜세우며

120   굴대에 걸려 있던 바로 그 무렵에,

        나의 안내자께서, "오른쪽 어깨를 가장자리로

        향하고 우리가 이전에 하던 것과 같이

123   산을 돌아가는 게 좋겠다고 생각하오."

        거기선 습관이 우리의 지침이었기에

        또 저 고귀한 영혼[52]이 마음을 써 주었으므로

126   우리들은 의심을 덜고 길을 잡아 갔다.

        그들[53]은 앞에 가고 나는 혼자서 뒤에 가며

        나에게 시를 짓는 지성을 주게 된

129   저들의 이야기를 듣고 있었다.

        허나 그들의 꿈 같은 이야기들이 멈췄으니

        이는 길 한가운데에서 향기롭고 보기 좋은

132   열매를 가득 단 나무[54] 한 그루를 보았기 때문이다.

        마치 전나무가 가지에서 가지로 드높이

        오를수록 가느다랗게 되는 것처럼 이 나무는 아래쪽이

135   가느다란 모양이었는데, 이는 사람이 못 오르게 함이리라.

        우리의 길을 차단하고 있던 쪽으로부터

[50] **계집종** 시간.
[51] **다섯째** 해 뜬 지 다섯 시간. 즉, 오전 11시경을 말한다.
[52] **고귀한 영혼** 스타티우스.
[53] **그들** 베르길리우스와 스타티우스.
[54] **나무** 생명을 상징하는 나무. 「연옥편」 제24곡 103~105행에 나오는 나무는 선과 악을 구별하는 나무.

드높은 바위에서 말간 물이 떨어져

138   저 위의 잎사귀들로 퍼져 나갔다.

두 시인이 그 나무 가까이에 가니

무성한 잎사귀 안에서 한 소리가

141   외치길 "너희는 이 양식으로 부족하리라."[55]

이어 또 말하길, "마리아[56]께서는 너희를 위하여

지금 응답하는[57] 그 자신보다 혼사를 거룩하고

144   완전하게 하실 것을 더욱 생각하셨도다.

그리고 로마의 옛 여인들[58]은 물로써

마실 것에 흡족해했으며 다니엘[59]은

147   음식을 가벼이 여겨 지혜를 얻었다.

황금처럼 아름답던 첫 시기[60]에는

굶주림이 상수리를 맛있게 해 주었고

150   목마름으로 해서 모든 냇물을 단물로 삼았다.

석청과 메뚜기[61]는 광야에서 세례 요한을

먹여 살린 음식물이었던 것이기에, 그분은

153   복음서[62]가 너희에게 나타내 주시는 것과 같이

그렇게도 영광스럽고 위대하게 된 것이다."

---

[55] **"너희는 이 양식으로 부족하리라."** 탐식하는 자들을 의미한다.

[56] **마리아** 절제의 첫 번째 예. 「연옥편」 제13곡 주석 5, 6 참고.

[57] **응답하는** 마리아는 신의 중개인이기에 그를 향한 모든 간구에 응답한다는 의미다.

[58] **로마의 옛 여인들** 절제의 두 번째 예. 옛날 로마에서는 여자들이 술을 마시지 않았다.

[59] **다니엘(Daniel)** 절제의 세 번째 예. 예언자인 그는 바빌론 왕 느부갓네살이 주는 술과 음식을 사양하고 물과 야 채만을 취했다. 그럼에도 그는 신의 은총으로 누구보다도 건강하고 더 지혜와 지식이 풍부했다. 「다니엘」 1장 3절 이하 참고.

[60] **첫 시기** 절제의 네 번째 예. 황금 시대의 자연 생활로 오비디우스의 「변신이야기」에 나오는 시기다.

[61] **석청과 메뚜기** 절제의 다섯 번째 예. 세례 요한의 검소한 생활을 의미한다. 「마태오의 복음서」 3장 4절. "요한 은 낙타털 옷을 입고 허리에 가죽띠를 두르고 메뚜기와 들꿀을 먹으며 살았다."

[62] **복음서** 「마태오의 복음서」 11장 11절. "나는 분명히 말한다. 일찍이 여자의 몸에서 태어난 사람 중에 세례자 요 한보다 더 큰 인물은 없었다." 다시 말해 요한보다 더 훌륭한 이가 없었다는 뜻이다.

제23곡

 같은 날인 화요일 정오경. 제6권역, 절제의 천사가 수호하고 있다.

단테가 나무의 잎사귀 속을 유심히 들여다보며 절제의 본보기들을 주지시킨 그 신비스런 목소리의 주인공을 찾아내려 할 때, 베르길리우스가 그를 다정하게 타이르며 정해진 시간을 아주 유용하게 쓰려면 걸음을 재촉해야 한다고 말한다. 단테는 이에 복종하여, 자기들끼리 즐거운 이야기를 나누면서 가는 두 시인을 뒤따른다. 그들의 귀에 느닷없이 울음 섞인 음성으로 시편을 외고 있는 소리가 들려오자, 베르길리우스가 이 소리는 죄를 씻고 있는 탐식(폭식)의 영혼들로부터 나고 있다고 말한다.

세 시인보다 더 빨리 나아가고 있는 한 영혼이 그들을 지나치면서 놀라는 기색을 띠며 쳐다본다. 그들은 어둡고 깊숙한 눈, 파리한 얼굴, 뼈가 드러날 듯한 모습을 하고 있어 자신의 신체 이외에는 아무것도 먹을 게 없었던 에리식톤의 말라빠진 꼴과 흡사하다. 또 그 모습은 티투스가 예루살렘을 공략할 때 자식의 살을 먹었던 마리아 디 엘레아사로를 연상시킨다. 그러나 저들의 여윔이 열매와 물의 향기가 그들의 영혼 속에 불러일으키는 욕망에 근원을 둔 것이라는 점을 믿지 못한다.

단테는 아직도 그 영혼들이 말라빠진 이유를 모른 채 놀란 눈으로 바라보는데, 그들 중 하나가 푹 들어간 눈으로 단테를 응시하다가 기쁨에 찬 음성으로 인사한다. 그러자 단테는 목소리로서 그 소리의 주인공이 자기와 친했던 포레세 도나티임을 알게 된다. 그는 단테에게 안부를 묻고 시인은 그의 말라비틀어진 몰골을 보고 동정 어린 말을 한 다음 왜 그렇게 된 것인지 묻는다. 포레세는 제6권역의 물과 나무에 신의 뜻에 따라 영혼들을 여위게 하는 힘이 퍼져 있으며, 탐식의 망령들이 기아와 갈증으로 벌받도록 되어 그 나무에 이를 때마다 먹고 마시려는 커다란 욕망을 느끼기 때문이라고 설명한다.

단테는 죽은 지 5년도 채 안 된 데다 겨우 죽음에 이르러서야 회개했던 그가 왜 연옥 입구에 있지 않느냐고 묻자, 그의 아내 넬라의 기도 덕분이라고 대답한다. 넬라는 피렌체에선 다시 볼 수 없을 정도의 정숙한 여인이다. 그는 또 피렌체의 여성들이 타락하고 있다고 비난한다. 머지않은 장래에 여성들이 젖무덤을 드러내 놓고 다니는 것을 금지하는 규율이 생길 텐데 야만인이나 사라센 여인들이라 해도 그런 일이 있어서는 안 된다고 말한다.

> 작은 새들의 뒤를 쫓아다니느라고 일생을
> 허송한 사람들이 하는 것처럼
> 3 내 그 푸른 잎새에 눈을 틀어박고 있을 때,
> 아버지보다 더하신 그분[1]께서 나에게, "아들아,
> 우리에게 마련된 시간[2]을 한결 더 유용하게

---

[1] **아버지보다 더하신 그분** 단테는 때때로 베르길리우스를 아버지라고 부르는데, 여기선 더 강조하고 있다.
[2] **마련된 시간** 연옥을 돌아보도록 정해진 시간.

6   나누어 써야³ 하겠으니, 이제 오려무나."

        나는 시선 못지않게 걸음도 빨리해서

        현자들⁴ 가까이에 갔는데, 그들이 얘길 했기에

9   힘을 전혀 들이지 않고 갈 수 있었다.

        그때 "Labia mea, Domine"⁵라고 노래하며

        울부짖는 소리가 들렸으니, 그 모습은

12   곧 기쁨과 고통⁶을 해산하는 듯했다.

        "오, 자상하신 어버이시여. 이 무슨 소린지요?"

        라고 내가 물었더니, 그가, "망령들⁷이 가면서

15   저들의 죄의 매듭을 풀고⁸ 있겠지."

        사념에 빠진 순례자들이 걸어가다가

        낯모르는 사람들을 지나칠 때 멈추지 않고

18   돌아다보기만 하는 것처럼

        조용하며 경건한 영혼의 무리들도

        걸음을 재촉하여 우리 뒤에 왔다가

21   지나치면서 우리들을 쳐다보기만 했다.

        모두가 하나같이 눈자위가 어슴푸레 푹 팼고,

        파리한 얼굴에 무척이나 말라빠졌기에

24   살갗이 뼈다귀에 철썩 붙어 있는 듯했으니,

        에리식톤⁹이 밥을 굶어 더욱

---

³ **나누어 써야** 적절히 써야 된다는 뜻이다.

⁴ **현자들** 베르길리우스와 스타티우스를 가리킨다. 그들의 얘기를 듣고 걸으니 단테는 지치지 않는다.

⁵ **"Labia mea, Domine"** "나의 주여, 내 입술을 열어 주소서. 이 입으로 주를 찬양하리다(Domine, Labia mea aperis, Et os meum annuntiabit laudem tuam)." 일곱 편의 참회시 가운데 하나인 「시편」 51편 15절의 말씀이다. 탐식가들의 입이 쾌락에 쫓기어 타락했던 속세에서의 죄를 보속하기 위해 지금은 오로지 하느님을 찬미하기 위해서 열려야 하는 것을 뜻한다.

⁶ **기쁨과 고통** 신앙의 기쁨과 죄의 고통. 후자는 동정적인 것.

⁷ **망령들** 탐식의 죄를 지었던 망령들.

⁸ **매듭을 풀고** 죄를 씻으며.

무서웠을 때라 해도 그처럼

27 가죽만 남게 말라비틀어지진 않았을 듯했다.
나는 혼잣말을 하며 생각에 잠겼다. "그렇지,
이미 마리아[10]가 그 자식을 입에 물었을 때

30 예루살렘을 잃어버렸던 백성[11]이구나!"
눈구멍은 보석이 없어진 가락지같이 보였고,
사람들의 얼굴에서 OMO[12]를 읽는 자라면

33 여기서 M자를 쉽게 알아낼 수 있었으리.
과일의 향긋함과 물의 맛이 욕구를 일으킬 때
그걸 휘어잡는 힘이 이러하다는 것을

36 까닭을 모르고서 그 누가 믿겠는가?
그들이 야위고 처참히 말라비틀어진 피부[13]를 가진
이유를 아직도 알 수가 없었기 때문에

39 무엇이 그들을 굶겼는지 이상히 여겼는데,
어떤 영혼이 머리통 깊숙이 틀어박힌
눈을 내게로 향하여 뚫어질듯 쳐다보더니,

42 큰 소리로 외쳤다. "이거야말로 내게 웬 은총인지?"
내 그를 얼굴로는 알아볼 수 없었으니,
오로지 목소리만으로 일그러져 버린

---

9 **에리식톤(Erysichthon)** 테살리아 왕 트리오파스의 아들. 케레스 신의 숲에서 오래 된 떡갈나무를 베어 여신의 분노를 사 굶주림의 고통을 당했다. 그는 굶주림에 허덕이다 마침내는 자신의 팔다리를 떼어먹었다. 오비디우스의 『변신이야기』 제8권 738행 이하 참고.

10 **마리아** 예루살렘의 마리아라는 여인이 제 마을이 티투스에게 포위당했을 때 배고픔을 견디지 못해 제 자식을 잡아먹었다 한다.

11 **백성** 이스라엘 민족.

12 **OMO** 라틴어로 「Homo」, 사람을 뜻한다. 이탈리아어에서는 때로 'UOMO'의 U자를 생략하고 'OMO'라 한다. 중세에 있던 설로, 창조주가 인간의 얼굴에 라틴어의 'OMO DEI(신의 인간'라 새겼다 한다. O자는 두 눈을, 눈썹과 코, 그리고 광대뼈는 M자를, 귀는 D자를, 코 부근은 E자를, 입은 I자를 나타낸다고 여겼다. 그런데 이 형태는 특히 야윈 사람의 얼굴에 두드러진다. 그림을 소개한다.

13 **말라비틀어진 피부** 굶주림으로 해서 그렇게 됐다는 의미다.

45   그의 용모를 너끈히 짐작할 수 있었다.

         이 불티¹⁴야말로 변해 버린 모습에 대한

         나의 기억에 불을 붙여 주었으니,

48   포레세 도나티¹⁵의 얼굴임을 알아차리게 되었다.

         그가 부탁하길, "아, 나의 창백하고

         불결해진 살갗을 바라보지 말고

51   또 있어야 할 살이 없음을 탓하지 마시오.

         다만 그대 자신과 저기 그댈 이끄는

         두 영혼들이 누구인지 진실대로 말해 주오.

54   나에게 숨김없이 모든 것을 털어 봐 주오."

         내 그에게 대답했다. "일찍이 그 죽음을 슬퍼하며

         눈물 흘리던 내가 그대의 얼굴이 지금 그토록

57   변한 것을 보고 더욱 눈물 흘리게 되었다오.

         무엇이 그대를 야위게 했는지 말하오.

         내가 의아해하고 있는 동안 내게 묻지 마오.

60   딴 생각이 꽉 찬 자는 틀리게 말할 수 있으니."

         그러자 그가 내게, "뒤에 남기고 온 물과

         나무 안에 무궁한 성의(聖意)의 힘이

63   내리니, 나는 그 때문에 야위고야 말았다오.

         이들 모두는 분수에 넘도록 먹었기에

         울부짖으며 노래 부르고 있는데, 그들은

66   배고픔과 목마름으로써 여기서 정죄한다오.¹⁶

         잎사귀 위로 퍼져 나가는 물기와

---

¹⁴ **불티** 목소리.
¹⁵ **포레세 도나티(Forese Donati)** 단테의 처가 쪽 친척. 단테와 친분이 두터웠던 피렌체인인데 그는 미식가로 알
   려진 인물이다. 그는 1296년에 죽었으므로 55~56행에서 "죽음을 슬퍼하며 눈물 흘리던"이라 했다.
¹⁶ **이들 모두는~** 대식가들은 굶주림으로 벌을 받는다.

열매에서 나오는 향기가, 마시고 또

69   먹고 싶은 욕구를 불태우고 있다오.

이 자리를 빙빙 돌며 우리의 죄를

새롭게 하는 것이 한 번뿐이 아니기에,

72   기쁨이라 일러야 할 텐데 고통이라 한다오.[17]

그리스도께서 당신의 피로[18] 우리를 구하셨을 때

그로 하여금 '엘리!'[19]라 기꺼이 말씀케 한

75   그 의지가 우리를 나무에 인도했기 때문이라오."

그래서 내 그에게, "포레세여, 그대가 보다 좋은

삶을 위해 세상을 바꾸었던[20] 그날부터

78   여기에 이르기까지 5년도 지나지 않았다오.

우리를 하느님께로 재결합시키는 저 거룩한

고통의 시간에 이르기 전에 그대 안에

81   더 이상 죄지을 힘이 없게 되었다면,

그대 어떻게 해서 여기에 온 것인지요?[21]

시간[22]이 시간으로 메워지는 저 밑에 있는

84   자리에 그대가 있는 줄로 난 생각했다오."

그러자 그가 나에게, "나의 넬라[23]가 하염없는

---

[17] **한 번뿐이 아니기에~** 정죄를 한 번 해서 되는 것이 아니고 계속해야 하기에 정죄를 한다는 기쁨보다 그 고통이 앞선다는 뜻이다.

[18] **당신의 피로** 그리스도의 피가 우리의 원죄를 사하심을 뜻한다.

[19] **'엘리!'** 그리스도가 십자가에 못 박혀 외친 말씀으로 '엘리 엘리 라마 사박다니?' 하고 부르짖으셨다. 이 말씀은 '나의 하나님, 나의 하나님, 어찌하여 나를 버리시나이까?' 라는 뜻이다.「마태오의 복음서」 27장 46절 참고.

[20] **세상을 바꾸었던** 죽음을 맞이했던.

[21] **우리를~** 포레세가 임종이 가까이 왔을 무렵에야 회개했던 영혼이라면 마땅히 연옥 입구에 있어야 할 텐데 어떻게 해서 벌써 제6권역에 이르렀느냐는 것이다. 사실 늦게 회개한 영혼은 하느님과 재혼(그분 곁으로 다시 돌아간다는 뜻)하려면 오랜 세월을 정죄해야 한다는 사실을 스타티우스의 예를 통해 알 수 있다.

[22] **시간** 임종에 이르러서야 회개한 자는 세상에서 살았던 기간만큼 연옥문 밖에서 기다려야 한다는 뜻이다.

[23] **넬라(Nella)** 포레세의 부인 조바넬라(Giovanella)를 생략해서 부른 것. 그녀에 대해선 별로 알려지지 않았다. 아무튼 그녀의 기도로 인해 포레세는 세상에서 살았던 세월만큼 연옥문 밖에 머물지 않고 빨리 올라올 수 있었다는 것을 말한다.

눈물로 빠르게 나를 인도해

87   저 고통의 달콤한 쑥을 마시게 했다오.

그녀는 경건한 기도와 한숨으로

저 기다림의 언덕[24]으로부터 날 이끌어

90   다른 둘레[25]에서 벗어나게 했다오.

내 몹시 사랑하던 홀어미 된 그녀

선한 일을 함에 있어 외로울수록

93   하느님 눈에는 더 사랑스럽고 즐거운 것이니

내가 그녀를 버리고 온 그곳 바르바지아[26]보다

사르데냐의 바르바지아[27]가 그 여성됨에 있어

96   훨씬 더 정숙한 이유에서라오.

오, 정다운 형제여 내 무엇을 말하길 바라는가?

지금 이 시간이 그다지 옛날이 아닐

99   미래의 시기가 벌써 내 앞에 있으니,

그때엔 피렌체의 안면 바꾼 여인네들이

젖꼭지 드러난 젖무덤을 내놓고 다니는 것을

102   강론하는 제단[28]에서 금지할 것이라오.

제아무리 야만인이요, 사라센 여인들일지라도

제 자신들을 가리고 다니기 위해서 영적인 벌[29]이나

105   다른 규율[30]이 필요했던 일이 없었다오.

[24] **기다림의 언덕** 연옥문 밖.
[25] **다른 둘레** 밑에 있는 다섯 개의 권역을 의미한다.
[26] **그곳 바르바지아** 피렌체를 비유한 것이다.
[27] **사르데냐의 바르바지아(Sardegna, Barbagia)** 사르데냐 섬의 젠나르젠투 산 남방에 있는 황무지. 옛날엔 여기
에 야만족이 살았는데 그들은 패륜의 추종자들이었다.
[28] **강론하는 제단** 교회.
[29] **영적인 벌** 교회의 법칙.
[30] **다른 규율** 법률상의 법칙.

그러나 하늘이 그들을 위해 마련하신 걸[31]

그 부끄럼 없는 여인들이 알고 있다면,

108　　벌써부터 통곡하려고 입을 벌렸을 것이오.

왜냐하면 내가 올바르게 내다본 것이라면,

지금 자장가 소리에 위안을 삼고 있는 자[32]의

111　　뺨에 수염이 돋기 전에 그들이 슬퍼할 테니까.

아, 형제여. 이제 자신을 내게 숨기지 마오!

나뿐 아니라 이 모든 족속들이 그대가

114　　해를 가리고[33] 있는 곳을 지켜보고 있다오."

그리하여 나는, "그대가 나와

어떤 사이였는지 그대의 마음에 돌이킨다면,

117　　당장의 기억은 고통스러울 것이오.

내 앞에 가시는 저분이 어느 날[34] 저것의

— 나는 태양을 가리켰다 — 누이[35]가 그대에게

120　　동그란[36] 모양을 내보일 적에 나를 저 삶으로부터

끌어냈던 것이라오. 그분은 자길 따르는

이 살아 있는 몸을 깊은 밤을 지나

123　　정말로 죽은 자[37]들 속으로 이끌어 갔다오.

그의 격려로 나는 그곳에서 벗어나

세상을 그릇되게 하는 그대들을 바로잡는

126　　산에 올라 돌아다니고 있다오.

---

31 **하늘이 그들을 위해 마련하신 걸** 천벌이 내렸다는 뜻이다. 이것이 당시의 전염병을 뜻하는지 당파 싸움이 일으킨 혼란을 말하는지 모른다.

32 **자장가 소리에 위안을 삼고 있는 자** 자장가 소리를 들으며 자고 있는 어린아이.

33 **해를 가리고** 단테는 육신을 지녔기에 그림자를 지닌다.

34 **어느 날** 4월 8일.

35 **누이** 아폴로의 누이인 디아나, 즉 달님.

36 **동그란** 만월, 즉 보름달.

37 **정말로 죽은 자** 지옥에 있는 영혼.

내 듣기로 베아트리체가 있는 곳에 이르기까지
그는 나의 길동무가 되어 줄 것이라고 말씀하신다오.

129 나 거기서부터 그 없이 남게 될 것이오.
내가 지금껏 말한 분이 베르길리우스요."
그러고서 난 그를 가리켰다. "또 다른 이[38]는

132 그대들의 나라를 멀리 떠나는 영혼인데,
전에 온 벼랑이 떨렸던 것은 그 때문이었소."

[38] **다른 이** 스타티우스를 가리킨다.

│제24곡│

 단테와 포레세가 정겹게 얘길 나누며 빠른 걸음으로 나아
가는 동안, 다른 영혼들은 시인 단테가 살아 있는 자임을
알고 놀람을 금치 못한다. 단테는 친구에게 피카르다(포레
세의 누이)가 어디 있느냐, 또 거기 있는 영혼들 사이에 알 만한 자가 있
느냐 하고 물으니 아름답고 마음씨 고운 피카르다는 천국에 있다고 한
후 몇 명의 탐식가들을 가리킨다.

단테는 포레세가 지적한 망령들 틈에서 보나준타에게 주의를 기울인
다. 그는 '젠투카'라는 말을 중얼거리는데, 단테가 무슨 뜻이냐고 묻자
보나준타는 젠투카가 현재 어린 소녀지만 훗날 단테가 루카 시에 가서 지
낼 때 그를 즐겁게 해 줄 것이라 한다. 그는 단테에 대한 의구심을 못 버
려 그가 정말로 '사랑의 지성을 가진 여인들'이란 노래를 지은 시인이냐
고 묻는다. 이에 단테는 자기가 곧 사랑이 마음에 풍겨 주는 감정에 대해
즉각적으로 표현해 내는 일단의 시인들에 속한 자라고 대답하자, 보나준
타가 그제야 겨우 야코포 다 렌티노와 아레초의 구이토네, 또 자기가 '달
콤하고 새로운 시형' 밖에 속하는 이유를 알겠다며 그러한 시형을 따르
는 시인들과 그들에 앞서는 시인들의 차이는 전자는 사랑의 영감을, 후자
는 모방을 추구하는 데에 있는 것이라고 결론을 내린다.

포레세는 정죄를 하고 있는 동료들이 앞으로 지나쳐 나가도록 버려두고 단테와 함께 걸어가면서 언제 또 볼 수 있겠느냐고 다정하게 묻는다. 단테는 자기가 얼마나 더 살 수 있을지 모르며 또 일찍 죽고 싶은 소망이 크면 클수록 죽음이 늦게야 도래할 것이라 한다. 이는 곧 피렌체가 날이면 날마다 더 처참해지고 있음을 보고 있기 때문이다. 포레세는 피렌체가 지닌 악의 근본적인 혐의자가 될 자기 형제 코르소 도나티가 머지않아 지옥에 떨어질 것이라고 말한 다음 단테와 작별한다.

포레세가 거의 사라져 갈 무렵에 열매를 주렁주렁 달고 있는 한 그루의 나무가 나타난다. 시인들이 그 나무에 접근해 잎새에서 어떤 소리를 듣는다. 가까이하질랑 말고 지나치라는 소리다. 그 나무는 하와가 지상 낙원에서 과일을 따먹었던 바로 그 나무에서 연유한 것임을 주지시키며 켄타우로스들과 헤브라이인들에 대해 이야기한다.

세 시인들은 산비탈에 몸을 대고 그 나무를 지나쳐 벼랑을 향해 자유롭게 나아간다. 일 마일 이상 걸어가면서 탐욕의 본보기가 되는 인물들에 대해 조용히 생각한다. 그때 갑자기 하나의 음성이 들려 단테는 정적 속에서 해를 입은 짐승처럼 놀란다. 그는 고개를 든다. 천사의 휘황한 빛이 나타나 순례자들에게 오르는 길을 가르쳐 주고 날개로 단테의 이마에서 P자를 지워 주며 축복의 노래를 부른다.

이야기는 발걸음을, 또 발걸음은 이야기를
늦추지 않았다.[1] 그러나 순풍에 치달리는 배처럼
3   우리는 이야길 나누며 힘차게 걸어갔다.
또다시 죽은[2] 것으로 보이는 망령들이

---

[1] **이야기는~** 이야기하면서 걸어가니 피로도 모르고 갈 수 있다는 의미다.
[2] **또다시 죽은** 죽어서 망령이 된 영혼들이지만 너무나 파리하고 야위어서 또다시 죽은 것처럼 여겨진다.

눈을 쑤욱 뽑아내어 나를 물끄러미 보더니

6   내가 살아 있음을 알고 놀라워했다.

     나는 이야기를 계속하였다.

     "그는 남을 위해[3] 그렇게 하지 않아도 되지만

9   느린 걸음으로 위를 향해 걸어가고 있다오.

     그대 안다면, 피카르다[4]가 어디 있는지 말하오.

     또 여기 나를 이토록 바라보는 자들 중

12   주의를 기울일 사람 보이는지 말해다오."

     "예쁜지 착한지, 어느 말이 더 맞을지 모르겠지만,

     나의 누이는 이미 드높은 올림포스[5]에서

15   승리의 면류관을 만끽하고 있다오."

     먼저 이렇게 말하더니, "여기 있는 누구의

     이름이라도 댈 수 있는데, 이는

18   절제[6]로 인해 우리의 용모가 뒤틀렸기[7] 때문이오."

     그리고 손가락질하며, "이자는 보나준타[8],

     보나준타 다 루카이며, 또 저기 저

21   다른 무리보다 얼굴이 더 일그러진 얼굴은

     거룩한 교회를 제 품에 안아 보았던 자로

     투르 출신인데, 불세나의 뱀장어와 베르나차

24   포도주의 죄를 절제로 씻고 있다오."[9]

---

[3] **남을 위해**   스타티우스는 제 일만 생각하면 빨리 갈 수 있으나 베르길리우스와 함께 가야 하기에 걸음을 늦춘다는 뜻이다.

[4] **피카르다(Piccarda)**   포레세와 코로소의 자매. 그녀는 산타 클라라회의 수녀였다.

[5] **올림포스**   그리스 테살리아에 있는 산으로 제신들이 산다는 산인데, 이를 그리스도교적인 의미로 해석하면 천국을 뜻한다.

[6] **절제**   안 먹고 안 마시는 금욕.

[7] **뒤틀렸기**   야위어서.

[8] **보나준타(Bonagiunta)**   루카 출신의 13세기 시인.

[9] **거룩한~**   1281~1285년 재위했던 교황 마르티노 4세. 그는 투르 지방에서 출생했는데, 비테르보 북쪽에 있는 호수 볼세나에서 뱀장어를 잡아다 베르나차라는 포도주에 넣어 취하게 한 다음 이를 구워 먹었다고 한다.

다른 많은 이름을 하나씩 내게 불러 줬는데,

어두운 기색이라곤 하나도 못 볼 정도로

27 저들 모두는 불리는 데에 만족했다.

나는 보았다. 우발딘 델라 필라[10]와 그리고

많은 사람에게 목자 노릇했던 보니파치오[11]가

30 굶주림 때문에 쓸데없이 이빨만 놀리는 것을.

나는 보았다. 일찍이 포를리에서 그다지

목마르지 않으면서도 마시고 또 마셔

33 배부른 줄도 몰랐던 메세르 마르케세[12]를.

그러나 여럿을 보고 나서 그중 하나에만

관심을 기울이게 되듯이 나는 루카[13]에게

36 그리했는데, 이는 그가 나를 알고자 한 탓이다.

그가 중얼거렸다. 그가 꼬집어 뜯는

정의의 고통을 감당하는 그곳에서

39 "젠투카"[14]라는 뭔지 모를 소리가 들려왔다.

"오, 영혼이여." 내가 말하길, "나와 얘기하길

원하는 그대, 내 그댈 이해하게 해 주려니

42 또 그대 나를 말로써 만족시켜다오."

그가 말을 꺼냈다. "여인이 태어나서 아직도

너울을 쓰지 않았으나[15] 그대는 사람들이

---

¹⁰ **우발딘 델라 필라**(Ubaldin della Pila) 피사의 대주교 루지에리의 아버지이자 옷타비아노 추기경의 동생. 「지옥
편」 제10곡 128~130행, 또 제33곡 13~15행 참고.

¹¹ **보니파치오**(Bonifazio) 제노바의 보니파치오 디 피에스키. 라벤나의 대주교(1274~1295)로 교황 인노켄티우스 4
세의 조카로 호의호식하며 지냈던 인물이다.

¹² **메세르 마르케세**(Messer Marchese) 포를리의 명문 출신으로, 애주가이자 폭주가로 유명했던 파엔차의 장관.

¹³ **루카**(Lucca) 보나준타. 앞의 주석 8 참고.

¹⁴ **"젠투카"**(Gentucca) 정확한 출처를 모른다. 43~44행의 여자. 일설에 의하면 1314년경 단테가 루카에 갔을 때
아직 어린 이 여인을 보고 덕과 겸손으로 칭찬받을 만한 자라 했다고 한다.

¹⁵ **너울을 쓰지 않았으나** 결혼하지 않았으나.

45   헐뜯어도 나의 도시[16]를 좋아할 것이라오.

그대는 이 예언을 지니고 갈 것이오.

나의 중얼거림에서 그대 만일 오해를 샀다면,

48   진실한 것들이 계속 그대에게 밝혀 줄 것이오.

그러나 말해다오. 내 여기서 보는 자가

'사랑의 지성을 가진 여인들' 이라고 시작되는

51   저 새로운[17] 시[18]를 끌어냈던 바로 그인가를."

나는 그에게, "사랑이 내게 입김을 불어 줄 때

내 마음을 모으고 그가 속으로 속삭이는 대로

54   읊조리면서 가는 사람이라오."[19]

그가 말하길, "오, 형제여. 공증인[20]이나 구이토네[21]

그리고 내가 미처 풀지 못했던 청신체 시형의

57   매듭을 이제야 비로소 듣고 보게 되었소.

그대들[22]의 붓이 불러 주는 이[23]의 뒤를 받아

바싹 따르고 있음을 내가 익히 보건만,

60   우리들의 붓은 분명 그러지 못했다오.

또 그 이상을 바라보려고 하더라도

한 시형에서 다른 시형을 분간치 못했다오."

63   그리곤 만족한 듯 침묵을 지켰다.

겨울 나일 강을 따라서 가는 새[24]들이

---

[16] **나의 도시** 루카.

[17] **새로운** 사실은 다르다는 뜻으로 그때까지 유행하던 시(구이토네 등의 시)와 다르다는 것이다. 이 새로운 시를 그는 'dolce stil nuovo(청신체)'라 부른다. 이 말은 달콤하고 새로운 스타일이란 뜻이다.

[18] **'사랑의~** 'Donne ch' avete intelletto d' amore'로 시작되는 유명한 시. 단테의 『신생』에 나온다.

[19] **"사랑이~** 단테의 시 정신을 잘 설명해 주는 유명한 구절이다.

[20] **공증인** 시칠리아 시파의 시인으로 유명한 야코포다 렌티노(Iacopoda Lentino).

[21] **구이토네(Guittone di Arezzo)** 교훈적인 시를 남긴 시인.

[22] **그대들** 단테를 위시한 청신체 시인들(stilnovisti).

[23] **불러 주는 이** 사랑을 뜻한다.

[24] **새** 학.

때로는 하늘에 무리를 이루고

66   잽싸게 날아서 줄지어 가는 것처럼,

거기 있던 모든 족속들마저 눈길을

돌리며 자기 걸음을 재촉해 갔는데

69   이는 야위고 가뿐한 소원²⁵ 때문이었다.

또 마치 치달리다가 녹초가 된 사람이

동료들은 먼저 가게 버려두고 자기는 헐떡이는

72   가슴이 가라앉을 때에야 비로소 다시 가듯이,

포레세도 그와 같이 거룩한 무리를 먼저

가게 버려두고 나와 함께 뒤따라가며

75   "내 그댈 다시 보는 게 언제일까?"라고 말했다.

내 그에게 답하길, "내 얼마나 살지 모르지만

나의 소원이 이루어져 내가 강둑²⁶으로 온다 해도

78   그렇게 빨리 돌아올 수는 없을 것이라오.

내가 살도록 정해졌던 그곳²⁷은

날이면 날마다 더더욱 가련해지며

81   슬픈 멸망을 앞에 둔 것 같으니까 말이오."

그가 외치길, "이제 가시길, 내가 보아하니

죄를 누구보다 더 지은 자²⁸가 노한 짐승 꼬리에

84   끌려 결코 죄를 씻지 못하는 계곡²⁹을 향한다오.

짐승은 걸음마다 더더욱 속도를 가하여

계속해서 가다가 마침내는 그를 후려치고³⁰

---

²⁵ **소원** 죄를 씻기 위한.

²⁶ **강둑** 연옥의.

²⁷ **그곳** 피렌체. 날이면 날마다 파괴와 부패의 양상이 달라지는 단테의 고향.

²⁸ **더 지은 자** 포레세와 형제지간인 코르소. 그는 네리 파의 수령으로 피렌체의 파멸을 초래한 자로 1308년 반
역죄에 몰려 도망가다 말에서 떨어져 죽었다.

²⁹ **계곡** 지옥.

³⁰ **후려치고** 단테는 코르소가 말에서 떨어져 말발굽에 치여 죽었다고 믿었다.

87 꼴사납게 바스러진 몸을 버려둔다오.
   저 바퀴들이 많이 돌기 전에"³¹
   그는 하늘을 쳐다보며 계속, "내 말의

90 더 밝힐 수 없는 점이 그대에게 밝혀질 것이오.
   그대는 이제 남으시오. 이 왕국³²에서는
   시간이 귀중한데, 내 그대와 나란히

93 가다가는 시간을 너무나 잃는다오."
   말을 달리는 무리로부터 때때로
   치달려 나와 적진에 제일 먼저

96 진입하는 영예를 이루려 하는 것과 같이
   그가 발을 크게 벌려 우리에게서 떠나갔다.
   나는 세상에 계셨을 때 그토록 위대하던

99 두 분을 모시고 길에 남게 되었다.
   그가 우리 앞으로 멀리 가 버렸기에
   내 마음이 그의 말을 따랐던 것과 같이

102 나의 눈이 그의 뒤를 좇아가고 있을 때
   또 다른 나무³³의 주렁주렁 열매 맺은 생생한
   가지들이 나타났는데, 내 거기에 이제 방금

105 들어갔기에 그다지 아득하지가 않았다.
   그 나무 밑에서 사람들이 손을 들고서
   무슨 소린지 모르나 잎새를 향해 소리치는데

108 보아하니 쓸데없이 조르기만 하는 애들같이
   달라 해도 줄 사람이 들어주지 않고

---

³¹ 몇 해 지나지 않아 코르소의 죽음을 목격하리라는 예언.
³² **이 왕국** 연옥.
³³ **다른 나무** 제6권역의 탐식한 자들이 있는 곳에 나무가 있음을 보았는데, 여기에 다른 나무가 하나 더 있다는 뜻이다. 제22곡의 나무는 절제의 예를 들고 있으나, 이곳의 나무는 무절제의 벌에 대한 예를 들고 있다.

556

저들이 바라는 것을 높이 들어 감추고서

111 그들의 욕망만 더욱 간절하게 하는 듯 보였다.

이어 그 무리는 속았다 싶어 떠나갔다.

우리는 숱한 간청과 눈물을 거절해 버린

114 그 커다란 나무 밑으로 그때 가까이 갔다.

"가까이 오지 말고 지나쳐 가기를!

하와가 물어뜯던³⁴ 그 나무는 저 위에 있고

117 그 나무에서 이 나무가 나온 것이라오."

가지 사이에서 누군지 모르나 이렇게 말했기에

베르길리우스와 스타티우스 그리고 나는 꼭 붙어서

120 솟아오른 벼랑 너머로 걸어갔다.

그가 말하길, "구름 속에서 생겨났으며

천벌을 받은 자들³⁵, 배가 불룩 나와 두 겹 가슴을

123 맞대고 테세우스와 싸우던 그들을 기억하시오.

또 술 마시는 데 있어 약세를 드러내 보였기에

기드온³⁶이 미디안을 향하여 언덕을 내려갈 때

126 동무 삼아 같이 가길 마다했던 헤브라이인³⁷들도."

이렇듯 우리는 두 가장자리³⁸의 한 끝을 따라

가면서, 이미 처참한 결과를 초래한

129 탐식의 죄에 대해 들었다.

이어서 우리는 각자가 아무 말 않고

깊은 생각에 잠겨 쓸쓸한 길을 따라

---

³⁴ **하와가 물어뜯던** 에덴동산의 선악과가 열려 있는 나무이다. 이 나무는 이제 곧 보게 될 정죄산 위에 있는 지
상낙원(il paradiso terrestre)에 있다. 「연옥편」 제32곡 37행 이하 참고.

³⁵ **천벌을 받은 자들** 켄타우로스들로 무절제의 첫째 예다.

³⁶ **기드온** 그는 미디안을 칠 때 야훼의 명을 받아 물가에서 물 마시는 자세를 보아 병사를 뽑았다. 자기의 욕심
을 누르지 못하여 무릎 꿇고 마시는 자는 제외시켰다. 「판관기」 7장 4~7절 참고.

³⁷ **헤브라이인** 그들은 두 번째 예다.

³⁸ **두 가장자리** 길의 안쪽. 왼쪽.

132   따로 떨어져 천 걸음도 더 걸어갔다. 그때
      홀연 소리가 들렸다. "그대들 세 명은
      무얼 생각하며 가는 것인가?" 이에 나는

135   겁에 질린 풋내기 짐승처럼 소스라쳤다.
      그게 누구인지 보기 위해 머리를 쳐들었더니,
      "저 위로 올라가길 원하거든, 여기서 돌아서야

138   좋을 것이오. 평화를 향하여 가려는 자
      이쪽으로 가야 하니까?"라고 말하는 자를 보았는데
      그³⁹보다 더 붉고 번쩍이는 유리나 금속을

141   내 일찍이 도가니 속에서도 보질 못했다.
      그의 얼굴이 나의 시력을 앗아갔으므로
      마치 가르쳐 준 대로 따라가는 사람처럼

144   나는 나의 스승들 뒤로 몸을 돌이켰다.
      먼동이 터 오는 걸 알려 주는 5월의 산들바람이
      풀잎과 꽃들을 흠뻑 적셔 주고

147   하느작거리며 향기를 피워 주듯이
      한 가닥 바람이 내 이마⁴⁰ 한가운데를
      스쳐 주고 또 암브로시아⁴¹ 향기를 풍기는

150   날개가 퍼덕거림을 나는 느꼈다.
      그리고 "은혜의 빛을 흥건히 받아
      맛을 사랑함이 가슴속의 지나친 욕정을

153   불태우지 아니하고 언제나 의로움 속에서
      굶주리는 자는 복 되도다⁴²"라고 하는 소리를 들었다.

---

³⁹ **그** 천사.
⁴⁰ **내 이마** 이마에 있는 P자를 천사가 떼어 준다는 뜻이다.
⁴¹ **암브로시아(Ambrosia)** 신들의 음식.
⁴² **굶주리는 자는 복 되도다** 「연옥편」 제22곡에서 「마태오의 복음서」 5장 6절의 "옳은 일에 주리고 목마른 사람
   은 행복하다. 그들은 만족할 것이다"라는 말씀을 보았다. 또 제22곡의 6행에서는 "목마른 자는 복 되도다"라고
   천사가 노래했고, 여기서는 "굶주리는 자는 복 되도다"라고 노래한다.

| 제25곡 |

 같은 날 오후 2~4시경. 세 시인들은 제7권역으로 향해 가는 계단을 오르려고 걸음을 재촉한다. 그곳은 너무나 협소해 한 줄로 나란히 줄지어 가야 한다. 단테는 베르길리우스에게 "영혼들은 영양 공급이 필요하지 않은데 왜 야위었나요?"라고 질문한다. 베르길리우스는 멜레아그로스와 거울의 예를 들어 설명한다. 단테는 보다 명확하게 알아듣도록 설명해 달라고 스타티우스에게 간청한다.

스타티우스는 다음과 같이 설명한다. 피의 가장 순수한 부분은 혈관에 흡수되지 않고 마음속에서 사지로 보내는 힘을 주는 기능을 부여한다. 그리고 그것은 씨앗으로 변해 남자의 성기에 내려와 여자의 자궁 속의 피 위에 떨어진다. 남성의 피는 능동적 시초로서 수동적 시초인 여성의 피와 화합하여 작동을 시작하며 응고된다. 그리고 이렇게 응고된 물질에 생명을 준다. 남성 피의 능동적 힘은 식물의 영혼처럼 식물적인 영혼이 되어 다음엔 바다버섯처럼 감각적인 영혼이 될 때까지 작동하면서 감각 기관을 이루고 신체의 모든 부분으로 퍼져 나간다.

태아가 어떻게 이성적 존재가 되느냐 하는 점은 지적 기능이 영혼과 분리되어 있다고 주장하는 위대한 철학자 아베로에즈의 가능 지성 이론

에 의해 설명되고 있는데, 사실은 그와 다르다는 것이다. 태아에게 뇌가
생기자마자 신은 그곳에 이성적 영혼을 심어 주는데 이것은 식물적 · 감
각적(오성적) 영혼과 함께 자리 잡으며, 그들과 더불어 살고 느끼며 생각
하는 하나의 영혼을 이룬다. 이것은 마치 햇빛이 포도즙과 어울려 포도
주를 빚는 것과 같은 이치라는 것이다.

　인간의 삶이 종말에 이르면, 영혼은 육신에서 나와 식물적 · 오성적 ·
사유적 기능을 가져가는데, 앞의 두 가지는 더 이상의 기관을 갖지 않았
으므로 비활동적인 상태로 남고 다른 것 즉 사유적 기능은 육신으로부터
벗어나 앞의 것들보다 더 활동적인 상태로 된다. 영혼은 육체에서 나와,
그것이 지옥에 갈 운명이면 아케론 강변에, 연옥에 갈 운명이면 테베레
강 어귀에 떨어진다는 것이다.

　또 그것이 정해진 장소에 이르면 안에 있는 힘이 육신에 행사했던 힘
을 주위의 대기 위에 행사한다. 또 대기는 불꽃이 불을 따르듯 영혼을 따
르는 신체적 형상을 취한다. 공기로 된 새로운 형체를 통해서 가시적 용
모를 취하기에 이는 망령이라 불린다. 그리고 또 같은 이유에서 감각 기
관을 갖게 된다. 그리하여 말하고, 웃고, 울고, 한숨짓는 능력을 가지며
느끼는 감정에 따라 각각 다른 용모를 띤다. 바로 이 이유로 해서 탐식가
들도 야윌 수 있는 것이다.

　스타티우스가 이렇게 설명하는 사이에 그들은 마지막인 제7권역에 이
른다. 그들이 벼랑을 따라 조심조심 걷던 중 "지극한 자비의 주님이시
여!"라고 노래하는 애욕에 사로잡혔던 영혼들을 만난다.

　　　　태양은 자오선의 둘레를 황소자리에[1], 밤은
　　　　전갈자리에 버려두었기 때문에, 이제야말로
　　3　　오르는 데 있어서 거리낌 없는 시간이었다.

급한 충동에 쫓기면

제게 무엇이 나타나든지 머물지 않고서

6 제 갈 길을 줄곧 가는 사람과 마찬가지로

우리들도 그렇게 산협을 끼고 들어갔으니,

좁기 때문에 오르는 자들을 따로따로 떼어 놓는

9 계단을 앞뒤로 늘어서서 올라간 것이다.

또 황새² 새끼가 날고 싶은 욕망 때문에

날개를 폈다가 제 보금자리를 버리고 싶지

12 아니하여 그걸 다시 접어 버리는 것처럼

나도 묻고 싶은 욕망을 불태웠다 꺼 버리고

마침내 하고픈 말을 속으로

15 주절대는 데에 그치고 말았다.

걸음은 빨랐어도 나의 자애로운 아버지께서는

말을 그만두지 못하고 이내, "말의 활을

18 당겨 화살촉까지 미치도록 하라" 하셨다.

나는 마음 놓고 입을 열었다.

"자양분을 취할 필요성이 없는 곳에서

21 어떻게 하여 야월 수가 있나요?"³

"나무토막이 사그라지는 순간에 멜레아그로스⁴가

---

¹ **태양은 자오선의 둘레를 황소자리에** 연옥에서는 태양이 양자리에 있을 때 정오가 된다. 황소자리는 양자리 다음에 있으며 하늘은 십이궁으로 되었기에 1궁은 2시간에 해당된다. 이제 태양이 자오선의 둘레를 돌아 황소자리에 있으니 오후 2시경이다.

² **황새** 복종을 상징하는 새로 알려졌다. 이 새는 어미의 허락을 받아야 보금자리에서 빠져나갈 수 있다 한다.

³ **"자양분을~** "Come si può far ma gro là dove ĺ uopo di nodrir non tocca?" 이 질문은 스타티우스에 의해 답을 얻는다.

⁴ **멜레아그로스(Meleagros)** 칼리돈의 왕자. 그가 태어났을 때 세 운명의 신들이 나타난다. 그런데 이 신들의 예언이 각각 달랐다. 즉, 클로토는 멜레아그로스가 용감할 것이라고, 라케시스는 그가 강건할 것이라고, 아트로포스는 나무토막을 던져 주며 그 나무와 멜레아그로스의 수명이 같을 것이라고 예언한다. 그의 어머니는 그 나무를 은밀히 숨겨 둔다. 한편, 장성한 멜레아그로스가 제 숙부를 둘이나 죽이자, 어미가 홧김에 그 나무를 불에 태우니 그가 죽었다고 한다. 오비디우스의 『변신이야기』 제8권 260행 이하. 이 이야기는 영양물 이외에도 사람의 생명을 좌우하는 힘이 있다는 것을 암시한다.

어떻게 죽어 갔는지 그대가 생각해 본다면,"

24   그가 이르시길, "이것은 납득키 어렵지 않으리.
      또 거울⁵에 비친 너의 모습이 네
      움직임을 따라 움직이고 있음을 생각한다면

27   험난한⁶ 것도 평이하게 보일 것이다.
      너의 욕망을 깊숙이 가라앉히기 위해
      여기 스타티우스를 보라. 내 그를 불러

30   너의 상처를 낫게 하는 자 되라 부탁하겠다."
      스타티우스가 답하여, "그대⁷가 있는 곳에서
      내가 저이에게⁸ 영겁의 상을 펼쳐 보인다 해도

33   그대를 부정하려 함이 아니니 용서하소서."
      그러고는 시작하길, "여보게⁹, 내가 하는 말을
      그대가 명심한다면

36   그대가 한 '어떻게'¹⁰란 질문이 밝혀질 것이오.
      목말라 하는 혈관에게 빨리지 않은
      완전한 피¹¹는 식탁에서 따로 옮겨진

39   음식처럼 고스란히 그대로 남아서
      사람의 모든 사지에 빚어내는 힘을 심장
      안에서 얻고 있으니, 이는 혈관을 흐르며

---

⁵ **거울** 거울이 사물을 그대로 비쳐 주듯 영체는 영혼의 실상을 반영한다.
⁶ **험난한** 'duro'는 딱딱하다, 어렵다의 뜻 외에 무섭다는 뜻도 있다.
⁷ **그대** 베르길리우스.
⁸ **저이에게** 단테에게.
⁹ **여보게** 'figliolo'의 원뜻은 '아들'이다. 베르길리우스는 단테를 가리켜 항상 이렇게 부른다. 물론 단테도 그를 가리켜 'padre' 즉 아버지라 부르니 우리말로 아들이라 해도 무리가 아닐 것이다. 그러나 이탈리아어에서 이렇게 부르는 표현은 여보게의 가벼운 뜻이다. 여기선 스타티우스의 말이다. 스타티우스도 단테에겐 위대한 시인이고 또 앞으로 그의 의문을 풀어 주고 귀한 말씀을 해 주는 자이기에 아버지, 아들로 옮길 수도 있겠으나 필자는 가벼운 호칭으로 보는 것을 원하기에 이렇게 옮긴다.
¹⁰ **'어떻게'** 21행의 질문.
¹¹ **완전한 피** 정액을 두고 하는 말.

42   그것들을 만들어 주는 것과 똑같다오.

        더욱 맑아진 피는 밝히기보다 덮어 두는 것이

        훨씬 더 아름다운 곳[12]에 내려와 거기서 다시

45   자연의 그릇[13] 안의 다른 피 위에 방울진다오.

        거기서 두 피는 서로서로 한데 모여드는데

        하나는 받도록, 또 하나는 그것을 내미는

48   자리[14]가 온전하게 주도록 마련된 곳이고,

        또 저것에 이르면 처음엔 엉기게 하는

        작용을 시작하고 나중엔 제 자신의 것으로

51   이루어 놓은 것을 살게끔 한다오.

        능동적인 힘[15]이란 식물의 그것과 같은

        영혼이겠고 다른 점이 있다면 전자는

54   길에 떠 있고[16] 후자는 피안에 있다는 점이라오.

        또 그것이 작용을 하면 바다버섯[17]처럼

        이내 움직이고 또 느낌을 가지며,

57   그로부터 움트는 온갖 기관을 이룬다오.

        아들이여[18], 낳아 준 자의 가슴 속에 있는

        힘은 자연이 모든 지체를 마련해 주는 곳으로

60   이제야 번지고 또 이제야 퍼지는 것이라오.

---

[12] **밝히기보다~** 말로 표현하느니보다 그만두는 것이 좋다. 즉, 남성의 성기를 직접 묘사하는 것을 피하기 위한 것이다.
[13] **자연의 그릇** 여인의 자궁.
[14] **자리** 심장.
[15] **능동적인 힘** 남성적인 것. 씨앗의 능동적인 힘은 처음에 식물적인 영혼이 되는데, 식물적인 영혼은 성장을 의미한다. 이로부터 동물적인 영혼, 즉 감각적인 영혼이 되고 나중에 가서 인간의 지성을 갖는다고 한다.
[16] **길에 떠 있고** 완전에 이르지 않고 변화의 길에 있다는 의미다.
[17] **바다버섯** 바닷가에 있는 동물성의 초기 상태를 증명해 주는 하등 동물.
[18] **아들이여** 34행에선 '여보게'라고 가볍게 옮겼으나 이제 대화가 깊어져 친밀도가 더 높아졌으리라 믿어 이렇게 직접적인 번역을 했다.

그러나 어찌해서 동물로부터 말하는 자[19]가

되는지 그댄 아직도 모르는데, 이것이야말로

63 그대보다 훨씬 총명한 자[20]도 그르친 점이라오.

이는 곧 가능 지성[21]에 딸린 기관을

그가 이 학설을 통하여 볼 수 없기에

66 영혼과 떨어지게 한 것이라오.

내가 풀어 주는 진리 앞에 가슴을

열어 젖히고 잘 들을지니, 뇌의 조직이 태아에게

69 완성되자마자 곧바로 제1원동자[22]가

자연의 그러한 묘술에 기쁨을 갖고

돌이키니 힘을 가득 지닌 새 영혼[23]을

72 불어넣어 주시면 이 영혼은

거기 능동적인 것을 제 실체 안으로

끌어들여 하나의 얼을 이루어서 살고[24]

75 느끼고[25] 스스로 제 안에 도는 것임을 아시오.[26]

---

[19] **말하는 자** 'fante', 즉 인간. 인간만이 말을 할 수 있다.

[20] **총명한 자** 아리스토텔레스의 주석가였던 아베로에즈.

[21] **가능 지성(可能知性)** 'possibile intelletto.' 아리스토텔레스의 의하면 인식 원리에는 두 가지가 존재한다. 하나는 수동적 지성(intelletto passivo)이고 다른 하나는 능동적 지성(intelletto attivo)이다. 인간은 가능 지성에 의해서 오관을 통하여 외부의 인상을 받아들이고 그것으로 정신 안에 형상을 그리고 이 형상으로부터 각종의 관념과 결론을 끌어낸다. 이것이 곧 이해력이며 이성이다. 그런데 가능 지성은 개성에 따른 것이 아니라 보편적·우주적 불멸의 지성이며, 수동 지성은 일시적인 것으로서 능동 지성에 의존한다.
아베로에즈는 이 학설을 해석하되 '동지(動智)는 분리의 지(智)이며 개성이 없고 사람이 출생하는 것과 동시에 이에 결합하고 사람이 사멸함과 동시에 이와 분리한다'라고 했다. 이 주장은 죽은 후에는 개인의 혼이 존재하지 않는다는 뜻이므로, 개인 혼의 불멸을 부정하는 것이다. 그런데 아베로에즈는 동지(動智)의 분리를 말했을 뿐인데 단테는 정지(靜智)를 혼에서 분리한 줄 알고 이같이 비난한다(바르비의 주석 참고). 그러나 사페뇨 교수의 주석에 의하면, 단테가 아베로에즈의 학설을 잘못 안 것이 아니라 정통적인 이론을 이어받았다고 한다. 즉, 가능 지성이란 아베로에즈에겐 인간이 살아 있는 동안 인간 개개의 모든 영혼과 통하는 것이나 그와 구분되면 또 그로부터 분리되며 또 잔존한다고 믿는 것인데, 그리스도교적 학자들은 그것을 신이 인간 각자에게 넣어 준 이성적 영혼과 동일시한다.

[22] **제1원동자** 하느님.

[23] **새 영혼** 하느님이 인간에게 주신 영적인 것. 즉, 이성.

[24] **살고** 식물적인 것.

[25] **느끼고** 동물적이자 감각적인 것.

나의 이야기에 덜 놀라기 위해서

그대 태양의 열[27]을 보시오. 포도 줄기에서

78   내리는 즙과 합하여 그건 술을 빚는다오.

라케시스[28]에게 더 이상 실꾸리가 없어질 때,

영혼은 육신에서 풀려나 인간적인 또

81   신적인 기능을 제 안에 지니게 된다오.

비록 다른 것들은 모두 잠잠하여도

기억, 지성, 그리고 의지만은 그 전보다

84   활동력에 있어서 더욱 날카롭게 되지요.

영혼은 머물지 않고 이상하게도

강둑들[29]의 어느 한편에 떨어지는데

87   그것은 여기서야 처음으로 제 길을 안다오.

또 그것이 그 자리에 둘러싸이자마자

살아 있는 지체 속에서와 같이 그만큼

90   형성의 힘이 사방으로 뻗쳐 나가지요.

그리고 공기가 가득히 비를 머금을 때

제 안에 반사되는 다른 것의 빛 때문에,

93   여러 가지 빛깔[30]로 치장하는 것과 같이

공기도 그처럼 여기선 제 형체대로

놓여 있게 되었으니, 이는 머무는 영혼이

96   제 힘을 통해 그 속에 찍어 놓는 것이라오.

이리하여 불이 움직이는 곳마다

따라다니는 불꽃과 마찬가지로

---

[26] **제 안에 도는 것** 인간적인 것.
[27] **태양의 열** 하느님의 입김을 상징한다.
[28] **라케시스** 「연옥편」 제21곡 주석 11, 12 참고.
[29] **강둑들** 지옥의 아케론 강과 연옥의 테베레 강.

99   새로 된 형체는 영혼을 따라다니지요.

그러면서 이것이 제 모습을 보여 주기 때문에

망령이라 불리는데, 또 이로써 그것은

102   모든 감각, 심지어는 시각까지 가졌다오.

따라서 우리들은 말하기도 하며 웃기도 하고

눈물을 흘리기도 하며 한숨짓기도 하는데

105   그대는 이것들을 산을 지나오며 느낄 수 있었을 것이오.

소망들이나 또 다른 감정이 우리들을

건드리는 것에 따라 망령이 모습을 바꾸는데,

108   바로 이 때문에 그대가 놀라는 것이오."

우리는 이미 마지막 굽이[31]까지

이르렀으므로 오른손 쪽으로 몸을 돌려

111   마음을 다른 일거리에 쏟고 있었다.

여기선 언덕에서 불꽃이 밖으로 치솟고

그 끝에서 바람을 위로 일으켜 불길을

114   되받아치며 길을 열어 주었다.

그런즉 우리는 하나씩 하나씩 열린 곳으로

가는 게 좋았으니, 나 거기선 불길이

117   두려워 또 떨어져 버리지 않을까 겁이 났다.

나의 길잡이가 말했다. "이곳에서는

까딱하다간 떨어질 수 있으니

120   눈의 고삐를 바싹 당겨야 할 것이다."[32]

---

[30] **여러 가지 빛깔** 무지개.

[31] **마지막 굽이** 제7권역. 페트로키(Petrocchi) 교수는 'ultima tortura', 즉 '마지막 고행'이라는 원전 비평을 내린다.

[32] 눈으로 보기만 해도 간음을 범할 수 있다는 가르침 때문에 이렇게 해야 한다. "누구든지 여자를 보고 음란한 생각을 품는 사람은 벌써 마음으로 그 여자를 범했다." 「마태오의 복음서」 5장 28절.

"지극하신 자비의 주님이시여!"[33] 하고
엄청난 열기의 가슴에서 노랫소리 들려와

123 나는 그쪽으로 돌아 바라보았다.
그리고 불길을 뚫고 가는 혼들이 보였는데
그들은 또 나의 발길을 쳐다보면서

126 때때로 눈길을 번갈아가며 돌렸다.
그들은 노래를 끝마칠 즈음에 이르러
소리 높여 외쳤다. "나 사내를 모르노라"[34] 라고.

129 그러곤 다시 낮은 소리로 성가를 불렀다.
그것도 끝마치자 또 외쳤다. "숲 속에
숨은 디아나[35]가 베누스[36]의 독을 맛보았던

132 헬리케[37]를 거기에서 쫓아낸다오."
그리고 나서 그들은 다시 노랠 불렀고
덕과 혼인이 요구하는 그대로 순결했던

135 여인과 남편들에 대해서 소리 높여 말했다.
불이 저들을 태우는 동안 끊임없이
저들은 그런 식으로 하리라 내 믿으니

138 바로 그런 불길로 또 그러한 양식으로
마지막 죄의 상처[38]를 다시 기워야 하리라.

---

[33] **"지극하신 자비의 주님이시여!"** 토요일 아침에 부르는 송가의 첫 구절. 음란의 유혹을 물리치기 위한 기도라 한다.

[34] **"나 사내를 모르노라."** 'Virum non conosco.' "이 몸은 처녀입니다. 어떻게 그런 일이 있을 수 있겠습니까?"「루가의 복음서」 1장 34절. 그리스도의 잉태 소식을 들었을 때 마리아가 한 말이다. 정숙의 첫 번째 예다.

[35] **디아나(Diana)** 정숙의 두 번째 예. 수렵의 여신이다.

[36] **베누스** 연애의 여신. 여기서는 사음(邪淫)의 뜻을 지닌다.

[37] **헬리케(Helike)** 디아나를 섬기는 요정으로, 유피테르에게 욕을 당한 후 디아나에게 쫓겨났다. 유노의 질투를 받아 곰이 되어 하늘에 올라가 큰곰별(大熊星)이 되고 아들은 작은곰별(小熊星)이 되었다. 오비디우스의 「변신이야기」 제2권 401행.

[38] **마지막 죄의 상처** 단테의 이마에 남아 있는 마지막 P자. 이것은 음란 혹은 애욕의 죄를 나타낸다.

마지막 제7권역에서의 이야기. 4월 12일 오후 4~6시경. 시인들이 줄지어 이 권역의 가장자리를 따라 나아가는 동안 이미 저무는 태양은 파란색이 점점 허옇게 되며 단테의 오른쪽을 비쳐 불길 위에 그림자를 드리우고 있다. 그러자 불꽃은 더욱 붉어진다. 많은 영혼들이 이것을 보고 단테에게 가능한 한 가깝게 다가선다. 또 하나의 무리가 나타나는데 그 영혼들은 조금 전의 영혼들을 마주보고 나아간다. 그들은 서로 만나자 멈추지는 않으나 다정하게 입 맞추고 헤어지면서 애욕의 예들을 소리 높여 소개한다.

한 무리가 소돔과 고모라의 예를 든다. 또 한 무리는 그 야수적인 행위로 이름난 파시파에의 예를 든다. 그 두 무리는 서로 다른 방향으로 날아간다. 하나는 더위를 피해서 리페 산으로, 또 하나는 추위를 피해서 아프리카의 사막으로 날아가는 학 떼들과 흡사하게 애욕의 영혼들은 제각기 반대 방향으로 눈물을 흘리면서 노래 부르고 또 정숙의 예를 든다.

단테에게 조금 전에 질문한 영혼들이 그에게 접근하여 이야기를 들으려 하자 그는 사실대로 설명한 다음에 그들에 대해서 묻는다. 그 대답에 의하면 멀리 가 버린 영혼들은 자연을 거슬러 죄지은 호색가들이기에 자기네들이 범한 죄를 부끄럽게 여겨 소돔의 예를 들고, 그에게 가까이하

던 영혼들은 자연을 거스르다 죄를 범한 호색가들로서 그들은 파시파에
의 예를 든다는 것이다. 그들 영혼 중에 구이도 귀니첼리가 있다. 그는
죽은 지 얼마 안 되는데 죽기 바로 전에 회개했기에 연옥에 와 있다. 단
테는 자기가 시작에 있어서 스승으로 여기던 귀니첼리의 이름을 듣고서
그에게 가 포옹하고 싶은 충동을 느끼지만 먼발치에서 조용히 그를 쳐다
본다. 귀니첼리는 단테가 호의의 증거를 나타내자 놀라며 그 연유를 묻
는다. 이에 단테는 자기가 그러한 정을 표시하게 된 것은 귀니첼리의 달
콤한 시 때문이라고 대답한다.

  이 말을 듣고 난 귀니첼리는 겸연쩍어 하며 그 곁에 있는 다른 영혼을
가리킨다. 이어 그가 곧 사랑의 시나 산문에 있어서 가장 훌륭한 사람으
로서 아레초의 구이토네와 마찬가지로 명성을 가졌다 한다. 귀니첼리는
단테에게 자기를 위해 기도해 줄 것을 부탁하고 나서 불꽃 속으로 사라
진다. 단테는 귀니첼리가 지적해 준 그에게 가서 누구냐고 물으니 그는
프로방스 어로 대답하여 자기가 아르날도 다니엘로라고 한다. 그는 울며
노래하며 죄를 씻고 있다.

        가장자리를 따라 앞뒤로 늘어서서
        우리가 가는 동안 어지신 스승께서 경고하시길,
    3   "내 네게 깨우쳐 준 걸[1] 보람되게 하라."
        태양은 이미 그 빛살로 서쪽을 온통
        푸르름에서 하얀 모습으로 바꿔 놓았는데
    6   이제 내 오른쪽 어깨 위를 비추고 있었다.
        나는 그림자로써 저 불꽃들을 더욱

---

[1] **깨우쳐 준 걸** 제25곡 118~120행의 말.

붉게 보이게 했으니, 내 보아하니 숱한

9   망령들이 걸어가면서 이 표적[2]에 마음 쏟았다.

이것이 곧 저들이 나에 대해서

얘기하게 하는 실마리를 주었기 때문이다. 그들은

12   "저자는 허깨비 몸으로 안 보인다"라고 말을 꺼내더니

몸을 불태우지 않는 곳으로 나가지 않으려고[3]

조심하면서 그들은 나를 향하여

15   나올 수 있는 데까지 나왔다.

"오, 남들보다 더 느려서가 아니고 어쩌면

그들[4]을 공경하기에 그들 뒤에 가는 자여.

18   갈증[5]과 불길 속에 타는 내게 답해 주오.

나 혼자에게만 그대의 대답이 필요하진 않다오.

이들 모두가 시원한 물에 허덕이는 인도나

21   이디오피아인들보다 더 목말라 하니까.

그댄 아직 죽음의 그물 속에 들어가지

않은 것 같은데, 어떻게 해서 그대가 태양의

24   가리개[6] 역할을 하게 되었는지 말해 주오."

그들 중 하나가 이렇게 말했다.

때마침 나타난 새로운 출현[7]에 쏠리지 않았더라면

27   벌써 나 자신에 대해 밝혔을 것이다.

불타오르는 길 한복판을 지나

---

[2] **표적** 단테가 드리우는 그림자.

[3] 거기 정죄하고 있는 영혼들은 불에서 벗어나려고 하지 않는다. 연옥의 영혼들은 하느님의 뜻을 거역하려 들지 않는다.

[4] **그들** 스타티우스와 베르길리우스.

[5] **갈증** 단테를 알고자 하는 갈증, 이것으로 인해 목말라 한다는 의미다.

[6] **가리개** 그림자를 만드는 것.

[7] **새로운 출현** 사음의 죄인들은 두 종류다. 하나는 시인들과 같은 방향으로 가는 음란한 죄인들, 다른 하나는 반대 방향에서 오는 자연을 거스른 계간(鷄姦)자들이다. 이들은 지옥에서도 그러한 방향을 취한다.

이들과 얼굴을 맞대고 오는 무리가 있어

30   그들을 보려고 내가 우두커니 섰기 때문이다.

내 그들을 보니 양쪽에서 서두르며

모든 그림자들이 서로서로 입을 맞추지만

33   짤막한 인사로 만족해하며 멈추진 않았다.

이는 곧 개미들이 서로서로 자기들의

길과 먹이를 찾기 위해 새까맣게 이룬

36   무리 속에서 서로 주둥아리를 맞추는 것과 같았다.

그들은 다정스런 인사를 마친 후

첫발을 내딛기도 전에

39   모두가 소리 높이 외치느라고 지치는데

새로 온 무리가 "소돔과 고모라"라 외치고

다른 무리는 "황소를 꾀어 제 음욕을 채우려

42   파시파에[8]가 암소 안으로 들어가네"라고 외쳤다.

그리고 한 무리는 리페[9] 산으로, 다른 무리는

사막[10]을 향해, 저것은 해가 싫어, 이것은 추위가 싫어

45   떠나는 학의 무리와 같이

이 무리는 오고, 저 무리는 가면서

눈물을 흘리며 방금 전의 노래와 그들에게

48   가장 알맞은 외침[11]을 되풀이했다.

나에게 요청하던 바로 그자들이

그들의 얼굴에 들고 싶어 하는 표정을 짓고서

---

8 **파시파에(Pasiphaê)** 아폴로의 딸이자 크레타 왕 미노스의 아내. 그들 사이에서 아리아드네가 태어났다. 그녀는 사음의 대표적인 인물이다. 황소에 사랑을 느껴 그를 꾀기 위해 나무로 만든 암소상에 들어가 황소를 유인하여 그와 관계를 맺어 미노타우로스를 낳았다. 「지옥편」 제12곡 13~15행 참고.

9 **리페(Rife)** 중세의 학자들이 북극에 있다고 믿었던 산.

10 **사막** 리비아 사막.

11 **외침** 정숙의 예를 들기 위한 외침.

51   아까와 마찬가지로 나에게 다가왔다.

       그들의 소원을 두 차례 보았던 나는

       말을 꺼냈다. "오, 때가 되면 언젠가

54   반드시 평화를 갖게 될 영혼들이여.

       익었든 설었든¹² 내 육신은 저곳에

       남아 있지 않고 여기 나와 더불어

57   그 피와 마디마디를 지니고 있다오.

       더 이상 눈먼 자 되지 않으려고 이리 올라간다오.

       나에게 이 은혜를 얻어 주신 저 위의 여인¹³이

60   살아 있는 몸으로 그대들의 세계로 가게 한다오.

       그대들의 가장 큰 소망이 곧

       채워지고 또 사랑이 가득 차고 광활히

63   펼쳐진 하늘¹⁴이 그대들을 포용케 하소서.

       그대들은 누구며 또 그대들의 등 뒤에

       가는 저 무리는 누군지 내게 말하여

66   뒤에 그대들에 대해 종이에 적게 해 주오."

       거칠고 촌티 나는 산골 촌놈이 도회지에

       들어서면 놀란 나머지 어리둥절하고

69   이리저리 살피며 벙어리가 되듯

       모든 영혼들도 그와 같은 모양을 했다.

       점잖은 마음속에서는 금세 가라앉는

72   놀라움을 저들이 털어 버리고 난 다음에

       아까 나에게 묻던 자가 다시 말하길,

       "더욱 훌륭하게 죽기 위해 우리네 세계의

---

¹² **익었든 설었든** 늙었거나 젊었거나.

¹³ **여인** 성모.

¹⁴ **하늘** 최고의 하늘. 원동천(empireo).

75   체험을 쌓는 그대는 복된 자요![15]

우리와 함께 오지 않는 무리는 일찍이

카이사르[16]가 개선했을 때 이를 거슬러[17]

78   여왕이라고 불리는 죄를 범했으니,

그대가 들었듯, 저들은 이 때문에

자책하여 '소돔'이라 부르짖으며 지나가고

81   수치심으로 그 불길이 더해 가고 있다오.[18]

우리들의 죄는 자웅동체[19]였으나

짐승과 마찬가지로 욕정만 쫓아다니며

84   사람의 법도를 지키지 않았기 때문에

우리가 거길 떠날 때 짐승 같은 모양의

나무쪽[20]에서 짐승이 되어 버린 그의

87   이름[21]을 치욕 속에서 읽고 있소.

그댄 이제 우리의 행실과 또 죄를

알지요. 그러나 행여 우리 이름이 무언지

90   알고자 해도 지금은 말할 때도 아니고 말할 수도 없소.

그러나 나에 대한 그대의 청은 들어주겠소.

나는 구이도 귀니첼리[22], 죽기에 앞서 뉘우쳤기에

93   벌써부터 죄를 씻고 있다오."

---

[15] **"더욱~** 나머지 삶을 더욱 보람되게 살고(viver meglio) 더욱 훌륭하게 죽기(morir meglio) 위해서 연옥을 순례한 다는 뜻이다. 페트로키 교수는 74행을 'viver meglio'라고 원전 비평을 한다.

[16] **카이사르** 여기에서는 색욕의 예로 등장한다. 비티니아의 왕 니코메데와 가진 외설적인 관계 때문에 갈리아 전 쟁에서 승리하고 돌아올 때 그는 병사들에 의해 '왕비 레기나(Regina)'라는 별명으로 불렸다 한다.

[17] **이를 거슬러** 자연을 거슬렀다는 의미다.

[18] **자책하여~** 자기의 죄를 소리 높여 부르짖어 부끄럼을 사서 곧 죄를 씻고, 또 불길에 의해 죄를 씻는다.

[19] **자웅동체** 이성간의 사음. 이는 자연을 따르나 범한 죄다.

[20] **나무쪽** 다이달로스가 만든 나무 암소.「지옥편」제12곡 10~15행 참고.

[21] **이름** 파시파에.

[22] **구이도 귀니첼리(Guido Guinizelli)** 13세기 볼로냐 출신의 유명한 시인. 토스카나 방언(현대 이탈리아어의 모체)으 로 시를 쓴 사람으로 그 시대 대표 작가다. 그의 명성은 카발칸티에 의해 이어졌다. 단테는 귀니첼리를 시작(詩 作)에 있어 스승처럼 여겼다. 즉, 단테가 베아트리체를 찬미한 시는 대부분 그의 영향을 받았다.

리쿠르고스의 통분[23] 속에서 두 아들이

제 어머니를 다시 보게 된 것과 같이

96 나도 그러했으나 그에 이르진 못하였는데,

그때 달콤하고도 아름다운 연애시들을

읊조리던 나와 또 나보다 훌륭한 자들의

99 스승임을 그가 자처하는 걸 들었다.

그러나 나는 그에 귀를 기울이거나 말하지 않고 사념에

묻혀 오래오래 그를 쳐다보며 걸어갔는데,

102 불 때문에 더 그쪽으로 접근할 수 없었다.

내 그를 마음껏 쳐다보고 나서,

신뢰할 수 있는 다짐으로 내 그를 섬김에 있어

105 자신을 온통 바치겠노라고 하였다.

그가 나에게, "그대 내게 들려 준 것[24]으로

내 맘에 그토록 분명한 자취를 남겨 주었으니

108 레테[25]인들 이를 지우거나 흐리게 못할 것이오.

그러나 지금 그대 한 말이 사실이라면,

말하고 바라볼 때 내게 호의를

111 드러내는 이유가 무언지 말해 주오."

내 그에게, "오늘의 방언시[26]가 지속되는 한

그를 적어 둔 잉크가 언제나 값지게 될

---

[23] **리쿠르고스(Lycurgos)의 통분** 단테는 귀니첼리의 이름을 듣자 달려가서 불길 속에서라도 그를 껴안고 싶은 욕망을 느낀다. 이 상황을 리쿠르고스의 고사에 비유한다. 스타티우스의 『테바이데』 5권에 의하면 힙시필레에겐 두 아들이 있었다. 그들은 토아스와 에우네오스다. 그녀가 갈증에 시달리는 그리스인들을 란지아 샘(『연옥편』, 제 22곡 112행)으로 인도하기 위해 자신이 돌보던 네메아의 왕 리쿠르고스의 아들을 풀밭에 버렸다. 그런데 그 아이가 뱀에 물려 죽게 되었고 힙시필레는 사형당할 위기에 처했다. 그러나 사형을 집행하는 날 두 아들이 달려와 그녀를 구했다.

[24] **들려 준 것** 앞의 55~60행.

[25] **레테(Lethe)** 죄의 기억을 씻어 준다는 냇물의 이름.

[26] **방언시** 원문엔 'uso moderno'라 되어 있다. 새로운 시형식이란 뜻으로, 방언시를 두고 한 말이다.

114 그대가 남긴 달콤한 시들 때문이오."

그가 말하길, "오, 형제여." 그리고 손가락으로

앞의 영혼[27]을 가리키며, "내 손가락으로 지적하는

117 이자는 모국어의 탁월한 기술자였다오.

연애시나 로맨스의 산문[28]에 있어서 누구보다

빼어났는데, 레모시의 그 작자[29]가 그에

120 앞선다고 떠드는 자들은 바보들이니 버려두시라.

저들은 진실보다는 떠도는 얘기에 정신 팔려

그 솜씨나 그 이유를 들어 보기도 전에

123 제 주장만을 굳히고 있다오.

많은 옛 사람들이 구이토네[30]에 대해 이렇게 했는데,

더 많은 사람이 자기들에게 진실이 퍼질 때까지

126 소리를 높이 지르며 그를 찬미했다오.

그대 지금 그토록 커다란 특권[31]을 지녔기에

그리스도께서 원장이신 수도원[32]에

129 그대가 들어갈 수 있게 돼 있다면,

우리가 죄지을 능력을 더 이상 갖지 못한

이 세상에서 우리에게 필요한 곳까지만

132 우릴 위해, 그를 향해 천주경[33]을 한 번 외워 주오."

---

[27] **앞의 영혼** 아르날도 다니엘로(Arnaldo Daniello), 프로방스어로 'Anaut'이다. 12세기 후반의 프로방스의 유명한 음유시인. 단테는 그를 지나치게 격찬했다.

[28] **로맨스의 산문** 프로방스 문학에서 볼 수 있는 사랑을 소재로 한 산문.

[29] **레모시(Lemosi)의 그 작자** 프랑스 레모시의 시인 지로드 드 보르네유(1175~1220)를 말한다. 다니엘로와 동시대 인이다.

[30] **구이토네** 제24곡 주석 21 참고.

[31] **특권** 살아서 연옥에 올 수 있는 것.

[32] **수도원** 천국.

[33] **우리에게~** 천주경은 곧 주기도문이다. 「마태오의 복음서」 6장 9절 이하와 「루가의 복음서」 11장 2절 이하. 이 천주경의 마지막 부분 "우리를 유혹에 빠지지 않게 하시고 악에서 구하소서"는 연옥의 영혼들에게는 필요 없다. 왜냐하면 한 번 연옥에 오면 또다시 죄를 짓지 못하기 때문이다.

그러고 나서 자기 곁에 있는 다른 이에게

자리를 비켜 주기 위해선지 불 속으로 사라지니,

135 　마치 물고기가 물을 스쳐 밑으로 가는 듯했다.

나는 손가락질받았던 자 앞으로 조금

나아가 그에게 일렀다. 내 소망이

138 　그의 이름을 위해 멋들어진 자리를 마련했다고.

그는 기꺼운 빛으로 말하기 시작했다.

"그대의 예의 바른 청이 맘에 들어 그대에게

141 　내 자신을 숨길 수 없고 숨기려 들지도 않으리오.

나는 아르날도, 울며 노래하고 가는 자라오.

내 어리석던 지난날을 슬프게 후회하고

144 　내 갈망하는 환희를 앞에 두고 기뻐한다오.

이 계단의 꼭대기까지 그댈 이끌어 온 권능[34]을

믿고 나 그대에게 지금 청하는 바이니

147 　때때로 나의 아픔을 기억해 주오."

이어 저들은 정화하는 불 속에 숨었다.[35]

---

[34] **권능** 하느님.

[35] 이 부분 원문은 프로방스 방언으로 되어 있다. 번역 문장은 주로 사폐뇨와 바르비 그리고 비냐미의 번역을 참고했다.

날이 바뀌어 부활주일의 수요일이다. 정숙의 천사가 수호하는 제7권역의 이야기가 계속된다. 해가 예루살렘에선 솟고 연옥에선 지려고 한다. 이때 불꽃 저 너머에 송가를 읊조리는 천사가 나타나 시인들에게 앞으로 나가고 싶거든 불 속에 들어가 거기서 들리는 노랫소리에 귀를 기울이라고 한다. 그 말을 듣고 단테는 겁에 질린다. 그러자 베르길리우스가 그를 위로하며 말한다. "연옥의 불이란 괴로움의 원인은 되나 죽음의 원인은 안 된다"고. 또 이어서 그는 수많은 위험을 극복하고 온 사실을 주지시키면서 그 불 속에 천 년을 더 머물러도 머리카락 하나 까딱하지 않을 것이라고 말하며 불길로 안내한다. 그래도 단테가 머뭇거리니 단테와 베아트리체를 가로막는 건 이제 저 불길뿐이라고 말한다. 단테는 베아트리체라는 이름을 듣고 순종한다.

베르길리우스는 어린애처럼 미소를 머금으며 먼저 불 속으로 들어간다. 이어 스타티우스와 단테가 따라 들어간다. 불 속에 들어갔을 때 단테는 너무나 뜨거워 견딜 수 없어 끓는 유리 속으로라도 들어가 몸을 식히고 싶은 충동을 느낀다. 그러나 베르길리우스가 또다시 베아트리체 이야기를 꺼내니 단테는 정신을 가다듬는다. 그때 불꽃 저 너머에서 소리가 들려와 그 소리를 따라가 보니 그곳에 지상낙원으로 인도하는 계단이 있다. 천사가 나타나 최후의 심판날에 그리스도가 하시게 될 말인 "내 성부의 축복받은 자들아 오라"고 말하며 날이 저물기 전에 걸음을 재촉하라고 충고한다. 시인들이 계단을 몇 개 오르자 그림자가 사라지고 해가 진다. 하늘에 어둠이 깔린다. 시인들은 걸을 수 없어 계단 위에서 잠을 청한다. 베르길리우스와 스타티우스는 양떼를 모는 목동 같은 자세를, 단테는 양 같은 자세를 취하고 있다. 사방은 바위벽으로 둘러싸여 있고 그 위로 하늘이 보인다. 별들이 평상시보다 더 밝고 크게 보인다. 단테는 그 별들을 보다가 잠든다. 동틀 무렵, 단테는 꿈속에서 젊고 아름다운 여인이 평원에서 꽃을 따는 것을 본다. 그녀는 레아다.

여명이 다가오자 어둠이 사라진다. 단테는 잠에서 깨어나 스타티우스와 베르길리우스가 벌써 일어나 있음을 보고 자기도 일어선다. 베르길리우스가 단테에게 오늘 중으로 인간들이 갖은 방법으로 찾으려 애쓰는 행복이 깃든 곳, 저 지상낙원에 다다를 것이라고 말하자 단테는 기뻐서 어쩔 줄 모른다. 이때 베르길리우스는 그의 마지막이 될 말을 단테에게 해 준다. "너는 지옥과 연옥을 순례했다. 나는 이제 그 소임을 다했다. 내 널 여기에 데려온 것은 지성과 재주 덕이다. 이제부턴 어려움이 없으리니 네 의지가 곧 너의 길잡이가 될 것이다. 자, 태양을 보라. 네 이마를 비춰 준다. 그리고 풀과 꽃들을 보라." 그러고 나서 그것들을 가리키며, "베아트리체가 나타날 때까지 저들 속으로 가든지 앉아 있든지 맘대로 하라"고 말한다. 이로써 최고 지성의 상징인 베르길리우스는 그 소임을 마치고 떠나려 한다.

창조주께서 피를 뿌려놓으신 그 자리에
해가 첫 빛살을 퍼부을 때면
3   이베로는 드높은 천칭자리 아래로 떨어진다.
또 갠지스 강의 물결은 아홉째 시각에 끓는데

해의 위치로 봐 날이 저물어 갈 즈음[1]

6 하느님의 천사가 우리 앞에 기꺼이 나타났다.

그는 불꽃의 바깥 변방 위에 서서

우리의 목소리보다 한결 더 맑은 소리로

9 "마음이 깨끗한 사람은 행복하다"[2]라고 노래했다.

그는 이어, "오, 거룩한 혼들이여. 불을 꿰뚫지 않으면

더 이상 나아갈 수 없으니 그리 들어가라.

12 또 저 노랫소리[3]에 귓바퀴를 세우라"고

우리가 그이[4] 가까이에 갔을 때 말했다.

내 그의 말을 들었을 때, 나는 무덤에

15 처박힌 사람[5], 바로 그와 같이 되었다.

나는 팔짱 낀 채 몸을 뒤로 한껏 젖히고

불을 바라보니 전에 보았던 타오르는

18 인간의 몸뚱아리[6]들이 역력히 떠올랐다.

상냥하신 길잡이들[7]이 나를 바라보았다.

베르길리우스가 내게 말했다. "나의 아들아,

21 여기 고통은 있지만 죽음은 있을 수 없다.

기억하고 기억하라! 심지어 게리온을 타고도[8]

---

[1] **창조주께서서~** 「연옥편」 제2곡, 제3곡, 제4곡, 제9곡에서와 마찬가지로 태양과 별들의 위치를 교묘하게 설명하면서 시간을 표시한다. 1행의 그 자리는 예루살렘을 뜻한다. 3행의 이베로는 에스파냐를 가리킨다. 4행의 갠지스는 인도를 가리킨다. 한마디로 말해 이때의 시간이 석양 무렵이라는 것이다. 즉, 예수께서 십자가에 못 박혀 피를 흘리시던 예루살렘의 일출은 정죄산의 일몰, 인도의 정오, 에스파냐의 자정이란 뜻이다.

[2] **"마음이 깨끗한 사람은 행복하다"** "마음이 깨끗한 사람은 행복하다. 그들은 하느님을 뵙게 될 것이다." 「마태오의 복음서」 5장 8절. 6행의 하느님의 천사가 이 노래를 부르며 정결과 정숙의 뜻을 기린다.

[3] **저 노랫소리** 55~60행 참고.

[4] **그이** 정결의 천사.

[5] **무덤에 처박힌 사람** 땅에 생매장되는 것을 의미한다. 그러한 모습은 「지옥편」 제19곡 49~51행에서 본 바 있다.

[6] **타오르는 인간의 몸뚱아리** 세상에서 보았던 화형 장면을 두고 한 말이다.

[7] **길잡이들** 베르길리우스와 스타티우스.

[8] **게리온을 타고도** 베르길리우스와 단테는 지옥 제7원에서 제8원으로 갈 때 게리온을 타고 갔다. 「지옥편」 제17곡 79행 이하.

내 너를 무사히 이끌어왔거늘, 이제 하느님께

24 한층 더 가까이 왔는데 내 할 일이 뭐 있겠느냐?

너 확실히 믿어라. 이 불꽃의 뱃속에서

넉넉히 천 년을 있더라도

27 네 머리카락 하나 벗겨지게 못할 것임을.

그러나 널 속인다고 생각하거든

그 불에 다가가서 네 자신의 손으로

30 너의 옷자락을 시험해 보아라.

온갖 무서움일랑 떨쳐 내고 떨쳐 내라.

이곳으로 오려무나, 그리고 맘 놓고 들어가라!"

33 그러나 나는 우두커니 서서 양심⁹을 거역했다.

내가 꼼짝 않고 굳어진 채 다소

괴로운 빛을 띠고 있음을 보고, 그가 말하길,

36 "자, 보라. 베아트리체와 너 사이에 있는 이 담을."

죽어 가는 피라모스가 티스베의 이름을 듣고

눈썹을 쳐들고 그녀를 바라보았을 때

39 오디가 붉게 물들었던 것과 같이¹⁰

---

⁹ **양심** 본심.

¹⁰ **죽어가는~** 오비디우스의 『변신이야기』에 나오는 신화. 피라모스는 바빌로니아 청년으로 이웃집에 사는 티스베와 은밀히 사랑하는 사이다. 그들은 날마다 담벼락에 대고 사랑을 속삭이다 어느 날 뽕나무 숲에서 만나기로 약속했다. 약속된 시간에 먼저 나타난 것은 티스베였다. 그리운 피라모스를 초조히 기다리는데 난데없이 사자가 한 마리 나타났다. 티스베는 겁에 질려 동굴 속으로 달아나 숨었다. 어찌나 다급했던지 너울을 떨어뜨린 것도 몰랐다. 어디서 무슨 동물을 잡아먹었는지 온통 피투성이가 된 주둥아리를 하고 있던 사자가 그 너울을 갈기갈기 찢어 피를 묻히고 사라졌다. 그 무렵에야 피라모스가 도착했다. 피라모스는 티스베를 기다리던 중 피투성이가 된 너울을 발견하고야 말았다. 피라모스는 자기가 늦게 와 티스베를 죽인 것이라며 비분해하며 칼로 제 목숨을 끊었다. 한편 동굴 속에 숨어 있던 티스베는 사자가 이제 떠났을 것이라 생각하고 그곳을 나왔다. 사랑하는 피라모스가 너울을 움켜쥐고 죽어 있다니! 그녀는 자기 때문에 피라모스가 죽었다고 통곡하며 그의 칼을 뽑아 자살했다. 이들의 죽음을 지켜본 유피테르가 그들의 사랑의 피가 헛되지 않길 소망했던지 그들이 피를 흘리고 죽은 자리에 뽕나무 씨를 심어 자라도록 했다. 그들의 비극적 사랑을 기리는 의미에서 뽕나무의 열매를 핏빛으로 물들여 놓았다 한다. 「연옥편」제33곡에서도 단테는 이 이야기를 인용한다.

¹¹ **그 이름** 베아트리체.

¹² **스타티우스** 스타티우스는 줄곧 베르길리우스와 단테 사이에서 걸어갔다.

내 마음 깊은 곳에 언제나 용솟음치는

그 이름[11]을 듣자, 나의 딱딱함이 누그러들어

42 　현명한 내 길잡이에게 몸을 돌이켰다.

이에 그는 머리를 흔들며, "어떤가? 우리 여기

있었으면 하는가?"라고 말하며 웃음 짓는 모습이

45 　과일 하나로 누그러진 어린애를 대하듯 했다.

이어 불 속으로 내가 앞장서 들어가며

이전 오랜 여로에 우리를 떼어 놓았던

48 　스타티우스[12]로 하여금 뒤따라오도록 간청했다.

내가 불 속으로 들어갔을 때, 거기 불길은

헤아릴 수 없을 지경이어서 들끓는 유리 속에라도

51 　내 몸을 던져 식히고 싶었다.

나의 자애로우신 아버지는 내게 위안을 주려

베아트리체만 들먹이고 걸어가면서 말씀하시길,

54 　"내 이미 그분의 눈을 보는 듯하구나."

저쪽 편[13]에서 노래 부르는 목소리가

우리를 이끌었으니, 우리는 사뭇 그 목소리의

57 　여인에게 집중하며 올라가는 길로 나왔다 .

"내 성부의 축복받은 자들아 오라"[14] 하는

소리가 저쪽의 밝은 빛살 속에서 울려 나왔기에

60 　나는 그만 압도당해 쳐다볼 수 없었다.

그 목소리는 계속되었다. "해님이 가고 저녁이 오는구나!

머물지 마오. 서녘이 어둠에

63 　잠기기 전에 그대들은 걸음을 재촉하시오."

---

13 **저쪽 편** 불꽃을 사이에 둔 저 건너편을 의미한다.
14 **"내 성부의 축복받은 자들아 오라"** 「마태오의 복음서」 25장 34절 참고.

길은 바위틈을 뚫고 줄곧 올라갔고

벌써 가라앉은 태양의 빛살을 내 앞에서

66　앗아 버리는 그쪽을 향하고 있었다.

우리가 겨우 몇 계단을 딛고 올라섰을 때

나의 그림자가 스러지는 것으로 해님이

69　나와 내 현자들 뒤로 떨어짐을 알았다.

그리고 지평선의 광활한 부분이

온통 하나의 모습[15]을 이루기 전에

72　또 밤이 속속들이 깊어지기 전에,

우리는 저마다 층계를 침상으로 삼았는데

이는 산의 본성[16]이 오르려는 재미가 아니라

75　그 힘을 우리로부터 앗아갔기 때문이다.

양들이 먹이를 얻기 전에는 산꼭대기를

허덕이며 쏘다니다가도 햇살이 뜨겁게

78　달아오르는 동안엔 그늘에서 묵묵히

먹이를 되새김질하며 머무르고

그들을 보살펴 주는 목동들은 지팡이에

81　의지한 채 그들을 지켜보고 있는 것같이,

또 밖에서 잠자고 있는 목동이

조용한 양들 곁에서 밤을 지새우며

84　야수가 양들을 해치지 못하게 지켜보는 것같이,

그때 우리 셋 모두 그러했는데,

나는 양 같고 그들은 목자 같았다. 여기저기

87　우리 주위엔 높은 바위가 둘러 있었다.

---

[15] **온통 하나의 모습** 어둠이 깔려 있기에.
[16] **산의 본성** 밤엔 산을 오를 수 없다는 것.

밖으로 빠끔히 내다볼 수 있었는데,

그 빠끔한 틈으로 별들을 보니

90 보통 때보다 더 밝고 더 커 보였다.[17]

별들을 바라보며 지난 일들을 생각하다가

잠에 떨어졌는데, 그 잠이란 흔히

93 일이 있기 전에 새로운 것을 알려 주는 것이다.[18]

언제나 사랑의 불에 이글거리는 듯 보이는

키테레아[19]가 동쪽에서 처음으로 햇살을

96 산에 비추어 주었다 생각되었던 시각에

꿈에 젊고 어여쁜 여인이 꽃을 따며

들녘을 거니는 게 보였다.

99 그녀가 이어 노래를 부르며 말했다.

"내 이름을 알고자 하는 자 누구든 알려무나.

나는 레아[20]라는 사람, 꽃목걸이를 엮어 두르려

102 아름다운 손[21]을 이리저리 움직이며 걷고 있다오.

수정 거울 앞에서 즐기고자 내 여기서 꾸민다오.

그러나 나의 자매 라헬은 하루 종일

105 거울 앞에 앉아서 그걸 떠나지 못한다오.

---

[17] **더 밝고 더 커 보였다** 정좌산 꼭대기에 올라왔기 때문에 별들이 더 크게 보이고 공기가 맑아 더욱 선명하게 빛난다는 뜻이다. 빛나는 별은 희망을 상징한다. 희망은 언제나 옛일을 회상케 하는 힘을 지녔다.

[18] 꿈을 꾼다는 것이다.

[19] **키테레아(Citerea)** 베누스 즉, 아프로디테의 다른 명칭이기도 하다. 키테레아는 그리스의 동남쪽에 있는 섬으로, 그 인근 바다의 물거품에서 베누스가 탄생했다는 전설을 갖고 있다. 이는 또 새벽을 상징하기도 한다.

[20] **레아** '리아'라고도 한다. 라반의 큰딸로 야곱과 결혼했는데, 후에 그녀의 동생 라헬도 야곱의 처가 되었다. 「창세기」 29장 16절 이하, 30장 17절 이하, 49장 31절을 참고하라. 레아는 예쁘지 않으나 활동적인 삶의 상징이고 동생 라헬은 예쁘며 관조적인 삶을 상징한다. 단테의 꿈에 나타난 레아와 라헬은 그가 조금 후에 에덴동산에서 만나게 될 인물들을 예견해 주고 있다. 즉, 레아는 마텔다를 상징하는데, 그녀는 이웃을 사랑하고 선을 행하는 여인으로서 지상에서 얻을 수 없는 행복을 나타내며 라헬은 베아트리체를 뜻한다. 그녀는 인간을 신의 사랑에 인도하고 그녀 자신의 존재로 인해 인간을 끝없이 기쁘게 하는 신비를 지닌 여성을 상징한다.

[21] **아름다운 손** 레아의 활동적인 면을 묘사한다. 그녀는 손으로 꽃목걸이를 만들어 선을 행한다.

그녀가 제 아름다운 눈[22]을 보고 기뻐함이

마치 내가 손으로 치장하며 좋아하는 것 같으니

108   그녀는 응시하는 것, 나는 일하는 것이 좋은 것이오."

귀로에 그리던 곳이 머잖은 데서 밤을

지새우는 나그네들[23]에게 한결 고맙게 여겨지는

111   여명의 빛살이 벌써 어렴풋이 나타났기에

어두움이 모든 곳에서 스러져 가 버리고

내 잠도 그와 함께 달아나 나는 몸을 일으켜

114   벌써 일어나셨던 위대한 스승들을 바라보았다.

"산 사람들이 애써 가며 가지가지마다

찾아다니는 저 달콤한 열매[24]가 오늘

117   네 주림을 가시게 할 것이다."

베르길리우스가 나를 향해 이렇게 말했는데,

그와 같은 말보다도 더 큰

120   기쁨을 줄 만한 선물은 가져 본 일이 없었다.

위로 오르고 싶은 욕망 위에 욕망이

겹쳐 왔기에, 걸음걸음마다

123   날개가 점점 자라는 것을 느꼈다.

계단이란 계단은 모조리 우리 밑으로

뻗어 있었고 우리들이 맨 위 층계에

126   이르렀을 때, 베르길리우스가 날 응시하며

말했다. "아들아, 너는 순간과 영원의

---

[22] **아름다운 눈** 라헬의 관조적인 면을 상징한다. 그녀는 그 눈을 하느님께 비추어 하느님의 무한하신 자비를 묵상한다.

[23] **귀로에~** 나그네는 귀로에 집이 가까워질수록 빨리 돌아가고 싶은 마음이 간절해져 밤이 밝기를 고대한다. 단테도 베아트리체를 만나야 하는 즐거움이 있으니 어서 밤이 밝기를 고대한다.

[24] **달콤한 열매** 인생의 참다운 행복. 단테가 그토록 오래 여러 곳을 헤매며 찾은, 지상낙원에 들어가는 최상의 행복을 말한다.

불[25]을 보았다. 이제 나로서는[26] 더 이상

129 알지 못하는 곳에 네가 온 것이란다.

지성과 재주로써 널 여기까지 이끌어 왔다.

가파르고 비좁은 길을 벗어났으니

132 이제부터는 네 기쁨[27]을 안내자로 삼거라.

네 이마를 다시 비춰 주는 해님[28]을 보라.

또 여기 땅에서 저절로 솟아나는[29]

135 풀잎들과 꽃들 그리고 작은 숲들을 보라.

너에게 내가 가도록 눈물로 하소연하던

저 아름다운 눈[30]이 기쁨에 젖어 오는 동안

138 넌 앉아 있거나[31] 그들 사이로 갈 수 있다.[32]

내 말이나 눈치를 더 이상은 기다리지 마라.

너의 의지는 자유롭고[33] 바르며[34] 건전하니[35]

141 그 뜻대로 하지 않으면 잘못을 범하게 된다.

네 머리 위에 왕관과 면류관[36]을 씌운다.”

---

25 **순간과 영원의 불** 연옥의 불은 순간적이지만 지옥에서의 불은 영원하다.
26 **나로서는** 베르길리우스는 이성과 인간 지성의 상징이니 신성의 세계에 들어갈 수 없다는 말이다. 그곳에선 베아트리체가 인도한다.
27 **기쁨** 자신의 자발적인 의지.
28 **해님** 4월 13일의 해.
29 **저절로 솟아나는** 씨앗도 없이 「연옥편」 제28곡 67~69행 참고.
30 **아름다운 눈** 베아트리체의 눈. 「지옥편」 제2곡 116~117행.
31 **앉아 있거나** 라헬처럼 그들의 미를 관조하기 위해서.
32 **갈 수 있다** 레아처럼 꽃을 따러 갈 수 있다는 의미다.
33 **자유롭고** 죄의 예속에서 벗어나는 것을 뜻한다.
34 **바르며** 참되고 진정한 길에서 벗어나지 않는다는 의미다.
35 **건전하니** 부정한 탐욕에 의해 억누름을 당하지 않으니.
36 **왕관과 면류관** 옛날 주석가들에 의하면 이 두 개의 관은 두 가지 권능을 상징한다. 전자는 일시적인 왕관이며 후자는 영원한 면류관이다.

부활주일의 수요일 4월 13일 오전 6~7시 사이. 단테는 지상낙원에 들어간다는 부푼 마음 때문에 베르길리우스의 말에 더 이상 관심을 두지 않는다. 그는 산의 외곽을 떠나 향기가 풍겨 오는 들녘을 향해 천천히 나아간다. 어디에 문이 있는지 구별할 수 없는 숲에 이르러 작은 냇물을 건너려는 순간 저지당한다. 이 냇물은 왼쪽으로 흐르는데 물이 나무 밑을 흐를 땐 검붉지만 다른 곳에선 아주 맑다. 그는 걸음을 멈춰 건너편을 바라보며 가지가지마다 꽃이 만발한 나무들을 바라본다. 그 무렵이다.

갑자기 젊은 여인이 나타나는데 그녀는 마텔다다. 마텔다는 노래 부르며 꽃을 따고 있다. 단테는 그 노래의 가사가 무엇인지 알고 싶어 가까이 오라고 청한다. 이어 그녀의 모습이 자기 마음속에 페르세포네를 연상케 한다고 한다. 페르세포네는 꽃을 따다가 플루톤에게 납치당했던 여자가 아니었던가? 마텔다는 단테가 꿈에 보았던 레아라는 여인의 모습을 하고 있다. 땅에서 발을 떼어 들지도 않으며 마치 춤추듯이 단테에게 가까이 오며 노래를 들려준다. 둑에 이르자 그녀는 아직까지 정숙하게 숙이고 있던 눈을 들어 바라본다. 아, 그 눈은 정말로 큐피드의 화살에 맞았을 때 베누스가 지녔던 눈보다 더 반짝였다. 그녀는 계속해서 땅에 씨앗도 없이 저절로 싹튼 꽃들을 따며 웃음을 띤다. 단테는 그녀와 자기를 서너 발치에 떼어 놓고 있는 그 냇물을 건너려 하지만, 그럴 수 없다.

그때 마텔다가 그에게 말한다. "그대는 옛날에 하느님께서 인간의 거주지로 정하신 바 있던 곳에 도달했다오. 그러나 그대는 여기서 내가 웃으니 이상히 여길 것이오. 그에 대한 설명을 시편의 구절이 해 줄 것이오." 그러면서 다른 것에 대한 설명도 해 주겠다고 말한다. 이 말에 용기를 얻은 단테는 스타티우스에게서 일찍이 들은 바와 반대되는 현상이라 할 이곳에서의 바람과 물의 근원에 대해 풀이해 줄 것을 간청한다.

마텔다는 먼저 바람의 원인에 대해 설명한다. 하느님은 선한 인간을 창조하여 영원한 축복의 증거로 그에게 지상낙원을 주셨다. 그러나 인간은 제 죄로 인해 그곳에 오래 살지 못하고 환희를 비탄으로 몰고 갔다. 그 후 인간이 바람, 비, 서리, 눈에 의한 공중장해 때문에 시달리기 전까지만 하더라도 연옥의 산은 하늘을 향해 솟아 있어서 연옥문 위에 있는 장애로부터 벗어날 수가 있었다. 그러나 이제는 공기가 원동천(原動天)과 함께 회전했기 때문에 끝내는 산꼭대기의 숲을 흔들게 하고, 그리하여 식물이 따라서 흔들리게 되어 바람이 일어났다는 것이다. 또 그녀의 물에 대한 설명은 이렇다. 이곳의 물은 지상에서와 같이 농축된 증기에 의해 생긴 원천에서 나오는 것이 아니라, 영원불변한 샘에서 생기는데 이물은 신의 뜻에 따라 두 갈래로 흐를 만큼 많이 솟아난다. 샘에서 흐르는 두 갈래 물줄기는 레테와 에우노에다. 레테는 죄의 기억을 덜어 주고 에우노에는 선행의 기억을 새롭게 해 주는 냇물들이다. 이어 그녀는 이 냇물의 특성을 더 자세히 설명한다.

새로 밝은 날[1]의 햇빛을 덜 눈부시게 해 주는

빽빽이 우거지고 싱싱한 하느님의 숲[2]

3   그 속과 둘레를 알아보고 싶은 갈망에

나는 더 기다릴 것도 없이[3] 둑을 떠나서

구석구석 향내 피워 주던 땅을 밟아

6   천천히, 천천히 들녘을 향해 걸어 나갔다.

감미로운 바람이 변함없이[4] 솔솔 불어와

나의 이마를 건드려 주었는데, 이는

9   잔잔한 바람보다도 더 부드럽게 불었다.

잎사귀들은 이 때문에 살랑살랑 나부껴

성스런 산[5]이 첫 그림자를 던져 주고 있던

12   그쪽으로 모두 하나같이 고갤 숙였다.[6]

그러나 어린 새들이 나뭇가지 끝에서

부리는 온갖 재롱을 멈출 만큼 곧은 가지가

15   지나치게 휘어지지는 않았다.

오히려 기쁨이 가득하여 이른 아침을

노래하며 그 잎사귀 속에 맞아들였으니

18   잎사귀들도 그 소리에 장단을 맞추는데

이는 곧 아이올로스[7]가 시로코를 놓아 보낼 때,

키아시[8] 해변 위의 소나무 숲에서

---

[1] **새로 밝은 날** 4월 13일.

[2] **하느님의 숲** 온갖 환희와 아름다움을 마련해 놓고 인간으로 하여금 살도록 한 숲. 이것은 에덴동산인데 「지옥 편」 서두에 보았던 '어두운 숲'과 대칭된다.

[3] **기다릴 것도 없이** 지체할 것 없다는 뜻이지만, 사실은 베르길리우스의 가르침이나 눈짓, 충고, 자극을 기다릴 것도 없다는 뜻이다.

[4] **변함없이** 방향이며 세기가 언제나 같다는 의미다.

[5] **성스런 산** 정죄산.

[6] **고갤 숙였다** 가벼운 바람에 유순해졌다는 뜻이다.

[7] **아이올로스(Aiolos)** 바람의 왕(「아이네이스」 제1권 52행 참고). 이 아이올로스가 다른 바람과 함께 동굴 속에 가둬 두었던 시로코(사하라 사막에서 지중해를 거쳐 이탈리아로 불어오는 동남풍)라는 바람을 놓아 준다.

21   가지와 가지가 서로 어울리는 것과 같았다.

        느릿느릿한 발걸음은 나를 이끌어 벌써

        내가 어디로 들어왔는지 돌이켜 볼 수도

24   없을 만큼 오래 묵은 숲 속으로 데려갔다.

        그런데 거기 강⁹이 하나 있어 날 가로막으며

        잔잔한 물결을 이뤄 왼쪽을 향해서

27   벼랑의 가장자리에 솟아난 풀을 눕히고 있었다.

        햇빛이나 달빛이 결코 비춰 보지 못한

        영원한 그늘¹⁰ 아래로 비록 검붉고

30   검붉게 이 물이 흘러간다 할지라도

        세상에 있는 가장 맑은 물들도

        감추는 것 아무것도 없는 이 물에 비한다면

33   그 안에 무언가 찌꺼기를 간직한 듯했다.

        나 발길을 멈추고 눈을 들어

        작은 물줄기 저 건너편을 살펴봤더니

36   변화무쌍한 꽃가지가 가득가득했다.

        거기 한 여인¹¹이, 마치 무엇이 갑자기

        나타나 사람을 헛갈리게 하고 엉겁결에

39   딴 생각을 하게 만드는 것같이

        내 앞에 외로이 나타났는데, 그녀는 가는

        길목마다 깔려 있는 꽃망울 꽃망울을 모두

---

8 **키아시(Chiassi)** 아드리아 해에 접하고 있는 라벤나에 가까운 옛 항구. 이곳에 커다란 소나무 숲이 우거져
   있다.
9 **강** 레테. 단테가 서쪽으로 지상낙원에 올라왔으니 그를 가로막는 이 강은 북쪽, 즉 시인의 왼쪽으로 흐른다.
10 **영원한 그늘** 숲이 너무나 우거져 언제나 그늘이 진다.
11 **한 여인** 마텔다(Matelda)라는 여인. 그녀는 단테가 꿈에 봤던 레아라는 여인의 모습을 지닌다(「연옥편」 제27곡
   94~108행). 즉, 활동적 생활의 상징이다. 지상의 행복이란 자신의 선행으로 덕을 쌓는 데 있다는 단테의 생각을
   비유적으로 나타내는 것이다. 어떻게 보면 이 여인은 지상낙원 그 자체이다. 마텔다에 관한 기록이 남아 있지 않
   은 것으로 보아 단테 자신이 만들어 낸 인물인 것 같다.

42 따면서 노랠 부르며 걸어가고 있었다.

내 그녀에게, "아, 사랑의 빛으로 자신을

비추는 아름다운 여인이여. 마음의 증거[12]이기

45 마련인 얼굴에 우리 미더움을 갖고 싶다면,

바라는 바이니 이쪽 강둑을 향해

앞으로 다가와 내 그대의 노랫소리를

48 알아들을 수 있게 해 주시오.

그대는 내게 회상시켜 주는군요. 저 어미가

페르세포네[13]를 잃고 그녀는 봄을 잃었던[14]

51 그 무렵에 그녀가 어디서 또 어떠했는지를.[15]"

춤추는 여인이 발바닥을 모아

땅 위에서 빙그르 돌며 춤을 추면서

54 한발 한발을 힘겹게 떼어 놓듯이

그녀는 붉고 노란 작은 꽃들을 밟으며

나에게로 다가왔는데 영락없이

57 얌전한 눈을 가진 처녀 같았다.

나의 하소연을 그녀가 만족시켜 주려는 듯

매우 가까이 접근했기 때문에 아름다운

60 목소리가 제 뜻과 어울려 나에게 들려왔다.

아름다운 강의 물결에 이미 적셔진

풀이 있는 곳에 이르자마자 그녀는

63 제 눈을 들어 나에게 선물을 주었으니,

---

[12] **마음의 증거** 마음에 품은 것은 자연히 얼굴에 나타난다는 뜻이다.

[13] **페르세포네(Persephone)** 유피테르와 데메테르 사이에 태어난 딸. 용모가 남보다 훨씬 뛰어나게 아름다운 그녀는 시칠리아의 엔나(Enna)에서 꽃을 따다가 플루톤에 의해 납치당해 하데스에 끌려와 그의 아내가 되었다. 그녀는 영원한 통곡의 여왕, 즉 지옥의 여왕으로 나온 바 있다. 「지옥편」 제9곡 43~45행, 제10곡 79~81행 참고.

[14] **봄을 잃었던** 꽃을 잃었을 때.

[15] **어디서 또 어떠했는지를** 꽃이 만발한 들녘에서 얼마나 아리따웠는지.

전혀 예기치 못한 가운데 아들에 의해

찔렸던 베누스[16]의 눈썹 아래도

66   그와 같은 빛살이 찬란하게 비치진 못했으리.

그녀는 맞은편 강둑에 미소 짓고 서서

높은 터전에 씨앗도 없이 생기는

69   수많은 빛깔들을 제 눈으로 거두고 있었다.

강은 우리를 세 걸음 떼어 놓고 있었건만,

일찍이 크세르크세스[17]가 건너갔던 거기 아직도

72   모든 사람의 교만에 제동을 거는 헬레스폰트[18]가

세스토스와 아비도스[19] 사이의 거센 물결 때문에

통행하지 못한 탓으로 내게서 받은 증오보다

75   레안드로스[20]에게서 받은 증오가 더하진 못했다.

그녀가 말을 꺼냈으니, "그대들은 낯설군요.

인류를 위한 보금자리[21]로 뽑혔던

78   이 자리에서 내가 웃는 것을 보고서

의아해하며 이상히 여기는가 본데,

'당신이 나를 기쁘게 하셨나이다'라는 시가

81   빛을 내려 그대들의 지성의 안개를 헤쳐 줄 것이오.

앞에 있는 그대 나에게 간청[22]하던 자여,

---

[16] **베누스** 사랑의 여신. 그의 아들 큐피드가 잘못 쏜 화살에 맞아 그녀가 아도니스(Adonis)를 사랑하게 되었을 때 지녔던 눈빛보다 그녀의 눈이 더 찬란히 빛났다는 비유다.

[17] **크세르크세스(Xerxes)** 페르시아의 왕(BC 485~465 재위)으로 다리우스의 아들이다. 그는 BC 480년에 대군을 거느리고 그리스를 침공하려 했으나 살라미스 해전에서 크게 패하여 가까스로 어선을 타고 도망했다. 허풍과 교만은 패한다는 것을 암시한다.

[18] **헬레스폰트(Hellespont)** 소아시아와 유럽을 갈라놓은 오늘날의 다르다넬스(Dardanelles) 해협을 가리킨다.

[19] **세스토스와 아비도스(Sestos, Abydos)** 세스토스는 헬레스폰트 해협 유럽 쪽에 있는 마을이고, 아비도스는 소아시아 쪽에 있는 마을이다. 크세르크세스는 그리스 원정을 위해 두 마을 사이에 배로 다리를 만들었다.

[20] **레안드로스(Leandros)** 아비도스의 청년. 그는 건넛마을 세스토스의 처녀를 사랑하여 밤마다 해협을 헤엄쳐 건너가 그녀를 만났다. 그런데 하루는 물결이 거세 건너지 못하고 빠져 죽었다고 한다.

[21] **보금자리** 아담과 하와의 보금자리. 그들은 인류를 상징한다.

[22] **간청** 단테는 마텔다에게 자연 현상에 대한 물음에 앞서 앞으로 다가와 그와 더불어 이야기해 줄 것을 간청했다.

또 듣고 싶거든 말해 주오. 어떠한

84   물음이든지 충분한 대답을 해 주겠소."

내가 이르길, "물이나 이 숲의 소리가

내 속에 새로이 얻은 믿음을 부정하는데

87   내 들었던 바[23]와 이것이 엇갈리는 탓이오."

이에 그녀가, "그대가 이상한 생각을 갖게 된 것이

어디에서 비롯되었는지 그 연유를 말함으로써

90   그대를 둘러싼 그 안개[24]를 거둬 주리오.

오직 제 스스로의 기쁨만을 따르는 최고선[25]이

사람을 선을 위해 또 선하게 만드셨으니

93   그에게 이 땅을 영원한 평화의 담보로 주셨다오.

사람은 제 잘못으로 여기 잠깐 머물렀고

또 제 잘못으로 웃음과 비난받지 않는

96   즐거움을 비통과 괴로움으로 바꾸고 말았다오.[26]

물에서나 뭍으로부터 솟아올라

열을 좇아서 갈 데까지 가는 수증기 때문에

99   이 아래에서 일어나는 어지러움이

사람과 아무런 싸움도 하지 못하도록

이 산이 이토록 하늘로 드높이 솟아

102   갇혀진 그곳[27]으로부터 벗어나게 했다오.[28]

주위의 공기는 그 동그라미 어딘가가 으스러지지

않는 한 첫째 회전[29]과 더불어

---

[23] **내 들었던 바** 스타티우스에게 들은 것. 정죄산 안에서는 공중 장해(風雨霜雪)의 변화가 있을 수 없다는 사실.

[24] **안개** 의구심.

[25] **최고선** 하느님.

[26] **사람은~** 아담과 하와가 지상낙원에서 쫓겨났다는 사실을 생각하자.

[27] **갇혀진 그곳** 연옥문이 잠겨진 곳.

[28] **물에서나~** 물에서나 땅으로부터 증발되는 수증기가 태양열을 따라 오르내린다. 즉, 비·바람·서리·눈 등의 자연 현상을 유발한다.

105   온통 한꺼번에 빙그르 도는 까닭에
        이러한 움직임은 아스라이 높은 창공 속에
        끝이 잠긴 꼭대기와 우거진 숲이 맞부딪쳐
108   소리가 나게 하는 것이라오.
        이리하여 일단 흔들린 식물은 제 힘으로
        미풍을 온통 수태시키고 난 다음
111   그 바람을 빙빙 돌려 사방으로 흩어 버린다오.
        저쪽 땅[30]은 제 자신과 또 제 하늘에
        알맞은 곳에 따라 여러 가지 힘으로
114   가지가지 나무를 낳고 있다오.
        이를 그대 듣고 나면 설사 어떤 식물이건
        눈에 띄는 씨앗이 없이 싹튼다 해도
117   이곳에선 이상하게 생각할 게 없는 듯하다오.
        또 그대는 알아야 하오. 그대가 지금 있는
        이 거룩한 들녘[31]엔 온갖 씨앗의 수확이 가득하고,
120   거기에선 열매 맺지 못하는 나무가 없다는 것을.
        그대가 보는 물은 불었다 줄었다 하는
        강물처럼 추위 때문에 서리게 되는 수증기로
123   채워지는 어느 혈맥에서 나오지 않고
        영원히 솟아나는 분명한 샘[32]에서 흐르니
        이는 하느님의 의지에 따라 두 가닥

[29] **첫째 회전** 원동천(原動天)인 'Primo Mobile'. 단테의 우주관에 의하면 이 원동천을 중심으로 모든 천구가 동쪽에서 서쪽으로 회전한다. 공기도 이에 따라 도는데 지구는 우주의 중심이며 움직이지 않으므로 기압의 변화가 없는 정좌산 위에는 언제나 동쪽에서 서쪽으로 부는 미풍이 있다. 이로 인해 지상낙원에 바람이 이는 것이다.
[30] **저쪽 땅** 사람이 사는 지구의 북반구.
[31] **거룩한 들녘** 지상낙원.
[32] **영원히 솟아나는 분명한 샘** 지상낙원의 물은 신의 뜻에 의거한 것이기에 지상의 물처럼 불었다 줄었다 하지 않는다. 이 지상낙원의 물은 두 갈래로 흐른다. 하나는 레테로서 죄의 기억을 씻어 주고 또 하나는 에우노에로서 선행의 기억을 새롭게 해 준다.

126 물줄기로 흘러 쏟아지는 만큼 다시 채워진다오.

이쪽에서는 사람의 죄에 대한 기억을

앗아 버리는 힘을 지니고 흐르며

129 저쪽에서는 온갖 선행의 기억을 새롭게 한다오.

이쪽이 레테라 불리듯, 저쪽은 또

에우노에라 불리는데, 이쪽과 저쪽을 다

132 맛보기 전에는[33] 효험이 일지 않는다오.

그 맛은 다른 어떤 향내보다도 뛰어나다오.

내 더 이상 그대에게 설명하지 않아도

135 그대의 갈증[34]이 제법 풀릴 것이겠지만

연민의 정으로 한 마디 더하리니

비록 그대와의 약속을 넘어선다 할지라도

138 내 말이 그대에게 하찮으리라 생각지 않는다오.

어쩌면 파르나소스에서 황금 시대와 그 행복한

처지를 옛날 옛적 읊조리던 사람들[35]도

141 이곳을 꿈속에 그렸을 것이오.

인류의 뿌리[36]는 여기서 죄를 알지 못했다오.

여기에는 언제나 봄철 과일도 그득그득했으니

144 이것이 곧 유명한 넥타르[37]란 것이오."

나는 그때 나의 시인들을 향해 몸을

뒤로 돌려, 그들이 웃으면서

147 마지막 부분을 듣고 있던 것을 보았다.

나는 이어 아름다운 여인에게 얼굴을 돌렸다.

[33] **이쪽과~** 죄의 기억을 씻고 선행의 기억을 새롭게 하지 않고는.
[34] **갈증** 알고 싶어 하는 욕망.
[35] **읊조리던 사람들** 인류의 황금 시대를 노래한 시인들. 특히 『변신이야기』의 저자인 오비디우스를 가리킨다.
[36] **인류의 뿌리** 아담과 하와.
[37] **넥타르(Nektar)** 파르나소스의 신들이 마시던 음료.

|제29곡|

 같은 날 오전 7~8시 사이. 마텔다는 설명을 마치고 나서 다시 노랠 부르기 시작한다. 이는 더러는 태양을 찾아, 더러는 그늘을 찾아 외로이 숲 속에 들어가는 선녀들과 같다. 마텔다가 총총걸음으로 레테의 오른쪽 둑을 따라 나아가며 강줄기를 거슬러 오른다. 단테도 왼쪽 강둑을 따라 같은 방향으로 간다. 오십여 걸음을 걸어갔을 때 레테의 두 강둑이 왼쪽으로 굽어지니 단테가 동방을 향하고 서 있다. 조금 후에 마텔다가 단테를 향해 이제 곧 일어나려는 것에 주의하라고 말한다. 그러자 느닷없이 숲의 여기저기에서 번갯불 같은 불빛이 비친다. 이어 감미로운 가락이 흘러나온다. 시인이 그 빛과 가락 사이로 나아가자 빛은 더욱 밝아지고, 노래는 더욱 분명해진다. 여기서 시인은 시신들의 도움을 청해, 생각하기에 난감한 것들에 대해 시로 읊조릴 때 영감을 달라고 한다.

거리가 멀어서인지 빛이 찬란한 곳의 뒤쪽에 일곱 그루의 황금 나무가 있는 듯 여겨진다. 가까이 가 보니 사실은 촛대들이다. 또 그 노래는 「호산나」다. 단테는 당황하지만 베르길리우스는 덜 당황한다. 이어 천천히 그를 향해 다가오는 촛대들을 바라본다. 그들 뒤에 하얀 옷을 입은 사람들이 오고 있음을 본다. 한편 강물은 촛대의 불로 인해 거울처럼 그의 모습을 비춰 주니 불그스레하다. 단테가 줄지어 가는 사람들 가까이 오자 그 촛대들이 제 뒤에 찬란한 빛줄기를 남기고 있는 것을 본다. 무지개 빛깔을 하고 있다. 그런데 이 줄기는 끝이 보이지 않을 정도로 길다. 그 빛줄기 아래에서 스물네 명의 장로들이 둘씩 백합꽃을 두르고 마리아의 송가를 부른다. 그 장로들이 지나자 푸른 잎사귀를 두른 네 마리의 짐승이 나타난다. 그들은 선지자 에제키엘이 묘사한 것과 같은 모양으로 여섯 날개를 달고 있다(단지 날개의 수만 다르다).

네 마리 짐승들 사이로 그립스가 이끄는 전승마차가 앞으로 나온다. 그립스의 날개는 끝없이 길며 머리와 함께 금으로 되어 있다. 또한 그 마차는 스키피오나 아우구스투스의 승리를 기념하던 로마의 그것보다도 더 멋지다. 그뿐인가 태양의 수레도 그에 미치지 못할 정도다. 마차 오른편에 빨갛고, 파랗고, 노란 옷을 입은 세 여인이 따라오고 왼편에 자색 옷을 입은 네 여인이 따라온다. 오른편 여인들은 빨간 옷의 여인과 노란 옷의 여인이 번갈아 안내하고 왼편 여인들은 눈이 셋 달린 한 여인이 안내한다. 이 무리를 앞세우고 두 노인이 각각 다른 옷을 입고 온다. 하나는 히포크라테스처럼 의사의 복장이고 다른 하나는 손에 예리한 칼을 든 전사의 복장을 하고 있다. 그 다음 검소한 모습을 한 네 사람이 따라오고 그 뒤를 이어 마지막으로 노인 하나가 온다. 이들 모두는 하얀 옷에 장미와 다른 붉은 꽃을 두르고 있다. 마차가 시인 앞에 이르자 천둥소리가 들려오고 행렬이 멈춘다.

사랑에 홀린 여인처럼 그녀는 노래로
제 이야기를 시작하고 끝마쳤다.
3   "Beati quorum tecta sunt peccata!"[1] 라고.
더러는 태양을 보고 싶어, 또 더러는 태양을

피하고 싶어 숲의 그늘 속으로

6   외로이 걸어간 선녀들과 마찬가지로[2]

           그때 그녀는 강물을 거슬러[3] 움직여

           강둑 위로 걸었다. 나도 그녀와 나란히

9   총총걸음으로 그녀를 따라갔다.

           그의 걸음과 내 걸음을 합쳐 백 걸음을

           못 갔을 때, 양 둑이 똑같이 굽었기에[4]

12   나는 해가 솟는 곳을 향하게 되었다.

           우리가 그 쪽으로 얼마 가지 못했을 때

           여인이 나에게 몸을 홱 돌리며

15   말하길, "나의 형제여, 보고 들어 보시오."

           갑자기 한 가닥 빛이 저 거대한 숲을

           꿰뚫고 번쩍번쩍 사방으로 뻗어갔는데 그 모양이

18   마치 번개 치는 것으로 여기게 만들었다.

           그러나 번개는 쳤다 하는 순간 사라지지만

           이것은 지속적으로 있으며 빛을 더욱 발하기에

21   나는 마음속으로 '이건 무엇인가?' 라고 생각했다.

           또 찬란히 빛나는 하늘을 스쳐 한 가닥

           감미로운 가락이 흐르기에, 좋은 열망이

24   나로 하여금 저 하와[5]의 무엄함을 꾸짖게 했다.

           하늘과 땅이 복종하던 그 자리에서

---

[1] "Beati quorum tecta sunt peccata!" "복 되어라. 거역한 죄 용서받고 죄허물 벗겨진 자여!"「시편」32편 1
절. 이 시구는 단테가 죄의 기억을 씻어 주는 강을 건너기 위해 읊조리는 것으로 풀이된다.
[2] **선녀들과 마찬가지로** 이 구절의 문학적 의의는 극히 모호하며 불분명하다. 그러나 시인의 환상에서 파생하는
이미지를 부각시키고 있는 점은 분명하다. 아무튼 그들은 나무 그늘 사이를 오가며 놀았는데, 그 걸음걸이가 우
아하다.
[3] **강물을 거슬러** 물이 흐르는 것과 반대 방향으로.
[4] **굽었기에** 모서리를 이루며 휘었다는 뜻이다.
[5] **하와** 사탄에 유혹되어 선악과를 따먹어 하느님께 무엄한 행동을 한 여자.「연옥편」제8곡 97~99행.

갓 생겨난 유일무이한 그 여인[6]은

27 어떠한 너울[7] 밑에 있는 것도 참지 못했다.

그녀가 그 너울 밑에서 경건했다면

나는 저 형언할 길 없는 즐거움[8]을

30 날 때부터 맛보고 오래오래 간직했으리라.

영원한 즐거움의 하고많은

첫 과일들을 맛보며 황홀해져 아직도 더 많은

33 즐거움을 열망하면서 내가 가고 있는 동안,

우리 앞의 푸른 나뭇가지 밑에 있는

공기는 마치 불꽃처럼 타오르고 있고

36 그 달콤한 소리는 어느덧 노래로 들렸다.

오, 거룩한 아씨들[9]이여. 내 그대들을 위해

굶주림과 추위 혹은 밤을 지새워야 했다면

39 내 그대들에게 관대함을 열망할 필요를 느끼오.

이제 헬리콘[10]이 나를 위해 퍼부어 주고

우라니아[11]는 그의 합창대로 나를 도와

42 생각하기도 힘든 것을 시로 읊게 해 주오.

조금 나아가니 금으로 된 일곱 그루의

나무가 보이는 듯했는데, 그들과 우리 사이가

45 상당히 멀리 떨어져 있었기에 속은 셈이었다.

그러나 우리가 그들에게 가까이 가서

잘못 인식했던 아리송한 대상을

---

[6] **유일무이한 그 여인** 하와, 즉 여자라곤 그녀 하나뿐이었다.
[7] **너울** 복종. 즉, 신의 뜻을 따라야 하는 율법.
[8] **형언할 길 없는 즐거움** 베아트리체를 만나는 즐거움.
[9] **거룩한 아씨들** 뮤즈, 즉 예술의 아홉 신.
[10] **헬리콘(Helicon)** 보이오티아의 산맥으로 뮤즈들이 살고 있는 곳. 여기에 신들에게 바쳐진 두 개의 산, 아가닙 페오 힙포크레네가 있다. 단테는 이 산을 샘으로 알고 이 같이 부른다.
[11] **우라니아(Urania)** 천체에 관한 일을 맡은 뮤즈의 하나.

48 파악할 수 있게 되었을 때,

이성으로 하여금 분별하게 하는 능력이

그것들이 촛대들[12]이었음과 또 노래하는

51 그 소리들이 '호산나'[13]임을 깨달았다.

아름다운 물건이 불꽃 속에 타오르니

보름날의 청명한 밤 한복판에

54 떠 있는 달보다도 더 밝게 빛났다.

나는 놀라움 가득 지닌 채 어진 베르길리우스

그분을 향해 돌아섰더니 그이도 똑같이

57 놀라움 가득한 눈초리로 내게 응답했다.[14]

거기서 나는 또 드높은 것들에게 시선을 돌리니,

그것들은 혼인날의 신부들한테도 뒤질 만큼[15]

60 그토록 느리게 우리를 마중하기 위해 움직였다.

여인이 나에게 꾸짖는 어조로, "그대는 왜

살아 있는 빛들만 보느라 안달하고

63 그것들 뒤에 오는 것을 바라보지 않는가?"

그래서 난 사람들[16]을 보았으니, 흰옷을 입고

저들의 길잡이를 따르듯, 뒤에서 왔으니

66 그만큼 순백한 것이 이곳엔 결코 없었다.

물이 나의 왼쪽 옆구리에서 빛나고 있어

내 그것을 쳐다보면 마치 거울인 듯

69 나의 왼쪽 옆구리를 비춰 주고 있었다.

물줄기만이 나를 멀리 떼놓는 이 강둑에

---

[12] **촛대들** 이 일곱 개의 촛대는 성령칠은(聖靈七恩)의 상징이다. 아래 주석 18 참고.

[13] **「호산나(Hosanna)」** '살려 주소서' 라는 뜻이다.

[14] **나는 놀라움~** 영계의 오묘한 진리를 단테도 베르길리우스도 몰랐다는 뜻이다.

[15] **혼인날의 신부들한테도 뒤질 만큼** 새색시들보다도 걸음이 더디었다는 뜻이다.

[16] **사람들** 스물네 명의 장로들.

내가 다다랐을 무렵에, 나는 더욱

72 분명히 보고 싶어 나의 걸음을 멈추었는데,

불꽃들이 앞으로 나왔고, 또 그 뒤로는

물들여진 공기가 따라오고 있었으니

75 그 모양은 곧 깃발들[17]이 펄럭이는 모습이었다.

그리하여 공기는 일곱 가닥[18]으로 갈라져

위쪽에 남아 있었는데, 그들 모두의 빛깔은

78 태양이 활꼴[19]을 하고 델리아[20]가 띠를 한 것 같았다.

이 깃발들은 내 눈이 미치지 못할 만큼

저 뒤로 뻗어 있었으니, 내 생각 같아선

81 끝과 끝이 열 걸음씩 떨어져 있었다.

내가 묘사하듯이 그토록 아름다운 하늘 아래로

스물네 명의 장로들[21]이 백합꽃[22]을 머리에 두르고

84 둘씩 나뉘어 오고 있었다.

그들 모두가 노래하길, "아담의 딸들 중에[23]

그대는 복되도다. 그대의 아름다움은

87 영원토록 축복받게 될 것이다!"

나와 마주보는 저쪽 강둑의 꽃들이며

---

[17] **깃발들** 일곱 개의 촛대가 빛을 내자 그 영광이 뒤에 남아 일곱 가지 선을 나타냈는데, 바로 이것이 곧 깃발 같은 모양을 하고 있다는 뜻이다.

[18] **일곱 가닥** 지혜 · 통달 · 의견 · 굳셈 · 지식 · 효경 · 두려움을 나타내는 성신의 일곱 가지 은혜.

[19] **활꼴** 하늘에 걸린 무지개.

[20] **델리아(Delia)** 달, 즉 디아나. 이것이 이루는 달무리.

[21] **스물네 명의 장로들** 「요한의 묵시록」 4장 4절 "옥좌 둘레에는 또 높은 좌석이 스물네 개 있었으며 거기에는 흰 옷을 입고 머리에 금관을 쓴 원로 스물네 명이 앉아 있었습니다." 이것은 비유적으로 「구약성서」 중 24권을 가리킨다.

[22] **백합꽃** 신앙과 교양의 순수성을 나타낸다.

[23] **아담의 딸들 중에** 천사 가브리엘과 엘리사벳이 성모 마리아에게 드린 인사말. 「루가의 복음서」 1장 28절 "은총을 가득히 받은 이여, 기뻐하여라. 주께서 너와 함께 계신다"와 42절 "모든 여자들 가운데 가장 복되시며 태중의 아드님 또한 복되십니다"를 참고하라. 가톨릭선 이 구절을 성모경으로 사용하고 있다. 여기선 「구약성서」의 예언자라 할 장로들도 이 말을 빌려 성모를 찬미한다.

푸르고 싱싱한 풀들이 이 선택된

90 　사람들로부터 벗어나게 되자마자,

하늘에선 빛이 빛을[24] 따르는 것처럼

그들 뒤로 네 마리의 짐승[25] 모두가

93 　푸른 잎사귀[26]를 머리에 두르고 왔다.

어느 것이든 여섯 개의 날개[27]를 달고 있고

그 날개마다 눈들이 가득 차 있는데 아르고스[28]의

96 　눈들이 살았다면 그와 같을 것이다.

독자여, 내 그들의 형태를 묘사하는 데에

시구를 허비하지 않으리니, 이는 또 다른 필요가

99 　있으므로 여기에 낭비할 수 없기 때문이오.

에제키엘[29]을 읽어 보라. 그는 바람과 구름과

불과 더불어 저들이 추운 곳에서 어떻게

102 　왔는지 그 모양을 잘 기록하고 있다오.

그의 책에서 그대가 볼 수 있는 것처럼

이 또한 그러하니 다만 다른 것은

105 　날개뿐인데, 이는 요한[30]이 나와 일치한다오.

그들 네 마리 짐승 사이로 바퀴가 둘 달린

---

[24] **빛이 빛을** 별들이 빛나는 것을 의미한다.

[25] **네 마리의 짐승** 사자·황소·사람·독수리. 신약의 사복음서를 상징한다. 이들은 「요한의 묵시록」 4장 6절에서와 「에제키엘」 1장 4절 이하에 나온다.

[26] **푸른 잎사귀** 그리스도에 대한 희망을 상징한다.

[27] **여섯 개의 날개** 「요한의 묵시록」 4장 8절에 "그 네 생물은 각각 날개를 여섯 개씩 가졌고, 몸에는 앞뒤에 눈이 가득 박혀 있었습니다"라고 되어 있는데, 「에제키엘」에는 네 개의 날개만 있고 눈은 있다고 쓰여 있지 있다. 아무튼 이들 여섯 개의 날개는 전파가 빠른 것을 뜻하고, 많은 눈은 복음의 진리가 일체의 사물을 꿰뚫어 본다는 것을 의미한다.

[28] **아르고스(Argos)** 머리에 백 개의 눈이 달린 괴물. 유피테르가 이노와 사랑하자 이에 질투를 느낀 유노가 아르고스로 하여금 암말로 변신한 이노를 감시하게 한다. 그러자 유피테르가 메르쿠리우스를 시켜 아르고스를 죽였고, 그 눈을 뽑아 공작의 꼬리에 달았다. 오비디우스의 『변신이야기』에 나오는 이야기다.

[29] **에제키엘** 「에스겔」이라고도 한다. 『구약성서』의 한 권. 여기선 「에제키엘」의 1장 4절 이하의 이야기를 두고 한 말이다.

[30] **요한** 「요한의 묵시록」의 저자인 요한.

개선의 마차[31]가 자리를 차지하고 그것을

108 그립스[32] 한 마리가 목에 걸고 끌어 왔다.

그것은 이쪽 날개와 저쪽 날개를

세 줄씩 늘어놓고 가운데 있었기에

111 그 어느 것도 쪼개지거나 해를 입지 않았다.

날개는 보이지 않을 만큼 솟아 있었고[33]

금으로 된[34] 몸체는 새처럼 생겼으며

114 나머지는 희고 붉은 색[35]이 섞여 있었다.

아프리카누스와 아우구스투스도 진정 그토록

아름다운 마차로 로마를 기쁘게 못했으며[36]

117 태양의 마차[37]라 한들 그와 견주면 초라하리라.

그러나 태양의 마차는 길을 벗어났기 때문에

테라[38]의 경건한 기도에 유피테르가 짓궂게도

120 벌을 내렸을 때 불타 버렸던 것이다.

오른쪽 바퀴로부터 빙글빙글 춤을 추며

세 여인[39]이 왔는데, 하나는 얼마나 빨갛던지

123 불 속에선 가까스로 알아볼 지경이었고,

다른 하나는 마치 살과 뼈가

---

31 **개선의 마차** 교회의 상징이라고도 하고 또 일설에 의하면 아퀴나스를 정점으로 한 도미니크회와 프란체스코를 정점으로 한 프란체스코회라고도 한다.

32 **그립스(Gryps)** 상체는 독수리, 하체는 사자의 모습을 한 괴물. 여기선 신과 인성을 지닌 그리스도를 상징한다.

33 **그리스도는** 땅 위에 있으면서 또한 천국에 있으므로.

34 **금으로 된** 즉, 새의 모양을 한 상반신은 금으로 되어 있다. 이는 곧 신성의 상징이다.

35 **희고 붉은 색** 사자의 색.

36 **아프리카누스와~** 한니발을 정복하고 개선한 스키피오 아프리카누스나 로마제국 최초의 황제인 아우구스투스 카이사르도 이같이 아름다운 마차를 타고 개선하지 못했을 것이라는 뜻이다.

37 **태양의 마차** 파에톤의 마차. 유피테르에 의해 불에 타 버렸다. 파에톤이 마차를 잘못 이끌어 지구에 가까이 오자 유피테르가 그것을 불태웠다는 이야기.

38 **테라** 지구.

39 **세 여인** 빨간색 여인은 사랑을, 푸른색 여인은 희망을, 하얀색 여인은 믿음을 나타낸다.

　　　　　푸른 옥으로 이루어진 듯했으며

126　세 번째는 이제 방금 내린 눈과 같았다.

　　　　　그들은 때로 하얀 것에 또 때로는 빨간 것에

　　　　　의해 끌리는 듯[40]한데, 이 여인[41]의 노래에 맞춰

129　나머지 둘은 걸음을 빨리 혹은 느리게 하였다.

　　　　　왼쪽 바퀴 옆에는 자줏빛 옷을 입은

　　　　　네 명의 귀부인[42]들이 사뿐히 걷고 있는데

132　세 개의 눈[43]을 가진 여인이 인도하고 있었다.

　　　　　이 무리들의 뒤에는

　　　　　옷은 다를망정 점잖고 의젓한 풍채가

135　똑같은 두 노인네[44]가 있음을 나는 알았다.

　　　　　하나는[45] 자연의 가장 사랑하는 동물들을

　　　　　위하여 만들어진 저 위대한 히포크라테스의

138　가족 가운데 하나임을 나타내 주고 있었고

　　　　　다른 하나는[46] 번쩍번쩍 예리한 칼을

　　　　　들고서 반대되는 몸짓[47]을 지어 보이고 있었기에

141　나는 강 건너편에 있으면서도 오싹함을 느꼈다.

　　　　　그 다음 초라한 모양을 한 네 사람[48]을 봤는데

[40] **때로 하얀~** 때로는 믿음이 사랑과 희망을, 또 때로는 사랑이 믿음과 희망을 이끈다는 뜻이다.
[41] **이 여인** 빨간색 여인.
[42] **네 명의 귀부인** 사추덕(四樞德)을 상징하는데, 이는 윤리덕(倫理德) 중 가장 중요한 네 가지 덕, 즉 지덕(智德)·의덕(義德)·용덕(勇德)·절덕(節德)을 가리킨다. 그들은 자줏빛, 즉 사랑의 덕에 끌린다.
[43] **세 개의 눈** 아퀴나스의 시간론에 입각한 과거·현재·미래를 한꺼번에 보는 눈.
[44] **두 노인네** 성 바울로와 성 루가. 즉, 바울의 「서간집」과 「루가의 복음서」를 말한다.
[45] **하나는** 「사도행전」의 저자인 의사 루가(Luca).
[46] **다른 하나** 성 바울로, 그는 칼을 들고 있다. 「에페소인들에게 보낸 편지」 6장 17절 참고.
[47] **반대되는 몸짓** 그는 의사이므로 병을 고쳐 주어야 하는데도 칼을 들고 있다.
[48] **네 사람** 야고보, 베드로, 요한, 유다가 쓴 부분. 이것들은 다른 것에 비해 분량이 적으므로 "초라한 모양을 했다"고 표현했다.

그들 맨 뒤에 한 늙은이⁴⁹가 홀로 오면서

144   날카로운 얼굴⁵⁰로 졸고⁵¹ 있었다.

이들 일곱 명은 앞서의 무리들⁵²과 같은

옷차림을 했어도 머리에 감긴 꽃 목도리는

147   백합꽃으로 되어 있지 아니하고

장미꽃과 다른 빨간 꽃들⁵³도 되어 있었으니,

조금만 떨어져서 그들을 본다면

150   그들의 이마 위는 모두 불난 것처럼 보일 터였다.

마차가 바로 내 가슴 앞에 이르렀을 때,

천둥소리가 들렸고 또 저 고귀한 무리는

153   처음의 깃대들과 더불어 거기 멈추고서

더는 나아가지 못하는 것 같았다.

---

⁴⁹ **늙은이** 신약성서 맨 마지막 부분인 「요한의 묵시록」의 저자 요한.

⁵⁰ **날카로운 얼굴** 통찰력이 강한 얼굴.

⁵¹ **졸고** 명상에 잠겨.

⁵² **앞서의 무리들** 스물네 명의 장로들.

⁵³ **장미꽃과 다른 빨간 꽃들** 하얀빛이나 백합은 「구약성서」의 정신인 그리스도의 강림에 대한 신앙, 녹색은 사복음서의 정신인 희망, 붉은빛이나 장미는 그리스도에 의해 계시된 사랑으로 이것은 신약의 정신이다.

일곱 개의 촛대가 멈추자 장로들이 마차로 향한다. 그중 하나가 하느님의 뜻에 따라 "나의 신부여, 레바논에서 이 리로 오너라"라는 노래를 세 차례 부르니 다른 장로들도 따라서 부른다. 최후의 심판날에 복 받은 자들이 할렐루야를 외치며 무덤에서 나오듯이 천사의 무리가 장로의 초대를 받아 "오시는 이여, 복 되도다"라고 노래한다. 또 그들은 마차 위에 또 그 주위에 꽃송이를 던 지며 "한 아름의 라일락을 다오"라 말한다. 해가 장밋빛 빛깔에 둘러싸 여 짙은 안개 속에서 솟아오르듯이, 여인 하나가 천사들이 던지는 꽃송 이에 파묻혀 나타난다. 그녀는 머리에 하얀 너울을 쓰고 이마엔 올리브 나무 잎으로 관을 두른 채 푸른 망토를 불꽃처럼 빨간 옷 위에 받쳐 입고 있다.

　단테는 그녀가 베아트리체인 것을 금방 알아차리지 못했다가 그녀로 부터 나오는 은밀한 힘으로 해서 옛사랑을 되살린다. 단테는 마치 어린 아이가 무언가에 놀라거나 혹은 괴로워할 때 어머니에게 달려드는 것과 같이 베르길리우스에게 의지하려 든다. 그러나 베르길리우스는 사라져 버렸다. 지상낙원이 아무리 아름다워도 길잡이를 잃은 단테의 울음은 달 랠 길 없다.

이때 베아트리체가 단테의 이름을 부르며 울음은 아꼈다가 다른 고통에나 쏟으라고 타이르듯 꾸짖는다. 단테가 사랑하던 여인의 말을 듣고 쳐다본다. 마차 왼편에 그녀가 꽃 속에 파묻힌 채 그를 쳐다보고 있다. 너울에 가려서 얼굴이 나타나지 않았으나 그녀는 계속해서 꾸짖는다. 그녀는, "나를 눈여겨보라, 난 베아트리체다! 너 어떻게 산을 오를 수 있었느냐? 여기선 인간이 행복하다는 걸 알지 못했더냐?"라고 말한다. 이리하여 단테는 그 꾸지람에 질려 눈을 아래로 내려 맑은 강물을 쳐다본다. 그러나 그 물속을 보노라니 부끄러운 마음이 들어 다시 눈을 들지 못한다. 그때 그에 대해 연민의 정을 느낀 천사들이 그를 위로하려고 「주님이시여, 저 그대에게 바랐습니다!」라는 시편을 읊조린다. 그러자 단테의 가슴에 응어리진 고통이 울음과 한숨으로 변한다.

베아트리체는 줄곧 마차 왼편 가장자리에 서서 천사들에게 자기가 단테로 하여금 죄에 합당하는 벌의 무게를 느끼도록 했고, 또한 단테가 하늘의 영향에서뿐만 아니라 성총을 충분히 입었기에 일찍부터 뛰어난 능력을 타고나 훌륭한 업적을 이루었다고 말한다. 그리고 단테가 올바른 길을 잃고 헤매다 드디어 속세의 삶에서 천국의 삶으로 돌아왔다고 하면서 「지옥편」 제1곡에서 보듯이 자신이 림보까지 내려가 베르길리우스에게 단테를 도와주라고 했다고 한다. 사실 단테는 베아트리체가 젊은 나이에 지상의 삶에서 천국의 삶으로 옮겨 온 뒤 그녀를 잃고 말았으니 이전에 생명의 길이던 성스러운 광명이 사라진 것이나 마찬가지다. 이제 또다시 그녀를 눈앞에 둔 시인, 그에게 드디어 행복과 하느님의 사랑이 도래한 셈이다.

질 줄도 모르고 떠오를 줄도 모르는 데다
죄악의 너울 말고는 다른 안개도 모르며

3   북두가 사공으로 하여금 포구로 기수를

       돌리게 할 적에 그 누구에게나

       제 본분을 깨닫게 해 주는

6   첫째 하늘의 일곱 개의 성좌가[1]

       꼼짝없이 멈췄을 때 처음부터 그것과

       그립스 사이에 왔던 진실한 사람들[2]이

9   평화[3]로 향하듯 마차로 향했다.

       그들 가운데 하나가 마치 하늘에서 보낸 듯

       "Veni, sponsa, de Libano"[4]라고 노래 부르며

12   세 차례 소리 지르니 나머지 모두가 뒤따랐다.

       축복받은 자들이 최후의 나팔 소리[5] 울릴 때

       다시 얻은 목소리로 할렐루야를 노래하며

15   제각기 제 무덤에서 재빠르게 일어나듯

       하느님의 마차 위에서도 그와 같이

       저 위대한 장로의 목소리[6]에 영원한 삶의

18   일꾼들과 사자들이 백 명이나 일어섰다.

       모두가, "Benedictus qui venis!"[7]라고 말하면서

---

[1] 첫째 하늘은 최고의 하늘, 즉 엠피레오다. 여기 "일곱 개의 성좌"는 앞의 곡에서 본 일곱 개의 촛대다. 이것은 또 성신의 열매를 상징한다. 이 일곱 가지 성신의 열매는 인간의 영적 생활을 주관하는데, 단테는 이것을 어부들에게 방향을 알려 주는 북두칠성에 비유했다. 이 성신은 언제나 빛을 내어 선한 사람들을 인도하나 죄악을 범한 사람의 눈엔 보이지 않는다.

[2] 진실한 사람들 스물네 명의 장로들을 말한다.

[3] 평화 교회를 의미한다.

[4] "Veni, sponsa, de Libano" 「성서」에는 "나의 신부여, 레바논에서 이곳으로 오라"고 번역되었다. 그러나 시적으로 "신부여, 오소서, 레바논에서"라 함이 좋으리라. 「아가」 4장 8절.

[5] 최후의 나팔 소리 최후의 심판을 알리는 천사들의 나팔 소리. 최후의 심판에서 구원을 받은 영혼들은 축복을 받아 무덤에서 생전의 모습으로 나와 할렐루야를 부른다.

[6] 장로의 목소리 최후의 나팔 소리와 견준 것이다.

[7] "Benedictus qui venis!" "오시는 이여, 복되도다!" 그러나 누굴 가리키는지 분명하지 않다. 예로부터 내려오는 해석에 의하면 그립스 혹은 단테 혹은 베아트리체를 의미한다고 한다. 오늘날 널리 인정되고 있는 의견은 베아트리체다. 이 구절은 「성서」에서 유래한 것이다. 즉, 그리스도가 예루살렘에 가셨을 때 그곳 사람들이 그에게 한 인사말이다. 「마태오의 복음서」 21장 9절, 「마르코의 복음서」 11장 10절, 「루가의 복음서」 19장 38절 참고.

위로 또 주위로 꽃을 던지면서, 또

21   "Manibus, oh, date lilia plenis!"[8]라 했다.

하루가 시작될 무렵 동쪽 하늘[9]이

온통 장밋빛으로 물들고 다른 하늘이

24   맑게 개어 아름답게 꾸며졌으며

해님의 얼굴을 안개가

누그러뜨려 어스레한 그 빛을

27   눈이 오래오래 견디어내는 것을 보았다.

그와 같이 천사들의 손으로부터 올랐다가

다시 안쪽과 바깥쪽으로 떨어지는

30   꽃들의 구름 속으로

하얀 너울 위에 올리브 띠[10]를 두르고

여인이 나타났는데, 그녀는 푸른 망토[11] 밑에

33   싱싱한 붉은색 옷[12]을 입고 있었다.

나의 정신은 벌써 오래 전부터 그녀의

면전에서 부들부들 떨면서[13]

36   놀라움 때문에 지쳐 멈춘 적은 없었다.

눈만으로 그녀를 알아보지 못하고

그녀로부터 나오는 은밀한 힘으로 인해

39   옛사랑의 강렬함을 느꼈다.

나의 어린 시절[14]이 지나가기 전부터

---

8 **"Manibus, oh, date lilia plenis!"** "한마음의 라일락을 다오." 베르길리우스에 대한 경의를 표하기 위해 『아이네이스』 제6권 883행의 말을 직접 라틴어로 인용했다.

9 **하늘** 우리의 통념과 달리 단테의 관점에서는 하늘이 많다. 그래서 역자는 이를 「천국편」에서 때때로 복수로 표현한다.

10 **올리브 띠** 감람나무 잎사귀로 된 것. 지혜와 평화를 상징한다.

11 **푸른 망토** 희망을 뜻한다.

12 **붉은색 옷** 사랑을 뜻한다. 이 모든 것은 31행의 '하얀 너울'이 상징하는 믿음과 함께 베아트리체의 본질을 설명하는 중요한 요소다.

벌써 나를 꿰뚫던 놀라운 힘이

42   나의 시야에 부딪쳐 오자마자,

어린애가 무서움을 타거나 괴로워할 때

제 엄마에게로 달아나는 것과 마찬가지로

45   그저 어리둥절한 마음으로 왼쪽을 돌아보고

베르길리우스에게 말했다. "떨리지 않는 피란

한 방울도 내게 남아 있지 않답니다.

48   전 그 옛날의 불꽃의 흔적을 보고 있습니다."

그러나 베르길리우스는 자신을 감추고 우리를

떠났다. 너무나 자애로운 아버지인 베르길리우스!

51   구원을 위해 내가 그토록 의지한 베르길리우스!

우리네 옛 어미[15]가 잃어버렸던 모든 것일망정

이슬로 씻긴 나의 뺨에 흐르는 눈물을

---

[13] **부들부들 떨면서** 이 구절부터 계속해서 베아트리체를 보는 단테의 마음이 나타난다. 참고로 『신생』에서 단테가 그녀에게 읊조린 시 하나를 찾아 여기 옮겨 보자.

나의 여인은 지극히 온화하고 성스러워
사람들에게 웃음을 띠어 인사할 땐
혀마다 부들부들 떨며 굳어지고
눈 들어 쳐다볼 수 없다네.
칭송을 들으면서도 소박하게
단장한 채 걸어가는 그녀,
지상에서 기적을 보이려
천상에서 내려왔는가.
바라보는 이의 가슴에 감미를 주는
그녀, 기쁨에 넘친 듯 보이기에,
그 감미를 맛보려 하지 않는 자 터득 못하네.
그녀의 입술 언저리에
사랑으로 가득 찬 숭엄한 영혼이 움직이는 듯하며
사람에게 속삭이듯 말하네, 한숨지어라!

[14] **나의 어린 시절** 단테가 아홉 살 되던 해. 그가 베아트리체를 맨 처음 만났던 해를 말한다.

[15] **옛 어미** 하와가 잃은 지상낙원의 모든 즐거움도 단테의 베르길리우스를 잃는 슬픔을 달래지 못하고, 또 「연옥편」 제1곡 121행 이하에서 보았듯 카토가 명한 대로 이슬로 씻은 단테의 뺨을 적시는 눈물을 멈추게 하지 못하겠다는 뜻이다.

54   멈추게 하지 못할 정도였다.

          "단테여, 베르길리우스께서 가셨다고

          울지 마오. 아직은 울지 말아요.

57   다른 칼[16] 때문에 그대 마땅히 울어야 할 테니."

          마치 여러 배 위에서 일하고 있는 자들을

          보고 또 그들에게 격려해 일 잘하게 하려고

60   뱃머리나 고물로 제독이 오르는 것처럼

          나는 마차의 왼쪽 끝 위에서

          필요성 때문에 내 여기에 기록하는

63   나의 이름[17]을 부르는 소리를 들었을 때

          천사들의 꽃놀이[18] 밑으로 너울을 쓴 채

          아까 나타나셨던 그 여인을 보았는데,

66   강둑 이쪽에 있는 나를 향해 시선을 쏟았다.

          미네르바의 잎사귀[19]를 두른 머리에

          드리워진 너울로 인해 그녀의 모습이

69   분명히 드러나지 않았지만

          아직도 왕녀같이 의젓한 몸짓을 하며

          말하다가 뜨거운 부분[20]은 뒤로 미루는

72   사람처럼 계속하는 것이었다.

          "나를 보시오. 나 정말, 나 정말 베아트리체라오.

          그대 어떻게 산에 올라왔나요?

75   이곳의 인간은 행복함을 그대 몰랐나요?"

---

[16] **다른 칼** 다른 고통이란 의미다. 즉, 73행 이하에서 읽게 될 베아트리체의 꾸중을 말한다.
[17] **나의 이름** 55행의 "단테여" 하고 부르는 소리. 「신곡」 전체에서 단테가 자기 이름을 적은 곳은 여기뿐이다.
[18] **꽃놀이** 천사들이 꽃을 뿌려 주는 일.
[19] **미네르바의 잎사귀** 올리브 나무의 나뭇잎. 지혜를 상징한다.
[20] **뜨거운 부분** 가장 중요한 부분.

나의 눈은 맑은 물속으로 떨어졌는데

나 그 물속을 들여다보았으나 부끄러움이

78   내 이마를 가득 짓눌렀기에 눈을 풀섶으로 돌렸다.

마치 어머니가 자식에게 훌륭하게 보이듯

그녀가 내겐 그렇게 보였는데, 이는 엄격한

81.   자비에는 쏠쏠한 맛이 따르기 때문이다.

그녀는 잠잠했고, 천사들은 별안간

"In te, Domine, speravi"[21] 라 노래했으나

84   "pedes meos" 란 부분을 넘어서진 않았다.

이탈리아의 등줄기[22] 너머 싱싱한 나무들

사이로 스키아보니아[23] 바람에 날려

87   눈이 쌓이고 얼음이 되었다가,

그늘을 잃은 땅[24]이 숨을 쉬는 바람에

제 자신 속으로 녹아 스며드는 모양이

90   불더미에 녹는 밀랍과 같았는데,

나 역시 저 영원한 둘레들[25]의 가락에

언제나 노래를 부르던 자들의 가락이

93   있기 전엔 눈물도 없었고 한숨도 없었으나,

'여인이여, 어찌 이다지 그를 괴롭히나요?'

라고 말하는 것보다 더 간절히 날 동정하는

96   마음을 그들의 감미로운 노래에서 깨달았을 때

---

[21] **"In te, Domine, speravi"** "주여 당신께 바랐습니다"로 시작하는 「시편」 31편 9절에 이르면 'pedes meos', 즉 '내 발들'이란 말이 나온다. 여기까지가 단테의 처지를 설명해 주는 것이기에 이 부분을 넘어서지 않았다.

[22] **등줄기** 아펜니노 산맥.

[23] **스키아보니아(Schi,avonia)** 슬라보니아. 달마티나 산맥에서 불어오는 북동풍으로, 이 바람을 받아 아펜니노 산맥은 얼게 된다.

[24] **땅** 아프리카. 적도 바로 밑에 있으므로 춘분과 추분의 정오엔 그늘이 지지 않는다.

[25] **영원한 둘레들** 모든 하늘.

내 마음에 엉겨 짓누르던 얼음이

한숨과 눈물이 되어 고통과 더불어

99 입에서, 눈에서 또 가슴에서 터져 나왔다.

그녀는 앞서 말한 마차의 가장자리에

내내 버티고 서 있다가 천사들을 향해

102 다음과 같은 말을 하였다.

"그대들은 영원한 낮에 깨어 있으므로

시간이 제 길을 따라 걸어가는 걸음을

105 밤이거나 잠잘 때거나²⁶ 그대들에게서 숨기지 못한다오.

그리하여 나의 대답은 더 큰 주의를 기울여

죄와 괴로움이 똑같은 무게가 되도록

108 저기서 우는 자로 하여금 깨닫게 한다.

별들이 길동무가 되어 주는 대로

모든 씨앗을 어떤 목적으로 이끌어가는

111 커다란 바퀴들²⁷의 작용 때문만이 아니라,

우리들의 눈이 미치지 못할 만큼 먼 곳에서

비로 내리기 위해 많은 수증기를 지니신

114 하느님의 은총이 충만하기 때문에,

이 사람은 젊은 시절에 무던히도

강인했기에, 그가 타고난 온갖 성품이

117 자신에게 놀랄 만한 결과를 이루었다오.

그러나 나쁜 씨앗을 싹틔우거나 버려둔 땅이라면

그것이 더 강한 땅 기운을 가지면 가질수록

---

²⁶ **밤이거나 잠잘 때거나** 천사들은 영원한 빛 속에 있으므로 밤이 오거나 잠을 자는 중에나 사람들을 지켜볼 수 있다는 뜻이다.

²⁷ **커다란 바퀴들** 모든 하늘. 단테는 인간의 운명을 점성술과 하느님의 은총에 따라 해석한다.

120   그만큼 더 사악하고 거칠게 된다오.[28]

얼마 동안[29] 나는 모습을 나타내 그를 부축했고

젊음 가득 찬 눈을 그에게 보여줘

123   그를 나와 더불어 바른 길로 인도했다오.

내가 나의 둘째 시절[30]의 문턱에

이르러 나의 삶을 바꾸자마자[31]

126   이자는 나를 버리고 다른 사람에게[32] 의지했다오.

내가 육신으로부터 영혼으로 올라서

나에게 아름다움과 덕이 커졌을 때,

129   그에겐 내가 덜 사랑스럽고 덜 고마웠으며,

그는 진실하지 않은 길로 발길을 돌려

아무런 약속도 채워 주지 못하는

132   행복의 그릇된 상징들을 따랐다오.

꿈[33]속에서와 또 다른 길로 그를 불러내려고

영감을 불러 봤으나 소용없는 일,

135   그에게는 대수롭지 않은 일이었다오.

그는 너무 낮은 곳[34]에 떨어졌기에

---

[28] **그러나~** 재능이 많으면서도 그걸 버려두거나 악하게 사용하면 죄가 된다.

[29] **얼마 동안** 단테는 아홉 살 때 그보다 몇 개월 늦게 태어난 베아트리체를 만났고, 그녀는 스물네 살에 죽었다. 그러니까 약 15년의 세월.

[30] **둘째 시절** 단테의 『향연』 4권 24장 2절에 의하면 인생은 25세까지가 소년기(Adolescenza)로 발육 및 유년·소년시절, 그로부터 45세까지가 청년기(Gioventute)이다. 베아트리체는 약 25세에 죽었으니 둘째 시절의 문턱에 들어선 직후다.

[31] **삶을 바꾸자마자** 찰나적인 속세의 삶에서 영원한 천국의 삶으로.

[32] **다른 사람에게** 이 구는 많은 의혹을 갖고 봐야 한다고 생각한다. 「지옥편」 제1곡 1~3행에 의하면 "올바른 길을 잃고서"라고 되어 있다. 일부에서는 이를 단테의 방탕한 삶의 표상일지 모른다고 한다. 그러니까 여기서 말하는 "다른 사람"이란 바로 그런 생각과 결부된다고 볼 수 있겠다. 그러나 더 깊은 의미로 본다면, 이와 같은 피상적인 뜻이 아니라 영적인 문제를 두고 한 말로 볼 수도 있다.

[33] **꿈** 단테는 꿈속에서 그녀를 자주 만났다. 「신생」 40장과 43장. 그러나 그 꿈은 짧게 끝난다.

[34] **낮은 곳** 죄 있는 곳. 높고 낮은 것은 선과 악의 상징. 이는 후세의 작가들에게 많은 영향을 주었다. 즉, 높은 곳은 희망과 행복, 낮은 곳은 절망과 불행을 상징한다.

버림받은 족속들을 그에게 보여 주는 것 이외

138 　어떤 방법도 그를 구원할 수 없었다오.

이 때문에 내가 죽은 자들의 문을 찾았고

그를 여기까지 바래다 준 그분에게

141 　눈물을 흘리며 간청을 드렸다오.

눈물을 흘리는 뉘우침의 어떤 대가를

치르지 않고 레테[35]를 건너고

144 　그리고 그러한 물을 맛본다면

하느님의 지고한 율법이 깨어질 것이오.”

---

[35] **레테(Lethe)** 앞에서 보았듯 죄의 기억을 씻어 내는 강.

| 제31곡 |

이제 베아트리체가 직접 단테에게 그 동안 지었던 죄에 대해 고백하라고 한다. 그러나 단테는 너무나 당황하고 부끄러운 나머지 고백하지 못한다. 베아트리체가 계속해 다그치자 단테는 "네"라고 겨우 말하지만, 너무 소리가 작아 입술이 움직이는 것으로 가까스로 그 말을 이해할 수 있을 정도다. 그러더니 무서움과 초조가 엇갈리는 눈물을 흘리며 한숨을 내쉰다. 베아트리체는 그를 그 정도로 질책하는 데 만족하지 않고 대체 어떤 장애가 있어 덕의 길로 가는 데에 방해를 받았느냐고 묻는다.

이에 단테는, 베아트리체가 죽고 나자 속세의 헛된 욕망이 그릇된 즐거움을 앞세워 그로부터 선의 길을 앗아갔다고 한다. 그녀는 단테의 솔직한 고백을 칭찬하면서 죄를 감추거나 부정하는 것은 이미 하나님께서 다 알고 계시므로 좋지 못한 일이라며, 죄인이 자신의 죄를 고백하면 하느님의 벌이 훨씬 덜 가혹하다고 말한다. 그리고 단테에게 울음을 그치라고 한 후 다시 질책하여 그가 쾌락의 배양에 대해 부끄럽게 여기도록 한다. 이어서 베아트리체는 자기가 죽은 뒤에도 단테는 세상의 죄에 정신 팔지 말고 오히려 신에게 의지했어야 했다고 말한다. 그녀의 육체적 미에 탄복해 정신없이 그녀를 사랑하다가 그녀가 죽은 다음에는 까맣게 잊고 허깨비 같은 것들에 전념하다니 있을 수 있는 일이냐며 단테를 매섭게 꾸짖는다.

단테는 그녀로부터 꾸중을 듣고 말문이 막혀 그녀를 쳐다보는 일마저 두려워져 마치 부끄럼 타는 어린애처럼 땅바닥만 바라본다. 그러자 베아트리체가 고갤 들어 자신을 보면서 더 큰 고통을 느껴 보라고 한다. 단테는 안간힘을 기울여 이에 복종한다. 그가 눈을 들어 보니 천사들은 꽃 뿌리는 일을 멈추었고 베아트리체는 그립스를 바라보고 있다. 그녀는 옛날보다 훨씬 더 아름다운 모습을 하고 있다. 그러자 단테는 자신의 죄에 대해 전적으로 수긍하며 더 큰 고통을 느낀다. 그리하여 의식을 잃고 땅바닥에 쓰러진다.

정신을 차린 단테는 자신이 마텔다에 이끌려 강물 속에 잠겨 있음을 깨닫는다. 마텔다는 단테가 익사하지 않도록 바싹 끌어안는다. 그리고 물 위로 사뿐히 나와 건너편 강둑 가까이에 이르자, 감미로운 음성으로 시편 한 구절을 읊는다. 마텔다는 단테의 머리를 팔 안에 감싸고 그를 물속에 잠근다. 이렇게 적셔진 단테를 물에서 꺼내 마차 곁에서 춤추고 있는 네 여인 사이에 내려놓는다. 네 여인이 그를 껴안으면서 자기들은 지상낙원의 선녀들이며 하늘나라의 별들이라고 말한다. 그들은 베아트리체의 종복이 되는 운명을 타고났다. 그들이 단테를 이끌어 그립스가 있는 곳으로 안내하고 베아트리체의 눈을 볼 수 있게 한다. 그러나 그녀의 눈은 그립스에게 쏠려 있다. 단테가 놀라움과 기쁨의 뒤범벅 속에, 그녀의 눈을 주시하는 동안 세 명의 여인들이 나타나 베아트리체에게 천 길만 길 헤쳐 온 단테에게 시선을 돌려달라고 부탁한다.

"오, 건너편에 있는 그대여.

말해 보오. 이게 정말인지 말해 보오. 이러한

3 꾸짖음에 그대의 고백이 따라야 마땅하다오."

서슬¹만으로도 나에게 아찔하게 보이는

그의 말이 뾰족한 끄트머리²를 내게로 향해

6 거침없이 나에게 말을 시작했다.

나의 능력이 너무 혼란스러워

목소리는 그 기관에서

9 풀려 나오기도 전에 사그라지고³ 말았다.

그녀는 조금 참았다가 말하길, "뭘 생각하는지요?

그대 안에 슬픈 추억이 아직도 물로

12 지워지지 않았으니⁴ 나에게 대답하여 주오."

어지러움과 무서움이 얽히고설킨 상태에서

입 밖으로 "네"라는 말이 튀어나왔지만,

15 그것을 알아내기엔 눈이 필요했다.⁵

지나치게 당겨서 쏠 때 석궁이

그 화살과 활을 부러뜨려

18 살촉이 힘없이 과녁에 미치지 못하는 것처럼,

나 그렇게 그 무거운 짐 밑에 깔려

눈물과 한숨을 내뿜게 되었는데,

21 내 목소리는 제 길에서 사그라졌다.

이때 그녀가 나에게, "저 세상에선 사람들이

무엇보다도 더 갈망하는 천상의 행복을

---

¹ **서슬** 간접적으로.
² **뾰족한 끄트머리** 직접적으로.
³ **사그라지고** 무슨 말을 중얼거렸으나 그 말이 입 안에서 조음점을 찾지 못했다는 뜻이다.
⁴ **슬픈~** 레테의 강물에 씻어야 할 죄스런 추억, 이것이 아직도 씻기지 못했다는 의미다.
⁵ 귀로 들을 수 있을 만큼 큰 소리로 말하지 않기 때문에 입술이 움직이는 것을 봄으로써 알 수 있었다.

24   그대가 사랑하기를 바랐던 나의 소원 안에

어떤 함정을 파놓았으며, 어떤

사슬을 보았기에 앞으로 나아가려는 희망을

27   그대에게서 빼앗아 버린 것이란 말이오?

또 다른 행복들의 이마 위에 그 어떤

안락과 이점이 나타났기에

30   그것들 앞으로 가야만 했단 말인가요?"

씁쓸한 한숨을 한 번 내몰아 쉬고 나서

힘겨운 목소리로 응답을 했는데,

33   입술이 겨우겨우 그 소리를 이루었다.

나는 눈물 흘리며 말했다. "당신의 얼굴이

사라지자마자 그릇된 즐거움이

36   현세적인 것들로 나의 발걸음을 돌려 놨다오."[6]

그러자 그녀가, "그대가 고백해야 할 것을

부정하거나 입 다문다 해도 그대의 죄가

39   덜 드러나는 것은 아니라오. 저 심판관[7]이 아시니까!

그러나 죄의 고백이 제 자신의 입에서

터져 나오면 우리들의 법정[8]에서는

42   바퀴가 칼날에 대해 거꾸로 돈다오.[9]

아무튼 그대, 그대의 과오를 부끄럽게

여기고 언젠가 또 세이렌[10]의 소리를

45   들어도 더더욱 굳세어지기 위해

---

[6] **"당신의~** 아트리체가 죽자마자 하느님 안에서 찾아야 할 최고의 행복을 외면하고 헛되고 헛된 세상의 행복을 갈구했다는 의미다.

[7] **심판관** 하느님. 우리의 죄를 우리가 고백하든 혹은 부정하든 하느님은 이미 알고 계신다는 것이다.

[8] **우리들의 법정** 하늘나라의 법정.

[9] 죄를 고백하고 참회하면 칼이 숫돌에 반대로 돌 때 둔해지듯 정의의 심판이라는 칼도 자비로써 둔해진다.

[10] **세이렌(Seiren)** 죄의 유혹을 뜻한다.

618

눈물의 씨앗일랑 떨어뜨리고 들어 주오.

그러면 땅에 파묻힌 나의 육신이 어찌하여

48   엉뚱한 곳으로 그대를 가게 했는지 알게 되리오.

나 그 옛날 그 안에 갇혀 있었고 지금은

땅에 흩어져 버린 아름다웠던 그 육체만큼

51   자연도 예술도 그대에게 기쁨을 주지 못하였고,

또 정녕 나의 죽음으로 말미암아 최고의

기쁨을 그대에게 주지 못했다면, 어떤

54   생물[11]이 그 뒤 그대를 제 욕망으로 끌어당겼나요?

헛되고 그릇된 것들의 첫째 화살[12]에 그대는

벌떡 일어나, 보다 나은 세계를 향해

57   나의 뒤를 잘 따랐어야 했다오.

하찮은 계집애나 그다지 오랜 소용이 없는

다른 헛된 것 때문에 두 번째 화살을

60   기다리며 그대 다시 날개를 떨어뜨리지 말아야 했다오.[13]

갓 낳은 새 새끼[14]는 사냥꾼의 둘 혹은 셋째 화살을

기다리지만 이제 막 깃이 난 새의 눈앞에서 그물을 치거나

63   활을 쏘는 것은 소용없는 일이라오."

마치 어린애들이 부끄러우면 눈을 땅에

처박고 묵묵히 서서 들으며

66   자신의 잘못을 인정하고 뉘우치는 것처럼

---

[11] **생물** 원문엔 'la cosa mortale', 즉 '죽어야 할 것'이다. 이 구절은 많은 의혹을 준다. 앞에서도 거론했는데, 단테가 올바른 길을 잃고 헤맸다는 뜻이다. 베아트리체가 단테에게 자기가 죽은 후 다른 여인에게 정신을 쏟은 점을 꾸짖는 것에서 미루어 보면 이 생물은 곧 페르골레타(Pergoletta)라 하는 여인을 의미할 수도 있다.

[12] **첫째 화살** 베아트리체가 죽고 나서 한때 선의 길을 떠났던 단테가 최초로 겪었던 마음의 괴로움.

[13] **날개를 떨어뜨리지 말아야 했다오** 하느님의 뜻을 찾지 않고 연속적으로 다른 죄를 지어서는 안 된다는 것을 뜻한다.

[14] **새 새끼** 젖비린내 나는 동안엔 죄를 거듭 지을 수 있으나 일단 크면 유혹을 뿌리칠 수 있어야 한다는 비유다. "새가 보는 데서 그물을 치는 것은 헛된 일이다." 「잠언」 1장 17절.

나도 그렇게 서 있었더니, 그녀가 내게

"듣기만 해도 괴로워하는 그대여, 수염[15]을 쳐드시오.

69 보면[16] 더 큰 고통을 겪게 되리오."

우리네 땅[17]의 바람에나 혹은 이아르바[18]의

땅의 바람에 건장한 참나무가

72 오래 버티지도 못하고 뽑혀 나가듯이

나는 그녀의 명령을 좇아 턱을 들어 올렸으며

그녀가 얼굴 대신에 수염을 들라고 했을 때

75 나는 그 말 속에 독이 있음을 알았다.

그리고 내가 내 얼굴을 쳐들었을 때

저 최초의 피조물(천사)들이 꽃 뿌리는

78 일을 멈춘 것을 내 눈이 알아차렸다.

아직도 다소 어릿거리던 나의 두 눈빛은

베아트리체가 한 몸뚱이에 두 가지 속성을

81 지닌 저 짐승[19]과 마주보고 있음을 보았다.

너울을 쓰고 강 건너 저쪽에 있던 그녀,

여기 이 세상에 있을 때 다른 것들을

84 능가하던 자신의 옛 모습보다 뛰어났다.

뉘우침의 쓰거운 침이 나를 무던히 찔렀기에

모든 것들 중에서 나를 가장 현혹시켜

87 사랑하게 하던 그것[20]이 그땐 가장 큰 원수였다.

그런 죄의식이 내 가슴을 물어뜯었기에

---

15 **수염** 단테가 성장했음을 간접적으로 시사한다. 즉, 64행의 '어린애'들과 대칭적으로 사용한 표현이다.

16 **보면** 천상의 아름다움을 보면 지상의 속절없는 행복을 좇던 것이 더 후회스럽다는 뜻이다.

17 **우리네 땅** 이탈리아. 즉, 유럽.

18 **이아르바(larba)** 이아르바가 다스리던 리비아.

19 **짐승** 그립스. 제29곡 주석 32 참고. 독수리와 사자의 모습을 지닌 괴물.

20 **그것** 속세의 행복.

나는 압도되어 쓰러졌는데 그때 나의 모양새는

90 　그렇게 만들어 주었던 그녀[21]가 알 것이다.

다음 내 마음이 밖으로 힘을 차렸을 때

전에 홀로 있음을 보았던 그 여인[22]이

93 　내 위로 나타나 "날 붙드오. 날!" 하고 말했다.

그녀는 나를 목까지 물속에 잠기게 했다가

베틀의 북처럼 가뿐히 물 위로

96 　이끌어 가고 있었다.

내 저 복 받은 강둑[23]에 이르렀을 때

생각할 수도 기록해 둘 수도 없을 만큼

99 　감미로운 소리로 "Asperges me"[24]라 함을 들었다.

아름다운 그 여인은 팔을 벌려

내 머리를 감싸 안고 내 물을 마셔야 할

102 　부분[25]까지 나를 물속에 잠가 버리셨다.

그리하여 흠뻑 젖은 나를 건져 내

네 명[26]의 아름다운 여인들이 춤추는 가운데로

105 　데려가니 그들은 모두가 나를 감싸 껴안았다.

"우리 여기선 선녀[27]들이나 하늘에선 별들,

베아트리체가 세상에 내려가시기 이전부터

108 　그녀의 시녀[28]로 정해졌다오.

그대를 그녀의 눈앞으로 데려갈 것이오.

---

[21] **그녀** 베아트리체.
[22] **여인** 마텔다. 제28곡 37행 이하 참고.
[23] **복 받은 강둑** 레테의 강둑. 거기 죄를 씻고 이른 곳에 베아트리체가 있으니 축복받았다고 할 수 있다.
[24] **"Asperges me"** "이 몸이 깨끗해지리다"라는 뜻이다. 「시편」 51편 7절.
[25] **부분** 입.
[26] **네 명** 제29곡 주석 42 참고.
[27] **선녀** 요정. 제29곡 주석 2 참고.
[28] **시녀** 네 명의 여인들. 그들은 네 개의 덕을 상징한다.

그러나 그 안의 기쁜 빛을 보이고자 주시하는

111   저기 세 여인[29]이 그대의 눈을 날카롭게 하리오."

저들이 이렇게 노래 부르기 시작하고 나서

베아트리체가 우리를 향하고 섰던

114   그립스의 가슴으로 우리를 데려갔다.

그러곤 말하길, "그대 시선을 아끼지 마시길,

우리 그대를 비춰[30] 앞에 갖다 두었으니,

117   사랑이 일찍이 그 눈으로부터 화살을 쏜 것이라오."

불꽃보다도 더 뜨거운 천 가지 소망이

저 그립스 위에 틀어박힌 현란히 빛나는

120   그 눈들에 내 눈을 와락 당기는 것이었다.

거울 속에 든 태양과 다름없이

겹쳐진 짐승[31]이 그 안에서 때로는 이 모양

123   때로는 저 모양으로 번쩍번쩍 비쳤다.

독자여, 생각하시라. 물체가 변함없이 묵묵히

서 있으면서 제 우상 속에서 변형되는 것을

126   보았을 때, 내 얼마나 어리둥절했을지를!

그득한 놀라움과 기쁨으로 내 영혼이

저절로 배부르고 저절로 배고픈

129   그 양식을 맛보고 있는 동안에,

또 다른 세 여인이 한결 더 고귀한 족속의

몸짓을 나타내며 앞으로 나오면서

132   자기네의 천사 같은 노래에 맞춰 춤을 추었다.

---

[29] **세 여인** 믿음과 사랑과 소망을 뜻한다. 네 가지 덕은 하느님의 진리를 인식할 수 있는 신학에까지 인간을 인도하고 세 가지 덕은 하느님 안에 들게 한다.

[30] **비춰** 보석처럼 휘황찬란한 베아트리체의 눈을 비유한 것이다.

[31] **겹쳐진 짐승** 때로는 신성을 상징하는 독수리, 때로는 인성을 상징하는 사자로 된 그립스.

그 노래는, "베아트리체여, 그대의 거룩한 눈을

그대를 보고자 천 길 만 길 걸어온

135 그대의 충복에게 돌리시기를!

자비스러운 은혜를 우리에게 베풀어

그에게 그대의 입까지 나타내 주시오.

138 그대가 감추는 제2의 미[32]를 구별케 하시오."

오, 영원히 빛나는 생생한 빛의 찬란함이여![33]

저 파르나소스의 그늘 아래 파리해진[34] 자라도

141 거기 괸 물을 한없이 마신[35] 자라도

확 트인 공기 속에 그대 자신을 풀어헤치고

하늘이 조화를 이루며 그대를 가려 놓던

144 그 자리에 나타난 그댈 그대로 그리려 할 때,

대체 어느 누가 마음이 어지럽지 않겠는가!"

---

[32] **제2의 미** 입의 아름다움.

[33] 너울을 벗은 베아트리체는 너무나 고귀하고 아름다워 감히 언어로 표현할 수 없을 정도라는 뜻이다.

[34] **파리해진** 시를 연구하느라고 지쳐 있다는 의미다.

[35] **마신** 시상이 풍부해졌다는 의미다.

| 제32곡 |

 단테는 베아트리체의 얼굴을 뚫어지게 쳐다본다. 어찌나 정신없이 쳐다보았던지 그의 다른 감각 기관이 마비될 정도여서 주위에서 벌어지고 있는 일들을 전혀 깨닫지 못한다. 그가 시력을 회복하자, 오른쪽으로 몸을 돌리고 나가던 행렬이 머리에 일곱 개의 촛대를 간직하고 동쪽을 향해 되돌아가는 것을 본다. 적들의 공격을 방패로 막는 병정의 무리처럼 그 행렬이 머리에 깃발을 꽂고 돌고 나니 모든 것이 방향을 바꾼 셈이다. 스물넷의 장로들이 마차의 굴대가 굴러가기에 앞서 단테를 지나쳐 간다. 마텔다, 스타티우스, 단테가 마차 오른편에서 따라간다.

천사의 노래가 행렬의 발걸음에 맞춰 울리고 있다. 화살이 미치는 거리의 세 배쯤 갔을 때, 베아트리체가 마차에서 내리니 모두가 아담의 이름을 되뇌면서 어느 시들시들한 나무 주위에 몰려든다. 그립스가 마차의 굴대를 그 나뭇가지에 묶는다. 그러자 이 나무가 지상의 봄철 나무처럼 다시 생기가 돌며 불그레한 꽃을 피운다. 그러는 동안 모두들 단테가 알지 못하는 야릇한 노래를 부르는데, 이 노래가 미처 끝나기도 전에 단테는 잠들어 버린다.

갑자기 한 가닥 빛이 비치고 어디선가 "일어나오. 그대 뭘 하는가?"라고 소리치자 단테는 퍼뜩 잠에서 깬다. 그리고 자기 곁에 마텔다만 있는 것을 보고 그는 베아트리체가 어디 갔느냐고 묻는다. 마텔다가 손가락으로 베아트리체를 가리킨다. 그녀는 일곱 여인들과 더불어 나무 뿌리에 앉아 있다. 나머지 무리는 그립스의 뒤를 따라 조금 전의 노래보다 더 감미로운 노래를 부르며 하늘로 돌아간다. 베아트리체가 촛대를 손에 든 일곱 명의 선녀를 주위에 대동하고 마치 마차를 지키듯이 땅 위에 앉아 있다. 이어 그녀는 단테가 얼마 후에 지상낙원을 벗어나 천국의 국민으로 언제까지나 천국에 머물 것이며 또 하느님으로부터 선택을 받은 이상 마차에서 눈을 떼지 말라고 알려준다.

그녀의 말을 듣고 이에 복종하던 단테는 독수리를 보게 된다. 그것은 번개처럼 빠른 속도로 하늘에서 내려와 나무의 껍질과 꽃, 그리고 잎사귀를 갈기갈기 찢는다. 이어 비루먹은 듯한 여우가 나타나자 마차 밑으로 덤벼든다. 그러나 베아트리체가 이를 보고 호통을 치니 그것은 도망가고 독수리가 다시 내려와 마차에 제 깃을 떨어뜨린다. 그때 하늘에서 고통스러워하는 소리가 들린다. "오, 나의 쪽배여. 짐을 잘못 실었구려!" 그 다음엔 바퀴와 바퀴 사이로 땅이 갈라지더니 용이 한 마리 나와 꼬리로 마차를 찌른다. 그것은 독스런 꼬리를 뽑고 마차 밑 한쪽을 떼어 내천천히 사라진다. 마차엔 독수리의 깃털만이 가득하다. 이리하여 그 마차는 괴상한 모습을 하고 있다. 이 마차 위에 마지막으로 나타난 것은 창부다.

이 곡은 너무나 많은 상징을 품고 있다. 특히 후반부가 그렇다. 교회와 국가에 대한 시인 단테의 생각이 다른 어느 곳보다 자세히 나타나 있다.

십여 년 묵은 목마름[1]을 풀어내기 위하여

나의 눈이 너무나도 열심히 쳐다보았기에

3   다른 감각들[2]은 모두가 내게서 꺼졌다.

또 눈마저도[3] 여기저기를 거들떠보지 않는

벽을 지니고 있었으니, 저 성스러운 웃음이

6   옛날의 그물[4]로써 눈을 제게로 끌었다.

그때 세 선녀들[5]로부터 "너무 뚫어지게 보는군!"

하고 말하는 소리를 듣고는

9   나의 왼편을 향하여 억지로 시선을 돌렸다.

또 무엇[6]을 보려고 하는 눈 속에

태양이 후려치고 말았을 때처럼

12   나로 하여금 시력을 잃게 했다.

그러나 이후 시선을 조금 — 조금이라 한 것은

내 눈길을 이제 방금 그것에서 옮겨 온

15   큰 빛[7]에 견주어 말한 것이다 — 되찾았을 때,

나는 영광스러운 군대[8]가 오른쪽을 향해

얼굴에 햇빛과 일곱 개의 불꽃을

18   받으며 돌아가는 것을 보았다.

싸우는 무리가 자신을 보호하기 위해

방패 밑으로 숨고 그들 모두가 방향을

---

[1] **십여 년 묵은 목마름** 베아트리체는 1290년에 죽은 것으로 간주된다. 그러므로 죽은 지 10여 년 되어 그동안 그녀를 보고 싶은 마음이 간절했다.

[2] **다른 감각들** 베아트리체에게 눈을 고정하고(fissi) 온 정신을 그녀에게 쏟고 있다. 따라서 다른 감각은 기능을 상실해다.

[3] **눈마저도** 너무나 정신없이 바라보았기에 본다는 사실마저 잊을 정도다.

[4] **그물** 옛날 단테를 그녀에게 옭아매던 사랑.

[5] **세 선녀들** 믿음, 사랑, 소망. 즉, 삼신덕.

[6] **무엇** 수레.

[7] **큰 빛** 베아트리체.

[8] **영광스러운 군대** 앞의 곡에 나타난 행렬. 군대란 말은 큰 무리라는 뜻이다.

21   바꾸기 전에 깃대를 따라 도는 것처럼,

        앞서 나아가는 하늘나라의 저 군사들⁹이

        수레가 제 굴대를 접기도 전에

24   한결같이 우리를 지나쳐 갔다.

        그러자 여인들¹⁰이 바퀴 쪽으로 돌아왔고

        그립스는 축복받은 짐을 옮기면서도

27   깃털 하나 까딱하지 않는 듯했다.

        나를 여울로 건너게 했던 아름다운 여인¹¹과

        스타티우스 그리고 나는 보다 작은

30   활꼴로 궤도를 이루는 바퀴를 따라갔다.

        뱀을 믿었던 여인¹²의 죄로 말미암아,

        허허롭게 된¹³ 숲 속으로 깊숙이 지나는데

33   천사의 노랫가락이 우리네 발을 맞춰 주었다.

        아마도 시위를 떠난 화살이 세 차례

        날아갈 만큼 떨어진 자리에 우리가 걸어

36   나왔을 무렵, 베아트리체가 내려왔다.

        모두들 "아담" 하고 중얼중얼함¹⁴을 내가

        들었는데, 이어 가지마다 꽃이며 잎사귀가

39   모조리 떨어진 나무¹⁵ 주위를 빙 둘러섰다.

        그 나뭇가지는 위로 오르면 오를수록

        더더욱 퍼졌는데 그 높이는 숲 속에 사는

---

⁹ **저 군사들** 스물네 명의 장로들을 가리킨다.
¹⁰ **여인들** 단테를 이끌어 베아트리체를 쳐다보게 한 네 여인과 또 그를 위해 그녀의 너울을 벗도록 빌어 준 세 여인. 이들은 각각 사추덕과 삼신덕을 말한다.
¹¹ **아름다운 여인** 마텔다.
¹² **뱀을 믿었던 여인** 하와가 뱀의 꼬임에 넘어가 지은 원죄를 상징한다.
¹³ **허허롭게 된** 사는 이가 없는.
¹⁴ **"아담" 하고 중얼중얼함** 아담의 죄를 꾸짖는 소리.
¹⁵ **나무** 선악과를 맺은 나무. 이 나무는 하늘에 가까워질수록 커지고 많은 가지를 뻗는다.

42   인도인들도 놀라지 않을 수 없는 정도였다.

"그립스¹⁶여, 당신은 복되시나이다. 맛 좋은

이 나무를 당신 부리로 쪼지 아니했나이다.

45   이것을 맛보고자 한 배는 뒤틀리는 것이니."

억센 나무 주위에 빙그르 둘러서서 모두가

그처럼 외쳐 대니, 양성을 지닌¹⁷ 짐승이,

48   "온갖 정의의 씨앗이 그렇게 지켜진다"라고 말했다.

그러곤 자기가 끌어왔던 굴대를

홀어미 된 줄기¹⁸ 발치에 가져다

51   그 줄기의 가지를 거기에 잡아매었다.

저 어마어마한 빛¹⁹이 하늘의 물고기²⁰ 뒤를

빛내 주는 그것과 뒤범벅되어 밑으로

54   떨어질 적에 우리네 초목들이

부풀어 오르고, 어느덧 태양이 제 마차를

다른 별²¹ 아래 매어 두기 이전에 제각기

57   제 빛깔로 새로워지는 것과 마찬가지로

처음에는 그토록 쓸쓸한 가지만을 가졌던

이 나무가 장미보다는 못하고 오랑캐꽃보다는

60   더 진한 빛을 띠며 새롭게 되었다.²²

이때 그 무리가 부르던 노랫가락은

---

¹⁶ **그립스** 그리스도를 가리킨다. 특히 세속적인 권력을 마다하고 하느님께 순종한 점을 두고 한 비유다.

¹⁷ **양성을 지닌** 독수리와 사자. 즉, 신성과 인성을 상징한다.

¹⁸ **홀어미 된 줄기** 나무가 잎사귀를 잃었다는 의미다.

¹⁹ **어마어마한 빛** 태양.

²⁰ **하늘의 물고기** 물고기자리. 그 뒤에 빛나는 것은 양자리. 봄임을 알려 주기 위해 별의 위치를 설명한 것이다.

²¹ **다른 별** 황소자리. 이 별 안에 태양이 드는 것은 4월 하순이다. 황소자리는 양자리 뒤에 있다.

²² **처음에는~** 교회는 그리스도의 순종의 모범으로서, 덕을 널리 펴서 하느님과 인간이 서로 화합하게 해야 한다. 그리스도는 인류를 구원하기 위해 피를 흘리셨다. "나무가 장미보다는……"이라고 한 것은 곧 예수의 피로 구원을 받은 인간이지만 그 죄가 완전히 사해진 것은 아니라는 뜻이다.

이 세상의 것이 아니었기에 그 뜻을

63　　몰랐으며 또 끝까지[23] 그것을 들을 수도 없었다.

시링크스[24]에 대해 들으며 그 무자비한 눈들 ―

깨어 있기에 비싼 값을 치러야 했던[25] 그 눈들 ― 이

66　　어떻게 잠들게 되었나 내가 그려 낼 수 있다면,

모델을 놓고 그림을 그리는 화가처럼

잠에 떨어졌던 그 모양을 그리련만,

69　　그러나 그건 잠을 그릴 줄 아는 자에게 맡기리.

내가 깼을 때로 옮아간다.[26]

눈부신 한 가닥 빛[27]이 내 잠의 너울을 찢고

72　　"일어나오. 그대 뭘 하는가?"[28]라 외쳤다.

천사들이 그 열매를 그리워하게 하며

하늘나라에서 영원한 잔치를 베풀어 주는

75　　사과나무[29]의 꽃들[30]을 보기 위하여

베드로와 요한과 야고보가

인도되고 넘겨졌다가 깊은 잠이 펄쩍

78　　깨지는 말씀에 정신을 차리게 되어

모세와 마찬가지로 엘리야도 없어져 버린

그 동무의 무리와

---

[23] **끝까지** 잠을 잤으므로 "아멘" 하며 끝나는 소리를 못 들었다.

[24] **시링크스(Syrinx)** 판의 사랑을 받은 요정. 그들의 사랑담을 메르쿠리우스가 아르고스에게 들려주어 그를 잠들게 했다. 『변신이야기』 제1권 568행 이하.

[25] **비싼 값을 치러야 했던** 잠들었기 때문에 생명을 앗긴.

[26] 잠들어 있는 동안엔 무슨 일이 일어났는지 모르기에 깬 뒤부터의 이야기를 하겠다는 뜻이다.

[27] **눈부신 한 가닥 빛** 하늘로 올라가는 행렬의 빛.

[28] **"일어나오. 그대 뭘 하는가?"** 마텔다가 외치는 소리.

[29] **사과나무** 그리스도, "사내들 가운데 서 계시는 그대, 나의 임은 잡목 속에 솟은 능금나무." 『아가』 2장 3절. 앞에 나오는 '열매'는 하늘에서 누리는 그리스도의 영광을 뜻하며, '영원한 잔치'는 혼례를 의미한다. 『요한의 묵시록』 19장 7~9절 참고.

[30] **꽃들** 그리스도가 변모하여 제자들의 눈에 나타나신 모습. 『마태오의 복음서』 17장 1~8절 참고.

81   그들네 스승님[31]의 옷이 바뀐 것을 보았듯이,

        나도 정신을 차려 전부터 강을 따라

        내 발걸음의 인도자가 되어 주셨던

84   저 성스런 여인[32]이 내 위에 서 있음을 보았다.

        그리하여 의심에 온통 휩싸여 나는 말했다.

        "베아트리체는 어디 계시오?" 이에 그가, "보시오,

87   새로 돋은 이파리 아래 밑뿌리 위에 앉아 계심을.

        또 그녀를 둘러싸고 있는 저 무리[33]를 보시오.

        다른 무리는 더욱 감미롭고도 그윽한 노래를

90   부르며 그립스 뒤를 따라 올라간다오."

        그가 제 이야길 더 펼쳐 놓았는지 난 모른다.

        이는 다른 것에 마음 쓰지 못하게 나를

93   가로막던 그녀[34]가 이내 내 눈에 나타난 탓이었다.

        그녀는 맨땅 위에 홀로 앉아서

        두 가지 본성을 지닌 짐승에 의해 매어져 있던

96   그 마차의 보초병인 듯 남아 있었다.

        그녀 곁에는 일곱 선녀들이 북풍에나 남풍에도

        까딱하지 않을 등불[35]을 손에 들고

99   빙 둘러 동그라미를 짓고 있었다.

        "그대는 여기 이 숲에서 잠시 살다가

        그리스도가 로마인으로 계시는 저 로마[36]의

102   시민으로서 나와 함께 끝없이 살게 될 것이오.

[31] **스승님** 예수.
[32] **성스런 여인** 마텔다.
[33] **무리** 일곱 여인. 이미 그립스(예수)는 승천하였고, 베아트리체가 여인들에 둘러싸여 있다. 그리하여 마차(교회)를 수호한다. 여기서 베아트리체는 신학을 상징한다.
[34] **그녀** 베아트리체.
[35] **등불** 지상의 죄악의 풍파를 꺼려하지 않는 불.
[36] **로마** 여기서 로마는 천국을 의미한다.

그러므로 사악하게 사는 저 세상에 도움이
되게 이제 마차에 눈을 주시오. 그리고

105 그리로 돌아가거든 그대 이를 적어 두시오."
베아트리체가 이렇게 말하자 나는
그분의 분부를 받들어 경건한 마음으로

108 그녀가 바라는 대로 마음과 눈을 주었다.
아득하게 멀리 뻗쳐 나간 저 하늘 끄트머리에서
비가 내릴 때 시꺼먼 구름 속에서 나오는

111 불덩어리[37]라 한들, 내가 본 지오베의
새[38]가 나무로 떨어져 꽃이라든가 다시 돋아난
잎사귀라든가 껍데기를 들이치는 것처럼

114 그토록 빠른 움직임은 아니었다.
그것이 있는 힘을 다 쏟아 마차를 들이받으니,
이로 해서 마차는 마치 폭풍을 만난 배의

117 선미와 선수가 물결에 굴복해 흔들리는 듯했다.
이윽고 개선 수레의 내부로
여우[39] 한 마리가 뛰어드는 것을 보았는데, 그 여우는

120 좋은 음식[40]은 하나도 먹어 보지 못한 듯했다.
그러나 나의 여인이 그 여우의 추악한
죄를 꾸짖어 살점 없는 뼈가 겨우 감당할 만큼

123 빠르게 도망치게 만드셨다.
다음엔 이전에 여우가 왔던 곳으로부터

---

[37] **불덩어리** 번개.
[38] **새** 독수리. 이 새는 로마 제국의 상징이다. 이것이 마차(교회)를 들이받는 것은 그리스도교인들을 박해한 황제들을 의미한다.
[39] **여우** 이단.
[40] **좋은 음식** 참다운 교리.

독수리[41]가 마차의 궤 안으로 날아 내려와

126 제 깃털을 거기다 뽑아 놓는 것을 보았다.

그리고 괴로워하는 마음에서 나오듯

하늘에서 난 한 소리가 이렇게 말했다.

129 "오, 나의 쪽배[42]여. 그대 짐을 잘못 실었구려."

이어 두 바퀴 사이로 땅이 갈라지는 듯

내게 보였는데, 그곳에서 용[43]이 한 마리 나와

132 꼬리로 마차를 쿡 찌르는 것을 보았다.

그러고는 침을 움츠려 넣는 말벌처럼

그것은 독스런 꼬리를 스르르 잡아당기고는

135 마차 밑 한쪽을 쥐어뜯고 유유히 가 버렸다.

뒤에 남은 부분은 풀이 무성한 기름진 땅처럼

아마도 깨끗하고 복스런 뜻으로

138 바쳐졌을 깃털로 거듭거듭 덮이었다.

그리하여 이쪽 바퀴와 저쪽 바퀴 그리고

굴대가 그것으로 덮어 씌워지는 시간이

141 입을 벌려 한숨 한 번 쉬는 것보다 빨랐다.[44]

이렇게 변해 버린 거룩한 건물[45]이

여기저기에 머리를 내밀고 있었는데,

144 굴대 위에 셋, 그리고 네 구석마다 하나씩이었다.[46]

---

[41] **독수리** 콘스탄티누스 황제. 그에 의해 그리스도교가 로마에 들어올 수 있었다. 단테 시대에는 그가 개종하여 자신의 거대한 영지를 교회에 헌납했다고 알려져 있었다. 그러나 이것은 사실무근임이 15세기에 입증되었다.

[42] **쪽배** 베드로의 배, 즉 교회를 상징한다.

[43] **용** 용은 종교적 분쟁을 의미한다. 이 짐승이 마차(교회)를 쿡 찔러 갈라놓은 것은 여러 가지로 해석된다. 즉, 그리스 정교로 갈라진 것, 이슬람교로 갈라진 것, 혹은 「요한의 묵시록」 12장 7절 이하에 나타난 바와 같이 교회가 악마로 인해 세속적 이익을 탐하는 것 등이다.

[44] **그것으로~** 교회를 위해 헌납한 것이 얼마 못 가 결국 교회의 부패를 야기시켰다는 것을 암시한다.

[45] **거룩한 건물** 교회.

처음 것들은 황소처럼 뿔이 돋쳐 있었으며,

나머지 네 머리엔 이마에 뿔을 하나만 지닌 것이

147 이제껏 보지도 못한 괴물 같았다.

그 위엔 풀어헤친 창부[47] 하나가 높은 산의

성채처럼 태연하게 앉아 있는 것이

150 보였는데, 그는 주위에 추파를 던지고 있었다.

또한 그녀를 앗기지 않기 위해서인 양

그녀 곁에 우뚝 서 있는 거인[48]을 보았는데

153 그들은 때때로 서로 입을 맞추고 있었다.

그러나 그녀가 음탕하고 두리번거리는

눈을 내게 돌렸기에, 저 표독한 정부는

156 그녀를 머리에서 발바닥까지 후려쳤다.

이어 의심을 가득 지닌 채 분노를 머금고

그는 괴물을 풀어서 숲 속으로[49] 들어갔다.

159 그러자 그 숲이 나에게 방패가 되었기에

창부도 또 괴상한 짐승[50]도 볼 수 없었다.

---

[46] 모두 합쳐 일곱 개의 머리. 이것들은 일곱 가지 죄를 뜻한다. 교만·질투·분노는 자신과 이웃을 해치는 것이기에 뿔이 둘, 인색·미색·탐욕·게으름은 자신에 대한 죄이기에 하나의 뿔이 있다. 그러므로 일곱 개의 머리지만 뿔은 열 개인 셈이니 이 뿔들은 십계명을 거스르는 것을 뜻한다.

[47] **창부** 보니파키우스 8세를 비꼬아 한 말. 「지옥편」 제19곡 참고.

[48] **거인** 프랑스의 필리프 4세. 「지옥편」 제20곡 참고.

[49] **괴물을 풀어서 숲 속으로** 보니파키우스 8세와 프랑스 왕가의 결탁으로 교회가 시끄럽게 되었다. 그리하여 마침내는 괴물로 변했다. 이 괴물을 로마에서 아비뇽으로 끌고 간 사실을 비유적으로 묘사한 표현이다.

[50] **괴상한 짐승** 괴물이 된 교회.

제33곡

연옥의 마지막 곡이다. 때는 4월 13일 정오경. 일곱 여인들이 마차의 슬픈 사건을 보고서 눈물 흘리며 「시편」의 구절을 읊조린다. "주여, 이방인들이 왔나이다." 그리고 베아트리체는 성모 마리아가 당신의 아들이 처형당하는 것을 보았을 때 했던 모습과 같이 괴롭기 그지없는 표정을 하고 있다. 일곱 여인이 노래를 그치자 그녀는 일어서서 붉은 안색을 띠며 그리스도가 당신의 죽음과 부활에 대해 제자들에게 한 말을 그 여인들에게 한다. 그리고 베아트리체는 마차를 괴물로 변형시킨 죄를 가진 자가 곧 하느님의 보복을 받을 것이라고 말하며 온갖 두려움을 버리라고 타이른다. 또 마차 안에 깃털을 남겨 놨던 자는 후손이 없지는 않을 것이며, 별들이 지도자(Dux)의 도래를 예언할 것인데 그가 곧 하느님이 보낸 자이니 창부와 그 거물을 죽일 것이라고 말한다. 비록 그 예언이 당장에는 애매할지 모르나 뒤따르는 사건들이 이를 설명해 줄 것이라고 한다. 세상에 돌아가거든 산 사람들에게 자기가 한 말을 전해 줄 것이며, 아담과 괴물에 의해 두 번이나 헐벗겨진 나무를 본 것도 꼭 전하라고 타이른다. 이 나무에 대항하는 건 하느님께 대항하는 것이며, 아담도 그 열매를 맛보았기에 림보에서 그리스도의 강림을 5천 년도 더 기다리고 있어야 했다고 한다.

단테는 그녀의 말을 가슴 깊이 새겨 둘 것이라고 말한 다음, 왜 그녀의 말이 도무지 좇아갈 수 없을 만큼 그토록 높이 고양되어 있느냐고 묻는다. 베아트리체는 곧 인간의 학문이란 신학을 설명하는 데 부족한 점을 갖고 있다고 대답한다. 사실 단테는 인간의 학문을 따르는 삶을 살고 있었다. 그러나 이것은 베아트리체의 말을 빌면 신학과는 너무나 동떨어진 것이다. 하지만 단테가 그녀에게 자기는 결코 신학으로부터 떨어져 본 일이 없었다고 말하자 베아트리체는 그가 레테의 강물을 마신 연유와 이 강물이 죄의 기억을 지워 주는 연유를 상기시킨다.

그러는 사이에 정오가 가까워진다. 숲의 그늘이 끝나는 곳에 이른 일곱 여인들이 어느 샘 앞에서 걸음을 멈춘다. 이 샘에서 두 강물 즉, 티그리스와 유프라테스가 나와 반대 방향으로 흐른다. 이를 이상히 여긴 단테가 베아트리체에게 그 연유를 물으니 베아트리체는 마텔다에게 답하라고 한다. 그러나 일찍이 그러한 것들에 대해 단테에게 가르친 바가 있노라고 대답하자 베아트리체는 순간적으로 잊고 있었던 것을 용서하라고 말한다. 이어 그녀는 단테를 에우노에 강에 이끌어 갈 것을 마텔다에게 부탁한다. 그리하여 단테로 하여금 그가 행한 선행을 기억하게 한다. 그러자 마텔다가 단테의 손을 잡고 스타티우스도 따라오라고 말한다. 단테는 에우노에 강물을 맛보고 그 달콤함을 기술하고자 하지만 곧 포기한다. 아무튼 그 물을 마시고 돌아오니 별까지 솟구쳐오를 정도로 생기를 느낀다. 이렇게 하여 연옥의 순례를 마친다.

여인들이 때로는 셋이 때로는 넷[1]이 번갈아

"주여, 이방인들이 왔나이다"[2]라는 성시를

3 　눈물을 흘리면서 노래하기 시작했다.

베아트리체는 십자가 밑에서 안색이 변했던

마리아[3] 못지않게 한숨지으며 경건한 자세로

6 　그 여인들의 노래를 듣고 있었다.

그러나 다른 여인들[4]이 그녀에게 말할 틈을

주었을 때 그녀는 똑바로 일어서서

9 　불덩어리[5]처럼 붉은 안색을 띠며 대답했다.

"Modicum et non videbitis me;

et iterum, 나의 사랑하는 자매들이여,

12 　modicum, et vos videbitis me."[6]

이어 그녀는 일곱을 모두 제 앞에 세우고

제 뒤에는 오로지 눈짓만으로

15 　나와 여인과 또 남아 있던 현자를 두었다.[7]

그러고는 앞으로 나아가더니 열 걸음쯤

땅을 디디었을 무렵에

18 　그녀는 제 눈으로 나의 눈을 쳐다보고

묵묵한 표정을 지어 보이며 말했다.

"그대와 더불어 내 말하는 동안 보다 더 잘

---

[1] **셋이 때로는 넷** 삼신덕과 사추덕을 나타내는 여인들.

[2] **"주여, 이방인들이 왔나이다"** "Deus, venerunt gentes" 「시편」 79편 1절 참고. 여인들이 이렇게 노래함은, 곧 이방인으로 상징된 악한들에 의해 교회가 부패되고 있음을 개탄하는 것으로 볼 수 있겠다.

[3] **마리아** 십자가에 못 박혀 죽는 예수를 보고 고통스러워하며 한숨짓고 있는 모습이다.

[4] **다른 여인들** 일곱 여인들.

[5] **불덩어리** 사랑이 이글거리는 안색을 상징한다.

[6] **"Modicum~** "조금 있으면 너희는 나를 보지 못하게 될 것이다. …… 그러나 얼마 안 가서 나를 다시 보게 될 것이다." 「요한의 복음서」 16장 16절. 예수께서 제자들을 모아 놓고 자신의 죽음과 부활을 암시하고 있다. 여기 서의 뜻은 교회가 부패하여 잠깐 동안 영계의 지식이 흐려졌으나 머지않아 영광을 되찾는다는 것이다.

[7] **이어 그녀는~** 베아트리체는 일곱 여인을 앞세우고 뒤에 단테와 마텔다 그리고 스타티우스를 데리고 간다.

21   들을 수 있게 좀더 빨리 오시오."
      마땅히 그래야 했듯이 내가 그녀 곁에 가자
      내게 말하길, "오, 형제여. 이렇게 나와 같이

24   가면서도 어찌하여 나에게 물으려 하지 않는지요?"
      어른 앞에서 말을 할 때 존경심이
      너무나도 복받쳐 당황해 마지않는 사람이

27   입 밖으로 똑똑한 소리를 내지 못하듯이
      나도 그처럼 되어 온전한 소리를 못 갖추고
      말을 시작했다. "마돈나[8]여, 당신께선 내 아쉬움과

30   또 그에 알맞은 것을 알고 계십니다."
      이에 그녀가, "내 바라노니, 이제부터는
      두려움과 부끄러움을 다 없애야 하며

33   더 이상 꿈꾸는 사람처럼 말하지 마시오.
      뱀이 깨뜨린 그 그릇은 보았지만 이제는
      없음을 알아 두시오. 또 죄지은 자에게 행할

36   하느님의 복수는 수파[9]를 두려워하지 않는다는 것도.
      마차에 제 깃털을 뽑아 놓고 갔으며
      그로 해서 괴물이 되었다가 나중엔 미끼가 된

39   독수리[10]는 언제까지나 제 후예가 없진 않을 것이오.[11]

---

[8] **마돈나(Madonna)** 단테에겐 베아트리체가 이제 마리아와 같은 존재다. 그래서 '마돈나'라고 부른다. 단테는 베아트리체를 마리아의 위치에 놓은 것 때문에 신학자들로부터 비난을 받은 바 있다. 그러나 『신곡』은 하나의 문학 작품일 뿐 교리서가 아니므로 그것을 문제 삼는 것은 참으로 우둔한 생각이라 여겨진다.

[9] **수파(Suppa)** 원문엔 복수 'Suppe'로 되어 있다. 이것은 'minestra'라 하는 일종의 수프와 같은 음식이다. 피렌체의 옛 풍습에 의하면 살인자는 보복을 면하기 위해서 피살자의 무덤 위에서 9일 동안 매일 이 수파를 먹었다 한다. 때문에 피살자의 가족들이 살인자가 그런 일을 하지 못하도록 무덤을 지켰다 한다. 여기서의 뜻은 하느님이 어떤 규정을 무서워하여 복수를 꺼리는 것이 아니라는 뜻이다. 즉, 신의 복수는 늦을 수는 있으나 반드시 이행된다는 뜻이다.

[10] **독수리** 「연옥편」 제32곡에서 설명한 바와 같이 황제를 뜻한다. 단테는 페데리코 2세(1194~1250) 이후의 황제들은 로마 제국의 참다운 황제가 아니라 했다. 따라서 그에겐 프레데릭이 후계자를 갖지 못한 황제였다.

[11] **제 후예가 없진 않을 것이오** 언젠가 교회를 바로잡고 또 제국의 권위를 부활시킬 황제가 태어나리라고 했다.

내가 분명하게 보고 있기에 말하는데,

온갖 방해물이나 장애로부터 벗어나

42 별들이 이미 가까워져 우리에게 틈을 주려 하니

그때엔 하느님이 보내신 오백과 열과

다섯[12]이 도둑년[13]은 물론 그와 더불어 죄지은

45 저 거물을 죽여 없앨 것이오.

어쩌면 내가 하는 이야기가 테미스[14] 혹은 스핑크스처럼

애매모호하여 그들이 하듯 지성을 흐릿하게 만들어

48 그대를 설득시키지 못할지도 모르겠소.

그러나 사실들이 곧 나이아스[15]가 되어

양이나 곡식을 해치지 않고서

51 이 어려운 수수께끼를 풀게 될 것이오.

그대 기록하여 나로부터 들은 이야기를

죽음을 향해 치닫고 있는 삶을 영위하는

54 사람들에게 그대로 알려 주시오.

또 그대가 그것들을 기록할 때 여기서

두 번이나[16] 벗겨진 나무를 그대가

57 어떻게 보았나 숨기지 않도록 명심하시오.

누구든 그 나무를 훔치거나 꺾으면

모독적인 행위이니 곧 하느님을 해치는 것이라오.

---

12 **오백과 열과 다섯** 로마식 숫자로 표현하면 'DXV'이다. 이것을 약간 변형시키면 'DVX'가 되는데 이는 곧 'DUX'와 마찬가지다. 이는 지도자란 뜻이다. 언젠가는 훌륭한 황제가 나와 앞의 곡에서 보았던 그 창부와 거물을 죽여 없앨 것이라고 기대한다. 그러나 그가 누구인지는 알 길이 없다. 더러는 룩셈부르크의 하인리히라 하고 더러는 칸그란데 델라 스칼라라고도 한다. 「지옥편」 제1곡 주석 31 참고.

13 **도둑년** 교황 자리를 약탈한 보니파키우스 8세를 상징하는 듯하다.

14 **테미스(Themis)** 하늘의 신 우라누스와 땅의 신 텔루스와의 사이에 태어난 딸.

15 **나이아스(Naias)** 샘의 여신. 그러나 스핑크스의 수수께끼를 푼 것은 나이아스가 아니라 라이오스의 아들인 테베 왕 오이디푸스다. 이는 오비디우스의 「변신이야기」에 오기되어 있던 것을 단테가 그대로 받아들인 것이며, 17세기까진 이렇게 전해 왔다고 한다.

16 **두 번이나** 독수리와 거인으로부터.

60   신께서 당신만이 쓰시려고[17] 거룩한 것을 만들었다오.

        맨 처음의 영혼[18]은 그것을 씹었다 하여

        고통과 열망 속에서 오천 년 이상

63   씹은 벌을 몸소 받으실 그분[19]을 기다렸다오.

        이 나무가 드높이 솟아오르면서 끄트머리가

        구부러진 것이 특별한 이유가 있어 그러한 것을

66   모른다면 그대의 재능이 자고 있기 때문이오.

        헛된 상념들이 그대의 마음에 맴돌아서

        엘사[20]의 물이 되지 못하고 또 오디 열매에게

69   기쁨을 주었던 피라모스가 되지 못하면,

        그대는 이토록 많은 경우로 미루어서

        하느님의 정의가 윤리적인 의미에서 볼 때

72   이 금단의 나무속에 있음을 알 것이오.

        그러나 그대의 지성이 돌로 됐거나 혹은

        돌처럼 까맣게 되어 내 말의

75   빛을 그토록 흐릿하게 만드는 것으로 보아

        내 거듭 바라노니, 순례자의 지팡이가

        종려나무로 감겨 있는 이유를 봐서 비록

78   기록되진 않았으나 윤곽이라도 지니고 가시오."[21]

        그리하여 내가, "마치 도장을 찍는 밀랍이

        그 위에 새겨진 형상을 바꾸지 않는 것처럼

---

[17] **당신만이 쓰시려고** 하느님의 권능을 나타내기 위해서.

[18] **맨 처음의 영혼** 아담.

[19] **그분** 아담과 하와가 지은 원죄를 대신하기 위해 강림한 그리스도.

[20] **엘사(Elsa)** 피렌체와 피사 사이에 흐르는 시냇물. 이 구절은 지극히 난해하다. '단테의 마음이 헛된 생각으로 광분이 많은 엘사의 물에 담긴 듯 화석이 되지 않고, 그 욕망으로 피라모스의 피가 오디를 붉게 물들였듯이 단테의 정신을 흐리게 되지 않았다면……'이란 뜻으로 볼 수 있다.

[21] **종려나무로~** 순례자들이 순례를 기념하기 위해 그들의 지팡이에 종려나무를 감고 가듯 단테도 영계의 여정에서 받은 인상을 몸에 새겨 돌아간다는 뜻이다.

81   나의 머리에 이제 그대의 말씀이 새겨졌습니다.

그런데 소망하던 그대의 말씀이

어인 일로 내 눈 언저리 위로 높이 날아가

84   내 깨우치려 할수록 더욱더 잃어버리는지요?"

그녀가 말하길, "그대가 쫓아다닌 그 학파를

알게끔 함이며, 그 철리가 얼마만큼이나

87   나의 말을 따를 수 있는지 보이기 위함이고[22]

또 그대들의 길이 한결 높고 빠른 하늘[23]이

땅으로부터 떨어져 있는 만큼 하느님의

90   길로부터 떨어져 있음을 보이기 위함이요."

그러므로 내 그녀에게 대답하길, "내가 행여나

당신을 멀리한 적이 있었다거나

93   양심 거리낀 적이 있었는지 기억 못하겠습니다."

그녀가 미소 머금고 답하길, "그대 그것을

기억할 수 없다면, 오늘 레테[24]의 강물을

96   어떻게 마셨는지 다시금 생각해 보시오.

또 연기로써 불을 짐작하는 것이라면

그러한 망각은 다른 곳에 정신을 판

99   그대의 마음속에 죄가 갇혀 있음을 밝혀 주오.

이제부터는 진정 내 말의 옷을 벗어[25]

그대의 무딘 눈 앞에 활짝 열어 젖혀서

102   속을 드러내 보임이 필요할 것이오."

한결 더 번쩍이며 훨씬 더 느린 걸음을

---

22 **그대가~** 속세의 학문이 무언지 알게 하며 또 철리(哲理)가 신학과 동떨어진 것임을 알게 한다.
23 **높고 빠른 하늘** 원동천.
24 **레테** 죄의 기억을 씻게 하는 물. 단테가 그 물을 마신 것은 그가 죄를 지었다는 것을 암시한다.
25 **옷을 벗어** 쉬운 말로 하겠다는 의미다.

옮기고 있던 태양[26]이 보기에 따라 이리저리
105 움직이며 자오선의 둘레를 차지하고 있었다.
그때 앞장서서 무리를 인도하는 사람이
가다가 무슨 낯선 것을 보면 이내
108 걸음을 멈추는 것과 같이 일곱 여인들이
푸른 잎과 검은 가지 밑에 알프스 산이
차가운 제 물줄기 위에 비치는 것과
111 같이 어두운 그림자 끄트머리에 멈췄다.
그들 앞에 유프라테스와 티그리스[27] 강이
어느 샘으로부터 흘러나오는 듯 보였는데
114 그들은 친구인 양 이별을 꺼려하고 있었다.
"오, 빛이시여. 오, 인류의 영광이시여.
여기 같은 원천에서 솟아 흐르다가 서로
117 멀리 갈라져 나가는 이 물이 무엇인지요?"
이렇게 간청하니 그 대답이, "마텔다에게 부탁하여
그대에게 말하게 하오." 그러나 아름다운 여인은
120 잘못으로부터 헤쳐 나오려는 사람처럼
이렇게 대답했다. "이런저런 일들을
내 그에게 말한 바이니 레테의 물이
123 그로부터 그것들을 감추지 않았음을 확신합니다."
이어 베아트리체가, "골똘하게 주의를 기울이면
때때로 사람의 기억력이 앗기어져
126 마음의 눈을 어둡게 한다오.

---

[26] **태양** 정오의 태양은 더 밝고 그 진행이 느리게 여겨진다.
[27] **유프라테스와 티그리스(Euphrates, Tigris)** 에덴동산에 흐르는 네 개의 시냇물 중 셋째와 넷째 강. 「창세기」 2장 10~14절.

아무튼 저기 흘러가는 에우노에[28] 강을 보시오.

이 사람을 거기에 데려가 그대의 습관대로

129 그의 힘[29]을 소생시켜 주오."

고귀한 영혼이란 핑계를 대지 않고

무슨 표지가 밖으로 드러나자마자

132 다른 사람의 뜻을 자신의 뜻으로 하듯이

아름다운 여인도 그렇게 나를 붙들고 나서 몸을

움직이더니 상냥스런 어조로 스타티우스에게

135 말했다. "이 사람[30]과 함께 오시오"라고.

독자여, 내 적어 나갈 자리를 넉넉히 가졌다면,

마셔도 마셔도 성이 풀리지 않을 정도로

138 달콤한 물[31]에 대해 별도로라도 더 노래하련만.

그러나 이 둘째 찬가[32]에 한정지어진

모든 종이들이 가득가득 차고 말았기에

141 예술의 고삐[33]가 나를 더 가게 놔두질 않는구려.

가장 성스러운 물결로부터 내가 돌아왔는데

새로 돋아난 잎사귀로 새로워진 초목들처럼

144 나는 다시금 살아나서 별들[34]에게라도

솟아 올라갈 수 있을 만큼 순수해졌다.

---

[28] **에우노에(Eunoè)** 정화된 영혼에게 선행의 기억을 되살려 주는 강. 「연옥편」제28곡 127행 이하 참고.

[29] **힘** 선행의 기억력.

[30] **이 사람** 단테.

[31] **달콤한 물** 단테의 창의에 의한 에우노에의 물.

[32] **둘째 찬가** 둘째 찬가, 즉 「연옥편」.

[33] **예술의 고삐** 세 개의 찬가. 즉, 「지옥편」, 「연옥편」, 「천국편」을 조화 있게 써야 하는 일종의 규범 아니면 법칙을 말한다. 이 세 편은 길이가 비슷비슷하다. 「지옥편」은 4720행, 「연옥편」은 4755행, 「천국편」은 4758행으로 되어 있으며 각 찬가는 모두 33곡(canto)으로 되어 있다. 「지옥편」에의 제1곡은 전체의 서곡이라 할 수 있기에 「지옥편」역시 33곡이라 할 수 있다.

[34] **별들** 「연옥편」역시 다른 두 편과 함께 별들(stelle)이라는 말로 끝난다.

천국편

Paradiso

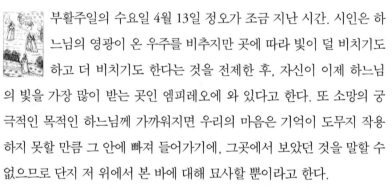 부활주일의 수요일 4월 13일 정오가 조금 지난 시간. 시인은 하느님의 영광이 온 우주를 비추지만 곳에 따라 빛이 덜 비치기도 하고 더 비치기도 한다는 것을 전제한 후, 자신이 이제 하느님의 빛을 가장 많이 받는 곳인 엠피레오에 와 있다고 한다. 또 소망의 궁극적인 목적인 하느님께 가까워지면 우리의 마음은 기억이 도무지 작용하지 못할 만큼 그 안에 빠져 들어가기에, 그곳에서 보았던 것을 말할 수 없으므로 단지 저 위에서 본 바에 대해 묘사할 뿐이라고 한다.

태양은 계절의 변화에 따라 수평선상의 각각 다른 지점에서 솟아오른다. 지금 단테와 베아트리체가 오르는 동안은 봄이기 때문에 지평선, 적도, 황도, 밤낮의 분계선이 서로 교차하며 세 개의 십자가를 이루는 지점에서 떠오른다. 연옥은 아침이 되고 지구는 밤이 되는 시간이다. 베아트리체가 왼쪽에서 나와 독수리처럼 뚫어질 듯한 눈초리로 태양을 바라보고 있을 땐 벌써 정오가 된다. 마치 직사광선이 반사되어 나오는 것처럼 베아트리체의 몸짓에서 반사광이 생긴다. 단테 역시 태양을 응시한다. 하느님께서 태초에 인간의 거주지로 만드셨던 지상낙원에서는 인간의 감각기능이 이 세상에서 허용되지 않는 것들도 해낼 수 있도록 되어 있기 때문에 단테는 현란하게 빛나는 태양을 잠시 동안 똑똑히 볼 수 있다.

그러자 그 빛이 두 겹으로 겹쳐 보이면서 마치 하느님께서 제2의 태양을 만드신 것처럼 여겨진다. 베아트리체가 태양에 시선을 두고 있는 동안 단테는 그녀의 눈을 뚫어질 듯 처다보게 되었는데, 그 순간 인간의 상태에서 신의 상태로 변화되어 가는 기분을 느낀다.

시인은 말로써 이 오묘한 변화를 어떻게 기술해야 할까 망설인다. 하느님의 은총으로 하늘에 오르는 순간 자신이 오로지 영혼만을 지닌 것인지, 영혼과 육신을 모두 지니고 있는 것인지조차 알지 못한다. 그는 하늘들의 영원한 움직임을 처다보는데 태양의 불로 태운 광활한 하늘을 보는 듯하다.

단테는 그러한 오묘한 조화와 위대한 빛의 뜻을 알고자 애태운다. 베아트리체가 그의 마음을 꿰뚫어 보고서 그에게 서둘러 설명해 준다. 단테는 이제 땅을 벗어나 불빛의 속도로 하늘을 향해 오르고 있다는 것이다. 단테가 그러한 설명을 듣고 나자 육신을 지닌 몸으로 어떻게 공기나 불처럼 영혼들 사이로 빨리 지나갈 수 있겠느냐고 하니, 베아트리체가 그의 의심을 풀어 주기 위해 우주 질서의 원리를 설명해 준다. 즉, 모든 것은 저들끼리 질서를 지니고 있고 또 그로 인해서 우주란 하느님을 닮은 형상으로 나타난다. 이러한 질서의 힘을 이용하여 단테가 천상으로 오르는 것이야말로 물이 높은 곳에서 낮은 곳으로 흐르는 것과 마찬가지라고 한다. 그녀가 말한 모든 것은 아리스토텔레스와 아퀴나스의 철학에 의한 것이다. 즉, 그들의 가르침에 의하면 하늘나라의 신비와 인간의 영혼이 하느님께 돌아가기 마련이다.

온 만물을 주관하시는 그분[1]의 영광이

온 우주에 파고들어 비춰 주지만

3   어느 부분은 더하고 또 어느 부분은 덜하다.[2]

그 빛을 가장 많이 받는 하늘[3]에 내가

있었는데, 그곳에서 내려온 자 그 누구라도

6   돌이켜 말할 수 없는 것들[4]을 보았다.

이는 곧 우리의 지성이란 소망[5]에 가까워질수록

기억이 그 뒤를 따라갈 수 없을 만큼

9   깊이 깊이 가라앉기 때문이다.

이제야 진정 내 정신 안에 보물로

간직할 수 있었던 거룩하고 성스러운

12   나라[6]의 일이 내 노래의 소재가 될 것이다.

오, 마음씨 좋은 아폴로[7]여. 마지막 작업[8]에 있어

그대 사랑하는 월계관을 주리라 말씀하신 대로

15   나로 하여금 그대의 힘에 맞는 그릇이 되게 하소서.[9]

---

[1] **그분** 창조주. 그분의 영광이란 성 삼위일체 안에 있는 내적인 것과 그 밖에 있는 외적인 것 두 가지를 포함한 말이다.

[2] 피조물의 완전함과 불완전함에 따라 그렇다는 뜻이다.

[3] **그 빛을 가장 많이 받는 하늘** 하늘 중에서 가장 빛나는 엠피레오 하늘, 정화천이다. '순수한 빛(pura luce)'이라고도 한다. 「천국편」제30곡 39행 참고.

[4] **말할 수 없는 것들** 천국의 신비를 강조하기 위한 표현이다. "그는 낙원으로 붙들려 올라가서 사람의 말로는 표현할 수 없는 이상한 말을 들었습니다."「고린토인들에게 보낸 둘째 편지」12장 4절에서 유래한 것으로 알려졌다.

[5] **소망** 최고의 선이신 하느님. 인간 지성의 소망은 곧 선이요 진리다. 그런데 하느님은 최고 진리며 절대 진리이기에 그 안으로 깊이 들어갈수록 기억은 그것을 좇을 수 없다.

[6] **나라** 천국, 즉 거룩하고 성스러운 낙원.

[7] **아폴로(Apollo)** 나는 앞에서 시신을 부르는 일의 모순을 지적한 바 있다. 호메로스나 베르길리우스의 작품을 비롯하여 고전 작품에서 시신을 부르는 구절이 있기에 단테도 모방했을 터이지만, 이는 그리스도교 정신에 어긋난다고 볼 수 있다. 하지만 여기선 깊은 의미를 지닌 상징성을 염두에 둘 필요가 있다. 아폴로는 으뜸의 신이나 다름없다. 따라서 이는 단테에게 있어서 그리스도의 변신이라 하겠다. 빗나간 얘기지만 시신의 도움을 청하는 것은 일종의 유행이다. 밀턴도 「실락원」에서 뮤즈를 부르고 있다.

[8] **마지막 작업** 단테가 「신곡」의 마지막 편으로 「천국편」을 쓰는 일.

[9] **그대~** 천국을 노래하여 단테가 계관 시인이 되는 것.

여기까지는 파르나소스의 한 봉우리가 내게

넉넉했으나 이제 나는 둘을 지니고[10]

18 남겨진 싸움터[11]로 들어가야 하겠나이다.

내 가슴 속에 드시어 마르시아스[12]를

제 지체의 칼집에서 뽑아내던 그때처럼

21 거기에서 숨을 쉬시옵소서.

오, 성스런 힘이여. 내 머릿속에 새겨진

이 축복받은 왕국의 그림자[13]를 보여 줄 수

24 있도록 그대가 나에게 허락하신다면,

그대 사랑하는 나무[14]에 내가 오는 것을 볼 것이며

또 시의 주제와 그대가 나를 보람되게 해 줄

27 저 잎사귀로 나의 머리에 면류관을 씌워 주리오.

아버지시여, 인간 의지의 과오와 부끄러움이

시인이나 카이사르[15]의 승리를 위하여

30 거두어지기란 너무나 드문 일이기에

페네이오스의 잎사귀[16]는 언제든지 이를

누군가가 갈망한다면 기쁨에 젖은

33 델포이의 신[17]에게 환희를 낳아 줄 것입니다.

---

[10] **파르나소스의~** 지금까지는 뮤즈들의 도움으로 충분했으나 이제부터는 아폴로의 도움이 필요하다고 한다. 파르나소스엔 두 개의 봉우리가 있는데, 하나는 아폴로가 있는 '치르라'고 다른 하나는 뮤즈들이 살고 있는 '엘리코나'다.

[11] **남겨진 싸움터** 마지막으로 남은 작업.

[12] **마르시아스(Marsyas)** 상반신은 사람이고 하반신은 산양인 신화적 인물. 그는 아폴로에게 싸움을 걸었다가 산 채로 가죽을 벗기는 고통을 당했다. 아폴로가 그를 굴복시키던 그 힘을 단테에게 쏟아 달라고 부탁하는 구절이다.

[13] **왕국의 그림자** 천국에 대한 기억이 남아 있는 자취.

[14] **나무** 월계수.

[15] **시인이나 카이사르** 시인들과 황제들의 영예.

[16] **페네이오스(Peneios)의 잎사귀** 월계수의 잎. 물귀신인 페네이오스는 그의 딸 다프네가 아폴로에게 붙들리자 이 잎사귀를 주어 화를 풀게 했다.

[17] **델포이(Delphoi)의 신** 아폴로. 그의 신전이 델포이에 있다.

작은 불씨¹⁸ 뒤에 큰 불꽃¹⁹이 따르는 것이니

아마도 내 뒤엔 보다 좋은 소리로

36   치르라²⁰로 하여금 대답하도록 기도가 올려지리.

온 세계의 등불은 여러 군데를 통해

사람들 앞에 솟아오르지만, 네 개의 둘레를

39   세 십자가로 맺는 곳²¹에서 떠오를 때엔,

가는 길도 좋고 별²²도 더 좋은 길잡이로

어울리게 되며 세상의 밀랍을

42   제 멋대로 다루고 도장을 찍게 된다오.

그러한 지점에서 솟으면 저기²³에선 아침

여기²⁴에선 저녁이 되었으니, 저쪽의 반구는

45   하얀빛²⁵이었고 그 반대편은 검은빛²⁶이었다.

그 무렵에 왼쪽으로 돌아섰던 몸을 태양으로

돌리고 바라보는 베아트리체를 보았는데

48   독수리라도 그처럼 응시하지는 못할 듯하였다.

마치 순례자가 되돌아가고자 하듯이

---

¹⁸ **작은 불씨** 단테 자신의 시.

¹⁹ **큰 불꽃** 단테의 시를 뒤따라 보다 위대한 시가 나오리라는 겸손한 생각.

²⁰ **치르라(Cirrha)** 아폴로가 있는 파르나소스의 한 봉우리. 단테는 이제까지 엘리코나 봉우리의 아홉 뮤즈들의 도
움을 받아 시를 썼다. 단테는 이 시를 순수 철학적 이성의 산물로 본다. 따라서 연옥까지의 안내자도 지성의 상
징은 베르길리우스다. 그런데 치르라는 아폴로의 세계인지라 앞의 주석 10에서 본 바와 같이 아폴로(그리스도의
변신)의 영감에 의한 시는 신학적인 의미를 지닌다. 그는 자기 후예들이 신학의 보고인 천국을 보다 훌륭하게
표현할 것이라고 기대한다.

²¹ **네 개의~** 춘분이 되면 태양은 4대환, 즉 지평선, 황도, 적도, 밤낮의 분계선이 서로 어울려서 십자형 셋을 이
루는 지점에서 뜬다. 이리하여 태양은 양자리에 있게 된다. 양자리는 길조를 나타낸다. 천지창조와 예수님의 수
태도 이때 있었다. 「지옥편」 제1곡 주석 11 참고. 춘분은 봄철이라 환상적인 날씨에 만물이 소생한다. 꽃들도 다
투어 피어난다. 따라서 제일 좋은 시절로 이해된다.

²² **별** 양자리.

²³ **저기** 지상낙원. 거기는 아침이 된다.

²⁴ **여기** 지상낙원은 남반구에 있고 이탈리아는 북반구에 있으므로 저녁이 된다.

²⁵ **하얀빛** 낮이기에.

²⁶ **검은빛** 밤이기에.

둘째 빛살[27]이 첫째 빛살에서 나와

51   위로 되올라가는 걸 간절히 바라는 것처럼

눈을 거쳐서 나의 심상 안에 번진

그녀의 행위를 그대로 받아 내 것도 그리했다.

54   그래서 나는 우리의 습관을 넘어 해를 응시했다.[28]

인류를 위하여 만들어진 그곳에서는

여기 이 지상에선 우리의 힘으로 안 되는 일도

57   넉넉히 되는 것이다.

내 이를 오래오래 견디어 낼 수 없었으며

용광로에서 이글거리며 나오는 쇳덩이처럼

60   사방으로 불꽃이 튀어 나가는 것만큼 짧지도 않았다.

어느덧 태양이 태양에 포개어지는 듯[29]

보였기에 마치 능력을 지니신 그분께서

63   하늘을 다른 태양으로 꾸며 주시는 듯했다.

베아트리체는 영원무궁한 수레바퀴들[30]에

눈을 고정시키고 서 있었기에 나도 역시

66   저 위에서 거둬들인 안광으로 그녀를 응시했다.[31]

마치 글라우쿠스[32]가 바다 속에서 제신들의

벗이 되어 스스로 풀을 맛보았듯이

69   나도 그녀를 바라보노라니 속으로 그러했다.

---

[27] **둘째 빛살** 반사된 빛.

[28] 우리는 해를 똑바로 바라볼 수 없다. 그런데도 단테가 해를 직시하니 이건 필연코 불가능한 일이다. 그러나 지상낙원에선 이것이 가능하다.

[29] **태양이 태양에 포개어지는 듯** 마치 전능하신 하느님께서 하늘을 또 다른 태양으로 꾸며 놓은 듯.

[30] **수레바퀴들** 지구를 중심으로 도는 모든 하늘들.

[31] **그녀를 응시했다** 베아트리체는 태양을 응시하고 단테는 그러한 그녀의 모습을 직시한다.

[32] **글라우쿠스(Glaukus)** 바다의 신. 그는 어부였는데 어느 날 고기를 잡아 풀밭 위에 두었는데 고기가 다시 살아나 바다로 들어갔다. 이를 괴이하게 여겨 풀을 뜯어먹으니 바다가 그리워져 바다로 뛰어들었다.

인성을 초월[33]하는 것을 말로써는

표현할 수 없는 일이니 성총이 이런 체험을

72   마련해 준 자에겐 이 예로 족할 것이다.

하늘을 다스리시는 사랑이시여, 그대는

그대의 빛으로 날 끌어 올렸으니, 맨 나중에

75   창조하신 그것[34]만으로 내가 되었는지 그댄 아시오.

소망의 대상이신 그대가 언제나 있도록 마련하신

바퀴가 그대가 조절하고 고르시는 조화로써

78   나로 하여금 그것에 정신을 쏟게 하신

바로 그때, 하늘이 불꽃으로 이글거리는 듯

내게 보였는데 비라든가 아니면 강물이라도

81   늪을 그토록 넘치게 한 적이 없었을 정도였다.

이상하게 들리는 소리와 우람찬 빛,

그 연유를 알고 싶은 욕망이 그토록 날카롭게

84   전에는 느껴 보지 못한 정도로 나를 불 질렀다.

이리하여 나 자신을 나처럼 보던[35] 그녀가

들떠 있던 내 마음을 진정시켜 주고자

87   내가 묻기도 전에 입을 여시고는

말을 꺼냈다. "그대는 그릇된 상상으로

그대 자신을 아둔하게 만들어 놓았기에

---

[33] **인성을 초월** 아퀴나스에 의하면, 피조물은 신을 직관할 수 있는 능력을 갖고 있지 않다. 오직 영광의 빛으로만 신을 직관할 수 있다. 아퀴나스의 『신학대전』 1권 12장 6절. 다시 말해서 사폐뇨의 주석과 같이 '인간의 말로 표현할 수 있는 것이 아니다(non è cosa che si possa esprimere con le parole umane)' 라는 뜻이다.

[34] **그것** 영혼. 즉, 육신과 영혼을 다같이 지녔는지 아니면 영혼만 지닌 자인지 베아트리체가 알 것이라는 뜻이다. "내가 잘 아는 그리스도교인 하나가 14년 전에 셋째 하늘까지 붙들려 올라 간 일이 있었습니다. …… 몸째 올라갔는지 몸을 떠나서 올라갔는지 나는 모릅니다. 그러나 하느님께서는 알고 계십니다."「고린토인들에게 보낸 둘째 편지」 12장 2~3절.

[35] **나 자신을 나처럼 보던** 내 속을 나 자신처럼 꿰뚫어 보다. 인간의 마음을 통찰하는 능력은 하느님만 갖고 있는데 웬일인가. 착오인가. 아니면 베아트리체의 신성을 강조한 때문인가. 생각해 볼 일이다.

90   그것을 떨쳤더라면 볼 수 있는 걸 못 보는구려.

            그댄 그대가 믿고 있듯이 땅에 있지 않으니

            제 자신의 자리를 벗어난 번갯불이라도

93   그리 돌아가는 그대처럼 달려가진 못하였다오."[36]

            빙그레 웃으시며 짤막하게 그분이 말씀하셨기에

            나 첫째 의심[37]일랑 벗어 버렸지만

96   가슴 깊이 새로운 의심으로 휩싸였다.

            나는 말했다. "끔찍한 경이에 대하여는

            내 이미 만족하였지만, 그러나 이제는 내 어떻게

99   이 가뿐한 물체들[38]을 넘어설까 궁금합니다."

            이에 그녀는 연민에 사로잡혀 한숨쉬고 나서

            시들시들 신음하는 자식을 굽어보는 어머니의

102   모습을 하고 나를 향해 눈길을 던지시고는

            말을 시작했다. "모든 사물은 저마다

            질서를 지녔으니, 이야말로 우주가

105   하느님의 형상을 닮게 하는 것이라오.

            여기에 고양된 피조물[39]들이 영원무궁한

            힘의 자취를 보노니, 이것은 언급된 규범[40]이 되는

108   그 목적[41]을 위해 창조된 것이라오.

            자연의 모든 사물은 내 이르는 질서 안에서

            가지가지 운명을 통해 가까이든 멀리든

[36] **번갯불이라도~** 영원한 고향인 천국이 번개같이 되돌아간다는 뜻이다.
[37] **첫째 의심** 소리와 빛의 새로움과 그 원인에 대한 의심.
[38] **가뿐한 물체들** 상대적으로 가벼운 물과 절대적으로 가벼운 불(아리스토텔레스의 이론에 의거)을 무게 있는 몸체로 어떻게 넘어설까 의심에 휩싸이는 단테.
[39] **고양된 피조물** 이성과 사랑이 있는 천사와 인간.
[40] **규범** 질서. 모든 사물이 저들끼리 지니는 질서와 규범.
[41] **목적** 하느님.

111　그들의 운명에 복종하는 것이라오.

따라서 그들은 존재의 망망대해[42]를 거쳐

각각 다른 포구[43]로 옮아가고 그러면서도

114　모두가 제게 가져 온 본능을 지니고 있다오.

이것[44]이 달을 향해 불을 가져가고

이것이 생물의 마음속의 원동력이고

117　이것이 땅을 제 안에 끌어 모으게 한다오.

그리고 그것의 활[45]은 지성 밖에 있는

피조물뿐만 아니라 지성과 사랑을

120　지니고 있는 자들에게도 화살을 당긴다오.

그처럼 이 모든 질서를 주관하시는 섭리가

제 빛으로 언제까지나 하늘을 고요하게 만드는데

123　거기엔 전속력을 내는 것[46]이 돌고 있다오.

이제 곧 환희의 과녁을 겨눠 화살을

당겨 쏘는 저 시위의 힘이 우리를

126　결정된 자리인 양 저리로 실어 간다오.

재료가 곧 마음먹은 대로 응답하지 않기에

형태가 예술가의 의도와는 걸맞지 않게 되는

129　일이 흔히 있는 것과 마찬가지로

피조물[47]도 때로는 그와 같이 제 길에서

벗어 나지요. 이처럼 충동을 받아

---

[42] **망망대해** 온 누리를 상징한다.

[43] **포구** 만물이 저마다 지니는 목적.

[44] **이것** 본능.

[45] **그것의 활** 역시 본능.

[46] **전속력을 내는 것** 원동천(Primo Mobile). 이것을 감싸는 것은 정화천이다. 공간을 초월해 오로지 영원한 빛과 사랑 속에 하느님의 옥좌가 있다.

[47] **피조물** 사람.

132   엉뚱한 곳으로 향하는,
       그릇된 쾌락에 의해 최초의 충동이
       비뚤어져 그것을 땅으로 가져오는 것은 마치

135   번갯불이 떨어지는 걸 보는 것과 다름없다오.
       그대 이제는 더 이상히 여기지 마시오.
       내 짐작이 옳다면, 그대가 오르는 것은 마치

138   높은 산에서 낮은 곳으로 내려오는 시내와 같소.
       그대 정녕 막힘 없이도[48] 아래에 앉아야
       한다면 생생한 불이 땅 위에서 잠잠하듯

141   그대 안에 이상한 마음이 들 것이라오."
       그리고 나서 그녀는 시선을 하늘로 보내었다.

---

[48] **막힘 없이도** 죄를 짓거나 비뚤어진 욕정을 두고 한 말이다.

|제2곡|

 단테는 환상적 여행기를 계속하기에 앞서 독자의 관심을 불러일으킨다. 여기까지 그를 따라온 독자들에게 앞으로의 이야기도 놓치지 말고 귀담아 들으라 한다.

단테와 베아트리체는 정화천에 오르려는 본능으로 인해 재빠르게 움직인다. 베아트리체는 태양을, 단테는 베아트리체를 응시한다. 단테는 갑자기 놀라운 의구심을 불러일으키는 지점에 그가 이르렀음을 깨닫는다. 그들이 이렇게 이른 곳은 천국의 첫째 하늘인 달의 하늘(월천月天)이다. 베아트리체는 단테에게 이곳에 이르게 한 하느님의 은혜에 고마워해야 한다고 충고한다.

시인은 햇빛에 휘황찬란하게 빛나는 금강석처럼 희고 깨끗한 구름이 가득한 곳에 있는 듯한 기분이다. 물이 빛살을 고스란히 받듯 달이 두 순례자를 포용한다. 두 사람의 육체가 변형되지 않은 채 서로 얽혀 들어가는데 도무지 이해할 수 없을 만큼 신비로운 일이다. 이는 우리의 마음속에 예수님을 보고자 하는 욕망이 불타고 있는 것과 마찬가지라고 단테는 풀이하고 있다. 예수님은 인간과 신의 본성을 함께 지니고 있지 않은가!

단테는 자기를 인간의 세계에서 그토록 멀리 데려온 하느님께 감사드리고 나서 달 속에 보이는 검은 점들이 무엇이냐고 베아트리체에게 묻는다. 그러자 그녀는 방긋이 웃더니 단테에게, "그대의 생각은 어떤지요?" 라고 묻는다. 단테는 아베로에즈의 학설을 따라 "그런 점들은 달 표면의 농도의 차이 때문에 발생합니다"라고 말하자 베아트리체가 틀린 생각이라고 대꾸하면서 항성천인 여덟째 하늘은 많은 별들을 거느리고 있는데 빛의 양과 질 때문에 별들이 서로 다르게 보인다고 말한다. 또 이어 그러한 차이점이 오로지 빛의 강약에 달려 있다면 모든 별들이 하나같이 동일한 영향을 지상에 미칠 테지만, 사실은 그 별들이 지상에 서로 다른 영향을 미치고 있으니 또 다른 원리가 작용하는 것이라고 말한다. 그것뿐인가? 만일에 그러한 점들이 또 물질에 의한 것이라면 두 가지 가정이 설정된 것이므로 달이 꽃들을 나타냈든가 아니면 농도의 차이가 있는 층들을 지녔든가 하는 점이다. 그 외 여러 가지 예증을 들어 단테에게 베아트리체가 설명한다.

그의 생각은 어지러워진다. 이제야 그녀는 달의 흑점에 대한 참된 이유를 밝힌다. 최고의 하늘 정화천 안에 원동천(Primo Mobile)이 회전하고 그 속에 모든 것들의 존재가 자리하고 있다는 것이다. 베아트리체는 또 별들이 서로서로 영향을 미치며, 하늘들은 각기 바로 위에 있는 하늘로부터 영향을 입어 아래에 있는 하늘로 그 영향을 전달하는데 세상일이란 것도 모두가 이 원리에 의한 것이라고 덧붙여 말한다.

들고 싶은 마음 간절하여 자그마한
쪽배¹에 있는 그대들이여, 노랠 부르며

---

¹ **쪽배** 신학과 교리의 지식이 얄팍하다는 의미로 쓰인 비유. 다시 말해서 독자들이 신학에 대한 큰 지식을 갖고 있지 않았다는 뜻이다.

3	저어 나가는 나의 배 뒤를 따르오.
	또 돌아서서 그대들의 물가를 굽어보시라.
	나를 잃으면 길을 잃을지 모르니[2]
6	바다 한가운데로 깊숙이 들어서지 마시라.
	내가 스쳐 지나는 물은 일찍이 아무도
	건넌 바 없고, 미네르바가 영감을 주며 아폴로가
9	날 이끌고 아홉 시신들은 북두를 나타내 준다오.[3]
	그대들, 이 세상에 살면서도 실컷
	먹어 보지 못한 저 천사들의 빵[4]을 향해
12	일찍부터 목을 길게 빼고 있는 몇몇 사람들이여.
	또다시 잔잔하게 될 물결 앞으로
	나의 뱃길을 뒤따라오며 그대들의
15	배를 깊은 바다를 향해 띄워도 좋을 것이오.
	콜키스[5]로 건너갔던 저 영광스러운 자들이
	이아손이 밭갈이 농부가 된 것을 보았을 때도
18	그대들이 놀라듯 그리 놀라진 않았을 것이오.
	신성한 왕국[6]에 대한 타고난 무궁무진한
	갈망이 마치 그대들이 하늘을 보듯
21	무던히도 잽싸게 우리를 싣고 갔다오.
	베아트리체는 위를, 나는 그녀를 바라봤는데,
	화살이 활의 줄에 얹혔다

---

[2] 독자들의 미비한 지식으로는 단테의 이야기가 없다면, 바꿔 말해서 그의 이야기를 따르지 않는다면 방황할 것이라는 의미다.

[3] **미네르바가~** 예지의 신 미네르바와 빛과 노래의 신 아폴로의 도움을 받고 파르나소스의 아홉 시신들의 안내를 받아 학문과 예술의 재능을 한껏 발휘하여 좋은 시를 쓴다는 뜻이다.

[4] **천사들의 빵** 영원한 진리의 지식.

[5] **콜키스(Kolchis)** 「지옥편」제18곡 주석 16 참고. 이 구절은 단테가 참으로 놀랄 만한 일을 하게 될 것이라는 뜻이다.

[6] **신성한 왕국** 천국. 이에 대한 갈망은 단테는 물론 독자들에게도 마찬가지다.

24   시위를 떠나는 시간쯤 되었을 때

나는 하나의 이상야릇한 것이 나의 시선을

제 쪽으로 끄는 곳에 와 있었는데

27   나의 꿍꿍이속 생각을 속속들이 아시는 그분이

나를 향하여, "우리를 첫 번째 성좌[7]와 묶어 주신

하느님께 감사하는 마음을 곧게 하시오"라고

30   아름다운 모습만큼 즐거운 빛을 띤 채 말했다.

해가 빛살을 뿌려 주는 금강석인 양

눈부시고[8] 진하며 단단하고 깔끔한

33   구름이 우리들을 감싸 주는 듯 보였다.

이 영원한 진주[9]가 우리를 제 안에 받아들이는

모양이 마치 물이 빛줄기를 받아

36   언제까지 한 덩어리로 남아 있는 것과 같았다.

한 차원이 다른 차원 속으로 들어가듯

한 몸체가 다른 몸체 안으로 들어가야 한다[10]는

39   사실을 지상에선 모르는데, 내 몸체 그대로였음에도

인간적인 본성과 하느님이 어떻게 어울어졌는지

그 본질을 보고자 하는 욕망은

42   더 우리를 불타게 해야 마땅할 것이다.

우리가 신앙으로써 터득하는 것은

---

7 **첫 번째 성좌** 달. 지구 주위를 도는 하늘의 실체 중에서 가장 가까운 것. 하늘의 실체(i corpi celesti)란 단테에
   의하면 혹성과 부동의 별들을 의미한다.
8 **눈부시고** 단테는 달이 햇빛을 받아 그 빛을 내고 있으며 그 스스로도 빛을 낸다고 믿었다.
9 **영원한 진주** 단테는 해·달·별들이 항구 불변한다고 믿었다.
10 **한 몸체가 다른 몸체 안으로 들어가야 한다** 단테는 살아 있는 몸을 지니고 달 속에 들어갔다. 물리 법칙에 의
    하면 이는 있을 수 없는 일인데 이렇게 되었으니 참으로 놀라운 일이다. 그러자 단테는 문득 신성과 인성을 지
    닌 그리스도의 신비가 알고 싶어진다.

인간이 믿는 제1진리[11]와 같이 증명되진

45 않았지만 저절로 명백한 것임을 알게 됐다.

내가 대답하길, "마돈나여, 내 온 힘을 다해

경건하게 저 생물의 세계[12]에서 나를

48 멀리 보내 주신 그분께 감사드리옵니다.

그러나 제게 말해 주소서. 저 아래 땅에서

사람들로 하여금 카인[13]의 얘길 하게 하는

51 이 물체 위에 있는 검은 점들은 무엇인지요?"

그녀는 방긋이 웃음[14]을 띠더니 말씀하시길,

"감각의 열쇠[15]가 채워지지 않는 그곳의

54 인간들이 갖는 생각이 그릇된 것이라 해도,

이제부터는 경이의 화살이 그대를 찌를 수

없음이 분명하오. 그 감각 뒤에서 이성이

57 짧은 날개를 지녔음을 그대는 알게 될 것이오.

그러나 그대 스스로 그에 대해 어떻게 생각하는지

말해 보시오." 내가 대답하길, "이 위에 여러 가지로

60 보이는 건 희미하고 진한 물체 때문인 것으로 압니다."

그러자 그녀가, "만일 내가 하는 그에 반대되는

이야기를 그대가 귀담아 듣는다면

---

[11] **제1진리** 증명이 필요 없이 명백한 진리. 「고린토인들에게 보낸 첫째 편지」 13장 12절을 보면 다음과 같은 말이 있다. "우리가 지금은 거울에 비추어 보듯이 희미하게 보지만 그때에 가서는 얼굴을 맞대고 볼 것입니다. 지금은 내가 불완전하게 알 뿐이지만 그때에 가서는 하느님께서 나를 아시듯이 나도 완전하게 알게 될 것입니다." 이 제1진리는 「연옥편」 제18곡에 나오는 첫째 소식과 마찬가지다. 또 일설에 의하면 그것이 "하느님의 사상이나 모든 진리의 시초"라고도 한다. 그러나 이는 명확한 증명이 불가능하다.

[12] **생물의 세계** 지구.

[13] **카인(Cain)** 우리는 달 속의 흑점을 동화적으로 풀이해 계수나무와 토끼로 우화를 만드는데, 이탈리아에서는 아벨을 죽인 카인의 그림자라고 한다. 그런데 과학이 달의 동화를 또 암시적인 얘깃거리를 죽이고야 말았으니 말이다. 현대를 살아가는 우리에겐 슬픈 일이다.

[14] **웃음** 베아트리체의 웃음은 단테의 독자뿐만이 아니라 단테를 비롯해서 뭇 철인들도 무지하다는 의미를 가진 것이다.

[15] **감각의 열쇠** 스콜라 철학의 인식론에 의하면 감각이 모든 인식의 첫 출발이다.

63   그대의 믿음이 거짓에 푹 잠겼음을 확실히 알 것이오.

여덟째 천구[16]는 그대에게 많은 빛살[17]을

보여 줄 터인데, 그것들은 그 종류와

66   그 크기에 있어서 다르게 보임을 알 수 있다오.

드물고 진한 차이 때문에 이렇게 된 것이라면,

오로지 한 가닥 힘만이 모든 것 안에

69   더나 덜 혹은 똑같이 나누어질 것이오.

여러 개의 힘은 여러 형상 원리[18]의 열매가

되어 마땅한 것이기에 그대의 이론에 따르면

72   하나 이외의 다른 것들은 속속 스러져야 하오.

더구나 저 희귀함이 그대가

묻는 저 거뭇함의 원인이라면 이 유성의

75   한쪽이란 물질이 아주 없기에 그러하거나,

아니면 투박한 지방과 얇은 살로 된 어느 몸뚱이처럼

이것도 그와 같이 같은 책 속에 있는

78   책장들을 변하게 하는 까닭이 될 것이라오.[19]

첫째 예를 들어 본다면 일식 때

마치 광선이 또 다른 어떤 희미하게 비치는

81   광선을 통하여 나타날 것이라 보겠는데

이것은 그렇지 않으면, 다른 것을 본다 해도

이것 역시 내 그걸 논파해 버리게 되면

---

[16] **여덟째 천구** 뭇별들을 거느리고 있는 항성천.

[17] **빛살** 별들. 달의 흑점이 물체가 희미하거나 진한 것에 의하지 않고 있음을 나타내고자 항성천 주위에 있는 별들을 예로 든다. 온갖 별들의 차이는 광도뿐만 아니라 그 질에 의해서도 형성된다. 만일 단테가 생각하듯이 밝기에만 그 차이점이 있다면 별들 가운데에는 힘이 하나밖에 없을 것이다. 그러나 사실은 별들마다 각각 다른 힘을 지니고 있다.

[18] **형상 원리** 아리스토텔레스가 창시하고 스콜라 철학파가 이어받은 질료형상론(質料形相論Hylemorphismus)에 의하면 모든 물체엔 두 가지 구성 원리가 있는데 하나는 질료, 또 하나는 형상이다.

[19] 같은 책의 종이들도 그 질이 각각 다르다는 의미다.

84 그대의 생각이 그릇된 것임을 알게 되리오.

드문(희멀건) 이것이 꿰뚫어 지나지 않는 것은

그 반대되는 것이 더 나아가게 버려두지

87 아니하는 한계가 있어서 그런 것이니

이렇게 하여 제 뒤에 납을 숨기고 있는

유리[20]를 통하여 색채가 되돌아오는 것처럼

90 다른 빛살이 반사되어 나간다오.

이제 그댄 말하리라. 여기에서 다른 곳보다

빛살이 덜 밝게 보이는 것은

93 그 반사가 훨씬 더 멀리까지 비추기 때문이라고.

그대 만일 증명하려고 한다면

그대 학술의 흐름의 원천인 실험을 통해

96 이 반론으로부터 거뜬히 벗어날 수 있다오.

그대 세 거울을 가지오. 둘은 그대로부터

멀리 두고 다른 것은 처음 것들 사이에

99 보다 더 멀리 두고 그대의 눈을 마주쳐 보시오.

거울들에 얼굴을 돌리고 난 다음 그대 등 뒤에

세 개의 거울에 비치는 불을 켜두어

102 그들로부터 반사된 것이 그대에게 돌아오게 하시오.

그러면 가장 멀리 있는 영상이

멀리멀리 퍼져 나가지는 못할 테지만

105 매한가지로 반사됨을 그댄 보리오.

그렇다면 뜨거운 햇볕 아래서

눈(雪)이 그 본래의

---

[20] **유리** 거울.
[21] **빛깔** 눈의 색인 백색.

108   빛깔[21]과 차가움을 벗는 것처럼
       바로 그렇게 된 그대의 지성 속에 나는
       너무나도 생생하여 그걸 보았다 하면

111   얼떨떨해질 빛을 알려 주고 싶은 마음이오.
       성스런 평화의 하늘[22] 안에 한 물체[23]가
       돌고 도는데, 그가 지닌 힘 안에 그 자체를

114   포함하는 일체의 존재가 누워 있다오.
       수많은 시야(별들)를 지니고 있는 그 다음
       하늘[24]은 그와는 다르나 그에 포함되는

117   가지가지 본질[25]을 통해 그 힘을 펼친다오.
       또 다른 둘레[26]들은 여러 가지 다른 점으로
       그들 안에 지니고 있는 특성을 그들의

120   목적과 또 그들의 결과에 따라 나누어 준다오.
       세계의 이 모든 기관들은 그대 지금 보듯이
       이와 같이 층층이 되어 가는데

123   위로부터 받아서 아래로 작용한다오.
       그대 갈망하는 진리를 향해 나 이제 이곳을
       거쳐 어떻게 가는지 잘 보시오.

126   또 그대 혼자서 건널목을 찾을 수 있나 보시오.
       성스런 둘레들의 운행과 그 힘은
       망치의 재간이 마치 대장장이에게서 나오듯,

129   축복받은 원동자들[27]의 기운을 타야 한다오.

---

[22] **평화의 하늘** 정화천.
[23] **물체** 원동천. 이 하늘은 정화천의 힘을 받아 그것을 다음 하늘들에게 넘겨준다.
[24] **하늘** 뭇별들을 거느리고 있는 항성천.
[25] **본질** 토성 밑에 있는 유성.
[26] **다른 둘레** 항성천.
[27] **원동자들** 천사들.

그리고 그토록 많은 빛들이 아름답게 해 주는

하늘[28]은 그걸 운행하는 깊은 마음의

132   영상을 간직하며 이를 새겨 두는 것이라오.

영혼이 그대들의 먼지 속으로 가지가지

형체를 띠고 들어가 얽히고설켜

135   갖가지 기능을 다하는 것처럼

예지[29]도 그와 같이 별들에 의해 쌓이고 쌓인

제 덕성을 펼쳐 나가면서 제 자신은

138   통일체 위로 빙빙 돌고 있다오.

가지가지의 힘은 그것이 살려 주는

보배로운 몸체와 맺고 있는데, 그 안엔

141   — 그대 안에 생명이 그러하듯 — 힘이 얽혀 있다오.

이 얽혀진 힘은 즐거운 본성[30]으로부터

우러나오는 까닭에 눈동자에서 즐거움이

144   살아나듯 물체 안에서 빛이 살아난다오.

빛과 빛이 서로 다르게 보이는 것은

이로부터 오는데 진하거나 희미해서가 아니오.

147   이것이 바로 제 선의에 따라 흐림과

맑음을 만드는 형상 원리라는 것이라오."

---

[28] **하늘** 별들의 항성천. 이 하늘은 케루빔 천사들이 여덟째 하늘에서 빛을 받아 움직인다.
[29] **예지** 항성천의 천사들을 상징한다.
[30] **즐거운 본성** 천사들의 기쁨을 역사하는 하느님.

제3곡

 부활절의 수요일인 4월 13일(18곡까지 계속해서 같은 날의 이야기다) 오후 1~3시 사이. 역시 달의 하늘 즉 월천에서의 이야기다.

베아트리체가 달의 얼룩에 대해 설명을 마치자 단테는 고갤 들어 사실을 깨우쳤노라고 응답한다. 그러나 갑자기 무언가 나타나 그를 강렬히 끌었기에 말하고자 한 바를 잊고 만다. 매끈매끈하고 투명한 유리를 통해서나 혹은 맑고 고요한 물을 통해서 우리들의 얼굴이 비칠 때면 하얀 이마 위에 진주알이 명백하지 못하게 나타나는 것처럼, 단테에게 영혼들의 얼굴이 나타난다. 그들은 맑은 물속에 비친 자신의 모습을 실제로 착각했던 나르키소스와는 반대로 반사된 영상들이 아니다.

그러나 단테는 그 얼굴들이 반사된 영상이라고 생각하고 얼굴을 돌려 누구의 영상이냐고 묻건만, 아무것도 보이지 않는다. 베아트리체를 쳐다보니, 그녀는 빙그레 웃으며 시인이 보는 것은 영상들이 아니라 달의 하늘을 둘러싸고 있는 진정한 영혼들이라고 대답한다. 이에 단테는 그림자에게 그의 이름은 무엇이며 또 달의 하늘의 영혼들이 어떻게 지내고 있는지 말해 달라고 청한다. 그 그림자가 대답한다. "나 세상에 있을 땐 수녀였는데, 내 모습이 비록 더 아름다워지긴 했으나 지금 달의 하늘에 다른 영혼들과 함께 있는 피카르다 도나티임을 알 것이요"라고.

단테는 그녀와 다른 영혼들이 지상에서 지녔던 용모가 신적인 어떤 힘에 의해 변했기에 그들을 알아보지 못했다며 그녀에게 묻는다. "그대와 그대의 동료들은 더 높은 곳에 올라가 하느님을 보다 가까이서 사랑하고 싶지 않으신지요?"라고. 피카르다는 그에게 대답한다. 자비의 힘이 그들의 의지를 가라앉혀서 그들이 가진 것에 만족하고 또 다른 욕망을 일깨우지 말라는 것과 또 행여나 신의 바람에 어긋나는 것을 바란다면 안 된다는 걸 가르쳐 주고 있다고. 천국에서는 축복받은 자들의 의지나 하느님의 의지가 늘 같은 의지를 이루며 어디에 영혼들이 배치되든 신의 축복이 골고루 내려지는 것이기에 마찬가지라 한다.

피카르다는 산타 클라라의 규범을 따르기 위하여 어려서 속세를 떠나 수녀가 되었는데 선보다는 악을 더 행하는 인간들이 그녀를 수도원에서 납치해 갔기에 그녀는 성직을 도중에서 그만두었다. 그녀는 자신의 이런 삶에 대해서 단테에게 이야기하고 나서 자기와 처지가 비슷했던 인물이 제 곁에 있음을 시인에게 알려준다. 그녀는 수도원에서 납치되어 강제에 못 이겨 수녀복을 벗고 속세로 되돌아가야 했으나 끝내 수녀원의 삶을 동경했던 코스탄차다. 그녀는 후에 하인리히 6세의 부인이 되어 페데리코 2세를 낳았다. 피카르다는 아베 마리아를 외며 물속으로 가라앉는 물체처럼 조금씩 멀어져 간다. 단테는 다시 베아트리체를 쳐다보는데, 그녀의 현란함에 눈부시어 잠시 동안 말문이 막힌다.

> 이전에 사랑으로 내 가슴을 뜨겁게 하던
> 저 태양[1]이 거듭거듭 들이치시며 아름다운
> 3   진리의 부드러운 용모[2]를 내게 들춰 보여 주셨으니
> 내 또한 스스로 올바르고 확실히 고백하기

위하여 마땅히 필요하다 싶은 만큼

6   몸을 더욱 바로 세우려고 고갤 쳐들었다.

그러나 환영이 나타나 나를 제게로 와락

끌어당겨 저를 보게 하였기에

9   나의 고백이 이루어질 수가 없을 정도였다.[3]

마치 투명하고 매끈매끈하게 닦여진 유리나

맑갛고 잔잔한 그러나 그 바닥이

12   안 보일 정도로 깊지는 아니한 물을 통해

우리네 얼굴의 테두리가 희미하게

비칠 때면 하얀 이마 위의 진주알이

15   뚜렷하게 보이지 않는 것처럼

그런 모습의 얼굴들이 무언가 말하여는 듯

보였기에, 사람과 샘 사이에 사랑을

18   불태우던 것과 반대되는 착각[4] 속에 뛰어들었다.

그들을 알아보자마자 나는 곧

그것들이 거울에 비친 모습인 줄 알고

21   그게 누구의 것인지 보려고 눈을 돌이켰으나,

아무것도 보지 못했다. 그래서 상냥하신

길잡이의 눈으로 시선을 곤두세워 옮겼더니

24   그녀는 웃음을 띤 채 거룩한 눈을 불태웠다.

그녀가 내게 말씀하시길, "그대의 어린애 같은

생각에 내 미소[5]를 띠었다고 이상히 여기지 마오.

---

[1] **태양** 베아트리체. 단테가 그녀를 생전부터 줄곧 사랑했기에.

[2] **진리의 부드러운 용모** 베아트리체는 곧 신학적인 진리다.

[3] **나를 제게로~** 이곳의 표현은 128~130행의 구절과 잘 어울린다.

[4] **반대되는 착각** 나르키소스는 물에 비친 제 모습을 실체로 착각했는데, 단테는 이와 반대로 실체를 허상으로 착각했다는 의미다.

[5] **미소** 이는 긍정적인 의미라기보다는 오히려 야릇한 부정적 의미를 풍기고 있다. 그도 그럴 것이 단테가 아직도 실체(진실)와 허상(오류)을 구별하지 못하기 때문이다.

27 　　그대의 발이 아직도 진실 위에 미덥지 못하고

　　그대를 헛된 망상으로 이끌 것이니,

　　그대가 보는 그것은 진정한 실체들로서,

30 　　소명을 다하지 못했기에 여기 놓인 것이오.

　　그러니 저들과 더불어 말하고 듣고 믿으시길.

　　저들은 뿌듯하게 해 주는 진리의 빛[6]이

33 　　그로부터 발길을 돌리게 놔두지 않는다오."

　　말하고 싶은 마음 더더욱 간절하게 보이는

　　그림자에게로 나는 몸을 돌려 마치

36 　　지나친 욕망을 불태우는 사람처럼 말을 꺼내어,

　　"오, 축복받은 영혼이여. 영원한 삶의

　　빛줄기 속에서, 그대 맛보지 못하고서는

39 　　결코 깨우칠 수 없는 감미로움을 느끼네요.

　　그대 만일 그대들의 이름과 운명을

　　내게 만족스러이 밝혀 준다면 나 고마울 것이오."

42 　　그러자 그녀는 웃음 띤 눈으로 금방,

　　"그의 모든 궁정이 그를 닮게 되길

　　바라시는 그 자비에 못지않게 우리의

45 　　사랑도 의로운 욕망으로 문을 잠그지 않는다오.

　　나는 살았을 때 수녀 동정녀였다오.

　　그대의 기억을 잘 더듬어 보면

48 　　빼어나게 아름다웠던 나를 모르지 않으리오.

　　내가 피카르다[7]임을 그대가 알 것이며

---

[6] **진리의 빛** 천국의 지복은 진리의 직관에 있다. 따라서 천국의 영혼들은 진리의 빛으로부터 발길을 돌릴 수 없다.

[7] **피카르다** 피렌체의 명문인 도나티 집안의 딸. 그의 형제들은 「연옥편」 제24곡 13~15행에 언급되는 코르소와 포레세다. 그녀는 단테의 처 쪽 친척으로 산타 클라라회의 수녀였는데 그녀의 오빠 코르소가 정치적인 이유로 그녀를 환속시켰다.

내가 축복받은 자들과 함께 있는 여기,

51 한결 더 느린 천구[8]에서 복되게 있음을 알리오.

오로지 성령의 기꺼움 안에서만

불붙어지는 우리들의 애정이 그분의

54 질서에 맞게 형성되어 마냥 즐겁다오.

이다지 낮게 보이는 이 운명이 우리에게

주어졌는데, 이는 곧 우리가 우리의 소임[9]을

57 소홀히 하고 어느 면에선 헛되게 했기 때문이오."

이어서 내가 그녀에게, "그대들의 놀랄 만한

얼굴엔 무언지 모르지만 신적인 것이 빛나는데

60 그것이 그대들의 옛날 모습을 바꿔 버렸다오.[10]

나 재빠르게 돌이켜보진 못했어도

이제 그대가 내게 한 말에 힘을 입어

63 모습을 다시 그려 내기가 더욱 쉬워졌다오.

하지만 내게 말해 주오. 여기 복되게 있는 그대들,

더 많은 걸 보고 더 많은 벗을 사귀고자

66 더 높은 곳으로 오르길 바라는 것인지?"

그녀는 다른 그림자들과 더불어 먼저 빙긋이

웃음을 머금더니 이어 기쁜 낯으로 대답하였기에

69 사랑의 첫째 불길[11]에서 타오르는 듯 보였다.

"형제여, 사랑의 힘이 우리의 의지를 고요히

---

[8] **느린 친구** 달의 하늘, 즉 월천(月天)을 두고 한 말이다. 지구에 가까울수록 운행이 더디다.

[9] **소임(voto)** 즉, 하느님께 한 서원(誓願)을 말한다. 피카르다는 수녀가 될 때 하느님의 뜻을 따라 평생을 수녀로 보낼 것을 서원했으나 그 서원을 이행치 못하게 되었다.

[10] **그대들의~** 천국 성자들의 뜻은 하느님의 뜻과 일치한다.

[11] **첫째 불길** 특별한 사랑은 한결같이 하느님에게서 유래한다 하여 이에 따라 이 구절의 의미를 해석하려는 자들도 있다. 또는 「연옥편」 제27곡 95~96행의 표현과 비슷하게 봐 '여인이 처음으로 사랑에 빠진 시간에 나타났다'는 의미로 보는 학자들도 있으며, 부티(Buti) 같은 학자는 '제1유성(해)의 열'로 보기도 한다. 역자는 첫째 해석을 따른다.

가라앉혀 주어 오로지 우리가 가진 것만을

72 바라게 하고 다른 것은 탐내지 않게 한다오.

우리가 만일 더 높은 것을 갈망한다면,

우리를 이곳에 마련해 놓으신 그분의

75 뜻에 우리네 욕망이 어긋나게 되니

사랑 안에 있는 것이 여기선 필요하며

또 그것의 본연을 그대가 잘 살핀다면

78 이 천구들 안에선 용납되지 않음을 알게 되리오.

우리들의 의지[12] 자체를 하나로 되게 하시는

하느님의 의지 속에 자신을 가두고 있음이

81 이 축복받은 상태의 근본인데

이와 같이 우리들이 문전에서 문전으로 이 왕국의

곳곳에 존재하게 한 것은 당신의 의지 안에서 우리가

84 임금님[13]이 원하시듯 온 왕국을 좋아하기 때문이오.

또 그분의 의지 속에 우리의 평화가 깃든다오.

이곳은 그분이 창조하시고 자연이 이루는

87 모든 것이 그분의 의지대로 움직여 가는 바다라오."

지고의 은총이 같은 방법으로 퍼부어지지는

않지만 하늘나라에서는 어느 곳이든지

90 천국임이 그때에야 나에게 밝혀졌다.

그러나 왕왕 있는 일로, 한 음식을 배불리 먹은

사람이 다른 음식에도 구미가 당겨 저것에 대해

93 고마운 마음 표하면서도 이것을 찾는 것처럼,

---

[12] **우리들의 의지** 인간 행위의 규범은 언제나 하느님의 의지에 따라야 하는데 이는 그분의 의지야말로 항상 참된 것이기 때문이다. 또 하느님의 의지는 인간이 지니는 자유의지를 규범 짓고 있으므로 우리의 의지는 항상 하느님의 의지 안에서 찾을 수 있는 것이다.

[13] **임금님** 하느님.

나는 말과 행동으로써 그렇게 하면서도

무슨 천이었기에 그가 끝까지 북을 놀리지

96   아니했는가 알고 싶었다.

그녀가 내게 말하길, "완전한 삶과 드높은 공덕이

한 여인[14]을 높다란 하늘에 두셨다오.[15] 그녀의 율법에

99   따라 아랫녘에서 옷과 너울[16]을 착용하는 것인데,

죽을 때까지 저 신랑[17]과 더불어 같이 자고

깨기 위해서인즉[18] 그분은 어느 서원이건

102   그분의 뜻에 합당한 사랑이라면 받아들이신다오.

소녀 시절부터 그분을 따르고자 속세인들을

피하였으며 그분의 옷 속에 나 자신을 가두고[19]

105   그분의 가르침의 길을 따른다고 맹세했다오.

그 뒤 선보다는 악을 더 행하는 사람들이

달콤한 수녀원에서 나를 납치했으니

108   그 뒤의 내 삶이 어떠했는지는 하느님께서 아신다오.

또 내 오른편에 모습을 드러내 보이며

우리네 천구의 모든 불빛과 더불어

111   자라나는 또 하나의 이 광휘[20]가 나에 대해

말하는 바를 스스로 깨달으시니

---

[14] **한 여인** 앗시시(Assisi)의 산타 클라라. 아주 예쁜 용모를 지닌 여자로 일찍이 수녀원에 들어갔다. 그녀는 프란체스코 성인에게 영향을 많이 받았다 한다. 그리하여 그녀는 살아 있는 동안(1194~1253) 프란체스코 수도회 정신 강령을 창설했으며, 이 강령에 힘입어 'Clarisse'라는 동정 수도회를 세웠다.

[15] **완전한~** 완전한 삶으로 얻은 공덕은 보다 높은 천국의 하늘에 배치받을 수 있도록 하는 선이다.

[16] **옷과 너울** 세상에서 입고 다니던 수녀복.

[17] **신랑** 예수 그리스도를 상징한다. 이 같은 상징은 『성서』에서 흔히 볼 수 있다. 여기 그 한 예를 소개하면 「마태오의 복음서」 9장 15절로 여기선 예수께서 당신을 의중에 두고 비유적으로 말씀하신다. "잔치에 온 신랑의 친구들이 신랑과 함께 있는 동안에야 어떻게 슬퍼할 수 있겠느냐? 그러나 곧 신랑을 빼앗길 날이 올 터인데 그때에 가서는 그들도 탄식할 것이다."

[18] **같이 자고 깨기 위해서인즉** 같이 자고 깬다는 것은 '계속해서 밤낮으로'의 뜻이다.

[19] **옷 속에 나 자신을 가두고** 수녀복을 입고.

그녀 역시 수녀였으며 그녀의 머리에서도

114   거룩한 띠의 그림자가 없어졌다오.

그러나 그녀가 비록 제 의지와 마땅한 의식[21]과는

반대로 세속으로 되돌아가고 난[22] 다음에도

117   한사코 마음의 너울로부터 멀어지진 않았다오.

이 사람이 곧 위대한 코스탄차[23]의 빛인데,

시바벤의 둘째 바람에 이어 셋째이자

120   마지막 힘[24]을 낳았던 바로 그분이라오."

이렇게 말씀하고 나서 그분은 내게 아베 마리아를

노래하기 시작했는데, 마치 무거운 무엇이

123   깊은 물로 사라지듯, 그녀도 노래하며 그랬다.

볼 수 있는 데까지 그를 따르던 나의 눈길,

그녀를 놓치고 난 다음에야 저 위대한

126   바람의 과녁으로 돌이켰던 것이라오.

그리하여 베아트리체에게 완전히 옮겼으나

그 여인은 나의 시야에 눈부시게 빛나

129   나의 눈이 견뎌 내지 못하게 했다.

그 때문에 나는 묻는 것을 망설이게 되었다.

---

[20] **또 하나의 이 광휘** 천국에 있는 축복받은 영혼들을 빛으로 나타낸다. 따라서 한 영혼이란 뜻이다.

[21] **의식** 윤리적·종교적 규범.

[22] **세속으로 되돌아가고 난** 강제로 파계하고 환속한 것을 의미한다.

[23] **코스탄차(Costanza)** 시칠리아의 왕 루제로 1세의 딸. 그녀는 수녀였으나 강제로 파계당하고 결혼했다(1185년). 바르바로사(페데리코 1세의 별명)의 왕자 하인리히 6세와의 사이에서 페데리코 2세를 낳았다.

[24] **마지막 힘** 시바벤 왕가의 마지막 황제였던 페데리코 2세. 1250년에 그가 죽고 난 후 1312년 하인리히 7세가 선출될 때까지 황제가 없었다고 단테는 말하고 있다.

| 제4곡 |

같은 날 오후 1~3시 사이. 단테는 피카르다의 말을 듣고 두 가지 의심에 휩싸인다. 이 두 의심은 농도가 똑같아, 맛이 같은 두 가지 음식 앞에서 어느 것을 먼저 먹어야 할지 몰라 주저하는 경우와도 같다. 어느 것부터 밝혀야 할지 몰라 단테는 아예 입을 다문다. 그의 얼굴에 의심에서 벗어나고자 하는 기색이 나타나 있기에 베아트리체는 그의 속마음을 훤히 들여다본다. 그리하여 선지자 다니엘이 『성서』의 인물인 느부갓네살(단테는 '나북코도노소르'라고 표기했다)의 꿈을 알아맞히고 그 꿈을 해석했을 때처럼 베아트리체도 단테의 의심을 알아맞힌다. 그 하나는 좋은 의지가 서원을 계속 지켜 나가는데 타인이 어떻게 폭력으로 그 덕성을 감퇴시킬 수 있는가이고, 또 하나는 복 받은 영혼들이 각각 다른 하늘에 나타난다면 영혼들은 별들로 되돌아 간다는 플라톤의 말이 옳은 것인가 하는 것이다.

베아트리체는 두 가지 질문 가운데 그리스도교적 신앙에 더 위배되는 두 번째 의심을 먼저 풀어 준다. 그녀의 설명에 의하면, 축복받은 모든 영혼들은 최고천인 엠피레오에 자리를 마련하고 있는데, 거기서 그들은 하느님과 멀고 가까운 거리에 따라 다른 수준의 축복을 받고 있다. 종교적 소임을 마치지 못한 영혼들은 달의 하늘에서 단테에게 나타났는데,

이는 여기가 그들에게 정해진 자리여서가 아니고 그로 하여금 영혼들이 즐기고 있는 보다 적은 수준의 축복을 느껴 보게 하기 위해서다. 인간의 지성이 오로지 감각으로부터 오는 것만을 이해할 수 있다 하는 것은, 『성서』가 하느님께 육체적 형체를 부여하고 교회가 천사들을 인간의 형상을 지닌 모습으로 나타내는 것과 마찬가지라는 것이다. 그러므로 플라톤이 영혼들에 대해서 『티마이오스』에서 말한 내용을 글자 그대로 이해한다면, 그는 과오를 범한 셈이다. 그러나 좋거나 나쁘거나 영혼들에 미친 영향을 별들에게 부여한다는 의미로 이해된다면 부분적으로 진실을 포착하는 셈이다.

이어 베아트리체는 첫 번째 의심을 풀어 준다. 그것은 그리스도교적 신앙에 덜 위배되는데 이는 곧 하느님의 정의가 사람들의 눈에 때로 부당하게 보이는 수가 있다 해도 그것은 곧 믿음의 증거이지 이단적 죄악의 증거는 아니기 때문이다. 달의 하늘의 영혼들은 필요한 시기에 폭력에 대항하지 않았으므로 그들은 변명의 여지를 갖지 못한다. 왜냐하면 의지란 그것이 진정 원하지 않으면 강요를 받지 않으며 조금이라도 굽히는 듯하면 악에 기우는 것이니까 말이다. 달의 하늘에 있는 영혼들이 바로 그렇다. 그들은 수도원에 돌아갈 수 있었음에도 불구하고 끝내는 돌아가지 않았으니까.

이어 베아트리체가 의지에 대해서 더 자세히 설명한다. 즉, 의지엔 상대적인 것과 절대적인 것이 있는데 코스탄차가 언제나 수녀복에 대한 사랑을 마음에 지니고 있다고 피카르다가 한 말은 곧 절대적인 의지를 두고 한 것이며 베아트리체가 달의 하늘의 영혼들이 부분적으로 악에 기울어진 것에 대해 한 말은 상대적인 의지를 두고 한 것이다.

똑같이 멀리 떨어져 있으며 입맛을 돋우는

두 가지 음식 사이에서 자유의지를 가진 사람도

3   어느 하나에 이빨을 대지 않으면 굶어 죽는 것처럼,

사납고도 굶주린 두 마리의 늑대 사이에서

어린양이 갈 바를 모른 채 부들거리고,

6   두 마리 사슴 사이의 개도 그와 같을 터인데,

이는 곧 내가 두 가지 의심에 의해서

똑같이 눌려 입 다물었다 하여 내 스스로 탓도 안 하고

9   자랑도 않으니, 단지 그리 하는 것이 필요했기 때문이다.[1]

나는 침묵하였건만 나의 소원은 얼굴에

물들었으며 그 소원과 더불어 질문한다 함은

12   똑똑히 말하는 것보다도 훨씬 더 뜨거웠다.[2]

마치 다니엘이 나북코도노소르를 부당하게

죄를 짓게 하는 분노로부터 끌어올렸듯이[3]

15   베아트리체도 그와 같은 태도로

말했다. "이 욕망 저 욕망이 그댈 어떻게

끌어당기는지 내 잘 보고 있는데, 그대의

18   수고가 스스로 묶여 숨을 내쉬지 못할 정도군요.

그대는 말하는구나. '좋은 의지가 지속되는 한

---

[1] **똑같이~** 똑같은 자리에 있으며 맛도 똑같이 좋은 두 음식 사이에 처해 있을 때 자유의지를 가진 사람은 어느 것부터 먹어야 할까 망설이다가 굶어 죽게 될 수 있을 것이고, 양은 두 마리의 늑대 사이에서는 옴짝달싹 못하고 있을 것이다. 마치 개가 두 마리의 사슴 중 어느 것을 좇아야 할지 몰라 하는 것과 같이 단테도 두 가지 의심 사이에서 어느 것부터 베아트리체에게 물어야 할지 몰라 안절부절못한다는 의미다.

[2] **뜨거웠다** 말하는 것보다 더 격렬했다는 뜻이다.

[3] **다니엘이~** 이는 「다니엘」 2장 1~45절의 이야기에서 유래된다. 「성서」에는 '느부갓네살'이라고 표기되어 있으나 여기선 단테가 한 표기 'Nabuccodonoser'를 직접 따르기로 한다. 그는 바빌로니아의 왕(BC 604~561)이었다. 그가 어느 날 꿈을 꾸었는데 그 꿈을 잊어버렸다. 그는 전국의 술사들과 점성가들을 불러 꿈의 내용과 그 뜻을 물었더니 모두가 대답하기를 주저했다. 이에 분노한 그는 술사와 점성가들을 모조리 죽이라 했다. 이때 다니엘이 하느님의 가르침을 받들어 그의 앞에 나아가 그 꿈을 풀어 주었다.

[4] **좋은~** 첫째 의문.

타인의 폭력이 어떠한 까닭으로 해서

21   덕성의 무게를 감소시키고 있는 것인지요?'⁴라고.

플라톤의 주장을 따라서 영혼들이

별들에게로 되돌아가는 듯하다 함이

24   그대에게 의심할 까닭을 주고 있다오.⁵

이것들이 그대의 의욕 안에 똑같이

압박해 오는 문제들이라오. 그러나 먼저

27   보다 더 해로운 것부터 취급하겠소.

세라피니⁶, 천사들 중에 하느님께 가장 가까운 이와

모세, 사무엘 그리고 그대가 듣고 싶어 하는

30   저 요한⁷과 또 말하자면 마리아마저도

방금 그대에게 나타났던 이 영혼들과

다른 하늘에 그들의 자리를 갖고 있지 않으며

33   거기 있는 햇수도 더하거나 덜하지 않다오.

하지만 모두가 으뜸가는 둘레⁸를 아름답게 하며

영원한 숨결을 더 혹은 덜 느낌에 따라

36   그들이 갖는 행복도 각각 다르다오.

그들이 여기 나타난 것은 이 천구⁹가

그들에게 할당된 탓이 아니고 천계의

39   오르막길에서 가장 낮은 곳임을 나타내기 위함이요.

---

⁵ **플라톤의~** 이는 둘째 의문이다. 즉, 플라톤은 그의 저서 「티마이오스(Timaios)」 41장과 42장에서 창조주는 영혼들을 별들 안에 미리 창조해 두었다가 나중에 시간이라는 그릇으로 지상에 뿌려서 육체와 결합하게 했다. 그리하여 인간이 되게 했는데, 그가 선한 일을 하고 죽게 되면 그 혼이 별에 돌아간다고 했다. 단테는 이것이 하느님의 권능을 모르고 한 소리라고 생각한다. 따라서 27행에서 이 의문이 보다 더 해롭다고 한다.

⁶ **세라피니(Serafini)** 9품 천사 중에서 으뜸이며 하느님께 가장 가까이 있는 천사다.

⁷ **요한** 세례 요한과 사도 요한 두 사람을 가리킨다. 헤브라이 사람들의 율법가인 모세, 선지자 사무엘, 요한, 마리아 또 피카르다와 코스탄차 그리고 이제 방금 나타난 다른 영혼들이 있는 하늘에 있다는 의미다.

⁸ **으뜸가는 둘레** 최고의 하늘, 즉 엠피레오. 복 받은 모든 영혼은 사실상 이곳에 자리 잡고 있다.

⁹ **이 천구** 달.

이렇게 말하는 게 그대들의 재능에 맞으니

이후에 지성의 값어치가 되게 하는 것도

42   오로지 감각으로만 이해되고 있는 탓이라오.[10]

성서도 바로 이 때문에 그대들의 능력에

적응하여 하느님께 발과 손을 부여하시나[11]

45   사실은 다른 것을 염두에 둔 것이라오.

또 성스런 교회[12]도 인간의 모습을 지니고

그대들에게 가브리엘과 미가엘을 또

48   토비아를 다시 건강하게 했던 자[13]를 보여 준다오.

티마이오스[14]가 영혼들에 대하여 이야기하는 것은

여기 나타나는 것과 비슷하지 않건만

51   이는 그가 말하는 대로 믿는 듯하기 때문이라오.

자연이 영혼에게 형상을 지어 줄 때 이것이

제 별에서 찢겨 나간 것이라 믿어, 죽으면 영혼이 다시

54   제 별에 돌아간다고 그가 말했지요.

아마도 그의 주장은 목소리가 소리 내는 것과는

전혀 다른 양상을 띠고 있을 터이니 비웃음을

57   받지 않을 만한 의도를 지니고 있을 수 있다오.

그가 만일 그 영향의 좋고 나쁨을

이 바퀴들[15]에게 돌리려고 한다면

---

[10] **이후에~** 아퀴나스에 의하면 '이성의 작용은 감성의 작용을 앞서 요청한다'고 했다. 이는 스콜라 철학파의 인식론에 영향을 주었다. 말하자면 '모든 인식은 감각에서 출발한다'라는 것이다. 「신학대전」 1권 참고.

[11] **성서도~** 「성서」에서는 성스럽거나 신적인 것들을 전함에 있어 육체의 모양을 빌고 있다. 이는 곧 아퀴나스의 설에 입각한 이론인데 육체를 지닌다 함은 감각을 지닌다는 뜻이요, 또 감각이 있어야 인식이 따를 수 있다는 이유에서다.

[12] **성스런 교회** 교회도 천사들을 인간의 모습으로 나타내 그들의 지성을 암시한다.

[13] **토비아를 다시 건강하게 했던 자** 눈먼 토비아를 눈뜨게 한 라파엘. 「토비트」 3장 17절 참고.

[14] **티마이오스** 플라톤이 쓴 책. 주석 5 참고. 「티마이오스」에서 밝힌 영혼들의 운명은 달의 하늘에서 보는 것과 비슷하지 않다.

[15] **바퀴들** 별들.

60   그의 말의 활이 어떤 점에선 아마 진실을 맞힘이오.

        이 원리가 잘못 이해되어 일찍이 거의

        모든 세상을 비뚤어 놓았으니 유피테르와

63   메르쿠리우스 그리고 마르스를 지나치게 불렀다오.[16]

        그대를 어지럽히는 또 하나의 의심은

        덜 해로운[17] 것이기에, 그것이 지닌 악성이

66   그대를 나로부터 다른 곳으로 이끌진 못할 것이오.

        우리들의 정의[18]가 사람들의 눈에 불의로

        보이는 것은 신앙의 증거인 것이지

69   이단적인 죄악의 증거는 아니라오.

        그대들의 지성은 이 진리로 잘

        파고들 수 있기 때문에,

72   그대가 소망하듯 나 그대를 만족하게 할 것이오.

        폭력이 있어 그것을 받게 되는 자가

        강요하는 자에게 아무것도 주지 않았어도

75   이 영혼들은 그에 대한 탓에서 벗어나지 못하니

        의지란 원하지 않는 한 꺼지는 것이 아니라

        오히려 폭력이 그를 수천 번 뒤튼다 해도

78   본성이 불 속에서 하듯 그렇게 작용하기 때문이오.

        그러므로 의지가 많든 적든 굽어지면

        폭력이 뒤따른다오. 또 이들은 성소로

81   피신해 갈 수 있으면서도 그렇게 했다오.[19]

---

[16] **불렀다오** 원문엔 'nominar'라 되어 있어 이렇게 옮겼지만 많은 학자들이 이 말을 'numinare'로 읽고 있다. 즉, '빛을 내주다' 혹은 '영광을 돌리다'의 뜻으로 말이다.

[17] **덜 해로운** 그리스도교적 믿음에 덜 해롭다는 뜻이다.

[18] **우리들의 정의** 하늘나라의 정의.

[19] **성소로~** 피카르다와 코스탄차가 악인들의 폭력으로부터 벗어나 성소로 피할 수 있었는데, 그러지 못했던 일을 상기하라.

라우렌티우스[20]가 저 철판 위에서 했던 바나

무키우스[21]가 그의 손에 냉엄하였던 바와 같이

84 그들의 의지가 정녕 온전한 것이었다면,

저들은 풀려지자마자 끌려왔던 그 길을

따라 스스로를 되돌려 보내야 할 터이지만

87 그처럼 굳센 의지란 지극히 예외적인 것이라오.

이러한 말들을 그대가 올바르게

마음에 품는 그 순간, 자꾸자꾸

90 그대를 괴롭히던 헤아림은 무너질 것이오.

그러나 그대 혼자의 힘으론

빠져나갈 수 없을 다른 길이 지금

93 가로놓여 있는데, 그댄 미리부터 지칠 것이오.

복 받은 영혼이란 언제나 제1진리에

가까이 있는 것이기에 거짓말할 수 없으리라

96 내 분명 그대의 마음에 다짐하였다오.

코스탄차가 너울에 대한 그리움을 지녔다 함을

피카르다로부터 그대가 들을 수 있었는데,

99 바로 이 점에 있어서 그녀는 나와 어긋난다오.

형제여, 위험을 피하기 위해서 해서는

아니 될 일이 마음을 거스르면서

102 실행되는 일이 일찍이 많았다오.[22]

---

[20] **라우렌티우스 (Laurentius)** 258년 8월 10일 순교한 로마의 성부제(聖副祭). 그는 철판 위에서도 엄숙한 표정으로 순교했다.

[21] **무키우스(Caius Mucius Scaevola)** 단테는 그의 전설적인 얘기를 「향연」 4권, 5권, 13권과 「제정론(De Monarchia)」 2권, 5권, 14권에서도 하고 있다. 그는 로마의 청년으로 로마를 침공해 온 포르센나 왕을 죽이려다 붙들렸는데, 그는 자기가 뜻을 못 이룬 원인이 자신의 오른손이라 하여 그 손을 왕 앞에서 불속에 넣어 태웠다.

[22] **형제여~** 「연옥편」 제21곡 64~66행에서 밝힌 바와 같이 스콜라 학파의 이론에 의하면 의지는 두 가지가 있다. 상대적인 것과 절대적인 것 말이다. 절대적 의지는 어떠한 경우에서나 악을 원할 수 없는 것이나, 상대적인 것은 더 큰 악을 피하기 위하여 작은 악에 기울어질 수도 있는 의지다.

이를테면 제 아버지의 간청을 들어

자기 자신의 어머니를 죽였던 알크마이온[23]이

105 효성을 잃지 않기 위해서 불효를 하였듯이.

이 점에 있어 내 그대가 생각하길 바라노니

폭력이 의지에 뒤섞여질 때, 잘못을

108 변명할 수 없도록 만드는 것이라오.

절대의지가 악과 뜻을 같이 하는 건 아니지만

뿌리쳐도 더한 고통에 떨어질 것을

111 무서워하는 바로 그만큼 동의하는 셈이라오.

그러므로 피카르다가 그것을 들어 말할 때는

절대의지를 두고 하는 것이며 나는 다른 것을

114 뜻하는 셈이니, 우리는 둘 다 진리를 말함이오."

모든 진리가 흘러나오는 샘으로부터 솟아나오는

거룩한 흐름이 이처럼 물결치는 것같이

117 이 소망 저 소망이 그처럼 잠잠해졌다.

곧이어 내가 말하길, "첫사랑[24]의 사랑을 받는

그대, 오, 성스러운 그대여. 그대의 말씀이 내 안에

120 물결치며 더욱 생생해지도록 날 뜨겁게 하여 줍니다.[25]

사랑을 사랑으로 그대에게 갚기 족할 만큼

나의 애정이 그토록 깊고 깊지는 않지만

123 보시고 하실 수 있으신 그분이 이에 응답하기 원하오.

진리가 지성을 밝혀 주지 않는 한 언제나

우리의 지성이 결코 흡족해하지 못함을 내

---

[23] **알크마이온(Alkmaion)** 아버지 암피아라오스를 위해서 어머니 에리필레를 죽였다. 「연옥편」 제12곡 49~51행 참고.

[24] **첫사랑** 창조주. 원문에는 'Il primo amore' 이다. 「지옥편」 제3곡 4~6행에서도 나온다.

[25] **뜨겁게 하여 줍니다** 순후한 사랑과 자비로.

126   잘 아노니, 그걸 벗어난 진리란 있을 수 없다오.
       거기에 이르렀다 하는 순간에 굴속의 맹수처럼
       지성이 그 안에 이르러 자릴 잡는다오.

129   그러나 그렇지 못하면 모든 소망이 깨어질 것이오.
       그 때문에 의심은 진리의 발치에서 움트듯
       생겨나는 것이라오. 또 언덕에서 언덕으로

132   우리를 저 꼭대기로 밀어 올리는 게 본성²⁶이라오.
       여인이여, 이것이 날 부르고 이것이 나를
       경건하게 안심시켜 주어 또 하나의 아리송한

135   진리를 내가 묻게 한다오.
       나 정녕 사람이 지키지 못한 서원을 다른 선으로
       그대들의 저울에 나타나지 않도록

138   만족시켜 줄 수 있는지 알고자 합니다."
       베아트리체가 사랑의 불꽃이 가득한
       성스런 눈으로 나를 지켜봤기에
       나의 기력은 압도되어 꿋꿋할 수 없었다.
       그래서 나는 눈을 내리깔고 얼떨떨하였다.

²⁶ **본성** 자연적인 충격.

베아트리체는 자기가 비록 신성한 사랑의 열기 속에서 휘황하게 비춰 시인을 현혹한다 하여도 놀랄 것이 없다고 타이른다. 그분은 최고선이기에 완전한 시력을 가지고 있어 하느님을 깊이 관조하면 할수록 그분에 대한 사랑이 더하기 때문이라는 것이다. 하느님의 빛이 벌써 시인의 지성에 비치고 있다. 이어서 그녀는 단테가 앞에서 제기한 질문인 "다른 선행으로 마치지 못한 서원을 보상할 수 있는가?"에 답을 내린다.

하느님께서 세상을 창조하실 때 행하신 가장 큰 선물이며 또 자신의 선에 가장 잘 부합되는 것으로 그분이 가장 높이 평가하신 것은 자유의지인데, 모든 지성적 피조물들은 이것을 하느님으로부터 받았다. 또 하느님께 드리는 서원이란 것도 사실상 그분의 뜻에 합당한 것이라면 이 자유의지로 그 서원의 거룩함을 이해해야 한다. 왜냐하면 하느님과 일치되어야 자유의 고귀한 보물을 희생할 수 있기 때문이다. 서원이 지니고 있는 두 가지 본질은 무엇인가? 이를 알기 위해 단테는 베아트리체의 입을 통해 서원의 물질과 하느님과의 계약을 든다. 계약이란 그것이 끝까지 수행되기 전에 지울 수 없는 것이라 한다. 그 당시 경멸의 대상이던 유대인들도 신과의 약조는 지키는데 하물며 그리스도교인들이 이를 저

버린다 함은 있을 수 없는 일이라는 것이다.

그러나 서원의 물질은 바꿀 수 있다. 다만 교회의 허락이 있어야 할 뿐이다. 하지만 바꾸고 나면 나중의 공납물이 먼저 것보다 반드시 더 커야 한다. 따라서 한 번 한 서원의 물질이 다른 어떤 것과 비교될 수 없을 만큼 큰 것이라면 변경은 불가능하다. 그러므로 서원이란 가볍게 해서는 안 되는 것이다. 일단 하면 그에 충실해야 하기 때문이다. 서원을 너무나 함부로 했던 일화를 들어 입다와 아가멤논의 이야기를 한다. 즉, 입다 장군은 개선하고 돌아오는 길에 맨 처음 만난 것을 하느님께 제물로 바치겠다고 맹세했다가 자신의 외동딸을 희생시켜야 했으며 아가멤논은 트로이 전쟁 때 디아나에게 맹세했다가 자신의 귀여운 딸을 바쳐야 했다. 그들은 함부로 한 서원을 지키기 위해 돌이킬 수 없는 커다란 죄를 범하게 되었다. 그러므로 그리스도인들은 서원을 하는 데에 있어서 신중을 기해야 한다고 말한다. 절대로 새의 깃털처럼 가벼이 행동하지 않도록 당부한다. 그리고 그리스도교인들은 그들의 길잡이로 성서와 교회의 권위이신 교황을 받들고 이웃의 영혼을 구해야 한다는 것이다. 베아트리체와 단테는 두 번째 하늘인 수성천에 이른다. 여기에 이르니 베아트리체는 그 별(수성)보다도 더 밝게 빛나고 있다.

이 두 순례자를 본 수천의 영혼들이 달려든다. 그들이 하도 기뻐하는 빛을 띠고 있기에 단테는 그들이 어떻게 지내고 있는지 묻는다. 그 가운데 하나가 하느님의 은총을 들어 시인에게 설명한다.

"내가 비록 저기 저 세상에선 볼 수
없을 만큼[1] 사랑의 열기 속에 그댈 불붙여

---

[1] **저 세상에선 볼 수 없을 만큼** 속세의 경험의 한도를 넘어설 정도라는 의미다.

3   그대의 눈에서 시력을 앗아간다 하여도,

이는 곧 그것이 터득한 만큼

터득된 선에로 발을 옮겨 놓는 완전한 시력²으로부터

6   좇아오는 것이니 놀라워하지 마시오.

내 그대의 지성 안에 영원한 빛³이

빛나고 있는 모양을 잘도 보고 있으니

9   그것은 곧 보이는 것만으로도 늘 사랑을 불사르니까.

행여 다른 어떤 것이 그대의 사랑을

유혹한다면, 이는 여기 환히 비치는 것이

12   잘못 알려진 어떤 흔적⁴이 아닐 수 없다오.

영혼을 처벌⁵로부터 구해 내기 위하여

못 이룬 서원을 다른 어떤 봉사로써

15   메워 줄 수 있는지 그대 알기 원하오."

베아트리체가 이와 같이 노래를 시작했다.

또 그녀는 자신의 말을 그침 없이 하는 사람처럼

18   거룩한 이야기를 다음과 같이 이어 나갔다.

"하느님께서 창조하실 때 너그러운 아량으로

주셨고 또 그분의 덕성에 제일 부합된 데다가

21   무엇보다도 더 값지게 여기셨던 가장 큰 선물⁶이

곧 자유의지였는데, 이것은 온갖

---

² **완전한 시력** 단테의 시력을 의미한다. 베아트리체의 시력이라고 하는 학자도 있으나 이는 잘못된 것이다. 우리의 지성은 세상사로부터 멀어질수록 더더욱 빛이 나며 천상의 것을 이해하게 되므로, 시각 능력이 향상된 시인의 눈에 베아트리체의 모습이 더욱 현란하게 보인다.

³ **영원한 빛** 하느님의 빛.

⁴ **잘못 알려진 어떤 흔적** 원래 영혼은 선을 추구하는데 악을 범하게 되는 것은 악을 선으로 착각하기 때문이다.

⁵ **처벌** 하느님의 벌.

⁶ **가장 큰 선물** 자유의지를 의미한다. 단테는 이 자유의지에 대해서 곳곳에서 열을 올려 갈파한다. 대표적인 것은 「연옥편」 제16곡 85~129행이다. 그리고 「제정론」 1권에서도 다음과 같이 말하고 있다. "하느님으로부터 인간에게 주어진 가장 큰 선물은 자유의지다."

지성적 피조물들에게 한꺼번에든 따로따로든

24   주어졌던 것이며 또 주어지고 있는 것이라오.

그대 만일 여기서 헤아려 본다면 서원[7]이란

그대가 뜻을 같이할 때 하느님도 그리하셔

27   이루어지니 이제 그 높은 가치를 똑똑히 알 것이오.

하느님과 인간 사이에 계약이 맺어질 때,

내가 말하는 이 보배 즉 자유의지가 희생물이 되는데

30   그것도 제 스스로에 의해서 그리 된다오.

그러기에 그 보상으로 무얼 드릴 수 있겠소.

그대 이미 바친 것을 다시 잘 쓰리라 믿는다면[8]

33   이는 나쁘게 얻은 것으로 좋은 일을 하고자 함이오.

이제 그대 더 큰 것에 곧 확신을 얻었으나

성스런 교회가 이런 것에 섭리하시는 까닭에

36   내 그대에게 밝혀 준 진리와 어긋나는 듯하므로

아직도 조금은 더 식탁에 앉아야 할 것이니

그대가 먹었던 그 단단한 음식이

39   소화되려면 계속해서 도움이 필요하다오.[9]

내 그대에게 밝게 나타내 준 것에 마음을 열고

그 속에 그걸 잠그시오. 지식이란 깨달아도

42   간직하지 않으면 이루어지지 않는다오.

두 가지[10] 것이 이 제사의 본질에

어울리고 있으니 그 하나는 그것을 이루는

---

[7] **서원** 서원은 서원자와 하느님의 뜻이 같이할 때 행해지는 것이다.
[8] **잘 쓰리라 믿는다면** 일단 하느님께 서약한 이상, 잘 사용한다 할지라도 이를 바꾼다는 것은 목적이 방법을 정당화할 수 없는 원칙에 어긋난다.
[9] **도움이 필요하다오** 서원에 대해 더 설명해야 한다는 표현이다.
[10] **두 가지** 서원의 요소. 즉, 계약과 그것의 본질적인 것.

45 　것이며 다른 하나는 계약이라오.

　　이 마지막 것[11]은 지켜지지 않는 한 결코

　　지워지지 않는다오. 내 이것을 들어

48 　앞에서 그토록 분명히 이야기하였던 바라오.

　　그러기에 헤브라이인들은 그대가 알고 있듯이

　　봉헌물이 설령 바꾸어질 수는 있어도

51 　마땅히 제물을 올려야만 했다오.[12]

　　재료로서 그대에게 밝혀진 다른 것은

　　만일에 다른 어떤 재료와 바꿀 수 있다면

54 　그리해도 되니 이는 굳이 탓할 바 못 된다오.

　　그러나 하얗고 노란 열쇠[13]가 돌려지지

　　않고서는 누구라도 제 마음대로 제 어깨

57 　위에 있는 짐을 바꾸지 않도록 하시오.

　　그리고 포기해 버린 물건이 그 대신 주워 올리는

　　물건 안에 여섯 안의 넷처럼[14] 모이지 않는 한

60 　온갖 변경이란 게 어리석은 줄 믿으시오.

　　그러므로 제 힘 때문에 지나치게 무거워

　　온갖 저울을 처지게 하는 물건은

63 　다른 어떠한 값을 치러도 흡족할 수 없다오.

　　사람들이여, 서원을 가벼이 여기지 마시고

　　성실히 지키십시오. 입다[15]가 그 자신의 첫 번

66 　제물에 했듯이 이 일에 한눈을 팔지 마시오.

---

[11] **마지막 것** 계약. 서원의 대상이자 본질은 교회의 관면으로 바꿔질 수 있으나 계약은 깨뜨릴 수 없다.

[12] **헤브라이인은~** 그들에겐 율법에 의해 신에게 봉납하는 것이 의무다. 비록 봉납물의 물질이 다른 것일망정 여하한 경우라도 이 의무는 수행되어야 한다.

[13] **하얗고 노란 열쇠** 베드로가 갖고 있는 열쇠. 하얀 열쇠는 사람의 마음을 여닫는 지력을 상징하고 노란 열쇠 는 교회의 권위를 상징한다.

[14] **여섯 안의 넷처럼** 수행해야 할 의무(서원)가 깨뜨린 것보다 훨씬 더 무겁다는 뜻으로, 한 배 반이라는 의미다.

차라리 '잘못했습니다' 라 함이 마땅했을 걸

오히려 지키면서 더 나쁜 일을 했으니

69 이리 어리석었던 그리스의 대장[16]을 그대 볼 것이오.

이 때문에 이피게네이아[17]는 자신의 고운 얼굴을

슬퍼했고, 또 그렇게 훌륭한 일에 대한 이야기를 듣던

72 어리석은 자나 현명한 자 모두를 슬피 울게 했다오.

그리스도교인들이여, 더욱 무겁게 행동하시라.

어떤 바람 앞에서도 새털처럼 되지 마시라.

75 물이라고 다 그대들을 씻어 준다고 믿지 마시라.

그대들은 신약과 구약성서를 지니고 있으며

그대들을 이끄시는 교회의 목자가 있으니

78 이만하면 그대들의 구원에 넉넉할 일이라오.[18]

다른 사악한 탐욕이 그대들에게 앙탈할지라도

미치광이 양 떼[19]가 아니라 사람이 되시라.

81 그대들 중에 유대인[20]이 비웃지 못하게 하시라.

그대들은 제 어미의 젖[21]을 버리고

제 마음대로 그와 스스로 싸움질하는

84 철없고도 방자한 새끼 양처럼 행실하지 마시라."

---

[15] **입다** 장군 입다는 승전하고 돌아오는 길에 처음 만나는 것을 하느님께 바치겠다고 맹세한다. 그런데 그가 승리하고 돌아오는 길에 처음 만난 자는 다름이 아닌 자기의 외동딸이다. 「판관기」 11장 30~40절의 이야기로 하느님께 가벼이 맹세한 사례다.

[16] **그리스의 대장** 아가멤논. 트로이 전쟁 때 역풍을 막고자 디아나 여신에게 맹세하길, "올해 난 것 중 가장 예쁜 것을 드리겠나이다"라 했다. 그것은 바로 자신의 딸이었다.

[17] **이피게네이아(Iphigeneia)** 아가멤논의 딸.

[18] **구원에 넉넉할 일이라오** 그리스도교인의 구원은 「성서」와 또 그것을 바르게 해석해 주는 교회의 목자 이 두 가지면 족하다.

[19] **양 떼** '분별력 없는 사람은 인간이 아니라 양이라 부를 일이다'라고 한 단테의 「향연」 1권 11장 9절의 말을 참고하라.

[20] **유대인** 이들은 중세에 가장 업신여김을 당하던 민족이다. 그런 민족도 율법을 잘 지키는데, 하물며 그리스도교인들이 안 지켜서야 되겠느냐는 뜻이다.

[21] **제 어미의 젖** 교회의 권위와 「성서」를 비유한 말이다.

베아트리체가 지금 적은 대로 내게 말하고

이어 온통 열망에 사로잡혀 더욱 활기찬

87 세계^{22}가 있는 곳으로 몸을 돌리셨다.

그녀가 입을 다물고 얼굴빛을 바꾸었기에

일찍이 새로운 문제를 앞에 두고 있던

90 간절한 내 재능도 침묵을 지키고 말았으니,

마치 줄이 잠잠해지기도 전에 과녁을

찌르는 화살과도 같이 우리들은 바로

93 그렇게 둘째 왕국^{23} 안으로 달려갔다.

나는 여기서 나의 여인을 보았는데 그 기뻐하는

모습은 마치 그녀가 그 하늘의 빛 속에

96 드시자, 유성^{24}마저 더욱 밝게 빛나는 정도였다.

또 별도 변하여 웃음을 띠고 있었다면,

내 본성대로나마 갖가지 모양으로 변할 수

99 있는 이 몸이 어떠했겠는가!

잔잔하고 맑은 연못 안으로

무엇이 먹이인 양 들어가면

102 물고기들이 그리로 몰리는 것처럼

수천 개의 별들이 우릴 향해 오고 있는 것을

나는 보았으며, 또 누구나 "보라, 우리네

105 사랑을 키워 주실 분"이라고 하는 말이 들렸다.

그들이 이처럼 우리에게로 왔을 때

그들의 그림자마다 스스로 발하는 눈부신

---

^{22} **세계** 동쪽이란 뜻으로 보는 설과 수성으로 보는 설, 두 가지가 있다. 전자는 해가 동쪽에서 뜨기에 활기차다는
    것인지 모른다. 그러나 두 번째가 더 옳은 해석이겠다.
^{23} **둘째 왕국** 수성천(mercurio).
^{24} **유성** 수성.

108   빛살 속에 기쁨이 듬뿍 찬 듯 보였다.
       독자여, 생각해 보시라. 여기 시작되는 것이
       앞으로 나아가지 못한다면 모자라는 것을

111   더더욱 알고 싶어 그대 얼마나 애태울 것인지.
       그러므로 그들이 내 눈앞에 나타났을 적에
       그들의 처지를 내 얼마나 그들로부터

114   듣고 싶어 했는지 그대 스스로 알 것이오.
       "인생의 싸움질²⁵이 끝장나기 이전에
       은총이 영원한 승리의 옥좌를 보게 해 주신

117   오, 복되게 태어난 그대여.
       하늘을 완전히 뒤덮고 있는 광명에
       우리는 불붙어 있다오. 그러니 그대 행여나

120   우리 곁에 빛나고자 하거든 마음껏 원을 푸시라."
       저 경건한 영혼들 가운데 하나²⁶가 나에게
       이렇게 말하고 나니 베아트리체도 "말하시오.

123   맘 놓고 말하시오. 또 저들을 신들²⁷처럼 믿으시오."
       "그대들의 웃음처럼 눈동자도 찬란히 빛났기에
       그대들이 어떻게 자신의 빛 속에 자리 잡고

126   있는지 눈을 통해서 잘 보고 있다오.
       고귀한 영혼이여, 그대 누구시며 또 어인 일로
       다른 혹성²⁸의 빛살에 의해 사람에게 보이지 않는

---

²⁵ **싸움질** 인간의 삶을 뜻한다. 「욥기」 7장 1절에서는 '고역'으로 보았다.
²⁶ **하나** 유스티니아누스 황제.
²⁷ **신들** 하느님의 지혜와 선에 참여하는 인간들을 말한다. 그들은 곧 하느님과 유사하여 신들이라 부를 수 있다.
    "나의 선고를 들어라. 너희가 비록 신들이요, 모두 지극히 높으신 이의 아들들이나 그러나 너희는 보통 인간처
    럼 죽겠고 여느 군주처럼 넘어지리라." 「시편」 82편 6~7절.
²⁸ **다른 혹성** 태양.

687

129   천구²⁹의 층계를 오르고 있는지 모르겠습니다.”

앞서 나에게 말했던 그 빛을 향하여

내 이렇게 말했더니, 이에 그것은 먼저보다

132   훨씬 더 휘황찬란하게 반짝였다.

빽빽이 퍼져 있는 수증기를 열기가

쓸어 없앨 때, 지나친 빛을 발하여

135   태양이 제 자신을 가리는 것처럼

거룩한 영혼도 한없는 기쁨에 젖어

제 빛 속에 스스로를 내게서 숨기고

138   이렇게 숨고 또 숨으면서 다음에 이어지는

곡(曲)이 노래하여 나에게 화답했다.

---

29 **천구** 수성. 태양에 가장 가까이 있어 잘 보이지 않는다.

| 제6곡 |

 앞의 곡에서 단테에게 누구이며 왜 수성천에 와 있는지를 물던 영혼은 단테의 질문에 대답한다. 콘스탄티누스 황제가 제국의 깃발을 비잔티움으로 옮기고 난 다음 2백 년도 더 그 깃발이 그곳에서 펄럭였고 드디어는 세계를 다스렸다. 그러는 사이 수많은 황제가 교체되었고 이제 유스티니아누스인 자기에 이르렀다는 것이다. 그는 성령의 영감을 받아 로마법을 재정비했다. 하지만 그는 이 일을 착수하기 전까지는 그리스도에 대해서 잘못 알고 있었는데, 아가페투스 교황이 그를 인도하여 참다운 신앙으로 이끌었다. 그리하여 그가 교황의 가르침을 완전히 깨달은 다음에 교회의 품속에 들어갔을 때, 하느님께서 법을 재정비하라는 영감을 그에게 주었다. 그는 군대를 벨리사리우스에게 맡기고 이 작업에 몰두했다.

이어 유스티니아누스는 로마제국의 역사를 간추려 이야기한다. 첫째로 아가페투스 교황 시절을 든다. 그는 로마의 깃발을 들고 유스티니아누스로 하여금 참다운 믿음의 길로 나아가게 했다. 다시 말해서 유스티니아누스는 그때까지만 해도 그리스도의 신성만 인정하고 인성은 몰랐던 것을 교황이 바로잡아 주었다는 말이다.

유스티니아누스는 교회의 권위를 보호해 준 제국의 역사를 간추려 말한다. 알바에서 3백 년도 더 그 깃발이 장악했으며 일곱 왕 시절에 주위의 모든 지방을 쳐 이긴 사실 등을 설명한다. 이어 그는 카르타고의 한니발에 대적하여 제국의 명예를 드높인 스키피오와 폼페이우스의 이야기도 한다. 당시 카르타고는 아랍인들이 차지하고 있었는데 이탈리아와 끈질긴 전쟁 중이었다. 독수리의 깃발은 스키피오의 승리의 여세를 몰아 피렌체에까지 영향력을 행사했다. 그리하여 프랑스는 물론 라인 강 유역까지 장악했다. 이어 에스파냐, 파르살리아 등지에 이르도록 제 수중에 넣고 계속해서 진군했는데 프톨레마이오스에 의해 제동이 걸렸다.

이 일을 함에 있어서 카이사르의 역할이 대단했다. 때문에 단테는 그를 최고의 이상적인 통치자로 여기는데, 그가 브루투스에 의해 암살된 것을 무던히 애석해했기에 브루투스를 지옥의 가장 깊은 곳에 처박아 놓았던 것이다. 또 독수리의 깃발로 로마 제국을 영화롭게 한 자가 샤를마뉴다. 롬바르디아를 무찌르고 교회를 비호했던 장본인이 바로 그다.

유스티니아누스는 단테에게 기벨린당과 구엘프 당의 피나는 당쟁 때문에 모든 악이 배태되었다고 한다. 이어 그는 단테가 의문시했던 점에 대해 설명한다. 즉, 살아서 명예와 명성을 너무 좇았기에 하느님의 사랑을 덜 받은 인물들에 대해서.

"라비니아[1]를 앗아 갔던 옛사람의 뒤를 따라
독수리[2]를 좇아갔던 하늘의 길을 거슬러
3   콘스탄티누스[3]가 그 독수리를 돌려놓은 뒤,

---

[1] **라비니아** 라티누스 왕의 공주이자 아이네아스의 아내. 그녀에 의해 로마의 창업자들이 태어났다.
[2] **독수리** 로마의 깃발. 로마의 권위를 상징한다.
[3] **콘스탄티누스(Constantinus)** 306~337년 동안 재위한 그는 로마제국의 수도를 로마에서 비잔티움으로 옮겨 놨으니 트로이에서 이탈리아에 온 아이네아스의 길을 거슬러 제국의 권위를 상징하는 독수리를 돌려놓은 것이다.

백 년 그리고 백 년도 더[4] 이 하느님의 새[5]는

그가 전에 나왔던 산들 가까이

6 유럽의 먼 끄트머리[6]에 머물렀다.

거룩한 날개들의 그늘 아래에 있는 세상을

손에서 손으로 내려가며 다스렸으며, 이렇게

9 바뀌어 가면서 내 손에 이르게 되었거늘

카이사르였던 나[7]는 유스티니아누스이니

내 느끼는 제1의 사랑[8]이 원하는 것을 좇아

12 법률 중에서 지나치거나 헛된 것을 없앴다.

내가 그 작업에 정신을 쏟기 이전엔

그리스도 안에 하나의 본성[9]뿐 더는 없다고

15 믿었으며, 그런 신앙에 만족하고 있었다.

그러나 최고의 목자[10]이신 저 축복받은

아가페투스[11] 교황께서 그의 말씀으로써

18 참된 신앙으로 나를 곧바로 이끄셨다.

내가 그를 믿었고 또 그에 대한 믿음 속에 있던 것을

나 지금 이리도 분명히 보고 있는데, 온갖

21 이율배반이 거짓이거나 참일 수 있음을 아는 것 같다오.

---

[4] **백 년 그리고 백 년도 더** 제국의 수도를 비잔티움으로 천도했던 것은 330년의 일이고 유스티니아누스가 황제가 된 것은 527년의 일이다.

[5] **하느님의 새** 독수리. 이는 「성서」에서 총명과 권위의 상징으로 나타난다.

[6] **끄트머리** 비잔티움은 유럽의 최남단에 있다.

[7] **카이사르였던 나** 유스티니아누스(Justinianus, 527~565 재위)는 아프리카의 반달 족과 이탈리아의 동코트 족을 치고 로마의 법전을 엮었다. 일설에 의하면, 그는 잔악무도한 인간이었다. 그러기에 베티(Betti) 같은 학자는 단테가 역사를 잘못 알았기 때문이라고 한다. 하지만 단테가 그를 천국에 둔 것은 다른 상징적인 의미를 가진다. 단테는 그를 샤를마뉴 이후 최고의 군주라고 보았기 때문이다.

[8] **제1의 사랑** 유스티니아누스는 법을 제정하는 데 있어서 하느님의 뜻에 따라 했다.

[9] **그리스도 안에 하나의 본성** 그리스도는 신성과 인성을 가졌다. 하지만 그 당시 에우티케스(Eutyches)를 비롯한 그의 학파에선 그리스도 안에 오로지 신성만이 있다는 학설이 지배적이었다.

[10] **최고의 목자** 교황.

[11] **아가페투스(Agapetus)** 교황 1세(535~536 재위).

내가 교회와 더불어 발을 옮겨 놓자마자

하느님은 기꺼이 성총으로써 이 고귀한 일[12]을

24 하게 하셨으니 나는 그에 온몸을 바쳤다.

그리고 군대는 벨리사리우스[13]에게 맡겼는데

하늘의 오른손이 그와 함께 어울려서

27 그는 내가 쉬어 마땅할 만한 표지가 되었다.

이제 여기 첫째 질문에 대한 나의 대답이

끝났으나 그 지내고 있는 상태에 대해 말하기 전에

30 몇 가지 더 보태어 계속해야 되겠다.

거룩하고 신성한 깃발[14]을 거슬러 이를 제 것이라[15]

여기는 자와 이에 반대하는 자[16] 있지만, 얼마나

33 하찮은 이유로 서로 싸우나 그대 보기 위함이다.

얼마나 큰 힘[17]이 그[18]를 존경받을 가치가 있게

했는지 보아라. 그는 팔라스[19]가 그에게 왕국을

36 주기 위해서 죽은 그때부터 시작했느니라.

너는 알리라. 그가 알바[20]를 삼백 년도 더

심지어는 셋과 셋[21]이 아직도 그 때문에

---

[12] **고귀한 일** 로마 법전을 만든 일.

[13] **벨리사리우스(Belisarius)** 유스티니아누스의 측근인 동로마제국의 명장. 그는 미천한 몸이었으나 황제의 신임을 얻었다. 그리하여 황제로부터 위임받아 페르시아를 무찌르고 반달 족과 동고트 족을 타도하여 나폴리, 로마, 라벤나를 점령했다. 말년에 가서 참소를 받아 처참한 생활을 하게 되었고 급기야는 장님이 되었다.

[14] **신성한 깃발** 독수리는 로마제국의 깃발 문양이다.

[15] **제 것이라** 기벨린 당. 황제의 편을 들었다.

[16] **반대하는 자** 구엘프 당. 교황의 편을 들었다.

[17] **얼마나 큰 힘** 로마의 영웅들의 힘.

[18] **그** 아이네아스

[19] **팔라스(Pallas)** 라티누스의 왕 에우안드로스의 아들. 아이네아스를 도와 투르누스와 싸우다 전사했다. 투르누스는 팔라스의 띠를 갈취해 두르고 다니다 아이네아스에 의해 죽었다. 그리하여 아이네아스는 라티누스의 왕이 되고 왕비로 라비니아를 택했다.

[20] **알바(Alba)** 아이네아스의 아들 아스카니우스(Ascanius)가 세운 라티누스 왕국의 고읍. 여기에서 아이네아스의 후예가 3백 년도 넘게 왕 노릇을 했다.

[21] **셋과 셋** 로마의 명문 호라티이(Horatii) 삼 형제가 알바의 명문 쿠리아티이(Curiatii) 삼 형제와 패권을 다투어 이긴 사실을 두고 한 말이다.

39   싸웠을 때까지 제자리로 삼았음을.

또한 너는 사비니[22] 여인들의 불행으로부터

루크레티아[23]의 고통에 이르기까지 일곱 왕[24] 시절에

42   그가 주위의 백성을 다 쳐 이겼음을 알리라.

브렌누스와 겨루고 피루스와 겨루며[25] 다른 군주나

다른 나라들과 맞붙어 겨루어 그가 뛰어난

45   로마인들의 후원으로 하였던 바를 너는 알리라.

그리하여 토르콰투스[26]와 헝클어진 머리로

이름난 퀸크티우스[27]며 데키우스[28]와 파비우스[29]가 내

48   기꺼이 칭찬하는 명예를 얻었느니라.

포 강이여, 네 물줄기의 바탕인 알프스의

바위들을 한니발 다음으로 넘어갔던

51   아랍인들의 교만을 땅에 떨어뜨렸던 깃발,

그 아래서 젊은 스키피오[30]와 폼페이우스가

승리를 거두었으며 네가 태어난 그 기슭의

54   저 언덕[31] 위에서 무섭게 나부꼈다.

그 뒤 온 하늘이 맑게 갠 제 모습 따라

---

[22] **사비니(Sabine)** 중앙 이탈리아에 살던 고대 종족. 로물루스가 로마를 세운 후 여자들이 적어 이 사비니 족들로부터 여자를 납치해 왔다 한다.

[23] **루크레티아(Lucretia)** 타르퀴니우스 콜라티누스의 아내. 시숙인 섹스투스에게 능욕당한 다음 치욕에 못 이겨 자결했다.

[24] **일곱 왕** 초기 로마를 다스리던 왕들.

[25] **브렌누스와 겨루고 피루스와 겨루며** 브렌누스(Brennus)는 고울 족의 장수로서 카밀루스에 패했고, 피루스(Pyrrhus)는 에피루스의 왕으로 로마를 침범하려다 272년 알프스를 포위했을 때 한 여인이 던진 기왓장을 맞아 죽었다.

[26] **토르콰투스(Titus Manlius Torquatus)** 로마의 영웅. 고울 족과 라틴 족을 굴복시켰다. 규율에 절대적으로 복종했다.

[27] **퀸크티우스(Lucius Quinctius Cincinnatus)** 로마의 영웅으로 청렴결백했던 무사.

[28] **데키우스(Decius)** 3대에 걸쳐(BC 340~279) 국가에 충성하여 목숨을 바친 명문.

[29] **파비우스(Fabius Maximus)** 한니발을 괴롭힌 명장.

[30] **스키피오(Scipio)** 한니발을 무찌른 명장.

[31] **저 언덕** 피에솔레.

세상을 끌어들이길 원하였던 무렵에 이르러

57   카이사르가 로마의 뜻을 받들어 그것을 장악했다.

그리고 바로[32]에서 라인 강에 이르기까지 그가

한 일을 이사라[33]와 에라[34]가 보고 센 강과

60   로다노[35]가 가득 채우는 온 골짜기가 보고 있다.

라벤나에서 나와 루비콘 강을 건넌 다음

그것이 했던 일은 어찌나 날 듯 빨랐기에

63   혀로나 붓으로 그걸 따를 수 없었다.

에스파냐를 향하였다가 나중엔 디라키움으로

군대를 돌리고 난 다음 파르살리아[36]를 쳤으니

66   뜨거운 나일 강이 고통을 느끼게 할 정도였다.

그것은 제가 거슬러 왔던 안탄드로스[37]와 시모이스[38]

그리고 헥토르[39]가 누워 있는 거기를 다시 보았는데

69   불행하게도 프톨레마이오스[40] 때문에 흔들렸다.

그리로부터[41] 번개같이 유바[42]에게 내려왔는데

거기서 너희들의 서쪽[43]에도 휘몰아쳐서

72   폼페이우스[44]의 나팔 소리를 들었다.

---

[32] **바로(Baro)** 프랑스 남쪽의 강 이름.
[33] **이사라(Isara)** 프랑스의 이젤 강.
[34] **에라(Era)** 오늘날의 손(Saone) 강.
[35] **로다노(Rodano)** 론 강. 프랑스의 동남부를 흘러 지중해에 이르는 강.
[36] **파르살리아(Pharsalia)** 테살리아의 지방 이름.
[37] **안탄드로스(Antandros)** 프리지아에 있는 항구.
[38] **시모이스(Simois)** 트로이 근처를 흐르는 작은 시내.
[39] **헥토르(Hector)** 트로이의 영웅. 프리아모스의 아들이자 크레우사의 형제. 힘의 상징으로서 그 도시를 지킨다.
[40] **프톨레마이오스(Ptolemaeos)** 카이사르가 그에게서 왕국을 빼앗아 클레오파트라에게 주었다.
[41] **그리로부터** 이집트로부터.
[42] **유바(Juba)** 누미디아의 왕으로 폼페이인들의 비호자. 카이사르가 그를 탑소에서 무찌르니 절망에 빠져 자결했다.
[43] **너희들의 서쪽** 에스파냐.
[44] **폼페이우스(Pompeius)** 카이사르가 문다의 전투에서 무찌른 인물.

뒤따르는 통치자[45]와 더불어 슬퍼한 일 때문에

브루투스와 카시우스가 지옥에서 울부짖으며

75 　모데나도 페루지아[46]도 괴롭게 되었다.

서러운 클레오파트라는 아직도 우는데,

그녀는 그이 앞에서 도망치다가 독사 때문에

78 　처참한 죽음을 급작스럽게 맞았다.

그[47] 깃발은 그와 함께 붉은 해안에까지 치닫고

또한 그와 함께 세상을 평화롭게 해서

81 　야누스[48]에게 그 신전을 잠그게 하였다.

그러나 나에게 말하게 하는 그 깃발이

그에게 속해 있는 세속의 왕국을 위하여

84 　이전에 하였고 나중에 이루어질 일이

셋째 카이사르[49]의 손아귀에 들어가 있음을

밝은 눈과 티 없는 감정으로 본다면,

87 　겉으로는 작고 어둡게 되는데 이것은

내게 영감을 주는 살아 있는 정의가

그것의 분노에 복수할 수 있는 영광을

90 　내 말하는 그의[50] 손 안에 내렸기 때문이다.

내 너에게 되풀이하는 바를 너는 지금 여기서

이상히 여기는데, 뒤에 이것은 티투스[51]와

---

[45] **통치자** 카이사르 뒤를 이은 옥타비아누스 아우구스투스 황제.

[46] **모데나도 페루지아**(Modena, Perugia) 둘 다 이탈리아의 도시.

[47] **그** 아우구스투스는 독수리 깃발을 앞세우고 홍해까지 진군했다.

[48] **야누스**(Jauns) 로마에 있는 야누스 신전. 그것은 전시에는 열려 있다가 평화 시에만 닫힌다. 공화국 시절엔 두 번, 아우구스투스의 시대엔 세 번 그 문이 닫혀졌다. 그중 한 번이 그리스도가 태어났을 때다.

[49] **셋째 카이사르** 티베리우스 황제. 그의 치하에 그리스도가 나고 죽었다.

[50] **그의** 티베리우스의.

[51] **티투스**(Titus) 79년부터 81년까지 재위했던 로마의 황제. 예루살렘을 정복하여 헤브라이인들과의 전쟁을 마무리 지었다. 단테는 예수님을 죽인 헤브라이인들을 벌하기 위해 그를 여기 끌어냈다. 「연옥편」 제21곡 82~85행 참고.

93   함께 옛 죄의 복수를 앙갚음하고자 달려갔다.

         그리고 롬바르디아의 이빨[52]이 거룩한 교회를

         물어뜯었을 때, 샤를마뉴는 그것[53]의

96   비호 밑에서 승리를 거두고 그를 구했다.

         이제 너는 내 위에서 비난한 자들과

         너희들 모두의 불행을 낳게 한 그들의

99   과오를 판단할 수 있게 되었다.

         누구든[54] 만민의 표지에 대해 노란 나리꽃을

         내세우고 다른 무리[55]는 이를 당파의 것으로

102   삼으니 누가 더 큰 잘못인지 알기 힘들었다.

         기벨린 당은 다른 깃발 아래서

         제 술책을 부릴 것이니, 정의와 그걸

105   멀리하는 자 언제나 이를 따르지 못하느니라.

         새로운 샤를[56]은 제 구엘프 당원들과 더불어

         이것을 치지 말 것이며 가죽을 벗기던

108   저 높은 사자의 발톱을 무서워하리라.

         일찍이 제 아비의 죄 때문에 자식들이

         울어야 했던 적이 많았으니 그의 백합을 위해

111   하느님께서 문장을 바꾸신다고 믿지 말기를![57]

         이 자그마한 별[58]은 명예와 명성이 그를

---

[52] **롬바르디아의 이빨** 롬바르디아인들이 교회를 침공했을 때 샤를마뉴가 이를 무찔렀다. 그 뒤 그는 교회의 보호자가 되었다. 이빨은 성서적인 표현이다. 「시편」 3편 7절 참고.

[53] **그것** 독수리 깃발.

[54] **누구든** 노란 나리꽃을 상징으로 삼은 구엘프 당.

[55] **다른 무리** 기벨린 당.

[56] **새로운 샤를** 구엘프 당의 영수인 샤를 2세.

[57] 인류를 지배하시는 하느님의 권위를 상징하는 로마 제국의 깃발의 문장을 프랑스 왕가의 백합으로 바꿀 수는 없다는 것이다.

[58] **이 자그마한 별** 수성.

뒤따르기 위하여 내내 활동적이었던

114   착한 영혼들로 꾸며진 것이니라.

그리고 그들 소망이 뒤뚱거리며 여기

이 꼭대기에 이르렀을 때 위로 오르는

117   진실한 사랑의 빛줄기가 약해지는 것이다.[59]

하지만 우리의 보상과 공덕이 서로

비중을 같이하는 데 우리의 즐거움이 있으니

120   그보다 더하거나 덜한 것을 볼 수 없느니라.

이리해서 살아 있는 정의가 우리 안에 감정을

부드럽게 해 주기에 어떠한 부정에나

123   이미 죽어도 기울어질 수 없게 되었다.

가지가지 목소리가 달콤한 가락을 이루듯이

우리의 삶에 있는 가지가지 층계도

126   천구들 사이에서 부드러운 조화를 이룬다.

그리고 바로 이 진주[60] 속에 로메오[61]의

빛이 비치고 있는데 일찍이 그의 위대하고

129   또 아름다운 업적이 천대받았다.

그러나 그를 거슬러 대적했던 프로방스인들도

웃어 보지 못하였으니, 남의 선으로 자기를

132   해치는 자는 악한 길을 갈 것이다.

라이몬도 베링기에리는 딸이 넷이었는데 모두가

왕녀였으며, 그가 이리 되도록 해 준 장본인은

---

[59] **그리고~** 명예와 명성을 위해서 선행을 하면 하느님께 온전히 이르지 못하고 따라서 하느님의 빛이 줄어들게 된다.
[60] **진주** 수성.
[61] **로메오(Romeo)** 빌라니의 『연대기』에 의하면, 로메오는 초라한 모습으로 프로방스에 왔다가 백작 라이몬도의 총애를 받은 인물이다. 그리하여 그곳의 재정을 맡아 보게 되었다. 그는 백작의 딸 넷을 각각 왕비로 만들었다. 그러다 참소를 받아 백작의 의심을 사자 표연히 사라졌다 한다.

135　미천한 사람으로 떠돌이 로메오였다.

　　그 후에 라이몬도는 모함하는 소리에 빠져

　　열 중에서 일곱이나 다섯을 제게 벌어 준

138　의인에게 계산을 갚으라고 요구하였다.

　　이리하여 그는 곧 가난한 늙은이로 떠나버렸으니,

　　그가 한 조각 한 조각 구걸하면서 연명하며

141　지녔던 마음을 세상이 알았다면,

　　그를 매우 칭송하고 앞으로도 더욱 칭송할 것이다."

| 제7곡 |

 유스티니아누스는 얘기를 마치고 하느님의 찬가를 부르며 다른 영혼들과 함께 춤을 추며 멀어져 간다. 그러자 단테 에게 또 하나의 의심이 일어나지만 감히 그걸 밝히지는 못 한다. 베아트리체가 그의 속마음을 읽고 웃음 띤 얼굴로 그가 품고 있는 것을 밝혀 준다.

"유스티니아누스의 말에 의한다면, 아담의 죄에 대한 마땅한 앙갚음 이었던 그리스도의 죽음이 왜 예루살렘의 파멸과 더불어 벌받아야 했던 일인가?"라는 것이다. 이 의심에 베아트리체가 즉각 대꾸한다. 아담은 하느님에 의해 직접 창조되었는데 제 의지에 재갈을 물리지 않았기에 자 신과 인류 전체에 해를 입혔다. 그리하여 오랫동안 이 원죄의 상태에서 지내다 그리스도의 죽음으로 인해 그로부터 벗어나게 되었다. 즉, 성령 의 힘에 의하여 신성과 원죄로 인해 하느님에게서 멀어진 인성이 화합하 게 될 때까지 아담은 죄의 굴레를 쓰고 있었다는 의미다.

아담은 인성의 상징이다. 그런데 이 인성이 지상낙원에서 쫓겨났으니 그리스도의 인성이 지상에서 겪은 십자가의 고통으로 아담의 고통을 대 신한 것은 지극히 당연하고 의로운 것이라 한다. 따라서 그리스도의 죽 음은 원죄의 의로운 앙갚음이었고 티투스를 통해 하느님에 의해 의롭게 앙갚음한 것은 진실이라는 말이다.

이때 단테는 또 하나의 의문에 사로잡혀 괴로워한다. 즉, "하느님께선 왜 인간의 구원을 위해 독생자의 죽음을 택하였을까?" 베아트리체가 대답한다. 자비에 불타는 하느님의 사랑은 피조물들에게 영원한 미를 나타내 주기에 그것이 손으로 이루는 모든 것은 하느님과 가장 비슷한 것이다. 인간이 바로 이 모든 것을 즐길 수 있는 권한을 부여받았다. 오로지 죄만이 하느님과 비슷한 성품과 자유를 빼앗아간다.

그러한 죄로부터 하느님께서 인간을 구원할 수 있었던 것은 자비 아니면 정의 혹은 그 둘을 합한 것이라 할 수 있다. 사실 태초부터 종말에 이르기까지 인간의 구원보다 더 크고 장엄한 일을 했거나 하게 될 신의 사랑이나 정의는 없다고 베아트리체는 말한다. 다시 말해서 성자가 이 땅에 내려와 인성을 지니게 되어서야 인간은 참다운 구원을 얻었다는 의미다.

단테는 또 하나의 의문에 휩싸인다. "하느님께서 창조하신 것 모두가 영원하다면 왜 물·불·공기·땅 등의 요소가 썩는 것인가?" 이 물음에 대해서도 그녀는 신학적인 해석에 따라 명료하게 대답해 준다.

"호산나, 만군의 거룩한 주님이시여!
당신은 높은 데서 풍요한 빛을 발하시어
3   이 하늘나라의 빛나는 복된 불[1]들을 비추십니다."[2]
네 겹으로 빛을 위에 껴입은[3] 이 실체가

---

[1] **복된 불**(felices ignes) 천사와 성인들이 발하는 불이다.
[2] **호산나~** 원문에는 이탈리아어가 아니라 라틴어와 헤브라이어로 쓰여 있다.
[3] **빛을 위에 껴입은** 이에 관한 해석은 여러 가지인데 가장 적당하다고 여겨지는 것은 '복된 불이 발하는 빛에 영합된 밝으신 하느님'이라는 설이다.

제 가락에 맞춰[4] 몸을 빙빙 돌리면서

6 이렇게 노래 부르는 것이 나에게 보였다.[5]

이 빛과 다른 빛들이 그의 춤에 맞춰[6]

움직이더니, 아주 빠른 불티들처럼 내게서

9 아스라이 멀리 자취를 감추어 버렸다.

나는 의심에 싸여 속으로 말하길,

"그녀에게 말하라! 그녀에게 말하라! 달콤한

12 물방울로 내게 갈증을 풀어 주는 그녀에게 말하라."[7]

그러나 오로지 Be와 ice[8]만으로도 나를

온통 사로잡는 그 존경심 때문에 나는

15 곯아떨어지는 사람처럼 머리를 숙였다.

베아트리체는 날 잠시 그렇게 지탱해 주시더니

불구덩이[9] 속에서도 사람을 기쁘게 할 만한

18 방그레한 미소로 날 비추며 말을 꺼내셨다.

"잘못될 수 없는[10] 나의 생각에 의하면

의로운 복수가 어떻게 마땅히 앙갚음되는

21 것인지 그대를 생각에 잠기게 했으나

나 이제 곧 그대의 마음을 풀어줄 것이니

그대 들으시오. 나의 말들은 그대에게

24 위대한 진리를 나타내 줄 것이기 때문이오.

---

[4] **제 가락에 맞춰(alla nota sua)** 다른 설에 의하면 '제 바퀴에서(alla ruota sua)'라 한다. 즉, '수성이라는 혹성에서'란 뜻이다.

[5] **나에게 보였다** 내게 나타났다는 의미. 라틴어식 표현이라고 한다.

[6] **그의 춤에 맞춰** 천사들의 춤인지 유스티니아누스의 것인지 명확하지 않다.

[7] **"그녀에게~** 자신의 의심을 베아트리체에게 말하여 설명을 듣고자 하는 표현이다.

[8] **Be와 ice** 이는 Beatrice의 밑줄 친 부분. 즉 '그녀의 이름을 부르는 것만으로도'라는 의미다.

[9] **불구덩이** 지옥의 불길을 의미한다.

[10] **잘못될 수 없는** 천국에 있는 영혼들의 판단은 언제나 옳다.

태어나지 않았던 사람[11]이 제 잇속 때문에

의지의 힘 위에 재갈을 견디지 못한 탓으로

27   자신에게 해 입히며 자손 모두에게도 해를 입힌다오.[12]

그리하여 어마어마한 과오[13] 속에 여러 세기를

인류가 병들어 저 아래 누워 있다가

30   마침내 하느님의 말씀[14]이 기꺼이 내려오시자

그를 창조하신 분에게서 멀리 떨어져 있던

인성을 오로지 사랑의 영원한 힘만으로

33   그분의 인격 안에 연결시켜 주었다오.

내 지금 이야기하는 것에 이제 눈을 뜨시오.

이 본성이 그 창조주와 하나가 되게끔

36   창조되었을 때는 성실하고 좋았건만

그것은 진리의 길에서나 제 생명의 길에서[15]

어긋나 버렸기 때문에 제풀에 그만

39   하늘나라에서 내쫓기게 되었다오.

그러므로 타고난 본성[16]에 의해 헤아린다면

십자가가 부과하는 형벌이 아닌 다른 어느 것도

42   그처럼 의롭게 일찍이 물어뜯긴 적이

없는 것과 같이 그러한 본성[17]을 지닌 채

고난을 당하신 그 인물을 바라본다면

---

[11] **태어나지 않았던 사람** 아담은 하느님께서 직접 창조하셨기 때문에 부모가 없다.

[12] 선악과를 먹어 지상낙원에서 쫓겨났고 또 그의 후예들에게 원죄의 탈을 씌워 주었기 때문이다.

[13] **어마어마한 과오** 원죄.

[14] **하느님의 말씀** 성자를 가리킨다. 말씀은 'logos'다.

[15] **진리의 길에서나 제 생명의 길에서** "나는 진리요 길이요 생명이다"라는 예수께서 하신 말씀을 참고하라.

[16] **타고난 본성** 인성.

[17] **그러한 본성** 신성. 그리스도께서 십자가에 못 박혀 돌아가신 것에 대한 인성의 입장과 신성의 입장에서 내린
판단이 서로 엇갈린다는 것을 나타낸다. 즉, 전자의 입장에서 보면 의로우나 후자의 입장에서 보면 불의하다는
것이다.

45 어떠한 것도 그만큼 불의스럽지 않았으리라.

그러나 한 가지 일에서 가지가지 것이 나왔으니

하나의 죽음을 하느님과 유대인이 좋아해[18]

48 그 때문에 땅이 진동하고 하늘이 열렸다오.

의로운 복수가 그 뒤 의로운 법정에 의해

갚아졌다고 말하는 게 이제는 결코

51 그대에게 그다지 힘겹게 보이지 않으리오.

그러나 보아하니 그대는 이 생각

저 생각을 겹쳐 하며 안으로 매듭을 엮어

54 그것을 풀고자 마음 간절히 기대하는군요.

그대 말하길, '내 듣는 바를 잘 헤아리지만

하느님께서 우리의 구원을 위해 바로

57 이 방법을 왜 원하셨는지 모르겠습니다.'

형제여, 이 하느님의 칙령[19]은 사랑의 불꽃 속에

성숙하지 못한 그 어느 누구의

60 눈에도 드러나지 않는 것이라 하겠소.

사실 이 문제에 대해 보기는

많이 하건만, 분별하는 건 조금뿐이니[20]

63 어이해 이 방법이 더욱 가치 있는지 말하리오.

나쁜 것이라면 뭐든 자신으로부터 멀리 하는

하느님의 덕성이 당신 안에 타시며 불꽃을 피우시니

---

[18] 그리스도는 당신의 죽음으로 인류를 구원한다고 여겼기에 기꺼이 죽음을 맞았고, 또 유대인들은 예수를 죽임으로써 증오의 마음을 불태우는 즐거움을 느꼈기 때문이다.

[19] **하느님의 칙령** 성스런 사랑의 불꽃 속에 지성이 키워지고 가르침을 받지 못한 자들의 눈엔 하느님의 결정이 신비에 휩싸여 사실상 터득할 수 없는 것이다. 부티는 '신의 사랑과 자비의 열정을 갖지 못한 자는 자비로 가득 찬 하느님의 일을 알 수 없다'고 해석한다. 하느님의 구원 작업은 다른 어느 것보다도 더 고귀한 사랑의 증거다.

[20] **사실은~** 이 문제에 대하여 많은 사람들이 알려고 하건만 실제로 깨우친 자는 별로 없다는 뜻이다.

66 영원한 아름다움들을 이렇게 펼치시는 것이라오.

그무얼 통하지 않고 그로부터 직접 방울져

나오는 것은 끝이 없으니[21] 그 덕성이

69 찍으신 자국이 없어지지 않은 까닭이라오.

그로부터 직접 비 오듯 하는 것은 모두가

자유로우니, 이는 새로운 것들의

72 힘에 딸려 있지 않은 까닭이라오.[22]

그것은 그에 더욱 부합되기에 더욱 그를

기쁘게 하니 일체의 것을 비추어 주는 거룩한 불꽃이

75 비슷한 것 속에서 더욱 생생한 것이라오.[23]

이 모든 선물들[24]을 인류라는 피조물이

누리고 있으니, 그중 하나라도 없으면

78 그는 고귀함으로부터 떨어져 나가야 한다오.

오로지 죄악만이[25] 그의 자유를 앗아 가며

그걸 또 최고의 선과 어긋나게 하니

81 그 때문에 그 빛이 조금은 약해진다오.

죄악이 텅 비워 놓은 자리를 사악한 쾌락에

대항하여 마땅한 보속으로 채우지 않는 한

84 제 존엄성으로 결코 돌아갈 수 없다오.

그대들의 본성이 그 씨앗[26] 안에 모두가

죄를 범하였을 때 이러한 존엄으로부터

87 멀어진 게 낙원에서 그런 것과 같았다오.

---

[21] **끝이 없으니** 영원하신 하느님께서 손수 불멸을 창조하셨으니.

[22] **그로부터~** 인간의 자유의지는 하느님으로부터 직접 온다. 따라서 하느님 이외의 다른 것에는 따르지 않는다.

[23] 하느님으로부터 직접 오는 자유의지이기에 하느님과 비슷하고 또 그렇기 때문에 하느님께 기쁜 것이 된다.

[24] **선물들** 하느님으로부터 받은 인간의 특권들이다. 불멸성, 자유의지, 하느님과 비슷함 등이다.

[25] **오로지 죄악만이** 인간의 자유의지를 앗아가는 것은 죄뿐이다. 또 이 죄만이 76행의 선물을 박탈시킨다는 뜻이다.

[26] **씨앗** 아담.

그대 차근차근 잘 생각한다면 이 통로들 중

하나를 건너지 아니하고서는 어떠한 길로도

90   회복할 수 없는 것을 잘 알 것이오.

이는 하느님께서 홀로 당신의 친절을 베풀어

용서를 내리셨거나 아니면 인간이 제 스스로

93   자신의 어리석음을 해소시켜 준 것이라오.

그대 이제 영원한 섭리의 심연 안으로

시선을 들이박고 또 나의 말에

96   할 수 있는 한 깊은 주의를 기울이시오.

인간은 제 테두리 안에서 보속을 결코

다할 수 없는 것이니 계속해서 복종하며

99   겸손하게 몸을 아래로 낮춘다 할지라도[27]

불복종하며 내려갔던 그만큼 오를 수 없으니

이것이 곧 동떨어진 사람이 제 스스로의

102   힘만으로는 보속할 수 없다는 이유라오.

그러므로 하느님께서는 말하자면 당신의

하나의 길로서나 아니면 진정 두 가지 길[28]

105   모두로 인간을 완전한 삶으로 회복시켜야 했소.

그렇지만 그 일은 그걸 행하는 자에게

고마운 만큼 그 마음에서 우러나오는

108   자비가 그처럼 나타나는 것이기 때문에,

온 세상에 각인되는 하느님의 덕성이

당신의 모든 방법을 동원하시어 그대들을

---

27 **인간은~** 인간은 제 능력의 테두리 안에서 하느님의 정의에 적합한 만족을 주지 못할 것인데, 이는 곧 그가
복종함에 있어서 겸손하지 못하고 오만을 키운 탓이다. 원죄는 하느님과 같아지려는 오만 때문에 생긴 것이다.
그러므로 인간은 스스로의 힘만으로 죄를 보속할 수 없게 되어 그리스도의 희생이 요구되었다는 뜻이다.

28 하나의 길은 정의, 두 가지 길은 정의와 사랑(자비)이다. 여기서 길이라 함은 방법을 의미한다.

29 **마지막 밤과 첫날** 최후 심판의 날과 창조의 첫날을 말한다.

111   기꺼운 마음으로 끌어올리고자 하셨다오.
       마지막 밤과 첫날[29] 사이에 이 길과 저 길을
       통틀어 이다지 고귀하고 이다지 위대한

114   일이란 이전에도 없었고 앞으로도 없을 것이라오.
       인간으로 하여금 능히 재생할 수 있도록
       하느님께서 거저 그의 죄를 사해 주시지 않고

117   당신 자신을 희생시킬 만큼 너그럽기 때문이오.
       만일에 하느님의 아드님께서 육신을 지니시기
       위하여 자신을 겸손하게 낮추시지 않으셨다면

120   정의를 채우는 데 다른 온갖 방법도 부족했다오.[30]
       이제 온갖 소원을 그대에게 잘 채워 주고자
       내 다른 말로 밝혀 주기 위해 돌아가리니

123   이는 나처럼 그대가 보고 터득케 함이오.
       그대 '내 물을 보고, 불과 공기,
       그리고 땅을 보아하니 그들 모두의 뒤섞임이

126   썩어빠지고 또 그다지 오래 가지 못하는구나.
       이런 것들이 바로 피조물들이었으니, 이미
       언급된 것이 진실이었다면 그것들은

129   부패로부터 피해 마땅할 것이오' 라고 말하는군요.
       형제여, 지금 천사들과 그대가 있는
       참된 나라는 바로 지금의 그 상태대로

132   또 그들의 실체를 고스란히 지니고 창조되었다오.[31]
       그러나 그대가 들어 말한 요소들이며
       그것들로 이루어지는 저것들은 창조된

---

[30] **만일에~** 하느님이신 그리스도께서 희생하여 인간의 원죄를 사하여 준 위대한 가치를 두고 한 말이다.
[31] **참된~** 천국에서는 천사들이 실체 그대로 창조되었다.

135　　힘에 의해서 형상화된 것이라오.

　　　　그것들이 지닌 물질도 창조되었으며

　　　　그들 주위를 돌고 있는 이 별들 안에

138　　생긴 힘도 창조된 것이라오.

　　　　온갖 짐승과 온갖 식물의 영혼을

　　　　거룩한 빛들의 빛살과 움직임이

141　　권능을 지닌 본질로부터 끌어낸다오.

　　　　그러나 그대들의 생명은[32] 지고의 하느님이

　　　　뭘 통하지 않고 직접 불어넣으셨던 후에 그분을

144　　마냥 그리워하도록 사랑을 느끼게 한다오.

　　　　맨 처음의 부모[33]가 둘 다 창조되었을 그때,

　　　　인간의 육신이 어떻게 이뤄졌는지 그대가

147　　돌이켜 생각한다면, 여기 이로부터

　　　　그대들의 부활도[34] 미루어 헤아릴 수 있을 것이오."

---

[32] **그대들의 생명은** "야훼 하느님께서 진흙으로 사람을 빚어 만드시고 코에 입김을 불어 넣으시니, 사람이 되어 숨을 쉬었다." 「창세기」 2장 7절 참고.

[33] **맨 처음의 부모** 아담과 하와.

[34] **부활도** 하느님께서 직접 창조하신 것은 멸하지 않는다고 했으니 인간의 육신도 멸했다고 볼 수 없다. 죽음으로 인해 한동안 영혼과 떨어져 있게 되지만 마지막 날(최후의 심판) 부활을 통해 인간의 육신은 다시 살아나 영원히 지속되는 것이다.

| 제8곡 |

 부활주일의 수요일 오후 5~7시 사이, 금성에서의 일이다. 단테는 금성에 들어가기 전에 이 혹성이 어떻게 이러한 이름을 갖게 되었는지 설명한다.

단테는 이 혹성에 들어온 것을 직접 의식하지는 못하고 베아트리체가 더욱더 현란하게 빛나며 아름다운 모습을 띠게 되자 이내 금성에 들어왔구나 하는 생각을 갖게 된다.

단테는 여기서 등불들이 빙빙 돌고 있는 것을 본다. 이 등불들은 사랑을 강렬히 느꼈던 자들의 혼인데, 그들은 회전을 멈추고 대기의 저 높은 곳에서 내려오는 바람과 같은 속력으로 두 방문객에게 마중 나온다. 그 등불들 속에서 호산나를 부르는 노랫소리가 들려온다.

이 영혼들 중 하나가 앞으로 나와 단테를 향하여 그들 모두는 단테의 욕망을 충족시켜 줄 수 있는 준비가 되어 있다고 말한다. 또 그와 그의 동료들은 단테가 "셋째 하늘을 지성으로 움직이시는 그대들"이라고 했던 군주들이 천사 같은 음성으로 노래를 부르며 움직이다가 단테의 이야기를 듣고자 멈춘다. 그러자 단테는 베아트리체의 무언의 허락을 받고 그에게 더욱 곱살하게 대하는 영혼들을 향해 애정 어린 음성으로 누구냐고 묻는다. 그는 카를로 마르텔로(Carlo Martello)로서 짧은 인생을 보낸 인물인데, 단테의 존경을 흠씬 받았다. 만약에 그가 오래 살았다면, 단테의 그에 대한 애틋한 정은 더했을 것이다. 남부 프로방스와 나폴리 왕국에선 그를 군주로 맞고 싶어 했으며 헝가리에서는 그의 이마 위에 왕관을 씌워 주었으며 시칠리아에서도 그의 후손들을 섬기고 있었다고 한다. 마르텔로는 이어서 제 혈육에 관해 몇 마디 계속한다.

단테는 카를로 마르텔로의 이야기를 듣고 기쁨에 사로잡히나 한 가닥 의심을 품게 된다. "선량한 부모로부터 사악한 자식들이 어떻게 태어날 수가 있을까?" 하는 것이다. 이러한 의심은 단테가 마르텔로의 삶을 비유해서 하는 말이다. 마르텔로는 하느님께선 당신의 섭리가 하늘나라의 실체들 속에서 지상에 넘칠 만한 힘이 되도록 하시며 그 실체들의 개별적인 존재에 관해서도 그러하기에 하늘의 모든 결과들이 미리 정해진 목적으로 나타나는데 만일에 그렇지 못하다면 하늘들은 파괴적인 결과를 낼 것이라고 설명한다. 그것은 불가능한 일이다. 왜냐하면 만일 그렇다면 원동력이 되는 지성들이 불완전하다는 것을 긍정해야 될 테니까 말이다. 마르텔로는 계속해서 말한다. "인간이란 사회 안에 살기 위해 태어났오. 그러나 이러한 일은 인간 각자가 맡은 소임의 다양성이 없다면 불가능할 것이오. 다시 말해서 법률을 만들기 위해 태어난 자도 있고 전쟁을 하기 위해서 태어난 자, 사제가 되기 위하거나 혹은 다른 예술적인 일을 하기 위해 태어난 자들 등등 다양한 형태가 있는 것이라오."

저 아름다운 치프리냐[1]가 셋째 주전원(周轉圓)[2]을
돌면서 미친 사랑을 퍼붓는다고 세상

[1] **치프리냐(Ciprigna)** '키프러스'를 이탈리아어로는 '치프로'라고 하는데, 이곳에서 베누스가 생겼다는 전설에 따라 베누스를 이렇게 부른다.
[2] **셋째 주전원** 달에서 세 번째 혹성인 금성의 궤도를 가리킨다.

3 　　　사람들[3]은 제 위험을 무릅쓰고 믿길 원하였다.

　　　　　옛사람들은 오래된 과오 속에서 오로지

　　　　　그녀에게 제사의 영광을 드리고

6 　　　소리 높여 서원을 드렸을 뿐 아니라,

　　　　　디오네[4]와 큐피드까지 전자는 그의 어머니로서

　　　　　후자는 그의 아들로서 떠받들었고

9 　　　또 그가 디도의 앞자락에 앉았다고 꾸몄다.

　　　　　내가 이 노래의 시작으로 삼은 그 여인으로부터

　　　　　사람들은 태양이 때로는 뒤꼭지로 때로는

12 　　　눈썹으로 애무하는 그 별의 이름을 따왔다.[5]

　　　　　내 그 별에 올라온 것을 미처 깨닫지 못했으나

　　　　　더더욱 아리따워져 보이시는 내 여인이

15 　　　내 그 안에[6] 들어와 있음을 충분히 믿게 하였다.

　　　　　그리고 불꽃 속의 불티가 따로 보이는 것처럼

　　　　　또한 목소리 속의 목소리 하나가 멎고

18 　　　다른 것은 왔다 갔다 해도 분간되듯,

　　　　　그 빛 속에 다른 등불들이[7]

　　　　　빠르고 느린 속력으로 빙글빙글 움직였는데

21 　　　모양으로 봐 그들의 영원한 직관을 좇는 듯했다.

　　　　　저 거룩한 빛들이 드높은 세라피니[8]들 속에서

　　　　　지금까지 그리고 있던 동그라미를 내버리고

---

[3] **사람들** 이교도들.

[4] **디오네(Dione)** 베누스의 어머니. 베누스의 아들은 큐피드.

[5] **때로는~** '때로는 뒤꼭지로'는 초저녁별을 의미하고 '때로는 눈썹으로'는 새벽별을 의미한다. 이는 금성을 말한다.

[6] **그 안에** 금성의 하늘에.

[7] **다른 등불들이** 천국의 천사들이 빛을 지니듯이 천국에서 복 받은 영혼들도 불빛처럼 보인다.

[8] **세라피니** 『구약성서』에 나타나는 천사들 중 최고의 부류인데, 단테의 작품에선 그들이 하느님 주위를 돌며 노래하는 아홉 합창대의 첫 번째 무리를 이룬다.

24   우리를 향해서 오는 것을 본 사람에겐

        싸늘한 구름으로부터 보이거나 말거나

        바람⁹이 그처럼 빨리 내려오지 않기에

27   느릿느릿 보였을 것이다.

        그리고 맨 앞에 나타났던 자들 속에서

        '호산나'가 울렸는데, 그것은 그 이후에도

30   저절로 들려왔으면 하는 마음을 자아냈다.

        그러자 하나가 우리 가까이에 다가오더니

        말을 꺼냈다. "그대 우리의 기쁨을

33   즐길 수 있도록 우리 모두 그대 뜻을 따르리오.

        우리는 하늘의 어른들¹⁰과 함께 똑같은

        둘레 똑같은 회전 똑같은 갈망¹¹을 갖고 도는데

36   그대가 일찍이 그들에게 세상에서 '셋째 하늘을

        지성으로써 움직이시는 그대들'이라고 말했다오.¹²

        우리는 또한 사랑으로 가득 차 있어 그댈 기쁘게

39   하기 위해선 약간의 조용함¹³ 또한 좋을 것이오."

        나의 눈초리가 나의 여인에게 경건하게

        바쳐진 다음, 또 이어서 그녀 자신이

42   나의 눈에 만족과 확신을 주고 난 다음,

        그렇게 언약하여 주었던 빛¹⁴을 향하여,

        "아, 그대들은 누구신지요?"라고 하는

---

⁹ **바람** 번개를 뜻한다.
¹⁰ **하늘의 어른들** 프린치파티(Principati).
¹¹ **갈망** 하느님을 향한 소망.
¹² **'셋째 하늘을~** 단테의 철학 에세이 『향연』에 나오는 시의 첫 구절. 원문은 "Voi che intendendo il terzo ciel movete"이다.
¹³ **약간의 조용함** 노래와 춤을 잠시 멈추는 것을 뜻한다.
¹⁴ **그렇게 언약하여 주었던 빛** 단테를 기쁘게 해 주겠다고 언약한 카를로 마르텔로.

45   나의 목소리에는 커다란 애정이 담겨 있었다.

그렇게 말을 했을 때, 그들의 즐거움 위에

더더욱 커가는 듯한 새로운 즐거움이

48   얼마나 또 어떻게 더해 가는지 난 보았다.

그가 나에게 말하길, "저 아래

세상에서의 내 삶이 짧았는데[15], 행여 안 그랬더라면

51   잊어서는 아니 될 악이 무던히도 많았을 것이오.

나를 두루두루 비춰 주는 나의 즐거움이

마치 비단에 싸인 번데기인 양

54   그대 앞에 내 자신을 감추고 숨겨 준다오.

그대 날 무던히 사랑했고 또 그만 한 이유를

가졌으니, 저 아래에 내 더 머물렀다면 잎들보다[16]

57   더 많이 내 사랑을 그대에게 보여 주었을 것이오.

소르구에 강과 합쳐졌다가 론 강물이

씻는 저 왼쪽 언덕이 한때 나를

60   제 군주로 삼으려고 기다렸으며,

바리와 가에타 그리고 카토나로 도시를

이루고 트론토와 베르데가 바다에 내뿜는

63   거기 아우소니아의 저 모퉁이[17]도 그랬다오.

일찍이 내 이마에는 독일의 언덕들을

버리고 난 다음 다뉴브 강이 적셔 주는

66   그 나라[18]의 왕관이 빛나고 있었다오.

그리고 에우로에게서 커다란 풍랑을 받는

---

[15] **삶이 짧았는데** 그는 스물네 살 되던 해(1295)에 죽었다. 그가 죽고 난 후 왕위는 카를로의 동생 로베르토에게 계승되었다. 그러나 그에 따른 참사가 많았다.

[16] **잎들보다** 열매로써 보여 주었으리라는 뜻이다.

[17] **아우소니아의 저 모퉁이** 나폴리 왕국을 의미한다. 아우소니아(Ausonia)는 시어로 이탈리아를 뜻한다.

[18] **그 나라** 헝가리.

물굽이 위 파키노와 펠로로 사이[19]에서

69 티폰[20] 때문이 아니고 유황 때문에

안개 자욱한 아름다운 트리나크리아[21]도

나를 거쳐 카를로와 리돌포에게서 태어난

72 제 군주들을 아직 기다리고 있을 것이오.

지배 하에 있는 백성들을 언제나 쥐어

짜는 사악한 정부가 팔레르모로 하여금

75 '죽여라! 죽여라!'[22]고 외치게 안 했던들……

그리고 나의 동생[23]이 이것을 예견했던들

카탈로냐의 구차한 가난이 그를 해롭게

78 못하도록 벌써 피해 나갔을 것이니, 이는

그가 자신을 위해서나 남을 위하여 진정

마음을 써 마땅한 일을 가득가득 실은

81 저 배 위에 짐을 더 싣지 말았어야 한 탓이오.[24]

관대한 핏줄로부터 이어받은 그의 인색한

성품은 궤 속에 집어넣는 것을 소홀히

84 여기는[25] 기사도 정신[26]이 필요했을 것이오."

"그대의 말씀이 나에게 보여 주시는 고귀한

희열을, 내 어른이시여, 온갖 선이 끝나고

---

[19] **에우로에게서~** 카타니아의 만을 가리킨다. 이곳은 샛바람(Euro)을 많이 받기에 에트나 화산의 연기가 이곳에 밀려든다.

[20] **티폰(Typhon)** 유피테르의 번개에 맞아 죽은 거인, 그는 시칠리아에 묻혔다. 그의 머리가 에트나 화산 속에 있어 입으로 불어 뿜어낸다 한다.

[21] **트리나크리아(Trinacria)** 시칠리아의 시적인 이름.

[22] **'죽여라! 죽여라!'** 1282년에 시칠리아의 수도 팔레르모에서 샤를 앙주의 세력을 타도하기 위해 프랑스인들을 죽이라고 외치던 사건이 있었다. 샤를 앙주는 이탈리아어로 카를로 단지오라 한다.

[23] **동생** 로베르토.

[24] 악정으로 시달린 왕국에 다시 무거운 세금으로 괴로움을 주지 말았어야 했다는 뜻이다.

[25] **궤 속에~** 로마의 시인 호라티우스(Horatius)의 말에서 연유한다. "궤 속의 돈을 들여다보며 집에 앉아 나 혼자 손뼉을 친다."

[26] **기사도 정신** 군대와 신하들.

87   시작되는 거기에서 내 보는 것처럼

      그대에게도 보인다면 나에겐 더더욱

      기쁜 일이라 여겨지며, 더욱이 하느님을

90   흠모함으로써 그대가 아시니 이를 귀히 여깁니다.

      나를 기쁘게 해 주신 그대시지만, 그대의 말에

      나로 하여금 의문을 품게 하는 게 있으니

93   쓰거움이 단 씨앗에서 어떻게 오는지 밝혀 주십시오."[27]

      내 그에게 이렇게 말하니, 그가 "내 진리를

      그대에게 보여 줄 수 있다면, 그대가 묻는 것에

96   지금 등을 돌리고 있는 그것이 얼굴을 돌릴 것이오.

      그대 오르고 있는 왕국을 온통 뒤덮고

      만족시켜 주는 선이 이 거대한 물체들 안에

99   그의 섭리로 하여금 능력이 있게 한다오.

      그리고 스스로 완전하게 된 정신 속에

      모든 자연이 미리 정해져 있을 뿐 아니라

102   그 모두가 강녕하게 어울려 있기 때문에,

      이 활[28]이 무엇이든 쏘려고 하면,

      제 목적물을 똑바로 향하는 것처럼

105   겨냥한 목적 위에 떨어지도록 마련되었다오.

      그렇게 안 된다면 그대가 걸어가는 하늘이

      이루게 될 결과들이란 조화라기보다는

108   폐허만을 이루게 될 것이니

      그것이 그럴 수 없다면 이러한 별들을

      움직이는 지성들이 충분하지 못하고 저들을

---

[27] 훌륭한 어버이로부터 사악한 자식이 어떻게 태어나는지.
[28] **활** 천체의 영향.

111 완전하게 하지 않으신 첫째 지성이 없는 탓이오.

이 진리가 그대에게 더 명확해지길 바라는지요?"

나는, "아닙니다. 꼭 필요한 자리에 자연이

114 모자라는 것이 있을 수 없음을 보았습니다."

그러자 그가 또다시, "자, 말하시오. 속세의 사람은

반듯한 사회의 시민이 되지 못한다면 불행할 것인가?"

117 내가 대답했다. "그렇습니다. 증명할 필요도 없습니다."

"그렇다면 저 아래선 소임이 각각 다른데, 서로가

다르게 살지 않고서도 그런 시민이 될 수 있는지요?

120 그대들의 스승이 옳게 적으셨듯이 아니지요."

그는 여기까지 추리해 오시다가 이어

결론을 내리셨다. "그러기에 그대들의 결과의

123 뿌리도 각각 달라야 마땅한 것이니,

하나는 솔론²⁹ 하나는 크세르크세스³⁰ 또 하나는

멜기세덱³¹ 그리고 누구는 하늘을 날며

126 자식을 잃었던 자³²로 태어난다오.

썩어질 밀랍에 찍는 도장과 같이 순환하는

자연은 제 재주를 잘 부리지만, 그러나

129 이 집 저 집을 구별 짓지는 아니한다오.³³

한 씨앗에서 에사오와 야곱이 서로 다름이

여기에서 생기며 퀴리누스³⁴가 스스로 마르스의

132 휘하에 들 만큼 천박한 아비에게서 났다오.

---

²⁹ **솔론(Solon)** 그리스의 칠현 중의 한 사람인 아테네의 입법자(BC 639~559).

³⁰ **크세르크세스** 페르시아의 왕(BC 519~465). 전사(戰士)의 전형으로 알려져 있다.

³¹ **멜기세덱(Melchisedech)** 빵과 포도주를 바친 사제의 전형. 「창세기」 14장 18~20절 참고.

³² **자식을 잃었던 자** 다이달로스. 그의 아들은 이카로스. 「지옥편」 제17곡 106~108행 참고.

³³ 제천에 차별 없이 영향을 미치기에 93행에서 볼 수 있듯이 부자가 성품을 달리하고 태어난다.

³⁴ **퀴리누스(Quirinus)** 로마를 세운 로물루스를 의미한다. 그의 아비는 원래 비천한 인물이었다. 그러나 로마인들
은 그의 탄생을 미화시키기 위해 마르스의 아들이라 했다.

하느님의 섭리하심이 잡아 주시지 않는다면

태어난 본성은 낳아 주는 자들과 언제나

135 마찬가지로 제 길을 갈 것이라오.

이제 그대 뒤에 있던 것이 그대 앞에 있군요.

그러나 내 그대를 좋아함을 알게 하려고

138 그대를 몇 마디 말로 덧입혀 주고 싶소.[35]

자연은 제 자신과 일치하지 않는 운명을

만나면 마치 제 고장을 벗어난 다른

141 모든 씨앗처럼 언제나 나쁜 증명을 나타낸다오.

그리고 저 아랫녘 세상이 자연이 닦아 놓은

본 바탕에 마음을 쓰면서 그를

144 뒤따랐다면, 선량한 사람들을 가졌을 것이오.

그러나 그대들은 칼을 허리에 차기 위해

태어난 자를 수도회에 틀어박고[36] 설교를

147 할 만한 그런 사람을 임금이 되게 했으니[37]

그대들의 발자국은 이 때문에 길을 벗어난다오."

---

[35] **덧입혀 주고 싶소** 겉옷인 망토를 입는다 함은 옷을 다 입었다는 뜻이다. 여기에서는 남은 말을 다 들어 두라
는 의미다.
[36] **칼을~** 루도비코는 군인의 몸으로 수도회에 들어갔다. 그래서 후에 툴루즈의 주교가 되었다.
[37] **설교를~** 나폴리의 왕 로베르토를 두고 한 말이다. 그는 교양·학식이 있어 많은 설교를 했다고 전한다.

| 제9곡 |

같은 날 오후 7시경 금성천에서 이야기가 계속된다. 단테
는 카를로 마르텔로의 딸인 클레멘차를 향하여 어찌하여
그들의 자식들이 사악한 죄를 저질렀으며 또 어떻게 벌을
받게 될 것인지 카를로가 예언한 바를 들었다고 말한다. 카를로가 이러
한 예언을 하고 하느님께 향하니 하느님께선 그를 축복하셨다 한다. 한
편 단테는 세상의 헛된 욕망에 사로잡혀 하느님으로부터 멀어져 가는 사
람들을 비난한다.

카를로가 사라지자 또 하나의 영혼이 단테에게 접근하여 찬란한 빛을
더욱 환하게 비춰 주며 말을 건다. 그러자 단테는 베아트리체의 허락을
받고 그에게 응답하며 자기가 품고 있는 소망을 풀어 달라고 한다. 그 영
혼은 쿠니차 다 로마노(Cunizza da Romano)로 에첼리노의 자매로서 세상에
서 금성의 영향력을 체험했기 때문에 지금 금성천에 있노라고 대답한다.
그녀는 운명의 실마리를 기꺼이 받아들이며 괴로워하지 않으니 이는 속
된 인간들에겐 납득하기 어려운 일이라 한다. 그러고 나서 그녀는 가까
이 있는 영혼을 가리키며 말하길, 그 영혼은 세상에 크고도 영원한 명성
을 남겼으니 후손들은 이를 두고두고 기억할 것이라고 한다. 그러나 마
르카 트레비아노의 당시 주민들은 이를 생각하지도 않으며 또 그들이 헤

아릴 수 없이 많은 재앙을 유발시켰어도 뉘우치지 않고 있다는 것이다. 그러다가 파도바인들이 황제에 대항하여 비첸차 부근에 있는 늪의 물을 피로 물들일 것이며 트레비소의 영주 리차르도 다 카미노는 피살될 것이라고 한다. 펠트레는 구엘프에게 충성심을 보이기 위하여 페라라(Ferara)의 대주교에게 자기 집에 피신해 온 네 명의 페라라인들을 내주어 피를 흘리게 한 자기의 주교가 저지른 죄를 슬퍼할 것이라 한다. 쿠니차가 가리킨 영혼이 햇빛에 번쩍이는 루비같이 단테의 눈에 섬광을 비춰 주자 단테는 성급한 어조로 그에게 질문한다.

그는 폴코 다 마스실리아다. 그는 지리적인 설명을 장황히 늘어놓은 다음 자기가 에브로와 마크라 사이에서 태어났으며 자기가 지금 금성천에 있는 것은 디도나 팔리데 혹은 헤라클레스보다도 더 사랑을 불태웠으나 이미 레테의 강물로 자기의 죄를 깨끗이 씻어서가 아니라 하느님의 권능을 만끽했기 때문이라고 대답한다. 그때 폴코는 단테가 또 하나의 의문을 갖고 있는 것을 보고 다른 영혼을 가리킨다. 그는 라합이라는 여자로서 다른 어떤 영혼보다도 먼저 그리스도에 의해 금성천에 올라왔던 영혼이다. 폴코는 속세의 욕심 때문에 종교적인 일을 버렸던 교황들에 대해 신랄히 공박한다. 피렌체는 지옥의 마왕 루시페르에 의해 세워졌는데, 루시페르가 질투 때문에 하느님을 거역하고 악을 퍼뜨려 그리스도인의 양 떼들을 어지럽히고 목자(교황)를 늑대로 만들어 놓았으니, 교회의 복음과 박사들이 소홀히 취급되었으며 따라서 교회의 인간들은 천사장 가브리엘이 예수의 탄생을 동정녀에게 예언해 준 나사렛을 생각하지 않는다고 한다. 그러나 바티칸과 순교자들이 묻힌 로마의 성역이 곧 해방될 것이라고 한다.

아름다운 클레멘차[1]여, 그대의 카를로가

내게 설명해 주고 나서 그의 후손들이 마땅히

3   받을 속임수를 나에게 이야기하였으나

그는 말하길, "조용히! 세월이 흐르게 버려두오"라

하였으니 나는 그대들의 재앙을 뒤따라

6   의로운 통곡이 오리란 말밖에는 할 말이 없었다.

벌써 저 거룩한 빛의 생명[2]은 어떠한

것에든지 풍만히 넘치는 선(善)과 같이

9   그것을 가득 채우는 해님[3]에게 향하였다.

아, 속임당한 영혼들, 허깨비 같은 피조물들이여.

그대들은 헛된 것에 관자놀이를 내세우고

12   좋은 일로부터 마음을 비트는구려![4]

자, 보라! 저 찬란한 빛줄기 중 다른 하나가

나를 향해 오더니 밖으로 밝게 비쳐 주며

15   나를 즐겁게 해 주려는 의지를 나타내 주었다.

아까처럼 내 위에 머물러 있던 베아트리체의

눈들이 나의 소원을 상냥스러운

18   마음으로 들어 줄 것을 나타내 보여 주셨다.

내가 말하길, "아, 복 받으신 영혼이시여.

어서 내 원을 풀어 주시오. 또 내 생각하는 바가

21   그대 안에 반사된 증거를 나에게 주시오."

그러자 아직까지 나에게 새롭던 그 빛살이

전에 노래 부르던 가슴 속 깊은 데로부터

---

[1] **클레멘차(Clemenza)** 마르텔로(Martello)의 딸로서 프랑스의 루이 10세와 혼인했다.
[2] **거룩한 빛의 생명** 카를로 마르텔로의 영혼.
[3] **해님** 하느님을 상징한다.
[4] **비트는구려!** 좋은 일에 마음을 쓰지 않는다는 의미다.

24   선행을 좋아하는 사람처럼 말을 이어받았다.
      "리알토⁵와 브렌타⁶ 그리고 피아바⁷의 샘들
      사이에 자리를 잡은 이탈리아의

27   지저분한 지역⁸의 저 한쪽 편에
      그다지 높지 않은 언덕⁹ 하나가 솟아 있어
      그곳에서 횃불¹⁰ 하나가 일찍이 내려와

30   나라에 무지막지한 공략을 가했다.
      나나 그녀나 같은 뿌리¹¹에서 태어났는데
      나는 쿠니차¹²라 불렸으며 여기 이 별의 빛살이

33   나를 이겨 냈기에 여기서 빛나고 있다오.
      그러나 나는 내게 지워진 운명을 스스로
      기꺼이 용서하고 귀찮아하지도 않는데,

36   아마 그대 속된 자들에겐 힘겹게 보일 것이오.
      내게 아주 가까이 있는 우리네 하늘의
      휘황찬란하고도 고귀한 보물¹³의 커다란 명성이

39   남아 있었고 그리고 그것이 죽어 버리기까지
      아직도 이처럼 백 년을 다섯 곱¹⁴이나 더하리니
      첫째 삶이 둘째 삶을 길이 남기기 위하여¹⁵

42   사람은 얼마나 탁월하게 돼야 하는지 보시오.

---

⁵ **리알토(Rialto)** 베네치아.
⁶ **브렌타(Brenta)** 북부 이탈리아에 흐르는 강.
⁷ **피아바(Piava)** 북부 이탈리아에 흐르는 강.
⁸ **지역** 트레비소(Treviso)의 늪지.
⁹ **언덕** 로마노의 언덕. 이 위에 에첼리노(Ezzelino)의 성이 솟아 있다.
¹⁰ **횃불** 로마노의 폭군인 에첼리노(1194~1259).
¹¹ **같은 뿌리** 에첼리노와 쿠니차는 남매다.
¹² **쿠니차(Cunizza)** 사치를 즐기던 음탕한 여인이었으나 만년에 이르러 회개하고 하느님을 섬겼다 한다.
¹³ **보물** 마르실리아의 폴코(Folco da Marsiglia)를 말한다. 프로방스의 음유 시인이었으나 후에 수도회의 원장이
   된 다음 만년에 마르세유의 주교가 되었던 인물이다. 1231년에 죽었다.
¹⁴ **백 년을 다섯 곱** 오랫동안.
¹⁵ 육체는 비록 죽어 없어지지만 명성은 오래 남는다는 의미다.

탈리아멘토와 아디체[16]가 에워싸고 있는

현재의 무리들은 그것을 생각하지 않고

45 매를 맞으면서도 그것을 후회하지 않는다오.

그러나 시민들이 의무에 그리 익숙하지

못해도 파도바는 비첸차를 씻어 주는

48 물과 늪을 곧 이어 못으로 바꿀 것이오.

그리고 실레와 카냐노가 합쳐지는 곳[17]을

누군가[18] 다스리며 고개를 높이 쳐들고 가건만

51 그를 죽이려고 그물이 벌써 쳐 있었다오.

펠트로가 그의 신덕 없는 목자의

죄과를 슬퍼하여 울 것이니 그 더러움이란

54 말타[19]에 든 죄인 중 누구도 따르지 못할 정도였소.

페라라인들의 피를 받아들이기엔 통이

너무나도 컸기에 한 온스

57 한 온스씩 무게를 다는 자가 지칠 것인데,

이 피는 관대하신 사제가 제 당의 일원임을

보여 주기 위하여 흘려 줄 것이므로

60 그러한 선물이 나라의 생명에 알맞을 것이오.[20]

그대들이 트로니[21]라 부르는 거울들이 위에 있어

심판하시는 하느님이 우리를 거기서 비춰 주시니

63 이 말들이 우리에게 좋게 여기게 하는 것이오."

여기서 그녀는 입을 다물고 몸을 다른 것에로

---

[16] **탈리아멘토와 아디체(Tagliamento, Adice)** 북부 이탈리아에 흐르는 강.

[17] **곳** 트레비소.

[18] **누군가** 리차르도 다 카미노(Rizzardo da Camino).

[19] **말타(Malta)** 볼세나 호반에 있는 감옥.

[20] 비꼬는 표현이다.

[21] **트로니(Troni)** 천사의 제3위를 가리킨다. 그들은 정화천에 있다. 이 천사들은 세라피니와 케루비니 다음 가는 계열에 속한다.

돌리는 듯 내게 보였는데 이전과 같이

66   원 안으로 돌아가는 듯하였다.
내 일찍이 값진 물건으로 보였던 또 하나의
다른 기쁨[22]은 나의 눈에 마치 해님이

69   비춰 주는 아름다운 홍옥과 같았다.
여기서 웃음이 즐거움으로부터 오는 것처럼
저 위에서는 밝음 또한 그러하건만 지옥에선

72   마음이 서러운 그대로 그늘이 겉에 드리워 있었다.
내 말하길, "복 받은 영혼이여, 하느님께서는
모든 것을 보시고 그대의 생각이 그분 안에

75   있으니 어떠한 욕망도 그대에겐 감출 수 없소.
그러므로 여섯 개의 날개로 사제복을 삼는
저 경건한 불들[23]의 노래로써 언제나

78   하늘을 기쁘게 해 주시는 그대의 목소리가
어찌하여 나의 소원을 충족시키지 않으신지?
그대가 내 안에 있듯 내가 있는 것이라면,

81   난 일찍이 그대의 질문을 기다리지 않았을 것이오."
그러자 그는 제 말을 시작하였다.
"육지를 화환처럼 둘러 주는 저 바다,

84   물이 그 안에 널리 퍼지는 커다란 계곡[24]이
서로 맞서는 해안들[25] 사이로 태양과
반대로 누워 있어 처음에는 지평선이 되던

87   그곳을 자오선으로 되게 하는데,

---

[22] **다른 기쁨** 폴코의 영혼.
[23] **경건한 불들** 세라피니 천사들.
[24] **계곡** 지중해를 이루고 있는 곳.
[25] **맞서는 해안들** 유럽 대륙과 아프리카 대륙의 해안들.

그 계곡의 에브로와 마크라 사이

토스카나인으로부터 제노바인을 금방

90   갈라 놓는 그 물가에 나는 살았다오.

거의 같이 해가 뜨고 또 지는 곳에

부제아[26]가 자리 잡고 있으며 일찍이 피로써

93   항구를 덮게 하던[27] 나의 고장도 그러했다오.

나의 이름을 알고 있던 그 백성들이

나를 폴코라고 불렀는데, 이 하늘이

96   그로써 내게 각인하였듯이 나로써 그리했으니[28]

시카이오스나 크레우사에게 고통을 주던

벨로스의 딸[29]이라도 머리털이 어울렸을 때의

99   나보다 더 불타오르진 못했을 것이고

데모포온[30]에 의해 속은 저

로도페[31]나 이올레[32]를 가슴 속에 가두어

102   두었던 알키데스[33]도 그러지는 못하였다오.

그러나 여기 우린 뉘우치기는커녕 웃고 있으니[34]

마음에 돌아오지 않는 허물 때문이 아니라

105   명령을 내리시며 예견하시던 힘 때문이라오.

---

[26] **부제아(Buggea)** 마르세유를 가리킨다.
[27] **피로써 항구를 덮게 하던** BC 49년에 카이사르의 부하 브루투스가 군대를 이끌고 폼페이우스 군을 쳐부수던 곳.
[28] **나의~** 세상에 살았을 때에는 그가 금성의 기운을 받아 사랑에 빠졌는데 지금은 그의 생활의 찬미를 금성에게 돌린다는 의미다.
[29] **벨로스의 딸** 티로스의 왕 시카이오스의 아내였으나 남편이 죽은 후, 아이네아스의 아내가 된 디도.
[30] **데모포온(Demophoon)** 테세우스의 아들.
[31] **로도페(Rhodope)** 트라키아의 시토네 왕의 공주 필리스. 그녀는 데모포온과 약혼한 사이였는데, 그가 아테네에 가서 돌아오지 않자 자살했다.
[32] **이올레(Iole)** 테살리아의 왕 에우리토스의 딸. 헤라클레스가 그녀를 납치해 강제로 결혼하자, 데이아네이라가 이를 질투하여 헤라클레스에게 네소스의 독이 묻은 옷을 입혀 죽였다.
[33] **알키데스(Alcides)** 헤라클레스의 이름. 그는 알키데스의 아들이었기에 이렇게 불린다.
[34] 천국에서는 뉘우칠 필요가 없다. 설령 연옥을 통해서 올라온 영혼들이라 해도 그것이 레테의 강물에 씻겨지기 때문이다.

여기선 그토록 커다란 일을 꾸며 주시는

그 재주를 관조하고 저 위 세상으로 하여금

108 저 아래 세상을 돌게 하시는 선을 분별한다오.

그러나 이 천구에서 생겨난 그대의 소원이

모두 가득 채워져 옮겨질 수 있도록

111 아직도 더 말을 계속하는 것이 내겐 마땅하겠소.

여기 내 곁에 마치 맑은 물속에 비치는

햇빛처럼 반짝이는 이 빛 속에

114 누가 있는지 그대가 알기를 바라고 있으니,

그 속에 라합[35]이 조용히 있고 우리의 대열과

하나로 합쳐져 최상의 층계에

117 새겨져 있다는 것을 그대 이제 아십시오.

그녀는 그대들의 세계가 드리우는 그림자가 한 지점에

이르는 하늘나라로 그리스도의 승리 안에서 구속된

120 어떠한 영혼보다 먼저 올려진 것이라오.

이 손바닥 저 손바닥으로 그가 얻었던

고귀한 승리의 증거로써 그는 어느

123 하늘에 놓여지는 것이 의당 마땅한 일이니

이는 교황[36]에게도 기억이 살짝 스칠 뿐이던

성스런 땅 위에서 그녀가 여호수아의

126 첫 번째 영광을 도왔기 때문이오.

처음으로 제 창조주에게 등을 돌리고

---

[35] **라합(Rahab)** 예리고의 창녀. 그녀는 여호수아가 보낸 간첩들을 제 집에 숨겨 생명을 구해 주었다. 그리하여 그녀는 여호수아의 보호를 받았다. 「여호수아」 6장 17절 이하 참고.

[36] **교황** 보니파키우스 8세. 단테는 그를 언제나 비난한다. 이유는 이렇다. 성지 예루살렘을 회복하기 위해 십자군 전쟁이 일어났을 때 이 교황은 사라센인들이 아니라 그리스도교인들과 싸웠다는 것이다. 그러나 이는 단테의 정치적 편견에서 나온 것이라는 학설이 있다. 실은 보니파키우스가 전쟁 때 시민들에게 성지 회복을 강조하며 참여를 호소했으나 시민들이 듣지 않았다 한다.

그리하여 그 질투로 그다지도 울던

129　　그[37]에 의해서 세워졌던 그대의 도시가

그 저주받은 피오리노[38]를 만들어 퍼뜨려

양들과 산양들로 하여금 방황하게 하였으니

132　　이는 늑대를 제 목자로 삼았기 때문이오.

이 때문에 복음서와 위대한 박사들[39]이

버림받았고 그들의 주석에 나타나는 것처럼

135　　오로지 법령 연구에만 몰두한다오.[40]

교황과 추기경들이 이것에 정신 팔고 있으니

그들의 생각은 가브리엘이 날개를 펴는

138　　나사렛[41]이라는 곳으로 가지 못한다오.

그러나 바티칸[42]과 또 베드로의 뒤를 이었던

군사들[43]에게 무덤이 되었던 로마의

141　　다른 선택받은 지역들[44]은 곧 이어

이 음행[45]으로부터 벗어나게 될 것이라오.”

---

[37] **그** 하느님을 배반하여 쫓겨난 천사들의 우두머리 루시페르.

[38] **피오리노(fiorino)** 피렌체에서 당시 통용되던 화폐. 꽃(fiore)이란 말에서 나왔다.

[39] **복음서와 위대한 박사들** 복음서와 교부들.

[40] 복음서와 교부들의 연구는 제쳐놓고 교회법에만 정신을 팔아 주석만을 늘어놓았던 것을 상기하라. 사페뇨는 이에 대한 해석을 위해 다음과 같은 서간문의 일절을 소개한다. “그대의 그레고리우스가 거미줄 안에 누워 있고 암브로시우스가 성직자들의 버림받은 모퉁이에 누워 있으며, 아우구스티누스는 누워 있으며 디오니시우스 다마시에우스 그리고 베다가 버림받았다. 어찌하여 두란테가 지은 『판례기』와 인노켄티우스(그레고리우스 9세 교황의 법령집에 주해를 붙인 인노켄티우스 4세)와 오스티엔스(법학자이던 추기경 엔리코 오스티엔스)를 들고 떠들어 대는지 나는 모른다. 이는 웬일인가? 그들은 하느님을 목적이자 선으로 삼았건만 이들은 오로지 성직자의 녹만을 그리고 재산 평가만을 추구하는구나.” 여기서 당시 성직자들의 부패한 모습을 읽을 수 있다. 그러나 좀 지나친 표현임에 틀림없다. 왜냐하면 중세엔 교부 문헌의 연구와 스콜라 철학 및 신학이 왕성했기 때문이다.

[41] **나사렛** 천사장 가브리엘이 마리아께 예수의 잉태를 알려 주던 곳.

[42] **바티칸(Vatican)** 베드로가 십자가에 거꾸로 못 박혀 처형당한 언덕. 오늘날 이곳에 교황청과 베드로 성당이 있다.

[43] **군사들** 베드로를 뒤따라 교회를 지키고 순교했던 성직자들과 성자들을 가리킨다.

[44] **선택받은 지역들** 초기 그리스도교인들이 피신해 있다가 죽음을 맞이했던 지하무덤 카타콤베들. 로마엔 무수히 많은 카타콤베가 있다.

[45] **음행** 교황이 교회의 일을 소홀히 하고 속세의 일에만 열중했던 행위.

같은 날 오후 8시경, 단테는 태양천에 이른다. 그는 하늘들에 오르는 것을 계속해서 묘사하기에 앞서 창조의 경이로운 질서에 대해 말한다. 성부께서 성자와 성령을 통해서 놀랄 만한 질서를 가진 우주를 창조했다는 것이다. 단테는 독자의 관심을 불러일으키며 창조주의 위대한 재주를 눈여겨보라고 당부한다.

단테는 여기서 두 번째 영역에 대한 서곡을 울리고 있다. 하늘들은 지구가 드리우는 그림자 꼭대기 너머에 있으며 성령의 최고 단계를 상징해 준다. 하늘들의 위대한 둘레들인 적도와 황도를 관조함으로써 지구에 골고루 빛을 발하여 주시는 신의 섭리를 깨달을 수 있다. 이렇게 우주의 위대한 질서를 찬미하면서 창조주께서 뜻하신 바를 알게 된다.

단테는 이제 태양천에 들어간다. 거기엔 위대한 신학자들과 교부들의 빛이 보인다. 이 혹성은 양자리의 위성계에 있다. 단테는 어떻게 이곳에 올라왔는지 모른다. 다만 그가 이곳에 있다는 사실만 알고 있을 뿐이다. 단테는 태양천에서 빛나는 영혼들을 보는데 그들은 말로 표현할 수 없을 만큼 찬란하다. 축복받은 영혼들이 있는 네 번째 하늘에 하느님께서는 언제나 삼위일체의 신비를 드러내 보이고 계신다. 때문에 이곳에 오르게 된 데 대해 감사드려야 한다고 베아트리체가 말한다.

수많은 영혼들이 노래 부르고 춤을 추면서 단테와 베아트리체 주위에 면류관을 그려 주는데 이것은 마치 달무리와 같은 모양을 띠고 있다. 그들의 노래는 어찌나 달콤하고 아름다운지 형용할 길이 없을 정도다. 이 현자들의 영혼이 두 순례자 주위를 세 차례 빙빙 돌고 나서 노래를 그치고 멈춰 서는 것은 흡사 여인들이 한 곡의 노래가 끝나 춤추는 것을 멈췄다가 다음에 이어질 노래를 기다리고 있는 것과 같다.

그들 가운데 하나가 단테에게 관심을 표명한다. 그는 단테에게 있어서 너무나도 의미 깊은 존재인 성 토마스 아퀴나스다. 그는 말한다. "단테에겐 성총이 너무나도 충만하게 비치시어 산 채로 하늘을 오를 수 있으니 감히 그 어느 누가 그의 소원을 뿌리칠 수 있겠는가?" 하고 말한다. 그러자 그 영혼은 자기에 대해서 설명한 다음 제 오른편을 가리키며 알베르토 마뇨와 율법과 민법의 화해에 공헌했던 그라치아노, 그리고 교회 보물을 헌납했던 피에트로 롬바르도, 탁월한 현자 솔로몬, 천사들의 성품을 누구보다 많이 연구했던 디오니시우스 아레오파지테, 보이티우스 등의 현인들에 대해 소개한다.

이와 같이 아퀴나스가 설명을 마치자 면류관을 그리고 있던 영혼들이 노래와 춤을 계속한다. 그 노래는 아까처럼 달콤하기 그지없다.

하나와 또 하나[1]가 영원히 기운을 불어 주는
사랑[2]으로써 당신의 아드님을 바라보시며
3   으뜸[3]이시자 이를 데 없으신 힘께서

---

[1] **하나와 또 하나** 성부와 성자를 가리킨다.
[2] **사랑** 성령(Spirito Santo).
[3] **으뜸(il primo)** 근원.

정신과 공간⁴을 초월해 돌고 있는 모든 걸

지극하신 안배⁵로 창조하셨으니 이를 보는 자

6 　그를 맛보지 않고선 존재할 수 없으리.

그러므로 독자여, 드높은 바퀴들⁶에로 나와 함께

눈을 쳐들어 한 운행과 또 다른 운행이

9 　맞부딪치는 저쪽⁷을 향해 곧바로 쳐다보라.

그리고 거기에서 시선일랑 결코 떼지 말고

당신 안에 그것을 사랑하시는 저 어른의

12 　재주를 애틋하게 관조하기 시작하라.⁸

유성들을 이끌어 가는 비스듬한⁹ 저 원이

저들을 부르는 세상을 만족시키고자

15 　거기서 가시가 어떻게 돋아났는지 보게 될 것이니,

만일에 저들의 길이 굽어지지 않았다면¹⁰

숱한 힘도 하늘에선 허깨비 같았을 것이며

18 　이 아래 온갖 능력도 거의 스러졌겠고

그리고 직선에서 갈려 나옴이 더나 혹은

덜 아득했던들 우주 질서의 아래 위가

21 　온통 일그러질 뻔하였다.

독자여, 지치기 훨씬 이전에 즐겁고 싶으면

미리 맛을 본 바를 곧바로 생각하면서

---

⁴ **정신과 공간** 물질적인 세계와 정신적인 세계.

⁵ **안배** 질서.

⁶ **바퀴들** 하늘들을 뜻한다.

⁷ **맞부딪치는 저쪽** 양자리에 태양이 있을 때는 춘분이 된다. 그때 황도와 적도가 맞닿는 점에 태양이 떠간다.

⁸ **시선일랑~** 창조주는 우주를 창조한 다음에도 줄곧 그의 섭리를 베푸신다.

⁹ **비스듬한** 황도대 안에 해와 다른 유성들이 운행한다. 하지만 춘분 때에는 황도가 적도보다 경사지기 때문에 이렇게 말했다. 약 23.5도 기울어진다고 한다.

¹⁰ 황도와 적도가 똑같다면 계절의 구별이 불가능하며 또 그들의 경사가 조금이라도 넘거나 처지면 하늘이나 지상의 모든 힘이 없어진다고 믿었다.

24 그대의 의자 위에 이제 앉아라.

내 그대 앞에 내놨으니 이제 그대 혼자 먹어라.

이는 곧 내가 써 온 이 소재가 나의

27 모든 힘을 제게로 향하게 하는 탓이다.

하늘의 능력으로써 세계를 아로새기며

또한 제 빛으로 우리에게 시간을 측량해 주는

30 대자연의 보다 위대한 심부름꾼[11]이

위에서 언급된 바 있는 그 자리와 합해져서

선륜(線輪)을 따라 빙빙 돌고 있는데

33 언제나 사뭇 더 빨리 제 모양을 나타낸다.[12]

나는 그것과 더불어 있었으나 오르는 일은

깨닫지 못하였으니[13], 생각을 미처 하기도 전에

36 생각이 자신에게 와 있음을 모르는 사람과 같았다.

좋음에서 더 좋음에로 이다지도 퍼뜩

이끌기에[14], 시간을 초월하여 행동을

39 펼치고 있는 그녀, 그녀가 베아트리체라오.

내가 들어왔던 태양 안에 있었던 것이

색채로써가 아니요 광채 그 자체로 보이니

42 그것이 스스로 빛을 발하는 것이[15] 대견스럽구나!

천재라 예술이라 그리고 기교라 부른다 해도

상상할 수마저 없는 것일랑 말하지 않으리니

45 믿고서 보기를 갈망할 것이다.

---

[11] **대자연의 보다 위대한 심부름꾼** 태양을 두고 하는 말이다.

[12] **위에서~** 적도와 황도가 교차하는 점에서 나선으로 운행하는 태양은 춘분이 지난 다음이면 일찍 솟아 천천히 북쪽으로 향해 나가고 추분이 지나고 나면 그와 반대로 운행한다.

[13] **깨닫지 못하였으니** 단테는 태양천에 올라온 것을 올라와서야 비로소 알았다.

[14] **좋음에서~** 점점 더 좋은 하늘로 옮아가는 걸 뜻한다.

[15] **스스로 빛을 발하는 것이** 다른 것으로부터 빛을 받아 반사하는 것이 아니라 제 스스로의 몸에서 빛을 낸다는 의미이다.

태양 저 너머로 가 본 눈이 아니었기에

우리들의 환상이 이러한 높음 앞에

48 낮은 것이라 해도 이상하지 않으리라.

지고하신 아버지의 넷째 권속들[16]이 여기

이러한 것이었으니 당신께서 지으시고 기운을

51 불어넣으심을 보이시며 그들을 항상 만족시킨다.[17]

그러자 베아트리체가 시작했다. "자비로써

태양에 그대를 끌어올린

54 천사들의 태양께 감사하고 감사드리시오."

일찍이 사람의 마음이 신뢰감 가득하고

또 자신을 하느님께 온 정성을 다하여 바치기로

57 아무리 재빠른 나래를 갖추었다 해도

이러한 말씀을 듣고 나처럼 하지는 못했으리라.

나의 모든 사랑이 그에게 쏟아졌기에

60 베아트리체마저 망각 속에 사그라지게 하였다.

그러나 언짢게 여기지 않고 미소를 지었으니

그녀의 웃음 띤 눈들이 찬란히 빛남에

63 통일된 내 정신이 다시 여러 갈래로 나뉘었다.

보기에 찬란함보다 듣기에 더욱 달콤한[18]

한결 싱싱하고 압도적인 광채들이 우리를

66 에워싸고 면류관을 이루는 것을 보았으니

대기에 습기가 짙을 때 실을

잡아당겨서 허리띠를 삼을 때 라토나의 딸[19]이

---

[16] **넷째 권속들** 넷째 하늘, 즉 태양천의 복 받은 영혼들.

[17] **당신께서~** 지으신다는 것은 창조하신다는 뜻이며 기운을 불어넣으신다 함은 숨을 불어넣는다는 뜻이다. 그러나 "기운을……" 하고 옮긴 것은 「창세기」 1장 서두에 의한 것으로 단순한 숨이라기보다는 하느님의 권능을 보다 깊게 그려 보기 위한 표현이다.

[18] 그들의 찬란함도 그렇거니와 그들의 감미로운 노래도 대단하다는 뜻이다.

[19] **라토나의 딸** 달무리.

69   이렇게 띠를 두른 것을 우리가 보는 것 같다.

      내가 지나쳐 온 하늘의 궁정에는 그 왕국에서

      가져올 수 없는 귀하고도 아름다운

72   보석들이 매우 많이 발견되었으며

      저 광채들의 노랫소리도 그러한 것이었는데

      날개가 안 돋아 저 위로 날 수 없는 자

75   벙어리에게서나 저 위의 소식을 기대하라.

      이 불붙는²⁰ 해들이 노랫가락에 맞추어

      움직이지 않는 양극에 가까이 도는 별들처럼

78   우리들의 주위를 두루 세 번 돌고 난 다음

      마치 원을 그리며 춤추던 여인들이 새로운 노래가 다시

      시작될 때까지 그 원을 흐트러뜨리지 않고 묵묵히

81   발을 멈추고 귀를 기울이듯 멈춰 있었다.

      그들 중 하나가 말을 꺼내는 소리 내게 들렸다.

      "참된 사랑을 불붙여 주고 그 뒤에 가서

84   사랑하면서 자라나는 성총의 빛줄기가

      그대 안에 배로 늘어나며 그토록 비춰 주어

      다시 올라가지 않고선 아무도 내려갈 수 없는

87   저 계단을 거쳐 그대를 위로 이끌어 갈 때

      바다에 흘러내릴 수밖에 없는 물처럼

      갈증을 풀어 주는 포도주를

90   거절하는 자는 자유로울 수 없을 것이오.

      그대가 알고자 함은 그대로 하여금 힘을 모으게 하는

      아름다운 여인²¹을 둘러싸고 사랑스레 쳐다보는

93   이 화환이 어떤 나무에서 피어나고 있는가 하는 것이오.

---

²⁰ **불붙는** 불타는 듯 찬란한.
²¹ **아름다운 여인** 베아트리체.

나는 도미니쿠스가 길을 따라 이끌어 가던

거룩한 양 무리에 속한 어린양이 있었으니

96 그 길을 잃지 않는 한 통통히 살찔 것이오. [22]

여기 내 오른쪽 가장 가까이 있는 이분은

사제로서 내겐 스승이었는데 그가

99 쾰른의 알베르토[23]이고 나는 토마스 아퀴나스라오.

또 다른 모든 이들을 확실히 알고자 하거든

나의 말을 바싹 좇아 축복받은 화환

102 저 위로 눈을 휘휘 내돌려 살펴보시오.

저기 다른 불꽃은 그라치아노[24]의 웃음에서

발하고 있는데 그는 두 가지 법정[25]을 다

105 하늘나라에서 반기실 만큼 도왔다오.

잇따라 우리의 합창대를 장식해 주는 다른 불꽃은

가난한 여인과 더불어 자기의 재산으로

108 성스런 교회에 이바지했던 피에트로[26]라오.

우리들 사이에서 가장 아름다운 다섯째 빛[27]은

저 아래 온 세상 사람이 무척 그의 소식을

111 알고 싶어 하도록 그윽한 사랑을 불어넣으신 이로

그 안에 깊은 예지가 담겨진

---

[22] **나는~** 성 토마스 아퀴나스를 가리킨다. 그의 이탈리아식 이름은 토마스 아퀴노(Thomas Aquino)이다. 단테의 신학적 배경인 그는 교회의 숭앙을 받아 마땅한 인물이다. 1226년 룩카세카의 아퀴노 백작 집안에서 출생하여 1274년 리용의 공의회에 가던 도중 죽었다. 단테의 작품 전체는 그의 대표적인 작품인 『신학대전』의 영향을 지대하게 받았다.

[23] **쾰른의 알베르토** 성인(聖人) 학자였던 알베르토 마뇨(Alberto Magno)를 가리킨다. 스콜라 학파의 거두로 아퀴나스는 그에게서 배운 바가 많다.

[24] **그라치아노**(Francesco Graziano) 이탈리아의 유명한 법률가. 1150년경 율법에 관한 저술 『그라치아노 법(Decretum Gratiani)』으로 속세의 법과 교회의 법을 조화시키려고 노력했다.

[25] **두 가지 법정** 속세의 법을 다스리는 곳과 교회의 법을 다스리는 곳.

[26] **피에트로**(Pietro Lombardo) 철학과 신학 강요의 전형이 된 학술을 많이 발표했던 12세기의 학자. 그의 저서 『판결문집(Libri Sententiarum)』은 당대 대학 교재로 사용되었다.

[27] **다섯째 빛** 솔로몬(Solomon).

높은 얼이 들어 있어 진실이 진리가 되면

114   그를 따를 만한 현자가 두 번 다시 보이지 않을 것이오.

저 아랫녘의 육체 속에 있으면서 천사의

본성과 그 소임을 누구보다 깊숙이 알고 있던

117   저 촛불의 광명[28]이 옆에 있으니 보시오.

초기 그리스도인 시대의 법률가[29]로서 그의

라틴어 저술이 아우구스티누스에게 도움 되었던

120   자가 또 다른 자그마한 빛 속에서 웃음 띠오.

이제 그대 마음의 눈을 나의 말을 따라

빛에서 빛으로 굴린 것이라면

123   이내 여덟째 빛[30]에 대해 갈증을 느낄 것이오.

이 거룩한 영혼은 그 안에서 온갖 선을

보고서 즐기며 그를 주의 깊게 듣는 자에게

126   그릇된 세상을 명확히 나타내 준다오.

그 영혼이 쫓겨났던 육체는 저 아래

치엘다우로[31]에 누워 있고 그것은 순교와

129   유배를 벗어나 이 평화에로 왔던 것이오.

---

28 **촛불의 광명** 디오니시우스 아레오파지테(Dionisius Areopagite). 성 바울로에 의해 52년에 개종하고 그의 제자로서 아테네의 주교가 되었다가 95년에 순교했다. 「사도행전」 17장 34절 참고. 그는 많은 작품을 남겼다. 그 가운데 주목되는 것은 「천사의 위격에 대해서(De coelesti hierachia)」라는 것과 「신비로운 신학(Mystica thelogia)」 등등인데 사실은 그의 것이 아니라 한다.

29 **법률가** 락탄티우스, 암브로시우스, 파울루스 등등으로 그 실체에 대해 분분한 주장이 엇갈리는 인물이다. 그러나 사페뇨 교수에 의하면 5세기의 에스파냐의 역사가 파울루스 오로시우스(Paulus Orosius)라고 한다. 그는 "대홍수 이래 그의 시대까지 세상에 있었던 모든 악을 집대성한 책인 「이교도에 대적하는 역사서 7권(Historiarum libri VII, daversus Paganos)」을 썼다고 한다. 이 책은 아우구스티누스의 「신국론(Cittadi Dio)」과 같이 로마 제국의 멸망이 그리스도교에 의한 것이라고 주장하는 이교도들의 주장을 반박하고 있다. 이 책은 교회사의 귀중한 자료다.

30 **여덟째 빛** 보이티우스(Severinus Boethius, 470~525?). 로마 말기의 정치가이자 철학자로서 동고트의 중신이었으나 모함을 받아 역적의 누명을 쓰고 죽었다. 그가 옥중에서 썼다는 「철학의 위안(De consolatione philosophiae)」은 너무나 유명한 책이다. 단테는 이 책에서 많은 것을 배웠다. 특히 후반부의 최고선 문제는 탁월하기 그지없다.

31 **치엘다우로(Cieldauro)** 사실은 치엘로 도로(Cielo d'oro), 즉 황금의 하늘이다. 보이티우스가 처형된 후 황금의 하늘이라는 성 베드로 성당에 묻혔다.

이시도로[32], 비드[33], 그리고 사색에 있어선

인간 그 이상의 존재였던 리카르도[34]의

132 　열정적인 입김이 불붙는 것을 또한 보시오.

그대의 눈길을 나에게 돌이키게 한 것은

한 영혼의 빛으로, 무거운 사색 중에 있던

135 　그에게는 죽음이 더디 오는 것처럼 보였다오.

그것은 시지에리[35]의 영원한 빛인데,

그는 짚가리의 거리[36]에서 가르치면서

138 　미움을 산 진리를 논증한 그이라오."

그리하여 하느님의 신부[37]가 사랑하기 위하여

그 신랑[38]에게 아침 노래를 드리러 일어나는

141 　시간이 되려 하거든 우리에게 소리 내는 시계의

한 부분이 다른 부분을 와락 끌어당겨서

사랑으로 잘 다듬어진 혼이 부풀도록

144 　감미로운 가락으로 땡땡 하고 울려 주듯이

난 그렇게 보았는데, 영광스러운 바퀴가

움직이며, 소리는 소리와 어우러지고

147 　아름답게 되어 환희가 영원토록 있는

저곳이 아니라면 알 수 없을 정도였다.

---

[32] **이시도로(Isidoro)** 에스파냐의 세빌랴의 주교였던 학자(560~636)로서 그는 『인식론(Etymologiae)』 혹은 『근원론(Origines)』이라는 방대한 백과전서를 남겼다.

[33] **비드(Bede)** 영국의 교부로서 『영국교회사』를 썼던 사제(672?~735).

[34] **리카르도(Riccardo)** 스코틀랜드인, 영어 식 이름은 리처드(Richard Victor)다. 그는 신비 신학자이자 대명상가로서 1162년부터 파리의 빅토르(Victor) 수도원의 원장 신부였다.

[35] **시지에리(Sigieri)** 1282년에 죽은 파리 소르본느 대학의 철학 교수. 그는 아베로이즘을 따라 개체의 불멸을 부인하고 심리적 결정론을 내세워 이단자로 여겨졌다.

[36] **짚가리의 거리(Rue de fouarre)** 대학(파리)의 발상지.

[37] **하느님의 신부** 교회를 상징한다.

[38] **신랑** 그리스도.

제11곡

 단테는 천국의 향락에 대해 거듭 생각하면서 한편으로는 지상에서의 세속적인 선의 주위를 맴돌며 괴로워하고 있는 가엾은 인간들에 대해 연민을 느낀다.

열두 영혼 모두 각기 둥그런 면류관의 제 자리로 돌아가자 아퀴나스는 더 환한 모습으로 단테와 말하고 그의 생각은 하느님에게서 알아볼 수 있다고 밝힌다. 아퀴나스는 단테가 두 가지 의심을 풀고자 함을 알고 있기에 솔로몬에 대해 얘기한 다음 하느님의 섭리 덕분으로 지극한 사랑의 상징인 성 프란체스코와 지식의 상징인 성 도미니쿠스가 세상에 나타나셨다고 설명한다. 이 두 분은 같은 목적을 위해 일을 하셨기 때문에 한 분을 칭찬하면 다른 한 분도 저절로 칭송받는 것이라 하고 아퀴나스는 우선 전자에 대해서 이야기한다.

"수바시오 산 서쪽 해안가 투피노와 키아쉬오 강 사이 비탈길이 다소 누그러지는 곳에서 아주 찬란한 하나의 태양인 성 프란체스코가 태어났으니 그 고향 앗시시는 차라리 동방이라 불러 마땅할 것이오."

프란체스코는 아직 젊었을 때 세상 사람들에게 자신의 위대한 덕의 표적을 나타내기 시작했는데, 사람들이 죽음만큼이나 무섭게 여기며 피하던 한 여인(청빈)을 사랑하여 아버지의 격노를 무릅쓰고 주교와 아버지 앞에서 사랑하는 그녀와 경건하게 결합했다. 이 여인은 처음 결혼에서 얻은 지아비(예수)를 여의고 오랫동안 무시당했던 여인이다. 카이사르가 어부 아미클라스와 그녀를 찾아 나섰던 사실, 또 그녀가 발치에 마리아를 두고 십자가에 용맹스럽게 오르던 사실도 있었지만 아무도 그녀를 사랑하지 않았다. 이것은 곧 프란체스코가 가난이라는 여인과 결혼한 것을 나타내 주는 비유다.

프란체스코와 청빈은 잘 화합했다. 그리하여 오로지 사랑과 경탄 그리고 감미로운 시선만이 그들이 지니는 성스런 사념들을 다른 사람들에게 이입시켰다. 그리하여 마침내 그의 뒤를 이어 베르나르도도 가난의 표식으로 신을 벗었고 이어 에지디오와 실베스트로도 그러했다. 프란체스코는 청빈한 모습을 지니고 제자들과 함께 로마에 가서 시험 끝에 교황 인노켄티우스 3세와 호노리우스 3세로부터 인준을 얻어 청빈한 수도 생활을 계속하게 되었다. 제자들은 자꾸만 불어났다. 그 후 그는 순교에 대한 열망 때문에 사라센인들 사이로 들어갔는데 술탄의 면전에서 그리스도의 진리를 선교했으나 그들이 개종하려는 기색을 보이지 않자 할 수 없이 되돌아왔다. 그가 하느님의 부름을 받고 이승을 떠나려 할 때 그는 제자들에게 가난을 남겨 주며 그것을 사랑하라고 부탁했다. 그는 고요하게 죽었다. 그는 그의 주검에 관을 요구하지 않고 벌거벗은 채 묻혔다. 이어 토마스 아퀴나스는 성 프란체스코의 스승이신 성 도미니쿠스의 위업에 대해서도 말한다. 이들 모두의 소원은 교회를 구하는 데 있었다.

오, 인간들의 무분별한 헛수고여.
그대로 하여금 날개를 파닥거려 떨어뜨리게 하는
3   저 삼단논법들이 얼마나 결함투성이인가![1]
법률들[2]을 뒤따르는 자, 격언[3]을 좇아가는 자,

또 더러는 사제직⁴을 따라가는 자,

6   그리고 더러는 폭력이나 궤변⁵으로 다스리는 자,

도둑질하는 자⁶, 또 더러는 나라 일에

더러는 육체적 쾌락 속에 휩쓸렸던 자가

9   피로에 지치고 또 누구는 안일에 몰두하는

무렵, 나는 이러한 모든 것에서 풀려나

이토록 영광스런 영접을 받으며

12   베아트리체와 함께 하늘 위에 있었다.

그들 각자는 이전에 있었던 면류관⁷

자리로 옮아가 마치

15   촛대 위의 초와 같이 우뚝 서 있었다.

갑자기 나에게 말했던 그 빛⁸ 속에서

가뜩이나 더 맑게 빛나며 미소를 머금은 채

18   시작하는 말소리를 나는 들었다.

"영원한 그 빛으로 인해서 내가 빛을

발하듯이 나는 영원한 빛을 바라보면서

21   그대의 사념들이 어디서 나오는지 안다오.

그댄 의심하고 또 나의 말이 그대가

듣기에 쉽게 아주 트이고 똑똑한 말로

¹ **오, 인간들의~** 지선의 상징인 하늘로 향하지 않고 오히려 지상의 일에 인간의 영혼을 쏠리게 하는 생각들은 불완전하며 궤변적이라는 뜻이다.
² **법률들** 민법과 교회법 두 가지를 가리킨다.
³ **격언** 히포크라테스의 격언. 즉, 의사가 지녀야 할 소양과 지켜야 할 수칙을 뜻한다.
⁴ **사제직** 여기서의 뜻은 사명감을 지닌 것이 아니고 오로지 명성과 이익만을 노리는 사제직이다. 단테는 법률 가·의사·사제의 그릇된 점을 공박하는 의미로, "이익 때문에 예지의 벗이 되는 자는 진정한 철학자라 할 수 없다. 이를테면 법률가나 의사 혹은 종교인들로서 그들은 돈과 지위를 얻고자 할 뿐 지식을 위하여 학문하지 않는다"라고 『향연』 3권 11장 10절에서 말한다.
⁵ **폭력이나 궤변** 나라를 폭력과 사기로 통치한다는 뜻이다.
⁶ **도둑질하는 자** 군주·군인·도둑·강도 등 학자에 따라 여러 가지로 해석한다.
⁷ **면류관** 단테 주위를 둥그렇게 둘러싼 영혼들의 원.
⁸ **그 빛** 토마스 아퀴나스의 영혼.

24 설명되었으면 하고 바라고 있구려.
내 전에, '많이 살찌는 곳에' 라고 말했고
또 언젠가, '똑같은 것이 일어나지 않았지' 라고

27 말했는데, 여기 그것이 잘 분별되어야겠소.[9]
온갖 피조물들의 시선이 깊은 곳에 미치기도
전에 가려지는 그 성지(聖旨)로써

30 세상을 다스리고 있는 하느님의 섭리는
고함 소리 높게 높게 지르며 축복받은
피를 흘려 마련하셨던 그분의 신부[10]로 하여금

33 그녀의 사랑하는 임에게 나아가기로
스스로 확신하게 함은 물론 그에게 충실한
두 왕자[11]를 제 자신의 뜻에 따라 가르쳐

36 이곳이나 저곳에서 안내자가 되게 했다오.
하나는 열정에 있어 완전히 세라피니였으며
다른 이는 지상의 지혜로 보아 케루비니

39 빛의 한 가닥 광채였던 것이라오.
그들은 똑같은 목적에 따라 행동을 했기에
한 분을 칭송함에도 그 두 분의 일이

42 포함되기에 한 분에 대해 말하겠소.
복 받은 우발도[12]에 의해 선택된 언덕에서
흘러내리는 물과 투피노[13] 강 사이에

45 높은 산의 비옥한 줄기가 기울어져 있으니,

---

[9] **내 전에~** 「천국편」 제10곡 94~114행을 참고.
[10] **그분의 신부** 교회를 뜻한다.
[11] **두 왕자** 성 도미니쿠스(도밍고 혹은 도미니크)와 성 프란체스코. 전자는 깊은 진리, 후자는 세라피니의 사랑을 뜻한다.
[12] **복 받은 우발도(Ubaldo)** 우발도 성인(1084~1160). 처음엔 은둔 생활을 했으나 나중에 주교가 되었다.
[13] **투피노(Tupino)** 앗시시 근처에 흐르는 작은 강. 토피노라고도 한다.

그로 해서 페루지아는 포르타 솔레[14]로부터

추위와 더위를 느끼며 그 뒤에선 노체라가

48   구알도와 더불어[15] 무거운 멍에 탓에 운다오.

마치 갠지스 강으로부터 때때로 그러는 것처럼

이 산줄기가 제 등날을 제법 꺾어버리는

51   곳으로부터 한 태양[16]이 세상에 생겼다오.

그러므로 이 장소를 두고 말하는 자여,

짧게 말했으면 해서 'Ascesi'[17]라 이르지 말고

54   제대로 이르길 바라거든 'Oriente'[18]라 하시라.

태어난 시간이 그다지 오래 되지 않았을

무렵[19], 그는 자신의 위대한 덕성으로써

57   세상이 어떤 위안을 느끼게 하기 시작했다오.

젊디젊은 그는 마치 아무도

행복의 문을 열어 주지 않는 죽음과도 같은

60   그러한 여인[20]을 위하여 아버지와의 싸움에 달려들었소.

그는 또 자신의 영적인 법정 앞에서

아버지가 계시는 가운데 그녀와 결합한 다음

63   날이면 날마다 더더욱 그녀를 굳세게 사랑했다오.[21]

---

[14] **포르타 솔레** 'Porta', 'Sole'는 각각 '문'과 '태양'이라는 뜻을 가지고 있다. 페루지아의 동쪽에 있는 문. 이 문은 수바시오 산과 마주보고 있는데, 수바시오 산상에 앗시시가 있다. 이 산에 반사되어 여름엔 덥고 겨울엔 춥다는 것이다.

[15] **노체라(Nocera)가 구알도(Gualdo)와 더불어** 수바시오 북동쪽에 있는 작은 마을.

[16] **태양** 성 프란체스코.

[17] **Ascesi** 앗시시(Assisi)의 옛 이름. 그러나 여기엔 비유가 담겨 있다. 아세시(ascesi)는 오른다(ascendere)는 뜻과 내려가기 위해서(a scendere)라는 뜻이 있다. 그러므로 산을 의미한다.

[18] **Oriente** 동방이란 뜻이다. 프란체스코는 태양으로 비유된다. 따라서 그가 그곳에서 태어났으니 해가 뜨는 동방이라 불러 마땅하다는 것이다.

[19] **태어난~** 젊었을 때, 즉 24세.

[20] **여인** 사람들이 죽음만큼이나 싫어하는 가난, 혹은 청빈.

[21] **그는~** 1207년 봄, 쓰러져 가는 성 다미안 성당을 개수하기 위해 프란체스코는 제 아버지의 말과 포목을 팔았다. 이에 격분한 그의 아버지가 그를 끌고 앗시시의 주교 구이도에게 갔다. 아들은 주교와 뭇사람들 앞에서 아버지에게 "지금까지 당신을 아버지라 불렀으나 이제부터는 하늘에 계신 우리 아버지를 마음 놓고 그렇게 부를 수 있습니다"라고 말했다. 이리하여 그는 청빈과 신비로운 혼례를 치룬 셈이다.

첫 남편[22]을 앗긴 이 여인은 천백 년도 더

업신여김과 무시를 당하고 지내면서

66   그 누구의 초대도 받아 보지 못했다오.

온 세상 사람을 치 떨게 했던 자[23]의 목소리를

듣고서도 이 여인이 아미클라스[24]와 더불어

69   태연자약했다는 소문이 있어도 소용없었고[25]

마리아께서 이 아래 세상에 남아 계실 때 이 여인이

예수님과 함께 십자가 위에서 통곡할 정도로 굳세고

72   끈질겼다는 말이 있어도 보람이 없었다오.[26]

그러나 내 덮어둔 채[27] 나가지 않기 위해

이제 번져 가는 내 말에 있어 이 애인들이

75   프란체스코와 청빈임을 그대 알아 두시오.

그들의 화합과 그리고 그들의 즐거운 모습,

사랑, 경탄 그리고 부드러운 눈초리가

78   거룩한 생각들을 생겨나게 하였으니

존경할 만한 베르나르도[28]가 맨 처음으로

신발을 벗고[29] 한량없는 평화의 뒤를 따라

81   달렸으며, 달리면서도 더딘 듯 보였다오.

오, 잊혀져 온 재화여. 오, 풍요한 보화여!

---

[22] **첫 남편** 그리스도. 그도 역시 가난의 상징이었다. 파피니(Papini)의 저서인 『예수전(Storia di Cristo)』의 첫 문장에서 그리스도의 출생에 대한 말을 기억해 보자. "예수는 하나의 마구간, 진짜 마구간에서 태어났다." 많은 것을 생각하게 하는 말이다.

[23] **치 떨게 했던 자** 카이사르.

[24] **아미클라스(Amyclas)** 루카누스의 『파르살리아』에 나오는 어부. 카이사르가 폼페이우스와 싸울 때 아드리아 바다를 건너고자 어느 날 밤 어부의 오두막으로 갔다. 그런데 그 어부는 그를 무서워하기는커녕 태연했다.

[25] **소용없었고** 사랑을 받을 수 없었다는 의미다.

[26] **마리아께서~** 모두가 그리스도를 떠났으나 청빈만은 골고다 언덕 십자가 위에 같이 있었다.

[27] **덮어둔 채** 직접 밝히지 않은 채.

[28] **베르나르도(Bernardo)** 프란체스코의 첫 제자. 그는 부잣집 아들이었으나 프란체스코가 밤마다 눈물 흘리며 기도하는 모습을 보고 깨달은 바가 있어 1209년 5월 그의 제자가 되었다.

[29] **신발을 벗고** 가난을 상징한다.

에지디오[30]가 신을 벗고 실베스트로[31]가 신랑을

84 따라 신을 벗어 신부를 기쁘게 했다오.

그 뒤 저 아버지와 저 스승님은 그의

여인과 더불어 또 초라한 노끈으로 이미

87 동여매었던 그 권속들과 더불어 떠났다오.[32]

피에트로 베르나르도네[33]의 아들이라 해도

또는 놀라웁게도 무시당한 듯 보인다 해도

90 마음을 비하시키거나 시선을 떨어뜨리지 못했으니

그는 왕답게 자신의 단호한 의도를

인노켄티우스에게 밝혔고, 또 그에게서

93 자기 수도회에 대한 첫 수결을 받았다오.

상찬받을 인생, 하늘나라의 영광 속에서

더 잘 노래 불려질 그의 뒤를 이어서

96 가난한 무리들이 점점 늘어난 다음에,

이 수도원장의 성스런 의지는 영원한

성령으로부터 호노리우스[34] 교황을 통해서

99 두 번째 면류관으로 꾸며졌다오.

그 뒤 그는 순교의 갈증 때문에

오만한 술탄의 면전에서[35] 그리스도와 또

102 그를 뒤따른 제자들에 대해 설교했으나

---

[30] 에지디오(Egidio) 성 프란체스코의 제자. 1273년에 죽었다. 「고귀한 말씀(Verba auera)」이란 책을 썼다.

[31] 실베스트로(Silvestro) 앗시시의 첫 주교. 그는 탐욕스런 인간이었으나 어느 날 밤 꿈에 성 프란체스코의 입에서 나온 금 십자가가 그 끝을 하늘로 향하고 있음을 보고 이내 그의 제자가 되었다.

[32] 떠났다오 로마로 떠났다는 의미다. 프란체스코는 1209년에 로마에 가서 교황 인노켄티우스 3세에게 프란체스코 수도회의 회헌(會憲)을 인준받았다.

[33] 피에트로 베르나르도네(Pietro Bernardone) 프란체스코의 아버지.

[34] 호노리우스(Honorius) 프란체스코 수도회는 1223년에 교황 호노리우스 3세에게 다시 한 번 성대히 인준되었다.

[35] 술탄의 면전에서 프란체스코는 순교를 무릅쓰고 제5차 십자군 전쟁 때 제자들과 함께 이집트에 가 술탄의 면전에서 그리스도의 복음을 전한 일이 있었다.

개종하기엔 너무나도 덜 익은 무리임을 보고

헛되이 머무르지 않기 위하여 이탈리아의

105 풀의 열매로 돌아오게 되었는데, 그는

테베레 강과 아르노 강 사이의 거친 바위에서

그리스도로부터 마지막 수결[36]을 받아 이를

108 이태 동안 그의 육신에 지니고 다녔다오.

그토록 커다란 은혜를 베푸시는 하느님이

자신을 스스로 조그맣게 낮추면서 세웠던 공의

111 상급으로 그를 기꺼이 위로 끌어올리려 했을 때

그는 자기 형제들에게 제 자신의 가장 사랑스런

여인을 마치 의로운 유업인 양 부탁하며

114 그녀를 지성껏 사랑하라고 명령했다오.

그리고 빼어난 영혼이 제 왕국으로 돌아가며

가난의 품을 떠나고자 했을 때

117 제 몸뚱이에 다른 어떤 관을 바라지 않았다오.[37]

그의 훌륭하신 동료가 누구였는지 이제

생각하시라. 그는 성 베드로의 배를 깊은

120 바다에서 똑바른 표적을 향해 끌고 갔다오.

또 그이는 우리의 시조였으니

그분의 명을 좇아 그분을 따라가는 자

123 좋은 짐을 싣는 것임을 그대 알 수 있다오.

그러나 그의 양 떼는 새로운 음식에

욕심을 부리게 되어 사방의 숲으로

126 퍼져 나가지 않을 수 없을 지경에 이르렀다오.

---

[36] **마지막 수결** 그가 죽기 두 해 전인 1224년 그리스도의 오상(五傷)상, 즉 십자가에서 못 박히고 창에 찔려 생긴 상처.
[37] 빈 몸으로 땅에 묻히길 바랐다.

그의 양들은 아득하게 멀리

그로부터 뜨내기 신세 되어 멀어져 갈수록 더욱

129　텅 빈 젖통[38]을 지니고 움막으로 돌아온다오.

비록 해 입을까 두려워 목자에게 달라붙는

자들도 있기는 하지만, 그들의 수가 적어서

132　옷을 깁는 헝겊 조각 정도라오.

이제 내 말이 목쉰 소리가 아니라면

그대의 청각이 주의를 기울였다면

135　또 내 이른 바가 그대의 마음에 떠오른다면

그대의 소망이 부분적으로 이루어질 것인데,

어디로부터 나무가 갈라져 오는지 볼 것이며

138　'길을 잃지 않으면, 좋이 살찌는 곳' 이라고

이르는 바가 수정될 것임을 그대가 알 것이기 때문이오."

[38] **텅 빈 젖통**　남을 먹이는 영혼의 양식인 종교적, 신학적 진리를 뜻한다.

저녁 9시경. 성 토마스 아퀴나스가 말을 마치자 열두 명의 축복받은 영혼들은 면류관 모양의 형상을 이루며 반짝이고 있다. 그것들이 한 바퀴 빙 두르기 전에 또 한 겹의 면류관들이 그 위에 둘러싸여 있다. 그곳에서 춤을 추는 게 보이고 노랫소리가 감미롭게 느껴진다. 이들 두 겹의 면류관이 단테와 베아트리체 주위를 돌면서 같은 빛깔로 된 활인 양 조화롭게 빛나고 있다. 유노가 그의 시녀 이리스를 지상에 보냈을 때 그 활들은 투명한 구름 속으로 회전하고 마치 그 안에서 메아리가 소리의 반향에 의해서 생겨나듯 안쪽 빛살의 반사에 의해 바깥쪽의 원이 생겨났다.

마치 두 눈이 사람의 의지에 따라 떴다 감았다 하는 것처럼 노래와 춤이 한 순간에 한 마음이 되어 끝났을 때, 두 번째 면류관들 중에서 한 영혼이 말을 시작한다. 그것은 성 보나벤투라의 영혼인데, 단테의 주의를 바싹 끌어당긴다. 그는 이제까지 성 프란체스코에 대해서 아퀴나스가 칭찬하는 것을 들었으니 지금부터는 성 도미니쿠스를 칭송할 필요가 있음을 강조한다. 왜냐하면 이들 둘은 똑같은 목적을 위해서 일하던 사람들인 데다 하나를 이야기하려면 반드시 다른 하나를 언급하는 것이 마땅하기 때문에 두 사람에게 동시에 영광을 돌려야 한다고 믿기 때문이다. 하느님께서 이들 둘을 교회의 표본으로 삼아 내려 그들로 하여금 그리스도인들을 올바른 길로 인도하도록 한 것이다.

보나벤투라 성인은 도미니쿠스 성인에 대해 다음과 같이 말한다. 전 유럽에 봄을 가져오는 솔솔 부는 서풍이 일어나는 에스파냐의 구아스코냐 만으로부터 그리 멀지 않은 곳에 카스틸랴 왕국에 속하는 칼라로가라는 도시가 있는데, 그리스도교 신앙을 보호하며 열렬히 사랑하던 성 도미니쿠스가 거기서 태어났다. 그의 마음은 태어난 순간부터 줄곧 그리스도교 신앙으로 넘쳐흘렀다. 그리하여 그가 영세를 받아 신앙과 융합되던 날 그의 어머니가 꿈을 꾸었는데, 참으로 오묘한 과일 하나가 그와 그의 추종자들로부터 나왔다. 그것은 하나의 영감으로 생각되어 그의 이름을 '도미니' 즉 주님이라 했다. 그는 곧 그리스도께서 교회를 번창시키기 위하여 선택한 일꾼이었다.

보나벤투라는 계속해서 도미니쿠스 성인께서 교회를 이교도들로부터 보호하고 그리스도교 신앙을 위해 행하신 선행에 대하여 설명한다. 이어 그는, "그로부터 여러 지류가 차차 생겨서 그리스도교의 과수원이 흠뻑 젖었고 그 잔숲들이 한결 더 싱그러워졌다오"라고 덧붙인다. 도미니쿠스는 교회가 이단을 물리치는 데 가장 큰 공헌을 하여 그를 따르는 자들이 많았다는 것이다. 또 도미니쿠스가 이런 사람이라 할 때 성 프란체스코야말로 어떠했는가? 이는 곧 앞에서 토마스 아퀴나스가 칭찬한 바다. 그러나 프란체스코의 제자들은 스승의 위업을 전승하지 못했다. 또 몇몇 제자들은 스승이 제시했던 올바른 길을 걸어가지 못했다고 한다.

저 축복받은 불꽃¹이 마지막 말로써

그렇게 이야기를 하자마자, 성스러운

3   맷돌²이 이내 곧 회전하기 시작했는데,

한 바퀴를 빙그르 채 돌기도 전에

또 하나의 면류관이 둥그렇게 그걸 감싸서

6   춤은 춤에, 가락은 또 가락에 포개졌으니,

본래의 광선이 반사광보다 더 세차듯이

노래야말로 저 감미로운 목구멍에서

9   우리네 뮤즈나 세이렌들을 무색케 하였다.

유노가 제 시녀³에게 분부를 내릴 때,

두 개의 무지개가 같은 빛깔로 나란히

12   얇은 구름을 통하여 둥그렇게 나타나고

마치 햇볕에 사그라지는 증기인 듯

사랑 때문에 죽어 간 뜨내기 여인의 목소리처럼

15   그 안의 것으로부터 밖의 것이 생겨나며

그것들은 또 하느님께서 노아와 맺은 언약⁴

때문에 다시는 물이 넘쳐흐르지 않을

18   세상의 예감으로 이곳 사람들을 생각하게 하니

바로 그렇게 저 영원무궁한 장미들의

두 줄기 화환이 우리 주위를 빙빙 돌며

21   외륜이 내륜에 잘 어울리고 있었다.

즐거운 무도와 사랑스럽고도 축복받은

¹ **축복받은 불꽃** 성 토마스 아퀴나스의 영혼을 상징한다.
² **맷돌** 면류관으로 옮긴 커다란 원.
³ **시녀** 이리스(Iris)인 무지개.
⁴ **하느님께서 노아와 맺은 언약** 하느님께서 노아와 그의 아들들에게 하신 언약. "이제 나는 너희와 너희 후손과 계약을 세운다. …… 나는 너희와 계약을 세워 다시는 홍수로 모든 동물을 없애 버리지 않을 것이요, 다시는 홍수로 땅을 멸하지 않으리라."「창세기」9장 9~11절 참고.

빛과 빛들이 그토록 노래하며 그토록

24 휘황찬란하게 비치는 거대한 대잔치가

흡사 움직이는 이의 뜻에 따라 동시에

떴다 감았다 하는 눈들과 같이

27 한 순간에 한 맘으로 잠잠해졌는데

새로운 빛들 중 어느 하나⁵의 가슴에서

소리가 나왔는데 별을 향하고 있는 바늘이

30 나를 제자리로 향하게 하는 것 같았다.

그가 말을 꺼냈다. "나를 아름답게 해 주는

사랑이 여기 나의 길잡이⁶에 대해 잘 말씀하셨던

33 다른 길잡이⁷에 대해서 말하게 날 이끈다오.

한 분이 계시던 곳에 다른 분을 모시는 것이

가치 있는 일이니 싸우기를 같이⁸ 하셨듯이

36 그들의 영광도 같이 누리셔야 옳을 일이오.

다시 무장을 갖추기 위해서 너무나도 비싼

값을 치러야 했던 그리스도의 군대가 느리고

39 조마조마하고 띄엄띄엄한 걸음으로 깃발⁹ 뒤를

따를 때, 언제나 다스리는 황제¹⁰께서

의심과 위험 속에 있던 군대를 가치가

42 있어서가 아니라 성총으로 돌보았다오.

이미 언급된 바처럼 그는 제 신부¹¹를

두 본보기로써 도와주시었으니 그들의

---

⁵ **어느 하나** 성 보나벤투라(Bonaventura).
⁶ **길잡이** 성 프란체스코.
⁷ **다른 길잡이** 성 도미니쿠스. 그는 그의 제자 아퀴나스를 통해 프란체스코를 기렸다.
⁸ **싸우기를 같이** 싸움터에 어울려 나갔다.
⁹ **깃발** 십자가.
¹⁰ **황제** 하느님.
¹¹ **신부** 교회.

45 　언행에 따라 흩어졌던 사람들이 모였다오.

　　유럽이 새롭게 단장하는 걸 볼 수 있도록

　　싱그런 잎사귀를 피워 주고자 부드러운

48 　제피로[12]가 일어나는 저기 저쪽,

　　파도치는 저편[13]으로 태양은 긴 여정을 거쳐

　　온 사람들로부터 제 모습을 감추고 넘어가지만

51 　그 파도치는 곳에서 그리 멀지 않은 곳에

　　사자가 밑에 깔렸다 위로 올라갔다 하는

　　모습이 새겨진 위대한 방패의 보호 아래

54 　행복에 겨운 칼라로가[14]가 자리 잡고 있다오.

　　그 안에서 그리스도의 신앙과 열애하는 연인이자

　　제 편에겐 너그럽고 제 원수들에겐

57 　매섭기 그지없는 성스런 용사[15]가 태어났다오.

　　그의 영혼은 창조되자마자 생기 있는

　　힘으로 가득가득 넘쳐흘러 태내에서부터

60 　그의 어머니를 예언자로 만드셨다오.

　　서로 간의 구원을 주고받던 곳인

　　거룩한 샘터에서 그와 믿음 사이에

63 　혼약이 이루어진 이후에

　　그를 위해 혼약을 승낙하여 주었던[16] 여인이

　　그와 그의 후예로부터 틀림없이 나왔던

66 　기기묘묘한 열매를 꿈속에서 보았다오.

---

[12] **제피로(Zefiro)** 서쪽에서 부는 솔솔바람.

[13] **저편** 에스파냐를 가리킨다.

[14] **칼라로가(Calaroga)** 고대 카스틸랴에 있는 작은 도시. 카스틸랴의 방패에는 사자와 성이 새겨져 있었다.

[15] **용사** 도미니쿠스(1170~1221). 이단을 쳐 없애던 교회의 용사란 뜻이다.

[16] **그를 위해 혼약을 승낙하여 주었던** 갓난아기인 그를 대신하여 신부님께 드린 언약.

또 그가 실상 그리했던 대로 되어지도록

여기로부터[17] 영이 내려가 그가 온전히

69   속해 있던 자의 소유격[18]으로 이름을 지었다오.

그리하여 도미니쿠스라 불리었으니, 그리스도께서

당신의 밭을 일구는 데 당신을 돕도록 선택하신

72   그 농부에 대해서인 양 나 그에 대해 말하리오.

그는 분명코 그리스도의 심부름꾼, 종으로

나타났으니 그에게 표시된 첫째 사랑[19]이

75   그리스도께서 주신 첫 번째 권유[20] 속에 있었다오.

그의 유모는 여러 차례 눈을 뜬 채 말없이

땅 위에 있는 그를 보고서 마치

78   '나는 이 일을 하러 왔다'[21]라 말하는 듯했다오.

그 이름들의 말소리 따라 뜻을 풀이한다면,

오, 그의 아버지는 진정 행복한 펠리체![22]

81   그의 어머니는 진실로 신의 사랑받는 지오반나![23]

오스티아 사람[24]과 타데오[25]의 뒤를 따라 오늘날

안간힘을 기울이고 있는 세상을 위해서가 아니라

84   참된 양식인 만나를 사랑하기 위하여,

---

[17] **여기로부터** 천국으로부터.

[18] **소유격** 'Dominus(주님)'의 소유격은 Dominicus(도미니쿠스)다. 도미니쿠스는 도미니크의 라틴식 이름이다.

[19] **첫째 사랑** 맨 처음으로 나타난 사랑. 도미니쿠스는 젊었을 때 가난한 사람들을 돕기 위해 자기가 가진 책을 모두 팔면서, "사람을 굶겨 죽이면서 죽은 가죽양피지를 연구하고 싶지 않다"라고 말했다.

[20] **첫 번째 권유** 하느님의 계명과는 구분되는 복음적 권유 가운데 첫 번째 것으로 신빈(神貧)을 뜻한다. 나머지 권유는 정결과 순명(順命)이다.

[21] **'나는 이 일을 하러 왔다'** 「마르코의 복음서」1장 38절.

[22] **펠리체(Felice)** 행복하다는 뜻이다.

[23] **지오반나(Giovanna)** 헤브라이어의 'Joanna'에서 온 것인데 'Jo'는 하느님, 'anna'는 사랑을 뜻한다.

[24] **오스티아(Ostia) 사람** 엔리코 디 수사(Enrico di Susa). 탁월한 율법 주석가로서 1261년에 추기경 겸 오스티아의 대주교가 되었던 볼로냐와 파리 대학 교수.

[25] **타데오(Taddeo)** 정확하지는 않으나 당시 피렌체의 유명한 의사 타데오 달데로토(Taddeo d' Alderotto)인데 그는 의학 교과서를 많이 썼으며 아리스토텔레스의 「윤리학」을 번역했다.

그는 삽시간에 위대한 스승이 되었으며

포도지기가 잘못 가꾸면 금방 허옇게 시드는

87 　　포도밭[26]을 돌아보기 시작했다오.

일찍이 가난한 의인들에게 너그러웠으나

지금은 그 자체보다도 거기 앉아 있는

90 　　사람의 죄 때문에 타락해 버린 그 자리[27]에서

그는 여섯 가운데 둘이나 셋을 감해 달라 하지 않고

비어 있는 으뜸 자리의 행운을 요구하지도 않고

93 　　하느님의 가난한 자를 위한 십일조[28]도 달라 하지

않은 채 혼미해지는 세상과 맞붙어 대항하여

씨앗[29]을 위해 싸울 허락을 간청하였으니

96 　　그로부터 그대를 에워싼 스물네[30] 식물이 생겼다오.

그 뒤 그는 교리와 의지 그리고 사도적인

직책[31]을 함께 지니고 높은 혈맥이

99 　　짜내는 물줄기와 거의 마찬가지로 행동했다오.

그는 이단의 덤불[32] 속을 격렬하게 치달렸는데

저항이 억센 곳[33]에서는

102 　　그의 격정 또한 더더욱 활활 타올랐다오.

---

[26] **포도밭** 교회를 상징한다.

[27] **자리** 교황직.

[28] **하느님의 가난한 자를 위한 십일조** 원문은 라틴어 "Decimas quae pauperum Dei"로 아퀴나스의 『신학대전』에서 유래되었다. 즉, 십일조는 성직자들의 관리로 빈민 구제를 위해 사용되어야 한다는 것이다.

[29] **씨앗** 신앙.

[30] **스물네** 열둘씩으로 된 두 무리의 지복자들의 영혼. 첫 번째 나타난 영혼들은 성 토마스 아퀴나스·알베르토 마뇨·그라치아노·피에트로 롬바르도·솔로몬·디오니시우스 아레오파지테·오로시우스·보이티우스·성 이시도로·비이드·빅토르의 리카르도·시지에리이고, 두 번째 나타난 영혼들은 성 보나벤투라·일루미나토·아우구스틴·우고 다 산 비토레·피에트로 만지아도레·페에트로 이스파노·나단·크리소스토모·안셀무스·도나투스·리바누스·지오바키노이다.

[31] **교리와 의지 그리고 사도적인 직책** 교황 인노켄티우스 3세로부터 받은 사도적 직책과 정통적인 신앙, 그리고 영웅적인 투지를 말한다.

[32] **이단의 덤불** 1205~1214년 사이에 이단 알비(Albi) 파와 싸웠다.

[33] **저항이 억센 곳** 프로방스의 툴루즈 지방.

그로부터 나중엔 여러 가지 물줄기가 생겨나서

그리스도교의 과수원이 그 물로 흠뻑 적셔졌으니

105   그 잔숲이 더더욱 싱싱하게 되었다오.

만일에 수레의 바퀴[34] 하나로 성스러운

교회가 제 자체를 방어하였고 전장에서

108   그의 내란의 적을 이겨냈던 것이라면,

내가 오기 전에 토마스가 은근히 말씀하시던

다른 한쪽 바퀴[35]도 얼마나 훌륭했던지

111   그대에게 아주 명백하게 밝혀질 것이라오.

그러나 그 바퀴의 맨 꼭대기 부분을 이루는

둥근 자국이 외롭게 잊혀졌기 때문에

114   가죽부대가 있던 곳에 곰팡이가 핀 것이라오.

성 프란체스코의 가족들은 스승의 발자국을 따라

곧바로 발을 옮겼으나 나중엔 앞서 간 발자국이

117   뒤따르는 발끝을 밟을 만큼 뒤집혀 있었다오.

곳간에 들어가지 못할 가라지만 있음을

한탄한 무렵이면 그릇된 경작법의

120   수확이 어떤지 이내 곧 알게 될 것이라오.[36]

내 생각에 우리의 책[37]을 한 장 한 장[38]

뒤적거리는 자라면, '나는 내 바라는 그대로요.'

123   라고 씌어진 종이를 아직도 발견할 것이오.

---

[34] **수레의 바퀴** 성 도미니쿠스. 교회가 바퀴가 한쪽만 달린 전차로 내란을 격퇴시켰다. '수레'는 교회를 상징한다.

[35] **다른 한쪽 바퀴** 성 프란체스코.

[36] **그러나 그 바퀴의~** 성 프란체스코가 죽자 그의 수도회에 파쟁이 일어났다. 그 파쟁은 정신파(Spirituali)와 인습파(Conventuali), 두 파로 나뉘었다. 전자는 회헌(會憲)을 지나치게 엄격히 고집했고 후자는 절도 있게 지키려 했다. 즉, 강경파와 온건파의 싸움이었다.

[37] **우리의 책** 프란체스코 수도회의 상징.

[38] **한 장 한 장** 회헌 하나하나.

그러나 카살레[39]에서나 악콰스파르타[40]에서도 그러진

못하였으니 거기 그 계율을 읽는 자들 중

126 하나는 그걸 헐겁게 하고 하나는 꽉 조이게 한다오.

나는 바뇨레지오의 보나벤투라[41]의

영혼으로서 커다란 직분에 있어 언제나

129 속세의 일[42]일랑 뒤로 미루었다오.

일루미나토와 아우구스틴[43]이 여기 있으며

그들은 허리에 새끼를 동여매고 하느님께

132 벗이 되었던 초기의 맨발 가난뱅이들이었소.

우고 다 산 비토레[44]와 피에트로 만지아도레[45]

그리고 열두 권의 책으로 저 아래를 비춰 주는

135 피에트로 이스파노[46]가 저들과 함께 있고

선지자 나단[47]과 대주교인 크리소스토모[48]며

안셀무스[49] 첫째 학예에 훌륭히

138 손질을 해 놓으셨던 저 도나투스[50]가 여기 있고

---

[39] **카살레(Casale)** 강경파였던 정신파의 총수인 우베르티노가 출생한 지방.

[40] **악콰스파르타(Acquasparta)** 온건파였던 인습파의 총수 마테오벤티뱅가의 고장.

[41] **보나벤투라** 스콜라 철학파에서는 플라톤의 위치에 있는 교회의 세라픽 박사(1221~1274). 프란체스코 수도회의 회원이 된 다음 총장이 되고 나중에 추기경이 되었다.

[42] **속세의 일** 원문엔 'la sinistra cura'라고 되어 있다. 즉, 왼쪽의 일이라 한다. 이는 토마스 아퀴나스의 말을 따라 한 표현이다. 즉, 토마스는 "모든 정신적 선과 더불어 슬기는 오른쪽에 딸렸고 찰나적 영양은 왼편에 딸렸다"라고 했다.

[43] **일루미나토와 아우구스틴(Illuminato, Augustin)** 성 프란체스코의 제자들.

[44] **우고 다 산 비토레(Ugo da San Vittore)** 철학·신학·신비신학에 관한 저서를 남긴 사람(1096~1141)으로서 비토레 수도원장이었다.

[45] **피에트로 만지아도레(Pietro Mangiadore)** 프랑스의 신학자로 『스콜라 학사』라는 저서가 있으며 1179년에 죽었다.

[46] **피에트로 이스파노(Pietro Ispano)** 1226년에 리스본에서 출생한 신학자로서 1276년에 교황 요안 21세가 되었다. 그 뒤 1년 만에 비테르보에서 죽었다. 그는 『논리학 대계(Summulas Logicales)』 12권을 집필하여 세상에 명성을 남겼다.

[47] **나단** 헤브라이의 선지자로서 그는 다윗이 우리야의 아내와 간음한 것을 꾸짖었다.

[48] **크리소스토모(Crisostomo)** 그리스의 교부. 그는 아르카디오 황제의 궁정에 창궐하던 부패를 신랄히 공박한 웅변술 때문에 이렇게 불렸다. 본명은 안티오키아의 요한이다.

[49] **안셀무스(Anselmus)** 1093년 이래 캔터베리의 대주교였던 교부.

라바누스[51]가 여기 있으며 내 곁[52]에서 빛나고
있는 것은 예언의 영감을 부여받은

141   칼라브리아의 수도원장 지오바키노[53]이라오.
수도자 아퀴나스의 다듬어진 예의와
그토록 사려 깊은 말씨가 나를 움직여

144   이와 같은 용사[54]를 부러워하게 만들었으며
나와 더불어 이 동료들을 움직인 것이라오."

---

[50] **도나투스(Donatus)** 4세기경 로마의 위대한 문법 학자. 그 당시 문법은 최고이자 으뜸가는 학예였으며 성 지롤
라모의 스승이었다. 그는 테렌티우스와 베르길리우스의 작품에 주석을 붙였다. 그가 남긴 이러한 책들은 대대
로 문법학을 위한 최고의 교과서로 사용되었다.

[51] **라바누스(Rabanus Maurus)** 마인츠의 주교였으며 신학에 관한 조예가 깊었다(776~856).

[52] **내 곁** 왼편에.

[53] **지오바키노** 칼라브리아의 수도원장이었던 지오바키노 다 피오레(Giovacchino da Fiore). 그는 「묵시록」의 주석,
『10현(絃)의 시편』 등의 저서를 남겼다. 그가 남긴 많은 글들이 프란체스코 수도회의 정신파들에 의해 탐독되었
다. 그러나 그것들은 교회에 의해 이단으로 간주됐다. 그리하여 그도 역시 이단으로 몰려 교회로부터 처벌당했
으나 나중에 뉘우쳤다.

[54] **용사** 성 도미니쿠스.

보나벤투라가 말을 마치자 두 원이 다시 춤을 추는데 그 모양이 너무나 장관이다. 단테는 이것을 바라보다가 독자들로 하여금 큰곰별과 작은곰별의 운행에 대하여 상기시켜 준다. 두 원(면류관)의 영혼들이 노래를 시작한다. 그러나 그것은 바쿠스나 아폴로를 찬양하기 위한 것이 아니라 삼위일체와 그리스도의 강령이 지니는 신비를 찬양하는 노래다. 그들이 노래와 춤을 끝내자 축복받은 그 영혼들이 단테와 베아트리체를 에워싼다. 단테에게 성 프란체스코의 생애에 대해서 얘기한 바 있는 성 토마스 아퀴나스는 솔로몬에 대해서 단테가 갖고 있는 의심을 풀어 준다.

그는 말하길, "아담과 그리스도께 인간 본성에 주어질 수 있는 최고의 지혜가 신으로부터 부여되어 있음을 그댄 아시오. 그리하여 솔로몬이 지혜에 있어서 그와 같지 못하다고 이야기한 것이 그댈 놀라게 하겠으나 잘 음미해 보면 그대의 생각과 나의 말이 진리임을 알게 되리오. 죽을 수 있는 것이나 죽지 않을 창조물도 하느님과 성령으로부터 갈라짐이 없이 하느님에게서 생겨난 성스런 말씀의 빛이 거울에 비치듯 천사들의 9품 위에 자신의 빛을 집중시키도록 그 큰 사랑으로 신께서 이루신 이데아의 반사에 불과하다오."

이어서 그는 물질의 생성 원리에 대하여 논리정연하게 설명한 다음 계속해서 하느님의 위대한 능력에 대하여 대략 다음과 같이 설명한다. 만일 물질이 좀더 편리한 곳에 있었더라면, 또 하늘이 그 힘으로 움직였더라면 신의 이데아의 온갖 빛이 그 사물들에게 뚜렷이 비추었을 것이다. 자연이 그 빛을 흐려 주면 재주가 통달한 예술가라도 손이 부들부들 떨려 작품에 성공하지 못하는 것처럼 언제나 불완전하게 될 것이다. 그러나 창조주께서 똑바로 지으셨다면 그 지어진 것들 가운데 완전한 것이 있을 수 있는데 그 예가 곧 아담이요, 마리아다. 사실 과거에나 미래에나 아담이나 그리스도만큼 완전한 인간 본성을 지닌 자는 없었고 또 없을 것이다.

이어서 성 토마스 아퀴나스는 단테가 애매한 것을 지혜롭게 판단할 수 있도록 설명한다. 그래서 성급한 판단이란 자주 오류에 빠지고, 또 자신의 사랑이 오류를 범한 것을 알아보는 데 방해를 받으면서 별 생각 없이 수긍하는 사람은 바보라 할 수 있을 것이다. 또 진리를 구하나 찾을 재주를 갖지 못한 자들은 결국 아무것도 못하게 되는 것이니 이것은 마치 분별없는 철학자들이나 이단자들과 같다고 한다. 성 토마스는 판단에 있어 너무 자신을 가져서는 안 된다고 말한다.

이곡은 태양천에 관한 네 번째이자 마지막 곡이 되겠다. 여기에 중점적으로 흐르고 있는 주제를 잘 음미한다면, 솔로몬의 지혜가 어떤 것인가 알 수 있도록 되어 있다. 따라서 이 곡은 가장 신학적이며 교훈적인 색채를 띠고 있어 단조롭고 다소 건조한 느낌을 주고 있는데, 간혹 감정이 물질을 새롭게 채색하고 있다. 특히 마지막 부분은 특기할 정도다. 또 여기서 말하는 모든 것은 다른 곳보다 더 복합적인 뜻을 지니고 있다 하겠다.

내 이제 보았던 바를 잘 이해하고자 하는 자

있다면 생각해 보라. 그리고 굳은 바위처럼

3   그 영상을 간직하시라. 내 말하고 있는 동안에.[1]

대기의 온갖 층 훨씬 저 너머로

열다섯 개의 별들[2]이 제각기 다른 곳에서

6   엄청난 빛으로 하늘을 비춰 주고 있으니

우리네 하늘의 품안에 밤과 낮을

채워 주면서도 스스로 축[3]을 도는 데 있어

9   일그러지지 않는 저 수레[4]를 상상해 보시라.

그리고 저 뿌다구니의 주둥이[5]를 그려 보시라.

그건 천축의 한쪽 끝에서 시작되어

12   그 축을 중심으로 첫째 바퀴가 돌고 있으니,

죽음의 한기[6]를 느꼈을 당시에

미노스의 딸[7]이 했던 것처럼

15   하늘에 스스로 두 표적을 이루었는데

하나는 다른 하나 속에 제 빛살을 지니고

둘이 다 돌고 있는데, 그 모양이 마치

18   하나는 앞에 가고 하나는 뒤에 가는 듯하구나.

그러면 내가 있던 그 지점을 선회하던

두 가닥 춤과 참된 성좌[8]의

---

[1] **내 이제~** 노래하며 춤추는 두 개의 면류관을 다른 각도로 나타내기 위하여 단테는 비유 섞인 말로 표현한다. 하나의 환상적인 모습을 극히 지성적인 과정으로 나타내고 있다.

[2] **열다섯 개의 별들** 라나(Lana)의 주석에 의하면 온 하늘에 흩어진 것들 중에서 가장 빛나는 별들이다.

[3] **축** 원동천이 다른 하늘들과 걸려 있는 하늘의 축.

[4] **수레** 큰곰별. 그의 운행은 우리의 육안으로 보기에 족하다.

[5] **주둥이** 작은곰별들 중 마지막 두 개. 이 작은곰별은 끝에 주둥이가 달린 뿌다구니로 보인다.

[6] **죽음의 한기** 죽음만큼이나 싸늘한 기운.

[7] **미노스의 딸** 원문엔 'figliuola di Minoì'라고 되어 있다. 'Minoì' 대개는 시에서 미노스를 이렇게 부른다. 그의 딸은 아리아드네인데, 그녀는 테세우스로부터 버림받고 술의 신 바쿠스의 아내가 되었다. 아리아드네가 죽은 뒤 그녀의 관을 하늘에 올려 별이 되게 했다.

21   그림자[9]와 흡사하게 보일 법하리라.

        저기서는[10] 다른 모든 것을 앞질러 가는 하늘이

        키아나[11] 시대의 흐름과 달리 움직이듯이

24   저기의 풍습[12]은 우리네의 것과는 다르다.

        거기선 바쿠스나 아폴로[13]를 칭송하지 않았고

        하느님의 성품 속에 있는 삼위[14]와

27   일체[15] 안에 있는 신성과 인성[16]을 노래했다.

        노래함과 빙빙 도는 춤이 적절히 끝이 나자

        저 성스런 빛들은 스스로 이것저것[17]

30   만끽하면서 우릴 향해 저들의 관심을 당겼다.

        그리고 아까 하느님의 가난한 사람[18]을 들어

        그의 훌륭한 생애를 내게 노래하던 광명[19]이

33   조화된 영혼들[20] 속에서 침묵을 깨뜨리고

        말했다. "볏짚이 타작되고 그 곡식을

        이미 곳간에 거두었을 때 그 달콤한

36   사랑은 나에게 또 다른 하나를 타작하라 한다.[21]

---

[8] **참된 성좌** 열둘씩 나뉘어 있는 스물넷의 영혼들.

[9] **그림자** 영상(*immagine*)을 말한다. 여기선 특히 '그늘지고 불완전한' 영상을 뜻한다.

[10] **저기서는** 우리가 지상에서 하는 경험의 세계 그 위, 즉 원동천을 의미한다.

[11] **키아나**(Chiana) 아레초 지방의 늪지를 지나 테베레 강을 향해 흐르는 시냇물. 오늘날에는 하나의 운하처럼 만들어져 옛 모습을 찾을 수 없다. 옛날에는 너무나 광활하여 물이 아주 천천히 흘렀다 한다.

[12] **풍습** 원동천의 계율.

[13] **아폴로** 원문엔 '페아나(Peana)'라 되어 있다. 여기선 곧 아폴로를 의미하기에 이렇게 옮겼다. 원래 페아나는 신을 칭송하는 노래였는데 특히 아폴로를 노래하는 데 사용되었다. 단테는 이 신들(바쿠스와 아폴로)의 칭송 문제를 『아이네이스』에서 배운 것 같다.

[14] **삼위**(tre persone) 성부 · 성자 · 성령.

[15] **일체**(in una) 「천국편」 제2곡 40~42행과 제7곡 31~33행 참고.

[16] **신성과 인성** 그리스도의 성품.

[17] **이것저것** 위로는 그리스도 아래로는 단테.

[18] **가난한 사람** 성 프란체스코를 상징한다.

[19] **광명** 성 토마스 아퀴나스.

[20] **조화된 영혼들** 천국에서 복 받은 영혼들.

[21] **"볏짚이~** 하나의 의심을 풀어 주고 나니 또 하나의 의심을 풀라고 재촉한다는 것을 뜻한다.

그 미각[22] 때문에 온 세상이 멸하였던

아름다운 뺨[23]을 만들기 위하여 갈빗대를

39 뽑힌 자의 가슴[24] 안에서나 그리고

또 창으로 찔려서[25] 온갖 죄악의 저울을

극복하시도록 앞과 뒤를 함초롬히

42 만족시켜 주신 그분의 가슴 안에서나

인간의 본성이 갖도록 허용된 빛이라면

무엇이든지간에 그들 둘[26]을 이루신 하느님의

45 힘으로부터 쏟아진 것이라고 그댄 여긴다오.

그러므로 다섯째 빛[27] 속에 갇혀 있는

선이 제2의 그것을 갖고 있지 않다고 이르자,

48 내 저 위에서 한 말에 대해 그대 이상해 하는군요.

이제 내 그대에게 하는 대답에 눈을 뜨시오.

그러면 그대의 믿음과 나의 말이 마치

51 진리 속에서 원의 중심을 이룸을 볼 것이오.

죽지 않는 것[28]이나 죽을 수 있는 것[29]이나

우리의 주님께서 사랑하시기에 낳으시는

54 저 이데아[30]의 찬란함 말고는 있을 수 없으니

제 빛의 원천[31]으로부터 유래하는 저 살아 있는

[22] **그 미각** 선악과를 따먹은 일.
[23] **아름다운 뺨** 하와를 가리킨다.
[24] **가슴** 아담의 가슴.
[25] **창으로 찔려서** 그리스도의 수난.
[26] **그들 둘** 하느님께서 직접 창조하신 아담과 성령으로 강생시킨 그리스도.
[27] **다섯째 빛** 솔로몬.
[28] **죽지 않는 것** 천사들, 하늘, 영혼 등을 말한다.
[29] **죽을 수 있는 것** 물질적인 것들을 가리킨다.
[30] **이데아(Idea)** 성부께서 제 스스로를 의식하고 영생하도록 만드신 성자. 로고스를 말한다.
[31] **제 빛의 원천** 성부.
[32] **빛** 성자.

빛³²은 그이한테서나 그들과 더불어 삼위를

57 이루시는 사랑으로부터 갈라지지 않는다오.

언제까지나 하나로 되어³³ 남으시는

아홉 실체³⁴들 속에 비춰진

60 그 빛들이 그의 선 안에 모인다오.

그리하여 그들로부터 점차 하늘에서 하늘로

옮겨지면서 마지막 요소들에 내려와서는

63 오로지 멸망하고야 말 우발적인 것들만 이룬다오.

이 우발적인 것들은 내 생각에, 하늘이

움직이면서 씨앗을 갖고³⁵ 혹은 씨앗 없이³⁶

66 생성된 것들을 두고 하는 말이지요.

이런 것들의 밀랍³⁷과 그것을

만들어 주는 힘³⁸이 항상 같은 것은 아니고

69 이데아적인 표식에 따라 다소간 차이 나게 비치기에,

이로부터 똑같은 종류의 나무가

더 좋고 더 나쁜 열매를 맺어 주게 되고

72 또 그대들은 각각 다른 재주를 갖고 태어난다오.

밀랍이 정확한 효능을 발휘하고

하늘은 또 최고의 능력을 지니고 있었더라면

75 각인된 밀랍의 빛은 한결같이 눈에 띄었을 것이오.

마치 재주에 달통한 예술가라도

그 놀리는 손을 부들부들 떠는 것과 같이

³³ **하나로 되어** 일체가 되어.
³⁴ **아홉 실체** 9품위의 천사들.
³⁵ **씨앗을 갖고** 동식물을 두고 한 말이다.
³⁶ **씨앗 없이** 광물을 가리키는 말이다.
³⁷ **밀랍** 물질을 뜻한다. 천사들이 하느님의 힘을 빌어 이 밀랍을 사용하여 아래 피조물들을 만든다고 한다.
³⁸ **힘** 모든 하늘들의 영향력.

78   자연도 이처럼 빛을 흐리고 있는 것이라오.

그러나 뜨거운 사랑[39]이 으뜸이신 힘[40]의

밝은 모양새[41]를 마련하시고 찍으시는데

81   바로 거기서 모든 완전함이 얻어진다오.

일찍이 흙이 너무너무 완전한 동물[42]을

지닐 만한 가치를 부여받았음과 같이

84   임신한 동정녀가 그렇게 이루어졌다오.

인간의 본성이란 저 두 가지 인격[43] 안에

있던 것과 같아 본 일이 없었고 또 그러지도

87   못할 것이라는 그대의 생각을 내 받아들이오.

옳아, 내 이제 더 이상 말하지 않는다 하여

'그럼 이분[44]은 어찌해서 견줄 자가 아닌가요?'

90   라는 그대의 말이 시작될 법도 하군요.

그러나 나타나지 않은 것이 잘 나타나도록

그가 누구였는지 그리고 또 그가 '청하라!'[45]고

93   요청받았을 때 그를 움직인 이유를 생각하시오.

그가 임금이었다는 것은 그대가 잘 알아들을 만큼

내 분명하게 말했으니 그가 임금으로서

96   예지를 바란 건 힘 있는 왕이 되고자 함이었소.

여기 이 높은 곳에 있는 원동자들[46]의

---

[39] **뜨거운 사랑** 성령(Santo spirito).

[40] **으뜸이신 힘** 전지전능하신 하느님. 성부.

[41] **밝은 모양새** 말씀(logos)이요, 이데아이신 성자.

[42] **완전한 동물** 흙으로 만든 아담.

[43] **저 두 가지 인격** 아담과 그리스도. 그들이 가진 인간의 본성(la natura umana)은 최고의 것이다.

[44] **이분** 솔로몬, 그의 지혜를 두고 한 말이다.

[45] **'청하라'** 다윗의 아들인 솔로몬이 어느 날 밤 꿈속에서 야훼를 만났다. 야훼께서 "내가 너에게 무엇을 해주면 좋겠느냐?"라 하시며 청할 것을 청하라 했더니 솔로몬은, "소인에게 명석한 머리를 주시어 당신의 백성을 다스릴 수 있고 흑백을 잘 가려낼 수 있게 해주십시오"라고 청했다. 「열왕기상」 3장 3~15절 참고.

[46] **원동자들** 천사들.

수효를 알기 위해서나 혹은 필연이 우연과 어울려

99　　필연을 이루는 것인지 알고자 함[47]이 아니며,

'원초동(原初動)의 존재가 인정될 것인가'[48]나

혹은 직각을 가지지 못한 삼각형이

102　　반원을 이룰 수 있는지 알고자 함이 아니었소.

그러므로 내가 전에 말하던 것[49]과 지금 이것[50]을

음미해 본다면, 내 의도의 화살이 과녁을 맞힌

105　　비길 바 없는 지혜[51]가 곧 왕의 지혜임을 알 것이오.

그리고 그대 만일 맑은 눈을 '일어났다'[52]란

말로 세운다면 오로지 왕들에 관한 것이었음을

108　　알겠지만 왕들은 많아도 좋은 왕은 드물다오.

이러한 분별력으로 내 말을 받아 주시라.

그러면 첫 아버지[53]와 우리네 환희[54]이신 그분을

111　　믿는 믿음과 더불어 일치할 수 있을 것이오.

또 이것은 그대의 발에 사뭇 납덩어리가 되어[55]

그대로 하여금 예나 아니오 앞에서 가늠 못하는

114　　지쳐 버린 사람처럼 느릿느릿 움직이게 함이라오.

이는 곧 분별력이 없이 이런 일에나

저런 일에 긍정하거나 혹은 부정하는 사람은

---

[47] **필연이~** 필연이란 필연과 우연의 두 전제에서 유래하느냐 그렇지 않느냐의 논리학적인 문제다. 이것은 아리스토텔레스의 논리학적인 견해로 보면 모순적인 이야기라는 것이다. 즉, 여기서는 솔로몬이 백성을 잘 다스릴 지혜를 원했지 논리학적인 지혜를 원하진 않았다는 뜻이다.

[48] **'원초동의 존재가 인정될 것인가'** 원문엔 라틴어로 되어 있다. 'Si est dare primum motum esse.' 이는 곧 원인이 없이 운동이 가능하냐는 질문이다. 아리스토텔레스는 영원한 운동이 가능하다고 보았고 토마스 아퀴나스는 운동과 피운동에 있어 영원회귀란 불가능하다고 보았다.

[49] **내가 전에 말하던 것** 「천국편」 제10곡 112~114행.

[50] **지금 이것** 지금 말하는 것.

[51] **비길 바 없는 지혜** 왕으로서가 아니라 인간으로서의 지혜. 결국 이 둘은 같다는 뜻이다.

[52] **'일어났다'** 원문은 'Surse'다. 온 백성 위에 군림한다는 뜻이다.

[53] **첫 아버지** 아담.

[54] **우리네 환희** 원문에는 'il nostro Diletto'라 되어 있다. 그리스도를 가리킨다.

[55] **발에 사뭇 납덩어리가 되어** 속단을 막는 것.

117   바보들 중에서도 미천한 사람인 것이라오.

       왜냐하면 그가 성급한 판단이 거듭거듭

       그른 방향으로 기울어지는 것을 대하리니

120   후에 감정이 지성을 묶어 버리기 때문이라오.

       진리를 낚으려는 자, 재주를 지니지 않아

       떠날 때 그 모습 그대로 돌아올 수 없기에

123   헛된 것 그 이상의 해를 입고 강가를 떠난다오.

       세상에 알려진 증거들 가운데에서

       파르메니데스[56]와 멜리소스[57] 또 브리슨[58]과 그 외

126   많은 이가 어디로인지는 몰랐어도 가긴 갔다오.

       사벨리우스[59]와 아리우스[60] 그리고 또 성서의

       올바른 얼굴을 뒤틀리게 만드는 저

129   칼과 같이 어리석은 자들[61]도, 그렇게 했다오.

       밭의 이삭이 미처 익기도 전에 나름대로

       헤아리는 사람들처럼, 사람들이여, 너무나

132   안이하게 판단하지는 말 일이라오.

       이는 곧 온 겨울 동안 처음엔 앙상하고

       드새던 가시나무가 어느덧 그 꼭대기에

135   장미꽃을 지니고 있음을 내 보았기 때문이라오.

       그리고 모든 항로를 지나쳐 바다를 곧장

       쏜살같이 치달리다가 마침내 포구의 입구에서

---

[56] **파르메니데스(Parmenides)** BC 500년경에 이름 높던 그리스의 엘리아 학파의 철학자.
[57] **멜리소스(Melisos)** 파르메니데스의 제자.
[58] **브리슨(Bryson)** 원을 사각형으로 봤던 그리스의 철학자.
[59] **사벨리우스(Sabellius)** 성삼위를 부정하던 3세기의 이단적 종교가. 261년에 알렉산드리아 공의회에서 비판받았다.
[60] **아리우스(Arius)** 알렉산드리아의 신부. 아리우스 학파를 설립하여 널리 퍼지게 했던 장본인으로서, 그는 로고스가 영원하지 않으며 성부와 동질의 것도 아니라고 했다.
[61] **뒤틀리게~** 울퉁불퉁한 칼날 위에 얼굴을 비추면 뒤틀리게 마련이듯 「성서」를 그릇 해석하던 이단자들.

138   사라져 버리는 배를 내 일찍이 본 때문이라오.

　　　　하나를 훔치고 또 하나는 봉헌드림을

　　　　베르타 여인과 마르티노 어르신께서 보았다 해서

141　　하느님의 말씀 안에 그들이 있다고 여기지 마시오.

　　　　저이가 일어설 수도 있고 이이가 떨어질 수도 있으니."

| 제14곡 |

 성 토마스의 뒤를 이어 베아트리체는 복 받은 영혼들을 쳐 다보며 단테가 어떤 의문을 갖고 있다고 말한다. 그 의문 이란, "영혼들이 치장하고 있는 빛이 영원토록 남아 있는 것인가?"라는 것이다. 이 이야기를 듣던 영혼들은 더욱더 기쁜 모습으로 춤과 노래를 부른다. 그 무렵 단테가, "천국에서 살기 위하여 지상에서 죽어야 하는 것이거늘, 천상의 축복을 보지 못하는 사람이야말로 얼마나 슬픈가!"라고 소리친다. 복 받은 영혼들이 삼위일체이신 하느님을 향해 세 차례 찬가를 부른다.

솔로몬의 영혼이 대답하길, 축복받은 영혼들의 빛은 각자의 공로에 비례해서 그 정도에 따라 영원할 수 있을 것이라 한다. 왜냐하면 그 빛은 사랑의 열기에서 생겨나고, 이 열기는 하느님을 뵙는 데서 생기며, 이것 은 각자가 받게 될 은총에서 생기고 이 은총은 육체가 부활한 다음 지복 자들이 정신과 육체의 화합을 위해 더욱 완전한 상태에 있게 하고 그 은 총이 커져 하느님을 뵐 수 있게 되어 사랑의 열을 더욱 키워 마침내 빛이 커지기 때문이다.

솔로몬은 계속해서, "마치 숯덩이가 그것을 둘러싸고 있는 빛보다 더 밝게 나타낼 것이오. 시야를 가리는 빛이 되지도 않을 것이니, 이는 신체의 모든 기관들이 온갖 축복의 기쁨을 깨닫게 하는 능력을 갖게 될 것"
이라고 대답한다. 이 말에 두 면류관(원)의 영혼들이 "아멘"으로 응답한
다. 이어 또 하나의 빛 면류관이 생기는 것이 보인다. 그곳에 있는 영혼
들은 저녁 하늘에 희미하게 피어오르는 별들과 같이 생각된다. 점점 더
세차게 비치더니 이내 단테를 매혹시키게 된다.

단테는 베아트리체를 바라보면서 다시 힘을 얻는다. 그러고 나서 자
신이 베아트리체와 더불어 화성천에 와 있음을 알게 된다. 화성은 평상
시보다 더 붉게 보인다. 그는 하느님께 감사한다. 그때 두 줄기 빛을 환
하게 비쳐 주는 것 같아 그는 자신의 사은의 표시가 하느님께 받아진 듯
하여 억제할 수 없는 환희를 느낀다. 이 화성천에는 양극 사이에 더러는
강하게 더러는 약하게 빛나는 별들이 흩어져 있다. 다시 말해서 이 면류
관에 있는 영혼들이 더러는 덜 빛나고 있다는 의미다. 아무튼 이 빛들은
십자가의 형상을 은연중에 이루고 있다. 시인은 이것을 읊조리는 데 있
어서 적절한 비유법을 찾지 못하는 자신의 천박한 재주를 한탄하며 하
느님의 용서를 빈다. 영혼의 빛들이 현란한 광채를 발하면서 움직이며
노래한다. 참으로 아름다운 노래다. 단테는 이 노래에 황홀한 기분을 느
낀다.

이 곡은 태양천에서 화성천에 이르는 교량 역할을 하는 내용을 담고
있다. 여기에 다루어진 주제는 '육신의 부활'이라 할 수 있겠다. 그러므
로 신학적인 문제가 농도 진하게 나타나고 있다. 사랑의 열기, 빛의 열
기, 음악의 열기 등 환희를 주는 정신적인 요소들이 마지막을 장식하고
있는 웅장한 교향곡이라 할 수 있다.

둥그런 그릇 안의 물은 밖에서 치느냐

안에서 치느냐에 따라 복판에서 가장자리로

3 가장자리에서 복판으로 움직이는 것이거늘,

토마스의 영광스러운 영혼이 입을 다물었을 때

이제 방금 말한 바 있는 그러한 일[1]이

6 갑자기 나의 마음속에 파동이 되어 일어났다.

이렇게 된 것은 그[2]의 말씀과 베아트리체의

말씀이 서로 유사한 점으로 인해서인데

9 그녀는 그의 뒤를 이어 즐겁게 말했다.

"이 사람[3]은 또 하나의 진리의 뿌리까지

가고 싶어 하지만 아직껏 말로써 표현하여

12 생각을 그대에게 밝히질 않고 있습니다.

그대들[4]의 실체를 꽃피우는 그 빛이

지금과 마찬가지로 언제까지나 그대들과

15 함께 남아 있을 것인지 그에게 말씀하세요.

만약 남아 있을 것이라면 그대들이 육신을[5]

다시 입어 보일 때 어찌하여 그대들의

18 시력이 상하게 되지 않을 것인지 말씀해 주세요."

마치 원무를 추며 가는 사람들이

가끔 흥에 겨운 나머지 덩달아서

21 소리를 지르거나 즐거운 몸짓을 하듯이,

그녀의 재빠르고도 정성 어린 간청을 듣고

거룩한 원들은 빙글빙글 돌며 희한한 노래를

---

[1] **그러한 일** 1~3행의 말을 두고 한 말.

[2] **그** 성 토마스 아퀴나스.

[3] **이 사람** 단테. 즉, 그가 의문시하는 바가 있다는 의미이다.

[4] **그대들** 둥그런 원(면류관)에 번쩍번쩍 빛을 발하고 있는 축복받은 영혼들.

[5] **육신을** 최후의 심판이 있는 날 모든 영혼들이 육신을 도로 찾는다 함은 이미 언급한 바 있다.

24   부르면서 새로운 기쁨을 나타냈다.

이 위에서 살기 위하여 현세에서 죽는다고

통탄스러워하는 자 있다면, 영원한 비[6]의

27   상쾌함을 이 위에서 보지 못했기 때문이다.

언제나 살아 계시는 하나[7]와 둘[8]과 셋[9]이

언제나 셋과 둘과 하나 속의 왕이시며

30   자신은 모든 것을 감싸면서도, 감싸이진 않는데

듣는 이의 모든 공덕에 마땅한 상급이

될 그러한 가락으로 저들 영혼들이

33   하나같이 세 번 노래를 불렀다.

그러고 나서 가장 작은 원의 가장 찬란한

빛 속에서 천사가 마리아께 아뢸 때와 같이

36   다듬어진 음성으로 대답하는 소리가 들려왔다.

"천국의 축제가 길어지면 길어지는 만큼

우리들의 사랑도 빙그르 주위에

39   빛을 발하고 그처럼 찬란한 옷이 될 것입니다.

그의 밝음은 열기를 뒤따르고

열기는 직관을 뒤따르니 이는 또한 각자의

42   공덕을 초월하는 성총만큼이나 큰 것이라오."[10]

영광스럽고 거룩한 육체를 다시 입게

될 때면 우리의 몸은 완전하게 회복되는

---

45   그만큼 더욱더 복스럽게 될 것이니, 이로써

지고의 선[11]이 우리에게 주시는

무상의 빛[12]은 더욱더 커질 것이며

48   그 빛은 우리에게 하느님을 뵙도록 규정한다오.[13]

그러기에 직관도 더욱더 커져야 하고

그로 인해 타오르는 열기도 커져야 하며

51   그로부터 좇아오는 빛도 커져야 한다오.

그러나 불꽃을 일게 하는 숯덩이가

일단 작열해서 불꽃보다 더 이글거리면서도

54   제 모습을 그냥 그대로 지키고 있듯이

벌써 우리를 둘러싸고 있는 이 빛이

언제나 흙이 뒤덮고 있는 육체보다

57   겉모양에 있어서 더 못할 것이라오.[14]

또 우리를 지치게 할 만한 빛도 아니리니

육체의 모든 기관이 우리를 즐겁게

60   해 줄 수 있는 모든 것에서 강하게 되기 때문이오.

바깥 합창대[15]와 안쪽 합창대가 홀연 재빠르게

나를 보고 "아멘!"[16]이라 외치면서 죽어 있는

63   육체들의 소원을 잘 나타내 주는 것만 같았으니

정녕 그들[17]만을 위함이 아니라 어머니들과

아버지들 그리고 그들이 영원한 불꽃이

---

[11] **지고의 선** 하느님.

[12] **무상의 빛** 신학자들의 말을 빌리면 '영광의 빛'이다.

[13] **규정한다오** 이성의 빛이 인간의 인식을 규정하는 것처럼 영광의 빛은 하느님을 인식하도록 규정한다는 뜻이다.

[14] **벌써~** 현재의 영혼이 발하고 있는 빛은 심판 후에 갖게 되는 육체의 빛보다 약하다는 뜻이다.

[15] **합창대** 둥근 원의 영혼들이 노래를 부른다는 뜻이다.

[16] **"아멘!"** '그렇게 될지어다'라는 뜻으로, 원문엔 당시 토스카나 지방의 사투리적인 표현으로 'Amme'라 되어 있다.

[17] **그들** 육신의 부활이 있고 난 다음의 그 자신들.

66 되기 이전에 다정했던 다른 이들¹⁸을 위함이었다.

그러자 마치 밝아 오는 지평선처럼

거기 있던 빛들 위에 또 하나의 빛¹⁹이

69 똑같은 밝기로 주위에 생기는 것이었다.

또 초저녁이 펼쳐질 무렵의 하늘에

새로운 것들²⁰이 보이기 시작하여

72 진실인 듯 아닌 듯 아리송하게 보이는 것처럼

거기 새로운 실체들²¹이 보이기 시작하는 듯했고

다른 두 개의 둘레 밖으로

75 또 하나의 원이 생기는 듯 보였다.

오, 성령의 참된 반짝임이여!²²

갑자기 그것이 눈부시게 비쳐 압도당한

78 나의 두 눈이 감당할 수가 없구나!

그러나 베아트리체가 무척 아름답고²³

방실거리는 모습으로 나타나시어 나는 그녀를

81 내 혼이 못 따르는 이미 본 것들 속에 두고 싶었다.

여기서 나의 눈은 다시금 힘을 얻어

위를 우러러볼 수 있었으니 나의 여인과 함께

84 보다 높은 구원²⁴으로 옮겨졌음을 알았다.

보통 때보다 더욱더 붉게 보이던 별의

불빛같이 환한 웃음으로 인해서 나는

---

¹⁸ **다른 이들** 형제, 자매, 일가친척, 친구들.
¹⁹ **또 하나의 빛** 제3의 원.
²⁰ **새로운 것들** 별들을 가리킨다.
²¹ **새로운 실체들** 새로 나타나는 지복의 영혼들.
²² 축복받은 영혼들은 성령의 사랑과 빛의 반영이기에 '참된 반짝임'이라 했다.
²³ 그녀는 항상 지복의 혼보다 더 빛난다. 즉, 그녀를 바라봄으로 인해서 빛을 머금은 눈들이 힘을 되찾고 위를 향해 오르기 위해 돌아온다는 뜻이다.
²⁴ **보다 높은 구원** 축복의 보다 높은 정도로서 위쪽 하늘.

87   보다 더 높이 올라와 있음을 잘 알았다.

        온 마음을 쏟아서 또 모든 사람에게

        공통되는 말씨[25]로 나는 새로운 성총에

90   어울리는 번제(燔祭)를 하느님께 드렸다.

        그리고 내 가슴 속에서 성제(聖祭)의 열정이

        미처 고갈되기 이전에 그 제물이

93   받아들여지고 복스럽게 상찬받았음을 난 알았다.

        그 두 광선으로부터 나온 빛줄기가 너무나 밝고

        너무나도 붉게 보였기 때문에 나는 말했다.

96   "오, 이토록 저들을 겹으로 꾸미시는 엘리오스[26]여!"

        더하고 덜한 빛들로부터 확연히 구분되는

        은하수[27]가 세계의 양극 사이를 허옇게 해 주어

99   현자들마저 쉽게 의심에 빠져들게 하듯이

        저 빛들도 화성천의 저 깊은 곳에 별들인 양

        모여서 사분원으로 서로 매듭을

102   이뤄[28] 찬탄할 만한 표지[29]를 이루고 있었다.

        여기 나의 기억이 지성을 앞서는구나.[30]

        저 십자가 속에 그리스도께서 어찌나 빛나시는지,

105   내 그보다 더 값진 본보기는 볼 수가 없었도다.

        그러나 자신의 십자가를 지고 그리스도를

---

[25] **공통되는 말씨** 영혼의 언어.

[26] **엘리오스(Elios)** 우구치오네의 『진화론(Derivationes)』에서 연유한다. 원래 그리스어의 'helios'에서 따온 것인데 이 말의 뜻은 태양이다. 그러나 'helios'의 어원적인 뜻은 신이다. 따라서 엘리오스는 우리말의 하느님이라 할 수 있겠다. 헤브라이어로 신은 '엘리온'이라 한다.

[27] **은하수** 학자들에 따라 은하수의 정의가 달랐다는 의미다. 단테는 『향연』 2권 14장 5~8절에서도 이같이 말하고 있다.

[28] **사분원으로 서로 매듭을 이뤄** 십자가 모양을 하고 있다는 뜻이다.

[29] **찬탄할 만한 표지** 그리스도의 십자가.

[30] 이 지점에서 나의 기억이 지성을 초월한다는 것이다. 지성이란 그가 본 바를 표현할 수가 없고, 오로지 그 표현은 기억에 의존한다는 뜻이다.

따르는 이는 예수께서 저 나무에 빛나심을 보고
108 내 미처 적지 못하는 일에 대해 또 용서하리라.
뿔에서 뿔로 그리고 꼭대기와 밑 부분[31] 사이로
빛들이 눈부시게 반짝거리면서
111 한데 어울려 움직이고 있는데,
마치 사람들이 자신을 보호하기 위하여
재능과 재주로 가끔가다 그늘을
114 마련하고 있을 때 길거나 짧은 물체의
미분자들이 그 모양을 새롭게 바꿔 가며
곧기도 하고 굽어지기도 하며 빠르기도 하고
117 더디기도 하게 보이는 것 같았다.[32]
그리고 마치 여러 줄이 알맞게 조율된
양금과 하프가 알 수 없는 가락으로
120 감미롭기 그지없는 소리를 내는 것처럼
저기 나에게 모습을 드러냈던 빛들로부터 십자가를
통해서 한 가닥 멜로디가 울려 퍼졌기에 노랫말의
123 뜻을 깨닫지 못하면서도 나는 그것에 사로잡혔다.
이해하진 못하고 오직 듣기만 하는 자처럼
"일어나시오"와 "이기시오"[33]라는 말이 들리기에
126 나는 그것이 숭고한 찬가임을 너끈히 알았다.
이 노래에 어찌나 푹 빠졌던지
그때까지 그토록 달콤한 쇠사슬로 나를
129 묶었던 것이라곤 아무것도 없었던 것 같았다.

---

[31] **뿔에서 뿔로 그리고 꼭대기와 밑 부분** 십자가 끝의 네 지점.
[32] **마치~** 단테는 지상에서 종종 발견되는 사실을 비유로 삼아 우주의 까마득한 위층을 묘사한다. 다시 말해서 축복받은 영혼들이 만들고 있는 십자가가 마치 우리가 햇빛을 가리려고 발 같은 것을 쳤을 때 빛이 비치는 틈 바귀로 움직이는 미분자들과 같다는 것이다.
[33] **"일어나시오"와 "이기시오"** 순교했던 영혼들이 그리스도께 올리는 합창이다.

어쩌면 내가 한 말이 너무나 지나친 듯하구나.
볼 때마다 내 마음을 평정케 하는 아름다운

132 눈들의 즐거움일랑 제쳐 놓는 듯하여도
모든 아름다움의 싱싱한 표적들[34]이야말로
오르면 오를수록 더욱더 아름다워지고 내가

135 거기 그분을 돌아다보지 않았음을 안 자라면
내가 변명하고자 자책하는 것에 대해
용서할 수도 있고 또 내가 진실을 말한다고

138 인지할 수도 있으리니, 거룩한 기쁨이 여기
머물러 있고 또 오를수록 더 순수해지기 때문이다.

[34] **싱싱한 표적들** 살아 있는 듯 움직이는 하늘들을 상징한다.

부활주일의 수요일, 오후 9~11시 사이, 화성천에서의 이야기다. 단테로 하여금 자신의 소망을 똑똑히 밝히게 하려고 자비(사랑)의 영혼이 화성천의 지복자들에게 침묵을 지키며 발을 멈추라고 한다. 그러자 단테는 속세에서의 사랑 때문에 하느님의 사랑을 내동댕이친 자들에게 지옥의 형벌은 마땅하다고 한다. 고요한 밤하늘에 별이 흘러가며 제자리를 바꾸는 것처럼 한 영혼이 십자가 발치에 내려온다. 그 영혼은 곧 단테의 조상인 카치아구이다이다. 단테는 어리둥절한 모습으로 그를 아주 유심히 바라다본다. 이어 베아트리체를 향하여 몸을 돌리다 또다시 당황한다. 웬일일까? 그녀의 눈을 보니 마치 자신이 최상의 행복을 손에 쥔 듯한 기분을 가질 만큼 광채가 유별난데다가 웃음을 머금고 있기 때문이다. 카치아구이다는 말을 시작한다. 그러나 그의 말은 모든 지성을 초월하는 신비를 지니고 있어서 단테로서는 이해할 수가 없다.

그 무렵 그는 어조의 정도를 낮춘다. 자신의 후손이 하느님의 사랑을 받아 천국에 와 있음을 보고 하느님께 감사드리는 말로 풀이된다. 그는 또 말하길, 단테가 베아트리체의 안내를 받아 하늘에 오르면서 다가올 사건들을 하느님 안에서 읽기 시작했을 때부터 소원을 풀었다는 것이다.

카치아구이다는 자기가 누군지 묻지 않는 단테를 바라보는 것이 너무나 즐겁다. 단테는 베아트리체를 향하여 그녀가 미소로써 응답함을 보고 말한다. 그는 베아트리체에게 자기를 열성껏 맞아준 사실에 대해 감사의 말을 표현하지 못함을 사죄한다. 사실 지복자들이란 그걸 표현할 수 있는 감성과 능력을 갖고는 있으나 인간들은 그렇지 못하다. 이때 단테는 그가 누구냐고 묻는다.

그 영혼은 자신에 대해 점잖게 대답하며 이어서, "알리기에리 집안에 이름을 주고 백 년 전부터 연옥의 제1권역에 있는 이는 나의 아들이자 너의 증조부이니 너의 기도로써 그의 고통을 덜어주는 것이 좋겠다"라고 덧붙인다. 그는 또 평화롭고, 절도 있는데다 깨끗하게 살았던 당대의 피렌체에 대해 이야기한다. 그때만 해도 여인들이 화려한 장식으로 사치하지 않았고 딸들의 결혼에 있어 지참금이 필요하지 않았으며 가정을 파괴하고 더럽히는 방탕도 없었던 태평성대였다고 말하며 몇몇 실례를 든다. 카치아구이다는 이제 자신에 대해서 자세히 이야기한다. 자신은 피렌체가 그토록 고요하던 때 태어났고 성 요한 성당에서 영세 받아 카치아구이다라는 영세명을 받았으며 그의 형제는 모론토와 엘리세오였고 그의 아내는 파도(Pado) 강기슭에서 온 여인이었다 한다. 그는 또 스바비아의 황제 쿠르라도 3세 밑에서 기사가 되어 성지 회복을 위해서 이슬람교도들과 싸웠는데 그 전쟁에서 이교도들에 의해 죽음을 당해 순교하게 되어 천국의 행복한 곳으로 왔다는 것이다.

이 곡과 다음의 두 곡은 피렌체와 그 시민들에 관한 이야기를 다루고 있는데 「지옥편」의 15, 16, 17곡에서 브루네토 라티니가 하는 이야기와 좋은 대조를 이룬다.

탐욕이 불의 안에서 하는 것과 마찬가지로
사랑은 올바른 기운을 불어넣어 주었다.

3 그러면 그 안에 녹아드는 선을 행하려는 의지가[1]
저 감미로운 현금(玄琴)에게 침묵을 떨구었고
하늘의 오른손이 늦추었다가 잡아당기는

6 저 성스러운 줄들을 잠잠하게 하였다.
저 실체들[2]은 나로 하여금 자기들에게
간청할 의지를 주기 위하여 침묵할 것을

9 합의했으니 어찌 의로운 간청[3]에 귀 막을 것인가?
지속되지 못하는 것을 갈망해서
그 사랑[4]을 영원토록 떨쳐 버리는 사람은

12 끝없이 고통스러워하는 것이 마땅하다.
고요하고 맑은 하늘에 때때로
느닷없는 불빛이 흘러가

15 아직까지 고요하던 눈들을 움직이게 하며
또 자리를 바꾸는 별처럼 보이면서도
그것이 불붙었던 곳에서 사라지는 것뿐

18 오로지 그것만이 잠시 동안 남아 있는 것처럼,[5]
오른쪽으로 뻗쳐 있는 뿔[6]에서
그 십자가의 발치까지를 비추고 있는

21 유성의 별 하나가 치달리고 있었는데

[1] **탐욕이~** 불의 안에서 작용하는 탐욕은 죄를 낳게 된다. 그러나 참된 사랑을 올바르게 불어넣어 주는 데에서 하느님의 의지이신 선을 행한다는 것은 행복을 낳는다.
[2] **실체들** 지복의 영혼들.
[3] **의로운 간청** 인간들의 간청.
[4] **그 사랑** 하늘나라의 완전하고 순후한 사랑을 뜻한다.
[5] **고요하고~** 유성이 떨어지는 것을 묘사한 것이다.
[6] **뿔** 십자가의 오른쪽 가지.

그 보석[7]은 제 끄나풀에서 떨어져 나가지 않았으나

불그스레한 빛살을 통해 지나쳤으므로

24   마치 설화석고를 통해 본 불덩이 같았다.

우리의 위대한 시신[8]이 믿음직하기에

앙키세스의 영혼이 엘리시움에서 제 아들을

27   보았을 때 그와 같은 정으로 나아갔다오.[9]

"오, 나의 피여! 오, 가늠할 수 없을 만큼

성스런 은총이여. 너에게처럼 그 누구에게

30   하늘의 문이 두 번씩이나 닫힌 적이 있던가?"[10]

그 빛이 이렇게 말하자 나는 그에게 주의를

기울이고 나서 나의 여인을 바라봤는데,

33   나는 이쪽에서도 저쪽에서도[11] 놀라고 말았다.

그녀의 눈 속에는 웃음이 너무나 이글거렸기에

마치 나의 성총과 나의 천국의 바닥을

36   나의 눈이 스치는 것으로 생각하였다.

이리하여 듣기에도 또 보기에도 즐거운

영혼이 내가 깨닫지 못한 처음 말씀[12]에

39   덧붙여 아주 깊은 의미로 말씀하셨다.

그렇다고 의도적으로 내게 감춘 건 아니었고

필요에 의한 것이었으니 그가 이르시는 개념이

---

7 **보석** 지복의 영혼들이 십자가 모양으로 빛을 내고 있는데 그것이 마치 보석들처럼 보인다 하여 이렇게 비유했다.

8 **위대한 시신** 베르길리우스를 일컫는다.

9 **앙키세스의~** 베르길리우스의 『아이네이스』 제6권 684행 이하의 내용에서 유래한 것이다.

10 **오, 나의~** 이 글은 카치아구이다의 말인데 원문에 다음과 같이 라틴어로 되어 있다.
"O sanguis meus, O superincusa gratia Dei,
sicut tibi cui bis unquam coeli ianua reclusa?"

11 **이쪽에서도 저쪽에서도** 베아트리체와 카치아구이다. 전자는 이글이글 타는 빛을 발하고 후자는 "오, 나의 피여! ……"라 말하기에 단테는 당황한다.

12 **깨닫지 못한 처음 말씀** 카치아구이다의 말은 천상의 언어이기에 인간의 지성으론 이해할 수 없다는 뜻이다. 그러나 이제부터는 인간의 언어로 이야기한다.

42 　인간의 언어를 초월한 까닭이었다.
　　열정적인 애정의 활이 지나치게 늦춰져
　　그의 말씀이 우리 지성의 기호를 향해

45 　내려오게 되었을 무렵에,
　　내가 이해할 수 있었던 맨 처음 것은
　　"축복받으소서. 내 종족에게 그토록 너그러우신

48 　삼위시며 하나이신[13] 주님이시여!"란 것이었다.
　　그는 또 계속해서, "하얗고 검은 것이
　　결코 변함 없는 저 위대한 책[14]을 읽음으로

51 　끌어냈던 즐겁고 또 오랜 소망을, 아들아,
　　너는 내 너에게 지금 말하는 이 빛[15] 속에서
　　풀었으니, 이는 너에게 날개를 입혀

54 　이 높은 곳으로 끌어올린 그 여인[16] 덕분이다.
　　만일 하나가 알려지면 그로부터 다섯과 여섯이
　　좇아오는 것처럼 네 생각의 으뜸이신

57 　그분으로부터 나에게 미친다고 네가 믿는구나.
　　내가 누구인지 또 어찌해서
　　이 즐거운 무리의 어느 누구보다도 너에게

60 　더 기쁘게 보이느냐고 넌 내게 묻지 않는구나.
　　네가 믿는 게 진실이라 함은 여기 사는
　　작은 이나 큰 이나 네가 생각하기도 전에

63 　너의 생각이 드러나 있는 거울을 보기 때문이다.[17]

---

[13] **삼위시며 하나이신** 삼위일체이신.
[14] **위대한 책** 하느님의 마음. 여기에 모든 사례가 적혀 있으니 인간들은 그 속에서 미래를 읽는다.
[15] **이 빛** 카치아구이다 자신의 빛.
[16] **여인** 베아트리체.
[17] **네가 생각하기도~** 모든 복자들은 그들이 누리는 축복의 정도에 불문하고 하느님을 바라다보는데, 이는 마치 거울 속에 인간의 모든 생각이 미처 생각하기도 전에 비치는 것과 같다. 다시 말해서 하느님 안에는 과거, 현재, 미래의 모든 것이 비친다는 것이다.

그러나 끊임없는 시선으로써 지키며

감미로운 열망으로 나를 애태우게 하는

66   그 성스런 사랑이 더욱 채워 주리니

분명하고 대담하고 기꺼운 너의 음성이

의지를 울려 주고 욕망을 울려 주게 하여라.

69   그에 대한 나의 대답은 벌써 마련되었다."

나는 베아트리체에게 향했다. 그러자 그녀는

내가 말하기도 전에 알아차리고, 내 소원의

72   날개를 펼쳐 주던 눈짓으로 응낙하였다.

이어 나는 말을 꺼냈다. "사랑과 앎은

하느님[18]께서 그대들에게 나타나셨을 때

75   그대들 각자에게 똑같은 무게로 되었으니,

열과 빛으로 그대들을 태우시고 비추시는

태양[19]은 언제나 한결같은 것이기에

78   그에 유사한 것은 있을 수 없는 까닭입니다.

그러나 살아 있는 자들의 의지와 논리[20]는

그대에겐 알려진[21] 이유로 말미암아

81   각각 달리 날개를 달고 있으니[22]

그 때문에, 살아 있는 인간인 나는 이 불균형

속에 있어 어버이다운 당신의 환대를

84   마음으로써가 아니면 감사할 길이 없습니다.

이 값진 보석으로 몸단장한

---

[18] **하느님** 원문엔 'la prima equalità'라 되어 있다. "첫 평등"이란 뜻이다. 왜냐하면 하느님 안에 있는 모든 속성은 다 똑같기 때문이다.

[19] **태양** 하느님.

[20] **의지와 논리** 사랑과 지혜.

[21] **그대에겐 알려진** 인간은 몰라도 복자의 영혼들에겐 알려진.

[22] 품고 있는 생각(의지)은 질서 있게 설명하는 논리와는 다른 차원이라는 것이다.

살아 있는 황옥[23]이신 그대여, 간청하오니

87 내 당신의 이름으로 배를 채우게 하옵소서."

"오, 나의 잎사귀[24]야, 내 너를 기다리는 것만으로도

즐거웠구나. 나는 너의 뿌리[25]였단다."

90 그는 이렇게 말을 꺼내어 내게 대답하고 난

다음에 말했다. "네 가문의 이름이

비롯되는 자, 백 년도 더

93 제1권역[26]에서 산을 돌고 있는데,

그는 나의 아들이었고 너의 증조부였으니[27]

너야말로 네 기도로써[28] 그의 오래된 피로를

96 덜어 주는 것이 마땅할 일이구나.

옛날의 성벽[29]으로부터 지금도 세 시와 아홉 시를

가늠하는 피렌체는 그 안에서

99 평화와 절제와 정숙 속에 있었다.

팔찌나 목걸이도 없었고 꽃모자도 없었으며

수놓은 치마도 없었고 또한 사람보다도

102 더 돋보이게 하는 띠도 있지 않았다.

딸이 태어난다 해서 아버지에게 두려움을

주지 않는 그때였는데, 이는 이쪽이나

105 저쪽이 나이나 지참금이 한도를 넘지 않았기 때문이다.

[23] **황옥(Topazo)** 이 보석은 욕정을 가라앉히고 열광을 식혀 주며 적의 침해를 막아 준다는 전설을 가졌다. 또 이 보석을 끓는 물에 넣으면 물이 곧 식는다고 한다.
[24] **잎사귀** 자손.
[25] **뿌리** 조상.
[26] **제1권역** 정죄산에 있다. 「연옥편」 제10곡, 제11곡, 제12곡 참고.
[27] 단테의 증조부이자 카치아구이다의 아들인 알리기에리.
[28] **네 기도로써** 단테가 연옥에 있는 증조부를 위해 해야 할 기도.
[29] **옛날의 성벽** 당시의 피렌체에는 두 개의 옛 성이 있었다. 그중 먼저 생긴 성의 언덕에 'La Badia'라 불리는 성 베네딕투스 성당이 있어 3시와 9시, 또 다른 시각에도 종을 울려 준다.

텅 빈 집들은 없었고

방 안에서 무엇을 할 수 있는지 보여 주려고

108 　사르다나팔로스[30]가 미처 거기에 오지 않았다.

몬테말로[31]는 너희의 우첼라토이오[32]한테

아직 지지 않았으니 그는 솟아오를 때나

111 　떨어질 때도 패배했다.

내 보아하니 벨린치온 베르티[33]가 가죽과 뼈로[34]

띠를 두르고 갔고 그의 아내가

114 　화장을 하지 않고서 거울로부터 떠났던 것과

그리고 네를리와 베키오 집안[35] 사람이

맨 가죽에 만족하며 그 여인들이

117 　물렛가락과 잉아로 만족해함을 난 보았다.

오, 행운의 여인들! 그들은 모두 무덤에

대해 안심했고 프랑스 때문에

120 　침대에서 버림받을 자 아무도 없었다.[36]

누구는 요람을 지켜보며 밤을 새우고[37]

누구는 아버지나 어머니들을 기쁘게 해 주는

123 　아기의 말로 달래는가 하면,

---

[30] **사르다나팔로스(Sardanapalos)** BC 7세기의 아시리아의 왕. 방탕으로 유명했던 그는 여장을 하고 신하들의 눈을 피해 은밀한 방에서 궁녀들과 놀았다 한다. 여기서의 뜻은 카치아구이다 시절의 피렌체에는 음탕한 무리가 없었다는 것이다.

[31] **몬테말로(Montemalo)** 지금의 몬테 마리오(Monte Mario)를 뜻한다. 로마 북서쪽에 위치해 있어 피렌체에서 로마로 갈 때 이 산에 이르면 로마가 보인다.

[32] **우첼라토이오(Uccellatoio)** 피렌체에서 1.2마일쯤 떨어진 곳에 있는 산. 여기서의 뜻은 피렌체가 로마보다 더 타락했다는 것이다.

[33] **벨린치온 베르티(Bellincion Berti)** 12세기에 유명했던 피렌체의 무사.

[34] **가죽과 뼈로** 가죽띠와 뼈로 깎은 단추로만 치장했다는 뜻이다.

[35] **네를리(Nerli)와 베키오 집안** 피렌체의 명문들로 검소한 생활의 실천자이자 구엘프 당원이었다.

[36] **오, 행운의~** 그들은 교회에 열심이었으니 죽음에 대해 안심했으며 유랑 생활을 할 필요도 없었다. 단테 시대의 피렌체는 외국(특히 프랑스)과 무역을 많이 했다. 그러나 카치아구이다 시절엔 그렇지 않았기에 여인들이 무역 때문에 떠나는 남편을 보내고 쓸쓸히 밤을 지내지 않았다.

[37] 아기가 잘 자도록 보살핀다는 의미다.

또 누구는 실꾸리에서 실을 뽑아내면서

제 식구와 더불어 트로이와 피렌체,

126 또 로마에 대해서 이야기하고 있었다.[38]

그때는 치안겔라[39]나 라포 살테렐로[40] 같은 자가

요즘의 킨킨나투스[41]나 코르넬리아[42]와 같이

129 괴이하게 보였을지도 모를 일이다.

이처럼 편안하고 이처럼 아름다운

시민들의 삶에, 또 이토록 믿음직스러운

132 사회와 이토록 아름다운 저택에 높은

절규[43]에 부름을 받은 마리아께서 나를

점지하셨으니, 너희들의 오래된 영세 성당[44]에서

135 나는 그리스도인이요, 카치아구이다가 되었다.

모론토와 엘리세오는 나의 형제들이었고

나의 아내는 파도[45]의 계곡에서 내게

138 왔으니, 그로부터 너의 성(姓)[46]이 생긴 것이다.

이어 나는 황제 쿠르라도[47]를 따랐는데,

그는 나에게 그의 기사가 되게 하셨으며

141 일을 잘한다 해서 그의 총애를 받았다.

---

[38] **또 누구는~** 우리나라 시골 할머니들이 손자들에게 옛날이야기를 해 주시는 것을 상기하라. 그와 다를 바가 없다.

[39] **치안겔라(Cianghella)** 사치와 방탕으로 지내던 과부.

[40] **라포 살테렐로(Lapo Salterello)** 단테의 친구인 시인. 그는 옷과 음식에 지나치게 낭비하던 사람이었다.

[41] **킨킨나투스(Quinctius Cincinnatus)** 로마의 집정관. 「천국편」 제6곡에도 나온다. 고수머리로 유명하던 사람이다.

[42] **코르넬리아(Cornelia)** 로마의 정숙한 부인. 그녀는 다른 부인들이 가장 값진 것이 보석이라 할 때 자기의 두 아들이라 했다. 「지옥편」 제4곡 후반부에 소개되었다.

[43] **절규** 어머니가 카치아구이다를 해산하며 지르는 절규로 "마리아여!"라는 것이다.

[44] **영세 성당** 단테도 이 성당에서 영세를 받았다. 아직도 이 성당은 그 위용을 뽐내고 있다.

[45] **파도(Pado)** 포 강의 줄기.

[46] **너의 성** 알리기에리(Alighieri)라는 단테의 성.

[47] **쿠르라도(Currado)** 쿠르라도 3세. 1147년 성 베르나르의 열변에 감동되어 프랑스의 루이 7세와 함께 십자군 전쟁에 가담했다.

나는 그의 뒤를 좇아 저 율법의 불의[48]를

맞아 싸우러 갔는데, 목자들[49]의 죄 탓으로

144   너희들의 정의를 그 백성들[50]이 강탈했다.

여기서 나는 그 무리들에 의해

그의 사랑이 많은 영혼들을 더럽혀 주는

147   거짓된 세상으로부터 풀려나게 되었으며

이어 저 순교로부터 이 평화로 왔다."[51]

---

[48] **율법의 불의** 이슬람교의 율법.
[49] **목자들** 교황들.
[50] **백성들** 사라센인들.
[51] 순교한 영혼들은 연옥을 거치지 않고 바로 천국에 오르도록 되어 있다고 한다.

단테는 조상인 카치아구이다의 이야기를 듣고 제 가문이 그토록 고귀한 혈통을 갖고 있음에 만족한다. 지상의 인간 들은 진정한 선이 무언지 모르니 그들에겐 혈통의 고귀함 따위는 중요치 않으나, 참사랑이 존재하는 천상에서 기릴 만한 혈통을 제 가문에서 찾아보게 되었으니 단테에겐 한없이 좋은 일이다. 단테는 카치아구이다에게 네 가지 질문을 한다. 카치아구이다는 언제 태어났으 며 또 단테의 조상은 누군지, 당시의 피렌체인들은 얼마나 되었으며, 또 그들 중에서 가장 고귀하고 훌륭했던 가문은 누구였는지 등이다.

그러자 카치아구이다의 영혼은 더욱 찬란해지며 은은하고 부드러운 목소리로 자기가 1091년에 태어났다고 대답한다. 또 이어서 두 번째 물 음에 대답하기를 자기와 자기 조상들은 피렌체에 있는 성 피에로의 제6 구에서 태어났는데, 이런 사실은 그저 알고만 있는 것으로 충분하다고 말한다.

그리고 세 번째 물음에 대해 대답한다. 그가 살았을 당시의 피렌체에 살 고 있던 주민은 지금의 5분의 1이었고 주민들 사이에는 농부도 있었고 막 일꾼들도 있었으나 모두가 순박한 사람들이었다. 그러나 곳곳에서 이주 해 온 사람들 때문에 피렌체는 부패해졌으며 성직자들이 황제와 분쟁했기에 드디어 피렌체도 분열되었다. 따라서 전에는 그 혈통이 미천하던 자들마저 요직에 앉게 되었다. 도시가 이렇게 혼합된 주민으로 구성되자 불행의 씨앗이 생긴 것이다. 또 이방인들의 세력이 점차 강력해졌다고 한다.

그는 또 네 번째 질문에 대하여 다음과 같이 대답한다. 인간의 일이란 언제나 종말이 있는 법, 혈통이 끊어진다 해도 그리 놀랄 만한 것은 아니다. 인간의 일에 필연적인 그 종말이란 인생행로 그 어딘가에 도사리고 있음에 틀림없다. 다만 우리가 그것을 인식하지 못할 뿐이다. 그러므로 달과 하늘의 운행이 끊임없이 해안에 조수를 일으키는 것처럼 피렌체의 운명도 그러한 것이다. 그는 이렇게 말하며 몇 가지 실례를 든다.

이어서 그는 한때 명성이 세상에 자자했으나 이방인들과 섞여 살게 되어 지금은 멸망해 버린 위대한 피렌체인들에 대해서 이야기한다. 그는 한 예로 부온델몬테 가문의 사건을 샅샅이 밝히며, 피렌체가 분열의 구렁텅이에 빠져 들어간 과정을 설명한다. 베키오 다리에 이지러진 마르스의 상이 있었는데 그 아래서 부온델몬테가 아메데이에 의해서 살해된 사건이 있었다. 그 사건이 터진 뒤 피렌체의 평화는 종말을 맞았다는 것이다. 그 후 기벨린 당이 추방되고 구엘프 당이 들어섰다. 피렌체는 유사 이래 처음으로 적에게 패하고 분열의 소용돌이 속에 허덕이게 되었다.

이 곡은 화성천에 관한 두 번째 곡으로 카치아구이다를 통해 옛 피렌체의 이모저모를 알 수 있는 내용을 담고 있다. 앞 곡에선 윤리적인 덕, 이 곡에선 정치적인 덕에 관해 다루고 있다.

> 오, 보잘것없는[1] 혈통의 존귀함이여!
> 우리네 애정이 마멸되어 가는 이 아랫녘에서
> 3   사람들이 그대를 두고 영광 돌리라고 한들
> 내게는 죽어도 놀랄 만한 일이 못 되리니

욕망이 뒤틀리지 않는 저기 저곳, 그러니까

6   하늘나라에서 내 이를 기렸기 때문이다.

그대는 쉽사리 짤막해지는 망토일레라.

날이면 날마다 기워주지 않으면

9   시간이 가위를 들고 주위를 맴돌 것이다.[2]

로마가 먼저 받아들였으나 그 시민들도

그다지 오래 쓰지 않던 voi[3]로

12   나의 말이 시작되었던 것인데, 이로 인해

다소 비켜서 있던 베아트리체가 웃으면서

지네브라[4]의 이야기의 처음 실수에

15   기침 소리를 내던 여인과 비슷하게 보였다.

나는 말을 꺼냈다. "당신은 나의 조상이시며

당신은 저에게 말할 수 있는 용기를 주시고

18   당신은 저를 실상보다도 더 높여 주십니다.

숱한 물줄기로 저의 마음이 기쁨으로 가득히

차 있어 짓이겨지지 않고 보전할 수

21   있기에 마음이 절로 기쁨에 사로잡힙니다.

제게 말씀하십시오. 사랑하는 할아버님,

---

[1] **보잘것없는** 이것은 지상에서만 의미를 갖는 혈통이기 때문이다. 다시 말해서 지상에서의 혈통은 정신적인 가치를 능가하지 못한 것이니 혈통의 존귀함은 보잘것없다는 뜻이다. 그러나 천국에서 기릴 만한 혈통은 훌륭한 것이라 한다.

[2] **그대는~** 혈통은 반드시 공덕이 뒤따라야 한다. 그렇지 않으면 헛되고 소용없는 것이 되고 만다.

[3] **voi** 제2인칭 복수 인칭 대명사. 남부지방, 특히 로마에선 이것을 사용하여 단수 2인칭을 나타냈다. 지금도 이런 경향이 완전히 사라진 것은 아니지만 재정 시대엔 전적으로 이 인칭 대명사만 사용했다. 그러나 존칭적인 의미를 갖고 있다. 이것이 오늘의 표준어로는 'Lei'로 바뀌었다. 여기에서의 뜻은 '존칭으로'라는 것이다.

[4] **지네브라(Ginevra)** 란첼로토란 기사가 왕후인 지네브라에게 입맞춤을 할 때 하인이 이를 보고 기침했다는 중세의 이야기가 있다. 「지옥편」 제5곡 참고. 여기에서의 뜻은 베아트리체가 단테의 존칭 표현을 보고 그녀는 혈통 문제 따위를 대수롭게 보지 않기에 웃음을 터뜨린 것을 나타내 주는 데 있다. 사실 저 세상에 있는 영혼들은 이 세상의 계급이나 그에 유사한 것 때문에 구분되지 않고 모두가 평등하다고 단테가 연옥에서 말한 것을 상기할 때 비록 고조부지만 유별나게 존칭으로 말할 필요는 없는 것이다. 역자는 한국어의 특성 때문에 영혼들과의 대화는 대부분 존칭을 사용했으나 이 곡에서의 카치아구이다와 단테의 대화는 예외로 했다. 이는 곧 이 'voi'의 개념을 살려 주기 위해서다.

당신의 옛 조상들은 누구였고 당신의 유년기를

24   나타내 주는 세월은 어떠하셨는지를.

그 당시 성 요한의 양의 우리⁵는

얼마나 컸으며 또 그 안에 있던 자들 중

27   가장 높은 자리에 있는 자들은 누구였는지요?"

불꽃 속의 숯덩이가 바람 부는 대로

활활 타오르는 것같이 저 광명⁶도 나의

30   다정한 말에 그처럼 찬란한 것을 나는 보았다.

그 빛이 내 앞에 더욱 아름답게 보일수록

그만큼 더 즐겁고 부드러운 목소리였는데

33   요새의 언어가 아닌 말⁷로 그는 나에게

말씀하셨다. "아베(Ave) 소리 울려지던 그 날⁸부터

이젠 성녀이신 나의 모친⁹께서 나 때문에

36   무겁던 몸을 풀고 해산하셨을 때까지

이 불덩어리가 제 발바닥 밑에서 다시

불을 붙이려고 사자자리로 돌아온 것은

39   오백오십 하고도 또 서른 번째였구나.¹⁰

옛 조상들과 나는 너희들이 연례적으로

하는 놀이¹¹에서 달음질치는 자들이

42   처음 시작하는 마지막 6구에서 태어났다.

---

⁵ **성 요한의 양의 우리** 피렌체를 말한다. 피렌체는 세례 요한을 수호성인으로 받들고 있다.

⁶ **저 광명** 카치아구이다. 단테의 고조부를 뜻한다.

⁷ **요새의 언어가 아닌 말** 단테가 이 작품을 쓸 당시의 언어가 아니라 사투리. 즉, 카치아구이다 시절의 말을 가리킨다.

⁸ **"아베(Ave) 소리 울려지던 그 날** 천사 가브리엘이 동정녀 마리아에게 나타나 인사드리며 그리스도의 수태를 알려 주던 때.

⁹ **성녀이신 나의 모친** 카치아구이다의 어머니는 지금 천국에 있으니.

¹⁰ 오백팔십 번째며. 피에트로 디 단테의 계산에 의하면 약 1106년에 카치아구이다가 출생했다고 한다.

¹¹ **연례적으로 하는 놀이** 매년마다 6월 24일이면 성 요한의 축제행사가 벌어진다.

나의 조상들에 대해서는 이걸 들으면

충분하고 그들이 누구였으며 어디서 그리로

45   왔는지는 말하는 것보다 그만둠이 좋겠구나.

그 시절엔 마르스와 세례자 사이[12]에서

무장을 할 수 있었던 자들은 통틀어서

48   지금 살고 있는 자들의 오분의 일이었다.

지금 캄피와 체르탈도 그리고 페키네[13]가

뒤섞여 있는 사회가 그때에는 천박한

51   막일꾼들까지도 순수하게 보았더니라.

내가 들고 있는 그런 사람들을 이웃에

두고 갈루초나 트레스피아노[14]에

54   너희의 경계선을 삼는 것이, 저들을 끌어들여

아굴리온의 악당[15]과 사기질하기 위해

눈을 부라리고 있는 시냐[16] 등의

57   악취를 견뎌내는 것보다 아, 얼마나 나은가!

세상에 아주 타락해 버린 사람들[17]이 만일에

카이사르[18]의 의붓어머니 같은 자들이 아니라[19]

60   제 자식에 대한 어머니처럼 어질었다면.

그런 사람[20]은 피렌체인이 되어 거래하고

---

[12] **마르스와 세례자 사이** 베키오 다리와 영세 성당 사이란 뜻이다. 다시 말해서 베키오 다리 위에 불의 신 마르스의 상이 있고, 거기서 도심으로 오면 영세 성당이 있다.

[13] **캄피와 체르탈도 그리고 페키네** 피렌체 가까이 있는 마을들의 이름이다.

[14] **갈루초나 트레스피아노(Galluzzo, Trespiano)** 피렌체에서 조금 떨어진 동네들.

[15] **아굴리온의 악당(Aguglion)** 아굴리온은 피렌체에서 가까이에 있는 마을. 본래는 사람 이름으로 단테에게 화형 선고를 내린 발도 디아굴리오네(Baldo d' Aguglione).

[16] **시냐(Signa)** 시냐는 마을 이름, 본래는 사람 이름으로 매관매직했던 법률가 파치오 다 시냐(Fazio da Signa).

[17] **타락해 버린 사람들** 타락한 성직자들.

[18] **카이사르** 단테는 그를 속세의 우상적인 황제로 본다.

[19] **의붓어머니 같은 자들이 아니라** 성직자들이 황제들과 싸워서 피렌체는 분열되었고 이 분열로 인하여 피렌체인들은 쫓겨나고 이방인들이 들어왔다.

[20] **그런 사람** 벨루티(Velluti) 집안이라고 전해지고 있지만 정확히 누구인지는 알 길이 없다.

장사하면서 제 할아버지가 구걸하고

63   다니던 저 시미폰티[21]라는 곳으로 돌아갔으련만.

또 몬테무를로[22]는 아직 백작들의 소유이겠고

아코네의 교구에선 체르키[23]들도 그럴 것이며

66   어쩌면 발디그리에베에선 부온델몬티[24]도 그러리라.

사람들의 뒤섞임은 그 어느 때거나,

도시가 불행해지는 근원이었는데, 이는

69   마치 몸에 너무 지나친 음식과 같다.

눈먼 황소가 눈먼 고양이보다 더 빨리

거꾸러지고 또 다섯 자루의 칼보다

72   한 자루의 칼이 더 잘 베는 수가 많다.

루니와 우르비살리아[25]가 어떻게 무너졌고

또 그들을 뒤따라 키우시와 시니갈리아[26]가

75   어떻게 사라져 갔는지 너 만일 알아본다면,

도시들도 종말이 있는 것이기에

혈통이 끊어진다는 것쯤 듣는다 하여

78   이상스럽거나 대단하게 여겨지지 않으리라.

너희들도 그러하듯 너희의 모든 일도

그 죽음을 맞을 것이나 그것은 오래 지속되는

81   그 어떤 것에 숨어 있을 뿐 목숨은 짧단다.

그리고 달의 하늘의 운행이 쉴 새 없이

---

[21] **시미폰티(Simifonti)** 1302년 피렌체인들이 점령한 성.

[22] **몬테무를로(Montemurlo)** 구이도 백작 가문이 피스토이아의 공격을 당해 낼 수가 없어 1254년에 피렌체에 팔아넘긴 성이다.

[23] **체르키(Cerchi)** 아코네(Acone) 교구에서 피렌체로 침입해 들어왔던 비앙키 파의 괴수.

[24] **부온델몬티(Buondelmonti)** 몬테부오니 성에서 쫓겨 나와 피렌체로 들어왔던 세도가문. 그 집안은 발디그리에베(Valdigrieve) 성에 거처를 두었다.

[25] **루니와 우르비살리아(Luni, Urbisaglia)** 단테 시대에 이미 폐허가 되었던 도시들.

[26] **키우시와 시니갈리아(Chiusi, Sinigaglia)** 역시 폐허로만 남아 있던 옛 도시들.

해안들을 덮어 줬다 벗겨 줬다 하는 것처럼

84 피렌체와 더불어서 운명도 그렇단다.

따라서 시간이 흘러서 그 명성이 감춰진

저 위대한 피렌체 사람들에 대해 내 말한다고

87 너는 이상하게 여겨서는 안 될 것이다.

나는 우기를 보았고 카텔리니, 필립피,

그레치, 오르만니, 알베리키, 그리고 이미

90 기울고 있는 찬란한 시민들을 보았다.[27]

그리고 산넬라의 그이, 아르카의 그이와 함께

옛 사람들처럼 그토록 위대하던 솔다니에리,

93 아르딘기 그리고 보스티키를 보았단다.[28]

어서 속히 돛단배에서 내동댕이쳐야 마땅할

정도로 무겁디무거운 새로운 대죄[29]를

96 이 순간에도 지고 있는 저 문[30] 위에,

라비냐니[31]가 있었는데 그들로부터

구이도 백작과 그 뒤 지체 높은 벨린치오네[32]의

99 이름을 취했던 그 누군가가 내려왔다.

프레사[33]의 그이는 일찍이 어떻게 다스려야

할지 알고 있었고 갈리가이오[34]는 제 집 안에

102 금으로 도금한 칼자루와 자루 끝을 갖고 있었다.

---

[27] **나는~** 우기(Ughi), 카텔리니(Catellini), 필립피(Filippi), 그레치(Greci), 오르만니(Ormanni), 알베리키(Alberichi) 등과 함께 옛날 명문이었으나 후손이 끊긴 집안들.

[28] **그리고~** 여기 나오는 인물들도 다 후손이 끊긴 옛 명문들이다.

[29] **대죄** 1302년 비앙키 파를 추방한 죄.

[30] **문** 성 베드로의 문(Porta di San Pietro). 단테 시대엔 거기에서 체르키가 살았다.

[31] **라비냐니(Rabignani)** 성 베드로의 문 근처에 살았던 피렌체의 옛 명문.

[32] **구이도 백작과 그 뒤 지체 높은 벨린치오네** 라비냐니 가문에 속한 벨린치오네 베르티(Bellincione Berti)의 딸 구알드라다가 구이디(Guidi) 백작과 결혼하여 구이도(Guido) 백작을 낳았다.

[33] **프레사(Pressa)** 기벨린 당에 속했던 귀족의 일원.

[34] **갈리가이오(Galigaio)** 기벨린 당원. 카치아구이다 시대에 기사였다.

바이오의 원주(圓柱)[35], 사케티, 주오키,

피판티, 그리고 바루치와 갈리[36], 또 뒷박 때문에[37]

105   얼굴 붉히는 자들도 일찍이 유명했다.

칼푸치들을 낳아 주었던 저 밑둥치[38]도

일찍이 위대했으며 시지이와 아리구치들도

108   일찍이 높은 벼슬자리에 부름을 받았다.

교만 때문에 흩어져 버린 그자들[39]을 내 보았을 때

아, 어떠하였던가! 황금 구슬들[40]이 그들의 모든

111   위대한 일거리마다 피렌체를 꽃피웠단다.

교회가 텅텅 빌 때[41]마다 종교회의[42]에

남아 있으면서 살이 쪘던 그 사람들[43]의

114   아버지들도 그와 같이 하였던 것이니라.

도망치는 자 뒤에서는 용같이 되는

오만불손한 종족이 이빨이나 전대를 보여 주는

117   자에겐 양과 같이 잠잠해지는데[44]

일찍부터 솟아올랐지만 하찮은 무리였기에

훗날의 장인이 그를 그들의 친척이 되게 한 건

120   우베르틴 도나토[45]에게 그리 달갑지 못했다.

---

[35] **바이오(Vaio)의 원주** 문장에 창백한 원주를 그려 넣었던 명문 필리(Pigli)를 가리킨다.
[36] **사케티, 주오키, 피판티, 그리고 바루치와 갈리** 피렌체의 명문들.
[37] **뒷박 때문에** 키아라몬테시(Chiaramontesi) 가문은 소금장수였는데 그때 되 혹은 저울을 속였다 한다. 「연옥편」 제12곡 103~105행을 참고.
[38] **저 밑둥치** 도나티(Donati) 가문. 이 가문에서 칼푸치(Calfucci) 집안이 생겼다.
[39] **그자들** 우베르티 가문. 「지옥편」 제10곡 31~32행 참고.
[40] **황금 구슬들** 람베르티(Lamberti) 가문. 이 람베르티 가문의 문장은 방패 위에 황금 구슬을 그려 넣고 있다.
[41] **교회가 텅텅 빌 때** 주교가 사망했을 때.
[42] **종교회의(consistorio)** 주교가 사망하면 여기서 교회의 재산을 관장했다.
[43] **그 사람들** 비스도미니와 토싱기. 그들은 주교가 사망할 때마다 종교회의에 남아 재정을 관장하며 사적으로 갈취했다.
[44] **도망치는~** 단테의 재산을 몰수하고 단테의 귀향을 결사적으로 막았던 아디마리 가문을 통박하는 구절이다.

카폰사코[46]는 이미 피에솔레로부터 시장에

내려왔고 쥬다와 인판가토는

123 벌써 훌륭한 시민이 되었더니라.

믿을 순 없으나 사실인 것을 나 이제 너에게

얘기하겠다. 페라[47]의 집안사람들에 의해 명명된

126 문을 통해 작은 둘레(城)에 들 수 있었는데

그의 이름과 권위를 토마스의 축일이

생기 있게 만들어 주는 위대한 남작의

129 아름다운 휘장[48]을 갖고 다니는 자는 누구나

그로부터 기사 자격과 특전을 받았는데

그 휘장에 수술을 달아 준 자[49]는

132 오늘날 서민과 함께 어울리게 되었구나.

구알테로티와 임포르투니[50]도 일찍이 있었으나

낯선 이웃들을 받아들이지 않았더라면

135 보르고[51]는 아직도 더 평온했을 것이리라.

너희를 죽이고 또 즐겁게 사는 너희의 삶에

끝장을 보게 한 저 의로운 분노 때문에

138 너희들의 통곡을 낳게 했던 집안은

저와 제 종족들과 더불어 명예로워졌구나.

---

[45] **우베르틴 도나토(Ubertin Donato)** 도나티 가문의 일원. 그는 벨린치오네 베르티의 딸과 결혼했다. 그는 그의 장인이 또 하나의 딸을 도나티 가문과 사이가 좋지 않은 아디미리 가문에 시집보내자 매우 불쾌하게 생각했다.

[46] **카폰사코(Caponsacco)** 피에솔레(Fiesole)에서 와 구시장(Mercato Vecchio) 근처에 살던 옛 명문으로 기벨린 당이었다.

[47] **페라(Pera)** 배梨를 문장으로 삼는 명문. 단테 시대엔 이미 패가하여 작은 성문 안에 살았다.

[48] **토마스의~** 성 토마스의 축일인 12월 21일에 죽은 피렌체의 남작 우고(Ugo)는 그의 어머니가 세운 수도원의 성당에 매장되었다. 해마다 이 날이면 그의 죽음을 애도하기 위해 아름다운 휘장이 물결치는 대제전이 벌어졌다.

[49] **그 휘장에 수술을 달아 준 자** 우고의 문장에 황금으로 된 수술을 달던 자노델라 벨라는 서민과 어울려 권력층에 항의하다 쫓겨나 프랑스로 도망갔다.

[50] **구알테로티와 임포르투니(Gualterotti, Importuni)** 단테 시대에 몰락한 피렌체의 옛 귀족들.

[51] **보르고(Borgo)** 피렌체의 가장 오래된 지역. 여기선 피렌체 그 자체를 말한다.

오, 부온델몬테[52]여. 남들의 음모 때문에

141   제 혼례를 피했던 게 얼마나 나빴던가!

네가[53] 처음으로 도시에 왔을 때

하느님께서 너를 에마[54]에게 넘겨주셨더라면

144   지금 슬퍼하는 많은 사람들이 기뻐하련만.

그러나 피렌체가 다리[55]를 지키고 있는

일그러진 돌덩이[56]에 평온이 끝날 무렵

147   희생물을 바치는 것이 옳을 일이었다.

이 족속들 그리고 그들과 더불어 다른 이들과

함께 울어 마땅할 까닭일랑 갖지 않은

150   안정 속에 피렌체가 있음을 나는 보았는데

이 족속들과 더불어 나는 또 창대에

달린 백합화[57]가 결코 꺾이지 않고

153   분열로 말미암아 붉게 물들지 않을 정도로

자랑스럽고 의로운 그 백성들을 보았다."

---

[52] **부온델몬테(Buondelmonte)** 그에 대해 전해 오는 이야기 중 특기할 것은 두 가지다. 즉, 하나는 그가 피렌체에 오기 위해 에마(Ema) 강에 목숨을 걸고 뛰어들었다. 이 사건을 빌어 단테는 그가 만일 그때 빠져 죽었더라면 피렌체의 내란은 없었을 것이라고 말한다. 또 하나는 그의 결혼에 관한 이야기다. 그는 아메데이(Amedei) 가의 딸과 약혼했는데 구알드라다 도나티에게 설복당해 그의 딸과 결혼했다. 그러자 아메데이 가의 문중회의에서 복수하기로 결의하여 부온델몬테를 죽이자 이내 복수에 대한 복수, 또 그에 대한 복수가 연달아 일어났고, 마침내는 구엘프와 기벨린 간에 내란이 터진 것이다.

[53] **네가** 부온델몬테가.

[54] **에마** 몬테부오노에서 피렌체에 가려면 건너야 하는 강물.

[55] **다리** 베키오 다리.

[56] **일그러진 돌덩이** 불의 신(또는 군신軍神) 마르스의 상. 베키오 다리 위에 있다. 그 상은 일그러져 있었다. 이 상 아래서 부온델몬테가 살해되었다.

[57] **백합화** 피렌체의 기. 원래는 붉은 바탕에 백합화를 그린 것이었으나 기벨린 당이 1250년에 추방되자 구엘프 당이 바탕색을 하얀색으로 바꾸었다 한다. 그 뒤부터 이것은 피렌체의 휘장이 되었다. 그런데 이 휘장은 적의 손에 넘어간 일이 없었으니 피렌체는 내란에 의해 시달리기는 했으나 외적에 의해 침공당하진 않았다.

제17곡

단테는 카치아구이다에게 자신의 운명을 가르쳐 달라고 한다. 베아트리체와 카치아구이다가 단테의 그러한 열망을 이해하고 그가 만족할 만큼 자세히 설명한다. 사실 단테는 지옥과 연옥을 순례하면서 세상 돌아가는 사정을 자세히 알았고 또 미래의 운명을 어느 정도 깨친 바가 있는 것이다. 다시 말해서 인생에 있어 자신에게 주어진 운명을 어떻게 받아들이는가와 또 악이란 그것을 행하는 데에 있어서 고통이 적다는 사실도 알게 된 것이다.

카치아구이다는 맑고 똑똑한 말씨로 다음과 같이 말한다. 인간의 물질 세계에서 우연히 일어나는 일들도 하느님의 세계에서는 명백히 알 수 있는 것들이다. 그렇다고 이것이 필연이 아니라는 것은 흡사 높은 산에서 내려다보는 사람의 눈에 물 위를 떠가는 배가 비치는 것과 같으며, 또한 마치 오르간에서 나오는 아름다운 가락이 귀에 흘러 들어오듯 단테의 미래도 하느님의 시야 안으로 흘러 들어가고 있다는 것이다. 즉, 인간의 자유와 신의 예지는 서로 조화되고 있다는 말이다. 단테의 미래에 대한 카치아구이다의 예언은 지극히 사실적이다. 즉, 단테가 고성죄를 범하는 적들에 의해 피렌체로부터 추방당할 것이다. 그러나 신의 복수가 따를 것이다. 단테는 방랑하며 괴로운 삶을 영위할 것이며 슬픔과 비애를 맛

볼 것이다. 이어 그는 베로나의 영주 바르톨로메오 델라 스칼라에게 피신할 것이고 거기서 화성의 정기를 타고나 훌륭한 일을 하게 될 칸그란데 델라 스칼라를 만날 것이다. 그리고 그는 많은 사람들에게 덕행을 베풀 것이니 단테도 그에게 은덕을 구해야 될 것이다. 그러면서 카치아구이다는 단테를 추방한 자들도 미워하지 말라고 당부한다.

카치아구이다가 말을 마치자 단테는 또다시 의심을 간직한 듯이 말한다. 단테는 이제 불운의 시간이 재빨리 자신에게 다가올 것이라고 생각한다. 사실 단테는 지옥과 연옥 그리고 천국의 순례에서 여러 가지 사건들을 보아 많은 것을 알게 되었는데, 그것들은 말로써 거듭 표현되면 많은 사람들을 매우 슬프게 할 것이며 그렇다고 입을 다물면 후세의 인간들에게 그의 명예가 알려지지 않을 것 같아 근심스럽다. 카치아구이다는 더욱 찬란한 빛을 발한다.

이어 단테에게 말한다. 누구든 자신의 죄나 혹은 친지의 죄로 인해서 자신의 양심에 오점을 찍게 되면 그가 하는 말이 너무나 무섭게 들릴 것이라고. 그러므로 그는 단테에게 여태 보았던 것에 대해 숨김없이 털어놓을 것과 괴로움에 신음하고 있는 자들을 소홀히 여기지 말라고 타이른다.

이 곡은 화성천에 헌정된 세 번째 곡이다. 단테의 유랑 생활이 중점적으로 다루어지고 있다. 따라서 이 곡은 작품 전체 가운데 가장 많은 자전적인 요소를 나타내 주고 있다. 또 이러한 주제 때문인지 19세기 부흥 운동의 유랑자들인 우고 포스콜로나 주세페 마치니 같은 지식인들이 가장 사랑한 곡이기도 하다.

지금도 아비들을 자식들에 대해 꺼림칙하게 만든 사람이

자기 자신에게 거슬리는 이야기를 듣고서

3 확인하기 위해 어미 클리메네에게 왔던 것처럼,[1]

나도 그리하였다.[2] 그리고 또 나는

베아트리체와 앞서 나 때문에 자리를

6 옮겼던 거룩한 등불[3]로부터 그렇게 들었다.

그러니까 나의 여인[4]이 말씀하시길, "그대의

열망의 불꽃을 밖으로 내뿜어서 내부의

9 인각이 밖에 잘 찍혀지게 하실 것이니

이는 그대의 말을 빌어서 우리의 앎이

더 많아지게 하려는 것이 아니라 그대의 갈증을

12 밝혀 누군가가 그걸 따르게 할 목적이라오."

"오, 저의 고귀한 뿌리[5]여. 그대는 높이

오르셨으니, 속인의 마음이 삼각형 속에

15 두 개의 둔각이 들어설 수 없음을 알듯이

모든 시간이 현재로 되는 한 점[6]을 눈앞에 두고

바라보면서 온갖 우연한 것들이

18 완전히 나타나기도 전에 똑똑히 보고 계십니다.

내가 베르길리우스를 따라서

---

[1] **지금도~** 클리메네(Climene)는 솔과의 사이에 파에톤(Phaethon)을 낳았다. 파에톤이 어느 날 한 친구가 "너는 신의 아들이 아니다"라고 하는 말을 듣고 그의 어머니에게 사실 여부를 물으니, 아버지에게 가서 네가 직접 물어보라고 했다. 파에톤은 솔을 만나 자기가 그의 아들임을 확인하고 아버지가 타지 말라고 설득했음에도 불구하고 태양의 2륜 마차를 타다가 유피테르의 번개에 맞아 죽었다. 이때부터 부모들은 자식의 요구를 들어주는 것에 대해서 조심스러워하며 마음 쓰게 되었다고 한다.

[2] **그리하였다** 파에톤이 아버지에 대해 알고 싶어 했듯 단테도 자신의 미래에 대해 알고 싶었다는 뜻이다.

[3] **거룩한 등불** 카치아구이다를 가리킨다.

[4] **나의 여인** 베아트리체.

[5] **뿌리** 발바닥이란 뜻이다. 그러나 비유적으로 '뿌리' 혹은 '근본'을 나타낸다.

[6] **한 점** 하느님. 하느님은 시간을 초월한다.

죽은 세계[7] 안으로 내려가고 다시 영혼들을

21 치유해 주는 저 산[8]을 지나 오르는 동안에

내 앞날의 삶에 대해 무시무시한 말을

들었다 하더라도 나는 운명의

24 타격 앞에서 틀림없는 사각형[9]임을 느낀다오.

따라서 어떠한 운명이 나에게 다가오는가를

앎으로 인해 나의 의지는 기쁨에 넘칠 것이니,

27 이는 미리 본 화살은 더디 오기 때문이오."

앞서 내게 말했던 바로 그 빛에서 내가

그렇게 말했으니 베아트리체께서

30 바라셨던 대로 나의 소망을 고백한 것이었다.

죄를 덜어 주시는 하느님의 양[10]께서 죽음을

당하시기 전에 벌써 어리석은 백성들을

33 걸려들게 하였던 애매한 말[11]로써가 아니라,

똑똑한 말씨와 분명한 어법으로

저 어버이다운 사랑이 은근한 미소를

36 띠었다 거두었다 하면서 대답하셨다.

"너의 물질적 세계의 공책을 벗어나서

펼쳐지지 않는 우연적인 사건들[12]은

39 모두가 하나같이 영원한 시야에 그려졌다.

흐름을 따라서 아래로 내려가는 배가

---

7 **죽은 세계** 지옥.

8 **저 산** 연옥의 정죄산.

9 **사각형** 아리스토텔레스의 『윤리학』 1권 10장에서 연유된 바에 의하면 일반적으로 모든 기하학적인 형체는 네 각으로 되어 있고 사각은 완전한 안정을 유지한다고 한다.

10 **하느님의 양** 그리스도.

11 **애매한 말** 이교도들이 말하던 신화.

12 **우연적인 사건들** 속세에서는 우연적으로 일어나는 것일지 모르나 하느님 안에선 영원성을 지니고 나타나는 것이다. 그러나 필연성을 마땅히 지니지는 않는다.

눈에 보이는 것과 꼭 같지 않다면

42 필연성을 마땅히 갖는 것은 아니란다.

아름다운 하모니가 오르간에서 귓전에

들려오는 것처럼, 너에게 챙겨진 시간[13]이

45 이로부터[15] 나의 시야에 들어왔구나.

무자비하고 사악한 계모 때문에

히폴리토스[16]가 아테네를 떠났던 것처럼

48 너도 피렌체를 떠나가야 할 것이야.[17]

이것은 하늘의 의지에 따른 것이고 이미 행해지고 있는

것이니 하루 종일 그리스도가 매매되는 곳[18]에서

51 이를 생각하는 사람한테 곧 이뤄질 것이다.

항상 그렇듯이 패배한 당파는

소리 높은 비난을 받는 것이지만, 복수는

54 그걸 보복하는 진리의 증명이 될 것이다.

너는 무엇보다도 더 애틋이 사랑하는

모든 걸 버리리니 이것이 곧 귀양의

57 활이 처음으로 쏘는 화살이 되리라.

남의 빵이란 얼마나 쓴 것인지[19] 또

남의 층층대를 오르고 내리는 것[20]이 얼마나

60 힘든 것인지 너는 알게 될 것이다.

그리고 너의 어깨를 가장 억누를 자는

---

[13] **챙겨진 시간** 미래.

[15] **이로부터** 위의 39행 '영원한 시야'를 가리킨다.

[16] **히폴리토스(Hippolytos)** 테세우스의 아들. 그는 계모인 파이드라(Phaedra)로부터 사랑을 요구받았으나 거절했다. 그러자 파이드라는 앙심을 품고 테세우스에게 거짓을 고자질해 히폴리토스를 아테네에서 쫓겨나게 만들었다.

[17] 결국 단테도 추방당할 것이라는 예언.

[18] **그리스도가 매매되는 곳** 로마. 성직자들의 고성죄가 벌어지는 곳으로 단테는 당시의 바티칸을 생각했다.

[19] **남의 빵이란 얼마나 쓴 것인지** 남의 집에서 기식한다는 것이 얼마나 힘든 것인지.

[20] **남의 층층대를 오르고 내리는 것** 남의 집에서 기숙하는 것.

이 골짜기[21]에 너와 함께 떨어질

63 영악스럽고 무딘 패거리[22]들일 것이니라.

그들이 너에 대하여 온갖 배신과 온갖

광증과 포학을 다할 것이리라. 그러나

66 얼마 못 돼 너 아닌 그들이 얼굴을 붉히리라.

그들의 행동은 그들의 짐승 근성을

증명해 주리니 그러므로 너는 너 자신의

69 당파를 가지는 것이 네게 명예로울 것이다.

너의 처음 피난처와 처음 숙소는

위대한 롬바르디아 사람[23]의 호의일 것인데

72 그는 제 집 층층대에 거룩한 새를 갖고 있다.

그는 너에게 무던히도 친절한 마음을 쓰리니

다른 사람들 사이엔 뭘 하거나 요구함이[24]

75 더딜 것이나 너희 둘 사이엔 미리 해결되리라.

그의 곁에 앞으로 빛나는 무훈을 세우게 될

사람[25]이 있음을 너는 보게 되리니, 그는

78 태어나면서 힘센 별이 찍혔기 때문이다.

이 하늘들이 오로지 아홉 해밖에 그의 주위를

돌지 않았기에 사람들은 그가 나이가

81 어려 알아보지 못한 것이었으나

구아스코[26] 사람이 지체 높은 하인리히를 속이기[27]

---

[21] **이 골짜기** 비참한 유랑 생활.

[22] **패거리** 단테는 같이 추방된 무리들과 절연했다.

[23] **롬바르디아 사람** 바르톨로메오 델라 스칼라(Bartolomeo della Scala).

[24] **뭘 하거나 요구함이** 바르톨로메오 델라 스칼라가 단테의 요구를 들어 주는 것.

[25] **사람** 칸그란데 델라 스칼라(Cangrande della Scale : 1291~1329), 그는 화성 아래 태어났다. 1312년에 베로나의 영주가 되어 단테를 많이 도와주었다.

[26] **구아스코(Guasco)** 교황청을 아비뇽으로 옮긴 교황 클레멘스 5세.

[27] **하인리히를 속이기** 하인리히 7세를 로마로 불러들여 그를 속였다는 것. 그러나 이것은 역사적인 사실과는 다르다.

이전에 그의 덕성의 현란한 빛은

84   은전²⁸조차 고달픈 일을 소홀히 하는 데에 나타나리라.

그의 위대함은 앞으로 알려질 것이기에

그의 원수들도 그에 대해 벙어리 된

87   입²⁹조차 가질 수는 없을 것이리라.

너는 그와 그의 은덕에 대해 기대하거라.

그로 인해 숱한 사람들이 부자이거나

90   거러지의 상태를 바꾸며 변화될 터이니까.

그에 대해서 마음속에 새겨 두어라.

그러나 그걸 말하지는 말아라." 그는 앞에 있는

93   자들도 믿지 못할 것들을 말했다.

이어서 덧붙이길, "여보게³⁰, 이게 너에게

말한 것들에 대한 해결이니라. 그러나

96   함정들이 몇 바퀴 뒤³¹에 숨어 있느니라.

너 이웃들을 질투하지 말길 바라는 건

너의 생애가 저들의 죄를 벌하는 것보다

99   더 오래 미래를 향하고 있기 때문이니라."

내가 짜기를 시작했던 저 피륙에

저 거룩한 영혼이 침묵을 지키며 마지막

102   씨줄을 자유롭게 넣는 것을 보고 나자

나는 마치 올바로 보고, 원하고, 사랑하는

사람으로부터 의심 중에 어떤 충고를

105   갈망하는 자처럼 말을 시작하였다.

---

²⁸ **은전(argento)** 돈을 말한다.
²⁹ **입** 원문엔 혀(lingua)로 되어 있다.
³⁰ **여보게** 원문엔 '얘야' 정도의 가벼운 의미다. 그러나 '자손'을 뜻할 수도 있다.
³¹ **몇 바퀴 뒤** 몇 해 후에 나타난다는 의미다.

"아버지[32], 자신을 함부로 가늠하는 자에게일수록
더욱더 무거운 타격이 주어지는 것인데

108   나를 향해 그러한 시간이 진군해 오는 것을 봅니다.
그러므로 선견지명으로써 내 몸을 단속하고
비록 가장 귀한 고장을 잃게 될망정

111   내 시로써 다른 것들은 잃지 않았으면 합니다.
끝없이 쓰거운 저 아래 세상[33]과
저 아름다운 내 여인의 눈이 나를

114   끌어올리셨던 산을 통해서
그리고 빛으로부터 빛을 지나 하늘을 오르며
내 깨우친 바 있는데, 그것을 거듭 밝히면

117   많은 사람들이 그에 대한 역한 맛을 느낄 것이오.
그러나 한편 진리 앞에 겁 많은 벗이 된다면,
이 시대를 옛날이라 부를 사람들 사이에서

120   나는 삶을 잃지나 않을까 두렵습니다."
내 저기서 보았던 보배의 웃음을
속에 간직한 빛[34]이, 햇살을 받은 거울처럼

123   먼저 찬란한 섬광을 발하는 것이었다.
이어서 그가 대답했다. "자신이나 남의
수치로 인해 시꺼멓게 된 양심은

126   분명 너의 말을 듣기 싫어할 것이다.
그렇다 할지라도 온갖 거짓일랑 털어 버리고
네 눈에 비치는 모든 걸 드러내 보여라.

---

[32] **아버지(Padre)** 조상을 가리켜서 부르는 의미다. 참뜻은 '조상' 이라고 해야 할 것이다.
[33] **저 아래 세상** 지옥.
[34] **빛** 카치아구이다.

129   옴병이 옮은 곳은 실컷 긁게 놔둘 일이다.

너의 말이 첫 맛엔 듣기 싫을지 모르나

그것이 차츰 새겨지게 될 때면, 후에

132   생명을 주는 영양이 될 것이니라.

너의 이 외침은 드높은 꼭대기일수록

더욱더 후려치는 바람과 같이 되리니,

135   이것은 하찮은 명예에 대한 증명이 아니니라.

그러므로 이 하늘[35]들에서나 산[36]에서, 그리고

저 고통스러운 골짜기[37]에서, 오로지

138   명성이 자자한 영혼들만이 네게 보여졌구나.

왜냐하면 듣는 이의 마음이란 감추어져

깨칠 수 없는 뿌리를 가진 예증으로나

141   나타나지 않는 다른 논증으로도

확고한 믿음을 가질 수 없기 때문이니라."

---

[35] **하늘** 천국.
[36] **산** 연옥.
[37] **고통스러운 골짜기** 지옥.

카치아구이다가 성스런 생각에 잠겨 있을 때 단테는 그가 들은 예언에 대해 씁쓸함과 달콤함이 교차하는 착잡함을 느긴다. 베아트리체가 단테를 위로한다. 그러자 그녀에게로 몸을 돌려 찬란한 그녀의 눈빛을 본다. 그녀의 눈빛은 하느님의 광명을 전달해 주는 듯하다. 하지만 베아트리체는 천국의 광명이란 자신의 눈 안에만 있는 것이 아니라는 사실을 눈빛으로 얘기해 준다. 이때 단테는 카치아구이다를 바라본다. 그는 무언가 더 말하고픈 기색을 띠고 있다. 화성천에는 아주 유명한 사람들의 영혼이 있는데 그들은 번개가 구름을 헤쳐가 듯이 그렇게 지나갈 것이라고 카치아구이다가 말한다.

이어서 단테는 카치아구이다의 말대로 마카베오, 샤를마뉴(카알 대제), 오를란도 등의 영혼을 거기서 보게 된다. 단테는 이제 그가 해야 할 일이 무엇인지 알아보고자 베아트리체에게 몸을 돌린다. 그녀는 놀라울 정도로 찬란한 빛을 맑게 비치고 있어 그 아름다움에 도취된다. 이때 시인은 인간이 선을 행하면서 즐거움을 느끼면 그의 덕행이 점점 더 쌓이는데 그렇게 되면 더 큰 하늘의 세계로 올라간다는 것을 깨닫는다. 그는 이어 마치 부끄러운 일이 있을 때 얼굴을 빨갛게 물들이는 여자들이 나중에 본래대로 돌아가듯이 순식간에 화성천의 붉은빛에서 새로운 별, 즉 목성의 흰빛으로 들어선 것이다.

거기서 단테는 지복자들의 영혼이 알파벳을 그리고 있음을 본다. 마치 새들이 물가에서 여러 가지 형상으로 무리 지어 날듯 그 영혼들도 노래하며 날면서 D자나 I자 L자의 모양을 만들고 있다. 각자 제 가락에 맞춰 움직이더니 차츰차츰 글자가 이루어지자 이내 조용해진다. 이 무렵 단테는 천재에게 영광과 오랜 생명을 주는 시신에게 간청하여 그 영혼들의 모습을 명료하게 묘사할 수 있도록 해 달라고 한다.

그 영혼들은 먼저 "DILIGITE IUSTITIAM(정의를 사랑하라)." 또 "QUI IUDICATIS TERRAM(땅을 심판하는 자들이여)"라고 새기고 다섯째 단어의 끝 자 M에 머물러서 마치 목성이 황금이 새겨진 은처럼 보이도록 빛나더니, 신의 찬가를 부르면서, 독수리의 모양을 이루는 것이다. 단테는 독수리의 형상이 상징하는 것을 보면서 화성천 지상에 전투적인 정신을 불어넣어 주듯이 목성은 지상에 정의의 정신을 불어넣어 준다는 사실을 확신하게 된다. 그리고 인간의 힘과 정신이 비롯하는 하느님의 정의를 흐리게 하는 것에 대해 벌을 주도록 하느님께 단테는 기도드린다. 또한 하느님의 축복과 선을 이 세상에서 그릇되게 이용하거나 사용하는 썩어 빠진 교회와 타락한 성직자들이 하느님의 무서운 벌을 받게 되길 간절히 기도한다.

이 곡은 화성천에서 목성천으로 이어지는 부분을 다루고 있다. 여기에 나타난 주된 형상은 로마의 독수리다. 이 곡의 전반부는 다소 단조로우며 건조하지만 후반부에 이르면 생기 넘치는 느낌을 받게 된다.

축복받은 저 거울[1]이 홀로 제 말씀을

이미 즐기고 있었으니 나는 신 것을 단맛[2]과

3 조절하면서 그 말을 맛보고 있었다.

나를 하느님께로 이끌어 주시던 저 여인께서

말씀하셨다. "생각을 바꾸시오. 온갖 그릇됨을

6 벗겨 주시는 분[3] 곁에 있음을 유념하시오."

나는 나의 위안[4]이신 그분의 사랑스런 음성을

듣고 그리 향했다. 내 그의 거룩한 눈에서

9 그때 어떤 사랑을 봤는지 여기선 말하지 않겠다.

이는 내가 나의 말을 못 미더워해서가 아니라,

이러한 희열에로 누군가[5]가 이끌어 주지 않는 한

12 내 정신이 다시 오를 수 없기 때문이다.

이 순간에 대해 내가 되풀이해서 말할 수

있는 건, 내 애정이 그녀를 바라보면서

15 다른 모든 욕망으로부터 벗어났다는 것이다.

베아트리체 안에 곧바로 비춰 주던 저

영원한 쾌락이 아름다운 얼굴과 그로부터

18 반영되는 모습[6]으로 나를 만족시켜 주었다.

그녀는 한 가닥 미소의 빛으로 나를 억누르며

말씀하셨다. "몸을 돌려[7] 듣길 바라오.

---

[1] **거울** 축복받은 영혼은 하느님의 영광을 반사해 주는 거울이다. 여기선 카치아구이다를 가리킨다.

[2] **신 것을 단맛** 귀양살이 한다는 건 신맛을 주고 이름을 빛내리라는 이야기는 달콤한 맛을 준다는 뜻이다.

[3] **벗겨 주시는 분** 하느님.

[4] **위안** 베아트리체. 그녀는 단테에게 위안이 되는 존재다.

[5] **누군가** 초자연적인 힘이신 하느님.

[6] **반영되는 모습** 원문엔 'il secondo aspetto'라 하여 제2의 모습이다. 이는 하느님의 반영된 모습이다. 단테는 하느님을 직관할 수 없고 그의 모습을 베아트리체에 반영시켜 보는 것이다.

[7] **몸을 돌려** 카치아구이다에게.

21   천국은 내 속에만 있는 것이 아니니."[8]
      감정이 많다 보면 그에 의해 온 영혼을
      앗기게 되니 여기 현세에서 그 감정이

24   때때로 얼굴에 나타나는 것과 마찬가지로
      내가 몸을 돌이켰던 그 성스런 섬광[9]의
      불꽃이 나에게 다소나마 말하고자 하는

27   의지를 제 속에 품고 있음을 보여 주었다.
      그가 말을 꺼냈다. "꼭대기[10]에서 생명을 취하고
      언제나 열매를 맺으며[11] 잎사귈랑 전혀

30   잃지 않는 나무의 이 다섯째 가지[12]에
      영혼들이 복 받고 있는데, 그들은 하늘에
      오기 이전에 저 아래서 명성이 자자해

33   그 모든 시신들[13]이 그들로 해 풍성했다.
      그러니 십자가의 가지를 눈여겨보거라.
      내가 이름을 댈 자는 구름 속에 날렵한

36   불꽃[14]처럼 그렇게 움직일 것이니라."
      그가 여호수아[15]라 이름을 대자마자 그로부터
      한 가닥 빛이 십자가를 지나 비쳐 오는 것을 봤는데

39   움직이기 이전에 말을 하는 것 같지는 않았다.

---

[8] 카치아구이다의 눈에도 또 다른 지복자들의 눈에도 하느님의 모습이 반영되어 있으니까.

[9] **성스런 섬광** 카치아구이다.

[10] **꼭대기** 정화천. 하느님께서 좌정하신 곳.

[11] **언제나 열매를 맺으며** 사페뇨의 주석에 의하면 「에제키엘」 47장 12절의 말씀과 연관짓고 있음을 볼 수 있다. 여기 옮긴다. "이 강가 양쪽 언덕에는 온갖 과일나무가 자라며 잎이 시드는 일이 없다. 그 물이 성소에서 흘러 나오기 때문에, 다달이 새 과일이 나와서 열매가 끊어지는 일이 없다. 그 열매는 양식이 되고 그 잎은 약이 된다."

[12] **다섯째 가지** 다섯째 하늘, 즉 화성천.

[13] **시신들** 시인들.

[14] **불꽃** 번개.

[15] **여호수아** 구약 시대의 인물로 모세의 후계자. 그는 이스라엘 백성들을 거느리고 가나안 땅으로 들어갔다.

그리고 저 지체 높은 마카베오[16]의 이름으로

또 하나가 팽이처럼 빙글빙글 구르며 움직였는데

42 그 열락(悅樂)은 팽이의 채찍이었다.

그리고 샤를마뉴[17]나 오를란도,[18]

나는 매를 따르는 눈과 같이 바싹

45 주의를 기울인 내 시선이 그 둘을 따랐다.

이어 구일리엘모[19]와 레노아르도[20] 그리고

고티프레디[21] 공작과 루베르토 구이스카르도[22]가

48 저 십자가를 향해 나의 시선을 끌었다.

그러고 나서 나에게 말씀하셨던 영혼이

다른 빛들 사이로 들어가 뒤섞이며

51 하늘의 가수[23] 중에도 어떠한 예술가인지 보여 주었다.

나는 베아트리체 안에서 말로써나 혹은

몸짓으로써나 내가 해야 할 행위를 알려고

54 오른쪽으로 몸을 돌렸다.

내게 보인 그녀의 눈은 매우 맑고

매우 즐거운 기색이어서 그녀의 모습이 지금까지의

57 그녀와 바로 전 그녀의 아름다움보다 뛰어났다.

---

[16] **마카베오** 마카베오 형제들 중 큰형, 유다. 그는 시리아의 왕 안티오쿠스 에피파네스의 폭정으로부터 이스라엘 민족을 해방시켰다. 외경 「마카베오상」 1절 이하 참고.

[17] **샤를마뉴** 카를로 혹은 카알 또는 찰스 대제라고도 한다. 프랑스의 왕이자 피피노의 아들이다. 「지옥편」 제31곡 161~168행 참고.

[18] **오를란도(Orlando)** 롤랑(Roland)이라고도 한다. 카알 대제 시대의 전설적인 영웅. 이에 관해선 「롤랑의 노래」, 보이아르도의 「사랑에 빠진 오를란도」, 아리오스토의 「미친 오를란도」 등의 저작이 있다.

[19] **구일리엘모(Guiglielmo)** 오란제(Orange)의 공작. 812년에 수도자가 되어 죽었다. 그는 많은 무훈시에 주역으로 등장하는 인물로 남부 프랑스에서 사라센인들과 싸웠다 한다.

[20] **레노아르도(Renoardo)** 이교도였으나 구일리엘모에 의해 신자가 된 초인적인 힘을 가졌던 인물. 그 역시 사라센인들과 싸웠다.

[21] **고티프레디(Gottifredi)** 로레나의 공작 고프레도 디 볼리오네. 1차 십자군의 총수. 1100년에 왕으로 예루살렘에서 죽었다. 그 역시 애 문학, 즉 북부 프랑스 문학의 주요인물로 노래된 사람이다.

[22] **루베르토 구이스카르도(Ruberto Guiscardo)** 탕그레디(Tancredi)의 아들, 풀리아와 칼라브리아의 공작. 사라센인들과 싸워 큰 공훈을 세웠으며 1085년에 죽었다.

마치 인간이 선을 행하면서 더 큰 즐거움을

느끼려고 날이면 날마다 그의 덕성이

60 　앞으로 나아가는 것을 깨닫는 것처럼

나도 하늘과 더불어 도는 나의 회전이

활꼴을 더욱 크게 하면서, 한결 더 멋진

63 　기적이 되도록 꾸미고 있음을 알게 되었다.

그리고 마치 여인이 눈 깜짝할 순간에

하얗게 변할 때[24], 그녀의 얼굴이

66 　부끄러움의 짐을 내려놓게 되는 것처럼

내가 돌이켰을 때 나의 눈에도 그러했는데

이는 제 속에 나를 품고 있던 따뜻한

69 　여섯째 별[25]의 하얀 빛 덕이었다.

나는 저 목성의 횃불 속에서 거기 있던

사랑의 불꽃[26]이 나의 눈앞에서 우리의

72 　문자[27]를 그리고 있음을 보았다.

물가로부터 치솟아 오르는 새들이

그들의 먹이를 보고 흥겨워하는 것처럼

75 　때로는 둥글게 때로는 다른 무리를 이루듯이

빛 속에 있는 거룩한 피조물들도

날면서 노래 불렀는데, D를 I를[28], 혹은

78 　L을 때때로 제 형상에 담고 있었다.

처음엔 노랠 부르며 제 가락에 맞추어

[23] **하늘의 가수** 노래하는 영혼들.
[24] **하얗게 변할 때** 부끄러움을 타는 여인의 얼굴이 갑자기 붉어졌다 하얗게 되는 것처럼 단테도 순식간에 화성의 붉은빛에서 목성의 하얀빛으로 들어갔다.
[25] **여섯째 별** 목성.
[26] **불꽃** 목성 안에 있는 복 받은 영혼들.
[27] **우리의 문자** 알파벳.
[28] **D를 I를** 91행에 나오는 DILIGITE IUSTITIAM의 머리글자.

움직이더니, 이어 이러한 글자 중 하나가

81   되면서 조금 머뭇거리다가 조용해졌다.

      천재들로 하여금 영광되게 하고 그들을

      불멸하게 하며 그대와 더불어 도시와

84   왕국들을 영원하게 하시는 영묘한 페가세아[29]여,

      나를 그대로써 비추시어 나로 하여금

      내 생각한 대로 저들의 모습을 묘사하게

87   그대의 능력을 이 짧은 시구에 나타내소서.

      그리하여 그들은 다섯에 일곱을 곱한

      모음과 자음[30]으로 나타나고 나는 그들이

90   나에게 말하는 듯한 부분을 눈여겨보았다.

      DILIGITE IUSTITIAM[31]이 그려진

      모든 것은 동사와 명사였으며,

93   QUI IUDICATIS TERRAM[32]이 끄트머리였다.

      다섯째 낱말의 M자 속에 그들이

      질서 있게 머물렀는데 마치 목성이

96   거기 황금이 입혀진 은인 듯 보였다.

      또 M자 꼭대기가 있는 곳에 다른 별들이

      내려오는 것을 난 보았다. 내 생각에 그들은

99   잠잠했다가 그들을 이끄는 선[33]을 노래했다.

      이어서 흡사 불붙은 통나무들을 두드릴 때

      수없이 많은 불꽃들이 튀어 올라 그것들로

102   얼빠진 자들이 점괘를 끌어내리려는 양

---

[29] **페가세아(Pegasea)** 시신이 즐겨 타던 말.
[30] **모음과 자음** 91행과 93행에 나오는 말의 자음과 모음.
[31] **DILIGITE IUSTITIAM** 정의를 사랑하라.
[32] **QUI IUDICATIS TERRAM** 땅을 심판하는 자들이여.
[33] **그들을 이끄는 선** 자신에게로 이끄는 선이란 의미다.

거기에서 수천 개의 빛살들이 솟아올라

그것을 불태워 주는 태양이 운명 지어 준 대로

105 더러는 아주 더러는 조금 오르는 것 같았다.

그리고 제각기 제 자리에 잠잠하더니

독수리의 머리와 목이 저 한결같지 않은 불로

108 나타나는 것을 나는 보았다.

거기 그림 그리시는 분[34]은 안내해 주는 자 없이

스스로 인도해 나가는데, 그에 의해서

111 보금자리[35] 형태를 이루는 힘도 알려졌다.

M자 위에 백합꽃 형상을 만드는 걸 처음에

기뻐해 마지않는 듯 보이던 다른 지복자들이

114 가뿐하게 움직여 새의 인각[36]을 뒤따랐다.

오, 감미로운 별[37]이여. 우리들의 정의[38]가

그대가 장식해 주는 하늘의 결과임을

117 또 얼마나 많은 보석들[39]이 보여 주고 있는지!

그러므로 그대의 운동과 그대의 덕이 시작된

그 정신[40]에게 그대의 빛살을 약하게 하는

120 연기가 나오는 곳[41]을 보라고 내가 간청하여

기적 같은 힘과 순교로 벽을 삼은

성전 안에서 매매하는 일에 대해 이내

---

[34] **그림 그리시는 분** 목성에 독수리를 그리시는 하느님.
[35] **보금자리** 천계.
[36] **인각** 독수리의 모습을 새긴 것.
[37] **별** 목성.
[38] **정의** 화성은 전투적 기운을, 목성은 정의의 기운을 불어넣어 준다는 사실에서 연유된 말.
[39] **보석들** 축복받은 영혼들을 상징한다.
[40] **그 정신** 하느님을 상징한다.
[41] **연기가 나오는 곳** 타락한 교황과 성직자들이 있는 교황청.

123 다시 한 번 진노하게 만드는구나.[42]

오, 내가 관조하고 있는 하늘의 군사여.

저 사악한 본보기 뒤를 좇아 모두가

126 길을 잃는 지상의 인간들을 위해 기도해다오!

일찍이 칼을 들고[43] 싸우길 좋아했으나

이제는 이곳저곳에서 거룩하신 아버지[44]께서

129 아무에게도 막지 않으시는 빵[45]을 털어 가는구나.

그러나 오직 지우기 위해서 기록하는[46] 자여,

그대가 망쳐 놨던 포도밭[47]을 위하여 돌아가셨던

132 베드로와 바울로가 아직 살아 계심을 생각하라.

그대 또 이렇게 말하여라.[48] "홀로 살기를 바라셨고,

춤 때문에[49] 순교로 끌려 가셨던 그분에게

135 나는 꿋꿋한 소망[50]을 간직하고 있으니

고기잡이[51]도 모르고 폴로[52]도 모른다"라고.

---

[42] 예수께서 성전에 들어갔을 때 그곳에서 장사 일을 논의하는 사람들을 보고 크게 노한 일이 있다. 「마태오의 복음서」 21장 12절 참고.

[43] 칼을 들고 파문을 내린다는 뜻이다.

[44] 거룩하신 아버지 교황. 보니파키우스 8세를 비꼬아 부르는 말.

[45] 빵 성체. 파문을 내려 영성체를 못 받게 했다는 뜻이다. 그러나 사실은 성체란 언제나 아무에게든지 내려지는 것은 아니었다. 그 성체를 모시기에 부당한 자에겐 그것을 금했던 것이다.

[46] 지우기 위해서 기록하는 보니파키우스가 너무나 자주 파문장을 썼다가 지우고 또 쓰고 했기에.

[47] 포도밭 교회.

[48] 그대 또 이렇게 말하여라 풍자적인 표현으로 볼 수 있다.

[49] 춤 때문에 세례 요한이 헤롯의 딸 살로메의 춤값으로 순교당한 사실을 상기하라. 이에 관해선 오스카 와일드의 『살로메(Salome)』라는 희곡을 권하고 싶다.

[50] 꿋꿋한 소망 이것도 풍자적으로 한 말이다. 실제로 세례 요한을 숭앙하는 것이 아니라 그 당시 피렌체의 금화에 요한의 모습이 새겨져 있으므로 바로 이 금화에 대한 굳건한 소망임을 말한다.

[51] 고기잡이 성 베드로.

[52] 폴로(Polo) 성 바울로.

| 제19곡 |

 하느님의 축복받은 영혼의 모임으로 이루어진 독수리의 형상은 보석처럼 반짝거리며 날개를 펴 보인다. 형언할 수 없을 만큼 아름다운 모습을 하고 있다. 독수리의 모습은 수없이 많은 영혼들로 구성되었으나 하나의 인격인 듯 어우러져 그들 모두의 생각을 하나로 나타내고 있다.

단테는 축복받은 그 영혼들에게 자기가 세상에서도 해답을 찾지 못했던 의심을 풀어달라고 간청하건만, 목성천의 영혼들도 하느님을 직접 볼 수 있으므로 그 의심이 무엇인지 벌써 알고 있으나 말로 털어놓지는 않는다. 단테는 그리스도교적인 신앙을 알지 못하는 상태에 있던 자들이 벌받아 마땅한 것인지 알고자 한다. 독수리는 마치 사냥꾼에게서 벗어나 머리를 움직이며 날고 싶은 욕망 때문에 날개를 퍼덕이는 매인 양 아주 아름다운 노래로 시인의 의심을 풀어 주는 환희를 나타내 준다. 독수리가 하는 말을 풀이해 보면 대략 다음과 같은 내용이다.

창조주께서 우주를 창조하실 때 인간이 깨우칠 수 있는 것과 그렇지 못한 것을 골고루 나누어 주셨다. 그는 또 자신의 생각이 그가 창조한 모든 것보다 영원토록 우월하게 남아 있도록 하기 위해서 우주 속에 자신의 힘을 인각시켜 놓을 수가 없었다. 그 한 예가 루시페르다. 그는 피조물 중에서 가장 높은 것이었으나 하느님의 은총을 기다릴 수가 없어서 하늘로부터 불완전한 상태로 떨어졌다. 다른 피조물들이야 루시페르보다 낮은 것들이니 신의 선을 이해하지 못함은 자명한 이치다. 인간의 지성이란 하느님의 마음의 한 부분에 지나지 않으니 하느님의 마음을 능가할 만한 힘을 갖고 있지는 않다. 따라서 그것은 하느님의 계시를 따라야 한다. 이 계시를 벗어나면 무지·환영·감성만이 있을 뿐이다.

단테는 독수리의 이야기를 듣고 여태까지 하느님의 정의를 잘 보지 못한 이유를 깨닫게 된다. 단테는 아직도 의문을 갖고 있다. 만일 그리스도의 신앙을 알 수 없는 곳에서, 그러니까 비신자 사이에서 사람이 태어나 선을 행하고 악은 저지르지 않고 영세를 받지 못한 채 죽는다 해서 왜 벌을 받아야 하는가라는 의문이다. 독수리는 이 의문을 풀어 주는 데 있어 섭리와 선의 개념에 입각한 정의를 이야기한다. 이어 또 독수리는 천국에 들어가는 사람들의 기본 자격을 설명한다. 그리스도를 믿느냐 안 믿느냐에 따라 이 자격의 일차적인 문제가 대두된다는 것이다.

이 곡은 목성천에 헌정된 곡들 가운데 첫 번째 부분이다. 여기 다루는 주요한 주제는 하느님의 정의와 그리스도인으로서 약하게 군림했던 군주들에 관한 것이다. 전반부는 단조롭고 건조하다. 신학적 이론이 많기 때문이다. 그러나 후반부는 격렬한 기분을 준다.

감미로운 축복 속에 서로 어울리는 영혼들,

그들을 기쁘게 해 주던 아름다운 영상[1]이

3　　날개를 활짝 펴고서 내 앞에 나타났다.

모두 한결같이 루비인 양 보였는데

햇살이 그 안에 얼마나 타올랐던지,

6　　마치 내 눈에 그 빛이 반사되는 듯했다.

내 지금 말해야 할 그것은 일찍이

목소리로 전해지지 않았고 잉크로 기록되지

9 않아, 상상으로도 전혀 짐작할 수 없는 것.

내 보기도 하고 듣기도 했는데 그 입부리가

'우리' 나 '우리의' 라는 개념이 있는 것을

12 '나' 와 '나의' 로 소리 내어 말했다.[2]

이어 그가 말을 시작했다. "의롭고 거룩해서

나는 여기 저 영광[3]을 향해 높이 올랐는데,

15 저 영광은 욕망에 굴복하지 않으리라.

나는 지상에 나의 명성을 남겼는데

거기 사악한 사람들이 그것을 찬미하면서도

18 그 이야기는 따르지 않는 것이었다."

많은 숯덩이에서도 오직 한 가닥 열기만

느껴지는 것처럼 많은 사랑[4] 중에서도

21 저 상(象)[5]에서만 한 가닥 소리가 나왔다.

그리하여 나는 곧, "그대들의 모든 향기를

하나인 듯 나에게 보내 주는, 오, 영원한

24 즐거움의 무궁무진한 꽃님들이여.

아무런 음식도 세상에서 찾아내지 못하고

나를 오래오래 배고프게[6] 붙들어 두었던

27 커다란 공복에서 영감을 불어넣어 풀어 주소서.

하느님의 정의가 하늘에서 다른 왕국을

[1] **영상** 교회의 권위를 상징하는 독수리.
[2] **'우리' 나~** 독수리는 수많은 복자들의 영혼들이 이루고 있으니 복수로 말해야 할 터이지만 하나의 인격체인 양 '나' 와 '나의' 로 말한다.
[3] **영광** 욕망에 의해 극복되는 것을 참지 못하는 천국의 영광.
[4] **많은 사랑** 복 받은 영혼들을 상징한다.
[5] **상** 독수리의 영상.
[6] **배고프게** 지식에 대한 갈망에.

정직한 거울로 삼으신다면, 그대들의 눈에도

30 너울이 없이 그것을 잘 비추게 될 것입니다.

그대들은 내 얼마나 마음을 쏟아 들으려고

가다듬는지 아시며 내겐 그렇게도 오래된[7]

33 공복이라 할 저 의문이 어떤 것인지 아십니다."

모자[8]에서 빠져나간 매가 머리를 흔들고

날개를 퍼덕이면서 의지를 나타내고[9]

36 아름다운 모습을 드러내는 것과 흡사하게

저 위에서 환희에 찬 사람처럼

하느님의 은총을 찬미하는 내용을 담은 노래로

39 그러한 표상을 하고 있었다.

이어 그는 말을 꺼냈다. "세상의 끝에

육분의(六分儀)[10]를 돌리며 속에

42 환한 것이나 어두운 것을 구별하는 그[11],

그의 말씀이 끝없이 넘치는 상태로

남아 있어서는 아니 될 우주 위에, 그러한

45 그의 권능을 새길 수는 없었다.

온갖 피조물의 으뜸이었던 최초의

교만한 자[12]가 빛을 기다리지 않고[13]

48 설익은 채 떨어졌음이 이것을 증명한다.

그러므로 그보다 작은 온갖 본성은

---

[7] **오래된** 오랫동안 지속된.
[8] **모자** 매 사냥을 나갈 때, 매의 머리에 씌워 주는 머리 덮개.
[9] **의지를 나타내고** 새를 잡으러 나가려는 뜻을 나타내고.
[10] **육분의** 컴퍼스.
[11] **그** 하느님.
[12] **교만한 자** 지옥의 마왕 루시페르.
[13] **빛을 기다리지 않고** 루시페르는 스스로 빛을 발할 수 없어 하느님의 빛을 빌려서 빛을 내는데, 그는 이 하느님의 빛을 기다리지 못했다.

저 끝이 없고 자신을 자신으로 가늠하는

51   선을 위한 작은 그릇임이 여기 나타난다.

그러므로 온갖 사물들을 가득히 채우시는

정신[14]의 빛줄기 가운데 하나가 되어야

54   마땅하다 할 너희들의 시각은

그것을 보여 주는 것으로부터 그의

근원을 두드러지게 구별할 수 있을 정도로

57   제 본성의 능력이 있을 수는 없는 것이다.

그러기에 너희들의 세계가 받아들이는

시각이 영원무궁한 정의 속을 투시하는 건

60   심연의 바다 속을 꿰뚫어 보는 눈과 같으니

바닥이 물가로부터 보인다 할지라도

깊은 심연이 보이는 건 아니고, 바닥이

63   거기 있다지만 이를 그 깊이가 감추고 있다.[15]

빛이란 전혀 어지러워지지 않는 고요함

없이는 오지 않는다. 그렇지 않다면

66   어둠[16]이나 육신의 그림자 아니면 독약일 뿐이다.

살아 계시는 정의가 너에게 숨기고 있는

구석이 지금 너에게 활짝 열려 있는데도[17]

69   넌 그에 대해서 그토록 자주 질문했구나.

그래서 넌 말했지. '그리스도에 대해서

얘기하거나 가르치는 혹은 기록하는 자 없는

---

[14] **정신** 하느님의 마음.

[15] **바닥이~** 바닷가에선 물 밑바닥을 볼 수도 있겠지만 바다 깊이 들어가면 거기 있을 바닥은 볼 수 없는 것이다. 깊은 심연 자체가 시야를 가로막기 때문이다. 바로 이와 같이 인간의 시각이란 하느님의 깊은 마음을 투사할 수 없는 것이다.

[16] **어둠** 인간이 하느님 아닌 다른 곳에서 찾으려는 빛은 어둠이다. 즉, 하느님 안에서가 아니고선 선을 찾을 수 없는 것이다. 만일 찾는다면 그것은 유해한 악이다.

[17] **활짝 열려 있는데도** 하느님의 정의가 어떠한 것인지 단테가 이미 잘 알고 있을 때가 되었는데도.

72   저 인더스 강변[18]에 한 사람이 태어나고,

      인간의 이성으로 볼 적에 착하기 그지없는

      그의 모든 욕망과 행위가

75   삶에서나 말에 있어 죄를 짓지 않는다 하자.

      그가 영세를 안 받고 신앙심 없이 죽는다고

      그를 벌할 정의는 대체 어디 있는가?

78   믿지 않는다 해도 그의 죄가 아니지 않은가?"[19]

      한 뼘밖에 보지 못하는 짧은 시력으로

      의자에 앉아서 천 리도 더 바라보려고 하는

81   너는 도대체 누구란 말이냐?

      만일에 너희들 위에 성서가 없었던들,

      나와 더불어 세세히 따져 보려는 자에겐

84   놀랍게도 의심해야 할 일이 분명 있으리라.

      아, 속세의 동물들이여! 아, 무딘[20] 정신이여!

      그 자신이 선량하신 최초의 의지[21]는 최고의

87   선이신 자기 자신에게서 떠난 적이 없었다.

      그에 화합할수록 그만큼 의로운 것이니

      창조된 어떠한 선이라도 그를 자신에게 이끌지 못하고

90   오로지 그만이 비추시며 이를 낳게 하는 것이다."

      따오기가 새끼에게 먹이를 주고 난 다음이면

      먹이를 받아 먹은 새끼는

93   둥지 위를 맴돌아 원을 그리는 어미를 바라보듯이

      수많은 권유[22]에 자극받아 날개를 움칫하는

---

[18] **저 인더스 강변** 이것은 동방의 개념을 두고 한 말로, 그리스도의 예언이 전달되는 경계선 너머.

[19] **인간의 이성으로~** 「지옥편」의 림보에서 느낄 수 있던 이야기다.

[20] **무딘** 어리석은.

[21] **최초의 의지** 하느님의 의지.

[22] **수많은 권유** 독수리의 형상에 있는 많은 영혼들의 말.

축복받은 영상도 그와 같이 하면서

96 눈썹을 새끼 새처럼 치켜세웠다.

그는 빙빙 돌며 노래 부르고 말했다.

"나의 이 노래가 너에게 불가해한 것이듯

99 영원한 심판도 인간들에게 불가해하니라."

로마인들을 세상에서 우러러보게 만든

기치[23] 속에 아직도 휘황찬란하게 빛나는

102 저 성령의 불빛들이 잠잠해진 다음에

그것은 다시 시작하여, "나무에 그리스도께서

못 박히시기 이전에든 이후에든 그분을 믿지

105 않았던 자 그 누구도 이 왕국에 오르지 못했다.[24]

그러나 보라, 많은 사람들이 '그리스도여,

그리스도여!'[25] 라고 외치는데 그들은 그리스도를

108 몰랐던 자들이라기보다 그에게서 멀리 떠난 자들임을.

그리고 이디오피아인[26]이 그러한 그리스도인들을

처벌할 때에 그들은 두 무리로 갈려,

111 하나는 영원한 부자로 하나는 가난뱅이로 되리라.

---

[23] **기치** 로마인들은 독수리가 새겨진 깃발을 들고 유럽을 다스렸기에.

[24] **이 왕국에 오르지 못했다** 천국에 들기 위해선 그리스도를 믿어야 한다.

[25] **'그리스도여, 그리스도여!'** 예수를 아예 몰랐던 자들보다 예수를 믿었으나 말로만 떠들며 그를 찾았던 자들은 후에 천국에 들어갈 수 없다는 것은 기본적인 교리다. 이에 관해선 「마태오의 복음서」 7장 21~23절 참고. "나 더러 '주님, 주님' 하고 부른다고 다 하늘나라에 들어가는 것이 아니다. 하늘에 계신 내 아버지의 뜻을 실천하는 사람이라야 들어간다. 그 날에는 많은 사람이 나를 보고 '주님, 주님! 우리가 주님의 이름으로 예언을 하고 주님의 이름으로 마귀를 쫓아내고 또 주님의 이름으로 많은 기적을 행하지 않았습니까?' 하고 말할 것이다. 그러나 그때에 나는 분명히 그들에게 '악한 일을 일삼는 자들아, 나에게서 물러가라. 나는 너희를 도무지 알지 못한다'고 말할 것이다."

[26] **이디오피아인** 예수를 믿지 않는 사람들을 가리키는 말.

[27] **책** 「요한의 묵시록」 20장 12절을 가리키는 말. "나는 또 죽은 자들이 인물의 대소를 막론하고 모두 그 옥좌 앞에 서 있는 것을 보았습니다. 많은 책들이 펼쳐져 있고 또 다른 한 권이 펼쳐져 있었습니다. 그것은 생명의 책이었습니다. 죽은 자들은 그 많은 책에 기록되어 있는 대로 자기들의 행적에 따라 심판을 받았습니다."

[28] **페르시아인들** 이디오피아인처럼 비신자를 총칭하는 말.

그들의 온갖 죄과가 낱낱이 적혀 있는

책[27]을 활짝 펼치고 보게 될 그때에

114   페르시아인들[28]이 너희 왕들에게 뭐라고 이를 건가?

거기에는 알베르트[29]의 소행 가운데

프라그 왕국이 어찌하여 폐허가 되었는지

117   곧 붓대를 놀려 적어 둘 자 거기 보이리라.

거기에는 또 화폐를 위조함으로써

센 강가에 엄습해 오는 재난을 보리니,

120   그자[30]는 멧돼지가 덮쳐 죽을 것이다.

거기에는 또 스코틀랜드인과 잉글랜드인을

미치게 만들어 제 영지 안에서만 살 수

123   없게 한 지독한 교만[31]이 보일 것이다.

에스파냐 사람[32]과 보헤미아 사람[33]의 음탕하고

나약한 생활도 보게 될 것인데

126   그들은 덕을 알지도 바라지도 않았느니라.

예루살렘의 치오토[34]에 대해선 그의 덕행이

I[35]로 표시된 것을 볼 것이며

129   그와 반대되는 자 M[36]으로 표시될 것이니라.

앙키세스가 기나긴 인생을 끝마쳤던

불의 섬[37]을 지키던 자에 대해서는

---

[29] **알베르트(Albert)** 합스부르크의 알베르트 황제. 「연옥편」 제6곡 97행 이하 참고.

[30] **그자** 빌라니의 「연대기」 8권 58행에 의하면 필리프 일벨로를 가리킨다. 그는 피안드라(Fiandra)와의 전쟁에 소
요되는 경비를 충당하기 위해 돈을 위조함으로써 프랑스인들에게 재난을 안겨 주었다.

[31] **교만** 잉글랜드의 왕 에드워드 1세와 스코틀랜드의 왕 로버트의 정복욕에 굶주린 정신 상태.

[32] **에스파냐 사람** 페르디난도 4세. 그는 카스틸랴의 왕이었다.

[33] **보헤미아 사람** 보헤미아의 왕, 빈체슬라우스 4세.

[34] **치오토(Ciotto)** 단지오 왕가의 카를로 2세의 별명, 그는 예루살렘의 왕이기도 했다.

[35] **I** 로마 숫자의 하나. 선을 상징한다.

[36] **M** 로마 숫자의 천. 악을 상징한다.

[37] **불의 섬** 에트나 화산이 있는 시칠리아. 이 섬은 페데리고 2세가 지켰다고 한다.

132 그의 인색함과 비열이 적혀 있으리니,
그가 얼마나 못났는지를 깨닫게 하도록
그의 글발은 좁은 지면에 많은 것을
135 적기 위해서 글자들을 생략하게 되리라.[38]
고귀한 왕국과 두 왕관을 욕되게 한
그의 숙부[39]와 형제[40]의 저주스런 업적들이
138 누구의 눈에든지 밝혀질 것이니라.
그리고 포르투갈의 그[41]와 노르웨이의 그[42],
해롭게도 베네치아의 주화를 보았던
141 라쉬아의 그[43]도 거기서 알게 될 것이다.
아, 더 이상 악정에 내맡기지 않는다면
복된 헝가리여! 오, 빙 둘러싼 산으로
144 무장을 튼튼히 한다면 축복받을 나바르[44]여!
그리고 이것의 보증으로써 이미 니코시아와
파마구스타[45]가 그들의 맹수 때문에 울부짖으며
147 비난하고 있음을 누구나 다 믿고 있으니
그는 다른 맹수들 곁에서 떠나지 않느니라."

[38] **그가~** 그가 너무나 못났기에 그에 대해 기록하기 위해선 악자를 사용해야 할 정도라는 뜻이다.
[39] **숙부** 페데리코 2세의 아저씨.
[40] **형제** 아라곤의 왕 쟈코모 2세. 이들은 마요르카와 아라곤 왕국의 왕관에 치욕을 안겨 주었다.
[41] **포르투갈의 그** 디오니시오 아그라콜라(1279~1325)로 탐욕한 사람.
[42] **노르웨이의 그** 노르웨이의 왕 아코네(Acone) 7세.
[43] **라쉬아의 그** 세르비아 사람인 스테판 오우로스인데 그는 베네치아의 화폐 가치를 손상시켰다 한다.
[44] **나바르** 이곳의 왕 필리프가 죽자 그의 비 지오반나는 그의 아들 루이에게 왕위를 계승시켰다. 그 뒤 그가 프랑스를 지배하자 두 나라를 합병하고 왕이 되었다.
[45] **니코시아와 파마구스타(Nicosia, Famagusta)** 키프러스에 있는 도시. 1300년에 루시냐노라는 맹수 같은 자가 이곳을 폭정으로 다스렸기 때문에 주민들이 고통스러워했다고 한다.

| 제20곡 |

온 누리를 비추던 해님이 지평선 너머로 사라지자 그 빛을 받아 빛을 내는 수많은 별들이 하늘에 찬란하다. 온 인류 와 그 지도자들을 상징하는 독수리가 말을 그치자 지복의 영혼들은 더욱 빛나면서, 성령의 뜻이 담긴 노래를 부르는데 단테는 기억할 수 없다. 독수리는 탁월한 영도자들의 영혼이 형태를 이루고 있는 자기의 눈을 바라보라고 단테에게 말한다. 그러면서 그는 자신의 눈동자를 차지하고 있는 다윗의 영혼을 가리키는데, 그는 천국에서 높은 자리에 있다. 다음엔 트라야누스의 영혼을 가리키는데, 그는 그리스도를 따르지 않으면 받게 되는 대가가 얼마나 큰 것인지 알았던 자다.

그리고 자기 눈꺼풀에 위치한 히즈키야의 혼을 가리켰다. 그는 하계의 인간들이 기도로써 오늘의 것을 내일의 것으로 만들지언정, 하느님의 심판은 항구 불변한 것임을 알았다. 그 옆에 있는 것이 콘스탄티누스의 영혼이다. 그는 선으로부터 유래한 악은 결과만 가지고 판단을 내릴 수는 없다는 것을 보여 주었다. 이어 눈썹 위 영혼은 온 국민의 사랑을 받던 구일리엘모 2세로 신의 사랑을 받던 의로운 군주였다. 또 거기 리페우스의 영혼이 빛나고 있었는데 트라야누스와 함께 그들은 단테에게 당혹감을 주었다. 왜냐하면 그들이 세상 사람들에게 어질다고 알려지긴 했으나 이교도였기 때문이다. 단테는 그들이 어떻게 천국에 있는 것인지 독수리에게 묻는다. 그러자 그는 눈에 찬란한 빛을 띠며 사물의 이름을 알지만 그 본질은 모르는 사람처럼 단테도 독수리가 하는 말을 믿기는 하지만 그 이유는 알고 있지 않다고 대답한다. 독수리는 또 "천국은 인간의 열렬한 사랑과 소망에 양보하는 수가 있다. 그것은 신의 의지가 제 덕성 때문에 지기를 원해서 그런 것이지 어떤 힘 때문에 지는 것은 아니다"라고 한다. 트라야누스와 리페우스는 단테가 생각하는 것과 같이 이교도가 아니라 그리스도인으로서 구원을 받았던 것이다.

리페우스는 앞으로 올 그리스도를 믿었고 트라야누스는 강림하신 그리스도를 믿었던 것이다. 즉, 트라야누스는 성 그레고리우스 대제의 간곡한 기도에 힘입어 지옥으로부터 소생되어 속세에 왔다가 다시 믿음의 너울을 쓰고 천국으로 올라왔고 리페우스는 하계에 있을 때 하느님의 은총을 받아 의로웠기 때문에 하느님에 의해 구속되었다. 그는 이때부터 이교도들을 꾸짖고 『성서』의 가르침이 있기 천 년도 더 이전에 믿음·소망·사랑의 삼신덕에 의해 영세를 받았던 것이다. 독수리는 결론적으로 "지복의 혼들이 볼 수 있는 하느님이 인간의 눈에 다 비치진 않는 것이니까 영혼들을 판단할 때 각별히 주의해야 한다"고 말한다.

독수리가 이렇게 설명하는 동안 노래 잘하는 가수에게 더욱 감미로움을 주기 위해 비파를 반주하듯, 트라야누스와 리페우스의 영혼들도 독수리의 말에 맞춰 눈에 찬란한 빛을 띠고 있다.

온 천지를 비춰 주는 그¹가
우리네 반구에서 내려오시니
3   사방에 낮의 빛살이 사그라진다.
처음엔 오로지 그것만으로 타오르던

하늘이, 갑작스레 한 빛을 반사하는

6   수많은 빛들²을 통해 다시 나타나기에

세상과 그의 통치자들의 표지³가

축복받은 입부리 안에서 조용해질 때

9   하늘의 이런 행위가 내 얼 속에 들어왔다.

이는 곧 살아 있는 모든 빛들이 가뜩이나

더 찬란히 빛나면서 나의 기억으로부터

12   미끄러져 떨어진 노래를 부르기 시작했기 때문이다.

오, 웃음을 입고 있는 달콤한 사랑⁴이여

오로지 거룩한 생각만을 불어넣어 주는

15   그 외관에, 그대 얼마나 빛나 보이는가!

보아하니 여섯째 빛⁵을 치장해 주는

귀하고 찬란한 보석들이, 천사들의

18   아름다운 노래에 고요해지고 난 다음에,

제 원천의 풍성함을 나타내 주면서

바위에서 바위로 맑게 흘러내리는

21   냇물의 속삭이는 듯한 소리를 내 듣는 듯하였다.

비파의 가락이 목 부분에서 소리를

가다듬는 것처럼 또는 피리의

24   구멍을 거쳐 바람이 스며드는 것처럼,

그 독수리의 속삭임도 머뭇머뭇 기다리지

않고 곧장 텅 빈듯 허망인 듯 보이는

27   목구멍을 따라 그렇게 올라갔다.

¹ **그** 태양.
² **수많은 빛들** 별들.
³ **표지** 지복의 영혼들이 만들고 있는 독수리의 모양.
⁴ **달콤한 사랑** 하느님의 사랑. 언제나 기쁨을 간직하고 있다.
⁵ **여섯째 빛** 여섯째 하늘인 목성천을 상징한다.

그리고 거기에서 소리로 변해, 부리를 거쳐

말 모양이 되어 나왔으니, 그것은

30   내 마음이 기다렸던 것, 내 거기에 적어 두었다.[6]

"속세의 독수리들에 있어 태양을 보고

견디게 하는 한 부분[7]을" 하고 독수리가

33   내게 말하길, "지금 눈여겨보아야 할지니,

내 모양새를 꾸며 주는 불꽃들 가운데서

눈이 되어 내 머리 부분을 반짝이게 하는 건[8]

36   모든 등급 중 가장 높은 것이다.

한가운데서 눈동자가 되어 빛을 내는 자는

거리에서 거리로 궤[9]를 옮겼던 자로서,

39   성령을 노래한 가인[10]이었다.

그는 이제야말로 제 노래의 가치를 아는 바,

그것은 그가 목표로 했던 결과이었기에

42   상급[11] 또한 그만큼 큰 것이었다.

둥글게 내 눈썹을 이루고 있는 다섯 중에서

입부리에 가장 가깝게 밀착된 자는

45   자식을 잃은 과부를 위로했던 사람[12]이니,

이 아름다운 삶[13]과 그의 반대되는 삶[14]을

---

[6] **그리고 거기에서~** 독수리의 말소리를 단테의 마음에 적어 두었다는, 즉 기억했다는 뜻이다.

[7] **한 부분** 눈.

[8] 지복의 영혼들이 모여 만든 이 영상의 눈은 가장 높은 영혼들이 만든 부분이다.

[9] **궤** 언약궤, 야훼의 궤.

[10] **성령을 노래한 가인** 다윗 왕. 「시편」의 저자. 그는 하나님의 궤를 가바온에서 게쓰에로, 게쓰에서 예루살렘으로 옮겼다. 「연옥편」 제10곡 55~69행 참고.

[11] **상급** 이스라엘의 왕 다윗이 「시편」을 써서 성령을 읊조린 공덕으로 하느님으로부터 상급을 받았다 한다.

[12] **과부를 위로했던 사람** 트라야누스(Trajanus : 53~117) 황제. 그는 자식을 죽인 자들을 벌주어 그 자식의 어미인 과부를 위로했다. 「연옥편」 제10곡 73~93행 참고.

[13] **아름다운 삶** 원문엔 'dolce vita'라 했다. 즉, 달콤한 삶이란 뜻으로 천국의 삶을 두고 한 말이다. 아름답다는 말이 내포한 의미가 달콤하다는 것보다 크기에 이렇게 옮겼다.

[14] **반대되는 삶** 지옥의 삶.

체험하였기에, 그리스도를 따르지 않는 것이

48 얼마나 큰 값을 치러야 하는지 이젠 아느니라.

그리고 내 말하는 둘레 안에서 위쪽의

활꼴(눈썹)을 따르고 있는 자는 진정한

51 뉘우침으로써 그의 죽음을 늦추었는데[15],

그는 이제야말로 가치 있는 기도가 지상에서

오늘의 것을 내일의 것으로 바꿀 때[16]도

54 영원한 심판은 바뀌지 않는다는 것을 알고 있다.

그 다음에 있는 자는 나[17]와 법전을 가지고,

악한 결과를 초래한 선량한 뜻 아래서

57 목자에게 양보[18]하기 위해 그리스인이 된 자인데,

그는 이제야말로 그의 선행으로부터 악이

끌려나와 그로부터 세상이 파괴됐지만

60 자신에겐 해롭지 않았던 것임을 알고 있다.

아래쪽 활꼴[19]에 보이는 자는 구일리엘모[20]로서,

살아 있는 샤를[21]과 페데리고[22] 때문에

63 울고 있는 나라가 그를 위해 슬퍼하는데,

그는 이제야말로 하늘이 의로운 왕을

얼마나 사랑하는지 알고 제 광휘로

---

[15] **죽음을 늦추었는데** 다윗의 자손이자 유대의 왕인 히즈키야가 중병을 앓고 있을 때 선지자 이사야가 나타나 죽음이 임박했음을 알리자, 그는 하느님께 간곡히 기도하여 15년을 더 살았다. 「이사야」 38장 1~22절 참고.

[16] **오늘의 것을 내일의 것으로 바꿀 때** 임박한 죽음을 연장했던 일.

[17] **나** 독수리. 로마 제국의 상징.

[18] **목자에게 양보** 콘스탄티누스 황제는 로마를 교황에게 양보하기 위해 비잔티움으로 옮겨갔다. 그러나 이 일은 결국 그리스도교에 나쁜 결과를 초래했다. 왜냐하면 이때부터 영적인 권능과 속세의 찰나적인 권력이 회오리 속에 얽히고설키었기 때문이다.

[19] **아래쪽 활꼴** 아래쪽의 눈썹.

[20] **구일리엘모(Guiglielmo)** 1166년에서 1189년까지 시칠리아와 풀리아의 왕이었던 자로 일명 'il Buono(선량한 자)'라 불리던 사람. 평화를 사랑하고 정의를 존중했기에 후세에 그 이름이 널리 알려졌다.

[21] **샤를(Charles)** 나폴리의 왕 카를로(Carlo Ⅱ d' Angio).

[22] **페데리고(Federigo)** 아라곤의 왕. 샤를과 페데리고는 폭정을 했기에 구일리엘모와는 정반대되는 악명을 남겼다.

66   그것을 드러내 보여 주고 있다.

        트로이 사람 리페우스[23]가 이 둘레 안에

        있는 성스러운 빛들의 다섯째라 함을

69   저 아래 죄짓는 세상에서 누가 믿겠는가?

        이제야말로 그는 비록 시력이 바닥을[24]

        가려내지는 못할지언정 세상 사람들이 볼 수 없는

72   하느님의 은총이 무엇인지 아주 잘 알고 있구나.”

        하늘에 솟아오른 종달새가 처음에는

        노랠 부르다가 나중에는 자신을 만족시켜 주는

75   감미로움에 빠진 나머지 침묵을 지키듯이,

        나에게 보였던 영원한 기쁨[25]이

        아로새겨진 영상[26]의 소망에 따라서

78   무엇이든지 모두가 그렇게 된다.

        비록 나의 의혹은 유리로 막힌

        색채인 듯 여겨졌으나,

81   침묵 속에서 때를 기다릴 수는 없었으니,

        입에서, “이것들은 무엇입니까?”라는 말이

        그 자체가 억누르는 힘 때문에 튀어나왔고

84   나 그를 통해 큰 잔치[27]가 찬란함을 보았다.

---

[23] **리페우스(Ripheus)** 트로이의 영웅인데 베르길리우스가 그의 『아이네이스』 제2권 339행과 426~427행에서 "가장 외롭고 공평을 지킨 리페우스"라고 한 데서 잘못 알려진 인물. 아마 베르길리우스가 아니었으면 잊혀졌을지 모르는 사소한 인간이었다. 단테는 리페우스가 하느님으로부터 미래의 그리스도를 알 수 있는 특별한 은총을 받았을 것으로 상상한다. 또 토마스 아퀴나스는 이교를 포기하거나 거부할 때, 믿음과 소망과 사랑으로써 영원한 구원을(영세를 받지 않고서도, 그리스도가 강림하시기 전이니까) 받을 수 있는 것이며 이상의 세 가지 덕은 영세의 효과를 대신할 수 있다고 했다. 단테는 베르길리우스의 말을 크게 믿은 탓인지 아니면 아퀴나스의 이론을 택해서인지 여기에 리페우스를 구원받은 인물로 나타내고 있다.

[24] **바닥을** 하느님의 속마음은 오직 성령만이 안다는 것은 『성서』에 나오는 말이다. 『고린토인들에게 보낸 첫째 편지』 2장 11절 참고. 또 아퀴나스는 "천사들도 자연적 인식으로는 성총의 오묘함을 알 수 없다"라고 한다.

[25] **영원한 기쁨** 하느님.

[26] **영상** 독수리.

[27] **큰 잔치** 의혹이 풀려 즐거운 마음의 상태.

그러고 나서 곧이어, 더욱 타오르는 눈길로

저 축복받은 표상[28]은 나에게 대답하여

87 황홀함 속에 어리둥절하게 놔두지 않았다.

"보아하니 내가 이것들을 말하기에, 너

그것들을 믿는다만 왜 그런지는 모르니

90 네 비록 믿기는 하여도 그 실제는 감춰져 있느니라.

너는 마치 무슨 일의 이름을 암기하여 잘 알아도

누군가가 그것을 밝혀 주지 않으면 그것의

93 성질을 알지 못하는 사람처럼 처신하는구나.

하늘의 왕국[29]은 뜨거운 사랑과 그리고

하느님의 뜻을 이겨내는 저 살아 있는

96 소망으로부터 폭행[30]을 겪어야 하나니,

사람이 사람을 이기는 것과는 다르게

그분이 지기를 원하시기에[31] 사람이 그를 이기는데,

99 그분은 졌다 해도 당신의 자비로써 이기느니라.

눈썹의 첫째[32]와 다섯째[33] 영혼이 너를

놀라게 만드는데, 이는 그들로 천사들의

102 왕국이 장식되어 있음을 네가 보기 때문이다.

그들은 네가 믿는 것처럼 이교도가 아니라 신자로서,

하나는 수난[34]당하실, 또 하나는 이미 십자가에

105 못 박힌 분의 말을 굳게 믿으며 육신을 벗어났다.

---

[28] **표상** 독수리.

[29] **하늘의 왕국** 원문엔 라틴어 'Regnum coelum'라고 쓰여 있다.

[30] **폭행**(violenza) 「마태오의 복음서」 11장 12절에서 유래. "세례자 요한 때부터 지금까지 하늘나라는 폭행을 당해 왔다. 그리고 폭행을 쓰는 사람들이 하늘나라를 빼앗으려 한다."

[31] **그분이 지기를 원하시기에** 사람들의 기도를 하느님이 들어주시기에.

[32] **첫째** 트라야누스.

[33] **다섯째** 리페우스.

[34] **수난** 십자가에 못 박힌 것.

선한 의지로 돌아갈 수 없는 지옥,

그곳으로부터 하나가 육신으로 돌아왔는데

108 이는 열렬한 소망의 보상이었던 것이다.

그를 되살리기 위해서 하느님께 드린

기도에 힘을 주었던 그 열렬한 소망[35]으로써

111 하느님의 의지가 움직일 수 있었느니라.

방금 이야기한 그 영광스러운 영혼[36]은

육신으로 돌아와 그 안에 잠시 머무르며

114 그를 도와주실 수 있는 분[37]을 믿었고,

또 믿으면서 진정한 사랑의 불에

그토록 타올랐기에 두 번째 죽음을 맞아

117 이 기쁨[38]으로 올 수 있는 자격을 가졌느니라.

또 하나[39]는 너무 깊어서 어떠한 피조물이라 한들

첫 흐름에까지 눈을 결코 들이밀 수 없던

120 샘[40]에서 솟는 성총으로 인하여

제 모든 사랑을 저 아래 정의에 내려놓았고,

그 때문에 하느님께서는 자비와 자비를 베풀어

123 인간 앞날의 구원을 향해 그의 눈을 뜨게 하셨으니

이에 그는 이것을 믿었고 그때부터

이교의 고약한 악취를 더 참지 못했으며

126 또 그로 인해 사악해지는 백성을 꾸짖었다.

---

[35] **열렬한 소망** 그레고리우스 대제의 간절한 기도. 그는 의로웠던 황제 트라야누스를 위해 하느님께 기도했다. 덕분에 그는 죽어서 지옥에 떨어졌다가 곧 되돌아와 하느님을 믿고 죽어 천국에 갈 수 있었다고 전한다.

[36] **영광스러운 영혼** 트라야누스.

[37] **분** 그리스도.

[38] **이 기쁨** 천국.

[39] **또 하나** 리페우스

[40] **샘** 하느님의 사랑.

오른쪽 바퀴⁴¹에서 내가 보았던

저 세 명의 여인⁴²이 영세에 앞서 천 년도

129 더 이전에 그에게 영세를 대신했다.

오, 하느님의 예정⁴³이여. 최초의 원인을 속속들이

보지 못하는 눈들에 그대의 뿌리는

132 얼마나 아득히 멀리 있는지!

그리고 너희 살아 있는 자들아, 판단에 있어

정신을 바싹 차려라. 하느님을 뵙는 우리도

135 선택된 자들⁴⁴을 샅샅이 알지 못하니까.

그러나 이러한 결함⁴⁵이야 우리에겐 달콤한 것,

우리네 복이 이 복 안에서 정화되기에

138 주께서 원하시는 걸 우리도 원하기 때문이다."

이와 같이 저 성스러운 영상⁴⁶으로부터,

나의 미천한 시력을 맑게 해 주기 위해

141 달콤한 약이 나에게 주어졌다.

마치 좋은 가수에게 솜씨 좋은 비파 연주자가

줄을 튕겨 반주해 주어

144 노래가 한결 더 듣기 좋게 되는 것처럼,

그가 말하는 동안, 저 축복받은 두 빛이

껌벅이는 눈인 듯 조화를 이루며

147 말소리에 맞춰 불꽃들을 움직이고 있음을

내 보았던 것으로 지금 기억된다.

---

⁴¹ **오른쪽 바퀴** 그립스가 끌던 수레의 오른쪽 바퀴.
⁴² **세 명의 여인** 믿음·소망·사랑을 가리키는 삼신덕.「연옥편」제29곡 121행 이하 참고.
⁴³ **하느님의 예정** 숙명·운명.
⁴⁴ **선택된 자들** 천국에 올라올 수 있는 축복받은 영혼들.
⁴⁵ **결함** 선택된 자들을 모두 볼 수 없는 결함. 이것은 오히려 다행스러운 것으로 풀이되고 있다.
⁴⁶ **성스러운 영상** 하느님의 형상을 한 독수리.

일곱째 하늘인 토성천에서의 이야기. 독수리가 얘기를 마치자 단테는 주의를 베아트리체에게 돌린다. 그러나 베아트리체는 이제 더 이상 웃음을 띠고 있지 않는다. 그 이유를 묻자 그녀는 목성을 바라보려 했던 사무엘의 예를 들며 설명해 준다. 베아트리체는 그와 자신이 지금 토성천에 이르렀다고 말한다.

베아트리체가 단테에게 정신을 차려서 이 토성천에 나타나는 것을 바라보라고 말한다. 단테는 즐거운 마음으로 그녀의 말에 복종한다. 단테가 연인을 바라볼 때 환희에 찬 마음을 가질 수 있다면 그녀의 말에 복종함에 있어서도 기쁜 마음을 갖게 된다는 것쯤은 넉넉히 이해할 수 있으리라. 단테는 토성을 바라본다. 황금빛의 층계가 높이 솟아 있다. 그 끝은 육안으로는 도무지 볼 수 없을 만큼 높은 층계다. 층층대를 따라 수많은 영혼들이 빛을 발하고 있는데 그 수가 어찌나 많은지 하늘의 뭇별들이 한곳에 모인 듯한 기분을 주고 있다.

그 영혼들은 더러는 위로 돌아가고 더러는 아래로 내려가며 층계 주위를 맴돌고 있다. 이들 중 하나가 단테와 베아트리체 가까이에 와 머물고서, 찬란히 빛을 내기에 시인은 그에게 얘기하고 싶어 한다. 그러나 베아트리체가 한참 후에야 그에게 허락을 내린다. 단테는 그에게 왜 자기에게 가까이 왔는지, 또 왜 거기선 노랫소리를 들을 수 없는지 묻는다. 그 영혼은 성 피에트로 다미아노다. 그는 단테에게 이곳에 노랫소리가 없는 것은 베아트리체의 미소가 없는 것과 같은 이유 때문이라고 말한다. 그리고 자기가 단테에게 가까이 온 것은 단테를 기쁘게 해 주기 위해서란다. 또 그에 의하면, 사랑의 열기는 모든 지복자들에게 그 정도가 똑같고 모든 영혼들은 각기 신으로부터 부여받은 소임을 나름대로 갖고 있다.

단테는 지복자들이 하느님의 의지를 이행해야 한다는 것은 납득하지만, 왜 그 영혼이 곧 자기에게 이야기하도록 예정되었는지는 모르겠다고 고백한다. 그러자 성 피에트로 다미아노는 하느님의 예정설에 대해서 덕과 사랑과 축복의 개념을 들어 단테가 납득할 수 있도록 설명해 준다. 마지막으로 그는 단테에게 부탁하기를 그가 세상에 다시 돌아가거든 천국에서조차 이해하기 불가능한 심원한 신비에 대해서 캐려 하지 말라고 사람들에게 전해 달라고 한다. 영혼의 말을 듣고 시인은 그만 침묵하게 된다. 영혼이 자신에 대해서 상세히 설명한다. 그는 카트리아 산 밑에 있는 수도원에서 성직 생활을 하다 나중에 대주교와 추기경 및 교부가 되었으나 얼마 못되어 다시 옛날의 수도원으로 돌아가 청빈 속에 지냈던 피에트로 다미아노임을 밝혀 준다.

이 곡은 목성천에서 토성천에 이르는 내용을 담고 있다. 고요함과 환희, 그리고 하느님 안에 집중하는 숭고한 마음 등이 잘 나타나 있다.

3

나의 두 눈은 벌써 내 여인의 얼굴에
고정되어 있었고 마음도 눈과 함께 온갖
다른 의도에서 벗어나 있었다.[1]
또 그녀는 웃지 않았다.[2] 그러나 내게 말하길,
"내 웃었더라면, 재가 됐을 때의

6   세멜레[3]와 같이 그대는 그렇게 되었을 것이런만.

        이유인즉, 나의 아름다움은 그대가 보았듯이

        영원한 궁전의 층계를 지나서

9   오르면 오를수록 더더욱 불타올라,

        조절하지 않으면, 너무나 빛나기에

        그 현란함에 그만 살아 있는 그대는

12   번갯불이 후려치는 잎사귀가 될 것이라오.

        불타오르는 사자의 가슴 아래에서

        제 힘에 어울려 지금 아랫녘을 비추는

15   일곱째 빛[4]에 이끌려 올라온 우리라오.

        그대의 마음을 눈 뒤에[5] 붙잡아 두고

        이 거울[6] 속에서 그대에게 나타나게 될

18   형상에게 그들로서 거울이 되게 하시오."

        내가 주의를 다른 것으로 돌렸을 때

        그녀의 축복하는 듯한 표정이 내 눈에 비쳐

21   기쁨이 어떠하였는지를 아는 사람이라면,

        이 천상의 안내자에게 복종하는 것이

        나에게 얼마나 크나큰 기쁨이었는지

[1] **나의~** 다른 어떤 물체로부터 벗어나 오로지 베아트리체의 얼굴만 뚫어지듯이 쳐다보고 있다는 것을 의미한다.

[2] **웃지 않았다** 베아트리체는 여기에 이르도록 줄곧 웃음을 더해 왔는데 이제 그 웃음을 띠지 않는다. 매우 신비한 일이라 할 수 있겠다. 그녀가 웃음을 띠지 않은 이유는 이하의 본문에 명백히 나와 있다. 그런데 샤뗴뇨 교수는 이 웃음을 빛과 동일시한다. 그의 주석을 옮기면, "이 하늘에서 저 하늘로 오르면서 지어 보이던 것처럼 아주 싱싱한 빛으로 빛내 주지 않고……"라고 이 구절을 풀이하고 있다.

[3] **세멜레(Semele)** 테베의 왕 카드모스의 딸. 그녀는 유피테르와 가깝게 지내 바쿠스를 낳았다. 그녀는 유피테르의 아내 유노의 꼬임에 속아 유피테르에게 위엄의 빛을 보여 달라고 애원하니 유피테르가 이 청을 들어 주었다. 그러자 그녀는 재가 되고 말았다. 사실 이러한 청은 금지된 것이었다.

[4] **일곱째 빛** 토성(Saturno)과 그 하늘. 그 당시 토성은 사자자리와 어울려 나오는 빛으로 세상을 비추었다 한다. 토성은, 단테의 『향연』 2권 13장 25절에 의하면, "차갑고 메마른(freddo e secco)" 것이며 사자자리는 불처럼 메마르고 뜨거운 성품(natura calda e secca simile a quella del foco)을 갖고 있다 한다. 그러니 차가운 토성과 뜨거운 사자자리가 융합되었다는 것이다.

[5] **눈 뒤에** 눈을 따라.

[6] **이 거울** 토성.

24 두 가지[7]를 비교하면 알 수 있으리라.

모든 사악이 그의 나라에선 죽어 뒹구는

저 고귀하신 영도자의 이름을 지니고 있는

27 수정[8]이 세계를 돌고 있는 가운데,

빛이 속으로 비치는 황금의 빛깔로 된

층계[9]가 나의 눈이 따를 수 없을 만큼

30 드높게 위로 솟아 있음을 나는 보았다.

그리고 또한 층계를 따라 수많은 빛들이

내려오는 걸 보았으니, 하늘에 보이는

33 온갖 빛들이 거기서 쏟아져 나오는 듯 생각되었다.

그리고 자연적은 습관으로 날이 샐 어름에

까마귀[10]들이 얼었던 날개를 녹이려고

36 한데 어울려 움츠리다가

어떤 놈들은 달아나서 돌아오지 않고

어떤 놈들은 떠나갔던 자리로 돌아오며

39 어떤 놈들은 빙글빙글 돌면서 남아 있듯이

떼 지어 왔던 저 불빛 속에서도

어느 정도 내려오다 부딪치게 되자

42 그와 비슷한 모양을 내게 보였다.

그리고 우리에게 가장 가까이에 와 멈췄던

자가 매우 밝았기에 나는 마음속으로 말했다.

---

[7] **두 가지** 베아트리체의 얼굴을 바라보는 명상적 삶과 그의 명령에 복종하는 활동적인 삶.

[8] **수정** 토성을 가리키는 말. 토성이 이 이름을 지니고 있을 땐 모든 악이 죽어 자빠진 신화의 황금 시대였다 한다.

[9] **층계** 야곱이 하란을 향하여 가다 어느 날 밤 꿈속에서 본 층계가 「창세기」 28장 12절에 소개되어 있다. "그는 꿈에 땅에서 하늘에 닿는 층계가 있고 그 층계를 하느님의 천사들이 오르락내리락하는 것을 보고……." 여기 나타나는 층계는 곧 「성서」의 층계와 같은 것이다.

[10] **까마귀(le pole)** 까마귀라 번역했지만 그에 유사한 것일 뿐 정확히 알 수 없다. 사페뇨는 「14세기 군소 시인들」이란 책 332쪽에 이 새를 풀이해, "살갗이 거무스레한 여인 혹은 검은 옷을 입은 여인"으로 보고 있기도 한다.

45   '그대 내게 알리는 사랑을 난 잘 봅니다.'

그러나 발언과 침묵의 시기와 방법을

그로부터 내 기대하고 있는 그 여인[11]이 가만히 있어

48   나는 욕망을 제치고 묻지 않았다.

모든 것을 보시는 이[12]의 눈으로

내 침묵을 본 그 여인께서 나에게

51   말씀하셨다. "그대의 뜨거운 소원을 푸시라."

그리하여 난 말을 꺼내, "그대[13]의 답을

들을 만한 가치를 지니지 못한 나의 공덕이지만

54   묻는 걸 나에게 응낙해 주신 그분[14]에게 의지하오니

그대의 기쁨 뒤 켠에 그대 자신을 숨기고 있는

축복받은 영혼이시여, 그대 왜

57   나에게 그토록 바싹 접근했는지 그 이유를,

또 저 아래 다른 곳에선 그토록 숭엄하게

울려 주던 천국의 아름다운 교향곡이

60   어찌해서 이 천구에선 잠잠한지 알려 주시오."

그가 내게 답하길, "그대, 시각이 그러하듯,

살아 있는[15] 청각을 갖고 있다오. 여기 노랫소리

63   안 들리는 것은 베아트리체가 웃지 않으신 이유와 같다오.

그대를 둘러싸고 있는 빛과 말씀을 가지고

오로지 그대를 환대하기 위하여, 성스런

66   층계를 따라 내 이렇게 아래로 내려왔다오.

---

[11] **여인** 베아트리체.
[12] **모든 것을 보시는 이** 하느님.
[13] **그대** 피에트로 다미아노의 영혼.
[14] **그분** 베아트리체.
[15] **살아 있는(mortale)** '필연코 죽을' 혹은 '산 인간의' 혹은 '생물의' 등의 뜻이다. 그 반대되는 뜻은 'immortale' 로서 '불멸의' 란 뜻이다.

사랑이 더 커서 내 더욱 서두른 건 아닌데

이는 그대에게 나타나는 저 불꽃보다

69   더 많거나 그만 한 사랑이 위에서 타기 때문이오.

그러나 세상을 통치하시는 성지(聖旨)를

우리가 재빨리 이행케 하시는 지고한 사랑[16]이

72   그대 보다시피 여기에 마련하신 것이라오."

"성스러운 등불이여" 하고 내가 말하기를,

"이 궁전에선 영원한 섭리를 따르는 데 있어

75   자유로운 사랑이면 충분하다는 것을 내 잘 압니다.

하오나 그대의 동료들 중에서 오로지

그대만이 이러한 소임을 받았는지

78   내 이해하기 힘겹습니다."

내가 끝마디 말에 이르기도 전에,

빛은 재빠른 맷돌처럼 빙글빙글 돌면서

81   그 한복판을 중심 삼고 있더니만,

이어 그 안에 있던 사랑[17]이 대답하였다.

"하느님의 빛이 나를 감싸고 있는 것 속으로

84   스며들면서 내 위에 모아지고 있는데,

그의 힘이 나의 시각과 어울려 나를

내 위로 훤칠히 올려놨기에, 지고의 본질을

87   보는 것인데 그로부터 빛이 나온다오.

이로부터 기쁨이 오고, 나 그로써 불빛을 내니

나의 직관이 밝은 만큼 불꽃도

90   그에 버금갈 만큼 밝았던 까닭이지요.

---

[16] **지고한 사랑** 하느님의 섭리. 이에 의해 모든 영혼들은 각기 소임을 부여받았는데, 여기 단테와 얘기하는 영혼은 하느님의 뜻과 완전한 일치를 이루어 사랑의 열정을 발하고 있다.

[17] **그 안에 있던 사랑** 회전하는 빛 속에 있는 자비에 불타는 영혼.

그러나 하늘에서 가장 밝게 되는 그 영혼[18]

하느님께 더욱더 눈을 박고 있는 세라피니[19],

93 　그도 그대의 요구를 만족시키지 못할 것이오.

그대가 묻는 바는 영원한 율법의

심연 속에 깊이 잠기기에, 창조된

96 　온갖 눈으로부터 거두어져 있다오.

그리고 속세로 그대 돌아가게 될 때

이것을 일러 주어[20], 그런 일에 발을

99 　아예 들여놓지 말도록 하시오.

여기선 빛나는 마음[21]도 지상에선 연기를 뿜으니

하늘에서 이루어질 수 없는 것을

102 　저 아랫녘[22]에서 할 수 있을까 생각해 보시라."

내 의문을 그만두도록 그의 말씀이

그처럼 나에게 명령했기 때문에, 나는

105 　그가 누구였는지 공손히 묻는 데 그쳤다.

"이탈리아의 두 해안[23] 사이, 그대의 고장에서

그다지 멀지 않은 곳에 천둥소리가

108 　아주 낮게 들릴 정도로 바위[24]가 높이 솟아

카트리아[25]라 불리는 등줄기를 이루는데,

그 아래엔 오로지 예배만을 위해 마련된

111 　수도원이 하나 축성되어 있다오."

---

[18] **그 영혼** 축복받은 영혼. 그는 하느님의 은총을 더 받고, 그의 뜻을 더 보게 된다. 그러므로 더 밝게 된다.

[19] **세라피니** 천사의 9계급 가운데 제일 높은 천사. 「천국편」 제27곡에 나온다.

[20] **이것을 일러 주어** 세상 사람들에게 알려 주어.

[21] **마음** 하늘나라에선 성총에 의해 빛나는 인간의 지성, 그것이 지상에서는 죄에 의해 그을리게 된다.

[22] **아랫녘** 지상.

[23] **두 해안** 하드리아와 티레네 해안.

[24] **바위** 아펜니오 산맥 중부에 있는 바위들을 가리킨다. 그러니까 피렌체로부터 그다지 멀지 않은 곳에 있다.

[25] **카트리아(Catria)** 아펜니노 산맥 중 제일 높은 봉우리.

그는 이처럼 세 번째 말을 나에게 시작하더니

계속해서 말했다. "그곳에서 나는

114 　하느님 섬기는 일에 확고부동했으므로,

올리브 즙으로 된 음식만을 먹으며

추위와 더위를 거뜬하게 견뎌내고

117 　명상적인 사색[26]에 만족하고 있었다오.

그 수도원은 하늘들을 비옥하게 해 주길

바랐는데, 지금은 허망하게 되었으므로[27]

120 　이제 곧 그 실체를 드러내게 되리오.

그곳에서 피에트로 다미아노[28]였던 나,

아드리아 해변에 있는 우리의 여인네

123 　집에서는 죄인 피에트로[29]라 불렸다오.

인간으로서의 내 삶이 얼마 남지 않았을 때,

나는 악에서 극악으로 옮아가는

126 　그 모자[30]에게 부름 받아 끌려갔다오.

게파[31]도, 성령의 위대한 그릇[32]도

26 　**명상적인 사색** 주지하다시피 화성천에서는 순교의 상징인 십자가를, 목성천에서는 제국의 상징인 독수리를, 토성천에서는 명상으로 승천하는 상징으로서 황금 층계를 소개하고 있다.

27 　**하늘들을~** 거기서 수도하던 자들이 하늘나라에 가서 그곳을 풍부하게 했으나 이미 단테 시대의 그 수도원은 의로운 인간을 하나도 갖고 있지 않았다 한다. 다시 말해서 수도자들이 영원한 삶을 제쳐 두고 속세의 행복에 눈이 어두웠다는 의미다.

28 　**피에트로 다미아노(Pietro Damiano)** 11세기 초(1007년) 라벤나의 가난한 집안에서 태어났다. 그는 인문과학과 법률을 공부한 뒤 라벤나와 파엔차에서 교직 생활을 했다. 서른 살 때 수도 생활을 시작했다. 그는 카트리아의 수도원에서 귀감이 될 만한 생활을 하며 신앙을 전파하고 저작도 남겼다. 교황 스테파누스(Stephanus) 9세의 부름을 받아 오스티아의 주교와 추기경 및 교부가 되었다. 곧 그것을 사퇴하고 다시 카트리아 수도원으로 복귀했다. 그가 남긴 교회법, 역사, 신학 등은 후세까지 인정되었다. 단테가 그의 인품에서 참다운 성직자의 모습을 발견한 것 같다.

29 　**죄인 피에트로(Pietro Peccatore)** 성 베드로를 말한다. 그는 평생 자기를 들어 말할 때나 수결을 놓을 때 이와 같이 했다 한다. 여기 다미아노로 하여금 성 베드로의 영상을 갖게 하고 있다. 벤베누티(Benvenuti)는 두 피에트로(성 베드로와 다미아노)를 하나의 인격으로 여겼는데, 그러한 이론은 후세에까지 높이 평가되었다고 한다.

30 　**그 모자** 추기경이 쓰는 모자.

31 　**게파** 성 베드로. 「요한의 복음서」 1장 42절에 있는 말. "그리고 시몬을 예수께 데리고 가자 예수께서 시몬을 눈여겨보시며 '너는 요한의 아들 시몬이 아니냐? 앞으로는 너를 게파라 부르겠다'고 말씀하셨다(게파는 베드로, 곧 바위라는 뜻이다)."

삐죽 마른 몸에 맨발인 채

129   어떠한 주막에서나 끼니를 때웠다오.

요즈음의 목자들이란 누군가가 이쪽

저쪽에서 부축해 주며 이끌어 주길 원하며

132   뒤에서 옷자락을 들어 줘야 할 만큼 무겁구려!

그들이 타는 말들조차 외투를 입고 있으니

한 가닥 가죽을 쓰고 두 짐승이 가는 듯하다오.

135   오, 그토록 견뎌 내야 하시는 인내[33]여!"

이 소리를 듣고 보다 많은 불꽃들이

층층이 내려오며 빙빙 도는 것을 보았는데

138   돌 때마다 저들은 더 아름다워졌다.

그것들이 이것의 주위로 와서 머물더니

얼마나 높은 음성으로 고함 소리[34]를 지르는지

141   여기선 비슷하게 흉내도 낼 수 없으리라.

나는 말뜻을 몰랐고 우레 소리에 압도되었다.

---

32 **성령의 위대한 그릇** 성 바울로.
33 **인내** 하느님의 인내심.
34 **고함 소리** 부패한 성직자들을 질책하는 하느님의 벌을 알리는 소리.

| 제22곡 |

토성천을 지나 이제 여덟 번째 하늘인 항성천(恒星天)에 이른 단테는 여기서 하느님께 접근하는 여러 가지 것들을 보게 된다. 그는 지복자들의 함성에 놀라 베아트리체를 바라본다. 마치 어머니에게 달려들어 위안을 찾으려는 어린애와 같은 기분이다. 베아트리체는 그를 위로하며 모든 것이 성스럽고 모든 것이 자비의 결과로 이루어지는 천국에 이르렀음을 단테에게 상기시킨다. 그녀는 또다시 지복자들을 바라보라고 하며 그들 사이에서 거룩한 삶으로 유명한 많은 영혼들을 볼 것이라고 말한다.

단테는 그녀의 명을 받아 그들을 보니 현란히 빛나는 작은 공의 형체 밑에 그들이 빛을 더 발하고 있다. 그들 중 보다 위대하고 보다 더 찬란한 영혼이 눈에 띄나 감히 그를 쳐다볼 엄두가 나지 않는다. 그것은 성 베네딕투스의 영혼인데, 그는 만일 단테가 지복자들의 사랑의 열정을 알고 있다면 자기가 갖고 있는 모든 생각을 자유롭게 밝히겠다고 말한다. 베네딕투스는 옛날 이교도들이 운집하던 카시노가 있던 산 위에 맨 처음 그리스도의 복음을 전했던 자이며 다른 영혼들은 모두가 명상에 잠겨 있는 자들로 그들은 지상에서 성스런 생각과 행동을 하게 하는 자비의 열정에 불탔다. 그들 가운데 성 마카리우스와 성 로무알두스 그리고 베네딕투스회의 수도자들이 있다.

단테는 성 베네딕투스와 다른 모든 영혼들의 찬란한 빛에 용기를 얻어, 이제 베네딕투스에게 그의 참된 모습을 보여 달라고 하는데, 그는 그러한 단테의 소망은 모든 소망이 완전해지고 무르익으며 온전해지는 저 정화천에서 이루어질 것이라고 대답한다. 베네딕투스는 수도원의 타락상에 대하여 격렬한 빛으로 비난한다. 한때 성스런 삶의 요람이던 수도원이 이제는 도둑들의 소굴이 되었고 수도복을 입고 있는 자들은 썩어빠졌다는 것이다. 또 교회가 지니고 있는 모든 것은 이제 그놈의 도둑들의 손아귀에서 놀아난다고 한다.

베아트리체가 단테에게 지복자들의 뒤를 좇아 층계를 오르라고 눈짓한다. 그는 세상에선 상상도 못할 정도로 빠르게 올라간다. 시인 단테는 이 무렵 독자의 주의를 마지막으로 이끌어 천국에 와서 지복의 영혼들이 이룬 승리를 보게 되었음을 상기시키면서 기뻐한다. 그는 순식간에 쌍둥이자리에 들어왔다. 그리하여 이 별들에게 경건한 마음으로 기도하며 자기 시에서 가장 어려운 부분을 잘 엮어나가는 데에 필요한 힘과 지성을 달라고 한다. 베아트리체가 이때 단테에게 이제 하느님께 더욱 가까이 왔으니 곧이어 나타나게 될 그리스도의 승리의 무리들 앞에 기꺼이 나아갈 수 있도록, 지나쳐 온 길을 굽어보기 위해 시선을 아래로 향하라고 명령한다. 그러자 단테는 명을 따른다. 그곳에 일곱 하늘과 지구 등이 보인다.

놀라움에 억눌린 탓에, 나는 내 길잡이에게
몸을 돌이켰는데, 그 모양이 마치 어린애가

3 가장 믿는 곳¹으로 달려가는 것 같았다.
그 여인은 마치 파리하게 질려 헐떡이는
자식에게 재빠르게 내달려가서 부드러운

6 음성으로 그를 돌보아 주는 어머니처럼,
내게 말하길, "그대 하늘에 와 있음을 모르는가?
하늘은 모두가 성스럽고, 또 여기서는

9 모든 것이 좋은 열정²에서 온다는 것을 모르는가?
함성³이 그대를 그처럼 놀라게 만들었으니,
노랫소리와 나의 웃음⁴이 그대를 어떻게

12 바꾸어 놨는지 이제 그대 생각할 수 있다오.
그 소리 속에서 들려오는 기도를 이해했다면
그대가 죽기에 앞서 보게 될 복수가

15 그대에게 곧 알려질 것이라오.
저 위의 칼날⁵은 너무 급하거나 더디게
자르지 않는데도, 다만 무서워하거나 바라면서

18 그걸 기다리는 자에게 그처럼 보일 뿐이라오.
그러니 그대 이제 다른 것⁶에 눈을 돌리시오.
만일 내 이르는 대로 시선을 돌린다면

21 매우 훌륭한 영혼들을 보게 될 것이오."
그녀 뜻한 대로 눈을 돌렸던 나, 백 개의

---

¹ **가장 믿는 곳** 어머니.
² **좋은 열정** 뜨겁고 진한 감정.
³ **함성** 앞의 곡 맨 마지막에서 본 영혼들의 고함 소리.
⁴ **나의 웃음** 이제 다시 웃음을 보여 주는 베아트리체다.
⁵ **칼날** 하느님의 심판인 벌의 칼날. 이것은 너무 빨리도 늦게도 오지 않는다. 다만 기다리는 자들이 그것을 빨리
오거나 더디 오기를 바란다는 뜻이다.
⁶ **다른 것** 다른 영혼들.

작고 고귀한 빛 둘레를 보았는데 그들은

24   서로가 서로를 비추어 사뭇 아름다웠다.

소망의 끝을 속으로 억누르며 묻는 것이

지나치지 않나 두려워 묻지 않는

27   사람과 같이, 나는 서 있었다.

그때 그 진주들 가운데 가장 크고

가장 찬란한 빛[7]을 내는 것이

30   나의 소망을 만족시키려고 앞으로 나왔다.

이어 그 속에서 들렸다. "우리들 사이에서

불타는 사랑을 나처럼 그대 보았더라면,

33   그대의 생각들이 표명되었을 터이련만……

그대 기다림으로써 높은 목적에

더디 가지 않도록 내 그대에게, 그대를 또

36   그렇게 주저케 하는 생각에게 대답하겠소.

비탈에 카시노가 있는 저 산, 그 꼭대기에

속은 사람들[8]과 사악한 성향을

39   지닌 사람들이 일찍이 드나들었는데,

우리를 이토록 숭고하게 하는 진리를

지상에 가져오신 어른의 이름[9]을

42   맨 처음에 그곳에 모셔 간 자가 곧 나[10]라오.

---

[7] **가장 찬란한 빛** 성 베네딕투스(Benedictus). 480년에 움브리아의 노르치아에서 출생, 오랜 세월을 로마 근교의 수비아코에 있는 굴속에서 가난하지만 경건한 삶을 지냈다. 그의 주위에 많은 제자들이 모여 그는 여러 개의 수도원을 창건했다. 몬테카시에 이르렀을 때, 그곳의 아폴로 신전을 때려 부수고 그곳에 교회와 수도원을 세우고 당시에 제일 중요했던 수도회를 창립했다. 이 수도회, 즉 베네딕투스회의 회헌(會憲)은 모든 수도회 회헌의 규범이 될 정도로 모범적이었다 한다. 그는 543년에 귀천했다. 「신곡」에서 그의 위치는 최고의 하늘인 정화천에서 세례 요한 곁 성모 마리아 앞에 앉아 있다.

[8] **속은 사람들** 그릇된 신앙에 속은 이교도들.

[9] **어른의 이름** 그리스도. 즉, 그리스도교를 그가 처음으로 카시노(casino)에 전파시켰다는 의미다.

[10] **나** 베네딕투스.

크신 한 사랑이 내 위를 비추셨기에,

세상 사람을 유혹하는 불경스런 종교[11]에서

45 주위에 있는 마을들을 구했다오.

여기 다른 모든 불들은 성스러운 꽃들[12]과

열매들[13]을 낳게 하는 저 뜨거운 열기로

48 타오르는 명상하는 사람들이었다오.

여기 마카리우스[14], 여기 로무알두스[15]가 있고

수도원 안에 발을 굳게 디디고 굳은

51 마음을 지녔던 내 형제들[16]이 여기 있다오."

내가 그에게, "나와 얘길 나누며 보여 준

그 애정과 당신의 온갖 열정 속에

54 내가 보고서 알게 되는 선량한 용모가

나의 믿음을 이토록 넓혀 주셨으니,

이는 마치 장미를 가능한 한 활짝

57 피게 하는 것과 같습니다.

그러므로 바라오니, 어버이 같은 당신이시여,

활짝 걷힌 영상[17]을 지닌 당신을 볼 수 있을 만큼

60 큰 은혜를 내가 입을 수 있는지 밝혀 주시오."

그러자 그가, "형제여, 그대의 드높은 소원이

---

[11] **불경스런 종교** 이교.

[12] **꽃들** 사랑의 열기에서 나오는 감정.

[13] **열매들** 사랑의 열기에서 나오는 거룩한 일들.

[14] **마카리우스(Maccarius)** 알렉산드라의 마카리우스. 그는 성 안토니오의 제자였으며 수덕 교육을 그의 밑에서 닦은 제자들이 많아 동방 수도회의 원조가 되었다. 404년에 죽었는데 주석가들은 이집트인 마카리우스로 생각한다. 이 이집트인은 사막에 숨어 수도 생활을 하다 391년에 죽었다. 주석자인 포레나(Porena)는 단테가 이 두 인물을 혼동했다고 주장한다.

[15] **로무알두스 (Romualdus)** 라벤나의 오네스티 가문의 로무알두스. 카말돌레 수도회의 창립자로서 1027년에 죽었다.

[16] **내 형제들** 베네딕투스 수도회의 수도자들.

[17] **활짝 걷힌 영상** 베네딕투스를 가리고 있는 빛을 벗겨낸 인간의 참모습을 의미한다.

다른 모든 이와 나의 소원이 이뤄지는

63 저 위 마지막 천구[18]에서 이루어질 것이오.

거기선 온갖 소원이 완전하고 무르익고

온전하며, 그 안에서만 모든 몫이

66 늘 있던 자리에 있는 것이라오.

그것이 공간 속에 있지 않고[19] 축이 없으며[20]

또 우리의 층계가 그것에까지 솟아 있기에,

69 그대의 시선 저 너머로 숨어 있다오.

성조이신 야곱께서 맨 꼭대기 지점이

미치는 저 위까지 바라봤을 때

72 그것[21]은 천사들을 가득 싣고 나타났다오.

그러나 지금은 누구도 그곳에 오르려고

땅에서 발을 떼지 않으며, 나의 회헌은

75 종이 쓰레기가 되어 남아 있다오.

수도원으로 사용되던 성벽은

도둑의 소굴이 되었고 수도자들의 의복은

78 변질된 밀가루가 가득 찬 자루가 되었다오.[22]

그러나 무거운 이자를 받는 돈놀이라 한들

수도자들의 마음을 그토록 광분케 하는

81 열매만큼 하느님의 뜻을 거스르진 않으니[23]

---

[18] **마지막 천구** 정화천.

[19] **공간 속에 있지 않고** 온 세상이 정화천 안에 갇혀 있으므로 그것을 벗어나선 아무것도 존재하지 않는다. 여기서 공간이라 함은 물체를 포용하는 영역을 의미한다고 아르스토텔레스적인 해석을 빌어 사페뇨 교수는 말한다.

[20] **축이 없으며** 아래의 천구들과는 달리 의지하여 주위를 빙그르 돌 수 있는 기둥, 즉 축이 없다. 정화천은 부동이란 점을 명심하라.

[21] **그것** 정화천

[22] **수도원으로~** 당시의 수도원들이 몹시 타락했다는 의미다.

[23] **무거운~** 역시 수도원의 비행을 꾸짖는 말이다.

이는 교회가 지켜보는 그 무엇이든 모두가

하느님의 이름으로 간구하는 사람들[24]의 것,

84 친족이나 더 추한 다른 이의 것이 아니기 때문이오.

인간들의 살이란 그토록 무르기에, 지구에선

좋은 시작이라 하여도 참나무가 싹터서

87 도토리를 열매 맺어 줄 때까지 가진 못한다오.[25]

베드로는 금도 없고 은도 없이[26] 그리고

나는 기도와 금식을 하며 시작했으며

90 프란체스코는 수도회를 겸손으로 시작했다오.

그러니 어느 것이든 그것의 시작을 보고

다음에 그것이 지나쳐 온 곳을 본다면,

93 그대는 하얀 것이 거무스름해져 간다는 것을 알 것이오.

하느님께서 원하실 때, 요단강이 뒤로 감기고

혹은 바다가 달아났음은 진실로 여기

96 구원하심을 보는 것 못지 않게 신기한 일이라오."[27]

내게 이렇게 말하고, 그곳에서 그의 동료들이

있는 곳으로 돌아가셨다. 동료들은 서로 얽히더니

99 이어 회오리바람처럼 모두가 위로 휘감겼다.

부드러우신 여인은 오로지 눈짓 하나로

나를 저 층계를 따라 그들에게 밀어 올렸으니

102 그녀의 힘이 이처럼 내 본성을 이겨낸 셈이다.

---

[24] **간구하는 사람들** 가난한 사람들, 교회는 그들의 것이다.
[25] **좋은~** 좋은 제도라도 열매 맺을 때까지 순수하기가 무척 힘들다. 시작은 좋아도 끝이 부패하기 쉽다는 뜻이다.
[26] **금도 없고 은도 없이** "돈이 없이"라는 뜻이다. 성 베드로는 "나는 돈이 없습니다. 그러나 내가 줄 수 있는 것은 이것입니다. 나사렛 예수 그리스도의 이름으로 걸어가시오"라고 「사도행전」 3장 6절에 말했다.
[27] **요단강이~** 이스라엘 백성이 '언약의 궤'를 메고 요단강을 건널 때 강물이 멈춰 쉽게 건너갔다. 또 홍해를 건널 때도 같은 현상이 일어났다. 「출애굽기」 14장 21절 이하 참고. 이러한 기적을 행하신 하느님께서 단테 당시의 타락한 수도자들의 악한 마음을 씻어 구원해 주신다면 그러한 기적을 행했던 것이 덜 이상해질 것이라고 다시 말해서 수도자들의 타락은 치유 불가능하다는 의미다.

자연 법칙대로 오르고 내리는 이곳 지상에서는

나의 날개에 빗대어 볼 수 있을 만큼

105 재빠른 움직임은 아직 보지 못하였다.[28]

독자여, 내가 이따금씩 나의 죄를

슬퍼하여 나의 가슴을 두드리며 저 경건한

108 승리로 돌아갈 수 있기를 바란다면,

그대 내가 황소자리를 뒤쫓아 가는 표적[29]을 보고

그것 속으로 들어간 만큼 빠르게 불 속에

111 손가락을 넣었다가 뽑아내지는 못할 것이오.[30]

오, 영광스러운 별들[31]이여. 위대한 힘을 낳아 준

오, 빛들이여. 나의 지성[32]은

114 모두가 그대들에게서 발생한다오.

내 토스카나의 공기를 처음으로 호흡했을 적[33],

모든 생물의 목숨을 낳아 주신 아버지[34]가

117 그대들과 같이 나고 또 몸을 숨겼다오.[35]

그리고 그대들을 돌게 하는 드높은 천구[36]로

들어가기 위하여 내게 은총이 내려졌을 무렵

120 그대들의 고장이 나에게 할당됐다오.

이제 나의 영혼이 그대들께 경건한 맘으로

---

[28] **나의 날개에~** 너무 빨랐다는 의미다.

[29] **표적** 쌍둥이자리의 자취.

[30] **그것 속으로~** 쌍둥이자리를 보자 곧 들어가게 된 그 속도가 뜨거운 불에 손가락을 넣었다가 빼는 순간보다도 빨랐다는 의미다.

[31] **별들** 항성천에 있는 움직임 없는 별들.

[32] **나의 지성** 단테는 태양이 쌍둥이자리에 있을 때 탄생했다. 즉, 5월 18일에서 6월 17일 사이. 그러므로 그의 지성은 곧 그들로부터 비롯됐다는 것이다.

[33] **토스카나** 지방에서 태어났을 때.

[34] **아버지** 태양.

[35] **나고 또 몸을 숨겼다오** 태양이 뜨고 졌다.

[36] **드높은 천구** 항성천.

간구하는 것은 저에게로 끌어당기는

123 　힘든 길 언저리에서 힘을 얻기 위함이라오.

"그대 마지막 구원[37]에 가깝게 이르렀으니,"

베아트리체가 말을 꺼내길, "그대는 맑고

126 　예리한 눈빛을 가져야 할 것이오.

그러므로 그대 그 안에 들기 전에,

아래를 살피시오. 그러면 그대의 발밑에

129 　어떠한 세계가 펼쳐져 있는지 볼 것이오.

그리하여 이 둥근 대기를 거쳐 흔쾌히

오는 저 승리의 무리들 앞에, 그대의 마음이

132 　힘닿는 데까지 기쁘게 보이게 하시오."

나는 눈으로 일곱 천구[38]를 모두 모두

돌아다보고 또 이 지구를 보았는데, 그것의

135 　볼품없는 모습을 보고 웃음이 나왔고

그것을 가볍게 여기는 의견을 옳은 것으로

난 받아들이니, 지상의 것 이외를 생각하는

138 　사람들이야말로 진정 옳은 사람이라 불릴 것이다.

일찍이 희미한 것과 진한 것으로 믿어지게끔

나에게 원인지어 주었던 그림자[39] 없이

141 　라토나의 딸이 불타고 있는 것을 나는 보았다.

히페리온[40]이여, 내 거기서 그대 아들의

모습을 눈여겨보았고, 마이아와 디오네[41]가

---

[37] **마지막 구원** 영혼이 하느님을 직관할 수 있는 항성천.
[38] **일곱 천구** 단테가 지금까지 지나쳐 온 일곱 개의 하늘들.
[39] **그림자** 달의 하늘, 즉 월천에서 봤던 달의 그림자. 흑점. 이제 위에서 내려다보니 달 이면을 보는 셈인데, 거기 엔 흑점이 없다는 것.
[40] **히페리온(Hyperion)** 태양신 솔의 아버지.
[41] **마이아와 디오네** 마이아(Maia)는 금성의 어머니, 디오네(Dione)는 수성의 어머니. 여기선 금성과 수성이 태양의 이웃이 되어 운행하고 있다는 뜻이다.

144 그의 주위를 맴돌아 접근하는 것을 보았다.

거기로부터 제 아비[42]와 제 자식[43] 사이에

목성[44]이 열기를 조절하는 것이 내게 보였는데, 거기

147 그들이 자리를 옮기는 모양이 내게 선명했다.

그리고 그들 일곱이 모두 얼마나 큰 것인지,

얼마나 재빠른 것인지, 또 얼마나 아득히

150 멀리 위치해 있는지 나는 보았다.

영원한 쌍둥이자리와 더불어 내가 돌 무렵

우리를 무던히도 사납게 만드는 지구의

153 언덕에서 강 어귀에까지 모조리 보였다.

나는 아름다운 베아트리체의 눈으로 내 눈을 돌렸다.

---

[42] **제 아비** 목성의 아비, 토성.
[43] **제 자식** 목성의 아들, 화성.
[44] **목성** 목성은 토성의 냉기와 화성의 열기 사이에서 그 열을 조절하고 있다.

| 제23곡 |

부활절의 목요일에 들어서 다섯 번째로 다뤄지는 곡이다. 시간은 약 오후 3~9시 사이, 장소는 항성천이다.

베아트리체는 마치 새가 그의 새끼들이 있는 보금자리에서 밤을 지새우고 그들에게 먹이를 구해다 주기에 앞서 그들을 보고 싶은 욕망 때문에 이른 새벽에 일어나 떠오르는 해님을 기다리듯이 머리를 높이 쳐들고 주의 깊은 눈초리로 하늘 복판을 향해 쳐다본다. 조금 후에 하늘이 밝아오니 베아트리체는 타는 듯한 얼굴에 기쁨을 가득 지닌 눈망울로 외친다. "보시오. 그리스도의 개선의 무리와 이 둘레들의 회전에서 거둬진 모든 열매가 여기 있소."

단테는 별들 가운데서 보름달이 빛을 발하여 온 공간을 비춰 주듯, 태양이 수많은 빛들 위에 그 빛을 널리 퍼뜨리는 것을 본다. 또 태양을 가로질러 그리스도의 현란한 모습이 투명하게 비쳐 온다. 그리스도께서 눈부시게 빛나 감히 눈으로 바라볼 수가 없을 지경이다. 이때 베아트리체가 설명한다. 예수님의 시선을 이겨 낼 수 있는 건 오직 하느님의 힘뿐이니, 인간의 눈으로는 감당할 수 없다고. 태양 속에는 인간에게 천국의 길을 터 주시는 지혜이자 힘이신 그리스도가 계시기에 그것은 더없이 빛나고 있다.

베아트리체는 단테에게 눈을 뜨고 자기를 쳐다보라고 권고한다. 그때 단테는 천국을 묘사하는 데에 있어서 난관이 너무나 많다고 고백한다. 모든 시인들이 그를 도와준다 해도 그곳의 진실을 천분의 일도 전할 수 없을 것이라 한다. 여인이 시인에게 이제 시선을 돌려 지복자들의 합창대로 향하라고 한다. 그곳엔 성모 마리아와 사도들이 있다. 그러나 시인은 그리스도의 빛이 너무나도 찬란하여 다른 지복자들을 쳐다볼 수가 없다. 공중에서 쏟아지는 빛에 그만 어리둥절할 뿐이다. 이때 그리스도께서 단테에게 시력을 회복시켜 주기 위하여 다시 정화천으로 오르신다.

시인은 동정녀 마리아를 쳐다본다. 다른 모든 지복자들보다 유난히 더 찬란한 빛을 발하고 있다. 그는 또 하늘에서 빛나는 원주의 형태를 하고 천사장인 가브리엘이 내려오는 것을 본다. 천사장은 감미롭게 들리는 "나는 천사의 사랑, 그리스도의 어머님 주위를 돕니다. 하늘의 여왕이신 당신이 여기를 떠나 아드님을 따라가실 때까지 돌기를 계속할 것입니다. 그들은 정화천에 다시 오르셨습니다"라는 노래를 부른다. 그가 노래를 그치자 모든 지복자들이 마리아의 이름을 드높게 반복하며 합창으로 응답한다.

마리아는 천사장과 함께 아드님을 따라 정화천을 향해 오른다. 그러나 단테는 원동천이 눈에 띄지 않을 정도로 아득히 멀리 떨어져 있기 때문에 그들의 승천을 끝까지 볼 수 없음을 깨닫는다.

이 곡은 항성천에 헌정된 첫 번째 곡으로 그리스도의 승리, 마리아의 대관 등을 중점적으로 다루고 있다. 형식에 있어서나 미학적인 견지에서 가장 높이 가꾸어진 곡이다.

모든 것을 우리에게서 감추는 밤이면

사랑스런 숲 속의 제 새끼들의 보금자리

3 곁에서 휴식을 취하고 난 새가

그리던 모습들[1]을 보기 위해서,

또 새끼에게 먹여 줄 먹이를 찾기 위해서,

6 힘든 일에 있어서도 기쁨을 느끼며

활짝 열린 나뭇가지 위에서 시간을 앞질러

안달하는 마음으로 해님을 기다리는 가운데

9 먼동이 터오지 않나 정신 차려 바라보듯이,

나의 여인도 그처럼 정신을 가다듬고

똑바로 서서 태양이 덜 빨라 보이는

12 지대[2]를 쳐다보고 있었다.

나는 놀라움과 그리움[3]에 얽혀 있는 그녀를 보며

다른 무언가를 그리며 찾고 갈망하면서

15 스스로 만족해하는 사람처럼 되었다.

그러나 한 순간과 또 한 순간, 말하자면

내 기다림의 순간과 하늘이 더더욱 빛나 오는 것을

18 바라보는 순간과의 사이는 아주 짧았다.

그러자 베아트리체가, "보시오. 그리스도의

개선의 무리와 그리고 이 둘레들의 회전에서

21 거둬진 모든 열매가 여기 있소"라고 말했다.

그녀의 얼굴이 온통 찬란히 빛나는 듯 보였고

또 눈은 기쁨이 얼마나 가득 차 있었는지

---

[1] **그리던 모습들** 밤 동안 보지 못해 더욱 그리운 마음을 불러일으킨 새끼들의 모습.

[2] **지대** 자오선을 뜻한다.

[3] **놀라움과 그리움** 이 두 낱말은 어떤 의미에서 동질적인 것이다. 시적 표현의 모호성을 간직하고 있다.

24   언급할 필요 없이 부득이 스쳐 지나야 할 정도였다.

        맑게 갠 보름달 밤에 하늘의

        방방곡곡을 두루 색칠해 주는 영원한

27   요정들[4] 사이에서 트리비아[5]가 미소 짓듯이

        수천 개의 등불 위로 태양[6] 하나가

        삼라만상을 모조리 비춰 주고 있었는데, 마치

30   우리의 태양이 하늘의 눈들[7]을 비추는 듯하였다.

        그리고 번쩍이는 실체[8]가 살아 있는

        그 빛을 통하여 나의 얼굴에 투영됐는데,

33   내가 감당할 수 없을 정도였다.

        오, 사랑스럽고 감미로운 길잡이 베아트리체여!

        그녀가 내게 말했다. "그대를 초월하는 저것은

36   아무것도 그를 막을 수 없는 힘이라오.

        하늘과 땅 사이의 길을 열어 주었던

        지혜와 능력[9]이 여기에 계시니, 일찍이

39   그에 대한 그렇게도 오랜 열망이 있었다오."

        번갯불이 구름 속에서 견뎌낼 수 없기에

        뻗쳐 나가기 위해서 밖으로 뛰쳐나오고

42   제 본성을 벗어나[10] 땅에 떨어지는 것처럼,

        나의 정신도 그처럼 더더욱 커진

        향연[11] 사이에서 제 자신으로부터 뛰쳐나왔다.

---

[4] **요정들** 별들.

[5] **트리비아(Trivia)** 달.

[6] **태양** 그리스도를 상징한다.

[7] **하늘의 눈들** 별들.

[8] **번쩍이는 실체** 그리스도.

[9] **지혜와 능력** 그리스도를 말한다. 「고린토인들에게 보낸 첫째 편지」 1장 24절 참고. "그가 곧 메시아시며 하느님의 힘이며 하느님의 지혜입니다."

[10] **본성을 벗어나** 불의 본성은 치솟는 것인데 여기선 땅에 떨어진다는 뜻, 즉 번갯불은 땅에 떨어지니까.

[11] **향연** 원문은 'vivande'로서 음식물 일체를 가리킨다.

45   그래서 자신의 과거를 기억할 수 없었다.

"눈을 떠서 내가 어떠한지 살펴보시오.

나의 미소를 감당할 수 있도록[12] 만든

48   것들을 그대는 지금까지 보아 온 것이니."

나는 마치 사라져 버린 환영[13]을

다시금 기억하려고 헛되이 그것을

51   마음속에 돌이키려 기를 쓰는 사람 같았는데,

나는 그 무렵에 지난 일을 기록해 둔

책에서 결코 지워 버릴 수 없을 만큼

54   커다란 사은의 가치를 지닌 이 예언[14]을 들었다.

폴리힘니아[15]가 제 자매들과 함께 그들의

아주 달콤한 젖으로 살찌게 하였던

57   모든 혀를 갖고 나를 도와주기 위하여

소리 낸다 할지라도, 그 거룩한 모습이

그녀를 무척 맑게[16] 했었으니 그 성스런 미소를

60   찬송하기란 진실의 천분의 일에도 미치지 못하리라.

그렇기 때문에 이 신성한 시[17]는

천국을 그려 나감에 있어, 끊어진 길을

63   만난 사람처럼 뛰어넘어야 할 것이다.[18]

그러나 주제가 지니는 무게와 그것을

지고 있는 인간의 어깨를 생각하는 자라면

---

[12] **나의 미소를 감당할 수 있도록** 앞의 곡에서 단테는 베아트리체의 미소를 감당할 수 없었다. 그런데 이제 그리스도의 영광된 빛을 보았으니 그에 비하면 보잘것없는 그녀의 미소이기에 넉넉히 감당할 수 있다.

[13] **환영** 이제 단테의 눈에는 보이지 않는 그리스도의 실체.

[14] **예언** 베아트리체의 것.

[15] **폴리힘니아(Polyhymnia)** 서정시의 영감을 주는 뮤즈.

[16] **맑게** 빛나게.

[17] **신성한 시** 단테는 자기 이 시를 'sacro poema' 즉, '거룩한 시'라 부른다.

[18] **뛰어넘어야 할 것이다** 천국을 다루다 보니 표현할 수 없는 점도 있으며 또 천국이 지니는 숭고성 때문에 생략하고 뛰어넘어야 할 점도 있다는 뜻이다.

66   그 주제 아래 몸서리칠망정 비난은 않으리.
      과감한 뱃머리가 헤쳐 나가는 뱃길은
      자그마한 배가 나아가는 항로도 아니고

69   제 몸을 도사리는 사공의 길도 아니다.
      "그대는 어찌하여 나의 얼굴에 그처럼 빠져[19]
      그리스도의 광휘 아래 꽃피는

72   아름다운 꽃밭[20]으로 시선을 돌리지 않는지요?
      하느님의 말씀이 그 안에서 살이 된[21]
      장미[22]가 여기 있고, 그 향기에 의해서

75   올바른 길로 들어선 백합[23]들이 여기 있다오."
      베아트리체가 이렇게 말하자, 나는 그녀의
      충고를 지체 없이 따랐던지라, 연약한 눈썹의

78   싸움터[24]를 향해 다시 눈길을 돌렸다.
      그늘[25]로 덮씌워져 있던 나의 눈망울들이
      찢어진 구름을 뚫고 깨끗하게 새어 나오는

81   햇살이 일찍이 꽃폈던 들녘을 본 것같이,
      섬광의 근원[26]을 보지 않고서도 빛의 무리들[27]이
      불타는 광선들 위에서 그처럼

84   찬란히 빛나는 것을 나는 보았다.
      오, 그들을 그렇게 인각하는 자비스러운

---

[19] **빠져** 사랑하여.
[20] **꽃밭** 지복의 영혼들이 있는 곳.
[21] 「요한의 복음서」 1장 14절의 "말씀이 사람이 되셔서 우리와 함께 계셨는데……"에서 연유.
[22] **장미** 성모 마리아.
[23] **백합** 그리스도의 제자들. 광의로 보면 모든 성인들을 가리킬 수도 있다.
[24] **싸움터** 눈과 빛살의 싸움.
[25] **그늘** 구름.
[26] **섬광의 근원** 그리스도.
[27] **빛의 무리들** 사도들. 즉, 75행의 백합들이 발하는 빛.

힘²⁸이시여. 거기 당신 앞에서 힘이 없었던 나의

87 눈에 자리를 내주고자 당신은 오르셨나이다.

내 아침마다 저녁마다 부르는 아름다운

꽃님의 이름²⁹, 내 마음을 온통 부여잡아

90 가장 커다란 불덩이로 바라보게 하셨다.

여기 이 아래서 장악했듯 저 위에서도

군림하시는 살아 있는 별님³⁰의 바탕과 크기가

93 나의 두 눈빛을 물들였을 무렵,

하늘 가운데로 왕관처럼 둥그런

모양을 한 조그마한 횃불³¹이 내려와

96 그녀를 감싸면서 주위를 빙빙 맴돌았다.

지상의 그 어떠한 선율이라도 아름답게

울리면 울릴수록 마음이 거기에 더 끌리는데

99 하늘이 더욱 맑은 청옥이 되는

저 아름다운 벽옥³²에게 면류관을 씌워 주는

칠현금³³ 소리에 견준다면

102 구름을 뚫고 나오는 천둥소리와 같을 것이다.

"나는 사랑의 천사, 우리네 소원³⁴의

모태였던 뱃속에서 영감을 주는

105 커다란 희열을 주위게 감돌게 합니다.

하늘의 여인이시여, 당신이 아드님을 따라

---

²⁸ **힘** 자비로운 그리스도.
²⁹ **꽃님의 이름** 아침저녁으로 기도하며 부르는 아베 마리아(Ave Maria).
³⁰ **살아 있는 별님** 마리아.
³¹ **조그마한 횃불** 가브리엘 천사.
³² **벽옥** 성모 마리아. 가톨릭에서 벽옥은 성모를 상징한다.
³³ **칠현금** 가브리엘을 상징한다.
³⁴ **우리네 소원** 그리스도.

지고의 둘레[35]로 드시어 그것을 가뜩이나

108   더 찬란하게 하시는 동안 저는 돌겠습니다."[36]

빙빙 선회하던 선율이 이렇게 저 스스로

봉해지니, 다른 모든 빛들이

111   마리아의 이름을 노래하였다.

하느님의 숨결과 그 일하시는 길 안에

더욱 열정적이며 더욱 생생해지던 세상

114   모든 하늘들의 진정한 외투[37]가

우리들 위에 그 속자락[38]을 그토록 멀리

펼쳐 주기에 그 모습이 내가 서 있던

117   곳에는 아직 나타나지 않고 있었다.

그러므로 나의 두 눈은 아드님 뒤를

따라서 오르셨던 면류관을 쓴 불꽃을

120   좇아갈 만한 힘을 갖고 있지 않았다.

어린아이가 젖을 빨고 나서 바깥까지

불타오르는 뜨거운 마음 때문에

123   제 어미를 향해 팔을 벌리는 것처럼,

저 하얀빛 가닥가닥이 위로 제 불꽃을

뻗치니 그들이 마리아께 품고 있던

126   고귀한 애정이 나에게 분명히 보일 정도였다.

그들은 그런 다음에 내 면전에 와 머물며

그렇게도 감미롭던 'Regina coeli'[40]를 불렀기에

129   그 기쁨은 나에게서 결코 가셔 본 일 없었다.

---

35 **지고의 둘레** 정화천. 하느님께서 좌정하신 곳.

36 **나는 사랑의~** 가브리엘의 노래.

37 **진정한 외투** 맨 마지막 하늘인 원동천, 이것은 외투처럼 생겨 그 밑에 다른 하늘들을 덮고 있다.

38 **속자락** 정화천에 가까운 자리로 성모 마리아가 있을 곳.

39 **'Regina coeli'** 하늘의 여왕이시여. 교회에서 부활절을 맞아 부르는 성모를 찬양하며 부르는 노래.

이곳 지상에선 씨앗을 뿌리기에 좋은

일꾼들[40]이던 저 지극히 부유한 아치[41] 속에

132 놓여 있는 풍요함은 얼마나 큰 것인가?

그들은 여기 살면서 보화를 즐겼는데,

이 보화는 금덩어리를 버리던, 저 바빌론의

135 유배지[42]에서, 눈물로써 거둔 것이었다.

여기 하느님과 마리아의 지고하신 아드님

밑에 그토록 영광스런 열쇠[43]를 갖고 계신

138 분께서 옛날의 회의며 새로운 회합[44]과

더불어 자신의 승리를 개선하고 있다.

---

[40] **일꾼들** 좋은 씨를 뿌리고 좋은 열매를 거두었던 사람들.

[41] **부유한 아치** 그들 일꾼들이 이제 축복받은 영혼이 되었다. 여기 아치라 함은 영혼들이 둥글게 이루고 있는 모양을 뜻한다.

[42] **유배지** 세상살이.

[43] **열쇠** 하느님께서 성 베드로에게 맡긴 천국의 열쇠.

[44] **옛날의 회의며 새로운 회합** 구약과 신약의 『성서』.

| 제24곡 |

 영원한 축복의 잔치에 초대된 지복자들에게 베아트리체가 부탁한다. 그들이 하느님의 지혜의 샘에서 영원히 마시는 생명수를 몇 방울이나마 단테에게 떨어뜨려 달라는 것이다. 이 부탁을 듣고 그들은 베아트리체와 단테의 주위를 맴돌면서 혜성과 같은 모양을 만들고 있다. 그 중에서 더욱 찬란하게 빛나는 면류관이 있는데 거기에서 다른 모든 영혼들보다도 더 휘황찬란한 모습을 한 영혼이 나와 베아트리체 주위를 세 번 돌면서 고귀한 노래를 불러 준다. 그것은 성 베드로의 영혼이다. 성 베드로가 베아트리체를 쳐다보자, 그녀는 신앙에 대해 여러 가지 질문을 하여 단테를 시험에 보라고 청하는 것이다.

그러자 천국의 열쇠를 그리스도에게서 물려받은 성 베드로께서 단테에게 신앙은 무엇이냐고 묻는다. 단테는 사도 바울로의 말을 인용하면서 신앙이란 "바라는 것의 실체이며 또 보이지 않는 것의 확증"이라고 대답한다. 성 베드로가 단테의 대답에 만족하며 그 대답은 정확하지만, 왜 바울로가 신앙을 실체와 확증으로 풀이했는지 그 이유를 알아야 한다고 말한다. 이에 단테가 대답한다. 하늘에서 그에게 나타내는 의미심장한 신비들은 지상에 숨겨져 있기 때문에 신앙을 통해야만 받아들일 수 있는 것이다. 믿음은 곧 그들의 받침대이며 본질이다. 따라서 그 신앙으로부터 의미심장한 신비들에 대한 모든 추리가 나오는 것이기에, 신앙은 또한 증명의 성격을 지니고 있는 것이다.

이어서 베드로는 단테에게 그 믿음을 갖고 있느냐고 묻는다. 이에 단테는 지체 없이 대답하여, 자기는 의심할 바 없이 순수하고 온전한 신앙을 지니고 있노라고 한다. 그러자 그 신앙이 어디서 유래하느냐고 묻는다. 단테가 또 구약과 신약성서에 잘 나타나 있는 성령으로부터 신앙은 나온다고 대답한다. 베드로가 또 질문한다. 왜『성서』는 하느님의 영감을 받은 것이라고 하는가? 단테가 또 대답한다. 인간의 본성을 초월하는 기적들이 그에 대한 증거라고. 그러자 사도 베드로는 신앙이 기적에 의해 증명된다고 말하는 것은 좋지 못한 일이라고 하며 그 기적들이『성서』에 기록된 것은 그것 자체를 통해서 하느님의 신성을 증명해 주기 위해서였다고 한다. 시인 단테는 세상 사람들이 기적 없이 그리스도교로 개종했다면 문제가 완전히 달랐을 것이라고 대답한다.

성 베드로는 단테의 대답에 수긍한 후 무엇을 믿으며, 또 무슨 이유 때문에 믿느냐고 묻는다. 단테는, 오직 한 분이시며 영원하신 하느님을 믿는 것이라고 대답한다. "하느님은 동요됨 없이 온 하늘을 사랑으로써 움직이십니다. 그리고 신앙의 물리적, 혹은 형이상학적인 증명만을 믿는 것이 아니고 신약과 구약의 증명 또한 믿습니다"라고 대답한다.

> "당신들을 먹이고 당신들의 소원이 언제나
> 가득 채워지게 하는 축복받은 양[1]의
3   저 위대한 잔치에 선택받은 모임[2]이시여,
> 당신들의 식탁에서 떨어지는 그것[3]을
> 이 사람이 죽기도 전에 미리

하느님의 은총을 입어 맛보게 되었으니,

마음을 무한한 애정⁴으로 펼쳐

이슬을 조금 내려 주십시오. 당신들은 언제나

샘에서 마시는데 그의 생각도 거기서 옵니다."

베아트리체가 이렇게 말하자, 저 즐거운

영혼들이 고정된 축대 위에 둘레를 이루며

혜성의 형태로 거센 불꽃을 이루었다.

시계의 부속품 속을 도는 바퀴들이

정신을 가다듬은 자에겐 먼저 것이 정지한 듯

보이고 나중 것은 나는 것같이 보이듯

저 불꽃들도 그와 같이 빠르거나 느린

각각 다른 보조로 춤을 추면서, 나로 하여금

제 기쁨의 풍요로움을 판단하게 하였다.

가장 아름답다고 내가 생각한 것에서

불꽃⁵ 하나가 나오는 것을 내 보았는데,

얼마나 행복해 보이던지 그보다 밝은 빛이 없었다.

그리고 그것이 베아트리체 주위를 세 차례나

맴돌며 얼마나 숭고한 노래를 불렀던지

나의 환상이 되풀이 말할 수 없을 정도였다.

붓은 움직여도 적을 수는 없구나.

---

¹ **양** 요한이 예수께서 자기한테 오시는 것을 보고 말하던 하느님의 어린양을 뜻한다. 「요한의 복음서」 1장 29절
에 "이 세상의 죄를 없애시는 하느님의 어린양이 저기 오신다"라고 되어 있다.

² **선택받은 모임** "하느님 나라에서 잔치 자리에 앉은 사람은 참으로 행복하겠습니다"라는 「루가의 복음서」 14장
15절의 말씀에서 유래한 것이다. 성 베드로를 비롯해서 천국에 있는 영혼들은 하느님이 마련하신 큰 잔치에 초
대된 자들이다.

³ **그것** 부스러기를 말한다. 즉, 「마태오의 복음서」 15장 27절의 "강아지도 주인의 상에서 떨어지는 부스러기는
주워 먹지 않습니까?"에서 끌어온 표현이다.

⁴ **무한한 애정** 당신들이 맛보는 음식에 대해 단테가 무한히 먹고 싶어 하는 욕망을 봐서 그걸 마음에 두라는
뜻이다.

⁵ **불꽃** 성 베드로의 영혼.

우리의 상상이란 말하는 것 못지않게

27 이러한 주름 앞에 그 색채가 너무 진한 탓이다.

"오, 성스러운 나의 누이여. 그대 이토록

간절히 청하니 불길 같은 그대의 사랑으로

30 저 아름다운 둘레에서 나를 벗어나게 해 주오."

축복받은 불꽃이 멈추고 나서

나의 여인 쪽으로 숨을 쉬면서

33 내가 위에서 일렀던 바로 그대로 말하자,

그녀가, "오, 위대한 인간의 영원한 빛이여.

우리의 주님께서 환희의 이 복락으로부터

36 가져가신 열쇠를 맡겼던 자여.

당신으로 하여금 바다 위로 걸어가게 하였던[6]

그 신앙에 대해 가볍거나 무거운 점을 들어

39 당신께서 좋으실 대로 이자를 시험하소서.

그가 옳게 사랑하고 옳게 바라며 믿는지는[7]

당신에게 숨길 수 없는 일이니 이는 채색된[8]

42 모든 것이 보이는 곳을 당신이 보기 때문입니다.

그러나 이 왕국이 진정한 신앙을 통해서

시민들로 삼으신 것이기에, 그 믿음을

45 영광 돌리려 그에 대해 말하는 것이 좋을 것입니다."

문제를 끝내기 위해서가 아니라 증명하기

위해서 스승이 그 문제를 제기할 때까지

48 신학생[9]은 도사린 채 말하지 않듯

---

[6] **바다 위로 걸어가게 하였던** 베드로가 물 위를 걸었다. 「마태오의 복음서」 14장 22~23절을 참고할 것.
[7] **옳게 사랑하고 옳게 바라며 믿는지는** 이는 삼신덕인 신덕(信德, 믿음)·망덕(望德, 소망)·애덕(愛德, 사랑)을 뜻한다.
[8] **채색된** 창조된.
[9] **신학생** 중세에 있어 대학 일차 과정을 마치고 이차 과정에 들어간 학생.

나 역시 그녀가 말하는 동안 온갖 논리에

자신을 도사렸는데, 그렇게 묻는 자에게

51 그러한 대답을 주기 위한 준비 때문이었다.

"말하라, 훌륭한 그리스도인아. 신앙이 무엇인지

밝혀 보아라." 나는 이 말이 불러서 나온

54 그 빛으로 나의 이마를 높이 쳐들었다.

이어 베아트리체에게 향하였는데, 그녀는

나로 하여금 내부 깊숙한 샘에서 물을

57 쏟게 하려고 재빠른 눈짓을 하였다.

내가 말을 꺼냈다. "지체 높으신 기수[10]에게

저 자신을 고백하게 하신 성총이시여.

60 저의 생각을 잘 표현하게 해 주옵소서."

그리고 계속해서 말하길, "어버이시여.

당신과 함께 로마를 탄탄대로에 이끌었던

63 당신의 사랑하는 형제[11]의 바른 붓이 적었듯,

믿음이란 바라는 것들의 실체이며

볼 수 없는 것들의 확증[12]이니

66 이것이 내게는 그 본질처럼 보입니다."

그 무렵 내게 들리는 소리, "그가 이것을

왜 실체와 확증 사이에 두었는지

69 네가 잘 이해한다면 너의 생각이 옳은 것이다."

이에 나는 곧, "여기서 나에게 제 모양을

보여 주고 있는 의미심장한 것들[13]이 저 아래

---

[10] **지체 높으신 기수** 성 베드로.

[11] **형제** 성 바울로. 「베드로의 둘째 편지」 3장 15절 참고.

[12] **믿음이란~** 여기서 신앙에 대한 정의는 「히브리인들에게 보낸 편지」 11장 1절에 있는 "믿음은 우리가 바라는 것들을 보증해 주고 볼 수 없는 것들을 확증해 줍니다"라는 말씀에 의한 것이다.

[13] **의미심장한 것들** 기적들.

72   세상 사람들의 눈들에는 감추어져 있기에

      거기[14]선 그것들의 존재가 오직 믿음 안에

      있으며, 그 믿음 위에 높은 소망이 세워지고,

75   또 실체로 이해되는 것입니다.

      그리고 우리는 다른 어떤 관찰 없이[15]

      이 믿음으로부터 추론해야 할 것이니

78   그렇게 하여 증명으로 이해되는 것입니다."

      그 무렵 내게 들리길, "지상에서 교리로

      받아들여지는 것이 그와 같이 인식되었다면,

81   궤변가의 재간은 거기[16] 자리를 잡지 못했으리라."

      불붙은 저 사랑에서 이같이 내뿜으며 덧붙였다.[17]

      "이 돈의 질과 양[18]에 대해서 잘 알아냈다만,

84   그것을 너의 전대 속에 간직하고 있는지 말하여라."

      이에 나는 "네, 그러합니다. 그 인각은

      제가 아무런 의심을 하지 않을 정도로

87   번쩍번쩍 빛나며, 동그란 모습 또한 그대로입니다."

      그러자 빛을 발하고 있던 진한 빛에서

      나오는 소리, "이 귀중한 보석[19],

90   그 위에 모든 덕이 자릴 잡는데

      그것이 어디서 네게 왔느냐?" 그러자 나는

---

[14] **거기** 지상.

[15] **다른 어떤 관찰 없이** 과학적인 추론 없이. 즉, 신앙적인 진리란 오직 믿음에서 나오는 것이지 과학적인 논증에 의할 수 없다. 하느님께서 인간에게 계시한 진리를 믿는 것은 그것이 논리적 추리로써 증명되기 때문이 아니고, "믿음으로 추론"하기 때문이다.

[16] **거기** 지상.

[17] 사랑의 열정에 불타는 것.

[18] **이 돈의 질과 양** 믿음을 돈에 비기고 있다. 즉, 돈에는 위조된 것이 있는데 신앙에도 자칫하면 거짓 신앙이 있다는 것. 그러므로 단테가 이 신앙의 본질과 양을 검토했으니 그의 전대 속에 올바른 돈(신앙)이 있는지 말하라는 뜻이다.

[19] **귀중한 보석** 신앙, 이것을 토대로 모든 덕이 생긴다.

"묵은 그리고 새로운 양피지[20] 위에

93 널리 퍼진 성령의 흡족한 비[21]가

논증이 되어 나로 하여금 그것을 예리하게

결론짓게 하였으므로 이것과 반대되는

96 온갖 증명이 나에겐 무디게 여겨진답니다."

나는 또 들었다. "네게 그처럼 결론지어 주는

묵은 명제와 새로운 명제[22]를 너는 어찌

99 하느님의 말씀이라고 여기느냐?'

이에 나는, "진리를 내게 열어 주는 증명은

뒤따르는 기적들이니, 이 앞에는 자연도

102 쇠를 달구지 못하고 못을 박을 수 없습니다."

대답하길, "그 기적들이 있었음을

누가 네게 증거했느냐? 다름 아니라

105 그것을 입증할 수 있는 것만이 네게 확신을 준다."

내가 말했다. "만일에 세상이 기적 없이

그리스도교로 돌아왔다면, 다른 것일랑

108 이 사실의 백분의 일에 지나지 않겠는데[23]

지금은 가시나무이지만 옛날에는 포도나무였던

좋은 나무를 씨 뿌리기 위하여 당신께서

111 가난하고 주린 몸으로 밭에 드신 까닭입니다."[24]

이것이 끝나자 높다랗고 성스러운 궁궐이

---

20 **묵은 그리고 새로운 양피지** 구약과 신약.

21 **흡족한 비** 성령으로부터 내려와 「성서」에 자리 잡은 영감의 비.

22 **묵은 명제와 새로운 명제** 구약과 신약.

23 **세상이~** 세상이 기적의 역사에 힘입어 그리스도교를 믿게 되었는데 만일 그 기적 없이 그렇게 되었다면 백배
나 더 큰 기적일 것이라는 뜻이다.

24 논란의 대상이 되는 구절. 복음서가 학식이 없고 초라한 사람들, 어부들 또 동냥을 구걸하던 가난한 사람들에
의해 전파되었듯이 당신, 즉 베드로께서 다른 어떤 것을 지니지 않고 오직 믿음만을 갖고서 나타나셨다는 뜻으
로 해석하는 편이 옳겠다.

저 위에서 부르는 가락으로 여러

114 둘레를 거쳐 'Dio laudamo'[25]를 울려 주었다.

또 저 남작[26]은 가지에서 가지까지[27] 그토록

물으시면서 어느덧 우리가 가까이에 다가선

117 마지막 잎이 있는 곳까지 이끄셨다.

그가 다시 시작하길, "너의 마음과 함께

속삭이는 성총[28]이 너의 입을

120 가능한 한 크게 벌려 주었던 것이로구나.

그러니 네가 밖으로 나타낸 것을 내가

받아들인다. 다만 네가 믿는 바를 표명하라.

123 너의 신앙은 어디로부터 네게 비롯되었느냐?"

"오, 성스런 아버지시여. 무덤[29]으로 향함에 있어

제일 젊은 발[30]을 앞질러 갈 수 있을 만큼

126 당신이 믿으셨던 바를 보시는 영혼이시여"라고

내가 말을 꺼내, "당신께서 나의 거침없는

믿음의 형태[31]를 여기 밝히기를 원하시며

129 또 그것의 연유에 대해서도 물으셨기에,

이에 대답합니다. 나는 오직 한 분이시며

영원하신 하느님을 믿으니, 그분은 동요 없이

132 온 하늘을 사랑과 소망으로써 움직이십니다.

나는 그러한 믿음에 대한 물리적이며

---

[25] 'Dio laudamo' '저희는 하느님을 찬미하나이다' 라는 뜻이다. 즉 'Te Deum Laudamus(저희는 그대 하느님을 찬미하나이다)' 라는 데서 유래되었다.

[26] 남작 성 베드로. 중세엔 성인들을 가리켜 이렇게 불렀다. 때로는 그리스도도 이렇게 불렀다 한다.

[27] 가지에서 가지까지 질문을 차근차근 했다는 의미다.

[28] 성총 하느님을 상징한다.

[29] 무덤 그리스도의 무덤.

[30] 제일 젊은 발 요한의 발을 의미한다. 「요한의 복음서」 20장 3~10절 참고.

[31] 형태 원문엔 'la forma'로 되어 있어 이렇게 옮긴다. 그러나 형태는 곧 본질과 같은 이미지를 주는 수가 있다. 스콜라 학파의 언어로는 바로 본질을 뜻한다.

형이상학적인 증명만을 믿는 것이 아니고

135 　모세와 예언자들 그리고 성시(聖詩)와

복음을 통해 또 뜨거운 성령이 당신들을

길러 주신 뒤 기록하셨던 당신들[32]을 통해

138 　여기 내린 진리 또한 그걸 내게 밝혀 줍니다.

나는 또 영원하신 세 위(位)를 믿으며

이것들은 'sono'와 'este'[33]가 화합되도록

141 　하나이자 셋이신 하나의 본체를 믿습니다.

내 지금 다루고 있는 하느님의 심오한

상태에 대하여 복음서적인 교리가

144 　거듭거듭 나의 마음속에 새겨 주고 있습니다.

이것이 곧 시작[34]이며 이것이 곧 나중에

활활 타오르는 불 속에 퍼질 불꽃으로

147 　하늘에 있는 별처럼 내 안에 반짝입니다."

흐뭇하게 해 주는 것을 들은 주인께서

하인이 말을 마치자마자 새 소식을 반기며

150 　그를 와락 끌어안아 주는 것과 마찬가지로

나에게 말할 것을 명령하셨던 사도의 불빛도

내가 말을 끝내자 세 차례 그렇게 감싸며

153 　노래를 부르시면서 축복해 주셨으니,

그분은 내 말에 그토록 기뻐하셨던 것이다!

---

[32] **당신들** 성 베드로와 성인들.

[33] **'sono'와 'este'** '있다'라는 동사의 3인칭 단수와 복수. 'sono'는 이탈리아어의 essere 동사 3인칭 복수, 'este'는 라틴어의 sum 동사 3인칭 단수(est)의 변형. 여기에서의 뜻은 '3위와 1체가……'인데, 3위는 복수이고 1체는 단수이기에 이렇게 표현했다.

[34] **이것이 곧 시작** 하느님의 존재를 삼위일체로 보는 것이 모든 교리의 시작이라 한다.

이 곡의 서두는 약간의 자전적인 요소로 정식된다. 이제까지 단테는 많은 수고를 기울여 이 성스런 시의 작업에 임해 왔다. 그런데 만일 이 시로 하여금 정적들의 마음을 가라앉게 하여 자신이 선량한 시민으로 살았던 피렌체로 돌아갈 수 있게 된다면, 그가 영세를 받고 신앙의 세계로 들어갔던 세례 요한 성당의 샘가에서 더욱 고귀한 영감을 받고 더욱 강력한 목소리를 갖추어 시적인 면류관을 쓸 것이라고 외친다.

성 베드로가 나왔던 지복자들의 둘레에서 이제 또 하나의 휘황찬란한 영혼이 나오는데, 베아트리체는 그가 성 야고보라고 단테에게 일러 준다. 베드로와 야고보 두 사도는 마치 사랑에 빠진 비둘기들인 양 서로를 다정하게 맞으며 하느님을 칭송한다. 두 사도는 단테 앞에 이르러 발걸음을 조용히 멈추며 단테가 그들을 볼 수 없을 정도로 찬란한 빛을 발하고 있다. 그때 베아트리체가 단테에게 하늘 왕궁의 자유에 대해서 쓴 성 야고보에게 소망에 대해 질문하라고 청한다. 왜냐하면 성 야고보가 복음 속에서 소망의 상징이기 때문이다.

성 야고보는 단테에게 눈을 들어 하늘빛에 자신을 흠뻑 적시게 하라고 하며 몇 마디 고무와 찬탄의 말을 한 다음 그에게 소망이란 무엇이며 그것은 얼마나 소유할 수 있으며 어디서 비롯되느냐고 묻는다. 이 세 가지 질문 중 두 번째 것에는 베아트리체가 비유적인 표현으로, 전투적인 교회는 단테보다 더 큰 소망을 가진 신자를 가지지 못했기에 하느님은 그가 죽기에 앞서 천국에 오를 수 있는 은총을 베풀어 주었다고 대답한다. 이어 단테가 첫 번째 질문에 답한다.

소망이란 미래의 영광에 대한 확실한 기대로서, 그것은 성총과 선행으로부터 생기는 것이라고 한다. 그는 또 세 번째 질문에는 소망은 성스런 저술가들 특히 다윗으로부터 그에게 온 것이라고 대답한다. 그것은 또 야고보로부터도 비롯된다고 덧붙인다. 야고보는 단테가 말하는 동안 더욱 찬란한 빛으로 수긍의 뜻을 보여 주더니, 그가 순교할 때까지 따라다니던 소망에 대한 사랑에 대해서 단테에게 설명해 준다. 그리고 그는 단테에게 소망이 그에게 무엇을 허용하느냐고 묻는다. 이에 단테는 신약성서와 구약성서가 영혼들이 추구하는 목적을 나타내 주고 이사야가 그 목적은 영혼과 육신의 이중 축복이라고 강조하며 성 요한은 이것을 묵시록에서 더욱 잘 표현하고 있다고 대답한다. 단테가 말을 마치자, 지복자들은 노래를 부른다.

노래가 끝나자, 지복자들의 면류관을 이루고 있는 빛들 가운데 하나가 태양빛에 버금갈 정도로 찬란하게 비친다. 그 빛은 두 성도들에게 접근하고 그들과 어울려 노래와 춤을 춘다. 한편 베아트리체는 그들을 두루 쳐다본다. 그녀는 단테에게 그가 곧 예수께서 사랑하시던 성 요한이라고 말한다. 단테는 그를 유심히 바라보며 그와 더불어 영과 육의 분리에 대해서 이야기를 나눈다.

나로 하여금 여러 해 동안 야위게 할 정도로

하늘과 땅을 손잡게 하였던[1]

3   거룩한 시[2]가 싸움을 거는 이리들[3]을

내 원수로 여기며, 어린양으로 잠자던

저 아름다운 양의 우리[4] 밖에서 나에게 빗장을

6   걸던 포학함을 이겨낼 수 있는 일이 생기거든,

나는 벌써 다른 목소리와 다른 머리털을

지닌 시인으로 돌아갈 것[5]이며, 내 영세의

9   우물[6]에서 면류관을 받게 될 것이다.

왜냐하면 영혼들로 하여금 하느님을 알게 하는

믿음 속으로 나 여기 들어왔고, 이어

12   베드로도 그 때문에 위에 돌았던 것이다.[7]

그리스도께서 남기셨던 당신의 대리자들의

첫물[8]이 나왔던 저 둘레로부터,

15   우리를 향하여 한 개의 빛이 움직였다.

나의 여인이 기쁨이 가득히 넘쳐

내게 말하길, "보시오. 여기 남작[9]이 계시오.

18   저 아래선 그를 위해 갈라치아[10]를 순례한다오."

---

[1] 지극히 심오한 비유다. 하늘은 천상의 지식, 땅은 인간의 경험을 상징한다.

[2] **거룩한 시** 단테가 지금 쓰고 있는 이 작품.

[3] **이리들** 단테를 추방했던 반대파들.

[4] **양의 우리** 피렌체를 두고 하는 말이다.

[5] **다른 목소리와~** 이걸 비유적으로 해석하는 학자들도 있으나 바르비나 사페뇨는 글자 그대로 해석하기를 권한다. 즉, 단테를 쫓아내는 반대파들의 포악함이 없었더라면 지금쯤 단테는 공격적인 어조가 아니라 순수한 시인의 음성을 지닌 채 머리카락은 물론 백발이 되어 피렌체로 돌아갈 수 있을 것이라는 것이다.

[6] **우물** 세례 요한 성당의 자그마한 영세수대.

[7] 「천국편」제24곡 151~153행의 일.

[8] **첫물** 성 베드로를 두고 한 말이다.

[9] **남작** 성 야고보.

[10] **갈리치아(Galicia)** 성 야고보의 무덤이 있는 에스파냐의 갈리치아(정확히 말해서 콤포스텔라의 산티아고). 이곳을 찾는 순례자들이 많았다 한다.

마치 비둘기가 제 짝 곁으로 갈 때

서로가 선회하고 속삭이면서

21 애정을 나타내는 것과 마찬가지로

나 역시 그처럼 저 영광스런 군주들

하나하나가 천상에서 먹여 주는 음식을

24 찬송 드리며 맞아들이는 것을 보았다.

그러나 서로 즐거움을 나누고[11] 난 다음

그들 모두가 내 앞에 말없이 발을 멈추고

27 내 얼굴을 수그리게 할 만큼 이글거렸다.

그때 베아트리체가 웃음 지으며 말했다.

"영광스런 영혼[12]이여. 그대로 해서 우리네

30 궁전[13]의 너그러움이 기록되었던[14] 것이거늘,

이 높은 데에 소망의 덕이 울리도록 해 주소서.

예수께서 셋에게[15] 가장 큰 빛을 주시는

33 그만큼 그걸 형상 지으심을 당신은 아십니다."

"머리를 들고 네 몸을 잘 가누어라.

저 속세에서 이 천상으로 온다는 것은

36 우리네의 빛살에 익숙해져야 한다는 것이다."

이 위안의 말씀이 두 번째 불[16]에서 나에게

들려왔기에 나는 지나친 무게[17] 때문에

---

[11] **즐거움을 나누고** 인사를 나누고.

[12] **영광스런 영혼** 성 야고보.

[13] **궁전** 옛날의 주석가들은 이를 '승리의 교회'로 해석했으나 라나(Lana) 같은 학자는 영원한 왕을 위한 궁전으로 해석한다. 후자의 견해를 받아들이는 게 요즘의 경향이다.

[14] **기록되었던** 「야고보의 편지」 1장 5~17절의 말씀을 두고 한 말이다.

[15] **예수께서 셋에게** 예수님은 베드로, 요한, 야고보를 가장 사랑했다. 「마태오의 복음서」 17장 1절 이하와 「마르코의 복음서」 9장 1절 이하 등에서 보면 확실히 알 수 있다. 그런데 이들 셋은 각각 삼신덕에 빗대어 주석하는 학자들이 있었는데 단테도 그들의 영향을 받아, 베드로는 신덕(믿음), 야고보는 망덕(소망), 요한은 애덕(사랑)의 상징으로 보고 있다.

[16] **두 번째 불** 성 베드로가 첫 번째 불이고 두 번째 불은 성 야고보.

[17] **지나친 무게** 과도한 빛.

39 이제까지 숙이고 있던 눈을 산들[18]로 들어 올렸다.

"우리의 황제[19]께서 성총의 힘으로 네가

죽기도 전에 가장 비밀스런 방에서 당신의

42 백작들[20]과 이마를 마주치기를 바라셨기에,

이 궁전의 참모습을 보고 난 다음에

저 아래 세상에서 올바른 사랑을 하는

45 소망의 덕은 너와 다른 사람들 안에 위안을 준다.

그것이 무엇인지 말하라. 또 너의 마음이

왜 거기에서 꽃피며 또 어디서 네게 오는지 말하라."

48 이어서 두 번째 불이 이렇게 말했다.

그리고 나의 날갯죽지를 그토록 드높이

날도록 이끌어 주셨던 저 거룩한 여인[21]이

51 대답함에 있어 이와 같이 나를 앞질렀다.

"전투 교회[22]가 우리의 모든 군대를 비추시는

태양[23] 안에 기록되어 있는 것처럼, 이보다[24]

54 더 큰 소망의 덕을 지닌 아들은 아무도 없었으니

그리하여 거기 지상에서의 군무가 미처 끝나기도 전에

이집트로부터 예루살렘에 이르도록[25] 살펴려고

57 오는 것이 그에게 허용되었던 것입니다.

알기 위해서가 아니라 이 덕이 당신에게

얼마나 마음에 드는지를 말하게 하시려고

---

[18] **산들** 베드로와 야고보.
[19] **황제** 하느님.
[20] **백작들** 복자들의 영혼들.
[21] **여인** 베아트리체.
[22] **전투 교회** 지상의 신자들이 이루는 사회. 전투란 말을 사용함은 세상, 지배, 육신과 더불어 싸운다는 뜻이다.
[23] **태양** 하느님.
[24] **이보다** 단테보다.
[25] **이집트로부터 예루살렘에 이르도록** 세상에서 하늘에 이르기까지. 마치 아스라엘 백성이 떠돌아다니다(이집트에서) 약속된 땅으로 들어가듯이 단테도 속세의 비속한 상태에서 하늘나라로 들어갔다는 비유다.

60 　질문하셨던 다른 두 가지 사항들은

내 이 사람에게 미루니, 이는 곧 그에게

힘든 일도, 뽐낼 일도 아니니 그가 답할 겁니다.

63 　하느님의 성총이여 그에게 이를 도와주소서."

달통하고 있는 것에는 제자가 스승에게

자신의 실력을 드러내기 위해서

66 　재빠르고 기쁜 맘으로 대답하는 것처럼,

"소망²⁶은," 하고 내 말했다. "미래의 영광의

확고한 기대감²⁷인데, 이것을 낳는 것은

69 　하느님의 성총²⁸과 앞서 가는 공덕²⁹입니다.

이 빛은 많은 별들³⁰로부터 내게 왔습니다.

그러나 그것을 맨 먼저 내 맘에 부어 준 것은

72 　저 지존하신 지도자³¹의 숭엄한 시구였습니다.

그는 성스러운 시구³²에서 '당신의 이름을 안

자들이 당신께 바랄 일이라'고 말하는데,

75 　믿음을 가진 자라면 누가 이를 모를까요?

그 후 당신의 서간문³³에서 그 물을

나에게 풍부하게 떨어뜨렸으니, 그리하여 나는

---

²⁶ **소망** 여기 단테가 소망에 대한 정의를 내리는데 이는 그가 일찍이 스콜라 철학자들의 이론을 따라 다른 사항에 대해 했던 것과 마찬가지로 피에트로 롬바르도의 시구에서 연유한 것이다. 여기 옮기면 다음과 같다. "소망은 미래의 축복에 대한 확고한 기대로서 이는 하느님의 은총과 선행하는 공덕에서 유래한다."

²⁷ **확고한 기대감** 의심이라곤 전혀 없이 철석같이 믿으며 기다리는 마음을 뜻한다.

²⁸ **하느님의 성총** 망덕은 초자연적인 섭리에 의한 덕이지 자연 덕이 아니기에 성총을 받아야 한다고 한다.

²⁹ **앞서 가는 공덕** 피에트로 로마르도의 말인 "사랑이 바람을 앞서간다"에서 유래한다. 샤페뇨의 주석에 의하면 "그리스도인이 그의 행적으로 얻는 공덕"이다.

³⁰ **많은 별들** 「성서」 기록자들, 교부들, 신학자들.

³¹ **지존하신 지도자** 하느님을 시로 찬양한 다윗.

³² **성스러운 시구** 「시편」을 두고 하는 말이다. 원문엔 'teodia'라고 헤브라이어로 되어 있는데, 'theos'는 하느님, 'odia'는 노래를 뜻한다. 그러나 사실은 단테가 헤브라이어적 느낌이 나게 만든 말이다.

³³ **서간문** 「야고보의 편지」를 두고 한 말이다. 「야고보의 편지」 1장 12절, 2장 5절, 4장 7~10절, 5장 13~15절.

78   넘쳐흘러 당신의 빗물을 남에게 부어 줬습니다."

내 말하는 동안, 저 불의 타오르는

가슴속에 번갯불 모양으로 빠르고도

81   간헐적인 불빛이 하늘거리고 있었다.

그리고 말했다. "아직도 내가 불태우는

사랑이 종려나무[34]까지 그리고 싸움터[35]를

84   벗어날 때까지 나를 따르던 덕[36]을 향하여,

그에 대한 애정을 나타내는 그대에게 내가

다시금 말하길 원하니, 내게 즐거운 일은

87   소망이 그대에게 약속하는 걸 그대가 말함이오."

그리고 나는, "신구약의 성서가 표적[37]을

두어 하느님께서 당신의 친구[38]로 삼으셨던

90   영혼들로써 그것을 나에게 나타내십니다.

누구든지 제 고장에선 두 겹 옷[39]을

껴입는다고 이사야가 말하고 있는데,

93   그의 고장은 곧 이 달콤한 삶이옵니다.

그리고 당신의 형제께서는 흰 두루마기[40]를

다루셨던 대목에서 훨씬 더 똑똑하게

96   이 계시를 우리에게 나타내 주셨습니다."

이 말들이 결말에 가까워질 무렵,

---

[34] **종려나무** 순교를 의미하는 나무.
[35] **싸움터** 그리스도인들은 인생을 그리스도를 위해 싸우다 죽을 싸움터로 여긴다.
[36] **나를 따르던 덕** 망덕, 즉 소망. 소망과 믿음은 생전에만 존재하고 영원토록 존재하는 것은 사랑뿐이다.
[37] **표적** 천국을 상징한다.
[38] **당신의 친구** 하느님에 의해 뽑힌 자들.
[39] **두 겹 옷** 육신이 부활한 다음의 영과 육. 「이사야」 61장 7절의 "이제 저희 땅에서 받을 상속은 갑절이나 되고 누릴 기쁨은 영원하리라"에서 연유한 것이다.
[40] **흰 두루마기** 「요한의 묵시록」 7장 9절 참고. "그 뒤에 나는 아무도 그 수효를 셀 수 없을 만큼 많은 사람이 모인 군중을 보았습니다. 그들은 모든 나라와 민족과 백성과 언어에서 나온 자들로서 흰 두루마기를 입고 손에 종려나무 가지를 들고서 옥좌와 어린양 앞에 서 있었습니다."

우리 위에서 '당신께 바란다'[41] 라는 노래가 들려오고

99   모든 합창대들이 이에 화답했다.

그리고 그들 중에서 한 빛이 너무나 찬란해,

게자리가 행여 그러한 수정을 지녔더라면[42]

102   겨울의 한 달은 오직 하루와 같았으리라.

또한 기뻐하는 처녀가 일어나서 춤 속으로

들어가는 것이 오로지 신부를 영예롭게 하기

105   위함이고 다른 어떤 허영 탓이 아닌 것처럼

그와 같이 해맑은 광휘가 이글거리는 사랑에

어울리는 가락에 맞춰 춤을 추고 있는

108   두 사도들에게 오는 것을 내가 보았다.

그는 거기 노래와 춤 속으로 들어갔으며

나의 여인은 그들의 모습을 쳐다보면서

111   말없이 꼿꼿이 서 있는 신부와 같았다.

"우리네 펠리컨[43]의 가슴 위에 누워 있는

자가 바로 이분이시며, 또 이분이 곧

114   십자가 위로부터[44] 큰 소임[45]에 선택받았다오."

내 여인이 이렇게 말하셨는데, 그녀는

말씀 전이나 후에 꼼짝 않고 서 계시며

117   시선은 조금도 움직이지 않았다.

일식으로 작아지는 태양을 조금이나마 바라보려고

---

41   **'당신께 바란다'** 원문에 라틴어로 'Sperent in te'라고 되어 있다.

42   염소자리와 마주 보고 있는 이 별은 동짓달의 밤하늘을 지배한다. 그러기 때문에 하늘의 별들 가운데 여기 나오는 요한의 영혼과 같이 강렬한 빛을 지니는 별이 있다면 이 한 달 동안의 밤은 낮과 같이 밝을 것이라는 뜻이다.

43   **펠리컨(Pelican)** 그리스도를 상징하는 새. 자신의 희생으로 만백성을 구원했음을 펠리컨이 제 가슴을 찢어 거기 흐르는 피로 제 새끼들을 살리는 것에 빗대어 한 말이다. 공동번역성서에는 「시편」 102편 7절에서 펠리컨을 올빼미로 옮겼다. 그러나 라틴어판과 이탈리아어판에는 펠리컨으로 되어 있다.

44   **십자가 위로부터** 그리스도로부터.

45   **큰 소임** 성모를 돌보는 일.

눈살을 세우며 기를 쓰는 사람이

120 마침내는 보지 못하고 말듯이,

나도 저 마지막 불 앞에서 그러했는데,

그때 나에게, "너는 왜 여기

123 있지도 않은 걸[46] 보려다 스스로 눈이 머느냐?

나의 육체는 지상에서 흙으로 있고 또 우리의 수가

저 영원한 계획[47]과 맞아떨어질 만큼 많아질

126 그때까지 다른 것들과 함께 그냥 있을 것이다.

두 벌 옷[48]을 입고 축복받은 수도원[49]에

올랐던 것은 오로지 그 두 빛들[50]뿐이니

129 너 이것을 너희의 세상에 전하여 주려무나."

이 소릴 듣고 불붙은 둘레가 잠잠해졌고

또 그와 더불어 세 겹 날숨[51]의 소리 안에

132 이루던 저 달콤한 합창도 잠잠해졌는데,

이는 흡사 노들이 먼저 물속을 헤쳐 나가다

피로나 혹은 위험을 피하기 위해서

135 한 가닥 휘파람 소리에 모두가 그치는 듯했다.

내가 베아트리체를 보기 위해 몸을 돌렸을 때,

행복한 세상에서 내 비록 그녀 곁에

138 있었건만 볼 수가 없었으니[52], 나는

아, 마음속에 얼마나 설랬던가!

---

[46] **있지도 않은 걸** 육신.
[47] **영원한 계획** 최후의 심판.
[48] **두 벌 옷** 영혼과 육신.
[49] **축복받은 수도원** 천국.
[50] **두 빛들** 그리스도와 성모 마리아.
[51] **세 겹 날숨** 베드로, 야고보, 요한.
[52] **볼 수가 없었으니** 육신을 볼 수 없었다는 의미다.

단테가 시력을 잃은 것으로 의심하고 있는 동안 성 요한이 그에게 사랑의 목적은 무엇이냐고 묻는다. 그러면서 그는 단테에게 베아트리체가 시력을 회복시켜 줄 것이라고 말한다. 단테는 크든 작든 모든 애정의 처음과 끝은 곧 하느님이라고 대답한다. 성 요한은 또 왜 하느님을 사랑하게 됐느냐고 묻는다. 이에 단테가, 그러한 감정은 철학적인 이론과 『성서』의 권위를 통해서 생긴 것이라고 대답한다. 그리고 아리스토텔레스의 최고의 선은 곧 하느님이라는 이론과 『성서』에서 하느님이 모세에게 한 말인 "내 너에게 모든 선을 보여 주리라"라는 구절을 비롯해 「요한의 묵시록」에 묘사된 천국의 신비를 소개한다.

그러자 요한은 단테의 대답을 받아들인 다음 그 철학적인 이론이나 『성서』의 말씀을 제외하고 다른 어떤 이유가 있어 하느님을 사랑하게 만드는 것이냐고 묻는다. 이에 단테는 성 요한의 뜻을 인식하고 차례로 설명한다. 세상의 창조, 그 자신의 창조, 인간의 구원을 위한 예수의 죽음, 영원한 축복에 대한 소망 등등……. 단테가 답을 마치자 베아트리체를 비롯해 모든 지복자들이 감미로운 송가를 부른다. 베아트리체는 휘황찬란한 눈빛을 발하여 단테의 눈을 가리는 온갖 방애물을 없앤다. 그러자 단테는 옛날보다 훨씬 더 잘 보이는 시력을 갖게 된다.

그는 또 거기 세 사도들 곁에 네 번째 불이 하나 있음을 보고 어리둥절한 채 그가 누구인지 베아트리체에게 묻는다. 베아트리체는 단테에게 그 빛 속에 있는 것은 아담의 영혼이라고 말해 준다. 단테는 이 말을 듣고, 처음부터 머리를 숙여 경의를 표하는데 그 모습은 마치 나뭇가지 끝이 바람을 맞아 숙이는 것과 비슷하다. 인류의 원조인 그와 함께 얘기를 나누고 싶은 욕망이 단테의 머리를 다시 일으킨다. 아담에게 자기가 알고자 하는 바를 일러 달라고 간청한다. 단테가 그의 의문점을 아담에게 밝히지 않았는데도 아담은 이미 그것을 알고 있으며, 다음과 같은 네 가지 질문이 곧 단테가 알고자 하는 것이리라고 말한다.

1. 아담이 창조된 것은 얼마 전인가?
2. 아담은 지상낙원에서 얼마나 오랫동안 살았는가?
3. 아담에게 하느님의 분노를 유발시킨 것은 어떠한 죄였는가?
4. 아담이 창조하고 사용했던 언어는 어떤 것이었는가?

아담은 우선 세 번째 질문에 대답한다. 그가 지상낙원에서 쫓겨난 것은 금단의 열매를 먹어서가 아니라 하느님의 명을 거역했기 때문이라 한다. 이어 첫째 질문에 답한다. 그는 림보에서 4302년, 땅에서 930년 있었다는 것이다. 이어 네 번째 질문에 답한다. 그가 사용하던 언어는 이미 바벨탑 사건이 있기 전에 없어졌다고. 마지막으로 두 번째 질문에 지상낙원에서 겨우 일곱 시간 있었다고 대답한다. 이 곡은 항성천에 관한 마지막 부분이다.

사그라져 버린 시력 때문에 멍해 있을 때
그걸 꺼지게 했던 눈부신 불꽃[1]으로부터,
3   숨결[2]이 나와 나를 바싹 정신 차리게 하며

말했다. "나를 보려다가 아주 무디어진 시력을

다시 돌이킬 때까지 이야기를 함으로써[3],

6   그것을 보상하는 것이 좋을 것이니라.

그럼 이제 말을 꺼내 너의 영혼이 어떤 점을

갈망하고 있는지 밝히고 시력은 네

9   속에 방황[4]하지만 죽지는 않았음을 명심하라.

너를 이 하느님의 나라로 인도하시는

여인께서 아나니아의 손[5]이 가졌던 힘을

12   그녀의 시선 속에 지니고 있는 까닭이다."

내 말하길, "언제나 날 태우는 불을 가지고

그녀가 돌아오실 때, 문이 되었던 내 눈들에

15   빠르든 늦든 약이 그의 뜻대로 오십시오.

이 궁정[6]을 기쁘게 만드시는 최고의 선[7]은

가볍게든 힘차게든 나에게 사랑을 읽어 주시는

18   모든 성서 말씀의 알파요, 오메가[8]입니다."

느닷없는 어지러움[9]의 무서움을 내게서

앗아갔던 목소리[10]가 나로 하여금

21   아직도 이야기를 계속하고 싶게 만들었다.

그는 말했다. "분명 너를 보다 더 가는 체로

---

[1] **눈부신 불꽃** 즉, 사랑의 덕의 상징인 성 요한.

[2] **숨결** 말소리.

[3] **이야기를 함으로써** 논리를 회복하는 정신을 가다듬는다는 의미다.

[4] **방황** 잠정적으로 길을 잃었다.

[5] **아나니아의 손** 베아트리체의 시선 속에 단테의 시력을 회복시킬 수 있는 힘이 있음을 「사도행전」 9장 12절 이하에 나오는 아나니아의 이야기를 통해 설명한다. 아나니아는 그의 손으로 사도 바울로의 시력을 회복시켜 주었다.

[6] **궁정** 천국.

[7] **최고의 선** 하느님.

[8] **알파요, 오메가** 처음이자 끝.

[9] **느닷없는 어지러움** 요한의 강렬한 빛을 받고 갑자기 시력이 어지러워졌음을 뜻한다.

[10] **목소리** 성 요한의 목소리.

걸러야 하겠다. 그러니 너의 활을 이러한

24 과녁으로 들이댄 자[11] 누군지 말하여라."

이에 나는, "철학적인 논증들과 또 여기서[12]

내려가는 권위[13]를 통해서 그러한 사랑이

27 내 안에 인각된 것이 마땅합니다.

이는 곧 선이 선으로 인지되는 한 그만큼

사랑을 불태우고 또 그래서 뜨거워지는 만큼

30 행복을 더 마음에 간직하기 때문입니다.

그러므로 하느님의 빛 밖에 있는 모든 선[14]이

그 빛살에서 나온 한 줄기 빛 이외 다른 것이

33 안 되도록, 그만큼 앞서 가는 본질로

이 논증의 밑바닥이 되는 진리[15]를

가려내는 모든 이의 마음은 다른 것보다

36 이 진리를 사랑하며 움직여야 합니다.

영원무궁한 모든 실체들[16]에 대한

제일의 사랑[17]을 나에게 나타내 주시는 이[18]가

39 그러한 진리를 내 지성에 구별 지어 줍니다.

'내 너에게 모든 선을 보여 줄 것이니라'[19]라고

---

11 **너의 활을 이러한 과녁으로 들이댄 자** 너의 사랑을 하느님께 향하게 한 자.

12 **여기서** 천국에서.

13 **권위** 하느님의 말씀.

14 **하느님의 빛 밖에 있는 모든 선** 지고의 선이신 하느님이 아니라 그가 비치시는 빛의 반영을 말한다.

15 **이 논증의 밑바닥이 되는 진리** 인식된 선은 그 자체로 사랑을 일으키고 사랑은 완전할수록 더욱 위대한 것이다. 그런데 하느님은 최고선이며 그 외의 선이란 하나의 빛살에 지나지 않는다. 그러므로 하느님은 그가 최고 선임을 인식하는 지성으로부터 절대적인 사랑을 받아야 한다는 것이다.

16 **모든 실체들** 불멸의 천사들과 인간의 영혼들.

17 **제일의 사랑** 하느님.

18 **나타내 주시는 이** 아리스토텔레스를 의미한다. 그는 「윤리학」, 「형이상학」, 「물리학」 등에서 하느님을 제일의 사랑으로 보았다. 단테는 아리스토텔레스의 이론을 「향연」 3권 2장 4~7절에 밝히길, "하느님은 만물에 내리신다. 그렇지 않으면 그들은 있을 수가 없으리라"라고 했다. 그러나 어떤 주석가들에 의하면 아리스토텔레스가 아니라 플라톤이라고 한다. 이들은 플라톤이 그의 「향연」 서두에서 "영원한 모든 실체의 첫째가 사랑"이라고 한 말을 상기시키고 있다.

자신에 대해 말씀하시며 모세에게 이르신

42 저 진리의 저자[20]의 목소리가 이를 밝히십니다.

당신께서도 이곳의 신비를 저 아랫녘에[21]

다른 모든 포고문 위로 외쳐 주는 고귀한

45 송가를 시작함으로써, 내게 그걸 밝히십니다.[22]"

이어 난 들었다. "인간의 지성[23]을 통해서

그리고 이와 일치되는 권위[24]를 통해서

48 네 사랑의 으뜸이 하느님께 향하고 있다.

하지만 그를 향해 너를 끌어당기는

다른 줄들[25]을 네가 느껴 이 사랑이

51 어떤 이빨로 너를 물어뜯는지 말해 보라.[26]"

그리스도의 독수리[27]의 성스러운 의도가

미적지근한 것이 아니고 오히려 내 고백을

54 어디론가 이끌어 나가길 원하심을 난 알았다.

그러므로 나는 또다시, "하느님께로

마음을 돌리게 할 수 있는 모든 물어뜯음들[28],

57 그것들이 내 사랑과 함께 일치하였으니

이는 세계의 존재와 나의 존재 그리고

---

[19] '내 너에게 모든 선을 보여 줄 것이니라' 이 말은 원래 『성서』의 말씀이나 단테가 자기 식으로 고쳐 썼다. 「출애굽기」 33장 18~19절을 여기 옮겨 적는다. "모세가 '당신의 존엄하신 모습을 보여 주십시오' 하고 간청하자 야훼께서 대답하셨다. '내 모든 선한 모습을 내 앞으로 지나가게 하며, 야훼라는 이름을 너에게 선포하리라.'"

[20] 저 진리의 저자 하느님. 『성서』 말씀의 저자라는 뜻이다.

[21] 이곳의 신비를 저 아랫녘에 천국의 신비를 지상에 전한다는 뜻이다.

[22] 내게 그걸 밝히십니다 요한이 그의 「요한의 묵시록」 1장 8절이나 「요한의 복음서」의 서두에 밝힌 그것.

[23] 인간의 지성 철학적 논증.

[24] 권위 『성서』의 말씀.

[25] 다른 줄들 하느님을 사랑하도록 이끌어 주는 다른 요소들.

[26] 사랑의 강도를 나타내 주기 위한 표현이다.

[27] 그리스도의 독수리 성 요한을 상징한다. 요한은 누구보다도 하느님의 위대함을 더 많이 설파하셨기에 교부들이 그를 독수리에 비유했다.

[28] 물어뜯음들 위 58~60행의 것을 의미한다. 자연 논리와 하느님의 권위 등, 하느님을 사랑하게 하는 다른 것들.

나를 살리기 위하여 그분이 겪으신 죽음,

60 또 모든 신자들이 나처럼 바라는 것이

앞에서 언급된 살아 있는 의식과 함께

나를 그릇된 사랑의 바다에서 끌어내

63 올바른 사랑의 물가에 두셨기 때문입니다.

영원하신 꽃밭지기²⁹의 꽃밭³⁰을 온통 무성하게

만드는 잎새들³¹을, 그분께서 그것들에게

66 가져오신 선에 맞추어 나는 사랑합니다."

내가 잠잠해지자 아주 감미로운 노래가

하늘에 울렸고 나의 여인께서 다른 이들과 함께

69 "거룩하다! 거룩하다! 거룩하다!"라 했다.

마주치는 빛살을 너무 강하게 받으면

막에서 막으로 가는 빛살에

72 눈의 힘이 거슬려 잠이 퍼뜩 깨고,

깨었다 해도 재빠르게 깬 영문을 모르는 채

감각 기능이 돌아오기까지는

75 보이는 것들이 묘연한 것처럼

베아트리체도 그처럼 천 마일 너머까지

환히 비치는 눈의 빛살을 가지고 모든

78 티끌³²을 나의 눈으로부터 거두어 가셨다.

그리하여 나중엔 전보다 더 잘 보게 됐던 나는

우리와 함께 있음을 본 넷째 빛³³에

81 너무나도 깜짝 놀라 그에 대해 물어봤다.

---

²⁹ **꽃밭지기** 하느님. 하느님을 농부로 비유한 예는 「요한의 복음서」 15장 1절에 있다.
³⁰ **꽃밭** 세상.
³¹ **잎새들** 피조물.
³² **티끌** 눈을 어둡게 하는 불순한 것들.
³³ **넷째 빛** 아담.

그러자 나의 여인이, "저 빛들 가운데

첫째 힘[34]이 일찍이 창조하셨던 첫째 영혼[35]이

84 　자기의 창조자를 보고 좋아한다오"라 말했다.

바람이 일 때 제 끝을 휘는 나뭇가지가

나중에 그것을 펼쳐 주는 힘으로

87 　일어서는 것과 마찬가지로,

나도 역시 그녀가 말씀하시는 동안엔

어리벙벙해 있다가 말하고자 하는 마음이

90 　간절히 달아올라 다시금 힘을 얻고서

말을 꺼냈다. "오, 성숙한 채로 창조되신

열매여. 어느 신부도 당신에겐 딸이며

93 　며느리가 되는, 오, 옛 아버지시여.

온 힘을 다 바쳐 경건하게 간구하오니

말씀해 주십시오. 당신이 나의 소원을 아시니

96 　나 당신의 말씀을 들으려 더 이상 말하지 않습니다."

때때로 어떤 짐승이 덮씌워졌을 때에

안에서 요동치고 그 요동을 뒤따라서

99 　활기가 밖으로 나타나기 마련인 것처럼,

첫째 영혼도 그와 비슷한 모습으로 와서

나를 얼마나 기쁘게 만들었는지

102 　덮개를 통하여 나에게 밝혀 주었다.

그 무렵에 그가 말하길, "너에 의해 내게

밝혀지지 않더라도, 나 너의 소망이야

105 　확실한 그 무엇보다도 더 잘 알고 있음은

---

[34] **첫째 힘** 하느님.

[35] **첫째 영혼** 최초의 인간, 아담. 그는 성숙한 상태로 창조되었다. 그래서 단테는 그를 가리켜 일찍이 「천국편」
제7곡 25~27행에서 "태어나지 않았던 사람"이라고 말한 바 있다.

내 그것을 참된 거울 속에서 보기 때문인데,

이 거울은 제 자체로 다른 것들을 비추어 주나

108 　 그 어떤 것도 자신을 그에게 비추진 못한다.

너는 그 여인이 너를 그토록 긴 층계에

대비시켰던 동산에 하느님께서 나를 두신 지

111 　 얼마나 오래 되었는가, 그리고 또

내 눈에 즐거움이 얼마나 오랫동안 계속되었으며

저 커다란 분노의 원인이 무엇인지, 또

114 　 내 만들어 사용했던 언어는 어떠한지 듣길 바라는구나.³⁶

그렇다. 아들아, 그러한 귀양살이의 원인은

나무 열매를 맛본 것 그 자체가 아니라

117 　 오로지 내게 주어진 한계를 벗어났던³⁷ 것이었다.

너의 여인이 베르길리우스를 움직여³⁸ 주었던

그곳에서 나는 태양의 사천삼백이³⁹

120 　 회전 동안 이 모임을 갈망했다.

그리고 내가 지상에 있던 동안에 태양이

구백삼십 번을 그의 길을 따라

123 　 돌아오는 것을 난 보았다.

내가 사용했던 언어가 송두리째 꺼진 것은

니므롯의 족속들이 해낼 수 없는 그 일⁴⁰에

126 　 정신을 팔고 있기 전이었는데

하늘을 뒤따르며 새로워지는 인간의

---

³⁶ **너는 그~** 앞의 해설 부분에 네 가지로 밝힌 질문들.

³⁷ **한계를 벗어났던** 하느님의 명을 거역했다는 의미다.

³⁸ **베르길리우스를 움직여** 베아트리체가 림보에서 베르길리우스로 하여금 단테를 안내해 줄 것을 청한 일.

³⁹ **사천삼백이** 「창세기」 5장 5절에 의하면 930세에 아담이 죽었다 한다. 그 뒤에 4302년은 림보에 머물렀다.

⁴⁰ **니므롯(Nimrod)의 족속들이 해낼 수 없는 그 일** 바벨탑을 쌓던 일을 가리킨다. 「창세기」 10장 9절, 「지옥편」 제31곡 76~78행 참고.

즐거움도 이성으로 따질 수 있는

129   어떤 결과도 영원히 지속될 수 없기 때문이다.

사람이 말한다는 것은 자연스런 일이다.

어찌 말하든 너희가 좋아하는

132   그대로 하도록 자연이 허락한다.

지금 나를 감싸고 있는 즐거움을 보내 주는

최고선은 내가 지옥으로 내려가기 이전에

135   저 지상에선 I[41]라고 일렀고

나중에 가서 EL[42]로 불렸는데, 인간들의

버릇이나 가지의 잎과 같아[43] 지고는 다시

138   다른 잎이 나오는 것이니 그것은 마땅하다.

물결 너머로 드높이 솟아 있는 산에서

한 시[44]에서 여섯 시 다음의 시각까지

141   나는 순수하고도 부정직한 삶[45]을 지니고 있었는데,

그때 태양은 4분의 1도를 바꾸었다."

---

[41] I 하느님을 헤브라이어로 'Iahweh(야훼)' 라 하는데, 그 첫 자를 따서 하느님을 가리킨다.

[42] EL 그 뒤에 헤브라이어에서 'Elohim(엘로힘)' 이라고 하느님을 불렀다.

[43] 잎과 같아 자주 변한다는 의미다.

[44] 한 시 정오

[45] 순수하고도 부정직한 삶 죄를 짓기 전의 삶은 순수하고 그 뒤의 삶은 부정직하다. 그러니까 여기서의 뜻은 죄를 짓던 바로 그때를 말한다.

| 제27곡 |

 이제 항성천을 지나 원동천이라 할 수정의 하늘에서 이야기가 시작된다. 아담이 말을 마치자 모든 지복자들이 "성부와 성자와 성령께 영광을 돌리나이다"라고 부르는 송가가 감미롭게 울려 퍼진다. 베드로, 야고보, 요한, 아담의 영혼이 단테 앞에 머문다. 그때 베드로가 더욱 생기 있고 더욱 붉게 상기된다. 그는 분노 때문에 얼굴빛이 달라져도 놀라지 말라고 단테에게 말한다. 이어 자기가 말하고 있는 동안 모든 지복자들도 같은 감정 때문에 얼굴이 붉어질 것이라고 말한다.

베드로는 교황이란 작자가 그리스도의 대리자임에도 불구하고의 피 비린내 나는 폭력과 악으로 지옥에서 루시페르가 좋아할 일을 하고 있다고 개탄한다. 이 말을 듣고 모든 지복자들과 베아트리체의 얼굴빛이 붉어진다. 베드로는 더 큰 소리로 그리스도의 교회가 탐욕의 대상이 아니라 영원한 축복을 얻는 데 기여하도록 되어 있으며, 식스투스, 피우스, 칼릭스투스, 우르바누스 등 성인들이 고통을 당한 것도 이를 위해서였다고 강조한다. 그는 또 그리스도인들이 두 패로 나뉘어 교황 좌우에 앉아서로 싸우는 것이나 자기에게 맡겨진 열쇠가 그리스도인들에 대항해 전쟁하는 깃발의 문장이 되는 것은 자기가 바라던 바가 아니라고 덧붙인다. 교황들만 썩어빠진 것이 아니라 목자의 옷을 입은 사악한 늑대들 또한 그렇다고 말한다. 베드로는 마지막으로 요하네스 22세와 클레멘스 5세의 이야기를 비롯하여 스키피오를 통해 로마제국을 구한 것처럼 섭리가 교회를 구할 것이라고 말하며 이 모든 사실을 세상에 알리라고 단테에게 부탁한다.

베드로가 말을 마치자마자 모든 지복자들이 엠피레오(정화천)를 향해 일어서는 동안 단테는 그들을 쳐다본다. 단테의 시선은 그들을 따라 한없이 멀리까지 간다. 더 이상 보지 못하게 되었을 때, 베아트리체가 이제 아래를 내려다보라고 한다. 단테는 그가 처음 땅을 내려다봤을 때와 지금과는 약 6시간의 차이가 있다는 것을 알게 된다.

이 무렵 단테는 어느 때보다 더 그녀를 바라보고 싶어 한다. 단테가 그녀에게 눈을 돌렸을 때 그녀는 방긋이 미소를 보낸다. 너무 아름다운 모습이다. 그녀를 바라보게 하는 힘이 단테를 쌍둥이자리에서 멀리 데려다 순식간에 원동천에 올려놓는다. 원동천은 다른 모든 하늘들보다 훨씬 더 빨리 회전한다. 이 하늘은 곳곳이 같은 형태를 하고 있어서 베아트리체가 그를 어느 곳을 거쳐 이끌어 왔는지 단테는 알 길이 없다. 아무튼, 그녀는 단테에게 아름다운 미소를 보내며, 지구 주위를 돌고 있는 모든 우주는 이 하늘로부터 동력을 취하며 또 이 하늘은 하느님의 마음속에 자리 잡고 있다고 말한다. 이어 이 하늘의 성격에 대해 설명을 계속하다가 인간의 탐욕에 대해서 비난의 말을 내뱉는다. 끝으로 어린이들의 믿음과 순진성을 칭송한다. 이 곡은 교황들의 부패, 인간의 부패를 다루고 있다.

"성부와 성자와 성령께 영광을!"[1] 하고
온 천국이 감미로운 노래를 시작했기에

3 나는 그만 그 노래에 취할 지경이었다.
내가 보았던 것은 온 우주의 미소인 듯
여겨졌는데, 이는 곧 나의 취기가

6 듣는 것과 보는 것[2] 속으로 파고든 탓이었다.
아, 좋아라! 아, 형언할 수 없이 기쁘구나!
아, 사랑과 평화의 온전한[3] 삶이여!

9 아, 욕망이 없이[4] 확고한 풍요로움이여!
내 눈 앞엔 타오르는 네 개의 횃불[5]이
서 있었는데, 맨 먼저 왔던[6] 것이 더더욱

12 활활 타오르기 시작했다.
그것이 만들고 있던 모습은 마치 목성과
화성을 새라고 치고 서로 날개를 바꾼다[7] 하면

15 목성이 그것과 같을 것이다.
여기 사명과 소임을 구분하는 섭리가
사방에 흩어져 축복받은 합창대에게

18 침묵을 내리는 그 무렵에 나는 들었다.
"내가 만일에 빛깔을 바꾼다 하여도
이상하게 생각하지 마라. 내 말하는 동안

---

[1] **"성부와 성자와 성령께 영광을!"** 영광송의 첫 마디. 이제 아홉째 하늘인 원동천에 이르렀으니 하느님께 영광을 돌리는 송가가 울려 퍼지는 것은 당연한 일이다.
[2] **듣는 것과 보는 것** 청각과 시각. 천국에서는 오직 이 두 감각만이 기능을 발휘하고 있다. 로마니(Romani)의 의견이다.
[3] **온전한** 완전하다는 뜻이다.
[4] **욕망이 없이** 세속적인 부는 언제나 욕망을 갖고 있으나, 그 부(풍요)는 오래 가지 못한다. 그러나 천국의 부는 결코 잃지 않는 확고한 것이다.
[5] **네 개의 횃불** 베드로, 야고보, 요한, 아담.
[6] **맨 먼저 왔던** 베드로의 영혼.
[7] **목성과~** 이 별들이 섞일 때와 같이 성 베드로의 흰빛이 붉은빛으로 바뀐다. 이 붉은빛은 노기를 상징한다.

21	이들 모두가[8] 빛깔을 바꾸는 걸 너 볼 터이니.
	하느님의 아드님[9]께서 계시는 그 앞에서
	비어 있는 내 자리, 내 자리, 내 자리를[10]
24	지상에서 더럽히는 그 작자가
	나의 무덤[11]을 피와 악취의 시궁창으로
	만들어 버린 것이니, 이 천상으로부터 떨어진
27	사악한 자[12]가 저 아래서[13] 좋아한다."
	아침저녁으로 비치는 햇빛을 받아
	구름을 채색해 주는 빛깔[14]로 그 무렵
30	온 하늘이 덮씌워져 있음을 난 보았다.
	그리고 자신을 단단히 믿는 정숙한 여인이
	다른 사람의 실수를 듣기만 해도
33	어쩔 줄 몰라[15] 하는 것과 마찬가지로
	베아트리체도 그렇게 모습을 바꾸었으니,
	그러한 일식[16]은 저 지존하신 권능께서
36	수난당했을 때 하늘에 있던 걸로 여겨진다.
	이어서 안색이 더 이상 변하지 않을 만큼
	너무나도 스스로 변해 버린 목소리로
39	그의 말이 계속되었다.

[8] **이들 모두가** 베드로가 말하는 동안, 즉 교황의 부패를 질책하는 동안에 야고보와 요한 그리고 아담도 분노를 느껴 붉어질 것이라는 뜻이다.

[9] **아드님** 예수님.

[10] 참다운 교황이 없어서 비어 있는 것이나 마찬가지인 교황의 자리. 여기서 '내 자리'를 강조하는 것은 교황의 자리가 얼마나 숭고하게 지켜져야 하는지를 강조하는 것이다.

[11] **나의 무덤** 바티칸. 베드로의 무덤이 있는 곳에 베드로 대성당이 세워졌다. 넓은 의미로는 로마를 말한다.

[12] **사악한 자** 지옥에 떨어진 마왕 루시페르.

[13] **저 아래서** 지옥에서.

[14] **빛깔** 붉은빛.

[15] **어쩔 줄 몰라** 수줍기도 하고 분노하기도 해서 당황하다.

[16] **그러한 일식** 예수께서 수난당했을 때 "낮 열두 시부터 온 땅이 어둠에 덮여 오후 세 시까지 계속되었다"라고 「마태오의 복음서」 27장 45절에 있는 말을 일식으로 보았다.

"그리스도의 신부[17]가 나의 피나 리누스의 피,

또 클레투스의 피[18]로 길러진 것은

42   금을 얻는 데에 사용되기 위함이 아니었으며,

식스투스와 피우스, 칼릭스투스와 우르바누스[19]가

많은 눈물 뒤에 선혈을 뿌리신 것도

45   오히려 이곳의 행복한 삶을 얻기 위해서였다.

그리스도인 대중의 일부[20]가 우리 후계자들의

오른편에 앉게 되고 또 다른 일부[21]가

48   다른 편에 앉았던 것도 우리의 뜻이 아니었다.

또 나에게 맡겨진 열쇠도

영세를 받은 자들을 대항해 싸우는

51   기폭에 문장[22]이 되게 하려는 것이 아니었으며,

더구나 거짓되고 매매된 특권을 위해서

내가 옥새의 무늬[23]가 된 것도 아니었다.

54   이로 인해 나는 가끔 붉게 상기되고[24] 있거늘

목자의 옷을 입고 노략질하는 이리 떼들이

모든 목장에 득실거리고 있는 것이 여기 천국에서 보이는데,

57   오, 하느님이시여. 왜 누워만 계신지요?

우리의 피를 마시려고 카오르시니[25]와 구아스키[26]가

---

[17] **그리스도의 신부** 교회.

[18] **리누스(Linus)의 피, 또 클레투스(Cletus)의 피** 베드로의 후계자들.

[19] **식스투스와 피우스, 칼릭스투스와 우르바누스** 순교한 교황들. 식스투스(Sixtus), 피우스(Pius), 칼릭스투스(Calixtus), 우르바누스(Urbanus).

[20] **그리스도인 대중의 일부** 교황을 옹위했던 구엘프 당.

[21] **다른 일부** 교황 왼편에 있는 자들로 황제를 옹위했던 기벨린 당.

[22] **기폭에 문장** 1229년부터 교황 군대가 받들고 있던 깃발의 문장이 베드로의 열쇠였다고 한다.

[23] **옥새의 무늬** 교황의 옥새에도 베드로의 열쇠가 그려져 있었다.

[24] **붉게 상기되고** 노하여 불평한다.

[25] **카오르시니(Caorsini)** 교황 요하네스 22세를 가리킨다. 그는 카오르사 출신으로 1316년에서 1333년까지 재위했다.

준비하고 있으니, 오, 좋았던 시작이여.

60   너 얼마나 사악한 종말로 떨어졌는가!

그러나 스키피오를 통해 로마를 위해 세계의

영광을 지켜 주셨던 저 지존하신 섭리가

63   내 생각한 대로 이제 곧 도와주실 것이다.

그러니 아들아! 인간의 무게[27]를 지녔기에

다시금 저 아래로 돌아갈 너 입을 열어라.

66   그리고 내 감추지 않는 것을 숨기지 마라.[28]"

하늘의 암염소 뿌다귀가 태양빛에 닿을

무렵[29]에, 우리들의 하늘이 얼어붙은

69   수증기[30]를 송이송이 눈 내려 주는 것처럼

거기 우리와 더불어 기거하였던

승리자들의 수증기[31]로 꾸며진 정기가

72   펄펄 위로 올라가는 것을 나는 보았다.

나의 시선은 그들의 모습을 따라갔으나,

너무나 멀리 떨어져 앞으로 더 나아갈

75   힘이 없는 그때까지만 따라갔다.

그리하여 내가 저 위를 바라보느라 정신을

몰두하고 있는 것을 본 여인[32]이 내게 말하길,

78   "눈을 내리고 그대 어찌 돌아왔나 보시오."

---

[26] **구아스키(Guaschi)** 교황 클레멘스 5세. 구아스코냐 출신으로 교황청을 로마에서 아비뇽으로 옮긴 자인데 1305년에서 1314년까지 재위했다. 단테는 이들을 사악한 교황들로 여겨 교회를 종말로 이끈 자들이라고 개탄한다.

[27] **인간의 무게** 살아 있기에.

[28] 내가 하는 말을 모조리 세상 사람들에게 전하라는 뜻이다.

[29] **암염소 뿌다귀가 태양빛에 닿을 무렵** 염소자리. 태양이 이 염소자리에 들어갈 때이니 한겨울을 의미한다.

[30] **수증기** 눈.

[31] **승리자들의 수증기로** 우리와 함께 머물던 불꽃 같은 영혼들이 하늘로 올라갔다.

[32] **여인** 베아트리체.

내 이전에 보았던 그때 이래

첫째 클리마[33]가 중앙에서 끄트머리까지 이루는

81 온 활꼴을 지나서 내가 왔음을 보았더니,

가데[34] 저쪽 편에 오디세우스의 미친 뱃길[35]이

보였고 이쪽 가까이에서는 유럽이

84 감미로운 짐[36]이 되는 해안이 보였다.

이 마당[37]의 자리가 나에게 더 많이 모습을

드러낼 것이련만, 태양이 내 발 아래

87 별 하나를 앞질러 더 멀리 떠나갔다.[38]

나의 여인과 항상 어울리고 싶어 하는

마음은 사랑에 푹 빠져 그이에게

90 눈을 돌리려는 소원이 어느 때보다 더 간절했다.

그리고 자연이나 예술이 눈들을 사로잡고

마음을 장악하기 위하여 인간의 육체에나

93 그 그림에다 미끼를 만들어 놓는다면,[39]

그것들을 다 합쳐도 그녀의 웃음 띤 얼굴에

내 돌이켰을 때 나를 비추었던 저 성스런

96 기쁨에 비긴다면 아무것도 아닌 듯 보였으리라.

---

[33] **첫째 클리마(Clima)** 제1대(帶). 옛날의 지리학에서는 사람이 사는 북반구를 적도와 평행시켜 일곱 지대로 나누어 이를 각각 '클리마'라고 불렀다. 단테가 지금 있는 이 쌍둥이자리는 첫째 클리마다.

[34] **가데(Gade)** 에스파냐의 서남 해안에 있는 포구.

[35] **미친 뱃길** 지브롤터의 해협.

[36] **감미로운 짐** 페니키아 해안.

[37] **마당** 지구.

[38] **태양이** 황소자리를 떠나 양자리에 들어갔다. 즉, 서쪽으로 세 시간쯤 나아갔기에 쌍둥이자리에서 볼 수 있는 북반구의 동녘이 태양빛을 못 받고 있어 어둡다는 뜻이다.

[39] **자연이나~** 자연은 육체에다, 예술은 그림에다 아름다움의 영상을 새겨 넣는다면.

[40] **레다의 아름다운 보금자리** 쌍둥이자리. 레다(Leda)는 원래 스파르타의 공주인데, 유피테르가 그녀를 사랑하여 백조로 변신해 내려와서 그녀와 관계를 맺어 알 두 개를 낳게 했다. 이 두 개의 알 가운데 하나에서 엘레나가 생기고 또 하나에서 카스토르 폴룩스 쌍둥이 아들이 생겼다. 이를 가리켜 쌍아궁, 쌍둥이자리라 한다.

그리고 바라봄으로 해서 내게 주어진 힘이

레다의 아름다운 보금자리[40]에서 나를 끌어내

99 가장 빠른 하늘[41]로 밀어 올렸다.

제일 낮은 지역과 제일 높은 지역들이

한결같이 똑같기 때문에, 베아트리체가

102 어느 곳을 내게 택해 줬는지 말할 수 없구나.

그러나 나의 욕망을 알고 있던 그녀가 말을 꺼내며

어찌나 즐거운 모습으로 웃는지 하느님께서

105 그의 얼굴에 기쁨을 보여 주시는 듯하였다.

"중심[42]을 가만히 세워 두고 다른 모든 것[43]을

빙그르 돌려 주는 우주의 본성은 여기에서

108 그 출발점이 비롯되는 것 같구나.

그리고 이 하늘은 하느님의 마음 이외

다른 어떤 것도 갖지 않는데, 그 마음속에

111 그걸 돌리는 사랑과 비 내리는 힘이 불붙느니라.

빛과 사랑이 그것을 한 둘레에 감싸고 있는 것은

마치 이것이 다른 것들을 그렇게 함과 같은데,

114 그것을 감싸는 그분만이[44] 그 둘레를 안다.

그의 운행은 다른 것에 의해 정해지지 않으나[45]

마치 열이 그 절반이나 5분의 1에 의해 셈해지듯

117 다른 것들은 이에 의해 헤아려지는 것이다.

그럼 시간은 어인 일로 그러한 화분[46]에

---

[41] **가장 빠른 하늘** 원동천.

[42] **중심** 지구.

[43] **다른 모든 것** 제천(諸天).

[44] **그분만이** 하느님만이.

[45] 원동천을 휘감는 정화천의 운행은 하느님에 의해, 다른 것들은 천사적인 예지에 의해 정해진다는 뜻이다.

[46] **화분** 원동천.

제 뿌리를 내리며 다른 것들[47]에 잎을 드리우나

120 이제야말로 너에게 밝혀질 수 있겠구나.

인간들을 밑에 깔고 뭉개어, 그 누구도

너의 물결 밖으로 눈을 끌어낼 힘을

123 갖지 못하게 하는, 오, 탐욕이여!

의지가 사람들 속에 잘 꽃피우지만,

끊임없이 내리는 비가 참된 자두를

126 떨거지 열매로 바꾸어 놓는구나.

신앙과 순수함은 오로지 어린 아이들에게만

있는 것인데, 그것들은 모두가 저들의

129 볼이 채 덮여지기도 전에[48] 없어지는구나.

누구는 아직도 말을 더듬을 때[49] 금식을 하다가

나중에 풀린 혓바닥[50]을 갖고서 어떤 달에나[51]

132 아무런 음식이든 닥치는 대로 집어삼키고,

또 누구는 말을 더듬을 때 자기 어머니를

사랑하며 그녀의 말을 듣다가도 온전히

135 말을 배우면 그녀가 묻히는 걸 보고자 한다.

아침을 가져오고 저녁을 남겨 주는 태양의

아름다운 따님도 처음으로 바라볼 땐

138 하얗던 살결이 검어진다.[52]

---

[47] **다른 것들** 모든 하늘들.
[48] **볼이 채 덮여지기도 전에** 볼에 수염이 나서 어른이 되기도 전에.
[49] **말을 더듬을 때** 말을 배우는 어린 시절.
[50] **풀린 혓바닥** 어른이 되어서.
[51] **어떤 달에나** 사순절 등을 가리지 않고 아무 때나.
[52] **아침을~** 이 구절은 가장 논란이 심한 구절이다. 가장 평이한 주석은 아리스토텔레스의 이론에 입각한 것인데 이것도 석연치 않다. 아무튼 그에 의하면, 태양의 산물로 간주되는 인간은 처음에는 살결이 희나 늙을 무렵에는 검어진다고 한다.

너, 이상하게 여기지 않기 위해서
생각하라. 지상엔 다스리는 자가 없음을.

141 그 때문에 인류의 가정[53]은 길을 잃고 있구나.
그러나 저 아래선 무시되는 백분의 일[54] 때문에
정월이 완전히 겨울을 벗어나기 전[55]에

144 하늘의 이 둘레들이 이다지도 소릴 지르니,
무던히도 기다렸던 폭풍이 뱃머리가 있던
곳으로 선미를 돌려

147 함대의 무리가 곧바로 치달릴 것이며
꽃이 피고 나면 참 열매[56]가 올 것이다."

---

[53] **인류의 가정** 인류 전체.
[54] **무시되는 백분의 일** 카이사르 달력의 계산법의 오류를 가리킨다. 이에 의하면 1년을 365일과 하루의 1/4일을 더한 것으로 계산했는데 실제보다 하루의 백분의 일을 초과한 것이다. 그러므로 백년이 지나면 하루의 오차가 생기니 나중에 언젠가는 한 달의 차이가 생겨 정월이 겨울이 아니라 봄에 해당하게 될 것이라는 이야기다.
[55] **완전히 겨울을 벗어나기 전** 얼마 오래지 않아.
[56] **참 열매** 위 124~126행의 말과 견주어 보라.

인간들의 타락에 대해 말하며 베아트리체가 진리를 밝히자, 단테는 그녀의 눈을 바라본다. 단테는 그녀의 눈에서 찬란히 빛나는 한 점을 발견하고 하늘로 시선을 옮긴다. 거기 감히 눈을 뜨고 바라볼 수 없을 정도로 빛나는 점이 있음을 깨닫는다. 이 점을 가운데 두고 빙 둘러 하나의 불 테두리가 원동천의 둘레보다 더 빠른 속력으로 돌고 있다. 이 테두리는 또한 점점 더 커지는 여덟 개의 다른 둘레들에 의해 감싸여 있다. 바깥 쪽의 둘레일수록 점점 더 속도가 느리고 덜 밝다.

베아트리체는 단테가 그 찬란한 점과 다른 둘레들이 무엇인지 알기 원하고 있음을 알고 있기에 그 점은 하느님이고 그에 의해 하늘과 자연이 장악되며 그에 가장 가까이 있는 둘레가 더 열렬한 사랑의 충동을 받기 때문에 가장 빠른 것이라고 설명해 준다. 그러나 단테로서는 도저히 이해할 수가 없다. 만일 하늘의 천구들이 그 둘레들과 같이 운행된다면 이해가 되겠으나 그 천구들은 지구에서 멀어지면 멀어질수록 더 빨리 도니 이상하다는 것이다. 그러면서 단테는 초감각적인 세계와 감각적인 세계가 왜 서로 어긋나게 돌고 있는지 알아야지 이해할 수 있을 것 같다고 말한다.

베아트리체는 그것은 이상히 여길 것이 아니라고 하며 아무도 그 문제를 풀려고 한 일이 없다고 말한다. 그녀는 이어 천구들은 그들이 소유하고 있는 힘에 따라 그 크기가 다르다고 설명한다. 그리고 원동천은 그의 운행 속에 우주의 나머지 부분을 모조리 끌어넣기에 다른 둘레들보다 더 많은 사랑과 지혜를 가진 둘레와 상응 관계를 맺고 있다고 한다. 그러므로 단테가 가장 큰 하늘, 즉 가장 큰 원동 지혜와 가장 작은 원동 지혜 사이에 멋들어진 일치점이 있노라고 말한다. 단테는 그녀의 이러한 설명에 정신이 맑아진다.

베아트리체가 말을 마치자, 아홉 둘레는 작열하는 쇳덩이처럼 빛나기 시작하면서 수없이 많은 반짝임을 보여 준다. 한편 한 둘레에서 다른 둘레로 호산나의 노래가 전해지며 찬란한 지점을 향해 뻗어나간다. 그녀는 그가 다른 의심에 싸여 있는 것을 보고서 그에게 세 합창대로 나뉘어 있는 천사들의 서열에 대해서 설명해 준다. 첫째 합창대는 하느님과 닮은 점이 많고 매우 빠른 속도로 움직이는 세라피니와 케루비니들 그리고 트로니의 합창으로 구성된다. 이들 모두는 하느님으로부터 비롯되는 축복을 만끽하고 있다.

각각 다른 가락으로 이 영원한 봄철에 호산나를 부르고 있는 두 번째 합창대는 도미나치오니, 비르투디, 포데스타디로 구성되고, 세 번째 합창대는 프린치파티, 아르칸젤리, 안젤리로 구성된다. 이 모든 천사들의 합창은 하느님을 향하고 있다. 그런데 천사들을 이렇게 구분한 자는 디오니시우스 아레오파지테인데 그레고리우스 대제가 이를 멀리했다. 그러나 한 인간이 이토록 오묘한 진리를 발견한 것은 참으로 놀라운 일이라고 베아트리체는 말한다.

나의 마음을 천국의 환희로 올려 주신 그녀,

측은한 인간들[1]의 현재의 생활에 접근해

3 그 진리를 열어 보였다.[2] 그리고

그 누가 직접 보거나 생각하기도 전에

자기 뒤에 켜져 있는 초 심지의 불꽃을

6 거울 속에 비춰 보고,

유리가 진실을 밝히고 있는지 보기 위해서

몸을 돌려, 마치 가락[3]이 악보에

9 어울리듯, 이것과 서로 맞는지를 보는 것처럼,

나의 기억도 이와 같아 사랑이 나를

묶어 두기 위해 줄을 만드는 아름다운 눈을

12 들여다보면서 회상하게 되었다.

그리고 내가 몸을 돌려 그 회전을

잘 바라볼 수 있을 적마다, 그 둘레[4] 안에

15 보이는 것[5]과 나의 눈이 부딪쳐

아주 예리한 빛을 발하고 있던 한 점[6]을

나는 보았는데, 강렬한 빛 때문에

18 불붙을까봐 눈을 감아야만 했다.

또 여기서[7] 아주 작게 보이는 어떤 별이라도,

별이 별과 함께 나란히 놓여질 때처럼

21 이 빛과 함께 자리하게 되면 달처럼[8] 보이리라.

---

[1] **측은한 인간들** 베르길리우스적인 표현이다. 『아이네이스』 제11권 182행 참고.
[2] **나의 마음을~** 베아트리체가 지상의 인간들의 부패를 비난하면서 단테에게 진리의 참모습을 보여 주었다.
[3] **가락** 노래.
[4] **그 둘레** 원동천.
[5] **보이는 것** 원동천을 에워싸고 있는 빛과 사랑.
[6] **한 점** 종종 'un Punto'라고 대문자로 기록하고 있다. 하느님을 말한다. 수학적인 뜻을 염두에 두고 쓴 것으로 간주된다.
[7] **여기서** 지구에서.
[8] **달처럼** 달처럼 크게 보인다는 뜻이다.

둘레를 운반하는 수증기[9]가 더욱더 짙을 때

그것을 물들여 주는 빛에

24   될 수 있는 한 가까이 띠를 둘러 주듯이

그만 한 거리를 두고 불의 테두리[10]가 그 점[11]

주위를 재빠르게 돌았는데, 세계를 빨리

27   감돌고 있는 저 운행[12]보다 더하였다.

이 테[13]는 다른 테[14]에, 그것은 셋째 테[15]에,

또 셋째 테는 넷째 테[16]에, 넷째는 다섯째[17]에

30   그리고 다섯째는 여섯째[18]에 감싸여 있었다.

그 위로 일곱째 테[19]가 벌써 폭을

넓히고 이어져 나갔는데, 유노의 심부름꾼[20]은

33   온몸을 고스란히 들 수 없을 정도로 비좁았다.

여덟째[21]와 아홉째[22]도 그러했는데,

어느 것이든 첫째에서 그 숫자가

36   멀어질수록 더욱 더디게 움직였다.

또 순수한 불꽃[23]에 덜 떨어져 있는 것이

한결 더 깨끗한 불꽃을 지니고 있었으니,

---

[9] **둘레를 운반하는 수증기** 달무리나 해의 무리를 이루는 운애. 이것이 진하면 진할수록 무리의 테는 더욱 똑똑히 보인다.

[10] **불의 테두리** 세라피니(치천사, 熾天使)의 무리.

[11] **그 점** 하느님.

[12] **저 운행** 원동천의 운행.

[13] **이 테** 첫째 테, 세라피니. 이하 천사들의 이름은 이 곡의 주석 45를 참고하라.

[14] **다른 테** 둘째 테, 케루비니(지천사, 智天使).

[15] **셋째 테** 트로니(좌천사, 座天使).

[16] **넷째 테** 도미나치오니(주천사, 主天使).

[17] **다섯째** 비르투디(역천사, 力天使).

[18] **여섯째** 포데스타디(능천사, 能天使).

[19] **일곱째 테** 프린치파티(권천사, 權天使).

[20] **유노의 심부름꾼** 무지개.

[21] **여덟째** 아르칸젤리(대천사, 大天使).

[22] **아홉째** 안젤리(천사, 天使).

[23] **순수한 불꽃** 하느님.

39 그 불꽃의 진리를 더 마시는 것 같았다.
    내가 걷잡을 수 없는 의심에 싸여 있는 걸 보신
    내 여인이 말했다. "하늘과 일체의

42 자연이 저 점에 달려 있다오.[24]
    거기에 더욱 밀착되어 있는 저 둘레[25]를 보시오.
    그리고 그것이 그토록 빨리 움직이는 건

45 그걸 충동하는 불타는 사랑 때문임을 아시오."
    이에 나는 그녀에게, "내가 아는 순서로
    세계가 저 바퀴들 속에 자리 잡고 있었다면,

48 내 앞에 놓여 있는 것을 넉넉히 알 터인데……
    하지만 감각의 세계에선 회전들[26]이
    중심에서 더욱 멀어지면 멀어질수록

51 그만큼 더 성스러워지는 것을 볼 수 있다오.
    그러므로 오로지 사랑과 광명만을 경계로
    삼고 있는 이 오묘하고 천사 같은 성전[27]에서

54 나의 소망이 다 말해져야 한다면,
    견본[28]과 그걸 본뜬 것[29]이 어째서 일치하지
    않는가 아직도 더 들어 봐야 할 나인데,

57 나 혼자서 그걸 관조함이 헛되기 때문이오."
    "이러한 매듭에 있어 그대의 손가락들이
    모자란다 할지라도 이상할 것은 아니니,

60 시험을 위하여 맺어진 게 아니기 때문이오."

---

[24] **하늘과~** 이는 아리스토텔레스의 『형이상학』 12의 7행에 있는 "이러한 본원에 하늘과 자연이 달려 있을…… 이 본원이 바로 하느님"이라는 말에서 비롯된 것으로 사페뇨는 보고 있다.
[25] **저 둘레** 세라피니들이 이루고 있는 원.
[26] **회전들** 하늘들.
[27] **성전** 원동천.
[28] **견본** 감각적인 하계.
[29] **본뜬 것** 감각적인 하계의 형태를 하고 있으나 감지할 수 없는 세계.

내 여인이 계속해서 말하길,

"그대 충분히 알고자 하거든, 그대에게 내 이르는

63   것을 포착하고 그 주위에 정신을 쏟으시오.

형체를 지닌 둘레들[30]이 널따랗고 좁다란 것은

그들의 모든 부분을 통해 펼쳐져 있는

66   힘의 많고 적음에 따른 것이라오.

가장 커다란 선은 가장 커다란 강령을 이루고[31]

가장 큰 물체는 그 부분들을 똑같이

69   완성할 때, 가장 큰 강령을 포용한다오.

그러므로 저와 더불어 다른 우주를 송두리째

이끄는 이것[32]은 사랑하고 아는 바를

72   더욱 많이 가진 둘레[33]와 연관되고 있다오.

따라서 그대에게 동그랗게 보이는

실체들[34]의 겉모양이 아닌 그 힘[35]에

75   그대의 잣대를 대어 보면,

그대는 어떠한 하늘에서도 큰 것은 크게

작은 것은 작게 그의 지성에 비교되는

78   놀라울 만한 비율[36]을 보게 될 것입니다."

보레아[37]가 훨씬 더 부드러운 그 볼[38]에서

불어올 때, 대기의 반구가

---

30 **형체를 지닌 둘레들** 아홉 개의 하늘.
31 **강령을 이루고** 가장 빛나고 가장 크며 가장 힘 있다는 뜻이다.
32 **이것** 원동천.
33 **둘레** 세라피니의 테.
34 **실체들** 천사들.
35 **힘** 정신 능력을 상징한다.
36 **놀라울 만한 비율** 하늘들이 크고 작게 회전하는 것은 그것들을 지배하는 천사들과 하느님과의 상응 관계에서 생기는 비율에 의한다.
37 **보레아(Borea)** 북쪽에서 불어오는 바람.
38 **부드러운 그 볼** 해가 뜨는 동쪽을 말한다.

81   찬란하고 맑게 개어 있어

      이전에 어지럽히던 검은 티끌을 깨끗이

      씻어 흐트러뜨리기에, 하늘이 아름다운

84   제 모든 구석을 드러내 웃음 짓는 것처럼,

      나의 여인이 분명한 대답을 나에게

      들려주었기에 나 역시 그러했는데

87   하늘에 진실이 별처럼 보였던[39] 것이다.

      이어서 그의 말이 멎고 난 후

      끓는 쇠가 불꽃을 튕겨 주는 것과 다름없이

90   그 둘레들도 그처럼 불꽃을 튕기고 있었다.

      온갖 불꽃들이 그들의 섬광을 뒤따랐는데

      그 수효는 무수히 많아 장기판 줄의 갑절보다

93   수천을 더 헤아릴 정도였다.[40]

      그들을 제 자리에 두시고 또한 언제나

      있어 왔던 그대로 사뭇 두게 될 부동의 점을 향해

96   모든 합창대들이 부르는 호산나 노래가 들렸다.

      그러나 내 마음에 품고 있는 의아한 생각을

      보았던 그 여인[41]이 말씀하시길, "첫 둘레들이

99   그대에게 세라피니와 케루비니들을 보여 주었다오.

      그들은 가능한 한 그 점과 비슷해지기 위해

      그토록 재빠르게 그 줄들을 따르고 있으니,

102   보는 것이 숭고할수록 그리 될 수 있다오.

      그들 주위를 가고 있는 저 다른 사랑들은

      하느님의 모습을 한 트로니라 불리는데,

---

[39] **별처럼 보였던** 나에게 보였다는 뜻이다.
[40] **장기판~** 기하급수적으로 늘었다는 뜻이다.
[41] **그 여인** 베아트리체.

105 그들로 해서 첫 삼품(三品)이 끝을 맺는다오.

그대는 또 모든 지성이 안에 쉬고 있는

진리 속에 그의 시야가[42] 깊어지면 깊어질수록

108 모든 것들이 기쁨을 갖는다는 것을 알아야겠소.

이로부터 축복을 받는 것[43]이 직관의 행위 속에

어떻게 자리 잡고 있고 또 직관에 따라오는

111 사랑 속에 있지 않은지 알 수 있다오.

그리고 자비와 좋은 의지가 낳아 주는

공덕은 직관에 의해 측정되고 있으니,

114 이런 식으로 차례차례 나아가는 것이라오.

야간의 양자리[44]가 흐트러뜨릴 수 없는

이 영원무궁한 봄철에, 이와 같이

117 싹을 돋게 하는 또 하나의 삼품이

세 가닥 선율들로 언제까지 호산나를

낭송하는데, 그 가락은 세 가지로 구분되는

120 기쁨의 세 품급 안에 울려 퍼지고 있다오.

이 등급 속에는 다른 천사 계급들이 있으니,

첫째로 도미나치오니, 다음은 비르투디,

123 셋째 서열은 포데스타디라오.

이어 끝에서 두 번째의 두 개의 원무 속엔

프린치파티와 아르칸젤리들이 돌고 있으며

---

[42] **진리 속에 그의 시야가** 진리를 깊이 인식하게 되면 기쁨을 갖는다고.

[43] **축복을 받는 것** 축복은 하느님을 알아야 받을 수 있다. 그런데 하느님을 알기 위해선 직관을 통해야 한다. 천국에서의 앎은 직관인지라 그 직관을 따라 기쁨도 정도가 각각 다르다. 그러므로 사랑은 직관의 결과이지 원인이 아니라 한다. 또한 「요한의 복음서」 17장 3절의 말은 하느님을 아는 것이 곧 영생을 얻는다는 걸 입증한다. 여기 옮긴다. "영원한 생명은 곧 참되시고 오직 한 분이신 하느님 아버지를 알고 또 아버지께서 보내신 예수 그리스도를 아는 것입니다."

[44] **야간의 양자리** 춘분이 시작될 무렵 양자리는 태양과 같이 뜨고 진다. 그러므로 그때부터 추분이 될 때까진 별이 낮에 나타나지만 일단 추분이 지나면 밤하늘에만 나타난다.

126   마지막은 온통 안젤리들의 환희로 되어 있다오.[45]

           이 품급의 천사들이 모두 위를 우러러 보고[46]

           아래로는 힘을[47] 주어 일체가 하느님을 향해서 이끌려

129   올려지게 하고 또한 이끌어 올리고 있다오.

           디오니시우스[48]가 커다란 소망을 지니고

           이 품급들을 관조하기 위해 몰두했기에

132   그들을 나처럼 명명하고 구분했다오.

           그러나 그레고리우스[49]는 그로부터 멀어졌다가 후에

           그 때문에, 이 하늘에서 그가 눈을 떴을 때

135   자기 자신에 대해서 비웃었던 것이라오.[50]

           또 이토록 비밀스런 진리를 지상에서

           인간이 밝혔다 하여 그대 놀라지 말 것이니

138   이곳에서 그것을 봤던 자[51]가 이 둘레들에 대해

           다른 더 많은 진리를 그에게 밝혀 줬기 때문이오."

---

[45] **그대에게~** 99~126행에 나타나는 천사들의 등급은 앞에서 이미 밝힌 바 있으나 참고로 다시 표를 만들어 소개한다. 이것은 바울로를 통하여 예수를 믿게 된(「사도행전」, 17장 34절 참고) 디오니시우스 아레오파지테(Dionysius Areopagite)의 이론에 의한 것이다. 그는 많은 저서를 쓴 사람으로 알려졌다.

첫째 삼품 1. 세라피니(Serafini, 熾天使) – 원동천.
           2. 케루비니(Cherubini, 智天使) – 항성천.
           3. 트로니(Troni, 座天使) – 토성천.
둘째 삼품 4. 도미나치오니(Dominazioni, 主天使) – 목성천.
           5. 비르투디(Virtudi, 力天使) – 화성천.
           6. 포데스타디(Podestadi, 能天使) – 태양천.
셋째 삼품 7. 프린치파티(Principati, 權天使) – 금성천.
           8. 아르칸젤리(Arcangeli, 大天使) – 수성천.
           9. 안젤리(Angeli, 天使) – 월천.

[46] **위를 우러러 보고** 크고 나은 것들에 대해, 즉 자기들보다 위에 있는 것들에 대해 찬탄하고.

[47] **아래로는 힘을** 자신들 밑에 있는 것들에게는 힘을 지니고 전진한다는 것이다.

[48] **디오니시우스** 천사들의 계급에 대해 저술한 그리스의 학자. 그는 성 바울로의 감화를 받고 그리스도인이 되었다. 아테네의 주교였다. 「천국편」 제10곡 주석 28 참고.

[49] **그레고리우스(Gregorius)** 6세기경의 교황이자 신학자. 그는 디오니시우스의 「천사 위계론」의 이론을 반박했으나 후세에 오히려 그가 틀렸음이 밝혀졌다.

[50] **이 하늘에서~** 그레고리우스가 천국에 막상 와 보니 디오니시우스의 설이 맞은 것을 보고 부끄러운 생각이 들었다는 뜻이다.

[51] **이곳에서 그것을 봤던 자** 디오니시우스에게 그리스도의 참된 진리를 가르친 바울로.

| 제29곡 |

 베아트리체는 말을 마치자 찬란한 그 점을 응시하면서 이
내 침묵을 지키더니, 조금 후에 단테가 알고자 하는 바를
묻지도 않고 천사들의 창조에 대해서 말을 꺼낸다. 하느님
이 당신의 축복을 증가시키기 위해서가 아니라 당신의 선을 나타내기 위
하여 천사들을 시공을 초월하는 영혼 속에 창조했다고 힘주어 말한다.
하느님은 오직 한 점에서 순수한 형태인 천사들, 순수한 물체인 하늘을
창조했으며 동시에 그들의 질서를 설정하면서 순수한 형태는 엠피레오
와 지구 사이에 두었다 한다. 베아트리체는 또 제롬의 설에 입각하여 천
사들의 창조는 우주를 창조하기 수 세기 전에 했다고 언급한다. 또한 그
녀가 말한 것은 『성서』의 여러 곳에 밝혀져 있을 뿐더러 인간의 지성에
의해서도 천명된 바 있다고 한다.

　베아트리체는 이어 충실한 천사들과 반항하는 천사들에 대해 언급한
다. 즉, 천사들이 타락한 원인이 루시페르의 오만이었다는 것은 이미
「지옥편」에서도 본 바가 있다. 반항하는 천사들은 지구의 한복판에 곤두
박질하여 처박혔는데 엠피레오에 남아 있던 천사들은 하느님의 선에 결
속되어 있는 자기들의 처지를 인정하는 겸양의 덕을 지니고 있기에 그들
은 하느님을 직관할 수 있고 또 그로 인해 하느님의 사랑을 받을 수 있게

되었다는 것이다. 사실 은총이란 받으면 받을수록 그로부터 더 많은 공덕을 얻게 되는 것이다. 이제 단테는 다른 어떤 도움이 없이도 천사들의 계급에 대해서 여러 가지 것들을 이해할 수 있게 되었다.

베아트리체는 또 천사들의 기능을 설명하면서 어느 특정한 신학자들의 주장을 반박한다. 즉, 그들은 천사들이 지성과 기억 그리고 의지를 갖고 있다고 했는데 이러한 의견은 오해를 낳는다고 그녀가 천명한다. 천사들은 하느님의 시야 안에서 열락에 차 있을 때부터 그분에게서 시선을 뗀 일이 없다. 또 천사에겐 모든 것이 현재에 속하는 것이니 기억을 가질 필요가 없다는 것이다. 따라서 철학자들이란 각기 해박한 지식을 가진 자로 보이려는 욕망에 사로잡혀 모두가 똑같은 길을 따라 나아가지 못한다고 그녀는 개탄하면서 오직 『성서』에 겸손한 마음을 지니고 가까이 가는 자만이 하느님의 사랑을 받을 것이라고 말한다. 이어 사악한 설교자들을 꾸짖은 후, 그리스도의 이야기를 해 준다. 그리스도는 사도들에게 세상의 헛된 것들에 대해 지나치게 설파하지 말고 복음의 진리를 주라고 했고 사도들은 오직 복음서만을 지닌 채 신앙을 전파했다는 것이다.

이렇게 격렬한 토론을 한 다음 그녀는 천사들의 수효에 대해서 말하고 이어 천사들 속에 있는 하느님의 위대함을 강조한다.

라토나의 두 아이들[1]이 양자리[2]와

천칭자리에 가려 둘이 다

3   지평선을 그들의 허리띠로 삼을 때

[1] **라토나(Latona)의 두 아이들** 해와 달을 뜻한다.
[2] **양자리** 해는 여기에 있고 달은 정반대편의 천칭자리에 있어, 이들이 오르락내리락하는 순간, 마치 천정을 중심으로 좌우에 똑바로 균형이 잡히는 듯 보인다. 그러나 이러한 순간은 극히 짧다.

하늘의 천정[3]이 그들의 균형을 맞추어 준

그때부터 그들 두 별자리가 반구를 바꾸며

6   저 띠에서 균형을 잃게 되고 마는 그러한

순간, 나를 압도시켰던 그 점[4] 안에

눈을 고정시키고 있던 베아트리체가 웃음이

9   그려진 얼굴로 침묵을 지키고 있었다.

이어 이렇게 말했다. "일체의 시간과 장소가

점으로 모이는 곳[5]을 내 보았기에, 그대가

12   말했으면 하는 것을 묻지 않고 말하고자 하오.

있을 수도 없는 일로서 자신을 위해

어떤 선을 얻기 위함이 아니라[6], 그의 빛을

15   비추면서 '나 여기 있다'[7]라 말할 수 있도록

시간을 초월한 영원 속에서 다른 일체의 한계를

초월하는 영원한 사랑[8]이 자기 마음대로[9]

18   저 자신을 새로운 사랑 속에 펼쳤다오.

그렇다고 그분이 전에 한가하게 누워 계신 것이

아니었고, 하느님께서 물[10] 위에 임하신

---

[3] **하늘의 천정** 하늘 꼭대기.

[4] **그 점** 하느님.

[5] **점으로 모이는 곳** 하느님. 수학적인 이론에 입각해 점(punto)으로 시간과 공간이 모인다 함은 완전을 의미하는 하느님을 뜻하는 것이다.

[6] **어떤 선을 얻기 위함이 아니라** 하느님은 완전한 선이시다. 그러므로 그에겐 더 이상의 선이 필요치 않다. 하느님께서 천상의 세계를 창조하신 것은 자기의 선을 보태기 위한 것이 아니다.

[7] **'나 여기 있다'** 하느님을 믿는 그리스도교의 교리는 어떠한 형태의 범신론과도 다르다. 하느님은 스스로 존재하며 존재 자체이며 일체의 피조물은 선을 받은 것에 불과하다. 다시 말해서 선이 창조주를 움직여 피조물들을 창조하게 했으니 그 선을 피조물들에게 나눠 주자 모두가 창조주를 닮게 되었다는 것이다. 이는 아퀴나스의 이론이다.

[8] **영원한 사랑** 하느님.

[9] **자기 마음대로** 하느님의 자유의지에 따라.

[10] **물** 이는 「창세기」 1장 2절의 말씀 "물 위에 하느님의 기운이 휘돌고 있었다"라는 구절에서 연유한 것이다.

21   사실이 이전도 이후도 없었기[11] 때문이오.

      형상과 물질이 결합되거나 순수한 그대로

      마치 시위[12]가 셋인 활이 화살[13] 셋을 쏘는 듯

24   죄를 짓지 않는 존재[14]에게 나왔던 것이오.

      그리고 유리나 호박이나 수정에

      광선이 찬란하게 비칠 때는

27   전체에 틈이 전혀 없듯이[15]

      그의 주님의 세 가지 형태의 결과[16] 또한

      어느 것이 먼저라는 구별이 없이

30   모든 것이 어울려 제 존재 안에 비쳤다오.

      실체들과 함께 질서가 창조되고

      구성되었는데 또 그렇게 되어 실체들은 순수한 존재[17]를

33   낳게 해 주었던 세계의 꼭대기[18]에 있었다오.

      순수한 힘[19]은 낮은 부분을 차지했고

      한가운데에는 힘과 존재를 붙들어 맨

36   매듭이 도무지 갈라지지 않을 듯 있었다오.

      제롬[20]이 그대들에게 쓰기를 나머지

      세계가 창조되기 이전에 천사들이 창조된 것은

39   오랜 세기가 걸렸다고 하였소.

[11] **이전도 이후도 없었기** 영원 속에는 시간의 차이가 없으니까.
[12] **시위** 성부 · 성자 · 성령.
[13] **화살** 형상과 물질 그리고 그 혼합물.
[14] **죄를 짓지 않는 존재** 본질을 구성하는 요소에 결함이 없는 존재.
[15] **틈이 전혀 없듯이** 아주 재빠르다는 뜻이다.
[16] **세 가지 형태의 결과** 형상, 물질, 그들의 혼합체라 볼 수도 있고 천사, 모든 하늘, 물질로 볼 수도 있다.
[17] **존재** 천사들.
[18] **꼭대기** 원동천.
[19] **순수한 힘** 수동적인 순수 물질. 이것은 가장 낮은 지역에 있으며 지구와 엠피레오(정화천) 사이의 중앙에 하늘을 이루고 그 하늘 안에 힘과 현실체(물질과 형태)가 매듭으로 이어져 있다.
[20] **제롬(Jerome)** 교회 신학자였던 성인. 예로니모(Ieronimo)라고도 한다(347~420). 그는 천사들이 창조된 것은 나머지 세계가 창조되기 수 세기 이전이었다고 했다. 그러나 그의 학설은 성 토마스에 의해 반박당했다.

그러나 이 진리[21]는 성령에 대해 기술한

사람들이 여러 곳[22]에 적었던 바이니

42 그대 자세히 보면 절로 알게 될 것이오.

그리고 이성[23]도 또한 이 원동력들이 그토록

오랫동안 저마다의 완전성을 갖지 못했다[24]는 것을

45 인정하지 못할 만큼 그것을 조금은 안다오.

그대 이제 이러한 사랑들이 어디서 언제

그리고 어떻게 창조되었는지 알고 있으니

48 그대의 소망 속에 세 불꽃[25]이 이미 꺼진 셈이오.

숫자를 헤아릴 때 스물을 세기 전에

그토록 빨리 천사들의 일부가 떨어져 그대들의

51 원소들의 주체를 뒤흔들었던 것이오.

다른 무리[26]는 남았고, 그대가 지금 가늠하는

재주[27]는 너무도 큰 환희를 갖고 시작했으니

54 그들은 결코 회전에서 떠날 수 없을 것이오.

타락의 원인은 세계의 모든 무게에

짓눌려 있는 것을 그대가 일찍이[28] 보았던

57 그 작자[29]의 저주받은 오만이었다오.

그대가 여기서 보는 저이들은 자기들을

---

21 **이 진리** 천사와 우주가 동시에 창조되었다는 이론.

22 **여러 곳** 「성서」의 여기저기. 즉, 「창세기」 1장 1절에 "한처음에 하느님이 하늘과 땅을 지어내셨다" 「집회서」 18장 1절에 "영원히 살아 계신 분이 온 우주 만물을 창조하셨다"라고 적혀 있다. 이를 근거로 성 토마스가 성 제롬의 이론을 반박했다.

23 **이성** 자연 논리.

24 **완전성을 갖지 못했다** 모든 하늘을 움직이기 위하여 천사를 창조했다면 모든 하늘보다 어떻게 먼저 천사가 창조될 수 있겠는가? 그러므로 완전성을 갖지 못했다는 것이다.

25 **세 불꽃** 천사들이 어디서, 언제, 어떻게 창조되었는지에 대한 의문.

26 **다른 무리** 하느님께 충성을 바친 다른 천사들.

27 **재주** 빛나는 점(하느님) 주위를 돌게 되는 소임.

28 **일찍이** 「지옥편」 제34곡 19행 이하.

29 **그 작자** 루시페르.

저 위대한 인식[30]에로 준비시켰던 선으로써만

60   자신의 존재를 인정할 만큼 겸손했다오.

빛을 발하는 성총과 그들의 공덕으로서

그들의 시력이 고양되었고 그리하여

63   그들은 굳건하고 충만한 의지[31]를 갖고 있다오.

그대에게 바라오니 의심하지 마시고 차라리

애정을 활짝 열어서, 그에 따라

66   성총을 받아들이는 것도 공덕임을 믿으시오.

이제 나의 말이 수긍되었다면,

다른 도움이 없이도 그대는 이제 이 무리[32]에

69   대해서 아주 잘 관조할 수 있을 것이오.

그러나 지상에 있는 그대들의 학파들 안에

천사의 본성이란 인식하고 기억하며

72   의지를 갖는 것이라고 읽혀지기에,

이렇게 된 독서로 저 아래[33]에선 오해하며

혼동하고 있는 진리를 그대로 하여금

75   순수하게 알려 주기 위해 내 계속 말하겠소.

하느님의 얼굴을 보고 행복해진[34] 다음에,

이 실체들[35]은 아무것도 숨기지 않은

78   그 얼굴로부터 눈을 돌리지 않았다오.

그렇다고 새로운 대상[36] 때문에 보는 것이

---

[30] **위대한 인식** 지적 존재.
[31] **굳건하고 충만한 의지** 죄를 다시는 지을 수 없는 천사들의 확고부동한 의지.
[32] **이 무리** 천사들.
[33] **아래** 지상.
[34] **얼굴을 보고 행복해진** 하느님을 보아야 행복해진다 함은 이미 다루어진 문제다.
[35] **실체들** 천사들.
[36] **새로운 대상** 천사에 대한 그릇된 개념을 고쳐 주는 것 즉, 천사들은 모든 것을 하느님 안에서 보기에 과거나 현재가 다 그 안에 있다. 따라서 회상할 과거가 없다.

막힌 것은 아니었고 나누어진 개념[37] 때문에

81 회상하는 게 필요한 것도 아니었다오.

저 세상에선 뜬눈으로도 꿈을 꾸면서

진실을 말하는 걸 믿기도 하고 안 믿기도 하는데

84 이 후자 속에 더한 죄와 수치가 있지요.

저 아래 그대들은 한 가지 오솔길만 따라

철학하는 건 아니라오. 외관에 대한 애착과

87 그의 생각[38]이 그토록 그대들을 방황하게 한다오!

그러나 성스런 기록[39]이 버림받을 때이거나

그것이 왜곡될 때보다는, 그런 잘못에 이곳

90 천상은 분노를 더 작게 머금고 지낸다오.

그걸 세상에 씨 뿌리는 데 얼마나 많은 피를 흘렸고

겸손하게 성스러운 기록에 가까이 하는 자 얼마나

93 즐거운지 생각할 수 없을 정도라오.

나타내고자[40] 누구든지 재주를 부려 환상적인

이야기를 꾸며내고 설교자들은 이것을

96 자세히 다루는 대신 복음서를 침묵 속에 버린다오.

누군가는 말하기를 달이 그리스도의 수난 때

뒤로 물러서서 사이에 끼어들었기 때문에

99 태양의 빛살이 아래로 뻗치지 못했다 하고

다른 사람은 빛이 저절로 숨겨졌기에

유대인들에게처럼 에스파냐 사람이나 인도인들에게도

102 그와 같은 일식이 일어났던 것이라고 말한다오.

---

[37] **나누어진 개념** 이도 역시 하느님의 영원성 때문에 인간의 지성처럼 추상할 필요가 없기에 여러 갈래의 개념
이 필요치 않다.

[38] **생각** 걱정스러운 생각.

[39] **성스런 기록** 「성서」.

[40] **나타내고자** 잘난 체하거나 아는 체하고자.

피렌체에 라포와 빈도[41]가 아무리 많다 해도

매년마다 여기저기의 강단에서 드높이

105 이야기되는 일화들보다 많지는 못할 것이오.

그리하여 아무것도 모르는 양 떼들은

바람으로 배를 채우고[42] 목장[43]에서 돌아오니

108 악을 안 봤다는 말이 그들에겐 핑계가 못 된다오.

그리스도는 당신의 첫 수도원[44]에게 '너희는

가서, 세상에 바보 같은 이야기를 전하라'고

111 하지 않고, 오히려 참된 바탕[45]을 주셨다오.

그래서 이것만이 그들의 볼[46]에 울렸기에,

믿음을 불태우기 위한 싸움에 있어

114 그들은 복음으로 방패와 창을 삼았다오.

그러나 지금은 선교를 한답시고 격언과

익살만 들고 다니고 잘 웃기기 위해서

117 카푸치오[47]를 부풀릴 뿐이니 더 바랄 게 없다오.

그러나 카푸치오 끝엔 새[48]가 깃드니

행여나 우매한 대중이 그것을 보았더라면,

120 믿었던 사면[49]의 진상을 알았을 텐데…….

이로 인해 엄청난 어리석음이 세상에 불어나

아무런 증거와 증명이 없으면서도

---

[41] **라포와 빈도(Lapo, Bindo)** 그 당시 피렌체에 가장 흔하던 이름들.
[42] **바람으로 배를 채우고** 순진한 신자들은 목자들의 알맹이 없는 소리만 듣고.
[43] **목장** 설교하는 곳.
[44] **첫 수도원** 열두 제자들.
[45] **참된 바탕** 앞의 이야기에 상반되는 진리, 즉 「마르코의 복음서」 16장 15절의 "너희는 온 세상을 두루 다니며 모든 사람에게 이 복음을 선포하라"고 하신 말씀을 의미한다.
[46] **볼** 입을 뜻한다.
[47] **카푸치오** 수도자들이 입는 망토로 머리까지 둘러쓸 수 있도록 되어 있는 옷.
[48] **새** 악마. 「지옥편」 제22곡 94~96행, 제34곡 46~48행을 참고.
[49] **사면** 거짓 설교자들이 하는 사면.

123   모든 약속을 향해 사람들이 달려갔을 것이라오.

성 안토니오[50]는 이것으로 그의 돼지를 살찌웠고

그보다 훨씬 더 돼지 같은 다른 놈들[51]이

126   인각 없는 동전[52]으로 지불하며 살쪘다오.

그러나 우리가 본론에서 아주 벗어났으니,

그대 이제 바른길을 향해 눈을 돌려

129   갈 길을 시간에 맞춰 단축하시오.[53]

천사들의 이 성품은 수에 있어 너무나

도를 지나쳐, 인간의 언어나 개념인들

132   정녕 이에 미칠 수는 없을 만했다오.

그리고 다니엘[54]을 통해서 계산된 것을

그대가 주시한다면, 그의 수천이란 말 속에

135   일정한 수효가 감추어져 있음을 알 것이오.

그들 모두에게 빛을 발하시는 첫째 빛[55]께서

그와 합쳐지는 빛살들[56]의 수효만큼이나

138   많은 방법으로 그들에 의해 받아들여진다오.

따라서 사랑이란 개념을 주는[57] 현실체를

---

[50] **성 안토니오(Sant' Antonio)** 250년 이집트의 코마에서 태어난 성인. 그는 수도회를 창건했다. 그의 상징은 돼지인데, 이는 악의 유혹으로부터 벗어나게 하는 힘을 가진 뜻을 지닌 걸로 풀이된다. 그는 또 가축들을 보호하는 수호신적인 존재였다. 그래서 그의 초상화를 보면 발밑에 돼지가 그려져 있다. 중세에 이르러 그의 수도회의 수도자들은 몽매한 대중들로 하여금 수도회의 돼지를 존경하도록 만들었는데, 대중들은 대사(大赦)를 위한 증거로 이 돼지들을 보살폈다 한다. 그러나 이 돼지들은 수도자들이 먹기 위한 것에 지나지 않았으리라.

[51] **돼지 같은 다른 놈들** 대중을 착취한 수도자들.

[52] **인각 없는 동전** 위조 화폐. 즉, 위조 사면이라 할 수 있다.

[53] **우리가~** 중간에 다른 얘기가 끼어들었으니 이제 본 주제에 단테의 주의를 끌기 위한 표현이다

[54] **다니엘** 『구약성서』의 예언자. 「다니엘」 7장 9~10절에서 다니엘이 전한 이야기를 여기 옮긴다.
"내가 바라보니 옥좌가 놓이고 태고 적부터 계신 이가 그 위에 앉으셨는데, 옷은 눈같이 희고 머리털은 양털같이 윤이 났다. 옥좌에서는 불꽃이 일었고 그 바퀴에서는 불길이 치솟으며, 그 앞으로는 불길이 강물처럼 흘러 나왔다. 천만 신하들이 떠받들어 모시고 또 억조창생들이 모시고 섰는데, 그는 법정을 열고 조서를 펼치셨다."

[55] **첫째 빛** 하느님.

[56] **빛살들** 천사들.

[57] **개념을 주는** 직관하는.

따르기에 사랑함의 감미로움은 그 안에서
141 각각 뜨겁기도 하고 미지근하기도 하다오.
그대 이제 영원하신 힘[58]의 뛰어나심과
너그러움을 보시오. 그 안에 부서져
144 그토록 수많은 거울들을 만드신 이후에도
전과 다름없이 스스로 하나로 남으셨다오.”

| 제30곡 |

 이제 천국에서 가장 높은 엠피레오(정화천)에 이르렀다. 단테는 33곡까지 줄곧 여기서 겪은 일에 대해 노래한다.

새벽에 어둠이 조금씩 걷히자 모든 별들이 하나씩 사라져 가고 천사들의 아홉 합창대가 찬란한 점에서 벗어나 단테의 시야에서 차츰 꺼져 간다. 단테의 눈엔 아무것도 보이지 않는다. 그는 사랑의 열망에 자극받아 베아트리체를 쳐다본다. 단테는 베아트리체의 아름다움에 대해서 기술하고 싶은 욕망을 느낀다. 그러나 그녀의 달콤한 웃음에 대한 기억이 그의 마음에서 온통 기력을 앗아간다. 지상에서 처음으로 베아트리체의 모습이 단테에게 나타난 이래 지금 이 순간에 이르도록 그는 언제나 그녀의 미를 묘사할 수 있었으나 지금은 그럴 수 없어 기력이 쇠한 예술가 같은 기분에 사로잡힌다.

베아트리체가 단테에게 자기들이 이제 원동천에서 나와 엠피레오, 즉 정화천에 다다랐다고 말해 준다. 엠피레오는 순후한 빛의 하늘이며 그 순후한 빛은 사랑의 샘이고 이 사랑은 모든 감미로움을 초월하는 축복의 샘이다. 단테는 여기서 안젤리들 즉, 천사들과 지복자들을 보게 된다. 현란한 빛이 단테 주위를 비춰 시각 기능을 잃게 되지만, 그녀의 말소리는 들린다.

그녀가 단테에게, "이 하늘을 고요하게 해 주시는 사랑이 그 불꽃에 초를 마련케 하시려고 언제나 자기 안에 그러한 인사로 맞으신다오"라는 말을 해 주자 단테는 자기의 시각 기능이 금방 초자연적인 힘을 얻어 그 어떠한 섬광이라도 극복할 수 있게 되었음을 깨닫는다. 그리하여 그는 찬란한 빛을 보게 된다.

이로부터 불꽃들이 나와 꽃 위에 앉고 이어 심연으로 돌아온다. 꽃들은 지복의 영혼들로 되고 불꽃들은 안젤리로 변한다. 시인은 거기 보이는 승리의 무리, 즉 천사들을 묘사하는 데 필요한 힘을 달라고 베아트리체에게 간구한다. 피조물들에게 하느님을 보이게 하는 빛이 둥그렇게 퍼져 있다.

이 빛이 만드는 원의 둘레는 해의 그것을 능가할 정도다. 여기에서 보이는 모든 것은 하느님으로부터 오는 빛살인데, 그것은 원동천 위에 비추인다. 이어 그 빛 속에서 지복자들이 장미꽃 형태를 이룬다. 장미는 차츰 아래서 위로 올라간다. 단테는 이 장미를 바라보면서 축복의 양과 질을 터득한다. 베아트리체는 시인을 하늘의 장미꽃 복판으로 안내하는데, 장미는 조금씩 오르면서 찬미의 향기를 하느님께 풍겨 주고 단테에게 지복자들이 얼마나 많으며 그들을 맞이하고 있는 왕국이 얼마나 큰지 보여 준다. 이어 그녀는 옥좌를 하나 가리키면서 그곳엔 시인이 죽기 전에 하인리히 7세 황제의 영혼이 앉게 될 것이라고 시인에게 말한다.

아마도 머얼리 육천 밀리아[1] 떨어진 그곳에

여섯째 시각[2]이 뜨겁게 비치고, 이 세계가

3   벌써 그림자를 평평한 침상[3]에 거의 숙일 때

하늘 한복판이 우리들로부터 아스라히

드높아지기 시작하기에 모든 별들이 차근차근

6   이 밑바닥까지 제 모습을 없애가고 있다.[4]

그리고 태양의 가장 해맑은 시녀[5]가 더 가까이

오는 것처럼, 태양도 이같이 모든 별들에게,

9   심지어 가장 아름다운 것[6]에까지 닿게 한다.

나를 압도했던 그 점[7] 주위에 언제나

빙그르 노닐고 있는 승리[8]의 천사도 이와 다름없이

12   자신이 감싸 주는 것에 의해 휩싸이는 듯했고

조금씩 조금씩 나의 시야에서 사라졌으니

아무것도 볼 수 없음[9]과 사랑[10] 때문에

15   나는 베아트리체에게 내 눈을 돌렸다.

그녀에 대하여 여기까지 말한 것이 송두리째

---

[1] **육천 밀리아** 중세 아라비아의 천문학자 알프라기누스의 학설을 인정해서 단테는 지구의 둘레를 20,400밀리아로 측정한다. 따라서 그 4분원의 길이가 5,100밀리아라고 보면 태양이 6,000밀리아 떨어져 있을 때 지구에서는 해뜨기 한 시간 전쯤 되고 태양에서는 정오가 된다. 한편 밀리아(miglia)는 밀리오(miglio)의 복수로, 고대부터 근대까지 사용되었던 거리의 단위로 로마 시대에는 1밀리아가 1,480m를 의미했다. 그러나 각 도시마다 사용하는 거리가 달라서 로마를 중심으로 중부 지방은 약 1,480m, 북부 지방과 시칠리아에서는 약 2,466m였다. 따라서 오늘날 일반화된 마일 개념과는 다르다.

[2] **여섯째 시각** 열두 시, 즉 정오.

[3] **평평한 침상** 지평선 바닥.

[4] **아마도~** 해가 솟기 한 시간쯤 전에 별들이 차츰 어두워지기 시작하다가 하나씩 꺼져간다. 그리고 서서히 어둠이 물러난다. 바로 이런 식으로 승리의 천사들이 만들고 있는 원들이 단테의 시야에서 조금씩 사라진다.

[5] **해맑은 시녀** 새벽.

[6] **가장 아름다운 것** 가장 크고 빛나는 별.

[7] **그 점** 하느님.

[8] **승리** 천사들이 펼치는 광경.

[9] **아무것도 볼 수 없음** 천사들이 펼치는 광경이 사라지는 것.

[10] **사랑** 단테의 것이다.

한 편의 송가로 비록 엮어졌다 하더라도[11]

18 지금 당장의 필요에는 보잘것없으리라.
내 보았던 아름다움은 우리네 인간 지성의
척도를 벗어날 뿐이니, 그걸 지으신

21 그분만이 그 아름다움을 온전히 즐기신다.
일찍이 희극이나 비극 시인이 그의 주제의
한 고비에서 낭패하는 것보다도 더하게

24 나 이 지점에서 기진했음을 고백한다.
몹시도 떨리는 시선 속의 태양과 같이
감미로운 웃음을 회상하는 것마저 그처럼

27 나의 마음을 나 자신에게서 빼앗기 때문이다.
내 이 속세의 삶에서 그녀의 눈을 맨 처음
보았던 그날부터 지금 보기에 이르도록[12]

30 나의 노래는 흐름이 끊어진 적이 없었다.
그러나 지금은 마지막에 이른 예술가처럼
시를 읊으며 그녀의 아름다움을 좇아가는 걸

33 나는 바야흐로 멈추지 않으면 안 되겠다.
이 힘겨운 소재[13]를 끝까지 이끌어 나가는
나의 나팔보다도 훨씬 더 위대한 악대[14]에게

36 나 이렇게 그녀를 넘겨주는 것이다.
빈틈없는 지도자의 몸짓과 목소리로써,

[11] 이 작품. 베아트리체의 생전의 미에 대해선 『신생』에, 사후의 미에 대해선 『신곡』에 나타나 있다.
[12] 내 이~ 단테가 베아트리체를 맨 처음 본 것을 기록한 것은 『신생』의 서두에 나타나 있다.
[13] 힘겨운 소재 인간으로서 죽음 이후의 세계를 다루는 것은 어려운 일이다.
[14] 나의 나팔보다도 훨씬 더 위대한 악대 베아트리체의 완전한 미를 묘사함에 있어 단테의 지성과 재주는 초라할 뿐이다. 그래서 천사의 악대에게 그 일을 맡기겠다는 것이다.
[15] 그녀 베아트리체.

그녀[15]가 다시 시작했다. "가장 큰 물체[16]에서

39 우리는 순후한 빛이신 하늘[17]에 나왔으니,

그것은 사랑이 가득한 지성적인 빛[18]이요,

기쁨이 가득 찬 진실하고 선한 사랑이며

42 일체의 감미로움을 초월하는 기쁨이라오.

그대 여기서 천국의 두 가지 군대[19]를

보게 될 것이니 그 하나는 최후의 심판 때

45 그대가 보게 될 바로 그 모습을 하고 있다오."[20]

느닷없는 번쩍임이 시각 기관을

마비시켜서 가장 해맑은 물체로부터

48 눈의 기능을 빼앗아 버리는 것과 마찬가지로

살아 있는 빛이 나를 에워싸고 있어,

나는 아무것도 볼 수 없게 만드는

51 빛의 너울로 감싸이게 맡겨 버렸다.

"이 하늘을 고요하게 해 주시는 사랑[21]이

불꽃에 초[22]를 대령시키고자 언제나 이러한

54 인사로 자기 안에 영혼을 맞으신다오."

이 짧막한 말이 내 가슴 속으로 들어오자

나는 당장에 내 몸에 새로운 힘이 솟아올라

57 스스로의 힘을 초월하는 것을 느꼈으며

---

[16] **가장 큰 물체** 원동천.
[17] **순후한 빛이신 하늘** 엠피레오(정화천)를 상징한다.
[18] **지성적인 빛** 엠피레오. 이것은 빛과 사랑이다. 다시 말해 사랑을 안에 불태우는 하느님 마음의 빛이다. 여기 언급되는 '지성적인 빛', '진실하고 선한 사랑', '기쁨'은 지복의 세 단계를 의미한다.
[19] **두 가지 군대** 천사와 복자들. 천사 특히 선천사(善天使)는 지옥에서 루시페르와 싸웠고 복자들은 세상에서 세속적인 악마와 싸웠기에 군대(milizia)라 표현했다.
[20] **그 하나는~** 엠피레오에 있는 영혼들은 최후 심판 때 갖게 되는 그 육신의 형태를 하고 나타난다. 이는 그들을 가려 주는 빛이 없기 때문이다.
[21] **사랑** 하느님.
[22] **초** 영혼을 상징한다.

또 새로이 보이는 것에 그토록 몸을 태웠으니

나의 눈들이 보호를 받아야 할 만큼

60   그토록 휘황한 빛이라곤 하나도 없었다.

나는 또 놀랄 만한 봄빛으로 색칠해진[23]

두 언덕 사이로, 빛이 강물의 형태로

63   눈부시게 흐르는 것을 보았다.[24]

이 강물에서 생생한 불꽃들[25]이 나와서

여기저기 강둑의 꽃들[26] 속에 멈추는데

66   이는 마치 황금이 휘감긴 홍옥[27]과 같았다.

그리고 나서 그 향기에 취한 것인 양

이상한 급류 속으로 다시 뛰어들었는데

69   어떤 것은 들어갔고 어떤 것은 밖으로 나왔다.

"그대 보고 있는 것에 대해 똑똑히 알고자

지금 애태우며 안달하는 드높은 욕망이

72   커지면 커질수록 그만큼 더 내 맘에 든다오.

그러나 그대 안의 커다란 갈증이 풀리기 전에

그대는 이 물을 마땅히 마셔야 한다오."

75   내 눈의 태양[28]이 이처럼 나에게 말했다.

그리고는 계속해서, "잠겼다가 나오는

황옥[29]들이며 강물이며 또 꽃들의 웃음[30]은

---

[23] **색칠해진** 봄철에 피어나는 꽃들로 꾸며진.

[24] **빛이~** 「요한의 묵시록」, 22장 1~2절 참고. "그 천사는 또 수정같이 빛나는 생명수의 강을 나에게 보여 주었습니다. 그 강은 하느님과 어린양의 옥좌로부터 나와 그 도성의 넓은 거리 한가운데를 흐르고 있었습니다."

[25] **생생한 불꽃들** 천사들. 살아 있는 천사들이란 뜻이다.

[26] **꽃들** 지복의 영혼들.

[27] **황금이 휘감긴 홍옥** 이글이글 타오르는 불꽃들을 연상시킨다.

[28] **내 눈의 태양** 베아트리체를 상징한다.

[29] **황옥** 천사들을 상징한다.

[30] **꽃들의 웃음** 복자들의 웃음.

78   그들의 참모습을 알려주는 서두라오.

이러한 것들이 본래가 떨떠름해서가 아니라

그들 자신 속에 결함이 있는 것인데,

81   그댄 아직 그리 고양된 눈을 가지고 있지 않다오."

여느 때보다 훨씬 늦게야 잠에서 깬

어린 젖먹이 아기가 젖으로 얼굴을

84   와락 돌리는 것이 제아무리 빠르다 한들,

내가 훨씬 더 좋은 거울처럼 만들기 위해

흐르는 물결에 몸을 숙여서 잘 비치게 해

87   눈으로 들여다보았던 것보다 잘 보이게 하였다.

이와 같이 눈꺼풀의 처마속눈썹이

그 물로 적셔지는데, 기다란 눈썹이

90   동그스름한 모습이 되는 것 같았다.

가면을 쓰고 있던 사람들이, 자신들을

감추었던 제 것이 아닌 얼굴[31]을 벗어 버릴 때

93   이전과는 생판 다르게 보이는 것처럼,

꽃들과 불꽃들도 그와 같이 나에게는 큰 축제로

변화되어 있었는데, 하늘의 궁정이

96   내 보기에 둘로[32] 나타나는 듯했다오.

오, 하느님의 빛이시여. 그대를 통해서

참된 왕국[33]의 드높은 승리[34]를 내 봤던 바이니,

99   내게 힘을 주시어 본 대로 말하게 하소서!

저 피조물에게 조물주를 볼 수 있게

---

[31] **제 것이 아닌 얼굴** 가면.
[32] **둘로** 천사들의 궁전과 복자들의 궁전.
[33] **참된 왕국** 천국.
[34] **승리** 천사들의 집단.

해 주시는 빛이 저 위에 있으니, 그 피조물은

102 그분을 보는 데에서만 제 평화를 누린다오.[35]

그것은 둥그런 형체[36]로 펼쳐져 있기에

그의 테두리가 태양에게는

105 훨씬 더 느슨한 띠가 될 정도였다.

그의 모습은 온통 원동천의 꼭대기에

반사된 빛으로 되어 있는데, 그것은

108 거기에서 생명과 힘을 취하고 있다.

그리고 언덕이 푸르름[37]과 꽃들로 무성할 때

마치 꾸며진 제 모습을 바라보기 위해서인 양

111 제 기슭의 물속에 비춰 보는 것같이,

하늘에 돌아온 선택된 자들이

그 빛 주위에서 내려다보며 천 개도 넘는

114 층층대에 제 모습들을 비추는 게 보였다.

그리고 맨 아래 층계가 그토록 큰 빛을

제 안에 모으고 있으니, 이 장미꽃의 넓이가

117 맨 가장자리 꽃잎들에선 얼마나 클 것인가!

나의 시력은 그 넓이와 그 높이에

얼떨떨하지 않았고 오히려 즐거움의

120 양과 질을 송두리째 취하고 있었다.[38]

거기엔 가깝고 멀기가 더하지도 덜하지도 않으니[39],

---

[35] **평화를 누린다오** 피조물들은 하느님을 직관해야만 행복을 가질 수 있다는 뜻이다. 이 문제에 대해선 앞에서도 언급한 바 있다.

[36] **둥그런 형체** 무한성을 상징하는 형상이다.

[37] **푸르름** 초목들.

[38] **얼떨떨하지~** 압도당했음을 의미한다.

[39] **가깝고 멀기가 더하지도 덜하지도 않으니** 천국에선 시공의 차이가 없다.

이는 하느님께서 중개 없이[40] 다스리시는 곳에선

123 　자연의 법칙이 아무런 관련이 없기 때문이다.

층층을 이루고 일어나면서 언제나 봄을 이루는

해님에게 찬미의 향기를 불어넣어 주는

126 　영원무궁한 장미꽃의 노란 부분[41] 속으로

침묵하면서도 말하기를 갈망하는 사람처럼

베아트리체가 나를 끌어당기고는 말했다.

129 　"하얀 옷 입은[42] 저 무리가 얼마나 큰지 보시오!

우리의 도성이 얼마나 광활한지 보시오.

보시오. 우리네 자리가 이토록 가득 차 있으니,

132 　극소수의 사람들[43]만 거기 영접될 수 있다오.

일찍이 저 위에 놓여졌던 면류관 때문에

그대 눈여겨 바라보는 저 거대한 옥좌엔

135 　그대가 이 혼례 잔치[44]에서 식사하기 이전에,

저 아래[45]서 황제[46]가 될 지체 높은 하인리히[47]의

영혼이 앉을 것인데, 그는 이탈리아가 미처

---

[40] **중개 없이** 직접적으로.

[41] **노란 부분** 장미꽃의 노란 수술, 즉 한복판.

[42] **하얀 옷 입은** 흰 두루마기 입은 지복의 영혼들. 「천국편」 제25곡 94~96행 참고.

[43] **극소수의 사람들** 얼마 남지 않은 빈자리를 채우기 위해 여기서 기다리고 있는 축복받은 영혼들이 많지 않다는 것. 선택받은 영혼들의 수는 하느님을 배반한 천사들의 열 번째 부류를 회복하기 위해 인간이 창조된 이래 제한되었다. 단테는 또한 세상의 종말론에 입각한 말을 『향연』 2권 14장 13절에서 "우리는 벌써 세기의 종말에 이르렀으니 진실로 천체 운행의 쇠진을 기다린다"라고 했던 것으로 보아 "극소수의 사람들"이란 말 또한 종말론에 입각해 해석하는 경향이 있다.

[44] **혼례 잔치** 상징적인 뜻으로 혼례 잔치만큼 성대한 '하늘의 대향연'을 연상한다. 「천국편」 제24곡 3행에도 이런 잔치가 소개된 바 있다. 이곳에서의 보다 직접적인 뜻은, "하늘의 대향연에 들어오기 전에"라고 볼 수 있다. 즉, 죽기 전에 라는 의미다.

[45] **저 아래** 세상.

[46] **황제** 원문엔 'Agosta'로 돼 있다. 이는 'Augustus'로서 아우구스투스 황제를 뜻한다.

[47] **하인리히(Heinrich)** 하인리히 7세로 아르리고(Arrigo) 7세 혹은 헨리(Henry) 7세라고도 한다. 룩셈부르크의 백작으로 1308년에 황제가 되어 1310년에 제국의 권위를 회복하기 위해 이탈리아에 왔다가 피렌체의 구엘프 당의 저항 때문에 뜻을 이루지 못하고 1313년에 죽었다. 단테는 그를 흠모했다.

138   숙성되기 전에 그를 바로잡으러 올 것이오.

        그대들을 무디게 하는 눈먼 탐욕이

        유모를 쫓아내고 굶어서 죽어 가는

141   어린애와 같이 그대들을 만들었다오.

        그리고 그러한 시기엔 드러내든 숨어서든

        그와 함께[48] 똑같은 길을 가지 않을 자가

144   저 성스런 광장[49]의 총독[50]이 될 것이오.

        그러나 하느님께서는 그를 저 거룩한 임무에

        잠시만 참고 놓아두실 것이니, 마술사 시몬[51]이

147   제 과실 때문에 지금 있는 곳[52]에 떨어져

        알라냐의 그놈[53]을 더 밑에 처박히게 할 것이오."

---

[48] **그와 함께** 하인리히와 함께.

[49] **성스런 광장** 로마.

[50] **총독** 클레멘스 5세를 두고 한 말이다.

[51] **마술사 시몬(Simon mago)** 사마리아의 마술사. 그는 성 베드로와 바울로로부터 세례 받은 자들에게 성령을 전해 주는 기능을 돈을 주고 사려고 했다. 「지옥편」 제19곡 처음 부분 참고.

[52] **곳** 지옥.

[53] **알라냐(Alagna)의 그놈** 보니파키우스 8세. 「연옥편」 제20곡 85~87행 참고.

제31곡

그리스도께서 당신의 피로 구원한 지복자들이 단테에게 하얀 장미꽃 형태로 나타나는 동안, 하느님의 영광과 덕성을 노래하는 안젤리들이 지복자들에게 내려왔다가 하느님께 다시 올라간다. 그들의 싱싱한 불꽃 같은 얼굴과 금빛 날개, 그리고 나머지 부분이 눈보다 더 순백한 형상을 하고 장미 안에 내려왔을 때, 하느님께 날아가며 얻은 평화와 열기를 지복자들에게 전해 준다. 하느님과 장미 사이에 아무리 많은 천사들이 있다 해도 하느님의 시야나 찬란한 빛을 막을 수 없다. 이는 곧 하느님의 빛은 우주 방방곡곡이 그걸 받을 만하면 아낌없이 비춰 주기 때문이다.

신구약성서의 지복자들이 살고 있는 이 고요하고 행복한 왕국은 온 마음과 시선을 하느님께 향하고 있는데 단테는 이것을 보고 성스런 삼위일체께 간구한다. 그는 이어 경이와 환희에 사로잡혀 더 이상 아무것도 듣거나 말할 수 없어 침묵을 지킨다. 그러더니 성전에 이른 순례자처럼 거기서 보이는 아름다움을 관조하면서 희망한다. 세상에 돌아가서 그가 여기서 본 것을 잘 묘사할 수 있게 되기를. 이어 장미꽃을 향해 시선을 보낸다. 그리고 층층대들을 두리번거리며 바라본다. 거기 있는 얼굴들은 모두가 자비, 성스런 빛 등으로 감싸여 있다. 천국의 전반적인 형태를 관상함으로써 그 실체를 터득한 단테는 어디에서나 오래 머물지 않고 베아트리체를 향해 몇 가지 의문점을 물으려 한다. 그러나 시인이 그녀를 바라보고 있는 동안 하얀 옷을 입은 노인이 자애로운 모습을 하고 나타날 뿐 그녀는 보이지 않는다.

시인은 그 노인에게 그녀가 어디 갔느냐고 묻는다. 그러자 그 노인이 대답하기를, 그녀는 지금 장미꽃의 셋째 둘레에 있는데 지금부터 시인의 안내를 자기에게 부탁했다는 것이다. 이 말을 듣고 단테는 눈을 높이 들어 그녀를 쳐다본다. 그녀는 저 멀리서 거룩한 빛살을 반사해 주고 있다. 거리감을 인식하지 못하는 천국이기 때문에 그녀의 영상이 시인에게 직접 비친다. 이때 단테는 그녀에게 사은의 찬가를 부르며 간절한 기도를 올린다. 이 찬가에서 단테는 먼저 자기를 구원해 준 은혜를 찬미하고 그녀가 지닌 힘과 선을 노래한 다음 그녀의 권능과 너그러움을 칭송한다. 베아트리체는 그의 찬미 소리를 들으며 미소 띤 눈망울로 시인을 바라본 후 하느님께 몸을 돌린다.

거룩한 노인이 단테에게 나머지 순례를 잘 마칠 수 있도록 눈을 저 순백한 장미에게로 향하라고 말한다. 그렇게 해야만 하느님의 영상까지 올려다 볼 수 있을 것이라 한다. 노인은 성모께서 자비를 베풀 것이라고 말한 다음 자기가 성 베르나르임을 밝힌다. 단테는 그 이름을 듣자 경애와 경이감에 휩싸인다. 성 베르나르는 단테에게 장미꽃 저 높은 곳에 계시는 천국의 여왕이신 성모 마리아를 우러러보라고 한다. 그러자 시인 단테는 장미 꼭대기에 빛나는 그녀를 보게 된다.

그리스도께서 당신의 보혈로써 신부[1]로 삼으신
저 거룩한 군대[2]가 순백한 장미꽃
3   형태를 하고 나에게 나타나고 있었다.

자기들을 사랑하시는 분의 영광과 그리고
자기들을 만드셨던 그 지선(至善)³을

6   보고 노래하면서 날고 있는 다른 한 무리⁴는
처음에는 꽃 속으로 들어갔다 다음에는
꿀을 빚게 되는 일자리로 돌아오는

9   벌 떼와 똑같이
수많은 꽃잎으로 꾸며진 저 장려한 꽃 속에
내려왔다가 그 꽃으로부터 그들의 사랑이

12   언제나 깃들이는 곳⁵으로 다시 올라갔다.
얼굴들은 한결같이 싱싱한 불꽃으로 되어 있고
날개들은 황금이며 다른 부분은 너무 희기에

15   눈이라 한들 그 하얀색에 미치지 못할 것 같았다.
그들은 꽃 속으로 내려올 때 옆구리로
바람을 일으키며 얻었던 평화와 뜨거움을

18   이 층계에서 저 층계로 갖다 내밀었다.
그러나 저 위에 계신 점⁶과 꽃⁷ 사이에
끼어서 날고 있는 많고도 많은 무리가

21   시야와 찬란한 빛을 가로막진 못하였는데,
이는 하느님의 빛이 온 우주를
그 공덕에 비례해서 스며들기에 아무것도

24   그 빛에 방해가 될 수 없기 때문이다.

---

¹ **신부** 교회를 뜻한다. 지상의 교회는 전투하는 교회이고 천상의 교회는 승리하는 교회다.
² **거룩한 군대** 축복받은 영혼들. 그들이 모여 장미꽃 형태를 이룬다.
³ **지선** 하느님을 상징한다.
⁴ **다른 한 무리** 천사들의 무리.
⁵ **깃들이는 곳** 하느님의 옥좌.
⁶ **저 위에 계신 점** 하느님.
⁷ **꽃** 장미.

옛 사람들과 새 사람들[8]로 주민을 이루는

이 아늑하고 기쁨 가득한 왕국[9]은

27 눈들과 사랑을 온통 한 표적[10]에 지녔다.

유일무이한 별[11]로 그들의 시야에 반짝거려

그들을 그토록 뿌듯하게 하시는 삼위의 빛[12]이여

30 이 하계의 우리네 풍랑을 굽어 살피소서!

헬리케[13]가 매우 사랑하는 제 자식[14]과 함께

날이면 날마다 빙빙 돌면서 덮어 버린

33 저 지방[15]에서 내려오는 야만족속들이

라테라노[16]가 인류의 업적을 치솟듯 능가했을 때,

로마를 보고 또 로마의 찬란한 업적[17]을

36 보면서 만일에 놀랐다면[18]

인간의 세계에서 하느님 세계로,

찰나적인 시간에서 영원으로, 또 피렌체[19]에서

---

[8] **옛 사람들과 새 사람들** 신 · 구약 시대의 구원받은 자들의 영혼들.

[9] **왕국** 천국.

[10] **한 표적** 하느님.

[11] **유일무이한 별** 오로지 하나이신 하느님을 상징한다.

[12] **삼위의 빛** 삼위일체의 빛, 즉 하느님.

[13] **헬리케(Helike)** 큰곰별. 유피테르가 사랑하던 요정인데 그녀는 곰이 되었다. 이탈리아어로는 엘리체(Elice)라 한다.

[14] **제 자식** 헬리케와 유피테르 사이에 태어난 아르카스(Arkas). 유피테르가 그를 작은곰별로 만들었다.

[15] **저 지방** 북쪽 나라들.

[16] **라테라노(Laterano)** 로마의 라테라노 대성당. 교황청이 아비뇽으로 가기 전에 여기에 자리 잡고 있었다.

[17] **로마의 찬란한 업적** 기념물적인 작품들. 특히 대리석으로 된 건축물들.

[18] **놀랐다면** 북방의 야만족들, 특히 토틸라 족들이 로마를 침략했을 때, 그들은 로마의 찬란한 건축과 조각 작품들을 보고 놀라움과 분노를 머금었다. 놀라움은 그 장관에 기인했고, 분노는 그들의 조상들을 노예처럼 부려 그 같은 업적을 이룬 것에 기인했다. 이로 인해 그들은 무분별하게 파괴했다. 오늘날도 로마에 가면 그들의 손에 의해 파괴된 콜로세움을 비롯한 광장들(Fori)을 볼 수 있다.

[19] **피렌체** 이제는 너무나도 명백한 사실로 독자에게 받아들여지겠지만, 이 도시는 단테의 고향이다. 그는 이 도시를 누구보다 더 사랑하지만 끊임없이 비방한다. 너무나 사랑했기에 미워하는 것이다. 시인의 마음을 언제나 그리움으로 뒤범벅되게 하는 이 도시가 시인의 눈엔 너무나도 부패했던 것이다. 그래서 그는 「신곡」 곳곳에서 이 도시를 신랄하게 비난하고 있다. 여기서도 그런 의미로 말하고 있는데, 이번이 그 마지막이다. 그러나 분명히 해 두고 넘어가야 할 점은 단테가 피렌체를 증오하는 것은 그 도시 자체가 아니고 그 도시의 썩어빠진 지도층이라는 점이다.

39 　　의롭고 건강한[20] 사람들 속으로 온 나는

　　그 어떤 놀라움에 가득 차 있어야 했던가!

　　확실히 나는 그것과 환희 사이에서

42 　　듣고 싶지 않은 채 벙어리가 되어 있었다.

　　또 마치 순례자가 그의 기원의

　　성전에서 두리번거리며 피로를 씻고서

45 　　그것이 어떠했더라고 벌써 말하길 바라는 듯,

　　살아 있는 빛을 지나 위로 걸어가면서,

　　때로는 위로, 때로는 아래로, 때로는 빙빙 돌며

48 　　나는 층층대를 향하여 시선을 던졌다.

　　하느님의 빛과 그들 자신들의 미소로 치장한

　　사랑에 설득당하는 얼굴들과 온통 거룩하게

51 　　차림새를 한 거동들을 나는 보았다.

　　나의 시선이 천국의 일반적인 형태[21]를

　　이미 송두리째 끌어안아 본 셈이었지만 아직

54 　　그 어느 부분에고 틀어박은 채 머물진 않았다.

　　그리하여 나의 마음이 의심쩍어 하던

　　것들에 대해 나의 여인께 묻고 싶은

57 　　욕망이 다시금 불타올라 몸을 돌렸다.

　　그 어떤 자를 기대했던 내게 타인이 대답했는데[22]

　　베아트리체를 볼 줄 알았던 나는

---

[20] **건강한** 정신적으로 건강하다는 뜻이다. 즉, 죄 없는 사람들이란 의미를 갖고 있다. 이러한 표현은 당시의 피렌체 시민의 부패와 대조하기 위한 것이다.

[21] **일반적인 형태** 특정적인 어떤 점을 들어서가 아니라 천국의 전체적인 점을 들어 말했다는 뜻이다.

[22] 이는 논란이 되는 구절이다. 역자는 사페뇨의 주석을 존중하는데 그 요지는 다음과 같다. '어떤 자'는 베아트리체, '타인'은 성 베르나르를 각각 가리킨다. 그런데 벤투리나 체사리 또 바르비는 다른 주석을 내리고 있다. 그들의 주석에 따르면 '어떤 것'은 '나의 외도', '다른 것'은 '어떤 것'에 대답하는 결과로 보는 것이다. 그러나 다음에 이어지는 문맥으로 봐서 사페뇨의 의견이 옳다고 여겨진다.

60	영화로운 무리처럼 옷 입은 한 노인[23]을 보았다.
	그의 눈과 볼 언저리엔 너그러운 기쁨이
	가득히 퍼지고, 그의 거룩한 몸가짐은
63	상냥한 아버지에 버금가는 것이었다.
	그래서 나는 "그녀는 어디에 있나요?"[24]라고 물었다.
	이에 그가, "너의 소원을 풀어 주라고
66	베아트리체가 나를 내 자리에서 움직이게 했으니
	너 맨 위 층계로부터 셋째 둘레[25]를
	바라다보면, 그녀가 공덕이 자신에게 마련해 준
69	옥좌에 앉아 계심을 다시금 볼 것이다."
	나는 대답도 없이 눈을 높이 쳐들어
	영원한 빛살을 스스로 반사시키며
72	면류관 모양을 만들고 있던 그녀를 보았다.
	천둥소리 내는 더없이 높은 곳에서
	더없이 아래인 바다 속으로 인간의 눈이
75	제아무리 파고들어도 그 사이가
	그녀와 내 눈 사이만은 못했을 터,
	내겐 아무 일 없었지만[26] 이는 곧 그녀의 모습이
78	흐려 주는 매개 없이 내게로 내려온 까닭이었다.
	"오, 여인이시여. 그대 안에 내 희망이 힘을 얻고
	그대 나의 구원을 위해 저 지옥 속에[27]

[23] **한 노인** 성 베르나르. 이 곡 주석 33 참고.
[24] **"그녀는 어디에 있나요?"** 이제 베아트리체는 단테에게서 떠났다. 성모 마리아를 가장 충성스럽게 따르며 칭송한 성 베르나르로 하여금 그녀에 대해 이야기하게 하려는 베아트리체의 의도적인 배려에 의한 것이다. 베르나르는 베아트리체가 보냈는데 이는 지옥에서 단테를 안내한 베르길리우스를 그녀가 보낸 것과 같은 현상이다.
[25] **셋째 둘레** 장미의 첫째 둘레엔 성모가, 둘째에는 하와가, 셋째 둘레는 라헬과 베아트리체가 있다.
[26] **아무 일 없었지만** 아무런 영향이 없었다는 의미이다. 즉, 베아트리체의 모습이 환히 보였다는 것을 암시해 준다.
[27] **지옥 속에** 지옥의 림보에 내려와 베르길리우스에게 안내할 것을 부탁했으니.

81 발자취를 남기시는 괴로움을 겪으셨습니다.

내 보아 왔던 그 많고도 많은 것들을

그대의 힘이며 그대의 선에서 온

84 은혜와 덕으로 나 이제 받아들입니다.

그 모든 길과 그 모든 방법으로써

나를 속박에서 자유로[28] 이끄신 그대,

87 모든 것을 이루시는 힘을 지니셨습니다.

그대의 너그러움을 내 안에 간직해

그대가 건강히 치유해 준 나의 영혼이 그대의

90 뜻을 따라 육체에서 풀려나게 하소서.[29][30]

나 이렇게 간구하자, 아스라이 멀리 보이던

그녀가 웃음 지으며 나를 바라보더니

93 이어 영원한 우물[31]로 되돌아갔다.

그러자 거룩한 노인이, "기도와 거룩한 사랑이"

---

[28] **속박에서 자유로** 속세의 죄악에서, 또 지옥의 고달픈 여행에서 축복이 있는 천국으로.

[29] **육체에서 풀려나게 하소서** 이승에 돌아갔다가 죽을 때 베아트리체의 뜻을 좇아가도록 해 달라는 기도다.

[30] **"오, 여인이시여~** 이는 단테가 베아트리체에게 드리는 마지막이자 최고의 송가다. 운율도 너무나 아름다운 것이기에 여기 원문을 옮긴다.

O danna in cui la mia speranza vige,
e che soffristi per la mia salute
in inferno lasciar tue vestige,

di tante cose quant' i' ho vedute,
dal tuo poder e dalla tua bontate
riconosco la grazia e la virtute.

Tu m' hai di servo tratto a libertate
per tutte quelle vie, per tutt' i modi
che di ciò fare avei la potestate.

La tua magnificenza in me custodi,
sì che l' anima mia, che fatt' hai sana,
piacente a te dal corpo si disnodi

[31] **영원한 우물** 하느님.

라고 말씀하시고, "나를 이끌어 갔던

96 너의 나그네 길을 완전하게 마칠 수 있게

이 꽃을 향해 눈과 더불어 날아라.

그것을 보면 하느님의 빛살에 더욱더

99 가까워질 수 있는 직관에 도움이 되는 탓이다.

그리고 온통 그분의 사랑으로 불타고 있는 나,

하늘의 여왕[32]께서 온갖 성총을 우리에게 베푸시니

102 그 때문에 나는 그녀의 충실한 베르나르[33]다."

아마도 크로아티아[34]로부터 우리의 베로니카[35]를

보기 위해 왔다가 그 옛날의 소망에

105 만족하진 못하지만, 그러나 그것이

나타나 있는 동안 줄곧 마음속으로

"나의 주, 예수 그리스도, 참되신 하느님이시여.

108 그때 당신의 모습이 그러했습니까?'라 하듯

이 세상에서 관상[36]하며 그러한 평화를

맛보았던 그의 살아 있는 사랑을

111 바라보면서 나 역시 그러했다.

---

[32] **하늘의 여왕** 성모 마리아. 베르나르는 그리스도에 대한 깊은 신앙을 성모를 향한 믿음과 직결시켰다. 그는 하느님을 향한 기도를 마리아를 통해서 하고 또 하느님은 우리가 간구한 바를 그녀를 통해서 전해 주신다고 믿었다. 그러기에 베르나르는 성모에 대한 경애심이 지극하여 '그분의 사랑으로 불타고 있'다고 한 것이다.

[33] **베르나르(Bernard de Clairvaux)** 프랑스 태생의 시토(Citeaux)회 성직자이자 교회학자(1091~1153). 그가 시토회에 들어간 것은 1113년의 일이다. 후에 샴파뉴 지방 클레르보의 주교가 되었고 교황의 고문으로서 2차 십자군 전쟁을 일으켰다. 단테는 특히 그의 성모에 대한 저술을 깊이 연구했다. 그래서 단테는 베르나르의 입으로 "그녀의 충실한 베르나르다"라고 말하게 했다.

[34] **크로아티아** 이스트리아의 북동쪽에 있는 지방으로 이탈리아어로는 'Croazia' 즉 크로아치아라 한다. 여기선 먼 고장이란 뜻이다.

[35] **베로니카(Veronica)** 라틴어 'verum'과 헤브라이어 'ikon'의 합성어다. 'Verum'은 진실, 'ikon'은 영상이란 뜻이다. 그리스도교적 전설에 의하면 다음과 같은 이야기가 있다. 예수께서 십자가를 지고 갈보리 언덕으로 가실 때 한 여인이 흰 수건으로 예수님 얼굴의 땀을 씻었더니 예수님의 얼굴이 그 수건에 찍혔다 한다. 그리하여 그 수건을 나중에 베드로 대성당에 보관하니 순례자들이 이를 보려고 많이 모여들었다.

[36] **관상** 성 베르나르는 관상 생활을 중요시했다. 특히 그의 신비신학적 저서인 『아가의 주석』에서 이에 대한 이론을 전개했다. 특히 그리스도의 사랑에 대한 참뜻을 관상한다는 점을 강조했다.

"성총의 아들아,"[37] 그가 말을 꺼냈다.

"이 하계의 밑바닥만을 주시하는 한,

114 이 즐거운 삶은 너에게 알려지지 않느니라.[38]

하지만 여왕께서 좌정해 계신 모습을 볼 수 있게

아득히 드높은 둘레[39]에까지 시선을 주라.

117 이 왕국은 그분의 의지를 따르고 또 그분께 충성한다."

나는 눈을 들었다. 그리고 마치 아침결에

지평선의 동녘이 해가 기울어가는

120 서녘을 압도하는 것과 마찬가지로

흡사 골짜기에서 산으로 눈과 함께

걸어가는 듯, 맨 가장자리 부분이 나머지의

123 이마 쪽을 송두리째 빛으로 압도하는 것을 보았다.

그리고 파에톤[40]이 나쁘게 이끌었던

굴대가 기다려지던 그곳에서 더욱 불타오르고

126 또 불빛이 여기저기에서 줄어들듯이

저 평화로운 여명의 불꽃도 그와 같이

한가운데 싱싱했고 또 사방으로부터

129 그와 같은 모양으로 불꽃이 느슨했다.

그리고 그 한가운데에 천 명도 더 되는 즐거운

천사들이 날개를 펴고 있는 것을 내 보았는데,

132 그들은 각각 빛과 재주[41]를 달리하고 있었다.

---

37 **"성총의 아들아,"** 베르나르는 단테를 하느님의 사랑에 의한 아들로 본다. 이는 곧, 모든 의인은 사랑의 아들이 라 여기기 때문이다.

38 **하계의~** 속세의 행복만을 주시하면 천국의 참다운 행복을 얻을 수 없다는 뜻이다.

39 **드높은 둘레** 장미의 첫째 둘레. 거기엔 베드로, 요한, 성모, 아담, 모세, 안나, 세례 요한, 루치아 등이 있다.

40 **파에톤** 「지옥편」 제17곡 주석 20 참고.

41 **빛과 재주** 빛의 농도가 다르고 재주, 즉 노래와 춤의 모양이 다르다는 의미다.

나는 그들의 놀이와 노래 속에서 아름다움[42]이

웃음 짓는 것을 보았는데, 그것은 다른

135 　모든 성인들의 눈 속의 즐거움이었다.

나 정녕 상상력만큼이나 풍부한 말을

갖고 있다 하더라도, 그녀의 즐거움의

138 　극소나마 감히 말하려 하지 않으리라.

베르나르는 그의 따뜻한 사랑에 나의 눈이

못 박히듯 쏠리고 있는 것을 보고

141 　너무나 깊은 애정으로 제 눈을 그녀에게 돌려

나의 눈도 더욱더 간절히 바라보게 하였다.

---

[42] **아름다움** 성모 마리아를 상징한다. 그녀는 미의 극치로 여겨진다. 특히 모든 성인들의 눈에 반사되는 미소 띤 빛. 성인들이 그것을 관상하면서, 즐거움의 빛을 자신들 속에 배가시킨다.

| 제32곡 |

성모 마리아를 눈여겨보면서 베르나르는 단테에게 하얀
장미 속에 복 받은 영혼들이 어떻게 배치되었나 설명해 준
다. 성모의 발치엔 원죄의 원인이 되었던 하와가 있고 하
와 밑에 있는 셋째 둘레에 라헬과 베아트리체가 있으며 그 아래엔 사라,
리브가, 유딧, 그리고 다윗의 증조모인 룻이 있으며 일곱째 층계 아래엔
헤브라이 여인들이 있다. 그 여인들은 구약의 지복자들과 신약의 지복자
들 사이에 분계선을 이루고 있는데 왼편에는 그리스도 이전의 영혼들,
오른편엔 그리스도 이후의 영혼들이 있다. 마리아와 헤브라이 여인들이
그러한 구분선을 이루듯 그 맞은편에는 세례 요한, 성 프란체스코, 성 베
네딕투스, 성 아우구스티누스와 다른 이들의 옥좌가 있다.

　장미꽃 중심부 이하 하단에는 어린이들의 영혼이 있다. 그런데 이 어
린이들은 자신들의 공덕 때문이 아니라 그들의 부모의 공덕 때문에 여기
에 온 것이다. 단테가 이 어린이들 때문에 의심을 일으키는 것을 눈치 챈
베르나르는 그에게 서둘러 대답한다. 즉, 천국에는 슬픔도 목마름도 배
고픔도 없듯이 우연도 있을 수 없다. 모든 것은 영원한 율법을 따라 미리
정해진 것이니 아무 까닭 없이 어린이들이 여기에 와 있는 것이 아니다.
하느님께서는 영혼들을 창조하시고 그들에게 당신의 뜻에 따라 성총을

각각 부여하셨다. 그래서 어린이들도 부여받은 성총의 정도에 따라 그에 상응하는 축복을 받는 것이기 때문에 그들은 각기 다른 층계에 있다. 아담 이래 아브라함까지는 아이들이 축복을 받은 자들이었기에 앞날에 오실 예수님을 그들의 부모가 믿기만 하면 되었고, 아브라함부터 그리스도까지는 할례식이 필요했다. 그러나 그리스도께서 오신 후엔 세례를 받아야 했고 만일 세례를 안 받고 죽으면 지옥의 림보에 가야 했다.

성 베르나르가 단테에게 마리아의 얼굴을 바라보라고 한다. 그분의 눈초리는 그리스도의 것과 너무나도 흡사하다고 말한다. 단테는 동정녀의 머리 위에 크나큰 기쁨이 서려 있는 것을 본다. 그녀 앞에는 날개를 활짝 펼친 채 "은총이 가득하신, 마리아님 기뻐하소서!"라는 노래를 부르고 있는 천사장 가브리엘이 눈에 띈다. 이어 베르나르는 가브리엘이 성모께 그리스도의 강림 소식을 전한 사실을 상기시킨다. 그런 다음에 성 베르나르는 단테에게 천상의 장미꽃 속에 있는 다른 지복자들에 대해서 설명한다. 성모 마리아 왼편에 아담이, 오른편에는 천국의 열쇠를 그리스도에게서 위임받은 성 베드로, 베드로 곁에는 교회의 어려운 시기들을 예언한 성 요한이 자리 잡고 있으며 아담 곁에는 모세가 있다. 성 베드로 앞에는 성 안나가 그녀의 따님인 마리아를 관상하고 있으며 아담 앞에는 베아트리체를 시켜 단테를 도와주었던 성 루치아가 있다.

이제 단테에게 주어진 시간이 끝나려 하니 베르나르는 지복자들에 대해 말하는 걸 멈추고 단테에게 하느님의 빛 안에 들어갈 수 있도록 두 눈을 들어 하느님을 쳐다보라고 한다.

저 명상가[1]는 자신의 기쁨이 되시는 이[2]에게
열중하여, 스승의 임무를 자발적으로 맡으시고
3   이와 같이 거룩한 말들로 시작하였다.

"마리아께서 약 발라 주고 아물게 한 상처,

그것을 일찍이 열어 헤쳤고 넓혀 주었던 여인[3],

6   그 매우 아름다운 여인이 성모님 발치에 있다.

셋째 자리들[4]이 이루는 차례 안에,

베아트리체와 함께 라헬이 그 여인의

9   아래에 앉아 있는데, 이는 너 보는 바와 같다.

자기가 저지른 죄의 고통 때문에

'Miserere mei'[5]라 노래하던 시인[6]의 증조모[7]이던

12   여인과 사라[8], 리브가[9] 그리고 유딧[10]을

너는 볼 수 있으려니, 그들이 층계에서 층계로

내려오는 것이 마치 내가 일일이 이름을 대며

15   꽃잎에서 꽃잎을 따라 내려오는 것과 같구나.

그리고 일곱째 층계에서부터 여기에 이르기까지

그런 것처럼 헤브라이 여인들이 꽃의 온갖

18   가리마들을 구분 지으며 이어지고 있는데,

이는 저들이 그리스도 안에 믿음을 지닌

직관에 따라서 거룩한 층층대들이

---

[1] **저 명상가** 성 베르나르. 그의 신비적 명상주의(冥想主義) 때문에 이렇게 부르고 있다.

[2] **기쁨이 되시는 이** 성모 마리아를 상징한다.

[3] **여인** 원죄의 원인인 하와를 가리킨다. 성모는 그리스도의 구원 사업을 도와 인류의 상처를 아물게 했는데 그 상처는 일찍이 하와가 인류에게 남겨 준 것이다. 원죄를 받았던 사람이지만 나중에 보속을 받아 천국에 올라 있는 이상, 시간의 개념이 없는 천국에선 그녀의 과거를 개의치 않는다.

[4] **셋째 자리들** 성모, 베드로, 요한, 아담, 모세가 있는 첫째 둘레, 하와가 있는 둘째 둘레, 그 다음 셋째 둘레에 베아트리체와 라헬이 있다.

[5] **'Misere mei'** 이는 「시편」 51편의 서두에 나온 말로 "나를 불쌍히 여기소서"란 뜻이다. 고해의 시가 담긴 글이다.

[6] **시인** 다윗. 원문엔 'cantor', 즉 노래하는 이라 되어 있어 가인이라고 번역하기도 하나, 여기선 시인이라 옮겼다.

[7] **증조모** 다윗의 증조모 룻. 「룻기」 참고.

[8] **사라** 아브라함의 아내이자 이사악의 어머니.

[9] **리브가** 이탈리아어로는 레베카(Rebecca)다. 이사악의 아내. 쌍둥이인 야곱과 에사오를 낳았다. 「창세기」 25장 19절 이하 참고.

[10] **유딧** 헤브라이 백성을 구한 여인. 그녀는 베툴리아에서 헤브라이의 원수 홀로페르네스를 죽였다고 한다. 제2 경전 「유딧」 13장 참고.

21   나누어지는 장벽이기 때문이다.

     꽃이 제 모든 잎사귀와 더불어 무르익은

     이쪽 편에는 앞으로 오실 그리스도[11]를

24   믿었던 자들이 자리 잡고 앉아 있으며,

     반원들이 빈 자리로 띄엄띄엄 메워진

     다른 쪽에는 강림하신 그리스도를

27   바라본[12] 자들이 서 있는 것이니라.

     그리고 여기서부터 하늘의 여인[13]의 영화로운

     옥좌와 다른 자리들[14]이 그토록 커다란

30   경계선을 그분의 옥좌 밑에 이루고 있듯이,

     그 맞은쪽에는 성스러운 채로 광야와

     순교를, 그리고 이 년 동안 지옥을 겪으신[15]

33   위대하신 요한[16]의 자리가 있으며

     그분 밑에는 프란체스코와 베네딕투스 그리고

     아우구스티누스와 다른 지복자들이 이 아래

36   둘레에서 둘레에로 그처럼 나뉘어져 있다.

     믿음의 한 모습 그리고 또 한 모습[17]이

     이 꽃동산을 골고루 채워 줄 것이기에

39   너 이제 하느님의 지존하신 섭리를 볼 것이다.

     그리고 알아 두어라. 이들 두 구획을 복판에서

---

[11] **오실 그리스도** 「구약성서」에 예언된 구세주.

[12] **바라본** 믿음을 지니고 직관한.

[13] **하늘의 여인** 성모 마리아를 상징한다.

[14] **다른 자리들** 헤브라이 여인들이 앉아 있는 자리들.

[15] **이 년 동안 지옥을 겪으신** 세례 요한은 순교한 다음 지옥의 림보에 내려가 있었다. 그때 예수께서 보혈을 흘려 인류를 구원하게 되자 그도 역시 보속을 받아 천국에 올라갔다.

[16] **위대하신 요한** 그리스도께서는 요한을 일러 군중들에게 다음과 같이 말씀하신 일이 있다. "나는 분명히 말한다. 일찍이 여자의 몸에서 태어난 사람 중에 세례자 요한보다 더 큰 인물은 없었다. 그러나 하늘나라에서 가장 작은 이라도 그 사람보다는 크다." 「마태오의 복음서」 11장 11절.

[17] **믿음의 한 모습 그리고 또 한 모습** 구약 시대의 믿음, 즉 오실 구세주를 믿는 신앙과 신약 시대의 믿음, 즉 강림하신 구세주에 대한 신앙을 뜻한다.

가로로 갈라놓는 저 층계에서부터 아래로는

42 제 공덕 때문이 아니라 남의 공덕[18] 덕분에

어떤 조건[19]을 지니고 앉아 있는 자들이 있다.

이들 모두는 진실의 선택[20]을 행하기 전에

45 육신을 벗어난 영혼들이기 때문이다.

너 그들을 눈여겨보고 귀담아 듣는다면

어린애다운 그 얼굴들이며 그 목소리를

48 통해서 그들을 잘 알 수 있을 것이다.

너 지금 의심[21]하고 또 의심하기에 말이 없구나.

그러나 너를 연약한 생각에 휘감기게 하는

51 이 단단한 매듭을 내 풀어 줄 것이다.

이 광활한 왕국 안에서는 슬픔이나

목마름이나 혹은 굶주림이 없는 것처럼

54 우연한 점이라곤 자리 잡을 수 없는데,

네 눈에 보이는 건 무엇이든지 손가락에

가락지가 딱 들어맞는 것처럼

57 영원한 법칙을 통해 미리 정해진 것이다.

그러므로 참된 삶으로 서둘러서 온

이 무리가 제 자신들 속에 다소나마

60 뛰어난 점이 있는 건 당연한 일이다.

그 어떤 소원도 더는 기대되지 않을 정도로

그토록 크신 사랑과 그토록 크신 기쁨 속에

63 이 왕국을 아늑하게 해 주시는 임금님[22]이

---

[18] **남의 공덕** 부모들의 기도.
[19] **어떤 조건** 아래 76~84행에 나오는 내용.
[20] **진실의 선택** 진리의, 즉 자유의지의 선택.
[21] **의심** 어린이들이 공덕이 없이 어떻게 천국에 들어올 수 있었는가에 대한 의심.
[22] **임금님** 하느님.

당신의 즐거우신 모습으로 온갖 영혼들을
성총에 맞는 당신의 뜻에 따라 가지가지로
66   창조하셨으니, 여기 그 결과만 보면 족하다.[23]
그것은 성서 안에 나오는 쌍둥이[24]들에 관한
부분에 뚜렷하고도 명확하게 나타나 있는데,
69   그들은 어머니 뱃속에서 서로 다투었다.
그러므로 머리카락의 빛깔[25]에 따라, 그와 같은
성총의 가장 높으신 빛이 값어치 있게
72   저들의 머리 위에 씌워져야 마땅하다.
따라서 그들이 행적의 어떤 공덕이 없이
가지가지 다른 층계에 자리 잡고 있는 것은
75   오로지 처음 시력의 날카로움[26] 때문이다.
상고의 세기들[27]에선 구원을 받기 위하여
오로지 부모들의 신앙만 있으면
78   천진난만한 애들에겐 충분했다.
그러다 처음 세대들이 끝나고 난 다음[28]에는
순결한 날개에 힘을 얻기 위해서
81   할례(割禮)를 받아야 했다.
그러나 성총의 시대[29]가 도래한 다음엔
그리스도의 완전한 영세[30]를 받지 않은

---

[23] **그 결과만 보면 족하다** 하느님께서 이뤄 놓으신 결과만 보면 모든 것을 명확히 알 수 있다는 뜻이다.

[24] **쌍둥이** 이사악과 리브가 사이에서 태어난 에사오와 야곱. 그들은 태중에서부터 서로 싸웠다. 「창세기」 25장 19~34절 참고.

[25] **머리카락의 빛깔** 앞의 주석 24에서 제시한 『성서』의 구절을 참고하라. 쌍둥이들의 머리카락의 차이를 두고 한 말이다.

[26] **처음 시력의 날카로움** 하느님을 뵈올 수 있는 능력. 이 능력은 하느님께서 어린이들에게 각각 정도의 차이가 있게 주신 그대로 그들에게 작용한다.

[27] **상고의 세기들** 아담으로부터 아브라함에 이르는 세기.

[28] **처음 세대들이 끝나고 난 다음** 야훼께서 아브라함과 계약을 맺은 다음.

[29] **성총의 시대** 그리스도의 강림 시대.

84   어린이는 저 아래[31]에 머물렀던 것이다.

너 이제 그리스도와 가장 비슷한 얼굴[32]을

눈여겨보아라. 오로지 그분의 밝으심만이[33]

87   너에게 그리스도를 뵙게 도울 수 있으니."

저 높은 곳으로 꿰뚫고 날아가려고 창조된

거룩한 영혼들[34] 속에 안겨진 커다란

90   기쁨이 그분의 머리 위에 비 오듯 하는 것을 봤는데,

이전에 내 보았던 그 무엇도

그러한 경이로 나를 붙잡아 두진 못했고

93   그만큼 하느님의 용모를 보여 주지 않았다.

그리고 맨 처음 거기에 내려왔던 그 사랑[35]이

그녀 앞에 날개를 쭉 펼치고 "은총이 가득하신

96   마리아님, 기뻐하소서!"라고 노래하였다.

축복받은 합창[36]이 방방곡곡으로부터

그 성스러운 노래에 응답을 보내니

99   온갖 얼굴들[37]이 더욱 맑아졌다.[38]

"오, 성스런 아버지[39]시여. 영원하신 예정[40]에 의해

---

[30] **완전한 영세** 할례에 빗대어 하는 말. 즉, 할례는 불완전한 세례고 완전한 영세는 그리스도에 대한 신앙에 의한 것이다.

[31] **저 아래** 림보.

[32] **그리스도와 가장 비슷한 얼굴** 성모 마리아.

[33] **그분의 밝으심만이** 마리아의 얼굴에서 나오는 빛을 받아야 인간의 눈은 하느님께로 향할 수 있다. 즉, 중계자로서의 마리아의 역할을 의미한다.

[34] **거룩한 영혼들** 천사들.

[35] **그 사랑** 천사장 가브리엘을 의미한다. 그는 마리아에게 내려와 그리스도의 수태를 알려 주며 "성총을 가득히 입으신 마리아여, 하례하나이다"라고 인사했다.

[36] **축복받은 합창** 원문엔 'la beata corte'라 되어 있는데 이는 축복받은 궁정이란 뜻이다. 그러나 벤베누토가 주장하고 사페뇨가 동조하는 주석에 의하면 축복받은 천사들의 합창을 의미한다.

[37] **온갖 얼굴들** 천사와 성인의 얼굴.

[38] **맑아졌다** 빛난다.

[39] **아버지** 베르나르.

[40] **영원하신 예정** 섭리로 정해진 운명.

당신이 앉아 계시는 그 아름다운 고장을

102 떠나서 이 하계에 기꺼이 내려오신 분이시여.

마치 불같이 뜨겁게 사랑에 빠진 저 천사[41],

우리 여왕의 눈을 그토록 큰 기쁨에

105 흠뻑 젖어 바라보는데, 그는 누군지요?"

새벽별이 태양빛을 받고 아름다워지듯

마리아를 뵙고 아름다워진 그[42]의 가르침에

108 나 이렇게 또다시 마음을 돌이켰다.

그러자 그가 나에게 "대담성과 온유성,

그것이 천사와 영혼[43] 속에 있을 수 있는 한,

111 모두 그 안에 있고 우리도 그러길 바란다.

이는 하나님의 아드님이 우리의 짐[44]을

지시기를 원하셨을 때, 종려나무[45]를 들고

114 마리아에게 내려왔던 이[46]가 그이기 때문이다.

이제 내 말하며 가는 대로 눈으로

따라오너라. 그리고 이 지극히 의롭고

117 거룩한 제국의 위대하신 장로들을 잘 보아라.

여왕 곁에 가장 가까이 있기 때문에

가장 많은 행복을 누리고 있는 저 두 분[47]이

120 이 장미꽃의 두 뿌리나 마찬가지니라.

그녀의 왼편에 가깝게 계신 분은

---

[41] **저 천사** 가브리엘.
[42] **그** 성 베르나르.
[43] **영혼** 성인의 영혼.
[44] **우리의 짐** 우리의 죄를 대신해서 주께서 수난 당하신 사실.
[45] **종려나무** 성모의 은덕에 보답함을 뜻한다.
[46] **내려왔던 이** 가브리엘.
[47] **두 분** 아담과 성 베드로. 아담은 최초의 인간이고 베드로는 강림하신 구세주의 수제자이시며 그를 반석 삼아 교회가 세워졌으니, 이들은 '두 뿌리'인 셈이다.

그의 뻔뻔스러운 입맛 때문에 인류가

123 그토록 쓰거운 맛을 보게 한 아버지[48]이고

오른편에서는 거룩한 교회의 옛 아버지[49]를

보게 되는데, 아름다운 이 꽃의 열쇠를

126 그리스도께서 그분에게 맡기셨다.

그리고 그 곁에는 창과 못들로써[50] 얻었던

아름다운 신부[51]의 그 모든 슬픈 세월들[52]을

129 죽기에 앞서 송두리째 보았던 그이[53]가

앉아 있으며 또 다른 이의 곁에는 저 지도자[54]가

쉬고 계신데, 그분 밑에서 배덕하고 완고하며

132 변덕스러운 백성이 만나[55]를 먹고 살았다.

호산나를 부르기 위해 눈도 꿈짝 않을 만큼

그토록 커다란 기쁨에 젖어 제 따님을 보시는

135 안나[56]께서 베드로 맞은편에 앉아 계신 것을 보라.

그리고 인류의 첫 아버지와 마주보고

루치아[57]가 앉아 계신데, 그녀는 네가 파멸에

138 눈썹을 떨구었을 때, 네 여인을 움직이셨다.

그러나 너를 잠재우는 시간이 달아나기에,[58]

---

[48] **아버지** 원죄를 짓게 된 아담.

[49] **교회의 옛 아버지** 성 베드로.

[50] **창과 못들로써** 그리스도께서 십자가에 못 박히고 창으로 찔린 그 수난으로써.

[51] **신부** 교회.

[52] **모든 슬픈 세월들** 「요한의 묵시록」 곳곳에 교회의 장래가 예언되고 있다.

[53] **그이** 성 요한.

[54] **지도자** 모세.

[55] **만나(manna)** 이스라엘 백성이 야훼로부터 부여받은 성스런 음식.

[56] **안나(Anna)** 성모 마리아의 어머니.

[57] **루치아** 3세기 말엽에 시라쿠사에서 순교했던 성녀. 「지옥편」 제2곡 97~108행에 그녀에 대한 이야기가 이미 소개되었다. 루치아께서 베아트리체를 움직여 지옥에서 길을 잃고 헤매고 있는 단테를 구했다.

[58] 이는 단테 자신이 생전의 삶에 관한 사실을 의식하며 하는 표현이다. 그런데 다른 의미로 본다면 천국을 볼 수 있는 시간이 얼마 남지 않았다는 것을 뜻한다.

천에 맞추어 치마를 짓는 능란한 재봉사가

141   하듯이, 우리 여기서 사이를 두고,

저 원초의 사랑[59]에로 눈을 곧바로 돌리자.

그리하여 그를 향해 쳐다보면서 네가

144   가능한 한 그의 빛살을 꿰뚫게 하는 거다.

날개를 파닥이며 앞으로 나아간다고

믿으면서 행여나 네가 뒷걸음질치지 않도록

147   기도하면서 성총[60]을 얻어야 마땅하겠다.

너를 도울 수 있는 그분의 성총을 말이다.

그리고 나의 말로부터 네 마음을 떼지 않도록

150   애정을 지니고서 너 나를 따라야 한다."

이어 그는 거룩한 기도[61]를 시작하였다.

---

[59] **원초의 사랑** 하느님.
[60] **성총** 성모 마리아의 성총.
[61] **거룩한 기도** 성 베르나르는 제33곡에 계속해서 기도를 올리고 있다.

| 제33곡 |

성 베르나르는 마리아께 다음과 같은 기도를 올린다. "당신 아드님의 어머니이시고 따님이신 성모 마리아시여, 다른 어떤 피조물보다 겸허하시며 고귀하신 당신은 인류의 구원을 위해 예정되셨던 분입니다. 당신의 가슴속엔 하느님과 인간들 사이의 불같은 사랑이 있고 그 사랑의 힘으로 이 신비스런 장미꽃이 싹틀 수 있었습니다. 여기 이 천국에선 당신이 찬란한 사랑의 빛이시고 지상에선 당신이 마르지 않는 희망의 샘입니다. 오, 여인이시여. 당신은 위대하시며 능하십니다……" 이렇게 계속되는 기도에서 베르나르는 마리아에게 단테로 하여금 하느님을 완전하게 깨달을 수 있도록 이끌어 주는 힘을 갖게 해 달라고 간구한다.

성모 마리아의 눈이 그의 기도가 잘 받아들여졌음을 시사하면서 먼저 그 위에 와 머물더니 이어 요청받은 성총을 얻기 위해서 하느님께로 향한다. 최상의 행복이신 하느님을 완전하게 인식하는 것, 이것이야말로 단테가 갖고 있는 소망 중의 소망이다. 단테는 그 어느 때보다 이 소망의 열정에 더욱 불타고 있다. 그때 성 베르나르가 높이 쳐다보라고 그에게 말하며 미소를 띤다. 단테는 시선을 들어 하느님께로 향하며 하느님의 빛을 바라본다. 이어 그 자신이 빛 속에 들어와 있음을 깨닫는다. 이제부터 그의 시력은 언어와 기억을 초월할 정도가 되었다. 그리하여 하느님께 자신의 기억과 자신의 언어에 임해 주실 것을 간청한다.

단테는 앞에서 뮤즈, 아폴로 등에서 시심과 영감을 달라고 간청한 일이 많은데, 이제 최상의 하늘에 있는 이상 하느님께 직접 간구하여 자기가 지금까지 본 것들을 조금이나마 후손들에게 남겨 줄 수 있게 해 달라고 기도한다. 하느님의 빛으로부터 눈을 떼면 길을 잃게 될 것임을 단테는 잘 알고 있으므로, 가능한 한 조금도 한눈팔지 않고 하느님께 제 시선을 두고 있다. 하느님의 빛 깊은 곳에는 전 우주에 흩어져 있는 모든 것들, 즉 실체들, 우연들 등이 사랑의 사슬에 얽혀 모여 있음을 단테는 보았다. 그는 또 우주의 법칙을 본 것으로 믿는다. 그 법칙에 따라 그러한 것들이 하느님의 본체 속에 서로 합쳐진다는 것이다. 그는 이런 것을 들어 말하면서도 형언할 수 없을 만큼 큰 기쁨을 느낀다. 단테는 또 하느님을 바라보는 동안 관상의 열정이 점점 더 커짐을 느낀다. 왜냐하면 의지의 목표인 모든 선이 하느님 안에 모여 있는 것이기 때문이다.

단테는 이제 그 자신의 혀가 어린 아기의 그것보다도 말할 수 없을 정도로 무력하게 될 것임을 언급하더니, 하느님의 빛이 자기의 눈에 달라진 모습으로 나타나 있음을 깨닫는다. 그런데 그러한 변화는 하느님 안에 있는 모습의 다양성 때문이 아니고 그분의 빛이 항상 더 세차기 때문이다. 단테는 그 빛 속에 세 개의 둘레가 있음을 보게 된다. 가지각색의 빛깔을 띠고 있는 이 둘레를 들어 강생의 환영을 말하며 대단원의 막을 내린다.

> "동정녀 어머니, 당신 아드님의 따님[1]이시여,
> 어느 피조물보다 더 겸허하고 높으신 분[2]이여,
> 3 영원한 성지[3]의 확고부동한 끝이시여.

당신은 인간의 본성을 고귀하게

높이신 분이기에, 창조주께서 스스로

6   피조물이 되시는 것을 꺼려하지 않으셨습니다.

당신의 복중에 사랑[4]이 불타올랐고 그 사랑의

뜨거운 열기를 통해서 이 꽃이 이토록

9   영원한 평화 안에 싹을 틔운 것입니다.

당신은 여기 우리에게[5] 사랑의 한낮 횃불[6]이

되며 또 저 아래 인간들 사이에선

12   희망의 살아 있는[7] 샘이십니다.

여인이시여, 당신은 그토록 위대하고 능하신데[8]

성총을 갈구하면서도 당신께 달려오지 않는 자

15   있다면 날개 없이 날고자 하는 자와 같습니다.

당신의 너그러우심은 청하는 자에게만

도움이 되는 게 아니요, 너그럽게도

18   청하기도 전에 미리 스스로 오신답니다.

당신 앞에 자비가, 당신 안에 박애가 있으며

또 당신 안에 위대함이 있고 피조물들 안에

21   있는 어떤 선이라도 당신 안에 모여 있습니다.

이제 우주의 맨 아래 늪지로부터 여기까지

오면서 영혼들의 삶을 하나씩 하나씩

---

[1] **당신 아들의 따님** 그리스도는 하느님이기에 이러한 논리가 가능한 것이다.

[2] **겸허하고 높으신 분** 겸손의 송가라고 불리는 「루가의 복음서」 1장 47절 이하에 의거한 표현이다.

[3] **영원한 성지** 성모가 되실 것을 하느님께서 예정하셨다는 의미다.

[4] **사랑** 하느님과 인간 사이에 존재하는 사랑. 이것은 아담 때문에 꺼졌다가 그리스도로 인해 다시 소생되었다. 이 성스런 사랑의 열기가 엠피레오에 복자들의 장미를 싹트게 했다.

[5] **여기 우리에게** 천국의 복자들과 천사들에게.

[6] **한낮 횃불** 정오의 태양처럼 작열하는 불인데, 이것은 그들의 사랑을 불태운다.

[7] **살아 있는** 메마르지 않는.

[8] **능하신데** 하느님 곁에 있는 마리아의 능력이 대단하다는 뜻이다. 그러므로 그분의 성총을 갈구하면서도 그분 께 달려오지 않는 자 있다면 그 누구든 날개 없이 날고자 하는 것과 같다.

24 　　보았던 여기 이 사람[9]이 힘을 얻기 위해

　　당신에게 성총을 간구하니,

　　이는 마지막 구원[10]을 향해서 제 눈을

27 　　아주 높이 들어올릴 수 있게 하려는 것입니다.

　　주님을 뵙고 싶어 하는 그의 소망보다

　　나의 소망이 더 열렬한 적이 없습니다. 제 모든 간구를

30 　　당신께 드리오니 헛되지 않게 해 주옵소서.

　　당신의 기도로써[11] 그의 필사의 운명이 지닌

　　일체의 구름을 걷어 주시어 최고의 즐거움이

33 　　그에게 펼쳐질 수 있게 하여 주소서.

　　저는 거듭 비옵나이다. 오, 여왕님이시여.

　　당신은 원하는 바를 할 수 있으니 그가 커다란

36 　　직관 뒤에 갖는 애정을 곱게 지켜 주옵소서.

　　당신의 보호가 인간의 충동[12]을 이기게 하소서.

　　많은 지복자들과 함께 베아트리체가 저의

39 　　기도를 위하여 당신께 두 손을 모은 것을 보소서.”

　　하느님에게서 사랑과 존경을 받으신 눈들[13]이

　　기도자[14]에게 모여 경건한 기도가 그분께

42 　　얼마나 기쁜 것인지 우리에게 보여 주었고

　　이어 영원한 빛 속으로 곧바로 나아갔는데

　　피조물[15]이 그렇게 밝은 눈으로써 그처럼

45 　　깊이 파고든다는 것은 믿을 수 없는 일이었다.

[9] **이 사람** 단테.
[10] **마지막 구원** 하느님을 뵐 수 있는 일.
[11] **기도로써** 하느님께 향한 성모의 기도.
[12] **인간의 충동** 인간의 감정적 자극.
[13] **눈들** 성모의 눈들.
[14] **기도자** 성 베르나르.
[15] **피조물** 인간과 천사들을 포함한 피조물.

내 마땅한 의무에 따라, 일체의 소망의

목적[16]에 가까워졌던 나는 내 자신 안에

48   소망의 열정을 마무리 지었다.

베르나르가 나에게 눈짓을 보내

저 위를 바라보라는 듯 미소를 보냈으나

51   나는 벌써 그가 바라는 대로 하고 있었다.

나의 눈이 점점 밝아지면서 몸소 참되신

저 지존하신 빛[17]의 빛줄기 속으로

54   자꾸만 더욱 깊숙이 파고들었다.

이때부터 계속 나의 직관은 그러한 직관에

꼼짝 못하는 언어가 나타내 주는 것을 초월했으며

57   기억도 또한 그 초월함에 압도당했다.

마치 꿈을 꾸면서 무언가를 보는 사람에게

꿈이 지나면 그로부터 받은 느낌만 남을 뿐

60   다른 것은 마음속에 되돌아오지 않는 것처럼

나 지금 그러한데, 비록 나의 환영이

거의 송두리째 끝나긴 했어도 이에서 생겼던

63   달콤함은 나의 가슴속에 아직도 방울진다.

햇빛에 사르르 녹아 버리는 눈과도 같았고

바람결에 날리는 가벼운 나뭇잎들에 적힌

66   시빌라의 점괘 선언[18]이 흐트러지는 듯하였다.

아아, 인간의 관념을 벗어나 그토록 치솟으신

지고의 빛이시여. 당신이 보여 주시던 것을

---

[16] **목적** 하느님.

[17] **저 지존하신 빛** 하느님.

[18] **시빌라(Shbilla)의 점괘 선언** 쿠마나의 옛 무녀. 그녀는 점괘를 나뭇잎에 적어 두었는데 바람이 그것을 날려 버렸다 한다. 『아이네이스』 제3권 441행 이하 참고.

69 조금만이라도 나의 마음속에 돌려주시고
나의 혀를 한껏 힘 있게 하시어
당신의 영광의 불티를 단 하나만이라도

72 미래의 사람들에게 남겨 주게 하옵소서.
이는 조금이나마 내 기억에 돌아오고
또 조금이나마 이 시구 속에 울려지면

75 당신의 승리를 더 많이 알게 되기 때문입니다.
내 겪었던 살아 있는 빛살의 날카로움 때문에,
내 눈이 그에게서 벗어나게 되면

78 나는 길을 잃고 헤매게 될 것이다.
내 이것을 감당하는데 무던히도 몸 달았던
점을 그것이 상기시켜 주었다. 한편 나는

81 나의 시선을 무한한 힘과 어울리게 하였다.
오, 풍요로운 성총[19]이여. 나 그걸 통해서
저 영원한 빛 속으로 시선을 고정시켜

84 나의 시력이 그 안에 쇠진했구나.
그의 깊은 곳[20] 속에서 나는 보았다.
전 우주에 흩어져 있는 것들이 한 권의

87 책 속에 사랑으로 묶여 있는 것이며,
실체들과 우연들 그리고 그것들의 작용들이
마치 서로서로 엉키어 있는 듯했기에

90 내 말하는 이것이 초라한 불빛이 되는 것임을.
내 생각에 이 매듭의 우주적 형태를
본 듯한데, 이는 곧 이것을 말하면서

---

[19] **풍요로운 성총** 하느님의.
[20] **그의 깊은 곳** 하느님의 성스런 본체 안.

93 　내가 즐기는 감정을 더 많이 느끼기 때문이다.

　　아르고의 그림자에 넵투누스를 놀라게 했던

　　저 계략[21]이 있고 이십오 세기[22]가 흘렀건만

96 　한 순간이 나를 더 기나긴 혼수(昏睡)[23]로 이끌었다.

　　이처럼 나의 마음은 온통 푹 빠진 채

　　박힌 듯 꼼짝하지 않고 주의 깊게 보고 있었고

99 　바라보는 일[24]에 불타고 있었다.

　　그 빛 속에서는 다른 것을 보기 위해

　　그것으로부터 등을 돌리는 데에 마음을

102 　결코 일치시킬 수 없게 되고 만다.

　　의지의 목적물인 선이 그와 마찬가지로

　　그 안에 온통 모여 있기에[25] 거기 완전한 것이

105 　그것을 벗어나서는 결함투성이가 된다.

　　이제부터 나의 말은 내 기억하는 것에

　　비유한다면 엄마의 젖무덤에 아직도

108 　제 혀를 적시는 어린애의 것보다 더 짧으리라.[26]

　　그러나 내가 바라보던 그 살아 있는 빛[27],

　　언제나 예전의 그 모습 그대로인 그 빛 속에

111 　하나 이상의 모습들이 있어서가 아니라

　　우러러보면서 내 안에 활기를 얻고 있던

---

[21] **아르고의~** 바다의 신 넵투누스를 처음으로 놀라게 한 아르고(Argo)의 배 그림자의 계략.

[22] **이십오 세기** 이 계략은 BC 1223년에 있었던 것이니 단테가 이 작품을 쓴 1300년대에서 보면 25세기 전의 일이다.

[23] **혼수(letargo)** 망각과 잠을 오게 하는 병. 이 구절은 논란의 대상이 되고 있다.

[24] **바라보는 일** 하느님을 직관하는 일.

[25] **의지의~** 선은 의지의 목적물, 즉 대상이다. 그러므로 이 선은 하느님의 빛 속에 모인다. 『철학과 위안』 3장 제2산문 참고. 이에 대해선 토마스 아퀴나스도 밝힌 바 있다.

[26] **이제부터~** 천국에 대해서 무엇을 말한다는 것이 힘든 일이라는 뜻이다.

[27] **살아 있는 빛** 단테가 그로부터 눈을 떼지 않는 하느님의 빛.

시력 때문에, 유일무이한 나타나심[28]이 내가

114   변하는 것에 따라 나에게 모습을 달리했다.

지고하신 빛의 깊고 투명한 본체 속에

내 앞에 나타났던 세 둘레들의

117   세 가지 빛깔이 하나로 어우러져 있었다.[29]

그리고 무지개에서 무지개로 하는 것처럼

하나[30]가 다른 것[31]에서 반사되듯이 셋째 것[32]은

120   여기저기로 골고루 나부끼는 불처럼 보였다.

오, 말이란 얼마나 모자라는 것이며, 생각에

비기면 얼마나 가냘픈가! 내 보았던 것을

123   생각함은 너무 대단해서 간단히 말할 수가 없구나.[33]

오로지 당신 안에 좌정하시며[34], 홀로

당신을 아시며 당신에 의해서 인지되시고[35]

126   사랑하고 웃을 줄 아는, 오, 영원한 빛이여![36]

나의 눈들이 잠시 동안 빙 둘러 관조했던

저 원이[37] 당신 안에 잉태되어 마치

129   반사될 빛처럼 보이고 있었는데, 그것은

제 자신 속에 제 스스로의 빛깔로

우리들의 모습을 찍어 내는 듯 보였기에

132   나의 눈은 그 안에 송두리째 들어 있었다.

---

[28] **유일무이한 나타나심** 하느님.

[29] **삼위일체.**

[30] **하나** 성자.

[31] **다른 것** 성부.

[32] **셋째 것** 성령.

[33] **오, 말이란~** 본 것이나 생각하는 바를 말로써 다 표현할 수 없다.

[34] **당신 안에 좌정하시며** 하느님은 당신의 본체 안에 그 존재 이유를 가지신다.

[35] **인지되시고** 하느님의 말씀(로고스)에 의해서.

[36] 성부와 성자가 서로 사랑하고 서로 아시는 성령을 아는 빛.

[37] **저 원이** 성자를 뜻한다. 이 원은 성자의 상징이다.

원을 측량하기 위해서 온통 고심하는

기하학자[38]가 궁리를 해 보지만 그가 필요로 하는

135 원리는 찾아내지 못하는 것과 마찬가지로

그 새로운 광경에 나도 그러하였기에,

나는 그 모습이 원에 어떻게 들어가는지

138 또 거기 어떻게 자리를 잡는지 보고 싶었다.

그러나 마음의 소망을 제 안에 끌어들였던

한 가닥 빛[39]이 내 마음을 후려치지 않는 한

141 나 자신의 날개는 그에 미칠 수 없었다.

지존하신 환상[40] 앞에 나는 힘을 잃었다.

그러나 이미 나의 열망과 의지[41]는

144 같은 방향으로 움직이는 바퀴와 같이

해와 별들을 움직이시는 사랑[42]이 돌리고 있었다.

[38] **기하학자** 원을 측량함에 있어서 4각형을 측량하듯 직경으로써 측량하는 옛날의 기하학자의 노력은 헛수고만을 낳을 뿐이다. 천국을 말한다는 것이 이와 같다는 것이다.

[39] **한 가닥 빛** 성총의 현란함을 말한다. 하느님과 인간의 본성을 지니신 그리스도의 신비를 인간의 이성만으로는 알 수 없기에 성총의 빛을 받아야 깨칠 수 있다.

[40] **지존하신 환상** 하느님 계신 곳까지 울려진 상상력.

[41] **열망과 의지** 단테의 열망과 의지를 이미 하느님께서 주관하시어 같은 방향으로 돌게 하셨으니 완전한 조화와 균형을 이루신 셈이다.

[42] **해와 별들을 움직이시는 사랑** 이는 천체 전부를 주관하시는 하느님이란 뜻이다. 「신곡」 3편 전부가 모두 별들(stelle)이란 단어로 끝맺고 있다. 「지옥편」에서는 "별들을 다시 보러(a rivedere le stelle)"로 되어 있는데, 이는 곧 고통과 괴로움의 세계를 벗어나 별들을 다시 보는 세계로 나온다는 뜻이고, 「연옥편」에서는 "별들에게라도 솟아 올라갈(a salire alle stelle)"이라고 되어 있다. 별들을 보기 위해서 나온다는 것도 사실은 희망적인데 하느님의 사랑에 의해 좌우되는 별들로 오른다는 것은 행복의 상태로 든다는 것을 의미한다. 단테는 이 별들에 올라와서 하느님을 직관할 수 있었던 것이다. 즉, "해와 별들을 움직이시는 사랑(L'amor che move il sole e l'altre stelle)"은 하느님의 사랑이라고 했다. 결론적으로 하느님의 사랑은 모든 것의 처음이자 끝이라는 의미다.

단테의 『신곡』을 번역해 보겠다고 맨 처음 마음먹은 것은 로마대학교에서 사페뇨(Sapegno) 교수의 강의를 수강하던 때다. 그때까지만 해도 국내에 출간된 『신곡』은 일어판이나 영어판을 번역한 것이었고, 실제 신곡이 쓰인 이탈리아어판의 번역은 이루어지지 않은 상태였다. 이러한 상황은 나로 하여금 처음으로 이탈리아어판 『신곡』을 번역하는 의미 있는 작업을 결심하게 했다. 그 당시 최고의 단테 학자로 평가받던 그분의 강의는 나의 번역 작업 뿐만이 아니라 연구 활동에 너무나 많은 도움을 주었다. 30년 이상 대학에서 단테를 강의하며 내 딴에 제법 연구했다고 생각하고 있는 지금 돌이켜 보아도 『신곡』을 우리말로 옮기는 데에는 어려운 점이 한두 가지가 아니었다. 단테의 시형 — 3연체, 11음절, 정형 압운 — 을 어떻게 옮기느냐가 가장 큰 난관이었다. 언어적 특성이 판이하게 달라 그의 시형을 살린다는 게 여간 어렵지 않았다. 3연체는 가능한 한 의식하면서 나머지는 고려하지 않기로 결정했다. 그리고 단어는 평이한 현대어를 쓰기로 했다. 고어를 사용하면 편리한 점도 있으나, 모름지기 번역이란 시대성을 따라야 한다는 것이 나의 소신이기에 회피했다. 이번에 수정판을 내면서 3연체에 대한 미련을 과감히 떨쳐버리고 단숨에 막힘 없이 읽어 내려갈 수 있도록 하였고 주석을 해당 페이지 아래에 붙여서 책을 뒤적이는 번거로움을 피했다.

나의 번역판은 1978년에 맨 처음 출간된 이래 수차례에 걸쳐 고치는 작업을 겪어왔다. 그러다가 나는 82년에 이탈리아의 정부 초청으로 로마에 가서 이탈리아문학을 연구할 수 있는 기회를 얻어 본격적인 개정작업을 단행할 수 있었다. 때마침 로마 대학교에서 단테를 비롯하여 이탈리아의 14세기 문학을 강의하고 있는 나의 학창시절의 동료 안토니오 란차(Antonio Lanza) 교수를 만나, 그와 더불어 해석에 있어서 문제가 되고 있는 부분들을 점검할 수 있었다. 또 오늘의 문단에서 놀랄 만한 활동을 하고 있는 작가 알도 오노라티(Aldo Onorati)의 조언도 커다란 도움이 되었다. 1983년 귀국과 함께 본격적인 개정작업을 했다. 특히 란차 교수의 평전을 싣고 있는 리우니티 출판사의 81년판 『신곡』을 토대로 하여 해석상의 오류를 더러 바로 잡았고 읽기에 쉽도록 표현을 고쳐 1984년에 2판을 낸 다음 1990년대 초에 40쇄를 끝으로 더 이상 출판되지 않았다.

그러다가 이번에 서해문집에서 고전문학의 중흥을 내걸고 개정판을 내기로 하여 1년 여 동안 진지한 수정작업을 하였다. 세세한 부분까지 정성을 기울여 다듬고 다듬었다. 아울러 2004년 9월에 단테의 유해가 안장되어 있는 라벤나 시와 단테협회에서 주최한 〈세계 속의 단테〉라는 학술행사에서 강연해 줄 것을 요청받아 이탈리아를 방문하여 많은 학자들을 만나 좋은 의견을 나누게 되었다. 또한 성 프란체스코 수도원의 단테 도서관에 보전되어 있는 귀중한 문헌들과 역사적 유물들을 접하면서 나는 너무나도 큰 기쁨에 젖을 수 있었다. 다시금 로마에 가서 필요한 자료를 수집하고 옛 친구들과 더불어 토론의 향연을 벌인 일도 기억에 남겨 둘 귀중한 추억거리다. 더구나 단테문학 보급을 인정받아 라벤나 시장과 단테협회로부터 영예로운 금메달과 함께 단테문학상(Lauro Dantesco)을 수여받은 일은 제자들과 더불어 자축하고 싶은 영광스러운 일이다. 지난 10월 귀국하여 아직 그 기쁨이 지속되고 있는 상태에서 『신곡』의 개정판 수정작업에 몰두한 끝에, 이제 그 출간이 실현되니 감개가 무량하다.

나의 번역본이 맨 처음 빛을 보았을 땐 아장아장 걷던 아이들이 30세가 되어간다. 그 동안 몇 차례의 수정작업이 있었지만 또 다른 수정을 위한 수고가 준비되어야 할 것이다. 번역이란 완전할 수 없는 법. 언젠가는 개역의 칼날이 번뜩일 것이고 또 그래야 할 것이다. 이를 위해 독자의 질정을 겸손한 마음으로 기대하고 싶다. 아무튼 이번의 전면적인 수정판을 출간하면서 내 사랑하는 가족과 동학들, 그리고 제자들과 함께 기쁨을 나누고 싶다. 아울러 고귀한 사명감을 갖고 고전문학 보급에 심혈을 기울이시는 도서출판 서해문집에 감사드린다.

2005년 5월 14일
시암 서재에서 역자 한 형 곤

1265년   5월 하순 피렌체에서 태어났다. 아버지는 몰락한 귀족인
                     알리기에로 디 벨린치오네(Alighiero di Bellincione)이고, 어
                     머니는 벨라(Bella)였다. 어머니는 단테가 어릴 때, 누이
                     동생을 하나 남긴 채 죽고, 아버지는 재혼하여 둘째 부인
                     에게서 아들과 딸을 하나씩 얻었다. 당시 피렌체는 봉건
                     귀족들로서 상류층들이 지지하는 기벨린 당과 몰락한 귀
                     족들과 상공인들로 대표되는 중산층이 지지하는 구엘프
                     당으로 나뉘어 당쟁이 극심했다. 단테의 집안은 구엘프
                     당에 속했다.

1274년 (9세)   폴코 포르티나리(Folco Portinari)의 딸 베아트리체를 만났
                     다.

1283년 (18세)   귀토네 디 아레초(Guittone di Arezzo)의 영향을 받아 처음
                     으로 시를 썼으며 고전 연구를 끊임없이 계속했다. 특히
                     베르길리우스에게서 큰 영향을 받았고 구이도 귀니첼리
                     (Guido Guinizelli)의 새로운 시작법(詩作法) 등도 그의 관심
                     을 끌었다. 두 번째로 베아트리체를 만났다. 이 무렵 아
                     버지가 죽었다. 산타 크로체 수도원에서 3학과(문법 · 논
                     리학 · 수사학)와 4학예(산술학 · 음악 · 기하학 · 천문학)을
                     배웠다. 일설에는 볼로냐 대학에서 수사학을 공부했다
                     하나 정규과정을 이수한 것은 아니다. 단테는 라틴어 이
                     외에 프랑스어와 프로방스어에 정통했다.

1285년 (20세)	이 무렵 젬마 도나티(Gemma Donati)와 결혼하여 3명의 자녀(4명이라고도 전한다)를 두었다. 그중 둘째인 피에트로(Pietro)는 아버지 단테의 문학을 깊이 연구한 학자가 되었다.
1289년 (24세)	피렌체의 구엘프 당 군대의 일원으로 캄팔디노 전투에 참가하여 아레초와 피사의 기벨린 당 군대를 격파했다.
1290년 (25세)	베아트리체가 죽었다. 보이티우스, 키케로, 아리스토텔레스, 토마스 아퀴나스 등의 저서를 읽으며 자신의 고뇌를 극복했다.
1291년 (26년)	청신체의 기념비적인 작품 『신생(La vita Nouva)』을 썼다.
1295년 (30세)	피렌체의 정계에 진출하여 중요한 인물이 되었다.
1300년 (35세)	피렌체를 다스리는 6인 행정 위원 중의 하나가 되었다. 그 즈음 단테가 소속했던 구엘프 당이 네리 파와 비앙키 파로 갈라져 싸우기 시작했다. 단테가 속한 비앙키 파는 교황청과 단지오 왕가의 간섭으로부터 벗어나 피렌체의 독립을 지켜 나가자고 하였고, 기회주의적인 네리 파는 당시 세력이 강했던 교황의 계획을 지지하고 나섰다.
1301년 (36년)	당시의 교황 보니파키우스 8세는 토스카나 지방을 교황청에 예속시키려 하였다. 단테는 이를 저지할 목적으로 로마의 교황청에 사절로 파견되었다.
1302년 (37세)	네리 파가 세력을 잡고 비앙키 파를 추방하니, 이때부터 단테의 정치적 망명 생활이 시작되었다.
1304년 (39세)	베로나로 가서 바르톨로메오 델라 스칼라(Bartolomeo della Scala)의 비호를 받았다. 그 뒤 트레비소, 파도바, 루카, 파리 등지를 배회하며 처참한 삶을 영위했다.
1305년 (40세)	『향연(Convivio)』과 『속어 수사학(De vulgari eloquentia)』을 쓰기 시작했다.
1307년 (42세)	전부터 구상해 왔던 『신곡(La Divina Commedia)』의 집필을

시작했다.

1310년 (45세)   하인리히(Heinrich) 7세가 이탈리아에 들어오자, 단테는 그를 평화의 사도이며 자유의 수호자로 보고 탄원서를 제출했다. 이때부터 『제정론(De monarchia)』을 쓰기 시작한다.

1315년 (50세)   베로나에 돌아가 칸그란데 델라 스칼라(Cangrande della Scala)의 보호를 받았다. 이때 피렌체의 네리 파는 사면령을 내려 망명자들을 불러들였다. 단테도 자기의 죄를 인정한다고 선언하면 돌아갈 수 있었으나 명예롭지 못하다 여겨 돌아가지 않았다. 이에 분노한 네리 파는 궐석 재판을 단행하여 단테에게 사형을 선고했다.

1321년 (56세)   라벤나의 구이도 노벨로(Guido Novello)의 보호를 받으며 『신곡』의 마지막 부분을 완성하고 9월 14일 말라리아로 죽었다. 라벤나의 성 프란체스코 성당에 묻혔다.

| 찾아 보기 |

ㅅ

ㅇ

ㅎ